바람과 함께 사라지다 I

마가렛 미첼

일신서적출판사

1

스카알렛 오하라는 미인은 아니었지만 쌍동이 탈레턴 형제가 그랬듯이 그녀의 매력에 한 번 사로잡히기만 하면 그것을 깨닫는 사람은 거의 없었다. 그 얼굴에는 프랑스계의 〈코스트(해안) 귀족 출신인 어머니의 섬세한 생김새와 아일랜드 사람인 아버지의 붉고 촌스러운 투박한 얼굴의 윤곽이 두드러지게 나타나 있었다. 그러나 모가 날 정도로 끝이 뾰족한 턱은 이상하게도 사람을 이끄는 얼굴이었다. 눈은 다갈색이 조금도 섞이지 않은 연록색인데 뻣뻣하고 검은 속눈썹이 그 둘레를 별처럼 아련하게 싸 그것이 눈꼬리에 이르러 약간 치올라가 있었다. 그 위에 검고 짙은 눈썹이 얼마간 올라갔다 싶게 목련과 같은 흰 살결에 선명한 사선을 긋고 있었다. 이 살결은 남부(南部)의 여자들이 몹시 소중히 하는 것으로, 보네트나 베일이나 장갑 같은 것으로 저 뜨거운 조지아의 햇볕으로부터 그야말로 조심스럽게 보호하고 있는 것이었다.

1861년 4월의 어느 화창한 오후, 아버지의 타라 대농장인 포치의 시원한 그늘에서 탈레턴네 쌍동이 형제 스튜어트며 브렌트와 함께 앉아 있는 그녀의 모습은 한 폭의 그림처럼 아름다웠다. 스커트 후프 위에서 십 이 야드나 되는 스커트의 폭이 물결치고 있는 초록 바탕에 꽃무늬가 그려진 새 모슬린의 드레스는 아버지가 최근 애틀랜타에서 사다 준 초록빛의 모로코 가죽 덧구두와 잘 조화를 이루고 있었다. 드레스는 이 근방 세 군(郡)에서도 가늘기로 이름난 그녀의 십 칠 인치 허리에 꼭 끼어 아름다움을 한층 돋보이게 하고, 착 몸에 붙은 바스크(상의)는 열 여섯 살의 나이로선 숙성한 가슴의 부풀음을 그대로 나타내 주고 있었다. 그러나 수줍은 듯 펼쳐 놓은 스커트도, 시니온(머리 모양)으로 빗어올려 그물을 씌운 우아한 머리 맵시도, 무릎 위에 얌전하게 포개 놓은 조그만 흰 손도, 그녀의 정말 인품을 숨길 수는 도저히 없었다. 조심스럽고 부드럽게 보이는 얼굴 가운데서도 파아란 눈빛만은 강인한 의지와 넘칠 것만 같은 정열을 숨김없이 나타내고 있어, 그 얌전한 태도와는 조금도 어울리지 않았다. 그녀의 몸가짐은 어머니의 부드러운 교육과 흑인인 유모의 보다 엄격한 교육에 의해 강요된 것이었다. 그러나 눈만은 그녀 자신의 것이었다.

그녀의 양쪽에는 무릎까지 올라오는 장화를 신은 쌍둥이 형제가 편안히 의자에 기대 앉아 한창 살이 오른 긴 두 다리를 아무렇게나 포갠 채 웃고 이야기하며, 박하(薄荷)를 탄 물이 담긴 높다란 컵 너머로 반짝이는 햇빛에 실눈을 짓고 있었다. 둘 다 나이는 열 아홉 살, 키는 육 피트 육 인치, 뼈대가 굵고 근육이 늠름하고, 햇볕에 그을은 얼굴과 진한 적갈색 머리카락, 밝고 교만한 눈, 같은 색의 푸른 상의, 그리고 똑같은 겨자빛 승마 바지를 입은 두 형제는 어찌 보면 두 개의 목화송이처럼 꼭 닮았다.

집 밖에는 늦은 오후의 햇살이 비스듬히 앞뜰에 비쳐, 신록을 배경으로 하여 새하얀 꽃의 무더기 같은 층층나무 덤불을 눈부시게 부각시켜 주고 있었다. 형제의 승마용 말은 마차길 쪽에 매어져 있었는데, 몸집이 크고 주인의 머리칼과 같은 붉은 털빛을 가지고 있었다. 말의 발 밑에는 형제가 가는 곳이라면 어디든지 따라가는, 고슴도치 사냥 등에 사용하는 야위고 신경질적인 사냥개의 한 떼가 연방 싸움을 하고 있었다. 조금 떨어진 곳에는 부리망을 씌운 자못 귀족인 체하는 검은 얼룩 달마치아 개 한 마리가 저녁식사를 하러 주인들이 돌아가기를 참을성 있게 기다리고 있었다.

이들 개와 말과 형제들 사이에는 언제나 함께 있는 이상의 깊은 연관이 있었다. 하나같이 건강하고 깊은 생각이 없는 젊은 동물들로서, 발육 좋고 날씬하고 신경질적이었으며, 청년들은 그들의 말과 같이, 혈기 왕성하고 화를 잘 내는 성격이라 다소 험하기는 했지만 잘 조종해 주는 사람에 대해선 극히 부드러운 감정을 가지고 있었다.

안락한 대농장 주인의 생활 속에 태어나, 어렸을 때부터 무엇 하나 부자유한 것 없이 자라 왔지만, 이 포치에 나란히 앉은 세 얼굴엔 결코 무기력하거나 연약한 빛은 없었다. 일생을 널쩍하니 펼쳐진 대기 속에서 보내고 독서 같은 따분한 일에는 별로 머리를 썩인 일도 없는 자연인의 터질 것 같은 활기와 날랜 용감성을 가지고 있었다. 조지아 주(州) 북쪽에 있는 이곳 클레이턴군의 생활은 아직도 새로운 것이어서 이미 뿌리를 내린 오가스타나 사배나나 찰스턴 같은 곳에 비하면 훨씬 야성적이었다. 그러므로 남부에서도 좀더 안정이 되고 오래 전부터 개척되어 있는 지방의 사람들은 내륙 지방에 있는 조지아 사람들을 경멸하고 있었지만, 북부 조지아인 이 근방에선 비록 옛날식의 고상하고 우아한 교양은 없으나, 일상 생활에 필요한 일만 잘 처리해 가면 아무것도 부끄러운 것이 없었다. 좋은 목화를 생산하고, 승마술이 뛰어나고, 사격에 능숙하고, 날렵하게 춤추고, 부인에게 친절하게 봉사하고, 남 못지않게 술을 마시며 대화를 할 수 있는 것, 그들에게 필요한 것은 그것뿐이었다.

둘 다 이 방면의 재능에 있어서는 매우 뛰어났다. 책 속에 들어 있는 내용에서 무언가 배우는 재능이 부족하다는 점에 있어서도 똑같이 그들은 유명했다. 그들의 집은 이 군내에서는 어깨를 겨눌 자가 없을 만큼 재력이 있고, 말이나 노예는 가장 많이 갖고 있었지만, 학문에 관해서만은 근처에 살고 있는 어느 가난뱅이 백인보다도 뒤떨어졌다.

스튜어트와 브렌트가 이 화창한 사월의 오후에 타라 저택의 포치에서 빈들빈들 시간을 보내고 있는 이유도 바로 여기에 있었다. 그 날도 마침 그들은 조지아 대학에서——이 이 년 동안에 그들을 퇴학시킨 네 번째의 대학에서 막 쫓겨온 참이었던 것이다. 그들의 형인 톰과 보이드도 동생들을 환영하지 않는 학교에는 더 있지 않겠다고 모두 같이 돌아와 버리고 말았다. 스튜어트와 브렌트는 이번의 퇴학 처분을 몹시 재미있어하고 있었다. 또 스카알렛도 지난해 페이에트빌 여학교를 졸업한 뒤론 역시 자청해선 책 한 권 읽은 일이 없을 정도이기 때문에 그들과 마찬가지로 이 일을 재미있어했다.

「당신들 두 사람이나 톰은 퇴학 같은 걸 아무렇지도 않게 생각하겠지요.」 하고 그녀는 말했다. 「하지만 보이드는 어떨까 싶어. 그 사람은 얌전하게 학교를 마치고 싶어할 텐데요. 그런데도 당신들 두 사람 때문에 버지니아 대학, 앨라배마 대학, 남 캐롤라이나 대학, 그리고 이번엔 조지아 대학을 모두 그만두게 되고 말았으니, 이런 식이면 언제까지나 그 사람은 졸업 못할 거 아녜요?」

「뭐, 형은 페이에트빌의 파아멀리 판사님 사무소에서 법률 공부를 하니까 일 없어요. 이런 일은 별로 문제가 아녜요. 그리고 이번 일이 없었다 해도 우리들은 어차피 학기가 끝나기 전에 돌아오지 않으면 안 되었을 테니까요.」 하고 브렌트가 대수롭지도 않다는 듯 말했다.

「어머, 어째서요?」

「전쟁도 몰라요? 바보로군! 언제 전쟁이 터질지 모른다니까요! 당신은 전쟁이 시작된다고 하는데, 우리들이 학교에만 꼭 틀어박혀 있을 수 있다고 생각하세요?」

「전쟁이 다 뭐예요?」 하고 스카알렛은 그런 화제는 이제 진절머리 난다는 듯 말했다. 「단지 소문뿐이에요. 왜냐하면, 지난 주 애실리 윌크스 씨 부자(父子)가 와서 우리 아버지와 얘기했어요. 워싱턴에 파견된 남부 위원들이 남부 여러 주 동맹에 대해서 링컨 씨와 우호(友好)——뭐라고 했더라, 참 그랬어! 우호 협정 (友好協定)이에요. 그 우호 협정이란 것을 맺었대요. 어쨌든 양키는 전쟁을 할 마음이 없을 만큼 남부를 무서워하고 있는 거예요. 그러니까 전쟁 같은 거 있지도 않아요. 난 이제 전쟁 이야기라면 지긋지긋해졌어.」

「전쟁이 없다고요?」쌍둥이는 자기들이 마치 기만을 당하거나 한 것처럼 화를 내며 소리쳤다.

「꼭 전쟁이 일어나요. 그야 양키는 우리들을 무서워하고 있을지 모르죠. 하지만 어쨌든 그저께 보러가드 장군이 섬터 요새를 공격하여 놈들을 쫓아 버리고 말았어요. 이렇게 됐으니 놈들로서도 전쟁을 하지 않고는 못 배길 거예요. 그렇지 않으면 그들은 온 세계에서 겁장이란 이름을 듣게 될 테니까. 그 남부 동맹은 …….」

스튜어트가 이렇게 말하자, 스카알렛은 더 참을 수가 없다는 듯 뾰로통 입을 내밀었다.

「다시 한 번 전쟁이란 말을 입에 올린다면, 난 집 안으로 들어가 도어를 닫고 말겠어요. 태어나서 지금까지 〈전쟁〉이란 말만큼 나를 진절머리 나게 한 것은 없어요. 그리고 또 한 가지는 〈남북 분리(南北分離)〉라는 말이죠. 우리 아버지만 해도 아침이고 낮이고 밤이고 전쟁 이야기, 그리고 찾아오는 사람마다 으레 섬터 요새니 주권의 독립이니 링컨이 어쨌느니 그런 이야기뿐이니 정말 나는 울고 싶을 지경이에요. 게다가 젊은 사람들까지 그러니 전쟁이 일어난다는 둥, 이제부터 편성되는 기병대가 어떻다는 둥, 그런·이야기뿐이니 금년 봄의 파티가 조금도 재미가 없었던 것도 남자들이 전쟁 이야기 말고는 화제가 전혀 없었기 때문이에요. 이 조지아 주는 지난해 크리스마스가 끝날 때까지 북부에서 분리하는 것을 연기해 주었기 때문에 얼마나 고마웠는지 몰라요. 왜냐면요, 그렇지 않았다면 모처럼의 크리스마스 파티가 틀림없이 엉망진창이 됐을 테니까요. 당신들이 또 한번만 전쟁 이야기를 꺼내면 나는 정말 집에 들어가 버리고 말겠어요.」

그녀에게 있어 그것은 과장이 아니었다. 그녀는 자기가 중심이 될 수 없는 화제에는 오래 참을 수 없는 성격이었다. 그러나 그녀는 그런 말을 할 때도 의식적으로 볼우물을 지어 보이고 검은 속눈썹을 나비의 날개처럼 살짝 펴보이며 미소 짓는 것을 잊지 않았다. 그러므로 청년들은 그녀가 얘기했던 대로 매혹되어 황급히 그녀를 지루하게 한 것을 사과했다. 전쟁에 흥미를 갖고 있지 않다고 해서, 그들이 스카알렛을 생각하는 데 변함이 있을 리 없었다. 오히려 그녀에 대한 애정을 더욱 두텁게 할 뿐이었다. 전쟁은 남자의 일이고 숙녀가 관여할 일이 아니다. 그러므로 그들은 오히려 그녀의 태도를 여자다움을 나타내는 것이라고 생각했다.

지루한 전쟁 이야기를 그만두게 한 그녀는, 이번엔 재미있다는 듯 화제를 당면 문제로 돌렸다.

「당신들 두 사람이 또 퇴학맞은 것에 대해서 어머님은 뭐라고 해요?」

두 사람은 입장이 난처한 표정을 지었다. 석 달 전 버지니아 대학에서 퇴학 처분을 받고 돌아왔을 때의 어머니의 태도를 생각했기 때문이다.

「그게 말예요.」스튜어트가 말했다. 「어머니는 아직 우릴 혼낼 기회가 없었어요. 톰과 우리 두 사람은 오늘 아침 어머니가 아직 일어나기도 전에 집을 나와, 톰은 폰텐 댁에 가서 죽치고 앉았고, 우리들은 이리로 오고 말았거든요.」

「하지만 어젯밤 당신들이 돌아왔을 때 아무런 말씀도 없었어요?」

「어젯밤엔 아주 재수가 좋았어요. 우리들이 돌아오기 조금전에 어머니가 지난달 켄터키에 주문해 두었던 종마(種馬)가 마침 도착해서 말예요, 한창 법석을 떨고 있던 중이었거든요. 크고…… 정말 굉장한 말이에요. 스카알렛, 당신 아버님에게도 곧 한 번 보러 오시라고 하는 게 좋을 거예요. 아뭏든 이곳까지 끌고 오는 동안 돌봐 주는 마부를 물었는가 하면, 존즈보로 역까지 마중을 나갔던 우리 집 검둥이를 둘이나 짓이겨 버렸으니까. 게다가 우리들이 도착하기 조금 전에 마구간에서 어찌나 날뛰었는지, 전부터 있던 어머니의 스트로베리란 놈을 반죽음을 만들어 놓았어요. 우리들이 돌아와 보니까 어머니는 설탕 주머니를 들고 마구간에 들어가 그 사나운 말을 달래려고 하는 참이었는데, 우리 어머니는 정말 말 달래는 데는 선수예요. 검둥이놈들도 무서워서 마구간 기둥에 매달린 채 눈만 멀뚱거리고 있는데, 어머니가 마치 사람에게라도 하듯 다정하게 말을 하니까, 말이란 놈은 얌전하게 어머니의 손바닥 위의 설탕을 핥기 시작하잖아요. 말에 대해서만은 우리 어머니는 제일인자예요. 한참 뒤 우리들의 모습을 보더니 어머니는 『도대체 무엇 때문에 돌아들 왔니? 넷씩이나 줄줄. 이집트의 염병보다도 처치하기 힘든 놈들이로구나. 너희놈들은 정말……』하고 퍼부어 댔어요. 그러자 마침 일이 되느라고, 그때 말이란 놈이 별안간 콧김을 거칠게 내뿜으며 뒷다리로 일어서려고 했어요. 그 바람에 『나가거라. 이 덩치 큰 귀염둥이가 흥분하고 있는 걸 모르겠니? 너희하곤 내일 아침에 이야기하자.』이렇게 결정되고 말았어요. 그러니까 우리들은 그대로 잠을 자고 오늘 아침엔 어머니에게 붙잡히기 전에 도망쳐 온 셈이죠. 뒷수습할 사람으로 보이드를 남기고 말이에요.」

「보이드가 어머니한테 매나 맞지 않았나 몰라…….」하고 말한 것은, 그녀 역시 군내의 사람들과 마찬가지로, 몸집이 작은 탈레턴 부인이, 어른이 다 된 아들들을 붙잡고 사정없이 매질한다는 것을 너무나 잘 알고 있기 때문이었다. 일단 때리는 것이 좋다고 생각했을 때는 그녀는 채찍으로 등이고 어디고 마구 때렸다.

베아트리스 탈레턴은 정말 바쁜 부인이었다. 큰 목화밭과 백 명의 흑인과, 여덟 명의 자식들을 돌볼 뿐만 아니라 조지아 주 최대의 종마장까지 경영하고 있었다. 쉽사리 흥분하는 성격인 데다 네 아들들도 어지간히 속을 썩이고 있었기 때문에, 말이나 노예를 매질하는 것은 아무에게도 용서하지 않았지만, 아들들을 가끔 때리는 것만은 별로 해가 없을 것이라고 생각하고 있었다.

「물론 어머니는 보이드를 때리진 않아요. 장남이고 게다가 형제 가운데서 제일 몸집이 작으니까 아무리 어머니라도 삼가죠.」하고 육 피트 이 인치의 키를 자랑하는 스튜어트가 말했다. 「그러니까 우리는 변호사로 그를 남기고 온 거야. 아뭏든 어머니도 이제 우리를 그만 때려야 해. 우리도 벌써 열 아홉 살이고, 톰은 스물 한 살이나 되었는데, 어머니는 글쎄 대여섯 살 먹은 아이들처럼 취급하잖아.」

「어머니는 그럼 내일 그 윌크스 댁 바베큐엔 그 새로 왔다는 말을 타고 가시나요?」

「어머니는 타고 가시고 싶은 모양인데 아버지가 아직 위험하다면서 말리고 있어요. 그리고 누이들도 불찬성이고, 일생에 한 번쯤은 귀부인답게 마차를 타고 가고 싶은 모양인데.」

「내일 비나 오지 말았으면.」하고 스카알렛은 말했다. 「요 일 주일 동안은 매일 질금거렸으니까 말예요. 바베큐가 집 안의 파티가 되어 버리는 것처럼 시시한 일은 없어요.」

「아뇨, 내일은 활짝 갤 거예요. 그리고 유월처럼 더워질 거고.」하고 스튜어트가 말했다. 「저 저녁놀을 봐요. 저렇게 빨간 것을 난 아직 본 일이 없어. 저녁놀로 날씨를 알 수 있거든요.」

그들은 스카알렛의 아버지 제랄드 오하라가 새로 일구어 놓은, 끝없이 넓은 목화밭 저 너머로 새빨갛게 물든 지평선을 바라보았다. 태양은 지금 막 빨갛게 떠 있는 구름 속을 플린트 강 저편 언덕 밑으로 가라앉고 있는 참이었다. 사월의 따뜻한 온기가 아련하고 잔잔한 냉기에 밀려 어디론가 사라져 갔다.

그 해는 포근하고 싱싱한 비와 함께 봄이 일찍 찾아왔다. 분홍빛 복사꽃이 별안간 활짝 피었는가 하면, 산수유꽃이 여기저기 음산한 늪지대의 먼 산들을 흰별처럼 점점이 수 놓았다. 경작지의 경작은 얼추 끝나고 피처럼 빨간 저녁해가 새로이 갈아엎은 조지아의 붉은 흙 이랑을 더 한층 붉게 물들였다. 목화씨가 뿌려지기를 기다리고 있는 축축한 밭, 이랑의 제일 위쪽 모래가 많이 섞인 곳은 연분홍색으로, 또 이랑을 따라 그림자가 드리워진 측면은 주홍색과 진홍색 또는

고동색으로 물들어 있었다. 흰 벽돌 건물로 지은 저택은 파도가 물결치는 새빨
간 바다에 떠 있는 섬처럼 보였다. 그 바다는 선회(旋回)하고 출렁거리고 혹은
초승달 모양으로 밀어닥쳐오는 물결의 연분홍빛 파도 머리가 바야흐로 무너져
내리려는 순간에 화석이 되어 버린 것만 같았다. 왜냐면 이 근처에는 중부 조지
아 지방과 같은 누우런 진흙의 평평한 토지나, 안 지방의 비옥한 검은 흙의 농장
에서 볼 수 있는 것과 같은 일직선의 긴 밭고랑은 없기 때문이다. 경사와 기복이
많은 이곳 북 조지아의 산록 지방에선 풍요한 토양이 강으로 흘러들어가는 것을
막기 위해 꾸불꾸불한 이랑을 수없이 갈아엎어 놓고 있었다.

야만스러울 만큼 흙이 빨간 토지였다. 비가 그치고 나면 핏빛처럼 되고 가뭄
에는 벽돌의 재처럼 되었다. 그러나 그것은 목화를 재배하기에는 세계에서 가장
알맞은 땅이었다. 하얀 집, 경작된 평화로운 밭, 완만하게 흐르는 누우런 강물
등 기분이 상쾌한 고장이기는 했으나 한편으로는 밝은 태양의 광선과 깊은 그림
자와의 대조가 몹시 심한 고장이기도 했다. 아름답게 개간된 농원, 그리고 몇
마일인지도 모르게 이어져 있는 목화밭은 질펀하게 누워 따뜻한 햇볕에 미소짓
고 있었다. 그 들판 끝은 원시림에 잇닿아 있었다. 얼마간 불길하기조차 했다.
그리고 솔바람 소리는 〈조심해라! 조심해라! 너는 일찍이 우리들의 것이
었다. 또 언젠가는 전처럼 만들어 줄 테다.〉하고 조용한 한숨과 더불어 대지(大
地)를 위협하면서 그 날이 오기를 몇 년이고 참을성 있게 기다리고 있는 것만 같
았다.

포치에 있는 세 사람의 귀에 말발굽 소리며, 마구의 쇠사슬이 쨍그렁거리는
소리며, 검둥이의 날카롭지만 태평해 보이는 웃음 소리 따위가 들려 왔다. 들일
을 하는 패들과 노새들이 농장에서 돌아온 것이다. 집 안에서는 스카알렛의 어
머니인 엘렌 오하라가 열쇠 바구니를 들고 온 작은 검둥이 계집아이를 부르는
부드러운 목소리가 흘러나왔다. 이윽고 카랑카랑한 앳된 목소리가 「네, 마님.」
하고 대답하는 소리가 들리고 이어 엘렌이 뒤꼍 훈제소(燻製所) 쪽으로 걸어가는
발소리가 들린 것은 아마 들에서 돌아온 사람들에게 식사를 나누어 주기 위해서
인 모양이었다. 이쪽 식당에서는 타라 저택의 하인 우두머리인 포크가 저녁식사
준비를 하고 있는 모양으로, 접시와 은그릇이 부딪치는 소리가 들려 왔다.

이 마지막 소리로 쌍둥이는 이제 돌아갈 시간이라는 것을 깨달았다. 하지만
어머니와 얼굴이 마주치는 게 싫었기 때문에 이제라도 스카알렛이 혹시 저녁식
사에 초대해 주지나 않을까 하고 기대하며 타라의 포치에서 우물쭈물하고 있
었다.

「저 스카알렛, 내일 일인데…….」하고 브렌트가 말을 꺼냈다. 「우린 여길 떠

나 있었기 때문에 원유회에 대해서도, 무도회에 대해서도 전혀 모르고 있는데, 그렇다고 내일 밤 무도회에 가는 게 나쁘진 않잖아요. 내일 밤 춤에 대한 말인데, 아직 설마 전부 예약되어 있진 않겠죠. 어때요?」

「아아뇨, 예약이 끝났어요. 당신들이 돌아올 줄은 몰랐거든요. 당신들을 기다리다 바람벽의 꽃이 되란 말예요?」

「바람벽의 꽃이 된다고!」두 사람은 깔깔거리고 웃었다.

「이봐요, 내게는 첫번째의 왈츠를, 스튜어트에게는 마지막 왈츠를, 그리고 저녁식사는 우리들과 같이 먹는다고 약속해 주지 않겠어요? 또 요전번의 무도회 때처럼 계단에 걸터앉아 집시 할머니를 불러 신수점도 쳐 달라고 하고.」

「싫어, 난 집시 할머니의 점이 제일 싫어. 당신들도 알고 있잖아요, 나더러 머리칼이 시커멓고, 까맣고 긴 콧수염을 한 신사와 결혼하라느니 어쩌니. 머리칼이 검은 신사 같은 거 난 제일 싫어!」

「그럼 당신은 붉은 머리가 좋단 말이죠? 그렇죠?」하고 브렌트가 마음에 든 듯 빙긋이 웃었다. 「어서 왈츠하고 저녁식사 약속을 해줘요.」

「당신이 약속해 준다면 우리도 비밀 얘기를 해주죠.」하고 스튜어트가 말했다.

「어떤 얘긴데?」하고 스카알렛은 아이들처럼 곧 그 말에 달려들었다.

「스튜어트, 어제 애틀랜타에서 들은 그 말이냐? 그거라면 아무에게도 이야기하지 않겠다고 약속했잖아?」

「응, 피티 아주머니에게서 들은 그 이야기.」

「그분이 누구죠?」

「왜, 애실리 윌크스의 친척이고 애틀랜타에 살고 있는 피티퍼트 해밀턴. 알고 있잖아요, 찰즈 해밀턴하고 멜라니 해밀턴의 숙모 말이에요.」

「알고 있어요. 그 이상한 아주머니? 그런 별난 아주머니는 나는 처음 보았어.」

「정말이야. 우리가 어제 애틀랜타에서 기차를 기다리고 있으려니까 마침 그분이 마차를 타고 지나가잖아요. 그래 말을 멈추고 잠깐 이야기를 나눴는데 그때 내일 밤 윌크스 댁 무도회에서 약혼 발표가 있을 거라고 귀띔해 주었어요.」

「응, 그 일이라면 알고 있어요.」하고 스카알렛은 기대가 어긋났다는 듯 말했다. 「그분의 조카이고, 저 머리가 좀 모자라는 찰즈 해밀턴하고 하니 윌크스의 일 말이죠? 찰즈 쪽은 별로 마음이 내키지 않는 모양이지만, 그 두 사람이 언젠가는 결혼할 것이라는 것은 몇 년 전부터 누구나 알고 있는 사실 아네요?」

「정말 당신은 찰즈를 모자란다고 생각해?」하고 브렌트가 말했다. 「작년 크리스마스 때는 당신 뒤를 줄줄 따라다니도록 만들었잖아요.」

「줄줄 따라다니는 건 저쪽의 자유예요.」스카알렛은 약간 어깨를 으쓱해 보였다.「마치 여자 같은 남자라고 생각해요.」

「한데, 이번에 발표된다는 건 찰즈의 약혼이 아니에요.」하고 스튜어트는 으스대듯이 말했다.「애실리하고 찰즈의 누이동생 멜라니하고의 약혼이래요.」

스카알렛은 얼굴빛은 달라지지 않았지만 입술이 새파랗게 질려 버렸다. 흡사 경고도 없이 치명적인 일격을 받은 사람이 그 충격을 받은 순간에는 잠시 무슨 일이 일어났는지 모르는 것과 같이 스튜어트를 쳐다보고 있는 스카알렛의 얼굴이 너무나 잔잔했기 때문에, 남의 마음을 꿰뚫어볼 수 없는 그는 그녀가 그냥 놀라고 또 흥미를 느낀 것이라고 단정했다.

「피티 아주머니 말이, 멜라니의 건강이 시원치 않아서 내년까지는 발표하고 싶지 않지만, 전쟁 이야기가 너무나 시끄럽기 때문에 차라리 빨리 결혼시키는 편이 좋을 거라고 양가에서 이야기가 정해졌대요. 자아 스카알렛, 우리가 비밀을 이야기해 주었으니까 당신도 우리와 같이 식사를 한다고 약속해 줘요.」

「네, 약속하겠어요.」하고 스카알렛은 기계적으로 말했다.

「그리고 왈츠를 전부, 알았죠?」

「네, 전부.」

「야, 멋지다! 틀림없이 다른 녀석들이 모두 샘이 나서 미칠 거야.」

「미치려면 미치라지 뭐.」하고 브렌트가 말했다.「우리들 둘이서 해치우고 말 테니까. 이봐요 스카알렛, 아침 원유회에서도 우리와 같은 자리에 앉아 주죠?」

「네? 뭐라고요?」

스튜어트가 다시 한 번 같은 말을 되풀이했다.

「물론이죠.」

형제는 기쁘기는 하나 얼마쯤 놀란 얼굴로 마주보았다. 두 사람 모두 그녀가 자기들에게 호의를 갖고 있다고 자부하고는 있었으나, 지금까지 이토록 쉽게 그 호감의 표시를 얻은 적은 없었다. 여느 때는 비위를 살살 맞추어도 좋다든가 싫다든가 대답이 없고, 화를 내면 재미있어하고, 성을 내면 흥 하고 토라져 냉담해지거나 잔뜩 애를 태우게 하는 게 예사였다. 그런데 지금은——원유회 때는 같은 자리에 앉아 준다고 하고, 왈츠를 전부(그들은 춤을 전부 왈츠로 출 작정이었다)그들과 추어 준다고 하니, 사실상 내일의 전부를 약속해 준다는 거나 조금도 다름이 없었다. 이것이야말로 대학을 퇴학맞고 온 보람이 아니고 무엇이겠는가!

이 성공에 새로이 힘을 얻은 그들은 더욱더 돌아갈 생각을 하지 않고 윌크스와 멜라니 해밀턴에 대한 얘기를 서로 상대방을 제지해 가며 지껄여 대고, 또 애실리를 흉보고 비웃고, 저녁식사에 초대해 달라고 노골적으로 스카알렛에게 암시하며 앉아 있었다. 그러나 잠시 뒤 그들은 스카알렛이 한 마디도 말을 않고 있다는 걸 깨달았다. 뭔지 모르게 여느 때와 상태가 다르고, 어째서인지 두 사람에겐 알 수가 없었지만 어쨌든 오후의 명랑이 차츰 사라져 가고 있었다. 스카알렛은 대답만은 꼭꼭 했지만 그들의 이야기에 도무지 마음을 기울이는 것 같지 않았다. 뭔가 이해할 수 없는 것을 느끼고 그것에 어리둥절해진 두 사람은 잠시 버티고 있다가, 이윽고 시계를 보고 마지못해 일어났다.

태양은 새로 갈아엎은 경작지 너머로 떨어져 가고, 강 건너편 울창한 숲이 그림자처럼 검게 어렴풋이 보였다. 앞뜰에는 굴뚝을 보금자리삼은 제비가 이리저리 날아다니고, 닭이며 오리며 칠면조가 혹은 아장아장, 혹은 거드름을 피며, 혹은 뒤룩뒤룩거리며 밖에서 돌아왔다.

스튜어트가 고함을 질렀다. 「지임즈!」 그러자 곧 그들과 같은 나이 또래의 키가 큰 검둥이가, 숨을 헐떡거리며 집 저쪽에서 나타나 말이 매어져 있는 곳으로 달려갔다. 지임즈란 사냥개와 마찬가지로 어디에나 시중을 들기 위해 따라다니는 그들의 전속 검둥이였다. 그는 어렸을 때부터 형제의 친구로 쌍둥이가 열 살의 생일을 맞았을 때 그들의 몸종이 되었다. 지임즈의 모습을 보자 사냥개들은 붉은 모래 먼지 속에서 일어나 주인을 기다렸다. 두 사람은 스카알렛에게 인사를 하고 악수를 하면서, 내일 아침엔 일찍부터 윌크스 댁에서 기다리고 있겠노라고 말했다. 그리고 보도로 뛰어내려가 말에 올라타고 지임즈를 거느리고, 그녀에게 모자를 흔든 다음 큰 목소리로 다시 인사를 하고, 그리고 삼나무의 가로수길을 달려내려갔다.

먼지 긴 길을 꼬부라져 타라 저택이 보이지 않게 되자, 브렌트는 층층나무 그늘에 말을 세웠다. 스튜어트도 그를 따랐다. 검둥이는 그들의 몇 걸음 뒤에서 그 역시 말을 멈추었다. 말은 고삐가 느슨해지자 목을 늘이고 부드러운 봄의 풀을 뜯기 시작했고, 참을성 많은 사냥개의 떼는 다시 부드러운 붉은 흙 위에 웅크리고 앉아 어두워져 가는 저녁놀 속에서 높고 낮게 날고 있는 제비를 탐스럽다는 듯 올려다보았다. 브렌트의 크고 순진한 얼굴은 어리둥절한 채 다소 화가 난 듯이 보였다.

「네가 보기에도 그녀가 저녁식사에 초대할 눈치가 아니었니?」

「나도 그럴 거라고 생각하고 있었는데.」 하고 스튜어트는 말했다. 「난 그것을 기다리고 있었어. 하지만 초대를 해주지 않잖아. 어째 그럴까?」

「모르겠어. 처음엔 곧 초대해 줄 것 같더니. 어쨌든 오늘은 우리들이 올라온 첫날이었고, 또 그녀도 꽤 오랫동안 우리들과 만나지 않았으니까. 우리들도 아직 그녀에게 이야기하고 싶은 말이 많이 있었으니까 말야.」

「우리가 처음 나타났을 때는 그녀는 아주 좋아하고 있었던 것 같잖아.」

「그래, 나도 그렇게 생각했어.」

「그런데 한 삼십 분 전부터 갑자기 골치라도 아픈 듯 입을 다물고 말았어.」

「나도 눈치채고는 있었지만, 그때는 아무렇지도 않게 생각했어. 대관절 왜 그럴까?」

「모르겠어. 뭐 기분 상하는 말이라도 우리가 했나?」

두 사람은 잠깐 생각에 잠겼다.

「아무래도 짚이는 것이 없는걸. 그리고 스카알렛이 기분이 상했을 때는 누구라도 곧 알 수 있어. 다른 여자와는 달리 감정을 숨기지 않으니까.」

「그래. 그게 나는 좋아. 비위가 상하더라도 다른 여자들처럼 비꼬든가 유난히 쌀쌀해지든가 하지 않고 곧 그것을 나타내니까. 하지만 그녀가 갑자기 병에라도 걸린 것처럼 입을 다물 때는 틀림없이 우리들이 뭔가 말을 잘못했거나, 좋지 못한 태도를 취했거나 한 거야. 왜냐하면 우리들이 갔을 때는 그렇게 기뻐하고, 또 저녁식사에도 초대할 듯이 보였으니까.」

「설마 우리들이 퇴학맞은 것 때문에 그러는 건 아니겠지?」

「바보 같은 소리 마. 우리가 그 말을 할 때는 그녀는 웃고 있었잖아. 그리고 스카알렛도 결코 우리들 이상으로는 공부를 좋아하지 않으니까.」

브랜트는 안장 위에서 몸을 돌리고 검둥이 마부를 불렀다.

「지임즈!」

「예.」

「우리들이 스카알렛 아가씨와 이야기하는 걸 들었지?」

「아아뇨, 브랜트 도련님. 도련님은 저희들이 백인 양반들 이야기를 엿듣는 줄 아세요?」

「엿듣지 않는다고? 아니 그럼, 너희들 검둥이들은 우리들이 하는 일을 도무지 모른단 말이야? 이 거짓말장이 늙아! 나는 이 눈으로 똑똑히 보고 있었어. 너는 포치 구석에 슬며시 기어들어와서 벽가의 재스민 그늘에 웅크리고 있었잖아. 그러니까 들었을 거야. 우리가 무슨 스카알렛 아가씨의 비위를 상하게 하는 기분 나쁜 얘기를 했는지.」

이쯤 되면 지임즈도 더 이상 엿듣지 않았다고 버틸 수가 없었다. 그는 이마에 검은 주름살을 모으고 대답했다.

「아닙죠, 도련님들께서는 그분을 성내게 할 만한 말씀은 한 마디도 하시지 않앉어요. 그분이 만나고 싶어하시는 참인데 도련님들이 오셨기 때문에 몹시 기뻐하고 계셨는걸요. 그리고 새처럼 재재거리고 있었읍죠. 그런데 애실리 도련님과 멜라니 해밀턴 아가씨가 결혼하신다고 도련님들이 이야기하자, 갑자기 매가 머리 위로 날을 때의 새처럼 입을 꽉 다물고 말았읍죠.」

형제는 얼굴을 마주보고 고개를 끄덕였다. 그러나 아무래도 이해할 수가 없었다.

「지임즈가 말하는 게 사실이야. 하지만 어째서인지 나로선 도무지 알 수 없어.」하고 스튜어트가 말했다.

「왜냐하면 애실리는 그녀의 친구라는 것뿐, 아무것도 아니잖아. 그녀가 그에게 호감을 갖고 있을 리가 없어. 그녀가 호감을 갖고 있는 것은 우리니까.」

브렌트도 그 말에 찬성하며 고개를 끄덕였다.

「하지만 이렇게 생각되지 않아? 애실리가 내일 밤 약혼을 발표한다는 것을 그녀에게 얘기하지 않았기 때문에, 다른 사람들에게 말하기 전에 먼저 친한 친구인 자기한테 말해 주지 않은 것이 기분 나빠서그런 게 아닐까? 여자들이란 그런 걸 제일 먼저 안다는 걸 아주 중요하게 생각하니까.」

「그럴지도 모르겠군. 하지만, 내일이라는 것을 그녀에게 얘기하지 않았다고 해서 그것을 화내는 것도 이상하잖아. 발표할 때까지는 비밀로 해두고 모두들을 놀라게 하려는 것이니까. 그리고 남자는 자기의 약혼을 숨겨 둘 권리쯤은 갖고 있단 말이야. 우리들만 해도 그렇지. 피티 아주머니가 말해 주지 않았다면 몰랐을 거 아냐. 스카알렛도 애실리가 멜라니와 언젠가는 결혼한다는 것쯤 알고 있었잖아. 윌크스 댁과 해밀턴 댁은 옛날부터 사촌끼리 혼인하고 있거든. 그러니까 하니 윌크스가 멜라니의 오빠인 찰즈와 결혼하는 것과 마찬가지로 애실리의 일도 누구나 짐작하고 있었을 거란 말야.」

「이제 생각하는 건 그만두자. 하지만 스카알렛이 저녁식사에 불러 주지 않은 것만은 참 유감이야. 나는 돌아가 어머니한테 퇴학맞은 일로 꾸지람받기도 싫어. 이번이 처음도 아니니까.」

「아마 보이드가 지금쯤은 벌써 어머니를 달래고 있을 거야. 형은 키가 작긴 하지만 웅변가니까, 언제나 잘 무마시키지 않았어?」

「그렇지만 그건 시간이 걸려. 이러쿵저러쿵 지지하게 지껄여 대는 통에 어머니가 진저리가 나서 될 대로 되라는 듯이 아무렇게나 되거라, 이제 그만 해라, 그런 입담은 변호사나 되거들랑 밑천으로 써라 하고 소리지르게 되는 게 형의 수법이니까 말야. 하지만 아직 그만한 시간은 없었어. 틀림없이 어머니는 아직도 새로 온 말의 일로 흥분할 대로 흥분해 가지고 오늘 저녁식사 때 보이드의 모습을 볼 때까지는 우리가 돌아왔다는 일조차 잊어버리고 있을 거야. 그러니까, 식사 때 가서야 어머니는 화가 머리끝까지 치밀어 성을 낼 거야. 그리고 대학 총장이 너나 나에게 그 따위 소리를 한 이상, 그 따위 대학에 남아 있는 것은 우리들 전부에게 있어 명예에 관한 문제라고 형이 끄집어내는 것은 아마 열 시가 지나서일 거야. 그리고, 우리들에 대한 어머니의 노여움을 보이드가 잘 무마시켜 그 노여움을 대학 총장 쪽으로 방향을 바꾸게 하고 그 따위 총장이라면 왜 쏘아 죽이지 않고 왔느냐고 어머니가 보이드에게 소리소리지르게 되는 것은 아무래도 밤중이 돼야 할 거야. 그러니까 아무래도 돌아갈 수 없어.」

두 사람은 우울하게 얼굴을 마주 쳐다보았다. 그들에게는 사나운 말도, 총알을 서로 쏘아 대는 싸움도, 이웃 사람들을 성내게 하는 일도 도무지 무섭지 않았지만, 이 붉은 머리털을 가진 어머니의 잔소리와 가차없이 날아오는 채찍만은 몹시 겁이 났다.

「좋아, 그럼 말이야.」하고 브렌트가 말했다.「윌크스 댁으로 가자. 애실리나 누이동생들이 틀림없이 환영해 줄 거야.」

스튜어트는 좀 난처한 듯한 표정을 지었다.

「거긴 안 돼. 내일 원유회 준비로 모두들 바쁠 테고, 또 게다가…….」

「그렇지, 잊고 있었군.」브렌트는 황급히 취소했다.「거긴 안 되겠군.」

그들은 잠시 묵묵히 말을 달렸다. 스튜어트의 햇볕에 그을은 얼굴에는 난처한 빛이 나타났다. 지난해 여름까지만 해도 스튜어트는 윌크스 댁의 딸 인디어에게 구혼하고 있었다. 양가의 가족들은 물론이거니와 이 군 전체가 이 결혼에는 대찬성이었다. 참을성이 많고 침착한 인디어 윌크스의 사람됨이 그에게 침착성을 주리라고 군의 사람들은 믿었기 때문이다. 아뭏든 사람들은 모두 그렇게 되기를 바라고 있었다. 그리하여 브렌트만 불만이 아니었다면, 스튜어트는 아마 결혼하고 말았을지도 모른다. 브렌트도 그녀가 싫은 것은 아니었지만 인물이 못났고 무척 평범한 여자라고 생각하고 있었다. 언제까지나 짝이 되어 살아 나가야 하는 스튜어트의 아내로선, 자기까지 반할 만한 상대가 아니면 안 된다고 생각했던 것이다. 이 쌍둥이 형제로선 처음인 의견 충돌이었다. 브렌트는 자기의 형제가 자기에겐 조금도 흥미가 없는 여자에게 마음을 빼앗기고 있는 게 무척 못마땅했다.

그럴 즈음인 작년 여름, 존즈보로의 참나무 숲 속에서 열린 정견 발표회 때부터 두 사람은 갑자기 스카알렛 오하라에게 마음을 빼앗기게 되었다. 두 사람 다 훨씬 전부터 그녀를 알고 있기는 했으나 어렸을 때에는 그녀도 그들과 똑같을 정도로 말도 능숙하게 탔고 나무에도 잘 올라갔기 때문에 아주 사이가 좋은 소

꿉 친구였다. 그런데 놀랍게도 그런 그녀가 어느 덧 나이가 차고, 세계에서 둘
도 없을 만큼 매혹적인 처녀가 되어 있었던 것이다.

그때 비로소 그들은 그녀의 파아란 눈이 얼마나 표정에 따라 잘 움직이는지,
웃으면 그녀의 볼우물이 얼마나 귀엽게 패는지, 그녀의 손이나 발이 얼마나 사
랑스러운 것인지, 그녀가 얼마나 가냘픈 허리를 갖고 있는지 깨달았다. 그들이
뭔가 그럴 듯한 말을 하면, 그녀는 커다란 목소리로 즐거운 듯이 웃었다. 그리
고 그녀가 자기들을 뛰어난 한 쌍의 젊은이라고 생각하는 듯이 여겨지자 그것에
힘을 얻은 그들은 평소의 그들보다도 훨씬 뛰어나게 보이려고 애썼다.

그들 형제에게 그 날은 평생 잊지 못할 날이었다. 그 뒤부터 그들은 그것을 얘
기할 때마다 언제나 어째서 지금까지 스카알렛의 매력을 깨닫지 못했을까 하고
이상히 생각했다. 그에 대한 정확한 대답은 그들에게 나오지 않았지만, 사실은
그 대답은 스카알렛이 그 날 그들의 관심을 끌려고 처음부터 결심한 것에 있
었다. 스카알렛은 천성적으로 어떠한 사나이든 자기 이외의 여자에게 마음을 두
는 것을 보지 못하는 성격이었다. 때문에 인디어 윌크스와 스튜어트가 다정하게
그 모임에 출석하는 것을 보자 그녀는 곧 약탈적인 본성이 드러났다. 그리고 스
튜어트만으론 만족하지 않고 브렌트의 마음까지 지배하려 하여, 마침내는 두 사
람 다 완전히 정복하고 말았던 것이다.

그 뒤 그들은 둘 다 그녀를 사랑하게 되었다. 인디어 윌크스도, 브렌트가 얼
마쯤 사랑을 느끼고 있었던 러브조이의 레티 먼로도, 두 사람의 마음에서 멀리
한구석으로 밀어젖혀지고 말았다. 스카알렛이 그들 중의 하나에게 사랑을 허락
했을 때, 사랑을 잃은 편인 다른 한쪽은 과연 어떻게 될까, 형제는 거기까지는
생각하지도 않았다. 그러나 그렇게 되면 그렇게 된 대로 둘 다 그 다리를 건널
작정이었다. 두 사람 사이에는 질투가 없었기 때문에, 현재로선 둘이서 의좋게
한 여자를 사랑하고 있다는 사실에 둘 다 충분히 만족하고 있었다. 이 상태는 세
상 사람들의 흥미를 끌었고, 스카알렛을 별로 좋아하지 않는 그들의 어머니를
어리둥절하게 만들었다.

「그 약삭빠른 계집애가 만일 너희들 중의 어느 하나를 선택하는 날이면 그것
은 너희들에겐 큰 천벌이다.」하고 그녀는 말했다. 「어쩌면 너희들 양쪽에 다 허
락할지도 모르는데, 그렇게 되면 너희들은 아마 유타 주에라도 이주해야 할
게다. 하긴 그곳의 일부다처주의인 모르몬교(敎)가 과연 너희들의 일처다부를
허락해 줄지 어떨지 그것은 모르겠지만 말이다⋯⋯. 걱정되는 것은 너희들이 그
보잘것없는, 조그맣고 눈이 파란 못된 계집애에게 미쳐 버려 서로 질투하다가
총을 쏘아 대지나 않을까 하는 거다. 하지만 어쨌든 좋다. 그것도 나쁘진 않을

테니까.」

정견 발표회가 있었던 날부터 스튜어트는 인디어와 얼굴을 마주치는 것이 어쩐지 낯뜨거웠다. 그녀는 그가 별안간 변심한 것에 대해 나무라지도 않고 표정이나 태도에도 전혀 나타내지 않았다. 숙녀로서 그런 점잖지 못한 것은 하고 싶지 않다고 마음먹고 있었던 것이다. 하나 스튜어트는 죄책감을 느끼고 그녀와 함께 있을 때면 마음이 괴로왔다. 사랑을 먼저 한 것이 자기이고 또 그녀가 아직도 자기를 사랑하고 있다는 것으로 알고 있기 때문에, 마음 속으로는 자기의 행동이 신사답지 않음을 부끄러워하고 있었다. 지금도 그는 그녀를 진심으로 좋아하고 또 그녀의 차분하고 고상한 바탕이며 학문이며 그녀가 갖고 있는 온갖 견실한 특성들을 존경하고 있었다. 하지만 유감스럽게도 그녀는 스카알렛의 저 찬란한 그리고 변화가 무쌍한 매력에 비하면 단조로 홍미가 없었고 언제나 변함이 없는 것만 같았다. 인디어가 상대일 때는 그녀가 자기를 어떻게 생각하고 있는가 하는 것을 언제나 알 수 있는데, 스카알렛인 경우엔 그것을 짐작할 수 없었다. 그것은 남자를 미칠 것 같은 상태로 몰아넣는 데 충분했고, 그리고 그녀의 매력은 사실상 거기에 있었다.

「그럼 캐이드 캘버트네로 가서 저녁밥을 먹을까? 캐스린이 찰스턴에서 돌아와 있다고 스카알렛이 말했어. 어쩌면 캐스린은 섬터 요새에 대해 뭔가 우리들이 모르는 소리를 알고 왔는지도 몰라.」

「캐스린이 뭘 알고 있겠어. 이 대 일로 내기를 해도 좋지만, 그 여자는 찰스턴 항구 안에 요새가 있는지 없는지, 그것조차 아는지 의문이야. 하물며 그 요새에, 남군(南軍)의 포격을 받고 쫓겨날 때까지 양키의 군대가 주둔하고 있었다는 건 알 까닭이 없어. 그녀가 알고 있는 건 무도회에 대한 일과 그녀가 사귄 남자 친구들에 대한 일 정도일 거야.」

「그러나 그녀의 수다를 듣는 것도 재미는 있어. 어머니가 잠을 잘 때까지 시간을 메꾸기는 충분할 거야.」

「이해해 줘! 나도 캐스린은 싫지 않고, 또 재미있는 여자야. 캐로 레트나 그 밖의 찰스턴 사람들 얘기를 듣는 것도 재미있는 일이긴 하지만, 그녀의 계모인 저 북부 태생의 여자와 함께 식사하는 것만은 견딜 수가 없어!」

「그렇게 욕하지는 마. 그 여자라고 해서 특별히 심보가 나쁜 건 아니잖아, 스튜어트?」

「나쁘다고 말하는 게 아냐. 오히려 딱하게 생각하고 있어. 하지만 난 동정해야 하는 인간이 싫어. 그 여자는 우리들이 방문하면 우리들을 대접하려고 법석을 떨긴 하면서도, 언제나 반대로 틀려먹은 일만 말하거든. 그러니까 나는 그 여자 앞에 있으면 조마조마해서 견딜 수가 없단 말야. 뿐더러 그 여자는 남부의 인간을 야만인이라고 생각하고 있어. 우리 어머니에게도 그렇게 말했다더군. 그래서 남부의 인간을 무서워하고 있는 거야. 우리들이 가면 언제나 벌벌 떨고 있는 것 같지 않아? 마치 의자에 앉아 있는 말라깽이 암탉같이 누가 조금이라도 움직이기만 하면 당장 깜짝 놀라 비명을 지르고 일어날 듯이 눈알을 디룩거리며.」

「그녀만 나무랄 수도 없어. 너도 실제로 캐이드의 다리를 총으로 쏜 일이 있잖아.」

「응, 그때는 나도 좀 과음했었으니까. 그렇지 않았더라면 쏘지 않았을 거야.」 하고 스튜어트는 말했다. 「그리고 캐이드는 나를 별로 나쁘게 생각하지 않아. 캐스린도 그렇고 레이포드도 캘버트 씨도 모두 그래. 단지 그 계모인 북부 태생의 여자뿐이야. 나를 야만인 취급을 하고, 고상한 인간은 미개한 남부 사람의 곁에 있으면 생명이 위험하다는 둥 하며 비명을 올리는 건.」

「그렇게 그 여자만 공격할 게 아냐. 과연, 그 여자는 북부 태생이고 태도 역시 좋지는 않아. 하지만 너는 캐이드를 쏘았고, 캐이드는 비록 친자식은 아니더라도 어쨌든 그 여자의 아들이 아니니.」

「그렇다고 해서 나를 모욕할 구실은 되지 않아. 너는 어머니의 핏줄을 받고 있는 아들이 아니니? 그런데도 네가 토니 폰텐에게 다리를 맞았을 때 우리 어머니가 떠들어 대든? 천만에, 그렇지는 않았어. 단지 상처의 치료를 받기 위해 토니의 아버지인 노(怒)선생을 불러 놓고, 이렇게 말했을 뿐이야. 『토니는 대관절 어디를 겨냥한 것입니까? 아마 술을 너무 마셔서 사격의 솜씨가 형편없었던 모양이죠?』이 말을 듣고 토니란 놈이 얼마나 성을 냈는지 기억하고 있지?」

두 사람은 소리를 합쳐 웃었다.

「정말 어머니는 대단하셔.」하고 브렌트는 기쁜 듯이 찬성했다. 「어떤 경우에도 능숙하게 사건을 처리해 주기 때문에 의지가 돼. 남 앞에서 약점이 잡힐 만한 짓은 절대로 하지 않으니까.」

「그렇고 말고. 그렇지만 오늘 밤 집에 돌아가면 아버지나 누이들 앞에서 우리들에게 뒤를 감당하지 못할 말을 할 게 틀림없어.」하고 스튜어트는 침울한 어조로 말했다. 「그리고 말이지, 브렌트, 우리들의 유럽 여행은 산통이 다 깨졌어. 요전번에 어머니가, 이번에도 또 학교를 쫓겨나게 되면 유럽 여행은 허락하지 않는다고 말했으니까 말야.」

「뭐 그까짓 것 문제가 아니잖아. 유럽 같은 곳에 가서 무엇을 보고 오겠다는

거야. 이 조지아 주에 없는 것이 유럽에 있다는 거니? 아마 말도 이곳 말만큼은
빠르지 않을 거고, 또 여자도 그렇게 이쁘지 않을 텐데. 게다가 우리 집의 라이
위스키보다도 더 맛있는 술이 유럽 같은 곳에 있을 것 같으니?」

「거긴 좋은 연극, 좋은 음악이 얼마든지 있다고, 애실리 윌크스가 말하던데.
애실리는 유럽이 좋은가 봐. 언제나 유럽 얘기만 하고 있거든.」

「그건 그럴 거야. 윌크스네 사람들이 어떤 사람들인지, 그것은 너도 알고 있
지 않니. 음악이나 책이나 연극 얘기만 나오면 당장 눈빛이 달라지는 그런 색다
른 족속들 아니니? 어머니도 말했지만, 그건 윌크스 집안이 할아버지 대에 버
지니아에서 이주해 왔기 때문이래. 버지니아 녀석들은 그런 것들을 아주 대단하
게 생각한다니까.」

「그럼 그런 건 모두 그들에게 맡겨 두면 되겠군. 타는 데는 좋은 말, 마시는
데는 좋은 술, 사랑을 하는 데는 좋은 여자, 놀아나는 데는 좋은 말괄량이를 나
에게 달라, 그런 거지. 그렇게 되면 유럽 같은 건 아무라도 좋아하는 놈에게 줘
버릴 테야……. 여행을 떠날 수 없다는 것쯤 정말 문제도 아니야. 전쟁이 언제
일어날지도 모르는 판인데, 유럽에 갔다가 금세 돌아올 수 없잖아. 나는 유럽에
가는 것보다 전쟁에 나가는 편이 훨씬 좋아.」

「나도 마찬가지야……. 좋아, 브렌트. 저녁을 얻어먹을 만한 집을 생각해 냈
어. 이제부터 늪 건너 에이블 와인더네로 가서 우리 네 사람이 또 돌아왔으니까
즉각이라도 군사 교련을 받을 생각이라고 이렇게 말하고 올까?」

「그거 좋군!」하고 브렌트는 기뻐 큰 소리로 외쳤다.「그렇게 하면 기병대의
얘기도 들을 수 있고, 또 군복을 어떤 색깔로 정했는지도 알 수 있고.」

「만일 즈아브식의 아라비아 복장이라면, 나는 기병대에 입대하는 걸 사양하
겠어. 그 자루 같은 붉은 바지를 입으면 틀림없이 여자 같은 느낌이 들 거야. 그
것은 마치 여자의 빨간 플란넬 드로워스 같으니까 말야.」

「도련님들께선 와인더님 댁에 가실 작정인가요? 그 집이라면, 맛있는 저녁
식사는 바라지 말아야 할 걸입쇼.」하고 지임즈가 말했다.「요리사가 죽어 버렸
는데 아직도 새 요리사를 구하지 못했거든요. 들일을 하는 검둥이에게 요리를
시키는 데 이 주에서 제일 맛없는 요리라고 소문이 자자한뎁쇼.」

「이봐, 정말이야? 어째 요리사를 새로 구해 오지 않지?」

「백인 양반이라도 가난뱅이 쓰레기는 웬만해서 검둥이도 사지 못하죠. 지금
까지만도 그 집에는 검둥이가 네 사람 이상 있어 본 일이 없으니까요.」

지임즈의 목소리에는 다분히 모욕이 깃들어 있었다. 백 명 남짓한 노예를 소
유하고 있는 탈레턴 댁의 검둥이이니 만큼 지임즈는 다른 대농장의 노예들과 마

찬가지로 소수의 노예밖에 소유 못하는 백인을 깔보고, 자기들의 사회적 우월을
뽐내고 있었다.

「그런 소리를 지껄이면 껍질이 벗겨질 만큼 매질을 해줄 테다!」하고 스튜어
트는 격한 목소리로 외쳤다. 「에이블 와인더를 보잘것없는 가난뱅이라고 깔보
면 그냥 안 둘 테야! 가난할지는 모르지만 쓰레기는 아니야. 그 사람에 대해서
나쁘게 말하는 놈이 있으면 검둥이든 백인이든 내가 용서하지 않을 테다. 군내
에서 그 사람보다 훌륭한 사람이 어디 있어? 그러니까 기병대에서도 그 사람을
부대장으로 뽑은 게 아냐?」

「그게 저희들로선 알 수 없는뎁쇼.」하고 지임즈는 주인의 역정 따윈 아랑곳
없다는 듯 태연히 대답했다. 「군대의 장교는 늪지대에 살고 있는 그런 백인 쓰
레기 같은 사람보다도 부자인 신사 양반들 사이에서 뽑는 게 더 나을 텐뎁쇼.」

「쓰레기가 아니라니까! 너는 그 사람을 정말 백인의 쓰레기인 스레터리 패들
과 똑같이 생각하고 있니? 하긴, 에이블은 부자는 아니야. 소농(小農)이고 대
농장의 주인은 아니지만, 누구나 모두 그를 부대장으로 뽑아도 상관없다고 생각
하고 있어. 하니까 검둥이 따위가 주제넘게 실례될 말을 함부로 지껄일 필요는
없어. 기병대는 자기들이 하고 있는 일을 알아서 처리할 줄 안단 말이야.」

기병대의 의용군이 조직된 것은 석 달 전, 조지아 주가 합중국 정부로부터 분
리를 선언한 그 날이었는데 그 날부터 대원은 전쟁을 고대하고 있었다. 이 단체
에는 아직 명칭이 붙어 있지 않았지만, 그러나 그것은 그것에 관한 제의가 없었
기 때문은 아니었다. 제복의 모양이나 색깔에 관해서도 각자 저마다의 의견이
있듯, 명칭에 관해서도 여러 가지 의견이 있었고 서로 양보하지 않았던 것이다.
〈클레이튼 와일드 캣츠(쌈쟁이 부대)〉, 〈파이어 이이터즈(용감한 자들)〉, 〈북 조지아 경기병〉,
〈즈아브 부대〉, 〈인랜드 라이플즈(내륙총)〉(하긴 이 기병대는 피스톨과 사아벨과
사냥에 쓰는 칼로 무장하고 라이플은 갖지 않기로 되어 있었다), 〈클레이튼 그
레이즈(햇빛셈)〉, 〈블러드 앤드 선더스(유혈법)〉, 〈라프 앤드 레디즈(맹병)〉 따위와
같은 명칭이 각각 다수의 지지자를 갖고 있었다. 이 부대는 전쟁이 끝날 때까지
〈기병대〉란 이름으로 통용되었다. 나중에 기막히게 훌륭한 부대명이 붙여지긴
했지만, 싸움터에서 손해를 입고 존재의 의의를 상실할 때까지 그저 〈기병대〉란
이름으로 불리고 있었던 것이다.

장교는 대원 중에서 선거하기로 했다. 왜냐하면 이 군에는 멕시코 전쟁과 세
미놀 인디언 토벌전에 종군한 일이 있는 몇 사람의 노병을 제외하고는 군대의
경험이 있는 사람은 한 사람도 없었고, 더구나 이 기병대는 전쟁의 경험이 있는
사람이라도 대원들이 개인적으로 호감을 갖고 신뢰하고 있는 사람이 아니면 지

휘자로서 받들기를 원하지 않기 때문이다.

　사람들은 탈레턴 댁의 네 형제와 폰텐 댁의 세 형제를 좋아하고는 있었으나, 탈레턴 댁의 패들은 곧 술이 취해서 법석을 떨기가 일쑤였고, 폰텐 댁의 녀석들은 욱하기 쉽고 위험한 신경질의 소유자였기 때문에 유감스럽게도 장교로는 선출되지 못했다. 애실리 윌크스는 군내에서도 손꼽는 명기수(名騎手)였고, 그 냉철한 두뇌는 군기를 지키는 데도 크게 쓸모가 있었기 때문에 대장으로 뽑혔다. 레이포드 캘버트는 사람들로부터 호감을 받고 있어서 제일 부대장으로, 그리고 늪지대에 덫을 놓아 짐승을 잡는 사냥꾼의 아들이며 소농인 에이블 와인더는 제이 부대장으로 뽑혔다.

　에이블은 두뇌가 날카롭고 근엄한 몸집이 큰 사나이인데, 교육은 못 받았지만 친절하고 다른 청년들보다 나이가 많았으며, 부인 앞에서도 다른 사람과 마찬가지로 혹은 그 이상으로 훌륭한 태도를 나타냈다. 기병대 가운데는 신사인 체하고 도도하게 구는 사람은 한 사람도 없었다. 왜냐하면 대개의 가문이 아버지나 할아버지의 대에 소농 계급에서 출세하여 오늘의 재산을 이루고 있었기 때문이다. 그리고 에이블은 기병대 첫째가는 사격의 명수로서 칠십 오 야드나 떨어진 곳에서도 다람쥐의 눈알을 맞힐 수가 있었고, 빗속에서 불을 피운다든가 들짐승의 발자국을 식별한다든가 샘물 있는 곳을 찾아낸다든가 하는 야외 생활에 능숙했다. 대원들은 실력이 있는 인물을 존경하고 있었고, 또 와인더를 좋아하고 있었기 때문에, 신분 따위에는 구애받지 않고 그를 장교로 선출했었던 것이다. 그는 이 명예를 진지하게 받아들이고, 그것이 자기의 당연한 임무이거나 한 것처럼 부지런히 임무를 수행하고 결코 뽐내는 일이 없었다. 그러나 대농장의 부인들이나 노예들은 대원이 모두 그를 신뢰하고 있는데도 불구하고, 그가 신사의 가문에서 태어나지 않았다는 이유 때문에 너그럽게 보아 주지 않았다.

　처음에 이 기병대는 대농장주의 자제들만으로 조직되고 탈 말이나 무기나 군장(軍裝)이나 종졸(縱卒) 같은 것을 모두 각자가 부담하기로 돼 있었다. 그러나 새로이 개척된 이 클레이턴군에는 부자인 대농장주가 극히 적었기 때문에 기병대를 크게 강화하기 위해서는 소농, 산 속의 사냥꾼, 늪지대에서 덫을 놓고 짐승을 쫓아다니는 빈민의 자식까지도 참가시켜야만 되었다. 때로는 이른바 푸어 화이트(가난뱅이)의 자제 가운데서도 소질이 있는 사람은 약간이긴 해도 채용해야 했다.

　이들 청년들도 전쟁이 터지면 양키들과 일전을 벌이고 싶다는 열의에 있어선 결코 부호의 자제에 뒤지지 않았다. 그러나 여기에서 돈 문제 때문에 미묘한 일이 생겼다. 소농으로 말을 소유하고 있는 사람은 거의 없었다. 그들은 들일을 하는 데 노새를 부리고는 있었지만 그거라고 해서 여유가 있는 것도 아니고 네 마리 이상 갖고 있는 사람은 거의 없다고 해도 과언이 아니었다. 그러므로 가령 전쟁에 노새를 사용해도 상관없다고 해도 들일에 지장이 있기 때문에 노새를 전쟁에 끌고갈 수는 없었다. 더구나 기병대에선, 노새는 곤란하다고 말하고 있었다. 더구나 그때의 가난뱅이 백인 중엔 노새 한 마리라도 갖고 있는 편은 오히려 나은 편으로, 산 속이나 늪지대의 주민들은 하나도 갖고 있지 않았다. 그들은 전적으로 자기들의 토지에서 산출된 것이나 소택지에서 잡은 것으로 생활하고, 또 일용품은 물물 교환을 하고 있기 때문에 현금이라고는 일 년에 오 달러를 손에 쥐기가 어려울 정도여서 말이라든가 군장 따위를 장만한다는 것은 도저히 바랄 수도 없는 일이었다. 그러나 그들은 대농장주가 그 재산을 자랑하고 있는 것처럼 자기들의 가난에 완고한 고집을 갖고 있었기 때문에 부호들로부터는 조그마한 혜택도 결코 받으려고 하지 않았다. 그래서 이 사람들의 감정을 상하지 않게 하면서 기병대를 강화시키기 위해 스카알렛의 아버지와 존 윌크스, 벅먼로, 짐 탈레턴, 휴 캘버트 등 군의 대농장주 가운데 앵거스 매킨토시를 제외한 모든 사람들이 기병대 군비로 돈을 기부하고 말과 대원의 군장을 도맡기로 했다. 즉 대농장주는 자기의 자제들뿐만 아니라 다른 몇 사람의 장비까지도 맡게 되었는데 막상 그것을 실행에 옮기는 데는 가난한 사람들의 명예심을 다치지 않고 말이나 군복을 받도록 세밀한 조심을 하지 않으면 안 되었다.

기병대는 매주 두 번 존즈보로에 모여 군사 교련을 계속하면서 빨리 전쟁이 시작되었으면 좋을 텐데 하고 바라고 있었다. 전원에게 골고루 돌아갈 만큼 말의 준비가 다 갖추어지진 않았지만, 말을 갖고 있는 패들은 재판소 뒤에 있는 광장에서 숱한 모래 먼지를 일으키며 함성을 올린다든가, 객실의 벽에 장식해 두었던 독립 전쟁 당시의 장검을 휘두르며, 기병대의 연습은 바로 이럴 것이라고 그들이 상상한 대로 했다. 말을 갖지 못한 녀석들은 불라드의 가게 앞 댓돌에 걸터앉아 담배를 씹든가 이야기를 하든가 하면서 말을 탄 동료의 연습을 바라보거나, 그렇지 않으면 사격의 솜씨 내기를 했다. 사격만은 연습할 필요가 없었다. 남부의 사람들은 원래부터 흡사 총을 안고 태어난 것과 같아서 매일 사냥을 일삼고 있기 때문에 모두 훌륭한 사격의 명수였다.

모임이 있을 적마다 대농장주의 저택이나 소택지의 통나무 집에서는 갖가지 장식의 소총이 나왔다. 아메리카에 온 이주자가 처음으로 알레게니 산맥을 넘었을 무렵 신형을 자랑하던 총신(銃身)이 긴 다람쥐 사냥의 총이며, 조지아 주가 갓 개척되었을 무렵 많은 인디언을 위협한 구식 전장총(前裝銃)이며, 1812년의 세미놀 전쟁이나 멕시코 전쟁 시절에 위력을 발휘했던 마상용(馬上用)의 대형 피스톨이며, 은(銀) 개머리가 달린 격투용 피스톨이며, 텔린저식 소형 피스톨이며, 이연발의 엽총이며, 개머리에 아름다운 나무를 사용한 영국제의 멋진 신형 총에 이르기까지 속속들이 모였다.

교련은 으레 존즈보로의 술집에서 끝나는 것이 예사였다. 그러므로 저녁때가 되면 곳곳에서 싸움이 벌어지고 장교들은 북군과 싸우기도 전에 부상자가 나오면 큰일이라고 그 중재에 바빴다. 스튜어트 탈레턴이 캐이드 캘버트를, 그리고 토니 폰텐이 브렌트를 쏜 것도 바로 이런 소동의 하나에서 비롯된 것이었다. 기병대가 조직된 것은 탈레턴 댁의 쌍동이 형제가 때마침 조지아 대학을 퇴학맞고 집에 갓 돌아왔을 때의 일이었기 때문에 그들은 기뻐 어쩔 줄 모르며 여기에 참가했다. 그러나 두 달쯤 전에 그 총격 사건을 일으켰기 때문에 어머니는 이제 다시는 돌아오지 말라고 타이르고 그 두 사람을 주립 대학에 보냈던 것이다. 그들은 대학에 있는 동안에도 군사 교련에 참가할 수 없는 것이 분하여, 동료인 대원과 함께 말을 달리고, 고함을 지르고, 사격을 할 수 있다면, 공부 같은 것은 다 팽개쳐도 좋다고 생각하고 있었다.

「좋아, 그럼 이제부터 지름길로 에이블의 집으로 가자.」하고 브렌트가 말했다. 「오하라 농장의 강을 건너 폰텐 목장으로 빠지면 문제없어.」

「가시더라도 고슴도치 고기하고 야채 말고는 아무것도 먹을 것이 없을 텐뎁쇼.」하고 지임즈가 또 참견을 했다.

「넌 먹지 않을 텐데 뭘.」하고 스튜어트는 웃었다. 「넌 이제부터 집으로 돌아가서, 어머니에게 우린 저녁식사에 돌아가지 않는다고 보고를 해야 하니까 말야.」

「그건 안 됩니다요!」하고 지임즈는 깜짝 놀라 외쳤다. 「그건 안 됩니다요! 베아트리스 마님께 혼나는 건 저도 도련님들보다 더 질색이니깐입쇼. 우선 첫째로, 왜 도련님들이 대학에서 쫓겨날 만한 짓을 하는 것을 옆에 붙어 있으면서 잠자코 보고만 있었느냐 하실 테고요. 그 다음은, 왜 오늘 밤 데리고 와서 꾸지람을 듣게 안 했느냐고 하실 게 뻔하니깝쇼. 그리고 딱정벌레를 발견한 오리 새끼들처럼 무서운 기세로 모두 달려들어, 네가 나쁘다고 된통 야단을 할테니깝쇼. 끝끝내 도련님들이 와인더 씨네로 데려가 주시지 않는다면 전 밤새도록 숲 속을 돌아다니겠어요. 그러다 보면 순경에게 붙잡힐지도 모르지만 뭐 성을 내시는 베아트리스 마님 앞에 나서기 보다는 그편이 난걸입쇼.」

형제는 이 검둥이의 단호한 결의에 난처한 듯이, 화가 난 눈으로 그 얼굴을 노려보았다.

「이 놈은 얼간이라 틀림없이 순경에게 붙잡힐 거야. 그거야말로 또 어머니에

게 몇 주일이나 잔소리를 할 재료를 제공하는 거나 다름이 없지. 검둥이도 골칫
거리야. 때때로 나도 노예 폐지론자의 주장을 옳다고 생각하는 때가 있어.」

「그럼 할 수 없지. 우리 자신이 당하고 싶지 않는 일을 지임즈에게 당하게 하
는 게 잘못일지도 모르지. 데리고 가야 할 거야. 가만 이봐, 지임즈. 이 건방진
검둥이 놈아! 만일 와인더 집의 검둥이 앞에서 으스대든가, 그쪽은 토끼나 고
슴도치밖에 먹지 못하는데 우리는 닭고기 프라이와 햄을 늘 먹고 있다고 쓸데없
는 소리라도 하는 날이면, 나는 어머니에게 일러 바칠 테다. 그리고 전쟁에도
데리고 가주지 않겠어.」

「으스댄다굽쇼? 제가 그 따위 싸구려 검둥이 앞에서 으스댄다굽쇼? 안 합
니다요. 저도 좀은 점잖은 태도를 가질 수 있읍죠. 베아트리스 마님은 제게도
도련님들과 똑같게 예의 범절을 가르쳐 주셨으니까요.」

「하지만 어머니의 교육도 이 세 사람에게는 별로 효력이 없었던 모양이지?」
하고 스튜어트는 말했다.「자아, 가자!」

말하고 스튜어트는 붉은 털의 늠름한 말을 뒷걸음질시키어 옆구리를 힘껏 차
서 쉽사리 나무 울타리를 뛰어넘어, 제랄드 오하라 댁의 농장인 부드러운 밭 속
으로 뛰어들어갔다. 브렌트의 말과 지임즈의 말이 곧 뒤를 따랐다. 지임즈는 안
장 앞턱과 말갈기를 단단히 움켜잡았다. 그는 울타리를 뛰어넘는 것 같은 것은
별로 좋아하지 않았지만, 주인의 뒤를 따라 할 수 없이 이것보다 더 높은 울타리
를 넘은 일도 있었다.

붉은 경작지를 지나 짙어 가는 땅거미 속을, 얕으막한 언덕에서 강바닥 쪽으
로 내려가면서 브렌트가 큰 목소리로 고함쳤다.

「이봐, 스튜어트! 스카알렛이 우리를 저녁식사에 초대해 줄 생각이었다고
넌 생각하지 않니?」

「나도 내내 그렇게 생각하고 있었어.」하고 스튜어트는 마주 고함쳤다.「그런
데 왜 초대하지 않았을까? 네 생각엔 어떠니?」

2

탈레턴 형제가 사라져 가는 것을, 스카알렛은 타라 저택에 서서 전송하고 있
었다. 이윽고 말발굽 소리가 들리지 않게 되자 그녀는 몽유병자처럼 의자로 돌

아왔다. 얼굴은 고통으로 딱딱하게 굳어진 것 같고, 입술은 형제에게 비밀을 눈치채이지 않기 위해 억지로 미소짓고 있었기 때문에 정말 아프게 되고 말았다. 다리 하나를 엉덩이 밑에 깔고 의자에 축 늘어지듯 걸터앉았으나, 심장은 슬픔으로 부풀어 주체할 수 없을 만큼 가슴이 복받쳐 올랐다. 심장은 불규칙하게 고동치기 시작했고 손은 싸늘해졌으며, 슬픈 마음이 온 몸을 압도했다. 흡사 지금까지 마음대로 응석을 부리며 자라 온 아이가, 비로소 인생의 뜻대로 되지 않는 불쾌한 현실에 부딪쳤을 때와 같은 고뇌와 혼란이 얼굴에 나타나 있었다.

애실리가 멜라니 해밀턴과 결혼한다!

아냐, 그게 사실일 턱이 없어! 그 형제가 뭔가를 잘못 듣고 하는 소릴 거야. 그렇지가 않다면 언제나 하는 장난으로 나를 놀려 주고 있는 게 틀림없어. 애실리가 그녀를 사랑할 리가 없어. 애실리가 아니더라도, 누구도 그 따위 생쥐 같은 빈약한 여자는 사랑하지 않을 거야. 스카알렛은 멜라니의 여위고 앳된 모습이며 거의 박색이라고 할 수 있는 평범한 하트형의 얼굴을 경멸 속에 떠올렸다. 더구나 애실리는 요 몇 달 동안 멜라니와는 통 만나지 못했을 것이다. 작년 트웰브 오우크스 저택에서 파티가 열린 뒤 그는 두 번 이상 애틀랜타엔 가지 않았다. 아냐, 아냐, 애실리가 멜라니를 사랑하다니! 결코 그럴 리가 없어. 왜냐하면——오, 나는 결코 잘못 생각하고 있지는 않아——왜냐하면 그가 사랑하고 있는 건 바로 이 나니까! 나, 이 스카알렛이야말로 그가 사랑하고 있는 여자가 아닌가! 나는 그걸 알고 있어!

객실의 마루를 울리며 다가오는 묵직한 마미의 발소리를 듣고 스카알렛은 급히 깔고 앉았던 다리를 빼고 얼굴에 부드러운 표정을 지으려고 애썼다. 뭔가 이상한 일이 있었구나, 하고 마미에게 의심을 받게 되면 아무래도 어쩔 수가 없기 때문이었다. 마미는, 오하라 댁이라는 것은 육체적으로나 정신적으로나 모두 자기와 똑같은 것이고, 따라서 가족의 비밀은 자기의 비밀이라고 믿고 있기 때문에 조금이라도 숨기는 그늘을 발견하면, 그야말로 짐승을 쫓는 사냥개처럼 용서 없이 어디까지나 추궁하는 것이었다. 스카알렛은 경험으로 알고 있지만 만일에 이 마미의 호기심이 즉각 만족되지 않으면 결국 어머니인 엘렌한테까지 문제가 드러나게 되고, 그렇게 되면 스카알렛은 어머니 앞에서 무엇이고 다 털어놓지 않으면 안 되거나 혹은 그럴 듯한 거짓말을 생각해 내지 않으면 안 되었던 것이다.

마미가 객실에서 나왔다. 코끼리처럼 작고 현명한 눈을 가진 몸집이 커다란 노파였다. 피부가 검은 윤이 나도록 반짝거리는 순수한 아프리카 토인으로서, 마지막 피 한 방울까지라도 오하라 댁을 위해 바칠 각오를 하고 있는 말하자면,

엘렌의 가장 강력한 의논 상대이고, 스카알렛 등 세 딸들에겐 절대의 권력자이며, 다른 종들에겐 두려움의 표적인 노파였다. 흑인이긴 하지만 마미의 예절이나 자부심은 그녀의 소유자인 주인들과 마찬가지로, 혹은 그 이상으로 높았다. 그녀는 엘렌 오하라 부인의 어머니가 되는 소랜지 로비야르 부인의 침실 담당 몸종으로 자랐는데, 로비야르 부인은 잔소리가 많고 쌀쌀하며 콧대가 높은 프랑스 부인으로서 내 자식이든 하인이든 조금만 예의에 벗어난 짓을 하면 용서 없이 그것에 알맞은 벌을 주었다. 처음에 마미는 엘렌의 보모였는데, 엘렌이 결혼하자 함께 사배나에서 이 내륙 지방으로 옮겨왔다. 그녀는 사랑하는 사람일수록 엄하게 대했다. 그래서 그녀의 스카알렛에 대한 애정과 자랑이 크면 클수록 그녀에의 채찍은 엄했고 용서 없이 내려졌다.

「그 신사분들은 벌써 돌아가셨나요? 왜 저녁식사에 초대하지 않으셨어요, 스카알렛 아가씨? 포크에게 두 사람 몫을 더 만들라고 일러 두었는데, 그런 예절이 어디 있어요?」

「그 사람들은 전쟁 이야기만 하는걸 뭐. 난 진절머리가 났어. 그런데 식사하는 동안 아버님까지 함께 어울려 링컨이니 전쟁이니 그런 이야기를 하면 난 정말 참을 수 없어.」

「엘렌 마님하고 제가 이렇게 열심인데, 아가씨는 어쩌면 들에서 일하는 노예하고 똑같이 예절을 모르시는군요. 그리고 숄도 두르지 않으시고! 밤바람이 써늘해졌는데. 제가 언제나 말하는 것이지만 어깨에 아무것도 두르지 않고 밤바람을 쐬면 감기 걸려요. 스카알렛 아가씨, 자아 어서 집 안으로 들어가세요.」

스카알렛은 마미가 숄 때문에 정신이 팔려 자기 얼굴의 표정에는 눈치를 채지 못한 것을 다행으로 생각하고, 일부러 아무렇지 않은 듯 저쪽을 향해 돌아섰다.

「난, 여기서 저녁놀을 보고 싶어, 아름답지 않아? 숄을 좀 갖다줘, 마미. 난 아버님이 돌아오실 때까지 여기 있겠어.」

「봐요, 벌써 감기가 들어 코먹은 소리를 하지 않아요.」하고 마미는 의심스러운 듯이 말했다.

「아니라니까!」하고 스카알렛은 짜증을 내었다. 「아무렇지도 않으니까 빨리 숄이나 갖다 줘요!」

마미는 쿵쿵거리며 객실로 들어갔다. 이윽고 계단 있는 곳에서 이층 하녀에게 부드럽게 이르는 소리가 들렸다.

「로오자, 스카알렛 아가씨의 숄을 던져다오.」대답이 없자 목소리가 커졌다. 「쓸모도 없는 검둥이년 같으니라고! 언제든지 요긴한 곳엔 있을 때가 없단 말이야. 할 수 없지! 내가 올라가서 가져와야지.」

계단이 삐걱거리는 소리를 듣자, 스카알렛은 조용히 일어났다. 손님에 대한 대접이 소홀했다느니 어쩌느니 산소리를 할 게 틀림없단 말이야. 마음이 울적해진 지금, 스카알렛은 그런 시시한 일로 설교를 듣는 것은 정말 견딜 수 없을 것 같았다. 마음의 괴로움이 얼마쯤 가라앉을 때까지 어딘가에 가서 숨어 있자. 어디가 좋을까 하고 망설이면서 서 있으려니까, 문득 작긴 하지만 그녀에게, 한 가닥 희망을 주는 생각이 떠올랐다. 아버지인 제랄드는 오늘, 그의 하인 포크의 아내인 딜시를 양도받기 위한 교섭으로 윌크스 댁의 농장 트웰브 오우크스에 가 있다. 딜시는 윌크스 댁의 하녀 감독 겸 산파로 여섯 달 기량 전에 포크와 결혼했는데, 그 뒤부터 포크는 딜시를 양도받아 두 사람이 같은 농장에 살 수 있도록 해 달라고 낮이고 밤이고 주인에게 졸라 왔던 것이다. 그리하여 오늘 오후 마침내 졸리다 못해 제랄드는 그 교섭을 하러 갔다.

틀림없이 아버지는 이 무서운 이야기가 사실인지 아닌지 알고 있을 것이라고 스카알렛은 생각했다. 오늘 오후 설사 아무것도 듣지 않았다고 하더라도, 만일 그런 사실이 정말로 있다고 한다면 윌크스 댁의 사람들에게서 무언가 다른 느낌을 받았을 것이고, 그렇게 되면 아버지는 뭔가 느낄 것이 틀림없었다. 저녁식사 전에 잠깐만이라도 아버지와 단 둘이 있게만 된다면 아마 사실을 다 알게 될 것이다. 틀림없이, 그 쌍둥이 형제의 언제나의 버릇인 질이 나쁜 농담에 지나지 않는 것을 알게 될 것이다.

이제 제랄드가 돌아올 시간이었으므로, 아버지와 단 둘이서 이야기를 하자면 저택으로 들어오는 길이 신작로와 갈라진 곳까지 가서, 거기서 기다리고 있을 수밖에 없었다. 그녀는 조용히 포치의 계단을 내려가, 마미가 보고 있지 않는가 고개를 돌려 조심스럽게 이층의 창문을 올려다보았다. 바람에 펄럭거리는 커튼 사이로, 저 눈같이 새하얀 터반을 감은 널찍하고 검은 얼굴이 나무라듯이 내려다보고 있지 않음을 확인하자, 그녀는 초록빛 꽃무늬 스커트 자락을 휘어잡고 리본 장식이 달려 있는 실내화를 신은 작은 발로 될 수 있는 대로 빨리 저택의 사잇길을 내려가 차도 쪽을 향해 뛰기 시작했다.

자갈길 양쪽에 시커멓게 솟은 삼나무는 양쪽에서 머리 위를 덮어, 긴 가로수 길을 어두운 터널로 만들고 있었다. 삼나무의 옹이가 많은 나뭇가지가 무성하게 늘어진 곳까지 뛰어왔을 때, 이제 저택으로부터는 눈길이 미치지 않는다는 걸 알자 그녀는 안심하고 속도를 늦추었다. 달리는 것이 무리일 만큼 코르셋을 세게 졸라매고 있었기 때문에 숨이 찼으나, 그래도 그녀는 열심히 발길을 재촉했다. 이윽고 차도를 벗어나 신작로로 나서는 곳까지 왔지만, 그녀는 그 모퉁이를 돌아 그녀와 저택을 가로막는 삼나무 숲 저쪽에 나설 때까지 걸음을 멈추지 않았다.

얼굴이 빨갛게 달아 숨을 헐떡거리며 그녀는 나무 그루터기에 걸터앉아 아버지를 기다렸다. 평소 아버지가 귀가하는 시각은 벌써 오래 전에 지났지만, 그녀는 오히려 그편이 나았다. 그 동안에 거칠어진 호흡을 가라앉히고 얼굴빛을 진정시켜서 아버지에게 의심을 받지 않도록 완전히 준비할 수가 있기 때문이었다. 아버지의 말발굽 소리가 이제나 들리지 않을까, 예의 그 무지무지한 속력으로 언덕을 달려 올라오는 아버지의 모습이 이제 곧 보이지 않을까, 초조하게 그녀는 기다렸다. 그러나 몇 분이나 지났지만 제랄드는 돌아오지 않았다. 그녀는 아버지의 모습을 기다리며 신작로를 내려다보고 있는 동안 고통이 다시 가슴에 복받쳐 왔다.

『오, 그것이 사실일 리가 없어!』하고 그녀는 생각했다. 『하지만 아버지는 왜 돌아오지 않는 걸까?』

그녀의 눈은 오늘 아침 내린 비로 피처럼 빨개진 꼬불꼬불한 길을 더듬어 올라갔다. 그녀의 마음은 신작로를 따라 언덕을 내려가고, 강물이 느릿느릿 흐르는 플린트 강을 건너 삐뚤삐뚤한 소택지를 빠져 나가 다시 언덕길을 올라간 다음, 애실리가 사는 트웰브 오우크스의 길을 쫓고 있었다. 이제 이 길은 스카알렛에게 있어 ——애실리에게로 가는 길, 그리하여 언덕 꼭대기를 그리스의 신전처럼 장식하고 있는 아름답고 흰 둥근 기둥이 늘어선 그의 저택으로 가는 길이고, 그 이외의 아무것도 아니었다.

『아, 애실리! 애실리!』그렇게 생각하자 가슴의 고동이 한결 빨라졌다.

탈레턴 형제에게서 그 소문을 들은 다음부터 그녀를 무겁게 내리누르고 있던 혼란과 불안이 섞인 차가운 느낌은 마음 한구석으로 쫓겨나고, 그 뒤를 이어 다시 이 년 전부터 그녀를 사로잡고 있던 정열이 되살아났다.

지금 생각하면 이상하지만, 그녀는 다 자랄 때까지 애실리에게 그렇게 마음을 빼앗기지 않았던 것 같다. 어렸을 무렵 자주 그를 보곤 했지만 도무지 마음이 이끌리지는 않았다. 그러다 이 년 전, 애실리가 삼 년 동안의 유럽 여행을 마치고 고향에 돌아와, 그 인사차 왔을 때부터 그녀는 그를 사랑하게 되었다. 그만큼 단순한 것이었다.

그 날 그녀가 현관 앞에 서 있으려니까, 애실리가 회색 양복을 입고 주름이 있는 와이셔츠에 잘 어울리는 넓고 검은 넥타이를 매고, 긴 가로수길을 말을 타고 달려왔다. 지금도 그녀는 그 날 그가 입었던 복장의 어떠한 자세한 점도 회상할 수가 있다. 그의 장화가 얼마나 번쩍거리고 있었던가, 메두사의 얼굴을 조각한 조개 껍질의 넥타이 핀, 그녀의 모습을 보자 얼른 벗던, 테가 넓은 파나마 모

자. 그는 말에서 내려 검둥이 소년에게 고삐를 던져 주더니 그대로 선 채 그녀를
올려다보았다. 그 꿈꾸는 듯한 잿빛 눈은 넘칠 듯 미소를 담았고 금발 머리는 햇
빛을 받아 마치 은모자처럼 눈부셨다. 그때 그는 말했다. 「스카알렛, 몰라보리
만큼 자랐군요.」그러고 나서 사뿐 계단을 올라와 그녀의 손에 키스를 했던 것이
다. 그때의 그 목소리! 우울한 듯하면서도 맑고 음악적이어서 그녀는 그 목
소리를 들었을 때 처음 듣는 목소리가 아닌가 하고 생각할 만큼 설레였던 것을
지금도 잊을 수가 없다.

그 최초의 순간부터 그녀는 그를 원했다. 먹기 위해서 먹을 것을 원하고, 타
기 위해서 말을 원하고, 잠자기 위해서 부드러운 침대를 원하는 것처럼 그녀는
단순하게 이유도 없이 그를 원했던 것이다.

그로부터 이 년 동안, 그는 그녀를 불러내어 무도회며 낚시며 피크닉이며 재
판소 같은 곳에 데리고 갔다. 탈레턴 댁의 쌍둥이 형제나 캐이드 캘버트처럼 뻔
질나게 오는 것도 아니고, 폰텐 댁의 청년들만큼 집요하게 구는 것도 아니지만
그러나 그는 타라를 일 주일 이상 찾아오지 않는 일은 거의 없었다.

물론, 그는 별로 그녀에게 사랑을 속삭인 일도 없고, 또 그 맑은 잿빛 눈에 다
른 사나이들이 곧잘 스카알렛에게 하는 것처럼 열띤 번쩍거림을 나타내는 일도
없었다. 하지만, 그래도 그녀는 그가 자기를 사랑하고 있다는 것을 알고 있
었다. 그것에 결코 틀림이 있을 리가 없었다. 이성보다도 강한 본능이, 경험에
서 얻은 지식이, 그가 자기를 사랑하고 있다고 속삭여 주고 있었다. 그가 뜻하
지 않을 때, 평소의 그 꿈꾸는 듯한 아늑한 눈이 아니라 그녀를 어리둥절케 하는
동경과 슬픔에 가득 찬 눈초리로 지그시 그녀를 응시했을 때, 그녀는 곧잘 놀라
움을 느끼곤 했다. 그는 확실히 자기를 사랑하고 있었다. 그러나 어째서 그것을
고백하지 않는 걸까? 그것이 그녀로선 이해되지 않았다. 그러나 그에 대해 이
해되지 않는 건 그 외에도 많이 있었다.

그는 언제나 예의바르고, 그리고 누구에게서나 떨어져 먼곳에 있었다. 누구
에게도, 특히 스카알렛에게는 그가 무엇을 생각하고 있는지 도무지 알 수가 없
었다. 누구나 무엇이든지 생각한 일을 생각나는 즉시 거침없이 말해 버리는, 그
런 고장의 인간들 사이에선 애실리의 이 어울리지 않는 성격은 못마땅한 것으로
까지 여겨지고 있었다. 그러나 그는 다른 청년들과 마찬가지로 사냥이든 내기이
든 춤추는 것이든, 또는 정치적인 홍정이든간에 이 지방의 오락이라면 뭐든지
능숙했고 특히 말타기에 있어선 그를 따를 사람이 없었다. 단지 다른 청년들과
다른 점은 그렇게 유쾌한 행동도 그에게 있어선 인생의 최종 목적은 아닌 것 같
은 데 있었다. 그는 혼자 책이나 음악을 벗삼고 시를 짓는 기쁨 속에 고립되어

있었던 것이다.

아, 어째서 그는 그렇듯 멋진 금발머리이고, 그렇듯 예의바르고, 초연하며, 그리고 그렇듯 유럽에 대해서나 책에 대해서나 음악에 대해서나 시에 대해서나, 그 밖에 그녀가 조금도 흥미를 갖지 않는 일만을 이야기하고——그런데도 왜 그녀의 마음은 이토록 그에게 이끌리는 걸까? 황혼녘을 현관 앞에서 그와 더불어 보낸 날 밤이면 언제나 그녀는 침대에 들어가고 나서도 짜증스럽게 몇 시간이고 잠을 이루지 못했으며, 이 다음에 만날 때에는 틀림없이 자기에게 구혼할 것이라고 스스로 위로했다.

그러나 다음 기회도 올 듯하다가 그냥 가 버리고, 기대한 결과는 영 얻어지지 않고, 다만 그녀를 사로잡고 있는 정열만이 날이 갈수록 높아지고 비등(沸騰)할 뿐이었다.

그녀는 그를 사랑하고 그를 원하면서도 그를 이해하진 못했다. 그녀는 타라 농장을 불고 지나가는 바람처럼, 혹은 또 타라 농장을 끼고 흐르고 있는 누렇게 흐린 강물처럼 솔직하면서도 단순했고, 그렇기 때문에 마지막 순간까지 끝내 복잡한 것을 이해할 수는 없었다. 그런데 지금, 그녀는 난생 처음으로 복잡한 성격과 부딪치게 된 것이다.

그것은 애실리가 생활의 여가를 행동으로 옮기지 않고 사색을 위해, 혹은 조금도 현실감이 없는 아름답고 다채로운 꿈을 엮어내기 위해 사용하는, 윌크스 가문의 핏줄을 타고났기 때문이었다. 그가 살고 있는 곳은 이 조지아 따위보다는 훨씬 아름다운 내부의 세계였고, 거기서부터 그는 마지못해 현실의 세계로 돌아오곤 하는 것이다. 단지 인간을 방관하고 있을 뿐, 그들을 좋아하거나 싫어하지 않았다. 인생을 방관하고 있을 뿐 거기에서 유난히 기쁨도 슬픔도 느끼지 않았다. 그는 우주와 그 우주에 있는 자기 입장을 있는 그대로 받아들이고, 무슨 일이 생기면 어깨를 약간 으쓱할 뿐, 음악이나 책이나 그의 보다 좋은 세계로 들어가 버리고 마는 것이다.

그의 마음이 그녀에겐 전연 이방인인데도, 왜 그는 스카알렛을 매혹시키고 말았는지 그녀로선 알 수가 없었다. 이 이해할 수 없는 신비로움이 자물쇠도 열쇠도 없는 도어처럼 그녀의 호기심을 자극시켰던 것이다. 이해할 수 없는 이러한 여러 가지 것들이 더욱더 그녀의 사랑을 깊게 해주고, 그리고 그의 기묘하고 조심스런 구애의 태도는 한층 그녀로 하여금 그를 자기 것으로 만들겠다는 결의를 더하게 했다. 아직 젊고, 게다가 자기 마음대로 되지 않는 일은 하나도 없을 만큼 응석을 부려 왔기 때문에, 그가 언젠가는 구혼하리라는 걸 그녀는 조금도 의심하지 않았다. 그런데 지금 청천의 벽력같이 이 무슨 무서운 얘기란 말인가!

애실리가 멜라니와 결혼하다니 ! 그런 일이 진실일 리가 있는가 !

왜냐하면 전 주일 저녁 무렵, 페어힐에서 둘이 말을 타고 돌아왔을 때, 그는 이런 말을 하지 않았던가.

「스카알렛, 나는 당신에게 아주 중대한 얘기가 있는데, 어떻게 말해야 좋을지 망설이고 있어.」

그때 그녀는 얌전하게 눈길을 내리깔고 있었다. 드디어 저 행복의 순간이 왔구나 하고 심장은 격렬한 기쁨으로 뛰놀았다. 그러자 그는 말했다. 「하지만 지금은 말할 수 없어. 이제 곧 집이고 시간이 없으니까. 오 스카알렛, 나는 얼마나 겁장이일까 !」그리고 말에 박차를 가하여 타라로 오르는 언덕을 단숨에 달려올라가고 말았던 것이다.

스카알렛은 지금 나무 그루터기에 걸터앉아, 그때 그토록이나 그녀를 행복하게 만들었던 그 말을 생각해 내고, 별안간 그 말이 다른 의미로, 무서운 의미로 해석되는 것을 깨달았다. 그가 털어놓으려고 한 말은 멜라니와의 약혼에 대해서가 아니었을까.

아, 아버지만 돌아와 준다면 ! 이 불안에는 이제 한시라도 견딜 수가 없었다. 그녀는 조마조마하면서 다시 한 번 신작로를 굽어보고, 그리고 실망했다.

태양은 지평선 아래로 가라앉고 아득한 땅 끝의 붉은 광선은 서서히 담홍색으로 어슴푸레해져 갔다. 하늘은 담청색에서 차츰 물새 알 같은 연한 청록색으로 바뀌고, 전원의 황혼녘 꿈만 같은 정적이 주위에 살짝 다가섰다. 땅거미가 자욱이 들판을 덮었다. 갈아엎어진 붉은 이랑도, 칼자국마냥 붉은 신작로도, 그 마술적인 선혈의 붉은 빛깔을 잃고, 단지 갈색의 흙으로 변했다. 신작로 맞은편인 목장에서는 말이며 노새며 소가 울타리 너머로 고개를 내밀고, 우리로 돌아가 저녁먹이가 주어지는 걸 조용히 기다리고 있었다. 그들 또한 목장 주위에 있는 냇물가 풀숲에 스며드는 캄캄한 어둠을 좋아하지는 않으리라. 인간적인 우정을 감지하기나 하듯, 스카알렛 쪽으로 귀를 쫑긋거리고 있었다.

호젓한 미광 속에, 강기슭 습지에 우뚝 솟은 높다란 소나무의 거목이 햇빛에는 그토록이나 연연한 녹색이었던 것이 지금도 파스텔로 그린 듯 하늘을 배경으로 시커멓게 늘어서 있어 흡사 유연하게 굽이치고 있는 흙탕물의 강물을 발 밑에 숨기고 가로막은 검은 거인의 행렬만 같았다. 그 강 너머 건너편 언덕 위에는 윌크스 댁의 높은 굴뚝이 주위를 에워싼 떡갈나무 숲의 암흑 속에 차츰 녹아 없어지고, 다만 멀리 떨어진 바늘 끝만한 식당의 불빛만이, 거기 집이 있음을 나타내 주고 있을 뿐이었다. 따뜻하고 습기를 품은 봄의 향긋한 입김은, 새로 갈아 놓은 흙의 축축한 냄새와 싹이 트려고 하는 온갖 나뭇잎이 발산하는 숨결과 함께 그녀를 감싸 주었다.

일몰도, 봄도, 새싹도 스카알렛에게는 조금도 신기하지 않았다. 이 모든 것들의 아름다움을, 그녀는 호흡하는 공기, 마시는 물과 마찬가지로 아무렇지도 않게 받아들이고 있었다. 왜냐하면 그녀가 아름답다고 생각하는 것은 단지 여자의 얼굴이라든가 말이라든가 비단옷이라든가, 그렇듯 감촉할 수 있는 것에만 국한되어 있기 때문이었다. 그러나 잘 정리가 된 이 타라 농장의 잔잔한 저녁 어스름은 그녀의 어지러운 마음에 어느 정도 안정을 주었다. 자기 스스로 사랑하고 있음을 깨닫지 못하고 있지만 그녀는 이 고장을, 기도할 때 램프 불빛 아래 보이는 어머니의 얼굴만큼이나 깊이 사랑하고 있었던 것이다.

끝없이 이어진 신작로는 호젓하기만 했고, 아직도 아버지의 모습은 보이지 않았다. 이 이상 더 오래 지체하면 틀림없이 마미가 찾아와, 집 안으로 끌고 들어갈 게 틀림없었다. 그렇게 생각하며 어두운 신작로를 열심히 굽어보고 있으려니까 언덕 목장 아래쪽에서 말발굽 소리가 들려 오고 소와 말이 놀라 달아나는 것이 보였다. 제랄드 오하라가 벌판을 가로질러 전속력으로 질주해 오고 있었던 것이다.

제랄드는 허리가 굵고 다리가 긴 늠름한 체구의 사냥용 말을 타고 언덕을 올라왔는데, 말이 엄청나게 컸기 때문에 그의 모습은 멀리서 바라보면 마치 소년처럼 보였다. 길다란 머리털을 뒤로 나부끼며 채찍을 휘두르기도 하고 소리 높이 고함치면서 말을 몰아 댔다.

자기 자신의 고뇌에 가득 차 있음에도 불구하고 그녀는 애정이 깃들인 사랑스러움으로 아버지의 모습을 바라보고 있었다. 제랄드는 뛰어난 기수였던 것이다.

『어째서 아버지는 조금이라도 약주만 잡수시면 울타리를 뛰어넘고 싶어하시는 걸까?』하고 그녀는 생각했다. 『작년만 해도 바로 이 근처에서 말에서 떨어져 무릎을 다쳤으니, 이제 혼이 나서 그만둘 만도 하련만. 그리고 어머니에게도 이젠 절대로 뛰어넘지 않겠다고 맹세해 놓고서.』

스카알렛은 아버지를 무서워하지 않았으며, 동생들보다도 오히려 아버지 쪽을 더 친구처럼 느끼고 있었다. 왜냐하면 아내 몰래 울타리를 뛰어넘는 일이 아버지에겐 아이들 같은 자랑이었고 장난꾸러기다운 기쁨이기도 하겠지만, 그것은 스카알렛이 마미를 보기 좋게 따돌려 놓고 말았을 때의 기쁨과도 공통되는 것이 있기 때문이다. 그녀는 일어나서 아버지의 모습을 지켜봤다.

늠름한 말은 울타리에 다가서자 뛰어넘을 자세를 취했다. 기수가 열심히 격려를 하고 채찍이 허공에서 울리자, 말은 아버지의 흰 머리를 뒤로 나부끼게 하며 새처럼 가볍게 뛰어넘었다. 아버지는 나무 밑 어둠 속에 딸이 있는 줄도 모르고 신작로에 발을 들여놓자, 칭찬하듯 말의 목을 토닥거렸다.

「너와 어깨를 겨눌 만한 말은 이 군에는 물론 조지아 주 어느 곳에도 없을 거다.」

그는 자랑스럽게 말과 더불어 얘기했다. 그가 아메리카에 온 지는 벌써 삼십 구 년이나 됐는데도, 아직 그의 말 속에는 출생지인 아일랜드의 사투리가 강하게 남아 있었다. 이윽고 그는 서둘러 머리를 쓰다듬고, 흐트러진 와이셔츠 깃을 고치고, 비뚤어진 넥타이를 고쳐 매었다. 아버지가 이처럼 허둥지둥 몸만장을 하는 것은 이웃을 방문하고 조용히 말을 타고 돌아온 신사라는 것을 어머니 앞에 가장하기 위함인 걸 스카알렛은 알고 있었다. 그러나 이것이야말로 자기의 참뜻을 아버지에게 눈치채지 않고, 듣고 싶은 얘기를 끌어낼 수 있는 다시 없는 기회를 아버지가 주고 있는 것이라고 생각했다.

그녀는 커다란 목소리로 웃었다. 예측한 대로 아버지는 그 웃음 소리에 깜짝 놀랐다. 그리고 그녀를 발견하자, 곧 그 혈색 좋은 얼굴에 수줍은 듯, 도전하는 듯한 표정을 띠었다. 그는 말에서 떨어지고 난 뒤부터는 무릎이 자유롭게 구부러지지 않기 때문에 가까스로 말에서 내려, 고삐를 팔뚝에 걸고 부자유스러워 보이는 걸음걸이로 그녀에게 다가왔다.

「난 누구라고! 너냐?」하고 그는 그녀의 볼을 살짝 꼬집으며 말했다. 「너도 내 동정을 살피고 있었니? 지난 주에 동생인 스월렌이 했던 것처럼, 이번에는 네가 어머니에게 고자질할 작정이로구나.」그의 목쉰 낮은 소리에는 화난 듯한, 그러면서도 비위를 맞추려는 듯한 여운이 있었다. 스카알렛은 놀려 대듯이 혀를 날름해 보이고 아버지의 넥타이를 고쳐 매주었다. 그녀의 얼굴에 와 닿는 아버지의 입김에는 엷은 박하가 섞인 부르봉 위스키의 냄새가 확 풍겼다. 그 밖에도 씹는 담배 냄새, 기름으로 잘 손질된 가죽 장신구의 냄새, 말의 냄새 같은 것이 아버지의 몸에 배어 있었다. 때문에 이것들이 뒤섞인 냄새는 그녀에게 언제나 아버지를 연상시켰고, 또 이러한 냄새를 갖고 있는 사나이를 본능적으로 좋아하게 됐다.

「싫어요, 아버지. 난 스월렌 같은 수다장이는 아니에요.」하고 말해 아버지를 안심시켜 놓고, 아버지에게 조금 떨어진 다음, 매무새를 고친 아버지의 복장을 유심히 살펴보았다.

제랄드는 오 피트가 될까 말까한 작은 사나이였지만, 허리와 목이 굵기 때문에 앉아 있는 것을 보면, 모르는 사람은 거인으로 착각할 정도였다. 암팡진 허리통을 받쳐 주고 있는 다리는 짧고 튼튼했으며, 언제나 손에 넣을 수 있는 것

중에 가장 좋은 장화를 신고 마치 허세를 부리는 조그만 아이처럼 사타구니는 늘 벌리고 있었다. 조그만 사나이가 버티고 있는 것은 대개의 경우 우스꽝스러운 법이다. 그러나 투계용(鬪鷄用) 수탉이 뜰에서 뽐내고 존경받고 있는 것처럼 제랄드 역시 그랬다. 제랄드 오하라를 꼴불견인 작은 사나이라고 생각하는 사람은 한 사람도 없었다.

그의 나이 이미 예순 살, 굽슬굽슬 물결치는 머리칼은 은빛이었으나, 그 날카롭고 늠름한 얼굴에는 주름살 하나 없었고, 힘이 넘치는 작고 푸른 눈은 포커 노름을 할 때 카드를 몇 장 바꿀까 생각하는 것 이상 추상적인 문제로 골치를 썩인 일이 없는 사람 특유의 철부지 청년다운 젊음을 아직 갖고 있었다. 그는 먼 옛날 떠나 온 고국 아일랜드에서도 신기할 만큼, 가장 아일랜드적인 풍모를 지녔고——얼굴은 둥글고 혈색이 좋았으며, 코가 짧고 입은 커서 전투적이었다.

이 사나운 외모 아래, 제랄드 오하라는 가장 부드러운 마음을 지니고 있었다. 아무리 정당한 이유가 있어도 노예가 매질을 당하고 뿌루퉁해 있는 것은 보지 못했고, 새끼 고양이나 어린애가 울부짖는 것을 태연히 들어 넘기지 못하는 성미이긴 했으나, 그러나 그는 이 마음 약함을 남에게 알리는 것을 무척 두려워하고 있었다. 그와 만나면 누구나 오 분도 지나기 전에, 그 착한 마음을 꿰뚫어보고 말았지만, 그는 그것을 몰랐다. 만일 그걸 알았다면, 그는 그의 허영심은 크게 상처받을 게 틀림없었다. 왜냐하면, 그는 자기가 큰 소리로 명령하기만 하면 누구라도 겁내어 복종할 것으로 믿고 있기 때문이었다. 이 농장에서 사람들이 복종하는 것은 단 하나의 목소리——그의 아내 엘렌의 부드러운 목소리밖에 없다는 것을 그는 깨닫지 못하고 있었다. 위로 엘렌으로부터 아래론 가장 얼간이인 들일을 하는 검둥이에 이르기까지 암암리에 친절하게도 마음을 합해, 그의 말이 절대로 율법이기나 한 것처럼 그에게 믿도록 만들고 있었기 때문에, 그는 아마 영원히 이 비밀을 눈치채지 못할 게 틀림없었다.

스카알렛은 그의 역정이나 노한 목소리를 누구보다도 대수롭지 않게 여겼다. 그녀는 맏딸이었고, 이미 세 아들을 무덤에 보낸 그는 이젠 사내애가 태어날 가망은 없다고 체념하고 있었기 때문에 그녀를 마치 사내애처럼 취급하였고, 그녀 또한 그것을 기뻐하고 있었다. 캐롤라인 아이린이란 세례명을 약해서 캐린이라 불리고 있는 동생은 연약한 체구에 공상적이었고, 스잔 엘리너란 이름을 약하여 스월렌이라 불리고 있는 다음 동생은 그 우아로움과 귀부인다운 맵시를 자랑하고 있었으므로 아버지를 가장 닮고 있는 것은 스카알렛이었다.

게다가 스카알렛과 아버지는 상호 은폐 조약(隱蔽條約)이라고나 할까, 그런 것에 의해 맺어져 있었다. 그녀가 문에서 반 마일이나 걸어 돌아가는 걸 귀찮게 여겨 울타리를 기어오르든가 남자 친구들과 너무 늦게까지 현관의 계단에 앉아 있든가 하는 걸 발견해도, 아버지는 자기 자신을 엄하게 꾸짖을 뿐 결코 엘렌이나 마미에게 말하진 않았다. 스카알렛 역시 아버지가 어머니와의 굳은 맹세를 어기고 말을 타고 울타리를 뛰어넘은 것을 발견하여도, 결코 어머니에게 일러 바치는 짓은 하지 않았다. 또 아버지가 포커 노름으로 잃은 정확한 금액을 알더라도, 그건 이웃의 소문으로 곧 알 수가 있었지만, 만일 스월렌이었다면 자못 넌지시 그것도 충분한 만큼의 기교적 방법으로 저녁식사 때 곧 떠벌리고 마는 것이지만, 스카알렛은 입을 다물고 모른 척하고 말았다. 그런 것을 엘렌에게 귀띔해 봤자 결국은 어머니의 마음을 상하게 할 뿐이고, 더구나 어머니의 착한 마음을 슬프게 하는 일은 결코 하고 싶지 않다는 점에 있어서, 부녀는 완전히 일치하고 있었다.

스카알렛은 희미해져 가는 빛 속에서 아버지를 바라보았다. 웬지 아버지 앞에 있으면 마음이 가라앉는 것이었다. 이 아버지에게는 그녀에게 속삭여 주는 무엇인가가, 꿋꿋한 생활력이, 대지에 대한 애착이, 야성이 있었다. 인간의 마음의 분석 따위를 전혀 모르는 그녀는, 이것이야말로 자기가 그것과 비슷한 성질을 어느 정도 갖고 있는 까닭이라고는 깨닫지 못했고, 또 그것은 엘렌이나 마미가 십 육 년 동안 어떻게든지 고쳐 보려고 노력했지만 아직껏 남아 있는 성질이기도 했다.

「자아, 이젠 어디에 나가도 염려 없어요.」하고 그녀는 말했다.「아버지만 자랑하시지 않는다면 누구도 아버지가 울타리를 뛰어넘었다곤 눈치채지 못할 거예요. 하지만 작년에 무릎을 다치셨는데 또 그 울타리를 뛰어넘다니요!」

「자기 딸에게 어디를 뛰어넘어라, 어디를 뛰어넘지 말아라 잔소리를 듣게시리 됐다면 나도 끝장이군.」하고 그는 큰 소리로 말하고 또 딸의 볼을 꼬집었다. 「부러지든 않든 내 모가지야. 그런데 말이다, 넌 대관절 숄도 두르지 않고 이런 곳에서 무얼 하고 있었니?」

아버지가 불유쾌한 화제로부터 꽁무니를 빼려는 걸 알자, 그녀는 팔을 아버지 팔에 감고 말했다.「아버지를 기다리고 있었어요. 이렇게 늦으실 줄은 생각하지도 못 했거든요. 딜시를 샀는지 어쨌는지 궁금해서요.」

「사긴 샀는데 엄청난 값이다. 그 여자하고 그 여자의 딸 프리시도 함께 샀다. 존 윌크스는 거의 거저나 다름없는 값으로 넘긴다고 했지만, 어디 제랄드 오하라쯤 되는 사람이 거래에 우정을 이용했다는 말을 들어서야 체면이 서겠니? 두 사람 값으로 삼천 달러 치르고 왔다.」

「어머, 굉장하네요! 삼천 달러라니? 프리시까지 살 것은 없잖아요.」

「딸이 아버지의 하는 일에 대해 이러쿵저러쿵 말하는 시대가 되었다는 거냐?」하고 연설 비슷한 투로 그는 외쳤다.「프리시는 착한 아이이고 거기다가 …….」

「전 알고 있어요. 그 계집애는 심술이 많고 멍텅구리예요.」하고 스카알렛은 아버지의 큰 목소리에도 끄떡하지 않고 태연히 받아넘겼다.「딜시가 딸도 함께 사 달라고 울며 매달리는 바람에, 단지 그 이유만으로 아버지는 그 애를 산 거죠?」

친절한 일을 하고 그것이 지적되었을 때 언제나 하는 버릇대로 제랄드는 기가 꺾여 난처한 표정을 지었다. 스카알렛은 너무나 빤히 들여다보이는 아버지의 태도에 거침없이 웃었다. 그러자 제랄드는 갑자기 허세를 부리기 시작했다.

「그러니까 어쨌다는 거냐? 딸 때문에 어미인 딜시가 실망낙담해 버린다면 그걸 사오더라도 아무 짝에 소용없지 않니. 그러니까 이제 내 집의 검둥이는 결혼 따위는 시키지 않을 테다. 돈이 들어 견딜 수가 있어야지. 자, 돌아가 저녁밥이나 먹자.」

땅거미는 더욱더 짙어져 하늘에 남아 있던 마지막 초록빛 섞인 광선도 사라지고 봄의 따뜻한 기온이 자취를 감추면서 차츰 으스스 추워 왔다. 그러나 스카알렛은 동기를 의심받지 않으면서 애실리의 얘기를 꺼내자면 어떻게 해야 좋을까 생각하며 아직도 주저하고 있었다. 그것은 꽤나 어려운 일이었다. 왜냐하면 스카알렛에겐 기독교적인 교활함이 없었기 때문이었다. 그러므로 그녀가 아버지의 잔꾀를 곧 꿰뚫어보듯, 아버지 또한 그녀의 서투른 속임수 따윈 곧 알아차렸다. 그리고 그는 또 그것을 노골적으로 나타내었다.

「트웰브 오우크스에선 모두들 안녕하세요?」

「별일 없더라. 캐드 캘버트가 와 있어서 말이야, 딜시의 이야기가 끝나고 모두 회랑에 모여 종려주를 좀 들었다. 캐드는 애틀랜타에서 막 돌아왔다는데 거긴 벌써 굉장히 난리래, 전쟁 얘기로 말이야. 그리고…….」

스카알렛은 한숨을 쉬었다. 제랄드가 전쟁이나 남북 분리의 얘기를 꺼내면 몇 시간이고 계속되기 때문이다. 그래서 그녀는 곧 다른 방향에서 공격하기로 했다.

「내일 원유회에 대해 뭔가 이야기가 없었어요?」

「참 그래, 뭔가 말하더라. 왜 그 뭐라고 하는 이름이었지? 작년에 이곳에 오지 않았니, 너도 알고 있을 거야. 애실리의 사촌 누이인 귀여운 미인 아가씨 말야. 이름이 멜라니 해밀턴이라든가 했지, 그 아가씨와 그 오라비인 찰즈가 벌써 애틀랜타에서 와 있더라.」

「어머, 벌써 와 있어요?」

「응, 와 있었어. 착하고 얌전한 아가씨더라. 자기 쪽에선 먼저 나서서 한 마디도 말을 하지 않더라. 여자란 그래야 하는 건데. 자아, 무얼 꾸물거리고 있니? 어머니가 찾으실라.」

아버지의 이야기에 스카알렛의 마음은 우울해졌다. 그런 일은 없으리라 생각하면서도 멜라니가 어떤 이유로 그 살고 있는 애틀랜타에서 떠날 수가 없었으면, 하고 바라고 있었던 것이다. 그러나 그녀와는 전연 반대인 멜라니의 온순하고 얌전한 성격을 아버지가 칭찬했기 때문에 자포 자기적인 용기가 생겼다.

「애실리도 있었어요?」

「있었지.」하고 대꾸하면서 제랄드는 딸의 팔을 빼고 그녀의 얼굴을 날카롭게 들여다보았다. 「너, 그게 알고 싶어서 여기서 기다리고 있었다면 괜히 빙빙 돌지 말고 처음부터 그렇게 말하지 그랬니.」

스카알렛은 뭐라고 말해야 좋을지 몰라 난처해서 얼굴이 빨개지는 걸 스스로 느꼈다.

「자아, 분명히 말해 봐.」

그녀는 잠자코 있었다. 할 수만 있다면 아버지를 잡아 흔들며 가만히 있어 달라고 하고 싶었다.

「애실리는 있었어. 그리고 친절하게 네 말을 묻더라. 그애 동생들도 함께 말이다. 그리고 내일 원유회에는 꼭 와 달라고 말하더라. 꼭 가겠다고 나도 분명히 말하고 왔지.」그는 능란하게 말했다. 「하지만 애야, 너하고 애실리가 대체 어찌 되었다는 거냐?」

「아무것도 아니라니까요.」간단히 말하고 그녀는 아버지의 팔을 잡아 끌었다. 「자아, 돌아가세요, 아버지.」

「허어, 이번에는 네 쪽에서 돌아가자고 하는구나.」하고 그는 따지듯 말했다. 「그런데 나는 네 마음을 알 때까진 이곳에 있고 싶어졌다. 아무리 생각해도 요즘 너는 좀 이상해. 애실리한테 무슨 객쩍은 말이라도 들었니? 아니면 청혼을 받았니?」

「아뇨.」그녀는 짤막하게 대답했다.

「하긴 애실리 쪽에서 청혼할 까닭이 없지.」하고 제랄드는 말했다.

격한 감정이 그녀의 가슴에 복받쳐 왔다. 그러나 아버지는 손을 저어 그것을 제지했다.

「누구에게도 말해선 안 된다. 실은 말이야, 오늘 존 윌크스가 절대 비밀이라고 하면서 나에게 말해 주더라만, 애실리하고 멜라니가 결혼하기로 됐단다. 내일 발표한다더라.」

스카알렛의 손이 힘없이 아버지의 팔에서 떨어졌다. 역시 사실이었구나!

고통이 야수의 이빨처럼 사납게 그녀의 마음을 찢어 놓았다. 그 동안에도 그녀는 아버지의 약간 가엾어하는 듯한, 또 도저히 해결될 것 같지 않은 문제에 부딪쳐 어리둥절한 듯한 눈초리가 자기에게 부어지고 있는 것을 느꼈다. 아버지는 스카알렛을 사랑하고 있었다. 그러나, 그녀로부터 이러한 유치한 문제의 해결을 요구받았을 때는, 쩔쩔매지 않을 수가 없었다. 엘렌이라면 무엇이든지 대답할 수 있다. 스카알렛의 이런 고뇌는 어머니에게 가져갈 문제다.

「너는 너와 우리들 전부를 웃음거리로 만들 작정이냐!」하고 그는 소리를 질렀다. 흥분하면 그의 목소리는 언제나 높아지는 것이다. 「너는 자기를 사랑하지도 않은 남자의 꽁무니를 쫓고 있었단 말이냐? 이 근방의 젊은이라면, 너만 그럴 생각이면 얼마든지 골라잡을 수 있을 텐데 말이다!」

분노와 상처받은 자존심이 얼마간 그녀의 괴로움을 쫓아 주었다.

「애실리의 꽁무니 같은 걸 쫓아다닌 게 아녜요. 단지……조금 놀랐을 뿐이에요.」

「거짓말 마라!」하고 제랄드는 말했다. 그리고 딸의 곧 울듯한 얼굴을 들여다보며, 갑자기 부드러운 목소리로 덧붙였다. 「속상해 할 것 없다. 애야, 뭐니뭐니해도 넌 아직 어린애가 아니냐. 이제부터 얼마든지 마음에 드는 청년이 나타날 텐데.」

「어머니가 아버지와 결혼하신 건 열 다섯 살 때예요. 전 벌써 열 여섯이에요.」 금방이라도 꺼질 듯한 목소리였다.

「어머니는 달라.」하고 제랄드는 말했다. 「어머니는 너 같은 말괄량이는 아니었어. 자, 기운을 내라. 다음주 찰스턴의 율라니 아주머니를 방문할 때 함께 데리고 가 주마. 거기는 섬터 요새 이야기로 들끓고 있을 테니까. 애실리 같은 건 일 주일만 지나면 다 잊어버릴 거다.」

『아버지는 나를 어린애로 여기고 있다.』하고 스카알렛은 생각했다. 슬픔과 노여움으로 말도 제대로 나오지 않았다. 『새 장난감을 보여 주면 이 고통을 잊을 수 있으리라고 생각하고 있다.』

「자! 이제 나한테도 그만 대들어라.」제랄드는 말했다. 「네게 분별만 있다면, 너는 벌써 오래 전에 탈레턴 댁의 스튜어트나 브렌트 중의 누구와도 결혼했을 거다. 좀 생각해 봐라, 애야. 네가 그 쌍동이 중 어느 한 쪽과 결혼하기만 한다면 두 집의 농장은 서로 붙었으니까 짐 탈레턴과 나는 너희들에게 기막히게 좋은 집을 지어 줄 게 아니냐? 저 경계인 소나무 밭에다 말이야.」

「저를 어린애 취급하는 말은 그만 하세요!」하고 스카알렛은 부르짖었다. 「전 찰스턴에도 가고 싶지 않아요! 훌륭한 집도 그 형제와의 결혼도 싫어요! 단지 제가 원하고 있는 건…….」그녀는 흠칫하며 입을 다물었다. 그러나 때는 늦었다. 제랄드의 목소리는 이상하게 잔잔했다. 좀처럼 써먹는 일이 없는 사고(思考)의 창고에서 말을 끄집어내오듯, 천천히 밀려나왔다.

「네가 원하는 건 애실리뿐이란 말이지? 그런데 너는 그를 손에 넣을 수가 없다. 그리고 그가 설령 너와 결혼하고 싶다고 청해 온다고 해도, 나는 안심하고 승낙할 수가 없다. 나와 존 윌크스와의 두터운 우정을 봐서라도.」그녀의 놀라는 듯한 표정을 알고, 그는 다시 말을 이었다. 「나는 내 딸을 행복하게 해주고 싶다. 그러나 너는 애실리와 결혼을 하면 행복하게 될 수가 없어.」

「아니에요, 될 수 있어요! 행복할 수 있어요!」

「아냐, 아냐, 행복해질 수가 없어! 애야, 사람은 비슷한 사람끼리 결혼했을 때, 비로소 행복해질 수 있는 거란다.」

스카알렛은 별안간 이렇게 외치고 싶은 짓궂은 욕망을 느꼈다. 『하지만 아버지는 행복하시잖아요. 아버지와 어머니가 그렇게 성격이 다른데도.』그러나 그녀는 그런 말을 하면 건방지다고 한 대 얻어맞을 것 같아 입에는 올리지 않았다. 아버지는 하나하나 낱말을 찾듯이 말을 이어 갔다. 「윌크스네 사람들과 우리들과는 인간이 틀리다. 윌크스 집의 패들은 이 근방의 누구와도 달라. 내가 알고 있는 어떤 가족과도 다르다. 색다른 패들이야. 그러니까 그들은 사촌끼리 결혼해서 그 색다른 점을 그들끼리 간직해 두는 게 가장 좋은 거야.」

「하지만 아버지, 애실리는…….」

「잠자코 있어. 내가 뭐 애실리에 대해 나쁘다고 말하고 있는 건 아냐. 나도 그 사내는 좋아. 색다르다고 해서 미치광이라는 것도 아니야. 갖고 있는 건 뭐든지 경마에 걸어 버리는 캘버트 집이나, 형제 가운데서 으레 고주망태가 나오는 탈레턴 집이나, 성급하게 경솔하고 모욕을 당한 것도 아닌데 모욕당했다고 성내어 사람을 죽이고 싶어하는 폰텐 집의 녀석들과 같이, 그렇게 색다르다는 것도 아니야. 그런 점이라면 나도 알 수 있고, 또 신의 은혜가 없는 한 이 제랄드 오하라 역시 그런 결함을 전부 갖고 있을지도 모르지. 그렇다고 해서 너와 결혼하고 난 다음, 애실리가 다른 여자와 어디론가 줄행랑을 친다거나 너를 때린다거나 한다는 그런 의미도 아니야. 그가 그런 짓을 할 사나이라면 도리어 너는 행복해질 수 있을 거다. 그렇다면 적어도 너에게 이해는 될 수 있을 테니까. 그런데 그의 색다름이란 그런 게 아니란 말야. 그를 이해할 수가 전연 없어. 나는 그가 좋다. 한데 그가 하는 말은 거의 전부가 나로선 뭐가 뭔지 알 수 없단 말이야. 어때, 사실대로 말해 봐라. 너도 책이니 시니 음악이니 그림이니, 그 밖에 아무 짝에도 못 쓸 것들에 대해서 그가 지껄이는 말을 이해할 수 있더냐?」

「아녜요, 아버지.」하고 그녀는 참다못해 외쳤다. 「그런 건 제가 결혼하면 모두 고쳐 놓겠어요!」

「네가 고친다고? 이제부터라도 고쳐진다는 거냐?」하고 제랄드는 그녀를 날카롭게 쏘아보면서, 성난 것처럼 말했다. 「그 따위 생각을 하는 건 네가 아직 애실리뿐만 아니라 살아 있는 모든 인간을 모르기 때문이다. 잘 기억해 둬라. 아내가 남편의 성격을 바꾼다든가 하는 건 일찍이 이루어진 예가 없다. 윌크스 집의 성격을 바꾼다──농담이 아니다, 애야. 그 집 녀석들은 모두들 그렇다니까. 옛날부터 그랬어. 이제부터라도 아마 달라지지는 않을 거야. 그들은 어머니 뱃속에서부터 다른 거야. 그들이 뉴욕이나 보스턴으로 오페라나 그림을 보러 갈 때의 그 미쳐 날뛰는 꼴을 좀 보란 말야. 그리고 그들은 프랑스나 독일의 책을 북부에다 주문하여 궤짝에 담아 가져오게 한다. 보통의 인간이라면 사냥을 하거나 포커를 하거나 하며 시간을 보낼 때, 그들은 죽치고 앉아 책을 읽고, 그리고 아무도 알 수 없는 꿈을 꾸면서 시간을 보내고 있는 거야.」

「하지만 이 군 안에서 말을 타는 데 애실리만큼 잘 타는 사람은 한 사람도 없잖아요.」하고 스카알렛은 애실리를 사내답지 않다고 나무라는 줄로만 여기고 날카롭게 반박했다. 「만일 있다면 그분의 아버지뿐이에요. 그리고 포커 역시 지난주 존즈보로에서 아버지는 애실리에게 이백 달러나 잃었잖아요?」

「체, 또 캘버트네 젊은 녀석들이 지껄였구나.」하고 제랄드는 체념한 듯 말했다. 「그렇지 않다면 네가 금액까지 정확하게 알고 있을 리가 없지. 확실히 애실리는 말타기에선 제일이다. 포커 노름 솜씨도 제일급이고 네 그 말이 옳아. 뿐더러 느긋하니 앉아 마시기로 말하면 탈레턴네의 녀석들까지도 곯아떨어지게 할 수 있다는 걸 난 부정하지 않는다. 그는 그런 일 전부를 뭐든지 능숙하게 해내지만 도무지 그런 것에 열중하지는 않는단 말이야. 그게 색다르다는 거지.」

스카알렛은 입을 다물고 말았다. 마음이 무거웠다. 제랄드가 한 말을, 그녀 또한 사실이라고 알고 있었기 때문에 변명할 수가 없었다. 사실 애실리는 그처럼 유쾌한 일에 능숙한 데도 정신을 조금도 열중하는 일이 없었다. 다른 사람들이 생사에 관계한 만큼 열광하고 있는 일도, 그는 다만 교제상 재미있어하고 있다고 밖에 생각되지 않았다.

그녀가 침묵하는 원인을 옳게 알아챈 제랄드는 딸의 팔을 쓰다듬어 주고 의기양양한 듯이 말했다. 「어때, 스카알렛! 너도 내가 하는 말이 옳다고 생각되지? 애실리와 같은 남자를 남편으로 하여 어쩌겠다는 거냐. 그 녀석들, 윌크스 집의 녀석들은 모두 머리가 돌았단 말이다.」드디어 그는 달래는 말투로 바꾸었다. 「내가 아까 탈레턴네의 쌍둥이 얘기를 했지만, 뭐 억지로 권하는 건 아니다. 꽤나 좋은 젊은이들이긴 하지만, 만일 네가 캐이드 캘버트를 고른다면, 그것도 난 상관없다. 캘버트네 사람들도 노인이 양키의 부인과 결혼하긴 했지만, 그러나 모두 좋은 사람들이다. 내가 죽으면——글쎄, 잠자코 들어라! 나는 너와 캐이드에게 이 타라 농장을 물려줄 생각이다.」

「캐이드 같은 건 설사 은접시에 담아서 가져온데도 전 싫어요!」하고 스카알렛은 성이 나서 외쳤다. 「제발 부탁이니 그런 사람을 떠맡기지 마세요! 타라고 다른 어떤 농장이고 전 갖고 싶지 않아요. 농장 같은 건 아무것도 아니에요!」

그녀는 좋은 사람과 함께 살 수 없다면 하고 말할 생각이었으나, 제랄드는 자기가 아내인 엘렌 다음으로 세계에서 가장 사랑하고 있는 농장을 준다고 했는데도 너무나 매정하게 거절당했으므로 화가 치밀어 고함을 쳤다.

「뭐라고, 스카알렛 오하라. 다시 한 번 말해 봐라! 타라가, 이 토지가 아무것도 아니라고!」

스카알렛은 고집 세게 끄덕였다. 그녀는 아버지를 성내게 하고 말았다는 사실에 신경 쓸 여유조차 없을 만큼 슬펐던 것이다.

「땅이야말로 이 세상에서 언제까지나 남아 있는 유일한 것이란 말이다!」하고 그는 외치고 화가 치밀어 그 굵고 짧은 팔을 휘둘렀다. 「왜냐하면 땅이야말로 이 세상에 영원히 남는 유일한 것이니까. 이걸 잊지 마라! 그걸 위해 일할 가치가 있는 단 하나의 것, 그 때문에 싸울 가치가 있는 유일한 것, 그 때문에 죽을 수 있는 유일한 것, 그것이 바로 땅이란 말이다.」

「아버지도, 참.」하고 그녀는 불쾌한 듯 중얼거렸다. 「마치 아일랜드 사람 그대로네요.」

「내가 지난날 아일랜드 사람이었다는 걸 부끄러워한 일이 있니? 오히려 난 자랑으로조차 여기고 있다. 너게도 반은 아일랜드 사람의 피가 섞여 있다는 걸 잊어선 안 돼! 한 방울이라도 아일랜드 사람의 피를 몸 안에 갖고 있는 사람에겐 그가 사는 땅은 어머니와 마찬가지란 말이다. 나는 지금 너 같은 인간을 부끄럽게 생각한다. 모처럼 내가——고향인 미이스군을 빼놓는다면——세계에서 가장 아름다운 땅을 물려주려고 하는데, 너는 대관절 무슨 소리를 하는 거냐? 코웃음을 치다니!」

제랄드는 흥분하여 소리지르는 것에 일종의 쾌감을 느끼기 시작했다. 그러나 스카알렛의 슬픈 듯한 얼굴을 보자 다시 말을 누그러뜨렸다.

「하지만 너는 아직 젊다. 토지에 대한 애정도 차차 알게 될 테지. 네가 아일랜드 사람의 핏줄을 받고 있는 한, 이 실정에서 벗어날 수는 없을 거다. 너는 아직 어린애고 애인의 일 따위로 고민을 하고 있다. 그러나 나이를 먹게 되면 땅에 대한 애정이 어떠한 것인지 이해할 수 있을 거다……. 그런데 어떠냐? 캐이드나 저 쌍둥이 형제나, 아니면 먼로네 아들들이나, 이들 중 어느 누구든 골라잡을 순 없겠니? 그리고 내가 얼마나 네 걱정을 하고 있는지 그걸 알아 주렴!」

「참, 아버지도!」

제랄드는 이제 그 얘기는 끝내고 싶었고, 이런 문제의 책임을 어깨에 짊어지는 것이 귀찮아졌다. 더구나 스카알렛이 근방에서도 소문난 젊은이들에게 타라의 농장까지 덧붙여 제공하겠다는데도 여전히 슬픈 얼굴을 하고 있는 것이 불만스럽기 짝이 없었다. 제랄드는 이 같은 선물을 딸이 기뻐 손뼉을 치고 입을 맞추며 받아 주기를 바라고 있었던 것이다.

「자, 기분을 풀어야지. 애야, 너와 취미가 같고 신사이고 남부의 사람이며 자존심이 있는 젊은이하고라면, 누구와 결혼해도 난 무방하다. 여자란 건 결혼하고 나서 애정이 생기는 법이니까.」

「어머, 아버지. 그런 건 낡은 나라의 해묵은 생각이에요.」

「그리고 또 선량한 생각이지. 요즈음 아메리카 사람들이 요란스럽게 떠들어 대고 있는 연애 결혼 따위는, 그건 하인 하녀나 하는 짓이야. 양키들이 하는 짓이란 말이야. 부모가 골라 주는 게 가장 좋은 결혼이야. 너와 같이 철이 없는 계집애는 인간의 선악을 구별할 수 없으니까. 윌크스네를 봐라. 몇 대에 걸쳐서도 자존심이 강하고 무기력해지지 않는 까닭이 무엇인지 아니? 비슷한 사람끼리 혼인하기 때문이야. 언제나 일족의 녀석들이 결혼시키고 싶은 사촌끼리 짝을 맺어 주기 때문이란 말이다.」

「아아!」하고 스카알렛은 한숨을 쉬었다. 제랄드의 말로 해서 다시금 피할 수 없는 그 무서운 사실이 가슴을 치고 새로운 고뇌가 그녀를 난도질한 것이다. 제랄드는 푹 숙인 그녀의 머리를 바라보고 불안스런 듯 발을 움직였다.

「울고 있는 것 아니냐?」하고 말하며 그녀의 얼굴을 위로 쳐들려고 서툴게 그녀의 턱을 잡았다. 그러나 그의 얼굴에도 가엾은 마음으로 주름살이 잡혀 있었다.

「아뇨.」하고 그녀는 아버지의 손에서 도망치며 세게 부정했다.

「거짓말 마라. 속여도 소용없다. 하지만 나는 네 그 고집이 기쁘다. 너도 긍지를 갖고 있는 것이 기쁜 거야. 내일 원유회에서도 그 긍지를 보여 다오. 네가 우정 이상으로는 너를 생각하려고도 하지 않는 사나이를 위해 연모하고 괴로와하고 있다는 것을 다른 사람들이 쑥덕거리고 비웃는 것을 나는 도저히 견딜 수 없다.」

『그는 나를 생각하고 있어.』하고 그녀는 서글프게 마음속으로 뇌까렸다. 『끔찍이 생각하고 있어. 난 그걸 알고 있어. 만일 좀더 여유가 있다면, 난 그 사람에게 구혼을 시킬 수도 있는 건데. 아, 만일 윌크스가(家)에 사촌끼리 결혼한다는 관습만 없었어도!』

제럴드는 딸의 팔을 끌어다가 자기 팔에 끼었다.

「자아, 저녁식사를 하러 가자. 지금 얘기는 나와 너 두 사람만 아는 걸로 접어두자. 나는 너의 어머니를 이런 일로 괴롭혀 주고 싶지 않다. 너도 걱정을 끼치지 마라. 자, 코를 풀어.」

스카알렛은 손으로 주물럭거리다가 찢어 버린 손수건으로 코를 풀고, 어두운 가로수길을 아버지의 팔짱을 끼고 걷기 시작했다. 집 가까이 이르러 스카알렛이 또 입을 열려고 했을 때, 포치의 어두운 그늘에 어머니의 모습이 보였다. 어머니는 모자를 쓰고 숄을 두르고 장갑을 끼고 있었으며, 그뒤에는 마미가 금방 천둥이라도 칠 듯한 표정으로 엘렌이 언제나 노예들의 치료를 할 때 사용하는 붕대며 약이 든 검은 가죽 가방을 들고 서 있었다. 마미의 커다랗게 늘어진 입술은, 성이 나면 평소의 두 갑절이나 아랫입술이 내밀어지는 게 예사다. 지금도 마침 아랫입술이 잔뜩 나와 스카알렛은 그것으로 마미가 무언가 잔뜩 마음이 상해 있다는 걸 알 수 있었다.

「오하라 씨.」하고 엘렌은 두 사람이 마차길로 다가오는 것을 보고 말했다. 엘렌은 예의범절이 엄격한 시대에 살았기 때문에, 결혼 뒤 십 칠 년이나 지나고 여섯 명의 아이를 낳은 지금에 와서도 예의바르게 꼭 남편을 〈오하라 씨〉라고 불렀다. 「오하라 씨, 스레터리 댁에 병자가 생겼어요. 에미가 낳은 갓난애가 죽어 가고 있다고 해서 이제부터 세례를 해주러 가야겠어요. 뭐 도와 줄 수 있는 일이 있는지 어떤지 마미와 함께 가서 보고 올까 하고요.」

어디까지나 남편의 의향에 따라 어떻게든 하겠다는 말투였다. 물론 형식에 불과한 것이긴 하지만, 제럴드로선 크게 만족한 것이다.

「쳇, 무슨 일이람!」하고 제럴드는 소리쳤다. 「당신도 아직 저녁식사 전일 테고, 나도 애틀랜타의 전쟁 소문을 당신에게 들려 주고 싶었는데, 왜 그 백인 쓰레기들은 이런 시간에 당신을 끌어내려고 하지? 하지만 아뭏든 갔다와요. 어딘가 일이 벌어지고 있는데 도와 주러 가지 않으면 당신은 안심하고 밤에 잠도 편히 못 자는 성미니까.」

「마님은 병든 노예를 돌봐 주시든가 남의 손을 빌 것 없이 당신 손으로 처리해야만 할 백인 쓰레기들을 문병하기 위해, 밤에 제대로 잠도 못 주무시죠.」하고 마미는 옆의 마차길에 대기시켜 놓은 마차 쪽으로 계단을 내려가면서 억양이 없는 어조로 중얼거렸다.

「나 대신 아버지의 식사 시중을 들어 줘요.」하고 엘렌은 장갑을 낀 손으로 스카알렛의 볼을 살짝 어루만졌다.

스카알렛은 눈물이 글썽해 있었지만 영원히 끝이 없는 마술과 같은 어머니의 손이 스치고, 그 사락사락 소리나는 비단 옷에서 풍기는 레몬 바배나(향수)의 향긋한 향기를 맡자, 가슴이 울렁거리는 것을 느꼈다. 스카알렛에게, 어머니 엘렌 오하라는 뭔가 마음 편안해지는 것이 있었다. 마치 성스런 기적과 더불어 살고 있는 것처럼, 어머니는 그녀를 두렵게 만들고 그녀를 매혹시키고 그녀를 위로해 주었다.

제랄드는 아내를 부축하여 마차에 태워 주고 마부에게 조심해서 달리라고 일렀다. 이십 년 동안이나 제랄드의 말을 다루어 온 마부 토비는 자기의 일에 이런 주의를 듣자 불만스러운 듯 입술을 내밀었다. 마부석에 나란히 앉아 말을 모는 마미와 토비의 모습은, 기분이 언짢은 아프리카 흑인의 뿌루퉁한 상판을 그린 한 폭의 그림 같았다.

「스레터리네 쓰레기 같은 녀석들, 내가 돌봐 주지 않으면 놈들은 다른 데로 가서 또 빚을 얻어야 할 거야.」하고 제랄드는 화를 내었다. 「그리고 그 코딱지 같은 늪지를 나더러 사 달라고 조르러 오겠지. 그 놈들은 차라리 쫓아 버리는 것이 군을 위해서도 좋을지 몰라.」하지만 이윽고 무언가 재미있는 장난을 생각해 낸 듯 유쾌하게 웃으며 말했다. 「얘, 스카알렛, 딜시를 사는 대신 포크를 윌크스네에 팔기로 했다고 포크란 놈을 골려 줄까?」

그는 옆에 서 있던 검둥이 소년에게 고삐를 던져 주고 곧장 계단을 올라갔다. 벌써 스카알렛의 슬픔 같은 것은 잊어 버리고 지금은 하인을 골려 주는 일만으로 마음이 가득했다. 스카알렛은 무거운 발을 끌다시피 아버지의 뒤를 따라 올라갔다. 뭐니뭐니해도, 하고 그녀는 생각했다. 『내가 애실리하고 결혼하는 일이, 엘렌 로비야르 오하라와 아버지가 결혼한 일보다 더 이상할까. 언제나 생각하는 것이지만, 어떻게 해서 어머니와 같은 여성과 결혼했을까?』이상하기만 했다. 왜냐하면 태생으로 보나 성장으로 보나 성격으로 보나 이 두 사람만큼 걸맞지 않는 짝도 없었기 때문이었다.

3

 스카알렛의 어머니 엘렌 오하라는 서른 두 살이었다. 그 시대의 기준으로 봐
선 벌써 중년 부인이라고 할 수 있었다. 여섯 명의 아이를 낳고 그 가운데 셋을
잃었다. 키가 큰 부인으로, 성미가 괄괄한 키 작은 남편과 나란히 서면 머리 하
나는 더 컸다. 그러나 넓은 스커트를 끌고 조용하고 상냥하게 움직이기 때문에
키 큰 것이 별로 나타나지 않았다. 홀쭉한 크림빛 목은 그물을 씌워 뒤로 빗어올
린 풍부한 머리카락 무게에 비딱하게 기울어지기나 한 듯 언제나 약간 뒤로 쏠
려 있었다. 양친은 1791년의 혁명 때 하이티로 망명해 온 프랑스 사람으로, 눈꼬
리가 올라붙은 검은 눈과 검은 머리털을 어머니에게서 물려받았고, 나폴레옹의
휘하 군인이었던 아버지에게선 높고 곧은 코와 모난 턱을 이어받았는데, 부드러
운 볼의 곡선이 그 딱딱한 느낌을 덜어 주고 있었다. 그러나 그녀의 얼굴에 나타
나 있는 교만하지 않으면서 긍지에 찬 표정, 그 우아로움, 그 우수 그리고 전연
변덕이 없는 성격 등은 그녀 자신이 이제까지의 생활 속에서 얻은 바로 그것이
었다.
 만일 그녀의 눈동자에 좀더 광채가 있고, 그 미소에 좀더 친근해질 수 있는 따
뜻함이 있고, 가족이나 하인들 귀에 상냥하고 잔잔하게 울릴 뿐 감정을 나타내
지 않는 그 목소리에 좀더 생기만 있었다면, 아마도 그녀는 기막힌 미인이라고
소문났을 게 틀림없다. 그녀는 조지아 해안 지방 사람에게 그녀의 특유한 부드
럽고 상냥한 목소리로, 매끄러운 모음과 부드러운 자음, 그리고 약간의 프랑스
사투리를 섞어 말했다. 하인에게 뭔가 이르거나 아이들을 꾸짖거나 할 때도 결
코 높아진 일이 없는 목소리이긴 하지만, 그 목소리에는 남편 제랄드의 노성(怒
聲)이나 욕설이 전혀 무시당하고 있는 타라 농장에서 즉각 사람들을 복종시킬
만한 무게가 있었다.
 스카알렛이 생각해 낼 수 있는 한, 어머니는 언제나 똑같았다. 칭찬할 때라도
그 목소리는 부드럽고 아름다웠으며, 제랄드와 같이 떠들썩한 인물을 가장(家
長)으로 하는 집 안에서 매일처럼 일어나는 사건에 대해서도 결코 떠들지 않고
교묘하게 처리해 나갔으며, 그녀의 정신은 언제나 침착하여 세 자식을 잃었을
때조차도 감정은 조금도 흐트러져 보이지 않았다. 스카알렛은 어머니가 어떤 의
자에 걸터앉을 때라도, 등허리를 의자 등에 기대는 걸 본 적이 없었다. 그리고
또 식사 때와 병자를 간호할 때와 농장의 장부를 적을 때 말고는, 바느질감을
놓고 쉬는 어머니를 본 적이 없었다. 손님 앞에선 아름다운 수를 놓았지만, 그

렇지 않을 때는 제럴드의 찢어진 셔츠나 딸들의 옷이나 노예들의 옷 따위를 꿰매었다. 금으로 만든 골무를 끼고 있지 않은 어머니의 손을 상상할 수가 없고, 사락사락 스치는 어머니의 옷자락 소리를 들으면, 검둥이 소녀를 데리고 방마다 돌아보며 다니는 어머니의 모습을 상상하지 않을 수 없었다. 시침 실을 뽑는 일과 모과나무로 만든 바느질 상자를 안고 부인의 뒤를 따라다니는 것이 그녀 인생의 소임인 이 검둥이 계집애를 데리고, 엘렌은 요리며 청소며 농장 사람들이 입는 숱한 의복의 바느질을 감독하기 위해 온 집안을 돌아보는 것이었다.

스카알렛은 밤이든 낮이든 어머니가 근엄한 침착성을 잃거나 몸단장을 잊거나 하는 것을 한 번도 본 일이 없었다. 엘렌이 무도회 때나 방문객이 있을 때, 혹은 재판 날 존즈보로에 가거나 할 때에는 그 몸단장에 만족하려면 두 사람의 하녀와 마미의 시중을 받으며 넉넉히 두 시간은 걸려야 했지만 그러나 뭔가 급히 서둘러야 할 경우에는 참으로 놀랄 만한 솜씨로 몸치장을 해치우는 것이었다.

스카알렛의 침실은 어머니의 침실과 복도를 사이에 둔 맞은 편이었기 때문에, 그녀는 어린 시절부터 이른 새벽에 단단한 널빤지를 깔아 놓은 복도를 급한 걸음으로 걷는 검은 맨발의 부드러운 발소리와, 허둥지둥 어머니의 침실 도어를 두드리는 소리와 흑인 노예가 숨을 죽인 겁먹은 목소리로, 병이 났다느니 어린애가 태어났다느니 죽었다느니, 길게 몇 채이고 잇달아 지어진 흰 칠을 한 흑인 오두막 안의 사건들을 속삭이는 걸 곧잘 들을 수 있었다. 어렸을 때 스카알렛은 자주 도어 있는 데까지 살금살금 걸어가 그 조그만 틈으로 기웃거리곤 했는데, 그럴 때마다 아버지인 제럴드가 규칙적으로 기분 좋게 코를 골고 있는 어두운 방에서 높이 쳐든 촛불의 펄렁거리는 빛 속에, 약품 상자를 옆구리에 끼고 머리를 깨끗이 빗어올린 채 상의의 단추 하나 풀리지 않은 어머니의 모습이 나타나곤 했다.

어머니가 복도를 발끝으로 걸으면서 마중 온 사람에게 침착하고 동정 어린 목소리로 이렇게 속삭이는 걸 들으면 스카알렛은 언제나 마음이 놓이곤 했다.

「조용히 해요. 오하라 씨가 잠을 깨요. 병자가 죽을 만큼 중태는 아니잖아요.」

그리고 밤이 늦었는데도 불구하고 어머니가 나갔으니까 이젠 안심이라고 생각하고 다시금 침대로 들어가 눕는 것은 기분 좋은 일이었다.

폰텐 댁의 노선생도 젊은 선생도 왕진을 나가 버려 올 수 없을 때는 어머니는 밤새도록 출산이나 임종의 자리에 붙어 있어야 했는데, 그런 때도 아침이 되어 돌아오면 언제나 변함없이 아침식사의 식탁을 감독하는 게 버릇이었다. 그 검은 눈은 피로에 젖어 있었으나, 목소리에도 태도에도 조금도 피로한 기색이 나타나 있지 않았다. 그녀의 위엄 있는 부드러움 속에는, 모든 가족을 두렵게 하는 강철과 같은 성격이 숨겨져 있었다. 남편인 제랄드만 해도 죽어도 아내를 겁내고 있다고는 시인 않을 것이 틀림없지만, 역시 딸들과 마찬가지로 두려워하고 있었다.

때때로 스카알렛은 자기 전에 키가 큰 어머니의 볼에 키스하려고 발돋움하고는, 그 너무나도 작은, 너무나도 현실의 바람에 상하기 쉬워 보이는 입술을 바라보고, 이 입술 또한 소녀 시절에는 귀엽게 웃거나 친한 소녀인 친구들과 기나긴 밤을 서로 새우며 비밀을 속삭인 일이 있을까, 하고 이상히 여겼다. 아냐 아냐, 절대로 그런 일은 없을 거야. 어머니야말로 예나 지금이나 항상 힘의 기둥이며 지혜의 샘물이며 어떤 문제라도 대답할 수 있는 사람이었을 거야.

그러나 그것은 스카알렛의 잘못된 생각이었다. 몇 년 전에, 사배나에 있을 무렵의 엘렌 로비야르는 그 아름다운 해안 도시에 있는 열 다섯 살의 다른 소녀들과 다름없이 킬킬 웃거나, 긴 밤을 친구들과 속삭이거나 마음의 비밀을 주고받거나 하며 지냈던 것이다. 그러나 누구에게도 얘기하지 않는 비밀이 하나 그녀에게는 감추어져 있었다. 그건 그녀보다 스물 여덟 살이나 연상인 제랄드 오하라가 그녀의 인생에 등장한 바로 그 해였고, 그리고 또한 그녀의 청춘과, 검은 눈을 가진 청년 사촌 오빠인 필립 로비야르가 그녀의 인생에서 사라지고 만 해이기도 했다. 반짝거리는 눈과 자유로운 생활을 갖고 있던 필립은 영원히 사배나를 떠날 때 엘렌의 가슴에 싹튼 정열까지 가져가고 말았으며, 뒤에 남겨진 것은 아름다운 그녀의 껍질뿐이었다. 안짱다리에 조그만 사나이 아일랜드인은 이 껍질과 결혼한 것이다.

그러나 그녀와 결혼할 수 있다는 믿어지지 않는 행운에 압도된 제랄드에겐 그것도 만족이었다. 그녀로부터 뭔가 사라져 버렸더라도, 그는 그런 데 대해서는 통 무관심이었다. 빈틈이 없는 사나이이긴 하지만, 가문도 재산도 없는 한낱 아일랜드 사람인 그가 해안 지방에서도 일류급의 재산가이고 명망가의 딸을 손에 넣을 수 있다는 것은 기적 이외의 아무것도 아니라고 그에게는 생각되었다. 스스로 그렇게 낮출 만큼 제랄드는 몸 하나로 오늘을 쌓아올린 사나이였던 것이다.

제랄드는 스물 한 살 때 아일랜드에서 아메리카로 건너왔다. 그보다 전에, 또는 그보다 뒤에 서둘러 대며 아메리카에 건너온, 그보다도 선량한, 혹은 그보다도 불량한 많은 아일랜드 사람과 마찬가지로 그 또한 몸에 걸친 의복 한 벌 뿐인 알몸뚱이였고, 뱃삯을 치르고 나자 이 실링밖에 남지 않았다. 그의 목에는 현상금이 걸려 있었는데 그 액수는 그가 저지른 죄에 대한 것으로선 너무 많은 것이라고 그에겐 생각되었다. 도대체 지옥의 이쪽 땅에 살고 있는 오렌지 당 당원으로서 영국 정부가 아니, 악마 자신이라도 백 파운드나 현상금을 내던질 만큼 값어치가 있는 놈은 없을 것이다. 그러나 영국 정부가 부재(不在) 지주의 토지 사용료 징수인이었던 한 영국인의 죽음을 그처럼 중대시하였다면, 제랄드 오하라로선 역시 아일랜드를 떠날 수밖에, 그것도 허둥지둥 떠날 수밖에 없었던 것이다. 그 토지 사용료 징수인에게 『이 오렌지 당의 사상아야!』하고 욕설을 퍼부은 것은 과연 그이긴 하지만, 그러나 제랄드의 견해에 의하면, 그렇다고 해도 그 토지 사용료 징수인이 〈보인 강의 강물〉 첫머리 한 귀절을 휘파람으로 불어 그를 모욕할 권리는 없었던 것이다.

보인 강의 싸움이 있은 자 벌써 백 년 남짓이나 지났지만 오하라 일족이나 그 지방의 사람들에겐 아직도 어제의 일이거나 한 듯 생생했다. 놀라 패주하는 스튜어트 왕가의 왕자가 일으켜 놓은 자욱한 먼지의 구름이 걷히는 것과 동시에 그들의 희망도 꿈도 토지도 재물도 모두 상실되고 말았던 것이다. 전승한 오렌지 공(公) 윌리엄과 군모에 오렌지 휘장을 단 그 가증스럽기 짝이 없는 군대는, 이윽고 스튜어트 왕가에 마음을 두는 아일랜드인을 죽이기 시작했다.

이런 이유도 있고, 또 그 밖에 다른 사정도 있고 해서 제랄드가 오렌지 당원인 토지 사용료 징수인과 싸움을 하고 또 그를 죽인 일에 대해선, 오하라 가문의 사람들은 누구나 대수롭지 않게 생각하고 있었지만, 그 결과가 중대하게 된 것만은 걱정들을 했다. 오하라 집안은 다년간 반영국적인 행동을 해왔다고 하는 혐의를 받고 있었기 때문에 영국 경찰의 감정도 좋지 않았다. 밤이 아직 채 밝기 전에 아일랜드를 떠나 먼 여행을 나선 사람은, 오하라 가문에선 제랄드가 처음은 아니었다. 제랄드의 큰 형 제임즈와 둘째 형인 앤드루는 말수가 적은 청년이었다. 비밀 사명 때문에 곧잘 한밤중에 때 아니게 드나들거나 몇 주일씩 어딘가로 모습을 감추고 하여 어머니에게 걱정을 끼쳤던 일밖에 제랄드는 기억하지 않고 있지만 몇 년인가 전, 돼지 우리 밑에 무기며 탄약을 파묻어 두었던 일이 발각되어 아메리카로 망명했다. 지금 이 두 사람은 사배나에서 장사꾼으로 성공하고 있었다. 어머니는 자기의 아들로선 가장 위인 이 두 사람의 이야기만 나오면, 으레 그 얘기의 사이에 『어떤 곳인지 난 모르지만 말야.』하고 삽입하는 게 버릇이었는데, 젊은 제랄드는 거기에 보내어졌던 것이다.

어머니의 조급한 키스를 볼에, 열광적인 가톨릭풍의 축복을 귀에 받으며 집을 떠날 때, 아버지는 작별의 말로 『자기가 누구인가를 잊지 마라. 누구의 것이라도 훔치지 마라.』하고 격려했고, 키가 큰 다섯 명의 형들은 기특하다는 듯이, 그리고 얼마간 애처로와하는 듯한 미소를 짓고 그에게 작별을 고했다. 왜냐하면 제랄드는 나이도 제일 아래이고 늠름한 체격의 가족 중에선 가장 몸도 작았기 때문이었다.

아버지와 다섯 명의 형들의 키는 육 피트 이상이나 되었고, 몸집도 그에 걸맞게 실팍했지만, 제랄드만은 스물 한 살이 지난 뒤에도 작달막했으며, 오 피트 사 인치 반이란 신장은 신의 예지가 그에게 허락해 준 최대 한도인 듯싶었다. 키가 모자라는 걸 별로 원망하지 않는 게 또한 제랄드다운 점이었는데, 그는 무엇이든 갖고 싶다고 생각한 걸 손에 넣는 데 키로 손해를 봤다고 생각한 일은 한 번도 없었다. 그뿐인가, 오늘날의 그가 있음은 오히려 그 암팡진 단구(短軀) 때문이었다. 왜냐하면 작은 사나이가 큰 사나이들 속에 섞여 살아 나가기 위해선 배짱을 든든히 갖지 않으면 안 된다는 것을 그는 어렸을 때부터 뼈저리게 느껴 왔기 때문이었다. 아뭏든 그는 배짱이 센 사나이였다.

키다리 형들은 모두 고집통이며 입이 무거웠고, 그 마음 속에는 지금은 영원히 잃어버린 과거의 영광이 일가의 전통으로 남아 있어 그것이 때로는 영국인에 대한 무언의 증오가 되기도 하고 때로는 풍자적인 유머가 되어 흘러나왔다. 제랄드가 만일 체격이 당당한 사나이였다면, 조용히 사람 눈에 띄지 않게 정부에 대한 반역의 무리들 틈에 끼었을지도 모른다. 그러나 그는 어머니가 곧잘 말했듯이 『수선스럽고 외고집』이라 폭발하기 쉽고 곧 주먹을 휘두른다거나 싸울 자세가 되어, 눈에 띌 만큼 어깨를 으쓱거렸다. 그는 키가 큰 가족들 틈바구니에서, 마치 큰 코우친 종 수탉만 있는 뒤꼍에서 으스대고 있는 투계마냥 굴었다. 형들은 그를 사랑했고, 따라서 일부러 지분거려 기를 돋워 놓고는, 그가 악을 쓰는 것을 재미있어하거나 또는 커다란 주먹으로 그를 쥐어박곤 했는데도 제일 막냇동생이라는 그의 지위를 고려하여 늘 사정을 봐 주곤 했다.

제랄드가 아메리카에 건너왔을 때 그의 교육 수준은 아주 보잘것없는 것이었는데, 그는 자기 교육이 보잘것없는 것조차 모르고 있었다. 그러나 설사 그걸 남에게서 지적받았다 해도 아마 그는 염두에 두지 않았을 것이다. 어머니는 그에게 읽기를 가르쳤고 또박또박 쓰는 글씨체로 글자를 쓰는 걸 가르쳤다. 그는 셈수가 능숙했다. 그러나 그걸로 책에서 얻는 지식의 학문은 모두 끝난 셈이었다. 그가 알고 있는 라틴어는 교회 미사 때의 성가뿐이었고, 역사라면 아일랜드의 박해사를 알고 있을 정도였다. 시는 모어 이외에는 알지를 못 했고, 음악은 옛날부터 전해지고 있는 아일랜드의 민요뿐이었다. 그는 자기보다 학문이 있는 사람에게 대단한 존경을 보내고 있었으나, 그 자신의 무교육에는 전혀 무관심했다. 그러나 더 무식한 아일랜드의 가난한 농사꾼일지라도 거대한 재산을 만들 수 있는 이 새로운 나라에서, 그런 것이 그에게 무슨 소용이 있단 말인가!

인간이 튼튼하고 건강하다는 것과 적극적으로 일하는 것 외에는 아무것도 요구되는 게 없는 이 나라에서.

그를 사배나의 상점에 데려온 제임즈나 앤드루도 그의 무교육을 걱정하지 않았다. 제랄드의 뛰어난 수완, 정확한 계산, 빈틈없는 상재(商才)는 형들의 존경을 샀다. 만일 그가 문학의 지식을 가졌거나 음악에 대해 훌륭한 감상력을 갖고 있었다고 해도, 그건 다만 형들의 경멸을 받는 데 그쳤으리라. 십구 세기 초엽의 아메리카는 아일랜드인에 대해 친절했다. 처음에 사배나에서 조지아 주 내륙 지방에 포장 마차로 상품을 날라 장사하고 있던 제임즈와 앤드루는 이윽고 그들 자신의 가게를 가질 만큼 성공했고, 제랄드는 그들과 함께 재산이 늘어갔다.

그는 남부가 좋았기 때문에, 곧 자청해서 남부 사람 행세를 하게 되었다. 남부에는——그리고 남부 사람에게는——그가 절대로 이해할 수 없는 것들이 많이 있었다. 그러나 전력을 기울이는 천성적인 성격으로, 그는 곧 나름대로의 남부의 사고 방식이나 습관을 섭취하여 자기 것으로 만들었다. 포커 노름, 경마, 정치에 대한 광적인 관심, 결투의 예의, 주권의 독립을 부르짖고 모든 양키를 비난하는 일, 노예 제도를 인정하는 일, 면화를 귀중히 여기고 가난한 백인을 경멸하는 일, 부인에게 지나칠 정도의 예의를 표하는 일 따위. 그는 씹는 담배를 씹는 것도 배웠다. 위스키를 마시는 일만은 배울 필요가 없었다. 왜냐하면 그는 천성적으로 그 능력을 갖추고 있었기 때문이었다.

그러나 제랄드는 역시 제랄드였다. 생활 양식이나 사고 방식은 변했지만, 태도만은 가령 바꿀 수 있다 해도 그는 결코 바꾸려고 하지 않았다. 쌀이나 목화의 대농장을 소유하고 있는 부유한 사람들이 순수한 혈통의 말에 올라앉아 화려한 부인들을 태운 마차나 노예들의 수레를 거느리고 소나무가 무성한 그들의 왕국에서 사배나로 나오는 그 유연한 우아로움에는 감탄을 했지만, 그 자신이 그렇게 하고 싶다고는 생각지 않았다. 그들의 생기가 없는 어딘가 화려한 목소리는 듣기 좋게 귀에 울리기는 했지만, 그러나 과단성 있게 말해 버리는 그의 아일랜드 사투리는 혀에서 가시지 않았다. 그들이 재산이든 농장이든 노예이든 뭐든지 카드 한 장에다 걸고, 내기에 지면 태연히 양도 서류를 써서 검둥이 아이에게 동전을 뿌려 줄 만큼도 떨지 않고, 아무리 중대한 문제라도 대수롭지 않게 처리하는 그 너그러운 태도가 제랄드는 마음에 들었다. 그러나 제랄드는 가난의 경험이 있었기 때문에 인심 좋게 혹은 기분 좋게 큰 돈을 버리는 태도를 본받을 생각은 없었다. 조지아 주의 해안 지방 사람들은 목소리가 잔잔하고 성을 잘 내고 기분 내키는 대로 하는 유쾌한 친구들이었기 때문에 곧 그는 마음에 들었다. 그러나 습기는 있을망정 시원한 바람이 불고, 안개가 짙은 늪지대이긴 해도 열병은 발생하지 않는 고장에서 갓 건너온 이 아일랜드 젊은이에겐 발랄하고 부단한 생활력이 넘쳐 있었다. 이것이 그들, 이 아열대의 기후와 말라리아가 창궐하는 늪이 많은 고장에 태어난 게으른 사람들과 느낌을 다르게 하는 연유였다.

그들로부터 그는 쓸모가 있는 것만을 배우고 쓸모가 없는 것은 버렸다. 남부의 온갖 풍습 가운데서 포커 노름과 위스키만이 가장 유용한 것이라는 것을 그는 알았다. 그리하여 가장 가치가 있는 제랄드의 세 가지 소유물 중의 두 가지, 즉 바레(하인)와 농장은 바로 이 카드와 호박색 액체에 대한 그의 선천적인 천분으로 손에 넣은 것이다. 다른 한 가지는 아내 엘렌인데, 이는 신의 신비로운 은혜에 의해 주어진 것이라고 밖에 생각되지 않았다.

그 바레는 포크라고 했는데 반짝일 정도로 빛이 검고 당당한 체격의 고상한 검둥이로, 신사의 복장이라든가 몸시중을 드는 데는 아주 잘 훈련이 돼 있었다. 이건 제랄드가 센트 사이먼 섬에서 온 농장주와 밤 새워 포커 노름을 한 결과 차지한 것으로, 상대인 농장주도 포커 노름에 있어선 그에 뒤지지 않는 용기를 갖고 있었으나, 뉴올리안즈산의 럼주에 있어선 전혀 그의 상대가 되지 않았다. 포크의 원 소유자는 나중에 그때의 두 갑절의 값으로 포크를 되사겠다고 청해 왔지만, 제랄드는 단호히 거절했다. 왜냐하면 포크는 그가 소유한 최초의 노예였고, 또 게다가 이 노예는 해안 지방을 통틀어 가장 뛰어난 하인이었으며, 그리고 그것은 그가 은근히 염원하고 있는 희망에의 첫걸음이었기 때문이었다. 노예와 토지를 소유하는 신사가 되는 게 그의 소원이었던 것이다.

그는 제임즈나 앤드루처럼 매일 장사로 세월을 보내고, 밤엔 밤대로 촛불 아래에서 숫자의 계산만 하는 그런 생활을 평생 계속하진 않으리라 결심했다. 형들은 못 느끼고 있었지만 이 근방에선 일반적으로 장사꾼을 경멸하는 경향이 있다는 것을 제랄드는 날카롭게 느끼고 있었다. 그는 농장 주인이 되고 싶었다. 지난날 자기의 것이었던 토지를 영국인에게 빼앗기고 소작인이 되고 만 아일랜드인이면 누구나가 다 토지에 대해 깊고 목타는 갈망을 갖고 있었다.

그 아일랜드인의 갈망을 가지고 그는 자기 자신의 토지가 눈 앞에서 초록빛으로 펼쳐지는 걸 보고 싶었다. 불타는 듯한 한 줄기 정열로 그는 자기의 집, 자기의 농장, 자기의 말, 자기의 노예를 원했다. 더구나 이 새로운 천지에서는 그가 뒤에 남기고 온 고국에서처럼 적어도 두 가지 위협을 몰리는 일은 없었다. 그건 농작물이건 곳간이건 모두 삼켜 버리는 중세(重稅)와 언제 어느 때 소작권을 몰수당할지 모르는 불안이었다. 그러므로 무슨 일이 있어도 그러한 것들을 소유하고 싶다는 생각이 더욱 굳어졌다. 그러나 야심을 갖는 일과 그것을 실현하는 일은, 전혀 별개의 다른 문제라는 걸 시간이 지남에 따라 그는 깨달았다. 조지아

주의 해안 지방은 오랜 문벌 계급에 너무나도 튼튼하게 점령되어 있어서, 그가 소유하고 싶다고 결심한 토지를 손에 넣기란 바라기조차도 힘드는 일이었다.

그러나 이윽고 운명의 손과 포커 노름의 손이 악수를 하여 나중에 그가 타라라고 부르게 된 이 농장을 그에게 주게 되었다. 동시에 그는 해안을 떠나, 그 북 조지아의 고지(高地)로 옮겨가게 된 것이다.

따뜻한 봄날 밤, 사배나의 어느 술집에서 제랄드는 문득 가까운 테이블에 있는 낯선 손님의 대화에 귀를 기울이게 되었다. 그 낯선 사람은 사배나 고장 사람이긴 했지만, 십 이 년 만에 내륙 지방에서 갓 돌아온 친구였다. 제랄드가 아메리카에 온 전 해, 주정부(州政府)는 인디언에게서 물려받은 조지아 주 중부의 광대한 토지를 추첨에 의해 주민에게 나누어 준 일이 있었는데, 그 추첨에 당첨된 한 사람이 바로 이 손님이었다. 그 사람은 거기로 이주하여 농장을 만들었다. 그러나 화재로 집은 불타 버리고 이제 그 저주받은 토지에도 싫증이 났기 때문에 누군가가 자기의 손에서 그 토지를 가져가 주었으면 무척 고맙겠다는 둥 그런 이야기를 지껄이고 있었다.

자기 자신의 농장을 갖고 싶다는 생각이 언제나 마음에서 떠난 일이 없는 제랄드는, 곧 소개자를 통해 그 대화에 참가했다. 그리고 조지아 주의 북부 지방에는 지금 한창 캐롤라이나 주나 버지니아 주로부터 사람들이 꼬리를 이어 들어오고 있다는 이야기를 들었다. 그의 관심은 더욱 높아졌다. 해안 지방의 사람들은 조지아 주에서 개척되어 있는 건 해안 지방일 뿐이고, 다른 모든 지방은 삼림지대로 아직도 인디언이 곳곳의 숲에 출몰하고 있는 줄로 생각하고 있었다. 그리하여 제랄드 역시 사배나에 산 지 꽤 오래 되기 때문에 어느덧 그런 생각에 젖어 있었다. 오하라 형제 상회(兄弟商會)의 거래상의 일로, 그는 사배나 강을 백마일이나 거슬러올라간 오가스타에도 간 일이 있었고, 거기서 다시 서쪽인 오지(奧地)에 있는 몇 군데인가의 오랜 소도시에도 간 일이 있었기 때문에 그 지방이 해안의 어느 지방보다도 뒤떨어지지 않을 만큼 개척되어 있음을 알고 있었다. 그러나 그 낯선 사람의 이야기에 의하면, 그 사람의 농장은 사배나에서 북서쪽으로 이백 오십 마일 가량이나 들어간 내륙 지방의 챠타후치 강 남쪽에서 별로 멀지 않은 곳인 듯했다. 제랄드는 그 강 북쪽 땅은 지금도 인디언인 체로키족(族)의 소유가 돼 있음을 알고 있었기 때문에 인디언에게 습격당하는 일은 없느냐고 물었더니, 그 사람은 코웃음을 치며 그 신천지에도 지금은 많은 거리가 발전하고, 많은 농장이 번영하고 있다고 해서 그는 깜짝 놀랐다.

한 시간이나 지나고 얘기가 싫증나기 시작할 무렵을 엿보아, 제랄드는 밝고 파아란 눈으로 극히 순진하게 속셈을 숨기고 그 사나이를 포커 노름에 유도 했다. 밤도 이슥하고 술도 거나해지자 게임에 끼어들었던 다른 녀석들은 손을 툭툭 털고, 마침내 제럴드와 그 손님과 단 둘이 일 대 일의 승부를 겨룰 때가 되었다. 손님은 노름 돈에 곁들여 그의 농장 소유권 증서를 내놓았다. 제럴드는 내기 돈 위에 다시 지갑을 내던졌다. 지갑의 속 알맹이는 오하라 상점의 돈이었지만 제럴드의 양심은 별로 가책을 받지 않았고, 이튿날 아침의 미사에서 참회하면 될 걸로 생각하고 있었다. 그는 자기가 원하는 것이 무엇인지 알고 있었다. 그리하여 뭔가 갖고 싶다고 하면, 가장 직접적인 방법으로 그것을 손에 넣으려 하는 게 그의 수법이었다. 그리고 그는 자기의 운명과 포오 튜스의 트럼프 맞추기를 믿고 있었기 때문에, 테이블을 대하고 마주앉아 있는 상대의 솜씨가 더 좋고, 만일 자기가 진다면 어떻게 그 돈을 형들에게 변상할까 하는 것은 생각하려고도 하지 않았다.

「별로 좋은 돈벌이도 아닐 거요. 나에게 이제 그 땅의 세금을 치르지 않아도 되게 되었으니, 오히려 고맙소이다.」하고는 에이스 풀의 패를 잡고 진 상대는 펜과 잉크를 가져오라고 하고 말했다. 「일 년 전에 주건물은 불에 타 버렸고, 농장은 잡초와 절로 난 소나무 따위가 우거져 있으니 말이오. 그러나 어쨌든 당신 것입니다.」

「아일랜드 밀조 위스키를 먹고 대신 어머니의 젖을 뗀 인간이 아닌 한, 트럼프와 위스키를 짬뽕하는 짓은 하지 말아야 해.」제럴드는 그 날 밤 포크의 시중을 받으며 침대에 누우면서 진지한 표정으로 말했다. 이미 포크는 이 새로운 주인에 대한 찬탄의 마음으로 그 말의 사투리까지 흉내내게 되었고, 아일랜드의 미이스 지방 방언과 흑인의 사투리가 뒤범벅이 되어 그들 두 사람 말고는 수수께끼로 밖에 안 들리는 기묘한 말투로 응대하게시리 되어 있었다.

뒤얽힌 덩굴로 덮인 소나무와 물참나무가 담처럼 늘어서 있는 사이를 누렇게 흐린 플린트 강이 소리도 없이 흐르면서, 팔을 구부려 끌어안고 있듯이 제럴드의 새 땅의 양쪽을 에워싸고 있었다. 전에 집이 서 있었던 조그만 언덕에 올라서자 이 높게 늘어선 초록빛 장벽이 제럴드에겐 마치 자기의 소유권을 확인시키는 눈에 볼 수 있는 좋은 증거 같았고, 자기가 소유하는 토지를 구별해 놓기 위해 자기가 만든 울타리인 듯이 생각되었다. 불난 터의 검게 그을은 주춧돌 위에 서서 신작로에 이어지고 있는 긴 가로수길을 굽어보며, 그는 신에게 감사의 기도를 올리는 정도로선 도저히 미치지 못할 것 같은 깊은 기쁨에 미친 듯 고함을 질렀다. 저 두 줄로 늘어서 있는 검푸른 가로수도 자기의 것이다. 새하얀 별과 같은 꽃을 달고 있는 아직 어린 목련나무 아래, 허리에 닿을 만큼 잡초가 무성한 황폐한 잔디밭도 자기의 것이다. 작은 소나무와 잡목이 드문드문 나 있는 넓은 처녀지(處女地)는 사방으로 아득하게 그 높고 낮은 붉은 땅을 펼치고 있는데 이 땅 또한 제랄드 오하라의 것인 것이다. 더구나 그것은 모두 그가 술에 빠지지 않는 아일랜드인의 머리와 트럼프에 모두를 거는 용기를 갖고 있기 때문에 손에 들어온 것이다.

제랄드는 눈을 감았다. 그리고 이 아직 사용되지 않은 땅의 정적 속에서 드디어 안주의 땅에 이르렀다고 느꼈다. 지금 그가 서 있는 이 발 아래 드디어 흰 벽돌 집이 세워지는 것이다. 신작로 저 너머에는 새로이 목책을 만들어 살찐 소와 말을 기르자. 언덕이 유연하게 강기슭 기름진 분지까지 내려가 있는 붉은 경작지는, 햇빛에 반짝이는 오리의 깃털처럼 희게 빛나리라 ! 목화 ! 넓고 넓은 목화밭 ! 오하라 가문의 운은 또다시 이곳에 꽃피는 것이다.

얼마 안 되는 노름 밑천과 선뜻 마음 내켜하지 않는 형들에게 빌린 돈에, 토지를 저당하여 모은 상당한 돈을 보태어, 제랄드는 처음으로 농장에서 일할 흑인 노예를 사 가지고 타라에 옮겨 왔다. 그리고 흰 벽돌의 타라 저택이 출연할 때까지는 노예 감독용으로 지은 방 넷밖에 없는 비좁은 집에서 쓸쓸한 독신 생활을 시작했던 것이다.

그는 토지를 개간하여 면화를 재배하고, 형인 제임즈나 앤드루에게서 돈을 더 빌어 노예를 더 사 모았다. 오하라 집안은 단결심이 강한 일족으로서 순탄할 때나 역경일 때나 서로 힘이 되어 주었다. 하지만, 그것은 가족적인 애정에서라기보다 오랜 박해의 세월을 통해 세상의 거친 파도에 대항하여 한 집안이 살아 나가기 위해 어쩔 수 없이 배운 결과였다. 형들은 제랄드에게 돈을 빌려 주고, 그리고 그 돈은 해마다 이자와 더불어 돌아왔다. 제랄드는 인접한 땅을 사서 늘려 갔기 때문에 농장은 차츰 확장되고, 이윽고 흰 벽돌의 저택이 꿈이 아닌 현실로 나타나게 되었다.

그건 노예의 노동력에 의해 지어진 것으로, 강으로 내려가는 언덕 비탈, 초록빛 목장이 한눈에 내려다보이는 조그만 언덕 위에 자리한 볼품없이 우람한 건물이었지만, 신축했을 때부터 꽤 고풍적인 안정감을 보여 주어 제랄드를 무척 기쁘게 만들었다. 자기의 그늘 밑을 지나는 인디언들을 보며 늙은 해묵은 떡갈나무는 그 거대한 팔로 단단히 집을 싸안고 높은 가지를 지붕 위로 드리워 짙은 그늘을 만들고 있었다. 잡초를 뽑고 클로버나 버뮤다 풀을 빈틈 없이 무성케 한 뜰에는, 제랄드도 손질을 게을리하지 않도록 마음을 썼다. 삼나무 가로수길부터 노예들이 사는 흰 칠을 한 오두막이 들어선 언저리 등, 타라에는 자못 묵직하고 튼튼하고 영구적인 분위기가 감돌았다. 말을 달려 돌아올 적마다 제랄드는 신작로를 꼬부라져 푸른 나뭇가지 사이로 우뚝 솟은 자기 집 지붕이 보이면, 언제나 그 어느 것도 처음으로 보는 경치이기나 한 듯 자랑으로 가슴이 뿌듯해 오는 것이었다.

이 모든 것은 작달막하고 실제적이고 조잡한 제랄드 오하라가 쌓아올린 것이다.

제랄드는 이 군 안에 사는 이웃 사람들과도 친하게 교제를 시작했다. 다만 그의 농장의 왼쪽 옆에 농장을 갖고 있는 매킨토시네와, 오른쪽인 플린트 강과 윌크스네의 농장 사이에 있는, 땅이 좋지 않은 습지를 삼 에이커 가량 갖고 있는 스레터리네하고만은 예외였다.

매킨토시네는 스코틀랜드계의 아일랜드 사람으로 오렌지 당원이었다. 설령 그들이 가톨릭 상본(像本)에 이름이 오른 온갖 성자적 덕성을 갖추고 있다 하더라도, 오렌지 당의 조상을 갖고 있다는 것만으로 제랄드의 눈에는 이미 영원히 저주받은 존재였다. 이 집안이 조지아 주에 벌써 칠십 년이나 살았고, 그보다 앞서 남북 캐롤라이나 주에 삼십 년이나 산 건 사실이지만, 최초로 아메리카의 해안에 발을 디딘 조상이 울스터 태생의 인간이란 것만으로도 제랄드로선 이제 모든 게 끝난 이야기였다.

그들은 입이 무거운 고집통이고 남과 교제를 하지 않으며, 혼인의 상대도 캐롤라이나 주에 남아 있는 친척으로 국한돼 있기 때문에 그들을 싫어하고 있는 건 제랄드뿐만이 아니었다. 왜냐하면 대체로 이 지방 사람은 사교적이고 이웃 사람과의 교제란 걸 꽤 중요시하고 있었기 때문에 그러한 성질이 결여돼 있는 인간에게는 그다지 너그럽지 못했다. 그리고 그들이 노예 폐지론자의 동정자라는 소문도 매킨토시네에 대한 세상 평판을 좋게 할 조건이 못 되었다. 하지만 매킨토시네의 호주인 앵거스 노인은 한 사람의 노예도 해방시켜 준 일이 없었을 뿐만 아니라, 루이지아나 주의 사탕수수 농장에 농노를 팔러 가는 뜨내기 노예 상인에게 자기 집 노예를 팔아 치우는 것 같은, 일반적으로 사회적 죄악이라고 인정받는 일까지도 서슴없이 감행했던 것이다. 그런데도 여전히 노예 폐지에 찬성하고 있다는 소문은 없어지지 않았다.

「그는 노예 해방주의자가 틀림없어.」하고 제랄드는 존 윌크스에게 말한 일이 있었다. 「하지만 그는 오렌지 당의 인간이니까 그 주의가 스코틀랜드 사람의 인색한 기질과 맞부딪치면, 주의 쪽이 꽁무니를 **뺄** 것이 **뻔**하지.」

스레터리네는 또 문제가 달랐다. 가난뱅이 백인인 그들은 앵거스 매킨토시의 고집스러운 고고함이 이웃 사람들로부터 억지로 짜내는 것 같은 마지못한 존경조차 받지 못했다. 스레터리는 활동성이 없는 사나이로, 제랄드와 존 윌크스가 몇 번이나 사겠다고 교섭했는데도 불구하고 집요하게 몇 에이커의 밭을 물고 늘어져 언제나 우는 소리만 하고 있었다. 그의 아내는 수세미 같은 머리에 병자처럼 혈색이 없는 얼굴을 한 여자로, 마치 토끼를 연상시키는 음침하게 생긴 아이들을 많이 낳았다. 그리고 이 아이들 또한 매년 규칙적으로 늘어 가는 것이었다. 톰 스레터리는 노예를 갖고 있지 않기 때문에 위의 두 아들을 데리고, 이따금 발작적으로 목화밭에서 일했고 아내와 작은 아이들은 채소밭인 듯싶은 곳에서 일하고 있었다. 그러나 웬일인지 그의 목화는 언제나 수확이 시원찮았고 야채밭 역시 마누라가 쉴사이없이 어린애를 낳기 때문에 신통치 않아, 가족을 먹여 살리기엔 부족했다.

이웃 대지주의 포치 근처에서 임시 변통으로 목화의 종자나 소금에 절인 돼지고기를 구걸하는 톰 스레터리의 모습을 사람들은 곧잘 볼 수 있었다. 그러나 스레터리도 얼마간의 긍지가 있어 대지주들의 호의 이면에 있는 모멸을 알아차리고 이웃 사람들을 미워하여 특히 부자집 저택의 건방진 검둥이를 미워했다. 이 지방의 대지주 집에서 일하고 있는 가내 노동(家內勞動)의 검둥이들은 가난뱅이 백인에 대해 우월감을 갖고 있었기 때문에 그 노골적인 모멸이 그의 감정을 상하게 하고, 그들이 자기보다도 안정된 지위에 있는 것이 그의 질투심에 불을 질렀다. 그 자신의 비참한 환경에 비해서, 그들은 먹는 것도 입는 것도 고급이었고, 병이나 늙은 뒤의 일까지도 보장받았다. 그들은 주인의 명성을 자랑하고, 그리고 그 대부분은 재산이 있는 주인을 섬기고 있는 것을 자랑스레 여겼다. 그런데 스레터리는 누구에게서나 경멸을 받고 있었던 것이다.

톰 스레터리에게 팔 생각만 있었다면, 군 안의 농장주들은 누구라도 그 빈약한 농장을 시세의 세 배의 값으로 사들였으리라. 농장 주인들은, 그 같이 눈에 거슬리는 인간을 이 고장에서 없애기 위해서라면 그만한 돈은 아깝지 않다고 여기고 있었지만, 톰은 한 짝 남짓한 목화의 수확과 이웃 사람의 자비에 의해 초라하게 살아 나가는 것에 만족하는 듯, 이 고장에서 떠나려 하지 않았다.

그 밖의 사람들과는 제랄드는 모두 친밀하게 사귀었고, 어떤 사람들과는 특히 다정히 사귀었다. 윌크스 댁, 캘버트 댁, 탈레턴 댁, 폰텐 댁 같은 집의 사람들은 큰 백마에 올라탄 작은 몸집의 제랄드가 집 앞 마차길로 달려들어오는 걸 보면 모두 미소를 짓고, 한 숟갈의 설탕과 박하의 새싹을 다진 것을 넣은 위스키의 큰 컵을 준비시키는 것이었다. 그는 모든 사람에게서 환영을 받았다. 그 고함치는 듯한 목소리나 난폭한 태도의 이면에는 한 꺼풀 벗기면 친절한 마음이 있고, 즉각적으로 다정하게 남의 이야기를 듣는 귀가 있고, 후한 인심이 있다는 것을 아이들이나 검둥이나 개는 한눈에 꿰뚫어보았고 이웃 사람들도 시간이 지남에 따라 차츰 이해하기에 이르렀던 것이다.

그가 찾아오면 반드시 사냥개들은 기뻐 날뛰며 야단스럽게 짖어 대었고, 검둥이들은 그를 맞이하기 위해 환성을 지르며 뛰어와선 그의 말고삐를 받으려 했으며, 그로부터 호의에 넘친 욕설을 듣고는 겸연쩍은 듯이 잇몸을 드러내며 씩 웃고는 했다. 백인의 아이들은 그가 그 부형(父兄)들을 향해 양키 정치가들의 추행을 떠들어 댈 때, 연방 무릎에 안아 흔들어 달라고 졸랐고, 그리고 또 아는 사람의 딸들은 연애 문제의 비밀을 고백하며 그의 의견을 들었고, 체면과 관계되는 노름 빚을 아버지가 무서워서 차마 말 못하고 있는 이웃 젊은이들은 그가 어떤 때는 크게 쓸모있는 친구임을 알고 있었다.

「그럼 벌써 한 달이나 못 갚고 있단 말이지. 이 건달 같으니!」하고 그는 고함을 쳤다. 「왜 좀더 일찍 나한테 돈 문제로 의논하러 오지 않았나!」

그의 말버릇이 거칠다는 건 누구나 알고 있기 때문에 기분 나빠하는 사람은 없었다. 고함을 쳐도 젊은이들은 부끄러운 듯 웃고 대답했다. 「네, 하지만 아저씨에게 신세지고 싶지 않았어요. 우리 아버지는…….」

「자네 아버지는 좋은 사람이야. 그건 부정 않지만, 좀 지나치게 딱딱해. 자, 아무 말 말고 이 돈을 가져가게.」

마지막까지 문을 닫고 있었던 것은 대농장의 귀부인들이었다. 그러나 『위대한 귀부인이며, 게다가 침묵이라는 세상에 드문 미덕을 지니고 있다』고 제럴드가 평한 윌크스 부인이, 어느 날 저녁 마차길에 말발굽 소리를 울리며 돌아가는 제럴드의 말을 지켜보고 남편에게 「저 사람은 말은 거칠지만 신사예요.」하고 말한 순간부터 제럴드의 사회적 지위는 명확히 확립된 것이다.

여기까지 도달하는 데에 약 십 년이 걸렸다는 걸 제럴드는 알지 못했다. 이 고장에 옮겨 온 처음 무렵, 사람들이 자기에게 대해서 얼마나 수상쩍은 눈으로 보았나 생각해 보지도 않았기 때문이었다. 처음으로 타라에 발을 들여놓은 그 순간부터 그는 자기가 이 지방의 사회에 속하는 인간이라는 걸 당연한 일로 여기고, 그것에 대한 의심 따위란 조금도 하지 않았다.

마흔 세 살이 되자 그는 혈색도 좋고 투실투실 살도 쪄 마치 스포츠 잡지의 화보에서 빠져 나온, 사냥을 좋아하는 시골 신사를 그대로 닮아 갔다. 그리고 그 무렵 타라에는 여전히 애착이 가고 이웃 사람들도 마음을 터놓고 문을 열고 맞이해 주었으나 그는 어쩐지 무언가 아쉬움을 느끼게 되었다. 그건 아내가 갖고 싶었던 것이다.

타라 농장은 안주인을 갈망하고 있었다. 바깥일 하는 검둥이었던 것을 필요에 의해 승격시켜 부리고 있는 뚱뚱보 쿠키는 결코 시간을 맞추어 식사를 준비한 일이 없었으며, 이 역시 전에는 들일을 하던 방 시중을 하는 하녀는 언제나 세간

살이를 먼지투성이로 만들었고, 테이블보나 홑이불 따위도 시키지 않으면 결코 빼는 일이 없었다. 그러므로 손님이라도 오게 되면 큰 소동이 벌어졌다. 집안일 하는 검둥이로 훈련이 되어 있는 건 포크뿐이고 그가 다른 하인들의 감독을 하고 있었는데, 그런 그마저 오랜 세월 동안 제랄드의 태평스런 생활 양식에 물들어 마음이 게을러지고 난폭해지고 말았다. 하인으로선 제랄드의 침실을 말끔히 치우고, 급사장(給仕長)으로선 위엄을 갖고 예절대로 테이블의 시중을 들었으나, 그 밖의 일은 대개가 되어 가는 대로 내맡기고 말았다.

아프리카 토인의 눈치 빠른 본능으로 검둥이들은 모두 제랄드가 고함은 치지만 결코 덤벼들어 때리지는 않는다는 걸 알고, 뻔뻔스럽게 그 점을 이용했다. 남쪽으로 팔아 버린다든가 채찍으로 후려 팬다거나 하고 위협하는 제랄드의 성난 목소리가 언제나 공기를 울리기는 했지만, 이제까지 한 사람의 노예도 타라에서 팔린 일은 없었고 채찍도 단 한 번, 제랄드가 긴 하루의 사냥에서 돌아왔을 때 애마(愛馬)의 시중을 게을리한 노예에 대하여 휘둘렀을 뿐이었다.

제랄드의 날카롭고 푸른 눈은 이웃의 집들이 얼마나 능률적으로 운영이 되고 있는가, 그리고 머리를 빗고 긴 스커트를 사락사락 끌고다니는 부인들이 얼마나 쉽게 하인들을 부리고 있는가 하는 것을 보아 왔다. 부인들이 새벽부터 밤까지 요리며 육아며 바느질이며 빨래 따위의 감독에 부단히 쫓기면서 일하고 있는 것은 모르고, 그가 보고 있었던 것은 다만 외면에 나타난 결과뿐이었다. 그리고 그러한 결과가 그를 적지않게 감동시켰던 것이다.

그가 정말 시급히 아내를 맞이할 필요를 절감한 것은 어느 재판이 열리는 아침. 읍으로 가려고 옷을 갈아입을 때였다. 포크가 그가 애용하는 주름진 와이셔츠를 가져왔는데, 보니까 하녀의 손으로 어찌나 서투르게 꿰매져 있는지 포크에게나 줄까 도저히 입을 수 없이 되어 있었다.

「나리.」 포크는 얻어 가진 와이셔츠를 고맙다는 듯 개면서 화가 잔뜩 나 있는 제랄드에게 말했다. 「마님이 계셔야겠는뎁쇼, 안일 하는 검둥이를 많이 가지신 마님 말씀입니다요.」

제랄드는 포크의 주제넘은 참견을 꾸짖긴 했으나, 마음으로는 그의 말이 백 번 옳다고 생각했다. 그는 아내를 갖고 싶었다. 그리고 아이들을 갖고 싶었다. 빨리 아내와 자식을 두지 않으면 나이를 너무 먹고 만다. 그러나 상대를 가리지 않고 결혼할 생각은 없었다. 캘버트 씨는 전처의 자식을 위해 고용한 북부 태생의 가정 교사를 후처로 끌어들이고 말았지만, 제랄드는 그런 결혼은 하고 싶지 않았다. 자기의 아내가 될 만한 여성은 숙녀라야 했다. 더구나 윌크스 부인과 같은 기품이 있고 그리고 정숙한 문벌의 숙녀로, 윌크스 부인이 그녀의 소유지

를 멋들어지게 관리하고 있는 것처럼 이 타라 농장을 관리할 재능을 가진 여자
가 아니면 안 되었다.

그러나 이 지방의 가문과 혼인을 하는 데는 두 가지 장애가 있었다. 첫째는 결
혼 적령기의 처녀가 적었다는 것, 두 번째는 보다 중대한 장애는 벌써 거의 십
년이나 이 고장에 살고 있으면서도, 제랄드는 여전히 〈토박이 아닌 뜨내기〉, 즉
외국인으로 취급되고 있는 사실이었다. 그의 가문에 대해서는 누구든 아무것도
몰랐다. 이 조지아 내륙 지방의 사회는 귀족적인 해안 지방만큼 보수적은 아니
었지만, 그렇다고 해서 할아버지에 대해서조차 알지 못하는 사나이에게 딸을 주
려는 가정은 없었다.

이 지방 사람들로부터 진심으로 호감을 사고 있고, 또 그 사람들과 더불어 사
냥을 하고 술을 마시고 정치 토론을 하긴 하지만, 누구도 자기의 딸을 주겠다고
하는 사람이 없다는 것을 제랄드는 잘 알고 있었다. 그도 또한 제랄드 오하라가
곳곳의 가정에서 그 집 아버지로부터 유감스럽지만 딸한테 구혼하기 위해 방문
하는 것을 삼가 하라고 거절당했다는 등의 얘기가 화제거리로 등장하는 것을 원
치 않았다. 그러나 그렇다고 해서 그는, 자기가 이웃 사람들보다도 못 하다고는
생각지 않았다. 제랄드는 어떤 경우, 어떤 사람에 대해서라도 자기가 못났다고
느낄 사나이가 아니었다. 이 남부에 스물 두 해 이상이나 살고, 그러면서 토지
와 노예를 소유하고, 그 동안 상류 사회에 흔한 악습에만 젖어 있던 가문이 아니
면 딸을 주지 않겠다는 것은 한낱 이 지방에만 있는 기묘한 풍습에 지나지 않
는다고 생각했다.

「여행 준비를 해라. 사배나에 가겠다 !」하고 그는 포크에게 소리질렀다. 「하
지만 휘스트(입 다물어) !라든가 페이스(젠장할 것) ! 같은 쌍스런 말을 쓰
면, 곧 팔아 버리고 말 테다. 그런 말은 나도 그리 자주는 쓰지 않으니까 말야.」

제임즈와 앤드루는 자기의 결혼 문제에 대해 뭔가 의논 상대가 되어 줄 것이
다. 그리고 형들의 오랜 친구들 가운데는 그의 요구에 합치하며, 그리고 그를
남편으로 받아들일 만한 딸을 가진 사람이 있을지도 모른다. 그러나 제임즈와
앤드루는 그의 말을 진지하게 들어 주기는 했지만 별로 신통한 대답은 해주지
못했다. 그들은 아메리카로 건너오기 전에 이미 결혼했기 때문에 사배나에는 이
런 때 도움을 청할 만한 친척도 없었다. 옛 친구의 딸들은 벌써 오래 전에 결혼
하여 지금은 자기들의 어린 아이를 키우고 있었다.

「너는 부자도 아니고 가문도 좋은 것도 아니니까 말야.」하고 제임즈는 말
했다.

「돈은 모았어요. 그리고 이제부터 좋은 가문을 만들어 보겠어요. 그러니까 아

무하고나 결혼할 수는 없어요.」

「네 희망은 너무 높아.」하고 앤드루는 냉담하게 말했다.

하지만 형들은 제랄드를 위해서 힘 자라는 데까지는 도와 주었다. 제임즈와 앤드루는 사배나에서는 벌써 구면이고 상당한 지위에 있었으며 친구도 많았기 때문에 그들은 한 달 동안 내내 제랄드를 이 가정에서 저 가정으로, 만찬회며 무도회며 피크닉 같은 데로 데리고 다녔다.

「그만하면, 하고 생각되는 건 한 사람밖에 없군요.」하고 제랄드는 마지막으로 말했다. 「내가 이 아메리카에 상륙했을 무렵에는 아직 태어나 있지도 않았을 아가씨예요.」

「누구냐, 네 눈에 든 여자가?」

「엘렌 로비야르 양이에요.」하고 제랄드는 애써 태연하게 말하려고 노력했다. 그도 그럴 것이 얼마간 치붙은 듯한 엘렌 로비야르의 까만 눈은 이미 그의 눈뿐만 아니라 눈 이상의 것을 사로잡고 있었기 때문이었다. 열 다섯 살의 소녀로선 어울리지 않는 수수께끼 같은 약간 얼이 빠진 듯한 태도이긴 했지만, 그녀는 그를 매혹시켰다. 게다가 그녀를 둘러싸고 있는 우수에 젖은 절망의 표정이 그의 마음에 감동을 주어 일찌기 세상의 어떤 사람에게 대해서도 가져 본 일이 없는 사랑을 품게 했다.

「하지만 그 아가씨하고는 아버지와 딸만큼이나 연령 차이가 있잖으냐!」

「나는 아직 한창이에요!」하고 제랄드는 못마땅한 듯이 외쳤다.

제임즈는 조용히 말했다.

「제랄드야, 이 사배나에서 그 처녀만큼 너와 결혼할 가망이 적은 사람도 없을 거다. 그 여자의 아버지는 로비야르 가문의 사람인데, 그들 프랑스 계통 사람들은 마왕처럼 자존심이 높단다. 그 여자의 돌아가신 어머니는——신이시여, 그녀의 영혼에게 축복을 내려 주소서——아주 훌륭한 부인이었어.」

「그런 건 문제가 아니에요.」하고 제랄드는 몸이 달아 말했다. 「게다가 어머니는 돌아가셨고 아버지는 나에게 호의를 갖고 있어요.」

「인간으로서는 말이지. 하지만 딸의 남편으로는 문제가 달라.」

「어쨌든 처녀가 승낙하지 않을 거야.」하고 앤드루가 끼어들었다. 「그 처녀는 약 일 년 전부터 사촌 오빠인 필립 로비야르라는 불량 청년을 사랑하고 있다는군. 가족이 밤낮으로 단념시키려고 애쓰는데도 말야.」

「그 사내라면 벌써 한 달이나 전에 루이지애나 주로 가 버렸어요.」하고 제랄드가 말했다.

「너 어떻게 알고 있니?」

「알고 있고 말고요.」하고 제랄드는 대답했지만, 이 약간 귀중한 정보를 포크로부터 입수했다는 애기는 하지 않았다. 그 필립 청년은 가족의 간청으로 마지못해 서부로 가 버렸다는 것도 말하지 않았다.

「어쨌든 그 여자의 결혼 상대로 꼽는다면 그들은 아마 너보다도 그 난폭자인 사촌 오빠 쪽을 취할 거다.」

이런 식이었기 때문에 피엘 로비야르의 딸이 조지아의 벽지에서 기어나온 이 키 작은 아일랜드 사람과 결혼할 거라는 이야기가 전해졌을 때는, 제임즈도 앤드루도 다른 사람 못지 않게 놀랐던 것이다. 사배나의 집들 속에서는 사람들이 시끄럽게 숙덕거리고, 서부로 가 버린 필립에 대해서는 여러 가지로 억측이 구구했다. 그러나 그런 소문에선 아무런 해답도 끌어낼 수가 없었다. 왜 로비야르 가문의 딸들 가운데서도 가장 아름다운 그녀가, 우락부락한 목소리이고 얼굴이 붉으며 키는 그녀의 귀에 닿을까 말까한 조그만 사나이와 결혼하는 것인지, 그건 모든 사람에게 수수께끼로 남겨졌다.

제랄드 자신도 어째서 그렇게 되었는지 잘 몰랐다. 그는 다만 기적이 생겼다고 생각했을 뿐이었다. 그리고 엘렌이 창백한 그것도 몹시 냉정한 얼굴로 가벼운 손을 그의 팔에 얹고「오하라 씨, 전 당신과 결혼하겠어요.」하고 말했을 때 그는 평생에 단 한 번 몹시 겸허한 심정이 되었던 것이다.

벼락을 맞은 것처럼 깜짝 놀란 로비야르가의 사람들도 그 해답의 일부를 알고 있을 뿐, 그 날 밤 그녀가 새벽녘까지 상심한 어린애처럼 울어 대고, 그리고 아침이 되자 결의를 정한 한 부인으로 일어난 그런 모든 경위를 알고 있는 사람은, 본인인 엘렌과 마미뿐이었다.

마미는 기묘한 예감을 느끼면서, 뉴 올리안즈에서 온 낯선 필적의 소포를 젊은 아가씨에게 건네주었는데, 엘렌은 그걸 손에 쥐자 울면서 느닷없이 방바닥에 내던진 그녀 자신의 작은 초상화와, 그리고 그녀가 필립 로비야르에게 보냈던 네 통의 편지와 함께 사촌 오빠가 술집에서 싸움을 하다 살해되었다는 뉴 올리안즈 목사의 간략한 편지가 들어 있었다.

「아버지랑 포라인이랑 율라리랑 모두 그 사람을 쫓아 보낸 거야. 모두들 그이를 몰아낸 거야! 난 싫어. 모두들 미워. 그 사람들, 이젠 두 번 다시 보기도 싫어! 어딘가 가 버리고 싶어. 그 사람들을, 이 고장을, 그리고 그이를 생각케 하는 걸 두 번 다시 보지 않아도 될 곳으로 가 버리고 싶어.」

날이 샐 무렵, 그때까지 아가씨의 검은 머리카락 위에 울면서 엎드려 있던 마미가 항의하듯이 말했다.

「하지만 아가씨, 그건 할 수 없는 일이에요.」

「할 수 있어. 제랄드 씨는 친절한 분이야. 그것도 안 되면 난 차라리 찰스턴의 수도원에 들어가겠어!」

수도원에 들어간다는 위협에 어쩔 줄을 모르고 슬퍼하고 있던 아버지 피엘 로비야르도 드디어 승낙했다. 가족은 모두 가톨릭이었지만, 이 아버지만은 완고한 신교도(新敎道)였기 때문에 딸이 수녀가 되는 것은, 제랄드 오하라와 결혼하는 것보다도 더 골치 아픈 일이었던 것이다. 요컨대 제랄드에 대한 불만은, 가문에 관한 점뿐이었으니까.

이리하여 로비야르가를 떠난 엘렌은 두 번 다시는 이 도시를 보지 않으려고 사배나에 등을 돌리고 중년인 남편과 마미와 스무 명의 안일 하는 검둥이와 함께 타라 농장을 향해 여행길을 떠났다.

그 이듬해 첫아이가 태어났다. 제랄드의 어머니 이름을 따서 케티 스카알렛이라고 이름을 지었다.

아들을 바라고 있던 그는 실망했으나, 그러나 조그마한 검은 머리털을 가진 딸을 위해 타라 농장의 검둥이 노예 전부에게 럼주를 나누어 주고 자기도 기분 좋게 취할 만큼 기뻐했다.

설사 엘렌이 급하게 그와 결혼하게 된 걸 후회했다고 해도 그건 아무도 모르는 일이었고, 또 꼭 제랄드가 알아야 할 것도 아니었기 때문에 언제나 그는 그녀를 볼 때마다 자랑으로 가슴이 터질 것만 같았다. 저 바다를 낀 아름다운 도시를 떠났을 때 그녀는 사배나와 그 추억에 모두 등을 돌렸고, 그리고 이 고장에 닿는 순간부터 조지아를 자기의 고향으로 정했던 것이다.

아버지의 집을 영원히 떠날 때 그녀는 아름답고 유연한 여성의 육체 같은 윤곽을 지닌 집, 돛을 한껏 올린 배와 같은 집과 이별을 고했다. 그것은 연분홍빛 회칠을 하고 프랑스 식민지풍으로 지어진 집이었는데 높다란 곳에 우아하게 자리잡고, 레이스처럼 섬세한 쇠 손잡이가 달린 나선 계단에 의해 실내로 들어가도록 되어 있었다. 아련한 것만 같은 풍부하고 쾌적한, 그리고 뭔가 초연한 느낌이 드는 집이었다.

그녀는 비단 그 우아한 집만을 버린 것이 아니라 그 건물의 배후에 있는 모든 문명까지도 버렸고, 하나의 큰 대륙을 넘어온 것만큼이나 색다르며 낯선 세계에서 자신을 찾아내었다.

북 조지아의 이 지방은 억센 사람들이 살고 있는 우악스런 고장이었다. 블루릿지 산맥 기슭에 있는 고원에서 눈에 띄는 것이란 파도의 물결처럼 굽이치는 붉은 언덕의 기복뿐이었고, 곳곳에 화강암의 거대한 노출과 음산하게 치솟은 말라 빠진 늙은 소나무뿐이었다. 잿빛 이끼와 우거진 녹음으로 덮인 바다의 섬들이 보여 주고 그 조용한 밀림의 아름다움, 아열대의 태양 아래 불타듯이 펼쳐져 있는 흰 모래의 해안선, 종려나무가 띄엄띄엄 서 있고 아득한 저편까지 굽어볼 수 있는 평평한 모래밭 등, 그런 풍경만 보아도 그녀의 해안 태생의 눈에는 이곳의 온갖 것이 야만스럽고 가까이하기 어려운 것으로만 비쳤다.

이곳은 겨울의 추위가 매서웠고 마찬가지로 여름의 더위도 극심했다. 그리고 그곳에 사는 사람들에게는 그녀에게는 낯선 활기와 정력이 있었다. 그들은 친절한 인간으로 정중하고 너그럽고 몹시 온순했다. 그러나 또 한편으론 고집 세고 사납고 곧잘 성을 냈다. 그녀가 저버리고 온 해안 지방의 사람들은 어떤 사건이라도, 설혹 그것이 결투나 피를 보지 않곤 해결되지 않을 그런 반목도 아무렇지 않게 처리하는 걸 자랑으로 삼고 있었지만, 여기 북 조지아 사람들에게는 한 가닥 광포성이 있었다. 해안 지방에선 생활이 무르익어 있었고, 여기선 젊고 발랄하여 신선했다.

엘렌이 사배나에서 안 사람들은, 모두 같은 주형에서 주조되기나 한 듯 사고 방식도 전통도 비슷했지만, 여기는 전연 다른 인간들의 집합이었다. 북 조지아에 이주해 온 사람들은 여러 가지 다른 고장, 조지아주의 다른 지방에서 즉, 양(兩) 캐롤라이나며 버지니아에서, 유럽에서, 북부 여러 주에서 옮겨 온 사람들이었다. 그 중에는 제랄드처럼 행운을 찾아 들어온 신참도 있었다. 또 엘렌처럼 오랜 문벌가에 태어났으면서도 그 낡은 생활에 견딜 수 없게 되어, 멀리 떨어진 두메 산골로 안식처를 찾아서 온 사람도 있었다. 그러나 대부분의 사람들은 아무런 이유도 없이, 단지 지금껏 그들의 혈관에 고동치고 있는 조상들의 부단히 활동하는 개척자의 피가 흐르고 있기 때문에 이주해 온 사람들이었다.

각각 다른 고장에서 많은 다른 배경을 가지고 모여든 이들 사람들은, 이 지방의 모든 생활을 간략한 것으로 만들었다. 그게 엘렌에겐 낯선 것이었는데, 그런 양식에 완전히 익숙해지기란 아무래도 불가능했다. 어떤 경우에도 해안 지방의 사람들이라면 이렇게 할 텐데 하고 그녀는 본능적으로 판단할 수 있었다. 그러나 이 북 조지아 사람들로 말하면, 도무지 무슨 짓을 할지 전혀 짐작이 가지 않았다.

당시는 남부 여러 주를 휩쓸고 있던 호경기가 밀물처럼 밀어닥쳐 그것이 이 지방의 모든 것을 약동시키고 있었다. 온 세계가 목화를 찾던 그 무렵, 이 젊고 풍요한 새 고장은 숱한 목화를 생산해 내고 있었던 것이다. 목화는 이 지방의 심장을 뛰놀게 하는 원동력이었고, 목화의 파종과 수확은 붉은 대지의 심장 이완기와 수축기였다. 부(富)는 꾸불꾸불한 구부러진 속에서 뛰어나왔으나, 그대신 또한 분수를 모르는 교만도 낳았다. 그건 초록빛으로 덮인 수풀과 양털처럼 새하얀 목화의 대농장 위에 쌓아올려진 교만이었다. 만일 목화가 자기들 당대에 부자로 만들어 준다면, 다음 대에는 대관절 얼마큼 큰 부호가 될까!

이 내일에의 희망은 사람들의 생활에 흥미와 열정을 주어, 사람들은 엘렌으로 선 도저히 이해하기 어려울 만큼 마음껏 생활을 향락했다. 그들은 노는 시간에 구애를 받지 않을 정도로 충분히 돈도 있었고 노예도 갖고 있었다. 그리고 그들 은 놀기를 좋아했다. 낚시질이며 사냥이며 경마를 거를 만큼 그들은 바쁘지도 않았고, 원유회나 무도회도 없이 일 주일이 그냥 지나가는 일은 거의 없었다.

엘렌은 그런 패거리의 한 사람이 되려고 하지 않았고, 또한 될 수도 없었다. 왜냐하면 그녀는 너무나도 많은 것을 사배나에 두고 왔던 것이다. 그러나 그녀 는 그들을 존경하고 이윽고 이 사람들의 솔직하고 단순한 점을 좋아하게 되 었다. 그들은 마음먹은 일은 뭐든지 말해 버렸고, 인간의 가치를 있는 그대로 평가했다.

그녀는 이 고장에서도 가장 사랑받는 이웃이 되었다. 그녀는 부지런하고 친절 한 주부였고 좋은 어머니였고 성실한 아내였다. 신에게 바치려고까지 골똘히 생 각했던 상심한 마음과 몸을 그녀는 아이들과 가사(家事)와, 그리고 그녀를 사배 나의 추억에서 끌어내고, 그러고도 아무것도 묻지 않는 남편을 위해 모두 바 쳤다.

마미의 말을 따른다면 스카알렛이 만 한 살이 되었을 때 여자 아이에겐 드물 정도로 건강한 아이가 되었다. 그리고 이때 두 번째의 딸이 태어나고 스잔 엘리 너라고 불리웠는데, 평소에 약하여 스월렌이라고 불렀다. 이어서 가족의 출생 이나 사망을 기입하는 가정용 성서에 적힌 이름은 캐롤라인 아이린인데, 보통 캐린이라고 불리는 세 번째 딸이 태어났다. 그리고 나서 연달아 세 아들이 태어 났는데, 셋 다 아직 걷기도 전에 죽어 버렸다──이 세 사내아이는 지금 집에서 백 야드 가량 떨어진 묘지인, 삼나무가 가지를 서로 드리우고 있는 나무 그늘에 〈제랄드 오하라의 아들〉이라고 쓴 비석 아래 누워 있다.

엘렌이 처음 이곳에 온 그 날부터 타라는 모습을 바꾸었다. 그녀는 당시 불과 열 여섯 살밖에 되지 않았지만, 그러나 그녀는 대농장의 주부로서의 책임을 질 수 있도록 모든 준비가 되어 있었다. 여자는 결혼하기 전에는 무엇보다도 우선 사랑스럽고 착하고 아름답고, 그리고 옷치장도 하고 있어야 하지만 일단 결혼을 하고 나면 백 명 이상의 백인이나 흑인이 있는 대세대(大世帶)의 살림을 꾸려 나 가야만 되었다. 그래서 당시의 아가씨들은 그와 같은 사고 방식으로 교육되고 있었던 것이다.

가정 교육이 제대로 된 아가씨라면 누구나 받는, 이런 결혼 준비 교육을 엘렌 또한 받고 있었다. 게다가 그녀에겐 가장 게으른 검둥이도 전류에 통한 것처럼 돌연 활동적으로 만들고 마는 마미가 딸려 있었다. 그녀는 곧 제랄드의 집안에 질서와 품위와 우아함을 끌어들였다. 그리고 지금까지 절대로 없었던 아름다움을 타라에 주었다.

이 집은 일정한 건축 설계에 의해 지어진 게 아니라 그때 그때의 편의상 편리한 장소에 증축된 것이지만, 엘렌의 주의와 배려에 의해 설계의 불완전을 보충하는 일종의 품위가 생겼다. 신작로에서 집 앞까지 이어진 삼나무 가로수길 —— 이 삼나무 가로수길이 없다면 조지아의 농장 주인 저택으로선 불완전한 것이다 —— 의 시원하고 우중충한 그늘이, 다른 나무들의 초록빛을 대조적으로 더 한층 밝게 돋보이고 있었다. 베란다를 덮고 있는 무성한 등나무는 희게 칠한 벽돌로 말미암아 더욱 돋보였고, 현관 가까운 연분홍빛 배롱나무 덤불에 이어져 있었으며, 흰 꽃이 만발한 뜰의 목련은 집 건물의 어딘가 엉성해 보이는 선을 부드럽게 해주고 있었다.

봄에서 여름이 되면 잔디의 버무더 풀이며 클로버가 에메랄드처럼 빛났다. 더구나 그것은, 집 뒤꼍의 한 귀퉁이만이 그들의 놀이터로 정해져 있는 칠면조와 흰 거위 떼들에게는 참기 어려운 유혹이 될 만큼 매혹적인 에메랄드 빛이었다. 새들은 늙은 새가 앞장이 되어, 재스민의 새싹이나 백일홍 화단에 향긋한 먹이를 예상하고 늘 앞뜰로 침입해 왔다. 그들의 침략에 대비하여, 작고 검은 보초(步哨)가 양쪽 포치 근처에 늘 자리를 차지하고 있었다. 누더기 타월을 무기로 포치의 계단에 걸터앉은 작은 흑인 소년의 모습은, 타라의 한 풍경이었다. 한심하게도 아이들은 새를 때리는 것이 금지당하고 있었기 때문에 단지 타월을 펄럭펄럭 휘둘러 쫓을 수밖에 없었다.

엘렌은 몇 사람의 흑인 노예 소년에게 이 일을 시켰다. 이것이 타라에서 남자 노예가 맡는 최초의 일이었다. 만 열 살이 되면, 그들은 농장의 구두 수선을 하는 대디 영감에게라든지 수레바퀴 제조인이고 목수인 아모스한테라든지 혹은 소먹이는 필립한테, 또는 노새 몰이꾼인 카피한테로 각각 일을 배우기 위해 보내진다. 만일 이들이 그 같은 직업에 아무런 재능도 나타내지 않으면, 들일 하는 곳으로 보내진다. 그렇게 되면 그들은 그들의 말대로 마침내 사회적 지위를 요구할 어떠한 권리도 상실하고 마는 것이다.

엘렌의 생활은 안락하지도 않고 행복하지도 않았다. 그러나 그녀는 생활에서 안락을 기대하고 있지는 않았고, 행복하지 않더라도 그것이 여자의 운명이라고 생각하고 있었다. 이 세상은 남자의 세계이며, 그리고 그녀는 그것을 그대로 받아들이고 있었다. 남자는 재산을 소유하고 여자는 그걸 관리한다. 관리가 능숙하다는 명성은 남자가 듣고, 여자는 그의 두뇌를 칭찬한다. 남자는 손가락에 가시가 찔려도 황소처럼 신음한다. 그러나 여자는 출산할 때조차도 남자의 방해가 될까 봐 신음 소리를 참는 것이다. 남자는 난폭하고 곧잘 술이 엉망으로 취한다. 여자는 아무리 심한 말을 들어도 못 들은 척하고 불평도 않고 주정뱅이를 침대로 데리고 간다. 남자는 예절을 모르고 마음먹은 대로 내쏟는다. 그러나 여자는 항상 친절하고 부드럽고 너그럽지 않으면 안 되는 것이다.

엘렌은 신분이 높은 귀부인의 전통 속에서 자랐다. 그것은 생활의 무거운 짐에 눌리면서도, 그러면서도 스스로의 매력을 유지하자면 어찌 해야 할 것인가를 그녀에게 가르쳤다. 그리고 그녀는 그녀의 세 딸도 또한 고귀한 귀부인으로 키우고 싶다고 생각하고 있었다. 이 교육 방침은, 밑의 두 딸에게는 성공했다. 왜냐하면 스월렌은 어떻게든지 남의 눈에 띄는 여자가 되고 싶은 일념으로 어머니의 가르침에 열심히 귀를 기울였고, 캐린은 마음이 소심한 딸이었기 때문에 쉽게 이끌 수가 있었다. 그러나 스카알렛만은 아버지인 제랄드를 닮아 숙녀가 되는 길을 가르치는 것이 여간 어렵지 않았다.

마미의 역정에도 불구하고, 스카알렛이 우선 놀 동무로 골라잡은 아이는 얌전한 동생들이나 예의가 깍듯한 윌크스네의 딸들이 아니라, 농장의 검둥이 자식들이나 이웃의 사내애들이었고, 그리고 나무를 오르는 일이건 돌을 던지는 일이건 어느 것 하나 누구에게 지지 않았다. 마미는 엘렌 부인의 따님쯤 되는 아가씨가 그 같은 나쁜 버릇을 하는 걸 크게 걱정하고, 입에 침이 마르도록 『작은 숙녀답게 굴라』고 엄격히 타일렀다. 그러나 엘렌은 먼 장래의 일을 생각하고 마미보다 너그러웠다. 어렸을 때의 친구들 가운데서 으레 뒷날의 애인이 나오는 법이고, 그리고 여자의 첫째 의무는 결혼에 있다는 것을 그녀는 알고 있었기 때문이었다. 스카알렛의 결점은 다만 활발하다는 것뿐인데, 남자를 이끄는 기교와 우아한 몸가짐을 가르치자면 아직 시간이 있다고, 그녀는 자기 자신에게 타일렀다.

이런 목표를 향해 엘렌과 마미가 노력하고 있는 사이, 이윽고 스카알렛은 성장함에 따라, 이 방면에 있어선 가르치지 않더라도 터득하는 우수한 학생이 되었다. 가정 교사를 차례차례로 고용하고 약 이 년쯤 근처의 페이에트빌 여학교에 다니기도 했지만, 배운 학문은 극히 엉성한 것이었다. 그러나 이 지방에서 그녀만큼 우아하게 춤출 수 있는 처녀는 한 사람도 없었다. 어떤 식으로 미소를 지으면 볼우물이 패이는가, 어떤 식의 비둘기 걸음으로 걸으면 후프로 부풀린 스커트를 황홀할 만큼 흔들 수 있는가, 어떤 식으로 남자의 얼굴을 올려다보다가 눈을 내리깔고 별안간 눈꺼풀을 깜짝거리면 자못 다정한 감정에 떨고나 있는 것처럼 꾸며 보일 수가 있는가, 그런 걸 그녀는 모두 터득하고 있었다. 그 중에도 가장 중요한 것은, 어린애처럼 아름답고 순진한 얼굴로 어찌 하면 남자들에게 눈치채이지 않고 그 날카로운 두뇌의 활동을 감출 수가 있는가 하는 것을 배운 것이었다.

엘렌은 조용한 목소리로 훈계하고 마미는 툴툴 잔소리를 해 가면서, 스카알렛에게 남의 아내로서 가장 이상적인 특성을 가르쳐 주려고 애썼다.

「넌 좀더 상냥하고 침착해야 한다.」하고 엘렌은 딸에게 일렀다. 「남자와 얘기할 때는, 비록 네편이 그 사람보다 더 많이 알고 있어도 옆에서 말참견을 해서는 안 돼요. 신사들은 나서는 아가씨를 제일 싫어하니까.」

「젊은 여자가 뾰로통한 얼굴로 턱을 발딱 쳐들고 『난 이렇게 하고 싶어.』라든가 『이렇게 하고 싶지 않아.』라든가, 그런 말을 하면 우선 서방님이 싫어하시죠.」하고 마미는 엄격한 얼굴로 예언했다. 「젊은 아가씨란 그냥 눈길을 내리깔고 『그래요.』『그 말씀이 옳아요.』하고 말하지 않으면 안 되죠.」

두 사람은 스카알렛에게 숙녀로서 알아야 할 것을 가르쳤다. 그러나 그녀가 배운 것은 숙녀로서의 겉모양뿐이었다. 그러한 겉모양을 낳게 하는 마음의 아름다움에 관해서는 그녀는 배우지도 않았고 또 배울 이유도 인정하지 않았다. 그녀는 그런 것은 겉모양만으로 충분하다고 생각하고 있었다. 왜냐하면 숙녀다운 겉모양만 나타내도 그녀는 사람들의 인기를 끌 수 있었고, 그리고 사람들에게서 떠받들음을 받는 게 그녀가 구하고 있는 전부였기 때문이다. 제랄드는 스카알렛이 이 세 군 안에서 가장 뛰어난 미인이라고 뽐내고 있었는데, 그것이 반드시 거짓말이 아닌 것은 그녀가 근처 청년들의 거의 전부로부터 청혼을 받고 있었고, 그뿐만 아니라 애틀랜타나 사배나처럼 먼 곳에서조차 많은 청혼이 들어왔던 것이다.

열 여섯 살인 그녀는 엘렌이나 마미 덕분으로, 겉보기에는 사랑스럽고 매력적이고 활달한 아가씨가 되었다. 아일랜드 사람인 아버지에게서 이어받은 격하게 폭발하기 쉬운 정열을 가지고, 어머니의 희생적이고 참을성 많은 성격은 거죽에 살짝 씌워진 겉치레에 불과했다. 그러나 엘렌은 그게 겉치레에 지나지 않는 것인 줄을 몰랐다. 스카알렛은 어머니 앞에선 언제나 순진하게 꾸며 보이고, 어머니로부터 비난의 눈초리를 받으면 참을 수 없게 되니까 늘 성미를 누르고 거친 성격을 감추면서, 될 수 있는 대로 얌전한 듯 가장하고 있었기 때문이다.

그러나 마미는 스카알렛의 외양만으론 속지 않았다. 그래서 언제나 그녀의 가장을 잡아 벗길 틈을 노리고 있었다. 마미의 눈은 엘렌의 눈보다도 날카로왔다. 스카알렛은 태어나서부터 지금까지 마미를 오랫동안 속여 넘겨 본 기억이 없었다.

그러나 두 사람의 자애 깊은 교육자를 슬프게 만든 것은, 스카알렛의 발랄한 기질이나 매혹적인 점이 아니었다. 그런 것은 오히려 남부의 여자들이 자랑으로 삼는 성격이었다. 두 사람을 걱정시킨 것은, 그녀의 내부에 있는 제랄드를 닮은 저 고집과 격한 성격이었다. 좋은 결혼을 할 수 있을 때까지 이 불리한 성품을 숨겨 둘 수가 있을지 어떨지, 두 사람은 이따금 그걸 염려하고 있었던 것이다. 그러나 스카알렛은 결혼하고 싶다── 애실리와 결혼하고 싶다──고 생각하고 있었다. 그리고 만일 그러한 성격이 남자들의 마음을 끌 수 있는 거라면 얼마든지 얌전하게 보여 줄 수도, 온순하게 보일 수도, 착실하게 보일 수도 있다고 생각했다. 왜 남자란 그런 것인가, 그녀는 알 수가 없었다. 그녀가 알고 있는 건 다만 그런 방법이 가장 효험이 있다는 것뿐이었다. 왜 효험이 있는 것인가 하는 것에 관해선 굳이 생각해 볼 흥미도 없었다. 왜냐하면 누구의 마음이든, 그녀 자신의 마음조차도 그녀는 인간의 마음의 내면적인 활동에 대해서는 전혀 무지했기 때문이었다. 그녀가 알고 있는 건 단지 그녀가 이러저러한 행동을 하든지 혹은 말하든지 하면, 남자들은 틀림없이 이러저러한 찬사로 응해 온다는 것뿐이었다. 그건 수학의 공식 같은 것으로, 그 이상 어려운 일은 아니었다. 수학은 그녀가 학교에 다니고 있을 때 가장 손쉽게 습득한 학과의 하나였다.

남자의 마음에 대해서조차 무지했기 때문에 그다지 흥미를 갖지 않은 여자의 마음에 관해선, 그녀는 한층 더 무지했다. 그녀에겐 여자 친구가 없었지만, 그러나 그 때문에 아쉬움을 느낀 일은 한 번도 없었다. 그녀에겐 두 동생을 포함해서 모든 여성은 동일한 사냥감, 즉 남자를 다루는 날 때부터의 경쟁자였던 것이다.

그러나 모든 여성이라고는 해도 어머니만은 예외였다.

스카알렛은 엘렌 오하라를 다른 모든 인간과는 다른, 뭔가 성스러운 것으로 존경하고 있었다. 아직 어렸을 무렵, 그녀는 어머니와 성모 마리아를 혼동하여 생각하고 있었으나, 커진 오늘에 와서도 그 생각에는 변동이 없었다. 그녀에겐 엘렌은 신과 그리고 인간의 모성만이 줄 수 있는 정다운 안전감을 상징하고 있었다. 그녀는 어머니를 정의와 진리와 자애로운 사랑과 심원한 지혜의 화신인 위대한 여성이라고 생각하고 있었던 것이다.

스카알렛도 진심으로 어머니처럼 되리라 마음먹고 있었다. 그러나 단 한 가지 곤란한 것은, 경우 밝고 진실하고 온순하며, 또 자기를 희생하려면 거의 모든 인생의 향락을 놓치고, 많은 애인들을 잃어버려야만 한다는 것이다. 이러한 쾌락을 놓쳐 버리기에는 인생은 너무나 짧다. 어느 날인가 애실리와 결혼하고, 그

리고 나이를 먹고, 언젠가 그럴 여유가 생기면 그녀도 엘렌처럼 되리라 생각
했다. 그러나 그때까지는…….

4

그 날 밤, 저녁식사 때 어머니가 없기 때문에 대신 식사의 시중을 들면서도 스
카알렛의 마음은, 애실리와 멜라니에 대해 들은 그 무서운 소식으로 뒤끓고 있
었다. 죽을 것 같은 심정으로 그녀는 어머니가 스레터리네 집에서 돌아오기를
기다렸다. 왜냐하면 어머니가 없으면 안절부절 어찌 할 바를 모를 뿐만 아니라
고독감을 감당하기 어려웠기 때문이었다. 자기가 이렇게도 어머니를 필요로 하
고 있는 지금, 무슨 권리가 있어서 스레터리 집의 사람들이나 그들의 끊임없는
병은, 어머니를 이 집에서 끌어내었단 말인가!

쓸쓸한 식사를 하는 동안, 내내 제랄드의 큰 목소리가 귀에 울려 와서 참을 수
없는 심정이었다. 그는 조금 전에 딸과 이야기한 일 따위는 완전히 잊어버리고
테이블을 주먹으로 두드리고 팔을 공중에 내두르며 말에 악센트를 넣어 가면서,
섬터 요새에 관한 최근의 정보를 혼자 떠들어 대고 있었다. 식사할 때의 회화는
제랄드가 지배하는 것이 습관이 돼 있어서 여느 때라면 스카알렛은 멋대로 자기
생각에 잠겨 아버지의 얘기 따윈 거의 듣지도 않을 것이지만, 오늘 밤은 엘렌의
귀가를 알리는 마차 소리를 들으려고 무척 긴장돼 있기 때문에 아버지의 목소리
가 방해가 되어 견딜 수 없었다.

물론 그녀는 이렇듯 무겁게 내리누르는 마음의 고통을, 어머니에게 털어놓을
생각은 없었다. 만약 자기 딸이, 이미 다른 처녀와 약혼을 한 남자를 애타게 사
모하고 있다는 것을 알면, 엘렌은 무척 놀라고 슬퍼할 것이라는 것을 알고 있기
때문이다. 난생 처음으로 안 이 비극의 심연 속에서 스카알렛이 찾고 있는 건 다
만 어머니와 함께 있을 때의 그 크나큰 위로였다. 엘렌이 곁에 있어 주는 것만
으로도 그녀는 언제나 마음이 평안해짐을 느꼈다. 왜냐하면 엘렌은 아무리 나쁜
상태라도 좋은 상태로 바꿀 수가 있기 때문이다. 그러므로 단지 옆에 있어 주기
만 하면 되었다.

마차길에 울리는 바퀴 소리에 그녀는 급히 의자에서 일어났으나, 마차가 집을
돌아 뒤꼍 쪽으로 가 버린 것을 알자 또다시 의자에 몸을 묻었다. 어머니라면 현

관에서 내릴 것이다. 그러니까 어머니는 아닌 모양이었다. 이윽고 뒤꼍 어둠 속에서 검둥이의 흥분한 말소리가 들리고 드높은 웃음 소리가 울렸다. 스카알렛이 창문에서 바라보니까, 조금 전까지 이곳에 있던 포크가 횃불을 높이 쳐들고 있고, 누군가 낯선 사람의 그림자가 막 마차에서 내리는 참이었다. 어두운 밤공기를 흔들고 웃음 소리와 이야기 소리가 높아졌다 혹은 낮아졌다 했다. 그건 즐거운 듯하고, 가족적이고 아무 근심없이 목에서 나오는 목소리로선 지나치게 부드럽고, 음악적이라고 하기엔 약간 날카로운 목소리였다. 이어 뒷계단을 올라 본관으로 통하는 복도를 걸어오는 발소리가 들리고, 이윽고 식당 바로 앞 홀에서 멎었다. 잠깐 동안 작은 목소리로 소곤거리더니 곧 포크가 여느 때의 그 점잖을 빼던 모습은 어디로 갔는지, 눈알을 뒤룩거리며 흰 이를 번쩍이고 들어왔다.

「나리 마님.」하고 숨찬 목소리로 그는 말했다. 검은 윤기가 도는 얼굴 가득히 새신랑의 자랑이 넘치고 있었다.

「새 여종이 왔습니다요.」

「새 여종? 난 새로 여종 같은 거 산 기억이 없는데.」제랄드는 일부러 눈에 힘을 주며 노려봤다.

「사시잖았어요, 나리 마님. 샀습니다요. 그게 지금 인사를 하려고 밖에 와 있읍니다요.」하고 포크는 흥분이 되어 두 손을 비벼 대며 히죽히죽 웃었다.

「그래, 그럼 신부를 데려와라.」

제랄드가 말하자, 포크는 홀 쪽을 돌아보고 새로 윌크스네의 농장에서 타라 농장의 한 가족이 되기 위해 팔려온 그의 아내를 불러들였다. 여자가 들어오자 그 뒤로 그녀의 커다란 캘리코 스커트 아래 숨듯이, 열 두 살 난 그녀의 딸이 쭈뼛쭈뼛 어머니 발을 따라 들어왔다.

딜시는 키가 크고 자세가 바른 여자였다. 나이는 서른에서 예순 사이라면, 몇 살이라고도 할 수 있었다. 무표정한 청동색 얼굴에는 주름살 하나 없었다. 그 얼굴 생김새에는 흑인의 인종적 특징을 누르고 인디언의 혈통이 짙게 나타나 있었다. 붉은 빛을 띤 살갗, 좁고도 높은 이마, 쑥 나온 광대뼈, 콧날이 우뚝하면서도 끝이 납작한 코, 두터운 입술 등 이 모든 것이 두 인종의 혼혈을 나타내 주고 있었다. 그녀는 틀이 잡히게 침착했고, 걷는 모습도 마미 이상으로 위엄이 있었다. 마미는 수업으로 터득한 위엄이었지만 딜시는 혈통에 의한 위엄이었다.

이야기할 때도 그 말은 다른 흑인처럼 그렇게 불분명하지 않았고, 말투에도 꽤나 조심을 하고 있었다.

「아씨님들, 안녕합쇼. 나리 마님, 방해를 해서 죄송하지만 저와 딸을 사 주신

인사를 여쭈려고 왔사와요. 저를 사려고 하실 분은 계시겠지만, 저를 슬프게 하지 않으려고 딸 프리시까지 함께 사 주시는 분은 안 계셨사와요. 감사합니다요. 이제부터 열심히 일해 은혜를 갚겠사와요.」

자기의 친절한 행동이 남 앞에서 폭로되는 것은, 제랄드에게는 쑥스럽기만 한 것이기 때문에 그는「어흠! 음!」연거푸 헛기침만 했다.

딜시는 눈가에 미소 같은 걸 띠우고, 이번엔 스카알렛에게 얼굴을 돌렸다.

「스카알렛 아가씨, 저를 사 주시도록 나리 마님께 여쭈었다고 포크에게서 들었사와요. 그래서 저의 딸 프리시를 아가씨 전용 몸종으로 바치고 싶사와요.」

이렇게 말하고 뒤로 손을 돌려 딸을 앞으로 끌어냈다. 딸은 새처럼 바싹 마른 다리에, 실로 꼼꼼하게 땋아늘인 머리가 뿔처럼 머리에 돋친, 다갈색 피부의 작은 소녀였다. 그 어떤 것이라도 놓치지 않을 것같이 날카롭고 빈틈 없는 눈을 갖고 있었지만, 얼굴에는 꾸민 듯한 멍청한 표정을 띠고 있었다.

「고마와, 딜시!」하고 스카알렛은 말했다.「하지만 마미가 뭐라고 할지, 한번 의견을 들어 봐야 할 거야. 마미는 내가 태어났을 때부터 시중을 들어 왔으니까.」

「마미는 이젠 나이를 먹은 걸입쇼.」딜시는 마미가 들으면 성낼 것 같은 냉랭한 말투로 말했다.「좋은 마미(유모)이겠읍죠만, 아가씨도 이젠 훌륭한 한 사람의 숙녀이시니까 좋은 몸종이 있어야 합죠. 프리시는 일 년이나 인디어 아가씨를 모시고 있었으니까 바느질이고 머리 손질이고 훌륭하게 해냅지요.」

제 어미가 쿡 찌르자, 프리시는 느닷없이 꾸뻑 절을 하고 싱긋 웃어 보였다. 스카알렛도 그걸 보자 마주 웃지 않을 수 없었다.

『약삭빠른 아이다.』하고 생각하면서 그녀가 말했다.「고마와, 딜시. 어머니가 돌아오시면 의논해 볼게.」

「고맙습니다요, 아가씨. 그렇 안녕히 주무세요.」딜시는 말하고 기뻐하는 포크와 함께 딸을 데리고 방을 나갔다.

저녁 식탁이 치워지자, 제랄드는 또 연설을 계속했으나 이제 아무도 주의해서 듣고 있는 사람도 없을 뿐, 스스로 생각해도 별로 잘된 연설이 못 되었다. 우뢰와 같이 큰 목소리로 닥쳐올 전쟁을 예언하고, 남부 여러 주는 과연 이 이상 북부의 모욕에 참아야 하느냐 어쩌느냐, 힘을 주어 떠들어 보았지만 딸들로부터는 단지『그래요, 아버지』라든가『아버지, 아녜요』라든가 질린 듯한 반향이 돌아올 뿐이었다. 캐린은 커다란 램프 아래 앉아 애인을 사별하고 수도원에 들어간 소녀의 이야기를 열심히 탐독하며 살짝 달콤한 눈물을 짓고, 그 여주인공처럼 흰 수녀 모자를 쓴 그녀 자신의 모습을 아련히 마음 속에 그려 보고 있었다. 스월렌은 장난삼아 스스로 〈희망의 작은 상자〉라고 이름붙인 상자에 수를 놓으며, 내일 원유회에서 스튜어트 탈레턴을 언니의 곁에서 뺏고, 스카알렛이 갖지 않은 여자다운 귀염성으로 그를 유인하자면 어떻게 해야 좋을까 궁리하고 있었다. 그리고 스카알렛은 애실리의 일로 마음이 산란했다.

자기가 이토록 슬퍼하는 걸 알면서도, 어째서 아버지는 태연히 섬터 요새니 양키니 하고 떠들어 대시는 걸까. 세상의 젊은 처녀가 모두 그런 것처럼 그녀 또한, 어째서 사람들은 자기의 고민에 이렇듯 태연하고 무관심한지, 그리고 지구는 자기의 상심에도 불구하고 어째서 이렇듯 여느 때와 다름없이 돌고 있는 것인지 이상하기만 했다.

그녀의 마음은 마치 회오리바람이 휩쓸고 지나간 뒤 같아, 모두들 앉아 있는 이 식당이 여느 때와 마찬가지로 조금도 변함없이 조용한 게 기묘하게 생각되었다. 묵직한 마호가니의 식탁도, 식기 찬장도, 호화로운 은그릇도, 윤이 나도록 닦은 마룻장에 깐 밝은 빛의 양탄자도, 아무 일도 없었던 것처럼 여느 때와 다름없었다. 그건 친근감이 있는 안락한 방으로서, 스카알렛도 보통 때 같으면 저녁식사 뒤 가족이 이 방에서 보내는 조용한 시간이 좋았었는데, 오늘 밤은 바라보기도 싫었다. 만일 아버지만 예의 그 큰 목소리로 어쩌구 저쩌구 귀찮게 묻지 않는다면, 그녀는 살며시 이곳에서 빠져 나가 어두운 살롱을 지나 엘렌의 작은 사무실로 가서, 그 낡은 헌 소파에 몸을 던져 마음껏 울고 싶었다.

어머니가 사무실로 쓰고 있는 그 방을 그녀는 집안에서 제일 좋아했다. 엘렌은 매일 아침, 그곳 높은 책상 앞에 앉아 농장의 회계를 보거나 감독인 조나스 윌커슨의 보고를 듣거나 했다. 엘렌이 거위 깃털 펜으로 장부를 기입하고 있을 때, 그 방에는 곧잘 누군가가 시간을 메우기 위해 갔다. 으례 제랄드는 낡은 록커에, 그리고 딸들은 손님이 오는 곳엔 도저히 둘 수 없을 만큼 망그러져 찌그러진 긴의자 쿠션 위에 앉는 것이 버릇이었다. 스카알렛은 지금 그 방에 엘렌과 단둘이 있고 싶었다. 그리고 어머니의 무릎에 얼굴을 파묻고 안심하고 울고 싶었다. 어머니는 왜 이렇게 돌아오시지 않는 걸까?

그때 마차길 자갈 위를 구르는 바퀴 소리가 날카롭게 들리더니 이윽고 마부를 돌려보내는 엘렌의 잔잔한 목소리가 방으로 흘러들어왔다. 스커트의 후프를 흔들면서 잰 걸음으로 들어선 그녀의 모습을, 방안에 있던 사람들은 애타게 기다리기나 한 듯 바라보았다. 그녀의 얼굴은 피로하고 슬퍼 보였다. 그녀와 함께 레몬 바베나의 그윽한 향기가 아련히 감돌았다. 의복 옷자락에서라도 풍기는 것일까. 스카알렛의 마음 속에는 이 향긋한 향기가 언제나 어머니와 결부돼 있었다. 마미는 아랫입술을 빼물고 눈살을 찌푸린 채 가죽 가방을 들고 몇 걸음 뒤로 따랐다. 그리고 느릿느릿 걸음을 옮기면서, 말하는 뜻을 확실히 알아들을 수 없이 낮은 소리로, 그러면서도 불만의 뜻을 나타내고 있는 것만은 누구에게도 알 수 있을 만큼 높게 목소리를 조절하여 뭔가 투덜거렸다.

「늦어서 미안해요.」 말하고 엘렌은 날씬한 어깨에서 줄무늬의 숄을 벗어 스카알렛에게 건네준 다음 지나가는 길에 손으로 살짝 그녀의 볼을 건드렸다. 제랄드는 엘렌이 들어오자 마술에라도 걸린 듯 얼굴을 빛냈다.

「애새끼에게 세례를 받게 했소?」

「네, 그리고 죽었어요, 불쌍하게도. 에미까지 죽지 않을까 걱정했는데, 산모는 다행히 산 것 같아요.」

딸들은 놀라며 궁금한 듯 어머니에게 얼굴을 돌렸다. 제랄드는 냉정하게 머리를 저었다.

「그런 애새끼는 죽는 편이 나아. 보나마나 아비 없는 자식…….」

「이제 밤이 깊었어요. 자, 모두들 기도를 합시다.」 그렇게 말하고 엘렌은 제랄드의 말을 가로막았으나, 그게 극히 자연스러웠기 때문에 만일 스카알렛이 어머니의 성격을 잘 알지 못했다면, 가로막았다고는 생각하지 않고 무심코 귓결에 흘려 버리고 말았을지도 모른다.

에미 스레터리의 갓난애 아버지가 누구인지, 그걸 알면 재미있을 거라고는 생각했다. 그러나 어머니에게서 일의 진상을 들으려 해도 그건 헛일이라는 것을 스카알렛은 알고 있었다. 어쩌면 조나스 윌커슨일지도 모른다고 그녀는 생각했다. 해가 저문 다음 그와 에미가 신작로를 걷고 있는 것을 자주 보았기 때문이다. 조나스는 북부 태생으로 독신이긴 했지만, 농장 감독을 하고 있다는 이유로 이 지방의 사교계에서는 영원히 제외되고 있었다. 웬만큼 지체 있는 집안과는 혼인을 할 수가 없었고 스레터리네나 그와 비슷한 형편없는 백인을 제외하고는 상대해 주는 사람도 없었다. 그러나 그는 단지 교육을 받았다는 점에서 스레터리네의 패들보다는 몇 단 위였기 때문에, 비록 자주 에미와 어둠 속을 거닐었다고는 해도 그녀와 결혼할 생각이 없는 것만은 뻔했다.

스카알렛은 호기심이 치밀어 저도 모르게 한숨을 쉬었다. 어머니의 눈 앞에는 언제나 여러 가지 사건이 차례차례로 일어났지만, 어머니는 조금도 마음을 쓰거나 하지 않았기 때문에 마치 아무 일도 일어나지 않은 것 같았다. 엘렌은 자기가 적당하다고 여기는 생각에 합치되지 않는 일은 무슨 일이고 거들떠보지 않았다. 그리고 스카알렛에게도 그렇게 하도록 가르쳤지만, 그러나 그 가르침은 별로 효과를 거두지 못한 것 같았다.

엘렌이 벽난로 선반으로 다가가 기도에 사용하는 묵주를 언제나 넣어 두는 문갑에서 꺼내려고 하자 마미가 단호한 말투로 말했다.

「마님, 기도하시기 전에 뭘 좀 잡수셔얍지요.」

「고마와요, 마미. 하지만 생각이 없어.」

「제가 만들어 오겠으니 잡수시와요.」마미는 성이 나서 눈살을 찌푸리고 주방을 향해 복도를 걸어가면서「포크!」하고 커다란 소리로 불렀다. 「쿠키에게 불을 피우라고 일러요. 마님이 돌아오셨으니.」

거대한 그녀의 육체 무게에 눌려 삐걱거리는 마룻장을 쿵쾅거리며 홀애서 뭔가 혼자 중얼거리고 있는 마미의 목소리가 점점 높아지더니 식당에 있는 가족에게까지 똑똑히 들려 왔다.

「내가 몇 번이나 말씀드렸담. 그 따위 백인 쓰레기에게 뭘해줘도 소용없다고. 하나같이 게으름뱅이에다 은혜를 모르는 건달들뿐이라니까. 뭐, 엘렌 마님이 손수 찾아다니며 녹초가 되도록 해줄 것도 없는데. 똑똑한 인간이라면 제 시중은 자기네 검둥이가 하면 그만 아냐. 그래서 말씀드렸는데…….」

그녀의 목소리는 지붕만 있는 긴 복도를 부엌 쪽으로 갈수록 차츰 작아졌다.

마미는 모든 문제에 대해, 그녀의 의견을 똑똑히 주인에게 알리는 그녀 특유의 방법을 갖고 있었다. 검둥이들이 뭔가 혼자서 투덜투덜 중얼거리고 있을 때, 그것이 혼잣말을 한 그것에 대해 조금이라도 주의를 기울이거나 하는 것은 백인의 품위를 떨어뜨리는 것이라고 여기고 있음을 마미는 알고 있었다. 그 품위를 지키기 위해선, 백인들은 노예의 혼잣소리를 옆방에서 아무리 들어 보란 듯 떠들어도 모른 척하고 있어야만 된다는 걸 그녀는 알고 있었다. 그렇게 하면 탓잡힐 일도 없이 어떤 문제에 대해서도 그녀 자신의 견해를 분명하게 알릴 수가 있는 것이다.

포크가 쟁반에 은식기와 냅킨을 담아 가지고 들어왔다. 그 바로 뒤에는 열 살이 된 검둥이 소년 잭이 한 손으로 흰 린네르의 상의 단추를 급히 채우면서, 다른 손에 자기의 키보다도 긴 갈대 끝에 신문지 오라기를 단 파리채를 갖고 대기하고 있었다. 엘렌은 공작새 깃털로 만든 아름다운 파리채를 가지고 있었지만, 포크나 쿠키나 마미가 공작의 깃털은 재수가 없는 거라고 굳게 믿고 있었기 때문에 웬만한 경우가 아니면 쓰지 못했고, 그런 경우에도 포크의 반대로 한바탕 소란을 피워야만 했다.

제랄드가 권한 의자에 엘렌이 앉자, 네 사람의 목소리가 한꺼번에 그녀에게 향했다.

「엄마, 내 새 무도복의 레이스가 헐거워졌어요. 내일 밤 트웰브 오우크스 무도회엔 그걸 입고 갈 생각이에요. 고쳐 주시지 않겠어요?」

「엄마, 스카알렛 언니의 드레스가 내것보다 더 이뻐요. 난 분홍 옷을 입으면 꼭 도깨비같이 보이는데, 어째서 언니에게 분홍색을 주고 내게 저 초록빛 드레스를 주지 않죠? 언니라면 분홍빛이 잘 어울릴 텐데.」

「여보, 엘렌, 당신도 그 말을 믿소? 좀 조용히들 못 하겠니, 너희들! 조용히 하지 않으면 종아리를 때릴 테다! 캐이드 캘버트가…… 오늘 아침 애틀랜타에 다녀왔는데 말요. 그가 말하길——이봐, 조용히들 해다오, 내 말소리가 내 귀에도 안 들리잖니. 그런데 그의 말이 애틀랜타에선 굉장히 떠들썩하다는데, 모두들 입만 벌리면 전쟁 얘기래. 의용군 훈련, 군대의 편성으로 들끓고 있다는 거야. 그리고 찰스턴에선 이제 이 이상 양키의 모욕을 참을 수 없다고 야단을 한다는 거야.」

이 수선에, 엘렌의 피로한 입가에는 절로 미소가 떠올랐다. 먼저 아내의 의무로서 남편에게 대답했다.

「그 얌전한 찰스턴 사람들까지 그렇게 생각하게 됐다면, 인제 우리도 똑같이 생각하게 되겠군요.」 그렇게 말한 것은 아메리카 대륙에서 단 한 군데, 사배나를 제외하면 그 조그마한 항구에 가장 고상한 가문의 사람들이 모여 있다고, 엘렌은 마음 속으로 굳게 믿고 있기 때문이었다. 또 찰스턴의 사람들이 모두 그렇게 자부하고 있는 것은 두말 할 필요도 없다. 그러고 나서 부인은 각각 딸들에게 대답했다.

「안 돼, 캐린, 내년까지는. 내년엔 무도회에 가도 되고 드레스도 만들어 주겠다. 아, 그때는 복숭아빛 볼을 한 이 귀여운 내 딸이, 얼마나 즐거운 시간을 가질 수 있을까! 자아, 뾰로통해선 못 써요. 넌 야외 원유회에도 참석할 수 있고 밤의 식사 때까지 남아 있어도 괜찮다. 그걸 잊어선 안 돼요. 하지만 무도회에 나가는 것만은 열 네 살이 될 때까진 안 돼.」

「드레스를 가져와 봐요, 스카알렛. 기도가 끝나면 꿰매 놓을 테니까.」

「스월렌, 그런 말버릇을 쓰면 안 돼요. 그 분홍빛 드레스는 귀여워서 네 얼굴에 아주 잘 받으니까, 스카알렛 것이 언니에게 어울리는 것과 마찬가지로. 그대신 내일 밤엔 엄마의 석류석 목걸이를 해라.」

스월렌은 이 말을 듣자 어머니의 등 뒤로 숨으며 스카알렛에게 약올리듯 코를 찡긋해 보였다. 그 목걸이는 스카알렛이 빌려고 마음먹고 있었기 때문이다. 스카알렛은 혓바닥을 날름해 보였다. 스월렌은 응석꾸러기이고 흐흥 소리만 내며 동생으로서 약오르는 짓만 하기 때문에, 만일 엘렌에게 야단맞는 게 무섭지만 않다면, 스카알렛은 몇 번 그녀의 따귀를 때려 주었을지 모른다.

「그리고 참 오하라 씨, 캘버트는 찰스턴에 대해 뭐라고 하죠? 좀더 얘기해 주세요.」하고 엘렌은 다시 남편에게 말을 걸었다.

스카알렛은 어머니가 전쟁이나 정치에는 전혀 흥미가 없고, 남자들이 하는 일로 여자의 이성으로선 참견해서는 안 된다고 생각하고 있다는 것을 잘 알고 있었다. 그러나 관심을 보이면 기염을 토할 수가 있기 때문에 제랄드가 좋아했다. 엘렌은 이렇게 남편이 좋아하도록 언제나 마음을 쓰고 있었다.

제랄드가 새로운 뉴스에 대해 떠벌리기 시작하자, 마미는 위가 노랗게 구워진 비스킷이며, 기름에 튀긴 닭의 가슴살이며, 녹은 버터가 뚝뚝 떨어지며 김이 모락모락 나는 고구마 따위의 접시를 들여놓았다. 마미에게 꼬집혀서 잭 소년은 급히 엘렌의 뒤로 돌아가 그의 소임인 파리채를 천천히 움직이기 시작했다. 마미는 식탁 옆에 서서 접시에서 입으로 운반되는 포크 하나하나를, 만일 먹을 생각이 없다면 억지로라도 엘렌의 목에 밀어 넣어야겠다는 듯이 뚫어지게 지켜보고 있었다. 엘렌은 애를 써 가면서 먹고는 있었지만, 스카알렛은 어머니가 자신이 무엇을 먹고 있는지조차 모를 만큼 피로해 있다는 것을 알았다. 단지 그녀는 마미의 타협 않는 얼굴 때문에 먹고 있는 것이다.

접시가 다 비도록, 노예 해방을 부르짖으면서도 그것에 대한 한푼의 돈도 내려고 하지 않는 양키의 도둑놈 근성에 대해 핏대를 올리고 있는 제랄드의 의견은, 아직 반도 끝나지 않았다. 그러나 엘렌은 일어섰다.

「벌써 기도 시간이오?」하고 제랄드는 못내 아쉬운 듯 물었다.

「네, 이미 너무 늦었어요. 어머, 어느 새 열 시가 되었네!」마침 이때 시계가 재채기라도 하듯 땡땡 하고 시각을 알렸다. 「캐린은 이제 잠자야 할 시간이다. 포크, 램프를 내려 줘. 그리고 마미는 새 기도서를 갖다 주고.」

마미가 목쉰 소리로 재촉하는 소리에 잭은 파리채를 구석에 치우고 접시를 나르기 시작했다. 마미는 벽장 서랍에 손을 넣어 닳아 빠진 엘렌의 기도서를 더듬어 찾았다. 포크는 발돋움을 하여 가까스로 쇠사슬 고리에 손을 뻗쳐 램프를 가만히 내렸다. 테이블 위가 밝게 비쳐지고 천정에 어두운 그림자가 덮였다. 엘렌은 스커트의 옷자락을 사리며 마룻바닥에 무릎을 꿇고 기도서를 테이블 위에 펴놓은 다음 그 위에 깍지 낀 손을 얹었다. 제랄드 역시 그녀 옆에 무릎을 꿇었다. 스카알렛과 스월렌은 여느 때처럼 테이블 바른쪽으로 가서 딱딱한 마룻바닥에 무릎을 꿇었다. 기도하는 동안 그녀는 대개 잠들어 버렸는데, 잠이 들더라도 이 자세라면 어머니에게 들키지 않기 때문에 그녀는 즐겨 이 자세를 이용했다.

안일을 하는 노예들은 부스럭부스럭 복도에 모여 도어 있는 곳에 무릎을 꿇었다. 마미는 무릎을 꿇을 때 커다란 비명 소리를 내었다. 포크는 몸뚱이를 막대기처럼 꼿꼿이하고 무릎을 꿇었다. 하녀인 로자와 티나는 화려한 색깔의 캘리코 스커트를 걸치고 얌전하게, 쿠키는 깡마른 노오란 얼굴에 흰 천을 머리에 감은 채로, 잭 소년은 졸려서 바보처럼 하고 있었지만 그래도 마미에게 꼬집히지 않도록 그녀의 손이 닿지 않는 곳에, 저마다 무릎을 꿇었다. 백인들과 함께 기도를 한다는 것은 하루의 중요한 일과였기 때문에, 그들의 검은 눈동자는 뭔가 기대로 반짝거리고 있었다. 동양적인 비유적 설명이 많은 기도문의 낡고, 그리고 수식이 많은 귀절의 의미는, 그들로선 잘 알 수 없었지만 그래도 웬지 모르게 마음에 스며드는 그 무엇이 있었다. 그리고 『주여, 우리를 불쌍히 여기소서.』『그리스도여, 우리에게 자비를 베푸소서.』하고 입을 모아 뇌까릴 때는 그들은 언제나 마음 속까지 뒤흔들렸다.

엘렌은 눈을 감고 기도하기 시작했다. 그녀의 목소리는 높아졌다 낮아졌다 하여 듣는 사람의 마음에 안도와 위안을 주었다. 이윽고 그녀가 가정과 흑인 노예들의 건강과 행복을 신에 감사하자, 사람들의 머리는 노오란 등불의 테두리 속에서 모두 숙여졌다.

타라의 지붕 아래 사는 모든 사람, 그녀의 부모, 동생들, 죽은 세 아들, 그리고 연옥(煉獄)에 있는 모든 불쌍한 영혼을 위한 기도가 끝나자, 엘렌은 긴 손가락 사이에 흰 묵주를 감아쥐고 로사리오를 시작했다. 고요한 바람처럼, 흰 목에서도 검은 목에서도 창화(唱和)가 되풀이되었다.

「천주의 성모 마리아여, 이제 와 우리 죽을 때에 우리 죄인을 위하여 빌으소서!」

마음이 아프고 눈물조차 나오지 않는 고통에 시달리고 있었건만, 스카알렛은 지금 다시 언제나 이 시간에 느끼는 고요하고 깊고 평화스러운 심정이 되었다. 오늘의 실망과 내일에의 공포가 얼마쯤 가시고 희망의 마음이 남았다. 그러나 그녀가 위안을 얻은 것은, 그녀가 그 영혼을 신에게 연결되도록 높였기 때문은 아니었다. 왜냐하면 종교는 그녀에게 있어 극히 말뿐인 것에 불과했기 때문이다. 그것은 신의 보좌, 사도들, 천사들을 향해 사랑하는 자를 위하여 기도하는 어머니의 그윽한 얼굴을 바라보고 있었기 때문이었다. 엘렌이 하늘에 기도를 드린다면 하늘은 반드시 어머니의 기도를 들어 주실 게 틀림없다고 스카알렛은 믿고 있었다.

엘렌의 기도가 끝나자, 언제나 기도 때만 되면 묵주를 찾느라고 수선을 떠는 제랄드가 손가락을 더듬어, 조용히 묵주의 수효를 헤아리면서 기도를 시작했다. 그 나직하고 단조로운 목소리를 듣고 있는 사이에 스카알렛의 상념은 자기도 모르게 방황하기 시작했다. 지금 이 순간이 자기의 양심을 돌이켜볼 때라는 걸 그녀는 알고 있었다. 하루가 끝날 때 깊이 양심에 비추어 보고, 자기가 저지른 많은 과실을 인정하고, 신에게 그 용서를 빌고, 그리고 또다시 허물을 되풀이하지 않게 힘을 비는 게 이 시간의 의무라고 엘렌으로부터 배운 것이다. 그러나 이때 스카알렛이 돌이켜본 것은 양심이 아니라 감정이었다.

어머니에게 들키지 않게 깍지 낀 두 손 사이에 얼굴을 파묻고 그녀의 상념은 애닯게 애실리에게로 돌아갔다. 사실은 나를, 이 스카알렛을 사랑하고 있으면서 어째서 멜라니와 결혼할 생각을 했을까? 얼마나 내가 그를 깊이 사랑하고 있는지, 그도 알고 있을 게 아닌가? 어째서 그는 굳이 내 마음에 상처를 입히는 일을 하는 걸까?

그러자 문득 하나의 새로운 생각이 혜성처럼 퍼뜩 그녀의 머리를 스치며 지나갔다.

『알았다. 애실리는 내가 사랑하고 있다는 걸 모르고 있다!』

그녀는 이 뜻하지 않은 계시에 충격을 받아, 하마터면 큰 소리를 지를 뻔했다. 숨도 쉴 수 없는 순간, 그리고 무척 길게 느껴진 순간, 그녀의 머리는 마비된 것처럼 움직이지 못했지만 이윽고 쏜살같이 달리기 시작했다.

『그이가 알 리가 없어. 나는 언제나 숙녀처럼 얌전하게 손도 못 대게 했으니까. 그이는 내가 그이를 친구 이상으로는 생각하지 않고 있다고 여기는 거야. 그래서 그이는 사랑을 고백하지 않았던 거야. 자기의 사랑은 가망이 없다고 단념하고 있었던 거야. 그러니까 그이는 그런 표정을…….』

그녀는 재빨리 여러 가지 일들을 마음에 되새겨 보았다. 그가 기묘하게도 달라진 눈치로, 지그시 자기를 응시하고 있었던 일이 생각났다. 여느 때라면 빈틈이 없는 커튼처럼 감정을 숨기고 있는 그 잿빛 눈을, 그때는 커다랗게 뜨고 고뇌와 절망의 빛을 띠었었지.

『알았다. 그이는 내가 브렌트나 스튜어트나 캐이드를 사랑하고 있는 줄 알고 절망하고 있었던 거야. 그리고 아마 나를 손아귀에 넣지 못할 바에는 차라리 집의 식구들을 기쁘게 하기 위해 멜라니와 결혼하겠다고 결심했는지도 몰라. 그러니까 만일 내가 사랑하고 있다는 걸 알면…….』

변하기 쉬운 그녀의 마음은 우울의 밑바닥에서 엄청난 행복의 절정으로 단숨에 뛰어올랐다. 이야말로 애실리의 침묵의, 그리고 저 기묘한 행동의 해답이었던 것이다. 그는 모르고 있었던 거야. 그녀의 그렇게 믿고 싶어하는 소망에 허영심이 달라붙어, 그것을 확실히 그렇구나 하는 확신에 이르기까지 끌어가고 말았다. 만일 내가 그를 사랑하고 있다는 것을 안다면, 그는 당장 내 곁으로 올 게 틀림없어. 단지 그걸 그에게 알리기만 하면……

『오!』하고 그녀는 숙이고 있던 이마의 머리털에 손가락을 집어넣고 기뻐

어쩔 줄을 몰라하며 생각했다. 『지금까지 이런 걸 몰랐다니, 난 참 바보야. 이
제는 그이에게 내 마음을 알릴 방법을 생각해야겠다. 만약 내가 사랑하고 있다
는 걸 알면, 멜라니 같은 것하고는 결혼하지 않을 거야. 할 리가 없어!』

　문득 그녀는 제럴드의 기도가 벌써 끝나 버리고, 어머니의 눈이 지그시 자기
를 보고 있다는 걸 깨달았다. 그래서 황급히 묵주를 기계적으로 헤아리며 기도
를 시작했지만, 그 목소리에는 여느 때 들을 수 없었던 감정이 담겨져 있었기 때
문에, 마미는 눈을 크게 뜨고 수상쩍다는 듯 스카알렛을 바라보았다. 그녀의 기
도가 끝나자 다음에는 스월렌이, 그리고 그 다음에는 캐린이 차례차례로 기도를
했는데, 그 동안 그녀의 마음은 아까 새로이 떠올린 황홀하기만 한 상념을 좇고
있었다.

　지금부터라도 아직 늦지는 않다! 이제까지도 결혼식장에서 나란히 선 두 사
람 중의 어느 한쪽이 다른 남자나 여자와 더불어 달아나 사람들을 깜짝 놀라게
한 예가 이 지방에도 얼마든지 있다. 그리고 애실리의 약혼은 아직 발표되지도
않았다. 그렇다, 시간은 아직 충분히 있다!

　만일 내 상상대로 애실리와 멜라니와의 사이에 사랑이 없고 단지 옛날부터의
약속이 있을 뿐이라면, 어째서 그가 그 약속을 깨고 나와 결혼할 수 없단 말인
가. 만일 그가 내 쪽에서도 그를 사랑하고 있다는 것을 알면 꼭 그렇게 할 것
이다. 어떻게든 내 마음을 알릴 방법을 생각해 내야겠다. 어떻게든지 그 방법을
찾아내야겠다. 그러면…… 깜빡 기도에 따라 외는 걸 잊고 있어 어머니가 비난
하듯 그녀를 쏘아보았기 때문에 스카알렛은 갑자기 즐거운 꿈에서 깨어났다. 그
리고 다시 기도에 소리를 맞추면서 잠깐 눈을 들어 방안을 둘러보았다. 무릎을
꿇고 있는 사람들의 모습, 램프의 따뜻한 빛, 검둥이들의 웅크리고 있는 검은
그림자, 한 시간 전까지는 보기도 역겨웠던 가구들까지 순간적으로 그녀의 감동
에 물들어 다시금 모든 것이 다정한 광경으로 비쳐 왔다. 그녀는 이 순간과 이
광경을 평생 잊지 못하리라.

　「지극히 거룩하오신 성모 마리아여!」하고 어머니가 외기 시작했다. 성모 마
리아의 합송이 시작된 것이다. 스카알렛도 엘렌이 잔잔한 콘트랄토로 성모 찬가
를 부르는 데 따라 얌전히「우리를 위하여 빌으소서.」하고 외었다.

　어렸을 때부터 스카알렛에게는 그것은 언제나 성모 마리아에 대한 찬미라기
보다 차라리 엘렌에 대한 찬미의 순간이었다. 신에 대한 모독일지는 모르지만,
〈병자의 건강〉이니, 〈예지의 전당〉이니, 〈죄인의 은신처〉니, 〈기적의 장미〉니
하는 낡은 기도의 말이 이어져 가는 걸 들으면, 스카알렛의 감은 눈에 어리는 것
은 언제나 축복된 성모의 모습이 아니라 신을 우러러보는 엘렌의 얼굴이었다.

그리고 그 말들을 아름답다고 여기는 것은, 그것이 모두 어머니 엘렌에게 향해진 거라고 생각되기 때문이었다. 그러나 오늘 밤은 자기의 영혼이 기쁨 때문에 상승되어 있어, 스카알렛은 이 모든 의식 속에서——잔잔한 기도의 귀절에서도, 나직하게 따라 외는 목소리에서도 그녀가 이제껏 경험한 일이 없는 엄청난 아름다움을 찾아냈다. 지금까지의 비참한 상태에서 빠져 나와 곧장 애실리의 품안으로 인도하는 길을 그녀를 위해 열어 준 신에 대해 그녀는 진심으로 감사를 드렸다.

마지막 『아멘』을 외고 일동은 일어났다. 누구나 얼마쯤은 발에 쥐가 나서, 마미 같은 사람은 티나와 로자가 둘이서 어영차 하고 일으켜 줄 정도였다. 포크는 벽난로 선반 위에서 긴 종이 초를 꺼내어 램프의 불을 당겨 들고 홀로 나갔다. 나선 계단 맞은쪽으로 식당에서 쓰기엔 너무 큰 호두나무 찬장이 있고, 그 제일 꼭대기 넓은 간에 몇 개의 램프와 촛대에 세운 초가 놓여 있었다. 포크는 램프 하나와 세 자루의 초에 불을 당기고, 왕과 왕비를 침대에 안내하는 시종처럼 자못 점잖고 거만한 걸음걸이로 등불을 머리 위에 들고, 일동을 이층으로 안내했다. 엘렌은 제랄드와 팔짱을 끼고 그 뒤를 따랐고, 딸들은 각자 촛대를 들고 뒤쫓아 계단을 올라갔다.

스카알렛은 방에 들어가자 촛불을 높은 장 위에 놓고, 손을 더듬어 어두운 벽장 속에서 고쳐야 할 무도복을 꺼냈다. 그리고 그것을 가슴에 대고 조용히 홀을 가로질러 갔다. 양친의 침실 도어는 조금 열려 있었다. 그녀가 노크를 하려고 하는데, 안에서 엘렌의 나직한, 그러나 위엄 있는 목소리가 들려 왔다.

「오하라 씨, 조나스 윌커슨을 해고하세요.」

제랄드는 큰 소리로 대답했다. 「하지만 나를 속이지 않을 농장 감독을 어디서 찾아오지 ?」

「조나스는 당장 내일 아침 해고하지 않으면 안 돼요. 빅샘이 새 감독을 채용할 때까지 대리 노릇을 할 수 있을 거예요.」

「옳아 !」하고 제랄드의 목소리가 울려 나왔다. 「알았다. 그럼 조나스란 녀석이 에미에게 아비 없는 자식을 낳게 했구…….」

「어쨌든 해고해야 돼요.」

『역시 조나스가 에미 스레터리네 갓난애의 아버지였구나.』하고 스카알렛은 생각했다. 『양키 남자와 백인 쓰레기 딸인 걸 뭐. 그런 건 보통이지.』

그녀는 좀 사이를 두고 제랄드의 말이 끝나기를 기다려, 도어를 두드리고 어머니에게 무도복을 건넸다.

스카알렛은 옷을 벗고 촛불을 끄는 동안 내일의 계획을 세밀한 것까지 꾸며

냈다. 계획이라곤 하지만, 극히 단순한 것이었다. 목적을 향해 한눈도 팔지 않고 돌진하는 제랄드의 핏줄을 받아, 그녀의 눈도 단지 목표에만 쏟아지고 거기에 도달하는 직선적인 최단거리의 길만 생각하고 있었던 것이다.

『우선 아버지가 말한 것처럼 긍지를 갖고 행동하지 않으면 안 된다. 트웰브 오우크스에 닿는 순간부터 유쾌하고 명랑하게 꾸미자. 그렇게 하면 누구도 내가 애실리와 멜라니의 일로 타격을 받았다고는 생각하지 않을 테지. 그리고 거기 와 있는 어느 젊은이에게나 애교를 부리자.』이건 애실리에 대해선 좀 잔인할지 모르지만, 그러나 이렇게 함으로써 그녀에 대한 그의 애정은 한층 돋구어질 것이 틀림없다. 자기와 결혼할 수 있는 또래의 남자라면, 스월렌의 애인으로 생강 빛깔의 구레나룻을 기른 중년 남자인 프랭크 케네디로부터 멜라니의 오빠로 부끄럼장이이고 온순하여 곧잘 얼굴을 붉히는 찰즈 해밀턴에 이르기까지, 하나도 빼놓지 말자. 그들은 이윽고 그녀의 둘레에 벌집에 모인 벌처럼 떼를 지어 모여들 것이고, 그렇게 되면 애실리도 틀림없이 멜라니의 곁에서 떨어져 그녀의 찬미자들 떼에 끼리라. 그때 어떻게든 사람들의 떼에서 빠져 나와 몇 분 동안만 그와 단 둘이 될 기회를 만들자. 그녀는 모든 것이 이런 식으로 돼 가기를 바랐다. 이것 말고는 아무래도 좋은 방법이 없는 것처럼 생각되었기 때문이다. 만일 애실리가 그녀가 마음먹은 대로 실마리를 꺼내 주지 않을 때는 이쪽에서 먼저 말을 꺼낼 수밖에 없다고 생각했다.

마침내 둘이 있게 되면, 그는 다시 남자들이 그녀의 둘레에 모이는 광경을 새로 마음에 새겼던 참이고, 또 누구나가 그녀를 원하고 있다는 사실을 새로 인식한 참이기 때문에 틀림없이 그 눈에 슬픔과 절망의 빛을 띨 것이다. 그때 내가 아무리 사람들의 찬미의 대상이 돼 있다고 해도, 온 세계에서 그녀가 가장 좋아하고 있는 것은 그뿐이라고 잘 깨닫도록 한다. 얌전하고 부드럽게 일을 추진하되, 말로 표현할 수 없는 것은 다 눈짓으로 알리자. 물론 모든 것을 상냥하게 숙녀답게 해야만 된다. 뻔뻔스럽게 그를 보고 사랑을 고백하거나 하는 것은 꿈에도 생각해서는 안 된다. 그래서는 절대 안 돼. 하지만, 그럼 어떤 식으로 털어놓아야만 좋을까? 그건 조금도 마음을 쓸 필요도 없는 그녀에게는 작은 문제였다. 지금까지의 경험으로, 그만한 것쯤은 충분히 할 수 있다고 믿고 있기 때문이다.

어슴푸레한 달빛을 받고 침대에 누워, 그녀는 마음 속으로 여러 가지 광경을 그려 보았다. 그녀가 그를 진정으로 사랑한다는 것을 알았을 때, 그의 얼굴에 나타나는 놀라움이나 기쁨을 또렷이 눈 앞에 볼 수가 있었다. 그리고 『아내가 되어 주오!』하고 호소하는 그의 목소리까지도 들려 오는 듯싶었다.

　당연히 그때는, 다른 여자와 약혼한 사람과는 결혼할 수 없다고 일단은 분명히 퉁겨야겠지. 그러나 그는 아무리 해도 듣지 않고 더욱 간절히 호소해 올 것이 틀림없다. 그래서 마침내 그녀도 마지못해 승낙하게 되고, 그러고 나서 두 사람은 곧 그 날 오후 존즈보로로 도망칠 계획을 약속하고, 그리고……

　그렇게 되면 내일 이맘때쯤은 난 애실리 윌크스 부인이 돼 있을 게 아닌가!

　그녀는 침대 위에 일어나 앉아 무릎을 안고 긴 행복한 한때를 애실리 윌크스 부인, 애실리의 신부가 되어 있었다. 문득, 한 줄기 찬바람이 마음 속에 스며들었다. 만일 그렇게 되지 않는다면? 애실리가 함께 달아나자고 말하지 않는다면? 그러나 그녀는 그런 생각을 단호히 마음에서 쫓아 버렸다.

　『그런 건 지금 생각하지 말자.』하고 단단히 마음에 일렀다. 『지금 그런 걸 생각한다면　어떻게 해야 좋을지 모르게 되고 만다. 그가 나를 사랑하기만 하고 있다면 잘 되지 않을 까닭이 없어. 그이가 날 사랑하고 있다는 걸 난 알고 있어!』

　그녀는 얼굴을 들었다. 눈시울이 거무스름한 눈이 달빛에 빛났다. 엘렌은 아직 그녀에게, 무엇을 갈망하는 것과 무엇을 손에 넣는 것과는 서로 다른 두 가지의 일이라는 것을 가르쳐 주지 않았다. 그녀의 인생 경험 또한, 가장 빨리 달리는 자가 반드시 경주에 이긴 자가 아니라는 걸 가르치지는 못 했다. 용솟음치는 용기와 함께 은빛 달 그림자 아래 누워 패배라는 건 있을 수 없고, 다만 아름다운 의상과 청초한 용모만이 운명을 정복할 수 있는 무기라고 생각하며, 즐겁게 인생을 보내 온 열 여섯 살의 나이가 세울 수 있는 그런 계획을 그녀 또한 세우고 있었다.

　　　　　5

　아침 열 시였다. 사월치고는 따뜻한 날씨로, 넓은 창문의 파아란 커튼을 통해 금빛 햇살이 스카알렛의 방에 눈부시게 흘러들어오고 있었다. 크림색 벽은 햇볕에 밝게 빛나고, 마호가니의 가구 그림자는 포도주의 진홍빛으로, 방바닥은 유리를 간 듯 반짝이고, 다만 양탄자를 깔아 놓은 부분만이 화려한 빛깔로 얼룩져 있었다.

　벌써 여름 같은 느낌이었다. 한창 무르익은 봄이 아쉬움을 남기면서 극성스런 더위에 길을 양보하는 계절로, 조지아의 첫여름의 징조가 보이기 시작했다. 만발한 들꽃의 훈훈한 향기, 신록의 냄새, 새로 갈아엎은 경작지의 축축한 냄새, 벨벳의 감촉과 같은 향기가 부드럽고 은근한 온기와 더불어 방안에 흘러들어 왔다. 창문으로부터는, 자갈을 깐 마차길 가를 따라 두 줄로 만발한 수선화와 황금의 덩어리처럼 노오란 꽃을 단 재스민이 크리널린(여러 층의 단이 평퍼짐하게 부푼 19세기 중엽의 부인들이 입던 스커트—역자주) 같이 대지에 펼쳐 있는 모양이 바라다보였다. 창문 바로 아래 목련나무 소유권을 둘러싸고 옛날부터 되풀이되어 온 흉내장이새와 언치새의 싸움은 언치새는 날카롭고 높은 목소리, 흉내장이새는 구슬프고 부드러운 목소리로 지금도 한창 계속되고 있다.

이렇게 빛나는 아침은, 언제나 스카알렛을 창가에 서게 했다. 그녀는 언제나 넓은 창틀에 두 팔을 얹고 타라의 상쾌한 냄새와 소리 속에 잠기는 것이 버릇이었다. 그러나 오늘은 『비가 안 와 다행이다.』하고 허둥지둥 생각했을 뿐, 햇볕도 파아란 하늘도 쳐다볼 틈이 없었다. 침대 위에는, 헝겊으로 된 레이스를 꽃처럼 꿰어 물결 무늬로 장식한 초록색 비단 무도복이 커다란 종이 상자에 넣어져 있었다. 밤 무도회 전에 갈아입기 위해 트웰브 오우크스로 가져갈 것인데, 스카알렛은 그걸 보자 어깨를 좀 으쓱했다. 만일 계획대로만 된다면, 그녀는 오늘 밤 이 옷을 입을 필요가 없는 것이다. 무도회가 시작하기 훨씬 전에, 그녀와 애실리는 결혼하기 위해 벌써 존즈보로로 가는 도중일 것이기 때문이다. 지금 망설이고 있는 문제는 오직 야외 원유회에 무엇을 입고 가느냐 하는 것이다.

어느 옷이 그녀의 매력을 가장 잘 나타내고, 그리고 애실리를 매혹시킬 수 있을까? 아침 여덟 시부터 이것저것 입고 벗고 한 끝에, 지금 그녀는 레이스를 단 팬터렛에 린네르의 코르셋 커버, 그리고 크게 삼단으로 주름을 잡은 레이스와 린네르의 페티코트라는 차림으로, 어쩔 줄을 몰라하며 초조한 빛으로 서 있었다. 침대며 의자 위에 벗어 팽개쳐진 옷과 주위에 흩어져 있는 리본이 현란한 색채를 과시하고 있었다.

분홍빛 긴 새시가 달린 장미색 오건디가 어울렸지만, 그건 벌써 지난해 여름 멜라니가 트웰브 오우크스에 와 있을 때 입고 간 일이 있기 때문에, 그는 틀림없이 기억하고 있을 것이다. 언제나 같은 것만 입고 있다고 흉을 잡힐지도 몰라. 소매가 느슨하고 레이스 칼라가 달린 프린세스풍의 검정 봄버진 쪽이 그녀의 흰 살결을 훨씬 돋보이게 할지 모르지만, 그러나 그것은 좀 지나치게 수수해서 나이가 들어 보인다. 스카알렛은 턱살이 처지지나 않았나, 잔주름이 잡히지나 않았나 하고, 열 여섯 살의 얼굴을 근심스런 듯이 거울에 비쳐 보았다. 귀엽고 순진해 보이는 것이 멜라니의 장점이기 때문에 그 앞에 나가 조금이라도 겉늙어 보이든가 해서는 안 되었다. 가로 무늬가 진 연보랏빛 모슬린 옷은 폭넓은 레이스로 장식했기 때문에 예쁘기는 했지만 그러나 입어 보니까 도무지 마음에 들지 않았다. 캐린의 가냘프고 섬세한 감각의 옆얼굴이나, 마음 약해 보이는 표정이라면 썩 잘 어울리겠지만, 자기가 입으면 마치 여학생처럼 보이지 않을까 걱정이 되었다. 얌전한 멜라니 곁에서 여학생처럼 보인다는 건 딱 질색이다. 가벼운 단 장식이 달려 있고, 그 장식 하나하나에 초록빛 벨벳 리본이 달린 초록빛 격자 무늬의 태피터라면, 눈도 에메랄드색으로 돋보이게 하고 잘 어울릴 것 같아 그녀는 그 중 마음에 들었다. 그러나 그 옷은 가슴 있는 곳에 커다란 기름 얼룩이 묻어 있었다. 물론 브로우치로 가리면 감출 수는 있었지만, 어쩌면 멜라니는 의외로 날카로운 눈을 갖고 있을지도 모른다. 그 밖에는 이런 경우에는 전혀 어울리지 않는 여러 가지 빛깔의 무명 옷과 무도복과 그리고 어제 입었던 초록 바탕에 작은 나뭇가지 무늬가 있는 모슬린 옷이 있을 뿐이었다. 그러나 그건 애프터눈 드레스로서 소매에 조그마한 부풀림이 달리고 옷깃이 패여 오히려 무도복으로나 어울리지, 야외 원유회엔 맞지 않았다. 그러나 그걸 입을 수밖에 없었다. 아침 나절에 목덜미나 가슴이나 팔을 내놓는다는 건 예의가 아니었지만 그러나 스카알렛은 그녀의 목이나 팔이나 가슴을 부끄럽게 여기진 않았다.

거울 앞에 서서 몸을 비틀어 옆모습을 비쳐 보면서, 이 모습엔 마음 끌릴 만한 곳이 한 군데도 없다고 생각했다. 목은 짧지만 통통했고, 팔은 포동포동한 것이 탐스러웠다. 코르셋으로 죈 가슴은 참 희한했다. 아름다운 곡선을 드러내고 살집을 돋우기 위해 열 여섯 또래의 아가씨가 곧잘 하듯, 웃저고리 안쪽에 비단을 덧댈 필요 같은 건 그녀에겐 애초부터 없었다. 엘렌으로부터 화사한 흰 손과 날씬한 다리를 물려받은 것을 스카알렛은 기쁘게 생각했다. 욕심을 낸다면 엘렌만큼 큰 키를 갖고 싶었지만, 지금대로도 충분히 만족했다. 페티코트를 걷어올리고 팬터렛 밑으로 뻗은 날씬한 다리를 자못 아쉬운 듯 바라보면서, 이 다리를 남에게 보일 수 없다니 얼마나 안타까운 일인가 생각했다. 사실, 그녀는 멋들어진 다리를 갖고 있었다. 그건 페이에트빌 여학교의 친구들 사이에서도 소문난 다리였다. 그리고 허리는 또한 페이에트빌이든 존즈보로든 또는 이 근처 세 군 가운데서, 사실 그렇게 가는 허리를 가진 아가씨는 한 사람도 없었다.

허리에 대해 생각하는 바람에, 그녀의 마음은 문득 현실 문제로 돌아왔다. 초록빛 모슬린 옷은 허리 둘레가 십 칠 인치인데, 마미는 봄버진을 입고 가는 줄로만 알고 코르셋의 허리를 십 팔 인치로 해놓았던 것이다. 그러니까 마미를 불러 좀더 세게 졸라매 달라고 해야 한다. 도어를 열고 귀를 기울이자, 아래층 홀을 걷는 육중한 마미의 발소리가 들렸다. 엘렌은 지금쯤 쿠키에게 오늘 하루치분의 식량을 달아서 내주기 위해 훈제한 고기 저장소로 가 있을 터이니까 아무리 큰 소리를 내도 들리지 않을 거라고 생각하고 한껏 큰 소리로 다급하게 불러 댔다.

「내가 날기라도 할 줄 아시는 모양이지.」하고 마미는 중얼거리면서, 발을 끌고 충계를 올라왔다. 방에 들어온 그녀는 헐떡이면서도 전투를 예상하고 기뻐하는 사람과 같은 표정을 짓고 있었다. 그 검고 커다란 손에 들고 온 쟁반에는 버터를 바른 큼직한 고구마 두 개와 과즙 섞은 메밀 가루로 구운 핫케이크, 수프 속에 헤엄치고 있는 커다란 햄 한 조각이 놓여 있었다. 이걸 보자 스카알렛의 얼마쯤 초조해 하던 표정이 갑자기 고집이 세고 전투적인 표정으로 바뀌었다. 오하라 댁의 아가씨들은 어떤 파티에 갈 때라도 거기서 음식을 먹지 않아도 되도록 집에서 요기를 하고 가야만 된다는 게 마미가 받들고 있는 철칙이었는데, 옷에만 열중하는 바람에 스카알렛은 그것을 잊고 있었던 것이다.

「싫어요, 먹고 싶지 않아요. 부엌으로 가져가요!」

마미는 쟁반을 테이블 위에 놓고 양손을 허리에 짚고 어깨를 추슬렸다.

「아뇨, 안 됩니다요. 요전번 원유회 때는 제가 앓느라고 가시기 전에 식사를 드리지 못했더니 글쎄, 거기에 가서 그런 체통머리 없는 짓을 하지 않았읍니까요? 이걸 하나도 남기지 말고 잡수셔야 합니다요.」

「먹지 않겠어! 그보다 빨리 코르셋이나 더 죄어 줘. 벌써 늦었어. 집 앞으로 돌아오는 마차 소리가 들리잖았어!」

마미의 말투는 달래는 듯한 목소리가 되었다.

「자, 스카알렛 아가씨, 착한 아가씨니까 조금이라도 잡수셔요. 캐린 아가씨도 스월렌 아가씨도 벌써 모두들 잡수셨사와요.」

「그야 그렇겠지.」하고 스카알렛은 경멸하듯 말했다. 「그 애들은 마치 토끼처럼 줏대가 없으니까. 하지만 난 싫어. 이젠 진절머리가 나. 전번 캘버트네에 초대받았을 때도 집에서 배불리 먹고 갔기 때문에 사배나에서 일부러 시켜다 만든 아이스크림을 한 숟갈밖에 먹지 못했단 말야. 지금도 생각나는걸. 오늘은 실컷 재미있게 놀고, 또 실컷 먹고 올 테야.」

이 도전적인 심술궂은 말을 듣자 마미는 화가 나서 눈살을 찌푸렸다. 젊은 아가씨가 해도 좋은 일과 나쁜 일은 마미의 마음 속에선 혹과 백처럼 뚜렷이 구별돼 있었다. 그 사이의 애매한 행동을 용납하는 중간 지대란 있을 수 없었다. 스월렌과 캐린은 그녀의 억센 손아귀에 걸려들면 마치 찰흙처럼 마음대로 되고, 그녀의 훈계에도 존경을 담고 귀를 기울인다. 그러나 스카알렛에겐 그녀의 타고난 성품에서 나오는 것은 거의 모두가 숙녀답지 않은 행위라고 가르치는 것이 여간 어려운 일이 아니었다. 마미가 스카알렛에게 이기는 것은 고전 끝에였으며, 백인 마음으로선 모르는 술책을 몰래 써야만 되었다.

「남들이 아가씨나 이 댁에 대해 뭐라고 말하든 아가씨에겐 걱정이 되지 않겠지만 저에겐 걱정이 됩니다요.」하고 마미는 고함을 질렀다. 「아가씨가 파티에서 모든 사람으로부터 버릇이 나쁘다는 소리를 듣는 게 저로서는 참을 수 없읍니다요. 귀부인이란 작은 새처럼 조금만 먹어야 된다고 제가 몇 번이나 말씀드렸읍니까요. 전 아가씨가 윌크스 댁에 가서 들일 하는 노예처럼 게걸스레, 그리고 돼지처럼 허겁지겁 먹게 하고 싶지는 않습니다요.」

「어머니도 귀부인이지만 먹어요.」하고 스카알렛은 대들었다.

「결혼하시면 아가씨도 얼마든지 잡수셔도 상관없읍죠.」하고 마미는 마주 대들었다. 「마님만 해도 아가씨만 했을 때는 집을 나서기만 하면 한 입도 잡수시지 않았읍죠. 포라인 마님도 율라리 마님도 다 그러했읍죠. 그래서 모두 결혼하시지 않았니까요. 너무 많이 잡수시는 아가씨에겐 신랑감이 잘 나서지 않는 법입니다요.」

「그런 건 다 거짓말이야. 네가 앓아누워 집에서 먹지 않고 갔을 때, 그 야유회 놀이에서 애실리 윌크스가 말했어. 건강하고 식욕이 좋은 아가씨를 보는 게 제일 좋다고.」

마미는 무슨 가당치 않은 소리냐는 듯 머리를 저었다.

「신사들의 입과 마음은 딴판입지요. 전 애실리 도련님이 아가씨한테 구혼했다고는 생각되지 않는뎁쇼.」

스카알렛은 언짢은 얼굴을 짓고 끽소리도 못 하게 한 마디 해줄까 했지만 참았다. 마미에게 급소를 찔리고 말 것이다. 다투어 볼 여지도 없었다. 스카알렛의 고집스러운 표정을 보자, 마미는 쟁반을 들면서 이번에는 흑인 특유의 능청스러운 교활성으로 전술을 바꾸었다. 금방이라도 도어로 나가는 척하며 한숨을 내쉬었다. 「좋습니다요. 쿠키가 이걸 만들고 있을 때, 전 말했읍죠. 음식을 많이 드시는지 조금 드시는지 보면, 숙녀인지 아닌지를 알 수 있어. 요전에 애실리 도련님——아니, 인디어 아가씨를 찾아오신 멜라니 해밀턴 아가씨처럼 음식을 안 자시는 아가씨는 본 적이 없다고 말입죠.」

스카알렛은 의심에 찬 날카로운 눈으로 힐끗 마미를 쳐다봤다. 그러나 그녀의 넓은 이마에는 다른 기색은 없고 다만 스카알렛이 멜라니 해밀턴 같은 숙녀가 아님을 슬퍼하는 빛뿐이었다.

「쟁반은 거기 놔두고 코르셋을 죄어 줘.」하고 스카알렛은 급히 말했다. 「나중에 조금 먹을 테야. 지금 먹으면 코르셋이 잘 죄어지지 않으니까.」

의기 양양한 마음을 얼굴에 나타내지 않고 마미는 쟁반을 테이블 위에 놓왔다.

「어느 걸 입으실 건가요?」

「저거.」하고 스카알렛은 불룩하게 부풀어 있는 녹색 바탕에 꽃무늬가 박힌 모슬린을 가리켰다. 그러자 마미는 즉각 전투 태세로 들어갔다.

「안 됩니다요. 이건 아침에 입는 옷이 아닙니다요. 칼라도 소매도 없는뎁쇼. 오후 세 시 전에 가슴이나 어깨가 나온 옷을 입어선 안 된다는 것쯤은 아가씨도 잘 알고 계시지 않습니까요. 이런 걸 입고 가면 금방 갓난애 때처럼 주근깨투성이가 됩니다요! 작년 여름에도 사배나에서 해수욕을 하시고 주근깨투성이가 되어 돌아오신 것을, 제가 겨우내 버터 밀크로 씻어 없애 드리지 않았읍니까요. 마님에게 이르겠읍니다.」

「내가 다 입을 때까지 한 마디라도 엄마한테 고자질하면, 난 한 입도 먹지 않을 테야.」하고 스카알렛은 태연한 얼굴로 말했다. 「입고 나면 그 다음엔 시간이 없으니까, 엄마도 갈아입으라곤 하시지 않을 거야.」

마미는 꼼짝없이 당했구나 싶어 한숨을 쉬고 체념했다. 두가지 다 나쁘지만, 그래도 손님으로 가서 돼지처럼 먹는 것보다는 아침 나절 원유회에 애프터눈 드레스를 입고 가는 편이 나았기 때문이다.

「자, 뭘 붙잡고 숨을 들이마셔야죠.」하고 명령했다.

스카알렛은 시키는 대로 침대 기둥을 붙잡고 자세를 취했다. 마미는 바짝 졸라매었는데, 고래뼈로 만든 허리께의 가는 곳이 점점 조여들자, 마미의 눈에는 자랑스러운 듯 부드러운 빛이 떠올랐다.

「아가씨같이 이렇게 가는 허리는 없읍죠.」하고 그녀는 대견한 듯 말했다. 「스월렌 아가씨만 해도 이십 인치 이상 졸라매면 언제나 정신을 잃고 마니까요.」

「오호!」하고 안간힘을 쓰며 스카알렛은 괴로운 듯 말했다. 「난 정신을 잃은 적이 한 번도 없어.」

「하지만 이따금 까무러치는 것도 나쁘지는 않습죠.」하고 마미는 충고했다. 「아가씨는 가끔 성미가 좀 너무 억세어질 적이 있읍죠. 뱀이나 쥐 같은 것이 나왔을 때는 차라리 정신을 잃는 편이 보기가 좋습죠. 집에서라면 아무래도 좋지만, 남들 앞에선 말입니다요. 제가 언제나 하는 말이지만……..」

「자, 빨리 해줘! 잔소리는 이제 귀가 아파. 나 꼭 신랑감을 찾아 놓을 테니 두고 봐! 엉엉 울고 까무러치고 그 야단치지 않고 말이야. 이제 코르셋은 됐어. 너무 졸라맸나 봐. 어서 옷을 입혀 줘.」

마미는 조심스럽게 십 이 야드나 되는 녹색의 작은 나뭇가지 무늬가 있는 모슬린 스커트를 불룩하게 부푼 페티코트 위에 입히고, 가슴이 트인 웃저고리의 훅을 등 뒤에서 채웠다.

「햇빛이 비치는 곳에서 솔을 벗거나 해서는 안 됩니다요. 그리고 아무리 덥더라도 모자는 쓰고 있어야 합니다요.」하고 마미는 명령했다. 「그렇지 않으면 집에 돌아왔을 때 스레터리네의 노처녀처럼 볕에 그을리고 말 테니까요. 자, 이번엔 식사를 할 차례입니다요. 하지만 너무 서두르지 마셔요. 서둘러 먹으면 곧 토하게 되어 허사가 되고 마니까요.」

스카알렛은 시키는 대로 쟁반을 마주하고 앉았으나 그 위에 될 뱃속에 넣고, 그러고서도 숨쉴 여지가 있을까 생각했다. 마미는 세면실에서 커다란 타월을 갖다 조심스럽게 스카알렛의 목에 두르고 그 흰 천을 무릎 위에 펼쳤다. 스카알렛은 햄을 좋아했기 때문에 우선 햄부터 먹기 시작했다.

「아, 결혼했다면 얼마나 좋을까 !」하고 그녀는 원망스럽게 고구마를 쿡쿡 찌르며 말했다. 「언제까지나 이렇게 부자연스런 짓만 하고, 하고 싶은 일 하나 마음대로 할 수 없으니 따분해 죽겠어. 먹는 건 꼭 새만큼도 못 먹는 것처럼 꾸며야 하고, 뛰고 싶을 때도 얌전하게 걸어야 하고, 아직 이틀은 더 계속 춤을 출 수 있는데도 왈츠를 추고 나면 이제 피로해서 정신을 잃을 것 같다고 말해야 하고, 정말 미칠 것 같아. 그리고 내 반만큼도 똑똑치 못한 남자에게 『어머, 당신은 참말로 멋지네요 !』어쩌구 비위를 맞춰야 하고, 남자들이 하는 시시한 이야기를 아주 감탄한 것처럼 가만히 들어야 하고. 정말, 정말 지긋지긋해…… 이젠 한 입도 더 못 먹겠어.」

「핫케이크도 잡수셔얍죠.」하고 마미는 한 치도 양보하지 않았다.

「남편을 손에 넣기 위해, 여자는 왜 이 따위 어리석은 짓을 해야 하지 ?」

「그야 서방님들이 자기 자신이 어떤 여자가 좋은지 모르고 있기 때문입죠. 알고 있는 것처럼 우쭐거리고 있을 뿐. 그러니까 그 우쭐한 마음을 만족만 시켜 준다면, 일은 쉽고, 팔다 남은 것 같은 비참한 꼴은 당하지 않게 됩죠. 어쨌든지 서방님들은 새만큼밖에 먹지 않고 조금도 영리하지 않은 아가씨를 좋아하는 법이죠. 상대편이 자기보다 똑똑하다고 생각하면 서방님들은 절대로 결혼하려고 않습니다요.」

「결혼하고 나서 아내가 똑똑하다는 걸 알면 놀라지 않을까 ?」

「하지만, 그건 할 수 없읍죠. 결혼한 다음엔 때가 늦은걸입죠. 그리고 남자란 마님으로 만든 다음에는 이번엔 오히려 여자가 똑똑한 것이 아주 싫지는 않은 모양이에요.」

「언제고 난 하고 싶은 대로 하고 말하고 싶은 대로 말할 테야, 남이 뭐라든.」

「안 돼요, 안 됩니다요.」하고 마미는 엄격히 말했다. 「내 눈에 흙이 들어갈 때까지는 그렇게 하시게 내버려두지 않겠어요. 자, 그 핫케잌을 수프에 찍어 잡수셔요.」

「양키 처녀들은 이 따위 바보 같은 짓은 하지 않을 거야. 작년에 사러토거에 갔을 때 봤지만, 모두들 남자 앞에서도 훌륭한 견식이 있는 것처럼 행동하던 걸.」

마미는 코웃음쳤다.

「양키 처녀 말씀입니까? 양키 처녀라면 마음먹은 걸 아무 거리낌없이 척척 말할 테죠. 하지만 사러토거에서도 그런 처녀에겐 청혼이 많지 않을걸입쇼.」

「그렇지만 양키라도 결혼 않는 건 아니잖아.」하고 스카알렛은 우겼다. 「아무리 양키라도 저절로 태어나는 건 아닐 거고 결혼해서 아이들을 낳을 게 아냐. 그렇게 많이 있던걸 뭐.」

「양키의 남자는 돈 때문에 결혼하는 겁죠.」하고 마미는 단호히 말했다.

스카알렛은 핫케잌을 수프에 찍어서 입에 넣었다. 아마 마미의 말에도 뭔가 뜻이 있으리라. 엘렌도 이것과 똑같은 얘기를 비록 방식은 좀 다르고 고상한 말을 썼을망정 한 일이 있는 걸 보면 뭔가 진리가 있는 거라고 생각해야 된다. 친구들에게 들어 보아도, 사실 말이지 어떤 가정이고 어머니란 딸들에게 나긋나긋하고 가냘픈 몸가짐과, 그리고 암사슴과 같은 눈을 한 여자가 되라고 신신 당부하고 있는 모양이었다. 그러나 사실인즉 닦고 익힌 그런 몸가짐을 늘 지니기란 여간 어려운 일이 아니다. 혹 스카알렛은 너무 지나치게 버릇없이 군 게 아닐까. 이따금 그녀는 애실리와 토론을 벌일 때 자기의 의견을 거침없이 말한 일이 있다. 어쩌면 그런 일들이, 그리고 그녀가 승마나 하이킹 같은 활발한 운동을 좋아하는 것이 애실리의 마음으로 하여금 멜라니 쪽으로 옮겨가게 한 것이 아닐까. 만일 자기가 전술을 바꾼다면, 그러나 애실리가 그런 겉만의 여자다움에 만족하는 그런 젊은이라면 그녀는 그를 지금만큼은 존경할 수 없으리라 생각되었다. 억지 웃음이나 연약한 태도며 『어머, 당신은 참 멋지네요.』같은 말에 좋아할 만큼 어리석은 사나이라면, 자기 것을 만들어 봤자 별 수 없다. 그러나 웬지 모든 남자는 그런 걸 좋아하는 모양이다.

만약, 그녀가 이제껏 애실리에게 취했던 전술이 잘못된 것이라도 그건 벌써 지난 일이고 할 수 없다. 오늘은 다른 방법, 다르고 바른 방법을 써 봐야겠다. 그녀는 그를 원하고 있고, 더구나 그를 획득할 수 있는 시간은 조금밖에 남지 않았다. 만일 그것을 위해 기절하거나 기절한 채해야 할 필요가 있다면 얼마든지 해 보이자. 억지 웃음을 띠고 교태를 짓고 바보인 체하는 게 그의 마음을 끌 수 있다면 기꺼이 어떤 연극이라도 꾸며 보이고, 캐스린 캘버트보다도 더욱 어리석은 여자로 가장하자. 그리고 만약 좀더 대담한 방법이 필요하다면 그것도 얼마든지 그렇게 하자. 오늘이야말로 그 날인걸.

비록 아무리 놀랄 만한 생명력이 넘치고 있다 하더라도 그녀가 사용하는 어떤 가면보다도 자신의 개성이 사실은 매혹적인 것이라는 걸 아무도 스카알렛에게 가르쳐 주지 않았다. 설사 말해 주는 사람이 있었다 해도, 그녀는 그것을 기쁘게 여겼을 뿐 믿지는 않았으리라. 그녀가 속하고 있는 문명사회가 그 전이나 그 뒤나 이때만큼 여성의 자연 그대로의 모습을 낮게 평가한 시대도 없었기 때문에, 사회 그 자체가 이미 그것을 믿지 않았을 것이니까.

스카알렛은 마차가 윌크스 농장으로 가는 붉은 황토길을 굴러가는 동안, 어머니와 마미가 함께 오지 않은 것을 기뻐해선 안 된다고 생각하면서도 기뻐하고 있었다. 이로써 아름답게 눈썹을 찌푸리고, 혹은 아랫입술을 내밀고, 그녀의 계획을 훼방놀 사람은 한 사람도 없는 셈이다. 물론 스월렌이 내일이면 여러 가지로 어머니에게 고자질을 할 테지만, 만일 스카알렛이 마음먹은 대로 모든 일이 잘 되기만 하면 그녀가 애실리와 약혼한 일이며 함께 달아난 소동 따위에 휩쓸려 그런 건 문제도 되지 않게 될 것이다. 엘렌이 오늘 함께 올 수 없게 된 것이 그녀는 몹시 기뻤다.

오늘 아침, 제랄드는 브랜디로 용기를 돋구고 조나스 윌커슨에게 해고를 선언했다. 그래서 농장 감독인 그가 농장을 떠나기 전에, 엘렌은 그를 입회시키고 농장의 경리 장부를 조사한 다음 사무 인계를 받아야 하기 때문에 타라에 남게되었다. 비좁은 사무실의 서류가 들어 있는 서랍이 잔뜩 붙은 높은 책상 앞에 앉아 있는 어머니에게 스카알렛은 인사 키스를 하러 갔다. 조나스 윌커슨은 모자를 손에 들고 옆에 서 있었는데 그 창백하고 굳어진 얼굴에는 극히 사소한 여자 문제로 이 지방에서도 최고인 농장 감독의 지위에서 이렇듯 간단히 쫓겨나야만 하는 데 대한 노여움이 역력히 나타나 있었다. 에미 스레터리 자식의 아비는 자기뿐만이 아니다, 자기 말고도 열 두 사람쯤은 더 댈 수 있다고 그는 몇 번이고 제랄드에게 변명했다. 제랄드도 그 점은 충분히 인정했다. 그러나 엘렌으로선, 그렇다고 해서 그를 불문에 붙일 수는 없었다. 조나스는 남부의 인간이 모두 못마땅했다. 그에 대한 그들의 서먹서먹한 친절이 미웠고, 그 친절의 이면에 노골적으로 보이는 그의 사회적 지위에 대한 경멸이 미웠다. 그리고 남부인이 지닌 온갖 증오스런 점의 축도(縮圖)로서 엘렌 오하라를 다른 무엇보다도 가장 미워하고 있었다.

마미는 농장의 하녀 감독으로서, 엘렌을 거들어 주기 위해 저택에 남았기 때문에 그 대신 딜시가 아가씨들의 무도복을 넣은 긴 옷 상자를 무릎 위에 놓고 마부인 토비와 나란히 마부석에 앉아 있었다. 제랄드는 사냥갈 때 타는 억센 말에 올라앉아 마차와 나란히 왔는데, 브랜디로 기분이 거나한 데다 윌커슨을 해고한다는 불유쾌한 일이 빨리 해결되어 아주 기분이 좋아 보였다. 책임을 엘렌에게 떠맡기고 그 때문에 그녀가 오늘 원유회에 갈 수 없게 되고, 친한 사람들과도 만날 기회를 놓쳐 실망하고 있다는 것쯤은 그는 조금도 마음에 두지 않고 있었다. 왜냐하면 활짝 개인 봄날 농장은 아름다웠고, 새는 지저귀고 마음은 들떠 있어, 남의 일 따윈 도저히 생각할 여유가 없었던 것이다. 그는 이따금 흥겹게 《페그는 포장 없는 마차로 간다》며, 그 밖의 아일랜드 민요와 로버트 에메트를 추모하는 구슬픈 노래 《아득히 젊은 용사들이 잠든 나라를 떠나 왔네》 같은 가락을 흥얼거리고 있었다.

그는 행복했다. 양키나 전쟁 얘기 같은 걸 하루 종일 마음껏 지껄일 수 있다고 생각하자 즐거워 견딜 수가 없었다. 그리고 화려한 스커트를 크게 펼치고, 햇볕을 가려 줄 것 같지도 않게, 형편없이 작은 파라솔을 받친 아름다운 세 딸도 그는 자랑스러웠다. 어제의 스카알렛 얘기 같은 건 그는 벌써 말끔히 잊어버렸다. 그는 다만 스카알렛이 몹시 아름다와 크게 자랑거리가 될 거라고만 생각하고 있을 뿐이고, 특히 오늘 그녀의 눈은 아일랜드의 언덕처럼 파랗게 빛나고 있다고 생각했을 뿐이었다. 아일랜드의 언덕 같다는 이 생각은 더욱더 그를 의기 양양하게 만들고 시적인 감흥이 솟구쳐, 그는 큰 소리로 《초록의 옷을 몸에 두르고》란 노래를 좀 들뜬 목소리로 딸들에게 들려 주었다.

스카알렛은 애 어머니가 애정이 깃든 경멸의 마음으로 우쭐거리는 자기의 어린 자식을 바라보듯 아버지를 바라보면서, 오늘 해질녘까지는 아버지가 꽤나 술에 취할 것이라고 생각했다. 그리고 어두워져서 돌아올 때는, 늘 하는 버릇대로 트웰브 오우크스에서 타라에 이르는 도중의 목책이란 목책은 전부 말을 타고 뛰어넘을 것이 틀림없었다. 신의 은혜와 승마술의 숙련으로, 목이 부러지거나 하는 일이나 없었으면 하고 그녀는 생각했다. 또 다리가 있는데도 그걸 건너는 것은 떳떳한 일이 아니라고 하면서 그는 곧잘 말을 헤엄치게 하여 강물을 건너고는 큰 소리로 고함을 치며 집에 돌아가, 언제나 이런 밤에는 램프를 커들고 현관에서 기다리는 포크의 부축을 받으며 사무실 소파에 가 쓰러져 잠들고 말리라.

저 쥐색 새 옷도 꾸깃꾸깃 수세미가 되고 말 것이다. 그리고 아침이 되면 그때야 정신이 든 아버지는 시끄럽게 떠들어 대며, 엘렌에겐 어두워 말이 다리에서 떨어졌다고 거짓말을 하겠지만, 누구나 거짓말인 줄 알고도 잠자코 있을 테니까

본인은 신이 나서 자기의 교활한 꾀를 한층 더 자랑하게 될 것이다.

아버지도 마음이 좋은 이기적이고 무책임하고 사랑할 만한 인간이라고, 아버지에 대한 애정의 물결을 느끼면서 스카알렛은 생각했다. 그녀는 오늘 아침, 매우 흥분하고 행복에 넘쳐 있기 때문에 제랄드와 마찬가지로 전세계를 그녀의 애정 속에 감싸고 있었다. 그녀는 아름다왔다. 그리고 그걸 자기 자신이 알고 있었다. 오늘 안으로 애실리를 내것으로 만들 수가 있는 것이다. 태양 빛은 따뜻하고 부드럽고 조지아의 봄의 영광이 눈 앞에 펼쳐져 있었다. 길을 따라 검정 딸기의 덤불이 겨울 비에 씻겨 황량하게 드러난 붉은 흙을 부드러운 초록빛으로 덮었고, 붉은 흙에서 고개를 내민 화강암의 돌덩이는 엉겨붙은 체로키 장미로 장식되었으며, 그 둘레에는 연보랏빛 제비꽃이 꽃송이를 달고 있었다. 강 상류 언덕에는 층층나무의 꽃이 잔설(殘雪)도 무색할 만큼 새하얗게 빛나고 있었다. 봉오리가 벌어진 산능금나무들은 우아한 흰색에서 진분홍까지 색색의 꽃을 달았고, 그 나무 아래 햇빛이 얼룩져 비친 언저리에는 마른 솔잎이며 야생의 겨우살이 덩굴 따위가 빨강 노랑 장미빛의 다채로운 양탄자를 아로새기고 있었다. 관목의 달콤하고 아련한 향기가 미풍에 실려 풍겨와 세계는 마치 먹어 버리고 싶도록 향긋한 향기에 넘쳐 있었다.

『오늘의 이 아름다움은 평생 내 기억에 남을 거야.』하고 스카알렛은 생각했다. 『내 결혼 기념일이 될지도 모르니까!』

그리고 그녀는 오늘 오후 애실리와 더불어 이 아름다운 꽃과 신록 속을 마차로 달려 존즈보로의 목사 집으로 가게 되리라, 그렇지 않으면 오늘 밤 달빛을 받으며 그렇게 하게 되리라 하고 생각하자 그녀의 가슴에는 전율 같은 감동이 스치고 지나갔다. 물론 그러고 나서 애틀랜타로부터 신부를 초청하여 정식으로 결혼을 다시 해야 되겠지만, 그건 엘렌과 제랄드가 어떻게든지 주선해 줄 것이다. 자기 딸이 남의 약혼자와 달아났다는 소리를 들으면 엘렌은 틀림없이 부끄럽게 여기고 새파랗게 질리겠지 하고 생각하자 스카알렛의 마음은 조금 켕겼다. 그러나 딸만 행복하게 된다면 엘렌은 틀림없이 용서해 줄 것이다. 제랄드는 꾸짖고 소리를 지를 것이고 어제도 애실리와 그녀가 결혼하는 걸 좋아하지 않는 듯이 말을 했지만, 그러나 윌크스 댁과 사돈이 되는 건 아마 무척 기뻐할 것이다.

『하지만, 그런 건 결혼한 다음에 생각하자.』그녀는 그런 생각을 마음 속에서 쫓아 버렸다.

따뜻한 햇볕이 내려쬐는 봄날, 트웰브 오우크스 저택의 굴뚝이 강 건너 언덕 위에 보이기 시작하는데, 용솟음치는 기쁨 외에 무엇을 생각할 수 있으랴.

『난 이제부터 한평생 저 저택에서 사는 거야. 그리고 이런 봄을 쉰 번이나, 혹은 그 이상도 맞는 거야. 그리고 난 자식들이나 손자들에게 오늘의 이 봄날이 얼마나 아름다웠는지, 다른 누구도 경험 못할 만큼 즐거운 봄이었다고 말해 주는 거야.』 이렇게 생각하자 그녀는 갑자기 행복해져 《초록의 옷을 몸에 두르고》의 마지막 합창을 제랄드에 맞추어 노래하여 뜻밖에 아버지로부터 칭찬을 받았다.

「오늘 아침은 어째서 그렇게 행복해 보이지?」하고 스월렌이 짓궂게 물었다. 그녀는 아직도 그 초록빛 무도복이 스카알렛보다 자기가 입는 편이 잘 어울린다고 마음 속으로 생각하고 있었다. 왜 스카알렛은 옷이나 모자라면 그렇게도 이기주의가 될까. 그리고 어째서 어머니는 언제나 언니만 두둔하고 초록색은 내겐 어울리지 않는다고 하시는 걸까. 「애실리의 약혼이 오늘 밤 발표된다는 거 언니도 알고 있어? 아버지가 오늘 아침 말씀하셨는데. 언니는 그이를 벌써 몇 달 전부터 좋아하고 있었잖아.」

「네가 알고 있는 건 그것뿐이지.」하고 스카알렛은 혀를 날름해 그런 것쯤으로 자기의 유쾌한 기분이 깨지지 않는다는 걸 과시했다. 내일 아침이면 스월렌은 깜짝 놀랄 거야.

「스월렌 언니, 사실은 그렇지 않다는 걸 언니도 알면서.」하고 캐린은 놀란 것처럼 말했다. 「스카알렛 언니가 좋아하는 사람은 브렌트 아냐!」

스카알렛은 어째서 이렇듯 모두들 천진 난만하기만 할까 이상히 생각하면서, 미소를 띠운 파아란 눈을 막내동생에게 보냈다. 브렌트 탈레턴 쪽에서 스카알렛의 귀여운 꼬마 동생으로밖에 생각 않는데, 이 캐린이 그 열 세 살의 애정을 브렌트에게 보내고 있다는 것은 집안 식구의 누구나가 다 아는 사실이었다. 그러므로 엘렌이 없는 곳에선 모두들 놀려 주어 곧잘 울려 놓곤 했다.

「난 브렌트 같은 거 생각하지도 않아.」하고 남에게도 행복을 나누어 주고 싶은 듯한 너그러운 마음으로 스카알렛은 분명히 잘라 말했다. 「브렌트 역시 나 같은 건 아무렇지도 않게 생각해. 그 사람은 네가 크기를 기다리고 있단다.」

캐린의 둥글고 조그만 얼굴이 약간 의아스러운 듯, 그러나 분명히 기쁨을 감추지 못한 채 살짝 붉어졌다.

「어머 스카알렛 정말이야!」

「스카알렛 언니, 캐린은 아직 애인 같은 거 생각하기에는 이르다고 엄마가 말씀하셨잖아. 그런데 그런 말을 캐린에게 하다니.」

「마음대로 지껄이렴.」하고 스카알렛은 대꾸했다. 「이제 일 년이나 이 년쯤 지나면 캐린 쪽이 너보다 훨씬 예뻐질 것 같으니까, 그래서 넌 캐린을 언제까지나 가둬 두려고 하는 거지?」

「이봐, 오늘은 쓸데없는 수다 떨면 안 돼. 말 안 들으면 채찍으로 때릴 테다.」

98

하고 제랄드가 나무랐다. 「자, 조용히들 해라! 마차 소리가 들려 온다. 탈레턴
네 사람들인가, 아니면 폰텐네 녀석들인가?」

울창하게 들어찬 숲을 빠져, 미모자 농장과 페어힐 농장으로 통하는 교차로에
다가감에 따라, 말발굽 소리며 수레바퀴 소리가 점점 뚜렷해지면서 숲의 막 저
편에서 무언가 즐거운 듯 떠드는 여자들의 흥겨운 목소리가 시끄럽게 들려
왔다. 말을 선두로 세운 제랄드는 고삐를 당기고 토비에게 교차로 근처에서 마
차를 세우라고 지시했다.

「탈레턴 댁 부인들이다.」하고 그는 혈색 좋은 얼굴을 빛내면서 딸들에게 말
했다. 엘렌을 빼놓고는, 그는 이 지방에서 붉은 머리를 한 탈레턴 부인을 가장
좋아했다. 「오, 부인이 손수 고삐를 잡고 있구나. 멋지게 말을 다룰 수 있는 손
을 가진 부인이 여기에 있다! 그 손은 깃털처럼 가볍고 가죽처럼 탄탄하고, 더
구나 입맞추기에 좋은 손이다. 너희들이 저렇게 아름다운 손을 갖지 못한 건,
정말 한심하구나.」그리고 애정이 깃들인, 그러면서도 비난하는 듯한 눈길을 딸
들에게 던지고 덧붙였다. 「캐린은 말을 무서워하고, 스윌렌의 손은 고삐를 잡
았다 하면 부젓가락이나 다름없고, 그리고 스카알렛은…….」

「하지만 저는 말에서 떨어진 일은 없어요.」하고 스카알렛이 새침해서 소리
쳤다. 「탈레턴 부인은 사냥할 적마다 나가떨어지잖아요.」

「그리고 남자처럼 목이 뻗다.」하고 제랄드는 말했다. 「더구나 까무러치거나
난리를 피우지도 않고. 자, 얘기는 이걸로 그치자. 부인이 벌써 저기 오신다.」

제랄드는 등자를 밟고 일어서 모자를 한 번 휘둘렀다. 탈레턴 댁의 마차는 화
려한 옷차림의 딸들과 파라솔과 바람에 나부끼는 베일을 가득 싣고 차츰 다가
왔다. 과연 마부석에는 제랄드가 말한 것처럼 탈레턴 부인이 앉아 있었다. 네
딸과 유모와 무도복을 넣은 긴 마분지 옷 상자로 마차는 가득했기 때문에 마부
가 앉을 자리가 없었던 것이다. 게다가 베아트리스 탈레턴 부인은 팔을 다쳐 붕
대로 팔을 매달고 있지 않는 한, 흑인이든 백인이든 남에게 고삐를 잡게 하는 걸
좋아하지 않았다. 보기엔 연약하고, 뼈가 가늘고, 온갖 핏기가 모두 그 불타는
붉은 머리칼에 모인 듯 핏기 없는 흰 얼굴을 하고 있었지만, 그러나 부인은 넘치
는 건강과 피로를 모르는 정력을 갖고 있었다. 그래서 그녀는 그녀를 닮아 붉은
머리에 기력이 넘치는 아이를 여덟 명씩이나 낳았고 또 그들을 하나같이 모두
훌륭하게 키우고 있었다. 이 지방 사람들은, 그것을 그녀가 망아지를 키울 때의
요령 그대로, 애정이 깃들인 방임에 엄격한 훈련을 곁들여 키웠기 때문이라고들
말하고 있었다.

〈고삐는 매더라도 기는 죽이지 마라.〉바로 이것이 탈레턴 부인의 모토였다.

그녀는 말을 좋아하고 늘 말 얘기만 했다. 이 지방에서 말을 알고 말을 다루는
데는, 어떤 남자도 그녀를 따르지 못했다. 무질서하게 지어진 언덕 위 그녀의
집에선, 여덟 명의 자녀들이 집에서 넘쳐나오듯 망아지가 사육장에서 넘쳐 앞뜰
잔디밭에까지 나와, 그녀가 농장을 돌 때는 아들, 딸, 망아지, 사냥개가 줄줄이
뒤를 따라다녔다. 그녀는 말에게는 특히 그녀가 타는 붉은 털의 암말 넬리에게
는 마치 인간과 같은 능력이 있다고 믿고 있었다. 그러므로 만일 집안일이 바빠
늘 일과로 삼는 승마시간을 놓치기라도 하면 그녀는 검둥이 소녀에게 설탕 항아
리를 내주며 이렇게 말했다.

「넬리에게 이걸 한 움큼 주고 곧 내가 간다고 일러라.」

특수한 경우가 아닌 한 그녀가 승마복을 입지 않은 때는 거의 없었다. 사실 말
을 타든 안 타든 그녀는 언제나 탈 생각으로 있는 것이다. 따라서 아침에 일어나
면 반드시 승마복을 입었다. 매일 아침 비가 오거나 날이 좋거나, 애마인 넬리
는 안장을 차리고 문 앞을 왔다갔다하면서 부인이 일하는 시간을 조절하여 승마
의 여가가 생길 때까지 대기하게 된다. 그러나 페어힐 농장은 관리가 꽤나 까다
로운 농장이어서 좀처럼 시간을 내기가 어려웠기 때문에 넬리는 몇 시간이고 타
는 사람도 없이 혼자서 걸어야 했고, 부인은 부인대로 걷어올린 스커트 밑으로
반짝반짝 빛나는 승마용 구두가 육 인치나 나와 있다는 것도 잊고 일에 쫓겨 하
루가 헛되이 지나고 마는 일이 많았다.

오늘은 유행에 뒤떨어진 좁은 후프 스커트에 광택 없는 검은 비단옷을 입고
있었는데, 뭔가 역시 여느 때와 다름없이 보이는 건, 옷이 승마복과 비슷할 정
도로 간소하게 재단되어 있기 때문이고, 그리고 또 부인의 반짝반짝 빛나는 따
뜻한 갈색 눈의 한쪽을 가리듯이 깊이 눌러쓴, 긴 깃털 장식을 단 조그마한 검은
모자가 언제나 사냥할 때 쓰는 쭈그러진 낡은 모자와 생김새가 흡사했기 때문인
것 같았다.

제랄드의 모습을 보자 그녀는 채찍을 들어 설쳐 대는 두 마리의 붉은 말을 세
웠다. 그러자 네 딸은 한꺼번에 마차에서 몸을 내밀고, 말이 깜짝 놀라 앞발을
번쩍 들 만큼 큰 목소리로 환성을 질렀다. 모르는 사람이 보았다면 아마 탈레턴
네의 식구와 오하라네의 식구는 몇 년 만에 만난 걸로 생각하겠지만 실은 그들
은 바로 이틀 전에도 만났던 것이다. 탈레턴 댁 사람들은 사교를 좋아하여 인사
성이 밝고 이웃 사람, 특히 오하라 집의 아가씨들을 좋아했다. 그러나 그녀들이
좋아하는 건 스월렌과 캐린뿐이었다. 이 지방의 아가씨로, 머리가 텅텅 빈 캐스
린 캘버트라면 또 몰라도 진실로 스카알렛을 좋아하는 사람은 한 사람도 없
었다.

여름이 되면, 이 지방에선 거의 매주 바베큐의 모임이나 무도회가 없는 적이 없었다. 그러나 향락에 있어선 위대한 능력을 갖고 있는 탈레턴네의 붉은 머리 아가씨들은 어떤 원유회, 어떤 무도회에도 마치 난생 처음 참석하는 것처럼 수선을 떨었다. 이 아름답고 토실토실한 네 자매가 비좁은 마차 속에 밀어 넣어져 있기 때문에, 스커트의 후프나 레이스 장식은 멋대로 얽히고, 검은 벨벳 턱끈이 늘어지고, 위에 장미꽃을 장식한 테 넓은 차양용 밀짚 모자 위에서 파라솔이 서로 맞부딪치는 형편이었다. 그리고 모자 아래로는 해티의 단순한 적색, 캐밀라의 딸기 같은 블론드, 란다의 금갈색, 꼬마 벳시의 홍당무우색 등 붉은색이라고 할 수 있는 모든 색조가 엿보였다.

「참 아름답군요.」 말을 마차 곁에 멈추고 제랄드는 은근하게 말했다. 「하지만 따님이 백 명 있어도 어머니에게는 당하지 못하죠.」

탈레턴 부인은 적갈색 눈을 굴리며 칭찬을 받아 황송하다는 듯이 아랫입술로 쪽 소리를 내었다. 그러자 딸들은 모두가 소리쳤다.

「엄마, 아저씨한테 윙크하면 아버지한테 이를 테야.」

「저, 오하라 아저씨. 우리 엄마는 말이죠, 아저씨같이 훌륭한 분이 이렇게 가까이 오셔도, 우리한테는 꿈쩍도 못 하게 기회를 주시지 않아요.」

이런 우스갯소리에 스카알렛도 다른 사람과 함께 웃었다. 그러나 언제나 느끼는 일이지만, 탈레턴 댁 딸들의 어머니에 대한 이 자유스러운 행동에는 놀랐다. 어머니를 마치 자기들 중의 한 사람, 열 여섯 살을 하루도 넘지 않은 나이 또래의 처녀처럼 대하고 있는 것이다. 스카알렛에게는 이런 말을 어머니에게 말하려고 생각하는 것조차, 어머니에 대한 모독으로 느껴지는데. 그러면서도 또한 탈레턴 모녀 사이에는 뭔가 자못 즐거운 것이 있고, 서로 비평하고 잔소리하고 놀리고 하면서도, 딸들은 어머니를 존경하고 있는 것을 알 수 있었다. 하지만 난 결코 어머니로서 탈레턴 부인이 엘렌보다 낫다고 생각하는 건 아니야, 하고 황급히 마음에서 지워 버렸지만, 그래도 어머니와 장난을 할 수 있다면 얼마나 즐거울까 하는 마음은 떠나지 않았다. 그녀는 이런 생각을 하는 것조차 이미 엘렌에 대해 미안한 느낌이 들어 스스로 부끄러웠다. 그리고 마차 속에서 서로 밀어대고 있는 네 개의 불타는 듯한 붉은 머리칼 속에 있는 두뇌는 이런 일로 고민하는 일은 없으리라 생각했다. 그리고 언제나 자기가 주위 사람들과는 다르다고 느꼈을 때의 그 초조한 혼란에 빠지는 것이었다.

그녀의 두뇌는 민첩하긴 했지만, 사물을 분석하여 생각하도록 돼 있지는 않았다. 탈레턴 댁의 딸들은 망아지처럼 까불고 삼월의 산토끼처럼 멋대로 뛰어다니긴 해도, 매사에 구애받지 않고 외곬으로 열중하는 성격으로 그건 유전의 일부라는 것을 스카알렛은 반은 의식적으로 알고 있었다. 외가로 말하든 친가로 말하든, 그녀들은 조지아 사람들이었다. 새로 토지를 개척한 사람들로부터 일 대밖에 지나지 않은 북 조지아 사람이었다. 그러므로 자기 자신에 대해서나 환경에 대해서나 강한 확신을 갖고 있었다. 그 하는 방법은 서로 달랐지만, 그녀를 또한 윌크스네의 사람들과 마찬가지로, 본능적으로 자기 자신의 해야 할 일을 알고 있었다. 스카알렛의 가슴 속에선 상냥한 목소리의 고상한 해안 지방 태생인 어머니의 귀족적인 피와, 빈틈없고 거친 아일랜드 농민인 아버지의 피가 곧잘 충돌되고 서로 싸웠지만, 그녀들에게는 그러한 고민이 없었다. 스카알렛에겐 어머니를 우상처럼 존경하고 숭배하고 싶은 마음과 어머니의 머리칼을 끌어당기고, 장난치고 싶은 마음이 있었다. 그 어느 쪽인가 한쪽을 택해야 한다는 것을 그녀도 알고 있었다. 그건 그녀가 젊은 남자들 앞에서 부드럽고 고상한 귀부인 행세를 하고 싶다는 생각과, 동시에 한편으론 키스쯤 아무렇지도 않게 여기는 불량소녀로 보이고 싶다는 생각과 같은 그런 서로 엇갈리는 두 개의 감정이었다.

「엘렌이 오늘은 어쩐 일이죠?」하고 탈레턴 부인이 물었다.

「농장 감독을 해고해서 말입니다. 장부 인계를 받으려고 집에 남았어요. 그런데 댁 주인 양반이랑 아드님들은?」

「벌써 몇 시간 전에 말을 타고 트웰브 오우크스에 갔어요. 폰스를 시음하고 술의 배합이 제대로 됐는지 미리 알아보려는 거겠지만, 마치 마실 시간이 없기라도 한 것처럼 급히 갔어요. 어차피 이제부터 내일 아침까지는 진탕 마실 텐데. 오늘 밤은 그 사람들을 붙들어 마구간에라도 좀 재워 달라고 존 윌크스 씨에게 부탁해야겠어요. 주정뱅이도 다섯쯤 되면 도저히 나 혼자 힘으론 감당 못하겠어요. 세 사람 정도면 얼마든지 해치울 수 있겠지만요.」

제랄드는 급히 화제를 바꾸려고 입을 열었다. 작년 가을 윌크스 댁 바베큐에서 술이 잔뜩 취해 돌아왔을 때의 그의 모습을 생각해 내고, 딸들이 킬킬 웃고 있는 것을 등 뒤에 느꼈기 때문이다.

「어째서 오늘은 말을 타고 오시지 않았습니까? 넬리하고 같이 계시지 않으면 부인답지 않아요. 정말이지 부인은 스텐토어(_{목소리가 큰}_{사람―역자주})이니까요.」

「스텐토어라고요? 발음이 틀렸겠죠.」부인은 제랄드의 아일랜드 사투리를 흉내내어 말했다. 「당신이 말씀하시는 건 센토어(_{그리스 신화의 반은 사람이}_{고 반은 말인 괴물―역자주})라는 뜻이겠죠. 스텐토어란 종같이 목소리가 큰 사내란 뜻이에요.」

「스텐토어고 센토어고 상관없어요.」제랄드는 자기의 잘못된 발음에도 개의치 않고 유들유들 대답했다. 「부인이 사냥개를 채찍질할 때 목소리는 그야말로 종소리 같으니까요.」

「엄마가 한 대 먹었어요.」 해티가 말했다. 「정말이에요. 제가 언제나 말하지 않아요. 여우를 발견했을 때 엄마는 꼭 코만치족 같은 목소리를 낸다고.」

「하지만 네가 유모에게 귀를 씻길 때처럼 굉장한 소리는 내지 않는다.」 하고 탈레턴 부인은 되받았다. 「넌 벌써 열 여섯 살이나 되는데 말이야. 그런데 오하라 씨, 제가 오늘 말을 타고 오지 않은 건 넬리가 오늘 아침 새끼를 낳았기 때문이에요.」

「허어, 새끼를 낳았어요?」 제랄드는 진심으로 흥미를 느껴 외쳤다. 아일랜드인 특유의 말에 대한 정열이 그의 눈에 빛났다. 스카알렛은 다시 어머니와 탈레턴 부인을 비교하고 충격을 느꼈다. 엘렌은 말이 새끼를 낳는다는 말이나 소가 새끼를 낳는다는 말을 일체 입에 담지 않았다. 심지어 닭이 알을 낳는다는 말조차도 거의 입에 올리지 않았다. 그런데 탈레턴 부인은 태연히 이런 문제를 입에 담고도 조금도 거리낌이 없는 것이다.

「암놈인가요?」

「아뇨, 다리가 이 야드나 되는 아주 기막힌 수놈이에요. 오하라 씨, 한 번 보러 오시지 않겠어요? 어디다 내놓아도 탈레턴네의 말이죠, 해티의 곱슬머리처럼 빨간 것이.」

「그리고 얼굴은 해티 언니를 닮았어요.」 하고 끼어든 캐밀라는 갑자기 죽는 소리를 지르며, 스커트랑 팬터렛이랑 모자의 무더기 속으로 모습을 감추었다. 얼굴이 긴 해티가 꼬집기 시작했기 때문이다.

「우리 집 암말들은 오늘 아침부터 흥분했어요.」 부인은 말했다. 「애실리와 저 애틀랜타에서 온 귀여운 사촌 누이가 약혼한다는 얘기를 듣고부터는, 그야말로 발을 굴러 대고 야단이에요. 뭐라고 했지, 그 아가씨 이름이? 멜라니? 귀염성 있는 아가씨라고는 기억하고 있지만, 얼굴도 이름도 까맣게 잊었어요. 우리 집 쿠키가 윌크스 댁 하인 감독 마누라장이라서, 어젯밤 그 사내한테서 오늘 밤 약혼 발표가 있다는 얘기를 듣고 오늘 아침 그걸 우리에게 알려 주었어요. 딸들이 모두 그걸 듣더니, 나는 어째서 떠드는지 알 수가 없지만, 법석을 떨지 않겠어요. 애실리가 메이콘의 바야 집안의 사촌과 결혼하지 않는다면 틀림없이 그 아가씨하고 결혼한다는 것과 같이, 몇 해 전부터 누구나 다 아는 사실 아네요? 그런데 말이죠, 오하라 씨. 윌크스 댁에선 친척 아닌 사람과 결혼하는 것을 법률로 금지되어 있기라도 한가요? 왜냐하면…….」

스카알렛은 부인이 웃으면서 말한 나중 말은 전연 듣고 있지 않았다. 극히 순간이긴 했지만, 태양은 차가운 구름의 그늘로 숨고 세계는 캄캄해지고 천지는

모두 빛을 잃고 만 것같이 느껴졌다. 싱싱한 초록빛 새싹도 시들고 층층나무의
꽃도 새파랗게 변하고, 아까까지도 아름다운 연분홍으로 만발했던 산능금나무
의 꽃은 색이 바래고 생기를 잃고 말았다. 스카알렛의 손가락은 마차의 장식을
단단히 잡고 있었지만, 순간 그녀의 파라솔이 흔들흔들 흔들렸다. 애실리가 약
혼한다는 것을 안다는 사실과 이렇듯 대수롭지 않게 사람들이 그 일을 얘기하는
것을 듣는다는 사실과는 결코 같은 일이 아니었다. 그러나 이윽고 그녀의 용기
는 다시 힘차게 솟아올랐다. 태양은 다시금 모습을 나타내고 주위는 또다시 빛
나기 시작했다. 그녀는 애실리가 자기를 사랑하고 있다는 것을 알고 있었다. 그
건 틀림없는 사실이었다. 만일 오늘 밤 그들의 약혼 발표가 없으면, 그리고 자
기들이 달아난 걸 듣는다면, 이 탈레턴 부인은 얼마나 놀랄까 생각하자 스카알
렛은 절로 미소가 떠 올랐다. 부인은 틀림없이 이웃 사람들에게 떠들고 돌아다
니리라. 『어머, 스카알렛은 얼마나 깜찍한 아이예요! 내가 멜라니 얘기를 할
때 옆에서 새침하게 듣고 있었는데 글쎄 그때는 벌써 애실리하고 약속이 돼 있
었지 뭐예요?』이런 생각을 좇으며 스카알렛은 볼우물을 만들었다. 엄마의 말
이 스카알렛에게 어떤 식으로 작용할까 하고 날카롭게 그녀의 얼굴을 지켜보고
있던 해티는, 스카알렛의 얼굴에 패인 볼우물에 어리둥절하여 조그맣게 눈살을
찌푸리고 다시 앉아 버렸다.

「뭐니뭐니해도요, 오하라 씨.」 탈레턴 부인은 말에 힘을 주었다. 「사촌끼리
의 혼인은 좋지 않아요. 그것만 해도 좋지 않은 일인데, 게다가 하니까지도 그
창백한 찰즈 해밀턴과 결혼하다니요!」

「하니는 찰즈하고나 결혼하기 전에는 상대해 줄 사람이 없어요.」하고 란다가
말했다. 자기는 자신 있다고 믿고 이렇게 잔인한 말을 태연하게 하는 것이다.
「하니는 그 사람 말고는 남자 친구가 한 사람도 없거든요. 게다가 찰즈는 약혼
했는데도 하니에게 별로 다정하게 하지 않아요. 그렇지, 스카알렛? 작년 크리
스마스 때만 해도 그 사람이 치근치근 네 꽁무니를 쫓아다니지 않았어?」

「얘, 그런 심술궂은 말을 하면 못써!」하고 탈레턴 부인은 말했다. 「사촌끼
리 결혼하는 건 좋지 않아요. 육촌끼리도 좋지 않은데. 혈통을 약화시키거든요.
말과는 다르죠. 말이라면 암말과 그 형제를 교배해도, 수말과 그 딸을 교배해도
혈통만 좋으면 상관없지만, 사람이야 어디 그런가요? 혈통을 순수하게 유지시
키려는 건 좋지만 정력이 약해져요. 당신도……」

「하지만 부인, 거기에 대해선 제게도 의견이 있습니다. 왜냐하면 윌크스 댁의
사람들보다 뛰어난 인물이 달리 있을까요? 더구나 그 집에선 브라이언 보로우
(양일랜드_{역자주})가 어린애였을 때부터 혈족 결혼을 해오고 있습니다.」

「하지만 그것도 이제 중지해야 할 단계예요. 벌써 쇠퇴의 징조가 보이기 시작하거든요. 애실리는 그렇지 않지만, 풍채도 훌륭하고요. 그러나 그런 그도 아니 그보다도 그 댁의 두 따님을 좀 보세요. 마치 빨래를 하고 해서 바랜 것 같은 얼굴빛을 하고. 가엾게도! 그야 좋은 아가씨들이죠. 하지만 알짜는 다 씻겨 버린 찌꺼기예요. 게다가 그 몸집이 작은 멜라니를 보세요. 울타리에 가로지른 나무처럼 가늘고, 바람이 불면 곧 날아가 버릴 듯이 약해 빠진 것이, 전연 기력이란 없잖아요. 그리고 애당초 자기 주장이란 갖고 있지 않아요. 『네』 아니면 『아뇨』 밖에 할 줄 몰라요. 제가 하는 말뜻 아시겠어요? 그 가족에는 새로운 피가, 그것도 저희 집의 딸이나 댁의 스카알렛 같은 건강하고 씩씩한 피가 필요하단 말예요. 하지만 오해는 말아 주세요. 윌크스 댁 사람들은 모두 그런 대로 훌륭한 분들이고, 잘 아시다시피 저도 그 사람들을 좋아하고 있으니까요. 하지만 솔직하게 말해서, 그 집은 혈족 결혼이 지나치고 그리고 근친 번식(近親繁殖)이 과했어요. 그렇게 생각되지 않으세요? 그야 잘 마르고 닦인 경마장에서라면 훌륭히 달릴 수 있겠지만 진창인 경마장에서도 그렇게 달릴 수 있을까요? 이 말은 잘 새겨 두세요. 그들은 패기가 없어졌다고 생각해요. 하니까 여차하는 경우, 역경에 놓였을 때 싸울 수 있을 것 같지가 않아요. 이를테면 갠 날씨에만 소용되는 사람들이죠. 하지만 전 말도, 날씨가 좋건 나쁘건 어느 때나 써먹을 수 있는 늠름한 편이 좋아요. 그들은 근친 결혼만 하기 때문에, 점점 이 근방 사람들과는 달라지는 거죠. 그 사람들은 언제나 피아노를 치거나 책에 얼굴을 파묻고 있으니까요. 애실리도 틀림없이 사냥을 하기 보다는 책을 읽는 편이 더 좋아할 거예요. 정말, 정말이지 저는 그렇게 믿어요. 오하라 씨, 첫째 그 사람들의 골격을 좀 보세요. 지나치게 가늘지 않아요. 그 집안에는 아무래도 억센 종마와 암말이 필요해요.」

「어험!」하고 제랄드는 헛기침을 했다. 이 같은 화제는, 자기에겐 그야말로 재미있고 또 대단히 알맞은 거라고 생각했지만 엘렌에겐 그렇지 못할 거라고 생각하자 문득 마음이 꺼림칙해져 왔던 것이다. 사실 말이지, 만일 딸들에게 이렇게 노골적인 얘기를 들려 주었다는 것을 알면, 엘렌이 받는 타격은 돌이킬 수 없을 것이라고 생각되었다. 그러나 탈레턴 부인은 늘 그렇듯이 그녀가 즐겨하는 얘깃거리, 즉 번식에 대한 얘기라면 그것 말에 관한 것이든 인간에 관한 것이든 다른 일 따위는 생각도 않는 것이다.

「제가 말씀드리는 건 절대로 엉터리가 아니에요. 왜냐하면 저의 집안에도 사촌끼리 혼인한 사람이 있으니까요. 그런데 글쎄 어떻겠어요, 태어난 아이들이 가엾게도, 마치 식용 개구리처럼 모두 눈이 툭 불거져 나왔지 뭐예요. 제게도 가족들이 육촌하고 결혼하라고 권유했지만, 그 따위 얘긴 한창 기운 뻗친 망아지처럼 차버리고 말았죠. 그때 저는 말해 주었어요. 『엄마 싫어. 나를 위해서가 아녜요. 태어나는 아이들이 스파뷘이나 히이브스에 걸리는걸요 뭐.』하고 말예요. 제가 스파뷘이니 하고 이상한 병 이름까지 대니까 어머니는 까무러치려고까지 했지만, 저는 끝까지 버티었죠. 그러자 할머니가 제 편을 들어 주었어요. 할머니는 역시 말의 번식에 대해서 자세히 알고 있으니까 제가 말하는 게 정말이라고 지지해 주었어요. 그리고 저를 도와서 지금 이 탈레턴과 달아나게 해 주셨죠. 저희 집 아이들을 좀 보세요. 모두들 크고 건강해서 병신 같은 거나 난장이 따위는 하나도 없잖아요. 제일 몸집이 작은 보이드만 하더라도 오 피트 십 인치는 되니까요. 그런데 윌크스 댁 사람들은……」

「잠깐! 얘기를 가로막는 건 아닙니다만, 부인.」하고 제랄드는 황급히 말했다. 캐린은 어리둥절한 표정이었고 스윌렌은 탐욕스러운 호기심으로 열심히 귀를 기울이고 있다는 걸 깨달았기 때문이다. 이 두 딸이 집에 돌아가, 만일 엘렌을 어리둥절하게 만드는 질문이라도 하는 날이면 어린 딸들의 감독으로서 자기가 얼마나 무능한가를 폭로하는 결과가 된다고 걱정이 됐던 것이다. 다행히 스카알렛만은 숙녀답게, 다른 일이라도 생각하는 듯했기 대문에 우선 안심이 되었다.

「저, 엄마, 빨리 가요.」하고 그녀는 지루한 듯 소리쳤다.「햇볕이 따가와 목덜미에 주근깨가 생기는 소리가 들리는 것 같아요.」

「잠깐 기다려 주세요, 부인. 그 전에 잠깐만.」제랄드는 말했다.「우리들이 조직한 기병대에 말을 파신다는 건 어떻게 됐읍니까? 이제 전쟁이 언제 시작될지 모르는 판국이라 모두 결정을 기다리고 있어요. 그리고 클레이튼군의 기병대니까 역시 클레이튼군의 말을 가져야 한다는 거죠. 그런데도 부인은 참 고집스러운 분이군요. 좋은 말이 그렇게 많은데 아직 팔겠다고 결정을 내려 주시지 **않**으니.」

「전쟁은 안 일어나는 게 아닐까요?」탈레턴 부인은 벌써 윌크스네의 혈통 이야기를 완전히 마음에서 밀어내고 임기 응변으로 말했다.

「전쟁이 없다고요? 그럼, 부인께선……」

「엄마!」하고 해티가 또 가로막았다.「엄마도 아저씨도 말 얘기는 트웰브 오우크스에 가서 하실 수 없어요?」

「그럼, 해티.」제랄드는 말했다.「시계로 재서 일 분 이상은 절대로 지체하지 않을게. 이제 곧 트웰브 오우크스니까. 거기에선 노인이나 젊은이나 모두 말 문제를 걱정하고 궁금해 하고 있어요. 아가씨 어머니같이 훌륭한 귀부인이 어째서 이렇듯 말을 팔기 아까와하는지, 그걸 생각하면 가슴이 찢어질 것만 같아. 저 탈레턴 부인, 당신의 애국심은 대체 어디에 있는 겁니까? 남부 동맹 같은 건 아무래도 좋다고 생각하시는 겁니까?」

「엄마!」하고 꼬마 벳시가 코먹은 소리로 말했다.「란다가 내 옷 위에 앉아서 죄다 꾸겨졌어요.」

「란다를 떠다밀려무나, 벳시. 그리고 좀 조용히들 해요. 그런데 제랄드 오하라 씨, 제 말 좀 들어 보세요.」하고 부인은 반박했다. 눈이 번쩍 빛나기 시작했다.「제 옆에서 그렇게 동맹, 동맹 하고 말씀하실 건 없다고 생각해요. 남부 동맹은, 제게도 당신들 이상으로 중대한 의미가 있으니까요. 아뭏든 저는 네 아들을 기병대에 내보냈지만, 당신은 하나도 보내지 않았잖아요. 우리 집 아이들은 자기 일은 자기가 처리할 수 있지만, 말은 그렇지 못해요. 제가 알고 있는 젊은이들 중에서 언제나 사라브렛(영국산의 우수한 경주마—역자주)만 타 버릇한 신사들만이 타게 된다는 걸 꼭 알 수만 있다면, 전 기꺼이 거저라도 내놓겠어요. 일 분도 망설이지 않겠어요. 하지만 산 속의 숲이나 조그만 밭에서 노새 따위만 탄 녀석들이 탄다면 절대로 안 돼요! 안장에 스친 상처 하나 제대로 치료하지 않고 변변하게 손질도 않은 채 타고 돌아다닐 걸 생각하면, 전 정말 꿈에까지 보일 것 같아요. 그 순한 입매를 한 제 귀여운 말들이 그 따위 시시한 패들이나 태우고, 더구나 입을 찢기고, 성질이 비뚤어질 만큼 얻어맞고 하는 걸 제가 가만히 보고만 있을 수 있다고 생각하세요? 생각만 해도 오싹 소름이 끼쳐요. 오하라 씨, 당신이 제 말을 사시겠다는 것은 대단히 기쁘지만, 그따위 농사꾼을 태우기 위해서라면 차라리 애틀랜타로 가셔서 짐 신는 말이나 사오시는 편이 좋을 거예요. 그까짓 것들이 좋은 말 나쁜 말을 분간할 줄이나 알겠어요.」

「참 엄마, 빨리 가요.」캐밀라가 조바심을 하며 어머니를 재촉했다.「아무리 귀여운 말이라도 결국은 팔지 않으면 안 된다는 걸 엄마는 알고 있잖아요. 아버지랑 오빠가 남부 동맹에 필요한 것이라고 졸라 대면, 엄마는 결국 울면서 내놓게 될 텐데 뭘.」

탈레턴 부인은 웃으면서 고삐를 흔들었다.

「그렇겐 안 해!」라고 말하면서 가볍게 채찍을 말에 댔다. 마차는 곧 달리기 시작했다.

「훌륭한 부인이야.」제랄드는 모자를 쓰고 딸들의 마차 있는 데로 돌아왔다.

「토비, 자 출발이다. 어떻게 해서라도 설득을 시켜 말을 팔도록 해야지. 물론 부인이 하는 말은 옳아. 신사도 아닌 놈이 말을 타야 할 일은 없지. 그런 녀석은 보병대가 알맞아. 하지만 농장주의 자제들만으론 일개대를 조직할 수 없으니,

참 일이 고약해. 응, 뭐라고, 스카알렛?」

「아버지, 마차 뒤나 앞으로 가주세요. 먼지가 너무 나서 숨이 막힐 것 같아요.」하고 스카알렛은 말했지만, 그건 그 이상 말을 하는 것이 견딜 수 없었기 때문이었다. 제랄드와 얘기를 하고 있으면 정신이 어지러워 생각을 간추릴 수가 없었다. 그런데 그녀는 트웰브 오우크스에 닿기까지, 마음도 얼굴도 남의 눈을 끌 수 있게시리 다듬어 두지 않으면 안 되었던 것이다. 그래서 그녀는 몹시 애가 탔다. 제랄드는 시키는 대로 말에 박차를 가하여 탈레턴네 마차를 쫓으려고 곧장 붉은 모래 먼지 속을 달려갔다. 부인과 또 말 이야기나 계속하려는 것이리라.

6

강을 건너 마차는 언덕을 올라갔다. 트웰브 오우크스 저택은 아직 보이지 않았지만, 스카알렛은 하늘 높이 솟아 있는 나무들 꼭대기에 가볍게 떠 있는 아지랭이 연기를 보았다. 호두나무 통장작이 타는 구수한 냄새와 돼지고기며 양고기를 굽는 향기가 뒤섞인, 맛있는 냄새가 풍겨 온다.

바베큐 모임의 음식은 야외에 흙을 파서 만든 화덕에다 통구이를 한 돼지고기와 양고기였다. 간밤부터 가물가물 불길이 꺼지지 않고 있는 화덕에선, 지금쯤 벌써 통장작의 숯불이 장미색으로 수북하게 쌓이고, 꼬챙이에 꿴 고기가 그 위에서 뒤적여질 때마다 기름이 숯불 속으로 뚝뚝 떨어지고 있을 것이다. 산들바람에 실려 오는 그 향긋한 냄새가 웅장한 저택 뒤에 있는 커다란 떡갈나무 숲 사이에서 흘러온다는 것을 스카알렛은 알고 있었다. 존 윌크스는 언제든지 거기서 원유회를 베푸는 게 습관이었다. 거긴 장미밭으로 이어지는 완만한 경사지로 시원한 그늘을 이루고 있고, 예컨대 캘버트네에서 원유회를 베푸는 장소와 비교하여도 훨씬 기분 좋은 장소였다. 캘버트 부인은 통구이를 한 육류를 좋아하지 않았다. 그리고 냄새가 며칠이고 집에 남는다고 하여 부인은 늘 집에서 사분의 일 마일이나 떨어진, 나무 그늘도 없는 평지에서 열기 때문에 초대받은 손님들은 항상 더위에 시달렸다. 그러나 손님을 환영하는 데에는 이 주에서도 평판이 있는 존 윌크스네는, 원유회를 어떻게 열어야만 된다는 것을 잘 알고 있었다.

윌크스네의 자랑인, 호화로운 테이블보를 씌운 피크닉용 긴 조립식 테이블이 가장 시원한 그늘을 찾아 몇 개가 놓이고, 그 양쪽에는 등받이가 없는 걸상이 놓인다. 그런 걸상을 즐기지 않는 사람들을 위해선, 집에서 운반된 의자며 방석이며 쿠션 등이 경사지의 알맞은 곳에 마련된다. 손님에게 연기가 오지 않을 만한 거리에, 고기를 굽기 위해 길게 구덩이가 패고 그 위에 걸어 놓은 쇠남비로부터는 불고기의 국물이며 브란스위크 스튜의 구수한 냄새가 풍겨 나온다. 윌크스네의 원유회에선 언제나 최소한 한 다스 가량의 흑인 노예가 손님을 시중들기 위해, 쟁반을 가지고 분주히 여기저기 돌아간다. 헛간 뒤쪽에도 따로 고기를 굽는 화덕을 만들고, 거기에선 저택의 고용인과, 손님을 따라온 마부며 하녀들이 핫케잌이며, 고구마며, 또 검둥이들이 제일 좋아하는 돼지 내장 같은 것으로 그들만의 잔치를 베풀게 되어 있고, 수박이 나는 계절에는 싫도록 수박을 먹을 수가 있다.

향긋한 돼지고기 냄새가 풍겨 오자, 스카알렛은 맛을 알리는 듯 코에 주름살을 지었다. 저것이 다 익을 때까지 식욕이 좀 생겼으면 좋으련만. 배가 부른데다 코르셋을 단단히 졸라맸기 때문에 금방이라도 트림이 나오지 않을까 걱정이 되었다. 트림이라도 나오면 그야말로 큰일이다. 사회적인 비난을 받을 염려 없이 트림을 할 수 있는 건 오직 노인이나 몹시 늙은 부인에 국한돼 있었다.

언덕을 올라가자 균형이 잘 잡힌 흰 건물이 눈 앞에 나타났다. 높고 둥그런 기둥, 널찍한 베란다, 반듯한 지붕, 그건 흡사 자기의 매력에 커다란 자신을 갖고, 그 때문에 모든 사람에 대해 너그럽고 친절해질 수 있는 귀부인과 같은 아름다움을 지니고 있었다. 스카알렛은 타라 이상으로 이 트웰브 오우크스가 좋았다. 왜냐하면 거기에는 제랄드의 저택에선 볼 수 없는 장엄한 미와 원숙한 품위가 있었기 때문이다.

크게 커브 돈 넓은 마차길에는 벌써 안장을 얹은 말이며 마차며 손님이 가득했고, 내려선 손님들은 서로 아는 사람을 부르며 인사를 나누고 있었다. 파티가 열린다면 으레 흥분하는 검둥이들은 잇몸을 드러내고 말을 뒤꼍 쪽으로 끌고 갔다. 마구를 풀고 안장을 떼어내어 밤까지 쉬도록 하기 위해서였다. 검둥이 흰둥이가 함께 어울린 아이들의 떼는 푸른 잔디밭 근처를 뛰어다니며 환성을 올리고 돌차기를 하거나 술래잡기를 하며, 누가 많이 먹느냐는 얘기에 열중하고 있었다. 현관에서 안뜰까지 뚫려 있는 넓은 홀에는 사람들이 들끓고 있었다. 오하라네의 마차가 현관 있는 곳에 닿았을 때, 스카알렛은 후프로 부풀린 나비처럼 화려한 스커트의 소녀들이 이층으로 올라가는 계단을 오르내리며, 서로 허리를 끌어안고 아름다운 난간에 몸을 기대거나 아래층 홀에 있는 젊은 남자를 부르거나 웃음을 보내는 것을 보았다.

열어젖힌 프랑스풍의 창 너머로, 스카알렛은 객실에 앉아 있는 중년 부인들을 힐끗 보았다. 그녀들은 수수한 옷차림으로 의젓하게 걸터앉아 부채를 흔들면서, 갓난애 얘기며 병 얘기며 누구 누구가 어떤 식으로 결혼을 하였다는 등의 말을 주고받고 있었다. 윌크스네의 하인 감독 톰이 은쟁반을 손에 들고 바쁜 듯이 홀 안을 돌아다니며, 청년들에게 미소 띄운 얼굴로 머리를 숙여 굽 높은 컵을 전하고 있었다. 청년들은 엷은 황갈색이나 잿빛 바지에 우아하게 주름이 잡힌 린네르 와이셔츠를 입고 있었다.

양지바른 정면 베란다에도 손님이 붐비고 있었다. 『그렇다, 오늘은 이 지방의 사람들이 모두 모이는 것이다.』하고 스카알렛은 생각했다. 탈레턴 댁의 네 형제는 아버지와 함께 높고 둥근 기둥에 기대어 서 있었다. 쌍동이인 스튜어트와 브렌트는 언제나 그렇듯이 꼭 붙어서 나란히 있었고, 보이드와 톰은 아버지인 제임즈 탈레턴과 나란히 서 있었다. 캘버트 씨는 북부 태생의 아내와 바짝 몸을 붙이고 서 있었는데, 그녀는 이 조지아 주에 온 지가 벌써 십 오 년이나 지났지만 아직 아무래도 남부에 익숙하지 않은 것같이 보였다. 누구나 그녀를 딱하게 여기고 다정하고 친절하게는 대해 주고 있었지만 그러나 그녀가 장소를 잘못 선택하여 북부에 태어났다는 최초의 과실에 덧붙여 캘버트네의 가정 교사였다는 과실을 누구도 잊지는 않았다. 캘버트네의 아들 레이포드와 캐이드는 화려한 금발 머리를 한 누이 캐스린과 함께, 얼굴이 가무잡잡한 조 폰텐과 그의 사랑스러운 미래의 신부 샐리 먼로를 놀리고 있었다. 알렉스와 토니의 폰텐 형제는 디미티 먼로의 귀에 무언가 속삭여 그녀를 몹시 웃기고 있었다. 거기에는 십 마일이나 떨어져 있는 러브조이 같은 먼 곳에서 온 가족도 있고, 더욱 먼 페이에트빌이나 존즈보로에서 온 사람도 있었다. 집안은 온통 사람들로 떠나갈 것 같았다. 애기 소리, 깔깔 웃는 웃음 소리, 소리를 죽인 웃음, 째지는 듯한 여자의 교성, 외침 소리 따위가 쉴새없이 높아다낮았다 했다.

포치의 계단에는 존 윌크스 씨가 서 있었다. 은발이고 단정했으며, 마치 조지아의 여름 해처럼 따뜻하게 연방 그 부드러운 매력과 애교 있는 미소를 사람들에게 보내고 있었다. 곁에는 하니 윌크스가 도착하는 손님들에게 인사하면서 침착하지 못한 태도로 킬킬 웃고 있었다. 그녀가 하니라고 불리는 까닭은 그녀가 아버지로부터 들일 하는 검둥이에 이르기까지 누구에게나, 특히 친근한 사람에게만 사용하는 하니라는 말을 쓰는 데서 지어진 별명이다.

눈에 띄는 모든 남성의 마음을 이끌고 싶다는 하니의 신경질적이고 노골적인 욕망은 아버지의 가라앉은 태도와는 좋은 대조를 이루어 스카알렛은 탈레턴 부인의 말에도 어느 정도 근거가 있는 게 아닐까 생각했다. 윌크스네의 남자들은 확실히 공통의 가계적(家系的) 용모를 갖고 있다. 아버지인 존 윌크스와 아들 애실리의 잿빛 눈을 돋보이게 해주고 있는 짙은 황금색 속눈썹도, 하니와 그 동생인 인디어의 그것을 본다면 성기고 빛이 엷었다. 그러므로 하니의 얼굴은 속눈썹이 없는 토끼처럼 기묘한 느낌이 들었고, 인디어는 평범하다고 할 수밖에는 달리 말할 수 없는 여자였다.

인디어의 모습은 아무 데도 보이는지 않았다. 아마 부엌에서 하녀들에게 마지막 지시라도 하는 게지, 하고 스카알렛은 생각했다. 어머니가 죽고 나서부터, 가사를 돌보는 데 바쁘게 쫓기느라고 스튜어트 탈레턴 말고는 한 사람의 애인도 붙잡을 기회가 없었던 불쌍한 인디어, 그러나 그 스튜어트가 인디어보다 나를 아름답다고 생각해도 그건 내 탓이 아니지.

존 윌크스는 스카알렛에게 팔짱을 끼게 하려고 계단을 내려왔다. 마차에서 내릴 때 그녀는 문득 스월렌이 생긋 웃는 걸 보고, 틀림없이 스월렌은 이 군중 속에서 프랭크 케네디의 모습을 찾아냈을 것이라고 생각했다.

그 따위, 마치 노처녀가 승마 바지를 입은 것 같은 사나이보다 훨씬 홀륭한 애인을, 어째서 내가 손에 넣을 수 없단 말인가! 마차에서 땅에 내려 존 윌크스에게 감사의 미소를 띄워 보이며, 그녀는 동생을 경멸하며 그렇게 생각했다.

프랭크 케네디는 스월렌에게 손을 빌려 주기 위해 급히 마차 쪽으로 다가왔다. 그러자 스월렌은, 스카알렛이 뺨따귀라도 한 대 찰싹 갈겨 주고 싶을 정도로 의기 양양해져서 고개를 발딱 잦혔다. 하긴 프랭크 케네디는 이 고을 안에서도 어깨를 겨눌 사람이 없을 만큼 큰 지주고, 게다가 몹시 친절한 마음을 가진 사나이일는지는 모른다. 그러나 그렇다고 해서 그가 이미 마흔 살이고, 빈약하며 신경질적이고, 엷은 생강빛의 수염과, 노처녀와 같은 좀스런 태도를 지닌 사나이라는 사실을 무시해 버릴 수는 없으리라. 그러나 스카알렛은 자기의 계획을 생각해 내자 곧 경멸의 마음을 숨기고 화려한 미소로써 프랭크에게 인사를 했다. 그러자 그는 기쁜 듯이 어리둥절하여 발길을 멈추고, 스월렌 쪽에 내민 손도 그대로 둔 채 잠시 멍하니 스카알렛을 바라보았다.

존 윌크스와 이것저것 즐거운 듯이 얘기를 나누면서도, 스카알렛의 눈은 군중 속에서 애실리를 찾아 헤매고 있었다. 하지만 그의 모습은 포치엔 없었다. 한 다스 가량의 입에서 외쳐진 환영의 소리와 더불어, 스튜어트와 브렌트가 그녀 쪽으로 다가왔다. 먼로네 아가씨들도 달려와서 그녀의 옷을 칭찬해 주었다. 그녀는 곧 서로 다른 목소리를 누르고 그녀에게 들려 주기 위해 차츰 높아져 가는 목소리의 중심이 되고 말았다. 그러나 대체 애실리는 어디에 있는 걸까? 그리고 멜라니와 찰즈는? 그녀는 넌지시 주위를 둘러보고 홀 안에서 즐겁게 웃고 있는 한 떼의 사람들에게 눈길을 보냈다.

지껄이고 웃고 하면서 집 안이며 정원에 재빨리 시선을 달렸을 때, 그녀의 눈은 한 사람의 낯선 사나이의 모습에서 못박혔다. 그 사나이는 홀 안에 혼자 서서, 그녀를 냉랭하게 예의 없는 태도로 응시하고 있었다. 그 눈은 그녀에게 한 사람의 낯선 사나이를 끌 수 있다는 여자다운 기쁨과, 자기의 드레스 가슴이 너무 패어 있다는 겸연쩍은 부끄러움을 동시에 날카롭게 느끼게 했다. 그는 벌써 상당한 나이인 듯싶었다. 적어도 서른 다섯은 되었으리라. 키가 크고 뼈대가 건장했다. 그만큼 어깨 폭이 넓고, 근골이 늠름하여, 신사치고 저렇게 건장한 사나이는 이제까지 한 번도 본 일이 없다고 스카알렛은 생각했다. 두 사람의 시선이 마주치자, 그는 짧게 다듬은 검은 콧수염 아래 동물적인 흰 이를 드러내고 있었다. 그의 얼굴은 색깔이 검붉었고 마치 해적처럼 햇볕에 그을었으며, 그 대담한 검은 눈은 마치 이제부터 격침시키려고 겨냥을 한 갤리온(큰 범선 —역자주)이나 또는 이제부터 납치하려는 소녀를 평가하고 있는 해적의 눈초리 같았다. 얼굴에는 냉랭한 교만이 서렸고 그녀에게 미소를 지었을 때, 입술에는 비웃는 듯한 유머가 가물거리고 있었다. 스카알렛은 자기도 모르게 흑 숨을 들이마셨다. 저렇게 사람을 째려보다니 모욕을 느껴야만 되리라고 생각하면서도 모욕을 느낄 수 없는 게 스스로 화가 났다. 그 남자가 누구인지 그걸 몰랐지만, 그러나 그의 검은 얼굴에는 지울 수 없는 명문의 혈통이 짙게 나타나 있었다. 정력이 넘치는 붉은 입술, 매부리처럼 날카로운 코, 시원한 이마, 서글서글한 눈이 그걸 말해 주고 있었다.

그녀는 미소를 보내 주지도 않고, 억지로 사나이에게서 시선을 돌렸다. 그때 누군가 부르는 소리에 고개를 돌렸다.

「레트! 레트 버틀러! 이쪽으로 오게. 조지아에서 제일 쌀쌀한 아가씨를 소개해 줄 테니.」

레트 버틀러? 뭔가 재미있는 소문과 관련하여 들은 일이 있는 이름이었다. 그러나 그녀의 마음은 지금 애실리로 가득 차 있었다. 그녀는 그 이상 그 사나이에 대해 생각하지 않았다.

「난 이층으로 가서 머리 손질을 하고 오겠어요.」하고 그녀는 스튜어트와 브렌트에게 말했다. 두 사람은 그녀를 군중 속에서 끌어내려고 하고 있었던 것이다.「당신들, 저를 기다려야 해요. 다른 여자와 어디로 가 버리면 난 화낼 테야.」

만일 자기가 다른 누구와 킬킬거리고 장난이라도 치면, 오늘의 스튜어트는 다루기 힘들게 될 것이라고 그녀는 생각했다. 그는 술을 마신 데다가 투지 만만한 표정을 띠고 있었지만 그가 그렇게 되면 곧잘 말썽을 일으키는 버릇이 있다는 것을 그녀는 경험으로 알고 있었던 것이다.

그녀는 아는 사람들에게 말을 걸고 부엌 쪽에서 나온 인디어에게 인사를 하기 위해 홀에서 발걸음을 멈추었다. 인디어는 머리를 부스스하게 하고 이마에는 땀 방울이 가득 솟아 있었다. 가엾은 인디어! 스무 살이나 돼 가지고 아직도 노처 녀로 팔리지 않고 있다는 초라함을 제외하고도, 윤기 없는 머리칼과 역시 윤기 없는 속눈썹, 그리고 고집스러운 성질을 나타내듯 앞으로 쑥 나온 턱을 가지고 있는 것만으로도 그다지 좋은 팔자는 못 되었다. 자기가 그녀에게서 스튜어트를 뺏은 것을 인디어는 정말 원망하고 있지 않는 걸까, 그녀는 이상히 여겼다. 인 디어는 아직껏 스튜어트를 사랑하고 있다고 많은 사람들이 말하기는 하지만, 그 러나 윌크스네 사람들의 본심은 아무도 알 수가 없었다. 가령 스카알렛을 원망 하고 있을지라도, 그걸 조금이라도 눈치로 보이거나 하는 일은 결코 하지 않 았다. 그녀는 언제나 그렇듯이 얼마쯤 서먹서먹하면서도 친절하고 은근하게 스 카알렛을 맞았다.

스카알렛은 즐거운 듯 그녀와 말을 나누면서 넓은 계단을 올라갔다. 그때 수 줍어하는 목소리가 등 뒤에서 그녀의 이름을 불렀다. 돌아다보니 찰즈 해밀턴이 었다. 부드러운 갈색 곱슬머리를 풍부하게 흰 이마에 물결치게 하고, 콜리 종의 개를 연상시키는 짙은 갈색의 맑고 부드러운 눈을 한, 체격이 좋은 청년이었다. 겨자빛 바지에 검은 상의, 그리고 주름이 있는 와이셔츠에 최신 유행의 풍이 넓 은 검정 넥타이를 한 빈틈없는 사람이었다. 스카알렛이 돌아보자 그의 얼굴은 붉게 상기되었다. 그는 여자에게 몹시 소심했다. 그리고 내성적인 성격이 으례 그렇듯 스카알렛같이 쾌활하고 씩씩하며 언제나 부끄럼이 없는 소녀를 진심으 로 찬미하고 있었다. 이제까지 스카알렛은 이 청년에게 거의 겉치레뿐인 인사밖 엔 한 일이 없었다. 그러므로 지금 그녀가 밝고 기쁨이 담긴 미소로 답례를 하고 다정히 두 손을 벌리자, 그는 거의 숨이 멎는 것 같았다.

「어머, 찰즈 해밀턴, 여전히 훌륭하시네요! 아마도 가엾은 내 가슴에 상처를 내기 위해, 애틀랜타에서 일부러 이렇게 오신 모양이죠!」

찰즈는 그녀의 따뜻하고 조그만 손을 꼬옥 움켜잡고, 춤추듯 흔들리는 파아란 눈을 들여다보면서, 흥분되어 말도 제대로 하지 못했다. 이런 태도야말로, 처녀 들이 다른 젊은이들에게는 보여 주지만, 찰즈에겐 결코 보여 주지 않는 것이 었다. 이유는 알 수 없었지만, 웬지 처녀들은 그를 언제나 동생처럼밖에 취급하 지 않아 몹시 친절하게는 해주지만, 놀려 대거나 장난하려고는 하지 않았다. 그 보다 생긴 것도 못 생기고, 재산도 없는 청년들과 하는 것처럼, 그하고도 함께 장난을 치고 희롱해 줬으면 하고 그는 언제나 생각하고 있었다. 그러나 어쩌다 막상 그런 장면에 부딪치면, 무슨 말을 해야 좋을지 그는 생각할 수도 없게 되어 벙어리처럼 말문이 막혀 고통을 느끼는 것이었다. 그리고 그런 밤은 잠도 못 이루고 그때는 이렇게 이렇게 했으면 좋았을걸, 하고 온갖 매력적이고 달콤한 말을 이것저것 마음에 떠올리는 것이었다. 그러나 그가 제 이의 기회를 붙잡는 일은 좀처럼 없었다. 왜냐하면 처녀들 쪽이 한 번 혹은 두 번 집적거리고 나면, 미련 없이 그에게서 떨어져나가 버리기 때문이다.

하니와는 내년 가을, 그가 재산을 상속받으면 결혼하기로 무언중에 합의가 되어 있었지만, 그 하니와 함께 있을 때조차 그는 서먹서먹하고 말수가 적었다. 때때로 그는 하니의 교태나 그에게만 의지하는 듯한 태도 역시 믿을 것은 못 된다고 그녀에 대해 실례되는 생각을 품은 일이 있었다. 왜냐하면 그녀는 남자에게 금방 열중하는 기질이기 때문에 기회만 주어지면 어떤 남자에게도 그런 교태를 보일 게 틀림없기 때문이다. 그녀와의 결혼을 상상해 보아도, 찰즈는 그다지 흥분을 느끼지 못했다. 왜냐하면 평소 애독하고 있는 소설에서 애인이란 이런 것이구나 하고 그에게 확신시켜 주고 있는 저 거칠고 로맨틱한 감동을 그녀는 그의 마음에 불러일으켜 주지 않기 때문이다. 그가 항상 동경해 마지 않고 있는 것은 불과 같은 정열과 장난기가 있으면서도 귀엽고 활달한 여성으로부터 사랑을 받는 것이었다.

그런데 스카알렛 오하라는, 지금 내 가엾은 가슴에 상처를 내고 싶으냐는 둥 아찔한 농담을 해주었다.

그는 뭔가 대꾸하려고 했으나 헛일이었다. 잠자코 선 채, 그는 혼자 지껄여대어 그에게 대꾸할 수고를 덜어 주고 있는 스카알렛에게 은근히 감사했다. 이것이 사실이라면 복에 겨운 일이다.

「그럼 제가 돌아올 때까지 여기서 기다려 주세요, 네? 난 당신과 함께 식사를 하고 싶어요. 다른 아가씨하고 놀러 가거나 하면 안 돼요. 난 아주 샘이 많은 사람이니까.」 양쪽 볼에 볼우물이 패인 붉은 입술에서, 이런 믿기 어려운 말이 흘러나왔다. 그리고 진한 속눈썹이 파아란 눈 위에서 자못 진지하게 깜박거렸다.

「안심하세요.」 가까스로 이렇게만 대답한 그는, 그녀가 자기를 백정 앞에 나선 송아지처럼 여기고 있는 줄은 꿈에도 몰랐다.

접은 부채로 가볍게 그의 팔을 토닥거리면서 계단을 오르려고 방향을 바꾸었을 때, 그녀의 시선은 문득 찰즈에게서 대여섯 걸음 떨어진 곳에 혼자 서 있는 레트 버틀러라는 사나이에게 못박혔다. 그는 분명 지금 두 사람의 대화를 다 들었으리라. 왜냐하면 그녀를 보고 그는 마치 수퀭이처럼 짓궂게 잇몸을 드러내며 히죽 웃어 보였기 때문이다. 뿐더러 지금까지 그녀가 남에게서 받기에 익숙했던 존경의 빛 따위 털끝만큼도 없는 눈초리로 다시금 그녀를 쏘아보았다.

『하느님의 잠옷 같으니라고!』스카알렛은 제랄드가 즐겨쓰는 욕지거리를 떠올려, 분개하면서 마음 속으로 외쳤다. 『저 사나이는 마치…… 마치 시미즈를 벗은 내 모습을 알기나 하는 것 같은 눈초리야.』그리고 머리를 꼿꼿이 쳐들고 계단을 올라갔다.

무릎에 대는 화장복 따위가 널린 침실에선, 캐스린 캘버트가 거울 앞에서 몸단장을 하며, 좀더 붉게 보이기 위해 입술을 깨물고 있었다. 새시에 꽂은 싱싱한 장미꽃이 그녀의 볼빛과 잘 어울렸다. 그리고 도깨비부채꽃 같은 짙푸른 눈이 흥분에 잔뜩 들떠 있었다.

「캐스린.」하고 드레스의 가슴을 위로 끌어올리며 스카알렛은 말했다. 「아래층에 있는 버틀런가 뭔가 하는, 그 능글맞은 남자가 대체 누구야?」

「어머, 넌 몰랐니?」하고 캐스린은 재미있다는 듯 속삭였다. 그리고 딜시와 윌크스네의 하녀들이 수다를 떨고 있는 옆방에 경계의 눈길을 보냈다. 「그 남자가 와 있는 걸 윌크스 씨가 어떻게 생각하고 계신지 모르겠지만, 그이는 존즈보로에 케네디 씨를 찾아왔대, 목화를 사러 왔다나 봐. 물론, 그러니까 케네디 씨로서도 함께 데리고 오지 않을 수 없었겠지. 왜냐하면, 그곳에 그 사람만 남겨두고 자기만 올 수는 없을 테니까.」

「그 사람에게 무슨 내력이라도 있어?」

「응, 그인 어느 집에서나 상대를 안 해줘.」

「설마!」

「정말이야.」

스카알렛은 잠자코 그 말을 되씹었다. 어느 집에서나 상대를 해주지 않는 인간과 같은 지붕 아래 있어 본 일은 그녀에겐 아직까지 한 번도 없었다. 그런 만큼 그녀는 호기심을 느꼈다.

「무슨 짓을 했는데?」

「어머 스카알렛, 그인 소문이 아주 나빠. 이름은 레트 버틀러라고 하고 찰스턴 사람이야. 태어난 집은 거기서도 여간 좋은 가문이 아니라는데, 집안 식구들도 그와는 말도 않는대. 그 사람 얘기는 작년 여름 캐로 레트에게서 들었어. 캐로의 집안하고는 아무런 관계도 없지만, 그 애는 그이에 대해서 아주 잘 알고 있었어. 하긴 누구든지 알고 있긴 하지만 그는 웨스트 포인트 사관학교에서 쫓겨났대. 생각 좀 해 봐, 쫓겨난 거야. 어떤 나쁜 짓을 하고 쫓겨났는지, 너무나 나

쓰기 때문에 캐로로서도 잘 모를 정도래. 게다가 결혼해야 할 의무가 있는 아가씨와 결혼하지 않은 사건도 있어.」

「얘기 좀 해줘!」

「넌 정말 아무것도 모르니? 작년 여름 캐로가 죄다 얘기 해 줬는데. 그런 걸 캐로가 알고 있다고 생각만 해도 캐로 엄마는 아마 죽어 버릴 거야. 알겠니? 그 버틀러 씨가 말이야, 찰스턴의 어떤 아가씨를 사륜 마차에 태우고 드라이브를 하러 나갔다나 봐. 그 아가씨가 누군지 난 잘 모르지만, 하지만 짐작이 아주 안 가는 것도 아냐. 틀림없이 그리 품행이 좋은 사람은 아닐 거야. 그렇지 않다면 저녁때가 되어서 시중드는 사람도 안 데리고, 남자하고 그런 데 나가겠니? 그리고 거의 밤새도록 집에 돌아오지 않고 새벽녘이 되어서야 걸어서 돌아왔대, 말이 발광을 해서 마차를 부수고 말았기 때문에 두 사람은 숲 속에서 길을 잃어 버렸다는 거야. 하지만 거기서 무슨 일이 있었는지 알겠니?」

「모르겠어, 말해 봐.」하고 스카알렛은 될 수 있는 대로 끔찍한 얘기가 나오기를 바라며 열심히 말했다.

「이튿날 그 사람은 그 아가씨하고 결혼하지 않겠다고 했대.」

「어머!」스카알렛은 바라던 결과가 아니어서 낙담했다.

「그는 아무렇게도 안 했으니까 그 아가씨에게 아무렇게도 안했는데 왜 결혼해야 되느냐고 말하더래. 그리고 그 아가씨의 오빠가 그를 불러내니까, 버틀러는 바보 처녀와 결혼하느니 차라리 총살되는 편이 낫다고 하며 코방귀를 뀌더래. 그래서 마침내 결투하게 되었는데 버틀러는 그 아가씨의 오빠를 쏘아죽이고 말았대. 그래서 그 일로 그는 찰스턴에도 있을 수 없게 되고 사교계에서도 쫓겨나고 만 거야.」

캐스린이 자랑스럽게 말을 끝맺었을 때, 마침 딜시가 그녀의 소임인 아가씨의 화장을 감독하기 위해 방에 들어왔다.

「그 아가씨 애기 낳았니?」하고 스카알렛은 캐스린의 귀에 속삭였다.

캐스린은 고개를 세게 저었다. 그리고 속삭였다.「하지만 그 앤 일생을 망치고 말았으니, 역시 마찬가지야.」

애실리가, 내 명예에 관계되는 일을 해줬으면 하고 스카알렛은 문득 생각했다. 그렇게 되면 애실리는 신사니까, 나와 결혼을 하지 않겠다는 말은 하지 않을 것이다. 하지만 그녀는 자기도 모르게 바보 처녀와 결혼하지 않겠다고 거절했다는 그 레트 버틀러에게 뭔가 존경을 마음을 품기 시작하고 있었다.

스카알렛은 저택 뒤에 있는 커다란 떡갈나무 그늘 아래, 모과나무로 만든 높직한 보료 의자에 앉아 있었다. 옷의 레이스 장식이나 주름이 몸 둘레에 물결치고 그 밑으로 초록 빛깔인 모로코 가죽의 슬리퍼가 이 인치쯤 엿보였다──최소한 이쯤이 숙녀로서 남에게 비난받지 않고 보일 수 있는 한계였다──그녀는 거의 손도 대지 않은 접시를 손에 들고 있고, 그 주위에는 일곱 명의 기사가 둘러싸고 있었다. 원유회는 지금 절정에 다다르고, 따뜻한 공기에는 웃음 소리, 얘기 소리, 사기나 은그릇이 부딪는 소리, 구운 고기와 육즙의 먹음직하고 구수한 냄새가 충만했다. 이따금 산들바람의 방향이 바뀌면, 고기를 굽는 긴 화덕에서 연기가 군중 쪽으로 흘러오고, 부인들은 호들갑스럽게 비명을 지르며 종려잎 부채로 얼굴 주위를 수선스럽게 부쳐 댔다.

젊은 처녀들은 대개 테이블에 면한 긴 의자에, 파트너와 함께 앉아 있었다. 그러나 그렇게 앉으면 처녀 옆엔 양쪽밖에 신사가 앉을 자리가 없고, 게다가 그 양편에는 한 사람씩 밖에 앉을 수가 없다는 것을 스카알렛은 알고 있었기 때문에 가능한 한 많은 청년을 주위에 모을 수 있도록, 일부러 훨씬 떨어진 곳에 자리를 잡았던 것이다.

정자에는 부인네들의 한 패가 있었다. 그녀들의 수수한 옷은 주위의 화려한 색채나 떠들썩한 분위기에 잘 어울려 차분한 맛을 빚어내고 있었다. 남부에선 결혼한 부인을 사교계의 꽃으로 떠받드는 풍습이 없었기 때문에, 기혼 여인들은 연령의 차별 없이 밝은 눈매의 아가씨들과 청년들의 명랑한 웃음 소리에 떨어져, 언제나 한쪽에 몰려 앉았다. 그리고 연령적 특권으로 하여 공공연하게 트림을 할 수 있는 폰텐네의 할머니로부터 첫 임신의 입덧과 싸우고 있는 열 일곱 살의 앨리스 먼로에 이르기까지, 그녀들은 한결같이 이마를 맞대고 싫증도 없이 가문의 내력이나 아기 낳는 얘기에 열중하고 있었다. 이런 의논이 있음으로 해서, 이런 모임은 대단히 유쾌하기도 했고 또 각자에게 도움이 되기도 했다.

그 한 떼에게 모멸에 찬 시선을 던지고 스카알렛은, 그들이 마치 뚱뚱한 까마귀 떼 같다고 생각했다. 기혼 여인들은 깔깔거리고 재미있게 웃을 수도 없이 되어 있는 것이다. 그러니까 그녀 역시 애실리와 결혼하면 자동적으로 그 한 떼의 무리 속에 끼게 되고, 수수한 옷차림을 한 점잖은 부인들과 함께 정자나 객석에 처박혀 그녀들과 똑같이 수수하고 굼뜬 모양으로, 유쾌하게 장난치는 무리에서 쫓겨나야 했지만 그녀는 거기까지는 생각하지 않았다. 많은 처녀들과 마찬가지로, 그녀의 상상 또한 그녀를 결혼식의 자리에까지밖에 데려가 주지 않고, 그리고 나서의 앞일에까지는 미치지 못했다. 그리고 지금 그녀는 천천히 몽상을 좇고 있을 만큼 행복하지도 않았다.

그녀는 접시에 눈길을 떨구고 아름다운 손놀림으로 크래커 한 조각을 조금씩 깨물었다. 그러나 식욕은 전혀 없었다. 그러니까 만일 이 자리의 광경을 마미가 보았다면, 무척 기뻐했을 것이다. 주체 못할 만큼 많은 청년들에게 둘러싸여 있기는 했지만, 이때만큼 자기가 초라하게 생각된 일은 지금까지 한 번도 없었다. 어째선지는 몰랐지만 그녀의 어젯밤 계획은, 최소한 애실리에 관한 한 완전히 실패였던 것이다. 다스로 셀 만큼의 청년을 끌 수는 있었지만, 애실리를 끌 수는 없었다. 어제 오후 고민한 그 불안이 또다시 마음에 되살아나서 심장의 고동은 불규칙하게 빨라졌다 늦어졌다 하고, 볼은 빨갛게 달아올랐다가 다시 백지장처럼 창백해지곤 했다.

애실리는 그녀를 둘러싼 축에 끼려고도 하지 않았다. 사실 이곳에 온 뒤 그와 단 둘이 이야기할 기회가 없는 것은 고사하고 처음에 잠깐 인사를 나누었을 뿐, 그 이후로 말조차 나누지 못했다. 그는 스카알렛의 뒤꼍으로 나왔을 때 그녀를 환영하기 위해 앞으로 나서려고 했지만 그 팔에는 멜라니가, 그의 어깨에 간신히 닿을까 말까한 저 멜라니가 매달려 있었던 것이다.

멜라니는 체구가 작고 연약한 아가씨로 마치 어머니의 커다란 후프 스커트로 어른 흉내를 낸 아이처럼 보였다. 그리고 이 착각은 그 지나치게 큰 갈색 눈의 쭈뼛쭈뼛한, 뭔가 늘 겁을 집어먹고 있는 것 같은 표정에 의해 더 한층 두드러졌다. 곱슬곱슬 물결치는 검은 머리는 헤어 네트를 썼기 때문에 한 올의 머리카락도 흩어진 게 없었고, 수수한 모양으로 손질한 그 머리 모양이 그녀의 얼굴을 더 한층 하트형(型)으로 보이게 했다. 광대뼈 사이가 너무 넓고 턱이 지나치게 뾰족하여 사랑스럽고 내성적인 것같이 보이긴 했지만, 평범한 얼굴이었다. 그러나 그녀는 보는 사람에게 그 평범함을 감추기 위해 아름다운 기교를 부리거나 하는 노력을 전연 하지 않고 있었다. 그녀는 대지(大地)처럼 단순했고 빵처럼 선량했고 봄의 물처럼 투명하게 보였는데——또 사실이 그랬다. 그러나 용모가 평범하고 몸집은 빈약했지만 그녀의 몸가짐에는 차분한 품위가 있었고 그게 이상하게도 사람을 이끌었으며 열 일곱이라는 나이에 비해 훨씬 조숙하게 보였다.

앵두빛 공단 새시가 달려 있는 오건디의 잿빛 드레스는 그 장식이나 주름에 의해, 발육이 불완전한 그녀의 앳된 육체를 감싸 주고, 긴 앵두빛의 장식 끈이 달려 있는 노오란 모자는 그 크림빛 살갗을 싱싱하게 돋보여 주었다. 금으로 테를 입힌 긴 귀걸이가 네트로 착 눌러붙인 머리 밑으로 늘어져, 갈색 눈에 닿을 정도로 흔들리고 있었다. 그 눈은 갈색 낙엽이 조용한 수면에 비쳐서 반짝일 때의, 겨울 숲 속의 연못과 같은 안정된 광채를 보여 주고 있었다.

그녀는 스카알렛에게 인사하면서 조심스럽게 호의가 깃든 미소를 띄우고, 스카알렛의 초록빛 옷이 여간 아름답지 않다고 말했다. 그러나 애실리와 단 둘이 얘기하는 것만을 간절히 원하고 있었던 스카알렛은 겨우 예의에 벗어나지 않는 대꾸를 하는 게 고작이었다. 애실리는 그 무렵부터 다른 손님들에게서 떨어져, 멜라니 발 밑의 낮은 의자에 걸터앉아, 스카알렛이 좋아하는 그 그윽한 꿈을 꾸는 듯한 미소를 띠우고 조용히 멜라니와 얘기하고 있었다. 무엇보다도 화가 난 것은 그가 미소지을 때마다 조그만 불꽃이 멜라니의 눈에 반짝이고, 그리고 그럴 때의 멜라니는 스카알렛조차 아름답다고 생각하지 않을 수 없는 일이었다. 멜라니가 애실리를 볼 때에는, 그 평범한 얼굴이 흡사 마음에 불타고 있는 불길로 환히 비춰진 것처럼 빛났다. 만일 사랑의 마음이 얼굴에 그 모습을 나타낸다면, 지금의 멜라니 해밀턴의 얼굴이야말로 바로 그것이 나타나 있었다.

스카알렛은 그런 두 사람에게서 눈길을 돌리려고 애썼으나 돌릴 수가 없었다. 그리고 두 사람 쪽을 훔쳐본 다음에는 둘러싼 기사들을 상대로 웃고, 대담한 말을 하고, 희롱하고, 그들의 찬사에 귀걸이가 춤출 만큼 머리를 흔들며 더욱 명랑하게 수선을 떨었다. 그리고 몇 번이나「거짓말이에요!」하던가,「당신들의 말에는 진실성이 없기 때문에 누구의 말이든 난 이제 절대로 신용 않겠어요.」하고 소리치기도 했다. 그러나 애실리는 전연 그녀의 일 따위엔 관심도 없는 것 같았다. 그는 다만 멜라니만을 올려다보면서 이야기하고, 멜라니 또한 자기야말로 이 사람의 것이라는 표정으로 얼굴을 빛내면서 그를 내려다보고 있었다. 스카알렛은 비참했다.

다른 사람들의 눈으로 보면, 그녀만큼 비참해질 원인이 없는 처녀도 달리 없을 것이라고 생각되었으리라. 그녀는 의심할 것도 없이 원유회의 스타 같은 존재였고 관심의 초점이었다. 그녀가 청년들 사이에 불러일으킨 열광과 그것에 의해 다른 아가씨들 마음에 일어난 질투는 만일 이런 경우가 아니었다면 충분히 그녀를 만족하게 해주었으리라.

그녀의 달콤한 말로 용기를 얻은 찰즈 해밀턴은 스카알렛의 오른쪽에 바싹 자리를 잡고 앉아서, 쌍동이 탈레턴 형제가 힘을 모아 밀어내려고 하는 걸 버티고 있었다. 그리고 한손에 그녀의 부채를 들고 또 한 손엔 손도 대지 않은 불고기 접시를 들고, 금방이라도 울음을 터뜨릴 것만 같이 이쪽을 보고 있는 약혼자인 하니의 눈과 마주치는 걸 열심히 피하고 있었다. 캐이드논 점잖게 그녀의 왼쪽에 기대앉아, 관심을 끌기 위해 그녀의 스커트를 잡아당기거나 험악한 눈초리로 스튜어트를 노려보았다. 이미 그와 탈레턴네의 쌍동이 형제와의 사이에는 험악한 공기가 감돌고 거친 말이 오가고 있었다. 프랭크 케네디는 맛있는 요리로 스카알렛의 비위를 맞추려고 병아리 품은 암탉처럼 분주히 참나무 그늘과 테이블 사이를 왔다갔다 뛰어다녔고, 그런 심부름을 시키기 위해 준비된 한 다스 가량의 노예의 존재도 완전히 잊고 있는 것 같았다. 그 결과 너무나 분해 그만 숙녀의 에티켓을 잊은 스월렌은 똑바로 스카알렛을 쏘아보고 있었다. 작은 캐린은 금방 울음을 터뜨릴 것 같은 표정이었다. 왜냐하면 그 날 아침 스카알렛이 그렇듯 듣기 좋은 말을 해주었는데도, 브렌트는『오, 캐린!』하고 머리의 리본을 살짝 잡아당겨 주었을 뿐, 모든 관심을 스카알렛에게만 보내고 말았기 때문이다. 평소엔 그렇듯 친절하고 무뚝뚝한 중에서도 경의(敬意)를 가지고 대해 주었는데, 그리고 그렇기 때문에 그녀는 자기가 벌써 숙성한 한 사람의 처녀가 된 것처럼 머리를 올리고 스커트를 길게 하고, 그를 참된 애인으로 받아들일 날이 오는걸 남몰래 꿈꾸고 있었는데 이제 브렌트는 스카알렛한테 빼앗기고 만 것이다. 먼로네의 아가씨들도 가무잡잡한 폰텐네의 아들들의 배신을 괘씸하게 여기면서도 그걸 얼굴에 나타내진 않았다. 그렇긴 해도 스카알렛을 둘러싼 한 패 속에 있는 토니와 알렉스가, 누군가가 일어나기만 하면 그것을 노려 스카알렛 옆으로 끼어들려고 하는 걸 보고 우울해지지 않을 수 없었다.

그녀들은 눈썹을 미묘하게 움직여, 스카알렛의 행동에 대한 비난을 해티 탈레턴에게 눈짓으로 보냈다. 『너무 해!』할 수밖에는, 스카알렛에게 할 말이 없었다. 세 젊은 아가씨가 동시에 레이스의 파라솔을 펼쳤다. 그리고 가까이 있던 청년의 팔에 가볍게 손가락을 대고, 덕분에 충분히 음식을 먹었으니까 이번엔 장미밭이나 분수나 정자 쪽으로 가 보고 싶다고 상냥하게 부탁했다. 질서 정연한 이 전략적 후퇴를 그 근처에 있던 부인들은 누구나 눈치로 알았지만, 남자들은 하나도 깨닫지 못했다.

세 청년이 자기의 매력권으로부터 끌려나가, 누구나 아이들 시절부터 잘 알고 있는 경계표(境界標) 근처를 탐험하러 간 것을 보고 스카알렛은 킥킥 웃었다. 그리고 눈을 들어 애실리는 어떤 반응을 나타내는가 날카롭게 그를 보았다. 그러나 그는 멜라니의 새시 끝을 만지작거리면서 그녀를 올려다보며 미소짓고 있을 뿐이었다. 스카알렛의 가슴은 아팠다. 그녀는 멜라니의 상아 같은 살갗을, 피가 내밸 만큼 할퀴어 준다면 얼마나 통쾌할까 생각했다.

멜라니에게서 시선을 돌렸을 때, 그녀는 레트 버틀러의 눈길과 부딪쳤다. 그는 군중 속에 섞이지 않고, 한쪽에 떨어져서 존 윌크스 씨와 선 채 얘기를 하고 있었다. 그리고 이제까지 쭉 스카알렛을 지켜보고 있었던 모양으로, 그녀와 눈길이 마주치자 버릇없이 히죽 웃었다. 자기의 거친 쾌활성 이면에 무엇이 숨어 있는지 알고 있는 건 사교계에서 쫓겨난 저 사나이뿐이고, 더구나 그것이 그 사나이에게 짓궂은 즐거움을 주고 있는 것이라고 생각하자, 스카알렛은 갑자기 견딜 수 없이 불안해졌다. 할 수만 있다면 그 사나이도 할퀴어 주고 싶었다. 『이 원유회에서 오후까지 견딜 수만 있다면.』그녀는 생각했다. 『여자들은 모두 오늘 밤 파티를 위해 낮잠을 자러 이층으로 간다. 그러면 나는 아래층에 있다가 애실리를 붙잡아야지. 내가 얼마나 남자들의 인기를 끌고 있는지는 그 사람도 충분히 알았을 거야.』그리고 또 이런 희망으로 자기 마음을 위로했다. 『그이가 멜라니를 소중히 여기는 것은, 뭐니뭐니해도 멜라니가 그이와 사촌이기 때문이고 그리고 멜라니가 남자들에게 조금도 인기가 없기 때문이야. 그이라도 상대를 해주지 않는다면, 멜라니는 외톨박이로 있어야만 되니까.』

이렇게 생각함으로써 새로운 용기를 얻은 그녀는, 찰즈에게 전보다 더욱 다정하게 했다. 그는 갈색 눈을 빛내며 열심히 그녀의 눈을 쳐다보았다. 그 날은 찰즈에겐 참으로 희한한 날이었고 꿈만 같은 날이었다. 그는 도무지 아무런 힘도 안 들이고 쉽게 스카알렛과 사랑에 빠지고 만 것이다. 이 새로운 감동 앞에선 하니의 모습 같은 건, 흐릿한 안개 속으로 사라져 버렸다. 하니는 한낱 쨋쨋거리는 참새에 지나지 않았고, 스카알렛이야말로 찬란한 벌새였다. 스카알렛은 그를 놀리기도 하고 애교를 떨며 그에게 질문을 하고선 자기가 그 대답을 하곤 했다. 그래서 그는 한 마디도 입을 열지 않고도 아주 재치가 있는 것처럼 보일 수가 있었다. 다른 청년들은 그녀가 찰즈에 대한 흥미를 노골적으로 나타냈기 때문에 어이가 없어 화가 잔뜩 치밀었다. 찰즈가 여자에겐 아주 수줍어하고 계속해서 두 마디도 말을 못 한다는 것을 그들은 잘 알고 있었기 때문이다. 예의상 점점 치밀어오르는 화를 누르려고 했지만 그러나 그것을 누르는 데는 꽤 힘이 들었다. 모두 짜증스러워하고 있었다. 그건 애실리 문제만 제외하면, 그야말로 스카알렛의 완전한 승리가 분명했다.

돼지고기와 닭고기와 양고기의 마지막 한 숟갈을 먹고 났을 때, 스카알렛은 빨리 인디어가 일어나 부인들에게 집에 들어가 휴식하도록 전해 주었으면, 하고 생각했다. 벌써 두 시였다. 햇볕은 머리 위에 쏟아져 더웠지만 사흘에 걸친 잔치 준비에 지친 인디어는 나무 그늘에 앉아 있는 것만도 몹시 기쁜 모양으로, 페이에트빌에서 찾아온 귀머거리 노신사에게 커다란 목소리로 뭔가 떠들며 좀처럼 일어날 기색이 아니었다.

나른한 졸음이 사람들을 엄습했다. 검둥이들이 요리를 차려 놓았던 긴 테이블을 천천히 치우기 시작했다. 웃음 소리와 얘기 소리도 조용해지고 이곳저곳에 모인 사람들은 입을 다물었다. 여주인 대신인 인디어가 아침 연회가 끝났음을 알리기를 고대하고 있었다. 종려잎 부채의 움직임도 느려지고 몇 명의 신사는 더위와 포식 때문에 꾸벅꾸벅 졸기 시작했다. 파티는 끝난 것이다. 누구나가 해가 머리 위에 있을 동안엔 푹 쉬고 싶다고 생각하고 있었다.

아침 파티와 밤 무도회의 중간엔 누구나가 느긋하고 한가롭고 태평해 보였다. 단지 바로 직전까지 모든 사람들에게 넘치고 있던 활기를 잃지 않고 있는 것은 청년들뿐이었다. 부드러운 말투로 얘기하면서, 이 패에서 저 패로 돌아다니고 있는 청년들은 흡사 혈통 좋은 종마처럼 아름답고 그리고 그것처럼 위험해 보였다. 한낮의 나른함이 사람들을 지배하고 있었지만, 그러나 그 나른함의 밑바닥에는 즉각적으로 불이 붙고 순식간에 살인적인 높이에까지 불타오르는 격렬한 성질이 있었다. 청년도 처녀도 하나같이 아름답고 야성적이었다. 유쾌한 듯하긴 했지만, 모두 얼마간 광포했고 단지 약간 길들여져 있을 뿐이었다.

시간이 지루하게 지남에 따라 햇빛은 더욱더 뜨거워졌다. 스카알렛도 다른 사람들도 또다시 인디어 쪽을 바라보았다. 얘기 소리는 완전히 끊겼다. 그때 그 근처에 있던 모든 사람들은 격렬한 말투로 고함치고 있는 제랄드의 목소리를 들었다. 그는 파티의 테이블에서 좀 떨어진 곳에 서 있었는데, 존 윌크스와의 이야기가 바야흐로 최고조에 달하고 있었던 것이다.

「무슨 소리요! 양키와의 평화적 해결을 신에게 빌겠다는 거요? 우리는 벌써 섬터 요새에서 양키 악한들과 전투를 시작하지 않았소. 평화적 해결이라니 무슨 소리요? 남부는 모욕에 참을 수 없다는 것과, 그리고 연방으로부터 남부가 분리하는 건 남부의 호의에서가 아니라, 남부의 실력에 의한 것이라고 무력으로 보여 줘야 한단 말이오!」

『아아, 야단났다!』스카알렛은 생각했다. 『드디어 시작했으니 말야! 그럼 모두들 밤중까지 이러고 앉아 있게 되려나?』

졸음은 순식간에, 축 늘어진 군중들 사이에서 달아나고 말았다. 뭔가 번갯불 같은 것이 공중을 번쩍 스치고 지나갔다. 남자들은 의자와 자리에서 벌떡 일어났다. 팔을 크게 내두르며, 다른 목소리를 압도하고 자기 목소리를 들려 주려고 목소리와 목소리가 부딪쳤다. 아침 나절엔 정치 얘기나 박두한 전쟁 얘기 같은 것은 전혀 나오지 않았는데, 그건 부인들을 심심하지 않게 하려는 윌크스 씨의 특별 배려로, 사람들에게 부탁하여 그 화제를 피하고 있었던 까닭이다. 그러나 제랄드가 섬터 요새라는 말을 외친 지금에 와선 남자들은 모두 이집 주인의 충고를 잊고 말았다.

「물론 우리들은 싸운다.」「양키 도둑놈들 같으니.」「한 달이면 넉넉히 해치울 수 있어.」「그까짓, 한 사람의 남부 사람이면 스무 명의 양키는 상대할 수 있어.」「좀처럼 잊지 못할 교훈을 안겨 주자.」「평화적이라고? 평화적으로 해결하지 않는 건 놈들이 아냐!」「링컨이 어떻게 남부위원(委員)들을 모욕했는지 생각해 봐!」「그렇다, 놈은 섬터 요새를 내주겠다고 맹세를 하면서 남부의 위원을 몇 주일씩이나 묶어 두었어!」「놈들은 전쟁을 원하고 있어. 그러니까 싫도록 전쟁 맛을 보여 주어야 해.」이러한 갖은 목소리를 제압하고 제랄드의 목소리가 한층 드높게 울려 퍼졌다. 그러나 스카알렛이 들을 수 있었던 것은, 되풀이 외쳐진「주권(州權)의 독립!」이라는 말뿐이었다. 제랄드로선 유쾌한 시간이지만 전쟁이니, 이런 말은 너무나 귀 아프도록 들었기 때문에, 훨씬 전부터 스카알렛은 지겨워 견딜 수 없는 것이었지만, 지금은 그 말소리조차 미웠다. 왜냐하면 그건 남자들이 거기에 서서 몇 시간이고 번갈아 가며 연설을 하는 걸 의미했으며, 따라서 애실리를 붙잡을 기회가 점점 적어지는 셈이었기 때문이다. 물론 전쟁 따윈 일어날 까닭이 없다. 남자들도 모두 그건 알고 있는 것이다. 그들은 단지 전쟁을 화제로 삼아, 서로 듣고 들려 주는 게 좋을 뿐인 것이다.

찰즈 해밀턴은 다른 청년들과 함께 일어나지 않았다. 그리고 스카알렛과 거의 단 둘만이 된 것을 알자, 그녀 쪽으로 몸을 바싹 대고 새로운 사랑이 낳은 대담성으로 속삭였다.

「저 오하라 양. 전…… 전, 벌써 결심하고 있읍니다. 만일 전쟁이 시작되면, 전 남 캐롤라이나로 가서 기병대에 참가할 작정입니다. 웨이드 햄턴 씨가 그곳에서 기병대를 편성하고 있다는 말을 들었지요. 그러니까 저는 물론 햄턴 씨와 함께 갈 작정이지요. 햄턴 씨는 매우 훌륭한 사람입니다. 저의 아버지 친구분이시죠.」

스카알렛은『이 사람은 대관절 나보고 어쩌라는 걸까? 박수라도 쳐 달라는 걸까?』하고 생각했다. 왜냐하면 찰즈는 대담하게 마음의 비밀을 털어놓겠다는 듯이, 몹시 진지한 표정을 짓고 있었기 때문이다. 그녀는 뭐라 대답해야 좋을지 몰라, 마음 속으로 여자가 그런 일에 흥미를 가진다고 생각하다니 남자란 얼마나 어리석은가! 이상히 생각하면서 찰즈의 얼굴을 물끄러미 바라보았다. 그는 그 침묵을 그녀가 자기의 결심에 감동하여 말도 할 수 없게 된 거라고 여겼기 때문에 다시 빠른 말투로 단호하게 이어나갔다.

「제가 출정하면, 당신은, 당신은 슬퍼해 주시겠읍니까? 미스 오하라?」

「전 틀림없이 매일 밤 베개가 젖도록 울 거예요.」하고 극히 가벼운 의미로 스카알렛은 말했는데, 찰즈는 액면 그대로 받아들이고 기뻐 얼굴을 붉혔다. 그녀의 손은 드레스의 주름 속에 숨겨져 있었다. 그는 조심스럽게 손을 드레스 주름 속으로 넣어 스카알렛의 손을 꼬옥 잡았다. 그리고 자기의 대담성과 그녀가 순순히 응해 주는 데 완전히 감동하고 말았다.

「저를 위해 기도해 주겠읍니까?」

『이런 얼간이 좀 봐!』하고 스카알렛은 따분하게 생각했다. 그리고 빨리 이런 대화에서 구원해 주는 사람은 없을까 하고 살며시 주위를 둘러보았다.

「네, 기도해 주시겠읍니까?」

「네?…… 네, 기도하고 말고요, 해밀턴 씨. 적어도 하룻밤에 세 번씩 당신을 위해 기도드리겠어요!」

찰즈는 재빨리 사방에 눈길을 보냈다. 숨을 들이마시고 위장 근육을 긴장시켰다. 거의 단 둘만이라고 할 수 있는, 이런 기회가 또 있으리라고는 생각되지 않았다. 가령 다시 한 번 이런 신의 자비로 베풀어진 기회가 온다 해도, 그때는 어쩌면 용기가 솟지 않을지도 모른다.

「오하라 양, 저는 당신에게 꼭 해야 할 말이 있읍니다. 전…… 전, 당신을 사랑하고 있읍니다!」

「네!」하고 토론애 열을 올리고 있는 군중 속에서, 또 멜라니의 발 밑에 앉아 얘기하고 있을 애실리의 모습을 찾아내려고 애쓰면서 스카알렛은 건성 대답했다.

「당신을 사랑하고 있읍니다!」찰즈는 속삭였다. 그가 지금까지 한 상상으로는 젊은 처녀란 이런 경우 반드시 웃거나 외치거나 기절하거나 하는 것이 상식인데, 스카알렛은 그러지 않았기 때문에 그는 몹시 기뻤다. 「저는 당신을 사랑합니다! 당신은 가장, 가장…….」그는 난생 처음으로 혀가 마음대로 움직였다. 「제가 지금까지 본 중에서 가장 아름다운 분입니다. 가장 다정하고 가장 친절한 분입니다. 가장 사랑스러운 모습을 갖고 계십니다. 저는 저의 마음 전부를 바쳐서 당신을 사랑합니다. 당신이 저 같은 남자를 사랑해 주리라고 바랄 수는 없어요. 하지만 오하라 양, 만일에 당신이 저에게 조금이라도 희망을 주신다면, 저는 당신에게서 사랑을 받기 위해 어떤 짓이라도 할 작정입니다. 저는…….」

찰즈는 말을 끊었다. 자기 정열의 깊이를 스카알렛에게 증명하는 것이 그렇게 힘든 일이 아니라고 생각되었기 때문이다. 그래서 그는 간단히 잘라 말했다.

「저는 당신과 결혼하고 싶읍니다.」

결혼? 그 말을 듣자 스카알렛은, 퍼뜩 자기 정신으로 돌아왔다. 그때까지 결혼을, 그리고 애실리를 생각하고 있던 그녀는 참을 수 없는 초조감을 느끼면서 찰즈를 바라보았다. 자기가 미칠 것처럼 고민하고 있는 바로 오늘, 왜 이 송아지 같은 얼간이는 이런 기분을 떠맡기려고 하는 걸까. 그녀는 그의 진정을 호소하는 갈색 눈을 바라보았다. 그러나 그녀는 거기에서 수줍은 청년의 첫사랑의 아름다움도, 이상이 현실로 나타난 것에 대한 감탄도, 불길처럼 전신을 태우는 진한 애정도 볼 수가 없었다. 스카알렛은 결혼을 청하는 남자의 속삭임에는 익숙해 있었다. 그러나 그것은 찰즈 해밀턴보다는 훨씬 매력이 있고, 그리고 그녀가 보다 중대한 문제로 괴로와하고 있는 이런 바베큐의 모임 같은 자리에서 구혼하는 얼간이 짓은 하지 않는, 좀더 재치 있는 청년들이었다. 그녀의 눈에 비친 것은, 단지 홍당무우처럼 얼굴을 붉힌, 자못 우둔하게 보이는 스무 살의 청년이었다. 얼마나 그가 어리석게 보이는가를 말해 주고 싶었지만, 그러나 입 밖에 나온 말은 엘렌이 이런 경우에는 이렇게 대답해야 된다고 가르쳐 준 말이 절로 입술에서 나왔다. 오랜 동안의 습관으로 눈을 내리깔면서 그녀는 작은 목소리로 말했다. 「해밀턴 씨, 그렇게 말씀해 주시니, 전 정말 고마와요. 하지만 너무 갑작스런 일이어서 뭐라 대답해야 좋을지 모르겠어요.」

이건 남자의 허영심을 누그러뜨리고, 게다가 계속해서 남자를 낚아 두기에는 참으로 적절한 말이었다. 찰즈에겐 이 같은 미끼는 전혀 색다른 것이었다. 그러기 때문에 그는 자기가 그것에 걸려든 최초의 인간이기나 한 듯 바짝 달라붙었다.

「전 언제까지라도 기다리고 있겠읍니다! 당신의 결심이 설때까진 결혼할 생각은 하지 않겠어요. 단지, 아무쪼록 오하라 양, 그것에 희망을 두어도 좋은지 어떤지, 그것만 말씀해 주십시오.」

「네.」하고 스카알렛은 말했다. 그녀의 날카로운 시선은, 일어나 전쟁 얘기에 끼려고도 않고 아직도 멜라니를 올려다보며 미소짓고 있는 애실리에게 쏟아지고 있었다. 만일 자기 손을 잡고 있는 이 멍청이가 잠깐 동안이라도 조용히 해준다면, 저 두 사람이 하는 얘기를 들을 수 있을 텐데, 무엇을 얘기하고 있는지 그녀는 들을 필요가 있었다. 그가 저렇듯 재미있어하는 눈빛인데 대관절 멜라니는 어떤 이야기를 하고 있는 걸까.

그런데 다시금 찰즈의 말이, 그녀가 열심히 들으려 하고 있는 애실리의 목소리를 흐트러 놓았다.

「쉬, 가만히 있어요!」하고 그녀는 그의 손을 꼬집어 제지하고, 찰즈는 거들떠보지도 않았다.

그녀의 나무라는 소리에 찰즈는 처음, 딱지맞은 것이 아닌가 하고 깜짝 놀라 어리둥절해 빨개졌으나 다음 순간 곧 그녀의 눈이 자기의 누이동생 멜라니에게 가 있는 것을 알고는 안심한 듯 미소를 지었다. 그의 말을 누가 엿듣지 않는가, 스카알렛은 그걸 겁내고 있다. 처녀다운 부끄러움과 수치심으로 남에게 들리는 것을 몹시 겁내고 있다. 찰즈는 그렇게 생각했다. 그러자 이제까지 한 번도 경험한 일이 없는 우월감이 파도처럼 온 몸에 넘쳐 오는 것을 느꼈다. 젊은 처녀를, 이런 식으로 부끄럽게 하도록 만든 건, 이것이 난생 처음이었기 때문이다.

가슴의 고동은 더욱 격심해졌다. 그는 스스로, 이것이 태연하고 무관심한 표정이다라고 생각되는 표정을 얼굴에 띄고, 처녀 마음에서 우러나온 비난 따윈 얼마든지 이해하고 받아들일 아량이 있다는 것을 과시하기 위해 살며시 스카알렛의 손을 되꼬집었다.

그러나 그녀는 꼬집힌 것조차 느끼지 못했다. 멜라니의 중요한 매력인 다정한 목소리를, 그때 그녀는 똑똑히 들을 수가 있었기 때문이다.

「전, 삭커리의 작풍에 대해선, 당신의 주장에 찬성할 수 없어요. 그 사람은 풍자가예요. 틀림없이 디킨즈 같은 신사는 아닐 거라고 생각해요.」

남자에게 무슨 시시한 소리를 하고 있는 걸까, 하고 스카알렛은 긴장이 풀어짐과 동시에 하마터면 킬킬 웃음이 터질 뻔했다. 정말 멜라니는 되지 못하게 학자인 체하는 여자이구나. 그러나 남자가 아는 체하는 여자를 어떻게 생각할까 하는 흥미를 지속시키는 방법은 우선 그 남자에 대해서 이야기해야 한다. 그러고 나서 화제를 서서히 자기 쪽으로 끌어온다. 그리하여 언제까지나 그렇게 두는 것이다. 그러니까 만일 멜라니가, 이를테면 『당신은 참 멋져요!』했다든가 『어머, 어쩌면 당신은 그렇게 멋진 일을 생각하셔요? 그런 걸 생각만 하려 해도 제 빈약하고 낡아 빠진 머리는 마치 쪼개질 것만 같은데!』하고 말했다면 스카알렛은 이건 경계해야 할 일이라고 생각했을지 모른다. 그런데 멜라니는 발밑에 앉아 있는 남자에게 마치 교회에라도 간 것 같은 따분한 얘기를 하고 있지 않은가. 스카알렛은 눈 앞이 환히 밝아지는 것을 느꼈다. 희망에 빛나는 눈을 찰즈에게 돌리고, 진심으로 기쁨에 넘친 미소를 지을 만큼. 그러자, 이것을 자기에 대한 애정의 표시라고 생각한 그는 더욱더 우쭐해져 그녀의 부채를 빼앗아 정신없이 펄럭펄럭 부쳐 주었다. 그녀의 머리카락이 멋대로 흩어져 나부꼈다.

「애실리, 자네는 아직 우리에게 의견을 말하지 않았네.」하고 시끄럽게 떠들어 대고 있는 남자들 무리 속에서 짐 탈레턴이 고개를 돌리고 말했다. 애실리는 멜라니에게 뭔가 변명을 하면서 일어났다. 그 꾸밈없는 태도가 얼마나 멋진가, 그리고 그의 금발과 수염이 태양빛에 얼마나 아름답게 빛나는가, 하고 황홀하게 바라보면서, 그만큼 잘생긴 청년은 이곳에 또 없을 것이라고 스카알렛은 생각했다. 나이 먹은 패들까지 입을 다물고 그의 말에 귀를 기울였다.

「신사 여러분, 만일 조지아 주가 싸운다면 저도 주와 함께 싸우겠읍니다. 제가 기병대에 가입한 것도 결국은 그 때문이 아니었읍니까!」하고 그는 말했다. 그의 잿빛 눈은 커다랗게 떠지고, 권태로운 태도 같은 건, 스카알렛이 이제껏 한 번도 본 일이 없는 열정으로 깨끗이 씻겨 있었다. 「그러나 저도 또한 아버지와 마찬가지로, 가능하다면 우리들이 평화적으로 북부에서 분리하기를, 그리고

전쟁이 일어나지 않기를 희망하고 있읍니다.」 폰텐네와 탈레턴네의 청년들이
뭔가 지마다 외치기 시작했기 때문에, 그는 웃으면서 손을 들어 그걸 제지했다.
「그래요, 그래요. 우리가 모욕을 받고 속은 것은 저도 잘 알고 있어요. 하지만
만일 우리들이 입장을 바꾸어 북부의 입장에 서고, 연방에서 분리하려고 하는
남부를 바라보았다고 한다면, 과연 어떤 행동을 취할까요? 결국, 현재 북부가
취하고 있는 그런 태도를 취하지 않을 수 없으리라고 생각됩니다. 아마도 쉽게
분리를 승인하지는 않을 거라고…….」

『또 시작했어.』 하고 스카알렛은 생각했다. 『저이는 언제든지 남의 입장에
서서 모든 일을 생각하나 봐.』 그녀에게는 한 가지 일을 논의할 경우 옳은 쪽은
하나밖에 있을 수 없었다. 아뭏든 애실리에겐 때때로 이해할 수 없는 점이 있
었다.

「너무 흥분하지 말고, 될수록 전쟁은 피하여야 한다고 생각합니다. 세계의 비
극의 대부분은, 오로지 전쟁이 원인이니까요. 더구나 전쟁이 끝나고 나면, 무엇
때문에 전쟁을 했는지조차 아무도 알 수 없는 것이 통례입니다.」

스카알렛은 흐흥 했다. 애실리가 용감한 청년이라는 정평은 그에게 다행이
었다. 그렇지 않았다면 지금쯤 틀림없이 한바탕 소동이 일어났을 것이기 때문
이다. 그녀가 이런 생각에 잠겨 있으려니, 이의를 내세우는 반대의 외침이 분
연하게, 격렬하게 애실리의 주위에서 일어났다.

정자 앞에선 페이에트빌에서 온 귀머거리 노신사가 인디어를 붙잡고 물어보
고 있었다.

「대체 어쨌다는 거지? 무슨 말을 하고 있나?」

「전쟁 얘기예요!」 하고 손을 노인의 귀에 대고 그녀는 소리쳤다. 「모두들 북
부하고 전쟁해야 한대요!」

「뭐? 전쟁!」 노인은 마주 소리쳤다. 그리고 손으로 더듬어 옆의 단장을 잡
더니 몇 년 동안 나타내 본 일이 없을 것 같은 기세로 의자에서 벌떡 일어났다.
「전쟁에 대해서라면 내가 말해 주마. 나는 전쟁터에 나간 일이 있어.」 언제나 가
족들에게 제지를 당하기 때문에, 이 마크레이 노인이 전쟁 얘기를 말할 기회는
지금까지 거의 없었던 것이다.

그는 단장을 휘두르고 소리치며, 급히 사람들 쪽으로 발을 끌면서 갔다. 그리
고 주위의 소리가 들리지 않기 때문에, 당장에 두말 할 것 없이 그 장소를 독차
지하고 말았다.

「자네들 혈기 왕성한 젊은이들은 내 말을 잘 들어요. 자네들은 절대로 전쟁을
바래선 안 돼. 난 전쟁에 나간 적이 있기 때문에 잘 알고 있지. 난 세미놀 전쟁에

도 나간 일이 있고 멕시코 전쟁에도 참가한 철부지였어. 대관절 자네들은 전쟁이 어떤 것인지 알고나 있나? 자네들은 전쟁이라니까 뭐 훌륭한 말이나 타고 처녀들이 던져 주는 꽃이나 받고 씩씩하게 개선하는 일만 생각하는 모양인데, 사실 진짜 전쟁은 그런 게 아니야. 단연코 그런 게 아니란 말야. 전쟁이란 배가 고픈 거야. 질척한 땅에서 자기 때문에 습진에 걸리지. 폐렴에 걸리는 거야. 습진이나 폐렴에 걸리지 않으면 장에 탈이 나. 전쟁에서 배탈이 난다는 것은, 여기서 말이지만, 이질이니 하는 그런 것이…….」

부인들은 얼굴을 붉혔다. 이 늙은 마크레이 씨는, 주위의 빈축 같은 건 아랑곳없이 공공연하게 트림을 하는 폰텐네 할머니와 마찬가지로 저 야만스런 시대, 누구나 잊어버리고 싶어하는 시대를 상기시키는 인물 중의 하나였다.

「빨리 할아버지를 모셔와!」하고 그 노신사의 딸은 곁에 서 있는 어린 계집애에게 작은 목소리로 일렀다. 그리고「정말이지…….」하고 주위에 있는 부인들에게 속삭였다. 「아버지는 날이 갈수록 주착이 심해져요. 글쎄 오늘 아침만 해도 겨우 열 여섯 살 난 메어리를 붙잡고 이런 말을 하시지 않겠어요? 『얘, 아가야……』」그 목소리는 알아들을 수 없는 나직한 속삭임으로 바뀌었다. 손녀딸은 마크레이 씨를 나무 그늘에 있는 자리로 데려오기 위해 뛰어갔다.

나무 그늘에 둥글게 자리잡고 있던 사람들은 아가씨들조차 흥분된 미소를 띄웠고, 남자들은 열심히 토론을 벌이고 있었지만, 그 가운데서 단 한 사람만이 냉정을 지키고 있는 남자가 있었다. 스카알렛의 눈은, 나무에 몸을 의지하고 두 손을 깊숙이 호주머니에 찌르고 있는 레트 버틀러에게 머물렀다. 그는 윌크스 씨가 곁을 떠난 뒤 거기에 혼자 선 채, 차츰 열기를 더해 가는 이야기에도 말 한 마디 끼어들려고 하지 않았다. 짧게 기른 검은 콧수염 아래 붉은 입술을 꽉 다물고, 그 검은 눈에는 재미있어하는 듯한 경멸의 빛으로, 마치 아이들의 허황한 소리를 듣고 어른이 떠올리는 그 경멸의 빛이 어려 있었다. 얼마나 얄미운 웃음인가, 스카알렛은 생각했다. 그는 스튜어트 탈레턴이 붉은 머리를 흩날리고 눈을 번뜩이며, 되풀이하여 다음과 같이 외칠 때까지 조용히 듣고 있었다. 「그까짓, 우리들은 한 달이면 그 놈들을 해치울 수가 있어! 신사가 어중이떠중이보다 전쟁에선 잘 싸워. 한 번 싸움을 벌이기만 하면…….」

「신사 여러분!」하고 레트 버틀러가 입을 열었다. 그 의젓한 말투는 그가 찰스턴 태생의 인간임을 말해 주고 있었다. 그는 기댄 나무에서 몸을 일으키려고도 하지 않고, 또 손을 호주머니에서 빼려고도 하지 않았다.

「한 마디 말해 볼까요?」

눈빛뿐만 아니라 그 태도에도 경멸의 빛이 나타났다. 그건 뭔가 사람들의 태도를 흉내내어, 일부러 정중한 체하는 그런 경멸이었다.

사람들은 그를 향해 고개를 돌렸다. 그리고 자기들의 동료가 아닌 사람에 대한 예의로 조용히 귀를 기울였다.

「신사 여러분들 중에 메이슨 딕슨 선(線) 이남에는 하나도 포병 기지창(基地廠)이 없다는 걸 생각해 보신 분이 계십니까? 또 남부에는 얼마나 제철소가 적은지 생각해 보신 분이 계십니까? 또 제모 공장, 제면 공장, 제혁소 등에 관해서 생각하신 분이 계십니까? 우리들에게는 한 척의 군함도 없습니다. 그러니까 북부의 함대는 일 주일이 못 되어 남부의 모든 항만을 봉쇄할 수가 있고, 우리들은 목화를 외국에 팔 수가 없게 된다는 것을 생각하신 분이 계십니까? 그러나 물론 신사 여러분은 그런 일에 관해선, 이미 충분하게 생각하셨을 줄 압니다.」

『어머, 저 사람은 모두를 바보 취급하네?』하고 스카알렛은 분개했다. 뜨거운 피가 볼에 올라왔다.

그러나 그렇게 생각한 건 분명히 그녀뿐이 아니었다. 왜냐하면 몇 사람인가의 청년이 그 말을 듣자 대뜸 아래턱을 내밀기 시작했기 때문이다. 그때 존 윌크스가, 이 사람은 자기의 귀한 손님이고 여기에는 부인들도 있으니까 하고 경고하기라도 하듯, 넌지시 발언자의 옆자리로 돌아왔다.

「우리들 대다수 남부인의 결점은…….」레트 버틀러는 계속했다. 「별로 여행을 하지 않고 또 여행을 충분히 이용하지 않다는 점에 있습니다. 아니, 여기에 계신 신사 여러분은 물론 널리 여행을 하셨으리라 믿습니다만. 그러나 여러분은 여행에서 무엇을 보셨읍니까? 유럽이나 뉴욕이나 필라델피아, 그리고 부인들은 물론 사라토거에 가신 일이 있을 것이라고 생각됩니다만.」

이렇게 말하고 그는 정자에 있는 부인들 쪽을 향해 가볍게 머리를 숙였다.

「여러분들은 호텔이나 박물관이나 무도회나 도박장을 보셨겠지요. 그리고 세계 어느 곳을 가나 남부보다 나은 고장은 없다고 확신을 가지고 귀국하셨겠지요. 저는 찰스턴 사람입니다만 최근 몇 년 동안 북부에서 살다 돌아왔읍니다.」그는 흰 잇몸을 드러내고 씩 웃었다. 그건 흡사 왜 자기가 찰스턴에 있을 수 없게 됐는지, 그 이유는 여러분 쪽이 더 잘 알 것이다. 그러나 그렇다고 해도 자기는 조금도 개의치 않는다고 말하고 있는 것 같았다. 「저는 여러분들이 아무도 보지 못한 많은 것을 보고 왔읍니다. 약간의 식량과 약간의 급료만 주면 기꺼이 북부를 위해 싸울 수천의 이민군(移民群)도 보았고, 공장, 제철소, 조선소, 철광, 탄광도 보았읍니다. 그 모든 것이 남부가 갖지 못한 것이지요. 남부가 갖고 있는 것은 단지 목화와 노예와 교만뿐이 아닐까요. 그들은 한 달이 못 가서 우리들을 해치울 수가 있을 것입니다.」

긴장된 한 순간의 침묵이 흘렀다. 레트 버틀러는 상의 호주머니에서 고급 린네르 손수건을 꺼내, 천천히 소매의 먼지를 털었다. 이윽고 심상치 않은 설레임이 군중 속에서 일어났다. 그리고 정자 쪽에서는, 침략자에 습격되었을 때의 벌집을 쑤신 것 같은 소란이 일어났다. 노여움의 피를 아직 뜨겁게 양볼에 느끼고 있었으나, 어딘가 실제적인 스카알렛의 마음은 그 사나이가 한 말이 옳은 것 같고 상식적인 견해인 것같이 생각되었다. 왜냐하면 이제까지 그녀는 공장이란 걸 본 일이 없고, 또 보았다는 사람도 몰랐기 때문이다. 그러나 설사 그것이 온다고 해도 그런 말을—모두들 유쾌한 때를 보내고 있는 원유회의 장소 같은 데서—공공연하게 말하다니, 신사로서의 예법은 아니라고 생각했다.

스튜어트 탈레턴이 눈썹을 곤두세우고 앞으로 나섰다. 브렌트가 그 뒤를 따랐다. 물론 탈레턴 댁의 쌍동이 형제는 예의를 알고 있으니까 아무리 자극을 받아도 원유회의 장소에서 한바탕 소동을 벌일 염려는 없었다. 그러나 부인들은 가벼운 흥분을 느꼈다. 왜냐하면 그녀들은 눈 앞에서 소동이나 싸움이 벌어지는 것을 본 일이 거의 없었고, 언제나 제삼자에게서 듣기만 했기 때문이다.

「여보시오.」하고 스튜어트는 엄숙하게 말했다. 「대관절 그건 어떤 의미입니까?」

레트는 정중한, 그러나 야유하는 듯한 눈으로 그를 쳐다봤다.

「내가 말한 뜻은」하고 그는 대답했다. 「나폴레옹이, 아마 당신도 나폴레옹을 아실 테죠. 그 나폴레옹이 일찌기『신은 가장 강한 군대에 편든다.』하고 말했읍니다만, 말하자면 그것과 같은 거지요.」

그렇게 말하고 그는 존 윌크스 씨를 향해 그야말로 깍듯한 예의를 표하고 말했다. 「도서실을 보여 주신다고 하셨지요? 호의를 고맙게 받아 이제부터 볼까 합니다. 일이 좀 있어 오늘 오후 너무 늦기 전에 존즈보로에 돌아가야 하니까요.」

그는 군중 앞에서 양쪽 구두 뒤꿈치를 딱 붙이며 댄스 교사가 하는 것 같은 인사를 했다. 그건 그같이 몸집이 우락부락한 남자에겐 어울리지 않을 만큼 우아한 절이었고, 또 사람들의 뺨을 후려치는 것과 같은 무례하기 짝이 없는 인사였다. 그리고 나서 그는 자못 교만하게, 그 새카만 머리를 발딱 쳐들고 존 윌크스 씨와 함께 잔디밭을 가로질러 걸어가 버렸다. 이윽고 테이블 근처에 있는 사람들을 불유쾌하게 만드는 그의 웃음 소리가 흘러 왔다.

사람들은 어이가 없어 멍하니 있었으나, 조금 있다 다시 와자지껄 떠들기 시작했다. 인디어는 정자에서 힘없이 일어나 잔뜩 골을 내고 있는 스튜어트 탈레턴에게로 다가갔다. 그녀가 말하는 내용은 스카알렛에게 들리지 않았지만, 시

무뚝한 그의 얼굴을 올려다보고 있는 그 눈을 보자, 스카알렛은 공연히 미안한 심정이 되었다. 그건 애실리를 볼 때의 멜라니의 눈과 같은, 모든 것을 바치고 있는 사람의 눈이었다. 단지 스튜어트가 그걸 모르고 있을 뿐이었다. 인디어는 그를 사랑하고 있다. 일 년 전 연설회 때만 해도 자기가 만일 그렇게 옆사람의 눈을 무시하고 스튜어트와 장난치지만 않았던들, 지금쯤은 스튜어트와 인디어는 벌써 결혼했을지도 모르는데, 하고 문득 스카알렛은 생각했다. 그러나 다른 아가씨들이 상대방 남자에게서 걷어챘다고 해서 그것이 어째 자기 죄가 될 수 있는가. 미안한 생각은 곧 사라졌다.

겨우 스튜어트가 인디어에게 미소를 지어 보였다. 마지못한 듯한 미소였다. 그리고 고개를 끄덕여 보였다. 아마 인디어가 그에게, 버틀러 씨를 뒤쫓아가 소동을 벌이지 않도록 부탁한 모양이었다. 나무 그늘에 있던 사람들이 조그만 소란을 피우면서, 무릎 위의 빵 부스러기를 털어 내며 일어났다. 기혼 여인들은 유모와 아이들을 불러 돌아갈 채비를 차렸다. 처녀들의 한 떼는 웃고 지껄이면서, 이층 침실로 가 소문을 교환하거나 낮잠을 자기 위해 집 쪽으로 걸어갔다.

탈레턴 부인을 제외한 모든 부인들은 떡갈나무와 정자 그늘을 남자들에게 물려주고, 모두 뒤꼍에서 나가 버렸다. 탈레턴 부인만은 제랄드와 캘버트 씨에게 붙잡혀, 소유하고 있는 말을 기병대에 팔라고 대답을 강요받고 있었다.

애실리는 생각 깊은, 그러면서도 즐거운 듯한 미소를 띠고 스카알렛과 찰즈가 있는 곳으로 슬쩍 다가왔다.

「거만한 사나이로군요.」하고 그는 버틀러의 뒷모습을 바라보면서 말했다. 「마치 보르지아 가문의 일족같이.」

그러나 스카알렛은 아무리 생각해도, 이 군에서나 애틀랜타에서나 사배나에서나 그런 이름의 가문을 생각해 낼 수 없었다.

「보르지아 가문이라니, 난 모르겠어요. 그 사람의 친척인가요? 어떤 가문이죠?」

찰즈는 묘한 표정을 지었다. 스카알렛의 무식을 믿을 수 없다는 마음과, 그것을 부끄러워하는 마음과, 그녀에 대한 애정이 그의 내부에서 무섭게 싸움을 벌였다. 그러나 결국은 애정이 승리를 차지했다. 처녀란 사랑스럽고 다정하고 아름답기만 하면, 그 매력을 없애는 교양 따윈 오히려 없는 편이 낫지 않은가 생각했기 때문이다. 그래서 그는 곧 말했다.

「보르지아란 이탈리아 사람이지요.」

「어머!」하고 스카알렛은 흥미없다는 듯 말했다. 「외국인이군요.」

그리고 가장 사랑스러운 미소를 애실리에게 던졌다. 그러나 무슨 까닭인지,

애실리는 그때 그녀 쪽을 보고 있지 않았다. 찰즈를 보고 있었던 것이다. 그 얼굴에는 이해의 빛과 희미한 연민의 빛이 떠올라 있었다.

스카알렛은 이층에서 내려오는 계단 중간쯤에 서서, 난간너머로 조심스럽게 아래층 쪽을 내려다보았다. 거기에는 아무도 없었다. 이층 침실에서는 나직한 속삭임이 끊일 사이 없이 새어나왔다. 속삭임은 높고 낮게, 이따금 키득키득 하는 웃음 소리에 섞여「어머, 너 정말 그런 짓을 했었니！」「그때 그이는 뭐라고 하든？」하는 말이 토막토막 들려 왔다. 아가씨들은 여섯 개 있는 커다란 침실의 침대나 소파에 누워 있었다. 드레스를 벗고 코르셋을 늦추고 풀어 헤친 머리칼이 등허리에 물결치고 있었다. 낮잠을 자는 것은 이 지방의 관습이었는데, 하루 종일 아침 일찌기 시작하여 한밤중의 무도회로 절정에 이르는 잔치 때이니만큼, 그것이 필요한 일은 없었다. 아가씨들은 삼십 분 가량 웃고 지껄였다. 그러노라라면 하녀들이 덧문을 닫았다. 아늑한 어둠 속에서 수다스런 목소리는 차츰 속삭임으로 바뀌고, 이윽고 평화롭고 규칙적인 숨소리만이 들리는 침묵이 찾아오는 것이다.

스카알렛은 혼자 나와 계단을 내려가기 전에, 멜라니가 하니와 해티 탈레턴 등과 함께 침대에 누워 있는 것을 확인했다. 계단의 중간 창문으로부터는, 남자들이 정자에서 굽 높은 글라스로 술을 마시고 있는 게 보였다. 그들이 저녁때까지 마셔 댈 것을 그녀는 잘 알고 있었다. 그 무리 속에 애실리의 모습은 보이지 않았다. 귀를 기울이자 애실리의 목소리가 들려 왔다. 그녀의 기대에 어긋나지 않게 그는 아직도 현관 앞에 서서 돌아가는 부인들이며 아이들에게 인사를 보내고 있었다.

심장이 목까지 치밀어 올라오는 것을 느끼며 그녀는 빠른 걸음으로 계단을 내려갔다. 만일 윌크스 씨와 마주치기라도 한다면 어떻게 할까？ 다른 아이들은 모두 낮잠을 자고 있는데, 나만 저택 안을 돌아다니고 있는 걸 뭐라고 변명해야 하는가？ 아뭏든, 해 보는 데까지 해 보는 거다.

제일 아래 계단까지 내려왔을 때, 하녀들이 식당에서 하녀 감독의 지시를 받으며 무도회를 위해 테이블과 의자를 치우는 소리가 들려 왔다. 넓은 홀 맞은쪽에 도서실 문이 열려 있었기 때문에 그녀는 발소리를 죽여 살짝 안으로 들어갔다. 거기서 애실리가 인사를 끝낼 때까지 기다려 집 안으로 들어오는 걸 붙잡아 말을 걸 속셈이었다.

블라인드를 내려 햇볕이 차단된 도서실 안은 어둠침침했다. 높은 벽 가득히 우중충한 책이 쌓인 어두운 방은 그녀의 마음을 압박했다. 소원했던 밀회(密會)

의 장소로서 그녀는 이런 곳을 고르고 싶진 않았다. 수많은 책을 읽기 좋아하는 사람만큼이나 그녀를 압박하는 것이다. 단지, 애실리만은 예외이긴 했지만. 희미한 빛 속에 으리으리한 가구류가 부각돼 왔다. 키가 큰 윌크스 댁 사람들을 위해 만들어진, 팔걸이가 넓고 등받이가 높은 푹신한 의자와, 부인들을 위해 우단 방석이 놓인 푹식푹신한 의자가 놓여 있었다. 긴 방 훨씬 저쪽 벽난로 앞에는 애실리가 애용하는 길이 칠 피트가 넘는 긴 의자가 마치 잠자고 있는 거대한 야수처럼 높은 등을 보여 주고 있었다.

그녀는 약간 사이를 두고 소리가 나지 않게 문을 닫은 다음 가슴의 고동을 가라앉히려고 했다. 지난밤 애실리에게 말하려고 계획했던 것을 열심히 생각해 내려고 했지만, 웬일인지 하나도 기억나지 않았다. 대관절 나는 무엇을 계획했다가 그걸 다 잊어버리고 말았는가, 아니면 단지 애실리에게 말을 시키려고만 마음먹고 있었던 것일까? 그것조차도 그녀는 생각이 나지 않았다. 갑자기 싸늘한 공포가 엄습해 왔다. 두근거리는 심장의 고동 소리만 이렇듯 귀에 울려 오지 않아도, 그녀는 해야 할 말을 생각해 낼 수가 있을 것 같았다. 그러나 그가 마지막 인사를 끝내고 정면 홀로 들어오는 발소리를 듣자, 가슴의 고동은 한층 더 빠르고 높아질 뿐이었다.

그녀가 생각할 수 있는 것은 단지 자기가 그를 사랑하고 있다는 것——에 관한 모든 것, 자랑스럽게 올라간 블론드 머리 끝에서부터 좁고 검은 구두의 끝까지, 무엇이나 사랑하고 있다는 것, 그것이 그녀에겐 수수께끼로 밖엔 생각되지 않아도 그 미소를 사랑하고 그 수수께끼 같은 침묵까지도 사랑하고 있다는 바로 그것뿐이었다. 아아, 만일 그가 지금 이곳에 들어와 나를 두 팔로 안아 주기만 한다면, 나는 아무 말도 할 필요가 없을 텐데. 그도 나를 사랑하는 것이 틀림없어. 그렇다, 기도하자. 기도하면——그녀는 눈을 감고 빠른 말로 중얼거렸다. 「자비로우신 성모 마리아여!」

「아니, 스카알렛 아니오!」하고 그녀의 먹먹한 귓속을 뚫고 애실리의 목소리가 울려 왔다. 그녀는 완전히 침착을 잃고 있었다. 그는 장난스러운 미소를 띄우고 홀에 서서 문틈으로 방안을 들여다보았다.

「누구를 피하고 있어요, 찰즈? 아니면 탈레턴 집 사람들?」

그녀는 침을 꿀꺽 삼켰다. 역시 이이는 청년들이 얼마나 내 주위에 치근치근 따라다녔는지 알고 있다! 그녀의 괴로운 마음도 모르고 눈을 껌뻑이며 서 있는 그의 모습은, 얼마나 그리운 모습인가! 그녀는 아무 말도 할 수 없었다. 잠자코 손을 뻗어 그를 방안으로 끌어들였다. 그는 무슨 일인가 의아해 하면서도 흥미에 이끌려 들어왔다. 그녀의 눈은 긴장 때문에 그가 지금까지 본 일이 없을 정도로 이상하게 빛났다. 애실리는 어둠 속에서도, 장미빛으로 달아오른 그녀의 얼굴을 볼 수가 있었다. 기계적으로 그는 등 뒤의 도어를 닫고 그녀의 손을 쥐었다.

「대관절 무슨 일입니까?」하고 거의 속삭이듯이 말했다.

그의 손이 닿자, 그녀는 몸을 떨기 시작했다. 그녀가 꿈꾸고 있던 일이 이제 일어나려고 하는 것이다. 종잡을 수 없는 무수한 상념이 탄환처럼 마음을 꿰뚫고 지나갔지만, 하나도 말이 되어 나오지는 못 했다. 그녀는 다만 몸을 떨며 그의 얼굴을 올려다볼 뿐이었다. 왜 그가 먼저 말을 꺼내 주지 않는 걸까?

「왜 그러세요?」하고 그는 되풀이했다. 「뭐 비밀 얘기라도 할 게 있어요?」

갑자기 그녀의 혀가 자유로와졌다. 동시에 긴 세월을 두고 엘렌이 가르친 교훈은 어딘가 날아가 버리고 직선적인 아버지 제랄드의 아일랜드 사람의 피가, 그녀의 입술에서 튀어나왔다.

「네, 비밀이에요. 저는 당신을 사랑하고 있어요.」

순간, 숨막힐 듯한 침묵이 흘렀다. 떨림은 멎고 행복과 사랑이 온 몸에 넘쳤다. 왜 나는 좀더 일찍 이렇게 하지 못했을까. 그녀가 이제까지 배워 온 숙녀다운 암시보다 이건 얼마나 간단한 일인가. 그녀의 눈은 날카롭게 그의 눈을 살폈다.

그의 눈에는 놀라움의 빛이 있고 믿어지지 않는 듯한 빛이 있고, 그리고 그 이상의 다른 무엇이 있었다. 이건 대체 무엇일까? 그렇다, 사랑하는 말이 다리를 부러뜨려 쏘아죽이지 않으면 안 되었을 때, 아버지 제랄드는 이런 눈빛을 한 일이 있다. 하지만 어째서 이런 때 나는 그런 것을 생각해야 하는가? 그런 시시한 일을. 그건 그렇다치고 대체 애실리는 왜 이렇게 묘한 표정으로 아무 말도 않는 것일까? 이윽고 뭔가 아주 그럴 듯한 가면 같은 표정이 그의 얼굴을 덮었다. 그는 부드럽게 웃었다.

「당신은 오늘, 그렇게 많은 젊은이들의 마음을 사로잡았소. 그래도 아직 만족하지 않소?」언제나와 같은 놀리는 듯하고 애무하는 듯한 목소리였다. 「한 사람도 남김 없이 만장 일치로 하고 싶은 거요? 좋소, 그럼 말하겠소. 당신은 옛날부터 내 마음을 사로잡고 있었소. 당신도 그걸 알고 있었을 텐데.」

어딘가 빗나가고 있다, 모든 것이 잘못 돼 가고 있다, 그녀가 계획한 것은 이런 것이 아니었다. 갖가지 생각이 미친 듯 그녀의 머리 속을 휩쓸고 지나갔다. 이윽고 한 가지 일이 차츰 정리되기 시작했다. 뭔가——뭔가의 이유로——애실리는 농담으로 돌리려고 하고 있다. 그러나 이이의 본심은 딴 곳에 있다. 난 그것을 알 수 있다.

「애실리, 애실리, 말해 주세요. 말하지 않으면 안 돼요. 아, 놀리지 마세요! 정말 제가 당신의 마음을 사로잡고 있어요? 네, 애실리. 난 당신을 사랑…….」

그의 손이 재빨리 그녀의 입술을 막았다. 가면은 벗겨졌다.

「그런 말 하면 안 되오, 스카알렛! 말해선 안 되오. 그건 당신의 본심이 아니오. 그런 말을 하면, 당신은 나중에 자기 자신을 미워하게 되오. 그리고 그것을 내가 들었다는 이유로 나까지도 미워하게 되오!」

그녀는 얼른 고개를 내저었다. 뜨거운 피가 온 몸을 돌았다.

「전 당신을 미워할 수도 없어요. 전 당신을 사랑한다고 했어요. 그리고 당신도 저를 좋아하고 있다는 것을 알고 있어요. 왜냐하면…….」그녀는 입을 다물었다. 이때 애실리의 얼굴에 떠오른 것은 그녀가 이제껏 한 번도 본 일이 없는 비통한 표정이었다.

「애실리, 당신은 저를 생각하고 계시죠. 분명 생각하고 계시죠. 생각하지 않아요?」

「그렇소.」하고 그는 힘없이 대답했다. 「생각하고 있소.」

만일 그가 싫어한다고 말했어도 그녀는 이보다는 더 놀라지 않았으리라. 그녀는 아무 말도 못 하고 그의 팔에 매달렸다.

「스카알렛.」그는 말했다. 「저쪽으로 갑시다. 그리고 이런 얘기는 한 번도 주고받지 않은 걸로 다 잊어버립시다.」

「아뇨.」그녀는 속삭였다. 「전 잊지 않아요. 그게 무슨 뜻이죠? 저완 결혼하고 싶지 않으세요!」

그는 대답했다. 「나는 멜라니와 결혼하기로 돼 있소.」

어떻게 된 건지 문득 정신을 차려 보니까 그녀는 낮은 우단 의자에 걸터앉았고, 애실리는 그녀의 발 밑 방석에 앉아 그녀의 두 손을 꽉 움켜잡고 있었다.

그는 여러 가지 말을 하고 있었다. 이해할 수 없는 여러 가지를. 바로 직전까지 파도치던 갖가지 상념은 완전히 사라지고 마치 텅 빈 것만 같았다. 그의 말은, 흡사 유리창에 부딪치는 빗방울만큼도 인상을 주지 않았다. 빠른 말투로 이야기하는, 마치 상처를 입은 어린애를 부드럽게 달래는 아버지처럼 연민에 넘친 그 말은, 아무것도 알아들을 수 없는 그녀의 귀에 의미없이 떨어졌다.

멜라니란 울림이 그녀의 의식에 걸렸다. 그녀는 수정처럼 맑은 그의 잿빛 눈을 쏘아보았다. 그 속에서 그녀는 언제나 그녀가 괴로와하는, 그녀의 이해를 초월한 것과 그리고 스스로를 학대하는 자기 증오의 빛을 발견했다.

「아버지가 오늘 밤 약혼을 발표하기로 돼 있어요. 우리는 곧 결혼합니다. 당신에게 미리 알려 주었어야 했지만, 벌써 다 알고 있으리라 생각했어요. 그 일은 누구나 알고 있으니까요. 몇 년 전부터 누구나 알고 있다고 생각했어요. 당신이 나를 생각하고 있을 줄은 꿈에도 몰랐어요. 당신에겐 그렇게 많은 구혼자가 있는데. 난 스튜어트가…….」

생명과 감정과 이해력이 다시 그녀에게 돌아왔다.

「하지만 방금, 당신은 나를 좋아한다고 하셨잖아요.」

그의 따뜻한 손이 그녀의 손을 아프도록 꽉 쥐었다.

「당신은, 당신에게 상처 줄 말을 나에게 하라는 거요」

그녀의 침묵이 그를 압박했다.

「대체 어떻게 하면, 그것을 당신에게 이해시킬 수가 있을까. 아직 결혼이란 것이 어떤 것인지, 전혀 생각하지도 못 할만큼 젊은 당신에게, 어떻게 말하고 설명하면 좋을까?」

「저는, 제가 당신을 사랑하고 있다는 것을 알고 있어요.」

「결혼하는 두 사람의 성격이 우리들처럼 서로 달라선, 애정만으론 행복한 결혼이 될 수 없어요. 스카알렛, 당신은 남자의 전부를, 그의 육체며 심장이며 영혼이며 사상까지도 전부 요구할 게 틀림없어. 그리고 만일 그걸 손에 넣을 수가 없으면, 당신은 틀림없이 비참해질 거야. 그런데 나는 나의 전부를 당신에게 줄 수가 없소. 당신만이 아니라 다른 누구에게도, 자신의 모든 것을 줄 수가 없소. 게다가 나는 당신의 마음이나 영혼까지 갖고 싶지는 않소. 이것도 당신의 마음을 아프게 할 거요. 나중에는 당신은 나를 증오하게 될 거예요. 얼마나 무섭게 증오할까. 당신은 내가 읽는 책이며 내가 즐기는 음악까지도 증오하게 될 거요. 왜냐하면 책이나 음악은, 설사 한 순간이라도 나를 당신에게서 **뺏**을 테니까. 그리고 나는 틀림없이 나는…….」

「당신은 그 여자를 사랑하고 있어요?」

「그 여자는 나와 많이 닮았소. 내 피의 일부분이고, 그리고 우리들은 서로 이해하고 있소. 스카알렛! 스카알렛! 결혼이라는 것은 두 사람이 서로 비슷하지 않으면 결코 평화롭게 이끌어 나갈 수 없다는 걸, 어떻게 말하면 당신이 알아들을 수 있을까?」

그녀도 누군가가 이렇게 말한 것을 들은 일이 있다. 『비슷한 사람은 비슷한 사람끼리 결혼하지 않으면 안 돼. 아니면 행복해질 수 없어.』그게 누구였던가? 그녀가 그걸 들은 건 백만 년이나 옛날인 것 같았다. 그러나 그녀는 지금 여전히 그 의미를 이해할 수 없었다.

「하지만 당신은 저를 좋아한다고 말씀하시지 않았어요?」

「나는 말해선 안 될 말을 말하고 말았소.」

136

머리 어딘가에 흐릿한 불꽃이 피어오르고 격렬한 노여움이 다른 모든 것을 불어 끄기 시작했다.

「그렇군요, 당신은 그처럼 비신사적인 일을 하시는 분이군요.」

그의 얼굴이 창백해졌다.

「멜라니와 결혼하게 돼 있으면서 당신에게 그런 말을 하다니, 나는 정말 신사가 아니오. 나는 당신에게 나쁜 일을 저질렀소. 그리고 멜라니에게는 더욱 나쁜 짓을 하고 말았소. 당신이 이해해 주지 못하리라는 것을 알고 있었으면서, 그런 소리를 하는 게 아닌데. 하지만 어떻게 내가 당신을 좋아하지 않을 수 있겠소. 생활에 대해서 내가 갖지 못한 모든 정열을 가지고 있는 당신을 ! 나에게는 불가능할 만큼 격렬하게 사랑하고 격렬하게 미워할 수가 있는 당신을 ! 당신은 마치 불처럼, 바람처럼, 야수처럼, 천진 난만하오. 하지만 나는…….」

그녀는 멜라니를 생각했다. 멜라니의 꿈꾸는 듯한 잔잔한 갈색 눈이며, 검은 레이스 장갑을 낀 얌전하고 작은 손이며, 말수가 적은 조용한 모습이 문득 눈에 떠올랐다. 그녀의 노여움이 폭발했다. 그것은 아버지 제랄드로 하여금 살인을 저지르게 하고, 아일랜드의 조상들로 하여금 목숨을 건 비합법적인 행위를 감행케 한 분노와 똑같은 것이었다. 이제 그녀의 체내에는 세상이 어떻게 보든 묵묵히 조용히 참는, 교양 있는 로비야르 집안인 모계의 피는 한 방울도 남아 있지 않았다.

「당신은 왜 그런 말을 하지 않았지요. 비겁자 ! 당신은 나와 결혼하는 것이 무서운 거죠 ! 그렇죠 ! 당신은 『네.』하고 『아뇨.』라는 말을 할 때밖에 입을 열 수 없는 자기와 꼭 닮은, 말뿐이고 성의가 없는 아이들을 몇씩이나 낳을, 저 조그맣고 뛰다 놓은 보릿자루 같은 멜라니와 함께 살겠다는 거죠. 왜냐고요 !」

「멜라니에 대해 그런 말을 하면 못 써요 !」

「당신에게 그런 말은 듣고 싶지 않아요 ! 당신이 내게 되느니 안 되느니 할 수 있는 분이에요 ? 비겁자 ! 신사답지도 않아요. 지금까지 나하고 결혼할 것처럼 해놓고선.」

「멋대로 생각하지 말아요.」그의 목소리는 항의하는 투가 되었다. 「언제 내가…….」

그의 말이 진실이라는 것은 알고 있었지만 그녀는 타협하려 하지 않았다. 확실히 그는 한 번도 그녀에 대해 우정의 울타리를 넘은 일은 없었다. 그걸 생각하자 다시금 새로운 노여움이, 상처받은 긍지와 여자다운 허영심에서 나온 분노가 치밀어올랐다. 이쪽에서 쫓아갔는데, 그는 그걸 받아들이지 않았다. 그리고 그는 자기 대신 멜라니 같은 창백하고 조그만 계집애를 고른 것이다. 아아, 엘렌과 마미의 훈계를 지켜 좋아하는 눈치 같은 걸 보이지 않는 편이 얼마나 좋았을까! 이처럼 몸이 탈 만큼 부끄러운 꼴을 당하다니, 어떤 일도 이보다는 나을 것이다.

그녀는 벌떡 일어나 두 손을 꽉 쥐었다. 그도 따라 일어났다. 그 얼굴에는 강제로 현실에 몰린, 게다가 그것이 고민에 찬 현실일 때의 말없는 비참함이 가득 나타나 있었다.

「난 죽을 때까지 당신을 증오하겠어요. 이 가짜 신사, 비겁자, 비열한 인간!」

더 지독한 욕설은 없을까? 하지만 속이 후련할 만한 욕은 찾아낼 수 없었다.

「스카알렛, 제발!」

그는 그녀에게 손을 내밀었다. 그녀는 그의 얼굴을 힘껏 때렸다. 그 울림은 조용한 방안에서 마치 채찍으로 후려치는 듯한 소리를 내었다. 그러자 그녀의 분노는 씻은 듯 사라지고 서글픈 마음만이 가슴에 가득 남았다.

그녀의 손자국이 피로한 그의 흰 얼굴에 붉고도 뚜렷하게 남았다. 그는 아무 말없이 그녀의 부드러운 손을 입술에 가지고 가 입을 맞추었다. 그리고 그녀가 아직 말도 못 하고 있는 사이에 조용히 도어를 닫고 나갔다.

갑자기 그녀는 허물어지듯 주저앉았다. 격심한 분노의 반동으로, 무릎에 힘이 빠져 더 서 있을 수가 없었던 것이다. 그는 가 버렸다. 때린 그의 얼굴의 추억은 죽을 때까지 그녀를 따라다닐 것이다.

긴 홀 저쪽으로 사라져 가는 조용하고 둔탁한 그의 발소리를 그녀는 들었다. 그녀는 돌연, 자기의 엉뚱한 짓을 깨달았다. 그를 영원히 잃어버리고 만 것이다. 그는 이제부터 그녀를 증오하겠지. 그리고 그녀를 볼 때마다 자기 쪽에선 전연 손도 내밀려고 하지 않았는데 그녀가 얼마나 몸이 달아 덤벼들었는지 생각해 내겠지.

『나는 하니 윌크스같이 부끄러운 짓을 하고 말았다.』그녀는 문득 생각했다. 그리고 모두들 얼마나, 아니 누구보다도 자기 자신이 얼마나 하니의 뻔뻔스런 행동을 비웃고 깔보았는지 생각해 냈다. 하니가 청년들의 팔에 매달려 있을 때의 그 꼴사나운 몸가짐을 그녀는 눈으로 보고, 그 천치 비슷한 웃음 소리를 귀로 들었다. 그러자 그게 또 새로운 노여움을——자기 자신에 대한, 애실리에 대한, 세상에 대한 노여움을 북돋았다. 자기 자신이 미웠기 때문에, 그녀는 열 여섯 살의, 거절당하고 경멸당한 사랑의 격정으로 그 모든 것을 미워한 것이다. 그녀의 사랑에는, 참된 애정은 정말 조금밖에 섞여 있지 않았다. 그 대부분은 허영심과 그녀 자신의 매력에 대한 자부심의 혼합이었다. 이제 그녀는 사랑을

잃었다. 그러나 사랑을 잃은 것보다 한층 무서운 것은, 자기가 세상의 웃음거리
가 된다는 것이었다. 저 하니처럼 사람들 눈에 분명히 염치 없는 인간으로 비치
겠지. 모두들 자기를 비웃게 되겠지. 그렇게 생각되자 그녀는 자기도 모르게 몸
을 부르르 떨었다.

그녀의 손이 곁의 작은 테이블 위에 힘없이 떨어졌다. 그리고 웃는 두 동자의
그림이 있는 작은 중국 도기의 장미 꽃병을 손가락으로 만지작거렸다. 방안이
너무나 조용하기 때문에, 침묵을 깨기 위해 소리라도 지르고 싶을 정도였다. 무
엇인가 하지 않으면 미칠 것만 같았다. 그녀는 그 꽃병을 잡아 방 맞은쪽 벽난로
를 향해 힘껏 내던졌다. 꽃병은 키가 높은 긴의자 위를 아슬아슬하게 넘어 대리
석 난로에 부딪쳐 쨍그랑 하고 깨졌다.

「이건.」 이때 긴의자 저쪽에서 목소리가 들려 왔다. 「좀 너무하군.」

그녀는 이때처럼 놀라고 공포를 느낀 일은 없었다. 입안이 바싹 말라, 목소리
를 낼 수조차 없었다. 무릎에서 힘이 쭉 빠져 의자 등을 붙잡고 간신히 서 있
었다. 레트 버틀러는 이제까지 누워 있던 긴의자에서 일어나더니, 일부러 공손
한 태도를 보이며 절을 했다.

「낮잠의 꿈이 깨어지고 아까의 열띤 논쟁을 들은 것만 해도 충분한데, 게다가
나는 왜 또 생명의 위협까지 받아야만 됩니까?」

산 인간이었다. 유령이 아니었다. 하지만 어떻게 해야 좋담? 이 사나이에게
모두 들키고 말았으니! 그녀는 용기를 쥐어짜 위엄 같은 것을 유지하려고
했다.

「당신은 거기 계시다는 것을 미리 알렸어야 한다고 생각해요.」

「그럴까요.」 그는 흰 이를 드러내고 대담한 검은 눈으로 그녀를 보며 웃었다.
「하지만 침입자는 당신이었소. 나는 여기서 케네디 씨를 기다리고 있었습니다.
정원에선, 아무도 별로 환영해 주지 않는 것 같기에 그 환영 못 받는 존재를 이
곳에 숨겨 놓은 셈이지요. 여기라면 아무에게도 방해받지 않을 거라고 생각하고
말입니다. 그런데 하, 참!」 그는 어깨를 으쓱하고 픽 웃었다.

이런 쌍스럽고 예의 없는 남자에게 모든 것을, 이제 와선 입에서 꺼내느니 차
라리 죽는 게 낫다고까지 생각하는 모든 것을 엿듣게 하고 말았다고 생각하자,
그녀는 또다시 발끈 화가 치밀었다.

「남의 이야기를 엿듣다니!」 그녀는 호되게 몰아세우기 시작했다.

「그런데 엿듣는 건 이따금 아주 재미있고, 또 게다가 유익한 걸 가르쳐 주는
것이라 놔서.」 그는 싱글싱글 웃으면서 말했다. 「오랫동안 엿들은 경험으로 나
는……..」

「당신은.」그녀는 말했다.「당신은 신사가 아니군요!」

「옳은 말씀.」하고 그는 가볍게 받아넘겼다.「그리고 아가씨, 당신도 숙녀는 아니죠.」그는 그녀에게 꽤 흥미를 느끼기 시작한 모양이었다. 또 픽 웃었다. 「하지만 지금 엿들은 것 같은 말을 하고, 또 그런 일이 방금 있은 뒤에는 누구도 숙녀다움을 지키기는 어렵죠. 하지만 내게 숙녀가 매력적이었던 일은 별로 없읍니다. 그녀들이 무엇을 생각하고 있는지 나는 알고 있지만, 그런데도 그녀들에게는 그 생각하고 있는 것을 곧바로 입에 올릴 용기도 없거니와 또 바탕이 나쁜 여자가 갖고 있는 재미마저도 없읍니다. 그러니까 곧 싫증이 나게 마련이죠. 그런데, 당신은 친애하는 스카알렛 양, 당신은 드물게 보는 활기, 대단히 칭찬할 만한 활기를 가지고 계십니다. 나는 당신에게 경의를 표하는 바입니다. 그 얌전한 애실리 군이 당신과 같은 격렬한 성격의 아가씨를 어떻게 사로잡을 수가 있었는지, 나에겐 그것이 이해가 가지 않습니다. 당신 같은 아가씨——그는 뭐라고 했더라——『생활에 대한 정열』이라고 했던가요? 그런 정열을 가진 아가씨가 주어진 것에 대해, 그는 마땅히 무릎을 꿇고 신에게 감사해야만 합니다. 하지만 그런 무지렁이 같은 겁장이에게는……」

「당신은 그 사람의 신발을 닦을 자격도 없어요!」그녀는 소리쳤다.

「그리고 당신은 이제부터 평생 동안 그를 증오할 거요.」그는 긴의자에 몸을 묻었다. 그녀는 의자 너머로 껄껄거리는 그의 웃음 소리를 들었다.

만일 이 남자를 죽일 수만 있다면, 그녀는 죽여 버리고 말았으리라. 그러나 그녀는 될 수 있는 대로 위엄을 갖추고 방을 나섰다. 그리고 무거운 문을 쾅 닫았다.

너무 급히 계단을 뛰어올라갔기 때문에 중간쯤에서 정신이 아찔했다. 그녀는 뛰는 것을 멈추고 난간을 붙잡았다. 분노와 모욕과 피로 때문에 가슴이 찢어질 것처럼 심장이 뛰었다. 심호흡을 하려고 했지만, 마미가 죄어 준 코르셋이 너무나도 빡빡했다. 만일 내가 기절해서 여기 쓰러져 있는 걸 발견하면 사람들은 어떻게 생각할까? 아, 애실리도 저 **뻔뻔**한 버틀러라는 사나이도, 그리고 샘 많은 처녀들도, 이것저것 제멋대로 상상하겠지. 난생 처음으로 그녀도 다른 아가씨들처럼 각성제를 가지고 다닐걸 하고 후회하였다. 그러나 그녀는 향초갑(香酢匣)조차 지니고 있는 일이 없었다. 그만큼 그녀는 한 번도 어찔어찔한 현기증을 느낀 경험이 없는 것을 언제나 자랑으로 여기고 있었던 것이다. 『지금 까무러칠 수는 절대로 없어!』

괴로움이 점점 사라지기 시작했다. 이윽고 원기를 되찾게 되겠지. 기운을 차리면 인디어 방 옆의 작은 화장실로 살며시 들어가 코르셋을 늦추고, 잠자고 있는 아가씨들의 옆방 침실로 들어가 눕자. 그녀는 마음을 가라앉히고 얼굴 표정을 좀더 가다듬으려고 애썼다. 틀림없이 미친 여자처럼 보일 것이라고 생각했기 때문이다. 만일 아가씨들 중의 누군가가 깨어 있다면 무슨 일이 있었다고 곧 눈치챌 것이 틀림없었다. 그러나 아무에게도 무슨 일이 있었음을 알려서는 결코 안 되었다.

계단 중턱에 있는 커다란 유리창으로 남자들이 여전히 나무 그늘이나 정자 안 의자에 한가롭게 앉아 있는 것이 보였다. 그녀는 얼마나 남자들이 부럽다고 생각했는지? 남자로 태어나 자기가 방금 맛본 것과 같은 비참한 생각 같은 것을 하지 않을 수가 있다면 얼마나 좋을까! 이렇게 열띠게, 현기증이 날 듯한 눈초리로 그녀가 남자들을 지켜보고 있을 때, 정면의 마차길을 달리는 요란한 말발굽 소리가 들려 왔다. 이어 검둥이 한 사람에게 뭔가를 묻는 흥분한 목소리가 들렸다. 그리고 다시 자갈을 차고 푸른 잔디밭을, 나무 그늘에서 한가롭게 시간을 보내고 있는 사람들 쪽으로 말을 달려가는 남자의 모습이 그녀의 눈 앞을 가로질렀다.

늦게 온 손님인지도 모른다. 하지만 그렇다면, 왜 인디어가 그토록이나 자랑하는 잔디에 말을 들이몰고 그럴까? 그 남자가 누구인지는 알 수 없었지만, 안장에서 뛰어내려 곧장 존 윌크스의 팔을 잡아당기는 것으로 봐서, 그가 잔뜩 흥분하고 있다는 것을 알 수가 있었다. 사람들은 굽 높은 글라스며 종려잎 부채를 테이블이나 땅 위에 놓고 그 사나이 둘레로 모였다. 멀리 떨어져 있긴 했지만, 시끄럽게 묻고 부르고 하는 목소리를 그녀는 들을 수가 있었다. 남자들의 열병과 같은 긴장을 느낄 수가 있었다. 이윽고 와글와글한 소음을 누르고 스튜어트 탈레턴의 열광적인 고함 소리가 들렸다. 그는 마치 사냥터에라도 있는 것처럼 「이이 에이 이이!」하고 외쳤다. 그것이 뭔지는 몰랐지만, 그녀는 난생 처음으로 〈반역〉의 고함을 들은 것이다.

보니까, 폰텐네의 아들은 선두에 선 탈레턴네의 사 형제는, 무리에서 떨어져 「지임즈! 이봐, 지임즈! 말에 안장을 놓아!」하고 소리지르며 마구간 쪽으로 뛰어갔다.

『누구네 집에 불이라도 났나?』하고 스카알렛은 생각했다. 그러나 불이든 불이 아니든, 그녀의 당면 문제는 사람에게 들키기 전에 침실로 돌아가는 일이었다.

그녀의 가슴은 이미 진정이 되어 있었다. 그녀는 조용한 홀에 살며시 한 발을 들여놓았다. 집 안은 나른하고 따뜻한 졸음에 싸여 찬란한 촛불과 음악 속에 아름답게 꽃피는 밤까지 아가씨들과 함께 잠들어 있는 것처럼 생각되었다. 그녀는 조심스럽게 화장실의 도어를 열고 안으로 들어갔다. 뒤로 돌린 손에서 아직 도어의 손잡이를 떼지 않았을 때, 침실로 통하는 맞은편 문틈으로 거의 속삭이듯 나직한 하니 윌크스의 목소리가 들려 왔다.

「오늘 스카알렛은 정말 너무했어. 젊은 처녀가 그게 뭐야, 제멋대로.」

가슴의 고동이 다시 미친 듯 뛰는 것을 그녀는 느꼈다. 그리고 그것을 진정하려고 자기도 모르게 손을 가슴에 대었다.

『엿듣는다는 건, 때로 아주 유익한 것을 가르쳐 주죠.』하고 말하던 버틀러의 말이 생각났다. 다시 여기서 나가 버리는 편이 좋을까? 아니면 내가 여기 있다는 것을 알려, 남의 뒷소리하는 보답으로 하니에게 무안을 줘 버릴까? 그러나 뒤미처 들린 목소리가 그녀의 발을 딱 멈추게 했다. 멜라니의 목소리가 들려 왔기 때문에, 이제 그녀는 결코 움직이려고 하지 않았다.

「어머 하니, 그렇지 않아! 그런 지독한 소릴 하면 못 써. 스카알렛은 단지 명랑하고 활발했을 뿐야. 제일 매력적이었다고 생각해.」

『아아!』상의를 손톱으로 쥐어뜯으며 스카알렛은 생각했다. 『저런, 말도 제대로 못 하는 꼬마 계집애에게 역성을 들다니!』

그 말은 하나에서 열까지 고양이처럼 심술궂은 하니의 욕설을 듣는 것보다 더 가슴이 아팠다. 그녀는 어머니를 제외한 모든 여성의 행위를, 이기적인 동기 이외의 것에서 나왔다고는 결코 믿지 않았고 또 기대도 하지 않았다. 애실리는 틀림없이 자기 것이라는 자신이 있었기 때문에 멜라니는 저 따위 그리스도교적인 관대한 정신을 떠벌릴 수가 있는 것이다. 그것은 그녀의 승리를 과시하고, 동시에 마음 착한 여자라고 남에게 신임받기 위한 멜라니의 책략이라고 스카알렛은 생각했다. 스카알렛도 청년들과 다른 처녀들의 소문을 이야기할 때는 곧잘 이런 수법을 써 왔다. 그리고 그럴 때마다 그녀의 다정함과 너그러움을 어리석은 청년들에게 믿게시리 할 수가 있었던 것이다.

「그럼 너는.」하고 하니는 목소리를 높여 덤벼들 듯이 말했다. 「눈먼 봉사였어.」

「쉬, 하니.」하고 샐러 먼로의 목소리가 그것을 제지했다. 「온 집안에 다 들리겠어!」

하니는 목소리를 낮추었지만 말은 여전히 이어졌다.

「좋아. 하지만 그 애가 닥치는 대로 모든 남자들을 끌어다가 적당히 주무르는 꼴을 너도 봤잖아. 케네디 씨하고도 말야. 자기 동생의 애인까지도. 어떻게 그럴 수가 있니! 그리고 틀림없이 찰즈의 꽁무니도 쫓고 있었어.」하니는 거기서

의미 있는-웃음을 키득키득 웃었다. 「하지만 너희들 알고 있지? 찰즈하고 나는
…….」

「그게, 정말이니?」하고 여럿의 흥분한 목소리가 들려 왔다.

「정말이야. 하지만 아무한테도 말하지 마. 아직 안 돼.」

킬킬 참는 웃음 소리는 차츰 높아지고, 누군가가 하니를 타고 누른 모양으로
침대의 스프링이 삐익삐익 소리를 냈다. 멜라니는 하니가 자기의 올케가 되면
얼마나 좋을까 하는 뜻의 말을 속삭였다.

「하지만, 난 스카알렛이 내 올케가 된대도 조금도 좋지 않아. 그 앤 보통내기
가 아니거든.」해티 탈레턴의 불평하는 목소리가 들려 왔다. 「하지만 그 애는 벌
써 우리 집 스튜어트와 약혼한 거나 다름없어. 브렌트도 스카알렛이 조금도 관
심을 보이지 않는다고 하면서도 역시 열심이고.」

「너희들은 모르겠지만.」하고 하니가 자못 중대한 비밀이나 털어놓듯이 말
했다. 「그 애가 좋아하는 사람이 꼭 한 사람 있어. 그건 애실리야.」

묻고 제지하고 하는 속삭임이 소란하게 얽히고 있는 동안 스카알렛은 공포와
굴욕으로 피가 모두 얼어붙는 것 같았다. 하니는 남자에 대해선 어리석고 재치
가 없는 바보였지만, 같은 동성(同性)에 대한 여성적 본능은, 스카알렛이 얕본
것 이상으로 날카로웠다. 방금 도서실에서 애실리와 버틀러에게서 받은 굴욕과
상처를 입은 긍지도, 이것에 비하면 바늘 끝으로 살짝 찔린 것만큼 작은 것에 불
과했다. 가령 버틀러 같은 인간이라도 쓸데없이 떠들지 않을 것이라는 것은 믿
을 수 있었다. 그러나 사냥터에 풀어 놓은 사냥개와 같이 마음대로 쏘다니는 하
니 윌크스의 혓바닥이라면, 이 지방의 사람들은 오늘 밤 여섯 시가 되기 前에 모
두 알게 되고 말 것이다. 더구나 제랄드는, 어젯밤에도 딸만은 이 근방의 웃음
거리로 만들고 싶지 않다고 말하지 않았는가. 『아, 이 사실을 안다면 사람들은
얼마나 웃을까!』겨드랑이 밑에서 내밴 끈끈한 땀이 옆구리로 흘러떨어졌다.

조용하게 가라앉은 멜라니의 목소리가 얼마간 나무라는 듯한 투로 다른 목소
리를 눌렀다.

「하니, 함부로 말하지 말아요. 악의 있는 말을 해선 안돼.」

「하지만 멜라니, 정말이야. 만일 네가 늘 조금도 장점이 없는 사람에게서 장
점을 찾아내려고 애쓰지만 않는다면, 너도 곧 알게 될 거야. 난 모두가 스카알
렛의 속셈을 꿰뚫어보기를 바란단 말야. 꿰뚫어보는 것이 당연하고. 스카알렛
오하라가 지금까지 한 일이라곤, 다른 사람의 애인을 뺏어 말썽을 일으키는 것
뿐야. 탐나지도 않으면서 스튜어트를 인디어에게서 뺏은 건, 너도 잘 알고 있지
않아. 오늘은 또 케네디나 애실리나 찰즈까지 뺏으려고 했어.」

『집에 가고 싶다!』스카알렛은 생각했다. 『집에 가고 싶어!』

마술을 써서 아무도 모르게 타라에 돌아갈 수 있으면 얼마나 좋을까. 그리고 어머니 엘렌 옆에 달려가 그 스커트에 매달려 무릎에 얼굴을 묻고 울며, 모든 것을 다 털어놓을 수 있으면—— 만일 그 이상 처녀들의 쑥덕공론을 들었다면, 그녀는 틀림없이 맞은편 방으로 뛰어들어가 하니의 엉성하고 빳빳한 머리틸을 쥐어뜯고, 멜라니에 대해서도 그녀의 동정을 자기가 어떻게 생각하고 있는지 보여주기 위해, 침을 뱉어 주었을 것이다. 하지만 그녀는 오늘 벌써 형편없는 짓을 저지르고 말지 않았는가. 백인의 쓰레기와 똑같은 볼썽사나운 짓을! 그리고 그녀의 고민은 모두 거기에 있지 않는가.

두 손으로 스커트를 눌러 옷자락 소리를 죽이고 그녀는 짐승처럼 살짝 방을 빠져 나왔다. 황급히 홀을 가로질러 문이 닫혀 조용하기만 한 방 앞을 지나면서 그녀는 집에 돌아가야만 된다고 마음 속으로 뇌까렸다.

거의 바깥 포치까지 왔을 때, 그녀의 가슴 속에 문득 새로운 생각이 떠올랐다. 집에 돌아가서는 안 된다. 도망쳐서는 안 된다! 계집애들의 심술도 굴욕도 가슴을 저미는 아픔도 참고 마지막까지 견디지 않으면 안 된다. 달아나는 것은 나에게 던질 탄약을 그녀들에게 더 많이 주는 것밖에 되지 않는다.

그녀는 한쪽의 높고 하얀 기둥을 주먹으로 탁탁 쳤다. 아, 내가 만일 삼손이라면! 그렇다면 그녀는 이 저택 전부를 뿌리째 뽑아 버리고 그 속의 인간을 하나도 남김 없이 멸망시킬 수가 있을 텐데. 난 그녀들이 사과를 하도록 만들 테야. 본때를 보여 주고 말 테야. 어떻게 본때를 보여 줄 건지 그건 자기도 확실히 몰랐지만 어쨌든 본때를 보여 주리라고 생각했다. 그리고 자기를 아프게 한 이상으로 그녀들을 아프게 해주어야 한다.

순간 그녀는 언제나 그녀의 마음 속에 살고 있었던 애실리를 잊었다. 이제 그는 그녀가 사랑하던 키가 크고 의젓한 청년이 아니라, 윌크스네의, 그리고 트웰브 오우크스 저택의, 그리고 이 지방 사람들의 일부이고 한 조각이었다. 더구나 그녀는 그 모든 것이 그녀를 비웃었기 때문에 그들 전부를 증오했다. 열 여섯 살난 그녀에겐 허영심 쪽이 애정보다 훨씬 강했다. 이제 그녀의 뜨거운 심장에는 증오 이외에는 아무것도 받아들일 여지가 없었다.

『집에는 돌아가지 말자.』그녀는 생각했다. 『여기 남아서, 모두에게 미안하게 생각하도록 만들자. 어머니에게도 결코 말하지 않을 테야. 아냐, 아무에게도 말하지 않을 테야.』그녀는 발길을 돌려 계단을 올라가 다른 침실로 가리라 결심했다.

그녀가 방향을 바꾸었을 때, 긴 홀 맞은편에서 찰즈가 들어오는 모습이 보였다. 그는 그녀를 발견하고 급히 다가왔다. 머리칼은 헝클어지고 얼굴은 홍분으로 제라늄처럼 빨갛게 되었다.

「굉장한 일이 생겼어요, 알고 계십니까?」하고 아직 곁으로 다가오기도 전에 그는 외쳤다. 「폴 윌슨이 이제 막 정보를 가지고 존즈보로에서 달려왔어요!」

곁으로 오자 그는 숨을 헐떡이면서 말을 끊었다. 그녀는 아무 말없이 묵묵히 그를 쳐다봤다.

「링컨 씨가 드디어 부하를, 병사를——의용군 말예요——칠만 오천 명을 소집하기 시작했다는 겁니다!」

또 링컨이야! 남자란 정말 중요한 일은 생각하지 못하는 걸까? 내 마음이 찢어지고, 체면이 형편없이 된 거나 다름없는 이 마당에, 링컨의 행동 따위로 내가 흥분하기를 바라는 바보 청년이 여기 있다.

찰즈는 그녀를 응시했다. 그녀의 얼굴빛은 종잇장처럼 하얗고 파란 눈동자는 에메랄드처럼 반짝이고 있었다. 그는 여자 얼굴에 불타는 이 같은 불길을 어떤 아가씨의 얼굴에서도 본 일이 없고, 눈에 반짝이는 그 같은 광채를 어떤 사람의 눈에서도 본 일이 없었다.

「지각없는 짓을 했읍니다.」그는 말했다. 「좀더 조용히 얘기해야 하는 건데. 여자들이 얼마나 섬세하다는 걸 그만 잊고 있었읍니다. 갑자기 놀라게 해드려 죄송합니다. 어디가 좋지 않으세요? 물을 갖다 드릴까요?」

「괜찮아요.」그녀는 말하고 일그러진 미소를 보였다.

「밖으로 나가서 의자에 걸터앉을까요?」그녀의 팔을 잡으면서 그는 말했다.

그리고 고개를 끄덕이는 것을 보자, 그녀를 부축해 계단을 내려간 다음 잔디를 가로질러 앞뜰의 가장 큰 떡갈나무 아래에 있는 쇠걸상으로 데리고 갔다. 여자란 어쩌면 이토록 가냘프고 마음이 약한 것일까! 그는 생각했다. 전쟁이라든가 살벌한 이야기를 듣기만 해도, 벌써 기절할 것처럼 되고 마니. 그는 자기가 무척 남자답게 느껴졌다. 그래서 그는 더욱더 부드러운 태도로 그녀를 자리에 앉혔다. 그녀는 보통 때와 아주 다르게 보였다. 하얀 얼굴에는 자기도 모르게 가슴이 뛸 것 같은 야성적인 아름다움이 있었다. 내가 전쟁에 나간다고 해서, 이처럼 그녀는 슬퍼하고 한탄하고 있는 걸까. 아냐, 그렇게 생각하는 건 주제넘은 생각이야. 믿어지지 않아. 하지만 어째서 그녀는 이렇듯 묘한 눈초리로 나를 바라보고 있는 걸까! 또 어째서 레이스 손수건을 만지작거리는 그녀의 손은 이토록 떨리고 있는 걸까? 더구나 그녀의 짙고 검은 속눈썹——전에 그가 읽은 소설 속의 소녀처럼 파르르 떨고 있지 않은가. 부끄러움과 애정으로 깜박거리고 있지 않은가.

그는 뭔가 말하려고 세 번 헛기침을 했지만, 세 번 다 허사였다. 그는 쏘는 듯한 그녀의 시선에 질려 눈을 내리깔았다. 그 눈은 그를 향하고 있었지만 그를 보고 있지는 않고 그를 꿰뚫고 뭔가를 응시하고 있는 것처럼 빛났다.

『이 남자에겐 많은 돈이 있다.』 문득 한 가지 계획이 가슴에 떠오르자 그녀는 빠르게 생각했다. 『귀찮은 부모도 없고 게다가 애틀랜타에 살고 있다. 만일 내가 재빨리 이 남자와 결혼해 버리면, 애실리도 아까의 일은 내 본심이 아니고 단지 농담삼아 한 것이라고 생각할 거야. 그리고 이 남자를 뺏는다는 건 하니를 죽이는 것도 돼. 그 애는 이제 두 번 다시 애인을 손에 넣을 수가 없을 테니까. 그리고 사람들은 아마 죽도록 그녀를 비웃을 거야. 멜라니도 저렇듯 오빠를 사랑하고 있으니까 그 오빠가 나와 결혼했다면, 아마 괴로와할 거야. 그리고 스튜어트나 브렌트도 틀림없이 상처를 입고…….』 왜 자기가 다른 청년들까지 괴롭혀야만 되는지, 그 청년들이 심술궂은 누이들을 갖고 있다는 것 말고는, 스카알렛은 똑똑히 알고 있지 못했다. 『이제 내가 훌륭한 마차에 타고 예쁜 옷을 많이 갖고 내 집을 가지고 이곳을 찾아온다면, 모두들 틀림없이 나쁜 짓을 했다고 뉘우칠 거야. 그리고 결코 나를 비웃거나 하지는 못 할 거야.』

「물론, 그건 전쟁을 의미합니다.」 하고 몇 번인가 말하려고 시도하다 실패한 끝에 찰즈는 말했다. 「하지만 걱정할 건 없어요, 스카알렛 양. 전쟁은 한 달로 끝이 날 테니까요. 우리는 놈들을 혼구멍을 내줄 겁니다. 그렇죠 ! 틀림없이 혼구멍을 내줄 거예요 ! 전 무슨 일이 있어도 이 기회를 놓치고 싶지 않아요. 우리들의 기병대는 즉각 존즈보로에 집합하도록 되어 있으니까요, 오늘 밤 무도회는 쓸쓸할 겁니다. 탈레턴 형제 같은 사람은 벌써 이 정보를 알리기 위해 뛰어나갔으니까요. 아가씨들에겐 정말 미안하게 됐읍니다.」

그녀는 「어머나 !」 하고 말했다. 그 이상 말할 수가 없기 때문이었지만, 그러나 찰즈에게는 그것만으로도 충분했다.

그녀는 냉정을 되찾고 차츰 침착해지기 시작했다. 그녀의 모든 감정 위에는 서리가 내린 것 같아, 자기는 이제 두 번 다시 만사를 따뜻한 마음으로 받아들일 수가 없다고 한다면 결혼 상대 같은 건 아무라도 좋다. 이 청년이 오히려 다른 청년들보다 나을지도 모른다. 설사 내가 아흔 살까지 산다고 하더라도, 결코 두 번 다시 뭔가에 감정이 동요되는 일은 없을 테니까.

「웨이드 햄턴 씨의 남 캐롤라이나 연대에 가입할 것인지, 아니면 애틀랜타 수비대에 참가할 것인지, 전 아직 결심이 서지 않았읍니다.」

그녀는 또 한 번 「어머나 !」 하고 말했다. 두 사람의 눈이 마주쳤다. 그녀의 속눈썹, 그것은 찰즈를 뇌살시켰다.

「저를 기다려 주시겠읍니까, 스카알렛 양? 놈들을 해치우고 말 때까지 저를 기다려 주신다면…… 그렇게 해주신다면 저는 얼마나 행복할지 모르겠읍니다.」 그는 숨소리를 죽이고 그녀의 대답을 기다렸다. 그리고 그녀의 입술이 옆으로부터 느슨해지고 처음으로 그 입가에 어두운 그림자가 드리우는 것을 보고 그 입술에 입을 맞추면 어떤 기분이 들까 생각했다. 끈끈하게 땀이 밴 그녀의 손이 그의 손 안으로 미끄러져 들어왔다.

「저, 기다리는 건 싫어요.」 그녀는 말하고 눈을 반쯤 감았다.

그는 입을 멍청하게 벌린 채 그녀의 손을 움켜잡았다. 속눈썹 밑으로 그를 보면서, 스카알렛은 마치 꼬챙이에 찔린 개구리 같다고, 남의 일처럼 생각했다. 그는 몇.번이고 더듬거리며, 또 제라늄 같은 색이 되면서 입술을 몇 번이나 움직인 끝에 겨우 말했다.

「정말 저를 사랑해 주시겠읍니까?」

그녀는 잠자코 무릎을 내려다보았다. 찰즈는 끝없는 기쁨과 어리둥절한 상태에 깊이 빠져들었다. 아마 그것은 남자가 젊은 처녀에게 할 질문은 아니었는지 모른다. 그 말에 대답한다는 건 어쩌면 그녀로선 처녀답지 않은 일인지도 모르는 찰즈는 어쩌면 좋을지 전혀 짐작이 가지 않았다. 될 수 있으면 큰 소리로 고함을 치고, 노래하고, 그녀에게 키스하고, 잔디밭 위를 껑충껑충 뛰고, 그리고 뛰어나가 흑인이건 백인이건 아무에게나 그녀가 자기를 사랑한다고 외치며 다니고 싶었다. 그러나 그는 단지 그녀의 반지가 살에 파고들도록 세차게 그녀의 손을 움켜잡았을 뿐이었다.

「곧 저와 결혼해 주시겠읍니까, 스카알렛 양?」

「네.」 하고 옷의 주름만 만지작거리며 그녀는 대답했다.

「누이동생 멜라니의 결혼식하고 같이 하기로 할까요?」

「그건 안 돼요.」 그녀는 재빠르게 말했다. 그를 올려다보는 눈이 심상치 않게 빛났다. 찰즈는 또 실책을 저지른 것을 깨달았다. 물론 처녀란 자기 혼자만의 결혼을 바라는 법이다. 남과 영광을 나누고 싶지 않다고 생각하는 게 당연하다. 그러나 이런 실책을 눈감아 주다니, 그녀는 얼마나 마음 착한 여자인가. 만일 주위만 어둡다면, 그리고 그 어둠이 주는 용기가 자기에게 있기만 한다면, 그녀의 손에 키스하고, 말하고 싶은 모든 것을 털어놓을 텐데.

「당신 아버님한테 언제 말씀드릴까요?」

「빠르면 빠를수록 좋아요.」 그녀는 대답했다. 그가 빨리 이쪽에서 말을 꺼내기 전에 반지 낀 손을 옥죄는 것을 중지해 주었으면 하고 생각하면서.

그는 벌떡 일어났다. 그녀는 순간, 이 남자가 기쁨에 이성을 잃어 명문의 자제로서 지켜야 할 예의를 잊고 춤을 추는 거나 아닌가 생각했다. 그는 사심이 없는 단순한 마음을 눈에 완전히 나타내고, 기쁜 듯이 그녀를 내려다보았다. 그녀는 이제까지 이런 식으로 남에게서 응시를 받은 일이 없었다. 그리고 앞으로도, 누구에게도 이런 시선을 받으리라곤 생각되지 않았다. 그녀는 남의 일처럼 그의 그런 모습을, 마치 송아지 같다고 생각했을 뿐이었다.

「이제부터 가서 당신 아버님을 찾겠어요.」하고 얼굴 가득히 웃음을 띠며 그는 말했다.「난 이제 더 기다릴 수가 없어요. 괜찮지요? 네, 사랑하는 스카알렛.」애정을 나타내는 사랑한다는 말이 좀처럼 나오지 않았지만, 한 번 입 밖에 내놓자 그는 기뻐 다시 그걸 되풀이했다.

「괜찮아요.」하고 그녀는 말했다.「전 여기서 기다리겠어요. 여기는 아주 시원하고 기분이 좋아요.」

그는 잔디밭을 가로질러 저택을 돌아서 모습을 감추었다. 그녀는 살랑살랑 잎사귀가 흔들리는 떡갈나무 아래 혼자 남겨졌다. 승마복 차림의 남자들이 마구간에서 말을 타고 줄줄이 이어 나갔다. 검둥이들은 주인의 뒤를 따라, 그 역시 열심히 말을 몰고 갔다. 먼로 형제는 모자를 흔들면서 달려갔고, 폰텐네나 캘버트네 청년들은 뭔가 외치면서 길을 달려내려갔다. 탈레턴네의 사 형제는 잔디밭을 곧장 가로질러 그녀 곁으로 돌진해 왔다. 브렌트는「어머니에게서 말을 얻게 됐어! 이이 에이 이이!」하고 외쳤다. 그리고 그들은 잔디를 짓밟으며 달려가 버렸다. 그녀는 또 혼자가 되었다.

그녀에겐 지금 눈 앞에 높은 기둥을 우뚝 세우고 서 있는 이 흰 서택이, 위엄 있는 것처럼 보였다. 이제 이 집이 그녀의 집이 될 가망은 없어졌다. 애실리가 그녀를 신부로 맞아 이 집 문지방을 넘게 할 리는 결코 없을 테니까. 아, 애실리, 애실리! 나는 대관절 무슨 일을 저지르고 말았는가? 그녀의 마음 속 깊은 곳에서는 상처입은 긍지와 냉정한 타산 밑에, 뭔가 따끔따끔 찌르듯 움직이는 게 있었다. 그것은 그녀의 허영심이나 자기 중심의 이기주의보다도 한층 강한 것, 하나의 여성으로서의 감정이 싹트기 시작한 것이다. 그녀는 애실리를 사랑하고 있었다. 그리고 애실리를 사랑하고 있음을 알고 있었다. 그뿐인가, 찰즈가 꾸불꾸불 구부러진 자갈길 저쪽으로 모습을 감추는 것을 보았을 때만큼 애실리에 대한 사랑을 깊이 느낀 때는 없었다.

7

그로부터 이 주일도 되기 전에, 스카알렛은 유부녀가 되고 다시 두 달이 채 못 되어 과부가 되었다. 그처럼 허둥지둥 서두르고 그처럼 조금밖에는 생각하지 않 았던 인생의 속박에서는 곧 해방되었지만, 그러나 그녀는 이제 두 번 다시 미혼 시절의 그 태평한 자유를 맛볼 수는 없었다. 왜냐하면 그녀의 과부 생활은 결혼 의 발꿈치를 물고 따라왔고, 더구나 그녀를 당황케 한 것은 그 뒤 곧 어머니의 시절이 이어졌기 때문이다.

그 뒤 몇 년이 지난 다음 1861년 4월 하순의 당시를 돌이켜보아도, 스카알렛은 하나도 자세한 일을 기억해 낼 수가 없었다. 시간과 사건이 마치 현실성도 근거 도 없는 악몽처럼 복잡하게 얽혀 있을 뿐이었다. 아마도 그녀가 죽는 날까지 당 시의 기억은 모두 공백으로 남으리라. 특히 막연한 것은 찰즈의 구혼을 승낙한 날부터 결혼식까지의 기억이었다. 이 주일! 평화로운 시절이었다면, 그렇게 짧은 약혼 기간은 도저히 있을 수 없었으리라. 예의상 일 년이나 적어도 육 개월 의 간격이 그 사이에 있어야 했다. 그러나 당시 남부는 전쟁에 불타오르고 있었 고, 숱한 사건이 마치 강풍에 밀리듯 눈부시게 돌아가 옛날 같은 느릿한 템포는 사라지고 없었다. 엘렌은 결혼에 대해 좀더 천천히 생각할 기간을 두기 위해 두 손으로 빌다시피 결혼의 연기를 권했다. 그러나 그 충고에 스카알렛은 고집스런 얼굴을 돌렸을 뿐 전연 귀담으려 하지 않았다. 나는 결혼하는 거야! 그것도 될 수 있는 대로 빨리. 이 주일 안으로!

애실리의 결혼식은 소집이 있는 대로 언제든지 출정할 수 있도록 가을로 잡았 던 예정이 5월 1일로 당겨졌다. 그것을 안 스카알렛은 자기들의 결혼식을 그의 결혼식 바로 전날로 정했다. 이것도 엘렌은 반대했지만, 찰즈는 새로 개척한 웅 변으로 스카알렛과 함께 열심히 엘렌을 설득했다. 그는 한시라도 빨리 남 캐롤 라이나로 가서 웨이드 햄턴 연대에 참가하고 싶었던 것이다. 제랄드도 젊은 두 사람의 편이었다. 그는 전쟁열에 들떠 있었고, 스카알렛이 좋은 결혼 상대를 얻은 것을 기뻐하고 있었다. 전쟁이 있다고 하는데, 젊은 사람의 사랑을 어떻게 방해할 수가 있단 말인가! 엘렌은 어쩔 줄 몰라했지만 이윽고 남부의 모든 어 머니들과 마찬가지로 양보했다. 그녀들의 한가롭기만 한 태평 세월은 뒤집히고 만 것이다. 그녀들의 탄원도 기도도 충고도, 그녀들을 세게 몰아친 강력한 힘 앞에서는 아무런 소용이 없었다.

남부 여러 주는 열광과 흥분에 취해 있었다. 누구나가 일전을 벌이는 것으로 전쟁은 끝날 것으로 믿었다. 때문에 청년들은 하나같이 전쟁이 끝나기 전에 서둘러 응모하고 북군을 단숨에 무찌르기 위해 버지니아 전선으로 출정하기 전에 애인들과 결혼을 서둘렀다. 군내에서도 열두어 쌍의 전시 결혼이 올려졌지만, 이별을 슬퍼할 틈도 거의 없었다. 왜냐하면 깊이 인생 문제를 생각하고 눈물을 흘리기에는, 그들은 너무나도 바빴고 너무나도 흥분하고 있었기 때문이다. 부인들은 군복을 만들고 양말을 뜨고 붕대를 감았고, 남자들은 훈련을 받고 사격 연습에 바빴다. 애틀랜타나 버지니아로향하는 군용 열차가 병사를 태우고 매일 존즈보로를 통과했다. 어떤 부대는 빨강, 연보라, 혹은 초록빛의 화려한 군복을 입은 상류의 자제만으로 편성되었고, 또 개중에는 모직 군복에 곰가죽 모자를 쓴 소부대도 있었다. 군복을 입지 않고 신사복에 훌륭한 린네르 와이셔츠를 입은 사람도 있었다. 하나같이 훈련은 돼 있지 않고 무장조차 불충분했지만, 마치 피크닉이라도 가는 것처럼 몹시 들떠 고함을 질러 댔다. 이러한 광경은 이 근방의 청년들을, 자기들이 버지니아에 가기 전에 전쟁이 끝나 버리지나 않을까 하는 공포 속으로 몰아 넣었고, 이로써 의용군의 출동 준비는 날이 갈수록 박차가 가해졌다.

이런 혼란한 가운데에서, 스카알렛의 결혼식 준비는 추진되었다. 거의 자각 없이, 그녀는 엘렌의 결혼 의상과 베일을 쓰고 아버지 가슴에 의지하여 타라의 넓은 계단을 내려가 집 안에 가득 차 있는 손님 앞에 섰다. 벽에 달린 무수한 촛불과 얼마간 얼떨떨하면서도 애정에 넘친 얼굴로 딸의 행복을 조용히 빌고 있는 어머니의 입술의 움직임과, 재산이 있고 훌륭한 가명(家名)을 가지고 게다가 전통 있는 오랜 명문과 혼인을 한다는 자랑과 브랜디에 빨갛게 취한 아버지와 그리고 또 멜라니와 팔을 끼고 계단 아래 서 있던 애실리의 얼굴 등을, 그녀는 나중에 아득한 꿈처럼 회상했다.

그녀를 바라보는 애실리의 표정을 보았을 때, 그녀는 생각했다. 『이건 현실이 아니다. 현실일 리가 없어. 나는 악몽을 꾸고 있는 거야. 나중에 눈을 뜨면 모두 꿈이었다는 것을 알게 될 거야. 지금 곰곰이 생각해선 안 돼. 그렇지 않으면 나는 이 사람들 앞에서 큰 소리로 외칠지도 몰라. 지금은 아무것도 생각할 수 없어. 나중에 생각하자. 참을 수 있게 되면, 애실리의 눈이 내 앞에 나타나지 않게 되면…….』

다정하게 미소짓는 사람들 사이를 지나간 것도, 빨갛던 찰스의 얼굴도, 결혼을 맹세하던 그의 더듬거리는 목소리도 깜짝 놀란 만큼 야무지고 냉정했던 그녀 자신의 대답도, 모두 거의 꿈 같았다. 식이 끝난 뒤 축사며.키스며 축배며 춤이며, 그 또한 전부 꿈만 같았다. 볼에 받은 애실리의 키스 느낌조차도, 『이걸로

150

우리는 정말 자매가 되었네요.』하고 다정하게 속삭이던 멜라니의 목소리도 현실이라곤 믿어지지 않았다. 찰즈의 고모로, 뚱뚱하고 감동하기 잘하는 노처녀 피티파트 해밀턴이 기절해 쓰러지고 말았을 때의 소동도 뭔가 일장의 악몽으로밖에 여겨지지 않았다.

그러나 춤과 건배가 모두 끝나고 새벽이 가까왔을 때, 그리고 타라 저택의 농장 감독의 집에까지 꽉 들어 찬 애틀랜타에서 온 손님이 모두 침대나 긴의자나 바닥에 깐 짚 방석에서 곯아떨어지고, 이웃 사람들도 이튿날 트웰브 오우크스에서 있는 애실리의 결혼식에 대비하여 집으로 휴식하러 돌아갔을 때, 꿈처럼 아득한 상태는 현실 앞에 유리잔처럼 깨지고 말았다. 이불을 푹 뒤집어쓰고 놀라서 바라보고 있는 그녀의 눈빛을 피하며 잠옷을 입고 불그레한 얼굴로 그녀의 화장실에서 나타난 찰즈, 그것이 현실이었다.

물론 그녀도 결혼한 사람이 한자리에 든다는 건 알고 있었다. 그러나 그건 그녀가 생각해 보지도 않은 일이었다. 그건 아버지와 어머니의 경우에는 극히 당연한 것으로 생각되었지만, 막상 그것을 자기에게 적용시켜 생각한 일은 없었다. 원유회가 있은 뒤 그녀는 이제 처음으로 자기가 자기 자신에게 어떤 일을 저지르고 말았는가를 똑똑히 깨달았다. 자기의 경솔한 행동에 대한 쓰디쓴 뉘우침과 애실리를 영원히 잃어버린 슬픔 때문에 가슴이 찢어질 것같이 되었을 때, 사실은 조금도 결혼 같은 것은 하고 싶지 않았던 이 서먹서먹한 청년이 자기와 침대를 같이하려고 한다고 생각하자, 그녀는 도저히 참을 수가 없었다. 그가 주저주저하면서 침대에 다가섰을 때, 그녀는 목쉰 소리로 속삭였다.

「내 옆에 가까이 오면 소리지르겠어요! 정말이에요! 정말 난 힘껏 소리칠 테예요! 저리 가세요! 날 건드리지 마세요!」

이리하여 찰즈 해밀턴은 결혼 첫날밤을 방 한 귀퉁이 팔걸이 의자에서 자야만 했는데, 그러나 그는 그것을 그다지 불행하게 생각하지 않았다. 왜냐하면 그는 그것을 새색시의 조심성과 부끄러움 때문이라고 이해했기 때문이고, 혹은 적어도 이해했다고 생각했기 때문이었다. 그는 그녀의 공포가 가라앉을 때까지 기꺼이 기다릴 참이었다. 다만, 자기는 이제 곧 전쟁에 나가야만 한다. 그는 좀더 편한 자세가 되려고 몸을 뒤채며 자기도 모르게 한숨을 쉬었다.

그녀 자신의 결혼식도 악몽 같았지만, 애실리의 결혼식은 그녀에겐 그 이상의 악몽이었다. 스카알렛은 푸른 능금빛 〈신혼 이틀째〉의 옷을 입고, 무수한 촛불빛을 받으며 드웰브 오우크스 저택의 객실에 서 있었다. 객실은 어젯밤과 똑같은 군중으로 붐비고 있었다. 새삼스레 멜라니 윌크스가 된 멜라니 해밀턴의 평범하고 조그만 얼굴이 아름답게 빛나는 것을 그녀는 보았다. 이걸로 이제 애실리는 영원히 자기 손에서 떠나고 만 것이다. 나의 애실리 ! 아냐, 이제는 벌써 내 애실리가 아니야. 아냐 아냐, 여태까지도 그가 한 번이라도 내것이었던 일이 있었던가 ? 마음 속에서는 여러 가지가 뒤섞여 마음은 한껏 피로하고 혼란했다. 그는 그녀를 사랑한다고 했다. 하지만 그렇다면, 대체 무엇이 두 사람을 갈라 놓는가 ? 그것을 알 수 있다면, 대체 무엇이 두 사람을 갈라 놓았는가 ? 한 번은 아주 중대한 일인 것처럼 생각되었지만, 지금에 와서는 하나도 중대하지 않지 않은가. 마음을 죄는 모든 것은, 오직 애실리의 일뿐이었다. 그 애실리는 이제 가 버리고 말았다. 그리고 자기는 사랑하지 않을 뿐만 아니라, 적극적으로 경멸마저 느끼는 남자와 결혼하고 만 것이다.

아, 그녀는 얼마나 모든 것을 후회했던가. 얼굴이 못생긴 것을 비관하여 스스로의 코를 베었다는 얘기를 그녀는 가끔 들은 일이 있었다. 그러나 지금까지 그것은 한낱 말의 형용에 지나지 않는다고 생각하고 있었다. 그런데 이제 그녀는 그 의미를 아프도록 안 것이다. 찰즈에게서 떨어져 완전히 타라로 돌아가 다시 한 번 처녀 시절로 돌아가고 싶다는 미칠 듯한 마음에 섞여 오직 나무랄 것은 자기뿐이라는 자책이 아프도록 가슴을 저며 왔다. 어머니 엘렌이 그토록 말리려고 했는데, 자기가 듣지 않았던 것이다.

그녀는 애실리가 결혼하던 날 밤, 밤을 새워 가며 정신없이 춤을 추고 기계적으로 웃고 떠들었다. 그리고 엉뚱한 생각이었지만 그녀를 행복한 신부라 생각하고 그 가슴의 고민을 깨닫지 못하는 사람들의 어리석음을 이상히 여겼다. 고맙게도 누구도 그녀의 참뜻을 간파할 수는 없었다.

그날 밤 마미가 옷시중을 들고 돌아간 다음, 찰즈가 결혼 둘째날 밤도 역시 말털 담요 의자 위에서 보내야만 하나 생각하며 화상실에서 머뭇머뭇 나타난 것을 보자, 그녀는 소리를 내어 울기 시작했다. 찰즈가 침대에 올라가, 그녀 옆에 누워 열심히 달래려고 했지만 그녀는 그치지 않았다. 눈물이 다 마를 때까지 말도 하지 않고 울어 댔다. 마침내 그녀는 훌쩍거리면서, 순수히 그의 어깨에 고개를 파묻었다.

만일 전쟁이 없었다면, 이 두 쌍의 신혼 부부는 우선 일주일 가량 군내의 여기저기의 가정을 방문하고, 사람들로부터 무도회와 원유회로 환영을 받은 뒤 사러토거나 화이트 살파로 신혼 여행을 떠났을 것이다. 그리고 전쟁이 아니었다면 스카알렛은 그녀에게 예의를 표하기 위해 베풀어지는 폰텐네나 캘버트네나 탈레텐네의 연회에 참석하기 위해, 결혼 삼일째, 사일째, 오일째를 차례로 옷을 바꿔 입지 않으면 안 되었을 것이다. 그러나 때가 때이니 만큼 연회도 신혼 여행도 다 중지되었다. 결혼한 뒤 일 주일 만에, 찰즈는 웨이드 햄턴 연대에 참가하려고 출발했다. 그리고 그로부터 이 주일 뒤, 애실리 또한 이 군 전부를 텅텅 비게 하고 조직된 기병대와 함께 전선으로 떠나 버렸다.

그 이 주일 동안 스카알렛은 애실리가 혼자 있는 것을 본 일도 없고, 또 단 둘이 이야기를 나눈 일도 없었다. 무서운 이별의 순간이 오고, 그가 정거장으로 가는 도중 타라에 들렀을 때도 그녀는 그와 얘기를 나눌 수가 없었다. 왜냐하면 보네트를 쓰고 숄을 두르고 새로이 몸에 붙인 기혼 여인의 품격과 안정감을 보이면서, 멜라니가 그의 팔에 매달려 있는데다가, 타라 농장의 모든 사람들이 검둥이 흰둥이 할것없이 몽땅 애실리의 출정을 전송하러 나와 있었기 때문이었다.

멜라니는 말했다.「스카알렛에게 키스해 주세요, 애실리. 이제 이 분은 제 올케예요.」애실리는 허리를 굽혀 차가운 입술을 그녀의 볼에 대었다. 그의 얼굴은 딱딱하게 긴장돼 있었다. 스카알렛은 키스를 받았지만 조금도 기쁘지 않았다. 차라리 멜라니의 참견이 귀찮았다. 헤어질 때 멜라니는 숨이 막힐 만큼 그녀를 껴안았다.

「애틀랜타에 오세요. 그리고 저와 피티퍼트 고모님을 방문해 주시지 않겠어요? 우린 모두 언니를 무척 초대하고 싶어하고 있어요! 찰즈 부인과 좀더 친해지고 싶은 거죠.」

이윽고 다섯 주일이 지났다. 그 동안 남 캐롤라이나에 있던 찰즈는 은근한 기쁨과 애정에 넘친 편지를 몇 통인가 보내고 자기가 얼마나 깊이 그녀를 사랑하고 있는가를, 그리고 전쟁이 끝난 뒤 장래의 계획이며 그녀를 위해 훌륭한 공을 세우고 싶다는 말과, 지휘관 웨이드 햄턴 대령에 대한 존경심 같은 것을 적어 보냈다. 그리고 그로부터 칠 주일째에, 그 햄턴 대령에게서 직접 전보가 왔다. 이어 친절하고 정중한 조위(弔慰)의 편지가 배달되었다. 찰즈는 죽은 것이다. 대령은 좀더 일찍 전보를 치고 싶었지만, 자기의 병을 아주 가볍게 생각한 찰즈는 가족에게 걱정을 끼치고 싶지 않다고 치지 못하게 했다는 것이다. 이 불행한 청년은 승리를 얻었다고 믿고 있던 사랑에 배신당했을 뿐만 아니라, 싸움터에서 명예와 영광을 빛내려고 했던 드높은 희망에도 배신을 당한 것이다. 그는 남 캐롤라이나 야영지에만 있었고, 한 번도 북군에 접근한 일도 없이 마진(痲疹) 끝에 폐병이 되어 어이없이 죽어 버린 것이다.

달이 차서 찰즈의 아이가 태어났다. 사내아이에게는 아버지의 지휘관의 이름을 붙이는 것이 당시의 유행이었기 때문에, 그 아이는 웨이드 햄턴 해밀턴이라고 이름이 지어졌다. 임신이 된 것을 알았을 때, 스카알렛은 세상이 캄캄해진 것 같아 눈물을 흘리며 차라리 죽어 버릴까 하는 생각조차 했다. 그러나 그녀는 별 고통 없이 뱃속에 아이를 길러 쉽게 낳아 놓았고, 곧 전대로의 몸이 되었다. 마미는 그녀를 보고, 정말 이래서는 하층 계급의 아낙네와 조금도 다를 게 없다고 가만히 말했다. 즉 귀부인이란 좀더 고통을 받는 법이라는 뜻이었다. 스카알렛도 이 일만은 숨기고 있었지만, 그녀는 아이에 대해 전혀 애정을 느끼지 못했다. 처음부터 애 같은 것은 바라지도 않았으며 태어난 것이 원망스럽기조차 했다. 그렇기 때문에 아이가 막상 태어난 뒤에도, 그 아이가 자기의 것이라든가 자기의 일부라는 느낌은 들지 않았다.

산후, 몸의 회복은 남의 소문이 시끄러울 정도로 빨랐으나 정신적으로는 아직 멍하니 허약해 있었다. 그녀의 기분을 돋우려고 온 농장이 애를 썼지만, 그녀는 도무지 기운이 없었다. 엘렌은 바쁘게 일하면서도 이마에 근심스러운 주름살을 지었고, 제랄드는 여느 때보다도 더욱 화를 잘 내었으며, 존즈보로에서 가끔 쓸모도 없는 선물을 사다주곤 했다. 의사인 늙은 폰텐 선생도 유황과 사리별(흰 설탕을 섞게 한일 액체 —역자주)과 약초를 섞어 만든 강정제가 조금도 듣지 않는 것을 보고는, 고개를 갸웃거리지 않을 수 없었다. 스카알렛이 시종 초조해 하고 멍해 있는 상태가 반복되는 것은 마음의 슬픔이 원인이라고 어느 날 선생은 엘렌에게 넌지시 귀띔했다. 그러나 만일 스카알렛이 설명할 마음만 내켰다면, 그것과는 전혀 다른, 좀더 복잡한 괴로움이라는 것을 그들에게 가르쳐 주었을지도 모른다. 그러나 그녀는, 자기가 이렇게 우울하게 가라앉아 있는 것처럼 보이는 것은 자기가 실제로 어머니가 된 것에서 오는 격심한 권태와 당혹 때문이며, 특히 애실리가 없어졌기 때문이라는 것은 아무에게도 밝히려고 하지 않았다.

심한 권태가 늘 떠나지 않았다. 기병대가 전쟁에 나간 뒤부터, 이 지방엔 마음을 위로할 것도 사교 생활도 없어져 버렸다. 흥미의 대상이 되는 청년들도 모두 가 버렸다. 탈레턴네의 네 아들도, 캘버트네의 두 아들도 폰텐네나 먼로의 네 아들도, 또 존즈보로나 페이에트빌이나 러브조이 근처의 젊고 매력적인 젊은 이들도 남은 것은 단지 노인과 불구자와, 그리고 여자들뿐이었다. 그들은 뜨개질을 하든가 바느질을 하든가 군대를 위해 목화나 곡식의 증산을 도모하든가 돼지나 양이나 소의 번식을 꾀하면서, 분주히 일하고 있었다. 어쩌다 남자다운 남자를 볼 수 있는 것은, 스월렌의 애인인 중년의 프랭크 케네디가 거느리는 병참 부대가 매달 물자를 모으기 위해 찾아올 때뿐이었다. 그러나 병참 부대에는 그렇게 흥미있는 사람은 없었고, 게다가 그녀는 프랭크가 소심하게 스월렌의 비위를 맞추는 게 보기 싫었으며, 나중에는 웃는 얼굴조차 보여 줄 수 없게 되었다. 그녀는 프랭크와 스월렌이 빨리 결혼해 버렸으면 좋을 텐데 하고 생각했다.

그러나 설령 병참 부대가 좀더 흥미있는 부대였다고 해도 그녀를 권태로운 상태에서 구해 낼 수는 없었을 게 틀림없었다. 그녀는 미망인이었고, 그녀의 마음은 무덤 아래 있었기 때문이다. 적어도 사람들은 그녀의 마음이 무덤 아래에 있다고 생각하고 한층 그녀를 짜증나게 만들었다. 왜냐하면 아무리 노력해 보아도, 그녀가 찰즈에 대해 기억할 수 있는 건 그녀가 결혼을 승낙했을 때 그의 얼굴에 나타냈던 그 죽어 가는 송아지 같은 표정뿐이었기 때문이다. 게다가 그 기억마저 점점 엷어져 가고 있었다. 그러나 그렇다고 해도 그녀는 미망인이었고, 따라서 태도를 조심해야만 되었다. 미혼인 처녀들의 활기는, 그녀에겐 이미 허락되지 않았다. 의젓한 얼굴을 하고 초연한 체하지 않으면 안 되었다. 프랭크의 부관(副官)이, 정원 그네에 스카알렛을 태우고 흔들며, 그녀를 크게 웃기고 있는 것을 본 어머니 엘렌은 몹시 마음이 상해, 미망인이란 얼마나 사람들의 손가락질을 받기가 쉬운 것인가를 누누이 일러 주었다. 미망인의 행동은 기혼자의 행동보다 두 갑절이나 조심스럽지 않으면 안 되는 것이다.

『참 까다롭기도 하지.』 하고 어머니의 다정한 목소리를 얌전히 들으며 스카알렛은 생각했다. 『기혼 부인도 재미있는 일이 하나도 없는데, 그럼 미망인은 마치 죽은 거나 다름없게！』

미망인이란 우중충한 검은 옷을 입지 않으면 안 되었다. 그 어두운 인상을 부드럽게 하기 위해 끈 조각을 다는 일조차 허락되지 않고, 꽃이나 리본이나 레이스는 물론 보석조차도 얼룩 마노(瑪瑙)인 상복용 브로우치나 죽은 사람의 머리털로 만든 목걸이밖엔 허락되지 않았다. 모자에서 늘어뜨린 검은 베일은 무릎까지 닿지 않으면 안 되었고, 삼 년 이상이 지나고 나서야 겨우 어깨까지의 길이로 줄일 수가 있었다. 미망인이란 결코 재미있게 지껄이든가 높은 목소리로 웃어서는 안 된다. 미소질 때도 음산하고 슬프게 웃어야 한다. 무엇보다도 가장 아찔한 것은, 미망인은 신사들과 자리를 같이하더라도 그들에 대해 어떠한 관심을 나타내서는 안 된다는 것이었다. 만일 교양이 없는 신사가 나타나 그녀에게 흥미를 나타냈을 경우에도, 그녀는 품위를 갖고 상냥하게 죽은 남편에 대한 이야기를 하여, 그 신사의 열을 식혀 주어야 했다. 맙소사, 하고 스카알렛은 처량하게 생각했다. 그러나 과부 중에는 나이를 먹고 뼈가 굳어지고 나서도 재혼하는 사람이 있다. 이웃과 근처 사람이 눈을 번뜩이고 있는데 어떻게 목적을 달성할 수가 있었는지 아무도 모른다. 재혼하는 상대는 대개 광대한 농장과 아이들을 한 다스나 거느리고 곤란을 받고 있는 노인인 경우가 많다.

결혼 생활도 꽤나 시시한 것이었다. 그러나 미망인이 되는건 그녀의 인생이 영원히 끝나 버리고 마는 것이다. 『찰즈가 죽은 이제 작은 웨이드 햄턴이 얼마나 당신의 위로가 되겠어요？』 하고 위로하는 사람은 얼마나 어리석은가. 그것이 지금의 그녀에게 뭔가 사는 희망이 되는 것처럼 말하는 사람은 얼마나 우둔

한가, 하고 그녀는 생각했다. 『사랑의 결정이 남겨져서 얼마나 행복하겠어요?』 하는 말을 누구나 한다. 물론 그녀도 아아뇨, 그런 일은 없어요, 하고는 말하지 못한다. 그러나 그 말처럼 그녀의 본심에서 먼 것은 없었다. 그녀는 자식인 웨이드에겐 거의 흥미가 없었다. 곧잘, 그것이 정말 자기가 낳은 아들이라는 것조차 잊어버릴 정도였다.

매일 아침, 잠이 깬 뒤 잠시 멍하니 있을 때만은 다시 스카아렛 오하라로 돌아갔다. 햇빛은 창밖 목련에 눈부시게 빛나고, 흉내쟁이새가 지저귀고 베이컨을 튀기는 구수한 냄새가 코로 스며든다. 그녀는 또다시 아무 근심이 없는 처녀가 된다. 그러나 이윽고 배고픔을 호소하는, 짜증 섞인 갓난애의 울음 소리가 들려온다. 그러면 그녀는 언제나, 정말 언제나 깜짝 놀라 생각하는 것이었다. 『어머, 우리 집에 갓난애가 있었던가!』 이윽고 그녀는 그것이 자기의 어린애임을 상기해 낸다. 몹시 어리둥절하지 않을 수 없었다.

다음은 애실리! 아아, 그 무엇과도 바꿀 수 없는 애실리! 난생 처음 그녀는 타라를 미워하고, 언덕에서 강기슭으로 이어지는 긴 붉은 흙길을 미워하고, 초록빛 목화잎이 피어 있는 황토밭을 미워했다. 일 피트의 땅, 한 그루의 나무, 한 가닥의 시냇물, 하나하나의 오솔길과 마차길, 모두가 그를 생각케 했기 때문이다. 그는 이미 다른 여자의 남편이 되고 또 전선으로 가 버리고 말았다. 그러나 그의 환영은 아직 황혼이 깃든 길을 방황하고, 지금도 포치의 그늘에서 예의 그 꿈꾸는 듯한 잿빛 눈으로 그녀에게 미소를 던졌다. 트웰브 오우크스에서 타라 농장으로 오는 강가 길에서 문득 말발굽 소리가 들렸을 때, 그녀는 몇 번이나 「애실리!」하며 가슴 두근거리는 감미로운 순간에 젖었던가!

그녀는 전에 그토록 사랑하고 있던 트웰브 오우크스를 지금은 싫어하고 있었다. 그러나 싫으면서도 마음은 자꾸 끌렸다. 거기서 그녀는 존 윌크스나 누이 동생들이 애실리의 얘기를 하는 것을 듣고, 또 버지니아 전선에서 온 그의 편지를 읽는 것을 들을 수가 있었기 때문이었다. 그 편지들은 그녀를 괴롭혔다. 그러나 그녀는 그것을 듣지 않고는 견딜 수 없었다. 그녀는 고집이 센 인디어나 어리석고 수다장이인 하니를 좋아하지 않았다. 둘 쪽에서도 자기를 싫어하고 있는 걸 알고 있었지만, 그래도 그녀는 거기에 가지 않을 수 없었다. 트웰브 오우크스에서 집에 돌아올 때마다 그녀는 침울한 얼굴로 침대에 들어가 식사 때가 되어도 일어나지 않았다.

무엇보다 엘렌과 마미의 마음을 아프게 하는 것은 이 식사를 하지 않는 것이었다. 마미는 맛있어 보이는 요리를 몇 가지나 가지고 와서 이제는 미망인이 되었으니까 먹고 싶은 대로 먹어도 괜찮다는 것을 넌지시 암시하는 것이었지만,

스카알렛은 전연 식욕을 느끼지 않았다.

폰텐 노선생이 엄숙한 표정으로, 사랑의 상심(傷心)은 곧잘 심신의 쇠약을 가져오고 그 결과 차츰 여위어 마침내는 무덤에까지 가는 일이 있다고 경고를 하자 엘렌은 새파랗게 질렸다. 이야말로 그녀가 은근히 염려하고 있던 최대의 두려움이었기 때문이다.

「무슨 좋은 방법이 없을까요, 선생님?」

「아마, 가장 좋은 건 전지(轉地)일 겁니다.」 선생은 대답했다. 단지 선생은 마음놓이지 않는 환자를 자기의 감독 밖으로 벗어나게 하는 것이 약간 마음에 걸리는 것 같았다.

그래서 스카알렛은 마지못해 아이를 데리고, 처음으로 사배나에 있는 오하라 댁과 로비야르 댁 친척을 방문하고 그리고 찰스턴에 살고 있는 엘렌의 언니들, 포라인 이모와 율라리 이모를 방문했다. 그러나 그녀는 엘렌이 예상했던 것보다 한 달이나 앞당겨 타라에 돌아왔다. 돌아온 이유에 대해선 아무 말도 하지 않았다. 사배나 사람들은 모두 친절했다. 그러나 제임즈와 앤드루와 그 아내들은 이미 늙은이가 되고 말아, 단지 그냥 가만히 앉아 스카알렛에게는 아무 흥미도 없는 옛날 얘기에만 골몰하고 있었다. 로비야르 댁 사람들도 똑같았다. 그러나 찰스턴은 무서운 곳이었다.

포라인 이모와 그 남편인, 형식적이고도 까다롭게 예절을 지키면서 과거의 시대에 살고 있는 것처럼 어딘가 얼빠진 구석이 있는 작은 몸집의 노인은, 타라보다 훨씬 적적한 강기슭 한 농장에 살고 있었다. 가장 가까운 이웃이라는 것이 이십 마일이나 떨어져 있고, 게다가 그곳에 가려면 우중충한 삼나무와 떡갈나무가 우거진 숲 속 어둠침침한 길을 지나야만 되었다. 잿빛 이끼가 바람에 흔들리는 커튼처럼 늘어져 있는 떡갈나무는 제랄드에게서 들은 흐릿하게 빛나는 안개 속을 헤매는 아일랜드의 귀신 이야기를 언제고 그녀에게 상기시켰다. 아침부터 밤까지 뜨개질을 하고, 밤엔 카리 아저씨가 읽어 주는 수양 저서(修養著書) 불워 리튼을 듣는 것밖엔 아무것도 할 일이 없었다.

찰스턴의 포대산(砲臺山) 위에, 주위에 높은 돌담을 두른 정원이 있는 응대한 저택이 들어박힌 율라리 이모네도 역시 아무 재미가 없었다. 기복이 심한 넓은 황토 언덕을 내려다보며 살아온 스카알렛에게는 그곳은 마치 감옥 속에 갇힌 느낌이었다. 여기에는 포라인 이모네보다는 사교적인 생활이었지만, 그러나 찾아오는 사람들의 태도나 습관이나 가문 자랑 따위가, 스카알렛에겐 아주 싫었다. 그 사람들 모두가 그녀를 어울리지 않는 결혼에서 태어난 아이라고 생각하고, 어째서 로비야르 댁의 아가씨가 떠돌이인 아일랜드 사람 따위하고 결혼했을까 하며 이상해 하고 있는 것을 그녀는 잘 알고 있었다. 율라리 이모가, 그녀가 보이지 않는 곳에서 그녀를 위해 변명하고 있다는 것도 눈치채고 있었다. 이것도 그녀의 비위에 거슬렸다. 가계(家系) 같은 것은 아버지 제럴드와 마찬가지로 그녀에겐 아무런 문제가 아니었기 때문이다. 그녀는 제럴드를 자랑으로 여기고, 그가 민첩한 아일랜드인 특유의 두뇌 이외에는 아무런 도움도 빌지 않고 쌓아올린 것을 자랑으로 삼고 있다.

찰스턴 사람들이 섬터 요새 사건에 대해, 자못 큰일을 한 것처럼 뽐내는 얼굴을 하고 있는 것도 비위에 거슬렸다. 만일 그들이 무모하게 전쟁의 불을 당기지 않았어도 반드시 다른 어리석은 자가 또 불을 붙였을 게 틀림없는 걸, 그들은 모르는 것일까? 조지아 고원의 억센 말투에 귀가 익숙한 그녀에겐, 이 해안 지방 사람들의 느릿하고 활기 없는 말소리가 어딘가 귀에 거슬렸다. 〈palms(야자)〉를 〈paams〉, 〈house(집)〉를 〈hoose〉, 〈won't〉를 〈woon't〉. 〈Pa〉·〈Ma〉를 〈Paa〉·〈Maa〉로 발음하는 그러한 발음들을 만약 다시 듣게 된다면 아마도 비명을 지르고 싶어질 게 틀림없다고 생각했다. 그것이 몹시 귀에 거슬렸기 때문에 그녀는 어떤 정식 방문 때 일부러 제럴드의 아일랜드 사투리를 흉내내어, 이모를 당황하게 했다. 이리하여 그녀는 서둘러 타라로 돌아오고 말았다. 찰스턴 사람들의 발음을 들으니, 차라리 애실리의 회상에 고민하는 편이 나았던 것이다.

남부 동맹을 돕기 위해 타라 농장의 생산을 갑절로 늘리느라고 밤낮 없이 바빴던 엘렌은, 큰딸이 비쩍 마른 창백한 얼굴을 하고 가시 돋친 말투를 쓰면서 찰스턴에서 돌아온 것을 보자 그야말로 가슴이 철렁했다. 그녀 자신도 소녀 시절에 실연한 상심의 경험이 있기 때문에, 매일 밤 코를 골며 자고 있는 제럴드 옆에 누워, 어떻게 하면 스카알렛의 고민을 덜어 줄 수 있을까 곰곰이 생각했다. 찰즈의 고모인 피티퍼트 해밀턴 노처녀로부터 스카알렛을 곧 애틀랜타로 보내 천천히 머물게 하면 어떻겠느냐는 편지가 수차 와 있었다. 그것을 엘렌은 비로소 진지하게 생각해 봐야겠다는 생각이 들었다.

고모는 멜라니와 단 둘이 큰 저택이 살고 있고, 〈이제는 아무도 의지할 남자가 없습니다.〉라고 편지에 씌어 있었다. 〈귀여운 찰즈가 죽어 버렸기 때문이지요. 물론 제 오라버니 헨리가 있긴 하지만, 그는 우리와는 기거를 함께 해주지 않습니다. 헨리에 대해선, 아마 스카알렛에게서 들으셨으리라 믿습니다. 이 이상 오빠 얘기를 쓴다는 것은 여자로서의 예의가 허락치 않습니다. 만일 스카알렛을 보내 주시겠다면, 멜라니와 저는 얼마나 마음이 놓이고 든든할까요. 쓸쓸한 여자끼리라도 둘이 있는 것보다는 셋이 있는 편이 훨씬 나을 테니까요. 현재 멜라니가 하는 것처럼, 이곳 병원에서 용감한 젊은 군인들의 간호라도 하게 된다면, 아마 스카알렛의 슬픔도 얼마쯤은 위안이 되리라고 믿습니다. 그리고 멜라니도 저도 스카알렛의 귀여운 아기가 보고 싶어 견딜 수 없어요……〉

이리하여 스카알렛의 트렁크에는 또다시 상복이 채워지고, 아들인 웨이드 햄턴과 아기 보는 프리시를 데리고 애틀랜타로 출발했다. 엘렌과 마미로부터는 귀에 못이 박히도록 훈계를 듣고, 제랄드로부터는 남부 동맹 지폐로 백 달러를 받았다. 그녀는 자청해서 애틀랜타로 가고 싶은 것은 아니었다. 피터퍼트 고모는 노부인 중에서도 가장 시시한 여자로 여기고 있었으며, 무엇보다도 애실리의 아내와 같은 지붕 아래서 살아야 한다는 생각이 몸서리 치게 했다. 그러나 애실리의 추억으로 덮인 고장에서는 이제 더 못 살 것 같았다. 어떤 변화이든 그녀에겐 변화가 필요했다.

8

1862년 5월 어느 날 아침, 북쪽을 향해 기차에 실려가면서, 애틀랜타는 틀림없이 찰스턴이나 사배나처럼 지루한 고장은 아닐 것이라고 스카알렛은 생각했다. 피티퍼트 고모나 멜라니에겐 호감을 가질 수는 없겠지만, 전쟁이 시작되기 바로 전해 겨울에 단 한 번 가 본 일이 있는 그 거리가 그 뒤 어떻게 변했는가 생각하자 얼마쯤 호기심이 끓어올랐다.

그녀는 언제나 애틀랜타는 다른 도시에 대해서 보다 더 흥미를 갖고 있었다. 그건 그녀가 아직 어렸을 때, 그녀와 애틀랜타는 같은 나이라고 아버지 제랄드에게서 들었기 때문이었다. 그 뒤 성장하고 난 다음 그녀는 제랄드가 얼마간 사실을 과장하고 있었음을 발견했다. 약간의 과장이 이야기를 재미있게 할 때는 태연히 과장하는 것이 제랄드의 버릇이었다. 그렇긴 해도 애틀랜타는 그녀보다 아홉 살밖에 더 먹지 않았다. 그리고 이 도시는 그녀가 들은 다른 어떤 도시와 비교해도 놀랄 만큼 젊은 점이 남아 있었다. 사배나나 찰스턴은 해묵은 관록을 지니고 있었다. 즉 하나는 제2세기째의 중간이었고, 또 하나는 제3세기째에 들어간 참이었다. 따라서 둘다 그녀의 어린 눈에는 양지 쪽에서 조용히 부채질을 하고 있는 나이 많은 할머니들처럼 보였다. 그러나 그녀와 같은 세대에 속하는 애틀랜타는 청춘의 미숙함이 있으며, 그녀와 마찬가지로 자유 분방했다.

제랄드에게서 들은 이야기는, 그녀와 애틀랜타가 같은 해에 명명되었다는 사실에 근거를 두고 있었다. 스카알렛이 태어나기 전 구 년 동안, 이 도시는 처음 터미너스라고 불리고, 다음에는 마사즈빌이라고 불리웠다. 애틀랜타라고 불리게 된 것은 스카알렛이 태어난 바로 그 해부터였다.

처음 제랄드가 조지아 주 북부에 옮겨 왔을 때는, 패트란타라는 도시는 전혀 없었을 뿐만 아니라 마을 같은 것도 없었고, 그 근방 일대는 미개척 지대로 광막한 황야뿐이었다. 하지만 이 이듬해 1836년에는 주정부에 의해, 토착민인 제로키족으로부터 갓 양도받은 토지를 꿰뚫고 북서로 향하는 철도의 부설이 허가되었다. 그 선로의 방향이 테네시 주에서 서부로 향할 것은 처음부터 확실히 정해져 있었지만, 조지아 주의 어디를 기점으로 할 것인가는 얼마 동안 분명치 않았다. 그 뒤 약 일 년이 지난 어느 날 한 기사(技師)가 나타나 이곳을 선로의 남쪽 끝으로 한다는 표시로 붉은 황토 벌판에 말뚝을 때려박았다. 그리고 종점이라는 뜻으로 터미너스란 이름이 붙여지고, 뒷날의 애틀랜타가 출현했던 것이다.

당시 북 조지아에는 전연 철도라고 할 만한 것이 없었고 그 밖의 고장에도 매우 적었다. 그러나 제랄드가 엘렌과 결혼하기 몇 년 전에, 타라의 북쪽 이십 오 마일 지점인 이 새로운 소 개척지는 차츰 발전하여 하나의 촌락이 되고 선로도 점점 북으로 뻗어 갔다. 이윽고 철도 건설 시대라고 할 시대가 왔다. 제2의 철도는 옛 도시 오가스타에서 주 안을 횡단하여 서로 뻗고, 테네시 주에 이르는 새 선로와 연결되게 되었다. 또 낡은 도시 사배나를 기점으로 하는 제3선은 먼저 조지아 주의 중심부에 있는 메이콘에 이르고, 그 뒤 북으로 달려 제랄드가 사는 지방을 횡단하여 애틀랜타로 통했다. 그리고 다른 두 선로와 연결하여 사배나의 항구에서 서부 여러 주로 가는 큰길을 열어 놓았다. 다음에 같은 연결점인 젊은 애틀랜타로부터 네 번째 선로가 부설되어 남쪽인 몽고메리 및 모빌로 향했다.

철도에서 태어난 애틀랜타는 철도의 발전과 더불어 발전되어 갔다. 네 개의 노선이 완성된 결과, 애틀랜타는 드디어 서부와도, 남부와도, 해안 지방과도, 또 오가스타를 거쳐 북부나 동부와도 연락하기에 이르렀다. 이리하여 동서남북의 교통 십자로가 되고, 이 작은 마을은 일약 사회의 표면에 튀어 나왔던 것이다.

이로써 십 칠 년의 스카알렛 인생보다 불과 얼마 길지 않은 기간에, 애틀랜타는 붉은 흙에 박혀진 한 개의 말뚝으로부터 인구 일만의 정력적인 소도시가 되었고, 온 주의 주목의 초점이 되었다. 보다 오래되고 보다 안정된 다른 여러 도시는, 마치 오리 새끼를 까놓은 암탉처럼 깜짝 놀라 이 북적거리는 신생 도시를 **바라보았다. 왜 이 도시는 조지아 주의 다른 도시와 이토록 틀리는 걸까? 왜 이렇게 빨리 발전한 것일까?** 거기에는 별로 이렇다 하게 뽐낼 만한 것이 아무것도 없지 않은가. 단지 철도가 있고 극성스럽고 나서기 좋아하는 인간이 살고 있을 뿐이 아닌가. 사람들은 이렇게 생각했다.

터미너스에서 마사즈빌이 되고, 다시 애틀랜타라고 불려지게 된 이 도시에 정착한 사람들은 모두 극성스럽고 적극적이었다. 조지아 주의 옛날부터 개척된 고장이나 먼 여러 주로부터, 억세고 활동적인 인사들이 철도의 연결점을 중심으로 급속히 팽창해 나가고 있던 이 도시에 이끌려 속속 모여든 것이다. 그들은 희망에 불타 찾아들었다. 그리고 정거장 근처에서 교차하고 있는 다섯 가닥의 먼지 투성이 도로를 끼고, 가게를 열었다. 화이트홀가(街), 위싱턴가, 그리고 사슴 가죽의 신을 신은 인디언들이 오랜 세월에 걸쳐 밟아 다져 왔던 피치트리 트레일이라 불리는 작은 길과 이웃한 높은 지대에, 그들은 드디어 아름다운 주택을 지었다. 그들은 이 도시를 자랑하고, 그 발전을 자랑하고, 그걸 발전시킨 자기들의 힘을 자랑했다. 낡은 도시가 애틀랜타를 비난하려면 얼마든지 비난해라. 우리들은 조금도 개의하지 않는다.

그런데 사배나나 오가스타나 메이콘 등이 애틀랜타를 비난하는 이유는, 언제나 그대로 스카알렛이 애틀랜타를 사랑하는 바로 그 이유였다. 그녀와 마찬가지로 이 도시도 조지아 주의 낡은 것과 새로운 것의 혼합이었고, 그리고 거기에선 곧잘 낡은 것이, 멋대로이고 억센 새로운 것과의 싸움에 승리를 양보하고 있었다. 그뿐만 아니라 그녀가 이름지어진 해에 태어난——혹은 최소한 그 해에 이름지어진——이 도시에는 뭔가 개인적인 친근감조차 느껴졌다.

간밤엔 날씨가 흐리고 비가 내렸지만, 스카알렛이 애틀랜타에 도착했을 때는 빛나는 태양빛이 꾸불꾸불한 붉은 진흙탕 개울과 같은 거리를 기특하게도 말리려고 하고 있었다. 정거장 부근 광장의 부드러운 지면은, 끊임없이 드나드는 차량의 흐름 때문에 이겨질 대로 이겨져 마치 돼지가 뒹군 거대한 수렁처럼 여기서도 저기서도 수레바퀴가 반 이상이나 바퀴 자국에 빠져 있었다. 기차에서 군수품과 부상병을 내리고 태우는 군용 화물과 부상병 운반 수레의 쉴새없는 흐름은, 갖은 애를 써가며 구내에 들락날락할 적마다 진구렁과 혼란을 더 한층 부채질하고 있었다. 마부는 소리 높여 고함을 치고 노새는 수렁에 빠져 몇 야드나 흙탕물을 튀겼다.

기차의 아래 발판에 서 있던 스카알렛은 검은 상복 차림새에 하늘거리는 검은 베일을 뒤꿈치 언저리까지 늘어뜨리고 수수한 아름다운 모습을 하고 있었다. 신발과 옷자락을 더럽히는 것이 싫어 그녀는 한참 동안 망설였다. 그리고 짐수레와 사륜 마차가 승용 마차의 소용돌이 속에서 피티퍼트 시고모의 모습을 찾았다. 볼이 불그레한 뚱뚱보 노부인의 모습은 아무데도 보이지 않았다. 스카알

렛이 걱정스럽게 찾고 있으려니까, 반백 고수머리에다 어딘지 기품이 있는 늙은
흑인이 모자를 손에 들고 진창 속을 걸어 그녀 쪽으로 다가왔다.

「스카알렛 아가씨입니까요? 피티 마님의 마부 피터입죠. 아, 진창에 내려서
면 안 됩니다요.」하고 스카알렛이 내려서려고 스커트를 걷어 올리자 그는 엄숙
하게 명령했다.「아씨도 피티 마님과 마찬가지로 다루기가 어렵군입쇼. 피티 마
님은, 아 글쎄 영락없는 아이들처럼 발을 흙탕으로 만들지 않겠습니까요 자아,
제가 안아 드리겠습니다요.」

약해 보이는 겉모습과 나이에 어울리지 않게 거뜬히 스카알렛을 안아 올렸으
나, 문득 갓난애를 안고 기차의 승강구에 서 있는 프리시를 보자 발길을 멈추
었다.「도련님 보는 애로군요? 스카알렛 아씨, 저 애는 찰즈 서방님의 단 하나
뿐인 아드님을 보기에는 좀 나이가 어립니다요! 그러나 그건 나중에 어떻게 해
봅죠. 자아, 애야, 내 뒤를 따라와라. 도련님을 떨어뜨리지 말고.」

스카알렛은 얌전히 마차로 운반되어 갔다. 피터 영감의 자기와 프리시에 대한
건방진 주의에도 순순히 따랐다. 뾰로통한 얼굴로 우물우물 뒤따라오는 프리시
와 함께 진흙 속을 운반돼 가면서, 그녀는 언젠가 찰즈가 피터 영감에 관해 이런
말을 해주었던 걸 생각해 냈다.

『피터는 아버지를 따라 멕시코 전쟁에 나갔고, 아버지가 부상당했을 때에는
열심히 간호해 주었어요. 정말이지 그는 아버지의 생명의 은인입니다. 아버지
와 어머니가 돌아가셨을 때 우리는 아직도 어렸기 때문에, 멜라니와 나는 그 영
감의 손에서 자라다시피했어요. 그 무렵 피티 고모는 헨리 아저씨와 사이가 나
빴기 때문에, 우리와 함께 살며 시중을 해주겠다고 우리 집에 와 준 거예요. 고
모님은 도무지 믿음직하지 못하고, 마치 응석꾸러기로 자란 어린애 같긴 했지
만, 피터 영감은 그 점을 잘 알아서 고모님을 모셔 왔죠. 고모님은 무슨 일이든
절대로 결단이란 걸 내릴 수 없는 성격이기 때문에, 피터가 고모님 대신 무엇이
고 결정했어요. 내가 열 다섯이 되었을 때, 좀더 용돈을 늘려야 한다고 정한 것
도 피터였고, 헨리 아저씨가 나에게 주립 대학의 학위를 따게 하려고 했을 때,
하버드 대학에 들어가라고 권한 것도 피터였죠. 멜라니보고 이제 머리를 빗어올
리고 파티에 나가도 좋을 나이라고 결정한 것도 그였어요. 그는 또 남을 방문하
기엔 너무 춥다든가 비가 몹시 온다든가, 숄을 둘러야만 한다든가, 그런 것까지
일일이 피티 고모님에게 명령하셨어요……그 영감은 내가 이제까지 본 중에서
가장 재치 있는 검둥이고 게다가 아주 충실한 노인이죠. 단 한 가지 골치 아픈
것이 있다면 그것은, 우리들 세 사람이 몸도 마음도 그에게 눌리고 있다는 것과
더구나 그가 그걸 알고 있다는 일이에요.』

이 찰즈의 말은 피터가 마부석에 올라타고 채찍을 쳐들었을 때 벌써 증명이
되었다.

「피티 마님은 마중을 나올 수 없다고 한숨을 짓고 계십니다요. 아씨에게 인정
머리 없다는 소릴 들어선 큰일이라고 하면서 몹시 걱정하고 계셨는데, 저는 피
티 마님과 멜라니 아씨에게 흙탕물이 튀어 새 옷만 버리게 되니까, 제가 아씨 마
님에게 잘 말씀드리겠다고 하고 떼어 놓고 왔읍니다요. 스카알렛 아씨, 아씨께
서 도련님을 안아 드려야 합죠. 저 조그만 계집애는 도련님을 떨어뜨릴지도 모
르니까요.」

스카알렛은 프리시를 보고 한숨을 쉬었다. 프리시는 어느 모로 보나 아기를
잘 볼 수 있는 아이라곤 할 수 없었다. 그녀가 극히 최근에 짧은 스커트를 입고,
머리를 땋아 틀어올린 말라깽이 계집애 시절을 졸업하여 긴 캘리코 옷에 풀을
빳빳하게 먹인 흰 터반을 쓰는 한 사람의 여인이 된 것은 그녀에겐 무척 우쭐할
일이었다. 전쟁이라는 비상 사태와 타라 농장에 대한 병참부의 요구는, 마미나
딜시를, 또는 로자나 티나 같은 여자들조차도 엘렌의 손에서 떠나지 못하게 하
였다. 그렇지가 않았다면 프리시는 당연히 그처럼 어린 나이에, 이토록 중요한
지위를 차지할 수는 없었을 것이다. 프리시는 이제껏 한 번도 트웰브 오우크스
농장이나 타라 농장에서 일 마일 이상 먼 곳엔 나가 본 적이 없었다. 따라서 기
차 여행에다 아기 보는 지위에까지 뛰어올랐다는 것은 그녀의 조그맣고 검은 머
리 속의 머릿골로서는 도저히 참을 수 없는 대사건이었다. 존즈보로에서 애틀랜
타에 이르는 이십 마일의 여행은, 그녀를 걷잡을 수 없이 홍분시켜 할 수 없이
스카알렛은 그 동안 내내 갓난애를 안고 있지 않으면 안 되었다. 그런데 이제 또
많은 건물과 사람을 보게 됐으니 프리시의 홍분은 그 극에 달할 수밖에 없었다.
몸을 비틀며 이쪽을 보고, 저쪽을 보고, 손가락질을 하고, 벌떡 일어났기 때문
에 갓난애가 울어 댈 만큼 시종 몸을 흔들어 댔다.

스카알렛은 마미의 굵고 익숙한 팔이 아쉬웠다. 갓난애는 마미의 손길이 닿기
가 무섭게 울음을 그치곤 했다. 그러나 그 마미는 타라에 있다. 게다가 스카알
렛은 아무것도 할 줄 모르는 것이다. 웨이드를 프리시에게서 받아 본댔자, 아무
소용이 없었다. 갓난애는 그녀에게 안겨도 프리시에게 안겨 있을 때나 마찬가지
로, 큰 소리로 울어 댈 것이 틀림없다. 게다가 모자에 단 리본을 끌어당기고 옷
을 막 수세미로 만들고 말겠지. 그래서 그녀는 피터 영감의 충고를 못 들은 척
흘려 버렸다.

『언젠가는 나도 갓난애 달래는 법을 배우게 될지 모른다.』하고 마차가 정
거장 근처의 진탕 속을 삐거덕거리며 움직이기 시작하자, 그녀는 초조하게 생각

했다. 『하지만 갓난애나 상대하는 그 따위 시시한 일은 아무래도 좋아질 것 같지 않다.』 그리고 웨이드의 얼굴이 너무 울어 새파랗게 된 것을 보고 그녀는 쌀쌀하게 말했다. 「네 호주머니에 있는 사탕 젖꼭지를 물려 줘라, 프리시. 어떻게 좀 달래 봐. 아마 배가 고파서 그러겠지. 하지만 여기서야 어쩔 수 없잖니!』

프리시가 오늘 아침 마미에게서 받은 사탕 젖꼭지를 물려주자 어린애는 울음을 그쳤다. 겨우 조용해서 새로운 경치가 눈에 들어오자, 스카알렛의 마음은 어느 정도 밝아졌다. 피터 영감이 드디어 진탕에서 빠져 나와 마차를 피치트리 거리로 돌리자, 그녀는 요 몇 달 동안 통 느끼지 못한 홍미가 비로소 솟아오름을 느꼈다. 이 얼마나 기막힌 발전인가! 전번 그녀가 이 거리에 다녀간 뒤 겨우 일 년밖에 지나지 않았는데 그 동안 그녀가 알고 있는 이 조그만 애틀랜타가 이렇게까지 변할 줄이야!

이 일 년이라는 세월, 그녀는 자기의 슬픔에만 젖어 그 지긋지긋한 전쟁 얘기에는 귀를 기울이지 않으려고 애써 왔기 때문에 전쟁이 시작된 순간부터 급격히 애틀랜타가 변했다는 것에 대해서는 전혀 모르고 있었다. 평화 시절에 이 도시를 상업의 십자로로 만들었던 철도는 전쟁이 난 지금에는 그 자리에 중요한 전략적 가치를 주었다. 이 도시와 그 철도 선로는 전선에서 훨씬 떨어져 있었지만, 남부 동맹측의 두 개의 군대, 즉 버지니아군(軍)과 테네시 및 서부군을 연결하는 중요한 연결점이 되어 있었다. 그리고 동시에 애틀랜타는 이 두 군대와 물자를 공급하는 남부의 먼 여러 지방을 연결하고 있었다. 이제 애틀랜타는 전쟁의 필요에 응하여 군수 공업의 중심지가 되고, 병원의 기지가 되고, 군대를 위한 식량과 그 밖의 물자를 모아 이을 공급하는 남부의 주요 병참부의 하나가 된 것이다.

스카알렛은 주위를 둘러보면서, 아직도 깊이 그녀의 기억에 남아 있는 작은 거리의 모습을 발견하려고 애썼다. 그러나 그 자취는 조금도 남아 있지 않았다. 그녀가 지금 바라보고 있는 도시는, 마치 갓난애가 하룻밤 사이에 얼마든지 자라는 거인으로 변한 것 같았다.

애틀랜타는 남부 동맹에 대한 자기의 중요성을 자랑스럽게 의식하면서 벌집처럼 북적거렸다. 그리고 농업 지구를 공업 지구로 전환시키려는 작업이 밤낮없이 진행되고 있었다. 전쟁 전엔 방직 공장, 모직 공장, 병기창, 기계 제작소 같은 것이 메릴랜드 주 이남에는 별로 없었다. 더구나 그것이 모든 남부인의 자랑이기도 했다. 이제까지 남부 여러 주는 정치가와 군인, 농장주와 의사, 법률가와 시인 같은 것은 산출했지만, 확실히 기술자나 기계공 따위는 낳지 않았다. 그런 천한 직업은 북부에게 맡겨라, 사람들은 이렇게 생각하고 있었다. 하지만

이제 남부의 모든 항만은 북부의 포함(砲艦)에 의해 봉쇄되고, 봉쇄를 뚫고 약간
의 물자가 유럽에서 흘러들어올 뿐인 실정이었다. 남부는 죽을 힘을 다하여 군
수품 생산에 광분하고 있었다. 북부는 전세계에서 물자와 병사를 거둬 들일 수
있었다. 몇 천이라는 아일랜드 사람과 독일 사람들이, 북부가 내주는 장려금에
끌려 속속 북군에 흘러들어가고 있었다. 그렇지만 남부는 무슨 일이고 자기들
스스로의 힘으로 하지 않으면 안 되었던 것이다.

애틀랜타에선 기계 공장이 아주 한가하고 답답한 방법으로 군수품 기계를 제
작하고 있었다. 왜냐하면 남부에는 모형으로 쓸 만한 기계가 거의 없었기 때문
에 모든 기계가 하나 하나, 바퀴나 톱니바퀴에 이르기까지 봉쇄를 뚫고 영국에
서 들어온 설계도에 의지하여 제작하지 않으면 안 되었기 때문이다. 지금 애틀
랜타의 거리 거리에는 많은 외국인의 얼굴이 보였다. 일 년 전에는 아메리카 서
부의 사투리를 듣기만 해도 귀를 쫑긋하던 시민들이, 기계를 만들고 남군의 군
수품을 제작하기 위해 봉쇄를 뚫고 들어온 유럽 사람의 외국 사투리를 들어도
조금도 이상해 하지 않게 되었다. 그들은 모두 숙련공이었다. 따라서 그들이 없
었으면, 남부 동맹은 권총도 라이플도 대포도 탄약도 제조하기가 어려웠으리
라.

작업은 밤낮없이 진행되어 군수품은 철도의 동맥에 의해 두 전선으로 수송되
기 때문에, 애틀랜타시의 심장의 고동 소리마저 들리는 것 같았다. 기차는 이십
사 시간 내내 우렁찬 기적 소리를 내며 드나들었다. 새로 건축된 공장으로부터
나오는 매연은 마치 소나기처럼 흰 주택들 위에 쏟아졌다. 밤이 되면 용광로의
불이 빨갛게 타오르고 쇠망치 소리는 시민들이 다 잠든 다음까지도 오랫동안 울
렸다. 일 년 전까지 빈터였던 장소에는 새로 마구(馬具)며, 안장이며 구두공장,
라이플과 대포의 받침대를 제조하는 공장, 북군에 의해 파괴된 쇠 레일과 화차
의 보급을 서두르는 차량 공장과 철공장, 그리고 박차(拍車), 재갈, 쥠쇠, 천막,
단추, 권총, 군도(軍刀)를 제조하는 공장 같은 것이 가득 들어섰다. 철공장에서
는 벌써부터 쇠의 부족을 느끼기 시작했다. 봉쇄 때문에 철재가 거의 혹은 전연
수입되지 못하고, 또 앨라배마 광산은 광부가 전선에 보내져서 조업(操業)이 거
의 중단 상태에 놓여 있었기 때문이다. 애틀랜타 시중에는 철책, 철제의 정자,
철문 같은 것을 전연 볼 수 없게 되었고 공원의 잔디밭을 장식하고 있던 철상(鐵
像)도 모습을 감추고 말았다. 모두 일찌감치 차량 공장의 용광로 속에 들어가 버
리고 만 것이다.

피치트리가를 비롯하여 그 부근의 거리 거리에는 각종의 군 관계 본부가 있고
병참부, 통신부, 군사 우편국, 철도 운수국, 헌병 사령부 등의 사무소에는 어디

를 가나 군복을 입은 사람들로 넘치고 있었다. 시외에는 군마 보급부가 있어 커다란 울 안에 말이며 노새가 모여 있고, 옆길에는 병원이 줄지어 있었다. 피터 영감에게서 들은 이야기로도, 애틀랜타는 이제 부상자의 거리가 되어 버린 것이 틀림없다고 스카알렛은 생각했다. 거기에는 숱한 종합 병원이며 전염 병의이며 요양소가 있었기 때문이다. 게다가 기차는 매일처럼 파이브 포인트 옆의 정거장에서 더욱 많은 환자와 부상병을 토해 내고 있었다.

원래의 조그마한 도시의 모습은 완전히 사라지고 갑작스레 팽창하는 도시의 얼굴이, 쉴새없는 활력과 소란으로 활기를 띠고 있었다. 이러한 눈이 핑핑 도는 광경은 한가롭고 조용한 시골에서 갓 나온 스카알렛에게는 거의 숨이 막힐 것 같았지만, 그러나 그녀는 유쾌했다. 거기에는 그녀에게 활력을 주는 싱싱한 분위기가 있었다. 그녀는 자기의 고동과 박자를 맞추어 차츰 속도를 빨리하면서 착실하게 울리는 도시의 심장 소리가 실제로 들려 오는 듯한 느낌이 들었다.

시의 큰길을 진창을 피해 천천히 가면서, 그녀는 새로운 건물과 새로운 얼굴을 흥미 깊게 바라보았다. 계급과 병과(兵科)를 나타내는 휘장을 단 군복 차림의 남자들이 보도에 가득 넘치고 있었다. 좁은 길에는 여러 가지 차——승용 마차, 사륜 마차, 부상병 운전차, 군용의 포장 마차 등으로 북적거렸다. 포장 마차에 탄 난폭한 마부들은 노새가 진창 수레 바퀴 자국에 빠져 잘 나가지 못하면 입에 담지 못할 욕설로 고함을 질렀다. 잿빛 군복을 입은 연락병이 명령서와 전보를 가지고 흙탕물을 튀기며, 본부에서 본부로 거리를 누비고 다녔다. 회복기의 부상병들은 대개 친절해 보이는 노부인들에게 양쪽으로 부축을 받으며 목발에 의지하여 절뚝거리고 있었다. 나팔과 북소리와 짖는 것 같은 구령 소리가 연병장 쪽에서 울려 왔다. 거기에선 신병(新兵)이 한 사람의 병사로 단련되고 있었다. 스카알렛은 심장이 목까지 치밀어오르는 것을 느끼면서 난생 처음 북군의 군복을 보았다. 피터 영감이 채찍으로 가리킨 곳을 보니까 기가 죽은 푸른 옷의 포로 한 떼가 총검도 어마어마한 남군의 감시를 받으며, 기차에 태워 포로 수용소로 보내기 위해 정거장을 향해 걸어가는 참이었다.

『아!』하고 원유회 이후 처음으로 진정한 기쁨을 느끼며 스카알렛은 생각했다. 『점점 이 거리가 좋아진다! 이렇게 활기가 있고 생기가 넘치다니!』

애틀랜타시는 그녀가 실제로 느낀 것보다 더욱 활기가 있었다. 새로운 술집이 몇 십 채고 추녀를 맞대어 서 있고, 군대의 뒤를 따라온 매춘부가 거리에 떼를 져 서성거리고 무수한 은근짜 집에는 여자들이 교태를 다투어 교회 관계의 사람들을 당황하게 하고 있었다. 어느 여관이고 하숙집이나 개인 주택까지도 애틀랜타의 큰 병원에 입원해 있는 부상병과 조금이라도 가까이 있고 싶어하는 친척과

166

친지들로 가득 차 있었다. 주 파티며 무도회며 바자가 열리고 전쟁 결혼이 수없이 거행되었다. 휴가를 맡아서 돌아온 신랑은 밝은 잿빛 바탕에 금 장식 끈이 달린 화려한 군복을 입고, 신부는 봉쇄망을 뚫고 수입된 아름다운 옷을 입은 다음, 동료가 뽑아 높이 교차시킨 칼 밑을 빠져 나왔다. 그리고 봉쇄를 뚫고 들어온 샴페인으로 축배를 든 다음, 곧 눈물겨운 이별을 하는 것이다. 밤이 되면 가로수가 늘어선 어두운 거리에 댄스의 스텝이 울리고, 곳곳의 객실에서는 피아노 소리가 새어나오고, 초대를 받은 병사들의 목소리에 맞추어 소프라노의 목소리가《휴전 나팔은 울린다》니《당신의 편지는 왔건만 이젠 늦었어요》같은 노래를 달콤한 슬픔을 담아 불렀다. 이젠 애수를 띤 노래는 아직 현실의 비애를 모르는 어린 눈에, 감동의 눈물을 맺히게 했다. 진창길을 내려가면서 스카알렛은 연방 여러 가지 질문을 피터에게 던졌다. 피터는 자기의 지식을 과시할 수 있는 게 자랑스러워 채찍으로 이곳저곳을 가리키면서 설명했다.

「저건 병기창입니다요. 총이랑 그런 것들이 들어 있읍죠. 아니에요, 저건 가게가 아닙니다요. 봉쇄국(封鎖局)입니다요. 아니, 스카알렛 아씨. 봉쇄국을 모르십니까요? 저 사무실에는 외국 사람이 있읍죠. 그리고 말인데요, 남부의 목화를 사들여 가지고, 그걸 찰스턴이나 윌밍턴의 항구에서 배로 실어내다가 저쪽에서 탄약을 실어옵습죠. 아 글쎄, 그게 어느 나라 외국 사람인지 그건 저도 모르겠읍니다요. 피티 마님은 영국 사람이라고 하시지만, 그러나 저 사람들이 지껄이는 말은 아무도 알아듣지 못합니다요. 그을음이 굉장하다고요? 이 그을음 때문에 피티 마님의 비단 커튼이 다 못 쓰게 됐읍죠. 철공소랑 차량 공장에서 뿜어내는 그을음입니다요. 밤엔 또 얼마나 시끄러운뎁쇼! 아무도 잠잘 수가 없읍니다요. 아니에요, 아니에요. 여기저기 구경하시는 건 좋습죠만 마차를 세울 수는 없읍니다요. 피티 마님께 아씨를 곧장 모시겠다고 약속했는걸입쇼! 스카알렛 아씨, 인사를 합죠. 메리웨더 마님과 엘싱 마님이 저기서 인사를 하고 계십니다요.」

그녀는 그녀의 결혼식에 참석하기 위해 그런 이름의 두 귀부인이 애틀랜타에서 타라에 와 주었던 것을 어렴풋이 기억해내고, 그것이 피티 시고모의 친구들이었다는 것을 생각해냈다. 그녀는 급히 피터 영감이 가리킨 쪽을 향해 절을 했다. 두 사람은 옷감 가게 앞에 마차를 세워 놓고 있었다. 가게의 주인과 두 사람의 점원이 보도에 서서, 한 아름 안은 무명 옷감을 펼치고 마차에 있는 두 부인에게 보여 주고 있었다. 메리웨더 부인은 키가 크고 체격이 육중한 부인으로, 너무나 세게 코르셋을 죄었기 때문에, 가슴이 흡사 뱃머리처럼 툭 비어져나와 있었다. 짙은 회색빛 머리칼이 곱슬곱슬한 가발 밑으로 비어져나와 있었는데,

그 가발이 또한 무척 눈에 띄는 다갈색이어서 원래의 머리칼과는 전연 어울리지 않았다. 둥글고 몹시 혈색이 좋은 얼굴에는 꼼꼼한 성격과 명령을 내리기만 하는 습관이 잘 용해되어 있었다. 엘싱 부인은 그보다는 젊고 바싹 마른 몸이 무척 야위어 보이는 부인이었다. 옛날엔 꽤 미인이었던 모양으로 지금도 그 용모에는 퇴색한 아름다움이 남아 있었는데 까다롭고 교활한 성격이 나타나 있었다.

이 두 사람은 세 번째의 와이팅 부인과 함께 애틀랜타 사교계를 주름잡는 세 개의 기둥이었다. 세 사람은 저마다 자기들이 소속하고 있는 교회나 목사나 합창단이나 교구민을 조종하고 있었다. 그리고 혹은 바자를 조직하고, 뜨개질 모임을 주최하고 또 감독으로서 무도회와 피크닉도 나가, 어느 결혼이 잘되고 어느 결혼은 잘되지 못하고, 누가 몰래 술을 마시고, 누가 언제 어린애를 낳는다는 둥 뭐든지 알고 있었다. 세 사람은 또 조지아, 남 캐롤라이나, 버지니아 세 주의 아무개라도 손꼽힐 만한 사람들의 가계에 대해서도 권위자였다. 대신 그녀들은 그 이외의 주민들에 대해선 전혀 관심을 나타내지 않았다. 그건 그녀들이, 적어도 남에게 누구 누구라도 손꼽힐 만한 인간은 이 세 주 이외에서는 결코 나올 수 없다고 믿고 있기 때문이었다. 그들은 또 어떤 행동이 칭찬받아야 하며 어떤 행동이 비난받아야 할 것인지 실로 잘 알고 있었다. 그리고 그것에 관한 자기의 의견을 남에게 납득시키는 데 실패한 일이 한 번도 없었다. 메리웨더 부인은 소리소리 지르고, 엘싱 부인은 잦아드는 듯한 우아한 말투로 상냥하게, 그리고 또 와이팅 부인은 그런 말을 하는 것을 자기가 얼마나 싫어하고 견딜 수 없어 하는가를 나타내면서 못마땅한 듯 속삭였다. 게다가 이 세 귀부인은 마치 로마 초기의 삼두(三頭) 정치가들처럼, 서로 마음 속으로 싫어하고 의심하고 있었다. 그렇기 때문에, 세 사람은 밀접한 동맹 관계를 유지하고 있지만.

「내가 부인에게 얘기해서, 당신을 우리 쪽 병원으로 오게 한 거예요.」 메리웨더 부인은 미소를 띠우며 말했다. 「그러니까 미드 부인이나 와이팅 부인과 약속해선 안 돼요!」

「네, 알았어요.」 하고 스카알렛은 메리웨더 부인이 무슨 말을 하고 있는지 잘 알지는 못 했지만, 자기가 환영을 받고 필요하다고 생각되자 즐겁게 대답했다. 「나중에 또 뵙고 싶어요.」

마차는 고생고생하며 한참 가다가 다시 섰다. 붕대를 담은 바구니를 든 두 여자가, 진창길을 징검돌을 밟아 가며 위태롭게 가로질러 갔기 때문이다. 그때 스카알렛은 문득 보도 위에 화려한 복장을 한——거리에서 입고 걷기에는 정말 지나치게 사치스런 복장이었다——그리고 발뒤꿈치까지 닿는 긴 스코틀랜드풍의 술이 달린 숄을 두른 한 여자를 보았다. 뒤돌아보니까 그 여자는 키가 헌칠하게 크고 활발하고 기품이 있는 미인으로 붉은 머리칼이 탐스럽게 늘어져 있었다. 그 머리는 태어날 때의 머리라곤 도저히 생각할 수 없을 정도로 붉었다. 머리털이 붉은 여자가 있다는 소리는 들었지만 보기는 이것이 처음이었다. 그녀는 넋을 잃고 그 여자를 바라보았다.

「피터, 저 사람 누구지?」하고 그녀는 속삭였다.

「모릅니다요.」

「알고 있잖아, 알고 있으면서. 누구야?」

「벨 와틀링이라고 합니다요.」피터 영감은 아랫입술을 빼물면서 대답했다.

피터가 이름에 아가씨라는 말도 부인이라는 말도 달지 않은 것을, 스카알렛은 재빨리 눈치챘다.

「어떤 사람이야?」

「스카알렛 아씨.」피터는 말을 채찍으로 후리쳐 몰며 통명스럽게 말했다.「피티 마님은 아씨가 쓸데없이 이것저것 물으시는 걸 좋아하지 않습니다요. 뭐, 이 고장의 하찮은 인간인뎁쇼. 굳이 말할 필요도 없읍니다요.」

핀잔을 맞고 입을 다문 스카알렛은 마음 속으로 생각했다. 『어머! 아마 은근짜 집의 여자인 모양이지!』

은근짜 집의 여자라는 것을, 그녀는 지금까지 한 번도 본 일이 없었다. 그녀는 고개를 비틀고 군중 속으로 사라져 가는 여자의 모습을 언제까지나 바라보았다.

상점과 새 군용 건물이 드문드문해지고 사이사이에 빈터가 나타나기 시작했다. 당당하게 위엄이 있는 건 레이든 댁, 작은 흰 기둥과 초록빛 덧문이 있는 건 본넬 댁, 낮은 회양목 울타리 너머로 보이는 빨간 벽돌 건물은 막클루아 댁의 조지아 별장이라고, 스카알렛은 마치 옛 친구들이라도 만난 듯 그들 건물을 하나하나 점검했다. 마차의 속도는 차츰 느려졌다. 포치와 정원과 보도에서 부인들이 인사를 보내왔기 때문이다. 그저 안면 정도 있는 사람도 있고 어렴풋이 생각나는 사람도 있었지만, 대부분은 전혀 모르는 사람들이었다. 피티퍼트가 그녀의 도착을 떠벌린 게 틀림없다. 아기를 칭찬하려고 일부러 정성스럽게 진창 속을 마차 승강대까지 다가오는 부인들이 있기 때문에, 그때마다 조그만 웨이드는 일일이 높이 안아올렸다. 그녀들은 모두 자기들의 뜨개질 모임에 입회해 달라느니, 자기들의 병원 위원회에 들어와 달라느니, 다른 데는 들어가지 말라느니 저마다 외쳤다. 스카알렛은 뭐든지 좋다는 식으로 어디나 들어갈 약속을 했다.

판자를 초록빛으로 칠한 볼썽사나운 집 앞을 지나가려니까 현관 계단에서 망을 보고 있던 검둥이 작은 계집애가 「오셨읍니다요!」하고 외쳤다. 그 목소리에 대꾸하듯, 미드 박사 내외와 열 세 살 난 필 소년이 환성을 지르며 나타났다. 이 사람들도 그녀의 결혼식에 참석했던 것을 스카알렛은 생각해 냈다.

부인은 승강대에 올라서서 아기를 보려고 목을 뺐지만, 박사는 진탕도 상관없이 마차 옆으로 다가왔다. 그는 비쩍 마르고 키가 크고 세모꼴 쥐색 구레나룻을 하고 있었는데, 복장은 마치 태풍이라도 불린 듯 그 앙상한 몸에 아무렇게나 감겨져 있었다. 애틀랜타가 박사를 온갖 힘과 지혜의 원천으로 보고 있는 한, 박사가 그런 그들의 신뢰에 영향을 입어 다소 거만을 떨어 보아도 조금도 이상할 것이 없으리라. 흡사 신탁이라도 전하듯이 자기 주장을 말하는 버릇과 조금쯤 오만한 태도를 짓기는 해도 그는 이 도시에서 가장 친절한 인간이었다.

스카알렛의 손을 잡고 웨이드의 배를 쿡쿡 찌르며, 인사말을 늘어놓고 나서 박사는 피티퍼트 시고모님이, 스카알렛은 미드 부인이 관계하고 있는 병원과 붕대 감기 위원회 이외엔 절대로 넣지 않겠다는 것을 신에게 맹세했다고 엄숙히 말했다.

「어머! 하지만 전 벌써 천 명이나 되는 부인들과 약속을 하고 말았는걸요!」하고 스카알렛은 대답했다.

「메리웨더 부인일 거야. 그게 틀림없어요!」미드 부인은 화가 나 소리쳤다. 「얄미워서 죽겠다니까! 보나마나 기차가 닿을 때마다 마중나갔을 거예요!」

「전 무슨 일인지 조금도 몰라서, 그만 약속을 하고 말았지 뭐예요?」

박사 내외는 둘 다 그녀의 무식에 대하여 적잖이 놀란 모양이었다.

「하지만 무리도 아니죠. 당신은 쭈욱 시골에 들어박혀 있어서 아무것도 모르고 있었으니까요.」미드 부인은 그녀를 위해 변명했다. 「우선 간호 위원회란 것이 있는데요. 이건 각각 다른 날에 각각 딴 병원으로 가서 병자를 간호하든가 의사 선생의 시중을 들든가 붕대를 감든가 옷을 꿰매든가 하는 거예요. 그리고 환자가 퇴원해도 좋을 정도가 되면 집으로 데리고 와서, 다시 군대에 돌아갈 수 있을 때까지 정양시키는 거예요. 또 곤란을 받고 있는 유가족의 뒷바라지도 하고요. 곤란받는 이상으로 참혹한 사람도 있답니다. 우리 집 주인도 자선 병원에 나가고 있지만, 우리들 위원회도 거기 있어요. 우리 집 주인을 두고 모두들 놀랄 말한……」

「이봐요.」하고 박사는 부드럽게 말했다. 「남 앞에서 내 자랑을 하면 어떡해. 당신이 종군시켜 주지 않기 때문에 어차피 나는 별로 큰일도 못 하는데.」

「종군을 못 하게 한다고요?」하고 그녀는 무섭게 소리쳤다. 「내가요? 이 도시가 당신을 붙들어 놓지 않았어요? 그리고 당신도 그건 알고 있지 않아요. 글쎄 말이죠, 스카알렛. 우리 집 주인이 군의(軍醫)로 버지니아 전선에 나가고 싶어하는 걸 알고 말이죠, 이곳 부인들이 한 사람도 빠짐없이 여기에 남아 달라는 탄원서에 서명을 했지 뭐예요. 첫째로 당신이 없으면 이 도시는 죽도 밥도 되지 않잖아요.」

「글쎄, 가만히 있으라니까.」박사는 말했다. 분명히 칭찬을 받아 흐뭇한 눈치였다. 「전선엔 아들 녀석이 하나 가 있으니까, 당분간 그걸로 충분할 테지.」

「나는 내년에 가서…….」필 소년이 흥분해 껑충껑충 뛰면서 외쳤다. 「난 소년 고수(鼓手)가 될 테야. 지금 북치는 법을 배우고 있어. 내 북소리 듣고 싶어? 그럼 지금 가서 북을 가져올까?」

「아니! 지금은 안 돼.」소년을 옆으로 끌어당기면서 미드 부인이 말했다. 별안간 긴장의 빛이 그녀의 얼굴에 나타났다. 「내년이 아니다. 애야, 내후년이 되면.」

「하지만, 그럼 전쟁이 끝나 버려!」하고 소년이 어머니를 뿌리치면서 입을 내밀고 외쳤다. 「엄마, 보내 준다고 약속했잖아!」

소년의 머리 위에서 부모의 눈이 마주쳤다. 그 눈빛을 스카알렛은 보았다. 맏아들 다아시 미드가 버지니아 전선에 나가 있기 때문에, 부인은 뒤에 남은 이 소년한테 단단히 의지하고 있는 것이다.

피터영감이 헛기침을 했다.

「제가 나올 때 피티 마님은 아주 걱정하고 계셨기 때문에, 너무 늦어지면 까무라칠 것입니다요.」

「잘 가요. 점심때가 지나 찾아가겠어.」하고 미드 부인이 말했다. 「그리고 말이야, 만일 색시가 우리들 위원회에 들어 오지 않으면, 피터 고모님에게 아주 혼내 주겠다고 하더라고 전해 주어.」

마차는 진창길을 미끄러져 갔다. 스카알렛은 쿠션에 기대며 미소를 지었다. 지금 그녀는 몇 달 만에 유쾌한 기분이 되어 있었다. 군중과 소란스러움과 무엇이고 흘려보내는 흥분의 흐름이 소용돌이치고 있는 애틀랜타는, 그녀에게는 아주 재미있고 명랑한 도회지였고, 악어의 포효가 밤의 정적을 깨뜨리는 찰스턴 교외의 쓸쓸한 농장보다는 훨씬 좋은 곳이었다. 높은 담에 둘러싸인 정원 안에서 잠자고 있는 듯한 찰스턴, 그것보다는 훨씬 좋은 고장이었다. 종려나무가 늘어선 넓은 도로와, 그 곁을 흐린 강이 흐르고 있는 사배나보다도 좋다. 그렇다, 당분간이라면 타라보다도 좋다! 타라는 그리운 고장이긴 하지만.

울퉁불퉁 기복이 있는 언덕 사이에 가로놓이고, 비좁은 진탕투성이 길이 있는 이 도시에는, 뭔가 가슴 설레게 하는 것이 있었다. 뭔가 거칠고 미숙한 것이 있었다. 그것은 엘렌과 마미에게서 받은 아름다운 껍데기 아래 숨겨진 그녀의 거칠고 미숙한 점과 상통하는 점이 있었다. 문득 그녀는 여기야말로 자기가 속할 고장이라고 생각했다. 싯누런 강물을 끼고 평지에 자리잡은 조용하고 해묵은 도시는 결코 그녀가 살 곳이 못 되었다.

집은 점점 드물어졌다. 스카알렛은 몸을 내밀고, 피티파트 시고모 집의 붉은 벽돌과 슬레이트로 이은 지붕을 보았다. 도시의 북쪽 변두리에서 거의 마지막 집이었다. 피치트리가의 도로는 거기서부터 푹이 좁아지고, 거목 사이를 꼬불꼬불 돌아 울창하고 조용한 숲 속으로 사라져 갔다. 시고모 집의 조촐한 판자로 이어진 울타리는 새로 흰 페인트가 칠해졌고, 담으로 둘러싸인 앞뜰에는 꽃이 지다 만 수선화가 노오란 별처럼 흩어져 있었다. 현관 계단에 상복을 입은 두 여자가 서 있었다. 그리고 그 뒤에 얼굴이 누렇고 몸집이 큰 여자가, 에이프런 밑에 두 손을 찌른 채 흰 잇몸을 온통 드러내며 웃고 있었다. 통통하게 살이 찐 피티파트 노처녀는 두근거리는 가슴의 고동을 진정시키려는 듯 한 손을 풍만한 가슴에 붙이고, 흥분에 들떠 조그만 다리를 쉴새없이 움직이고 있었다. 스카알렛은 시고모와 나란히 서 있는 멜라니를 보자 저도 모르게 혐오감이 치밀었다. 검은 상복을 입고 숱 많은 검은 고수머리를 유부녀답게 곱게 빗고, 하트형의 얼굴에 환영과 행복에 겨운 인품 좋은 미소를 띄운, 그 가냘픈 작은 몸집만은 애틀랜타에 어울리지 않는 옥에 티라고 그녀는 생각했다.

남부 여러 주의 사람들이 일부러 여행 가방을 준비해 가지고 이십 마일이나 떨어진 곳에 방문 여행을 나설 때에는 한달 이내로 방문을 끝낸다는 일은 좀처럼 없었다. 대개 좀더 긴 것이 상식이다. 남부인들은 주인으로 손님을 초대하는 일도 좋아하지만, 손님으로 남을 방문하는 것도 그것 못지않게 좋아한다. 크리스마스의 휴가에 놀러와서 그대로 칠월까지 머무르게 되는 일도 친척 사이에선 보통 있는 일이다. 또 신혼부부가 밀월 여행으로 친척을 방문하고 돌아다니는 사이 마음에 드는 집이 있으면, 두 번째의 아이가 태어날 때까지 거기에 주저앉아 있는 것도 그렇게 신기한 일이 아니다. 나이 먹은 아주머니나 아저씨가 일요일 만찬에 왔다가, 그대로 쭉 눌러앉게 되고, 몇 년인가 지나고 나서 마침내 그 집에서 장례식을 치렀다는 예도 흔히 있는 일이다. 묵는 손님 따위는 얼마가 있든 문제가 아니다. 왜냐하면 저택은 넓겠다, 노예는 많이 있겠다, 군식구를 아무리 먹여 살려도 조금도 부담이 되지 않을 만큼 풍부한 고장이었기 때문이다. 이리하여 연령, 성별을 막론하고 누구나 즐겨 남의 집을 방문했다. 신혼 여행자도, 새로 낳은 자식을 보이러 가는 젊은 어머니도, 회복기에 있는 환자도, 의지가지없는 사람도, 어리석은 결혼의 위험을 모면시키려고 부모들이 애를 쓰고 있는 딸들도, 그리고 또 출가할 나이가 되긴 했으나 아직 약혼자가 발견되지 않아 이럴 바에는 차라리 다른 고장에 가서 친척의 도움으로 적당한 배우자를 얻기를 부모들이 바라고 있는 딸들도 즐겨 방문 여행을 나섰다. 방문자는 태평스런 남의 생활에 자극과 변화를 가져다 주었기 때문에, 어딜 가나 환영받는 게 보통이었다.

그러므로 스카알렛이 애틀랜타에 왔을 때도, 언제까지 머물겠다는 건 조금도 생각하지 않았다. 만일 사배나나 찰스턴에 갔을 때처럼 심심하다면 한 달 있다가 돌아갈지도 몰랐고, 유쾌하면 언제까지라도 묵을 속셈이었다. 그러나 그녀가 도착하자마자 피티 시고모와 멜라니는 언제까지나 있어 달라고 열심히 설득 운동에 착수했다. 그러기 위해 그녀들은 가능성이 있는 온갖 이론을 하나도 남김없이 끌어다 설득했다. 자기들은 스카알렛을 사랑하기 때문에 권하는 것이지만 스카알렛 자신을 위해서도 여기 있는 편이 좋다고 생각한다, 자기들만의 생활은 적적하다, 밤 같은 때 커다란 저택 안에서 곧잘 공포에 사로잡힌다, 그러나 꿋꿋한 스카알렛이 있어 준다면 두 사람 모두 아주 마음이 든든하다, 스카알렛은 쾌활하기 때문에 슬픔에 잠겨 있는 자기들의 마음을 북돋아 줄 게 틀림없다, 찰즈가 죽고 만 지금에 와선 스카알렛과 그녀의 아들은 의당 그의 친척과 함께 살아야 한다, 그뿐만 아니라 이 집의 반은 찰즈의 유언에 의해 스카알렛의 소유물이 되어 있다. 이렇게 말하며 설득한 끝에, 그녀들은 마지막으로 지금 남부 동맹은 바느질을 하고 뜨개질을 하고 붕대를 감고 부상자를 간호하고 해야 할 일이 많기 때문에 한 사람이라도 많은 손을 필요로 하고 있다고 덧붙였다.

찰즈의 삼촌 헨리 해밀턴은 아직 독신으로, 정거장에 가까운 애틀랜타 호텔에 살고 있었는데, 그 역시 진지하게 언제까지나 이 고장에 있어 달라고 스카알렛에게 간청했다. 삼촌은 키가 작고 장구통 배의, 성을 잘 내는 노인으로 얼굴빛은 담홍색이고 긴 은발을 너훌너훌 흩날리며, 여자에게 흔히 있는 소극적이고 우물쭈물하며 결단성이 없는 성질에 대해선 결코 참지를 못 하는 성미였다. 그가 누이동생인 피티퍼트와 얼굴이 마주치면 마지못해 판에 박은 듯한 인사쯤이나 하는 정도로까지 의가 나빠진 것도 이런 이유에서였다. 이 남매는 아이들 시절부터 전혀 기질이 반대였는데, 더 한층 두 사람의 감정을 어긋나게 만든 것은 찰즈의 교육에 관한 두 사람의 의견 충돌 때문이었다. 즉 그는 피티의 방식을 「군인의 아들을 얼간이로 만드는 거야!」하고 말하며 비난했던 것이다. 게다가 몇 년 전, 그는 몹시 누이동생을 모욕했다는 것인데, 지금도 피티는 오빠의 문제가 나오면 남의 눈을 꺼려하듯 목소리를 낮추고 말하는 것 외에는 절대로 이야기하기를 싫어했다. 따라서 사정을 모르는 사람은, 이 정직한 노변호사가 적어도 살인 정도의 범죄를 저지른 것이나 아닌가 하고 의심할 정도였다. 누이동 생을 모욕한 것이란, 어느 날 피티가 엉터리 금광에 투자하기 위해, 오빠가 관리하고 있던 그녀의 재산에서 백 달러쯤 꺼내려고 한 일이 있었는데 그는 그 요구를 거절하고 격분해서 누이를 풍뎅이만큼도 분별이 없는 등신이라고 욕했다. 뿐더러 그것만으로 그치지 않고, 그는 다시 오 분 이상이나 누이에게 욕설을 퍼부었다는 것이다. 그 날부터 그녀는 한 달에 한 번 피터 영감의 마차를 타고 생활비를 받기 위해 오빠의 사무실로 갈 때 이외에는, 한 번도 얼굴을 대하지 않았다. 더구나 그 잠깐뿐인 방문에서 돌아오면, 피티는 반드시 하루 종일 이불 속에 들어가 눈물과 약을 상대로 보내는 게 예사였다. 삼촌과 단짝인 멜라니와 찰즈는, 곧잘 이제부터는 자기들이 대신 삼촌의 사무실로 심부름을 가겠다고 자청했지만, 그때마다 피티는 마치 철없는 아이처럼 고집 세게 입을 다물고 거절했다. 헨리는, 자기가 짊어져야 할 십자가니까 마땅히 자기가 가야 한다는 것이었다. 이 일로 해서, 이윽고 찰즈와 멜라니는, 고모가 한 달에 한 번 있는 이 자극에 대해 오히려 커다란 기쁨을 느끼고 있다고 결론짓지 않을 수 없었다. 온실과 같은 그녀의 생활에는 이것이 유일한 자극이었던 것이다.

헨리 삼촌은 곧 스카알렛이 마음에 들었다. 그건 그의 말에 의하면, 그녀는 우스꽝스럽게 새침을 부리는 점은 있지만 어쨌든 얼마쯤은 분별이 있다는 것이다. 그는 피티와 멜라니의 재산 관리인인 동시에 찰즈가 남긴 스카알렛 재산의 관리인이기도 했다. 자기가 부유한 젊은 부인이라는 것을 안 스카알렛은 깜짝 놀라고 또 기뻤다. 찰즈는 피티 시고모의 저택 반의 권리를 남겼을 뿐만 아니라, 시골의 농장과 시내의 토지와 가옥까지 그녀에게 남겼던 것이다. 더구나 그 유산의 일부인 정거장 근처의 철도에 이웃한 몇 채의 점포와 창고는, 전쟁 뒤 세 갑절이나 값이 뛰어올랐다. 스카알렛에게 애틀랜타에 영주해야 한다는 문제를 헨리 삼촌이 꺼낸 것은 그 유산의 설명을 할 때였다.

「웨이드 햄턴이 성년이 될 무렵이면 그는 청년 부호가 될 수 있다.」그는 말했다. 「이대로 애틀랜타가 발전해 가면 이십 년 뒤엔 그의 재산은 현재의 열 갑절이 된다. 그 애가 자기 재산이 있는 고장에서 키워지는 것은 당연한 일이고, 그렇게 하면 자연히 자기 재산에 관심도 갖게 된다. 그렇지, 그리고 피티와 멜라니의 재산도 결국은 그 애가 관리해야 할 거다. 그 애는 별로 멀지 않은 장래에 해밀턴 성(姓)을 쓰는 유일한 사람이 될 거니까. 뭐니뭐니해도 나 같은 사람은 이제 앞날이 길지 않을 테니까.」

피터 영감에 이르러서는, 스카알렛은 당연히 자기들과 함께 살기 위해 온 것이라고 잔뜩 믿고 있었다. 찰즈의 외아들인 애가, 자기의 감독이 미치지 않는 고장에서 양육된다는 것은 그로서는 천부당만부당한 일이었다. 모든 사람의 이러한 의향에 대해서 스카알렛은 단지 미소를 지을 뿐 아무런 대답도 하지 않았다. 애틀랜타가 정말 좋아질 것인지 어떨지, 남편 쪽의 친척과 변함없는 교제를 이어 갈 수가 있을지 어떨지, 그 확신이 설 때까지는 언질을 주고 싶지 않았기 때문이다. 그렇게 하자면 제랄드와 엘렌에게도 양해를 얻어야 된다고 생각했다. 그리고 타라를 떠나고 보니, 역시 타라가 그립고 붉은 황토밭, 파랗게 싹트는 목화, 감미로운 황혼의 정적이 그리웠다. 『토지에 대한 애착은 네 핏줄 속에서 흐르고 있다』고 한 아버지 제랄드의 말이 비로소 어렴풋이나마 그녀에게 이해되었다.

그래서 그녀는 언제까지 머물러 있겠다는 것에 대해서는 완곡하게 확답을 피하고, 피치트리가의 변두리에 있는 조용한 붉은 벽돌집의 생활 속으로, 홀가분하게 미끄러져 들어갔던 것이다.

찰즈와 혈연 관계에 있는 사람들과 함께 살며, 그가 자란 집을 관찰한 결과, 그처럼 허둥지둥 연속적으로 자기를 아내로 삼고 과부로 만들고 어머니로 만든 그 청년에 대해 스카알렛은 전보다 어느 정도 이해할 수가 있었다. 왜 그가 그토록 수줍고 내성적이고 이상적이었던가도 곧 알았다. 가령 찰즈가 군인이었던 그의 아버지에게서 엄격하고 대담하고 괄괄한 성격 중에 어느 하나를 이어받았다 해도 그것들은 그가 이 집에서 키워진 여성적인 분위기 때문에 소년 시절에 이내 없어지고 말았을 것이 틀림없다. 그는 애티가 가시지 않은 피티 고모를 진정으로 따르고 존경하고, 멜라니와는 보통의 남매 이상으로 사이가 좋았다. 게다가 이 두 사람은 세상에서 그렇게 흔히 볼 수 없을 정도로 정이 많고 상냥스러웠다.

피티퍼트 시고모에게 지금부터 육십 년 전에 주어진 진짜 이름은 사라 제인 해밀턴이라는 것이었는데, 먼 옛날 그녀를 지극히 사랑한 아버지가, 그녀가 작은 발로 언제나 바지런하고 원기 있게 통통거리며 뛰어다닌다고 해서 피티퍼트란 애칭을 붙인 뒤로는 누구나 그녀를 그 외의 이름으론 부르지 않게 되었다. 하지만 제2의 이름이 주어지고부터, 긴 세월이 흐르는 동안 그녀의 신상에는 여러 가지의 변화가 일어났다. 그리고 어느 덧 이 애칭이 그녀에게 어울리지 않는 것으로 되고 말았다. 경쾌하게 뛰어다니던 어린 시절의 자취로 지금까지 남아 있는 것이라고는 단지 그녀의 몸무게에 부적당한 두 개의 작은 다리와, 별것도 아닌 것을 즐거운 듯이 지껄이는 성격뿐이었다. 뚱뚱하고 볼이 담홍색이고 머리칼은 은빛이 되었고 코르셋을 너무 세게 죄었기 때문에 호흡은 늘 괴로와 보였다. 너무 작은 구두 속에 억지로 쑤셔넣은 그녀의 작은 발로는 거리의 한 구역도 걸어다닐 수가 없었다. 그녀의 심장은 아무리 작은 흥분에도 곧잘 뛰었다. 그리고 그걸 핑계로 무슨 일만 있으면 곧 기절하고 마는 것이다. 그녀의 기절이 대개의 경우, 단순히 귀부인다운 것을 나타내기 위한 겉치레에 불과하다는 것은 누구나 아는 사실이다. 그러나 모두 그녀를 좋아하고 있었기 때문에 그걸 입에 올려 말하는 것 같은 짓은 아무도 하지 않았다. 누구든지 그녀를 사랑하고 마치 아이들처럼 응석을 받아 주었다. 오빠인 헨리를 제외하곤 누구 하나, 그녀가 하는 짓을 진지하게 받아들이려고 하는 사람은 없었다.

그녀는 이 세상의 어떤 일보다도 남의 소문을 말하기 좋아했다. 음식을 먹는 것도 좋아했지만, 그것보다 더욱 좋아했다. 그녀는 몇 시간이고 계속해서 악의 없는 동정 어린 화술로 남의 문제를 이러쿵저러쿵 지껄였다. 사람의 이름이나 시일이나 장소에 대한 기억력이 전혀 없었고, 애틀랜타에서 일어난 어떤 사건의 등장 인물과 전연 다른 사건의 주인공과를 혼동하는 일쯤은 예사로 있었다. 그러나 누구에게도 피해는 입히지 않았다. 왜냐하면 그녀의 수다를 진짜로 알아들을 만큼 어리석은 사람은 한 사람도 없기 때문이다. 정말로 꺼려해야 할 일이나 정말로 추악한 일은 누구나 될 수 있는 대로 그녀의 귀에 들어가지 않도록 했다. 이미 예순 살의 노처녀이긴 했지만 이 미혼 부인의 심정을 상할 만한 일이 있어선 안 된다고 누구나 생각하고 있었기 때문이다. 친지들은 호의 어린 공동 협의 아래 언제까지라도 그녀를 나이 먹은 아이로 기분을 맞추고 세상의 물결에서 지켜 주려고 하고 있었던 것이다.

멜라니는 여러 가지 점에서 이 고모와 비슷했다. 고모와 마찬가지로 내성적이고 별안간 얼굴을 붉히고, 무척 겸손했다. 그러나 그녀는 상식을, 일종의 상식을 가지고 있었다. 이것은 스카알렛조차 본의 아니게 인정했다. 멜라니도 피티 고모와 마찬가지로 단순과 친절과 진실과 애정 이외에는 아무것도 모르는, 세상 바람이 전혀 닿지 않은 어린 아이였다. 가혹한 일, 사악한 일은 보지도 않았고 설사 보았다고 해도 그것을 믿으려고 하지 않는 철부지였다. 이제까지 그녀는 늘 행복했다. 그러므로 그녀는 그녀의 주위의 사람들이 모두 행복하기를, 적어도 불만이 없기를 바라고 있었다. 그 결과 그녀는 항상 누구에게도 그 사람이 갖고 있는 가장 좋은 점만을 인정하고, 다정하게 그걸 칭찬했다. 때문에 어떤 하인이든 결점을 덮을 만한 성실이나 친절을 그녀에게 발견되지 못할 만큼 어리석은 하인도 없었고, 또 어떤 아가씨든 용모가 아름답다든가 성격이 고상하다든가, 하여튼 어딘가에서 미점이 발견되지 않을 만큼 추악하고 불쾌한 아가씨도 없었다. 아무리 보잘것없이 형편없는 사나이라 할지라도, 그녀는 그 사나이의 현재에는 눈을 가리고 좋게 될 수 있는 장래의 가능성에만 주목하는 것이었다.

너그러운 심정에서 자연스럽게 우러나오는 이 같은 성격 때문에 그녀는 많은 사람들을 그 주위에 끌었다. 본인 자신조차도 상상하지 못했던 훌륭한 장점을 발견해 주는 그녀의 매력에 누가 감히 저항할 수 있겠는가? 그녀는 이 도시에서 누구보다도 많은 여자 친구들을 갖고 있었다. 남자 친구들도 많았다. 다만 남자의 마음에 뛰어들어 그걸 붙잡아 올 만큼 굳센 마음과 이기심이 부족했기 때문에 구애(求愛)하는 남자의 수는 많지 않았다.

그러나 멜라니의 태도는 모두 남부의 아가씨들이 그와 같이 하지 않으면 안 된다고 가르침을 받는 이상의 것은 아니었다. 그녀들은 누구나 주위의 사람을 안락하게 만들고 유쾌한 심정으로 만들어야 한다고 배우고 있는 것이다. 남부 여러 주의 사교계를 그렇듯 즐거운 것으로 만들고 있는 것은, 여자들이 모두 힘을 합해 이러한 행복스런 마음가짐을 지키고 있기 때문이었다. 남자들이 만족을 얻고 누구에게도 거슬리지 않고 허영심을 상처받는 일도 없이 안심하고 있을 수 있는 고장은, 여자들에게도 무척 살기 좋은 곳이라는 것을 그녀들은 잘 알고 있었다. 때문에 여자들은 날 때부터 죽을 때까지 남자들을 기쁘게 하려고 노력하고, 그리하여 만족이 주어진 남자들을 아낌없이 친절과 찬미를 여자들에게 뿌렸다. 사실 남자들은 여자에게도 생각이 있다는 것을 믿으려 하지 않는 것 이외에는 세계의 모든 것을 기꺼이 여자들에게 던져주었던 것이다. 스카알렛도 멜라니와 같은 매력은 가지고 있었지만, 그러나 그건 연습한 기교와 빈틈없는 숙련에 의한 매력이었다. 이 두 여자가 다른 점은, 멜라니가 비록 일시적이나마 남을 행복하게 하고 싶은 마음에서 남의 기분을 즐겁게 하는 정다운 말을 하는 데 비해, 스카알렛은 자기의 목적을 수행하기 위한 것 이외에는 결코 그런 일을 하지 않는다는 점에 있다.

찰즈는 그가 가장 사랑한 두 여자로부터 강한 인간이 될만한 감화는 전혀 받지 못했고 각박하고 차가운 현실에 대해서도 뭐 하나 배운 바가 없었다. 그가 성장한 가정은 마치 새둥지처럼 아늑한 곳이었다. 타라에 비교하면 참으로 조용하고 구식인 아늑한 가정이었다. 스카알렛의 눈에는, 그곳엔 브랜디나 담배나 마카사르 기름 같은 고리타분한 남자 냄새도 없고, 고함치는 목소리와 가끔 들려오는 성난 욕설도 없고, 구레나룻도 총도 안장도 마구도 없고, 발에 감기는 사냥개의 울음 소리도 없는 것이 못내 허전하게 느껴졌다. 타라에서 엘렌이 없을 때면 늘 듣는 말다툼, 마미와 포크의 욕질, 로자와 티나의 아귀다툼, 자기와 스월렌의 귀 따가운 입싸움, 제랄드의 커다란 고함 소리 따위를 스카알렛은 그리운 듯 회상했다. 이런 가정에서 자란 이상 찰즈가 여자 같은 청년이었다고 해도 조금도 이상할 것이 없다. 여기에선 서로 흥분하는 일도 없고 소리를 높이는 일도 없고, 모두 얌전히 다른 사람의 의견에 귀를 기울인다. 그리고 결국에 가선 부엌에 있는 머리가 반백이 다 된 흑인 독재자 피터 영감의 주장이 관철되고 마는 것이다. 마미의 감독에서 해방되었을 때 다소 고삐가 느슨해질 거라고 기대하고 있던 스카알렛은, 피터 영감이 신봉하고 있는 귀부인으로서의 행동 기준, 그 중에서도 찰즈 서방님의 미망인으로서의 기준이 마미의 그것보다 더 한층 엄격하다는 것을 발견하고 비참한 심정이 되었다.

이런 가정 안에서 스카알렛은 차츰 옛날의 그녀로 되돌아가고 있었다. 자기 자신이 거의 의식하지 못하는 사이에 그녀의 정신은 정상으로 회복되어 가고 있었다. 그녀는 아직 열 일곱 살이었고, 훌륭한 건강과 정력을 가지고 있었다. 찰즈의 친척들은 그녀를 행복하게 하기 위해 열심히 힘을 기울였다. 그러나 그런 노력이 뜻대로 효과를 거두지 못했다고 해도 그건 그들이 나빠서가 아니었다. 왜냐하면 아무도 애실리의 이름이 입에 오를 때마다 쑤시는 아픔을 그녀의 가슴에서 없앨 수는 없었기 때문이다. 더구나 멜라니는, 얼마나 자주 그걸 입에 올리는지! 그러나 멜라니와 피터는 그녀들이 멋대로 상상하고 단정을 내린 스카알렛의 슬픔을 덜어 주기 위해, 끊임없이 갖은 방법을 꾸며 대는 것이었다. 이를테면 그녀의 마음을 풀기 위해서 자기들의 슬픔을 입에 올리지 않았다. 그리고 그녀의 식사며 낮잠 시간이며 마차로 나들이하는 일에까지도 일일이 세심한 주의를 기울였다. 또 그녀의 강한 성격이며 아름다운 용모며 화사한 손발이며 흰 살결 같은 것을 터무니없이 칭찬할 뿐만 아니라, 자기들의 애정에 넘친 말을 강조하기 위해 그녀를 포옹하거나 키스하곤 했다.

스카알렛은 그러한 애무를 바라고 있지는 않았다. 그러나 칭찬받은 것은 불쾌하지 않았다. 타라에선 아무도 그녀에게 이렇게 비위를 맞추려는 사람이 없었다. 사실 마미 같은 사람은, 일부러 시간을 낭비해 가며 그녀의 자부심을 식혀 주려고 애썼을 정도였다. 조그만 웨이드도 이젠 귀찮은 존재가 아니었다. 이 가정의 흑인이며 백인이며 이웃 사람들은 그를 몹시 귀여워하여 빼앗다시피 서로 무릎 위에 앉히려고 다투었기 때문이다. 멜라니는 특히 이 아이를 귀여워했다. 미울 정도로 '심술을 부리며 악을 쓸 때도 멜라니는 귀여워 못 견디겠다는 듯 중얼거리고 이렇게 덧붙이는 것이었다. 「귀여운 아가야! 네가 내 아들이라면!」

스카알렛은 자주 자기의 감정을 감추느라고 애쓰지 않으면 안 되었다. 지금도 아직 그녀는 피티 시고모를 노부인 중에서도 가장 우둔한 여자라고 생각하고, 그 두서없는 수다에는 견딜 수 없는 짜증을 느끼고 있었다. 더구나 그 혐오감은 날이 갈수록 커졌다. 멜라니가 사랑의 긍지를 얼굴에 빛내면서 애실리의 얘기를 하고, 그에게서 온 편지를 소리내며 읽을 때는, 방에서 획 나가지 않고는 견디지 못했다. 그러나 대체로 생활은 이런 사정 아래, 허락될 수 있는 한 행복하게 지나갔다. 애틀랜타는 사배나나 찰스턴이나 타라보다도 한층 흥미가 있었다. 게다가 새로운 전시의 일이 많이 생겨 생각에 잠기거나 우울해 할 틈이 전혀 없을 정도였다. 그러나 때때로 촛불을 끄고 베개에 얼굴을 파묻을 때 같은 때는 그녀는 한숨을 쉬며 이렇게 생각했다. 『애실리만 결혼하지 않았더라면! 병원에서 간호 일을 하지 않아도 된다면! 아아, 누군가 애인을 가질 수 있다면?』

그녀는 간호 일 같은 것은 금세 싫증이 나버렸다. 그러나 미드 부인과 메리웨더 부인, 양쪽 위원회에 다 들어 있었기 때문에 의무를 기피할 수는 없었다. 의무란 일 주일에 네 번, 아침에 머리를 타월로 싸고 목에서 발까지 답답한 에이프런으로 두르고 찌는 듯이 무덥고 역한 냄새가 나는 병원에서 일하는 것이었다. 애틀랜타의 기혼 부인들은 노소를 막론하고 누구나, 스카알렛에겐 누구나 광적으로 보일 만큼 열심히 간호들을 했다. 그녀들은 스카알렛도 역시 자기들과 마찬가지로 애국적 열정에 불타고 있다고 단정하고 있었다. 때문에 만일 그녀가 전쟁에 대해 거의 관심을 갖고 있지 않다는 것을 알았더라면 그들은 아마 무척 놀랐을 것이다. 애실리가 전사라도 하지 않을까? 끊임없이 이런 걱정을 하고 있는 이외에는 그녀는 전혀 전쟁에 관심이 없었다. 간호를 계속하고 있는 것도 단지 어떻게 하면 이 일에서 손을 떼는지 그 방법을 몰랐기 때문이었다.

확실히 간호라는 일에는 조금도 로맨틱한 점이 없었다. 그건 그녀에게 있어서는 신음과 헛소리와 죽음과 악취를 의미할 뿐이었다. 병원에서는 더럽고, 수염 투성이이고, 이가 들끓고 악취를 풍기는 인간으로만 득실거리고, 그 육체의 끔찍한 상처는 어떤 그리스도 교도의 비위도 발칵 뒤집어 놓기에 충분했다. 썩은 살의 냄새는 아직 문에 닿기도 전에 코를 찔렀다. 가슴이 메스꺼운 시금털털한 냄새는 언제까지나 손과 머리칼에 배어 꿈에서조차 그녀를 괴롭혔다. 파리와 모기와 쇠파리가 떼를 지어 병실 안을 윙윙 날아다니고, 거기에 시달린 환자들은 저주의 말을 퍼붓거나, 혹은 가냘프게 흐느껴 울었다. 스카알렛은 자기도 모기에 물린 곳을 긁적거리며 어깨가 아프도록 종려잎 부채를 부치면서, 차라리 모두 죽어 버려 주었으면 좋겠다는 생각까지 했다.

그러나 멜라니는 악취도 상처도 벗은 육체도, 조금도 개의하지 않는 것 같았다. 그건 여자 중에서도 가장 부끄러움을 잘 타고 얌전한 멜라니에겐 참으로 이상한 일이라고 스카알렛은 생각했다. 미드 박사가 썩은 살을 도려내는 곁에서 쇠대야와 수술 기구를 들고 서 있을 때, 멜라니는 얼굴이 파라랗게 질리는 때가 있다. 한 번은 그런 수술이 있은 뒤 멜라니가 캘리코 제품이 들어 있는 벽장 속에서, 타월을 입에 대고 목소리를 죽여 가며 구토를 하고 있는 것을 스카알렛은 본 일이 있었다. 하지만 환자의 눈이 미치는 곳에서는, 멜라니는 언제나 다정하고 친절하고 쾌활하게 행동했다. 때문에 병원에 있는 남자들은 그녀를 〈자비로운 천사〉라고 부르고 있었다. 이 칭호는 스카알렛이 몹시 바라는 것이었지만, 그러나 그렇게 불리기 위해선 이가 들끓는 환자를 만져야 하고, 씹은 담배를 삼켜 목이 막힌 것이 아닌가 하고 의식을 잃은 환자의 입에 손가락을 넣어야 하고, 손발을 절단한 몸에 붕대를 감아 주어야 하고, 곪은 살에서 구더기를 잡아내 주어야 했다. 그건 싫었다. 그녀는 간호하는 것을 좋아하지 않았던 것이다!

그러나 만일 회복기에 있는 환자들에게 매력을 과시하는 것이 허락됐다면, 그녀는 참을 수 있었을지도 모른다. 왜냐하면 그러한 환자의 대부분은 사람을 끄는 데가 있고 지체도 좋은 사람들이었기 때문이다. 그러나 그건 과부인 그녀에게는 허락되지 않는 일이었다. 거리의 젊은 아가씨들은 처녀의 몸으로 보아선 안 될 광경을 보여선 안 된다고 병자의 간호는 금지되어 있었지만, 대신 회복기에 있는 환자들을 맡고 있었다. 기혼자니 과부니 하는 것에 속박되지 않는 그녀들은 회복기의 환자들에게 너도 나도 덤벼들었다. 그리고 그 가운데 제일 매력 없는 아가씨들조차도 어렵지 않게 약혼자를 구하는 것을 스카알렛은 우울한 표정으로 바라보았다.

스카알렛은 중환자와 중상자를 제외하고는 완전히 여자뿐인 세계에서 일하게 되었다. 그것이 그녀를 제일 질리게 했다. 왜냐하면 그녀는 자기와 같은 동성을 조금도 좋아하지 않을 뿐만 아니라 신뢰하지도 않았기 때문이다. 더구나 한층 어려운 것은 심심해 견딜 수 없는 것이었다. 그녀는 일 주일에 세 번, 오후에 멜라니의 친구들이 하는 뜨개질 모임과 붕대감기 위원회에 출석하지 않으면 안 되었다. 그러한 모임의 아가씨들은 모두 찰즈를 알고 있었기 때문에 몹시 친절히 대해 주고, 이것저것 신경을 써주었다. 그 중에서도 특히 보살펴 준 사람은 시의 태후(太后)님이라고 할 수 있는 엘싱 부인의 딸인 패니 엘싱과, 메리웨더 부인의 딸인 메이벨 메리웨더 두 사람이었다. 그러나 그녀들은, 스카알렛을 마치 이미 인생을 다 마친 늙은 여자이거나 한 듯 경의를 가지고 대우해 줄 뿐이었다. 춤과 애인들에 대해 아가씨들이 쉴새없이 떠드는 것을 듣고 있으면 그녀는 그 즐거움이 부럽고 그런 활동을 금지당한 과부 신세가 원망스러웠다. 아, 나는 패니나 메이벨 따위보다는 세 갑절이나 매력적인데! 어쩌면 인생은 이렇게도 불공평할까! 사실은 조금도 그렇지 않은데, 누구나가 내 마음은 무덤에 있다고 생각하니, 얼마나 불공평한가! 내 마음은 애실리와 함께 버지니아에 있지 않은가!

그러나 이토록 재미없는 일이 있었는데도 불구하고 애틀랜타는 몹시 그녀를 기쁘게 했다. 그래서 그녀의 체류는 주가 바뀔 때마다 자꾸 연기되었다.

9

그 여름도 반이 지나간 어느 날 아침, 스카알렛은 침실 창가에 걸터앉아 우울한 마음으로 젊은 아가씨와 병사들과 시중드는 나이 먹은 부인들을 가득 태운 짐마차며 마차가 뻔질나게 피치트리 가도로 나가는 것을 바라보고 있었다. 그날 저녁, 병원을 위해 열리는 바자에서 장식에 쓸 푸른 나뭇가지 같은 것을 구하러 나가는 것이었다. 빛나는 태양은 길 위에 바둑판 무늬의 그림자를 드리우고, 수많은 말발굽이 작은 구름처럼 붉은 먼지를 날리며 달려갔다.

앞장선 짐마차에는 네 명의 건장한 검둥이가 손에 상록수를 베거나 덩굴풀을 치기 위해 도끼를 들고 있었다. 이 짐마차의 뒤에는 냅킨을 씌운 광주리와, 도시락을 넣은 바구니와 몇 개의 수박이 산더미처럼 쌓여 있었다. 그리고 밴조와 하모니카를 가진 두 사람의 검둥이가 《얼렁뚱땅하고 싶거든 기병대로 들어가세요》라는 곡조를 신나게 불어 대고 있었다. 그 뒤에는 화려한 행렬이 잇따랐다. 우선 젊은 아가씨들은 시원한 꽃무늬 무명 옷에 가벼운 숄을 두르고 햇볕을 막기 위해 보네트를 쓰고 장갑을 끼고, 조그만 양산을 쓰고 있었다. 마차에서 마차로, 서로 부르고 웃고 농담을 주고받는 소동 속에서 나이가 지긋한 상류 사회의 부인들은 빙그레 웃음을 지었다. 회복기에 있는 병원의 부상병들이, 투박한 몸집을 한 감독 부인과 아리따운 아가씨들 사이에 끼어 있었다. 아가씨들은 법석을 떨며 상이군인의 시중을 들었다. 말탄 장교들은 마차와 나란히 서서 그 느릿느릿한 행진에 발걸음을 맞추어 한가롭게 지나갔다. 마차 바퀴가 삐걱거린다, 박차가 울린다, 금색 장식 끈이 반짝인다, 양산이 춤춘다, 부채가 펄럭인다, 흑인이 노래한다, 모두들 푸른 나뭇가지나 잎을 따기 위해, 피크닉을 즐기고 수박을 깨먹기 위해 피치트리 길로 달린다, 모두들. 그런데 나만은 외톨이구나, 생각하고 스카알렛은 침울했다.

모두들 그녀 옆을 지나치면서 손을 흔들고 말을 걸기 때문에 상냥하게 그것에 응하려곤 하지만 그것이 꽤나 어려웠다. 가슴 속에 단단히 맺힌 조그마한 슬픔이 점점 목까지 치밀어올라 덩어리가 되고, 그것이 금방이라도 눈물이 될 것만 같았다. 모두들 피크닉에 간다. 그런데 자기만이 외톨인 것이다. 밤은 밤대로 모두 바자와 무도회에 간다. 그러나 자기만 외톨인 것이다. 그녀와 피티퍼트와 멜라니, 그리고 상복을 입은 불행한 사람들을 제외하곤 모두 가는 것이다. 그러나 멜라니와 피티퍼트는 그것을 아무렇지도 않게 느끼고 있는 것 같았다. 가고 싶은 생각조차도 하지 않고 있는 것 같았다. 그러나 스카알렛은 가고 싶었다. 죽도록 가고 싶어 견딜 수 없었다.

정말 불공평한 이야기였다. 그녀는 바자의 물건을 마련하기 위해 다른 아가씨들의 두 배나 일했다. 양말이며 어린애 모자, 덧이불, 목도리도 짰고 레이스도 몇 야드나 짰다. 사기로 만든 머리카락 통과 면도 그릇에 무늬를 그려 넣기도 했다. 반 다스나 되는 소파의 방석 덮개에다 남부 동맹의 기를 수놓았다. 그 기의 자수에선 별의 모양이 좀 잘 안되었다. 거의 동그라미가 된 것도 있고 뿔이 예닐곱씩이나 돋치기도 했다. 그러나 전체로서의 볼품은 그렇게 나쁘지 않았다. 어제 같은 날은 먼지가 자욱한 낡은 병기고에서 벽에 잇대어 만든 매점에다 노랑, 빨강, 초록색의 엷은 천을 둘러치느라고 뼈마디가 녹신녹신할 만큼 일했다. 병원 위원회의 감독을 받으면서 하는 이 일은 정말 중노동으로, 재미라고는 털끝만큼도 없었다. 메리웨더 부인, 엘싱 부인, 와이팅 부인 같은 이들이 옆에 있었으니 재미고 뭐고 아무것도 없었을 뿐더러 더구나 이 부인들은 스카알렛을 마치 검둥이라도 부리듯 턱으로 무섭게 부려먹었다. 게다가 스카알렛은 그 부인들의 딸들이 얼마나 평판이 좋은가 하는 딸자랑까지 들어야 했다. 그 중에도 가장 나빴던 것은 피티퍼트와 쿠키가 복권 뽑기에 쓸 장식 케잌을 구울 때 옆에서 도와 주다가 손가락을 두 군데나 데어 물집이 생긴 일이었다.

농사꾼처럼 죽도록 일하고 이제부터 재미있는 일이 시작되려고 하니까, 손가락이나 빨고 뒷전에 물러앉아야만 되는 것이다. 남편은 죽고, 옆방에선 어린애가 앙앙 울어 대고 있다. 거기에다 유쾌한 일에는 일체 낄 수가 없다니, 세상은 얼마나 불공평한가! 바로 일 년 전까지는 춤도 추고, 이런 우중충한 상복이 아닌 화려한 옷을 입고, 거기에다 사실상 세 청년과 약혼한 것이나 다름이 없었는데. 지금도 아직 열 일곱 살의 젊은 나이이고, 아직은 춤을 추고 싶어 견딜 수 없는 나이인 것이다. 아아, 정말 불공평해. 인생은 나를 버리고 가려고 하는구나. 그런데 여름날의 그늘진 길에는 잿빛 군복, 드높은 채찍 소리, 꽃무늬의 오건디 옷, 울려 퍼지는 밴조의 즐거운 인생이 있다. 병원에서 간호해 준 친한 남자들을 보아도, 그녀는 애써서 미소를 누르고 손을 흔드는데도 별로 열심이 아닌 척했다. 그렇지만 아무리 감추려고 해도 볼우물은 자꾸 패였다. 실제는 그렇지도 않은데, 마음이 무덤에 있는 것처럼 꾸며 보이기란 어려웠다.

그녀가 하던 인사나 흔들던 손을 피티퍼트가 방으로 들어오자 딱 멈추었다.

시고모는 언제나와 마찬가지로 숨을 헐떡이며 계단을 올라와 느닷없이 그녀를 창가에서 떼어 놓았다.

「너 정말 정신 나갔니? 침실 창문에서 사내에게 손을 흔들고 하게. 스카알렛, 정말 난 놀라 자빠지겠다. 네 어머니가 보셨다면 뭐라고 하셨겠니?」

「하지만, 저쪽에선 제 침실인 줄 모르잖아요.」

「참 기가 막혀서. 침실이라는 것쯤은 짐작해요. 하여튼 안 된다, 그런 짓을 해선 안 돼요. 세상이 이러쿵저러쿵 떠들 텐데. 주착없는 여자라고 소문이 나요. 아뭏든 메리웨더 부인이 네 침실이라고 알고 있다.」

「그리고 군인들한테 말할 테죠, 그 늙다리 고양이 같은 노인네!」

「그런 말을 하면 못 써요! 돌리 메리웨더는 내 친구다.」

「하지만 고양인 고양이에요. 어머, 용서하세요, 고모님. 우시다니! 전 제 침실 창문이란 걸 깜빡 잊고 있었어요. 이제부터 조심하겠어요. 다만 모두가 지나가는 게 보고 싶었을 뿐예요. 저도 가고 싶어요.」

「참 철부지 같은 소리만!」

「하지만 정말이에요. 집구석에 틀어박혀 있는 게 전 정말 지긋지긋해요.」

「스카알렛, 이제 다시 그런 소리 하지 않겠다고 약속해 다오. 세상의 입이란 시끄러운 거다. 죽은 찰즈에게 아내로서의 도리를 지키지 않는다는 말을 들어요.」

「어머, 고모님, 울지 말라니까요!」

「나 좀 봐, 너까지 울려 놓고.」하고 피티퍼트는 훌쩍거리면서, 그래도 기쁜 듯 스커트의 주머니를 뒤져 손수건을 꺼내려고 했다.

조그만 고통의 덩어리가 마침내 목까지 치밀어올라, 스카알렛은 울음을 터뜨렸다. 하지만 그것은 피티퍼트가 생각하고 있는 것처럼 찰즈를 위해서가 아니라 마치 바퀴와 떠들썩한 웃음 소리의 마지막 여운이 멀리 사라지고 말았기 때문이었다. 멜라니가 허둥지둥 방으로 들어왔다. 걱정스러운 듯 이마를 흐리고 손에는 브러시를 든 채, 평소에는 곱게 다듬어진 검은 머리가 헤어 네트를 벗었기 때문에 조그맣게 물결치며 옆얼굴에 흐트러져 있었다.

「왜들 그러세요?」

「찰즈를 생각했단다.」하고 피티퍼트는 흐느껴 울면서 슬픔의 쾌감에 몸을 내맡기고 멜라니의 어깨에 얼굴을 파묻었다.

「어머!」멜라니는 오빠의 이름을 듣자 입술을 떨었다.「기운을 대세요. 울거나 하면 안 돼요, 스카알렛!」

스카알렛은 침대에 몸을 던지고 한껏 소리를 내어 울었다. 잃어버린 청춘을 위해, 그리고 거부당한 청춘의 즐거움을 위해 울었다. 전에는 울면 뭐든지 원하는 것이 손에 들어왔는데, 지금은 울어도 아무 소용이 없다는 것을 알았을 때의 어린애 같은 분개와 절망을 가지고 울었다. 베개에 얼굴을 묻고 소리를 내어 울고, 발로 술 달린 이불을 걷어 차며 울었다.

「차라리 죽어 버리고 싶어!」그녀는 심하게 흐느껴 울었다. 이처럼 슬퍼하는 것을 보자 피티퍼트의 주착없는 눈물은 벌써 말라 버렸다. 멜라니는 침대로 달려가 올케를 위로했다.

「응, 울지 말아요. 찰즈 오빠가 얼마나 언니를 사랑하고 있었는지 생각해 봐요. 그걸로 언니의 마음을 위로하세요. 귀여운 애기를 생각하세요.」멋대로 오해되고 있다는 노여움에 모든 것으로부터 소외되고 있다는 고독감과 합쳐 그녀의 막 나오려던 말을 짓눌러 버렸다. 그러나 그것이 다행이었다. 왜냐하면 말이 나왔다면, 그녀는 아버지 제랄드를 닮은 거침없는 말로 가슴에 맺혀 있는 진심을 커다랗게 터뜨렸을 게 틀림없었기 때문이다. 멜라니는 그녀의 어깨를 가볍게 토닥거리고 있었다. 피티퍼트는 육중한 몸을 발끝으로 움직여 방의 차일을 내리며 돌아다녔다.

「제발 그러지 말아 주세요!」스카알렛은 베개에서 빨갛게 부은 얼굴을 들고 소리쳤다.「차일로 가릴 만큼 전 죽지 않았어요. 죽은 거나 다름없긴 하지만. 제발 저리들 가고, 날 혼자 내버려두세요!」

그녀는 다시 베개에 얼굴을 묻었다. 소곤소곤 의논하면서 그녀를 내려다보고 있던 두 사람은 발끝으로 걸어 살그머니 방을 나갔다. 멜라니가 나직한 목소리로 피티퍼트에게 이런 말을 하면서 계단을 내려가는 소리가 들렸다.

「피티 고모님, 스카알렛에게 찰즈 오빠 얘기를 하지 마세요. 언제나 그 말이 언니의 마음을 얼마나 아프게 하는지 고모님도 잘 알고 계시잖아요. 가엾게도, 얼굴 모습까지 달라져 있어요. 열심히 울지 않으려고 애쓰고 있는 거예요. 이제 그 이상 언니에게 가슴 아픈 생각을 하게 해선 안 돼요.」

스카알렛은 어쩔 수 없는 분노로 이불을 걷어차 버리고 뭔가 가슴이 후련해지는 욕설을 찾아내려고 했다.

「하느님의 잠옷!」하는 욕설을 가까스로 생각해 내뱉고 나자 다소 마음이 가벼워졌다. 멜라니는 아직 열 여덟밖에 안 됐으면서, 어떻게 집에 틀어박혀 만족할 수 있을까? 아무런 재미도 없이 오빠를 위해 상복을 입고 만족할 수 있을까? 멜라니는 인생이 박차를 가하여 마구 달아나고 있는 것을 모르는 걸까. 걱정도 않는가 보다.

『아뭏든 그 앤 멍청하니까.』스카알렛은 베개를 두드리며 생각했다. 『게다가 나만큼 남자들한테 인기도 없으니까, 모든 일에 대해서도 나처럼 분하지 않을 거야. 그리고 그 앤 애실리가 있잖아. 하지만 내겐 아무도 없다.』 이 새로운 슬픔에, 그녀는 다시 울음을 터뜨렸다.

스카알렛은 점심때가 다 지날 때까지 우울하게 방에 틀어박혀 있었다. 이윽고 피크닉을 갔던 패들이 짐마차에 산더미처럼 소나무 가지며 덩굴풀, 양치(羊齒) 따위를 싣고 돌아오는 광경을 보아도, 마음은 흥겨워지지 않았다. 모두들 기분 좋게 지친 모양으로, 다시 그녀를 향하여 손을 흔들었다. 침울한 마음으로 그녀는 그 인사에 답했다. 지금 그녀에게 인생은 전혀 희망이 없는 것이다. 정말이지 살 가치가 없는 것이었다.

그러나 구원의 손길은 정말 뜻하지 않은 형식으로 찾아왔다. 점심식사 뒤 낮잠을 자려니까 메리웨더 부인과 엘싱 부인이 마차를 타고 찾아왔다. 이런 시간에 손님이 찾아와 멜라니와 스카알렛과 피티퍼트 고모 세 사람은 급히 일어나 허둥지둥 베스크(웃옷의 짧은 — 역자주)의 후크를 끼고 머리를 매만지며 계단을 내려 객실로 갔다.

「본넬 부인의 아기들이 홍역에 걸렸답니다.」 다짜고짜 메리웨더 부인이 말했다. 그런 병에 걸리게 한 것이, 마치 그녀 자신의 책임이기나 한 듯한 말투였다.

「그뿐인 줄 아세요? 막클루아 씨와 그 따님들이 버지니아에 불려갔답니다.」 엘싱 부인은 언제나 하듯, 말꼬리가 입 속에서 사라지는 듯한 투로 말하고, 그러나 그런 일은 실은 아무래도 좋다는 식의 태도로 시들하게 부채를 놀렸다. 「달라스 막클루아가 부상을 입어서.」

「어머, 가엾게도!」 하고 주인 측은 입을 모아서 말했다. 「그래, 달라스는 …….」

「아니에요, 어깨에 관통상을 입었기 때문에 생명에는 관계 없어요.」 하고 메리웨더 부인이 시원시원한 말투로 말했다. 「그래서 하필이면 이런 때 그렇게 당하다니 운이 나쁘죠 뭐. 그래서 따님들은 달라스를 맞으러 북부에 가게 되었어요. 어머, 여기 주저앉아 지껄일 시간도 없는데, 내 정신 좀 봐. 빨리 병기고로 돌아가 장식을 끝마쳐야 하는데, 그래서 말이에요, 피티. 오늘 밤은 당신과 멜라니가 본넬 부인과 막클루아네의 따님들 대신 해 달라고요.」

「어머, 하지만 돌리, 우리는 안 돼요!」

「그런 소리 하면 안 돼요, 피티퍼트 해밀턴.」 하고 메리웨더 부인은 단호한 어조로 말했다. 「당신, 과자 담당하는 흑인들을 감독해야 해요. 그게 본넬 부인의 담당이었거든요. 그리고 멜라니는 막클루아네 따님이 담당했던 매점을 맡아 주세요.」

「하지만 아무래도 우린 안 돼요. 찰즈가 죽고 아직…….」

「당신들의 심정은 알겠지만 나라의 사명을 위해서는 어떤 희생도 큰 게 아니에요.」 하고 옆에서 엘싱 부인이, 조용하긴 하지만 꼼짝 못하게 하는 말투로 참견을 했다.

「그야 물론 기꺼이 도와 드려야겠지요. 하지만 매점 일을 맡을 만한 예쁜 아가씨들이 나밖에도 얼마든지 있잖아요?」

메리웨더 부인은 나팔처럼 콧바람 소리를 내었다.

「요즘 젊은 사람들은 왜 그럴까요? 도무지 책임감이라는 게 없어요. 매점 담당을 거절한 아가씨들은 모두 그럴 듯한 변명만 내세우고, 도저히 당해 낼 수가 없어요. 그렇다고 속지는 않지만서도요. 모두들 장교 곁으로 못 가서 야단들인 거죠. 이유는 그것뿐이에요. 매점 카운터 뒤에 있어야 모처럼 입은 새옷도 보일 수 없으니까, 그래서 싫어하는 거죠. 저 봉쇄망을 뚫고 밀수하는…… 뭐라더라, 그 사람의 이름이?」

「버틀러 선장이래요.」 엘싱 부인이 가르쳐 주었다.

「그 사람에게 병원의 필수품을 좀더 많이 가져오고 스커트나 레이스 같은 건 훨씬 좀 적게 가져오라고 해야겠어요. 오늘이라도 옷을 한 벌 보자고 하면 곧 스무 벌이나 갖다 보여 주니까요. 모두 봉쇄망을 뚫고 가져온 옷들이죠. 버틀러 선장이라는 이름을 입에 올리기만 해도 난 메스꺼워서, 자아, 피티, 노닥거리고 있을 틈이 없어요. 꼭 와 주세요, 네? 다른 분들도 이해해 줄 거예요. 어차피 당시 담당은 뒤꼍 부엌 쪽이니까 눈에 띄지 않을 거예요. 그리고 멜라니의 담당은 눈에 잘 띄지 않는 일이에요. 가엾은 막클루아네 따님들 매점은 훨씬 구석진 쪽이고 별로 화려한 가게도 아니니까, 아무도 살피지 않을 거예요.」

「난 갈 의무가 있다고 생각해요.」 스카알렛은 날아가고 싶은 마음을 얼굴에 나타내지 않으려고 애써 진지하고 순진한 표정을 지으며 말에 끼어들었다. 「이 정도의 일은 별것도 아니니까 병원을 위해서 우리가 충분히 할 수 있어요.」

손님인 부인들은 어느 쪽이나 지금까지 스카알렛의 이름을 입에 올리지 않았다. 그러므로 스카알렛이 이렇게 말하자, 새삼스레 얼굴빛을 고치고 그녀를 응시했다. 아무리 손이 모자라기로 남편을 잃고 아직 일 년도 안 되는 미망인을 사교적인 행사에 나와 달라고 부탁한다는 건 도무지 생각 못할 일이었기 때문이다. 스카알렛은 눈을 동그랗게 뜨고, 어린애와 같은 천진 난만한 표정으로, 부인들의 응시를 마주 대했다.

「난, 모두 가서 도와 성공하도록 해야 한다고 생각해요. 저도 멜라니하고 같이 매점에 나가야 할 의무가 있어요. 혼자 있는 것보다 우리들 둘이 나가 있는 편이 돋보일 테니까요. 그렇지 않아, 멜라니?」

「글쎄…….」하고 멜라니는 시원찮게 대답했다. 상중(喪中)에 공공연히 사교적인 모임에 참여한다는 건 아직 들은 일이 없기 때문에 난처했던 것이다.

「스카알렛의 말이 옳아요.」메리웨더 부인은 상대가 누그러져 가는 것을 보고 말했다. 그리고 일어나는 스카알렛의 후프를 끌어당겨 고쳐 주었다. 「그럼 두 분 아니, 세 사람 모두 꼭 와 주세요. 자, 피티, 이제 변명 같은 건 그만해요. 새 침대하고 약품을 사는 데 병원이 지금 얼마나 돈이 필요한지 그걸 생각하세요. 찰즈도 그가 생명을 바친 나라의 큰 사명을 위해서라면 당신이 도와 주는 걸 틀림없이 기뻐할 거예요.」

「그렇다면…….」피티는, 자기보다 성격이 강한 사람 앞에선 언제나 지고 마는 것이 버릇이라 곧 양보하고 말았다. 「세상사람이 이해하여 준다고 당신도 생각하시면.」

이게 사실이라니 너무 기막히는걸, 이게 사실이라니 너무 기막히는걸! 막클루아 댁 아가씨들이 나갈 예정이었던 분홍과 노오란 장식의 천이 드리운 매점에 살그머니 들어섰을 때 스카알렛의 기쁨에 넘친 마음은 이렇게 노래하고 있었다. 드디어 정말로 파티에 나온 것이다. 일 년이나 집 안에 틀어박혀 상복을 입고, 소리를 죽여 가며 살아서 거의 미칠 지경이었는데, 마침내 꿈이 아닌 현실로 파티에 참석하게 된 것이다. 더구나 애틀랜타시가 생긴 이래 최대의 파티다. 바로 눈 앞에 사람들을 보고, 수많은 불빛을 바라보고, 음악을 들을 수 있는 것이다. 자기의 눈으로 유명한 버틀러 선장이 최근 항해에서 봉쇄선을 뚫고 들여온 예쁜 레이스와 옷과 주름 장식을 바라볼 수 있게 된 것이다.

그녀는 매점 카운터 뒤의 작은 의자에 걸터앉아 긴 장내를 둘러보았다. 그곳은 오늘 오후까지만 해도 살풍경하고 더러운 훈련장이었다. 그것을 이만큼 아름답게 해놓았으니 부인들의 오늘의 노력도 짐작할 만했다. 멋들어진 탈바꿈이었다. 애틀랜타의 모든 초와 촛대가, 몽땅 오늘 밤엔 이 모임에 모인 것 같았다. 구부러진 열 두 가지가 달린 은 촛대, 아래 사랑스런 조그마한 입상(立像)이 엉켜 있는 사기 촛대, 곧고 품위가 있는 고풍스런 놋 촛대, 그것들이 가지각색 모양과 색깔을 한 초를 세우고 월계수의 향긋한 향기를 뿜으며 회장에 쭉 늘어선 총걸이와 꽃으로 장식된 긴 테이블과 매점의 카운터 등에 놓여 있고, 다시 활짝 열어젖힌 창문틀 위에까지 놓여 있었다. 따뜻한 여름 공기가 알맞게 불길을 돋울 만큼 불어 들어왔다.

회장 중앙에 못 생긴 거대한 램프가 천정에서 녹슨 사슬로 매달려 있었는데, 그것도 지금은 사슬을 덩굴과 들포도의 덩굴로 감아, 추한 모습을 감추고 있었다. 단지 모처럼의 덩굴풀이며 들포도가 열기 때문에 벌써 시들어 가고 있었다. 사방 벽에는 향긋한 향기를 내뿜는 소나무 가지를 장식하고, 회장 귀퉁이에는 예쁘장한 정자 모양의, 시중꾼이나 노부인을 위한 휴게소가 마련돼 있었다. 덩굴풀과 들포도, 덩굴장미 따위의 긴 우아한 장식 그물이 가는 곳마다 둘러쳐져 있어서 벽에는 바퀴 모양의 꽃 장식이 되고 창문에는 차일 장식이 되어 화려한 빛깔의 천을 드리운 매점 위에도 부채 모양으로 장식이 되어 있었다. 또 이들 녹색 장식물 속에 세운 기, 펼쳐 놓은 기에는 빨강과 파랑 바탕에 남부 동맹의 찬란한 별이 빛나고 있었다.

악사의 무대는 특히 맵시를 내었다. 한 단 높이 마련한 연주대는 둘러친 푸른 잎과 별이 있는 기로 완전히 가려 있었다. 온 시내의 화분들이 남김없이 거기에 모였는가 보다고 스카알렛은 생각했다. 비단 차조기, 제라늄, 자양화, 협죽도(夾竹桃), 추해당(秋海棠) —— 엘싱 부인의 비장(秘藏)인 네 그루 고무나무까지 나와 있었다. 이 고무나무들은 방 네 귀퉁이에서 특별한 대우를 받고 있었다.

연주대 맞은쪽 회장 한 끝은 부인들이 특히 솜씨를 다투어 꾸민 곳이었다. 거기 벽에는 남부 동맹의 대통령 데이비스와 조지아 주 출신으로 〈리틀 알레크〉란 애칭이 있는 부통령 스티븐즈의 커다란 초상화가 걸려 있었다. 그 위에는 커다란 국기가 걸려 있고, 그 아래 긴 테이블 위에는 시내 정원에서 잘라온 양치류, 빨강, 노랑, 하양의 온갖 색의 장미, 자랑스러운 금빛 글라디올러스, 짙고 연한 금련화가 장식돼 있고, 그 가운데 키가 크고 거만한 꽃아욱이 진한 갈색과 유백색의 머리를 의젓하게 쳐들고 있었다. 꽃 속에 촛불이 성단의 불처럼 조용히 타고 있었다. 두 개의 초상화가 이 회장을 내려다보고 있었다. 같은 남북 분리라고 하는 위대한 사업의 키를 잡고 있는 인물인데도, 저 두 사람의 얼굴은 어쩌면 그렇게 다른가! 데이비스의 얼굴은 금욕주의자의 여윈 볼과 쌀쌀한 눈을 가지고 있고, 자존심이 강한 넓은 입술을 꽉 다물고 있다. 스티븐즈는 움푹 패인 눈이 이글이글 불타고, 병과 고통만을 경험하고도 유머와 열혈(熱血)로 그것을 극복한 얼굴을 하고 있었다. 그러나 이 두 얼굴이야말로 남부의 사람들로부터 가장 깊이 사랑받고 있는 것이었다.

위원회의 노부인들은 바자의 전책임을 지고 있었기 때문에 순풍에 바람을 가득 실은 돛처럼 당당히 옷자락 소리를 내며 우물쭈물하고 있는 젊은 부인들과 키득거리고 있는 아가씨들을 재촉하여 매점에 세우고, 잰걸음으로 문을 빠져 나와 다과 준비를 하고 있는 뒷방으로 들어갔다. 피티 시고모는 숨을 헐떡이며 그 뒤를 따라갔다.

악사들이 연주대로 올라갔다. 새까만 얼굴에 흰 이를 드러내고 싱글싱글하며, 살이 찐 볼은 벌써 땀이 번득거리고 있었다. 이윽고 바이올린의 음정을 맞추기 시작했다. 이제부터 중요한 역할을 맡는다고 해서 활을 여러 가지 모양으로 움직이고 있는 메리웨더 부인의 마부 레비 노인은, 애틀랜타가 마사즈빌이라는 이름으로 불리울 때부터 바자, 무도회, 결혼식에는 빠짐없이 오케스트라의 지휘를 맡아 왔다. 연주대 위에 선 그는 청중의 관심을 끌기 위해 바이올린의 활을, 획 하고 소리를 내며 흔들었다. 바자를 지시하는 부인들 이외에는 극히 소수밖에 오지 않은 사람들의 눈은 노인에게로 쏠렸다. 바이올린, 첼로, 아코디언, 밴조, 나클본이 느릿하게 《로레나》의 곡을 연주하기 시작했다. 춤추기에는 너무 느린 곡이었다. 춤추는 것은 매점의 물건이 다 팔린 다음에 시작하기로 돼 있었다. 스카알렛은 왈츠의 달콤하고 우수에 찬 곡이 시작되자 자기도 모르게 가슴이 설레였다.

어느 덧 세월은 흘러, 로레나여 !
다시 눈은 풀밭에 쌓이고
저녁 해는 아득히 기우는구나, 로레나여……

하나 둘 셋 하나 둘 셋 ──옆으로──셋, 돌면서──둘 셋. 얼마나 아름다운 왈츠인가 ! 그녀는 조금 팔을 벌리고, 눈을 감고, 이 구슬프고 애틋한 리듬에 맞추어 몸을 흔들었다. 이 비극적인 멜로디와 로레나의 실연에는, 뭔가 그녀의 부글거리는 감정과 융합하는 것이 있었고 그것은 차츰 그녀의 목으로 치밀어 올라왔다.

이윽고 왈츠 리듬에 끌리기나 한 듯 아래쪽 달빛이 흐릿한 길에서 잡다한 소리가 흘러들어왔다. 말발굽의 울림, 마차바퀴 소리, 따뜻하고 달콤한 바람에 실린 웃음 소리, 말을 매는 장소 때문에 다투는 흑인의 나직한 목소리, 계단에서 떠들썩한 소란이 일어났다. 그리고 금세 주위가 마음이 들뜨게 시끄러워지더니 젊은 여자의 싱싱한 목소리에 섞여 따라온 남자들의 나직한 목소리가 들려왔다. 오늘 오후 헤어진 친구들을 발견하고 즐거운 듯 인사를 던지는 명랑한 목소리도 있었다.

별안간 회장은 활기를 띠었다. 젊은 여성으로 가득 찼다. 호랑나비처럼 가뿐한 차림을 하고 그녀들은 쏟아져 들어왔다. 형편없이 스커트를 부풀리고, 그 아래로 레이스를 단 팬터렛이 살짝 고개를 내밀었다. 둥글고 작은 흰 어깨와 레이스 장식 위에 봉긋한 귀여운 가슴을 살짝 드러내고 레이스 숄을 아무렇게나 슬쩍 팔뚝에 늘어뜨렸다. 그리고 금박의 부채, 그림을 그린 부채, 백조의 솜털과 공작새의 깃털 부채를 가는 벨벳 리본으로 매어 손목에 늘였다. 적갈색 머리를 귀 밑에서 뒤로 예쁘게 빗어 붙이고 커다란 쪽을 져 그 무게로 멋을 부리며 고개를 제끼고 있는 아가씨가 있는가 하면, 또는 목둘레에 금발 고수머리를 치렁치렁 늘어뜨리고 금귀걸이를 달아 그것이 찰랑이는 것과 함께 반짝반짝 춤추고 있는 아가씨도 있다. 레이스, 비단, 장식 끈, 리본, 그것들은 모두 봉쇄를 뚫고 들어온 외국제이다. 그런 만큼 한층 귀중하기도 했고, 그것을 몸에 지니는 것이 자랑스럽기도 했는데, 또 그것은 봉쇄하느라 애쓰고 있는 북부 녀석들의 뒤통수를 한 대 쥐어박아 준 쾌감도 덧붙여 그 아름다운 맵시는 한층 더 과시되었다.

그러나 온 도시의 꽃이 모두 남부 동맹의 지도자인 두 개의 초상화에만 바쳐진 것은 아니었다. 가장 작고 가장 향기가 많은 꽃들은, 아가씨들을 장식하고 있었다. 월계화를 분홍빛 귀 뒤에 꽂고, 재스민 꽃과 봉오리 장미의 작은 꽃송이를 머리에서 옆으로 늘인 물결치는 고수머리 위에 장식하고, 그리고 갖가지 꽃이 공단 장식 대에 얌전하게 꽂혀 있다. 이 꽃들은 어느 것이나 오늘 밤이 가 버리기 전에, 은밀한 마음의 기념으로 잿빛 군복 가슴 호주머니에 간직되게 될 것이다.

군중들 속에는 군복 차림이 많이 섞여 있었다. 스카알렛이 알고 있는 사람들, 병원의 침대며 거리며 연병장에서 보아 알고 있는 숱한 군복의 무리였다. 눈이 번쩍 뜨일 만큼 화려한 군복, 번쩍번쩍 빛나는 금단추, 소매와 옷깃에 달려 있는 눈부신 당초 무늬의 금줄, 빨강 노랑 파랑의 바지줄, 그것들은 각종의 병과 (兵科)를 나타내고, 그리고 잿빛 군복을 더 할 수 없이 돋보이게 하고 있었다. 진홍색과 금색 견장이 흔들리고, 번쩍이는 군도가 광이 나도록 닦은 장화에 세차게 부딪치고, 박차가 요란하게 울렸다.

그들은 친구와 말을 주고받기도 하고 손을 흔들기도 하고 몸을 낮게 구부려 나이 든 부인의 손에 키스하고 있었다. 어쩌면 저렇게 훌륭할까? 스카알렛은 가슴이 부풀어오르는 자랑을 느끼며 생각했다. 길고 노오란 콧수염이며 검은색, 갈색의 턱수염을 짙게 기르고는 있었지만, 모두들 젊어 보였고 썩 잘생기고, 썩 용감하게 보였다. 팔을 목에 매달고 있는 사람도 있었다. 머리의 붕대가 그을은 얼굴에서 깜짝 놀랄 만큼 희었다. 목발에 의지하고 있는 사람도 있었다. 아가씨들이 걸음걸이가 부자유한 남자의 걸음에 맞추어 조심스럽게 천천히 걸어 들어오는 모습은 퍽 자랑스러워 보였다. 갖가지 군복 가운데, 아가씨들의 화려한 옷도 무색할 만큼 호화 찬란한 군복이, 마치 열대의 새처럼 두드러졌다.

루이지애나 주의 즈아브 의용군의 군복이었다. 청색과 백색 줄이 쳐진 헐렁헐렁한 바지에 크림색 각반을 감고, 몸에 꼭 끼는 빨간 상의를 입은, 살갗이 검고 작은 원숭이 같은 사람이 한 팔을 검은 비단으로 목에다 달아매고 싱글벙글 웃고 있었다. 메이벨 메리웨더가 특별히 사모하고 있는 애인 르네 피칼이다. 이것으로도 병원에 있는 환자들은 전부 와 있는 게 틀림없었다. 적어도 걸을 수 있는 사람은 모두 왔을 것이다. 휴가로 돌아와 있는 사람, 병으로 호송된 사람, 그리고 애틀랜타에서 메이콘까지 사이에 철도, 우체국, 병원, 병참부에 근무하고 있는 사람은 모두 와 있을 게 틀림없었다. 주최자인 부인들은 얼마나 흐뭇할까. 병원은 오늘 밤 거액의 기금을 모을 게 틀림없기 때문이다.

아래쪽 한길에서 북이 울리는 소리, 군화 소리, 마부들이 감탄해 외치는 소리가 들려 왔다. 나팔이 울려 퍼지고 해산을 명령하는 굵은 목소리가 들렸다. 그러더니 갑자기 화려한 군복을 입은 향토 방위대와 의용대의 한 떼가 좁은 계단을 울리며 회장에 밀려들어와 서로 절을 주고받고 인사를 하고, 악수하기 시작했다. 향토 방위대 중에는 전쟁놀이라도 하는 기분으로 으스대는 소년도 있었다. 그들은 내년 이맘때가 되고, 만일 전쟁이 그때까지 계속되면 버지니아 전선에 나갈 것을 즐겁게 기다리고 있는 것이다. 흰 수염을 늘인 노인도 있다. 그들은 다시 한 번 젊어지기를 원하고, 그리고 전쟁에 나가 있는 내 아들이 영광이 깃든 군복을 입고 행진하는 것을 긍지로 간직하고 있다. 의용대에는 중년 남자가 많고 그보다 더 나이 든 사람도 있었지만, 출정 적령자도 꽤 섞여 있었다. 이런 사람들은 출정하지 않고 남아 있기 때문에 연장자나 연소자만큼 의기가 당당하지 못했다. 저 녀석들은 왜, 전선으로 나가 리 장군 휘하에 달려가지 않을까, 벌써부터 쑤군거리는 소리가 들릴 정도였다.

이렇게 많은 사람들이 어떻게 다 이 회장에 들어왔을까. 조금 전까지만 해도 너무 넓다고 생각했는데, 지금은 입추의 여지없이 사람이 꽉 들어 차 있다. 여름밤의 더위에 섞여 향주머니, 콜론 수, 포마드, 월계수 향초의 냄새, 꽃향기, 거리에 낡은 훈련장의 마룻장을 밟는 많은 사람의 발 밑에서 피어오르는 뿌연 먼지로 장내는 숨이 막히게 화끈거렸다. 와글와글 떠드는 사람들의 목소리 때문에 거의 아무것도 알아 들을 수 없었다. 그러자 마치 이 행사의 들뜬 기분과 흥분에 휩쓸리기라도 한 듯 지휘자 레비 노인이 《로레나》를 중간에서 뚝 그치고 열심히 활을 당겼다. 그러자 오케스트라는 갑자기 《아름다운 푸른 깃발》을 연주하기 시작했다.

거기에 맞추어 노래하는 수백 명의 목소리가 환호성처럼 울려 퍼졌다. 향토 방위대의 나팔수가 연주대에 기어올라가, 막 합창이 시작되는 데서 연주에 끼어

들었다. 드높고 우렁찬 나팔 소리는 한 덩어리가 된 노랫소리 위에 울려 퍼지고 사람들은 온 몸과 등에 전율을 느낄 만큼 감동에 젖었다.

　만세! 만세! 남부의 주권 만세!
　아름다운 푸른 깃발
　거기에 반짝이는 별 하나, 만세!

　노래는 제2절로 들어갔다. 스카알렛도 함께 노래하며, 높고 아름다운 멜라니의 소프라노가 등 뒤에서 울리는 것을 들었다. 나팔의 음색처럼 맑고 감동적인 목소리였다. 돌아보니까 멜라니는 두 손을 가슴에 대고 눈을 감고 있었다. 눈에 어렴풋이 눈물이 맺혀 있었다. 음악이 끝나자 그녀는 묘한 표정으로 쑥스러운 듯 스카알렛을 향해 웃고 손수건으로 가볍게 눈을 닦으며 약간 변명하는 듯한 표정으로 속삭였다.
　「나 아주 행복해. 군인들이 자랑스러워 울지 않고는 견딜 수 없었어.」
　그녀의 눈에는 거의 열광적이라 해도 좋을 깊은 광채가 빛나고, 일순 그것은 그녀의 그 평범하고 조그만 얼굴을 환히 비추어 뭐라 표현할 수 없이 아름답게 했다.
　그것과 똑같은 표정이 노래를 마친 모든 부인의 얼굴에 나타났다. 그녀들이 저마다의 남자를 향해 애인은 애인, 어머니는 아들, 아내는 남편 쪽을 향해 돌아섰을 때, 그 자랑에 찬 눈물은 분홍빛 볼에도, 주름잡힌 볼에도 흐르고, 입가에는 미소, 눈에는 깊고 열띤 빛이 깃들었다. 아무리 못 생긴 여자라도 진심으로 보호되고, 진심으로 사랑받고, 그리고 그 사랑을 천 배로 하여 돌려 주려 할 때는 황홀할 정도로 아름답게 변하는 것이지만, 지금 그녀들은 그 아름다움을 가지고 모두 아름답게 되어 있었다.
　그녀들은 저마다 자기의 남자를 사랑하고, 그들을 믿고, 그들이 최후의 숨을 거둘 때까지 신뢰하고 있었다. 자기들과 북군 사이에, 사랑하는 남자들의 잿빛 대열이 빈틈없이 가로막고 있는데 어떻게 이러한 여성들에게 비참이 주어질 수 있겠는가. 천지가 개벽한 이래, 이렇듯 굳세고 이렇듯 대담하고 이렇듯 의협심이 많고 이렇듯 동정심이 있는 남자들이 있었을까? 이같이 떳떳하고 올바른 남부의 대의(大義) 아래, 어찌 압도적 승리가 주어지지 않을 까닭이 있겠는가. 그 대의란 그녀들이 저마다 남자들에게 바치고 있는 애정과 같이, 그걸 사랑하고 몸과 마음으로 섬기고 늘 서로 이야기하고 생각하고 꿈에까지 보는 대의, 필요하다면 사랑하는 남자들마저 자청해서 희생으로 바치고, 남자들이 자랑스럽게 싸움의 깃발을 올리듯 잃어버린 자의 아픔을 긍지를 가지고 참아 견딜 수가 있는 대의였다.

지금이야말로 그녀들의 가슴에 헌신과 자랑이 넘치고 남부 동맹의 정신이 최고조에 달한 시기였다. 왜냐하면 최후의 승리가 눈 앞에 보이고 있었기 때문이다. 철벽 장군 잭슨에 의한 세난도 강 유역의 승리, 리치먼드 주변의 칠 일 전투에 있어서의 북군의 패배는 바로 그것을 증명하고 있는 것이 아니고 무엇인가. 리 장군이나 잭슨 장군과 같은 명장을 가지고 있는데 이기지 못할 까닭이 있겠는가. 또 한 번 이기면, 아마 북군은 무릎을 꿇고 강화를 청해 올 것이다. 그렇게 되면 사랑하는 남자들은 고향으로 귀환하고 키스와 너털웃음이 쏟아질 것이다. 또 한 번 이기면 전쟁은 끝나는 것이다.

물론 돌아오지 않는 주인을 헛되이 기다릴 의자도 있을 것이고, 아버지의 얼굴을 한 번도 못 본 아기도 있을 것이다. 혹은 또 쓸쓸한 버지니아의 시냇물가나 조용한 테네시 산속에 이름도 없이 뼈가 묻히는 사람도 있을 것이다. 그렇지만 남부의 대의를 위해서라면 그것 또한 그렇게 큰 희생은 아니리라. 부인들이 입는 견직물이며 차나 설탕은 이즈음 꽤나 입수하기 어려웠지만, 그것조차도 농담거리로 삼아 그녀들은 웃고 있었다. 그리고 대담하기 이를 데 없는 봉쇄선 밀수꾼들은 북군의 찡그린 낯짝 바로 코 앞을 지나 그런 귀중한 물자들을 운반해 들이고 있는데, 그런 물자를 손에 넣으면 어느 때보다 몇 갑절이나 마음이 뛰었다. 멀지 않아 라파엘 셈즈 제독과 남부 동맹의 해군은 저 북군의 포함을 무찔러 버리고 항구의 출입을 전처럼 자유롭게 할 것이다. 영국도 남부 동맹에 승리를 가져다 주기 위해 원조해 줄 것이다. 영국의 방직 공장은 남부의 목화가 가지 못해 거의 조업 중단 상태로 곤란을 받고 있기 때문이다. 그리고 영국의 귀족성(貴族性)이 남부의 귀족성에 동조하고, 양키 같은 달러 숭배 인종을 적으로 돌리는 것은 당연한 일이다. 왜냐하면 귀족성은 귀족성에 서로 공명하게 돼 있기 때문이다.

그러기에 부인들은 비단 옷자락을 나부끼고, 웃고, 자랑에 부푼 마음으로 자기 남자들을 바라보는 것이다. 그녀들은 위험과 죽음의 눈 앞에서 싸워 얻은 사랑은 거기에 따르는 강한 자극 때문에 더욱 그 감미로움이 배가된다는 것을 알고 있었던 것이다.

처음으로 회장에 모인 군중을 보았을 때, 스카알렛의 마음은 파티에 참석했다는 색다른 자극에 부풀어 있었지만 주위 사람들의 얼굴에 나타나 있는 숭고한 표정을 반밖에 이해하지 못하고 바라보고 있는 사이에 그녀의 기쁨은 안개처럼 사라지기 시작했다. 여기 있는 여자들은 모두 그녀가 느끼지 못한 감동에 불타고 있는 것이다. 그것이 그녀를 어리둥절하게 하고 침울한 기분으로 만들었다. 웬지 회장도 그렇게 아름답지 않게 되고 아가씨들도 그다지 멋있어 보이지 않았다.

그리고 사람들의 얼굴에 아직도 넘치고 있는 대의에 대한 불타는 헌신의 표정이 대체 무엇일까? 마치 어리석은 것으로밖에 보이지 않았다.

문득, 그 생각에 미치자 그녀는 깜짝 놀라 자기도 모르게 입 속으로 앗 하고 부르짖었다. 이 여자들이 품고 있는 강렬한 긍지, 대의를 위해선 자기와 자기가 가지고 있는 모든 것까지도 희생하려는 열망을 자기는 가지고 있지 않다는 것을 깨달았기 때문이다. 그리고 그러한 자기가 갑자기 무서워져서 『안 돼, 안 돼. 그런 생각을 해선 안 돼. 그건 틀린 생각이야, 죄악이야.』라고 생각했지만 그보다 앞서 그녀는 대의가 자기에게는 아무 의미가 없고, 사람들이 눈에 광적인 빛을 띠고 떠드는 그 대의라는 것에 자기는 진절머리를 내고 있음을 깨달았다. 그녀는 대의를 신성한 것이라고는 생각하지 않았다. 전쟁도 신성한 것은 아니고, 의미도 없이 인간을 죽이고, 돈을 쓰고, 사치스런 물건을 손에 넣기 어렵게 하는 지극히 귀찮은 것에 불과했다. 끝없이 뜨개질을 하고, 끝없이 붕대를 감고, 면제품 북에 고운 손가락이 거칠어지는 것이 이제 자기가 진절머리를 내고 있음을 알고 있었다. 병원의 간호 보조도 이젠 싫증이 났다. 무엇이고 진력이 나 있었다. 메스꺼운 썩은 살의 악취며, 한정이 없는 신음 소리에 구역질이 날 지경이었고, 바싹 야윈 얼굴에 죽음이 다가오는 것을 보면 등이 오싹할 지경이었다.

이러한 매국노적이고 모독적인 생각이 마음을 스쳐갔을 때, 그녀는 그런 생각이 얼굴에 나타난 것을 누구에게 들키지나 않았을까, 남의 눈을 기이듯 살며시 주위를 둘러보았다. 어째서 자기는 다른 여자들과 같은 심정이 될 수 없을까. 모두 마음으로부터 진지한 심정으로 대의를 위해 헌신하고 있다. 그녀들의 선동은 모두 진실하고 마음 속에서 우러나온 것들이다. 만일 누군가 나를 의심하게 된다면…… 아냐, 아무한테도 눈치채여선 안 돼. 정말은 그렇게 느끼지 않지만 대의를 위해 열광하고 긍지를 가지고 있는 것처럼 보이지 않으면 안 돼. 남부 동맹군 장교의 미망인으로, 씩씩하게 슬픔을 참고, 마음은 이미 무덤에 있고, 남편의 죽음이 대의의 승리에 이바지한 것이라면 남편을 잃은 것도 결코 애석하게 생각하지 않는 것처럼 세상에 보이지 않으면 안 된다.

아, 어째서 나의 마음은 이들 애정 깊은 여자들과 이토록 다르고 동떨어져 있는 것일까. 이 여자들처럼 이기심을 떠나 무엇이나 또 누구나 사랑하는 것이 그녀에겐 도저히 되지 않았다. 어쩌면 이렇게 마음이 쓸쓸할까? 일찌기 그녀는 육체적으로나 정신적으로나 쓸쓸한 것을 몰랐다. 처음엔 이런 생각을 눌러 버리려고 했지만, 그녀의 성격 가장 깊은 곳에 숨어 있는 완고할 정도로 자기 정직에 충실한 기질이 그걸 허락하지 않았다. 그리하여 바자가 진행되고 있는 동안 멜라니와 함께 매점에 오는 손님을 상대하면서 그녀의 머리는 자기의 생각을 자기에게 납득시키려고 빠르게 움직이고 있었다. 이 조종은 그녀에게 있어 이제까지 그다지 어려운 일은 아니었다.

다른 여자들은 단지 머리가 나빠서 대의니 애국심이니 하고 히스테리컬하게 지껄여 대고 있는 것이다. 남자들도 남부의 생사 문제니 주권이니 떠들어 대고는 있지만, 시시하기로는 여자들과 큰 차가 없다. 나만은, 이 스카알렛 오하라 해밀턴은 완전히 냉정한 아일랜드 사람의 상식을 가지고 있다. 나는 대의를 위해 자기를 바보로 만들 수는 없다.

그렇다고 자기의 솔직한 심정을 털어놓아 어리석은 꼴을 당하는 멍청이 짓도 않을 생각이다. 정세에 대해선 빈틈없이 처할 침착성이 나에게는 있다. 그러니까 그 누구도 내 뱃속을 들여다볼 수는 없을 것이다. 만일 내 본심을 안다면 이 바자에 와 있는 군중은 얼마나 놀랄까? 내가 돌연 저 무대로 뛰어올라가 전쟁을 그쳐라, 그러면 누구나 고향에 돌아가 목화밭을 돌볼 수 있고, 또 그전처럼 파티도 열 수 있고, 애인도 생기고, 연두빛 옷도 마음대로 구할 수 있다고 마음에 있는 소리를 털어놓는다면, 모두들 얼마나 기겁을 할까?

자기의 생각이 옳다고 생각하자 그녀는 잠시 기분이 들떴지만, 그래도 회장을 둘러보니 유쾌하지 않았다. 막클루아 자매네 매점은 메리웨더 부인이 말하는 대로 눈에 띄지 않는 곳에 있었다. 때문에 아주 드물게 밖에는 아무도 이 구석 자리까지 오지 않았다. 그래서 스카알렛은 한가하게 단지 부러운 듯 즐거워 보이는 군중을 바라보고 있었다. 멜라니는 스카알렛이 시무룩해 있는 것을 알았으나 찰즈를 생각하고 있는 것인 줄 알고 일부러 말을 걸지 않았다. 그리고 부지런히 매점의 물건을 좀더 사람의 눈에 띄도록 바꿔 놓았다. 스카알렛은 그냥 앉아 시무룩하게 회장을 바라보았다. 데이비스 대통령과 스티븐즈 부통령의 초상화 아래 놓인 화초까지 마음에 들지 않았다.

『마치 성단 같아.』 그녀는 냉소했다. 『저 두 사람을 모두들 마치 아버지인 하느님과 예수님처럼 받들고 있구나!』 이 모독적인 생각이 갑자기 무서워져 그녀는 황급히 사죄의 표시로 성호를 긋기 시작했지만, 결국 곧 다시 본래의 자기로 돌아갔다.

『하지만 정말인걸 뭐.』 그녀는 자기의 양심과 싸웠다. 『모두들 저 두 사람을 신성한 것처럼 받들고 있지만 사실은 그냥 인간에 불과하잖아. 게다가 아주

지독하게 못 생긴 사나이이고, 물론 스테븐즈 씨는 일생을 병으로 보냈기 때문에 어떻게 보여도 할 수 없는 일이었지만 데이비스 씨는——그녀는 데이비스 씨의 선이 분명히 부각된 오만한 얼굴을 올려다보았다. 그녀가 제일 질린 것은 염소 수염이었다. 남자는 깨끗이 면도하든가 콧수염을 기르든가 아니면 턱수염을 깔끔하게 길러야 했다.

『겨우 저 엉성한 수염이나 턱에 붙이는 것이 고작이야.』 그녀는 생각했다. 그의 얼굴을 봐도 새 국가의 중책을 짊어질 만한 냉철한 예지 같은 것은 그녀로선 전혀 느낄 수 없었다.

처음엔 사람들 속에 나왔다는 기쁨에 들떠 있었지만 지금은 조금도 즐겁지 않았다. 그 자리에 있다는 것만으론, 이미 만족할 수 없었던 것이다. 바자에는 나와 있지만 그 속에 끼일 수는 없는 것이다. 아무도 그녀를 눈여겨보는 사람은 없었다. 현재 남편을 갖지 않은 젊은 여성으로서, 애인이 없는 것은 그녀 한 사람뿐이었다. 그녀는 이제까지의 인생에서 언제나 무대의 중심 인물이 되어 즐겨왔다. 정말 불공평하다. 그녀는 아직 열 일곱 살인 것이다. 발은 뛰고 춤추고 싶어 근질근질하다. 열 일곱인데, 오클랜드 묘지에 잠자고 있는 남편이 있고 피티 시고모네의 요람 속에 갓난애가 있다 해서, 세상 사람들은 현재의 운명에 만족해야 한다고 생각하고 있는 것이다. 그녀는 여기 있는 어떤 여자보다도 흰 가슴과 가는 허리와 작은 발을 가지고 있다. 그런데도 〈찰즈의 사랑하는 아내〉라고 새긴 비석 아래서 남편과 함께 매장된 거나 다름없는 세월을 보내야 하는 것이다.

그녀는 춤을 추고 장난치고 할 수 있는 처녀도 아니거니와 그렇다고 해서 다른 기혼 부인들과 함께 앉아 춤추고 장난치는 아가씨들을 품평할 만큼 나이 먹은 유부녀도 아니다. 그리고 미망인이라고 할 나이도 아니다. 미망인이라면 좀더 나이가 들었어야 한다. 춤추고 까불고 칭찬받을 욕망 같은 것이 일어나지 않을 만큼 나이가 많이 들었어야 한다. 이런 곳에 얼굴을 찡그리고 앉아서, 아직 열 일곱밖에 안 됐는데 미망인이라고 품위나 예절의 상징이기나 한 듯 앉아 있어야 하다니, 남자들이 매력 있는 남자들이 매점에 와도 소리를 낮추고 정숙하게 눈을 내리깔고 있어야 한다니, 이 얼마나 고르지 못한 일인가.

애틀랜타의 처녀란 처녀는 모두 두 겹 세 겹으로 남자들에게 둘러싸여, 아무리 인물이 못생긴 처녀라도 애인처럼 행세하고 있다. 그리고 제일 화가 나는 것은 모두들 아주 예쁜 옷을 입고 있는 것이다.

여기 앉아 있는 자기는 마치 까마귀처럼 손목까지 덮는 덥고 답답한 검정 태피터 옷을 입고 턱 밑까지 단추를 채우고, 레이스나 장식 끈은 한 조각도 달지

못한 채 어머니에게서 받은 얼룩 마노 브로우치 이외에는 보석 하나 없이, 시시
하고 평범한 처녀들이 미남자의 팔에 매달려 있는 것을 가만히 보고 있어야만
하는 것이다. 이 모두가 찰즈 해밀턴이 마진으로 죽었기 때문이다. 용감하게 싸
워 영예의 전사를 한 거라면 자랑할 수도 있었을 텐데 그것조차 그는 해주지 않
은 것이다.

그녀는 반항적으로 카운터에 턱을 괴고 사람들을 바라보았다. 턱을 받치면 팔
꿈치가 보기 싫게 되어 주름이 잡힌다고 마미가 귀따갑게 충고했지만, 그런 것
은 이젠 아무래도 좋았다. 보기 싫어져도 상관없어. 이젠 두 번 다시 팔꿈치 같
은 건 내놓지 않을 테니까. 그녀는 넋을 잃고 흘러가는 사람의 무리를 바라보
았다.

장미 꽃봉오리를 단 노오란 물결 무늬의 비단, 가는 검정벨벳 리본으로 열 여
덟 군데나 옷자락을 장식한 분홍빛 공단, 십 야드나 되는 스커트에 폭포수 모양
의 레이스를 새하얗게 돋보이게 난 물빛 태피터, 드러난 가슴, 매혹적인 꽃, 그
러한 것들이 아름답게 눈 앞을 흘러간다. 메이벨 메리웨더가 즈아브 병사의 팔
에 매달려, 옆 매점 쪽으로 다가왔다. 청사과빛의 엷은 모슬린 스커트가 그녀의
뚱뚱한 허리에 감겨 크게 펼쳐져 있다. 크림색 샨티레 레이스 장식이 그 위에 빗
발처럼 늘어져 있다. 그 레이스는 최근 봉쇄를 뚫고 가져온 것을 찰스턴에서 산
것이다. 메이벨은 봉쇄선을 뚫고 그것을 가져온 것이 유명한 버틀러 선장이 아
니라 마치 자기이거나 한 듯 의기 양양해 자랑하고 있었다.

『저 옷을 내가 입으면 얼마나 아름답게 보일까!』 스카알렛은 생각했다. 속
이 뒤집힐 것 같은 질투가 일어났다. 『저 애의 허리통은 꼭 암소 허리통 같군.
저 초록색은 내게 제일 어울리는 색이니까, 내 눈은 꼭 에메랄드처럼 되겠지.
도대체 금발에 눈이 파아란 계집애가 어쩌자고 저런 색을 좋아하는 걸까. 그러
니까 저 애의 살갗은 마치 파란 곰팡이가 난 치즈처럼 보이는 거야. 하지만 난
이제 두 번 다시 저 색을 못 입겠지. 거상을 벗어도, 재혼을 해도, 입을 수 없다
고 생각하니 너무 분해. 그래 이제부터는 보기도 싫은 노티 나는 회색이나 고동
색이나 연보랏빛밖에 못 입는단 말인가.』

잠시 동안, 이런 모든 일은 부조리하다고 생각했다. 즐겁게 장난을 하고, 예
쁜 옷을 입고, 춤을 추고, 철없는 연애를 하는 시기는 얼마나 덧없는가. 고작 몇
년, 너무나도 짧은 몇 년밖에 없는 것이다. 결혼을 하고 수수한 옷을 입고 아기
를 낳고 허리의 곡선을 망쳐 가지고, 춤출 때는 구석쪽에 살림 때가 밴 나이 지
긋한 부인들과 함께 앉아, 가령 춤을 춘다고 해도 상대는 남편이거나 아니면 발
을 짓밟는 늙은 신사가 고작인 것이다. 이렇게 하고 있지 않으면 다른 부인들의

입방아에 오르고 소문이 나빠져 가문의 수치가 되는 것이다. 소녀 시절엔 어떻게 하면 남자의 눈을 끌까, 어떻게 하면 남자의 마음을 사로잡을까, 그것만을 배우며 보내는 데, 그러나 그 지식은 고작 이삼 년밖에 써먹을 수 없다니, 정말 무서운 인생의 낭비라고 아니할 수 없다. 어머니 엘렌과 마미에게서 받은 그 방면의 교육은, 언제든지 효과 백 퍼센트 완전무결한 것이었다고 생각된다. 거기에는 여러 가지 지켜야 할 까다로운 규칙이 있었다. 그리고 그것을 지키기만 하면 그 노력에 성공의 영광이 주어지는 것이다.

노부인에겐 상냥하고 천진 난만하게 대하고 될 수 있는 대로 순진한 태도를 취한다. 왜냐하면 노부인이란 질투가 많고 고양이처럼 심술궂게 처녀들을 지켜보다가 조금이라도 이상한 말투나 눈짓을 하면 금세 달려들기 때문이다. 노신사에겐 싹싹하면서도 약간 건방지게 굴고, 너무 지나치지 않을 정도로 교태도 보인다. 그렇게 하면 바보 같은 늙은이들은 허영심이 동해 악마적인, 젊어진 기분이 되어 살짝 처녀의 볼을 꼬집으며, 이 바람둥이야 어쩌고 지껄인다. 그런 때는 반드시 얼굴을 붉혀야 한다. 그렇게 하지 않으면 상대는 나이값도 못하고 볼을 꼬집기 한 주제에, 나중에 아들들에게는 그 아가씨는 아무래도 궁둥이가 가볍단 말이야, 어쩌고 이르기 때문이다.

젊은 아가씨나 젊은 유부녀에게는 한껏 달콤한 말을 하고 만날 적마다 키스를 해준다. 하루에 열 번 만났다면 열 번 다 키스해 준다. 상대의 허리를 안고 상대에게도 이쪽 허리를 안게 한다. 아무리 싫어도 그렇게 하도록 해야 하는 것이다. 그리고 상대의 옷이나 아이를 입에 침이 마르도록 칭찬해 주고 애인에 대해선 놀려 주고 남편에 대해선 추켜 준다.

얌전하게 웃고 당신들에 비하면 자기 같은 건 아무것도 아니라고 겸손해 한다. 그 중에서도 특히 명심해야 할 것은 무슨 일이든 결코 본심을 털어놓아선 안 된다는 것이다. 상대도 마찬가지로 본심을 털어놓지 않으니까.

남의 남편 옆에 가까이 가서는 절대로 안 된다. 설사 그 남편이 지난날 자기가 차버린 애인일지라도 그렇게 하지 않으면 안 된다. 혹은 또 아무리 슬며시 마음이 끌리는 남자일지라도 그렇다. 남의 젊은 남편들을 쫓고 까불면 그 아내에게서 바람둥이 계집이라는 소릴 듣고 소문이 나빠져 결국엔 한 사람의 애인도 갖지 못하게 되는 것이다.

그런데 젊은 독신 남자에 대해서는 전혀 사정이 달라진다. 그들에게는 아무리 다정하게 웃어 주어도 상관없다. 그들이 어째서 웃었는가 알려고 달려와 물어도 이유를 말하지 않고 그냥 더 웃는다. 그러면 그들은 이유를 알고 싶어 우물쭈물 언제까지나 옆에서 떨어지지 않는다. 눈짓 하나로 남자가 둘이만 있고 싶어 여

198

러 가지 재주를 피우는 재미있는 광경을 얼마든지 즐길 수가 있다. 그런데 막상
단 둘만이 되어 남자가 키스를 하려고 하면 감정을 몹시 상한 척하거나 몹시 성
난 척한다. 남자가 점잖치 못한 짓을 해서 미안합니다, 하고 사죄하면 그때는
한껏 상냥하게 용서해 준다. 그러면 상대는 이 정도면 다시 한 번 키스할 수 있
지 않을까 옆에 접근해 온다. 때로는 그렇다고 해서 늘 그래선 안되지만, 키스
를 허락해 준다. 『어머니도 마미도 그런 것은 가르쳐 주지 않았지만 그녀는 그
것이 극히 효과적이라는 것을 스스로 깨쳤다.』 그러고 나서 소리를 내어 울며,
어떻게 해서 이렇게 되었는지 모르겠다고 하고, 당신은 이제 저를 존경해 주시
지 않겠죠. 어쩌고 말하는 것이다. 그럼 상대는 눈물을 닦아 주고 열렬히 존경
하고 있다는 것을 보여 주기 위해 대개는 결혼을 신청하는 것이다. 그러고 나서
……

아, 독신 남자에게 할 수 있는 일은 얼마나 많은가. 더구나 그녀는 그것을 전
부 알고 있다. 미묘한 추파의 여러 가지 사용법, 부채 그늘에서 살짝 웃는 미소,
스커트를 종처럼 펼치는 엉덩이짓, 눈물, 웃음, 기쁘게 해주는 말들, 달콤한
정, 아아, 온갖 재주가 거기에는 있었다. 그리고 그녀는 그 재주에 결코 실패하
는 일이 없었다. 단지 애실리만은 별문제이지만.

이런 모든 재주를 완전히 터득하고도 조금밖에 쓰지 못한 채 나머지는 영원히
버려야 한다니, 아무리 생각해도 뭔가 잘못돼 있는 것 같기만 하다. 언제까지나
결혼하지 않고 연두색 옷을 입고, 언제나 아름답게 차리고, 언제나 잘생긴 남자
에게 연모를 받고 있다면 얼마나 멋질까. 하지만, 그것도 너무 오래 하고 있으
면 인디어 윌크스처럼 노처녀가 되어 모두로부터 아니꼽고 밉살스런 말투로 안
됐군요. 어쩌고 하는 말을 듣게 된다. 그러니까 역시, 두 번 다시는 재미있는 일
을 못 하게 되더라도, 결혼을 하고 그대신 자존심을 간직하는 편이 좋을 것
같다.

아아, 인생이란 왜 이렇게 뒤죽박죽일까. 하필이면 고르고 골라서 찰즈 같은
사람과 결혼하여 열 여섯의 젊음으로 자기 인생에 끝장을 고하다니 얼마나 바보
였는가.

그녀의 원통하고 절망적인 명상은, 많은 사람들이 벽쪽으로 밀려나오는 바람
에 깨어지고 말았다. 부인들은 조심스럽게 스커트의 후프를 누르고 있었다. 그
렇게 하지 않으면 마구 떠밀리어 스커트가 기어올라가 밑으로 팬터렛이 점잖치
못하게 드러나기 때문이다.

스카알렛이 발돋움을 하고 사람들의 머리 너머로 회장을 바라보려니까, 의용
대의 대장이 오케스트라의 연주대로 올라가는 것이 보였다. 그가 커다란 목소리

로 구령을 붙이자 중대의 반수의 병사들이 정렬했다. 몇 분 가량 그들은 이마에
땀을 흘리면서 씩씩한 훈련 시범을 해 보였다.

사람들에게서 박수 갈채가 일어났다. 스카알렛도 함께 얌전히 박수를 쳤지
만, 병사들이 해산하여 펀치나 레모네이드의 매점으로 몰려오자 멜라니 쪽으로
돌아섰다. 대의(大義)에 대한 자기의 본심을 속이기에는, 빠를수록 좋다고 생각
했기 때문이다.

「군인들 참 멋있어, 안 그래?」하고 그녀는 말했다.

멜라니는 카운터의 편물 따위를 정리하느라고 정신이 없었다.

「하지만 저 사람들이 만약 잿빛 군복을 입고 버지니아의 전선으로 나가면 더
욱 멋지게 보일 거예요.」하고 멜라니는 대답했다. 목소리를 낮추려고도 하지
않았다.

의용대에 아들이 들어가 의기 양양해진 어머니가 몇 사람 바로 옆에서 이 소
리를 들었다. 기넌 부인의 얼굴이 새빨개졌다가 다시 파래졌다. 스물 다섯 살인
아들 윌리가 이 중대에 들어가 있었기 때문이다. 스카알렛은 다른 사람도 아닌
멜라니의 입에서 이런 말이 튀어 나왔기 때문에 어이가 없었다.

「어머, 멜라니!」

「언니도 그렇게 생각할 거예요. 난 소년이나 노인을 얘기하는 게 아녜요. 의
용대 안에는 총을 훌륭히 다룰 만한 사람이 많이 있거든요. 총을 갖고 적을 쓰러
뜨리는 일이야말로 지금 이때 그 사람들이 해야 할 일이 아녜요?」

「하지만, 하지만,」그런 걸 지금까지 생각해 보지도 않았던 스카알렛은 뭔가
멋있는 대답을 하려고 애썼다. 「누군가 후방에 남아 있지 않으면…….」윌리 기
넌은 애틀랜타에 남아있는 구실을 뭐라고 하더라? 「누군가 후방에 남아 있지
않으면 적의 침입에서 주를 지킬 수가 없잖아?」

「아무도 침입하지 않아요. 침입할 리가 없잖아요?」멜라니는 의용대 병사들
쪽에 눈길을 보내며 냉정하게 말했다. 「그리고 적의 침입을 막는 최선의 방법은
버지니아의 전선으로 가서 양키를 해치우는 일예요. 의용대가 여기 남아 있는
건 흑인의 반란을 막기 위해서라고 하지만, 그런 바보 같은 소리가 어디 있어
요. 어찌 남부 내에서 반란이 일어나겠어요. 그런 건 겁장이의 허울 좋은 구실
에 지나지 않아요. 남부 모든 주에 있는 의용대가 모조리 버지니아로 밀려간다
면 양키 같은 건 한 달이면 해치울 수 있어요. 두고 보세요!」

「어머, 멜라니!」하고 상대를 응시하면서 스카알렛은 또 한 번 소리를 질
렀다.

멜라니의 온순하고 검은 눈이 분노로 불타고 있었다. 「우리 남편은 전선에 나

가는 것을 겁내지 않았고, 언니 남편도 그랬어요. 난 두 사람 모두 후방에 남아
있을 바에는 차라리 죽는 편이 낫다고 생각해요. 어머, 스카알렛, 미안해요. 나
좀 봐, 얼마나 생각이 없고 모진 여자일까!」

그녀는 용서를 빌기나 하듯 스카알렛의 팔을 쓰다듬었다. 스카알렛은 똑바로
그녀를 쳐다보았다. 스카알렛이 생각한 건 죽은 찰즈가 아니라 애실리에 대해
서였다. 만일 애실리도 죽는다면, 하고 그걸 생각하고 있었던 것이다. 그녀는
미드 박사가 자기들의 매점 쪽으로 오는 것을 보고 황급히 돌아서 의미도 없이
미소를 지었다.

「야아, 색시들!」그는 인사했다. 「잘 와 주었소. 오늘 밤 여기에 나온 건 당
신들에겐 굉장한 희생일 거요. 그건 나도 잘 알고 있소. 그러나 그것도 모두 나
라의 대의를 위해서지. 그런데 당신들에게 한 가지 비밀을 가르쳐 줄까? 오늘
밤 실은 말이야, 병원의 수입을 올리기 위해 깜짝 놀랄 만한 계획을 세우고 있어
요. 부인들 중에선 깜짝 놀라 쓰러질 분도 있지 않을까 실은 걱정이지만.」

여기서 말을 끊고 박사는 잿빛의 염소 수염을 쓰다듬으며 빙그레 웃었다.

「어머, 그게 뭐예요? 가르쳐 주세요!」

「아냐, 곰곰이 생각해 보니, 이건 당신들 상상에 맡겨 두는 게 좋을 것 같아.
만일 교회의 신자 여러분이 그 때문에 나를 시에서 쫓아낸다고 하면 그땐 색시
들은 내 편을 들어 줘야 해요. 어찌 되었든 이것도 병원을 위해서니까. 이제 알
게 될 거야. 세상에 듣도보도 못한 희한한 계획이지.」

그는 점잔을 빼며, 한쪽 구석에 모여 있는 부인들 쪽으로 가 버렸다. 두 사람
이 얼굴을 마주보고 비밀이란 무엇일까 하고 이야기하려는데, 두 사람의 노신사
가 장식 끈을 십 마일쯤 사겠다고 큰 목소리로 말하며 매점 앞에 와 섰다. 노인
이라도 손님이 한 사람도 오지 않는 것보다는 낫다고 생각하며 스카알렛은 장식
끈의 치수를 재면서, 턱 밑을 간지럽혀도 얌전히 참고 있었다. 원기 있는 노인
들이 레모네이드네 매점 쪽으로 가 버리자 다른 손님이 대신 가게 앞에서 섰다.
이 매점은 다른 가게만큼 번창하지 못했다. 다른 가게에선 메이벨 메리웨더의
높다란 웃음 소리가 들리고, 패니 엘싱의 킬킬거리는 웃음 소리가 나고, 와이팅
네 딸들의 재치 있는 응대로 북적거리고 있었다. 그러나 멜라니는 전연 소용이
닿지 않는 쓰잘 데 없는 물건을 강매하며 마치 주인처럼 태연히 버티고 앉아 있
었다. 스카알렛도 될 수 있는 대로 멜라니의 본을 땄다.

두 사람의 매점 말고는 어느 가게 앞이건 사람들이 모여 섰고, 아가씨들이 지
껄여 대고 남자들은 물건을 사고 있었다. 그리고 어쩌다 두 사람이 있는 가게에
사람이 왔는가 하면, 그들은 애실리와 동창이었다든가, 그는 정말 우수한 군인

이라든가, 그런 말을 하고 또는 존경 어린 말투로 찰즈의 말을 꺼내고 그의 죽음은 애틀랜타의 커다란 손실이라고 떠벌리고는 사라졌다.

이윽고 음악이 갑자기 《조니 부커, 이 검둥이를 도와 주렴》이라는 흥겨운 곡을 연주하기 시작했다. 스카알렛은 금방이라도 소리치고 싶은 충동을 느꼈다. 춤추고 싶었다. 춤추고 싶어서 견딜 수 없었다. 바닥을 내려다보고 음악에 맞추어 한 발로 박자를 맞추었다. 푸른 눈이 이글이글 타오르고 당장이라도 뛰어들 듯 빛나고 있었다.

훨씬 떨어진 건너편 입구 근처에 새로 들어온 한 남자가 서성거리며, 스카알렛의 그 심상치 않게 반짝이는 눈을 보고 있었다. 그리고 스카알렛이라는 것을 알고 흠칫 놀라는 모양이었지만, 그러나 여전히 그녀가 토라진 반항적인 표정으로 곁눈질하고 있는 것을 지그시 지켜보고 있었다. 이윽고 어떤 남자에게도 곧 그것이라 알아차릴 수 있는 상대를 찾는 눈빛을 그녀에게서 발견하고 그는 싱긋 혼자서 웃었다.

그 남자는 고급 검정 나사 옷을 입고 키가 컸으며, 가까이 서 있는 장교들 위에 두드러지게 솟아 보였다. 어깨는 넓었지만 허리로 가며 차츰 가늘어지고, 와니스 칠을 한 장화를 신은 발은 이상할 만큼 작았다. 주름잡힌 아름다운 와이셔츠에 바지를 멋부리듯 굽 높은 장화에 바싹 졸라맨 검정 일색(一色)인 복장은, 그의 몸매나 얼굴과 어쩐지 전혀 어울리지 않았다. 왜냐하면 아주 멋있고 빈틈없는 복장은 하고 있었지만 그 유연(悠然)하고 늠름한 육체에는 건강한 골격과 위험한 그 무엇이 감추어져 있었고, 그러한 육체에 멋장이 옷을 입혀 놓은 느낌이 들었기 때문이다. 머리칼은 새까맣고, 검은 콧수염은 짧고 조그맣게 다듬었는데, 옆에 있는 기병 장교들의 자못 용감스럽게 위로 뻗쳐 올라간 콧수염에 비하면 마치 외국 사람 같았다. 얼핏 보기에 정력적이고 육체적 욕망을 수치로 느끼지 않을 만큼 체력이 왕성한 남자로 보였고, 사실 또 그랬다. 태도 역시 자신에 넘치고 불쾌한 느낌이 들 만큼 사람을 깔보는 점이 있고, 스카알렛을 지그시 쏘아보고 있는 그 대담한 눈에는 악의가 번득이고 있었다. 시선을 느끼고 스카알렛은 그의 쪽으로 눈길을 보냈다.

마음 속 어딘가에서 본 일이 있는 얼굴이다, 하는 종이 울렸지만 얼른 누구인가 생각나지 않았다. 그러나 요 몇 달 동안에 그녀에게 다소라도 관심을 보여 준 사람은 그 남자가 처음이었다. 그래서 그녀도 기쁜 듯 미소를 던졌다. 그는 약간 머리를 숙여 인사를 했다. 답례를 보낸 그녀는 남자가 고개를 들고 아메리카 인디언과 같은 특징이 있는 가벼운 발걸음으로 곧장 이쪽으로 다가오는 것을 보자 당황하여 저도 모르게 손으로 입을 가렸다. 누구인지 생각이 났기 때문이다.

벼락에 맞아 온 몸의 감각을 잃은 듯 우뚝 서 있는 사이에, 남자는 군중을 헤치고 가까이 다가왔다. 그녀가 정신없이 몸을 돌려 휴게실로 뛰어가려고 하는 찰나, 스커트가 매점의 못에 걸렸다. 힘껏 와락 당기는 바람에 스커트가 찢어진 순간, 남자는 어느 새 옆에 와 서 있다.

「실례.」하면서 남자는 몸을 구부리고 옷자락을 못에서 떼어 주었다. 「당신이 저를 기억하고 계실 줄은 몰랐습니다, 미스 오하라.」

그 목소리는 이상하게도 기분 좋게 귀에 울렸다. 아름다운 악센트가 있는 아주 맑은 목소리로, 기묘하게 느릿한 말투를 쓰는 찰스턴 사투리가 섞여 있었다.

그녀는 애원하듯이 그를 올려다보았다. 전번 만났을 때의 수치로 얼굴이 빨개진 그녀는, 지금까지 본 일이 없는 새까만 두 눈과 마주쳤다. 그 눈은 무자비할 만큼 재미있어하며 춤추고 있었다. 이 세상에 사람도 많건만, 아직도 악마처럼 마음에 붙어 떨어지지 않는 애실리와의 장면을 목격한 저 무서운 인물이 이런 곳에 모습을 나타낼 줄이야. 젊은 처녀들의 명예를 더럽히고, 점잖은 사람들로부터 따돌림을 받고 있는 능청맞고 뻔뻔스런 악한, 자기를 숙녀가 아니라고 그럴 듯한 이유를 들어 함부로 지껄인 비열한 사나이!

그의 목소리를 듣고 멜라니가 고개를 돌렸다. 스카알렛은 난생 처음으로 이 시누이의 존재가 고맙게 생각되었다.

「어머나! 당신은, 레트 버틀러 씨가 아니세요?」멜라니는 조그만 소리로 웃으며 손을 내밀었다. 「당신을 뵌 것은……」

「당신의 약혼 발표가 있었던 행복한 날이었죠.」그는 상대의 말을 받아 대꾸하며, 그 손에 입을 맞추었다. 「기억을 해주셔서 감사합니다.」

「어쩐 일로 또 찰스턴같이 먼 곳에서 또 이렇게 일부러 오셨나요, 버틀러 씨?」

「시시한 장삿일이 있어서요, 윌크스 부인. 앞으로는 가끔 왔다갔다하게 될 것 같습니다. 물건을 들여오는 것만이 아니라, 그 처분에 대해서도 일일이 손을 써야만 되게 돼서요.」

「들여오신다구요?」말하면서 멜라니는 이마에 약간 난처한 주름을 지었으나 곧 황급히 기쁜 표정을 지으며 웃었다.

「어머, 그럼 당신이? 당신이 곧잘 소문에 듣는 유명한 버틀러 선장님이셨군요, 저 봉쇄망을 뚫는. 제발 용서해 주세요. 여기 계신 아가씨들은 모두 당신이 들여온 옷을 입고 있답니다. 스카알렛, 멋있죠? 어머, 왜 그래요. 어지러워요, 언니? 앉아요.」

스카알렛은 의자에 앉았다. 몹시 숨이 차서 코르셋의 끈이 금방이라도 끊어질 것만 같았다. 아, 어쩌다 이렇게 끔찍한 일을 당하게 됐을까. 이 사나이를 또다시 만나는 일이 있을 줄은 꿈에도 생각 못했다. 그는 스카알렛의 검은 부채를 카운터에서 집어 걱정스러운 듯 부채질을 해주었다. 지나치게 염려해 준다 싶을 만큼 점잖은 표정이었지만 그 눈은 여전히 재미있다는 듯 춤추고 있었다.

「여긴 참 덥군.」그는 말했다. 「미스 오하라가 정신을 잃게 될 만도 한데. 창쪽으로 모실까요?」

「괜찮아요.」라고 말하는 스카알렛의 어조가 너무 난폭했기 때문에 멜라니는 눈을 크게 떴다.

「이 분은 이제 미스 오하라가 아니에요.」멜라니가 말했다. 「해밀턴 부인으로 제 올케 되시죠.」말하고 멜라니는 스카알렛 쪽을 향해 힐끗 다정한 시선을 던졌다. 스카알렛은 버틀러 선장의 거무튀튀한 해적 같은 얼굴의 표정을 보고, 목을 졸라 죽이고 싶다고 생각했다.

「그렇다면 아름다운 두 분에게 무엇보다 좋은 일이군요.」말하며 그는 가볍게 고개를 숙였다. 그건 누구나가 하는 평범한 인사치레였지만 그가 말하자 전연 반대의 뜻으로 해석되었다.

「부군(夫君)들께서도 오늘 밤 물론 이 즐거운 모임에 오셨겠지요? 만나뵙고 싶습니다만.」

「제 남편은 버지니아 전선에 나가셨어요.」멜라니는 자랑스럽게 고개를 들며 말했다. 「하지만 찰즈 오빠는……」하고 목소리가 끊겼다.

「제 남편은 병영(兵營)에서 돌아가셨어요.」스카알렛은 냉정하게 말했다. 마치 시비를 거는 듯한 어조였다. 『이 남자는 언제까지 치근치근 늘어붙어 있을 작정인가?』멜라니는 놀란 표정으로 그녀의 얼굴을 쳐다보았다. 선장은 예의 없는 말을 했다는 태도를 지어 보였다.

「이거, 큰 실례를 저질렀습니다. 용서해 주십시오. 나라를 위해 죽는다는 것은, 영원히 사는 것이라는 위로의 말을 전혀 남인 제가 올리는 무례를 용서해 주십시오.」

멜라니는 반짝 빛나는 눈물 속에서 그에게 미소를 지었으나, 스카알렛은 맹렬한 분노와 어떻게 할 수 없는 증오로 심장이 물어뜯기는 듯한 기분이었다. 다시금 그는 번드르르한 말, 이런 경우면 으례 누구든지 하는 평범한 인사치레를 했건만, 그 말이 그의 입에서 나오면 의미가 전연 다른 것이 되었다. 놀리고 있는 것이다. 내가 찰즈를 사랑하지 않았다는 것을 이 사나이는 알고 있다. 멜라니는 바보니까 그의 본심을 꿰뚫어보지 못하는 것이다. 아, 제발 하느님, 아무에게도 이 남자의 본심이 들여다보이지 않기를, 스카알렛은 불안에 떨며 생각했다. 이 남자는 내가 찰즈를 사랑하지 않았다고 사람들에게 말할까? 물론 이 남자는 신사가 아니다. 신사가 아니라면 무슨 짓을 할지 모른다. 신사가 아닌 인간을 판단하는 기준은 없으니까. 얼굴을 들어 보니 그는 사뭇 사람을 바보 취급을 하고 동정하는 척 입을 굳게 다물고 부채질을 해주고 있었다. 그 표정에는 뭔가 그녀의 성미에 도전하는 것이 있었다. 그 표정에는 뭔가 그녀의 성미에 도전하는 것이 있었다. 견딜 수 없는 혐오감에 그녀는 용기를 내어 힘껏 부채를 뺏었다.

「인제 괜찮아요.」그녀는 가시 돋친 어조로 쏘아 붙였다.「머리카락이 산산히 흩어지도록 열심히 부쳐 주시지 않아도 돼요.」

「어머, 스카알렛, 무슨 말을 그렇게 해서요. 버틀러 선장님, 용서하세요. 언니는 돌아가신 찰즈 오빠의 이름만 들으면 언제나 이렇게 흥분해요. 그리고 아무래도 우리는 오늘 밤 역시 오지 말았어야 했어요. 우리는 아직 상중(喪中)이거든요. 그러니까 언니는 정말 괴로울 거예요. 여기는 이렇게 흥겹고 음악까지 있는데 가엾게도!」

「잘 압니다.」그는 짐짓 정중하게 말했다. 그러나 멜라니를 향해, 탐색하는 듯한 눈초리로 그녀의 상냥하고 수심 어린 눈 속을 보자, 그의 표정은 바뀌었다. 마지못한 것이긴 했지만 존경과 동정이 그 검은 얼굴에 나타났다.

「당신은 마음이 갸륵한 분이시군요, 윌크스 부인.」

『내 말은 한 마디도 해주지 않는다!』하고 스카알렛은 분개했다. 멜라니는 어쩔 줄을 몰라하며 가볍게 웃고 대답했다.

「그렇지 않아요, 버틀러 선장님. 병원 위원들이 어쩔 수 없이 우릴 이 매점에 끌어내게 한 것뿐이에요. 왜냐하면 시간이 다 돼 마지막 순간에 가서…… 네, 배갯잇 말씀인가요? 이쪽에 기를 수놓은 예쁜 것이 있어요.」

그녀는 카운터 앞에 나타난 세 기병을 향해 돌아섰다. 잠시 멜라니는 버틀러 선장은 참 친절한 신사라고 생각했다. 그리고 거친 무명보다 더 두텁고 튼튼한 것이 자기의 스커트와 매점 바로 옆에 놓인 타구(唾具)와의 사이에 있었으면, 하고 생각했다. 왜냐하면 담배를 씹은 누런 액체를 뱉는 기병의 겨냥은, 기병용의 총신이 긴 피스톨로 사격하는 솜씨만큼 정확하지가 않았기 때문이다. 그러는 사이 많은 손님이 밀려왔기 때문에, 그녀는 선장에 대해서나 스카알렛에 대해서나 타구에 대해서나, 모두 잊고 말았다.

스카알렛은 부채질을 하며 꼼짝하지 않고 의자에 앉아 있었다. 얼굴을 들 기운도 없고, 다만 버틀러 선장이 그의 일터인 배의 갑판으로 한시바삐 돌아가 주었으면 하고 그것만 생각하고 있었다.

「부군께선 오래 전에 돌아가셨읍니까?」

「네, 훨씬 전에요. 이럭저럭 일 년이 돼요.」

「애온(측정할 수 없는 오랜 기
간. 영원(aeon)—역자주)이란 말씀이군요.」

스카알렛은 애온이라는 라틴어에서 나온 말이 무슨 뜻인지 몰랐지만, 그 말투에 남을 옮으려는 뜻이 있는 것만은 확실히 알았다. 그래서 그녀는 대답하지 않았다.

「결혼 생활은 길었읍니까? 이런 걸 자꾸 묻는 게 실례입니다만, 전 여길 오래 떠나 있어서요.」

「두 달이었어요.」 스카알렛은 마지못해 대답했다.

「그래도, 역시 비극이군요.」 무척 태연한 말투였다.

아이, 속상해! 그녀는 부아가 치밀었다. 이게 만일 다른 남자였다면 간단히 턱짓 하나로 나가 달라고 명령할 수도 있겠지만, 이 남자는 애실리와의 일도 알고 있고, 게다가 내가 찰즈를 사랑하지 않았다는 것도 알고 있다. 그러니까 어찌 해 볼 도리가 없다. 그녀는 말없이 여전히 부채에 눈길을 떨구고 있었다.

「그렇다면 오늘 밤 처음으로 사교적인 자리에 나오셨겠군요?」

「이상하게 생각할 줄은 알고 있어요.」

그녀는 급히 변명했다. 「하지만 이 매점을 담당했던 막클루아 댁의 따님들이 별안간 멀리 여행을 떠나고 달리 아무도 대신 맡을 사람이 없어서요. 그래서 멜라니와 제가…….」

「대의를 위해선 어떤 희생도 크다고 할 수 없죠.」

『어머, 이건 엘싱 부인이 한 말인데!』 그러나 부인의 입에서 나왔을 때와는 어딘지 그 느낌이 달랐다. 격한 말이 당장이라도 튀어 나올 듯싶었지만 그녀는 꿀꺽 삼켰다. 무슨 말을 듣든 여기에 나온 건 대의 같은 것 때문이 아니고 집에 틀어박혀 있기가 지긋지긋해서였기 때문이다.

「전 언제나 생각합니다만.」 그는 명상적인 어조로 말했다. 「미망인의 인생을 상복 속에 가두고 일상의 즐거움을 금하는 거상 제도는 힌두교에서 말하는 서티, 즉 아내의 순사(殉死)와 마찬가지로 야만적이라고 생각합니다.」

「세티(동반이가 높은
소파—역자주)?」

그가 웃었기 때문에 그녀는 자기의 무식에 낯을 붉혔다. 자기가 알아듣지 못하는 말을 하는 사람이 그녀는 제일 싫었다.

「인도에선 사람이 죽으면 땅 속에 묻지 않고 화장을 합니다. 그리고 남은 아내는 반드시 그 화장하는 장작 더미 위에 올라가 남편의 유해와 함께 태우지요.」

「어머, 무서워! 왜, 그런 짓을 할까요? 경찰은 그렇게 해도 아무 간섭도 않나요?」

「물론 안 하죠. 스스로 자진해서 함께 타죽지 않은 아내는 사회적으로 추방됩니다. 훌륭한 힌두교도의 부인들은 지체 있는 집안의 부인으로 해야 할 일을 하지 않았다서, 그런 여자는 배척하고 마는 거죠. 마치, 만일 당신이 빨간 옷을 입고 경쾌한 리일 춤을 앞장서서 춘다면, 저 구석자리에 대기하고 있는 훌륭한 부인들이 당신을 비난하는 것과 똑같이 말이오. 내 개인의 생각으로 미망인을 산 채 매장하는, 우리 이 사랑스런 남부의 풍습보다는 힌두교도의 순사한 아내 편이 차라리 인정이 있다고 생각합니다.」

「어째서 제가 산 채로 매장됐다고 말씀하시는 거예요?」

「허 참, 부인네들은 어째서 그렇게 자기가 묶인 사슬에서 헤어나지 못하는 걸까? 당신은 힌두교도의 풍습이 야만적이라고 생각하고 계신 모양인데 그렇다면, 가령 남부 동맹이 당신을 필요로 하지 않았다고 해도, 오늘 밤 이곳에 나올 용기가 있었을까요?」

이런 종류의 토론이 되면 언제나 스카알렛은 머리가 지끈지끈 아파왔다. 그의 말에 진실이 있다는 것을 막연하게나마 알고 있는 만큼 그녀의 머리는 더욱 어지러웠다. 그렇지만 지금이야말로 상대를 찍소리 못하게 해줄 기회였다.

「물론 오지 않았을 거라고 생각해요. 만일 온다고 하면 그것이야말로 죽은 사람을 존경하지 않는다든가 그리고 마치 제가 남편에게 사랑이 없었던 것처럼 ……」

그의 눈은 야릇한 흥미를 띠고 그녀의 말을 기다리고 있었다. 때문에 그녀는 다음 말을 할 수가 없었다. 이 남자는 내가 찰즈를 사랑하지 않은 걸 알고 있다. 그러므로 아무리 내가 착하고 친절한 마음씨를 갖고 있는 척해도 이 남자에게는 통하지 않는다. 신사가 아닌 남자를 상대한다는 건 얼마나 무섭고 두려운 일인가? 신사라면 가령 숙녀가 거짓말을 하고 있다는 것을 알아도 믿는 척할 텐데. 그게 남부의 기사도인 것이다. 신사는 언제나 신사도를 지키고 신사도에 어긋나지 않는 응대를 하며 숙녀의 생활을 평안하게 해주는 것이다. 그런데 이 남자는 신사도 같은 건 염두에도 두지 않고, 분명히 뭔가 남이 하지 않는 말을 하며 재미있어 하고 있다.

「저는 숨을 죽이고 다음 말을 기다리고 있읍니다.」

「당신은 참 지독한 분이군요.」 그녀는 도저히 어쩔 수 없어 눈을 감아 버렸다.

그는 카운터 위로 몸을 내밀고 애티니엄 극장에 가끔 등장하는 악당을 흉내내어 숨결이 닿을 만큼 그녀의 귀에 입을 바짝 대고 속삭였다.

「두려워 말지어다. 아름다운 가인(佳人)이시여 ! 그대의 죄 많은 비밀은 단단
히 내 가슴 속에 간직되어 누설될 염려는 없나니 ! 」

「어머, 어쩌면 그런 말을 할 수가 있죠 ? 」그녀는 정신없이 속삭였다.

「아니오, 다만 당신의 마음을 편하게 해드리려고 말했을 뿐이오. 어떻게 말
하면 만족하실까 ?『내것이 되라. 아름다운 여인이여, 아니면 모든 것을 폭로하
리라』이렇게 말하는 게 좋겠소 ? 」

문득 그의 눈을 보았다. 마치 소년처럼 장난기 가득한 눈빛이었다. 별안간 그
녀는 깔깔 웃음을 터뜨렸다. 무척 우스꽝스러운 장면이라고 생각했기 때문
이다. 그도 웃기 시작했다. 그 소리가 너무나 컸기 때문에 구석에 있던 몇 명의
시중드는 부인들이 이쪽을 바라보았다. 그리고 찰즈 해밀턴의 미망인이, 생판
낯선 사나이와 사뭇 재미있게 이야기하고 있는 것을 보고, 이마를 맞대고 쏘곤
쏘곤 비난하기 시작했다.

북이 울리기 시작하고, 많은 사람들이「조용히 ! 」하고 외쳤다. 미드 박사가
연주대 위로 올라가 두 손을 들어 조용히 해주기를 청한 다음 인사말을 시작
했다.

「경애하는 부인들의 불굴의 애국적 지성에 넘친 노력에 의하여, 이 바자를 재
정적 성공으로 이끌었을 뿐 아니라, 이 살풍경한 회장을 아름다운 녹색 나무 그
늘로, 또 보시다시피 가련한 장미 꽃송이라고 할 아가씨들에게 어울리는 꽃동산
으로 꾸며 주신 데 대해, 우리 일동은 심심한 감사를 드리는 바입니다. 」

사람들은 찬성의 박수를 쳤다.

「부인들께서는, 시간 뿐만 아니라 그 손재주에서도 최선의 것을 주셨는데,
매점에 있는 이 모든 아름다운 물건들은 전부 우리 사랑하는 남부의 부인들의
고운 손으로 만들어진 것이기 때문에 그 아름다움도 한층 더할 것이라고 믿습
니다. 」

앞서보다 더욱 큰 찬성의 갈채가 일어났다. 스카알렛 옆에서 카운터에 아무렇
게나 기대 서 있던 레트 버틀러가 그때 생각난 듯 그녀의 귀에 속삭였다. 「경치
게 점잔빼는 염소로군, 저 영감쟁이. 」

처음에 스카알렛은 애틀랜타에서 가장 존경받고 있는 시민에 대한 이 불경스
런 말에 놀라 나무라듯 레트를 쏘아보았다. 그러나 희끗희끗한 턱수염을 맹렬히
흔들어 대고 있는 박사는 확실히 염소를 닮았다고 생각하자 참을 수 없이 우스
웠다.

「그렇지만, 그것만으로 충분하지 않습니다. 병원 위원의 이마를 식혀 주고,

대의를 위한 가장 용감한 싸움터에서 부상한 우리 용사들을 죽음의 문턱에서 끌어내긴 했읍니다만, 결국 우리에게 가장 필요한 것들이 무엇이라는 것을 아셨읍니다. 저는 그것을 일일이 꼽진 않겠읍니다만, 가령 예를 들어 의료품을 구입하는 데 있어서도 더욱 많은 돈이 필요하다는 것입니다. 과거 일 년간에 걸쳐 봉쇄돌파의 대성공을 거두고, 더구나 이제부터 또 우리들이 필요로 하는 의약품을 수입하기 위해 봉쇄를 돌파하려고 하신 대담한 선장이 오늘 밤 이 자리에 와 계십니다. 레트 버틀러 선장을 소개 해 드리겠읍니다.」

헛점을 찔린 꼴이었지만 봉쇄 밀수꾼인 버틀러는 정중하게 절을 했다. 스카알렛은 지나치게 정중하다고 생각하며, 어째서일까 궁리했다. 이곳에 있는 모든 인간에 대한 그의 경멸이 너무나도 크기 때문에 그것이 저렇듯 지나치게 정중한 인사로 나타난 것일까. 그가 머리를 숙이자 환성이 터졌다. 구석에 있던 부인들은 목을 빼고 그를 보았다. 그렇구나, 찰즈 해밀턴의 미망인과 시시덕거리는 사나이가 저자로구나. 찰즈가 죽은 지 이제 겨우 일 년밖에 안 됐는데 !

「우리는 많은 황금이 필요하기 때문에 그것을 여러분들에게서 거두어 들이고자 합니다.」박사는 계속했다.

「나도 희생할 생각입니다. 그러나 그 희생은 우리 용사 여러분이 바치고 계신 희생에 비하면 참으로 작은 것이고, 일소에 붙일 만큼 미미한 것입니다. 숙녀 여러분, 나는 당신들의 장신구를 요구합니다. 하지만, 그것을 요구하고 있는 것은 이 나일까요? 아닙니다, 남부 동맹이 요구하고 있는 것입니다. 남부 동맹이 요구하고 있는 것인 이상, 어느 분도 내놓지 않으려고 하실 분은 없으리라 믿습니다. 부드러운 손목에 보석의 빛이 빛나는 것은 참으로 아름다운 것입니다. 그렇긴 하지만 희생은 인도의 황금과 보석의 전부보다도 훨씬 아름다운 것입니다. 황금은 녹이고 보석은 팔아 돈으로 바꾸어, 약품 기타 의료품 구입에 충당될 것입니다. 숙녀 여러분, 이제부터 용감한 상이 용사 두 분이 여러분들 사이를 바구니를 들고 다닐 것이니…….」그의 연설 마지막 귀절은 요란한 박수 갈채 속에 파묻히고 말았다.

스카알렛은 상복을 입고 와서 정말 잘했다는 생각이 퍼뜩 들었다. 그 덕분에 소중한 귀걸이도, 로비야르 가문의 할머니에게서 받은 무거운 금사슬도, 금에 까만 에나멜로 세공한 팔찌도, 석류석의 브로우치도 몸에 장식하고 오지 않은 것이다. 몸집이 작은 즈아브 병사가 부상당하지 않은 쪽 팔에 떡갈나무 가지로 만든 바구니를 들고, 군중 속을 돌아 이쪽으로 오는 것이 보였다. 부인들은 늙은이나 젊은이나 웃으면서 열의에 불타, 팔찌를 잡아당기거나 살을 뚫은 구멍에서 귀걸이를 떼어내며, 일부러 아픈 시늉을 하고 깩깩 소리를 지르며, 목걸이의 단단한 고리를 서로 벗겨 주기도 하고 가슴에서 부로우치를 떼고 있었다. 딱딱한 금속이 쉴새없이 작은 소리를 내고 「기다려 주세요, 지금 이것을 뗄 테니까. 네, 이걸.」 하는 목소리도 들려 왔다. 메이벨 메리웨더는 팔꿈치 위와 아래에 낀 한 쌍의 아름다운 팔찌를 뽑고 있었다. 패니 엘싱은 「엄마, 나도 내도 괜찮지요?」 소리치면서, 가문 대대로 내려오는 커다란 황금 받침대에 자잘한 진주가 박힌 머리 장식을 잡아뜯고 있었다. 바구니에 물건이 헌납될 때마다 박수와 환성이 터졌다.

싱글싱글 웃으면서 땅딸보 즈아브 병사가 드디어 매점 앞에까지 왔다. 바구니를 무겁게 들고 레트 버틀러의 옆을 지나려고 했을 때 기막히게 훌륭한 황금 담배 케이스가 아무렇게나 바구니 속에 던져졌다. 즈아브 병사는 스카알렛 앞에까지 와 바구니를 카운터 위에 올려놓았다. 그녀는 두 손을 벌리고 고개를 저으며 바칠 것이 아무것도 없다는 시늉을 해보였다. 여기에 와 있는 사람 중에 아무것도 내놓지 않은 것은 그녀뿐이었기 때문에 몹시 난처해진 그녀는 문득 그때 큼직한 황금 결혼 반지가 손가락에서 빛나고 있는 것을 깨달았다.

순간 착잡한 심정으로 찰즈의 얼굴을, 그가 그걸 자기의 손가락에 끼워 주었을 때 어떤 표정을 지었던가 생각해내려고 했다. 그러나 기억은 희미했다. 그를 생각하며 언제나 정해 놓고 짜증스런 느낌에 사로잡히는 것이지만, 지금은 별안간 그것을 느끼고 기억이 흐릿해지고 만 것이다. 찰즈! 그 사람이야말로 자기의 인생을 끝나게 하고 이 젊은 몸을 노인처럼 만들고 만 사나이가 아닌가!

별안간 잡아채듯이 반지를 움켜 뽑으려고 했지만, 좀처럼 빠지지 않았다. 즈아브 병사는 멜라니 쪽으로 가려고 했다.

「기다려요!」 스카알렛은 소리질렀다. 「바칠 것이 있어요.」 반지가 가까스로 뽑혔다. 사슬, 시계, 반지, 장식 핀, 팔찌 따위가 수북이 들어 있는 바구니 속에 던지려는데 문득 레트 버틀러의 눈과 마주쳤다. 그는 입가를 잔뜩 일그러뜨리고 조롱하듯 웃고 있었다. 마치 그것에 도전이나 하듯 그녀는 헌납품의 산더미 위에 반지를 던져 넣었다.

「어머, 스카알렛!」 멜라니가 그녀의 팔을 움켜잡으며 작은 소리로 말했다. 그 눈은 사랑과 긍지로 불타고 있었다.

「장해요, 정말 장해요! 기다려 주세요. 피칼 중위, 저도 바칠 것이 있어요.」

그녀도 자기의 결혼 반지를 뽑으려 했다. 그 반지는 애실리가 끼워 준 뒤 한 번도 뽑은 일이 없다는 것을 스카알렛은 알고 있었다. 그것이 그녀에게, 아무도 알고 있지는 않겠지만 얼마나 소중한 것인가를 스카알렛만은 알고 있었다. 간신히 반지를 뽑자 잠깐 작은 손에 꼭 쥐어 보고 나서 수북이 쌓인 장신구 위에 살며

시 없었다. 두 사람은 그대로 구석에 모여 있는 노부인들 쪽으로 돌아가는 즈아
브 병사의 뒷모습을 바라보았다. 스카알렛은 도전적인 표정이었고, 멜라니는
울래도 울 수 없을 만큼 비참한 표정이었다. 그 어느 쪽의 표정도 옆에 서 있던
버틀러는 놓치지 않았다.

「언니가 그렇게 용기 있는 일을 하지 않았다면 저도 도저히 할 수 없었을 거예
요.」말하고 멜라니는 스카알렛의 허리에 팔을 돌려 다정하게 포옹했다. 순간
스카알렛은 심술궂게 그녀를 뿌리치며, 놓으라니까! 하고 아버지인 제랄드가
울화통을 터뜨렸을 때처럼 목청껏 소리지르며 욕을 퍼부어 주고 싶었다. 그러나
레트 버틀러의 시선을 느끼자 가까스로 마지못해 쓰디쓴 웃음을 지었다. 언제나
멜라니가 자기의 동기를 잘못 해석하는 것이 비위에 거슬렸지만 속마음을 의심
하기보다는 그래도 이편이 훨씬 낫다고 참았던 것이다.

「참으로 아름다운 행위입니다.」레트 버틀러가 부드럽게 말했다. 「당신들 같
은 희생이야말로 우리 잿빛 군복의 용사를 고무하는 것입니다.」

격한 말이 이제라도 곧 튀어 나올 듯싶었지만 그녀는 간신히 참았다. 이 남자
가 하는 말은 무엇이든지 남을 깔보는 데가 있었다. 정말이지, 그 남자가 싫어
견딜 수 없었다. 함부로 기대 있는 것도 비위에 거슬렸다. 그러나 그에겐 뭔지
모르게 자극적인 것이 있었다. 따뜻하고도 억세고도 전기와 같이 짜릿한 것이
있었다. 그녀에게 깃들어 있는 아일랜드 기질이 모조리 들고 일어나 그의 검은
눈의 도전에 맞섰다. 이 남자를 좀 골려 주어야지, 그녀는 마음 속으로 결정
했다. 내 비밀을 알고 있기 때문에, 이렇게 조바심이 날 정도로 거만하게 굴고
있다. 그러니까 어떻게든 위치를 바꾸어 이 남자를 꼼짝 못하게 만들어야지. 이
남자에 대해 자기가 어떻게 생각하고 있는지 그것을 똑똑히 밝히고 싶은 충동을
그녀는 가까스로 참았다. 초(醋)보다는 설탕이 훨씬 많은 파리를 모은다고 마미
가 곧잘 말했던 것이다. 두 번 다시 내게 함부로 대하지 못하게 이 파리를 잡아
서 정복하자.

「고마와요.」그녀는 일부러 그의 조롱을 모른 척 정중하게 말했다. 「버틀러
선장님과 같은 유명한 분한테서 그런 칭찬의 말을 들어 정말 감사해요.」

그는 고개를 발딱 젖히고 주위도 아랑곳없이 소리를 내어 웃기 시작했다. 마
치 짖어 대는 것 같다 싶어 스카알렛은 이를 갈며 다시 얼굴을 빨갛게 붉혔다.

「왜 진심을 말하지 않습니까?」그는 목소리를 낮추어 말했다. 장신구를 거두
는 소란과 흥분 때문에 그녀에게밖에 들리지 않았다. 「왜 이렇게 말하지 않죠.
너는 보기도 싫은 악당이다, 신사가 아니야, 썩 나가, 안 그러면 용감한 군인을
불러 때려 내쫓을 테다.」

쏘아붙일 말이 혀끝까지 나왔지만 그녀는 비장한 인내심으로 참고 말했다. 「어머, 버틀러 선장님. 왜 그런 말씀만 하셔요. 그건 마치 누구나 당신이 얼마나 유명하고 얼마나 용감하고, 얼마나, 얼마나……」

「당신에게 실망했읍니다.」그는 말했다.

「실망하셨다고요?」

「그렇습니다. 우리들이 처음으로 만난 저 기념할 만한 날, 나는 은근히 이렇게 생각했죠. 아름다울 뿐만 아니라 용기도 있는 아가씨를 나는 마침내 만났다고요. 그런데 지금 와서 보니 당신은 다만 아름다울 뿐이군요.」

「제가 비겁하다는 말씀인가요?」그녀는 깃털을 세운 암탉처럼 신경을 곤두세웠다.

「말하자면 바로 그렇지요. 진심을 말할 용기가 없지 않습니까? 처음에 뵙게 되었을 때 나는 생각했습니다. 이건 백만 명에 하나밖에 없는 아가씨다. 자기의 마음이 어떻든지 간에, 어머니가 한 말을 무엇이든지 그대로 믿고 그대로 행동하는 못난 아가씨들과는 다르다. 얌전한 말만 하고 자기의 온갖 감정, 욕망, 슬픔을 숨기고 있는 사람과는 다르다고 나는 생각했죠. 미스 오하라야말로 드물게 보는 성격의 소유자라고요. 이 사람은 자기가 원하는 것을 알고 있다. 거침없이 본심을 말한다, 거침없이 꽃병을 내던진다.」

「어머!」그녀의 노여움은 마침내 폭발했다. 「그렇다면 지금 곧 본심을 말해 드리겠어요. 당신에게 조금이라도 예의라는 것이 있다면 여기 와서 저에게 말을 붙이거나 할 수는 절대로 없었을 거예요. 제가 당신의 얼굴 같은 건 두 번 다시 보고 싶어하지 않는 것쯤은 당신도 알고 있을 거예요. 당신은 신사가 아니에요. 당신은 단지 얄밉고 배운 것 없는 못된 남자에 불과해요. 당신의 조그만 고물 배가 북군의 봉쇄를 돌파하였다고 해서 어슬렁어슬렁 이런 곳에 나타나, 용사 여러분들이나 대의를 위해 모든 것을 희생하고 있는 부인들을 놀림감으로 삼을 권리가 있다고 생각하신다면……」

「잠깐, 잠깐!」그는 빙글빙글 웃으며 제지했다. 「허두는 제법 잘되어서 본심을 얘기했지만 내게 대의란 말은 쓰지 말아 주십시오. 나는 대의란 녀석에게 진절머리를 내고 있습니다. 내기를 해도 좋겠지만, 당신 역시……」

「어머, 어쩌면 그런……」말하다가 그녀는 정신을 차리고 황급히 자기를 억눌렀다. 상대의 함정에 걸려든 자신에 걷잡을 수 없이 화가 치밀었다.

「나는 아까 문간에 서서, 당신이 알 때까지 쭉 지켜보고 있었읍니다.」그는 말했다. 「그리고 나서 다른 아가씨들의 얼굴도 지켜보았죠. 다른 아가씨들은 이것도 저것도 다 같은 틀에서 뽑아낸 것 같은 얼굴을 하고 있었지만 당신만은 달랐

어요. 당신은 곧 본심을 들여다볼 수 있는 얼굴을 하고 있었죠. 당신은 자기에
게 맡겨진 일 같은 것은 생각하지도 않고 있었소. 내기를 해도 좋지만, 당신의
마음에는 나라의 대의나 병원의 일 같은 건 눈꼽만큼도 없었소. 당신의 얼굴에
는 춤추고 싶고 유쾌하게 놀고 싶고, 하지만 자기에게는 그게 허락되지 않았다
는 불만이 역력히 나타나 있었소. 그래서 당신은 몹시 화를 내고 있었던 거요.
진심을 말하시오, 내 말이 옳죠?」 그녀는 이미 어지간히 손상된 위엄을 몸에
지니려고 애쓰면서 될 수 있는 대로 격식을 찾아 말했다. 「그 이유는 당신이 아
무리 위대한 봉쇄 돌파자라고 뽐내도 부인을 모욕할 권리는 없기 때문이죠.」

「위대한 봉쇄 돌파자라고요? 농담이시겠죠. 악마에게 발길로 채이기 전에
일 분만 당신의 귀중한 시간을 쪼개 주십시오. 당신과 같이 아름다운 애국 부인
에게 남부 동맹에 대한 내 공헌을 오해받는다는 것은 견딜 수 없는 일이니까
요.」

「당신의 자랑 같은 것, 듣고 싶지 않아요.」

「봉쇄 돌파는 내겐 장사입니다. 그걸로 돈을 모으고 있으니까요. 이런 일로
돈을 버는 게 싫어지면 언제라도 발을 뺄 작정입니다. 자, 이걸 어떻게 생각하
시죠?」

「돈이 목적인 악당이군요. 북부의 양키와 조금도 다를 게 없어요.」

「지당한 말씀.」 그는 히죽히죽 웃으며 말했다. 「뿐더러 북부의 양키들도 내게
돈벌이를 해주고 있죠. 정말입니다. 지난달 나는 내 배를 뉴욕 항구에 들이대고
짐을 싣고 왔으니까요.」

「뭐라고요?」 스카알렛은 목소리를 높였다. 저도 모르게 흥미를 느끼고 흥분
했던 것이다. 「그래 포격은 당하지 않았어요?」

「참 순진하시군요, 부인. 포격할 리가 있겠소? 북부 연방에도 실속 차리는
애국자가 얼마든지 있거든요. 그들은 태연히 남부 동맹에 상품을 팔고 돈벌이를
하고 있죠. 뉴욕에 들어가 양키 장수로부터 몰래 물자를 사 가지고 달아나는 거
죠. 이것이 다소 위험할 경우에는 낫소로 갑니다. 낫소로 가면 지금 말한 것과
같은 북부의 애국자들이, 화약이며 포탄이며 후프 스커트 같은 걸 가져다 줍
니다. 영국에 가는 것보다는 약과니까요. 때로는 찰스턴이나 윌밍턴에 들어가
는 게 약간 힘든 일도 있지만 그래도 조그만 금화가 얼마나 큰 구실을 하는지 당
신도 들으면 아마 놀랄 겁니다.」

「양키가 비열하다는 건 알고 있었지만, 어쩌면 그렇게……」

「양키가 북부를 배신하고, 정직한 돈을 벌고 있는 걸 뭐 시비할 필요는 없지
않습니까? 그런 건 몇 백 년이 지나면 아무런 문제도 되지 않습니다. 요컨대,

어느 쪽이나 결과는 마찬가지니까요. 그들은 남부가 마지막에 가선 진다고 생각하고 있으니까, 그때까지 벌어 두려는 것도 당연하지 않습니까?」

「저희들이 진다고요?」

「물론이죠.」

「부디, 저리로 가 주세요. 아니면 제 쪽에서 밖으로 나가 마차를 타고 집으로 돌아가야 할까요?」

「열렬한 작은 반항아(反抗兒)라고 할까.」 말하고 그는 또 별안간 빙긋 웃더니 절을 하고 유유히 가 버렸다. 뒤에 남은 그녀는 어쩔 수 없는 노여움과 울화로 가슴이 터질 듯이 뛰었다. 뭔지 모르지만 마음 속으로 심한 실망을 느끼고 있었다. 그것은 쌓아올린 환상이 무너지는 것을 보았을 때의 아이들의 실망과 흡사한 것이었다. 뻔뻔스럽게도 그는 수많은 봉쇄 돌파자로부터 온갖 명예를 잡아 벗기고 만 것이다. 대담하게도 남부가 진다고 함부로 공언한 것이다. 그것만으로도 그는 총살감이다. 매국노로 총살되어야 해. 그녀는 회장을 둘러보며 낯익은 얼굴들을 바라보았다. 모두 승리를 확신하는, 씩씩하고 헌신적인 표정들이었다. 그걸 보자 그녀는 웬지 모르게 마음에 써늘한 오한을 느꼈다. 진다고? 이 사람들이. 아냐, 그럴 리가 없어. 질 까닭이 없어! 그런 생각은 할 수도 없어. 남부를 배신하는 생각이야.

「무슨 얘기를 그렇게 하셨어요?」

손님이 가 버리고 나자 멜라니는 스카알렛을 향해 돌아서며 물었다.

「메리웨더 부인이 언니를 쭉 주목하고 있는 걸 봤어요. 그 여자는 입이 꽤 시끄러운데.」

「그 남자는 세상에도 없는 인간이에요. 배운 것이 없는 아주 야비한 인간이에요.」 스카알렛은 말했다. 「메리웨더 아주머니 같은 것, 멋대로 지껄이라고 하세요. 그 아주머니 때문에 바보처럼 얌전을 빼야 하다니, 구역질이 날 지경이야.」

「어머 스카알렛!」 하고 어지간한 멜라니도 감정이 상해 외쳤다.

「쉬! 미드 선생이 얘길 하시려나 봐.」 스카알렛은 말했다.

박사가 목청을 높였기 때문에 군중은 다시 조용해졌다. 우선 박사는 귀중한 장신구를 쾌히 헌납한 부인들에 대해 감사의 말을 늘어놓았다.

「그런데 신사 숙녀 여러분, 저는 이제부터 기상천외의 제안을 하겠읍니다. 너무나 기발하기 때문에 개중에는 쇼크를 받으실 분이 있을지도 모르겠읍니다. 그렇지만 이건 모두 병원을 위해, 또 입원하고 있는 우리 용사 여러분을 위해 하는 것임을 특히 기억해 주시기 바랍니다.」

사람들은 마른 침을 삼키며 몸을 내밀고, 저 존엄한 박사가 우리들에게 쇼크를 줄 만한 제안 같은 걸 할 수 있을까, 어떤 것을 말하려는 걸까 하고 갖은 상상을 다 했다.

「이제부터 무도회가 시작되겠는데 제일 첫번 순서는 말할 것도 없이 릴, 그것에 이어 왈츠가 되겠읍니다. 그 뒤에는 폴카, 쇼티시, 마주르카로 돼 있는데, 어느 것이나 그 전에 짧은 릴이 붙어 있읍니다. 릴의 앞장을 서기 위해 우스운 경쟁이 있는 것은 저도 잘 알고 있는데, 그래서…….」박사는 이마의 땀을 씻고, 기묘한 눈짓을 구석 쪽에 던졌다. 거기에는 그의 아내가 시중드는 부인들 사이에 섞여 있었다. 「신사 여러분, 만일 자기가 선택한 부인과 함께 릴의 앞장을 서고 싶으시면 그 부인을 위해 값을 경쟁해 달라는 것입니다. 제가 경매 집행을 맡되 그 수입은 전부 병원에 기부하겠읍니다.」

부치고 있던 부채가 딱 멎고, 흥분한 속삭임이 파문처럼 장내에 퍼졌다. 시중드는 부인들이 있는 구석 쪽에선 굉장한 소동이 일어났다. 미드 부인은 내심 이 안(案)에 불찬성이었지만, 그래도 남편을 지지하려고 애를 태우고 있었는데, 형세는 매우 불리하게 돌아갔다. 엘싱 부인, 메리웨더 부인, 와이팅 부인들이 얼굴이 시뻘개져 분개하고 있었던 것이다. 그러나 돌연 향토 방위대 쪽에서 환성이 일어나자, 거기에 따라 다른 군인 초대석에서도 박수가 터졌다. 그러자 젊은 아가씨들은 손뼉을 치며 좋아했다.

「어머! 어쩐지 꼭 노예 경매 같잖아요?」여태까지 완전무결한 인물로 눈에 비치던 박사가, 이렇듯 엉뚱한 제안을 했기 때문에 어떻게 생각해야 좋을지 모르는 표정으로 박사를 쳐다보며 멜라니가 속삭였다.

스카알렛은 아무 말도 하지 않았지만 그 눈은 번쩍번쩍 빛나고 가슴은 무엇에 짓눌리는 듯했다. 내가 과부만 아니었다면, 내가 다시 한 번 스카알렛 오하라로 돌아갈 수만 있다면, 짙은 초록빛 벨벳의 리본을 가슴에 늘이고 파란 사과빛 옷을 걸친 다음, 이 검은 머리에 월하향 꽃을 꽂고 무도장에 나가 릴의 제일 앞장을 설 수 있으련만. 틀림없이 앞장을 서련만! 열 몇 명의 남자가 나를 다투어 빼앗으려고 아마 상당히 많은 돈을 박사에게 드릴 것이다. 그런데, 아아, 이런 곳에 죽치고 앉아 있어야만 하다니. 마음으로는 싫으면서도 벽의 꽃이 되어 패니나 메이벨 따위가 애틀랜타의 꽃이 되어 첫 릴을 밟는 것을 보고만 있어야 하다니! 소란 속에서 한결 드높게, 땅딸보인 즈아브 병사의 목소리가 울려 퍼졌다. 프랑스 계통의 사투리로 분명히 그라는 것을 알 수 있었다.

「시…… 실례지만, 메이벨 메리웨더 양에게 이십 달러!」

메이벨은 얼굴을 확 붉히고 패니의 어깨에 기댔다. 둘은 서로 얼굴을 어깨에 묻고 키득키득 웃었다. 한편 다른 목소리가 다른 아가씨의 이름을 부르고, 제각각의 금액을 외쳤다. 미드 박사는 다시 싱글벙글 웃는 얼굴로 돌아가고, 구석에 있는 병원 위원회 부인들의 투덜거리는 소리 같은 건 싹 무시해 버렸다.

처음 한동안 메리웨더 부인은 그런 일을 하면 우리 메이벨은 절대로 참가시키지 않겠다고 단호히 큰 소리로 말했지만 메이벨의 이름이 가장 빈번하게 불리고 그 금액도 칠십 오 달러로 올라간 것을 알자 그 항의도 차츰 김이 빠져 갔다. 스카알렛은 카운터에 팔꿈치를 괴고 들뜬 웃음 소리를 내면서, 많은 사람이 연주대 언저리에 북적거리고 있는 것을 타는 듯한 눈초리로 바라보았다. 사람들은 손에 손에 남부 동맹의 지폐를 잔뜩 움켜쥐고 있었다.

모두들 이제부터 춤추려고 하지 않는 것은 나와 구석의 할머니들뿐이다. 모두들 이제부터 재미있는 시간을 보내려 하고 있다. 나만 외톨이다. 그녀의 모습을 숨길 틈도 없이, 박사의 바로 밑에서 그는 보고 말았다. 입 한쪽이 일그러지고 한쪽 눈썹이 찡긋 올라갔다. 그녀는 턱을 쑥 내밀고 외면을 하고 말았다. 그러자 느닷없이 자기의 이름이 불려지는 소리가 들렸다. 영락없이 찰스턴 사투리로, 다른 이름을 부르는 소리를 누르고 한층 뚜렷하게 울려 퍼졌다.

「찰즈 해밀턴 부인에게 금화로 백 오십 달러!」

그 금액과 그리고 그 이름에 놀란 나머지 움직일 수조차 없었다. 턱을 괸 채 꼼짝하지 않고 앉아 있었지만 눈은 놀라움으로 커다랗게 떠졌다. 사람들은 모조리 그녀 쪽을 돌아보았다. 박사가 연주대에서 허리를 구부려, 뭔가 레트 버틀러에게 귀띔을 하고 있는 게 보였다. 아마, 저 사람은 상중이라 춤출 수 없다고 하고 있겠지. 레트가 천천히 어깨를 으쓱거리는 것이 보였다.

「다른 부인을 지명해 주시지 않겠읍니까?」박사가 물었다.

「안 됩니다.」레트의 목소리는 단호했다. 그리고 그 눈은 태연히 군중을 둘러보았다. 「해밀턴 부인입니다.」

「그건 안 된다고 말씀드리지 않았읍니까?」박사의 목소리에는 짜증이 섞여 있었다. 「아마, 해밀턴 부인도 승낙하시지 않을 겁니다.」

다음 순간 스카알렛의 귀에 울린 소리는, 처음에는 자기 목소리같이 생각되지 않았다.

「아뇨, 전 승낙하겠어요!」

그녀는 냉큼 일어났다. 서 있을 수 없을 만큼 가슴이 뛰었다. 다시 한번 모든 사람의 주목의 대상이 됐다는 드릴, 이 장내에서 가장 인기 있는 여자라는 드릴, 그리고 무엇보다도 기쁜 것은 다시 춤을 출 수 있다는 기대였다. 그녀는 가슴을 두근거리고 있었다.

『겁낼 것 없어! 남이 뭐라고 해도 겁낼 것 없어!』그녀는 마음 속으로 뇌까렸다. 미칠 듯한 통쾌감이 온 몸에 퍼졌다. 그녀는 고개를 꼿꼿이 처들고 구두의 뒤축을 캐스터네츠처럼 울리며 검은 비단 부채를 쫙 펴들고 매점에서 뛰어나갔다. 극히 짧은 순간이긴 했지만, 멜라니의 멍해진 얼굴, 시중드는 노부인들의 표정, 심통이 나 있는 아가씨들, 열광적으로 찬성하고 있는 군인들의 모습이 눈에 비쳤다.

이윽고 무도장에 서자, 레트 버틀러가 군중을 헤치고 다가왔다. 그 얼굴에는 저 얄미운 사람을 경멸하는 듯한 냉소가 떠올라 있었다. 그러나 그녀는 마음에 두지 않았다. 설사 그가 적의 대통령 에이브러햄 링컨이었다고 해도 개의치 않았으리라. 다시 춤을 출 수 있는 것이다. 릴의 앞장을 서는 것이다. 그녀가 무릎을 꺾어 나지막하게 절을 하고 눈부실 만큼 화려한 미소를 띠우자, 그도 주름 장식이 있는 가슴에 한 손을 대고 절을 했다. 깜짝 놀라 멍해 있던 레비 노인은 곧 긴장한 그 자리의 공기를 수습하기 위해, 큰 소리로 고함을 질렀다.

「경매 릴의 상대를 골라잡으십시오!」

오케스트라는 릴 곡 중에서도 가장 멋진 저 《딕시》를 신나게 연주하기 시작했다.

「왜 이렇게 저를 남의 눈에 띄게 하셨어요. 버틀러 선장님?」

「그런 말씀을 하시지만 친애하는 해밀턴 부인, 당신은 그처럼 역력하게 사람 눈에 띄기를 바라고 계시지 않았읍니까?」

「어떻게, 여러분들 앞에서 제 이름을 부를 수 있었죠?」

「싫다면 당신은 거절했으면 좋았잖아요.」

「하지만…… 나라를 위해서예요. 전, 전, 그렇게 많은 금화를 내놓겠다는데, 제 일 같은 건 생각할 수 없었거든요. 웃지 마세요, 모두들 보고 있잖아요.」

「어차피 모두 보게 마련인걸요. 나보고 그 따위 나라를 위해서라는 시시한 말은 집어치우시오. 당신이 춤을 추고 싶어하길래 나는 그 기회를 드린 것뿐이오. 이번만 돌면 릴은 끝나겠지요?」

「네, 그래요. 정말이지 전, 이제 그만두고 또 앉아 있어야겠어요.」

「어째서죠? 제가 당신의 발을 밟기라도 했나요?」

「아아뇨. 하지만 모두들 저에 대해 이러쿵저러쿵 떠들 테니까요.」

「정말 그런 게 마음에 걸립니까, 진심으로?」

「하지만…….」

「당신은 죄를 저지르고 있는 게 아니오. 나와 왈츠 좀 추었다고 상관있읍니까?」

「하지만, 만일 어머니라도…….」

「아직도 어머님의 치마 끈에 묶여 있읍니까?」

「어머, 당신은 미덕은 뭐든지 경멸하는 말투군요!」

「미덕이란 어리석은 것이오. 당신도 남이 이러쿵저러쿵하는 것에 신경을 쓰는 축입니까?」

「아아뇨. 하지만 아, 이제 그 이야기는 그만두세요. 아이, 좋아라! 왈츠가 시작됐네. 릴을 추면 전 언제나 이렇게 숨이 차요.」

「내 질문을 피하지 마시오. 정말 다른 여자들이 하는 말에 신경을 쓰십니까?」

「꼭 제 대답을 듣고 싶다면 말씀드리죠. 전 그렇지 않아요! 하지만 젊은 여자는 그런 걸 신경써야 한다고 하잖아요. 그렇지만 오늘 저녁 전 아무렇지 않아요.」

「장하십니다. 이제 겨우 자기 일을 남에게 의뢰하지 않고 스스로 생각할 수 있게 됐군요. 그것이 지혜의 시작이라는 겁니다.」

「어머나, 하지만…….」

「당신도 나만큼 사람들의 입에 오르내리면 그런 건 아무것도 아니라는 것을 알게 될 겁니다. 생각해 보십시오. 찰스턴에는 나를 환영해 주는 집이 한 집도 없읍니다. 여러 가지로 정당하고도 신성한 대의를 위해 내가 공헌하고 있는데도 금지령을 풀어 주지 않는단 말입니다.」

「어머, 지독하군요.」

「아닙니다. 조금도 지독할 게 없읍니다. 인심을 잃어 보지 않고는 그것이 얼마나 무거운 짐이었는가, 그리고 진정한 자유가 어떤 것인가를 도저히 알 수 없읍니다.」

「듣기 거북한 말씀을 하시는군요.」

「듣기 거북할진 모르지만 또 사실이기도 합니다. 충분한 용기, 혹은 돈만 있으면 소문이야 어쨌든 언제나 잘 살아갈 수 있읍니다.」

「돈으로 무엇이나 살 수는 없지요.」

「누구한테서 그런 말을 들었읍니까? 그런 진부한 말을 당신 스스로 생각했을 리는 절대로 없읍니다. 돈으로 뭘 살 수 없죠?」

「그런 건 몰라요. 하여튼 행복이며 사랑은 살 수 없겠죠.」

「대체적으로 살 수 있읍니다. 또 살 수 없을 경우에도, 정말 멋진 대용품을 살 수 있읍니다.」

「그럼 당신은 그렇게 많은 돈을 가지고 계세요, 버틀러 선장님?」

「이건 예의 없는 질문이군요. 해밀턴 부인, 정말 놀랐읍니다. 하지만, 있지요. 아주 젊은 시절에 한푼 없이 쫓겨난 신세치고는 난 상당히 유복합니다. 그리고 봉쇄 밀수로 약 백만 달러는 벌 자신이 있읍니다.」

「설마!」

「정말입니다. 대부분의 사람들은 문명을 건설할 때와 마찬가지로, 문명을 파괴할 때도 돈을 벌 수 있다는 걸 모르고 있는 것 같아요.」

「그건 대체 무슨 뜻이죠?」

「당신 집안도 우리 집안도, 또 오늘 밤 여기 모인 모든 사람들도, 황야를 개척해 문명을 쌓아올려 돈을 번 것입니다. 그것이 제국의 건설이라는 것이오. 제국을 건설할 때는 좋은 돈벌이가 있읍니다. 그러나 제국이 무너질 때에는 더욱 좋은 돈벌이가 있지요.」

「어느 제국을 말씀하시는 거예요?」

「우리가 살고 있는 이 제국. 즉 남부, 남부 동맹, 목화 왕국, 지금 우리의 발밑에서 무너져 가고 있는 제국 말입니다. 그런데, 대부분의 바보 같은 녀석들은 그걸 모르고 있죠. 그래서 붕괴로 생기는 정세를 이용하려고 하지 않는 겁니다. 난 이 붕괴를 이용해 한 밑천 잡았읍니다.」

「그럼, 당신은 정말 우리들이 진다고 생각하시는군요?」

「그럼요. 머리만 숨기고 꽁무니는 빼놓는 것, 모래에 대가리를 쑤셔박고 보이지 않을 것이라고 생각하는 타조의 흉내를 낼 수 있읍니까?」

「어머, 그런 말씀 하시면 전 정말 싫어요. 당신은 고상한 말은 쓰지 않으세요, 버틀러 선장님?」

「그럼, 이렇게 말하면 마음에 드시겠읍니까. 당신의 눈은 한 쌍의 금붕어 어항입니다. 거기에는 더할나위없이 아름다운 초록빛 물이 넘실거리고 있읍니다. 지금 나를 보신 그 눈처럼 금붕어가 위에까지 떠올라 오면 당신은 기막히게 매혹적입니다……」

「어머, 그러시는 거 싫어요. 아, 음악이 멋지군요. 아, 저는 이렇게 영원히 왈츠를 추고 싶어요. 전에는 이렇게 좋은 줄 몰랐는데.」

「당신은 제가 지금까지 같이 춘 여성 중에서 가장 아름답게 추십니다.」

「버틀러 선장님, 그렇게 꽉 껴안으시면 안 돼요. 모두들 보고 있어요.」

「만일 아무도 보지 않는다면 괜찮겠읍니까?」

「버틀러 선장님, 말 삼가세요. 자기 자신을 잊고 계시군요.」

「일 분간인들 잊을 리가 있겠읍니까. 이렇게 당신을 안고 있으면, 자신을 도저히 잊을 수 없읍니다. 이게 무슨 곡이죠, 새 곡입니까?」

「네, 멋지죠? 북부에서 빼앗은 거예요.」

「뭐라는 노래입니까?」
「《무정한 싸움이 끝나는 날의》라는 거예요.」
「가사가 뭐죠? 노래해 보세요.」

　　내 사랑 그대여, 생각하오
　　우리가 만났던 마지막 그 날을.
　　그대는 내 발 아래 무릎꿇고
　　이 몸을 사랑한다고 속삭였건만.

　　아, 그대는 잿빛 군복도 늠름하게
　　내 앞에 서서
　　조국과 나에게 진정을 바쳐
　　뉘우침이 없다고 맹세했건만.

　　이제 나는 하염없이 눈물지으며
　　부질없는 탄식에 슬퍼하노라.
　　무정한 싸움 언젠가 끝나는 날의
　　또 만날 날을 빌고 비노라.

「그냥 양키의 《푸른 군복》을 남군의 잿빛으로 바꾸기만 한 거예요……. 어머, 왈츠를 참 잘 추시네요, 버틀러 선장님. 몸이 큰 남자들은 대개 잘 추지 못하는 건데. 이 다음 춤은 또 몇 년 뒤에나 출지, 생각하면…….」
「몇 분만 있으면 또 추게 됩니다. 요 다음 릴에도 당신을 경매로 차지할 테니까요. 그리고 그 다음에도, 또 그 다음에도.」
「어머, 전 안 돼요. 그렇게 하시면 안 돼요. 제 소문이 형편없이 돼요.」
「벌써 형편없이 됐읍니다. 그러니까 춰도 상관없어요. 당신과 대여섯 번 춘 후에는 다른 남자에게 양보해도 상관없지만, 그래도 마지막 한 번만은 제가 또 추겠읍니다.」
「네, 좋아요. 전 약간 정신이 돈 것 같지만 괜찮아요. 누가 뭐라 해도 상관없어요. 집에만 틀어박혀 있는데 정말 진저리가 났어요. 추고 추고 또 출 테예요.」
「그리고 검은 상복도 벗으시겠읍니까? 난 상복이 제일 질색입니다.」
「이것만은 벗으면 안 돼요. 버틀러 선장님, 그렇게 꽉 껴안지 마세요. 그렇게 하시면 저 화내겠어요!」

「당신이 화내면 멋있죠. 정말 화내는지 어쩌는지 더 죄어볼까요? 트웰브 오 우크스 저택의 그 날, 당신이 화내어 뭘 집어던졌을 때 얼마나 매력적이었는지 자신은 모르실 겁니다.」

「아, 제발 부탁예요. 그 일, 잊어 주시겠어요?」

「어떻게 잊을 수 있읍니까? 그것은 내 가장 소중한 추억 중의 하나입니다. 아일랜드인의 피로 불타는 희한한 남부의 꽃이라고나 할까. 당신이야말로 진짜 아일랜드인의 핏줄을 이어받고 있읍니다.」

「어머, 음악이 끝났어요. 그리고 피티퍼트 시고모님이 나오셨어요. 틀림없이 메리웨더 부인이 고자질을 했을 거예요. 네, 부탁이에요. 저리로 가서 창밖이라 도 내다볼까요? 여기서 시고모님에게 붙잡히기는 싫어요. 시고모님의 눈이 마 치 접시처럼 동그래져 있어요.」

10

다음날 아침, 와플 접시를 앞에 놓고, 피티퍼트는 금시라도 울 것 같은 얼굴 을 하고 있었고 멜라니는 입을 꼭 다물고 있고, 스카알렛은 반항적이 되어 있 었다.

「남들이 뭐라고 쑥덕거리든 상관없어요. 거기 와 주었던 어떤 아가씨보다 병 원을 위해 많은 돈을 만들어 주었으니까요. 모두가 판 구질구질하고 낡아 빠진 잡동사니의 매상고 전부보다도 많을 만큼.」

「돈을 얘기하는 게 아니야.」 피티퍼트는 두 손을 쥐어틀면서 벌써 울먹이는 소리였다. 「난, 난, 내 눈을 믿을 수 없었단다. 가엾은 찰즈가 죽은 지 이제 겨 우 일 년이 아니야? 그런데, 그 무서운 버틀러 선장이 글쎄, 너를 앞에 놓고 구 경거리로 끌어내다니. 그 사람은 이만저만한 사람이 아니란다, 스카알렛. 와이 팅 부인의 사촌동생이고 그 남편이 찰스턴 태생인 콜만 부인에게 들었는데, 그 남자는 훌륭한 가문에 태어난 부랑자래요. 정말이지, 어떻게 그렇게 훌륭한 가 정에서 그런 남자가 나왔는지. 찰스턴에서도 사교계에서는 따돌림을 받고 있는 건달이라는 소문이 없나, 게다가 누구네 딸인가 하고도 말썽을 일으켰대요. 그 것은 콜만 부인도 진상을 잘 알지 못할 정도로 수치스런 사건이래.」

「저는 그렇게 나쁜 사람이라고는 생각하지 않아요.」 멜라니는 조용히 말했다. 「그분은 훌륭한 신사인 것 같아요. 그리고 생각 좀 해주세요. 저 봉쇄를 뚫는 용기만 하더라도…….」

「용감한 게 아녜요.」 스카알렛은 반 단지나 되는 시럽을 와플에 부으면서 덤벼들 듯 말했다. 「단순히 돈 때문에 하고 있는 거예요. 자기 입으로도 그렇게 말했어요. 그 사람, 남부 동맹 같은 것 아무렇지도 않게 생각해요. 남부는 진다는 둥, 예사로 말할 정도니까요. 하지만 춤은 참 잘 추어요.」

듣고 있는 두 사람은 기가 막혀 아무 말도 못 했다.

「저, 집 안에만 들어앉아 있는 거 이젠 진저리가 났어요. 그런 거 앞으로 두 번 다시 안 하겠어요. 모두들 어젯밤 일로 이러쿵저러쿵 말들을 한다면 어차피 제 평판은 엉망이 된 거니까 이제 더 무슨 말을 듣든 문제삼지 않겠어요.」

이러한 사고 방식이 사실은 버틀러의 생각이라는 것을 그녀 자신은 깨닫지 못 했다. 그녀의 생각과 꼭 맞는 말이었기 때문에 이렇듯 자연스럽게 나온 것이다.

「세상에! 네 어머니가 들으시면 뭐라고 하시겠니. 나를 또 어떻게 생각하시고.」

딸의 불미한 행동을 알았을 때의 엘렌의 놀라움을 생각하자, 양심의 가책이 싸늘하게 스카알렛을 엄습했다. 그러나 스카알렛은, 애틀랜타에서 타라에 이르는 이십 오 마일의 거리를 생각하고 우선 마음을 놓았다. 피티인들 설마 엘렌에게 편지로 알리거나 하는 짓은 하지 않겠지. 그렇게 하면 감독자로 시고모의 체면이 형편없이 될 테니까. 피티만 쓸데없이 편지질을 하지 않으면 우선은 안심이라고 생각했다.

「난 생각하고 있다.」 피티가 입을 열었다. 「이 문제에 대해 헨리에게 편지를 쓰는 게 좋지 않을까 하고. 그런 일 하는 거 난 참 싫다. 하지만 그분은 우리 집안의 유일한 남자니까. 그분에게 부탁해서 버틀러 선장에게 충고를 하시라고 하면……. 정말, 찰즈만 살아 있다면…… 인제 넌 절대로 그 남자와 얘기를 해선 안 된다, 스카알렛.」

멜라니는 그때까지 무릎에 손을 얹고 조용히 앉아 있었다. 그녀의 와플은 접시 위에서 싸늘하게 식었다. 그녀는 일어나 스카알렛 뒤로 돌아가 목에 두 팔을 감았다.

「언니, 흥분하시면 안 돼요. 전 알고 있어요. 어젯밤 언니가 한 일은 용기가 필요한, 그리고 모두 병원을 위한 일이었어요. 만일 언니에 대해서 이러쿵저러쿵하는 사람이 있으면, 모두 제가 맡겠어요……. 피티 고모님, 우시지 마세요. 스카알렛 언니도 괴로왔을 거예요. 아무 데도 갈 수 없었으니까요. 언니는 아직 어린애예요.」 그녀의 손가락은 스카알렛의 검은 머리를 쓰다듬고 있었다. 「우리도 가끔 다 함께 파티에 참석하는 게 좋지 않을까 모르겠어요. 자기만의 슬픔에 잠긴 집 안에만 틀어박혀 있는 건 오히려 이기적이라고 생각돼요. 전시는 보통 때와는 다르거든요. 뭐 고향을 멀리 떨어져 밤이 와도 찾아갈 친구 하나 없는 군인들, 그리고 침대에서 겨우 일어날 만큼 회복은 됐지만 아직 전선에는 나가지 못하고 병원에 있는 사람들을 생각하면…… 우리는 너무 자기 중심적인 것 같아요. 어느 집에서나 하고 있는 것처럼 우리 이 집에도 부상병을 세 분쯤 초대해야 한다고 생각해요. 그리고 이제부터 매주 일요일 만찬에는 군인들을 초대해요. 자아, 스카알렛 언니, 걱정하지 않아도 돼요. 그 사람들도 사정을 이해하면 아무 소리도 안 할 거예요. 언니가 찰즈를 사랑하고 있었던 것은 우리들도 알고 있으니까요.」

스카알렛은 조금도 걱정 같은 것은 하지 않고 있었다. 오히려 머리카락을 만지고 있는 멜라니의 부드러운 손길을 짜증스럽게 여기고 있었을 뿐이었다. 그녀는 머리를 젖히고 멜라니의 손을 뿌리치며, 『아이, 귀찮아요!』하고 악을 쓰고 싶었다.

향토 방위군이며 의용군이며 병원에서 온 군인들이 그녀를 춤 상대로 삼으려고 어젯밤 얼마나 경쟁했는지, 그 기억이 아직도 그녀의 가슴에 따뜻하게 남아 있었기 때문이다.

온 세계의 누구보다도 멜라니가 역성드는 건 싫었다. 친절은 고맙지만 자기의 변호쯤은 자기가 할 수 있었다. 그 늙다리 고양이 같은 할멈들이 쑥덕거리고 싶다면, 그 따위 늙어 빠진 고양이 같은 것을 상대하지 않고도 얼마든지 해나갈 수 있다. 할멈들이 하는 말 따위는 일일이 대꾸하지 않아도 될 만큼 이 세상에는 훌륭한 장교들이 얼마든지 있지 않은가.

멜라니가 달래서 피티퍼트가 겨우 눈물을 닦았을 때, 프리시가 두툼한 편지 한 통을 가지고 들어왔다.

「멜라니 아씨, 아씨께 왔어요. 쬐끄만 검둥이 애가 가져왔어요.」

「나한테?」그렇게 말하고 멜라니는 미심쩍은 듯 겉봉을 뜯었다.

스카알렛은 상관하지 않고 와플을 먹고 있었기 때문에 아무것도 몰랐다. 멜라니가 갑자기 비명 소리를 질러서 놀라서 고개를 들자, 피티 시고모가 한 손으로 심장을 누르고 있는 것이 보였다.

「애실리가 죽었어!」외치더니, 피티퍼트는 얼굴을 발랑 젖히고 두 손을 축 늘어뜨렸다.

「오, 하느님!」스카알렛은 피가 얼어붙는 듯한 느낌으로 부르짖었다.

「아니에요, 아니에요!」멜라니가 외쳤다.「빨리, 스카알렛 언니, 고모에게 약을 ! 자, 정신차리세요, 고모님. 기분이 어떠세요 ? 숨을 깊이 들이마셔요. 아니라니까요. 애실리가 죽은 게 아녜요. 놀라게 해드려서 정말 미안해요. 난 너무나 기뻤기 때문에, 그만 울고 말았던 거예요.」그녀는 돌연 움켜쥐고 있던 주먹을 펴고 손 안의 것을 입술에 비벼 대며「정말 기뻐요 !」하고 또 울음을 터뜨리고 말았다.

스카알렛은 재빨리 그것을 훔쳐보았다. 그것은 폭이 넓은 금반지였다.

「읽어 보세요.」말하고 멜라니는 마루에 떨어진 편지를 가리켰다.「그분은 어쩌면 그렇게 상냥하고 친절한 분이실까 !」

어리둥절해진 스카알렛은 편지를 집어 들어 기운차게 굵직굵직한 글씨로 씌어진 편지를 읽었다.

〈남부 동맹은 남성의 생명의 피를 요구하고 있읍니다만, 아직 여성의 심장의 피까지 요구하고 있지는 않습니다. 친애하는 부인이시여, 당신의 갸륵한 행위에 대한 존경의 표시로 이걸 받아 주십시오. 이 반지는 십 배의 가격으로 병원에서 다시 산 것이오니, 이걸로 말미암아 당신의 희생이 무의미해졌다고는 생각지 말아 주십시오. 선장 레트 버틀러〉

멜라니는 그 반지를 끼고 자못 기쁜 듯 바라보고 있었다.

「그분은 신사라고 제가 말했잖아요 ?」그녀는 피티퍼트 쪽을 바라보며 말했다. 눈물에 젖은 얼굴이 활짝 웃고 있었다.「교양 있는 동정심이 지극한 신사가 아니면, 이 반지를 병원에 기부한 일이 내 가슴을 얼마나 아프게 했는지 알지 못해요. 난 금사슬을 이것 대신 병원에 갖다 주겠어요. 피티 고모님, 난 그분에게 감사를 하고 싶은데요, 편지를 보내 일요일 만찬에 초대해 주시지 않겠어요 ?」

흥분하고 있었기 때문에 두 사람 다 버틀러 선장이 스카알렛의 반지도 함께 돌려보내지 않은 것에는 미처 생각이 미치지 못했다. 그러나 스카알렛은 곧 그걸 깨닫고 화를 내었다. 그녀는 그가 이같이 친절을 가장한 일을 한 것은 그의 교양도 아무것도 아니라는 것을 알고 있었다. 그건 그가 피티퍼트네를 방문하고 싶고, 또 어떻게 하면 초대장을 손에 넣을 수가 있는지 알고 꾸민 일인 것이다.

〈나는 최근 네 행동을 전해 듣고 몹시 마음이 아프다.〉테이블에서 어머니 엘렌의 편지를 읽기 시작한 스카알렛은 여기까지 이르자 얼굴을 찌푸렸다. 나쁜 소문이란 이렇게도 빨리 퍼지는 것일까 ? 애틀랜타 사람들은 남부 주의 어느 고장 사람들보다도 소문을 좋아하고 남을 간섭하고 싶어한다는 것은 자주 들어 왔지만, 지금 이 편지를 손에 들자, 정말 그렇다는 생각이 들었다. 바자가 있었던 것이 월요일 밤이고 오늘이 겨우 토요일인데, 대체 그 할멈들 가운데 누가 일부러 엘렌에게 편지를 띄웠을까? 잠시 피티퍼트를 의심해 보았지만, 그것을 곧 부정했다. 소심한 피티퍼트는 스카알렛의 조심성을 잃은 행동 때문에 비난을 받지 않을까 걱정하느라고 삼호형(三號型) 작은 구두 속에서 발을 달달 떨고 있을 정도니까, 감독자로서의 자기 잘못을 엘렌에게 알릴 까닭이 없었다. 그건 아마 틀림없이 메리웨더 부인의 짓일 거야.

〈네가 그렇게도 자기 자신을 망각하고 교양을 잃으리라고는 이 엄마로서는 믿어지지 않는다. 상중의 몸으로 남들 앞에 나간 잘못만은 그런 대로 병원의 일을 돕겠다는 따뜻한 마음에서 나온 걸로 치고 아무 말도 하지 않겠다. 그러나 춤이라면, 더구나 버틀러 선장 같은 남자와 춤을 추었다는 것은 정말 말이 되지 않는 짓이다. 그에 대해선 엄마도 여러 가지로 듣고 있다. 그건 세상이 다 아는 일이다! 바로 지난 주에 포라인이, 그를 평판이 나쁜 사나이이고, 그 때문에 가슴 아파하고 있는 그의 어머니를 제외하고는 찰스턴에 있는 자기 집에도 들락거릴 수 없는 사람이라고 써왔다. 그는 근본적으로 나쁜 사람이기 때문에 너의 젊음과 순진성을 이용하여 너를 소문거리로 만들고, 나아가서 우리 가문의 명예를 더럽히려고 일부러 그런 짓을 한 것이다. 피티퍼트 부인은 또 어째서 네 감독인으로서의 의무를 게을리하셨을까?〉

스카알렛은 테이블 너머로 살며시 시고모를 바라보았다. 이 노부인은 엘렌의 필적을 알고 있었기 때문에, 꾸지람받는 것을 겁내고 꾸지람을 받으면 곧 울음을 터뜨려 그것을 모면하려고 마음먹고 있는 어린애처럼, 그 살찐 조그만 입술을 불안한 듯 오므리고 있었다.

〈이제까지의 가정 교육을 그렇게도 빨리 잊을 수가 있을까 생각하니, 엄마의 마음은 슬픔으로 미어지는 것만 같다. 곧 너를 집으로 불러올까도 생각했지만, 그건 네 아버지의 의견에 맡기기로 했다. 아버지는 버틀러 선장과도 만나고, 그리고 너를 데리고 돌아오기 위해 금요일에 애틀랜타로 가시기로 했다. 나도 잘 부탁은 해두었지만, 네 아버지가 네게 너무 엄하게 하시지 않을까, 그게 걱정이다. 이번과 같은 지나친 행동은 단지 철없는 실수에 불과한 것이기를 엄마는 빌고 있다. 엄마도 남부 동맹에 대한 봉사와 열의에 있어서는 누구에게도 지지 않고, 그래서 딸들이 같은 심정이 되어 주기를 바라고는 있다. 그러나 명예를 더럽혀서까지…….〉

똑같은 의미의 말이 좀더 여러 가지로 씌어 있긴 했지만, 스카알렛은 마지막까지 읽어 나갈 수가 없었다. 이번만은 그녀도 진심으로 겁이 났다. 될 대로 되라는 용기도 반항심도 일어나지 않았다. 열 살쯤 되었을 무렵, 테이블에서 스윌렌에게 버터를 바른 비스킷을 던졌을 때 느낀 것과 같은 자책감을, 그 시절의 마음으로 돌아가 뼈저리게 느꼈다. 저 다정한 어머니가 이토록 몹시 꾸짖고, 아버지가 버틀러 선장과 따지기 위해 일부러 온다는 것을 생각하자, 사건의 중대성이 뼈저리게 가슴에 울려 왔다. 이번만은, 아버지의 무릎에 안겨 응석을 부리거나 토라지거나 해도 벌을 모면할 수 없는 때가 왔다는 것을 깨달았다.

「저, 나쁜 소식은 아니야?」 피티퍼트가 떨리는 목소리로 물었다.

「아버지가 내일 이리로 오신다나 봐요. 풍뎅이를 본 오리처럼 저를 잡으시려고요.」 스카알렛은 서글프게 대답했다.

「프리시, 내 약을 찾아 놔라.」 하고 피티퍼트는 황황히 먹다 만 테이블의 의자를 뒤로 밀었다. 「난…… 난, 정신을 잃을 것 같구나.」

「마님, 스커트 호주머니에 있읍니다요.」 가슴 뛰게 하는 연극이 재미가 있어, 스카알렛의 뒤에서 우물거리고 있던 프리시가 황급히 대답했다. 그것이 자기의 곱슬곱슬한 머리 위에 떨어지지 않는 한, 피티퍼트 마님의 화내는 모습은 언제나 가슴을 두근거리게 하는 재미있는 구경거리였다. 피티는 스커트를 뒤적거리며 약병을 꺼내 코끝으로 가져갔다.

「모두들 제 편을 들어서 잠시라도 아버지하고 단 둘이만 있게 하지 말아 주세요.」 하고 스카알렛은 소리쳤다. 「아버지는 두 분을 모두 좋아하시니까, 두 분이 같이 있어만 주시면 그다지 야단을 안 치실 거예요.」

「난 그럴 수 없어.」 피티퍼트는 일어나면서 가냘픈 목소리로 말했다. 「난…… 난, 어질어질 어지러워 누워야만 되겠어. 내일도 하루 종일 누워 있을 테니까, 아버님께서는 네가 잘 말씀드려요.」

스카알렛은 시고모를 쏘아보면서 마음 속으로 『비겁자!』하고 외쳤다.

멜라니는 저돌적인 제랄드 씨와 마주 대할 것을 생각하자 공포로 얼굴이 새파래졌으나, 그래도 스카알렛을 도우려고 용기를 냈다.

「난…… 난, 그건 언니가 병원을 위해 한 일이라고 아버님께 말씀드리겠어요. 언니의 아버님께서도 틀림없이 이해해주실 거예요.」

「아니야, 이해해 주시지 않을 거야.」 스카알렛은 말했다. 「아, 난 어머님의 말씀대로 누명을 쓴 채 타라로 끌려가느니 죽어 버릴 테야!」

「돌려보내다니, 안 될 말이다!」 피티퍼트는 울면서 외쳤다. 「네가 집에 돌아가고 나면, 난 싫어도…… 싫어도 헨리 오빠를 이곳에 모셔와서 같이 살아야만 되는데, 내가 오빠하고 함께 살면 안 된다는 건 너도 잘 알고 있지 않니. 거리에 수상한 사람들이 잔뜩 들어와 있는데, 멜라니와 나 둘이선 밤 같은 때 무서워서 안 돼요. 넌 용기가 있으니까, 남자가 별로 없어도 안심일 테지만!」

「어머나, 아무리 아버님이시라도 언니를 타라로 데리고 가실 수는 없어요.」 멜라니도 금방 울음을 터뜨릴 듯한 얼굴이 되었다. 「여기가 언니 집이 아녜요? 언니가 안 계시게 되면, 우리가 어떻게 지내요.」

『내가 속으로 너를 어떻게 생각하는지를 안다면, 내가 없는 걸 너는 얼마나 좋아할는지 모르는데.』 하고 스카알렛은 심술궂게 생각했다. 그리고 멜라니가 아니라, 누군가 다른 사람이 자기를 도와 제랄드의 노여움을 모면하게 해주었으면, 하고 생각했다. 이렇듯 못 견디게 싫은 사람에게 역성을 들게 한다는 것은 생각만·해도 불유쾌했다.

「어쨌든 버틀러 선장에게 보낸 초대장은 취소하는 편이 좋겠군.」피티퍼트가 말했다.

「아뇨, 그건 안 돼요! 그런 실례가 어디 있어요!」하고 멜라니는 슬픈 듯이 외쳤다.

「침대로 갈 테니까 좀 부축해 다오. 병이 날 것 같구나.」피티퍼트는 앓는 소리를 냈다. 「아, 스카알렛, 넌 어쩌자고 나를 이지경으로 만들었니?」

이튿날 오후 제랄드가 도착했을 때 피티퍼트는 아파 누워 있었다. 닫아 놓은 도어 뒤에서 몇 마디 사과와 말을 늘어놓고는 만찬의 상대는 겁에 잔뜩 질린 두 여자에게 떠맡기고 말았다. 제랄드는 스카알렛에게 키스하고, 다정하게 멜라니의 볼을 꼬집으며「멜라니 아씨!」하고 사뭇 가족이라도 부르는 듯한 어조로 불렀지만, 정작 중요한 문제에 대해서는 아무 말도 꺼내지 않았다. 오히려 스카알렛은 고함을 지르고 야단을 쳐주는 편이 훨씬 좋을 것 같았다. 약속대로 멜라니는 옷자락 소리를 내는 스카알렛의 작은 그림자이거나 한 듯 쉴새없이 스카알렛의 뒤를 따라다녔다. 제랄드의 입장에선 체면 때문에 멜라니의 앞에서 딸을 나무랄 수 없었다. 시치미를 뗀 얼굴로 능숙하게 일을 처리해 나가는 멜라니의 솜씨에는 스카알렛도 감탄하지 않을 수 없었다. 이윽고 멜라니는 만찬의 좌석에 앉았을 때, 교묘히 제랄드를 대화 속으로 끌어들였다.

「저, 저쪽 소식을 좀 듣고 싶은데요.」그녀는 제랄드에게 미소를 지었다. 「인디어도 하니도 편지쓰기를 아주 싫어해서요. 아저씨에게 여쭤 보면 뭐든지 알고 계시니까, 이야기 해주실 테죠? 존 폰텐네 결혼식에 대해 말씀 좀 해주시지 않겠어요?」

제랄드는 이 칭찬의 말에 흐뭇해져서 이야기를 시작했다. 조가 이삼 일밖에 휴가를 얻지 못했기 때문에 결혼식은 너희들 때와 달라서 아주 검소한 것이었다는 둥, 그러나 먼로네의 막내딸 샐리는 퍽 예뻤었다는 얘기를 하고, 그리고 마지막으로 입고 있던 옷은 어떤 것이었는지 생각이 나지 않지만, 소문에 의하면 그 아가씨는 〈결혼 이틀째의 옷〉을 갖고 있지 않았더라고 덧붙였다.

「없다니! 그럴 수가 있어요?」하고 그녀들은 분개하고 외쳤다.

「그런데 그게 사실이야. 아뭏든 그 아가씨에게는 결혼 이튿날 같은 게 없었으니까.」말하고 그는 유쾌한 듯 큰 소리로 웃었다. 그리고 웃고 나서, 이건 젊은 여성의 귀에 들려 주어선 안 될 말이었는지도 모른다고 문득 생각했다. 그 웃음 소리에 마음을 놓은 스카알렛은, 마음 속으로 멜라니의 수완에 탄복했다.

「다시 말해서 조는, 다음 날엔 벌써 버지니아의 전선으로 가 버린 거야.」하고 제랄드는 급히 덧붙였다. 「그래서 결혼식 뒤의 방문도 없었고 무도회도 없었어. 그건 그렇고, 탈레턴네 쌍동이 형제가 집에 돌아왔더라.」

「그 얘긴 들었어요. 부상한 건 좀 나았나요?」

「그렇게 심하게 다치진 않았어. 스튜어트는 무릎을 다쳤고 브렌트는 어깨에 관통상을 입었어. 너희들은 그 두 사람이 무공이 뛰어났대서 군 공보(公報)에 특별히 실린 것도 아니?」

「아아뇨! 말씀해 주세요!」

「겁없는 녀석들이지. 둘 다 말이야. 틀림없이 아일랜드 사람의 피가 섞여 있을 거야.」제랄드는 흐뭇한 듯 말했다. 「둘이 얼마나 용감한 일을 했는지 난 잊어버렸지만, 브렌트는 지금 중위님이야.」

스카알렛은 그들의 무공담을 듣는 것이 기뻤다. 그건 두 사람을 차지하고 있는 사람으로서의 기쁨이었다. 한 번 자기의 애인이었던 사람은 언제까지나 자기의 점유물이라고 믿고 있기 때문에, 그들 남자들의 훌륭한 행위는 바로 곧 그녀 자신의 명예라고 느껴진 것이다.

「그리고 너희들 두 사람과 관계 있는 뉴스가 있다.」제랄드는 말했다. 「스튜어트가 트웰브 오우크스네 아가씨의 비위를 맞추려고 또 매일같이 다니기 시작했다더라.」

「하니요? 아니면 인디어? 상대가 누구예요?」멜라니는 열심히 물었다. 스카알렛은 화난 얼굴로 그걸 노려보고 있었다.

「아마 인디어라나 보지. 우리 집 이 말괄량이 아씨가 끼어들기까지는, 스튜어트는 그 아가씨 것이었으니까.」

「어머!」하고 멜라니는 제랄드의 노골적인 말투에 약간 어리둥절했다.

「그뿐만이 아니야. 브렌트란 녀석이 요즘엔 타라에 와서 붙어 산다!」

스카알렛은 말이 나오지 않았다. 옛 애인의 변심이 모욕으로 느껴졌기 때문이다. 특히 그녀가 찰즈하고 결혼한다는 이야기를 했을 때, 두 쌍둥이가 얼마나 난폭하게 나왔던가 생각이 났다. 스튜어트는 찰즈를, 스카알렛을, 그 자신을, 아니 세 사람 전부를 쏘아 죽이겠다고까지 위협했던 것이다. 사실 그렇게 숨막히는 장면은 처음이었다.

「스윌렌에게요?」멜라니는 얼굴을 활짝 펴고 웃으며 물었다. 「전, 스윌렌은 케네디 씨만 생각하고 있는 줄 알았는데요.」

「음, 그래?」제랄드는 말했다. 「프랭크 케네디도 여전히 자기 그림자에 겁먹은 듯한 꼬락서니로 몰래 찾아오지. 그 사나이가 언제까지나 아무 말도 꺼내지 않고 우물쭈물하고 있으면 멀지 않아 내 쪽에서 무슨 목적으로 우리 집에 오는 거냐고 물어볼 속셈이야. 아냐, 브렌트의 목적은 우리 집 꼬마둥이야.」

「캐린 말인가요?」

「하지만 그 애는 아직 어린애가 아녜요?」겨우 입을 열 힘이 생긴 스카알렛이 날카롭게 물었다.

「그렇지만 네가 결혼한 나이보다 겨우 한 살 어리다.」하고 제랄드는 핀잔을 주었다. 「옛날 애인을 동생에게 주는 것이 아깝니?」

이런 노골적인 말에 서투른 멜라니는 얼굴을 붉히고, 고구마 파이를 가져오라고 피터 영감에게 신호를 보냈다. 그리고 이런 생활 주변의 화제가 아니고, 게다가 제랄드에게 이 여행의 목적을 잊게 할 화제는 없을까 열심히 이것저것 궁리해 보았다. 그러나 별로 이렇다 할 화제는 떠오르지 않았다. 더구나 제랄드는 한 번 이야기에 불을 붙였을 때 듣는 사람만 있으면 나머지는 아무런 자극이 필요치 않았다. 그는 매달 요구액을 높여 가는 병참부의 도둑 같은 방법이며, 제퍼슨 데이비스 대통령의 몰염치한 우둔성이며, 상금에 유혹되어 북부의 군대로 들어간 아일랜드인의 비열성 따위에 대해 혼자서 핏대를 올렸다.

포도주가 테이블에 나온 것을 기회로, 두 여자는 그를 남기고 일어났다. 제랄드는 찡그린 눈썹 아래로 자기 딸에게 험악한 눈짓을 하고, 잠시 동안 이곳에 남아라, 하고 명령했다. 스카알렛은 절망의 눈초리를 멜라니에게 던졌다.

멜라니는 어쩔 도리가 없어 손수건을 쥐어짜며 우물우물하고 있었으나, 이윽고 조용히 미닫이 문을 닫고 나가 버렸다.

「대체 어떻게 된 거냐, 너는!」글라스에 포도주를 따르며 제랄드는 고함치기 시작했다. 「행실이 참 좋더구나! 과부가 된 지 얼마나 된다고, 벌써 다음 번 사내 생각이 났단 말이냐?」

「그렇게 큰 소릴 내지 마세요, 아버지. 하인들이…….」

「하인들도 벌써 환히 알고 있어. 우리 집의 망신은 누구나 알고 있단 말이다.

가엾게도 네 어머니는 그걸 속상해 하다 몸져 누웠다. 난 나대로 남의 얼굴을 볼 낯이 없고. 정말 창피한 노릇이다! 아냐, 소용없어. 아무리 그런 눈물로 날 속이려고 해 봤자, 이번만은 어림도 없단 말이다!」 스카알렛의 속눈썹이 깜빡이기 시작하고 한쪽 입가가 일그러지는 것을 보자, 제랄드의 목소리는 갑자기 당황한 빛을 띠었다. 「난 너를 알고 있다. 너는 남편이 죽는 날 밤에도 사내놈과 시시덕거릴 여자야. 울지 않아도 돼. 오늘 밤은 인제 이 이상 말하지 않을 테니까. 난 이제부터 내 딸의 명예를 형편없이 만들어 준, 버틀러인지 뭔지 하는 그 위대한 선장을 만나고 올 테다. 어차피 내일 아침…… 자아, 그만 울어라. 울어 봤자 소용없으니까. 내 결심은 흔들리지 않는다. 이 이상 소문이 나빠지기 전에 내일은 너를 타라로 데리고 돌아가겠다. 자아, 그만 울라니까. 울지 말고, 내가 갖고 온 선물이나 봐라! 예쁘지 않니? 봐라, 이걸! 어째서 너는 나에게 이런 고생을 시키는지 모르겠다. 바빠 죽겠는데 쓸데없이 이런 곳까지 끌어내고 말이야. 울지 말라는데도!」

멜라니도 피티퍼트도 벌써 오래 전에 잠들어 있었다. 하지만 스카알렛은 무더운 어둠 속에 눈을 뜬 채 누워, 마음은 무겁고 가슴은 불안에 떨고 있었다. 겨우 재미있는 생활이 다시 한 번 시작되려는 참인데, 애틀랜타를 떠나 집에 돌아가 엘렌과 얼굴을 마주쳐야 하다니! 어머니와 얼굴을 마주치느니 차라리 당장 죽는 편이 낫다. 지금 당장 죽어 버리고 싶다. 그렇게 하면 모두들 틀림없이 나에게 심하게 군 것을 뉘우치겠지. 뜨거워진 베개 위에서 이리저리 몸을 뒤척이려니까 조용한 밤거리의 아득한 곳에서 무슨 소리가 들려 왔다.

멀어서 확실하지는 않았지만 이상하게도 친근감이 있는 소리였다. 그녀는 잠자리를 빠져 나와 창가로 가 보았다. 길은 수목이 우거져 있고 희뿌연 별빛 아래 조용하고 캄캄했다. 그 소리는 차츰 가까와졌다. 수레바퀴의 울림, 말발굽 소리, 그리고 사람의 목소리, 아일랜드 사투리와 위스키로 탁해진 목소리로《페그는 무개(無蓋) 마차로 간다》를 노래하는 소리를 듣자 그녀는 픽 웃었다. 여기는 재판이 있는 날의 존즈보로와는 다를지 모르지만, 술이 취해서 돌아오는 제랄드의 상태는 그 날과 똑같지 않는가!

마차의 검은 그림자가 집 앞에 멎었다. 마차에서 내리는 사람 그림자가 어렴풋이 보였다. 누군가 동행이라도 있는 모양으로, 두 개의 그림자가 문 앞에서 걸음을 멈추었다. 빗장을 벗기는 소리가 났다. 그리고 제랄드의 목소리가 똑똑히 들려 왔다.

「자, 그럼 로버트 에메트를 애도하는 노래를 들려 드리겠소. 이건 아마 당신도 배워 두는 게 좋을 거요. 내가 가르쳐 드리리다.」

「배우고 싶긴 합니다만.」의젓하고 나른한 그 목소리는 웃음을 참고 있는 것 같았다. 「하지만 다음 기회에 부탁드리겠읍니다, 오하라 씨.」

『어머, 그 얄미운 버틀러 아냐!』이런 생각이 들자 스카알렛은 처음 화가 치밀었다. 그러나 곧 마음을 돌이켰다. 어쨌든 총을 서로 쏘아 대지는 않은 모양이다. 그뿐인가, 이런 시간에 이렇게 함께 나타난 것을 보니 의외로 친해지고 말았는지 모른다.

「아냐, 난 노래하겠소. 당신이 들어요. 듣지 않겠다고 하면 당신은 오렌지 당이야. 난 쏠 테다.」

「오렌지 당이 아니라 찰스턴 사람이죠.」

「마찬가지야. 아냐, 더욱 나빠. 찰스턴에는 내 처형이 두 사람 있어서 난 다 알고 있어.」

『아버지는 이웃 사람을 모두 깨워 놓고 말 셈인가?』이렇게 생각하자 자기도 모르게 깜짝 놀라 스카알렛은 잠옷 위에 걸치는 실내복을 입었다. 그러나 그녀가 어떻게 할 수 있을 수 있을 것인가? 설마하니 이런 밤중에 아래층까지 내려가 아버지를 집으로 끌어들일 수도 없었다.

문에 기대어 있던 제랄드는 이번엔 허두도 없이 별안간 머리를 흔들어 대며, 짖는 듯한 베이스로 《애도가(哀悼歌)》를 흥얼거리기 시작했다. 스카알렛은 창문가에 팔꿈치를 괴고 듣고 있었는데, 그만 자기도 모르게 웃음이 터질 뻔했다. 아버지가 엉망진창으로 노래하지만 않았다면 그 노래는 아름다운 노래였고, 그녀도 이 노래가 무척 좋았다. 잠시 동안 그녀는 그 첫머리 가사의 구슬픈 애수에 잠겼다.

> 젊은 용사 잠든 나라
> 아득히 두고 와서
> 사랑하는 이몸인 줄 알지 못하고
> 사랑하는 사나이들 모여드네.

노래는 그치지 않았다. 피터퍼트와 멜라니의 방 쪽에서 소리가 들려 왔다. 가엾게도 그녀들은 아마 깜짝 놀랐으리라.

두 사람 모두 제랄드 같은 야성적인 사람에게는 익숙하지 못한 것이다. 노래가 그치자, 두 사람의 그림자는 하나가 되어 보도를 걸어와 계단을 올랐다. 이윽고 문간 있는 곳에서 조심스런 두드리는 소리가 들렸다.

『내가 내려갈 수밖에 없군.』스카알렛은 결심했다. 『어쨌든 나의 아버지시고, 마음이 약한 피티 시고모님은 나갈 생각만 해도 돌아가실 거야.』그리고 그녀는 하인들에게 제랄드의 이런 취한 모습을 보이고 싶지 않았다. 설마 피터 영감이 아버지를 침대로 데려가려고 한다고 해도 당할 턱이 없었다. 이런 경우의 취급법을 알고 있는 것은 포크 이외엔 아무도 없었다.

그녀는 실내복을 목 있는 데에서 단정히 핀으로 여미고, 침대 옆의 초에 불을 붙여 든 다음 현관으로 통하는 어두운 계단을 급히 내려갔다. 촛불을 작은 테이블에 세우고 도어의 자물쇠를 열자 흔들리는 불빛 속에 술이 곤드레가 되도록 취한 키가 작고 땅딸한 아버지와 아버지를 부축하고 서 있는 레트 버틀러의 단정한 모습이 나타났다. 《애도가》는 제랄드 자신의 만가(挽歌)이기라도 했는지 그는 인사 불성이 되어 버틀러의 팔에 매달려 있었다. 모자는 어디론가 달아나 버리고 검은 머리가 말털처럼 흩어져 있고, 넥타이는 한쪽 귀 밑으로 뒤틀어졌으며, 셔츠의 앞가슴은 술로 얼룩이 져 있었다.

「당신 아버님이신 줄 아는데요?」버틀러 선장은 말했다. 검붉은 얼굴 속에서 눈이 재미있어하고 있었다. 실내복 아래의 그녀의 잠옷 차림을, 그는 한눈에 꿰뚫어본 모양이었다.

「안으로 모셔 주세요.」그녀는 쌀쌀하게 말했다. 자기의 옷이 마음에 걸리고, 이 남자에게 자기를 조롱감으로 만든 아버지에게 격한 분노를 느꼈다. 버틀러는 제랄드를 부축해 밀었다. 「이층에 모시려면 제가 도와 드릴까요? 무거우니까 당신에겐 무리일 겁니다.」

그의 무례한 제의에 놀라 그녀는 입을 딱 벌렸다. 생각 좀 해 보라. 버틀러 선장을 이층에 오르게 하면 침대 속에 웅크리고 있는 피티퍼트와 멜라니가 어떻게 생각할 것인가?

「무슨 말씀을 하시는 거예요? 여기면 충분해요. 응접실 세티 위에다…….」

「서티(아내의 죽음)라고 말씀하셨읍니까?」

「말씀을 삼가세요. 여기면 돼요. 자, 여기에 뉘어 주세요.」

「구두를 벗겨 드릴까요?」

「괜찮아요, 곧잘 구두를 신은 채 주무시니까요.」

제랄드의 다리를 반듯하게 놔주면서 버틀러는 빙긋 웃었다. 그녀는 말이 그만 빗나간 것이 후회되어 혀를 깨물고 싶은 심정이었다.

「그럼, 인제 돌아가 주세요.」

그는 어두컴컴한 현관으로 나가자, 문간에 떨어져 있는 모자를 집어 들었다.

「일요일 만찬 때 또 뵙겠읍니다.」말을 남기고, 그는 소리가 나지 않게 문을 조용히 닫고 나갔다.

　다음 날 아침 스카알렛은 다섯 시 반쯤 일어나, 뒤꼍 쪽에서 살고 있는 하인들이 아침 준비를 하러 오기 전에 발소리를 죽여 조용히 응접실로 내려갔다. 제랄드는 잠이 깨어 긴의자 위에 앉아 있었다. 마치 쥐어 터뜨릴 듯이 두 손으로 머리를 꽉 누르고 있었다. 그녀가 들어온 것을 슬쩍 보아 알았지만 눈을 움직이는 것만도 견딜 수 없이 아픈 모양으로, 괴로운 신음 소리만 냈다.

　「아니, 벌써 아침인가!」

　「정말 훌륭하신 태도시더군요, 아버지!」노기를 띤 낮은 목소리로 스카알렛은 시작했다.「그런 시간에 집에 들어오셔서 큰 소리로 노래를 하여 이웃 사람들을 죄다 깨워 놓고 말예요.」

　「내가 노래를 했나?」

　「노래를 했나가 뭐예요! 온 동네가 쩌렁쩌렁 울리는 소리로《애도가》를 부르시고선!」

　「난 아무것도 생각이 안 난다.」

　「하지만 이웃 사람들은 평생 기억할 거예요. 그리고 피티 시고모님도, 멜라니도.」

　「아뿔싸!」두껍게 백태가 낀 혀로 마른 입술을 축이며 제랄드는 신음했다. 「내기를 시작하고 나서 그 뒤의 일은 하나도 생각이 안 난다.」

　「내기라고요?」

　「그 건달 녀석 버틀러가 포커라면 아무한테도 지지 않는다고 너무 장담하는 바람에…….」

　「얼마나 잃으셨어요?」

　「뭐라고? 내가 잃을 것 같으냐. 한 두 잔 걸치면 나는 당장 끗발이 서는데.」

　「지갑을 조사해 보세요.」

　모든 것이 괴로운 듯 찡그리며 제랄드는 상의에서 지갑을 꺼내 보았으나 속은 빈털터리였다. 그는 풀이 죽어 당황하여 지갑을 들여다보았다.

　「오백 달러.」그는 말했다.「너희 어머니 부탁으로 봉쇄 밀수품을 사갈 돈이었는데, 이제 타라에 돌아갈 여비도 없어졌구나.」

　화가 잔뜩 나서 빈털터리 지갑을 바라보고 있는 동안에, 스카알렛의 머리 속에선 차츰 한 가지 생각이 정리되었다.

　「전 인제, 이 거리에서 얼굴을 들고 다닐 수 없게 됐어요. 아버지가 우리들 전부에게 망신을 주었어요.」

　「잠자코 있어. 내가 머리가 빠개지려고 하는 걸 모르니?」

　「곤드레가 돼 가지고 버틀러 선장 같은 남자하고 함께 돌아오시질 않나, 있는

대로 소릴 질러 안 들은 사람이 없이 노래를 부르시질 않나, 돈을 몽땅 털리시질
않나.」

「녀석은 카드 솜씨가 신사로선 어떨까 싶을 만큼 좋아. 그 남자는…….」

「어머니가 들으시면 뭐라고 하시겠어요?」

그는 갑자기 불안을 느끼고 얼굴을 들었다.

「너 한 마디라도 고자질해서, 어머니를 슬프게 하거나 하진 않겠지?」

스카알렛은 그 말에는 대답하지 않고 묵묵히 입을 다물었다.

「그렇게 착한 어머니가 얼마나 가슴 아파할지 생각해 봐라.」

「제가 가문을 더럽혔다고 아버지는 어젯밤 말씀하셨죠? 하지만 저는 군인들
을 위해 병원 기금을 모으려고 잠깐 춤을 춘 것뿐예요. 그렇게 생각하면 전 울고
싶어요.」

「인제 됐다, 그만 해 둬라.」제랄드는 간청하듯 말했다.「머리가 아파 견딜 수
없다. 정말 빠개지는 것 같아!」

「그리고 또 말씀하셨죠, 아버지는 제가…….」

「자, 됐다! 자아 됐어, 스카알렛. 이 늙은 아버지의 말 같은 건 마음에 둘 것
없다. 아버지는 그런 뜻으로 한 게 아니다. 아무것도 모르고 그냥 한 말이다!
정말이지 너는 훌륭하고 착한 딸이야. 그렇고 말고!」

「하지만 누명을 뒤집어씌운 채 저를 집으로 데려가실 참이죠?」

「아니다, 난 그런 짓은 안 한다. 그건 그냥 너를 놀리려고 한 소리다. 너의 어
머니는 그 전부터 내가 낭비를 한다고 걱정하시니까, 내가 노름에서 돈을 잃
었다고 고자질해서 어머니 속을 태우진 않겠지?」

「아녜요.」스카알렛은 정직하게 말했다.「저를 여기에 그냥 두신다면, 그리
고 엄마께 그건 모두 여우 할멈의 밑도 끝도 없는 험담에 지나지 않는다고 말씀
해 주신다면.」

제랄드는 한심한 얼굴로 딸을 보았다.

「그건 너, 지독한 공갈이 아니냐?」

「그리고 간밤의 일은 지독한 추문이죠.」

「좋아.」아버지는 타협적으로 나왔다.「서로 그런 건 깨끗이 잊기로 하자. 그
런데 피티패트처럼 훌륭하고 아름다운 부인 댁에는 브랜디 같은 건 없냐? 해장
술이 마시고 싶구나.」

스카알렛은 몸을 돌려, 발끝으로 가만히 응접실을 지나 브랜디 병을 가지러
식당으로 갔다. 피티패트 가슴이 몹시 뛰어 기절할 것 같거나, 때로는 기절한
척하고는 언제나 그것을 한 잔씩 마시기 때문에 스카알렛과 멜라니는 그것을

234

〈기절주〉라고 부르고 있었다. 그녀의 얼굴은 승리감으로 빛나고 아버지에 대한
지나친 태도를 부끄러워하는 기색은 조금도 없었다. 엘렌은 인제, 누군가 또
수다스런 사람이 편지를 써 보내도 믿지 않고 안심할 것이고, 그리하여 그녀는
소원대로 애틀랜타에 눌러 있을 수 있는 것이다. 피티퍼트는 워낙 마음이 약하
니까, 이제부터는 그녀 마음대로 할 수 있다. 술병이 들어 있는 찬장을 열고, 병
과 글라스를 가슴에 안은 채, 그녀는 잠시 거기에 서 있었다.

물거품이 이는 피치트리 강변의 피크닉, 스톤 산에서 열리는 야외 원유회, 초
대회, 무도회, 마차 드라이브, 일요일 밤 요리집에서의 만찬회 광경 같은 것이
차례로 떠올랐다. 그녀는 그 세계로 들어가는 것이다. 그리고 모든 것의 중심이
되는 것이다. 병원에서 조금만 친절하게 하면 남자들은 쉽게 사랑에 빠지고
만다. 그러나 그녀는 지금 병원 같은 것은 별로 문제삼지 않았다. 남자란 병에
걸렸을 때 같은 때는 정말 쉽게 마음이 동요되는 것이다. 가만히 흔들기만 하면
잘 익은 열매가 얼마든지 떨어지는 타라의 복숭아나무처럼, 그들은 영리한 여자
손에 얼마든지 떨어지는 것이다.

그녀는 아버지의 원기를 회복시키는 술을 가지고 돌아가면서, 술이 세기로 유
명한 제랄드 오하라의 머리가 어젯밤 마시기 경쟁에 끝내 버티어 내지 못한 것
을 하늘에 감사했다, 그리고 문득, 어쩌면 레트 버틀러는 아버지를 함락시키기
위해 뭔가 수를 쓴 게 아닌가 의심했다.

11

다음 주 어느 날 오후, 스카알렛은 병원에서 녹초가 되어 화가 나서 돌아
왔다. 녹초가 된 것은 오전 중 내내 서 있었기 때문이고, 화가 잔뜩 난 것은 침대
에 걸터앉아 부상병 팔에 붕대를 감아 주었다고 메리웨더 부인에게 몹시 야단을
맞았기 때문이다. 피티 시고모와 멜라니는 제일 좋은 보네트를 쓰고 웨이드와
프리시를 데리고 포치에 나와, 매주 정기적으로 하는 위문 방문에 나가려는 참
이었다. 스카알렛은 구실을 붙여 동행을 거절하고 이층 자기 방으로 올라갔다.

시고모 패가 탄 마차의 마지막 소리가 멀리 사라지고, 가족들이 아무도 없으
니 안심이라는 것을 알자 그녀는 살그머니 멜라니의 방으로 들어가 안으로 문을
잠갔다. 정리가 잘된 깨끗한 느낌이 드는 작은 방으로, 방안은 조용하고 오후

네 시의 햇볕이 비쳐들어 약간 더웠다. 마룻바닥은 반들반들 윤이 나고 색이 밝은 헝겊 조각으로 짠 두어 장의 깔개가 있을 뿐 아무것도 깔려 있지 않았다. 둘레의 흰 벽도, 멜라니가 성단으로 꾸민 한 구석을 제외하곤 아무 장식도 없었다.

그 한 구석에는 남부 동맹기를 벽에 늘이고 그 밑에 멜라니의 아버지가 멕시코 전쟁에서 가지고 갔던 황금색 자루가 달린 칼이 걸려 있었다. 찰즈도 이 칼을 차고 전쟁에 나갔던 것이다. 찰즈의 견대와 권총 혁대도 거기에 걸려 있었다. 가죽 집에 넣은 권총도 있었다. 칼과 권총 사이에 찰즈 자신의 은판 사진이 장식되어 있었다. 잿빛 군복을 입고 몹시 어색하나마 자랑스런 듯, 커다란 다갈색 눈이 액자에서 번쩍이고 입매는 부끄러운 듯 웃고 있었다.

스카알렛은 사진 쪽은 거들떠보지도 않고 성큼성큼 방을 가로질러 비좁은 침대 옆 책상 위에 놓아둔 네모진 자단 문갑 있는 곳으로 갔다. 그리고 속에서 편지 묶음을 꺼냈다.

맨 꼭대기에, 바로 그 날 아침에 온 편지가 있었다. 그것을 그녀는 펴들었다.

처음 이 편지 묶음을 읽기 시작했을 때는, 몹시 마음이 찔리고 들킬 게 겁이 나서 봉투를 열어 볼 수조차 없을 정도로 손이 떨렸다. 그러나 지금은 몇 번 거듭해 훔쳐보는 동안 본래 만사를 까다롭게 생각하지 않는 성격에 염치가 자라들키면 어쩌나 하는 공포마저 사라져 버렸다. 이따금『어머니가 아시면 뭐라고 하실까?』하고 생각하면 약간 마음이 무거웠다. 엘렌이라면, 이렇듯 수치스런 죄를 짓기보다는 차라리 딸이 죽는 편이 낫다고 하리라 생각했다. 처음 한동안은 이것이 스카알렛을 괴롭혔다. 왜냐하면 지금도 그녀는 하나에서 열까지 어머니처럼 되고 싶다고 생각하고 있기 때문이다. 그러나 편지를 읽고 싶다는 유혹은 너무나도 커, 엘렌을 생각하는 마음을 한쪽으로 밀어 버렸다. 요즘에 와선 싫은 생각은 교묘하게 마음에서 털어 버리게시리 되었다. 자기 마음에 들려 줄 구실을 찾았기 때문이다. 『그런 골치 아픈 생각은 지금 하고 싶지 않다. 내일 하기로 하자.』이튿날이 되면, 대개 전연 기억하지 못하던가 또 기억해 내더라도 하루가 지났기 때문에 이미 김이 빠져 버려 그다지 마음을 쓰지 않게 되었다.

멜라니는 언제나 애실리에게서 온 편지는 인심 좋게, 그 중의 일부를 피터 고모와 스카알렛에게 읽어 주었다. 그러나 스카알렛을 괴롭힌 것은, 그 읽어 주지 않는 부분이었다. 그 때문에 시누이 편지를 읽어 볼 심정이 된 것이다. 그녀가 무엇보다도 알고 싶은 것은 애실리가 결혼한 뒤 아내를 사랑하게 됐는지 어떤지 하는 점이었다. 아내를 사랑하는 척하고 있는 것이 아닌가 하는 점이었다. 다정한 애정을 기울여 아내를 부르고 있을까, 어떤 감정을 나타냈을까, 아내에게 어떤 따뜻한 마음을 가지고 있을까.

그녀는 조심스럽게 편지의 접힌 곳을 쓰다듬어 폈다.

애실리의 작고, 잘 정돈된 글씨가 눈에 확 들어왔다.

〈사랑하는 아내여〉——그것을 읽자 그녀는 후유 하고 마음을 놓았다. 〈가장 사랑하는 아내〉라든가 〈그리운 아내〉라고 부르지 않았기 때문이다. 〈사랑하는 아내여, 당신은 편지에 내가 진심을 숨기고 있는 것이 아닌가, 그게 걱정이라고 썼소. 그리고 요즘 내가 무엇을 생각하는지, 그것이 알고 싶다고 했소…….〉

『어머나, 큰일났어!』스카알렛은 죄악감에 당황하며 생각했다. 『진심을 숨긴다고? 그럼 멜라니는 그이의 진심을 읽은 것일까? 아니면 내 마음을 안 것일까? 멜라니는 그와 나 사이를 의심하고 있는 걸까?』

무서움으로 손을 부들부들 떨면서 편지를 가까이 당겼다. 그러나 **다음** 귀절을 읽자 그녀는 마음을 놓았다.

〈사랑하는 아내여, 만일 내가 뭔가 숨기고 있는 것이 있다면, 그건 나의 정신상의 안정되지 않는 고뇌까지 알려, 나의 육체의 안전을 걱정해 주고 있는 당신에게 그 이상의 걱정을 끼치고 싶지 않기 때문이오. 그렇다고 해서, 나는 당신에게 무엇을 숨길 수는 도저히 없소. 그런 내 성격을 당신은 잘 알고 있을 거요. 걱정하지 마오. 나는 상처 하나 입지 않고 병 하나 없소. 먹을 것도 충분하고 때로는 침대에 들어가 잠도 잘 자오. 군인으로 그 이상 바랄 것은 없소. 그러나 멜라니, 무겁고 답답한 생각이 내 마음은 누르오. 이제부터 그 기분을 전해 주겠소.

여름 밤인 요즈음, 나는 잠이 안 와 진지가 다 잠든 뒤에도 언제까지나 앉아 있는 때가 있소. 하늘의 별을 바라보며 몇 번이고 자신에게 묻소.『애실리 윌크스, 너는 왜 여기 있느냐? 무엇 때문에 싸우고 있느냐?』

명예를 위해서가 아닌 것은 확실하오. 전쟁은 더러운 일이오. 그리고 나는 더러운 일은 싫어하오. 나는 군인이 아니오. 대포 앞에 서 있어도 공허한 명예 같은 것은 바랄 마음이 없소. 그런데도 여기 와 싸우고 있소. 더구나 나라는 인간은 하느님이 근면한 시골 신사 이상을 만들려고 하지 않은 인간이오. 아시겠오, 멜라니?나팔 소리를 들어도 내 피는 끓지 않고, 북 소리를 들어도 나는 뛰어 일어날 기분이 되지 않소. 우리들이 지금까지 배신당해 온 것을 나는 너무나 잘 알고 있는 것이오. 남부의 한 사람은 북군 열 명에 필적한다고 믿고 남부의 목화가 전세계를 지배할 거라고 믿는 남부의 오만에 배신당하고, 그리고 우리들이 존경하고 숭배한 사람들이 외치는『목화 왕국, 노예제, 주권, 양키 타도』니 하는 표어와 감언 이설과 편견과 증오에 배신당한 것이오.

그래서 나는 담요를 뒤집어쓰고 별을 바라보며 『너는 무엇 때문에 싸우고 있는가?』하고 스스로 묻고, 주의 권리니 목화니 검둥이니, 어릴 때부터 증오해야 한다고 배워 온 양키의 일 같은 것을 생각해 보는 것이오. 그리고 어느 것이나 내가 지금 싸우고 있는 이유도 되지 못한다고 깨닫는 것이오. 그대신 내 눈에 떠오르는 것은 트웰브 오우크스 저택이오. 흰 기둥 복도 너머로 비스듬히 비치는 달빛 아래 꽃피는 목련이 마치 이 세상 것이 아닌 것 같은 정경이 생각나오. 또 아무리 더운 한낮일지라도 덩굴장미가 옆 복도에 시원한 그늘을 만들던 것을 생각하오. 그리고 내가 어렸을 때와 마찬가지로, 거기에서 바느질을 하고 계신 어머님의 모습이 떠오르오. 어두워진 밭에서 집으로 돌아가는 흑인들의 목소리가 들리오. 피로해도 노래를 하며 저녁밥을 먹으러 발길을 재촉하는 것이오. 시원한 우물 속에 두레박을 내리는 도드래 소리도 들리오. 아득히 먼 곳 목화밭 너머 강까지 이어지는 길을 바라보고, 저녁 그늘이 드리운 습지에서 안개가 피어오르는 풍경도 눈에 떠오르오. 죽음도 비참도 영예도 조금도 사랑하지 않고, 누구를 미워할 마음도 없는 내가 이 싸움터에 있는 것도 모두 이런 것들을 위해서요. 아마 이 고향의 집과 땅을 사랑하는 것을 애국심이라고 하나 보오. 그러나 멜라니, 실은 그것은 한층 심각한 것이오. 왜냐하면 멜라니, 내가 지금 늘어놓은 그런 것들은 그것을 위해 내가 생명을 걸 목적물의 상징이며, 내가 사랑을 하고 있는 하나의 인생의 상징에 불과하기 때문이오. 나는 지나가 버린 날을 위해, 내가 사랑하는 옛날 그대로의 생활 양식을 위해 싸우고 있는 것이오. 그러나 주사위의 면(面)이 어디로 굴러가든, 결국은 내가 사랑하는 그러한 것은 영원히 가 버린 것이 아닐까, 나는 그것을 겁내오. 이겨도 져도 우리들이 그걸 잃고 말 것은 뻔한 일이기 때문이오.

만일 이 전쟁에 겨우 우리들이 꿈꾸는 목화 왕국을 실현한대도 역시 우리는 진 것과 다름이 없소. 왜냐하면 우리들은 다른 인간이 되어 옛날 그대로의 조용한 생활 양식은 없어지고 말기 때문이오. 세계는 목화를 찾아 우리들 문 앞에 밀려들 것이오. 그리고 우리는 마음대로 가격을 받을 것이오. 그러나 그렇게 되면, 우리는 북부의 양키와 똑같아지지 않을까? 우리들이 지금, 그 상업주의, 물욕(物慾), 영리주의를 비웃고 있는 저 양키하고. 그리고 만일 우리가 이 전쟁에 진다면, 아, 멜라니, 만일 진다면!

나는 위험을 두려워하고 있는 게 아니오. 포로가 되는 것도 부상을 당하는 것도 두려워하고 있는 게 아니오. 설사 반드시 죽는다고 해도 죽음이 무서운 게 아니오. 단지 내가 무서워하고 있는 것은 이 전쟁이 끝난 다음에도 우리는 두 번 다시 옛날 그대로의 시대로 돌아갈 수 없다는 바로 그 점이오. 더구나 나는 옛날 그대로의 시대에 사는 인간이오. 살육에 미친 현대의 인간은 아니오. 아무리 노력해도 나는 어떠한 미래에도 적응할 것 같지 않소. 당신 역시 같을 것이라고 생각하오. 당신에게도 나와 똑같은 피가 흐르고 있으니까. 이제부터 앞으로 어떤 세상이 될는지는 모르지만, 그건 지나 버린 시대처럼 아름답고 유쾌한 것은 결코 아닐 것이오.

나는 누워 옆에 잠들어 있는 젊은 청년들을 바라보며, 저 쌍둥이이며 알렉스며 캐이드도 역시 이런 생각을 하고 있을까 생각했소. 그들은 전쟁이 터진 바로 그 순간에, 자기들이 그것을 위해 싸워야 할 목적이 없어진 것을 알고 있었을까. 전쟁을 시작한 우리들의 목적은, 우리들이 가지고 있던 생활 양식을 지키기 위해서였소. 그런데 그 생활 양식은 영원히 사라지고 다시는 돌아오지 않을 것이오. 그러나 그들은 아마 이런 것은 생각하고 있지 않을 것이오. 결국 그편이 행복하다고 생각되오.

당신에게 결혼을 청했을 때는, 나는 우리들을 위해 이런 것은 생각하지 않았소. 트웰브 오우크스의 생활이 십 년이 하루같이 한가롭고 평탄하게 변함없이 흘러갈 것이라고 생각했소. 멜라니, 우리는 똑같이 그 정적(靜寂)을 사랑하오. 우리들 앞에는 책을 읽고 음악을 듣고 사색하며 보낼 평화로운 세월이 미래로 얼마든지 길게 이어져 있을 것이라고 믿고 있었소. 우리들 모두의 머리 위에, 이런 것이 닥쳐오리라고는 정말 생각 못했소. 오랜 생활이 파괴되고 이런 피투성이 살육과 증오가 있을 줄은! 멜라니, 주의 권리도 노예 제도며 목화도, 그만한 희생을 치를 가치는 하나도 없소. 우리들의 몸에 지금 일어나고 있는 일, 이제부터 일어날지도 모르는 일에 비길 것은 하나도 없는 것이오. 왜냐하면, 만일 북부의 양키들이 우리를 때려눕힌다면 믿기 어려울 정도로 무서운 미래가 찾아올 것이기 때문이오. 멜라니, 그런데 적은 우리들을 때려눕힐지도 모르오.

이런 건 안 쓰는 편이 좋을 뻔했소. 생각하지도 말 걸 그랬소. 그러나 당신은 내 마음 속에 무엇이 있느냐고 물어 왔소. 거기에는 패배의 공포가 있는 것이오. 우리들의 약혼이 발표된 저 바베큐 모임이 있었던 날, 그의 사투리로 찰스턴 태생의 사람이라는 것을 알 수 있었던 그 버틀러란 사나이가, 남부인의 무지를 비평한 일로 해서 하마터면 싸움이 벌어질 뻔했던 것을 당신은 기억하고 있을 것이오. 그 사나이가 남부엔 주조소도 공장도 제재소도 함선도 병기창도 기계 제작소도 아주 조금밖에 없다고 지적했기 때문에, 탈레턴네 쌍둥이 형제가 화를 내어 쏘아 죽인다고 펄펄 뛰었던 일을 기억하고 있을 것이오. 그 사나이가 북부의 함대는 우리들을 엄중히 봉쇄할 수가 있기 때문에, 남부는 목화를 실어

낼 수 없게 될 것이라고 말하던 일이 생각날 것이오. 그는 옳았소. 우리들은 독립 전쟁 당시의 구식 총으로 북부의 신식 총과 싸우고 있소. 게다가 멀지 않아 봉쇄는 의료 약품의 보급조차 불가능할 정도로 엄중하게 될 것이오. 우리들은 감정으로 지껄여 대는 정치가 따위에 귀를 기울이지 말고, 사실을 알고 있는 버틀러 같은 독설가의 말에 귀를 기울여야만 했던 거요. 요컨대 그의 결론은 남부에는 전쟁을 버틸 만한 것이 하나도 없고, 있는 것은 단지 목화와 교만뿐이라는 것이었소. 그러나 지금, 우리들의 목화는 한 푼의 가치도 없게 되었소. 따라서 남부에는 그의 이른바 교만밖에는 지금 남아 있지 않소. 그러나 나더러 말하라고 한다면, 그 교만이란 무모한 것이오. 만일……〉

그러나 스카알렛은 끝까지 읽지 않고 조심스럽게 편지를 접어 봉투에 다시 넣었다. 그 이상 읽을 흥미가 없었던 것이다. 그리고 패배한다는 말이 너절하게 씌어 있어, 편지의 어조가 웬지 모르게 그녀의 마음을 무겁게 만들었던 것이다. 아뭏든 애실리의 그 알 수 없는, 재미도 없는 사상을 알고 싶어서 멜라니의 편지를 읽고 있던 것은 아니었다. 그런 일은 지나간 날, 그가 타라의 포치에 앉아 있을 때 진절머리나게 들은 것이다.

그녀가 알고 싶었던 것은, 아내에게 그가 얼마나 정열이 담긴 편지를 쓰고 있냐 하는 것뿐이었다. 지금까지의 편지에는 그와 같은 것은 씌어 있지 않았다. 문갑 속의 편지는 지금까지 다 읽어 보았지만, 어느 것을 보아도 오빠가 누이동생에게 써 보낸 것 같은 것뿐이었다. 애정이 있고 익살스럽고 너절하게 많은 것이 씌어 있긴 했지만, 애인의 편지는 아니었다. 스카알렛은 지금까지 열렬한 연애 편지를 꽤 많이 받아 왔기 때문에, 편지를 보면 진정한 정열의 정도까지도 식별할 수 있을 정도였다. 그러한 투가 여기에는 없었다. 그래서 언제나 몰래 훔쳐본 다음에는 자랑스러운 만족감에 휩싸였다. 확실히 애실리는, 언제까지나 자기를 사랑하고 있다고 느꼈기 때문이다. 그리고 언제나 멜라니에게는, 어째서 애실리가 그녀를 친구 이상으로는 사랑하지 않는다는 것을 깨닫지 못할까 하고 비웃는 마음으로 이상하게 생각했다. 멜라니는 분명히 남편에게서 온 편지에 아무런 불만도 느끼지 않고 있는 모양이지만, 그 까닭도 다른 남자에게서 연애 편지를 받은 경험이 없기 때문에 애실리의 것과 비교해서 생각할 수가 없기 때문이라고 생각했다.

『그이는 이 따위 시시한 편지만 써.』스카알렛은 생각했다. 『만일 내 남편이 이따위 헛소리 같은 것을 써 보냈다면 그냥 안 둘 테지만. 찰즈만 해도 이보다는 나은 편지를 보냈어.』

그녀는 편지 끝을 뒤져 각각의 날짜를 보고 그 내용을 생각해 봤다. 거기에는 한 군데도 다시 미드가 부모에게 보낸 편지나 혹은 또 저 가엾은 달라스 막클루아가 혼기를 놓친 동생 페이스 양이나 호프 양에게 써 보낸 것과 같은, 야영(野營)이며 돌격의 장면을 아름답게 묘사한 곳은 찾아볼 수 없었다. 미드네와 막클루아네 사람들은 자랑스럽게 그 편지를 이웃 사람들에게 읽어 주었다. 그러나 멜라니에게는 바느질 모임 같은 자리에서, 모두에게 읽어 줄 만한 편지가 한 통도 없다는 것을 스카알렛은 때때로 은근히 부끄럽게 여기고 있었다.

멜라니에게 편지를 쓰고 있을 때는, 애실리는 전쟁 같은 건 전연 무시하고 자기들 단 둘만의 주위에 시간을 초월하여 마법(魔法)의 원을 그린 다음, 섬터 요새 사건이 일어난 이후의 일들을 모조리 거기에서 몰아내려고 애쓰고 있는 것만 같았다. 그것은 마치 전쟁 같은 건 아무 데도 없다고 믿으려 하는 것만 같았다. 그와 멜라니가 같이 읽은 책에 대해, 둘이서 부른 노래에 대해, 두 사람이 알고 있는 옛 친구에 대해, 그가 유럽 여행을 했을 때 방문했던 고장에 대해서만 써 보냈다. 그리고 어느 편지에나 트웰브 오우크스 자기 집에 돌아가고 싶다는 간절한 그리움이 절절이 흐르고 있었다. 그는 몇 장이고 사냥에 대해, 싸늘한 가을 밤 하늘 아래 조용한 숲길을 달리던 일, 바베큐의 모임에 대해, 물고기를 잡던 일, 조용한 달밤, 낡은 저택의 한적한 운치 같은 것을 써 보냈다.

그녀는 방금 읽은 편지 속의 문귀를 생각했다. 〈이런 때가 올 줄은 생각 못했다. 꿈에도 생각 못했다.〉 그건 뭔가 부딪치고 싶지 않으면서도 부딪치지 않을 수 없는 것에 직면한 영혼의 고뇌에 찬 부르짖음 같았다. 그것이 무엇인지 그녀는 알 수 없었다. 그가 부상이나 죽음을 겁내고 있는 것이 아니라면, 대관절 무엇을 두려워하고 있는 것일까? 그녀의 분석적이 못 되는 머리는 복잡한 사상과 씨름을 했다.

『전쟁이 그이의 마음을 혼란하게 하고, 그리고 그이는 자기를 혼란하게 만드는 것을 싫어하고 있다. 이를테면 내가 그랬어. 그이는 나를 사랑하고 있으면서 나와 결혼하기 겁냈다. 왜냐하면 내가 그이의 사고 방식이며 생활 양식을 흔들어 놓지 않을까 겁냈기 때문이다. 아냐 아냐, 겁냈다고 하는 것은 옳지 않아. 애실리는 겁장이가 아니야. 무공이 뛰어났다고 공보에 이름이 실리고, 상관인 슬로안 대령이 멜라니한테 편지를 보내 일부러 돌격 지휘를 맡은 그의 용감한 행위를 알려 온 것만 봐도 겁장이 일 리는 없어. 한 번 뭔가 하겠다고 결심하면, 그이만큼 용감하게 단호히 해치우는 사람은 없어. 하지만 그이는 외부의 세계보다도 자기의 생각 속에 틀어박혀 세상에 나온 것을 싫어하고 있다. 그리고…… 아, 난 모르겠다. 그것이 무엇인지, 이 한 가지만 좀더 일찍 알 수 있었으면, 그이는 틀림없이 나와 결혼을 했을 텐데.』

그녀는 순간 편지 다발을 가슴에 끌어안고, 애실리에 대한 그리움에 젖어 있었다. 그에게 품고 있는 마음은 그녀가 처음으로 사랑을 느낀 그 날부터 변하지 않았다. 그녀가 열 네 살의 소녀였던 그 날, 타라의 포치에 섰을 때, 애실리가 미소지으며 아침 햇살에 머리를 은빛으로 빛내면서 말을 들이대는 것을 보고 말 없이 마음이 흔들렸던 그때의 마음이 지금도 그대로였다. 그녀의 사랑은 자기에게 이해되지 않는 남성, 자기에게는 없으면서도 찬미할 만한 성격을 모조리 갖춘 남성에 대해, 소녀들이 품는 저 동경의 마음과 같은 것이었다. 그녀에게 있어 그는 아직 어린 소녀가 꿈꾸는 이상의 기사였다. 그 꿈은, 그것을 알아 주기만 하면 그걸로 만족한 것이었고, 결코 한 번의 키스보다 더한 것을 바라는 것은 아니었다.

편지를 읽고 나선, 그가 자기를 사랑하고 있다는 것을 느낄 수가 있었다. 설사 멜라니와 결혼하고는 있을망정 사실은 나를 사랑하고 있다는 것을 느낄 수가 있었다. 그리고 그 확증을 잡고 싶은 것이 그녀가 구하고 있는 모든 것이었다. 그녀는 아직 그처럼 어리고 그처럼 순진했던 것이다. 만일 찰즈가 숫기 없이 망설이거나 서먹서먹한 소극적인 태도를 버리고 그녀의 마음 속 깊이 흐르고 있는 정열적인 감각을 깨우쳐 놓았던들, 애실리에게 품는 그녀의 꿈도 키스쯤으로 만족할 수는 없었으리라. 그러나 찰즈와 단 둘이 보낸 얼마 안 되는 밤들은 그녀의 감정에 아무것도 스친 것이 없었고, 그녀를 하나의 여자로 성숙시키지도 못했다. 찰즈는 정욕(情慾)이란 어떤 것인가, 정말 깊고 깊은 것이 무엇인가를 끝내 깨우쳐 주지 못했던 것이다.

그녀에게 있어 정욕이란 단지 이해할 수 없는 남성의 광포에 복종하는 것이었고, 여성이 알 수 없는 귀찮은 것이었고, 그리고 다시 좀더 고통에 찬 출산이라는 필연적인 과정을 향해 가는 길에 불과했다. 그러나 결혼이 그런 것이라고 해도 놀라지 않았다. 어머니 엘렌은 혼인 전에 넌지시 결혼이란 여성이 품위와 의지를 가지고 참아야 하는 그 무엇이라고 귀띔해 주었고, 또 미망인이 된 후 다른 나이 든 여자들의 쑤군거리는 소리를 들어 보아도, 역시 그것과 다름이 없었다. 그러므로 스카알렛은 오히려 미망인이 되어 욕정이나 결혼에서 해방된 것을 기뻐하고 있었던 것이다.

결혼과는 인연이 멀어졌지만 연애는 별개였다. 그녀의 애실리에 대한 사랑은 보통의 연애와는 성질이 다른 것으로, 욕정이나 결혼과는 전연 관계가 없고 뭔가 신성한, 숨막힐 듯 아름다운 것, 오랫동안 단단히 가슴에 간직하고 있는 사이 은밀히 성장한 어떤 종류의 감정이었다.

후유 하고 한숨을 쉬고 편지 다발을 리본으로 묶으면서, 그녀는 애실리의 내부에 있으면서 그녀의 이해를 거부하는 것이 대체 무엇인가 생각했다. 어떻게든 납득이 가는 결론을 얻을 때까지 이것을 생각해 보려고 몇 십 번이고 노력을 하는 것이었지만, 그녀의 복잡하지 않은 마음으로는 역시 그 결론은 얻어지지 않았다. 편지를 살며시 있던 곳에 넣고 뚜껑을 닫았다. 그리고 방금 읽은 편지 끝에, 버틀러 선장의 얘기가 씌어 있던 것을 생각하고 눈살을 찌푸렸다. 그 악한이 일 년이나 전에 한 말을 애실리가 똑똑히 기억하고 있다니 우스운 이야기였다. 버틀러 선장은 아무리 춤 솜씨가 능숙해도 악한임에는 틀림없다. 악한이 아니라면 바자 때, 남부 동맹에 대해 그렇게까지 지독한 말을 할 리가 없다.

그녀는 방을 가로질러 거울 앞으로 가, 윤기가 흐르는 머리를 자랑스럽게 쓰다듬었다. 기운이 솟았다. 자기의 흰 살결이며 눈꼬리가 약간 올라간 파아란 눈을 보면 언제나 기운이 나는 것이다. 볼우물을 만들기 위해 방긋 웃어 보았다. 그리고 버틀러 선장의 생각을 마음에서 쫓아 버리고 거울에 비친 자기의 모습을 황홀하게 바라보면서 애실리가 이 볼우물을 얼마나 좋아했던가 생각했다. 남의 남편을 사랑하고, 그 아내에게 보낸 편지를 훔쳐본 것에는 조금도 양심의 가책을 느끼지 않고, 그녀는 자기의 젊음과 매력과 그리고 애실리의 애정을 다시 한 번 확인한 기쁨에 깊이 잠겨 있었다.

도어의 자물쇠를 열자, 그녀는 마음도 가벼이 어둠침침한 나선 계단을 내려갔다. 계단 중턱에서 《무정한 싸움이 끝날 날》이라는 노래를 흥얼거리기 시작했다.

12

전쟁은 대부분 승리를 거두며 진행되어 갔지만, 사람들은 이제 『한 번만 다시 이기면, 전쟁은 끝장난다.』하는 말은 하지 않게 되었다. 동시에 북부의 양키는 겁장이들이라고도 하지 않게 되었다. 북부의 녀석들은 겁장이이기는커녕 다시 한 번만 이겨 가지고는 도저히 그들을 항복시킬 수가 없다는 것을 지금은 누구나 확실히 알게 되었기 때문이다. 그렇다고는 해도 테네시 주에선 모건 장군과 포레스트 장군에 의해 남부 동맹군은 수많은 승리를 거두었고, 다시 두 번째의 불 런 전투에서도 승리를 거둔 형편이라, 아프리카 토인이 전승의 기념으로 적의 머리 가죽을 벗겨 가지고 와서 개가 올리듯 사람들은 북부의 패배를 통쾌히

여겼다. 그러나 이 같은 승리에는 커다란 희생이 따랐다. 애틀랜타의 병원과 가
정에는 부상병으로 넘치고 검은 상복을 입은 부인의 수가 날로 늘어갔다. 오클
랜드 묘지에 단조롭게 늘어선 병사의 무덤은 하루하루 길게 뻗어 갔다.

남부 동맹의 통화 가치는 폭락하고 그것에 반비례하여 식량과 의류의 가격은
폭등했다. 군대의 식량 징발은 한층 심해지고 그 때문에 애틀랜타의 식량은 차
츰 곤란해져 갔다. 흰 밀가루는 귀해서 값이 엄청나게 비쌌으므로, 비스킷, 롤
빵, 와플 대신 옥수수 빵이 일반적으로 쓰여지게 되었다. 푸줏간 진열장에는 쇠
고기가 거의 바닥나고 양고기도 좀처럼 볼 수 없게 되었다. 더구나 양고기는 눈
알이 나올 만큼 비쌌기 때문에, 부자의 입에 밖에는 들어가지 못했다. 그래도
돼지고기만은 닭고기나 야채와 같이 아직은 풍부했다.

남부 동맹 여러 항구에 대한 북군의 봉쇄는 더욱더 엄중해졌다. 그 때문에
차, 커피, 견직물, 스커트의 후프, 콜론 수, 패션 잡지, 서적 같은 사치품이 귀
해지고 값도 비싸졌다. 가장 쌌던 면제품의 값도 다락같이 오르고, 부인들은 처
량한 마음으로 헌옷을 주워 입었다. 몇 년이나 먼지를 뒤집어쓴 채로 팽개쳐졌
던 베틀이 다락에서 끌려나오고, 손으로 짠 피륙을 대부분의 집 객실에서 볼 수
있게 되었다. 병사도 시민도 여자도 아이들도 흑인도, 너나 할것없이 모두가 손
으로 짠 옷을 입기 시작했다. 남군의 군복 색이었던 잿빛이 사실상 자취를 감추
고, 손으로 짠 호두빛 직물이 그것을 대신했다.

이미 병원에선 키니네, 감홍(甘汞), 아편, 클로로포름, 옥도(沃度)의 부족으
로 애먹고 있었다. 린네르와 무명 붕대도 요새 와선 아주 귀중품이 되었기 때문
에 사용하고도 함부로 버리지 못하고, 병원에 일을 거들러 온 부인들이 누구나
피묻은 세탁물을 광주리에 가득 담아 집으로 가지고 가서 빨아 가지고 다시 다
른 부상자에게 써먹기 위해 병원으로 다시 가져오는 형편이었다.

그렇지만 미망인이라는 갇혀진 생활의 굴레에서 막 해방된 스카알렛에겐 전
쟁이란 마음 들뜨는 흥분의 시기, 바로 그것이었다. 다소의 의복이나 식량의 부
족은 걱정도 되지 않고, 그냥 그저 다시 세상에 나온 것만이 기뻐 견딜 수 없
었다.

지나간 일 년, 날이면 날마다 아무런 변화도 없이 지루했던 때를 생각하면,
인생은 믿어지지 않을 만큼 빨리 지나가는 것처럼 생각되었다. 하루하루가 자극
적인 모험이었다. 새로운 남자와 만나면, 그들은 으례 방문해도 좋으냐고 애원
했고 그녀가 얼마나 아름다운지 그녈 위해 싸우는 것이, 아니 죽는 것조차 자
기들에게는 근사한 특전(特典)이라고 말하는 나날이었다. 그녀에겐 애실리를 자
기의 목숨이 있는 한 사랑할 힘이 있고 또 사실 사랑하고도 있었지만, 그렇다고

해서 그것이 다른 남자들의 마음을 매혹시켜 구혼을 청하게시리 하려는 그녀의 방해물은 되지 않았다.

언제든지 배경에 전쟁이 있으면 사교 관계에는 예의가 간소화되게 마련이다. 노인들이 깜짝 놀라 눈을 커다랗게 뜨고 바라볼 정도로 모든 것이 간소화돼 갔다. 어머니들은 소개도 없고 경력도 모르는 낯선 남자가 예사로 딸을 찾아오는 것을 보아야 했다. 그리고 딸들이 그런 남자와 손을 맞잡고 있는 것을 보고는 기절 초풍을 했다. 결혼식이 끝날 때까지는 한 번도 남편에게 키스를 허락하지 않았다는 메리웨더 부인은, 딸 메이벨이 즈아브 병사 복장을 한 땅딸보 르네 피칼과 키스하는 것을 보고는 자기 눈을 의심했다. 부인의 놀라움은 메이벨이 그것을 조금도 부끄럽게 생각하지 않는 것을 알고는 더욱 커졌고, 그 뒤 르네가 구혼을 했는데도 사태는 조금도 개선되지 않았다. 메리웨더 부인은 이제는 남부가 완전히 도의적 붕괴를 향해 돌진하고 있다고 느끼고, 또 자주 그것을 입 밖에 내어 지적했다. 다른 어머니들도 마음으로부터 그녀의 의견에 공명하고, 이것도 저것도 다 전쟁 탓이라고 서로 한숨만 쉬었다.

그러나 일 주일이나 한 달 안에 죽을 것을 각오하고 있는 남자들에게는 일 년 이상 기다리지 않고는 애인을 성(姓)이 아닌 이름으로——그것도 물론 양이라는 호칭을 붙여——부를 수 없다는 풍습을 한가하게 지킬 수는 없었다. 또 전쟁 전에는 그것이 옳은 예의로 인정받고 있던 긴 정식 구혼 기간 같은 것에도 얽매일 수가 없었다. 남자들은 대개 석 달이나 넉 달쯤 지나면 결혼을 신청했다. 아가씨들 쪽에서도 처음 세 번은 신사의 구혼을 거절하는 것이 숙녀로서의 예의라는 것은 알고 있었지만 곧장 첫 구혼에서 생각없이 승낙해 버리고 마는 형편이었다.

이 형식 무시가 스카알렛에게는 전쟁을 더 할 수 없이 재미있는 것으로 만들었다. 구질구질한 간호의 일과 싫증나는 붕대 감기만 없으면, 전쟁은 영원히 계속되어도 좋았다. 사실 요즘에 와선 병원의 일도 예사롭게 견딜 수 있게 되었다. 왜냐하면 그것은 그녀에게는 이상적인 즐거운 사냥터였기 때문이다. 가엾은 부상병들은 분별도 없이 그녀의 매력에 사로잡혔다. 붕대를 감아 주거나 얼굴을 씻어 주거나 베개를 고쳐 주거나 부채질을 해주거나 하는 사이에 병사들은 어이없이 사랑에 빠졌다. 따분한 지난해에 비하면 그것은 마치 천국이었다.

스카알렛은 다시 찰즈와 결혼하기 전의 그녀로 되돌아갔다. 그와의 결혼도 그의 죽음의 충격도 웨이드의 출산도, 마치 그런 것들은 일체 없었던 것만 같았다. 전쟁도 결혼도 출산도 그녀의 가슴 깊이 있는 마음의 줄은 다치지 않고 지나가 버렸고 그래서 그녀는 조금도 달라지지 않았다. 어린애가 하나 있다고 해도 그것은 붉은 벽돌 집에서 다른 사람의 손에 의해 소중히 키워지고 있기 때문에, 거의 잊고 있을 수가 있었다. 그녀의 정신도 기분도 또다시 군(郡) 사교계의 아름다운 꽃으로 추앙받던 원래의 스카알렛 오하라로 되돌아갔던 것이다. 생각하는 것도 행동하는 것도 옛날 그대로였다. 단지 활동의 범위가 옛날보다 훨씬 넓어졌을 뿐이었다. 피티 시고모 친구들의 찡그린 얼굴 같은 것은 조금도 염두에 두지 않고 처녀 시절과 똑같이 멋대로 행동했다. 모임에 나가고 춤을 추고 군인들과 승마를 하고 시시덕거리고, 처녀 시절과 다름없이 닥치는 대로 해치웠다. 다만 상복만은 언제나 입고 있었다. 이것까지 마음대로 하면 피티 시고모와 멜라니의 눈 밖에 나리라는 것을 그녀는 알고 있었던 것이다. 그녀는 미망인이 되어서도 처녀 시절과 다름없는 매력이 넘쳐 있었다. 마음대로 할 수만 있으면 언제나 기분이 좋았고 자기에게 불리하지 않는 한 남자에 대해서도 친절했으며, 그리고 자신의 용모와 인기에 긍지를 느끼고 있었다.

몇 주일 전까지만 해도 그렇게도 비참했는데 지금은 즐거워 견딜 수 없었다. 자기를 사랑해 주는 남자들이 있는 것이, 그리고 모두가 변함없이 자기의 매력을 인정해 주는 것이 기쁜 것이다. 애인인 애실리가 멜라니와 결혼하고 지금은 위험한 싸움터에 나가 있다는 재미롭지 못한 일이 한편에 있었지만, 그 한도 내에서 가능한 한 행복을 맛보고 있었다. 그리고 웬지 애실리가 멀리 떨어져 있으니까 그가 남의 사람이라는 것도 한결 참기 쉬웠다. 애틀랜타와 버지니아 전선 사이에 놓인 수백 마일이라는 거리는 그가 멜라니의 것이기도 하고 자기의 것이기도 한 것처럼 생각되게 만들 때가 있었다.

이리하여 1862년 가을은, 타라에 가서 잠깐 머물러 있던 것을 제외하고는 간호와 춤과 승마와 붕대 감기로 지새는 가운데 눈깜짝할 사이에 지나갔다. 타라에는 돌아갈 때마다 언제나 실망을 맛보았다. 어머니와 차분히 얘기하려고 생각하고, 그것은 유일한 희망으로 애틀랜타에서 떠나지만, 가 보면 언제나 이야기할 기회가 거의 없었기 때문이다. 바느질을 하고 있는 어머니 옆에 자리잡고 앉아 어머니의 스커트가 흔들릴 때마다 레몬 바배나의 아련한 향기를 맡고, 그리고 부드럽게 애무하는 어머니의 다정한 손길을 볼에 느낄 틈도 전혀 없었다.

어머니 엘렌은 바싹 야위어 여전히 바빴고, 아침부터 농장이 다 잠든 뒤에까지 쉴새없이 일하고 있었다. 남군 병참무의 요구는 달마다 늘어나기만 했고, 거기에 응하여 타라 농장의 산출을 늘이는 것은 그녀의 책임이었기 때문이다. 농장감독인 조나스 윌커슨의 후임자를 아직 구하지 못하고 있었기 때문에 제랄드까지도 몇 십 년 만에 바빴다. 고작 잠자기 전의 키스나 할 수 있을 정도로 엘렌은 바빴고, 제랄드는 하루 종일 밭에 살다시피했기 때문에 스카알렛에겐 타라가

지루해 견딜 수 없었다. 두 동생까지도 자기들의 일로 정신이 없었다. 스월렌은 프랭크 케네디와 어떤 양해에 도달해 스카알렛을 약오르게 하는 의미로 《무정한 싸움이 끝날 날》 따위를 흥얼거리고 있었다. 캐린은 캐린대로 브렌트 탈레턴과의 꿈에 빠져 정신이 없었기 때문에 도저히 재미있는 말동무가 되지 못했다.

스카알렛은 언제나 즐거운 마음으로 타라로 돌아가지만 머물러 있는 동안에 피티나 멜라니로부터 으례 빨리 돌아와 달라는 편지가 와도, 조금도 타라에 아쉬운 정을 느끼지 않았다. 엘렌은 언제나 그럴 때마다 한숨을 쉬고 맏딸 스카알렛과 단 하나뿐인 외손자 웨이드와 헤어지는 것을 슬퍼했다.

「하지만 애틀랜타에서 병원 간호를 도와 주어야만 하는데, 내 생각만 하고 너를 붙잡는다는 것은 잘못이다.」 하고 그녀는 말하는 것이다. 「다만, 다만 너와 천천히 이야기할 틈도 없고, 네가 지금도 역시 내 어린 딸이라는 생각을 할 사이도 없이 헤어지는 것이 섭섭하구나.」

「전 언제나 엄마의 어린 딸이에요.」 스카알렛은 이렇게 말하고는 언제나 양심에 찔려 어머니의 가슴에 얼굴을 파묻었다. 어머니에게는 차마 춤과 애인들에게 이끌려 애틀랜타로 돌아가는 것이지, 결코 남부 동맹에 대한 봉사 때문이 아니라고 고백할 수가 없었다. 이즈음엔 어머니에게 감추고 있는 일이 많이 있었다. 그 중에서도 한사코 감추고 있는 것은 레트 버틀러가 이따금씩 피티퍼트의 집에 드나들고 있다는 것이었다.

바자가 있은 뒤 수개월 동안, 레트 버틀러는 시에 오면 반드시 찾아와, 스카알렛을 자기 마차에 태워 무도회며 바자에 안내하든가, 병원 밖에서 기다리다 마차로 집까지 배웅해 주거나 했다. 자기의 비밀을 누설하지 않을까 하는 걱정은 인제 사라졌으나, 그가 자기의 가장 나쁜 점을 보고 말았을 뿐만 아니라 애실리에 관한 진상을 알고 있다는 불안한 기억이 늘 마음 어딘가에 늘어붙어 떨어지지 않았다. 이것이 있기 때문에, 아무리 그가 비위에 거슬려 견딜 수 없을 때도 그녀는 도무지 마음대로 쏘아붙일 수가 없었다. 또 사실 비위에 거슬리는 일이 한두 번이 아니었다.

레트 버틀러는 벌써 삼십대의 반은 지난 나이로, 그녀가 지금까지 교제한 어느 애인보다도 나이가 많았다. 나이가 비슷한 애인이라면 자유 자재로 다룰 수도 있었지만, 이 남자에게 걸리면 마치 자기가 철없는 어린애처럼 되어 버려 통맥을 쓸 수가 없었다. 그는 어떤 일에도 놀라지 않고, 이제 재미있는 일은 모두 경험해 보았다는 그런 얼굴을 하고 있었다. 스카알렛은 말도 안 나올 정도로 화내게 하는 때가, 이 세상에서 제일 재미있는 구경거리인 듯 흥겨워하고 있다는 것을 그녀는 알았다. 그녀는 곧잘 교묘한 올가미에 걸려들어 노발대발 화를 냈다. 그녀는 겉으로는 어머니 엘렌에게서 물려받은 상냥한 얼굴을 하고 있었지만, 내부에는 성급한 아버지 제랄드의 아일랜드 기질을 다분히 가지고 있었기 때문이다. 지금까지 그녀는, 어머니의 앞을 제외하고는 화를 참으려고 한 일이 한 번도 없었다. 그러니만큼 성을 내면 상대가 재미있어 반드시 웃을 것이라는 것을 알고 있었지만, 화를 누르고 참고 있는 것은 역시 고통스러웠다. 상대도 화를 낸다면 오히려 다루기도 좋겠지만, 뭐라고 말해도 태연하고 화를 내지 않기 때문에 자기 쪽이 불리했다.

대개 정해 놓고 그녀가 하는 이런 다툼이 있고 나면, 그는 도저히 어쩔 수 없이 교양 없는 인간이며, 비신사이고 그래서 이제부터는 절대로 교제하지 않겠다고 몇 번이나 맹세하는 것이었다. 그러나 늦든 이르든 그는 반드시 애틀랜타에 돌아오면 당연한 듯 피티 시고모를 방문하고, 스카알렛을 위해 낫소에서 가져온 봉봉 상자 같은 것을 사뭇 정중하게 스카알렛에게 내미는 것이었다. 그런가 하면 또 음악회가 있는 파티에서 그녀의 바로 옆자리를 미리 예약해 놓는다든지 춤 상대로 그녀를 청하거나 하기 때문에, 그녀 쪽에서도 너무나 염치없는 상대의 뻔뻔스러움에 그만 재미가 나 웃음을 터뜨리게 되었다. 이리하여 다음 말다툼이 일어날 때까지는 지금까지의 무례를 모두 흘려 버리고 마는 것이었다.

이처럼 사람의 화를 돋우는 데가 있는데도 불구하고 그녀는 어느덧 그의 방문을 은근히 기다리게 되었다. 그에게는 뭔가 자극적인 데가 있고, 그것이 뭔가 분석은 되지 않았지만 하여튼 지금까지 안 어떤 남자와도 달랐다. 그 늠름한 체구가 지닌 묘한 부드러움에는 뭔가 흠칫 숨막히게 하는 것이 있었고 그가 방에 들어온 것만으로 뭔가 돌연 몸이 어디에 세게 부딪친 느낌이었다.

무례한 듯하면서 어딘가 지그시 사람을 놀리는 듯한 검은 눈의 표정은 언제나 이 남자를 정복해 버리고 싶은 도전적인 기분을 그녀에게 일으켰다. 『그러고 보면 마치 내가 그 사람을 사랑하고 있는 것 같은데.』그녀는 생각하고 어리둥절했다. 『하지만 사랑을 하고 있는 건 아니야. 뭔지 무엇인지 모를 뿐이야.』

그러나 자극적인 느낌은 여전히 변함이 없었다. 그가 찾아오면 그 씩씩한 남자다움이 고상하고 귀티가 나는 피티 시고모의 집을 마치 옹색하고 퇴색한 낡은 느낌이 드는 집으로 바꾸었다. 가족 중에서, 그가 오면 기묘하게 눈치가 달라지고 마음에도 없는 짓을 하기 시작하는 것은 스카알렛뿐이 아니었다. 피티 시고모도 침착성을 잃고 안절부절 못하는 것이었다.

피티는 엘렌이 딸 있는 곳에 버틀러가 찾아오는 것을 허락할 리가 없다는 것을 알고 있고, 또 상류 사교계에서 그를 내쫓은 찰스턴시의 불문율도 무시할 수 없다는 것을 알고 있었지만, 그러나 그에게서 교묘하게 입에 발린 인사말을 들고 손에 키스 인사라도 받고 나면 마치 파리가 꿀항아리의 유혹을 물리치지 못하는 것처럼 도무지 저항할 수 없이 되고 마는 것이었다. 그뿐만 아니라 그는 언제나 낮소에서 피티 시고모를 위해 약간의 선물을 가지고 오는 일이 많았다. 특히 당신을 위해 목숨을 걸고 봉쇄 밀수를 하여 가져온 것이라고 생색을 내면서 핀이나 재봉 바늘, 단추, 비단 실, 머리 핀 등을 선물하는 것이었다. 이런 자잘한 사치품도 요즘에 와선 거의 손에 들어오지 못하게 돼 있고, 부인들은 손으로 깎아 만든 목제 머리 핀을 꽂고, 단추 대신 도토리에 헝겊을 씌운 것을 달고 있었다. 피티 시고모에게는 이 물건을 거절할 만한 도덕적인 고집이 없었다. 게다가 〈깜짝 상자〉처럼 뜻하지 않는 물건이 나오는 보퉁이가 그녀는 어린애처럼 좋았고, 그의 선물을 열어 보고 싶은 유혹에 지고 마는 것이었다. 일단 열어 보면 되돌려 보낸다는 것은 생각할 수도 없었다. 더구나 선물을 받고 나면, 지켜 주는 남자 한 사람 없는 여자만 사는 집에 찾아오는 것은, 당신의 평판을 나쁘게 할 뿐이라는 말을 할 용기가 전혀 나지 않게 되고 말았다. 피티 시고모는 언제나 레트 버틀러가 찾아오면 남자인 보호자가 있었으면 하고 생각하는 것이었다.

「어떻게 생겨먹은 사람인지 난 도무지 모르겠다.」그녀는 언제나 불안해져 탄식했다. 「다만 마음 깊은 곳에서는 여자에게 존경심을 가지고 있다는 것을 알기만 하면, 그 사람은 매력이 있는 좋은 남자라고 진심으로 믿을 텐데.」

결혼 반지를 돌려받았을 때부터, 멜라니는 레트 버틀러는 세상에서 드문 세련된 자상한 신사라고 생각하고 있었다. 때문에 고모의 말에는 충격을 받았다. 그는 멜라니에 대해선 언제나 정중하게 행동했지만, 그녀 쪽에선 그와 함께 있으면 웬지 주저주저 겁을 냈다. 그 커다란 이유는 그녀는 어린 아이 때부터 알지 못하는 사람에게는 낯을 가리기 때문이었다. 그녀는 마음 속으로는 버틀러를 몹시 딱하게 여기고 있었다. 그 마음을 그가 알았다면 아마 재미있어했으리라. 뭔가 실연의 슬픔이 그의 인생을 그르치고 그 때문에 마음이 비뚤어진 사람이 됐을 거야, 하고 그녀는 믿고 있었던 것이다. 그러기에 그 사람에게 필요한 것은, 다정한 여자의 애정이라고 생각하고 있었다. 세상을 모르고 자란 그녀는 사악이란 것을 본 일이 없고, 그 존재조차 거의 믿지 않았다. 그래서 레트와 찰스턴 아가씨와의 소문을 들었을 때는 멜라니의 놀라움은 말할 것도 없고 도무지 믿으려 하지 않았다. 그리고 그에게 반감을 품기는커녕, 그런 소문은 그 사람에 대한 심한 모욕이라고 분개하며, 오히려 조심스럽기는 했으나 더 한층 친절히 대하게시리 되었다.

스카알렛은 마음 속으로 은근히 피티 시고모의 의견에 찬성하고 있었다. 그녀도 역시 버틀러는, 멜라니에게는 다를지 모르지만, 여자란 것에 존경심을 갖고 있지 않다고 생각하고 있었던 것이다. 지금도 그의 눈이 자기의 몸을 흘금흘금 바라보고 있으면 언제나 알몸이 된 것과 같은 느낌이 들었다. 별로 남자 쪽에서 실례된 말을 입 밖에 내는 것도 아니었다. 그런 소리를 하면, 한바탕 속시원히 욕이라도 해줄 수 있다. 검붉은 얼굴에, 능글맞고 무례한 표정을 짓고 빤히 쳐다보는 그 뻔뻔스런 태도가 마음에 들지 않았다. 마치 여자는 모두 자기의 물건으로, 자기 마음이 내킬 때의 노리개로 생각하고 있는 것 같았다. 멜라니에게만은 그런 눈을 하지 않았다. 멜라니를 바라볼 때는, 냉정하게 값을 저울질하는 눈빛이나 놀리는 듯한 빛이 전혀 없었다. 갈의 어조조차 바뀌어, 정중하고 존경을 담은, 언제든지 도와 줄 의사가 있다는 투였다.

「어째서 멜라니한테는 나한테와 달리 그렇게 다정하게 대해 주시는지 모르겠어요.」멜라니와 피티 시고모가 낮잠을 자러 물러가고 그와 단 둘이 된 어느 오후, 스카알렛은 거침없이 물었다.

레트는 멜라니가 편물에 쓰는 실패를 한 시간이나 잡아 주었다. 멜라니가 길다랗게 애실리에 대한 얘기며 그 승진을 자랑스런 듯이 이야기해 들려 주고 있을 때, 레트의 표정엔 아무런 반응도 나타나지 않았다. 보고 있던 스카알렛은 그가 애실리 같은 건 전연 문제로 삼지도 않고, 소령으로 승진했다는 것에도 아무런 흥미가 없다는 것을 역력히 알 수 있었다. 그래도 그는 정중하게 일일이 맞장구를 치고, 애실리의 용감한 행위에 대해서도 남들이 흔히 하는 감탄의 말을 늘어놓고 있었던 것이다.

자기가 애실리의 이름을 조금이라도 비치기만 하면, 그는 곧 눈썹을 치켜올리고 그 사람을 깔보는 비웃음을 띄울 것이라고 생각하자 그녀는 화가 치밀었다.

「저는 그 사람보다 훨씬 이쁜데, 왜 그 사람에게만 다정하게 대하는지 알 수 없어요.」하고 그녀는 말했다.

「당신이 질투하고 있다고 생각해도 좋습니까?」

「어머나, 꽤나 자신 만만하시군요.」

「또 당했군. 내가 윌크스 부인에게 특별히 다정하게 대한다면, 그건 그분에게 그만한 가치가 있기 때문이오. 드물게 보는, 친절하고 성실성이 있고 정숙한 여성입니다. 저런 사람은 전 처음입니다. 그러나 당신은 아마 그게 무슨 소린지 모를 거요. 그리고 비록 나이는 젊지만, 그분은 이제까지 내가 만난 몇 안 되는 가장 훌륭한 숙녀 중의 한 사람이오.」

「그럼 저 같은 것은 훌륭한 숙녀가 아니라는 말씀인가요?」

「그 점에 대해선 우리들이 처음으로 만났을 때, 의견이 일치된 걸로 알고 있는데요. 당신은 전혀 숙녀하고는 거리가 멀다고.」

「어머, 또 그 얘기를 꺼내다니! 정말 징그럽고 무례한 분이군요. 어째서, 그 따위 하잘것없는 유치한 일을 언제까지나 기억하시는 거죠? 벌써 옛날 얘기가 아녜요. 그리고 그때에 비하면 전 훨씬 어른이 됐어요. 당신이 툭하면 그 일을 들고 나와 제 속을 상하게만 해주지 않는다면 저는 아주 깨끗이 잊어버릴 텐데.」

「아니오, 나는 그게 유치한 일이라고 생각하지 않습니다. 그리고 당신이 달라졌다고도 생각하지 않고요. 지금이라도 자기 마음먹은 대로 되지 않으면, 언제 꽃병이 날라올지 모르는 겁니다. 지금은 다만 마음대로 행동하고 있기 때문에 골동품을 때려부술 필요가 없는 것뿐입니다.」

「어머, 지독하군요. 내가 남자로 태어났으면 좋았을걸. 그랬으면 당신에게 밖으로 나오라고 하고……..」

「그리고 혼을 내준다 이겁니까? 나는 오십 야드 떨어진데서 십 센트짜리 은화에 구멍을 뚫을 수가 있어요. 아뭏든 자기의 무기를 소중히 하시는 게 좋을 겁니다. 볼우물이라든가 꽃병이라든가, 그런 것들 말입니다.」

「당신은 정말 악당이에요.」

「그런 소리를 들었다고 내가 막 화를 낼 것 같습니까? 실망시켜 드려 죄송합니다. 아무리 바른 얘기를 들어도 나는 태연합니다. 말씀하신 대로 나는 악당입니다. 그것이 어쨌다는 겁니까? 자유로운 나라라면 악당이 되건 무엇이 되건 멋대로니까요. 사실을 말해 줘서 화내는 것은, 당신처럼 뱃속은 검으면서 그것을 감추려고 하는 위선자뿐입니다.」

잔잔한 미소를 띄우고 느릿한 말투로 빈정거리는 그에게는 도저히 어쩔 도리가 없었다. 왜냐하면 이처럼 완전히 굴복시킬 수 없는 인간은 이제까지 만난 일이 없기 때문이다. 경멸, 냉소, 매도(罵倒)와 같은 그녀의 무기도 아무 소용이 없었다. 무슨 말을 해도 상대가 모욕으로 느끼지 않기 때문이었다. 그녀의 지금까지의 경험으로는, 거짓말장이는 한사코 자기의 정직을 변명하려고 하고, 겁장이는 자기의 용기를, 예의가 없는 사람은 신사를, 미천한 사람은 자기의 명예를 저마다 변호하려고 했다. 그런데 레트는 그렇지 않았다. 그는 무엇이고 시인하고 웃으면서 더 말하라고 그녀를 부채질하는 것이었다.

이 몇 달 동안 그는 뻔질나게 애틀랜타시를 드나들었다. 올 때에는 아무런 예고도 없이 오고, 갈 때도 작별의 인사 한마디 없이 가 버렸다. 스카알렛은 그가 무슨 일로 애틀랜타까지 오는지, 전혀 알 수 없었다. 왜냐하면 봉쇄 밀수꾼이 해안에서 꽤 먼 이런 곳까지 와야 할 이유가 없었기 때문이다. 봉쇄 밀수꾼들은 화차의 짐을 윌밍턴이나 찰스턴으로 보냈다. 그리고 거기서, 남부 각 지방으로

부터 봉쇄 밀수의 물건을 경매로 사기 위해 모여드는 많은 상인과 투기꾼과 만
나는 것이다. 레트 버틀러가 먼 길을 여행해 오는 것은, 자기를 만나기 위해서
라고 생각하면 그리 나쁜 기분이 아닌 것만은 확실했지만, 아무리 남달리 허영
심이 강한 그녀라도, 설마 그렇다고는 생각하지 못했다. 만일 그가 조금이라도
그녀에게 사랑을 표시하고, 그녀 주변에 몰려드는 다른 남자들에게 질투하는 눈
치를 보이거나 손을 잡으려고 하거나, 기념으로 사진이나 손수건 같은 것을 청
하든가 했다면, 그 사람도 자기 매력에 홀딱 빠졌다고 자랑스럽게 생각했을 것
이다. 그러나 그는 답답할 정도로 언제나 애인 같은 구석은 없었다. 그리고 무
엇보다 분한 것은, 그를 무릎꿇게 하려고 그녀가 이런저런 수단을 쓰고 있다는
것을 벌써 옛날에 눈치채고 있는 것 같았다.

그가 시에 나타나면, 언제나 여성들 사이에 동요가 일어났다. 그에게는 대담
하기 짝이 없는 봉쇄 밀수꾼이라는 소설적인 분위기가 있을 뿐만 아니라, 악당
이며 사교계에 출입을 금지당한 인간이라는 짜릿한 무엇인가가 있었다. 그만큼
그에게는 악평이 나 있었던 것이다. 애틀랜타의 노부인들이 모여 세상 이야기를
시작하면, 그의 평판은 반드시 더욱더 나빠졌는데, 그 때문에 오히려 젊은 아가
씨들에게는 그가 한층 찬란한 존재로 보여졌다. 대개의 아가씨들은 철이 없었기
때문에, 기껏해야 그는 여자 관계가 지저분하다고 듣는 것이 고작이었다. 남자
가 지저분한 것이 어떤 것인지 정확히는 알지 못했다. 그에게 걸려들면 무사한
아가씨는 한 사람도 없다는 험담이 돌았다. 그런 소문이 파다한데도 그가 처음
으로 애틀랜타에 모습을 나타낸 이래 미혼인 여성의 손에 키스한 일조차 없는
것은 이상했다. 그리고 그 점은 그를 더욱더 전설적으로, 더욱더 사람의 마음을
흥분시키는 존재로 만드는 데 도움을 주었을 뿐이다.

군의 용사를 제외하고는, 그만큼 애틀랜타에서 남의 화제에 오르는 사람은 없
었다. 그가 곤드레만드레 취한 일이며 뭔가 여자의 일로 웨스트 포인트 육군 사
관학교에서 퇴학당한 경위를 자세히 모르는 사람은 없었다. 그가 문제를 일으킨
찰스턴 처녀에 대한 일과, 그가 그녀의 오빠를 사살했다는 저 끔찍스런 추문에
대해서도 온 시의 사람들이 다 알고 있었다. 그 중에는 찰스턴의 친지들에게 편
지로 문의하여 좀더 자세한 것을 알아낸 사람도 있다. 그것에 의하면, 그의 아
버지는 무쇠 같은 의지와 방아쇠 같은 등뼈를 가진 경탄할 만한 노신사로, 레트
가 스무 살이 되었을 때 한 푼도 주지 않고 집에서 내쫓았으며, 가문의 성서에
쓰여져 있는 가족 명부에서 레트의 이름을 지워 버렸다고 한다. 그리고 나서 레
트 버틀러는 1849년 황금광(黃金狂) 시대에 캘리포니아를 방랑했고, 다시 남미
(南美)를 거쳐 쿠바로 건너갔던 것인데, 이런 고장에서 그가 하고 있었던 일에

관해선 하나같이 신통치 못한 내용들이었다. 계집질, 총을 사용한 결투, 중미 (中美) 혁명군에 대한 총포 밀수 따위, 그 중에서도 가장 좋지 않은 것은, 도박을 직업으로 삼은 때도 있다는 것이었다. 이것이 애틀랜타 사람들이 들은 그의 경력의 전부였다.

조지아의 가정에는 적어도 가족이나 친척 남자 중에서 한 사람쯤 노름을 하여 돈이며 집, 토지, 노예를 잃고 가슴 아픈 탄식을 맛보지 않은 집은 거의 한 집도 없었다. 그러나 사정이 다르다. 멋대로 도박을 해서 재산을 날리더라도 여전히 신사로 통했지만, 노름을 직업으로 삼는 사람은 세상에서 배척당할 뿐인 것이다.

전쟁 때문에 세상 사정이 확 바뀌고 그가 남부 동맹 정부를 위해 이바지하지 않았다면, 레트 버틀러는 애틀랜타에 용납되지 않았을지도 몰랐다. 그러나 지금은 아무리 케케묵은 고집장이라도 애국심이 그들에게 좀더 넓은 도량을 가지라고 설명하고 있다는 것을 알고 있었다. 더욱 감상적인 사람들은 버틀러가의 말썽꾸러기는 자기의 잘못을 뉘우치고 죄값을 하려 하고 있다는 견해로 기울고 있었다. 그래서 상류 부인들도 너그럽게 봐 주자, 특히 대담 무쌍한 봉쇄 밀수꾼인 경우에는 관대하게 봐 주는 것이 당연한 의무라고 느끼게 되었다. 요즘에 와선 누구의 눈에도 남부 동맹의 운명은 전선에 있는 병사들의 양어깨에 걸려 있는 것과 마찬가지로, 북군 함대의 눈을 교묘히 속이는 봉쇄 밀수꾼의 선박 솜씨에도 달려 있음을 알았던 것이다.

소문에 의하면, 버틀러 선장은 남부에서 손꼽는 수로 안내(水路案內)의 한 사람으로, 저돌적이고 무신경하다고 할 정도로 대담하다고 한다. 찰스턴에서 자랐기 때문에 그 항구 부근의 캐롤라이나 주 연안의 물굽이, 강, 여울목, 암초는 손바닥 보듯이 환히 알고 있었고, 윌밍턴 부근의 바다라면 제 집에 있는 것과 다름없이 잘 알고 있다는 것이었다. 배를 침몰시키거나 짐을 바다에 던진 일은 한 번도 없었다. 전쟁이 일어나자 소형 쾌속선을 한 척 사들일 만한 자금을 가지고 인생의 어두운 그늘에서 모습을 나타낸 그는, 봉쇄 밀수의 물자가 한 번의 항해로 스무 갑절의 이익을 가져오는 현재에 와서, 네 척의 배를 소유하기까지에 이르렀다. 그는 솜씨가 뛰어난 수로 안내원을 많은 월급을 주면서 모으고 있었다. 그들은 어두운 밤을 타서 찰스턴이나 윌밍턴을 빠져 나가, 목화를 싣고 낫소나 영국이나 캐나다로 향했다. 영국의 방직 공장은 휴업 상태로 곤란을 겪고 있었고 직공들은 굶어죽을 지경이었기 때문에, 북부군의 함대를 빠져 나간 봉쇄 밀수꾼은 리버풀에서 얼마든지 비싼 값으로 목화를 팔아넘길 수가 있었다. 레트의 배는 이례적으로 운이 좋아 갈 때는 남부 동맹을 위해 목화를 실어내고, 돌아올 때는 남부가 필사적으로 구하고 있는 군수 물자를 무사히 싣고 왔다. 그렇기 때문에 상류 부인들도 이런 용감한 남자를 위해선 무슨 일이고 너그러이 보고, 무슨 일이고 깨끗이 잊어 줄 수 있다고 생각했던 것이다.

그는 멋쟁이고, 사람들이 무의식중에 뒤돌아다볼 만큼 풍채가 좋았다. 씀씀이가 시원하고, 건장한 검은 수말을 탔고, 그 복장은 모양도 바느질도 언제나 최신 유행의 것이었다. 그 옷차림만 보고서도 넉넉히 사람의 관심을 끌기에 충분했다. 그도 그럴 것이 이제는 이미 병사들의 군복이 후줄근하게 바래 있었고, 시민의 옷은 나들이옷마저 교묘하게 깁거나 짜깁기한 흔적이 보였기 때문이다. 스카알렛은 그가 입고 오는 다갈색이나, 검고 흰 격자 무늬나, 바둑판 무늬의 바지 등 그렇게 우아한 것은 본 일이 없다고까지 생각했다. 조끼로 말하면, 이루 말할 수 없이 훌륭한 것이었다. 특히 작은 분홍빛 장미 꽃송이를 수 놓은 흰 물결 무늬가 있는 것은 정말 기막혔다. 그리고 그것보다도 더욱 기막힌 것은 그런 훌륭한 옷차림을 마치 아무것도 아닌 것처럼 대수롭지 않게 입고 있는 태도였다.

그가 그럴 마음만 먹고 미소 정책을 쓰면, 대개의 부인은 넘어가고 말았다. 마침내 메리웨더 부인까지도 누그러져, 그를 일요일 만찬에 초대했다.

메이벨 메리웨더는 애인인 즈아브 병사가 다음번 휴가를 받으면 그와 결혼하기로 돼 있었다. 그녀는 그걸 생각할 때마다 울었다. 왜냐하면 결혼식에는 흰 새틴 옷을 입으려고 벼르고 있었는데, 지금 남부 여러 주에는 흰 새틴 같은 것은 한 오라기도 없었기 때문이다. 옷을 빌 가망도 없었다. 헌 새틴의 혼례 옷 같은 것은 전부 군기(軍旗)로 둔갑해 버렸기 때문이다. 애국적인 메리웨더 부인이 딸을 나무라고, 남부 동맹의 신부에게는 손으로 짠 신부 의상이 가장 어울린다고 타일렀지만 헛일이었다. 메이벨은 새틴을 꼭 입고 싶었던 것이다. 전쟁의 대의 명분을 위해서라면 머리 핀도 단추도 예쁜 구두도 과자도 차도 없어도 상관없었다. 아니 오히려 그것이 자랑이라고까지 생각하고 있었지만 새틴의 예복만은 입고 싶어 견딜 수 없었다.

레트는 이 말을 멜라니에게서 듣고 눈이 부시도록 흰 새틴 몇 십 야드에, 레이스로 된 베일을 영국에서 가져와서 결혼 축하로 메이벨에게 선사했다. 축하로 선사한 것이라면 돈을 치르겠다는 말은 할 수가 없었다. 메이벨은 너무나 좋아서 하마터면 그에게 키스할 뻔했다. 메리웨더 부인으로 볼 땐 이렇듯 값진 선물——더구나 이런 전시중에 받은 의상 선물——은 매우 떳떳하지 못한 일이라고 생각했지만, 레트가 극히 능란한 말로, 우리 용사의 신부를 꾸며 드리기 위해서라면 어떤 일도 결코 충분하다고 할 수 없다고 하자, 거절할 핑계도 없었다. 그래서 메리웨더 부인은 그를 만찬에 초대했다. 이 양보는 선물의 대가를 치르는 것보다 더욱 비싼 것이라고 생각했던 것이다.

그는 메이벨에게 새틴을 갖다 주었을 뿐만 아니라, 혼례 의상을 짓는 데에도 뛰어난 지혜를 빌려 주었다. 이 무렵 파리에선 스커트의 후프가 넓어지고 길이도 어느 정도 짧아졌다. 주름을 잡는 것은 이미 유행이 지났고, 옷자락에 들쑥날쑥하게 단을 달고 밑에 레이스로 짠 페티코트를 살짝 내놓는다. 거리에서는 팬터렛을 입고 있는 모습이 전연 없는 것을 보면 그것은 아마 입지 않게 된 모양이라고 그는 말했다. 나중에 메리웨더 부인은 엘싱 부인에게, 그때 좀더 이쪽이 흥미를 보였더라면, 파리 여자는 어떤 드로우어스를 입고 있더라는 말까지 자세히 했을지도 모른다고 말했다.

그의 풍채가 그처럼 남성적이 아니었다면, 여자의 옷이며 보네트, 머리 모양 따위를 상세히 설명하는 그 능력도 퍽 여성적이라고 경멸을 받았으리라. 상류 부인들은 그를 둘러싸고 의복에 대한 질문을 퍼부을 때는 언제나 웬지 모르게 겸연쩍은 느낌이 들지만, 그래도 역시 여러 가지 질문을 했다. 여자들은 조난당한 뱃사람처럼, 유행계(流行界)로부터 고립되어 있었던 것이다. 그도 그럴 것이 유행되는 의상 잡지 같은 것은 봉쇄선을 돌파하여 들어오는 것이 거의 없었기 때문이다. 프랑스의 귀부인들은 머리를 박박 깎고 곰가죽 모자를 쓰고 있다고 말해도, 그녀들은 어쩌면 곧이들을지도 몰랐다. 때문에 스커트의 단에 대한 레트의 기억은 《꼬띠 부인잡지》의 훌륭한 대용품이었다. 그는 여자들의 심리에 있어선 퍽 귀중한 여러 가지 세밀한 일들을 주의할 수 있었고, 또 사실 주의하고 있었기 때문에 외국에서 돌아와 부인들에게 둘러싸일 때마다, 올해는 보네트의 모양이 작아져 머리 꼭대기가 겨우 가려질 정도로 높이 쓰고, 그 장식도 깃털이나 꽃은 쓰지 않는다. 프랑스의 여왕은 야회(夜會) 때에는 쉬뇽을 하지 않고 거의 머리 꼭대기로 틀어올려 귀는 전부 드러나게 한다. 야회복은 또 놀랄 만큼 어깨가 드러났다는 둥, 떠들어야 했다.

몇 달 동안, 그는 거리에서 가장 인기가 있고, 또 가장 전설적인 인물이 돼 있었다. 과거의 악평도, 봉쇄 밀수뿐만이 아니라 식료품 투기까지 벌이고 있다는 소문도 무시되고 있었다. 그에게 반감을 가지고 있는 패거리들은 그 사나이가 애틀랜타에 올 때마다 물가가 오 달러씩 뛰어오른다고 했다. 그러나 그런 험담을 들어도 그는, 그가 인기를 유지하려고만 하면 얼마든지 유지되었다. 그런데 반대로 그는 어떤 까닭인지, 근엄한 애국적 시민과의 교제에 힘쓰고 그들의 존경과 인색한 호의를 얻고 나자, 어딘가 청개구리 같은 성격이 있었는지 이번에는 그때까지의 방식을 바꾸어 그런 사람들에게 시비를 걸고, 자기가 이제까지 해온 일은 사실 모두 가면극에 지나지 않고, 이제 이 이상 하고 싶은 흥미도 없다는 것을 드러내기 시작했다.

그건 마치 그가 모든 남부인과 모든 남부의 것, 특히 남부 동맹 그 자체에 대해 근본적인 경멸을 품고 있는 것 같았고, 또 애써 그것을 감추려고도 하지 않았다. 남부 동맹에 대한 그의 비평이 원인이 되어 애틀랜타시 사람들은, 처음 어리둥절한 얼굴로 그를 바라보았으나 이어 곧 냉담해졌다. 그리고 나중에는 노발대발 화를 내기 시작했다. 1826년에서 아직 1863년이 되기 전에 남자들은 그와 만나기가 무섭게 딱딱하고 불쾌한 인사를 하게 되었고, 여자들은 그가 모임에 모습을 나타내면 딸을 자기 곁으로 끌어당기게 되었다.

그는 애틀랜타의 진지하고 열렬한 애국자를 골리는 것을 재미있어할 뿐만 아니라, 악당인 척하는 것을 재미있어하는 것 같았다. 호감을 가진 사람들이 그 봉쇄 밀수의 용기를 칭찬하면, 그는 뻔뻔스런 얼굴로 전선의 나이 어린 용사들이 벌벌 떨고 있는 것과 마찬가지로, 자기도 위험을 만나면 언제나 떨고 있다고 대답했다. 누구나 남부 동맹의 병사에는 한 사람도 겁장이가 없다고 생각하고 있었기 때문에 이런 말을 듣게 되면 정말 화가 치미는 것이다. 그는 늘 병사들을 〈우리의 용감한 젊은이〉라든가 〈우리의 잿빛 옷을 입은 영웅〉이라고 불렀지만 그것은 언제나 심한 모욕을 느낄 수 있는 말투였다. 대담한 젊은 여성이 비위를 맞출 생각으로, 저희들을 위해 싸워 주시는 용사의 한 사람이라고 감사를 하면, 그는 절을 하고 감사 같은 걸 받을 처지가 못 된다. 똑같이 돈벌이만 된다면 양키의 여자들을 위해서도 이만한 일쯤 얼마든지 해줄 수 있다고 함부로 지껄였다.

스카알렛이 저 바자가 있던 날 밤, 애틀랜타에서 처음으로 그와 만난 뒤 그녀에 대한 그의 태도는 모두 이런 식이었다. 그런데 요즘에 와선 누구를 상대해도 어딘가 사람을 우롱하는 투가 있었다. 그가 남부 동맹을 위해 여러 모로 도움이 되고 있다고 칭찬하면, 그는 으레 봉쇄 밀수는 자기에겐 장사라고 대답하는 것이었다. 정부 상대로 계약하여 같은 돈벌이만 된다면, 위험한 봉쇄 밀수 같은 건 집어차우고 엉터리 옷감, 모래가 섞인 설탕, 썩은 밀가루, 상한 피혁(皮革)을 남부 동맹한테 강매하겠다고 일부러 정부의 어용 상인에게 태연히 말했다.

그가 하는 말은 거의 대답하기에 옹색한 것뿐이었다. 그런 만큼 더욱 곤란했다. 정부의 지정 상인들에 대한 자잘한 소문은 이미 여기저기 조금씩 퍼져가고 있었다. 전선에서 오는 편지에는, 구두는 일 주일만 신으면 닳아 빠진다. 화약은 통 발화하지 않는다. 고삐는 조금만 잡아당기면 끊어진다. 고기는 썩었다.

밀가루에는 벌레가 바글바글 끓고 있다고 끊임없이 불평이 적혀 있었다. 그렇게 형편없는 것을 정부에 팔아먹는 것은, 앨라배마나 버지니아나 테네시의 장사꾼이 틀림없다. 조지아의 사람은 아니다. 애틀랜타의 사람들은 그렇게 생각하려고 했다. 왜냐하면 조지아의 어용 상인 가운데는, 명문의 사람들이 참가하고 있을 것이었기 때문이다. 전사자의 고아 구제, 병원의 기금 모집에 《앞장》서서 기부하는 것은 그들이 아닌가. 남부를 찬미하여 《딕시》가 불려지면 맨 먼저 갈채하는 것도 그들이 아닌가. 설사 연설에서만이라도, 양키의 피를 가장 많이 광포하게 찾고 있는 것도 그들이 아닌가. 그런 간악한 어용 상인에 대한 심한 분노와 불만의 기운은 아직 충분히 높아져 있지 않았다. 그렇기 때문에 레트의 하는 말도, 단지 그가 교양이 없는 증거로밖에 받아들여지지 않았다.

그는 고관들도 돈이면 다 된다고 비꼬든가 전선의 병사들의 용기를 깎아내리든가 하여 시민들을 화나게 할 뿐만 아니라, 점잔을 빼는 시민들을 놀려 주어 진땀을 빼는 것을 재미있어했다. 자기 주위에 있는 사람들의 자만심이나 위선이나 과장된 애국심을 보면 집적거리지 않고는 못 견디는 모양이었는데, 그건 마치 심술장이 소년이 풍선을 바늘로 찔러 보고 싶어 견딜 수 없어 하는 것과 비슷했다. 거드름피우는 놈들을 보기 좋게 콧대를 꺾어 주거나, 무지하고 완고한 패들의 정체를 폭로시키기도 했다. 더구나 그것이 언뜻 보기에 무척이나 정중한 태도로 희생자를 꾀어내는 몹시 교묘한 방식이었기 때문에 상대는 대체 무슨 일이 시작되고 있는 것인지 모두지 알지도 못 하는 사이, 그만 허풍장이라든가 엉큼한 아첨꾼이라든가 좀 머리가 돌았다든가 하는 자기들의 정체를 드러내 놓고 마는 것이다.

시내의 사람들이 그를 용납하고 있던 수개월 동안, 스카알렛은 그에 대해 아무런 환상도 품고 있지 않았다. 부인들에 대한 그의 교활한 친절도 번드르르한 말도 모두 연극이라고 꿰뚫어보고 있었다. 대담하고 애국적인 봉쇄 밀수의 역할을 맡고 있는 것도, 그것이 단지 재미있기 때문에 하는 것이라는 것을 알고 있었다. 때로는 그가 어릴 적부터 같이 자란 이 지방의 청년들과 똑같게 보이는 때도 있었다. 이를테면 망난이 탈레턴네 쌍동이는 못된 장난을 무척 좋아했고, 폰텐네 아이들은 마치 악마가 쒼 것처럼 짓궂게 장난이 심했다. 또 캘버트네 형제들은 밤잠도 자지 않고 남을 골려 줄 궁리만 하고 있었다. 그렇지만 사실은 틀렸다. 레트의 언뜻 소탈해 보이는 행동의 밑바닥에는 뭔가 악의적인 것, 조용하면서도 잔인성을 띤 그런 엉큼한 무엇이 있었다.

그가 성의를 가지고 하지 않는다는 것은 백 번도 알고 있었지만, 그녀는 그가 로맨틱한 봉쇄 돌파의 연기를 해주기를 바랐다. 그 한 가지 이야기로는, 그편이 자기의 입장상 훨씬 마음 편하게 그와 사귈 수 있었기 때문이다. 때문에 그가 지금까지의 연극을 걷어치우고 애틀랜타시 사람들의 호의를 일부러 걷어차는 행동을 하기 시작하자 그녀는 마음이 불안해졌다. 불안해진 이유는 그것이 바보 같은 행동으로 보였고 또 그에게 향한 무서운 비판이 자기의 몸에도 떨어질 것 같이 생각되었기 때문이다.

레트가 마침내 그 자신에 대한 최후의 추방 영장에 서명한 것은 회복기에 있는 부상병을 위한 은화 음악회가 엘싱 부인의 저택에서 베풀어졌을 때 일어났다. 그 날 오후 엘싱가는 휴가를 맡은 병사와 병원의 환자, 향토 방위대와 의용대의 병사, 기혼 여인, 미망인, 아가씨들도 가득 찼다. 집 안에 있는 의자를 총동원하고, 그러고도 모자라 긴 회랑 계단에까지 손님이 가득 찰 정도로 대성황이었다. 커다란 유리 쟁반을 들고 현관 어귀에 엘싱가의 집사가 서 있었는데, 두 번이나 안에 든 은화를 쏟고 비웠을 정도였다. 그것만으로도 이 모임은 충분히 성공을 거둔 것이다. 왜냐하면 이제는 은화 일 달러가 남부 동맹 지폐 육십 달러에 상당했기 때문이다.

조금이라도 예능에 재주가 있다고 자부하는 아가씨들은 모두 나가 노래를 부르고 피아노를 쳤다. 활인화(活人畵)(적당한 배경 앞에서 분장한 사람이 그림 속의 인물처럼 움직이지 않고 있는 것. 주로 역사의 인물을 소재로 삼는다―역자주)는 대단한 갈채를 받았다. 스카알렛은 멜라니와 함께 《피어나는 꽃에 이슬이 맺히면》이란 슬픈 이중창을 불러 앙콜을 받아 다음에는 《오, 맙소사 부인들, 스티븐 따위를 사랑하지 마세요》라는 명랑한 노래를 했으며, 게다가 활인화에서 《남부 동맹의 꽃》이란 역으로 뽑혀 기분이 흐뭇해 있었다.

활인화의 그녀는 아주 멋이 있었다. 얇은 흰 광목으로 만든 그리스식 긴 겉옷을 우아하게 입고 빨강과 파랑 띠를 두르고, 한 손에는 별과 두 줄이 쳐진 남부 동맹기를 늘이고 찰즈와 그의 아버지의 유품인 황금 장식의 군도를 가진 손을 그 앞에 무릎꿇고 있는 앨라배마 출신인 캐리 애시번 대위 쪽으로 뻗고 있는 활인화였다.

활인화가 끝나자, 자기가 연기한 아름다운 모습을 감탄했을까 하고 그녀는 자기도 모르게 레트의 눈을 찾았다. 그런데 그는 다른 사람과 토론하고 있고, 그런 일에는 전혀 관심도 두지 않았던 것 같았다. 그것을 알자 그녀는 무척 화가 치밀었다. 그를 둘러싸고 있는 한 떼의 사람들의 표정에서 스카알렛은 모두가 그가 하는 말에 무척 격분하고 있음을 알았다.

그녀가 그쪽으로 다가가자, 이런 모임에서 때때로 볼 수 있는 기묘한 침묵 속에 의용군인 윌리 기년의 목소리가 똑똑히 들려 왔다. 「그럼 당신은, 우리들 용사가 목숨을 바치고 있는 대의가 신성하지 않다는 말입니까!」

「만일 자네가 기차에 치어죽었다면, 자네의 죽음이 철도 회사를 신성한 것으로 만들겠나, 어떤가?」레트는 반문했다. 그 목소리의 어조에는, 자못 삼가 가르침을 청한다는 듯한 공손함이 있었다.

「무슨 말을 하는 거요!」윌리의 목소리는 떨리고 있었다. 「만일 우리가 이 저택 안에만 안 있다면…….」

「어떻게 될 건가, 생각만 해도 몸이 떨려 오는군.」레트는 말했다. 「아뭏든 자네의 용맹은 천하가 다 아는 일이니까.」

윌리는 새빨개졌다. 모두들 입을 다물었으며 자리는 서먹서먹해졌다. 윌리는 체격도 좋고 건강하며 병역의 적령기인데도, 아직 전선에 나간 일이 없었다. 말할 것도 없이 그는 홀어머니의 외아들로 누군가가 지켜야 하는 후방의 국민병이 되어야만 했다. 레트가 용맹이 어쩌고 말했을 때, 회복기에 있는 장교들 사이에서는 경솔하게도 키득키득 웃음 소리가 일어났다.

『어머, 저 사람은 어째서 가만히 있지를 못 할까?』스카알렛은 분개하며 생각했다. 『모든 사람의 감정을 상하게만 하면서.』

미드 박사의 눈썹은 금방이라도 벼락이 떨어질 듯 험악해졌다.

「자네에게는 아무것도 신성한 게 없는가, 젊은이!」그는 언제나 연설 때 쓰는 어조로 말했다. 「하지만 남부의 애국적 남자나 부인에게는 신성한 것이 많이 있네. 침략자로부터 우리 국토의 자유를 지키는 것도 그 중의 하나이고, 주의 권리 또한 그 중의 하나이고, 그리고…….」

레트는 아주 건방진 표정을 하고 있었는데, 이때 비단처럼 미끈미끈한, 마치 따분해 견딜 수 없는 듯한 목소리로 말했다.

「전쟁은 모두 신성하죠. 단 싸워야만 될 사람들에게는 말입니다. 만일 전쟁을 일으킨 녀석들이 전쟁을 신성하게 만들어 놓지 않는다면 바보 같아서 누가 싸울 생각이 나겠읍니까? 그러나 전쟁을 하고 있는 멍충이에게 웅변가들이 아무리 그럴 듯한 표어를 내새워 줘도, 어떤 숭고한 목적을 강제로 떠맡겨도, 전쟁에는 오직 단 하나의 이유밖에 절대로 없읍니다. 그건 금전이죠. 사실은 전쟁이란 모두 돈을 서로 빼앗는 것입니다. 그렇지만 그것을 아는 사람은 거의 없죠. 그들의 귀는 북과 나팔 소리, 후방에 앉아 큰 소리나 땅땅치는 웅변가들의 미사 여구 따위로 막혀 있으니까요. 그럴 듯한 구호는 『그리스도의 무덤을 이교도에서 구해 내자!』하고 외치는가 하면 『로마 법황을 타도하라!』할 수도 있고, 때로는 『자유를 위하여!』도 되고, 또 『목화, 노예제, 주의 권리를 위해!』라고 하는 수도 있으니까요.」

『대체 로마 법황과 무슨 관계가 있다는 걸까?』스카알렛은 생각한다. 『그리고 그리스도의 무덤이란 말은 또 뭐고.』

그러나 그녀가 잔뜩 격분하고 있는 군중들 쪽으로 급히 가려니까, 레트가 거드름을 빼는 인사를 하고 사람들 사이를 빠져 출구 쪽으로 걸어가는 모습이 보였다. 그녀는 뒤를 쫓아가려고 했으나, 엘싱 부인이 스커트를 잡고 놓아 주지 않았다.

「가게 내버려둬.」조용하게 가라앉은 방 전체에 들릴 만큼 높은 목소리였다. 「멋대로 가게 내버려둬. 저 사람은 배신자야, 사기꾼이야. 우리 스스로가 알을 품어 깐 살모사야.」

복도로 나가 모자를 손에 든 레트는 분명히 들으란 듯 말한 이 말을 듣자, 몸을 돌려 잠깐 방안을 둘러보았다. 그리고『살모사를 깠다』는 엘싱 부인의 납작한 가슴을 물끄러미 바라보더니 별안간 히죽 웃는 인사를 꾸벅하고 나가 버렸다.

메리웨더 부인은 피티 시고모의 마차로 함께 돌아왔는데, 네 부인이 마차 자리에 앉기가 무섭게 메리웨더 부인이 곧 울분을 터뜨렸다.

「어때요, 피티퍼트 해밀턴, 이번에야말로 당신도 만족하셨겠죠?」

「뭣 말예요?」피티는 불안한 듯 소리쳤다.

「당신이 지금까지 싸고 돌던 저 징그런 버틀러의 행동 말이에요.」

피티퍼트는 어찌 할 바를 몰라했다. 메리웨더 부인 자신도 레트 버틀러를 몇 번이나 초대했던 사실을 기억해 낼 수 없을 만큼 이 비난에 당황했다. 스카알렛과 멜라니는 그 사실을 기억하곤 있었지만, 나이 먹은 사람에 대한 예의로 그 말을 꺼내는 것은 삼갔다. 그리고 눈을 내리깔고 자기들의 장갑 낀 손을 열심히 들여다보았다.

「그 사람은 우리 전부를 모욕했을 뿐만 아니라, 남부 동맹까지 모욕한 거예요.」메리웨더 부인은 말했다. 그녀의 건장한 가슴은 화려한 금실 은실이 장식된 옷 속에서, 맹렬히 뛰놀고 있었다. 「우리를 돈 때문에 싸운다고 하지 않았어요! 우리들의 지도자가 거짓말을 하고 있다고 하지 않았어요! 그런 사람은 감옥에 넣어 버려야 해요. 그렇고 말고요. 꼭 그렇게 해야 해요. 미드 박사와 의논하겠어요. 남편만 살아 있다면, 남에게 부탁하지 않고 끝장을 내버릴 테지만, 알겠어요, 피티 해밀턴? 이번에야말로 내 말을 들으세요. 인제 두 번 다시는 그 악당을 집 안에 들여놓지 마세요.」

「네.」피티는 힘없이 중얼거리고, 마치 죽어 버렸으면 하는 태도였다. 두 젊은 여자 쪽을 애원하듯 바라보았지만 둘 다 눈을 내리깔고 있을 뿐이었다. 그래서 이번엔 구원을 청하듯 피터 영감의 꼿꼿한 등허리 쪽에 눈길을 보냈다. 그가 귀를 기울여 듣고 있다는 것을 알고 있었기 때문에, 언제나 곧잘 해주듯 몸을 돌려 역성을 들어 주기를 바랐다. 자, 자, 돌리 마님, 피티 마님이 좋다는 대로 내버려둡시다요. 라고 말해 주겠지 싶어 희망을 걸었다. 그러나 피터는 돌아보지도 않았다. 그는 진심으로 레트 버틀러를 싫어하고 있었던 것이다. 피티도 그걸 알고 있었다. 그래 그녀는 한숨을 쉬고 있었다. 「그래요, 돌리, 당신이 그렇게 생각하신다면……. 」

「그렇게 생각하고 말고요. 」메리웨더 부인은 딱 잘라 말했다. 「대체 무엇 때문에 당신이 그 남자를 환영했는지 모르겠군요. 오늘 이런 일이 있은 이상 이제 그 남자를 환영해 줄 집은 한 집도 없어요. 뭐든지 좋은 구실을 붙여서 들락거리지 못하게 하세요. 」

그러고 나서 그녀는 젊은 두 여자에게 험악한 시선으로 말을 이었다. 「당신들 두 사람도 내가 한 말을 잘 기억해 두세요. 그 남자를 추어 올리다니 당신들한테도 나쁜 점이 있어요. 그 남자의 방문과 매국적인 언동은, 당신들 가정에는 원하는 바가 아니라고 예의를 잃지 않을 정도로 딱 잘라 말하세요. 」

스카알렛은 아까부터 밸이 잔뜩 뒤틀리고 있었다. 조금이라도 다른 손으로 고삐를 당기면 곧 날뛰는 사나운 말처럼 금방이라도 꽥 소리칠 것 같았다. 그렇지만 입을 여는 것이 두려웠다. 메리웨더 부인이 또 어머니에게 편지를 보낼 것이 무서웠다.

『이 물소 할멈 같으니! 』그녀는 생각했다. 화를 누르느라고 이마가 새빨갛게 됐다. 『너를, 그리고 너의 그 잘난 체하는 태도를 내가 어떻게 생각하고 있는지, 사실대로 얘기했으면 참 통쾌하겠는데. 』

「나라의 대의에 대해 그 따위 매국적인 언사를 쓰다니, 참 오래 살다 보니 별꼴을 다 보겠군요. 」아까부터 의분이 끓는 듯 메리웨더 부인은 계속 떠들었다. 「나라의 대의가 옳고 신성하다고 생각하지 않는 사람은 모두 교수형에 처해야만 해요. 당신들 두 사람도 또다시 그 남자와 말을 했다는 소문이 내 귀에 들리지 않도록 해주세요. 아니 멜라니, 어디가 좋지 않아! 」

멜라니의 얼굴은 창백해지고 눈만 커다랬다.

「저는 또 그분과 얘기하겠어요. 」그녀는 낮은 목소리로 말했다. 「그분에게 실례되는 일은 할 수 없어요. 드나들지 못하게도 할 수 없고요. 」

메리웨더 부인은 마치 주먹으로 되게 얻어맞기라도 한 듯 숨을 뚝 그치고 놀랐다. 피티 시고모는 두툼한 입술을 딱 벌리고 있고, 피터 영감은 몸을 돌려 멜라니를 지그시 쏘아보았다.

『어째서 저런 말을 나는 생각해내지 못했을까? 』스카알렛은 질투와 감탄이 뒤섞인 마음으로 생각했다. 『어째서 이 작은 토끼가 메리웨더 할멈에게 대들 용기가 생겼을까?』

멜라니의 손은 부들부들 떨리고 있었지만, 우물쭈물하고 있으면 용기가 사라져 버릴까 겁내는 듯이 급히 덧붙였다. 「그분이 그런 말을 했다고 해서, 저는 예의를 잃고 싶지는 않아요. 그건 그분이 그런 말을 큰 소리로 하는 것은 예의 없는 짓이고 그리고 아주 분별없는 행동이긴 해요. 하지만 그러나 그분이 말씀하신 것은 애실리가 생각하고 있는 것과 똑같아요. 남편이 생각하고 있는 것과 같은 생각을 하는 사람의 출입을 막는다는 것은 저로선 불가능해요. 그건 옳은 일이 아니에요.」

메리웨더 부인은 숨을 쉬고 다시 공격을 시작했다.

「멜라니, 그런 지독한 거짓말을 듣다니. 난 난생 처음이야. 윌크스가에는 아직 한 사람도 비겁자가 나온 일이 없어.」

「전 애실리를 비겁자라고 한 기억은 없어요.」멜라니는 말했다. 눈이 빛났다. 「애실리는 버틀러 선장이 생각하고 있는 것과 똑같이 생각하고 있다고 말씀드린 거죠. 단지, 두 사람이 표현하는 말이 틀릴 뿐이에요. 애실리는 음악회 같은 데서 자기의 의견을 떠벌리거나 하지는 않을 거라고 생각해요. 하지만 편지로는 저에게 말했어요.」

양심에 찔리는 기억이 있는 스카알렛은 찔끔하면서, 멜라니가 이런 말을 하는 애실리의 편지에는 어떤 것이 씌어 있었던가 기억하려고 했다. 그러나 대개의 편지는 읽고 나면 금방 머리에서 사라져 버렸다. 그래서 멜라니의 머리가 혹시 어떻게 된 거나 아닌가 하는 정도로 밖에 생각되지 않았다.

「애실리는 편지에서, 우리는 북부 사람들과 싸우지 말았어야 한다고 말했어요. 그리고 또 달콤한 선동이나 편견을 입에 올리는 정치가나 연설가에 속아, 전쟁으로 끌려들어가고 말았다고도 했어요.」멜라니는 빠른 어조로 계속했다. 「이 전쟁이 우리에게 끼친 고난을 보상할 것은, 이 세상에 아무것도 없다는 말도 했어요. 또 거기에는 영광도 아무것도 없다, 단지 비참하고 더러울 뿐이라고도 했어요.」

『아, 그 편지군. 그게 그런 뜻이었나?』스카알렛은 생각했다.

「그런 건 믿을 수 없어.」메리웨더 부인은 단호하게 말했다. 「너는 애실리를 오해하고 있는 거야.」

「저는 애실리를 한 번도 오해한 적이 없어요.」멜라니는 조용히 대답했다. 그러나 그 입술은 떨리고 있었다. 「저는 그이를 완전히 이해하고 있어요. 그이가 말하는 것은 버틀러 선장이 한 말과 똑같아요. 다만 남편은 난폭한 표현을 하지 않았을 뿐이에요.」

「애실리 윌크스 같은 훌륭한 인물과 버틀러 선장 같은 건달과 비교하다니, 당신은 자기 자신이 부끄럽게 생각되지도 않아요? 그렇다면 당신까지도 나라의 대의는 시시한 것이라고 생각하는 게 아녜요?」

「전, 전 제 생각을 모르겠어요.」멜라니는 분명치 않은 어조로 말했다. 타오르던 불길이 꺼져 버리고, 뒤에는 너무 많이 지껄였다는 고통만이 남아 있었다. 「저도 애실리와 똑같이 대의를 위해 죽을 수 있어요. 하지만 저는 생각하는 것은 남자들에게 맡기기로 했어요. 남자분들이 훨씬 머리가 좋으니까요.」

「그런 얘기는 들어 본 일이 없어.」메리웨더 부인은 콧소리를 홍 냈다. 「세워 줘요, 피터 할아범. 우리 집을 지나쳤잖아요.」

피터 영감은 등 뒤의 이야기에 정신이 팔려 메리웨더네 집앞을 지나치고 만 것이다. 그는 마차를 돌렸다. 메리웨더 부인은 폭풍 속의 돛처럼 보네트의 리본을 나부끼며 마차에서 내렸다.

「인제 후회할 겁니다요.」

피터 영감은 말에 채찍을 후려쳤다.

「아씨들께선 부끄럽다고 생각되지 않습니까요, 피티 마님에게 걱정을 끼쳐 드려서.」

「난 걱정 같은 것 안해.」피티가 그런 대답을 하리라고는 뜻밖이었다. 왜냐하면 그보다 더 하잘것없는 걱정거리로 기절한 일이 한두 번이 아니었기 때문이다. 「멜라니, 네가 그런 말을 한 것도 나를 역성들기 위해서라는 것을 알고 있어요. 정말이지 돌리의 그 교만한 콧대를 꺾어 주어서 가슴이 다 시원하다. 무슨 대장이나 된 것처럼 으스대니까 말야. 그렇긴 하지만, 어떻게 그런 용기가 났니? 하지만 애실리 말만은 그렇게 하지 않는 게 좋지 않았을까?」

「하지만 정말 그런걸요.」멜라니는 대답하고 흐느껴 울기 시작했다. 「그리고 남편이 그런 생각을 해도 전 부끄럽지 않아요. 전쟁을 일으킨 것은 무엇이고 잘못이에요. 그렇지만 어쨌든 자기는 싸우다 죽을 각오라고, 그이는 생각하고 있어요. 그편이 옳다고 생각하는 것은 싸우는 것보다 훨씬 많은 용기가 필요할 거예요.」

「저, 멜라니 아씨. 피치트리 거리 한복판에서 울고 그러시면 안 됩니다요.」피터 영감은 말을 급히 몰면서 혀를 찼다. 「세상 사람이 홍을 봅니다요. 집에 돌아가실 때까지 참으세요.」

스카알렛은 한 마디도 하지 않았다. 멜라니가 위로를 받으려고 손바닥 속에 살며시 넣는 손을 꼭 쥐어 주려고도 하지 않았다. 그녀가 애실리의 편지를 읽은 데는 단 한 가지의 목적밖에 없었다. 그가 지금도 자기를 사랑하고 있는 증거를 잡고 싶었던 것이다. 그런데도 멜라니는 스카알렛에겐 거의 알 수 없는 편지의 말에 새로운 의미를 부여한 것이다. 애실리와 같은 완전무결한 사람이, 레트 버틀러와 같은 망나니와 공통된 생각을 할 수 있었다는 사실이 그녀에게 커다란 충격을 주었다. 스카알렛은 생각했다. 『저 두 사람은 전쟁의 진상을 알고 있는 것이다. 다만 애실리는 그것을 위해 죽을 각오를 하고 있지만, 레트는 그렇지가 않다. 그만큼 레트는 영리한 것이다.』그녀는 순간 생각을 멈추고 애실리에 대해 그런 식으로 생각하는 자기에 깜짝 놀랐다. 『저 두 사람은 똑같이 불유쾌한 진상을 꿰뚫어보고 있다. 그러나 레트는 그것을 정면에서 바라보고 그 진상을 지껄여 대어 남을 성나게 하고 있다. 그런데 애실리는 그것에 정면으로 맞설 용기조차 없는 것이다.』

그렇게 생각하자 뭐가 뭔지 아무것도 알 수 없게 되었다.

13

메리웨더 부인에게 충동을 받아 미드 박사는 신문에 투고하는 형식으로 행동을 개시했다. 그 속에는 레트의 이름은 들어 있지 않았지만, 명백히 그라는 것을 알 수 있었다. 주필은 이 기고(寄稿)의 사회적인 극적인 효과를 직감하여 신문 제2면에 실었다. 2면에 냈다는 것은 놀랄 만한 결단이었다. 왜냐하면 1면과 2면은 언제나 노예, 노새, 괭이, 관, 매가(賣家), 셋집, 남에게 말할 수 없는 병의 치료약, 낙태약, 정력 강장제의 광고로 충당되기 때문이다.

박사의 기고가 불씨가 되어 모리배, 악덕 상인, 부정 상인에 대한 불만의 소리가 남부 전체에서 일어났다. 찰스턴 항구는 사실상 북군의 포함에 봉쇄되어 있었으므로 봉쇄 돌파의 배가 입항하는 것은 윌밍턴으로 한정되었는데, 그곳의 추문은 이미 공공연한 것이 되어 있었다. 모리배들이 현금을 쥐고 윌밍턴에 몰려들어 뱃짐을 전부 사서 물가를 올리기 위해 그것을 움켜잡고 있는 것이다. 물가는 영락없이 뛰었다. 필수품이 갈수록 모자라는 데 따라 물가는 한 달마다 뛰어오르기 때문이었다. 일반 시민들은 없이 살던가 아니면 모리배의 부르는 값대로 주고 살 수밖에 없었다. 빈민이나 중산 계급은 날로 심각해지는 생활난에 허덕이고 있었다. 물가가 올라감에 따라 남부 동맹의 지폐 가치는 형편없이 떨어졌다. 그리고 그 폭락에 따라 사치품에 대한 이상한 갈망이 높아 갔다. 봉쇄 밀수꾼들은 필수품을 수입하도록 명령을 받고 있었고, 사치품 거래는 부업 정도로 허가되어 있었다. 그렇지만 이제는 남부 동맹이 절대로 필요한 건 다 제쳐 놓고 배에 가득 싣고 오는 것은 값이 비싸질 사치품들뿐이었다. 내일은 또 물가가 오를 것이고 돈 가치는 떨어질 거라고 겁낸 사람들은 꼭 미치광이처럼 이 사치품들을 사들였다.

게다가 더욱 불행한 것은 윌밍턴에서 리치먼드에 이르는 철도가 겨우 하나밖에 없어, 숱한 밀가루와 베이컨이 미처 수송되지 않아 도중 역에서 썩고 있었다. 그에 반하여 주류, 견직물류, 커피 따위를 매점(賣占)한 모리배들은 윌밍턴에서 한 이틀이 지나면, 반드시 리치먼드에 들여올 수가 있었다.

이제까지 뒤에서 쏘곤쏘곤 말하던 소문이 드디어 공공연하게 떠들게시리 되었다. 레트 버틀러는 자기 소유의 배 네 척을 동원하여, 일찌기 없었던 높은 값으로 그 뱃짐을 팔고 있을 뿐만 아니라, 다른 사람의 뱃짐까지 매점하여 물가를 최고로 올리기 위해 독점하고 있다는 것이었다. 또 그는 백만 달러 이상의 자금을 가진 한 패의 대장이 되어 배의 짐을 부린 그 자리에서 봉쇄 밀수의 상품을 매점하기 위해 윌밍턴을 본거지로 삼고 있다는 풍문도 있었다. 윌밍턴과 리치먼드 두 도시에 수십 개의 창고를 갖고 있다는 둥, 창고에는 값이 오르기를 기다리는 식량과 의류가 꽉 들어차 있다는 둥, 그런 소문이 있었다. 병사가 됐건 시민이 됐건 모두 가난에 허덕이고 있을 때였기 때문에 버틀러와 그 일당인 모리배에 대한 시민들의 분노는 대단했다.

박사가 신문에 기고한 편지 제일 마지막에는 이렇게 씌어 있었다.〈남부 동맹 해군의 봉쇄 돌파선 중에는 충성과 애국의 용사가 많이 근무하고 있다. 그들은 남부 동맹의 승리를 위해 자기의 생명과 재산을 걸고 있는, 욕심이란 조금도 없는 사람들이다. 그들은 모든 충성된 남부인들의 마음 속 깊이 존경을 받고 있고, 그 누구도 그 위험의 보상으로 얻는 얼마 안 되는 금전적 이익에 불평을 하지는 않는다. 그들은 사사로운 욕심이 없는 신사이고, 우리들은 존경심을 가지고 있다. 나는 이런 분들에 대해, 말하고 있는 것이 아니다.

그런데 그 가운데 악당이 있는 것이다. 그들은 봉쇄 돌파자의 가면을 쓰고 사리 사욕을 탐내고 있다. 나는 가장 정당한 대의를 위해 싸우고 있는 사람들의 의분과 복수가, 우리들 병사가 키니네 부족으로 죽어가고 있는 이 마당에 새틴이나 레이스를 수입하고, 우리들 병사가 모르핀의 부족으로 괴로와하고 있는 이 마당에 차나 술을 실어 들이는, 이들 인간의 탈을 쓴 탐욕스런 독수리들 위에 내려지기를 원한다. 나는 이들 흡혈귀를 증오한다. 그들은 로버트 리 장군 밑에서 싸우고 있는 병사들의 피를 빨아먹고 있는 것이다. 봉쇄 밀수라는 그 이름만으로도, 모든 애국자의 가슴을 메스껍게 만들고 있는 이 무리를 나는 저주한다. 우리들의 아들과 동생이 맨발로 전선을 달리고 있는 이때, 우리들 가운데 에나멜 구두를 신고 썩은 고기를 먹는 동물이 있는 것을 참을 수 있는가. 우리들의 병사가 야영의 불 앞에서 떨고 곰팡이가 슨 베이컨을 먹고 있다는데, 샴페인을 마시고 파테 드 스트라스버그 같은 고급 요리로 배를 채우는 무리들을 어찌 용서할 수가 있겠는가. 나는 모든 충성된 남부 동맹 여러분에게 호소한다. 이런 무리들을 몰아내자고!〉

애틀랜타시 사람들은 이것을 읽고 마침내 신의 계시가 내렸다고 생각했다. 그리고 충성된 남부 동맹의 한 사람으로 허둥지둥 레트를 추방했던 것이다.

1862년 가을에 그를 맞이하던 모든 가정에서 1863년이 되고 나서도 그가 드나들 수 있었던 집은 겨우 피티퍼트의 집 정도였다. 만일 멜라니가 없었다면 아마 이 집에서도 맞아들이지 않았으리라. 피터 시고모는 그가 시에 찾아오면 언제나 속을 끓였다. 그의 방문을 허락하면 주위 사람들이 하라는 말을 그에게 할 용기는 아직 없었던 것이다. 버틀러가 애틀랜타에 왔다는 소식을 들을 때마다 그녀는 두툼한 입술을 꽉 다물고, 자기가 현관에서 만나 현관에서 쫓아 버리고 말겠다고 젊은 두 사람에게 말하지만, 그러나 그가 조그만 선물이라도 들고 나타나 교묘한 말솜씨로 비위를 맞추면 그녀는 곧 누그러지고 마는 것이었다.

「이젠 어떻게 해야 좋을지 모르겠다.」 그녀는 한숨을 길게 내쉬었다. 「그 사람에게 조금이라도 싫은 얼굴을 보이거나 자칫 싫은 소리를 했다간 무슨 짓을 당할지, 그게 무서워 죽겠어. 아무튼 무척 평이 나쁜 사람이니까 말야. 나를 때릴지도 몰라. 아니면…… 아, 찰즈가 살아 있기만 한다면. 스카알렛, 네가 말해야 한다. 어떻게 좋은 말로 두 번 다시 오지 않게 말해라. 정말이다. 네가 그 사람을 버릇없게 만들고 있는 거야. 온 동네에서 시끄럽게 말들을 하고, 게다가 너의 어머님께서 아시면, 어머님은 내게 뭐라고 하시겠니? 멜라니, 너무 친절하게 대해 주면 안 된다. 냉정하게 대해 주면 그 사람도 알 게 아니냐. 아, 멜라니, 헨리에게 편지를 써서 버틀러 선장에게 말해 달라고 부탁하는 편이 좋을까?」

「아아뇨, 안 돼요.」 멜라니는 말했다. 「그리고 저는 그분에게 실례될 짓을 하고 싶지 않아요. 모두들 버틀러 선장이라면, 머리가 이상해지고 겁장이가 되는 거예요. 저는 미드 박사나 메리웨더 부인이 말씀하시는 것처럼 그가 그렇게 악인이라고는 생각하지 않아요. 굶어죽어가는 사람들에게는 먹을것을 나누어 주는 분이라고 생각해요. 왜냐하면 고아원에 기부해 달라고, 저에게 백 달러나 주지 않았어요? 그분도 역시 우리들과 마찬가지로 충성심과 애국심을 가지고 있는 거예요. 단지 너무 고집을 부려 자기를 변명하지 않는 거라고 생각해요. 남자가 고집을 부리게 되면 얼마나 외고집이 되는지 그건 고모님도 잘 아시잖아요.」

피티 시고모는 남자에 대해서는, 고집을 부리느니 어쩌느니 하는 말을 들어도 아무것도 몰랐다. 그래서 포동포동한 작은 손만 불안하게 저을 뿐이었다. 스카알렛은 벌써 오래 전에 어떤 사람에게서도 미점(美點)을 찾아내는 멜라니의 성격에 두 손을 번쩍 든 형편이었다. 멜라니는 바보다. 그러나 도저히 어떻게 할 수 없다고 체념했던 것이다.

스카알렛은 레트에겐 애국심 같은 것이 없다는 것을 알고 있었다. 그리고 솔직하게 그렇게 말하느니 차라리 죽는 편이 낫다고 생각하고 있었지만, 실은 그녀에겐 그런 것은 아무래도 좋았다. 그가 낫소에서 갖다 주는 작은 선물, 숙녀가 예의를 가지고 받아도 좋은 사소한 선물이 오히려 그녀에겐 커다란 관심거리였다. 이렇게 물가가 오른다면 그의 출현을 막는 날에는 대관절 어디서 바느질 바늘이라든가 봉봉 과자, 머리 핀 따위를 손에 넣을 수 있단 말인가. 피티 시고모에게 책임을 전가시키기는 문제없다. 피티 시고모는 뭐니뭐니해도 이 집의 가장이고, 자기들의 감독자이며 풍기의 심판자이기 때문이다. 시내 사람들이 레트의 방문에 대해, 그녀 자신에 대해 쑥덕거리고 있는 것을 그녀는 알고 있었다. 그러나 또 그녀는, 애틀랜타시 사람들이 멜라니 윌크스는 잘못을 저지를 사람이 아니라고 보고 있는 것도 알고 있었다. 그러므로 멜라니가 레트를 두둔하는 한, 그가 찾아와도 세상에선 얼마쯤 경의를 가지고 본다고 생각해도 크게 틀림은 없다고 안심하고 있었던 것이다.

그렇긴 해도 레트가 저 이단자 같은 태도만 버린다면 인생이 훨씬 유쾌할 것이라고 생각했다. 그렇게 되면 그와 함께 피치트리가를 걷고 있을 때도 모두가 그를 보고 못 본척하는 불쾌한 꼴은 당하지 않으리라.

「그런 걸 생각한다고 꼭 입 밖에 낼 필요는 없지 않아요.」

그녀는 불평을 말했다. 「아무리 멋대로 생각해도 가만히만 있으면 뭐든지 순조롭게 되어 갈 텐데.」

「그게 당신의 방식이라는 거요, 파아란 눈의 위선자 씨. 스카알렛, 스카알렛! 나는 당신이 좀더 대담하게 행동하길 바랐소. 아일랜드 사람이란, 무엇이든지 하고 싶은 말은 다 하고 그 결과 같은 것은 아랑곳하지 않는 줄로만 알았소. 진실을 말하시오. 묵묵히 뱃속에 감추어 두면 당장 자신이 던져 버릴 것같이 느껴지지 않소?」

「글쎄요, 그래요.」스카알렛은 마지못해 시인했다. 「아침이나 낮이나 밤이나 나라를 위해서라고 모두들 말하는 걸 듣고 있으면 정말 진절머리가 나요. 하지만 말이죠, 레트 버틀러, 그런 말을 하면 아무도 나와 말을 하지 않게 되고 나와 춤춰 주는 청년도 없게 될 거예요.」

「그건, 옳은 말씀. 어떠한 희생을 치르고라도 춤은 취야 할 테니까요. 아뭏든 당신의 참을성에는 감탄했소. 나는 도저히 그럴 수 없소. 아무리 그게 좋다고 해도 로맨스와 애국주의의 가면을 쓰고 태연할 용기는 내게 없소. 자기가 가지고 있는 전재산을 걸어 봉쇄 밀수를 해 가지고 이 전쟁이 끝났을 때는 거지가 되는 어리석은 애국자들도 꽤 많이 있을 거요. 그들은 애국의 공적을 빛내기 위해서도, 빈민의 수를 늘리기 위해서도 나를 그들 속에 넣을 필요는 없을 거요, 그들에게는 명예만 안겨 주면 되는 거요. 이건 진심으로 하는 말인데, 그들은 그만한 가치가 있으니까. 그리고 고작 일 년쯤 지나면, 그들이 소유하는 것이란 단지 명예뿐일 거요.」

「이제 곧 영국과 프랑스가 우리들 편을 들어 준다는 것을 잘 알고 계시면서, 어쩌면 그런 말씀을 하세요? 너무 심하다고 생각해요. 그리고…….」

「아니 스카알렛, 당신은 신문을 읽고 계신 모양이군요. 이건 놀랐는데, 이제 신문 같은 건 읽지 마시오. 그건 여자의 머리를 복잡하게만 할 뿐이오. 당신이 알고 있는 정보는 내가 영국에 있었던 것이 한 달도 안됐으니까 틀리지는 않소. 그건 이렇소. 영국은 절대로 남부 동맹을 돕지는 않을 거요. 영국은 결코 지는 놈에게 돈을 걸지는 않소. 그게 영국이라는 나라요. 게다가 옥좌에 앉아 있는 홀란드 여왕(영국 여왕 빅토리아를 가리킴―역자주)은 무척 신앙심이 깊고, 노예 제도를 인정하지 않는 사람이오. 그러니까 영국의 방직 공장 직공들이 아무리 우리들의 목화가 들어가지 않아 일거리가 없고 굶어죽을 지경이 되었다고 해도 노예 제도를 지키기 위해 양키에게 한 대 먹이거나 하는 짓은 절대로 않을 거요. 또 프랑스만 하더라도, 저 나폴레옹의 빈약한 아류(亞流) 같은 사나이는 멕시코에 있는 프랑스군을 지키기에 바빠 우리의 문제에 머리를 쓸 여유가 없소. 사실 말이지, 나폴레옹 3세는 이 전쟁을 환영하고 있소. 왜냐하면 우리들은 전쟁에 여념이 없어, 그의 군대를 멕시코에서 몰아낼 여유가 없기 때문이오. 이봐요 스카알렛, 외국으로부터 원조가 있을 것이라는 생각 같은 건 남부의 사기를 북돋기 위해 그냥 신문이 꾸며 댄 거요. 남부 동맹의 운명은 벌써 정해져 있소. 지금은 그저 낙타처럼 자기의 혹(등의 혹)을 먹고 생명을 이어 나가고 있을 뿐이오. 아무리 큰 혹이라도 언젠가는 없어지고 말 거요. 나는 앞으로 이제 여섯 달쯤 봉쇄 밀수를 하고는 발을 뺄 작정이오. 그 이상 하면 위험해요. 그냥 계속해서 할 수 있다고 생각하는

바보 같은 영국 놈들에게 배를 팔아 넘기겠소. 어느 쪽이 어떻게 되든 상관없
소. 돈은 충분히 생겼겠다, 영국의 은행에 모두 금화로 맡겼소. 남부 동맹의 가
치 없는 지폐 같은 건 내겐 아무 필요가 없소.」

그가 말을 하면 뭐든지 그럴 듯하게 들렸다. 다른 사람이면 그의 말을 매국적
이라고 할지 모르겠지만, 스카알렛에겐 언제나 상식과 진실이 있는 것처럼 생각
되었다. 그런 일은 터무니없는 소리라고 깜짝 놀라고 또 크게 화를 내야 한다는
것은 알고 있었지만, 사실은 그렇게 놀라지도 노하지도 않았다. 단지 그런 척은
할 수가 있었다. 그러는 편이 훨씬 훌륭하고 숙녀답게 느껴졌기 때문이다.

「미드 박사가 당신에 대해 쓴 말씀은 옳았다고 생각해요. 버틀러 선장님, 자
기의 잘못을 속죄하기 위해서는 배를 팔아 군대에 지원하는 길밖에 없을 거예
요. 당신은 육군 사관학교에 계셨다고 하고, 또…….」

「당신의 말은 마치 침례 교회의 전도사가 군대를 모집할 때 하는 설교 같군.
가령 말이오, 자기의 죄를 속죄할 생각이 없다면 어떻게 하겠소? 나를 추방한
사회 제도를 지지하기 위해 내가 싸워야 할 이유가 있을까요? 그런 제도 같은
건 짓밟히는 것을 보는 게 나에겐 훨씬 유쾌하오.」

「사회 제도라니요, 저는 아무것도 모르겠어요.」하고 그녀는 토라진 것처럼
말했다.

「모른다고요? 아니 당신은 일찌기 내가 그랬던 것처럼, 그 일부가 아니었
소? 내기를 해도 좋소. 당신이 나 이상으로 그런 제도를 좋아하지 않고 있다는
것을 말이오. 왜 내가 버틀러 집안에서 추방됐는지, 그건 그 때문이란 말이오.
달리 이유가 없소. 나는 찰스턴과는 성격이 맞지를 않았고, 또 맞출 수도 없었
소. 찰스턴은 남부의 축도(縮圖) 같은 곳이오. 그래도 당신은 그곳이 얼마나
까다로운 곳인지 모를 거요. 단지 옛날부터 내려오는 습관이라는 이유만으로,
하지 않으면 안 되는 일이 산더미같이 많소. 같은 이유로, 전연 해도 없는데 해
선 안 되는 일이 얼마든지 있소. 참 하잘것없는 일로 화난 적이 한두 번이 아니
오. 당신도 아마 들어서 알고 있겠지만, 그 젊은 아가씨하고 결혼하지 않은 것
도, 그때까지 누르고 있던 내 울화통을 결국은 터뜨리고 만 마지막의, 그러나
그것 자체로선 지극히 작은 사건 때문이었던 것이오. 사고 때문에, 어두워지기
전에 그 사람을 집에 돌려보내지 않았다는 단지 그 이유 하나만으로 따분하고
바보 같은 여자와 결혼해야만 된다는 까닭이 어디 있소. 내 솜씨가 훨씬 나은데
도 그 여자의 성난 오빠 손에 걸려 일부러 맥없이 죽어야 되는 이유가 어디 있
소. 하긴 내가 신사였다면 그 사나이에게 죽어 줘야 했을 것이고, 그렇게 했으
면 버틀러 집안의 체면도 더럽혀지지 않았겠죠. 하지만——나는 살고 싶었소.

그래서 이렇게 살았고 또 즐겁게 지내왔던 거요. 찰스턴의 신성한 우상을 숭배하며 그 속에 살고 있는 형을 생각하고, 형의 따분한 마누라나 성 세실리아 무도회, 앞으로 영원히 변하지 않을 돈 같은 것을 생각하면 그 따위 제도와 인연을 끊기를 잘했다고 생각하오. 스카알렛, 우리의 남부 생활 양식은 중세 봉건 제도와 조금도 다름없이 뒤떨어졌소. 이상한 것은 그것이 어떻게 오늘날까지 이어져 내려왔나 하는 것이오. 훨씬 전에 멸망했어야 하고, 또 현재 멸망돼 가고 있는데도 당신은 미드 박사 같은 남부의 사명이 옳고 신성하다고 부르짖는 연설장이 말에, 내가 따라야 한다고 생각하는 거요? 자기를 매질한 채찍에 키스하는 것 같은 재주는 나하고는 인연이 머오. 지금의 남부와 나와는 그야말로 피장파장이오. 남부는 일찌기 나를 굶겨 죽이려고 내동댕이쳤소. 그렇지만 나는 굶어죽지도 않았고 나의 잃어버린 원래의 권리를 되찾기 위해, 남부의 단말마의 고민 속에서 톡톡히 돈을 벌고 있는 거요.」

「당신은 천한 욕심장이군요.」스카알렛은 말했지만 그 말은 기계적으로 나온 것에 지나지 않았다. 버틀러의 얘기는 대부분 오른쪽 귀에서 왼쪽 귀로 흘려 버리고 있었다. 자기에게 관계 있는 이야기가 아니면 늘 그랬던 것이다. 그렇지만 일부분만은 알았다. 확실히, 훌륭하다고는 하는 사람들의 생활에는 그런 어리석은 곳이 잔뜩 있었다. 자기의 마음이 무덤에 들어가 있지도 않은데, 들어가 있는 척해야 한다. 바자에서 춤을 추었을 때, 저 모두의 놀라움은 어떠했는가. 뭘 하든가 말할 때마다 그것이 다른 젊은 여자들이 하고 말하는 것과 조금만 틀리면 모두들 성이 난 것처럼 눈살을 찌푸렸다. 그렇지만, 그러면서도 무엇보다 진저리를 내고 있는 그 인습을 그가 공격하는 것을 들으면 웬지 못마땅했다. 예의바르고 자기의 감정을 얼굴에 나타내지 않는 사람들 속에서 너무 오래 살아 왔기 때문에, 자기 생각을 남이 말로 표현하는 것을 들으면 불안해지는 것이었다.

「욕심장이라고요? 아니오, 내겐 단지 앞을 내다보는 눈이 있을 뿐이오. 혹은 그것이 욕심장이라는 말과 같은 뜻이 될지 모르지만 적어도 나만큼 앞을 내다볼 수 있는 녀석들은 욕심장이라고 할 테지. 충성스런 남부 동맹의 누구라도 1861 년에 현금으로 천 달러 가지고 있었다면 내가 한 것만큼 타산적인 인간은, 그야말로 가뭄에 콩나듯이 드물 거요. 예를 들어 섬터 요새의 함락 직후, 봉쇄가 아직 엄중해지기 전에, 나는 몇 천 상자의 목화를 헐값에 사서, 그걸 영국에 보냈소. 그건 또 리버풀의 창고에 넣은 채 아직 팔지 않고 놔두고 있는데 영국의 방직 공장이 목화가 절실히 필요해 이쪽이 부르는 값으로 살 때까지는 내놓지 않을 작정이오. 일 파운드에 일 달러로 거래하게 된대도, 난 놀라지 않을 거요.」

「목화 일 파운드에 일 달러가 되면, 코끼리가 나무에 오를 거예요.」

「아니오. 틀림없이 일 달러가 됩니다. 목화는 벌써 일 파운드 당 칠십 이 센트까지 올라갔으니까요. 이 전쟁이 끝났을 때에는 나는 큰 부자가 돼 있을 거요. 그 이유는 내가 앞을 내다보는 눈, 아니 실례! 내 욕심만 채워 왔기 때문이오. 전에 당신에게 말한 일이 있지요, 큰 돈을 잡을 기회는 두 번 있다고 한 번은 나라가 설 때, 또 한 번은 나라가 망할 때. 나라가 설 때는 천천히 돈이 벌리지만, 일확 천금은 망할 때입니다. 내 말을 잘 기억해 두시오. 언젠가 당신에게 도움이 될지도 모르니까.」

「훌륭하신 충고 대단히 감사합니다.」 스카알렛은 한껏 비꼬는 소리로 들리게 말했다. 「하지만 모처럼의 충고인데 미안하게 됐군요. 저의 아버지가 뭐 그렇게 가난뱅이라고 생각하시나요? 아버지에게는 제가 필요한 재산쯤 있고, 뿐더러 찰즈의 유산도 있어요.」

「프랑스 혁명 당시의 귀족들도 결국 사형수의 호송 마차에 올라탈 때까지 그것과 비슷한 생각을 하고 있었자요.」

레트는 곧잘 스카알렛에게 사교적인 활동을 하고 있으면서 검은 상복을 입고 있는 것은 모순이라고 지적하고 있었다. 그는 화려한 색을 좋아했다. 스카알렛의 상복과, 보네트에서 발꿈치까지 늘어져 있는 크레프드 신의 베일은, 그를 웃기기도 했고 또 불쾌하게도 만들었다. 그러나 그녀는 그 우중충한 검은 옷과 베일만은 막무가내로 벗지 않았다. 앞으로 사오 년 더 기다리지 않고 화려한 옷으로 갈아입으면 지금도 세상이 시끄러운데 그보다 시끄러울 것을 알고 있었기 때문이다. 그리고 또 어머니에게는 뭐라고 변명할 것인가.

크레프드 신의 베일은 까마귀 같고 검은 옷은 십 년이나 늙어 보인다고 버틀러는 입바른 말을 했다. 이 버릇없는 말은 그녀를 거울 앞으로 달려가게 했다. 그리고 정말 열 여덟이 아닌 스물 여덟으로 보이나 들여다보았다.

「메리웨더 부인을 닮으려고 애쓰시는 겁니까? 당신에게는 좀더 긍지가 있다고 알고 있었는데요.」 그는 놀랐다. 「그리고 전혀 마음에도 없는 슬픔을 광고하려고 그런 베일을 쓴다는 건 악취미입니다. 나는 당신과 내기를 해도 좋아요. 두 달 안에 당신 머리에서 그 보네트와 베일을 벗기고 파리에서 만든 옷을 입혀 보이겠소.」

「정말, 인제 그런 논쟁은 그만둬요.」 스카알렛은 그가 찰즈를 두고 비꼰 것이 짜증이 나 쏘아붙였다. 또 해외로 여행하기 위해 윌밍턴으로 갈 채비를 하고 있던 레트는 싱글싱글 웃으면서 가 버렸다.

그로부터 수주일 지난 어느 맑은 여름날 아침, 그가 다시 나타났다. 손에는 멋진 장식이 달린 모자 상자를 들고 있었는데, 집 안에 스카알렛 혼자 있는 것을 알자 그것을 열었다.

몇 겹이나 얇은 종이에 싼 최신 유행의 보네트가 나타나자, 그녀는 자기도 모르게「어머나, 멋져!」소리치면서 그것을 집어 들었다. 새로운 옷 같은 건 손에 만지기는커녕 구경하기 조차 어려웠기 때문에 이렇게 예쁜 보네트는 생전 처음 보는 것 같았다. 그것은 짙은 초록색 태피터로 엷은 비취색 물결 무늬가 있는 비단 안감을 받친 것이었다. 턱 밑으로 매는 리본의 폭은 그녀의 손바닥만큼이나 넓었고, 그것 역시 엷은 초록빛이었다. 그리고 이 아름다운 모자의 테에 꼬불꼬불하게 댄 것은 아주 맵시 있는 초록빛 타조의 깃털이었다.

「써 보십시오.」레트는 웃으면서 말했다.

그녀는 방을 가로질러 거울 앞에 가서 그것을 머리 위에 가볍게 올려 놓고 귀걸이가 보이도록 머리를 쓸어올린 다음 리본을 턱 밑에서 매었다.

「어때요, 어울려요?」말하면서 그녀는 그에게 보이려고 발끝으로 팽그르르 돌아 깃털 장식이 흔들리도록 머리를 까딱 움직였다. 그러나 그의 눈에 찬미의 빛이 나타나기도 전에 그녀는 스스로 자기가 아름답다는 것을 알았다. 황홀할 정도로 멋지고, 모자 안쪽의 엷은 초록빛이 그녀의 눈을 짙은 에메랄드색으로 빛나게 했다.

「저, 레트 씨. 이 보네트, 누구에게 줄 거예요? 나, 사고 싶어요. 가지고 있는 돈을 전부 털어서라도 사고 싶어요.」

「당신에게 드리는 겁니다.」그는 말했다.「그 초록빛이 어울리는 건 당신밖에 아무도 없지 않습니까? 당신의 눈빛을 제가 기억 못할 줄 아셨읍니까?」

「정말 저를 위해 이걸 만들게 하셨어요?」

「그럼요. 거기 상자 위에 뤼 드 라 페라고 씌어 있지 않습니까, 아시겠지요?」

거리의 이름 같은 것은 아무래도 좋았다. 거울에 비친 자기 모습에 그녀는 잔뜩 홀려 있었다. 지금 이 순간은, 다만 지난 이 년 동안에 쓴 모자 중에서 가장 아름다운 이것이 자기를 얼마나 아름답게 하는가 그것밖에 관심이 없었다. 이 모자가 있으면, 어떤 신나는 일이라도 할 수 있다! 그러나 이윽고 그녀의 미소는 사라졌다.

「아, 꿈이에요. 하지만…… 아, 이 예쁜 녹색을 베일로 감추고 이 깃털 장식을 검게 물들여야 한다니, 정말 속상해요.」

그는 벌떡 일어나 옆으로 다가가 턱 밑에 맨 리본을 확 잡아 풀었다. 앗 하는 사이에 모자는 본래의 상자 속으로 들어가 버리고 말았다.

「왜 그러세요? 제게 주신다고 하시지 않았어요?」

「하지만 상복 모자로 바꿔어서는 곤란합니다. 누군가 제 취미를 아는 파아란 눈의 아름다운 아가씨를 찾아야지요.」

「어머, 안 돼요! 안 주시면, 난 죽어 버릴래요. 제발 레트, 짓궂게 굴지 마시고 절 주세요.」

「드리면 다른 모자처럼 새까맣게 만들 텐데요, 싫습니다.」

그녀는 상자를 꽉 붙잡았다. 자기를 이처럼 젊고 아름다와 보이게 하는 멋진 모자를 다른 여자한테 내줄 수가 있는가. 순간, 피티와 멜라니가 얼마나 놀랄까 생각했다. 어머니, 어머니가 어떻게 말할까 생각하고는 몸서리를 쳤다. 그러나 허영심 쪽이 훨씬 강했다.

「안 바꾸겠어요. 약속해요. 자, 안 주시면 싫어요.」

그는 비웃는 듯한 미소를 띄우고 상자를 그녀에게 넘겨, 다시 그녀가 머리에 모자를 쓰고 맵시를 내는 것을 지켜보았다.

「이거, 얼마예요?」 불쑥 묻고 그녀는 얼굴을 숙였다. 「지금 오십 달러밖에 없어요. 하지만 내달이면.」

「남부 동맹 지폐라면 아마 이천 달러는 줘야 할 거요.」 말하고 그는 빙글빙글 웃으면서 그녀의 풀죽은 표정을 보았다.

「어머나, 그럼 이렇게 해요. 지금 오십 달러만 드리고 나머지는…….」

「값 같은 건 필요 없어요. 그건 내가 드리는 선물입니다.」 그는 말했다.

스카알렛은 입을 딱 벌리고 있었다. 남자로부터 받는 선물에 대해서만은 극히 엄밀하게, 극히 주의 깊게 경계선이 쳐져 있는 것이다.

어머니 엘렌은 틈 있는 대로 곧잘 이렇게 들려 주었다.

『과자나 꽃, 그리고 그저 시집이나 앨범이나 프로리다 향수의 작은 병, 그 정도가 숙녀로서 신사에게서 받아도 좋은 선물이다. 값진 선물은 절대로 안 돼요. 설령 약혼자한테서라도 안 돼. 만일 그런 선물을 받으면, 남자는 너를 숙녀로 생각하지 않고 함부로 대하게 된다.』

『아이, 어쩌나!』 스카알렛은 우선 거울 속의 자기를 보고, 그러고 나서 무엇을 생각하고 있는지 알 수 없는 레트의 얼굴을 쳐다보면서 생각했다. 『안 받겠다곤 도저히 말할 수 없어. 이렇게 예쁜걸. 약간쯤 함부로 대한들 어때.』 그래도 그런 생각을 품은 자기가 웬지 무서워져 그녀는 얼굴을 붉혔다.

「전, 전 오십 달러 치르겠어요.」

「그런 짓 하시면 그걸 시궁창에 처넣고 말겠읍니다. 그보다 차라리 그 오십 달러를 교회에 바쳐 당신의 영혼을 위해 미사라도 드리는 게 나을걸요. 확실히 당신의 영혼은 두서너 번 미사를 올려야 할 테니까요.」

본의 아니게 그녀는 웃었다. 초록빛 보네트의 차양 밑에서 웃고 있는 거울 속 자기 모습이 순간적으로 결심을 하게 만들었다.

「대체 저를 어떻게 하실 작정이세요?」

「당신의 그 계집애 같은 꿈이 완전히 가시고 나의 마음대로 될 때까지, 예쁜 선물로 유혹할 작정입니다.」 그는 말했다. 그리고 어머니의 흉내를 내어 「애야, 남자분들한테서는 과자하고 꽃밖에는 받아서는 안 된다.」

그녀는 웃음을 터뜨리고 말았다.

「당신은 머리는 좋아도 마음은 시커먼 악당이군요, 레트 버틀러. 이 보네트가 아주 예뻐서 도저히 거절할 수 없다는 것을 알고 계셨죠?」

그의 눈은 그녀의 아름다움을 찬미하면서도 어딘가 조소의 빛을 띠고 있었다.

「물론 피티 아주머니에게는, 나에게 태피터와 초록 비단을 견본으로 주고 모자의 모양까지 그려 주었더니, 결국 오십 달러 가량 빼앗기고 말았다고 말해야겠군요.」

「아녜요, 백 달러라고 하겠어요. 그러면 시고모님은 온 동네에 퍼뜨릴 거예요. 그렇게 되면 모두들 몹시 부러워하고, 제가 지나치게 사치스럽다고 쑤군덕거리겠죠. 하지만 래트, 이제 다시 이런 값비싼 선물은 갖고 오시지 마세요. 친절은 정말 고맙지만, 이제 다시는 아무것도 받지 않겠어요.」

「정말입니까? 하지만 나는 내 마음이 내키는 한, 그리고 또 당신의 아름다움을 돋보이게 하는 것이 있는 한, 선물을 갖고 오겠읍니다. 이번에는 그 보네트에 어울리는 옷을 만들기 위해, 검은 녹색 물결 무늬가 있는 비단을 가져오지요. 그리고 말인데, 당신에게 주의해 두지만 이건 친절해서가 아닙니다. 나는 보네트나 팔찌 따위로 당신을 유혹해 타락시키려는 겁니다. 언제나 이것만은 잊지 말고 기억해 두시오. 나는 무슨 일이고 이유 없이는 하지 않습니다. 아무런 보수도 바라지 않고는 결코 하지 않는다는 겁니다. 나는 반드시 보수를 받고 말아요.」

그의 검은 눈은 그녀의 얼굴을 유심히 쳐다보다가 천천히 입술 위에 와 멎었다. 스카알렛은 눈을 내리깔았다. 가슴이 두근거리기 시작했다. 마침내 어머니가 말한 대로 그는 함부로 행동하려고 하고 있는 것이다. 키스를 하려는 걸까, 아니면 키스를 하려는 척하는 걸까. 그녀의 두근거리는 가슴은 어떻게 해야 할지 통 갈피를 잡을 수 없었다. 만일 키스를 거절한다면, 그는 곧장 머리에서 보네트를 잡아채 다른 여자에게 줄는지도 모른다. 반대로 만일 잠깐 키스를 허락한다면 또 한 번 키스를 할 수 있지 않을까 생각하고 예쁜 선물을 가지고 올지도 모른다. 왜 그런지는 몰라도 남자들이란 키스를 무척 대단한 것으로 생각하고 있는 모양이다. 대개의 경우, 한 번 키스를 하면, 남자는 완전히 그 여자에게 빠지고 만다. 만약에 여자가 현명하여, 한 번만 키스하고 두 번 다시 못하게 하면, 남자는 참으로 우스운 꼴을 연출한다. 레트 버틀러에게 사랑하게 하고 그것을 고백시키고 키스와 미소를 애원하게 만든다면, 얼마나 자극적이고 재미있을까. 그렇다, 그에게 키스를 허락해 주자.

그런데 그는 키스할 눈치는 보이지 않았다. 그래서 그녀는 속눈썹 아래로 살짝 눈웃음을 보내고 유혹하듯 낮은 목소리로 말했다.

「꼭 보수를 받는다고 하셨죠? 그럼 제게서 어떤 보수를 받으시겠어요?」

「곧 아시게 될 겁니다.」

「이 보네트의 보수로서 제가 만일 당신과 결혼이라도 할 거라고 생각하신다면, 그건 거절하겠읍니다.」그녀는 대담하게 잘라 말하고, 유혹하듯 깃털 장식이 날리게 고개를 발딱 젖혔다.

그의 흰 이가 짧은 콧수염 아래에서 반짝 빛났다.

「부인, 너무 자만하시는 것 같군요. 나는 당신과, 아니 다른 누구와도 결혼할 생각은 없읍니다. 나는 결혼할 만한 인간이 못 되니까요.」

「어머나!」불의의 공격을 받고 그녀는 소리를 질렀다. 그리고 이렇게 된 바에는 차라리 그에게 어떻게든 마음대로 하게끔 하리라 결심했다.

「당신에게 키스해 드릴 생각도 없어요.」

「그럼 어째서 그렇게 이상하게 입술을 오므리고 있는 겁니까?」

「어머!」거울 속의 자기의 얼굴을 흘낏 보고 외쳤다. 붉은 입술은 자못 키스를 바라는 모양을 하고 있었다.「어머!」다시 한 번 소리를 지르고는 화가 잔뜩 나 바닥을 탕 굴렀다.「당신처럼 무서운 사람은 본 일이 없어요. 당신 같은 사람, 이제 다신 안 봐도 조금도 섭섭하지 않아요.」

「정말 그렇게 생각하신다면, 그 보네트를 짓밟아 버리는 게 어때요. 아 정말, 멋진 신경질이군. 당신도 알고 있겠지만, 당신에겐 정말 잘 어울려요. 자아, 스카알렛, 나하고 내 선물을 어떻게 생각하고 있는지 그것을 분명히 하기 위해 보네트를 짓밟아 보시지.」

「이 보네트에 누가 손을 대게 할 줄 아세요?」말하면서 턱의 리본 매듭을 꽉 누르고 그녀는 주춤 뒤로 물러섰다. 그는 따라와 가볍게 웃으며 그녀의 양손을 잡았다.

「아, 스카알렛, 당신은 참 너무 젊소.」그는 말했다.「모처럼 바라고 있는 모양이니까 키스를 해드리지.」하고 아무렇게나 허리를 구부렸다. 그의 콧수염이 그녀의 볼에 가볍게 스쳤다. 「자아, 이래도 숙녀의 품위를 지키기 위해 나를 후려갈겨야 된다고 생각하오?」

반항적인 입모습을 하다가 얼굴을 들어 상대의 눈을 바라보았다. 그 검은 눈동자 속에 무척 재미있어하는 표정을 읽고 그만 웃음을 터뜨리고 말았다. 어쩌면 이렇게도 남을 놀리길 좋아할까. 어쩌면 이렇게 짓궂을까. 나하고 결혼하고 싶지 않을 뿐만 아니라 키스도 하고 싶지 않다면 그럼 대체 바라고 있는 건 무엇일까. 나를 사랑하고 있지 않다면, 어째서 이렇게 뻔질나게 찾아오고 선물을 주고 그러는 걸까.

「이쯤이 좋아.」그는 말했다. 「스카알렛, 나는 당신에게 나쁜 영향을 주고 있는 남자요. 만일 당신에게 조금이라도 분별이 있다면, 나를 쫓아내야만 할 거요. 당신이 그럴 수 있다면 말이오. 그러나 나는 좀처럼 쫓아내기 어려운 남자지. 그렇지만 어쨌든 당신에게는 나쁜 남자요.」

「당신이?」

「모르시오? 바자에서 당신과 만난 이래 당신의 생활은 세상의 소문거리가 됐는데, 그 대부분의 책임은 내게 있소. 당신에게 춤을 권한 게 누구였소? 우리들의 영광에 넘친 남부의 대의가 영광도 아니거니와 신성하지도 않다고 당신에게 인정하게 만든 게 누구였소? 요란스런 구호로 외치는 주의를 위해 죽는 놈은 바보라고 당신에게 생각하도록 만든 게 누구였소? 노부인들의 소문거리가 되도록 당신을 도운 게 누구였소? 풍속을 무시하고 상복을 몇 년이나 일찍 벗기려고 유혹한 게 누구였소? 또 마지막으로, 받기만 하면 누구든 숙녀로 있을 수 없는 그런 선물을 당신에게 권한 게 누구였소?」

「당신은 너무 자만심에 빠져 있군요, 버틀러 선장. 저는 그런 남에게 손가락질받을 만한 짓을 한 기억은 아무것도 없어요. 그리고 당신의 손을 빌리지 않았더라도 어차피 저는 그런 것쯤 벌써 하고 있을 거예요.」

「이상한데요.」말하고 그는 갑자기 잔잔하고 진지한 표정을 지었다. 「내 손을 빌지 않았다면, 당신은 여전히 찰즈 해밀턴의 죽음을 슬퍼하고 있는 미망인이고, 부상병에 대한 갸륵한 행위로 세상의 칭찬을 받고 있었을 게 틀림없소. 그런데 지금은……」

그러나 그녀는 이미 듣고 있지 않았다. 또다시 거울에 비친 모습을 즐거운 듯 바라보며, 오늘 오후에는 이 보네트를 쓰고 회복기에 있는 장교들에게 꽃을 갖다 주리라 생각하고 있었다.

그가 한 마지막 말이 진실이었다는 것을 그녀는 깨닫지 못했다. 레트가 억지로 그녀의 미망인 생활의 우리를 열고 해방시켜 벌써 오래 전에 사교계에서 꽃의 시대가 지나가 버린 그녀를, 미혼 여성들 위에 여왕으로 군림시켰다는 것을 깨닫지 못했다. 또 그의 영향을 받고 어머니의 가르침에서 멀어진 것도 깨닫지 못했다. 변화는 극히 서서히 일어나고, 하나의 사소한 세상의 관습을 무시하는 것과 또 다른 관습을 무시하는 것과의 사이에는 아무런 관계도 없는 것처럼 생각되고, 그리하여 어느 것이든 레트하고는 아무런 관계도 없는 것처럼 여겼던 것이다. 그의 격려가 있었기 때문에, 예절에 관해 어머니로부터 제지당하고 있는 숱한 훈계와 주의 사항을 무시하고, 숙녀로서의 어려운 행동 규범(規範)을 잊어먹고 있는 줄은 깨닫지 못하고 있었다.

이 보네트가 지금까지 가진 것 중에서 가장 잘 어울린다는 것, 더구나 한 푼도 치르지 않고 손에 넣었다는 것, 레트가 고백을 하든 말든 어차피 그는 자기를 사랑하고 있는 게 틀림없다는 것, 그녀의 마음에는 그 생각밖에 없었다. 그리고 동시에 그에게 꼭 사랑을 고백시킬 방법을 생각하고 있었던 것도 사실이었다.

이튿날 스카알렛은 거울 앞에 서서 빗을 손에 들고 입 하나 가득 머리 핀을 문 다음, 며칠 전에 리치먼드에 남편을 만나러 갔다 온 메이벨이 수도(首都)에서 한창 유행하고 있다고 한, 새로운 헤어 스타일을 만들어 보려고 애쓰고 있었다. 그건 고양이·쥐·새앙쥐 스타일이라고 하는데, 무척 힘이 들었다. 머리를 한가운데서 갈라 머리 양쪽에 각각 크기에 따라 세 개의 롤을 만드는 것인데, 앞쪽의 첫째 롤이 고양이인 것이다. 고양이하고 쥐는 쉬운데, 새앙쥐는 화가 날 정도로 머리 핀이 잘 물리지가 않았다. 그렇지만 무슨 일이 있어도 꼭 틀어 올려야만 했다.

왜냐하면 레트가 만찬에 오기로 되어 있는데, 옷이나 머리가 조금이라도 새롭게 달라져 있으면 그는 반드시 관심을 보이고 비평을 하기 때문이었다.

숱이 많고 뻣뻣한 앞 머리와 이마에 땀방울을 흘려 가면서 씨름하고 있는데, 이층 복도로 뛰어드는 가벼운 발소리가 들렸다. 멜라니가 병원에서 돌아온 모양이었다. 한 번에 두 단씩 뛰어올라오는 발소리를 듣자, 머리 핀을 쥔 손이 허공에 멎었다. 뭔가 심상치 않은 일이 일어난 것 같았다. 왜냐하면 멜라니는 언제나 대가집의 후실처럼 얌전히 걷기 때문이었다. 스카알렛이 문을 확 열자, 멜라니가 뛰어들어왔다. 얼굴이 새빨개 가지고 마치 나쁜 짓을 한 어린애처럼 겁에 잔뜩 질려 있었다.

볼에는 눈물 자국이 있고, 리본으로 맨 보네트는 목에 매달렸으며 스커트의 후프가 몹시 흔들렸다. 손에는 무엇을 잔뜩 움켜쥐고 있었다. 그녀가 들어오자 방안 가득히 향수 냄새가 혹 끼쳤다.

「아, 스카알렛!」 소리를 지르고 문을 닫자 그녀는 침대에 몸을 던졌다. 「고

모님은 아직 안 돌아오셨어요? 아직도 말이죠? 아, 잘 됐다. 스카알렛, 나 걱
정이 돼 죽을 것 같아요. 하마터면 기절할 뻔했어요, 스카알렛. 피터 영감이 피
티 고모님에게 이른다고 위협하지 않아요, 글쎄.」

「뭘 이른다고?」

「나하고 말하고 있던 사람이, 저…… 미스, 아니 미세스…….」 말하다 말고
멜라니는 손수건으로 빨갛게 달아오른 얼굴을 부채질을 했다. 「저 머리칼이 붉
은 벨 와틀링이라는 여자하고 얘기했다고.」

「어머, 멜라니!」 스카알렛은 외쳤다. 너무 놀라 그만 눈을 커다랗게 떴다.

벨 와틀링이라는 여자는 그녀가 애틀랜타에 온 첫날, 거리에서 본 붉은 머리
의 여자로 지금은 시에서 가장 악명 높은 여자였다. 많은 암거래(暗去來) 여자가
군대의 뒤를 따라 애틀랜타로 흘러들어왔지만, 벨은 그 불꽃처럼 빨간 머리칼과
칙칙하고 너무나도 유행을 앞서가는 복장 때문에 한층 두드러지게 나타났다. 피
치트리가든가 고급 주택가 부근에는 좀처럼 모습을 나타내지 않았지만, 모습을
보이기만 하면 스스로 귀부인인 체하는 부인들은 당황해서 길을 비키고 옆에 가
까이 오지 못하게 했다. 그런 여자와 멜라니가 얘기를 했다니, 피터 영감이 화
를 내는 것도 무리는 아니었다.

「피티 고모님이 아시면 난 죽어 버릴 테야. 왜냐하면 고모님은 곧 울며, 동네
사람들에게 다 말해 버릴 테니까. 난 야단맞을 거야.」 멜라니는 흑흑 흐느껴 울
었다. 「내가 나쁜 게 아니야. 난, 난 그저 그 사람한테서 도망칠 수 없었던 거
야. 그런 건 참 실례거든요. 스카알렛, 난, 난 그 사람이 불쌍하다고 생각했어
요. 그렇게 생각한 게 잘못일까요?」

그러나 스카알렛에게는 그 일의 윤리성 같은 건 아무래도 좋았다. 그녀도 역
시 많은 철없는 양가집 젊은 아가씨들처럼 암거래 여자에 대해 기막힌 호기심을
가지고 있었던 것이다.

「무슨 일로 그 사람하고 얘기했어요? 어떤 말투를 써요?」

「정말, 형편없는 말투였어요. 하지만 죽을 힘을 다해 고상하게 하려고 했어
요, 가엾게도. 내가 병원에서 나오니까, 피터 영감도 마차도 기다리지 않길래
천천히 걸어올 작정으로 에머슨네 앞을 지나가려니까, 그 사람이 울타리 뒤에
숨어 있었어요. 정말 깜짝 놀랐어요. 하지만 고맙게도 에머슨네 식구들은 메이
콘에 가고 아무도 없어서 다행이었어요. 그러자 그 사람이 『당신에게 말을 걸어
서는 안 된다는 것은 알고 있지만 저 늙어 빠진 암놈의 공작새 같은 엘싱 부인에
게 말을 하려고 했더니, 글쎄 그 여자가 저를 병원에서 막 내쫓아 버리지 않아
요.』 하고 말했어요.」

「그 여자 정말 암놈의 공작새라고 했어?」스카알렛은 재미가 있어 웃었다.

「웃으면 안 돼요. 웃을 일이 아니에요. 그 사람, 뭐든지 병원 일을 좀 돕고 싶다나. 상상할 수 있겠어요? 그 사람은 매일 밤 병원에 와서 간호 일을 도와 주고 싶대요. 물론 엘싱 부인은 그런 거 생각만 해도 죽어 버릴 사람이지만. 그러니까 병원에서 쫓아 버린 거예요. 그리고 그 사람은 말했어요. 『저도 뭘 하고 싶어요. 저도 역시 당신과 마찬가지로 훌륭한 남부 동맹의 한 사람이 아닙니까?』그래서 말예요, 스카알렛, 난 도와 주고 싶다는 그 사람 말에 정말 감동했어요. 나라를 위해 도움이 되려고 생각한다면, 그 사람은 결코 나쁜 여자가 아니라고 생각해요. 이렇게 생각하면 안 될까요?」

「아무렴 어때, 멜라니. 멜라니가 나쁘다고 해도 아무도 신경쓰지 않을 거야. 그 밖에 또 무슨 말을 했어?」

「이렇게 말했어요. 병원에 가는 부인들을 보니까 내가 그 중 친절해 보이길래 불러 세웠다면서 말이죠, 돈을 좀 갖고 있는데 그것을 받아, 병원을 위해 써 달라는 거예요. 하지만 그 돈의 출처는 아무에게도 말하지 말아 줬으면 좋겠대요. 만일 엘싱 부인이 그것이 어떤 돈인 줄을 알면 쓰지 못하게 할 것이라는 말도 했어요. 그게 어떤 돈이에요! 난 그것을 생각하자 그만 기절할 것 같았어요. 그래서 허둥지둥 한시라도 빨리 달아날 생각으로 『알았읍니다, 고맙습니다.』하고 그런 바보 같은 소리를 하고 말았어요. 그랬더니 『당신이야말로 정말 훌륭한 크리스챤이군요.』그리고 이 불결한 손수건을 내 손에 쥐어 주었어요. 봐요, 이 향수 범새, 지독하죠?」

멜라니는 남자용 손수건을 내밀었다. 더럽고 향수 냄새가 물씬 나는 그 속에는 돈이 들어 있었다.

「그 여자가 고맙다는 말을 하고 매주 내게 돈을 보내겠다고 하고 있을 때, 피터 영감이 마차를 몰고 와서 나를 봤어요.」멜라니는 울음을 터뜨리면서 베개에 머리를 묻었다. 「그리고 나하고 있는 상대를 보자, 영감은…… 스카알렛 언니, 내게 막 야단을 치지 않겠어요! 난 이 세상에 태어나서 아직 한 번도 남에게 야단맞은 일은 없어요. 피터 영감은 『냉큼 마차에 탑쇼!』하고 소리쳤어요. 물론, 난 올라탔어요. 그랬더니 집에 돌아올 때까지 내내 나를 야단치고, 변명하려 해도 듣지 않고 끝내 피터 고모님에게 이른다고 하지 않겠어요. 스카알렛 언니, 아래층에 내려가서 영감에게, 고모님한테 제발 이르지 말아 달라고 좀 부탁해 주세요. 언니가 하는 말이라면 어쩌면 들을지도 몰라요. 내가 그 여자의 얼굴을 똑바로 보았다는 소리만 들어도, 고모님은 그 자리에서 돌아가실 거예요. 영감에게 부탁해 주시겠어요?」

「응, 말해 줄께요. 하지만 그 전에 돈이 얼마나 되는지 펴봐요. 꽤 무거운데 요!」

그녀는 손수건을 풀었다. 금화 한 움큼이 침대 위에 굴러떨어졌다.

「스카알렛 언니, 오십 달러예요, 게다가 금화로.」멜라니는 금화를 세면서 무 서운 듯이 말했다.「언니, 이런 돈…… 저, 그렇게 해서 만든 돈을, 군인들을 위 해 써도 괜찮을까요? 하느님께선 아마, 그 사람의 도와 주고 싶은 심정을 이해 해서 비록 더럽기는 해도 노여워하지 않을 거라고 생각하지 않으세요? 병원에 필요한 것이 잔뜩 있다고 생각하면…….」

그러나 스카알렛은 듣고 있지 않았다. 더러운 손수건을 보면서 굴욕과 노여움 에 가득 차 있었던 것이다. 손수건 한 귀퉁이에 R·K·B라고 머릿 글자를 맞추어 무늬가 수 놓여 있었다. 그녀의 제일 윗서랍에도 이것과 똑같은 손수건이 들어 있다. 그것은 바로 어제, 둘이서 꺾은 들꽃을 싸기 위해 레트 버틀러가 빌려 준 것으로, 오늘 밤 그가 만찬에 왔을 때 돌려 줄 생각이었던 것이다.

알았다. 레트는 저 더러운 와틀링인가 하는 여자와 관계하고 이 금화를 준 것 이다. 병원에 낼 기부금의 출처는 바로 거기였던 것이다. 봉쇄 밀수의 금화였던 것이다. 레트가 그런 여자하고 같이 지낸 다음, 태연히 숙녀하고 얼굴을 마주 대하다니, 얼마나 철면피 같은 남자인가. 그리고 또 나를 사랑하려니 생각하고 있던 나는 얼마나 어리석은가. 이것은 그가 결코 나를 사랑하고 있지 않다는 증 거가 아니고 무엇인가.

나쁜 여자라든가 그것에 관련된 일체의 일은 그녀에겐 모두 수수께끼였고 또 한 추잡한 일이었다. 남자가 그런 여자와 관계하고 있다는 것은 알고 있었지만, 그 관계하는 목적은 숙녀로서 입에 올릴 것이 못 되었다. 설사 숙녀가 입에 올 린다고 해도 간접적으로 완곡하게 귀띔해야 할 성질의 것이었다. 그런 여자한테 드나드는 것은 하층 계급의 천한 남자들뿐이라고만 그녀는 생각하고 있었다. 바 로 조금 전까지만 해도 훌륭한 남자가, 즉 훌륭한 가정에서 만나고 그리고 춤을 춘 남자가 그런 짓을 하리라곤 꿈에도 생각하지 못했던 것이다. 이것은 그녀에 게, 지금까지 생각해 본 일이 없는 전연 새로운 분야를 펼쳐 보여 주었다. 게다 가 그것은 무서운 일이었다. 어쩌면 남자는 모두 그런 짓을 하고 있는 것이 아닐 까? 남자가 아내에게 점잖지 못한 짓을 강요하는 것도 나쁜데, 실제로 천한 여 자를 상대하고 그러한 행위의 보수로서 금전을 치르다니, 얼마나 천한 짓인가! 아, 남자는 모두 더럽다. 그리고 레트 버틀러는 남자 중에서도 제일 더럽다!

이 손수건을 레트의 얼굴에 힘껏 던져 내쫓고 다시는 말도 하지 않으리라고 생각했다. 그러나 물론, 그럴 수는 없었다. 그런 나쁜 여자가 있는 것도, 더구나 그가 그런 여자한테 드나드는 것을 자기가 알고 있다는 것조차 절대로 그에게 눈치채여서는 안 된다. 숙녀로서 그런 점잖지 못한 행동은 절대로 할 수 없기 때문이다.

『아!』하고 그녀는 화가 머리끝까지 치밀어 생각했다. 『내가 숙녀만 아니었다면, 그 악당에게 실컷 욕을 퍼부어 주는 건데.』

그리고 손수건을 와락 움켜쥐고 계단을 뛰어내려가, 피터 영감을 찾으러 부엌으로 갔다. 요리용 화덕 옆을 지날 때 그 손수건을 불 속에 처넣고 어쩔 수 없는 분노를 느끼며 타는 불길을 멍하니 바라보았다.

14

1863년 여름에 들어서자, 모든 남부 사람들의 가슴에는 희망이 용솟음쳤다. 물자는 귀해지고 고생은 심하고 식량의 매점이며 그것과 비슷한 농간을 부리는 간상(奸商)들은 날로 활개쳤지만, 그리고 또 죽음과 병과 고난의 비통한 그림자가 이제는 거의 모든 가정에 어둡게 드리웠지만, 남부는 또다시 『이제 한 번만 이기면 전쟁은 끝난다』고 말하기 시작했다. 더구나 거기에는 지난해 여름보다 훨씬 기쁜 확실성이 있었다. 북군은 그렇게 깨물어 쪼갤 수 있는 호두가 아니라는 것이 입증이 됐지만, 그러나 어쩐지 그것도 쪼개질 것 같이 되어 갔던 것이다.

1862년의 크리스마스는 애틀랜타의 사람들에게 있어 아니, 남부 전체에 있어 즐거운 크리스마스였다. 남부 동맹군은 프레데릭스버그에서 압도적인 승리를 거두고, 북군의 사상자는 수천에 다다랐기 때문이다. 크리스마스 휴가에는 전세가 뒤바뀌었다는 기쁨과 감사에 넘쳐 있었다. 호두빛의 군복을 입은 남군은 이제 역전의 용사였고 그 지휘관은 맹장의 솜씨를 발휘했기 때문에, 누구나 다 봄이 되어 또다시 전투가 시작되면 북군은 분쇄되고 두 번 다시 일어날 수 없게 되리라고 믿었다.

봄이 되어 전투는 다시 시작되었다. 오월이 되자 남부 동맹군은 다시 챈셀로즈빌에서 대승리를 거두었다. 남부는 승리의 봄이 왔다고 떠들썩했다.

조지아 주에선 주내 깊숙이 침입했던 북부 연방군의 기병대가 오히려 남군에게 승리를 바치고 패하여 달아났다. 사람들은 웃으면서 서로의 등을 두드리며 이렇게 말했다. 「그렇다니까요. 네이잔 베드포드 포레스트 노장군에게 추격당하면, 놈들은 도망치기에 바쁘다니까요.」 그것도 그럴 것이 사월 말, 스트레이트 대령이 거느린 철 팔백 명의 북군 기병대는 애틀랜타의 북방 불과 육십 마일 남직한 로옴을 노리고 조지아 주에 기습을 기도했던 것이다. 애틀랜타와 테네시 사이의 동맥이라고 할 중요한 철도를 끊고, 그리고 남쪽으로 방향을 돌려 애틀랜타를 침입하여 남부 동맹의 요충(要衝)인 이 도시에 산적한 군수품과 공장을 파괴하려는 것이 그들의 야심적 작전이었다.

그건 대담 무쌍한 공격이었다. 만일 포레스트 장군이 없었다면 남부는 막대한 타격을 입었을 게 틀림없었다. 그러나 포레스트는 불과 적의 삼분의 일의 병력으로——그렇긴 하지만 얼마나 용감한 보병이고 기병이었던가——즉각 추격을 개시하여 그들이 로옴에 도착하기도 전에 싸움을 걸어 낮이나 밤이나 그들을 괴롭히고, 결국엔 전부대를 포로로 했던 것이다.

이 소식은 챈셀로즈빌의 승리의 뉴스와 거의 때를 같이하여 애틀랜타에 알려졌다. 시는 환희와 폭소로 금세 터질 것 같았다. 챈셀로즈빌의 승리 쪽이 중요하긴했지만, 스트레이트 기습 부대를 포로로 한 것이 훨씬 북부의 녀석들을 놀려 주는 이야깃거리가 되었다.

「여보시오, 정말이지 포레스트 노장군에 대해서는 바보 같은 짓은 하지 않는 게 좋을 게요.」 이 이야기가 몇 번이고 되풀이될 때마다, 애틀랜타시 사람들은 유쾌하게 웃었다:

남부 동맹의 행운의 물결은 바야흐로 넘쳐 들어오고, 남부 사람들은 그 물결에 떠밀려 기고 만장한 데가 있었다. 그란트 장군 휘하의 북군이 오월 중순께부터 빅스버그를 포위하고 있는 것은 사실이었다. 철벽 장군이라는 별명이 붙은 잭슨이 챈셀로즈빌에서 치명상을 입은 것도 남군에게 있어서는 견디기 어려운 손실이었다. 또 T·R·R· 콥 장군이 프레데릭스버그에서 전사하여, 조지아 주의 둘도 없는 가장 용감하고 빛나는 인물을 잃은 것도 사실이었다. 그러나 북군이 다시 한 번 프레데릭스버그나 챈셀로즈빌에서와 같은 패배를 맛보기만 하면 재기 불능이 되는 것도 또한 사실이었다. 그들은 항복하지 않을 수 없으리라. 그렇게 되면 이 가슴 아픈 전쟁도 끝이 날 것이다.

칠월 초가 되자 남군 총사령관 리 장군이 펜실베니아로 진격을 개시했다는 소문이 퍼지고, 이윽고 군 공보에 의해 그것이 확인되었다. 리 장군이 적지에 침입했다. 리 장군이 전투를 서두르고 있다. 이것이야말로 이 전쟁의 마지막 일격인 것이다 !

애틀랜타는 흥분과 기쁨과 격렬한 복수에의 갈망으로 들끓었다. 이번에야말로 북부의 녀석들을 자기의 경계선 안에서 싸우는 것이 어떤 것인가를 톡톡히 알게 되리라. 이번에야말로 기름진 밭은 짓밟히고, 말과 가축은 도둑맞고, 집은 불타고, 남자는 노소를 불문하고 감옥에 끌려가고, 부녀자는 굶주림 속에 내던진다는 것이 어떤 것인가를 톡톡히 알게 되리라.

북군이 미조리와 켄터키, 테네시, 버지니아 등 여러 주에서 저지른 포학(暴虐)은 누구나가 알고 있었다. 철모르는 아이들조차, 북군이 점령지에 끼친 참상은 증오와 공포를 가지고 기억하고 있었다. 이미 애틀랜타의 거리는 테네시 주 동부에서 내려오는 피난민으로 넘치고 있었다. 그리고 시민은 그들이 어떤 비참한 지경을 당했는지 직접 듣고 알았던 것이다. 그 지방에는, 남부 동맹의 지지자는 적은 데다 특히 남북의 경계선이 되기 때문에, 전쟁의 피해는 경계선에 있는 다른 모든 주와 마찬가지로 가장 심하였다. 남북의 지지자가 뒤섞여 있기 때문에 이웃 사람끼리 서로 밀고하고 동포가 서로 죽이는 일이 허다했다. 이들 피난민들은 펜실베니아를 불바다로 만들라고 외쳤다. 그리고 아무리 착한 노부인이라도 지독한 희열의 표정을 지었다.

그러나 리 장군이, 펜실베니아에 있는 개인의 재산에는 일체 손을 대지 마라, 약탈한 자는 사형에 처한다, 징발한 물자는 모두 군에서 값을 치르겠다고 명령을 내렸다는 보도가 전해지자, 불만은 높아져 그의 인기를 유지하기 위해서는 이제까지 장군이 싸워 얻은 모든 전적이 필요할 정도였다. 그토록 물자가 풍부한 펜실베니아 주에 부하를 멋대로 놓아 주어 마음에 드는 것을 갖지 못하게 하다니, 리 장군은 대체 무엇을 생각하고 있는 것일까? 우리의 병사들은 굶주림에 지치고 구두며 의복이며 말이 얼마든지 필요하지 않은가.

다시 미드에게서 박사에게 온 총총히 쓴 편지가, 칠월 초순중 애틀랜타에 넘치고 있었던 뜬소문을 확인할 수 있는 오직 하나의 정보였다. 이 편지는 차례차례로 사람들의 손을 거쳐 가는 사이에 그들의 격분을 더욱 불타오르게 하였다.

〈아버지, 어떻게든 구두를 한 켤레 보내 주시지 않겠읍니까? 벌써 이 주일이나 저는 맨발로 있읍니다. 구두를 손에 넣을 가망은 전연 없읍니다. 제 발이 이렇게 특별히 크지만 않았다면, 다른 친구들처럼 북군 전사자의 구두를 벗겨 신겠지만 저같이 발이 큰 양키는 아직 보지 못했읍니다. 구두가 손에 들어오면 우편으로 보내지 않도록 하세요. 도중에서 도둑맞읍니다. 도둑맞는 것도 무리는 아니니까 필에게 들려서 기차로 보내 주십시오. 불원간 저희들이 가는 곳을 알려 드리겠읍니다. 지금 현재로선 북쪽을 향해 전진하고 있다는 것 이외에는 아무것도 모릅니다. 지금은 메릴랜드 주를 행진하는 중이고, 모두들 하는 말로는 펜실베니아로 진격하고 있다고 합니다.

아버지, 저는 북군 놈들에게 놈들이 한 것과 똑같은 쓰라린 경험을 시켜 혼을 내주어야만 한다고 생각합니다. 그렇지만 장군은 허락해 주지 않습니다. 제 개인으로는 양키의 집에 불을 지르는 통쾌감을 맛보기 위해서는 총살당해도 상관없다고 생각할 정도입니다. 아버지, 오늘 저희들은 아직 아무도 본 일이 없을 것 같은 기막힌 옥수수밭을 지나갔읍니다. 실은 정직히 말해서 저희들은 그 밭에서 옥수수를 조금 훔쳤읍니다. 모두 배가 고파 견딜 수 없었고, 장군도 모르면 신경쓰지 않을 거라고 생각했기 때문입니다. 그러나 새파란 옥수수는 아무런 **보탬**도 되지 않았읍니다. 그렇지 않아도 모두들 설사를 하고 있었는데 그 옥수수 덕분에 더욱더 심해졌읍니다. 설사를 하면서 행군하기 보다는 차라리 발에 부상을 당하는 편이 편합니다. 아버지, 꼭 어떻게 해서든지 구두를 마련해 주세요. 저는 이번에 대위가 되었읍니다. 대위쯤 되면 새군복과 견장은 없을망정 구두쯤은 하나 있어야 한다고 생각합니다.〉

그러나 남군은 이미 펜실베니아 주에 침입했던 것이다. 그 점이 최대의 관심사였다. 또 한 번 이기면 전쟁은 끝나리라. 그러면 다아시 미드는 구두쯤 얼마든지 원하는 대로 손에 넣을 수 있으리라. 병사들은 고향으로 개선하고 모두들 또 즐거운 생활을 보낼 수 있게 되는 것이다. 미드 부인은 출정한 아들이 개선하고 또다시 언제까지나 함께 집에 있을 수 있는 날이 다가왔다고 생각하자, 자기도 모르게 그만 울음이 나왔다.

칠월 삼일이 되자 북부 전선에서 오는 연락이 뚝 끊겼다. 이 침묵은 사일 정오께까지 계속되었는데, 그 무렵이 되자 혼란된 전보가 토막토막 애트란타군 사령부로 들어오기 시작했다. 리 장군이 주력을 모은 펜실베니아 주의 게티즈버그라는 작은 읍 근방에서 격전이 전개되고 있고, 게다가 무척 고전인 듯싶다는 것이었다. 그러나 이들 보도도 불확실했고, 언제나 늦게 들어왔다. 왜냐하면 전투는 적지에서 벌어지고 있고 전보는 일단 메릴랜드로 와서 리치먼드에 중계되어 그 다음 다시 애틀랜타로 오는 형편이었기 때문이다.

불안은 쌓이고 공포는 서서히 시 전체를 덮기 시작했다. 어떤 일이 일어나고 있는지 모르는 것만큼 나쁜 일은 없었다. 아들을 전선에 보낸 가정에서는 그들이 펜실베니아로 진격한 부대에 끼어 있지 않기를 열심히 기원했고, 다아시 미드와 같은 연대에 집안 친척이 소속되어 있는 것을 알고 있는 가정에서는 이를 악물고 북군을 철저하게 분쇄하는 이 대전투에 참가할 수 있다는 것은 일문의 **명예**라는 둥 그런 말을 했다.

피티 시고모의 집에서는 세 여자가 서로 눈치만 살피고 있었는데, 아무도 공포의 빛을 감출 수가 없었다. 애실리는 다아시와 같은 연대에 소속되어 있었던 것이다.

오일이 되자 흉보가 북부 전선에서가 아니라 서부에서 왔다. 오랫동안 포위되어 격렬한 저항을 계속해 오던 빅스버그가 마침내 함락되고, 센트루이스에서 뉴올리안즈에 이르는 미시시피 강의 모든 전선이, 사실상 북군의 손에 들어갔다는 보도였다. 이것으로 남부 동맹은 두 토막이 나고 만 것이다. 다른 경우였다면, 이 불행한 보도는 틀림없이 애틀랜타에 공포와 비탄을 주었으리라. 그러나 지금 그들은 빅스버그의 일 따위는 그다지 중요하게 생각할 여유가 없었다. 펜실베니아에서 적에게 싸움을 강요한 리 장군의 부대 일로 마음이 가득했기 때문이었다. 빅스버그의 손실이 있다고 해도 만일 리 장군이 동부에서 승리만 거둔다면 파국은 오지 않을 것이다. 펜실베니아를 제압할 수만 있다면 다시 나아가서 필라델피아, 뉴욕, 워싱턴으로도 진격할 수가 있는 것이다. 이들 도시만 우리 손에 넣게 된다면, 북부는 무력해지고 미시시피에서의 패배는 넉넉히 보상하고도 남는다.

시간은 느릿느릿 지나고 음산하고 불길한 그림자가 전시를 덮어 불타는 태양도 빛을 잃어버린 것 같았다. 구름이 낀 어둠침침한 날씨가 이런 경우에는 어울리는 것인데 하늘은 새파랗고 아름답게 활짝 개어 있기만 했다. 부인들은 가는 곳마다 모여 현관 앞 포치, 보도, 차도 한복판에서까지 이마를 맞대고, 아무런 연락도 오지 않는 것은 전황이 호전되고 있는 증거일지도 모른다는 둥 이야기하며 서로 위로하고, 억지로라도 기운을 내려고 했다. 하지만 리 장군은 전사하고 싸움은 패배하여 매우 많은 사상자의 이름이 타전(打電)되고 있다는 무서운 소문이, 흡사 박쥐처럼 조용한 거리에 날아다니기 시작했다. 사람들은 그것을 믿지 않으려고 했지만, 역시 불안에 동요되어 거리로 신문사로 군사령부로 몰려가 뉴스를 알려고 했다. 어떤 뉴스라도, 설사 흉보라도 좋으니 알고 싶다고 간청했다.

도착하는 열차에서 뉴스를 얻으려는 사람들은 정거장으로 몰리고, 그 밖에 전신국 앞이나 응대(應對)하기에 진땀을 빼는 군사령부 앞, 문을 잠근 신문사 앞 같은 데도 가득 사람들이 몰렸다. 그것은 기묘하게 조용한 군중이었다. 게다가 군중의 수효는 시시각각 늘어갔다. 말하는 사람도 없었다. 때때로 노인이 뭔가 뉴스를 들려 달라고 목소리를 떨며 묻는 일도 있었지만, 그것은 군중의 소리를 끌어내기는커녕 오히려 정적을 더욱 깊게 하고 「전투가 시작됐다는 것 이외에는 북부 전선에선 아무런 연락도 와 있지 않은 것 같습니다.」라는 이미 몇 번이고 되풀이된 대답이 또다시 되풀이할 뿐이었다. 걷는 부인, 마차에 탄 부인의 수효도 군중의 바깥쪽에 차츰 늘어나고, 빽빽히 들어찬 몸의 온기와, 조바심을 내며 움직이는 발 밑의 먼지로, 마치 질식할 것만 같았다. 부인들도 한마디도 말을 하지 않았지만, 그 핏기 없는 얼굴은 울부짖는 것보다 웅변적으로 그녀들의 감정을 말해 주고 있었다.

이 전쟁에 아들, 형제, 아버지, 애인, 남편 중에 누구 하나도 보내지 않은 집은 이 거리에 거의 한 집도 없었다. 모두가 죽음이 그들의 집을 찾아왔다는 소식을 기다리고 있는 것이다. 누구나 다 전사는 각오하고 있었다. 그러나 패배는 예상하고 있지 않았다. 그런 생각은 마음에서 내쫓고 있었던 것이다. 지금 이 순간에도 육친의 누군가는 햇볕에 타는 펜실베이나의 언덕 풀 위에서 죽을지도 모른다. 지금 이 순간에도 남군의 부대는 우박을 맞은 곡식처럼 파멸되고 있을지 모른다. 그러나 그들이 그것을 위해 싸우고 있는 남부의 대의가 파멸될 수는 없다. 몇 천이라는 병사가 전사하고 있을지는 몰라도, 빠져 나간 용(龍)의 이빨이 더욱 많은 용의 이빨을 낳는 것처럼, 잿빛 혹은 호두빛 군복을 입은 더욱 많은 새 병사가 그들을 대신하여 반격의 함성을 올릴 것이다. 그러나 그러한 새로운 병사가 대체 어디에서 나타나 오는 것인가, 거기까지는 아무도 생각하지 않았다. 하늘에 불신을 용납하지 않는 정의의 신의 존재를 믿는 것처럼, 사람들은 다만 리 장군의 기적적인 승리와 버지니아 출정군의 불패(不敗)만을 굳게 믿고 있었던 것이다.

스카알렛과 멜라니와 피티퍼트 세 사람은 데일리 엑자미너 신문사 앞에 포장을 뗀 마차를 세우고 양산을 펼쳐 들고 있었다. 스카알렛은 손이 떨려 머리 위 양산이 흔들리고, 피티는 흥분한 나머지 코가 토끼처럼 그 둥근 얼굴 한가운데서 벌름거리고 있었다. 멜라니만은 석상처럼 꼼짝도 하지 않았다. 그 어두운 눈은 시간이 지남에 따라 차츰 커다랗게 떠졌다. 이 두 시간 동안, 그녀는 손가방 속에서 각성제를 꺼내 시고모에게 건넬 때 이외엔 단 한 마디도 말을 하지 않았다. 그녀가 전 생애를 통해 이처럼 무뚝뚝한 어조로 시고모에게 말을 한 것은 아마 이때뿐이었으리라.

「고모님, 이걸 받아 두세요. 그리고 기절하게 되면 곧 쓰세요. 미리 말씀드려 두지만, 고모님이 기절하셔도 기절한 채 그대로 피터 영감을 시켜 집에 보내 드리겠어요. 전 뭐든지 소식을 들을 때까지…… 소식을 알 때까지는 절대로 여기를 떠나지 않을 테니까요. 스카알렛 언니보고도 쭉 함께 있어 달라고 하겠어요.」

스카알렛도 떠날 생각 같은 건 털끝만큼도 없었다. 애실리의 소식을 맨 먼저 들을 수 있는 장소에서 떠날 생각은 전혀 없었다. 설사 피티 시고모가 죽더라도 이곳을 떠날 마음은 없었다. 어딘가에서 지금 애실리는 싸우고 있다. 어쩌면 죽어가고 있는지도 모른다. 그 진상을 알 수 있는 곳은 신문사밖에 달리 없었던 것이다.

그녀는 군중을 둘러보고 친구며 이웃 사람들의 얼굴을 꼽아 보았다. 미드 부인은 보네트를 비스듬히 쓰고 열 다섯 살 된 필과 팔짱을 끼고 있었다. 막클루아네 자매들은 떨리는 윗입술로 뻐드렁니를 감추려 하고 있었다. 엘싱 부인은 스파르타의 어머니처럼 꿋꿋하게 버티고 서서 마음 속의 불안은 쪽진 머리에서 흐트러져 내린 잿빛 머리카락이 떨리는 것으로 얼마쯤 엿보일 뿐이지만, 패니 엘싱은 유령처럼 새파래져 있었다. 『패니가 오빠인 휴를 그렇게 걱정할 리는 없다. 누군가 애인이 전선에 있는 게 아닐까?』메리웨더 부인은 마차 속에서 메이벨의 손을 가볍게 토닥거려 주고 있었다. 메이벨의 배는 숄로 조심스럽게 가려져 있었지만, 남 앞에 나오기가 부끄러울 정도로 눈에 띄게 불룩했다. 그녀는 무엇을 저토록 걱정하고 있는 것일까. 루이지애나의 부대가 펜실베니아에 있다는 이야긴 듣지 못했으니까 분명히 그녀의 남편인 털 북숭이 땅딸보 즈아브 병사는 이 위기를 모면하여, 리치먼드에 무사히 있을 텐데.

군중의 바깥쪽이 움직이기 시작하면서 레트 버틀러가 피티 시고모 쪽으로 조심스럽게 말을 몰아 들어오는 바람에, 서 있던 사람들이 길을 비켰다. 그가 군복을 입고 있지 않다는 단지 그 이유만으로 이 흥분할 대로 흥분한 군중에게 갈가리 찢길지도 모르는 이러한 때 이런 곳에 나타나다니 그는 얼마나 배짱 센 사람인가, 스카알렛은 그렇게 생각했다. 가까이 다가옴에 따라, 자기가 앞장서서 그를 갈가리 찢어 주고 싶은 충동을 느꼈다. 훌륭한 말을 타고 번쩍번쩍 빛나는 장화를 신고 말쑥한 흰 린네르 옷을 입고 번들번들한 영양 좋은 얼굴에 값비싼 담배를 피우고 있다니, 무슨 철면피 같은 사나이인가! 애실리를 위시해 병사들은 모두 구두도 없고 더위에 허덕이고 굶주림에 지치고 병을 참고 북군과 싸우고 있다고 하는데.

군중 사이를 천천히 헤치고 오는 그를 향해 못마땅한 눈총이 수없이 던져졌다. 노인들은 수염 속에서 중얼중얼 뇌까렸다. 그 누구도 두려워하지 않는 메리웨더 부인은 마차 안에서 엉거주춤 몸을 일으키고 똑똑히 들리게끔 「협잡꾼!」하고 욕설을 던졌다. 그 어조는 협잡꾼이라는 말에 가장 추잡하고 가장 악독한 것을 나타내고 있었다. 그는 주위에 아랑곳 없이, 멜라니와 피티 시고모에게 모자를 벗어 보이고, 스카알렛을 향해서 말을 대고는 허리를 굽혀 작은 소

리로 속삭였다. 「어때요, 이런 때야말로 미드 박사가 승리는 우리의 깃발을 장
식하는 독수리처럼 우리 군기(軍旗) 위에 있다고, 그 곧잘 하는 연설을 한바탕
할 만하지 않습니까?」

불안 때문에 신경이 잔뜩 긴장해 있는 그녀는, 성이 난 고양이처럼 그를 향해
몸을 돌리고 당장이라도 격노의 말을 쏘아붙이려고 했으나, 그가 손을 들어 그
것을 막았다.

「저는 모든 사람에게 알리러 왔읍니다.」그는 큰 소리로 말했다. 「저는 지금
까지 사령부에 있었는데, 최초의 사상자 명단이 지금 막 전보로 들어왔읍니다.」

이렇게 말하자, 그의 말을 들은 주위 사람들 속에서 소동이 일어났다. 군중은
술렁거리며 금방이라도 사령부를 향해 화이트홀가로 뛰어갈 기세였다.

「가실 것 없읍니다.」그는 안장 위로 몸을 솟구치며 한 손을 들어 제지했다.
「사상자의 명단은 이미 양 신문사에 보내져 지금 한창 인쇄중입니다. 여기서
기다리십시오!」

「어머, 버틀러 선장님!」멜라니는 눈물을 글썽이며 외쳤다. 「친절하게도 일
부러 알려 주시려고 오셨군요! 언제 발표될까요?」

「인제 곧 발표될 겁니다. 부인, 보고는 벌써 삼십 분 전에 신문사로 들어왔읍
니다. 담당 소령이 인쇄가 끝날 때까지 밖으로 새나가지 않게 통제한 거죠. 빨
리 보도를 알려고, 군중이 신문사에 난입할 염려가 있으니까요. 아, 나왔읍
니다!」

사옥 옆 창문이 열리며 가늘고 긴 한 다발의 애벌 인쇄지를 쥔 손이 불쑥 나
왔다. 잉크 자국도 선명하게 거기에는 이름이 **빽빽**하게 인쇄되어 있었다. 군중
은 앞을 다투어 몰려들어 반쪽으로 찢어 채가는 사람도 있었다. 손에 넣은 사람
들은 군중 뒤로 물러나 읽으려 했고, 뒤쪽에 있던 사람들은 앞으로 밀려가면서
「길을 비켜 줘요.」하고 소리쳤다. 「고삐를 잡아 주게.」말하면서 레트는 훌쩍
말에서 뛰어내려, 고삐를 피터 영감에게 던져 주었다. 그의 커다란 어깨가 한결
두드러지게 높이 보이는 군중 속을 그는 사정없이 마구 헤치며 갔다. 그는 잠시
뒤 대여섯 장의 인쇄물을 손에 쥐고 돌아왔다. 한 장을 멜라니에게 건네고 나머
지를 마차 바로 옆에 있던 부인들, 막클루아네 자매, 미드 부인, 메리웨더 부인,
엘싱 부인에게 나누어 주었다.

「빨리, 멜라니!」스카알렛은 소리쳤다. 금방이라도 심장이 튀어 나올 것만
같았다. 멜라니의 손이 도저히 읽을 수 없을 정도로 떨리고 있는 것을 보자, 온
몸이 확 달아올랐다.

「언니가 읽으세요.」멜라니가 작은 소리로 말했다. 스카알렛은 그것을 **빼앗**

았다. 윌크스이니까 W 줄이다. W는 어딘가. W줄은 제일 아래쪽이다. 잉크가
번져 있다. 「화이트.」하고 읽기 시작한 그녀의 목소리는 떨리고 있었다. 「윌
킨즈……원……제블로…… 아, 멜라니, 없어. 그분은 올라 있지않아! 어머
큰일 났어, 고모님이! 멜라니, 약을 빨리! 고모님을 부축해 드려요.」

멜라니는 기뻐 정신없이 울면서, 피티 고모의 흔들거리는 머리를 잡아 각성제
를 코에 대주었다. 스카알렛은 뚱뚱한 노부인을 한쪽에서 부축하며, 마음은 기
쁨으로 마구 뛰놀았다. 애실리는 살아 있다. 부상도 당하지 않았다. 하느님은
그에게 손조차 대지 못하게 한 것이다. 얼마나 고마우신, 얼마나…….

낮은 외침 소리가 들렸다. 돌아보니까 패니 엘싱이 어머니의 가슴에 얼굴을
묻고 있었다. 사상자 명부가 마차 위에서 펄럭였다. 엘싱 부인은 딸을 가슴에
꽉 껴안고 입술을 가늘게 떨며 마부에게 빨리 집으로 가자고 일렀다. 스카알렛
은 급히 명단을 훑어보았다. 휴 엘싱의 이름은 올라 있지 않았다. 패니는 애인
이 있었던 것이다. 그 사람이 전사한 것이다. 군중은 딱한 듯 조용히 엘싱네 마
차가 지나가도록 길을 내주었다. 그 뒤를 따라 막클루아네 자매가 탄 소형 이륜
마차가 움직이기 시작했다. 언니인 페이스가 고삐를 잡고 있었는데 그 얼굴은
바위처럼 굳어지고 지금은 그 뻐드렁니도 입술로 가려져 있었다. 동생 호프는
꼭 송장 같은 얼굴로, 언니 옆에 빳빳하게 굳은 채 걸터앉아 언니의 스커트를 꽉
움켜잡고 있었다. 둘 다 별안간 나이를 먹은 것같이 보였다. 두 사람은 어린 동
생 달라스를 사랑하고 있었다. 달라스는 이 결혼하지 않은 두 자매에게는 무엇
과도 바꿀 수 없는 단 하나의 혈육이었다. 그 달라스가 인제 이 세상에 없는 것
이다.

「멜라니, 맬라니!」메이벨이 기쁜 듯 소리를 높여 외쳤다. 「르네는 무사해
요. 애실리도 무사하죠? 정말 하느님 은혜예요.」숄이 어깨에서 흘러내리고
커다란 배가 뚜렷이 보이는데도, 지금은 그녀도 메리웨더 부인도 그것을 조금도
개의치 않았다. 「어머, 미드 아줌마, 르네는…….」말하다가 메이벨의 목소리
는 갑자기 어조가 바뀌었다. 「멜라니, 좀 봐요. 미드 아주머니, 혹시 저 다아시
가…….」

미드 부인은 눈을 내리깔고 자기의 무릎을 보고 있었다. 이름을 불러도 얼굴
을 들지 않았다. 그러나 곁에 있는 필 소년의 얼굴에는 역력히 불행을 말하는 표
정이 나타나 있었다.

「저, 어머니.」그는 불안에 떨며 말했다. 미드 부인은 고개를 들고 멜라니를
쳐다보았다.

「그 애는 이제 구두가 필요 없게 됐어.」그녀는 말했다.

「어머나!」외치고 멜라니는 울면서, 피티 고모를 스카알렛에게 떠맡기고, 마차를 내려 박사 부인 쪽으로 다가갔다.

「어머니, 아직 제가 남아 있지 않아요.」필은 새파랗게 질린 어머니를 위로하려고 열심히 말했다. 「제가, 출정만 허락해 주신다면, 북군 놈들을 하나도 남기지 않고 다 죽여 버릴 테야.」

미드 부인은 마치 그를 가지 못하게 하려는 듯 아들의 팔을 잡고「안 된다!」하고 짓눌린 목소리로 한마디하고는 그대로 목이 메어 버렸다.

「필 미드, 그런 말 하는 게 아니에요.」멜라니는 주의를 주고 마차에 올라가 미드 부인 옆에 앉아 부인을 안았다. 「너도 출정하여 전사한다면 그게 어머니를 돕는 일이 될 줄 알아? 그런 쓸데없는 소리 말고, 자 빨리 집으로 돌아가요.」

그녀는 필이 고삐를 잡자 스카알렛을 향해 말했다.

「고모님을 집으로 모셔다 드리고 곧 미드 아주머님 댁으로 오세요. 버틀러 선장님, 이 사실을 선생님에게 알려 주시지 않겠어요? 선생님은 병원에 계세요.」

마차는 흩어져 돌아가는 군중 사이를 빠져 움직이기 시작했다. 부인들 중에는 기뻐서 우는 사람도 있었지만, 자기 몸에 닥친 너무나 큰 타격에 멍청해 있는 사람이 많았다. 스카알렛은 선명치 못한 인쇄물을 들여다보며 알고 있는 사람들의 이름을 찾으려고 열심히 눈을 굴렸다. 애실리가 무사하다는 것을 알자, 남의 걱정을 할 여유가 생겼던 것이다. 어쩌면 이렇게도 많은 이름이 씌어 있을까. 애틀랜타 시와 조지아 주 전체에서, 어쩌면 이렇게 많은 희생자가 생겼을까.

어머나! 〈캘버트 레이포드 중위.〉저 레이포드! 그녀의 기억에 문득 떠오른 것은 저 옛날 둘이서 집을 도망쳐 나왔던 날의 일이었다. 배가 고프고 어둠이 무서워서, 밤이 되자 두 사람은 집에 돌아왔었지.

〈폰텐 조셉 K 사병.〉저 키가 조그맣고 몹시 신경질을 잘 내던 조 말이야! 가엾게도, 새색시 샐리가 아기 낳은 지 얼마되지 않았다는데.

〈먼로 라파엣 대위.〉그는 캐스린 캘버트와 약혼한 사이였지! 가엾은 캐스린. 그 애는 이중의 타격을 받은 셈이구나, 오빠와 애인을 한꺼번에 잃어버렸으니까. 하지만 샐리가 잃은 것이 더 커. 오빠하고 남편을 잃었으니까.

아, 얼마나 무서운 일인가. 그녀는 이제 더 다음을 보기가 무서웠다. 피티 시고모가 어깨에 무겁게 매달려 한숨만 쉬고 있었다. 스카알렛은 약간 거칠게 시고모를 마차 구석으로 밀어젖히고, 다시 앞을 읽기 시작했다.

어머, 그럴 리가 없어. 〈탈레턴〉의 이름이 셋씩이나 올라 있다니, 그럴 리가 없어. 아마, 아마, 당황해서 식차공(植字工)이 같은 이름을 셋씩이나 연거푸 잘못 짜 넣었을 거야. 아냐, 그렇지 않아. 세 사람 다 분명히 올라 있어. 〈탈레턴 브렌트 중위〉〈탈레턴 스튜어트 하사.〉〈탈레턴 토머스 사병.〉 게다가 보이드는 전쟁이 시작된 제일 첫해에 전사하여 버지니아주의 어딘지도 모르는 장소에 묻혀 있다. 이것으로 탈레턴네의 아들들은 전부 죽은 셈이 되는 것이다. 톰도 다리가 길고 실없는 말과 개구장이 장난을 좋아하던 낙천가 쌍동이도, 무용 교사처럼 스타일이 우아하면서도 독설가였던 보이드도 모두 죽고 만 것이다.

그녀는 이제 더 읽을 수가 없었다. 함께 자라 춤을 추고 연애놀이를 하고 키스를 한 청년들이, 아직 명단에 남아 있는가, 더 볼 용기가 없었다. 소리를 내어 울고 싶었다. 목을 죄어 오는 무쇠 손가락을 늦추기 위해 어떻게든 하고 싶었다.

「안 됐읍니다, 스카알렛.」 레트가 말했다. 그녀는 고개를 들어 그를 보았다. 그가 아직 거기에 있다는 것을 잊고 있었던 것이다. 「아는 사람이 많이 있읍니까?」

그녀는 끄덕이고 겨우 입을 열었다. 「저희 동네 집들이 대부분 희생자를 냈어요. 게다가 탈레턴네는 사 형제가 전부 전사했고요.」

그의 얼굴은 조용히 거의 침통한 빛을 띠고 있었다. 그 눈에는 예의 사람을 깔보는 듯한 빛은 전혀 없었다.

「아직 그걸로 그치진 않을 겁니다.」 그는 말했다. 「이건 겨우 첫번째 발표이고 누락도 있읍니다. 내일은 더욱 많이 발표될 겁니다.」 그는 부근에 있는 다른 마차에 들리지 않도록 목소리를 낮추어 말했다. 「스카알렛, 리 장군은 패한 것 같습니다. 사령부에서 들었는데, 장군은 메릴랜드 주까지 후퇴한 것 같습니다.」

그녀는 겁먹은 눈을 들어 그의 눈을 보았다. 리 장군의 패배에 겁이 난 것이 아니었다. 내일, 더욱 많은 사상자가 발표된다는 그 말에 겁이 난 것이다! 내일! 내일 같은 건 생각하지도 않았다. 애실리의 이름이 명단에 올라 있지 않았기 때문에 내일은 생각할 수도 없을 만큼 기뻤던 것이다. 그런데 내일 또 발표가 있단다. 어쩌면 지금 이 순간에도 그이는 죽어가고 있을지 모른다. 내일도 모른다. 아니, 경우에 따라선 일 주일 뒤도 모르는 것이다.

「아, 레트. 어째서 전쟁 같은 것을 해야 하죠? 이렇게 되느니 차라리 북부 사람들에게 노예를 팔아 해방시키는 편이 훨씬 좋을 뻔했어요. 남부가 노예를 무상으로 해방시켰더라도 이보다는 나았을 거예요.」

「전쟁의 원인은 노예 문제가 아닙니다. 스카알렛, 그건 그냥 구실에 불과해요. 남자란 전쟁을 좋아하기 때문에 어느 세상에나 전쟁은 있게 마련이고요. 여자는 전쟁을 좋아하지 않지만, 남자는 좋아해요. 정말이지, 여자를 좋아하는 이상으로 전쟁을 좋아하지요.」

그의 입가에 일그러지고 다시 예의 그 비웃는 웃음이 엷게 떠오르더니 진지한 표정이 얼굴에서 싹 가셨다. 그는 테가 넓은 파나마 모자를 벗어 들었다.

「그럼 이제부터 미드 박사를 찾으러 가겠읍니다. 그분의 아드님의 전사를 알려 주는 자가 바로 나라는 짓궂은 운명의 장난을, 지금 당장에는 선생께서 느끼지 못할 것입니다. 하지만 뒤에 영웅 전사의 소식을 가지고 온 사람이 더럽기 짝이 없는 협잡꾼의 하나라는 것을 알면, 아마 무척 언짢은 기분이 되겠지요.」

스카알렛은 피티 시고모를, 더운 물에 위스키와 설탕을 타서 먹여 재우자 프리시와 쿠키에게 간호를 맡기고, 미드 박사 집을 향해 거리를 내려갔다. 미드 부인은 이층에서 필과 함께 남편이 돌아오길 기다리고 있었다. 멜라니는 객실에서 이웃 문상객들과 낮은 목소리로 이야기하고 있었다. 그녀는 바늘과 가위를 부지런히 놀려, 엘싱 부인이 미드 부인에게 빌려 준 상복을 뜯어 고치고 있었다. 벌써 집 안에는 옷을 검게 물들이기 위해 부엌에서 자가제품(自家製品)인 검은 물감을 풀어 옷을 삶고 있는 냄새가 풍겼다. 쿠키가 흐느껴 울면서 커다란 빨랫솥에 미드 부인의 옷을 전부 넣어 휘젓고 있는 것이다.

「부인은 좀 어떠세요?」 스카알렛은 살며시 물었다.

「눈물 한 방울 흘리시지 않아요.」 멜라니는 말했다. 「여자는 울 수 없을 때가 괴로운 거죠. 남자가 울지도 않고 참을 수 있는 건 왜 그런지 모르겠지만, 아마 틀림없이 여자보다 훨씬 강하고 용기가 있기 때문일 거예요. 부인은 유해를 인수하러 몸소 펜실베니아까지 다녀오시겠대요. 선생님은 병원 일로 손을 뗄 수 없으니까.」

「그런 일은 부인에겐 어려울 텐데 왜 필을 대신 보내시지 않을까?」

「부인은 만일 필을 내보내면 혹시 군대에 지원하지 않을까 그걸 걱정하시는 거예요. 필은 나이에 비해 유달리 몸집이 크고 또 요즈음엔 열 여섯 살부터 군인으로 뽑지 않아요?」

이웃 사람들은 하나 둘 빠져 나갔다. 돌아오는 박사와 얼굴을 마주치고 싶지 않았기 때문이었다. 나중에는 객실에서 바느질하는 멜라니와 스카알렛만이 남았다. 멜라니는 손에 든 상복에 눈물을 흘리며 슬퍼하고는 있었지만, 비교적 평온한 것 같았다. 지금도 전투가 벌어지고 있고, 애실리가 지금 이 순간에도 죽어가고 있을지 모른다는 생각을 그녀는 분명히 하고 있지 않는 것 같았다. 마음이 평온치 못한 스카알렛은 멜라니에게 레트가 한 말을 전해 주고 그것으로 자기의 비참한 심정을 풀어 버릴까, 아니면 자기의 가슴에 접어두는 편이 좋을까, 결정을 짓지 못했다. 그러나 결국, 그대로 입을 다물기로 결심했다. 애실리의 일만 걱정하고 있다고 멜라니가 생각할 것이 싫었기 때문이었다. 고맙게도 멜라니와 피티를 위시해서 누구나가 다 그 날 아침은 저마다 자기 자신의 감정에 사로잡혀 그녀의 거동에는 주의할 여유가 없었다.

잠시 묵묵히 바늘을 놀리고 있으려니까, 바깥에서 소리가 들리고, 커튼 너머로 미드 박사가 말에서 내리는 것이 보였다. 어깨를 힘없이 떨구고 흰 턱수염이 가슴에 부채꼴로 퍼질 만큼 고개를 푹 숙이고 있었다. 박사는 천천히 집 안으로 들어오자 모자와 가방을 놓고 아무 말없이 두 사람에게 키스를 했다. 그리고 피로한 듯 발을 끌며 층계를 올라갔다. 곧 필이 내려왔다. 팔다리만 길고, 아직 균형이 잡히지 않은 소년이었다. 두 사람은 옆으로 오라고 눈짓으로 불렀지만, 그는 바깥 포치로 나가 가장 윗 계단에 걸터앉아 두 손으로 얼굴을 감쌌다.

멜라니는 한숨을 쉬었다.

「양키하고 싸우는 데 보내 주지 않는다고 저 애는 무척 기분이 상했나 봐요. 아직 열 다섯 살인데! 아, 스카알렛, 저런 아들이 있다면 얼마나 행복하겠어요.」

「그리고 전사해도?」 스카알렛은 다아시를 생각하고 쌀쌀하게 물었다.

「아들이 하나도 없는 것보다는 설사 전사를 하더라도 역시 있는 편이 나아요.」 멜라니는 말하고 눈물이 나오려는 것을 참았다. 「언니는 몰라요. 스카알렛 언니에게는 웨이드가 있잖아요. 그런데 제겐……. 아, 스카알렛, 전 정말 아기가 갖고 싶어요. 이런 걸 내놓고 말하는 건 망측하다고 생각하실지 모르지만, 하지만 이건 진실이에요. 이것만은, 여자라면 누구나 바라는 마음이에요. 언니도 아실 거예요.」

스카알렛은 코웃음을 치고 싶은 것을 억지로 참았다.

「만일 애실리가 하느님의 뜻으로 전사한다면, 나도 차라리 죽어 버리고 싶다고 생각하겠지만, 그래도 견디어 갈 수 있을 거라고 생각해요. 하느님이 견디어 갈 힘을 주실 거예요. 하지만 남편이 돌아가고 뒤에 나를 위로해 줄 아기가, 그이의 어린애가 없다면, 전 어떻게 견딜까요? 아, 스카알렛, 언니는 정말 하늘의 은혜를 입었어요. 찰즈는 죽었지만, 웨이드가 있잖아요. 하지만 애실리가 돌아가면, 내게는 아무것도 남지 않아요. 스카알렛, 미안해요. 난 이제까지 이따금 언니에게 질투를 느낄 때가 있어요」

「질투? 내게?」 스카알렛은 죄의식에 움찔하면서 소리를 높였다.

「언니에게는 아들이 있는데 내게는 없어요. 난 이따금 어린애가 없는 것이 무서워서, 웨이드를 내 아들이라고 생각할 때가 있어요.」

「무슨 소릴 하는 거야, 그런.」 스카알렛은 마음을 놓으며 말했다. 그리고 일감에 몸을 굽히고 얼굴이 빨개져 있는 가냘픈 몸매를 힐끗 바라보았다. 아무리 어린애를 갖고 싶어도 저 몸집으로는 도저히 어려울 것 같다. 키는 겨우 열 두어 살 난 어린아이 같고, 허리 둘레도 아이와 같은데다, 가슴은 사뭇 밋밋하다. 멜라니가 어린애를 낳는다는 생각만 해도 가슴이 메스꺼워 왔다. 생각하고 싶지 않은 여러 가지가 생각났기 때문이다. 멜라니가 만일 애실리의 아이를 낳는다고 한다면 뭔가 자기의 것을 뺏기는 기분이었다.

「웨이드의 얘기를 꺼내서 정말 미안해요. 난 그 애가 아주 좋아요. 화난 건 아니죠?」

「쓸데없는 소리 그만해요.」 스카알렛은 가볍게 받아 넘겼다. 「그것보다도 포치에 나가 필을 위로해 줘요. 울고 있잖아요.」

15

버지니아 주까지 격퇴된 남군은 라피단 강벽에서 겨울을 나기로 했다. 남군은 게티즈버그에서 참패한 뒤로 극도로 피로하고 인원도 줄어들었다. 크리스마스 시즌이 다가오자, 애실리는 휴가를 얻어 고향으로 돌아왔다. 스카알렛은 이 년 만에 처음으로 그를 만나자, 그에 대한 자기의 격렬한 감정에 스스로 놀랐다. 트웰브 오우크스의 응접실에서 그와 멜라니와의 결혼식을 보았을 때는 그 이상 격렬한, 그 이상 애처로운 심정으로는 두 번 다시 그를 사랑할 수 없으리라고 생각했다. 그러나 멀리 지나간 날 밤의 자기 감정은, 지금에 와서 생각하면 철부지 어린애가 장난감을 뺏겼을 때의 심정에 지나지 않았던 것처럼 여겨졌다. 지금 그녀의 감정은 오랫동안 그를 꿈 속에서만 보아 왔기 때문에 날카로울 대로 날카로와지고, 입 밖으로 내어 말하는 것을 억지로 누르고 있었기 때문에 오히려 높아질 대로 높아져 있었던 것이다.

색이 바랜 누덕누덕 기운 군복을 입고, 여름 햇볕에 그을어서 금발이 삼거웃처럼 희끗희끗해진 애실리 윌크스는 전쟁 전 그녀가 죽도록 사랑했던 유연하고 꿈꾸는 듯한 눈초리의 청년과는 전연 다른 남자가 돼 있었다. 그러나 이전보다 천배나 멋있게 보였다. 전에는 흰 살결에 늘씬했던 것이 지금은 햇볕에 타고 여위었으며, 입 둘레에 늘어져 있는 기병 스타일의 긴 황금색 콧수염이 군인으로서의 완전한 모습을 하고 있었다.

낡은 군복을 입고 군대식으로 자세를 잡고 닳아 빠진 가죽 권총집에 권총을
간직하고 납작해진 칼집이 맵시 있게 장화에 부딪치고 녹슨 박차가 둔중한 빛을
내는 것이 어느 모로 보나 남군 장교 애실리 윌크스 소령이었다. 명령적인 태도
가 몸에 배고 침착한 자신과 위엄이 갖추어져 입가에는 과단성을 나타내는 주름
조차 보였다. 딱 벌어진 어깨와 차가운 눈빛에는 뭔가 새롭게 바뀌어진 느낌이
감돌았다. 전에는 의젓하게 좀처럼 일어나지도 않던 그가, 지금은 소리 없이 뛰
는 고양이처럼 민감해져 있었다. 그건 바이올린의 줄처럼 늘 팽팽하게 신경이
곤두서 있는 사람의 민감성이었다. 눈에는 피로한, 뭔가에 쫓기고 있는 듯한 표
정이 있었다. 그리고 햇볕에 탄 살갗은 그 골격이 뚜렷한 얼굴 위에 작은 주름
하나 잡혀 있지 않았다. 그녀의 눈에는 여전히 미끈한 애실리이긴 했지만 어딘
가 예전과는 아주 다른 인상을 주었다.

스카알렛은 타라에서 크리스마스를 보낼 예정이었으나, 애실리의 전보가 오
고는 지상의 어떠한 힘으로도, 설사 딸이 오지 않아 낙담한 엔렌으로부터 직접
명령이 올지라도, 애틀랜타에서 떠날 생각이 없었다. 만일 애실리가 트웰브 오
우크스로 돌아간다면, 그녀도 그의 가까이에 있고 싶어 서둘러 타라로 갔을지도
모른다. 그러나 그는 가족에게 애틀랜타까지 만나러 와달라고 편지를 보냈던 것
이다. 아버지 윌크스도 하니도 인디어도 이미 애트란타에 와 있었다. 이 년이나
만나지 못했는데 어떻게 만나지 않고 타라로 돌아갈 수가 있겠는가. 가슴이 뛰
는 목소리도 듣지 않고, 그 눈 속에 아직도 자기를 잊지 않고 있다는 증거도 잡
지 않은 채 어떻게 그 기회를 놓칠 수 있겠는가! 절대로 안 된다. 비록 온 세상
의 어머니를 다 잃는다 해도 그것만은 안 된다.

애실리는 크리스마스 나흘 전에, 역시 휴가를 얻은 같은 군 출신의 청년 대원
을 데리고 집에 돌아왔다. 그건 게티즈버그의 전투에서 슬프게도 줄어든 대원이
었다. 그 가운데는 말라깽이로 늘 콜록거리기만 하는 캐이드 캘버트와 1861년
이후 처음 받은 휴가로 잔뜩 흥분해 있는 먼로네 형제와 몹시 술이 취해 소란을
피우며 시종 싸움만 하려 덤비는 알렉스와 토니 폰텐 형제가 섞여 있었다. 이 한
패는, 기차를 갈아 탈 시간이 두 시간이나 남았기 때문에, 정거장에서 폰텐 형
제가 서로 싸움을 하거나 낯선 사람들에게 시비를 거는 것을 방지하기 위해 한
패 중의 술을 안 마신 패들이 머리를 짜낸 결과 피티퍼트 아주머니 집으로 데려
오게 된 것이다.

「이녀석들은 버지니아에서 웬만큼 진짜 싸움을 하고 왔을거라고 생각하실 테
지만.」하고, 서로 먼저 피티 아주머니에게 키스하려고 투계처럼 덤벼들어 아주
머니를 놀라게도 하고 기쁘게도 하는 폰텐 형제를 감시하면서 캐이드가 지겨운

듯 말했다. 「그런데 웬걸요. 저희들이 리치먼드에 닿은 이후 줄곧 이 두 놈은
술에 취해 아무한테나 시비를 걸었지요. 끝내는 헌병에게 끌려가 만일 애실리가
잘 말해 주지 않았다면 글쎄 영창에서 크리스마스를 보낼 뻔했답니다.」

그러나 스카알렛은 다시 애실리와 한방에 있다는 것만으로 완전히 흥분이 되
어 캐이드의 말 같은 건 거의 한마디도 듣고 있지 않았다. 이 이 년 동안, 그녀는
어떻게 애실리 이외의 남자를 훌륭하다느니 잘생겼다느니 하며 가슴을 설레일
수가 있었을까? 이 세상에 애실리라는 남자가 있는데, 어떻게 다른 남자들이
자기에게 사랑을 속삭이는 소리를 태연히 듣고 있을 수가 있었을까? 그런 그가
다시 돌아와, 홀의 양탄자 하나를 사이에 두고 있다. 소파에 앉아 있는 그를 보
자 그녀는 기쁨에 울음이 터질 것 같아, 그걸 참는데 전신의 힘이 필요했다. 그
의 양쪽에는 멜라니와 인디어가 앉고 하니는 그의 어깨에 기대어 있었다. 만일
자기에게 그의 옆에 기대어 앉고 그의 팔에 자기의 팔을 낄 권리가 있었다면, 만
일 이삼 분마다 그의 소매를 만져 보고 정말 그가 거기 있다는 것을 확인하면서
그 손을 잡고 기쁨의 눈물을 그의 손수건으로 닦을 수가 있다면! 더구나 멜라
니는 부끄러움도 없이, 그 모든 것을 해 보이고 있다. 너무나 기쁜 나머지 부끄
러움도 조심성도 잊어버리고 그녀는 남편의 가슴에 몸을 기대고 그를 사모하는
자기의 마음을 거침없이 눈에, 미소에, 그리고 눈물에 나타내고 있었다. 스카알
렛 자신도 그것을 나무라거나 질투하기에는 너무나 행복했고 너무나 기뻤다. 애
실리가 마침내 돌아온 것이다.

때때로 그녀는 그의 키스를 받았던 볼에 손을 대 보고 그의 입술이 스쳤을 때
의 전율을 또다시 느끼며 미소를 그에게 보냈다. 그가 제일 먼저 키스한 것은 물
론 그녀는 아니었다. 멜라니가 그의 가슴에 전신을 내던지고 애틋하게 목메어
울면서 다시는 놓아 주지 않을 듯 매달리고 만 것이다. 그리고 인디어와 하니가
멜라니의 팔에서 오빠의 몸을 떼어 양쪽으로 안았다. 다음에 그는 깊은 애정을
기울여 아버지를 포옹하고 조용히 키스했다. 그것은 아버지와 아들 사이에 흐르
는 굳세고 조용한 감정을 말해 주는 것이었다. 다음은 흥분하여 조그마한 부자
유스런 발로 종종걸음을 치는 피티 시고모님의 차례였다. 이윽고 마지막으로 그
는 스카알렛을 보았다. 그리고 데리고 온 청년들 스카알렛과 서로 키스하려고
다투고 있는 속에서 「오, 스카알렛! 당신은 여전히 아름답구려!」 말하고 그녀
의 목에 입술을 댄 것이다.

그의 키스로, 그를 맞이했을 때 하려고 했던 말은 몽땅 달아나 버리고 말
았다. 사실 몇 시간 뒤까지도 그녀는 입술에 키스하지 않은 것조차 깨닫지 못하
고 있었다. 몇 시간이 지난 다음에야 비로소 만일 단 둘이 만났다면 어떻게 했을

까 생각해 보았다. 키가 큰 그는 허리를 구부리고 나를 발돋움하게 한 다음, 그
대로 오래오래 포옹하고 있지 않았을까? 이 상상은 그녀를 즐겁게 했다. 그리
고 언젠가는 꼭 그렇게 할 것이라고 혼자 정해 버렸다. 더구나 이 꿈을 실현하는
데는 아직 일 주일이나 여유가 있다. 시간은 충분하다. 일 주일 동안에는 반드
시 단 둘이 이야기할 기회가 만들어질 게 틀림없다. 『늘 우리들이 우리들만의
비밀 오솔길을 지나 멀리 말을 달렸던 일을 기억하고 계세요?』『단 둘이 타라
의 돌층계에 걸터앉아, 당신이 시를 읊어 주신 저 달 밝은 밤의 일을 기억하고
계세요?』『난 몰라, 그게 어떤 시였더라?』『당신이 발을 삔 저를 안고 저녁 어
스름 속을 집까지 바래다 주신 그 날의 일을 기억하고 계세요?』

아, 기억하고 계세요? 라는 말을 붙여서 그에게 하지 못하는 말이 얼마나 많
은가. 두 사람이 철부지 아이들처럼 마을을 싸돌아다니던 저 즐거운 시절을 그
에게 회상시킬 추억은 너무나 많다. 멜라니 해밀턴이 나타나기 이전의 추억은
한정이 없다. 단 둘이 여러 가지 이야기를 하는 동안에 틀림없이 그의 눈 속에
높아 가는 감정의 움직임과 멜라니에 대한 남편의 애정 뒤에, 그가 처음으로 진
정을 나타냈던 저 원유회의 날과 마찬가지로 열렬하게 자기를 사랑하고 있는 마
음의 암시를 읽어낼 수가 있을 것이다. 만일 애실리가 그녀에 대한 사랑의 마음
을 솔직이 고백한다면 어떤 결과가 될 것이라는 것을 그녀는 생각도 하지 않
았다. 그녀는 다만 그가 과연 자기를 사랑하고 있는지 어떤지 그것만이 알고 싶
었다. 그리고 그것으로 충분했다……그렇다, 기다리자. 그리고 그 사이 멜라
니에게 그의 팔에 매달려 울 수 있는 시간을 잠시 주자. 어차피 언젠가는 내 차
례가 돌아올 테니까. 멜라니가 아무리 매달려 운대도 어찌 저런 여자가 참다운
애정의 열락을 깨달을 수 있으랴.

「당신은 마치 실업자 같군요.」

최초의 흥분이 지나가자 멜라니가 말했다. 「그 군복 누가 기웠죠? 게다가 왜
파란 헝겊으로 기웠어요?」

「나는 꽤나 모양을 낸 거로 알고 있는데.」애실리는 자기의 모습을 살펴보며
말했다. 「싸움터에 있는 사람들과 비교하면 이래뵈도 훨씬 난 거요. 이건 모우
즈가 기워 준 것인데, 전쟁이 날 때까지 한 번도 바늘을 쥐어 보지 못한 사람치
고는 꽤 솜씨가 있지 않소? 그런데 이 파란 헝겊 조각은 말이오, 구멍이 뚫린
채로 두는 것이 나은가, 아니면 북군의 포로 군복에서 잘라낸 천 조각으로 깁는
게 나은가, 비교하면 전혀 선택의 여지 같은 것이 있을 수 없었소. 그리고 말이
오, 나를 보고 실업자 같다고 말했지만, 이봐요 멜라니, 당신은 남편이 맨발로
돌아오지 않은 행복을 감사해야 하오. 내 낡은 장화는 지난 주 완전히 떨어지고

말았소. 그래서 그때 만일 재수 좋게 북군 척후병 두 사람을 사살하지 않았더라면, 나는 발에 양말이나 칭칭 동여매고 돌아왔어야 했을 것이오. 마침 일이 되느라고 척후병 하나의 장화가 내 발에 꼭 맞았소.」

그는 그렇게 말하고 모두를 납득시키기 위해 일동의 눈 앞에 장화를 신은 상처투성이의 긴 다리를 뻗쳐 보였다.

「그런데 또 한 놈의 장화는 애석하게도 내 발에 맞지 않아서 말이오.」 캐이드가 말을 꺼냈다. 「억지로 신고는 왔지만 크기가 형편없이 작아서 어찌나 아픈지 꼭 지옥 같아요. 하지만 역시 집에 돌아가려면 차릴 것은 차려야 되니까.」

「그렇게 아프면 내게 양보하면 될 텐데, 이 욕심장이는 절대로 벗으려고 안 하니 참 기가 막혀서!」 토니가 받았다. 「우리 폰텐 가문의 귀족적인 작은 발에는 꼭 맞을 텐데. 정말 이런 너덜너덜한 구두를 신고는 어머니와 만날 면목이 없어. 전쟁 전까지 우리 어머니는 노예에게도 이런 구두는 신기지 않았을 거야.」

「걱정 마.」 알렉스는 캐이드의 장화를 옆눈으로 흘겨 보며 말했다. 「돌아가는 기차 속에서 뺏어 버릴까? 어머니는 문제가 아닌데, 나는, 나는 정말 디미티 먼로에게만은 이렇게 발가락이 나온 꼴을 보이고 싶지 않아.」

「하지만 그건 내 장화야. 내거라고 말했으니까, 내가 먼저야.」

토니가 형에게 대들었다. 유명한 폰텐네 싸움이 시작되면 큰일이라고 곧 멜라니가 사이에 끼어들어 양쪽을 말렸다.

「나는 식구들에게 보이려고 수염을 길렀는데.」 하고 애실리는 아직 역력히 남아 있는 면도 자국을 애석한 듯 쓰다듬으며 말했다. 「꽤 멋진 수염이었어. 자랑이 아니라 젭 스튜어트의 수염이나 네이잔 베드포트 포레스트의 수염도 내 것에 비교하면 문제가 되지 않지. 그런데 애석하게도 리치먼드에 도착하자 이 두 악당이…….」 하고 폰텐 형제를 가리키며 「자기들도 밀어 버렸으니까 나도 밀어 버려야 한다고 우기면서, 막 둘이서 날 누르고 우격다짐으로 밀어 버리고 말았어. 하지만 수염과 함께 목이 잘리지 않은 것만 해도 그나마 다행이야. 용케도 콧수염이 화를 모면한 것은 에반과 캐이드가 중간에서 말려 주었기 때문이지.」

「쳇, 윌크스 부인! 저희들이야말로 고맙다는 인사를 받아야 합니다. 만일 애실리가 그대로 돌아왔다면, 부인은 아마 틀림없이 얼굴을 알아보지 못하고 문간에서 쫓아 버렸을 겁니다.」 알렉스가 말했다. 「우리들은 헌병에게 교섭해서 영창 신세를 면하게 해준 사례로 깎아 주었을 뿐이지요. 원하신다면, 콧수염도 당장 말끔히 없애 드리죠.」

「어머, 됐어요!」 멜라니는 깜짝 놀란 듯 황급히 애실러 옆으로 붙어섰다. 이 두 새까만 꼬마 남자들은 정말 어떤 난폭한 짓도 서슴지 않고 할 듯이 보였기 때문이다. 「콧수염은 아주 보기 좋아요.」

「곰보도 볼우물로 보인다더니.」 폰텐 형제는 호들갑스럽게 고개를 끄덕였다.

애실리가 피티 시고모님의 마차로 청년들을 정거장에 바래다 주러 나간 뒤, 멜라니는 스카알렛의 팔을 잡고 말했다.

「그이는 정말 형편없는 군복을 입었네요. 내가 공들인 상의를 드리면 얼마나 놀라와 하실까. 승마 바지를 만들 천이 있으면 좋겠는데.」

애실리를 위해 만든 그 상의는 스카알렛에게는 슬픈 것이었다. 멜라니 대신 자기가 선사하고 싶었던 것이다. 군복을 만드는 잿빛 양복지는 문자 그대로 루비보다 비쌌기 때문에 애실리도 별수 없이 홈스팡을 입고 있었다. 호두빛조차 별로 풍부하지 않아, 병사들은 대개 북군 포로의 군복을, 호두를 물감으로 삼아 짙은 갈색으로 다시 물들여 입고 있을 정도였다. 그러나 멜라니는 다행히도 우연한 일로 상의를 만들만한 나사(羅紗)를 구할 수가 있었다. 기장을 약간 짧게 만들 수밖엔 없었지만, 어쨌든 상의 모양이 되기는 했다. 멜라니는 병원에서 찰스턴 출신의 한 청년을 간호하고 있었다. 그리고 그 청년이 죽자, 그의 머리칼과 그 초라한 물건들에 위안의 편지를 곁들여, 괴로와했던 일은 쑥 빼고 평안하게 숨을 거둔 것처럼 임종의 광경을 적어, 어머니한테 보내 주었다. 그것이 인연이 되어 두 사람 사이에는 편지 내왕이 시작되었다. 이윽고 그 어머니는 멜라니의 남편도 전선에 나가 있는 것을 알자, 죽은 아들을 위해 사 두었던 잿빛 양복지와 놋쇠 단추를 부쳐 주었다. 두껍고 푹신해 보이는, 윤이 약간 나는 고급 옷감으로, 보나마나 봉쇄 밀수의 밀수품일 것이기 때문에 꽤 많은 돈을 치르고 산 물건임이 틀림없었다. 멜라니는 곧 바느질 집으로 보내, 크리스마스 아침까지는 완성되도록 서둘러 댔다. 스카알렛도 승마 바지를 자기 손으로 마련할 수가 있다면, 무엇을 내놓아도 아깝지 않을 거라고 생각했지만, 그러나 애틀랜타에선 도저히 옷감을 손에 넣을 수가 없었다.

그녀도 애실리를 위해, 크리스마스 선물을 준비해 놓았다. 그러나 그것은 멜라니의 훌륭한 잿빛 상의와 비교하면 형편없이 초라해 보였다. 그건 플란넬로 만든 조그만 바느질 그릇으로, 안에는 레트가 낫소에서 사다 준 귀중한 바늘쌈과 역시 레트에게서 받은 모시 손수건이 석 장, 실패가 두 개, 그리고 작은 가위가 들어 있었다. 그녀는 뭔가 좀더 몸에 가까이 지닐 수 있는 것, 이를테면 흔히 아내가 남편에게 선사하는 와이셔츠라든가 장갑이라든가 모자 같은 것 그렇다, 될 수 있으면 모자를 선사하고 싶었다. 애실리가 쓰고 있는 약식 보병 모자는 꼭 대기가 납작해 볼품이 없었다. 스카알렛은 언제나 이 모자가 싫었다. 잭슨 장군이 테가 늘어진 펠트 모자보다 이런 모양의 약식 모자를 애용한다고는 하지만,

그게 어쨌단 말인가? 조금도 위엄이 없지 않은가. 그러나 애틀랜타에서 손에 넣을 수 있는 모자는 형편없는 털모자뿐으로, 원숭이가 쓰는 것 같은 그런 약식 모자보다도 더욱 마음에 들지 않았다.

모자를 생각하자 곧 레트 버틀러가 머리에 떠올랐다. 그는 정말 많은 모자를 가지고 있었다. 여름엔 테가 넓은 파나마모자, 점잖은 장소에는 높은 비이버 가죽 모자, 그리고 사냥용 모자가 있는가 하면 중절모만 해도 황갈색, 검은색, 푸른색, 여러 가지를 다 갖추고 있었다. 그녀가 사랑하는 애실리는 빗속을, 모자에서 목덜미 속으로 빗방울을 떨어뜨리면서 돌아왔는데, 대체 무엇 때문에 레트는 그렇게 많은 모자를 가지고 있어야 하는가.

『옳지, 레트한테 그 검은 새 펠트 모자를 달라고 하자.』그녀는 작정했다. 『테에 잿빛 리본을 달고 그 위에 애실리가 준 꽃을 달면 정말 아주 멋진 모자가 될 거야!』

그러나 거기서 문득 주저했다. 뭔가 그럴 듯한 구실 없이는 모자를 손에 넣기란 어렵다. 애실리에게 주는 것이라고는 할 수 없다. 언제나 애실리의 이름을 올리기만 해도, 레트는 기분 나쁜 듯 눈썹을 곤두세운다. 이번에도, 그렇게 말하고 부탁하면 틀림없이 그런 표정을 할 거야. 그리고 틀림없이 거절할 거야. 그것보다는 몹시 모자를 탐내는 부상병의 가련한 이야기라도 그럴 듯하게 꾸미는 편이 나을 것이다. 뭐, 군이 레트에게 사실을 알릴 필요는 없을 테니까.

그 날 오후, 그녀는 불과 이삼 분이라도 애실리와 단 둘이 될 기회를 노렸다. 그러나 멜라니가 노상 붙어 있는데다가, 인디어와 하니 두 사람도 속눈썹이 없는 빛이 엷은 눈을 빛내면서 온 집안을 오빠의 꽁무니를 따라다니고 있었다. 아들이 자랑스러운 존 윌크스마저 진득하게 이야기를 나눌 수가 없을 정도였다.

모두가 전쟁 얘기를 들으려고 그를 향해 질문을 퍼붓는 만찬 자리에서도, 그것은 마찬가지였다. 전쟁! 전쟁 같은 것은 아무려면 어떤가! 스카알렛은, 애실리도 전쟁 이야기 같은 것엔 그다지 흥미가 없을 것이라고 생각했다. 나중에는 그래도 그는 이야기하기 시작했지만, 곧잘 웃어 대며 이제껏 본 일이 없을 정도로 완전히 좌중의 대화를 지배했다. 그러나 별로 할 말도 없는 것 같았다. 전우들에 관한 우스갯소리며, 궁지에 빠졌을 때의 요령이며, 배가 고팠던 이야기며, 우중에 강행군했던 이야기 같은 것을 명랑한 어조로 아무렇지도 않은 듯 말했고, 게티즈버그에서 후퇴할 때 옆으로 지나간 리 장군이 「제군은 조지아 부댄가?」하고 묻고 「그런가, 우리들은 자네들 조지아 사람 없이는 해나갈 수 없다네.」하고 말했던 일, 그리고 그때 장군의 태도며 생김새 같은 것을 그는 자세히 말했다.

그러나 스카알렛에게는 그가 대답하고 싶지 않은 질문을 애써 피하기 위해, 열심히 지껄이고 있는 것같이 보였다. 그리고 그의 아버지의 수심 어린 오랜 응시를 받고, 당황한 듯 눈길을 내리까는 것을 보자, 웬지 마음에서 어렴풋한 불안과 함께 대관절 애실리의 마음 속에는 무엇이 숨겨져 있을까, 궁금히 생각되었다. 그러나 그 불안도 곧 사라져 버리고 말았다. 그녀의 마음에는 황홀한 행복감과 그와 단 둘이 되고 싶다는 쫓기는 듯한 욕망 때문에, 그 외의 것은 있을 수가 없었다.

이 행복감은 난롯가에 모인 사람들이 슬슬 하품을 하기 시작하고, 윌크스 부녀가 호텔로 물러갈 때까지 계속되었다. 그들이 돌아가자 피터 영감에게 앞을 밝히게 하고 애실리와 멜라니와 피티퍼트와 스카알렛은 계단을 올라갔다. 그때 돌연 일종의 차가운 바람이 그녀의 가슴을 엄습했다. 그들이 이층의 복도에 설 때까지는, 애실리는 그녀의 것이었다. 비록 그 날 이후 내내 단 둘이 한마디 다정한 말도 나누지는 못 했지만, 그는 그녀만의 것이었다. 그러나 이제 그녀는 안녕히 주무세요, 하고 말할 때에 멜라니의 볼이 확 붉어지고 몸이 가늘게 떨리는 것을 보았다. 멜라니는 양탄자 위에 눈을 떨구고 떨리는 감정에 몹시 압도된 것처럼 보였다. 부끄러움 속에서도 그녀는 무척 행복한 것 같았다. 애실리가 침실의 도어를 열었을 때, 멜라니는 눈을 들려고도 하지 않고 재빨리 안으로 들어가고 말았다. 애실리는 몹시 무뚝뚝한 말투로 안녕, 하고 말했다. 그 역시 스카알렛과 눈이 마주치는 것을 피했다.

도어는 두 사람의 뒤에서 닫혔다. 스카알렛은 멍하니 그 자리에 선 채, 갑자기 고독감에 사로잡혔다. 애실리는 이미 그녀의 것은 아니었다. 멜라니의 것이었던 것이다. 그리고 멜라니가 살아 있는 한 영원히 그녀는 애실리와 단 둘이 방에 들어가 도어를 닫고, 바깥 세계와 떨어질 수는 없는 것이다.

애실리가 다시 버지니아의 전선으로 돌아갈 날이 왔다. 진눈깨비 속의 행군으로, 식량이 딸리는 눈보라치는 야영으로, 고난의 곤궁 속으로, 그 아름다운 금발 머리도 날씬한 육체도 인정머리 없는 발뒤축에 짓밟히는 개미처럼 순간적으로 유린당하고 말지도 모를 위험 속으로 다시 돌아가는 것이다. 꿈결처럼 아름답고 행복에 넘친 일 주일은 그와 함께 가 버린 것이다.

그 일주일은 순식간에 지나갔다. 소나무 가지와 크리스마스 트리의 냄새와 조그만 촛불과 손으로 만든 장식품으로 빛났던 꿈, 한 시각이 심장의 고동처럼 빨리 지나가 버린 꿈이었다. 숨돌릴 틈도 없는 일 주일이었다. 스카알렛은 고통과 기쁨이 뒤섞인 심정으로 그가 가버린 뒤 언제까지나 마음에 남아, 이제부터 오랜 세월을 두고두고 천천히 회상할 때마다 자기의 쓸쓸함을 조금이라도 위로해 줄 추억의 갖가지를, 마치 뭔가에 쫓기기라도 하듯 허겁지겁 채워 넣으려고 했다. 춤을 추고 노래를 하고 웃고 애실리를 위해 시중을 들고 그가 원하는 것에 신경을 쓰고 그가 웃을 때는 웃고 이야기할 때는 침묵하고, 그의 단정한 몸의 선, 눈썹이 올라갔다 내려갔다하는 모양, 입가의 엷은 표정, 그런 것들 하나하나를 뒤쫓음으로써 마음 속에 지워지지 않을 추억을 새겨 두려 했던 일 주일이었다. 그 일 주일은 너무나도 빨리 지나가 버리고 더구나 전쟁은 무한히 이어질 듯이 느껴졌다.

그녀는 객실 소파에 걸터앉아 작별의 선물을 무릎에 놓고 멜라니와 이별을 고하고 있는 그를 기다리고 있었다. 그리고 그가 혼자서 계단을 내려와 주었으면, 하다못해 몇 분간이라도 그와 단 둘이 있을 수 있었으면 하고 바랐다. 그리고 이층의 소리에 열심히 귀를 기울였으나 집 안은 이상하게 잠잠하여 그녀의 숨소리밖에 들리지 않았다. 애실리로부터 반 시간 전에 작별 인사를 받은 피터 시고모는 자기 방 배개에 얼굴을 파묻고 울음을 터뜨리고 있었지만, 멜라니의 침실에서는 아무 말소리도 우는 소리도 들려 오지 않았다. 밖에서 기다리고 있는 스카알렛에겐 그것이 무척 긴 시간으로 여겨졌다. 그녀는 그가 아내의 침실에서 작별을 아쉬워하고 있는 그 한순간 한순간을 몹시 미워하고 저주했다. 시간을 속절없이 흘러서 그가 집에 있을 시간이 더욱 짧아지기만 하기 때문이었다.

그녀는 이 일 주일 동안, 이렇게 말할까 저렇게 말할까 하고 여러 가지로 생각했지만, 끝내 말할 기회가 없었다. 이제 와서는 아마 그럴 기회는 아주 없으리라고 체념하고 있었다.

말하고 싶다고 생각하고 있던 몇 가지는, 무척 바보스럽고 하잘 것없는 것들이었다. 이를테면 『애쉴리, 몸을 조심하세요. 네.』『발을 적시면 안 돼요. 당신은 감기에 잘 걸리시니까.』『잊지 말고 와이셔츠 속에 신문지를 감으세요. 아주 바람을 잘 막아 준대요.』이런 것들이었다. 그러나 그에게 말하게 하고 싶은 좀더 중요한 말이 있었다. 비록 그가 입에 올리지 않더라도 그 눈빛으로 읽고 싶은 중요한 일이.

말하고 싶은 것은 잔뜩 있었지만, 이제는 시간이 없었다 ! 설사 몇 분이 남아 있다고 하더라도 만일 멜라니가 문간에서 마차 타는 곳까지 그를 따라간다면, 그 몇 분조차 그녀의 것은 아닌 것이다. 왜 그녀는 이 일 주일 동안에 그 기회를 만들지 **않았던가**? 그러나 언제나 멜라니가 옆에 있어 그 애정에 넘친 눈을 그에게서 **떼려** 하지 않았고 쉴새없이 친구며 이웃 사람들이며 친척들이 와 있어, **아침부터 밤까지 애실리는 결코 혼자 있는 일이 없었던 것이다. 더구나 밤이 되**

면 침실의 문을 닫고, 그와 멜라니는 단 둘만이 되고 만다. 이 일 주일 동안, 그는 스카알렛에 대해선 오빠가 누이동생에게 보이는 것 같은, 혹은 평생의 친구에게 하는 것 같은 애정 이상의 아무것도 태도에나 말에나 한 번이고 나타낸 일이 없었다. 그녀는, 지금도 틀림없이 자기를 사랑하고 있다는 그의 그 애정을 똑똑히 확인하지 않고는, 경우에 따라선 영원한 이별이 될지도 모를 오늘의 이별에, 안녕 하고 말할 수는 없을 것 같았다. 그것만 알 수가 있다면, 비록 그가 죽고 말지라도 그녀는 생명이 다하는 날까지 그의 숨겨진 애정에 마음 따뜻하게 위안을 받을 수가 있을 것이다.

영원히 기다려야 하나 하고 생각했을 때, 그녀는 이층 침실에서 그의 장화 소리와 이어 문이 열렸다가 닫히는 소리와 그러고 나서 계단을 내려오는 그의 발소리를 들었다. 혼자다! 하느님, 고마와요! 멜라니는 이별의 슬픔에 잠겨 방을 나오지 못하는 모양이었다. 드디어 그녀는 귀중한 몇 분간, 그를 독점할 수가 있게 된 것이다.

그는 박차를 잘그락잘그락 울리면서 천천히 계단을 내려왔다. 그녀는 사벨이 장화에 부딪치는 희미한 소리까지 분명히 들을 수가 있었다. 객실에 들어온 그의 눈빛은 어두웠다. 애써 미소지으려는 그의 얼굴은, 마음의 상처에서 피를 내뿜는 사람처럼 창백하고 굳은 표정을 하고 있었다. 일어나 그를 맞은 스카알렛은 마음 속으로 이 사람이 자기의 애인이라는 자랑으로, 이렇게 훌륭한 군인은 본 일이 없다고 생각했다. 피터 영감이 열심히 닦은 보람이 있어, 긴 가죽 총집과 혁대는 말쑥하게 윤이 나고 박차며 칼집도 번쩍번쩍 빛나고 있었다. 새 상의는 별로 몸에 꼭 맞지는 않았다. 너무 서둘러 지었기 때문에, 바느질 자리가 군데군데 비뚤어져 있었다. 그 산뜻한 잿빛 새 상의는, 닳아 빠져 기운 곳이 많은 호두빛 바지와 상처투성이 장화와는 조금도 어울리지 않았지만, 가령 그가 은빛 갑옷으로 몸을 장식했다고 해도, 그녀에겐 이보다 더 늠름하게 보이지는 않았을 것이다.

「애실리.」그녀는 대담하게 물었다. 「저 기차까지 배웅해도 될까요?」

「아냐, 와 주지 않는 편이 좋아요. 아버지랑 누이들도 와 있을 테니까. 그리고 정거장에서 떨면서 안녕 하는 소리를 듣기 보다는 여기서 말해 주는 소리를 마음에 남기고 싶어. 그편이 훨씬 좋은 추억이 될 거야.」

그래서 그녀는 곧 그 계획을 버렸다. 그녀를 아주 싫어하는 인디어와 하니가 전송을 나온다면 도저히 은밀한 얘기 같은 것은 할 수가 없을 것이다.

「그럼, 안 가겠어요.」그녀는 말했다. 「저, 애실리! 저도 선물이 하나 있어요.」

마침내 그것을 줄 기회가 왔기 때문에 다소 수줍어하면서 그녀는 꾸러미를 풀었다. 그건 두터운 중국 비단으로 무거운 술이 늘어진, 노오란 빛깔의 긴 새시였다. 몇 달 전 레트 버틀러는 그녀에게 하바나에서 노란색 숄을 갖다 주었다. 짙은 빨간색과 파란색으로 꽃과 새를 수 놓은 화려한 숄이었다. 이 일 주일 동안, 그녀는 정성껏 그 숄의 자수를 뜯고, 비단을 장방형으로 잘라 새시의 길이에 맞춰 꿰맸던 것이다.

「스카알렛, 정말 멋지군. 당신이 직접 만들었소? 그럼 무엇보다 고맙군. 자아, 내게 달아 줘요. 내가 새 상의와 새시를 걸치고 미끈한 모양으로 가면, 녀석들은 아마 새파래져서 부러워할 거요.」

그녀는 그의 늘씬한 허리의 혁대에 새시를 두르고, 양쪽 끝을 사랑매듭으로 매주었다. 멜라니는 새 상의를 선물했지만 이 새쉬는 그녀의 선물인 것이다. 그가 싸움터에서 이것을 볼 때마다 자기를 기억해 주기를 바라며 정성껏 만든 은밀한 선물인 것이다. 그녀는 두세 걸음 뒤로 물러나서 잠시 동안 자랑스럽게 바라보았다. 그리고 화려한 새시를 두르고 모자에 깃털 장식을 꽂은 젭 스튜어트라도, 그녀의 이 기사만큼 멋지게 보이지는 않을 것이라고 생각했다.

「이건 참 훌륭하군.」술을 만지작거리면서 그는 되풀이해 말했다. 「하지만 이걸 만드느라고 당신은 옷이나 숄을 잘랐을 텐데, 그런 짓은 하지 않는 게 좋았을 거요, 스카알렛. 요즈음은 예쁜 옷을 구하기가 퍽 어려울 테니까 말이오.」

「어머, 애실리! 저는…….」

그녀는 처음『당신이 원한다면 심장이라도 잘라 드리겠어요!』하고 말할 생각이었으나「저는 당신을 위해서라면, 어떤 일이라도 해요!」하고 말해 버리고 말았다.

「어떤 일이라도?」하고 물은 그의 얼굴에서 얼마쯤 어두운 그늘이 사라졌다. 「그럼, 나를 위해 꼭 부탁하고 싶은 것이 있소. 스카알렛, 당신이 맡아 준다면 나는 아무런 걱정 없이 출발할 수가 있소.」

「뭔데요?」어떤 일이라도 약속하겠다는 결심을 보이며 그녀는 기쁜 듯이 물었다.

「스카알렛, 나를 대신해 멜라니의 뒤를 돌봐 주지 않겠소?」

「멜라니를 돌봐 주라고요?」

그녀는 몹시 실망했다. 무언가 아름답고 멋있는 약속을 할 줄 알고 가슴을 두근거렸는데 그의 마지막 소원이란 것이 겨우 이것이었던가. 이윽고 격렬한 노여움이 솟아올랐다. 이 순간은 그녀의 순간이고, 애실리와 단 둘이 있을 수 있는 그녀만의 순간이었다. 그런데 여기에 없는 멜라니의 환영은 역시 두 사람 사이에 드리워 있는 것이다. 두 사람이 이별을 고하려고 하는 이 순간에, 어떻게 그는 멜라니의 이름을 끄집어낼 수가 있었을까? 어떻게 그 일을 자기에게 부탁할 수 있었을까?

그는 그녀의 얼굴에 나타난 이 실망의 빛을 깨닫지 못했다. 여전히 그의 눈은 그녀를 보지 않고, 그녀를 지나 그녀의 뒤에 있는 뭔가 다른 것을 보고 있었다.

「네, 그 사람을 살피고 돌봐 주십시오. 그 사람은 몸이 약한데 자신은 그것을 조금도 모르고 있소. 무리해서 간호를 하고 바느질을 하는 동안에 몸이 그냥 쇠약해져 버릴 거요. 게다가 저렇듯 몹시 마음이 착하고 소심한 여자요. 피티퍼트 고모님과 헨리 아저씨와 당신을 빼놓는다면, 그 사람은 이 세상에 친한 친척은 한 사람도 없어요. 메이콘의 바아 댁은 친척이라고는 해도 촌수가 멀고 피티 고모님은…… 스카알렛, 당신도 알다시피 꼭 어린애 같고 헨리 아저씨는 노인이오. 멜라니는 당신을 매우 사랑하고 있소. 그건 당신이 찰즈의 부인이었다고만 해서가 아니라, 즉 뭐라고 말하면 좋을까, 당신을 있는 그대로 사랑하고 있는 거요. 마치 진짜 형제간처럼. 스카알렛, 나는 만일 내가 전사하고, 그리고 그 사람에게 아무도 의지할 사람이 없다면 어떤 일이 일어날까 생각할 때마다 밤잠도 제대로 못 자오. 자, 약속해 주겠소?」

그녀는 〈만일 내가 전사한다면〉 하는 불길한 말에 그만 겁이 나서, 그 마지막 말은 거의 듣지 못했다.

매일 그녀는 사상자 명단을 읽을 때마다, 그의 몸에 만일 무슨 일이 있으면 자기의 인생은 끝장이라고 두려워하고 있었던 것이다. 그러나 언제나 마음 한구석에는, 비록 남군이 전부 전멸하더라도 틀림없이 애실리만은 살아 남을 것이라고 속으로 믿고 있었다. 그런데, 지금 그 무서운 말을 그 스스로 입에 올릴 줄이야! 그녀는 온 몸에 오싹 소름이 끼치고 공포의 구렁텅이로 떨어졌다. 이성으로선 맞설 수 없는 미신적인 공포에 압도되고 말았다. 그녀는 육감을 믿을 만큼, 특히 죽음의 예감에 대해서는 육감을 믿을 만큼 아일랜드 사람의 피를 이어받고 있었다. 때문에 그의 커다란 잿빛 눈속에 무엇인가 깊은 슬픔의 빛을 보자, 그녀는 그것을 꼭 싸늘한 사신(死神)의 손가락이 어깨에 닿는 것을 느끼고 귀에 요마(妖魔)의 슬픈 외침 소리를 들은 남자의 눈으로 밖에 해석할 수가 없었다.

「싫어요, 그런 말씀은 하지 마세요! 생각하셔도 안 돼요! 죽음을 입에 올리다니 불길해요. 아아, 빨리 기도하세요!」

「당신이 나를 대신해 기도해 주시오. 그리고 촛불을 밝혀 주시오.」 두려움에 떨고 있는 그녀의 목소리에 빙긋 웃으며 그는 말했다.

하지만 그녀는 자기의 마음 속에 그려진 슬픈 광경에 기가 질려 대답조차 하지 못했다. 애실리가 그녀에게서 멀리 떨어진 버지니아의 눈 속에 죽어서 쓰러져 있는 모습을 마음에 그리고, 기가 질리고 만 것이다. 그는 말을 계속하고 있었다. 그 목소리 속에는 무언가 슬픔과 체념의 울림이 있고, 그것이 그녀의 공포를 한층 부채질했다. 그리고 마침내 그 공포는 그녀의 노여움과 실망을 완전히 잊게 했다.

「나는 이런 이유로 당신에게 부탁하고 있는 거요, 스카알렛. 내 몸에 어떤 일이 일어날까, 혹은 우리들 위에 어떤 일이 일어날까, 그것을 예측할 수 없소. 그러나 마지막 날이 왔을 때, 만일 내가 살아 있다고 할지라도 아마 나는 멜라니의 뒤를 봐 줄 수 없을 만큼 멀리 떨어진 곳에 있을 것이라고 생각하오.」

「마, 마지막 날이라고요.」

「전쟁의 마지막 날이오. 그리고 이 세상의 마지막이오.」

「하지만 애실리, 당신은 설마 우리들이 북군에게 진다고는 생각하지 않으시겠죠? 이 일 주일 동안, 당신은 내내 리 장군이 얼마나 장한가 하는 말씀만 하셨잖아요.」

「나는 일 주일 동안, 거짓말을 하고 있었소. 휴가로 귀향한 사람들이 모두 하듯이. 멜라니와 피티 고모님을 또 놀라게 할 필요도 없는데, 어째서 놀라게 할 수가 있겠소? 그렇소, 스카알렛, 나는 반드시 북군이 이길 거라고 생각하고 있소. 게티즈버그의 패전은 최후의 파국으로 가는 첫걸음이었소. 후방의 사람들은 아직 그것을 모르고 있소. 그들은 전선의 상태가 어떤가 전연 모르고 있소. 이봐요, 스카알렛. 내 부하 중에는 맨발로 있는 병사가 얼마든지 있소. 그런데 버지니아는 지금 한창 눈이 깊이 쌓였소. 넝마 조각이나 헌 양말로 싼 가엾은 언 발을 보면, 그리고 눈 속에 그들이 남기고 간 핏자국을 보면 나는 내가 온전하게 장화를 신고 있다는 것을 생각하고, 이 구두는 그들에게 주고 나도 맨발이 되어야 한다는 생각이 드는 거요.」

「어머, 애실리, 장화만은 아무에게도 주지 않는다고 약속해 주시지 않겠어요?」

「이러한 남군의 상황을 보고, 그리고 북군의 상태를 볼 때 나는 우리 편의 최후를 예상하지 않을 수 없소. 왜냐하면 스카알렛, 북군은 유럽에서 마구 병사를 사들이고 있단 말이오! 최근 우리들이 붙잡은 포로의 대부분은 영어조차 하지 못하오. 독일인도 있는가 하면 폴란드인도 있소. 개중에는 게일 말로 지껄이는 아주 무식한 아일랜드인도 있는 형편이오. 하지만 아군은 병사 하나를 잃으면, 그걸 보충할 수조차 없소. 우리들은 현재 신은 구두가 닳아 버리고 나면, 구두가 없는 것이오. 우리들은 벌써 완전히 눌리고 있단 말이오. 스카알렛. 뭐니뭐니 해도 전세계를 상대로 싸울 수는 없을 테니까 말이오.」

그녀는 미칠 듯이 혼란된 머리로 생각했다. 남부 여러주 같은 것은 전부 연기 속에 무너져 버려도 좋다. 세상이 끝장이 나도 상관없다. 그러나 애실리만은 죽어서는 안 된다. 애실리가 죽어 버리면 나는 살아 있을 수가 없다.

「하지만 이런 말을 다른 사람에게 해서는 안 되오, 스카알렛. 다른 사람을 놀라게 해도 이제 아무 소용이 없소. 나는 당신을 놀라게 할 생각은 없었지만, 왜 내가 멜라니의 뒤를 부탁했는지, 그 이유를 설명하기 위해서 마침내 말하고 만 거요. 몸도 마음도 약한 그녀에 비해 당신은 아주 강하오. 스카알렛, 내게 어떠한 일이 있더라도 당신이 멜라니 옆에 있어 준다고 생각하면, 나는 아주 마음이 든든하오. 약속해 주겠소?」

「네, 약속하겠어요!」순간 그녀는 그의 몸에 죽음의 그림자를 본 것 같아 어떠한 약속이라도 하지 않을 수가 없었다. 「애실리, 애실리! 나는 당신을 보내고 싶지 않아요! 난 당신을 보낼 용기가 없어요!」

「용기를 내지 않으면 안 되오.」그의 목소리는 목멘 소리가 되고, 차츰 깊이를 더하면서 미묘하게 바뀌어 갔다. 「용기를 내주지 않으면 안 되오. 당신까지 그런 말을 하면, 나는 정말 견딜 수 없게 되오!」

그녀의 눈은 재빨리 그의 얼굴을 더듬었다. 그리고 기쁨에 떨며 정말로 그도 나와 마찬가지로 우리들 두 사람의 이별을 슬퍼하고 있을까 생각했다. 그의 얼굴은 멜라니와 헤어지고 내려왔을 때와 똑같이 굳어 있고 그 눈에는 아무것도 읽어낼 수가 없었다. 그는 허리를 굽혀, 그녀의 얼굴을 두 손으로 감싸쥐고 가볍게 그 이마에 입술을 댔다.

「스카알렛! 스카알렛! 당신은 참으로 훌륭하고 굳세고 선량하오. 그리고 참으로 아름답소. 얼굴만이 아름다운 게 아니라 육체도 정신도 영혼도 모두 아름답소.」

「어머나, 애실리.」그녀는 그 말과 얼굴에 받은 키스의 감촉에, 부들부들 떨리는 기쁨을 느끼며 속삭였다. 「전, 당신 이외는 아무도…….」

「난 누구보다도 당신을 잘 알고 있소. 나는 다른 사람들이 경솔하게, 혹은 천천히 살펴볼 틈도 없이 미처 놓쳐 버리고 마는 당신의 미점, 당신의 속 깊이 파묻혀 있는 여러가지 미점을 똑똑히 알고 있소. 그리고 그것을 생각하며 스스로 기뻐하고 있는 거요.」

그는 거기서 말을 끊고, 손을 그녀의 얼굴에서 떼었다. 그러나 눈만은 아직 그녀의 눈을 찬찬히 들여다보고 있었다. 순간 그녀는 숨을 죽이고 기다리고 있었다. 그가 다음 말을 잇는 것을 발돋움하면서 기다리고 있었다. 〈사랑한다〉고 하는 마술적인 말이 속삭여지기를. 그러나 그 말은 나오지 않았다. 그녀는 미친 듯이 그의 얼굴을 살폈다. 그의 말이 다 끝난 것을 보자 그녀는 입술을 떨었다.

이 두 번째의 실망은 그녀로선 너무 견디기 어려운 것이었다. 그녀는 어린애 같은 속삭임으로 「아!」 하고 부르짖자 그대로 털썩 주저앉고 말았다. 눈물이 솟아올랐다. 그때 그녀는 창밖 차도에서 저주스런 소리를 들었다. 그건 애실리의 출발이 박두한 것을 생생히 일깨워 주는 소리였다. 이교도의 영혼이 카론이 젓는 배를 타고 아케론(사람이 죽어서 저승으로 가는 길 중도에 있다고 하는 강—역자주)을 건널 때, 그 나룻배의 둘레에서 들리는 물소리도 아마 이처럼 구슬프게는 울리지 않으리라. 피터 영감이 솜옷을 두르고 애실리를 정거장에 배웅하기 위해 마차를 끌고 나온 것이었다.

애실리는 조용히 「안녕.」 하고 테이블 위에서, 그녀가 레트에게서 얻어 선사한 테가 넓은 펠트 모자를 집어 들고, 어두운 바깥 현관 쪽으로 걸어갔다. 그리고 도어의 손잡이에 손을 댄 채 그녀를 돌아다보고, 마치 그녀의 얼굴에서부터 몸의 각 부분까지 남김없이 마음에 새겨 잊지 않으려는 듯, 오랫동안 절망적인 눈초리로 지켜보았다. 눈물에 젖은 눈으로 그녀는 그의 얼굴을 쳐다보았다. 그리고 그녀의 마음에서, 이 안전한 지붕 아래에서, 그녀의 생활에서, 그녀가 그렇게도 그리워하고 있는 말도 남기지 않은 채 어쩌면 영원히 가버리는 것인지도 모른다고 생각하자 그대로 목이 막히듯 고통스러웠다. 시간은 물레방아에서 떨어지는 물처럼 흘렀다. 이미 모든 것은 너무 늦었다. 그녀는 구르듯이 객실을 달려나가 현관으로 가서 그의 새시 끝을 움켜잡았다.

「키스해 주세요.」 그녀는 속삭였다. 「작별의 키스를!」

그는 부드럽게 그녀를 안아 얼굴을 그녀의 얼굴 위에 숙였다. 처음으로 그의 입술이 그녀의 입술에 닿는 순간, 그녀의 팔은 그의 목을 힘껏 끌어안았다. 극히 짧은 순간, 화살처럼 지나가는 한 순간, 그도 또한 그녀의 몸을 힘껏 안았다. 그리고 그녀는 그의 근육이 갑자기 팽팽하게 긴장하는 것을 느꼈다. 그래서 그는 일부러 재빨리 모자를 바닥에 떨어뜨렸다. 그리고 그것을 줍기 위해 손을 뻗치고, 그녀의 팔을 목에서 떼어내려고 했다.

「안 돼요, 스카알렛, 안 돼요.」 그는 목에 감긴 그녀의 손목을 아프도록 쥐고 나직한 목소리로 말했다.

「저는 당신을 사랑하고 있어요.」 그녀는 흐느끼는 듯한 목소리로 말했다. 「전 줄곧 당신을 사랑해 왔어요. 전, 다른 누구도 사랑한 일이 없어요. 전 당신의 마음을, 당신의 마음을 상하게 하고 싶어 찰즈와 결혼한 거예요. 애실리 전 진정으로 당신을 사랑하고 있어요. 만일 당신의 옆에 있을 수만 있다면, 전 기꺼이 버지니아까지 먼 길도 한 발짝 한 발짝 걸어가겠어요! 당신을 위해 요리 도 마련하고 장화도 닦겠어요. 말의 시중도 들겠어요. 애실리, 한마디만 저를 사랑한다고 말해 주세요! 전 이제부터 평생을 그 말로 살아가겠어요!」

그는 모자를 줍기 위해 급히 허리를 굽혔다. 그녀는 힐끗 그의 얼굴을 쳐다보 았다. 그건 그녀가 이후 다시 볼 수 없을 것이라고 생각될 만큼 불행스러운 얼굴 이었다. 초연했던 표정은 완전히 가서 있었다. 그녀에 대한 사랑과 그녀에게 사 랑을 받는 기쁨이 역력히 얼굴에 나타나 있었고, 그 두 개의 감정을 부끄러움과 절망의 감정과 무섭게 싸움을 벌이고 있었다.

「잘 있어요.」그는 목쉰 소리로 말했다.

문이 소리를 내며 열렸다. 찬바람이 집 안으로 확 몰려들어와 커튼을 나부끼 게 했다. 스카알렛은 떨면서, 그가 마차 쪽으로 보도를 내려가는 것을 지켜보 았다. 사벨이 약한 겨울 햇살에 반사되고 새시의 술이 세차게 춤을 추고 있 었다.

16

1864년의 일월과 이월은 찬비와 광풍 속에, 우울과 실의의 그림자에 싸인 채 지나갔다. 게티즈버그와 빅스버그의 패전에 이어, 남군 전선의 중앙부가 타격 을 받기 시작했다. 대격전이 있은 뒤 이제 테네시의 대부분은 북군의 손아귀에 들어갔다. 그러나 이제까지의 숱한 패배와 또 이번의 큰 손실에도 불구하고, 남 부의 사기는 아직 그렇게 떨어지지 않았다. 들뜬 승리의 희망이 이를 악문 비장 한 결의로 바뀌었다고 해도, 사람들은 아직 암운 속에 한 줄기의 광명을 볼 수가 있었다. 그 하나로, 북군이 9월에 테네시에서 이긴 승리의 여세를 몰고 단숨에 조지아 주에 침입하려고 했다가 맹렬하게 격퇴된 일을 꼽을 수가 있다.

전쟁이 시작된 이래 처음으로 조지아의 흙은 조지아 주의 가장 북서쪽 끄트머 리인 치카모가의 격전으로 붉게 물들여졌다. 북군은 차타누가를 점령하자 산길 을 따라 조지아 주에 들어왔지만, 곧 맹렬한 반격을 받아 격퇴되고 말았던 것 이다.

애틀랜타와 그 철도는 치카모가의 싸움터에서 남군의 승리에 커다란 역할을 담당했다. 버지니아로부터 애틀랜타에 이르고, 거기에서 다시 테네시로 북행

(北行)하는 철도를 이용하여 롱스트리트 장군이 거느린 부대는 급히 싸움터로 달려갔다. 수백 마일에 달하는 모든 노선은 한꺼번에 운행을 정지하고 남동부에 있던 차량이란 차량은 모두 군대 수송용으로 동원되었다.

애틀랜타의 시민들은 열차마다 객차고 유개 화차고 무개 화차고 가릴 것 없이 함성을 올리는 병사들을 가득 싣고 시시각각 시를 통과해 가는 것을 지켜보았다. 이들 병사들은 마시지 않고, 먹지 않고, 잠도 자지 않고, 말도 없거니와 위생차도, 병참차도 달지 않은 채 나타나서 휴식할 틈도 없이 열차에서 뛰어내리자 곧장 싸움터로 달려갔다. 이리하여 양키는 조지아 주로부터 테네시 주로 후퇴를 하지 않을 수 없게 되었던 것이다.

그건 이 전쟁에서 가장 큰 공격이었다. 애틀랜타 사람들은 그들의 철도가 승리를 가능하게 했다는 자랑으로, 시로서의 커다란 만족을 느끼고 있었다.

그러나 남부는 닥쳐오는 겨울 동안의 사기를 북돋우기 위해서는 치카모가의 대승의 쾌보가 필요할 만큼 급박해 있었다. 지금은 누구 한 사람 북군의 강함을, 결국은 그들이 훨씬 뛰어난 지휘관을 가지고 있다는 것을 부정하는 사람은 없었다. 그란트 장군은, 승리를 위해선 아무리 많은 병사를 희생으로 바쳐도 상관없다고 하는 하나의 도살자였다. 그러나 승리는 언제나 그의 것이었다. 쉐리단 장군의 이름은 남부 여러 주 사람들의 공포의 대상이었다. 게다가 샤만 장군이라는 지휘관이 있었다. 최근 그의 이름은 더욱더 빈번히 사람들의 입에 오르게끔 되었다. 그는 테네시와 서부 전선에서 용맹을 떨친 이후, 그 사납고도 가차 없는 전투 정신이 더욱더 알려지게 되었던 것이다.

하지만 물론 그 중의 누구 한 사람도 남군의 리 장군과 어깨를 겨눌 만한 사람은 없었다. 리 장군과 그 군대에 대한 신뢰는 지금도 절대적인 것이었다. 그러기에 최후의 승리에 대한 신념은 절대로 흔들리지 않았다. 그러나 전쟁은 너무나 오래 계속되고 있었다. 사망자, 부상자, 불구자, 과부, 고아는 남부에 가득했다. 더구나 앞으로도 계속 장기적인 고전이 예상되고 있었기 때문에 더욱 많은 사상자, 부상자, 과부, 고아가 나올 것이라는 것은 당연히 예상되었다.

사태를 더욱 악화시킨 것은, 시민 사이에 정부 수뇌부에 대한 막연한 불신의 감정이 퍼지기 시작한 것이었다. 많은 신문은 데이비스 대통령과 아직도 전쟁을 계속하려고 하는 그 태도에 대해 계속 비난의 화살을 돌렸다. 남부 동맹 내각의 내부에도 의견의 대립이 있고, 데이비스 대통령과 장군들 사이에도 알력이 생기고 있었다. 통화는 급격히 하락했다. 군대에 납품하는 구두와 의복은 바닥이 났다. 무기와 약품의 부족은 더 한층 심해졌다. 철도는 낡은 차량에 대신하여 새 차량을 찾고, 북군에 의해 파괴된 철도를 복구하기 위해 새로운 철도를 요구하고 있었다.-전선의 장군들은 계속 병력의 보충을 요구했지만, 모을 수 있는 병사의 수는 나날이 줄어갈 뿐이었다. 가장 나쁜 것은 주지사들 중의 어떤 자가 —— 그 가운데는 조지아 주의 브라운 지사도 포함되어 있었지만 —— 주의 의용 군과 무기 같은 것을 주 밖으로 내보내지 않겠다고 거절하기 시작한 것이었다. 이른바 주의 군대는 전선이 핏발 선 눈으로 찾고 있는 억세고 건강한 병사를 많이 갖고 있었지만 정부의 애원은 속절없이 거절되고 있는 형편이었다. 이번 통화의 하락은, 필연적으로 물가를 뛰어오르게 했다. 쇠고기, 돼지고기, 버터 등은 일 파운드에 삼십 오 달러, 밀가루는 한 통에 천 사백 달러, 소다는 한 파운 드에 백 달러, 차는 일 파운드에 오백 달러로까지 뛰어올랐다. 방한복은 비록 손에 넣을 수 있다고는 해도 무지무지하게 비쌌기 때문에 애틀랜타의 부인들은 헌 옷에 누더기 안을 받치고 바람을 막기 위해 신문지를 발랐다. 구두는 판지로 만든 것과 진짜 가죽 제품에 따라 값이 달랐는데 대략 한 켤레에 이백 달러에서 팔백 달러 사이였다. 때문에 부인들은 헌 털실 숄이나 양탄자를 잘라 직접 구두 를 만들어 신었다. 구두 창은 나무로 댔다.

이제 북군은 남군을 완전히 포위하고, 농성 비슷한 궁지로 몰아넣고 있었다. 다만 대부분의 사람들이 그것을 모를 뿐이었다. 북군의 포함은 항만의 경계를 한층 엄중히 하였다. 때문에 요즘에 와선 봉쇄를 돌파하는 배는 지극히 적은 형 편이었다.

남부는 지금까지 목화를 팔고 그대신 국내에서 생산할 수 없는 물품을 외국에 서 사들여다 생활해 온 것인데, 지금은 파는 것도 사는 것도 완전히 두절되고 말 았다. 제랄드 오하라는 삼 년치의 목화 수확을 타라의 솜틀 공장 옆 창고에 저장 해 놓고 있었지만, 그러나 지금에 와선 그것은 아무 쓸모도 없었다. 리버풀에 가져가면 넉넉히 십 오만 달러의 가격이 될 목화도 수송 할 수 없기 때문에, 도 무지 어쩔 수가 없었다. 그리하여 제랄드는 부유한 대농장 주인에서, 하루 아침 에 올 겨울은 가족과 검둥이들을 어떻게 먹여 살릴까, 걱정하는 비참한 지경에 빠지고 말았다.

남부 여러 주를 통해 목화 재배자의 대부분은 같은 곤경에 처해 있었다. 봉쇄 가 엄중해짐에 따라 남부 여러 주의 수확을 영국 시장으로 보낼 길은 막히고, 이 제까지 목화를 판 돈으로 사들여 오던 일용품의 수입은 전혀 불가능하게 되고 말았다. 이리하여 농업 지대인 남부 여러 주는 공업 지구인 북부와의 장기전에 의해, 평화로운 때에는 문제도 되지 않았던 물건조차도 부족하기 시작했던 것 이다.

그러나 이것은 모리배나 간상 따위에게는 아주 안성마춤의 정세였다. 그들은 약삭빠르게 활동을 시작했다. 식료품과 의류는 더욱더 귀해지고 물가는 시시 각각으로 오르기 때문에, 일반 군중의 모리배에 대한 비난과 공격은 날이 갈수록 높아지고 심각해져 갔다. 1864년 초에는 모든 신문이 붓을 모아 모리배를 독수리에 비유하고 혹은 사람의 피를 빨아먹는 거머리라고 지탄(指彈)하여 통렬한 논설을 싣고 그들을 탄압하라고 정부 당국을 공격했다. 정부는 여러 가지 최선의 방책을 강구하긴 했지만, 효과는 거의 없는 거나 같았다. 당국을 괴롭히는 문제가 너무나도 많았던 것이다.

레트 버틀러에 대한 사람들의 분노는 어느 누구에 대한 것보다도 한층 강렬했다. 봉쇄 밀수가 위험하다고 느껴지자 그는 즉시 가진 배를 팔고 지금은 당당히 식료품 투기를 하고 있었다. 리치먼드와 윌밍턴에서 애틀랜타로 전해지는 그의 악평은 지난날 그를 자기 집에 맞아들였던 사람들은 몸둘 곳을 모를이만큼 부끄럽게 만들었다.

이런 온갖 재앙과 곤란에도 불구하고 애틀랜타시 일 만의 인구는, 전쟁중에 두 배로 불어났다. 봉쇄조차 애틀랜타를 번영시키는 결과가 되었다. 옛날부터 해안을 끼고 있는 모든 도시가 상업상으로나 그 밖의 다른 점으로나 남부 여러 주를 지배해 왔던 것인데, 지금에 와선 항구는 봉쇄되고 개항 도시의 대부분은 점령되거나 포위되어 있기 때문에, 남부의 구제는 남부 자신의 힘에 의하는 수밖에 없었다. 다만 남부가 장차 승리를 차지하려면, 내륙 지방이야말로 중요했다. 그리하여 애틀랜타는 이제는 모든 것의 중심이 되고 만 것이다. 시내 사람들은 다른 남부 여러 주의 사람들에 못지않는 고생, 격심한 궁핍, 질병, 죽음 같은 것으로 괴로와하고는 있었지만, 애틀랜타의 시 자체로서는 전쟁 때문에 잃은 것보다는 오히려 얻은 것이 많았다. 애틀랜타는 남부 여러 주의 심장으로 아직도 힘차게 고동치고, 그 동맥이 되는 철도는 끊임없이 병사, 군수품, 일용품의 흐름으로 맥박치고 있었다.

지금까지였다면, 스카알렛은 초라한 옷이나 기운 신 같은 것이 무척 고통스러웠겠지만, 지금은 전혀 그런 것이 마음에 걸리지 않았다. 그건 그녀가 보아 주기를 바라는 단 하나의 사람이 이미 거기에 없었기 때문이었다. 그녀는 이 두 달 동안, 근래 몇 년내 맛보지 못한 행복에 들떠 있었다. 그녀는 애실리의 목에 자기 팔을 감았을 때, 그의 마음이 움직이기 시작한 것을 느꼈다. 그의 얼굴에 나타난 저 절망의 표정은 어떠한 말보다도 확실히 자기에 대한 사랑을 말해 주고 있지 않았던가? 그는 나를 사랑하고 있는 것이다. 그녀는 이제 그것을 의심하지 않았다. 그리고 그 확신의 즐거움은 멜라니에게 대해서조차 전보다도 훨씬 친절하게 하도록 했다. 그녀는 이제는 멜라니가 가엾기 조차 했다. 아무것도 모르는 멜라니의 우둔함이 얄보이기도 했고 딱하게도 생각되었다.

『전쟁만 끝나면!』그녀는 생각했다. 『전쟁만 끝나면. 그렇게 되면…….』

『그렇게 되면 어떻게 되지?』하고 생각하면 곧잘 작은 불안에 사로잡혔지만, 그녀는 애써 그런 것은 생각하지 않으려고 했다. 전쟁만 끝나면 모든 것이 어떻게 해결되겠지. 만일 애실리가 나를 사랑하고 있다면, 멜라니와는 살아 갈 수 없게 되는 것뿐이다.

그러나 그렇다고 해서 애실리와 멜라니가 이혼한다고는 생각할 수 없다. 엘렌과 제랄드는 완고한 가톨릭 신자였기 때문에 이혼한 남자와 딸이 결혼하는 것을 허락할 리가 없다. 자기 또한 교회에서 파문당하고 말 것이다! 스카알렛은 이것을 몇 번이나 생각한 끝에, 교회를 버리고라도 애실리를 택하기로 마음을 정했다. 그래도 필경 소문의 구실은 되겠지! 이혼한 사람들은 교회에서도 추방되는 것이 상식이다. 이혼한 사람들은 어느 가정에서도 받아들여지지 않는 것이다. 그러나 애실리를 위해서라면 어떠한 희생도 마다하지 않을 결심이었다.

어쨌든 전쟁만 끝나면, 만사가 잘 되어 갈 것이 틀림없다. 만일 애실리가 진심으로 나를 사랑하고 있다면, 어떻게든 방법을 생각해 주겠지. 아니, 내 쪽에서 부탁하여 좋은 방법을 마련해 달라고 하면 될 것이다. 날이 지남에 따라 그녀는 점점 그의 사랑을 의심하지 않게 되고, 북군이 무찔러질 때에는 반드시 그가 모든 것을 다 처리해 줄 것이라고 굳게 믿게 되었다. 그는 북군이 이긴다고 했지만, 스카알렛은 그런 엉터리 같은 일은 있을 수 없다고 생각했다. 그런 소리를 한 것은 피로하고 정신이 나가 있었기 때문인 것이다. 그러나 그녀에게는 사실은 북군이 이기든 지든, 그런 것은 별로 문제가 되지 않았다. 문제는 오직 하나, 전쟁이 끝나서 애실리가 집에 돌아오는 것뿐이었다.

그런데 삼월의 진눈깨비가 모두를 집 안에 가두어 놓은 어느 날, 뜻하지 않은 사건이 일어났다. 멜라니가 기쁨에 눈을 빛내면서 어리둥절한 듯한, 그러면서도 약간 자랑스러운 듯 머리를 숙이고 임신했다고 고백한 것이다.

「미드 선생은, 어쩌면 해산은 팔월이나 구월쯤 될 거라고 하셨어요.」그녀는 말을 이었다. 「나도 그럴 거라고는 생각했어요. 하지만 오늘까지 확실하지 않았어요. 저, 스카알렛, 기쁘지 않아요? 난 웨이드라는 아들이 있는 언니가 부러웠어요. 그리고 몹시 아이를 갖고 싶었어요. 난 일생 동안 하나도 낳지 못하지 않을까 걱정하고 있었어요. 전 한 다스라도 낳고 싶어요.」

그때 스카알렛은 잠을 자려고 머리에 빗질을 하고 있었는데, 멜라니의 이야기를 듣자 빗을 허공에 든 채 손을 멈추고 말았다.

「어머나!」말했을 뿐, 잠시 아무런 실감도 나지 않았다. 그러나 잠시 뒤 굳게 닫혀진 멜라니의 침실 문이 머리 속에 떠오르면서, 칼에 찔린 듯한 고통이 그녀를 스치고 지나갔다. 그것은 마치 애실리가 자기의 남편이고, 그의 남편의 방탕을 발견한 고통과 같았다. 아기, 애실리의 아기! 그가 멜라니를 사랑하지 않고 자기를 사랑하고 있었다고 한다면, 어떻게 그런 일이 있을 수 있는가!

「언니가 놀라는 것도 무리는 아니에요.」멜라니는 숨도 돌리지 않고 계속해 말했다. 「네, 정말 희한한 일이라고 생각되지 않으세요? 스카알렛 언니, 난 애실리에게 뭐라고 편지를 써보내야 좋을까요? 직접 이야기한다면 이렇게는 어렵지 않을 텐데, 아니면, 아니면, 아무 말도 하지 않고 놔두고 차츰 알게 할까요? 네?」

「어머나!」스카알렛은 빗을 떨어뜨리고, 화장대 위 대리석에 몸을 의지하면서 거의 우는 듯한 소리를 냈다.

「그런 눈으로 보지 말아요. 아기를 낳는다고 해도 그렇게 걱정될 건 없잖아요. 언니 자신도 그러시고선. 그러니까 제 일은 걱정하지 마세요. 언니는 친절하니까 내 몸이 근심스러운 모양이지? 그리고 미드 선생님이 그러셨는데 난, 난……」하고 멜라니는 얼굴을 붉혔다. 「골반이 무척 좁대요. 하지만 걱정할 것까지는 없대요. 스카알렛, 언니는 웨이드가 뱃속에 있다는 것을 알았을 때, 찰즈에게 직접 편지로 알려 주었어요? 아니면 어머님이 알려 주셨어요, 아니면 아버님? 제게도 어머님이 계셨으면 좋으련만, 난 어떻게 하면 좋을지 모르겠어요.」

「조용히 해요!」스카알렛의 어조는 격했다. 「조용히 해요!」

「어머, 스카알렛, 난 정말 바보였어요! 미안해요! 행복한 인간이란 누구나 자기 생각만 하게 마련인가 봐요. 난 찰즈를 깜빡 잊고 있었어요. 아주 잠깐 동안.」

「조용히 하라니까!」스카알렛은 격정을 얼굴에 나타내지 않으려고 애쓰면서 다시 말했다. 절대로, 절대로 자기의 감정을 멜라니에게 알리거나 의심받게 해서는 안 되는 것이다.

멜라니는 여자답게 자기의 잔인성을 깨닫고 눈물마저 글썽거렸다. 어째서 나는, 찰즈가 죽고 몇 달도 되지 않아 웨이드를 낳은 슬픈 추억을 스카알렛의 마음에 떠오르게 한 것일까?

「옷 벗는 걸 도와 드릴게요.」그녀는 미안하게 생각하며 말했다. 「머리도 빗겨 드리겠어요.」

「내버려둬요.」말한 스카알렛의 얼굴은 돌처럼 딱딱했다. 멜라니는 자기를 나무라는 뉘우침에 눈물을 흘리면서 도망치듯 방에서 나갔다. 스카알렛은 눈물도 흘리지 않고, 상처받은 자존심과 환영과 그와 잠자리를 같이 한 인간에 대한 질투를 품고 방에 남겨졌다.

그녀는 애실리의 아이를 밴 여자와는 같은 집에 살 수 없다고 생각했다. 그리고 고향 타라로 돌아가리라 결심했다. 그녀는 이제 태연한 얼굴로 다시 멜라니와 얼굴을 마주칠 자신이 없었던 것이다. 때문에 다음날 아침은 아침식사가 끝나자 곧 트렁크에 짐을 챙겨 넣으리라 결심하고 자리에서 일어났다. 그러나 세 사람이, 스카알렛은 침울하게 입을 다물고, 피티는 어리둥절한 표정으로, 멜라니는 풀이 죽어서 테이블에 앉았을 때, 한 통의 전보가 배달되었다.

그건 애실리의 당번 사병인 모우즈가 멜라니에게 보낸 것이었다.

〈사방으로 수색했으나 발견되지 않음. 돌아가야 할 것인지?〉

누구에게도 그 뜻은 납득되지 않았다. 그러나 서로 마주친 세 여자의 눈은 공포로 커다랗게 떠졌다. 스카알렛은 타라로 돌아가리라던 생각 같은 것은 까맣게 잊어버리고 말았다. 아침식사도 그대로 놔두고, 그녀들은 곧장 시내로 마차를 몰아, 애실리의 부대장 앞으로 전보를 치러 갔다. 그러나 그녀들이 우편국에 들어가자 거기에는 벌써 부대장으로부터 전보가 와 있었다.

〈윌크스 소령, 삼일 전 정찰 출동한 채 행방 불명. 매우 유감스럽게 생각됨. 자세한 것은 뒤에.〉

돌아오는 길의 그 비통함. 피티 시고모는 손수건 속에 얼굴을 파묻고 울고, 멜라니는 새파랗게 질린 채 꼼짝하지 않고, 스카알렛은 기절한 것처럼 마차 구석에 늘어져 있었다. 집에 닿자마자 스카알렛은 구르다시피 층계를 뛰어올라가 자기 침실로 들어갔다. 그리고 테이블 위의 묵주를 움켜쥐자 무릎을 꿇고 기도를 하려고 했다. 그러나 기도의 말은 한마디도 나오지 않았다. 거기에는 그녀의 죄 때문에, 신이 그녀에게서 외면했다고밖에 생각되지 않는 무한한 공포가 있을 뿐이었다. 그녀는 결혼한 남자를 사랑하고 그를 그 아내에게서 빼앗으려 했다. 그러기에 신은 그녀를 벌주기 위해, 그 사내를 죽인 것이다. 기도를 드리고 싶었지만, 눈을 들어 하늘을 볼 용기조차 없었다. 울고 싶었지만 눈물도 나오지 않았다. 눈물은 그녀의 가슴에 넘치고 있는 것 같았다. 가슴을 태울 것 같은 뜨거운 눈물이었으나 이상하게도 흘러나오지는 않았다.

방문이 열리고 멜라니가 들어왔다. 그 얼굴은 검은 머리칼에 싸여, 마치 하트형으로 오려낸 백지처럼 보였다. 두 눈은 어두운 밤거리에 버려진 아이처럼 겁에 질려 커다랗게 뜨여 있었다.

「스카알렛.」두 손을 내밀면서 그녀는 말했다,「제가 어제 한 말을 용서해 주세요. 언니의 신세가 지금은 바로 내 신세가 되고 말았어요. 스카알렛, 난 그이가 죽었다는 것을 알 수 있어요.」

어느 틈엔가 그녀는 스카알렛의 품안에 안겨 있었다. 그녀의 조그만 가슴은 흐느낌으로 무섭게 물결쳤다. 그리고 어느 샌가 두 사람은 서로 꼭 끌어안고 침대에 쓰러져 있었다. 스카알렛도 울고 있었다. 멜라니의 얼굴에 자기의 얼굴을 꼭 대고 울고 있는 것이다. 서로의 눈물이 서로의 볼을 적셨다. 운다는 것은 무척 고통스러운 일이었지만 울 수 없는 것보다는 그래도 나았다. 애실리는 죽었다, 죽어 버렸다. 그녀는 생각했다. 나의 사특한 사랑이 그를 죽이고 만 것이다. 새로운 오열이 목을 뚫고 치밀어올랐다. 멜라니도 눈물을 흘리면서, 자기의 목에 꼭 감겨진 스카알렛의 팔 안에서 위안을 느끼고 있었다.

「하지만.」멜라니는 속삭였다.「하지만, 내게는 그이의 아기가 남아 있어요.」

『그리고 내게는…….』하고 스카알렛은 질투할 수도 없을 만큼 비참하게 기가 죽어서 생각했다.『내게는 아무것도 없다. 아무것도 남아 있지 않다. 그 사람이 내게 잘 있으라고 말했을 때의 그 얼굴 이외에는…….』

최초의 보고는 〈행방 불명. 전사로 추측됨〉이었다. 사상자 명단에도 그렇게 발표되었다. 멜라니가 열 몇 번이나 슬로운 대령에게 전보를 친 결과, 마침내 한 통의 편지가 도착했다. 동정에 넘친 필치로, 애실리는 일개 소대를 끌고 정찰을 나간 채 행방 불명이 되었다고 씌어 있었다. 북군의 진지 안에서 작은 전투가 있었다는 보고가 있었기 때문에, 애실리에 딸려 있던 모우즈 병사는 슬픔에 미치광이처럼 되어 몸의 위험도 느끼지 않고 애실리의 시체를 찾으러 나섰지만, 끝내 아무런 단서도 발견 못 했다고 했다. 멜라니는, 지금은 이상할 정도로 마음이 가라앉아, 모우즈에게 전보환으로 여비를 쳐 주고 곧 돌아오라고 일렀다.

〈행방 불명. 포로가 되었다고 믿어짐〉하고 사상자 명단에 실렸을 때에는, 기쁨과 희망이 슬픔에 잠긴 집안에 되살아났다. 멜라니는 매일 거의 우편국 옆에서 살다시피 했고, 열차가 닿을 때마다 편지가 오지 않는가 정거장으로 나갔다. 이제 그녀는 임신으로 여러 가지 이상한 증세를 나타내어 병자나 다름 없었지만, 미드 박사의 권유도 뿌리친 채 결코 자리에 눕지 않았다. 그녀는 마치 열에 들뜬 것처럼 한시도 가만히 있지 못했다. 밤은 밤대로, 스카알렛은 자리에 누운 채 밤 늦게까지, 옆방 마룻바닥 위를 걷는 멜라니의 발소리를 들었다.

어떤 날 오후 그녀는 놀라 허둥거리는 피터 영감의 마차로, 레트 버틀러의 부축을 받으며 시내에서 돌아왔다. 우편국에서 기절한 그녀를 지나가던 레트가 집까지 바래다 준 것이다. 레트는 그녀를 이층 침실로 옮기고, 어리둥절한 가족들이 데운 돌이다, 담요다, 위스키다, 하고 이리저리 허둥거리고 있는 사이 조용히 침대에 눕혔다.

「부인, 당신은 아기를 가지셨군요, 그렇지요?」그는 단도직입적으로 물었다.

만일 멜라니가 이처럼 숨이 넘어갈 지경이 아니었다면 그녀는 이 질문에 틀림없이 기겁을 했을 것이다. 여자 친구 사이에도 그녀는 몸에 대해서는 말하는 것을 꺼렸다. 미드 의사한테 가는 일이 살을 에는 듯한 고통이었다. 남자가, 특히 레트 버틀러 같은 남자가 이런 무례한 질문을 하다니, 생각할 수도 없었다. 그러나 침대에 힘없이 비참하게 누워 있는 그녀로선 단지 끄덕일 수밖에 없었다. 그러나 끄덕인 다음에도, 이상하게 싫은 생각이 들지 않았다. 그만큼 그는 친절하고 걱정스런 얼굴을 하고 있었던 것이다.

「그럼 부인도 좀더 자신의 몸을 소중히 하시지 않으면 안되겠군요. 그렇게 뛰어다니고 걱정한다고 무슨 수가 생기는 것도 아니고, 아기에게 해로울 뿐입니다. 당신만 허락해 주신다면, 부인, 저는 워싱턴에 다소 연줄이 닿으니까 그걸 이용해 윌크스 씨의 소식을 알아봐 드리죠. 포로가 되어 있다면 북군의 명부에 있을 것이고, 만일 없다면…… 아닙니다, 어쨌든 분명히 밝혀지는 것이 가장 좋습니다. 그대신 단단히 약속해 주셔야만 합니다. 꼭 몸을 조심하시겠다고. 아니면 나도 맹세코 손가락 하나 까딱하지 않겠읍니다.」

「어머, 정말 친절하시게도!」멜라니는 말했다.「당신을 세상에선 왜들 그렇게 나쁘게 말하는지 몰라요!」이윽고 그녀는 자기의 경솔함을 깨닫고, 몸에 대해 남자에게 말해 버린 철없는 짓이 가책되어, 힘없이 울기 시작했다. 데운 돌을 플란넬에 싸가지고 계단을 뛰어올라온 스카알렛은, 레트가 멜라니의 손을 다정하게 쓰다듬고 있는 것을 보았다.

그는 말로 들었던 대로 친절했다. 그녀들은 그가 어떤 전보를 쳤는지 조금도 몰랐다. 적 편인 양키와 은근히 내통하는 그의 행동을 시인하는 결과가 되는 것을 겁내, 물으려고도 하지 않았다. 애실리가 포로가 돼 있다는 확실한 소식을 레트가 가져온 것은 그로부터 한 달도 채 되지 않아서였다. 그러나 처음에는 살아 있다는 것만으로 그녀들의 마음은 하늘에라도 오를 것 같이 만든 그 통지도, 나중에는 마음을 좀 먹는 고통의 씨가 되었다.

애실리는 죽지 않았다! 상처를 입고 포로가 된 것이다. 기록에 의하면, 일리

노이 주 포로 수용소의 하나인 록 아일랜드에 있다고 했다. 최초의 기쁨 속에서, 그녀들은 그가 살아 있다는 사실 이외에 아무것도 생각하지 않았다. 그러나 차츰 냉정을 되찾자, 서로 얼굴을 마주보고 「록 아일랜드라고요 ! 」하고 한숨을 내쉬었다. 그건 마치 〈지옥에 있다고요 ! 〉하는 경우와 같은 울림을 가지고 있었다. 앤더슨빌이라는 지명이 북부 사람들에게 저주스런 악취를 내뿜고 있듯이, 록 아일랜드란 명칭은 거기에 가족을 포로로 보낸 남부 사람의 가슴에 참기 어려운 공포를 불러일으키고 있었다.

링컨이 북군의 포로를 먹이고 감시하는 무거운 짐을 남군에게 짊어지게 함으로써 전쟁의 종결을 빨리 지으려고 정책상 포로의 교환을 거절했기 때문에, 조지아 주의 앤더슨빌에는 수천의 푸른 옷을 입은 북군 병사가 수용돼 있었다. 남군은 양식이 딸리고 부상병에 대해서조차 약품도 붕대도 없는 상태였다. 따라서 포로에게까지는 좀처럼 손이 돌아가기 어려웠다. 포로의 식사에는 전선에서 병사가 먹고 있는 지방질이 많은 돼지고기와 마른 콩 같은 것이 주어지고 있었다. 그리고 이 식사 때문에 북군의 포로는 마치 파리 새끼처럼 때에 따라선 하루에 백 명씩이나 맥없이 죽어갔다. 이 보고에 분개한 북군은 포로에 대해서, 보복적으로 더 한층 가혹한 대우를 하게 되었는데, 그 중에서도 가장 대우가 나쁜 곳이 록 아일랜드였다. 식량은 적고 세 사람에 대해서 한 장의 담요밖에 주어지지 않고 천연두, 폐렴, 장티푸스 같은 병이 들끓었기 때문에, 심지어 격리 병원이라는 별명마저 붙어 있을 정도였다. 여기에 보내진 병사는 네 사람 중 세 사람은 살아 돌아오지 못했다.

그런데 애실리가 그 무서운 곳에 있는 것이다 ! 애실리는 살아는 있지만, 부상을 입고 록 아일랜드에 있는 것이다. 게다가 그가 거기에 보내졌을 무렵에는, 아마도 일리노이 주는 틀림없이 눈이 많이 쌓였을 것이다. 레트가 손을 써서 조사해 주었을 때에는 살아 있었지만 지금쯤은 상처가 원인이 되어 죽어 버린 것이나 아닐까 ? 천연두의 희생이 된 것은 아닐까 ? 폐렴의 열로 헛소리를 하면서 덮을 담요도 없이 괴로와하고 있는 것은 아닐까 ?

「버틀러 선장님, 어떻게 방법이 없을까요 ? 당신의 힘으로 그분을 북군의 포로와 교환해 달랄 수는 없을까요 ? 」멜라니가 안타깝게 외쳤다.

「빅스비 부인이 잃은 다섯 애들을 위해서는 구슬 같은 눈물을 흘린 자비의 사람, 정의의 사람인 링컨 씨도 앤더슨빌에서 죽어가고 있는 수천의 북군 포로를 위해서 흘릴 눈물은 없는가 보죠. 」하고 레트는 입을 일그러뜨리며 말했다. 「전부 죽어 버려도 상관없다는 거죠. 태연히 포로 교환 금지 명령을 내렸으니까요. 실은, 지금까지 잠자코 있었읍니다만 부인, 댁의 주인께선 록 아일랜드에서 나올 기회가 있었읍니다. 그런데도 그것을 거절하셨던 거요.」

「어머나, 하지만 그럴 리가 없어요!」멜라니는 반신 반의했다.

「그런데 사실입니다. 지금 북군은 인디언 토벌대의 병사를 모집하고 있는데, 그것을 남군의 포로들 가운데에서까지 모집하고 있읍니다. 누구라도 북부를 위해 충성을 맹세하고 이 년간 인디언 토벌에 종군할 것을 승낙하기만 하면, 석방되어 서부에 보내지는 것입니다. 그런데 윌크스 씨는 그걸 거절했읍니다.」

「어머, 어째서 거절하셨을까요?」스카알렛은 외쳤다.「왜 충성을 맹세한 다음 감금에서 풀려나와 곧 탈주하여 집에 돌아오지 않았을까요?」

멜라니는 성난 듯한 얼굴을 그녀에게 돌렸다.

「그이가 그런 비겁한 짓을 하다니, 농담이라도 그런 말은 하지 말아 주세요. 비열한 맹세를 하여 남군을 배신하고 게다가 또 북군에 대한 서약까지 배신하다니! 그런 비겁한 짓을 하느니, 차라리 록 아일랜드에서 죽는 편이 훨씬 나을 거예요. 수용소에서 죽는다면, 나는 그이를 자랑으로 생각할 수 있을 거예요. 하지만 만일 그이가 그런 짓을 한다면, 두 번 다시 그이의 얼굴을 보고 싶지 않아요. 절대로! 그이가 거절한 것은 당연하다고 생각해요.」

스카알렛은 레트를 문간까지 배웅하면서, 심통이 나서 물었다.「만일 당신이었다면 그런 곳에서 죽느니 토벌대에 들어가 탈주하실 테죠?」

「물론입니다.」콧수염 밑으로 흰 이를 드러내며 레트는 대답했다.

「그럼 어째서 그렇게 하지 않을까요?」

「그 사람은 신사이기 때문이죠.」레트는 말했지만, 스카알렛은 그런 존경 어린 말 속에, 어쩌면 그렇게도 교묘하게 야유와 경멸의 의미를 포함시킬 수가 있을까 생각했다.

17

1864년의 5월이 왔다. 꽃도 봉오리 그대로 시들어 버릴 만큼 덥고 건조한 오월이었다. 샤만 장군이 이끄는 북군은 또다시 애틀랜타의 서북방 백 마일, 달턴의 위쪽, 조지아 주 안으로 침입해 들어왔다. 조지아와 테네시의 주 경계 근처에서 멀지 않아 대격전이 벌어질 것이라고 사람들은 수군거렸다. 북군은 애틀랜타시 및 테네시 주와 서부 여러 주를 연결하는 서부 대서양 철도를 파괴하려고 그것에 계속 병력을 집결하고 있었던 것이다. 이 철도는 지난해 가을, 남군이 치카모가에서 대승리를 거둘 때 대부대의 수송에 성공한 선로이다.

그러나 애틀랜타 사람들은 달턴 근처에서 전쟁이 있는 것을 별로 문제로 삼지 않고 있었다. 북군이 집결해 있는 것은 치카모가 싸움터에서 불과 몇 마일 동남으로 떨어질 곳이었다. 그들은 한 차례 그 지방의 산길을 돌파하려고 쳐들어온 일이 있었지만, 남군에게 쉽사리 격퇴되고 말았다. 때문에 이번에도 틀림없이 격퇴될 것이라고 그들은 얕보고 있었던 것이다.

북군을 주 경계 안에 오래 붙들어 두는 것이, 조 존스턴 장군이 거느린 남군에게 있어서는 몹시 유리하다는 것은, 애틀랜타 사람들은 물론 조지아 주 사람 전체가 누구나 다 알고 있었다. 남군의 운명은 오직 조지아 주가 그 갖고 있는 기능을 자유롭게 발휘할 수 있느냐 없느냐에 달려 있었다. 그러므로 조 장군과 그 부대는 북군의 한 사람이라도 달턴 이남으로는 침입하지 못하게 하려고 하고 있었다. 실제로 아직 직접적인 전화(戰禍)를 입지 않은 조지아 주는, 남군에게는 광활한 곡창이었고 공장이었고 창고였다. 군대에서 쓰는 대부분의 무기 탄약이나 면모류(綿毛類)가 모두 여기에서 제조되고 있었던 것이다. 애틀랜타와 달턴 사이에는 대포 제조 공장이며 그 밖에 갖가지 공장이 있는 로옴이라는 읍과 리치먼드 이남에 제일 큰 철공장이 있는 애토와, 앨러투너 같은 읍이 끼어 있었다. 그리고 애틀랜타에는 총기, 마구(馬具), 천막, 탄약 공장에서부터 남부 제일의 대 압연(壓延) 공장이며 주요 철도의 부속 공장과 대규모의 병원 같은 것이 있었다. 게다가 이 애틀랜타는 남군의 생명선이라고도 할 수 있는 네 철로의 연결점이기도 했다.

그러므로 누구나 별로 걱정하지 않았다. 뭐니뭐니해도 달턴은 멀다. 테네시의 주 경계와 가까운 곳인 것이다. 더구나 벌써 삼 년간이나 테네시에선 전쟁이 계속되고 있다. 그러니까 누구나 그곳은 멀고 먼 버지니아나 미시시피 강 근처의 전쟁처럼 여기고 있었던 것이다. 게다가 북군과 애틀랜타의 사이에는 조 장군과 그 군대가 버티고 있다. 또한 조 장군은 철벽 장군이란 별명이 있던 잭슨 장군이 죽은 지금에 와선 리 장군의 뒤를 잇는 명장이라는 것을 누구나 믿고 있었다.

어떤 무더운 오월의 저녁 무렵 피티 시고모님의 집 베란다에서 미드 의사가 이런 의견을 말하고, 결국 조 장군이 산 속에서 철벽처럼 버티고 있는 한 애틀랜타는 조금도 두려워할 것이 없다고 덧붙인 것은 그야말로 일반 시민의 견해를 그대로 대표한 것이었다. 소리 없이 내리는 황혼 속에서 조용히 흔들의자에 흔들리든가 땅거미 속에 마법의 불처럼 떠도는 반딧불의 움직임을 지켜보면서 사람들은 미드 의사의 말에 귀를 기울이고 있었다. 사람들 마음의 고뇌가 저마다 다르듯, 의사의 이야기도 각자에게 저마다 다른 감명을 주었다. 미드 부인은 필의 팔에 손을 얹고 의사의 말이 진실이기를 빌고 있었다. 만일 전투가 좀더 가까이까지 다가온다면, 필도 전선에 나가지 않으면 안 된다. 필도 벌써 열 여섯 살이고 향토 방위군에도 들어가 있는 것이다. 게티즈버그에서 돌아온 이후 줄곧 눈에 띄게 얼굴빛이 창백하고 눈도 움푹 들어간 패니 엘싱은 이 몇 달 동안, 지칠 대로 지쳐 버린 그녀의 마음에 커다란 구멍을 뚫어 놓은 저 잔인한 추억이 메릴랜드에서 길고 괴로운 후퇴 도중, 비에 젖고 덜커덩거리는 소 달구지에 흔들리면서 숨을 거둔 달라스 막클루아 중위의 생각을 하지 않으려고 열심히 노력하고 있었다.

캐리 애시번 대위는 새삼스레 자기의 부자유스런 팔이 저주스럽기만 했다. 게다가 그는 이즈음 아무래도 스카알렛에게 이 이상 접근할 가망이 없는 것 같아 자칫하면 마음이 우울해지곤 했다. 그가 그렇게 비관하게 된 것은 애실리 윌크스가 포로로 잡혔다는 소식이 오고 부터였는데. 그는 그것이 스카알렛과 어떤 관계가 있는지 도무지 이해할 수가 없었다. 스카알렛과 멜라니는 일이 바쁘거나 남과 이야기를 하여 정신이 다른 데 팔렸을 때를 제외하고는 늘 같은 모습으로 둘이 함께 애실리를 생각하고 있었다. 스카알렛은 애실리는 꼭 죽었을 것이다, 그렇지 않으면 이렇게 소문조차 없을 리가 없다고 비관적으로 생각하고 있었다. 멜라니는 쉴새없이 엄습해 오는 공포를 뿌리치고 또 뿌리치면서 스스로에게 말했다. 『죽었을 리가 없다. 나는 그것을 알 수 있어. 만일 죽었다면, 뭔가 내 마음에 느껴지는 것이 있을 거야.』

레트 버틀러는 맵시 있는 장화를 신은 다리를 아무렇게나 포개고 붉은 얼굴을 웬지 멍하니 한 채, 그늘진 곳에 몸을 쭉 뻗고 있었다. 그의 팔 안에는 웨이드가 조그만 손에 살을 깨끗이 발라낸 새의 가슴뼈를 쥔 채 기분 좋게 잠들어 있었다. 스카알렛은 레트를 초청했을 때만은 웨이드를 늦게까지 있도록 내버려두었다. 이 낯을 가리는 아이가 그만은 잘 따르고 있었고 또 이상하게도 레트 역시 웨이드를 몹시 귀여워하고 있었기 때문이었다. 스카알렛은 이 아이가 눈 앞에 있는 것을 귀찮아했지만, 웨이드는 레트의 팔에 안기면 언제나 얌전해졌다. 피티 시고모님만은 만찬에서 수탉 고기가 억세게도 질겼기 때문에 트림을 누르느라고 기를 쓰고 있었다.

그 날 아침 피티 시고모는 한 마리밖에 안 남은 수탉을, 오랜 옛날에 먹혀 버리고 만 그의 후궁(後宮) 미녀들을 연모하여 더욱 야위기 전에 잡아 버리는 것이 좋겠다는 슬픈 결론에 도달했다. 그때까지 며칠 동안 그는 그 이외에는 새 그림자 하나 없는 닭장 속에서 홰를 칠 기운도 없이, 축 늘어져 있었던 것이다. 피터 영감이 수탉의 목을 조르고 나자, 곧 피티 시고모는 요사이 아무도 닭고기 맛을 보지 못했으니 이 수탉을 친구들에게 대접해야겠다고 생각하게 되었다. 그래서 모두를 만찬에 초대하자고 말을 꺼냈던 것이다. 멜라니는 벌써 임신 오 개월이 되어 요즈음 줄곧 남 앞에 나가는 것을 피하고 손님 접대도 하지 않고 있었기 때문에, 고모의 이 제안에는 완전히 어리둥절해지고 말았다. 그러나 피티 시고모는 이번만은 몹시 고집을 부렸다. 이 수탉은 자기들끼리 먹어 버린다는 것은 너무나 이기적이고, 그리고 멜라니의 배도 스커트의 제일 위의 후프를 조금만 높이면 조금도 눈에 띄지 않을 것이고, 그렇게 하지 않더라도 원래 가슴이 아주 납작하니까 괜찮다고 주장하며 양보하려 하지 않았다.

「하지만 고모님, 저는 아무하고도 만나고 싶지 않아요. 왜냐하면 애실리가 …….」

「그렇게, 애실리가 마치 죽어 버리기나 한 것처럼 말하는 게 아니에요.」피티 시고모는 말했지만, 마음 속으론 애실리는 죽었다고 생각하고 있었기 때문에, 저절로 목소리가 떨려 나왔다. 「애실리는 살아 있어. 손님을 부르는 건 너를 위해서도 좋은 일이야. 그리고 패니 엘싱, 그 사람도 초대하도록 하자, 엘싱 부인이 거듭 나에게 부탁하더라. 어떻게든지 패니를 좀 명랑하게 해 달라고. 그리고 모두와도 만나게 하고…….」

「하지만 고모님, 그건 너무해요. 가엾게도 달라스가 전사한 지 얼마 되지도 않았는데.」

「하지만 멜라니야. 너까지 그런 말을 하면 나는 어찌해야 좋을지 몰라 울고 싶어진다. 이봐요, 난 네 고모다. 무엇이 좋고 나쁜 것쯤은 나도 잘 판단할 수 있어요. 게다가 난 꼭 손님을 청하고 싶단 말이다.」

이런 곡절로 피티 시고모는 만찬회를 베풀게 되었는데, 그것이 거의 끝나 가려고 할 무렵 뜻밖에 시고모가 생각하지도 않았던, 또 바라지도 않았던 한 손님이 나타났다. 수탉 굽는 냄새가 집 안에 가득할 때, 예의 그 수수께끼 같은 여행에서 돌아온 레트 버틀러가 종이 레이스로 포장한 커다란 봉봉 상자를 안고 비꼼인지 진실인지 알 수 없는 인사를 하며 들어온 것이다. 의사며 미드 부인이 레트를 어떻게 생각하고 있는지, 그리고 패니가 군복을 입지 않은 남자에 대해 어떤 불쾌한 감정을 품고 있는지 모르는 것은 아니었지만, 피티 시고모로서는 레트를 청해 들이지 않을 수 없었다. 미드 부부도 엘싱 모녀도 거리에서 그를 만나면 말조차 나누지 않았다. 그러나 친구의 집에선 물론 아무도 그런 실례를 저지를 수는 없었다. 그리고 요즘은 전보다도 더욱 멜라니가 그의 역성을 들고 있었다. 레트가 그녀를 위해 애실리의 정보를 얻는 데 힘을 써주고 부터는, 멜라니는 세상 사람이 그에 대해 뭐라고 말하든「저는 언제라도 레트의 방문을 기쁘게 맞이하겠어요.」라고 공공연히 말하고 있었던 것이다.

피티 시고모는 이 날 레트의 태도가 조금도 나무랄 데 없이 정중하고 우아한 것을 보고 내심 적지않이 안심했다. 그는 패니에 대해서도 참으로 마음에서부터 나오는 경의를 표했다. 그래서 그녀도 나중에는 미소를 보내게 되어 만찬은 지극히 유쾌하게 진행되었다. 그건 그야말로 왕후의 향연에 비길 만한 것이었다. 캐리 애시번이 약간의 홍차를 가지고 왔다. 그것은 그가 앤더슨빌로 가는 도중 북군•포로의 담배 주머니 속에서 발견한 것이었다. 때문에 약간 담배 냄새가 섞여 있긴 했지만, 그래도 모두 한 잔씩 나눌 수가 있었다. 질긴 닭고기도 한 점씩은 차례가 돌아갔고, 게다가 거기에는 옥수수를 재료로 하여 양파로 맛을 낸 소스까지 쳐 있고, 그 밖에 말린 콩이 한 접시 그리고 쌀과 고기 국물은 넉넉했다. 하긴 고기 국물은 속에 넣는 밀가루가 없었기 때문에 좀 묽기는 했지만……. 식후에는 고구마 파이에 레트의 선물인 봉봉이 나오고, 게다가 신사들이 딸기술을 마시면서 한 대씩 돌리기 위해 본고장의 하바나 담배를 레트가 제공했을 때는, 정말이지 루클러스의 향연에 못지않다고 사람들은 말했다.

이윽고 신사들이 정면 현관에 있는 부인들 사이에 끼어들자, 이야기는 또 전쟁으로 되돌아 갔다. 요즈음은 화제가 으레 전쟁 이야기로 낙착되어 어떤 이야기도 전쟁에서 시작되고 전쟁으로 끝났다. 슬픈 이야기도, 또 가끔 나오는 유쾌한 이야기도 언제나 전쟁에서 떠나지 못했다. 전쟁중의 사랑 이야기, 결혼, 병원이나 전선에서의 죽음, 야영이나 전투나 행군중의 사건, 용감, 비겁, 익살, 비애, 계급의 박탈, 희망――그렇다, 더구나 거기에는 언제나 희망이 있었다. 작년 여름의 패배가 있었음에도 불구하고, 아직도 확고하고 미동도 하지 않는 희망이.

애시번 대위가 드디어 소원이 이루어져 애틀랜타 수비군에서 달턴의 제일선으로 나가게 되었다고 말을 하자, 부인들은 그의 딱딱하게 굳은 팔에 눈길을 보내고 자랑스런 기분을 숨기며「가시면 안 돼요. 당신이 가시게 되면 저희들 사이에 인기 있는 사람이 없어지니까요.」하고 저마다 한마디씩 말했다.

젊은 캐리는 미드 부인이나 멜라니나 피티 아주머니나 패니와 같은 정숙한 귀부인이며 노처녀들로부터 이런 말을 듣자, 반은 기쁘고, 반은 어리둥절하면서도, 스카알렛이 만일 정말 이렇게 생각해 준다면 얼마나 기쁠까 생각했다.

「뭐, 대위는 곧 다시 돌아옵니다.」의사는 캐리의 어깨에 팔을 감으며 말했다.「조그만 전투쯤은 있을 테지만, 그걸로 북군은 테네시로 쫓겨가고 말 테니까요. 더구나 놈들이 테네시로 물러가게 되면, 포레스트 장군이 어떻게든지 잘 처치해 줄 겁니다. 북군이 아무리 가까이까지 쳐들어와도, 부인들께서는 결코 놀라실 건 없어요. 존스톤 장군과 그 군대가 저 산중에서 철벽처럼 버티고 있는 동안은 절대로 안심입니다. 그렇죠, 정말 문자 그대로 철벽입니다.」

그는 자기의 말을 음미하듯 되풀이했다.

「샤만 같은 것이 절대로 돌파할 수 없읍니다. 존스톤 장군은 절대로 격퇴시킬 수 없어요.」

부인들은 의사의 말을 수긍하고 미소를 보냈다. 의사의 발언은 아무리 사소한 것이라도 의심할 여지가 없는 진리로 그녀들에겐 생각되었기 때문이다. 그리고 아뭏든 다른 건 몰라도 전쟁에 관해선 남자 쪽이 여자보다 훨씬 잘 알고 있으니까 그가 존스톤 장군을 철벽이라고 하면, 거기에 이의가 있을 리가 없었다. 그러나 레트만은 잠자코 있지 않았다. 그는 만찬이 끝난 뒤 한마디도 말을 하지 않고 웨이드를 어깨에 기대게 하여 재우면서, 황혼 어스름 속에 앉아 입을 꽉 다문 채 다른 사람의 전쟁 이야기에 귀를 기울이고 있었다.

「소문에 의하면 샤만군은 원군이 도착해서, 지금은 십만 이상의 대군이 됐다더군요.」

의사가 무뚝뚝하게 대답했다. 그는 처음 여기에 들어와서 자기가 아주 싫어하는 레트가 만찬 손님의 한 사람이라는 것을 알았을 때부터 매우 긴장해 있었다. 다만 피티퍼트에 대한 경의와 자기가 이 집의 손님이라고 하는 점만으로, 그 감정을 노골적으로 나타내기를 삼가고 있었을 뿐이었다.

「그것이 어쨌다는 것입니까?」하고 그는 날카롭게 대답했다.

「존스톤 장군이 이끄는 병력은 전번 승리에 용기를 얻어 군기 아래 돌아온 탈주병을 다 넣어서도 불과 사만 명에 지나지 않는다고, 방금 애시번 대위도 말씀하신 거로 아는데.」

「실례입니다만.」하고 미드 부인은 성난 듯이 끼어들었다.「남군에는 탈주병 같은 건 한 사람도 없읍니다.」

「아, 이것 참 엉뚱한 실례의 말을 했읍니다.」레트는 사람을 경멸하는 듯한 겸손한 태도로 말했다.「제가 말씀드린 것은 원대(原隊)에 돌아갈 것을 잊어버린 휴가병이나, 부상 뒤 여섯 달 지나고도 아직 집에 남아 예전의 직업이나 봄농사에 종사하고 있는 부상병 같은, 즉 그런 수천 명의 사람들을 가리키는 것입니다.」

그의 눈은 번쩍번쩍 빛나고 있었다. 미드 부인은 화가 치민 듯 입술을 깨물었다. 스카알렛은 멋지게 레트에게 한 대 먹은 부인이 고소해 그만 빙긋 웃을 뻔했다. 늪지대나 산림 속에 숨어, 헌병에게 끌려 다시 군대로 돌아가지 않으려고 피해 다니고 있는 병사의 수효는 수없이 많았던 것이다. 그건 〈부자가 일으켜 가난뱅이가 싸우는 전쟁〉이라고 공공연히 떠벌리는 사람들로, 이미 전쟁이라면 신물이 날 정도로 강요당하고 있었다. 그러나 그런 사람들보다도 더욱 많은 것은, 원대의 명부에는 엄연히 도망병이라고 적혀 있으면서, 영원히 도망할 의사는 갖고 있지 않은 사람들이었다. 그들은 벌써 삼 년 동안, 다만 헛되이 휴가를 기다리고 있었는데, 기다리고 있는 사이에 떠듬떠듬 서투른 필치로 쓴 고향의 편지를 받았던 것이다. 〈우리들은 굶주리고 있어요.〉〈금년은 수확이 거의 없는 거나 같아요. 아무도 밭갈이하는 사람이 없기 때문이에요. 우리들은 굶고 있어요.〉〈병참부의 공출(供出)은 엄격하고, 그러면서도 저희들은 당신에게서 벌써 몇 달이나 돈을 받지 못했어요. 우리들은 먀른 콩만으로 살고 있어요.〉

오는 편지마다 모두 이런 식이었기 때문에 불평은 높아 갈뿐이었다. 〈우리들은 굶주리고 있어요. 당신의 아내도 아이들도 부모님도 모두 굶주리고 있어요. 이건 언제 가야 끝장이 날까요? 당신은 언제 돌아오실 수 있을까요? 저희들은 굶주리고 또 굶주리고 있어요.〉 나날이 병력이 줄어드는 군대가 쉽사리 휴가를 주지 못할 것을 알자 이들 병사들은 저마다 멋대로 고향에 돌아가 땅을 갈고 곡식을 심고 집을 고치고 울타리를 만드는 데 전념했다. 연대의 장교들도 이 사정을 잘 알고 있었기 때문에, 격전이 다가오자 귀향병들에게 아무런 문책도 하지 않을 테니까 곧 원대로 돌아오라고 써 보냈다. 병사들도 대개 고향의 가족이 아직 몇 달은 이럭저럭 굶지 않고 버티며 기다릴 수 있다는 것을 알자, 다시 부대로 돌아왔다. 이 〈농경 휴가(農耕休暇)〉는 적전 도망(敵前逃亡)과 동일하게는 보지 않았지만 병력을 약화시키는 데 있어서는 마찬가지였다.

미드 의사는 불쾌한 침묵을 털어 버리듯, 서둘러 입을 열었다. 의사의 목소리는 냉랭했다. 「버틀러 선장, 아군과 북군의 병력 차이 같은 건 문제가 안 돼요. 아뭏든 남군의 한 사람은 넉넉히 북군 열 두 명과 맞먹으니까요.」

부인들은 고개를 끄덕였다. 모두 그렇게 생각하고 있었던 것이다.

「딴은, 전쟁 초기에는 확실히 그랬습니다.」 레트는 말했다. 「아마 지금도 별로 틀리지는 않을 것입니다. 만일 남군 병사에게 탄약과 구두와 양식만 있다면 말입니다. 어떻습니까, 애시번 대위?」

레트의 목소리는 여전히 부드럽고 그럴 듯한 겸손이 넘쳐 있었다. 캐리 애시번은 난처한 표정이 되었다. 그도 분명히 레트가 아주 싫었기 때문에 의사의 편을 들고 싶었지만 거짓말을 할 수는 없었기 때문이었다. 그가 부자유한 팔을 가지고 전선으로 나가려고 하는 것도 사실은 시민들은 꿈에도 생각 못하는 이 절박한 사태를 인정하기 때문이 아닌가. 나무 의족에 비틀거리고 한 눈을 잃고 손가락이 날아가고 한 팔이 떨어져 나간 많은 사람들이, 병참부와 병원과 우편과 철도의 일에서 묵묵히 다시 원래의 제일선으로 돌아가려 하고 있었다. 누구나 존스톤 장군이, 지금 한 사람이라도 더 많이 병사를 구하고 있음을 알고 있기 때문이었다.

캐리는 잠자코 있었다. 그러자 미드 의사는 참을 수 없는 듯 고함쳤다. 「아군은 지금까지 구두도 없고 식량도 없이 싸우고도 훌륭히 이기지 않았소? 이제부터라도 싸우면 또 이길 게 틀림없소. 존스톤 장군은 결코 패하지 않아요. 옛날부터 험한 산의 요충(要衝)은 어떤 침입자들 돌파할 수가 없었소. 이를테면 저 텔모피레(페르샤 전쟁에서 페르샤군과 그리스 군이 싸운 유명한 격전장.—역자주)의 험한 산처럼!」

스카알렛은 아무리 생각해도 텔모피레가 뭔지 알 수 없었다.

「하지만 텔모피레에선 최후의 한 사람까지 전멸되지 않았읍니까, 선생님?」 레트가 되물었다. 그의 입술은 웃음을 참느라고 잔뜩 일그러졌다.

「자네는 나를 모욕할 작정인가?」

「천만에요, 선생님. 그건 오해입니다. 저는 다만 가르침을 받고 있을 뿐입니다. 저는 고대사에는 별로 능통하지 못하니까요.」

「만에 하나라도 북군이 조지아 주에 침입하게 되는 날에는, 아군은 최후의 한 사람까지 기꺼이 죽을 거요.」 의사는 소리쳤다. 「하지만 그런 일은 있을 리가 없소. 아군은 틀림없이 대단찮은 전투로 간단히 놈들을 조지아 주에서 쫓아낼 거요.」

피티퍼트 시고모는 별안간 일어나, 스카알렛에게 피아노를 치고 여러분에게 노래라도 들려 주도록 하라고 말했다. 이야기의 상황이 갑자기 깊고 격렬한 소용돌이를 향해 달려가고 있음을 눈치챘기 때문이었다. 레트를 만찬에 초대하면 무슨 일이 일어나리라는 것쯤은 그녀도 잘 알고 있었다. 레트가 모습을 나타내기만 하면 언제든지 무사히 끝나는 일이 없었다. 그러나 어째서 그가 문제를 일으키는지 그것은 똑똑히 이해되지 않았다. 다만, 또 시작이로구나, 하고 생각할 뿐이었다. 대관절 스카알렛은 이 남자를 어떻게 생각하고 있는 걸까? 그리고 멜라니는 왜 또 이 남자를 두둔하는 걸까?

스카알렛이 순순히 객실 쪽으로 갔기 때문에, 포치의 사람들은 모두 조용히 침묵을 지켰다. 그러나 이 정적은 뭔가 레트에 대한 분노로 맥박치는 침묵이었다. 무적 존스톤 장군과 그 군대의 승리를 진심으로 믿지 않는 사람이 대체 있을 수 있는가? 그것을 믿는 것은 우리들의 신성한 의무가 아닌가. 또 가령 믿을 수 없는 매국노라 할지라도 최소한 그것을 입에 담지 않는 예의쯤은 있어야 하지 않는가.

스카알렛은 잠시 피아노를 쳤다. 그리고 이어 그 무렵 유행하고 있던 노래를 하는 그녀의 달콤하고 구슬픈 목소리가 객실에서 흘러나왔다.

총칼과 유탄과 포탄에
다친 사람 죽어가는 사람 누워 있는
새하얀 벽 아름다운 그 병실에
누구의 님인가 오늘도 실려 왔네.

누구의 님일까, 젊고 씩씩한 사람
앳된 그 옛날의 모습을
그대로 싸늘한 무덤에 옮겨가려고
푸르고 애처로운 그 볼에 이렇듯 핏빛을 남겼는가.

《헝클어진 금빛 머리 이슬에 젖었네》 스카알렛의 약간 이상해진 소프라노가 가냘프게 이어졌다. 그러자 패니가 갑자기 엉거주춤 일어나 자지러지는 듯한 목소리로 외쳤다. 「뭔가, 뭔가 다른 노래를 해줘!」

어리둥절해진 스카알렛이 갑자기 손가락을 떼는 바람에, 피아노 소리가 뚝 그쳤다. 그리고 황급히 《잿빛의 군복》의 첫소절을 치기 시작했다. 그러나 이것도 역시 잔인하다고 생각되었기 때문에 곡조가 엉터리로 쳐지고 말았다. 그래서 어떤 곡을 쳐야 좋을지 몰라, 피아노 소리는 다시 멎고 말았다. 노래란 노래는 여느 것이나 죽음이며 이별이며 슬픔이라는 말이 포함되지 않은 것이 없었던 것이다.

별안간 레트가 일어나더니, 웨이드를 패니의 무릎 위에 놓고 객실로 들어갔다.

「《그리운 켄터키의 집》을 치십시오.」 조용히 그가 말하자 스카알렛은 구원받은 기분으로 켄터키의 집을 치기 시작했다. 그녀의 노래에 레트도 멋들어진 베이스로 합창했다.· 이윽고 두 사람이 이절째로 들어갔을 무렵에는 이 노래도 역시 그다지 마음이 즐거운 것은 아니었지만, 포치에 있는 사람들의 마음은 한결 흥겨웠다.

쓰라린 무거운 짐을 나르는 것도
인제 며칠만 참으면 돼요.

가볍게 되지 않을 짐이라면 무겁고 가벼운 것이 무엇이겠소.

비틀거리면서 가는 길도 인젠 며칠만 참으면 돼요.

그리운 켄터키의 집이여, 안녕.

미드 의사의 예언은 지금까지는 들어맞았다. 존스톤 부대는 애틀랜타에서 백 마일, 달턴 끝 산악 지대에 철벽처럼 버티고 있었다. 그 수비군은 그야말로 난공 불락(難攻不落)으로, 골짜기를 내려와 애틀랜타로 향하려는 샤만군을 호되게 반격했기 때문에, 어지간한 북군도 일단 후퇴하여 작전을 다시 세우지 않을 수 없었다. 그리고 전공법(正攻法)으로는 도저히 남군의 수비선을 돌파하기 어렵다고 안 적은, 밤을 타서 반원 모양으로 신길을 돌아 존스톤 부대 뒤로 가, 달턴에서 십 오 마일쯤 남쪽으로 내려온 레사카에서 철도를 차단하려고 시도했다.

이 중요한 두 철도가 위기에 빠진 것을 알자, 남군은 지금까지 필사적으로 지키던 진지를 버리고, 별빛 아래 사잇길을 이용하여 레사카를 향해 강행군을 했다. 이리하여 북군이 산마다에서 습격했을 때는 남군은 벌써 달턴에서와 똑같이 흉벽(胸壁)에 몸을 숨기고 대포를 비치하고 총검을 번득이며 기다리고 있었다.

그러나 달턴에서 후송되어 온 부상병의 입에서 존스톤군의 레사카 후퇴가 비관적으로 왜곡되어 전해지자 애틀랜타의 사람들은 놀라 얼마쯤은 동요의 빛을 보였다. 그것은 마치 북서풍쪽 하늘에 나타난 검고 작은 구름, 여름의 폭풍의 첫 징조로 나타난 저 검은 구름과 같은 것이었다. 북군을 십 팔 마일이나 조지아 주 안으로 침입하게 하다니, 장군은 대관절 어쩔 셈인가. 미드 의사도 말했듯이 산악 지대는 천연의 요새가 아닌가. 어째서 존스톤 장군은 북군을 저 천연의 요새에서 막아내지 못했을까.

존스톤 장군은 레사카에서 죽을 힘을 다해 싸워 북군을 또다시 물리쳤다. 그러나 샤만 장군은 똑같은 측면 운동으로 막대한 그 군대의 일부를 쪼개어 반대쪽으로 우회시키고 우스타노라 강을 건너 다시금 남군의 배후에 있는 철도를 습격했다. 또다시 철도를 지키기 위해, 급히 잿빛 군대들은 붉은 황토 참호에서 불려 나갔다. 그리고 수면 부족으로 피로하고 행군과 전투에 지치고 굶주린 그렇다, 끊임없이 굶주림과 싸우면서 골짜기를 내려가 다시 한 번 강행군을 했다. 그들은 레사카에서 육 마일 지점인 칼훈이라는 작은 고장에 북군보다 한 발 먼저 도착하여 진지를 구축하고 군이 올 때를 대비하여, 또다시 전투 준비를 갖추었다. 공격이 시작되고 맹렬한 전투가 전개되어, 다시금 북군은 격퇴되었다. 남군의 병사는 정말이지, 지칠 대로 지쳐 무기를 놓고 쉬고 싶었다. 원하는 것은 단지 휴식뿐이었다. 그러나 쉴 시간은 없었다. 샤만 장군은 또다시 끈질기게 한 층 넓은 범위로 돌아 한 발 한 발 진격해 오기 때문에 후방의 철도를 지키기 위해 서는 다시금 퇴각을 하지 않을 수 없었다.

남군 병사들은 졸면서 행군했다. 극도의 피로로 이미 아무것도 생각할 힘이 없었다. 그러나 생각할 힘이 있을 때는 그들은 아직 존스톤 장군을 믿고 있 었다. 자기들이 후퇴하고 있는 것은 알고 있지만, 그것이 결코 격퇴당한 것은 아니라고 믿고 있었다. 그러나 그들에게는 자기들의 진지를 지키고 샤만의 우회 작전을 깨뜨릴 만한 병력이 없었다. 그들은 북군이 멈추고 싸우기만 하면, 언제 든지 이것을 해치울 수 있었다. 사실 무찔러 왔다. 그러나 이렇게 후퇴를 계속 하고 있으면, 결국 어떻게 될 것인가는 아무도 몰랐다. 그러나 존스톤 장군만은 자기가 하고 있는 것을 알고 있을 테니까 그들로선 그것으로 충분했다. 그 때문 에 그들의 손실은 거의 조금밖에 없었는데 비해, 북군의 전사자나 포로는 훨씬 많았다. 그들은 한 대의 치중차(輜重車)도 잃지 않고 대포 네 문만을 잃었을 뿐 이었다. 물론 후방의 철도도 적의 손에 넘기지 않았다. 샤만은 정면 공격, 기병 기습, 우회 작전 등 여러 가지 시도를 하긴 했지만, 마침내 철도에는 손가락 하 나 댈 수 없었다.

철로, 애틀랜타를 향해 태양이 내리쬐는 계곡을 굽이굽이 달리고 있는 이 가 느다란 선로는, 아직도 남군의 것이었다. 병사들은 잠잘 때도 어스름한 별빛 아 래 희미하게 빛나는 철로가 보이는 곳에서 잤다. 그리고 죽을 때도 그들의 흐려 진 눈에 어리는 마지막 광경은, 사정없이 내리쬐는 태양 아래 강렬하게 번쩍이 는 철로였다.

계곡을 후퇴하여 가는 그들 앞에는 피난민들이 떼지어 밀려 갔다. 농장주도 빈농도, 부자도 가난뱅이도, 백인도 흑인도, 여자도 어린애도, 노인도 죽어가 는 환자도, 불구자도 부상자도, 해산달이 가까운 임산부도, 기차로 도보로 말로 마차로, 혹은 트렁크며 세간살이를 잔뜩 치쌓은 짐수레로, 애틀랜타로 향한 신 작로를 가득 메우고 있었다. 후퇴 부대보다 피난민은 오 마일 앞서 갔다. 그리 고 레사카, 칼훈, 킹스톤 등지에 잠시 발을 멈추고, 그럴 때마다 북군이 격퇴되 어 고향에 돌아갈 수가 있도록 빌면서 기쁜 소식을 기다렸다. 그러나 그 밝은 신 작로를 되돌아갈 기회는 좀처럼 오지 않았다. 잿빛 군복을 입은 병사는 사람도 없는 저택 앞을, 버려진 농가 곁을, 문이 반쯤 열린 인기척이 없는 집 모퉁이를 지나갔다. 군데군데 몇 사람의 겁을 잔뜩 집어먹는 노예들과 함께 억센 부인들 이 남아 병사들을 대접하고 목이 마른 사람에게는 우물물을 길어다 주고 부상자 에게는 붕대를 감아 주고 죽은 사람은 자기들의 묘지에 묻어 주었다. 그러나 햇볕이 쩅쩅 내리쬐는 골짜기의 대부분은 농장은 사람의 손이 안 간 곡식이, 타는 듯한 밭에 아무렇게나 버려져 있었다.

또다시 칼훈 측면 공격을 받은 존스톤 부대는 아데어즈빌로 물러나 격렬한 일전을 벌이고 곧 캐스빌로, 그리고 다시 캐터즈빌의 남방으로 차츰 후퇴해 갔다. 이리하여 적군은 마침내 달턴에서 오십 오 마일 되는 지점까지 전진해 왔다. 격렬한 전투를 벌이면서 다시 십 오 마일 후퇴한 남군은 뉴 호프 처치에 마지막 저항선을 구축했다. 북군은 사정 없이 거대한 구렁이처럼 또아리를 트는가 하면 빨간 혀를 날름거리며 덤벼들고, 상처를 입으면 물러가지만 다시 반격을 해왔다. 뉴 호프 처치에선 열 하루 동안에 걸쳐 쉴새없이 전투가 되풀이되어 말로 표현할 수 없는 격전을 벌인 끝에, 북군은 한 사람도 남김 없이 피투성이가 되어 물러갔다. 그러나 그 뒤 존스톤 장군은 또다시 우회 공격을 받았기 때문에, 허술해진 휘하의 군대를 수마일 후방으로 철수하지 않을 수 없었다. 뉴 호프 처치에서 남군의 사상자 수는 막대했다. 부상자는 기차에 가득 실려 애틀랜타로 흘러들어왔다. 이것을 보자, 시내 사람들은 완전히 기가 질려 버리고 말았다. 지금까지 치카모가 전투조차, 이렇게 많은 부상자를 본 일은 없었다. 병원은 초만원이 되고 부상자는 비어 있는 상점 마루 위며 창고의 목화 상자 위까지 눕혀졌다. 여관도 하숙집도 개인 집도 부상병으로 가득 찼다. 피티 아주머니의 집도 멜라니가 임신중인 몸이므로 남을 둔다는 것은 좋지 않고 너무나 비참한 광경을 보아 혹시 유산아라도 하면 큰일이라고 처음에는 거절했지만 결국 숙소로 할당되었다. 멜라니는 스커트 후프를 조금 위로 올려 불룩해진 배를 감추고 부상병을 이 벽돌집에 맞았다. 날이면 날마다 식사 준비를 하고 안아일으켜 주고 돌려 눕혀 주고 부채로 부쳐 주고 붕대며 가제를 빨아 다시 감아 주는 노동이 끝도 없이 계속되고, 매일 밤 옆방 남자의 헛소리에 잠 못이루는 무더운 밤이 계속됐다. 마침내 이 시에도 다 수용할 수 없게 된 부상병은 메이콘과 오가스타의 병원으로 보내졌다.

모순된 갖가지 정보를 가지고 호송되어 오는 부상자의 물결과 이미 들어갈 여지도 없이 가득 찬 시에 꼬리를 물고 밀어닥치는 피난민으로 애틀랜타는 벌컥 뒤집힌 것처럼 소란스러웠다. 지평선 위에 홀연 나타난 작은 먹구름은 순식간에 거대하고 험악한 구름덩이가 되어, 거기에서부터 얼어붙는 듯한 차가운 바람이 불어오는 것 같았다.

한 사람도 아군의 불패(不敗)를 믿지 않는 사람은 없었지만, 그러나 최소한 군인이 아닌 사람은 누구나 존스톤 장군에 대한 신뢰를 버리고 있었다. 뉴 호프 처치는 애틀랜타에서 삼십 오 마일밖에 떨어져 있지 않다! 장군은 삼주일 동안에 육십 오 마일을 북군에게 쫓기고 있는 것이다. 왜 그는 후퇴만 하고 북군을 막아 내려 하지 않는 걸까. 장군은 바보다, 아냐, 바보보다도 더해. 향토 방위군의 노인들과 국민군들은 애틀랜타에서 편히 앉아 〈우리에게 시킨다면 좀더 정세를 유리하게 만들 수도 있다〉고 주장하며, 테이블 위에 지도를 펴놓고 자기들의 의견을 떠벌리고 다녔다. 장군은 휘하 부대가 점점 엉성해지고 게다가 아직도 후퇴를 더 하지 않을 수 없게 되자 필사적으로 조지아 주 지사 브라운 씨에게, 향토 방위군과 국민군의 참가를 요구해 왔다. 그러나 국민군의 패들은 안심하고 있었다. 주지사는 이미 남부 대통령 데이비스 씨의 요청마저 거부하고 자기의 직권(職權) 아래 있는 군대를 동원하려 하지 않았기 때문이었다. 때문에 이번 역시 존스톤 장군의 요구에 응하리라고는 아무도 믿지 않고 있었다.

싸우고는 물러나고 물러나서는 다시 싸우고, 칠십 마일 스무 닷새 동안, 남군은 거의 매일 싸움을 계속했다. 뉴 호프 처치도 이제 와서는 남군의 훨씬 후방이 되었다. 미친 사람의 꿈 같은 그곳의 추억——더위, 먼지, 굶주림, 피로, 수레바퀴 자국으로 울퉁불퉁하게 된 황토길과 진창 속의 행군, 후퇴, 참호, 전투 다시 후퇴, 참호, 전투. 뉴 호프 처치의 추억은 마치 이 세상이 아닌 다른 세계의 악몽 같았다. 그리고 그들이 발걸음을 돌려 북군을 악마처럼 물리친 저 빅 샨티의 전투도 돌이켜 보면 정말 꿈만 같았다. 그러나 북군 전사자의 군복으로 싸움터가 파랗게 될 만큼 해치웠는데도, 북군의 수효는 조금도 줄어들지 않았다. 없애도 없애도 또 새 군대가 계속해서 나타나는 것이다. 그들의 앞에는 언제나 동남쪽으로 코끝을 향한 무서운 북군의 푸른 옷이 가로막혔다가는 남군의 배후로 철도로, 그리고 애틀랜타로 돌아오는 것이었다.

빅 샨티에서 지칠 대로 지친 군대는 연일 자지도 못 하고 쉬지도 못 한 채 마리에타라는 작은 읍에서 가까운 케네소우산까지 철로를 따라 후퇴하여, 거기서 십 마일에 걸친 반달 모양의 진지를 폈다. 험준한 산허리에 참호를 파고 산꼭대기에 대포를 설치했다. 노새는 산에 오르지 못하기 때문에 병사들은 땀을 흘리고 저마다 저주의 욕설을 퍼부으면서 험한 언덕길로 무거운 대포를 끌어올렸다. 애틀랜타에 오는 연락병과 부상자는 이 정보를 가지고 와서, 겁에 질린 시민들에게 적지 않은 안도감을 주었다. 험준한 케네소우산이라면 난공 불락이다. 근처 파인산과 로스트산도 마찬가지로 방비되었다. 북군도, 이번에만은 존스톤군을 패배시킬 수 없으리라. 산꼭대기에서 대포가, 몇 마일 안의 모든 길을 굽어 살피고 있다면, 우회 작전도 못 할 게 틀림없다. 애틀랜타의 시민들은 얼마간 마음을 놓았다. 그러나…….

그러나 생각해 보니 케네소우산은 여기서 겨우 이십 마일 밖에 떨어져 있지 않는 것이다！

케네소우산에서 처음으로 부상병이 보내져 온 날, 아침 일곱 시라는 어이없는 시간에, 메리웨더 부인의 마차가 피티 시고모의 집 앞에 멎고, 검둥이 레비 영감이 스카알렛에게 곧 옷을 갈아입고 병원에 오라는 전갈을 전했다. 보니까 일찍부터 깨워진 패니 엘싱과 본넬네 딸들이 마차 뒷좌석에서 하품을 깨물며 앉아 있었다. 그리고 엘싱네 보모가 깨끗이 세탁한 붕대 바구니를 무릎 위에 놓고 시무룩한 표정으로 마부석에 앉아 있었다. 간밤엔 새벽녘까지 향토 방위군의 파티에서 춤을 추었기 때문에 발이 아플 정도로 피로한 스카알렛은 간신히 일어났다. 그리고 언제나 병원 일을 할 때면 입는 가장 낡고 가장 누더기인 캘리코의 단추를 프리시에게 채우게 하면서 입 밖에는 내지 않았지만, 부지런하고 정력 좋은 메리웨더 부인을 저주했다. 커피 대신 볶은 옥수수와 말린 감자를 삶아낸 쓴 액채를 들이키자, 그녀는 총총이 나가 아가씨들이 탄 마차에 올랐다.

그녀는 간호의 일에는 진저리를 내고 있었다. 그래서 오늘이야말로 메리웨더 부인에게 『어머니한테서 타라로 돌아오라는 편지가 왔어요.』하고 말하려고 생각하고 있었다. 그러나 그건 말하지 않는 편이 좋을 뻔했다. 소매를 걷어 붙이고 건장한 몸을 커다란 에이프런으로 싼 이 경탄할 만한 노부인은, 스카알렛을 한 번 날카롭게 쳐다보고는 도리어 기세당당히 말했던 것이다. 「스카알렛, 그런 바보 같은 소릴랑 두번 다시 하지 말아요. 어머님에게는 내가 오늘 편지를 보내서, 도저히 당신을 놓아 줄 수 없다고 말할 테니까. 그렇게 하면 어머니도 틀림없이 돌아오지 않아도 좋다고 말씀하실 거야. 자아, 에이프런을 두르고 어서 미드 선생한테 뛰어가요. 손이 모자라 쩔쩔 매고 계시니까.」

『아, 큰일났다.』스카알렛은 따분해진 심정으로 생각했다. 『어머니는 틀림없이 돌아올 것 없다고 하실 텐데. 하지만 이 이상 이런 싫은 냄새를 맡느니 차라리 죽어 버리고 싶어. 아, 차라리 나도 할머니가 되어 젊은 처녀들을 마음대로 부려먹기나 했으면. 부려먹히지만 말고. 그리고 메리웨더 부인 같은 늙다리 고양이는 어디로 꺼져 버리라고 고함을 쳤으면 좋겠어.』

사실 그녀는 병원이며 악취며 격렬한 아픔이며 불결한 육체 따위에는, 인제 더 이상 참을 수 없이 되었다. 전에는 그것이 일종의 호기심 어린 흥미나 로맨스가 있었는지 모르지만 이제 그런 것들은 벌써 일 년 전에 어디론가 날아가 버리고 말았다. 게다가 이번 후퇴로 부상한 병사들은 이전 패들처럼 매혹적이 아니었다. 그들은 그녀에 대해서도 전연 흥미가 없는 모양으로, 단지 『전쟁의 상황은？』『존스톤 장군은 지금 뭘 하고 있읍니까？ 장군은 위대한 인간이지요.』그런 소리만 했다. 그녀는 존스톤 장군이 위대한 인간이라고는 조금도 생각하지 않았다. 왜냐하면 장군은 북군을 팔십 팔 마일이나 조지아 주 안으로 들어오게 하지 않았는가. 부상병은 조금도 매력이 없을 뿐만 아니라, 대부분이 빈사 상태에 놓여 있었다. 애틀랜타에 와서 의사의 치료를 받기도 전에 그들은 대개 패혈증(敗血症)이나 회저(壞疽)나 장티푸스나 폐렴에 걸려 있었기 때문에 그것에 저항할 힘도 없이 말없이 죽어갔다.

그 날은 더위가 심하고 열어젖힌 창문으로 파리가 떼지어 날아왔다. 크고 굼뜬 파리지만, 육체의 고통보다는 이 파리란 놈의 극성이 사람들의 원기를 한층 꺾어 놓았다. 그녀의 주위에는 악취와 고통의 밀물이 차츰차츰 높아져 갔다. 세수 대야를 들고 미드 의사를 따라 돌고 있으려면, 땀이 새로 풀을 먹인 옷을 통해 밖으로 번져나왔다.

아, 의사 옆에 서서 회저에 걸린 썩은 살에 의사가 번쩍이는 메스를 휘두를 때 아무리 애써도 절로 구역질이 나는 그 기분! 오, 그리고 절단 수술을 하는 수술실에서 비명이 들려 올 때의 그 공포! 온몸이 상처투성이가 되어 의사가 와 주기만 기다리고 있는 사람. 외침 소리로 귀가 멍멍해진 사람들.「딱하지만 그 손은 잘라야 해. 그래그래, 알고 있네. 하지만 보라구, 알겠지? 이 빨간 줄들. 아무래도 잘라야 해.」하는 무서운 말을 기다리고 있는 사람들의 긴장된 하얀 얼굴을 보았을 때의 그 구토증이, 나는 도저히 어쩔 수 없는 가엾은 생각.

클로로포름은 매우 딸리고 있어 웬만한 대수술이 아니면 사용되지 않았고, 모르핀은 거의 귀중품이나 다름없어 죽어가는 사람의 괴로움을 덜기 위해 쓰여질 뿐 살아 있는 사람에게는 주어지지 않았다. 정말이지, 스카알렛은 못 견딜 지경이었다. 때문에 오늘 아침도 될 수 있으면 멜라니처럼 임신했다 하고 뺑소니를 치고 싶은 정도였다. 요즘에 와선 사교계에서 배척되지 않고 간호를 안 할 수 있는 구실은 그것밖에 없었던 것이다.

정오가 되자 스카알렛은 에이프런을 풀고, 메리웨더 부인이 산악 지방 출신으로 글씨를 못 쓰는 남자를 위해 바쁘게 편지를 대필하고 있는 틈을 타 살그머니 병원을 빠져 나왔다. 그녀는 이제 더 이상 참을 수 없었다. 더구나 정오의 기차로 부상병이 보내져 오면, 또 저녁때까지는 죽도록 일해야 할 것이다. 어쩌면 식사를 할 틈도 없이.

그녀는 피치트리가를 향하여 작은 거리를 두 개 가량 급히 달려갔다. 그리고 꽉 졸라맨 레이스 코르셋 밑으로 될 수 있는 대로 깊이 신선한 공기를 들이마셨다. 길 모퉁이에서 이제부터 뭣을 하겠다는 생각도 없이 멍하게 선 채, 피티 시고모의 집으로 돌아가는 것도 겸연쩍고 그렇다고 해서 병원으로 되돌아갈 마음도 내키지 않았다. 거기에 마침 레트 버틀러가 지나갔다.

「마치 넝마주이 아이 같은 차림이군요.」

땀으로 줄무늬가 지고 세수 대야에서 튄 물이 군데군데 얼룩진, 누덕누덕 기운 연보랏빛 캘리코 옷을 바라보면서 그는 말했다. 스카알렛은 당황하고 화가 나 새빨개졌다. 왜 이 남자는 언제나 여자의 옷에만 눈독을 들이는 걸까. 그리고 왜 꼴불견 같은 지금의 내 옷차림을 노골적으로 비평하고 그러는 걸까.

「당신 같은 사람에게 아무 말도 듣고 싶지 않아요. 그것보다 저를 마차에 태워 가지고 어딘가 사람 눈에 띄지 않을 곳에 데려다 주세요. 저는 교수형을 받더라도 병원에는 안 돌아가겠어요. 뭐 이 전쟁을 내가 일으킨 것도 아니고 죽도록 일해야 할 이유가 어디 있어요. 그리고.」

「허어, 〈우리의 영광스런 대의 명분〉에 대한 반역자이시군!」

「자기는 어떤데 함부로 그런 말을 하시죠? 자 아무래도 좋으니까 나를 좀 태워다 주세요. 어디로 가시든 상관없어요. 어쨌든 드라이브나 해요.」

레트는 마차에서 훌쩍 뛰어내렸다. 그것을 보자, 눈이며 팔다리가 병신이 아닌 온전한 남성, 고통으로 창백해지고 말라리아로 노오랗게 되지 않은 건강하고 팽팽한 남성의 믿음직한 모습이 그녀의 가슴을 때렸다. 게다가 레트는 복장도 훌륭했다. 같은 감으로 만든 상의와 바지는 헐렁헐렁하지도 않고 그렇다고 활동하기 어려울 정도로 좁지도 않게 몸에 꼭 맞았다. 더구나 금방 마춘 새것으로 더러운 맨살이나 털난 정강이가 보이는 것과는 비교도 되지 않았다. 그는 세상의 일 같은 것은 조금도 염두가 없는 것 같았다. 사람들이 불안하게 무엇에 신들린 듯한 무서운 얼굴들을 하고 있는 오늘날, 이런 차림에 이런 태평스런 얼굴을 하고 있다니 이 얼마나 놀라운 남자란 말인가. 햇볕에 탄 얼굴에 부드러운 표정을 짓고, 육감을 숨기지 않는 여자처럼 입매가 선명한 붉은 입술이, 그녀를 마차에 부축해서 태울 때 빙긋 가볍게 웃었다.

건강한 몸의 근육이 잘 맞는 옷 속에서 탄력 있게 물결쳤다. 그리고 옆에 가까이 앉자, 언제나 느끼듯이 그의 힘찬 육체적 정력이 그녀를 압박해 왔다. 그녀는 빨려들어가듯, 그의 우뚝 솟은 힘찬 어깨 언저리를 바라보았다. 그의 몸은 정말 나무랄 데 없이 건강한 육체로서 그것이 그녀를 당혹하게도 하고 조금은 겁나게도 했다. 대담한 영혼 못지않게 그것은 튼튼한 육체였다. 더구나 그 체구는 일광욕을 하고 있는 표범처럼 늘씬하면서도, 언제라도 덤벼들어 적에게 일격을 가할 것 같은 날카로움을 숨기고 있었다.

「꼬마둥이 협잡꾼 아가씨.」 레트는 이랴랴, 하고 말을 몰면서 말했다. 「밤새도록 군인들과 춤추고 장미나 리본을 선사하면서 대의 명분을 위해서라면 언제든지 죽을 듯이 말해 놓고는 이제는 붕대를 조금 감으라고 하거나 이 두서너 마리만 잡아내라고 하면 곧 허둥지둥 달아나는군요.」

「뭔가 다른 이야기는 못 하시나요? 그것보다 좀더 빨리 몰아 주세요. 이런 꼴을 가게에서 나온 메리웨더 아저씨에게라도 들키는 날이면 그야말로 큰일이에요. 당장에 그 할멈, 메리웨더 부인에게 고자질할 테니까요.」

그는 말에 채찍을 갈렸다. 마차는 파이브 포인트를 눈깜짝할 사이에 지나 시가지를 두 쪽으로 내고 있는 철로를 가로질렀다. 부상병을 실어 온 기차가 벌써 도착해 있었다. 들것을 들은 사람들이 타는 듯한 태양 아래에서 바쁜 듯 부상병을 운반차나 포장을 친 군용 마차로 옮기고 있었다. 스카알렛은 그것을 보고도 조금도 양심의 가책을 받지 않고, 오히려 도망쳐 나오기를 정말 잘했다고, 구원받은 듯한 느낌을 가졌을 뿐이었다.

「전, 병원이라면 인제 지긋지긋해졌어요.」그녀는 주름이 잡힌 스커트의 단을 펴고, 모자를 턱 밑으로 다시 단단히 매면서 말했다. 「그런데 부상병은 매일 잇달아 실려 와요. 모두 존스톤 장군이 나쁘기 때문이에요. 장군만 달턴에서 북군을 막아 주었다면 이런…….」

「하지만 장군은 지금도 버티고 있지 않습니까? 만일 장군이 언제까지나 달턴을 사수하려고 했다면, 샤만군에 포위되어 산산이 분쇄되고 말았을 겁니다. 그렇게 되면 철도도 빼앗기고요. 존스톤이 필사적으로 싸우는 것은 바로 그 철도 때문이지요.」

「아, 그것은…….」전쟁의 내용 같은 것은 조금도 모르는 주제에 스카알렛은 우겼다. 「어쨌든 장군이 나쁜 거예요. 어떻게 대책을 세우지 않는다면요. 그런 장군 따위, 난 파면시켜야 된다고 생각해요. 그렇게 후퇴만 하지 말고, 왜 버티고 싸우지를 못 하죠?」

「오라, 당신도 세상에서 흔히 말하듯, 불가능한 일을 못 한다고 장군을 파면시키자고 떠들어 대는 패들과 한패군요. 존스톤은 달턴의 승리가 있었을 때는 구세주 그리스도였소. 그런데 지금은 어떻습니까? 불과 여섯 주 지난 현재, 케네소우산까지 후퇴한 지금 배신자인 유다로 전락하고 말았읍니다. 그리고 만일 그가 북군을 이십 마일쯤 격퇴시키면, 다시 그리스도로 돌아간 판이니, 입이 벌어지는군요. 자, 알겠소? 적장 샤만은 존스톤의 두 갑절이나 병력을 갖고 있단 말입니다. 다시 말해서 아군의 한 사람에 대해서 적은 두 사람의 병력을 잃어도 좋다는 계산이 되지요. 그러니 존스톤에겐 한 사람의 병사도 허술히 다룰 수 없죠. 그래서 마침내 그는 구원병을 극력 요구해 왔소. 그런데 그가 얻은 구원병이란 게 뭡니까. 〈조 브라운의 사병(私兵)〉그런 게 무슨 쓸모가 있단 말입니까!」

「어머, 그럼 국민군은 정말 소집되는 건가요? 향토 방위군도요? 난 아직 그런 소리 못 들었는데요. 당신은 어떻게 아셨죠?」

「뜬소문이지요. 오늘 아침 밀리지빌에서 기차로 도착한 패들이 퍼뜨린 모양이오. 그런데 마침내 국민군도 향토 방위군도 존스톤 장군을 원조하기 위해 출정한다고 하면, 브라운 지사의 눈치만 살피고 있던 녀석들도 초연(硝煙) 냄새를 맡아야만 할 판이니, 그 친구들 아마도 간담이 서늘해질 겁니다. 사실 그들은 설마 자기들까지 전쟁터로 나가리라고는 생각하지 않고 있었으니까요. 사실상 지사는 그렇게 되지 않을 거라고 약속한 거나 다름없고요. 말하자면 지사한테 속은 거나 다름없지요. 지사는 데이비스 대통령 말에도 반대하고 그들을 버지니아로 보내지 않았으니까 녀석들은 절대로 출정하지 않을 거라고 굳게 믿고 있는 거죠. 그때 지사는 자기네 주를 지켜야 한다고 거절했었지요. 그런데 전쟁이 뒤뜰에까지 닥쳐와서 정말로 그들 자신의 주를 지키기 위해 총을 잡고 일어나야만 할 줄을 누가 생각했겠읍니까?」

「어머나, 웃고 계시군요. 지독한 분! 향토 방위군 안의 노인이랑 소년들을 좀 생각해 보세요. 글쎄, 필 미드 같은 소년도 가야만 해요. 메리웨드 아저씨도, 그리고 헨리 해밀턴 시숙부님도.」

「아니오, 나는 조그만 아이나 멕시코 전쟁에서 살아 남은 용사들을 말하는 게 아니오. 내가 말하는 것은 사치스런 군복을 입고 칼을 철적거리고 싶어하는 저 윌리 기넌 같은 용감한 청년들 말이오.」

「그리고 당신도!」

「하하, 그런 말 해도 난 아프지도 가렵지도 않소. 나는 군복도 칼도 차지 않았소. 그리고 남군의 운명 같은 것은 어떻게 되든 내 알 바가 아니지요. 그뿐인 줄 아십니까? 나는 그런 것 때문에 향토 방위군이나 군대 같은 데에 들어가 죽고 싶지는 않아요. 나는 이미 이제까지, 웨스트 포인트의 사관학교에서 전쟁에 대해서는 적당히 배웠으니까요……. 그렇지만 어쨌든 존스톤 장군도 참 큰일입니다. 리 장군은 버지니아의 북군만으로도 힘에 겨운 판이라, 존스톤 쪽까지 도우러 올 수도 없을 거고. 그러니까 장군의 구원군으론 조지아 주 국민군밖에 남아 있지 않아요. 장군은 좀더 우대를 받아도 좋은 위대한 정략가입니다. 그는 언제든지 북군보다 한 발 앞서 목적지를 점거해 왔지요. 그러나 철도를 지키려면 후퇴할 수밖에 도리가 없었던 겁니다. 그러나 알아 듣겠읍니까, 만일 적이 그를 산악 지대로부터 이 근방의 평지로 몰아낸다면, 그의 운명은 이미 거기까지 뿐이지요.」

「이 근방이라뇨?」 스카알렛은 외쳤다. 「북군이 이 근방까지 오다니. 거짓말이에요, 그건 당신도 잘 알고 계시잖아요.」

「케네소우는 여기서 겨우 이십 마일입니다. 나는 내기를 해도 좋지만…….」

「어머 레트, 저편 거리를 보세요. 사람이 저렇게! 군인들이 아닌데. 대관절 뭘까? …… 어머, 검둥이에요!」

거리 저쪽에서 자욱한 붉은 흙먼지가 다가오고, 그 속에서 많은 사람들의 발소리와 찬송가를 부르는 백여 명의 검둥이들의 크고 거친 목소리가 들려 왔다. 레트는 길가 쪽으로 재빨리 마차를 비켰다. 스카알렛은 신기한 듯 땀투성이가 된 검둥이의 행렬을 바라보았다. 그들은 곡괭이며 삽을 어깨에 메고, 장교 한 사람과 기장(記章)을 단 한패의 공병대들이 감독하는 가운데 행진해 오고 있었다.

「대관절 뭘까요?」그녀는 또 말했다.

그때 그녀의 눈에 맨 앞에서 노래하며 오는 한 흑인의 모습이 보였다. 거의 육 피트 반이나 되는 거인으로 흑단(黑檀)처럼 새까맣고, 걸어오는 태도에는 뭔가 맹수와 같은 날랜 데가 있었다. 그는 새하얀 이를 드러내고「자, 어서 가거라, 모세여!」하고 장단을 맞추며 노래하고 있었다. 타라의 검둥이 우두머리인 빅 샘 말고는 저렇게 몸집이 크고 저렇게 큰 목소리를 낼 검둥이는 없었다. 하지만 그 빅 샘이 이렇게 먼 곳까지 와서 대체 무엇을 하고 있는 걸까? 타라에선 지금 관리인이 없어 제랄드의 오른팔인 그가 없으면 곤란할 터인데.

그녀가 마차에서 반쯤 일어나 좀더 잘 살피려고 했을 때, 그쪽에서도 스카알렛의 모습을 알아보고 새까만 얼굴을 저으며 기쁜 듯 빙긋 웃었다. 그리고 발걸음을 멈추고 삽을 어깨에서 내리더니, 가까이 있는 검둥이들에게 뭐라고 이르며 곧장 그녀 쪽으로 달려왔다.「야, 신난다! 스카알렛 아씨야. 이봐, 엘라이자! 포슬! 프로펫! 스카알렛 아씨가 계셔.」

검둥이의 대열이 흩어졌다. 모두들 이를 드러내고 웃으면서 그 자리에 멈춰 섰다. 빅 샘은 세 사람의, 이 역시 커다란 검둥이를 뒤에 거느리고 길을 가로질러 마차 쪽으로 뛰어왔다. 그 뒤를 곧 장교가 소리치며 쫓아왔다.

「대열로 돌아가! 이봐, 대열로 돌아가라는데 들리지 않나! 오, 해밀턴 부인 이시군요. 안녕하십니까. 오, 버틀러 씨도 계셨군요. 이놈들을 선동하여 명령 위반과 반항을 일으키게 하시면 곤란합니다. 나는 벌써 아침부터 이놈들 때문에 애를 먹고 있으니까요.」

「어머나, 렌달 대위님, 이 사람들을 나무라지 마세요. 모두 우리집 사람이에요. 이 사람은 타라의 검둥이 우두머리인 빅 샘이에요. 그리고 엘라이자와 포슬과 프로펫이에요. 저에게 얘기를 하려고 그러는 거예요. 어때, 모두들 잘 있었어?」

그녀는 모두와 악수했다. 그녀의 조그만 흰 손은 그들의 부채 같은 검은 손아귀 속에 숨겨지고 마는 것 같았다. 네 검둥이들은 그녀와 만난 것이 기쁘고, 또 그렇게 아름다운 젊은 주인을 모시고 있다는 것이 자랑스러워 동료들에게 으쓱거렸다.

「타라에서 이렇게 먼 데까지 와서 너희들은 대체 뭘하고 있는 거야? 달아났지, 그렇지? 금세 감시인에게 붙잡힌다는 걸 몰라?」

그들은 이 농담에 기쁜 듯 깔깔거리고 웃었다.

「도망쳐 왔다고요? 아닙니다요.」빅 샘이 대답했다. 「우리들은 도망쳐 나온 게 아닙니다요. 우리 네 사람은 타라에서 제일 크고, 힘이 세기 때문에 끌려나온 겁니다요.」그는 대견한 듯 흰 이를 보였다. 「특히 저는 말입죠, 노래를 잘하기 때문에 끌려왔읍죠. 프랭크 케네디 나리께서 저희를 데리러 오셨답니다요.」

「하지만 어째서, 빅 샘?」

「아니, 스카알렛 아씨, 아직 못 들으셨읍니까'? 저흰 북군이 쳐들어왔을 때, 백인 나리들이 숨을 참호를 파러 왔읍니다요.」

렌달 대위도 마차 안의 두 사람도, 참호에 대한 이 어린애 같은 설명에 그만 웃음을 터뜨렸다.

「물론 제랄드 나리께선 제가 없으면 농장 일을 해 나갈 수 없다고 몹시 화를 내셨지만요. 하지만 엘렌 마님은『데려가세요, 케네디 씨. 빅 샘은 저희들보다 남군에게 더 필요할 테니까요.』하고 말씀하셨읍죠. 그리고 저에게 일 달러를 주시면서 백인 나리들이 하는 말을 잘 들으라고 하셨읍니다요. 그래서 저흰 왔읍죠.」

「대체 이게 어떻게 된 일이에요, 랜달 대위님?」

「뭐, 별 이유가 있는 게 아닙니다. 그냥 참호를 몇 마일 더 파고 애틀랜타의 방비를 튼튼히 해놓자는 거죠. 그러나 장군은 전선에서도 손이 모자라 이것을 시킬 수가 없어요. 그래서 농장에서 일하고 있는 힘센 검둥이를 불러 모아 시키기로 한 거죠.」

「하지만……」

스카알렛의 심장에서 흐릿하나마 차가운 공포가 솟아올랐다. 참호를 몇 마일이나 더! 어째서 참호가 더 필요한 걸까. 벌써 지난해에 애틀랜타의 주위, 시의 중앙에서 일 마일밖에 떨어져 있지 않은 곳에 커다란 보루가 죽 만들어졌는데. 더구나 이 보루는 참호와 연결되고 몇 마일이나 잇대어져 시의 주위를 완전히 둘러싸고 있다. 그런데도 참호를 더 파다니!

「하지만 도시는 벌써 이렇게 견고하게 방비되어 있는데 왜 또 참호를 파야 되죠? 난 지금까지 판 것도 다 필요없다고 생각해요. 왜냐하면, 장군은 틀림없이…….」

「현재의 방비는 시내에서 겨우 일 마일밖에 떨어져 있지 않습니다.」렌달 대위는 간단히 말했다. 「그래 가지고는 너무 가까와서 안심하고 있을 수가 없읍니다. 그래서 이번에는 좀더 떨어져 만드는 거죠. 알고 계시겠지만, 이 다음 후퇴가 시작되면 아군은 애틀랜타 시내까지 들어와야 하게 될지도 모르니까요.」

이렇게 말하고 그는 곧 마지막 말을 후회했다. 스카알렛이 깜짝 놀라 눈을 커다랗게 떴기 때문이다.

「물론 이 이상 후퇴하리라곤 생각하지 않습니다만…….」하고 그는 황급히 덧붙였다. 「케네소우산 주변의 방비선은 금성 철벽(金城鐵壁)입니다. 아뭏든 포병대가 산 위에서 사방의 길을 내려다보고 있으니까, 북군은 도저히 돌파 못 해요.」

그러나 그렇게 말하면서도 레트의 우울한, 그러면서도 찌르는 듯한 시선과 마주치자 대위는 눈길을 황급히 내리까는 것을 스카알렛은 놓치지 않고 보았다. 그녀는 섬뜩했다. 그것은 『북군이 이 근방 평지로 나오게 되면, 장군의 운명도 끝장』이라고 하던 레트의 말이 생각났기 때문이었다.

「아 대위님, 당신은 그런 일이…….」

「아니, 물론 있을 수 없지요. 걱정하실 건 없읍니다. 존스톤 장군이 조심하는 것보다 나은 일은 없다고 했기 때문에, 좀더 참호를 만들자는 것뿐이요……. 자, 저는 이제 가 봐야겠읍니다. 부인과 이야기를 하고 있으면, 유쾌하긴 합니다만……자, 너희들도 주인께 작별 인사를 해. 그리고 그만 가자.」

「잘 가요. 모두들 만일 병이 나든가 다치든가 곤란한 일이 생기면 곧 내게 알려야 해요. 난 피치트리가를 곧장 올라가서, 제일 끝의 집에 살고 있으니까. 잠깐 기다려요.」하고 그녀는 손가방을 열어 보았다.

「어머나, 일 센트도 없네요. 레트 씨, 돈 좀 빌어 주세요. 이봐요, 빅 샘, 모두들 담배라도 사 피워요. 그리고 얌전히 렌달 대위님의 말씀을 잘 들어야 해요.」

흩어졌던 대열이 정돈되고 그들이 움직이기 시작하자 다시 먼지가 붉게 피어 올랐다. 빅 샘이 또다시 노래를 부르기 시작했다.

어서 가라, 모세여, 아득한 애급으로!
그리고 파라오에게 일러라
우리 겨레 어서 해방하라고

「레트, 렌달 대위는 거짓말을 한 거죠? 남자란 누구나 그렇지만, 우리 여자들이 기절이라도 하면 큰일이라고 모두 사실대로 말해 주지 않아요. 그렇죠, 네? 거짓말이겠죠, 레트? 위험이 없다면 왜 또 새로 참호를 파겠어요? 그리고 정말 흑인을 써야 할 만큼 군대에선 손이 모자라는 걸까요?」

레트는 말에게 소리를 질러 마차를 몰기 시작했다.

「군대에선 여간 일손이 모자라지 않아요. 그렇지 않다면 무엇 때문에 향토 방위군까지도 전선으로 끌어내겠읍니까? 참호 말입니다. 포위 공격을 받았을 경우를 예상하고 파 두는 거요. 즉 장군은 이 시에서 마지막 저항을 할 준비를 하고 있는 겁니다.

「포위 공격! 오, 말을 돌려 주세요. 집으로 돌아가겠어요. 난 곧 타라로 돌아가겠어요.」

「어디 편찮으신가요?」

「포위 공격! 큰일났어요. 난 포위 공격에 대해서 얘기를 들은 적이 있어요. 아버지는 아니, 할아버지셨던가? 하여튼 포위당한 적이 있었대요. 그 이야기를 아버지한테서 들은 적이 있어요.」

「도대체 언제 얘기요?」

「크롬웰(올리버 크롬웰, 영국의 정치가로 청교도 혁명을 일으켜 전제를 전복하고 공화제를 폈음—역자주)이 아일랜드를 점령했을 때의 드로에다의 포위 공격 얘기예요. 모두들 먹을 것이 없어서, 거리에서 굶어죽었대요. 아버지께서 말씀하셨어요. 그리고 끝내는 고양이며 쥐도 다 잡아먹고 바퀴벌레까지도 먹었대요. 농성할 때에는 거짓말인지 참말인지 모르겠지만, 사람 고기까지 먹었대요. 그리고 크롬웰이 입성하자 여자란 여자는 모조리…… 아, 포위 공격이라니, 오 하느님!」

「내가 알고 있는 젊은 여성 중에서 당신만큼 야만스럽고 무식한 사람도 없소. 드로에다의 포위는 십 칠 세기의 일이어서, 당신 아버지는 태어났을 리가 없는데, 그리고 샤만은 크롬웰과는 달라요.」

「아녜요, 도리어 나쁠 정도예요. 모두들 그러던걸요.」

「그리고, 그 아일랜드 사람들이 포위당했을 때 먹었다는 색다른 고기 말인데 나는 요즘 호텔에서 먹는 음식보다는 오히려 물기 많은 쥐고기가 먹고 싶을 정도인데요. 나는 근간 리치먼드로 돌아가야 하지 않을까 생각하고 있어요. 거기에 가면, 돈만 있으면 맛있는 게 얼마든지 있거든요.」 그의 눈은 그녀의 얼굴에 떠오른 공포를 비웃고 있었다.

그녀는 자기가 너무 허둥거리는 꼴을 보인 것이 부끄러워져서 외쳤다. 「당신이 왜 이처럼 언제까지나 이 시에 계시는건지 모르겠어요! 당신이 생각하는 것이라곤, 그저 편히 지낸다든가 맛있는 것을 먹는다든가 그런 것뿐이잖아요!」

「맛있는 것을 먹는다든가, 그 뭐 그런 일보다도 유쾌한 시간을 보내는 법을 불행하게도 나는 도무지 모르는데요.」하고 그는 말했다.「그리고 내가 이 시에 있는 까닭은, 나는 여태까지 농성이라든가 포위당한 시라든가 하는 걸 쓴 것은 무척 많이 읽었지만, 이 눈으로 실제로 본 일은 한 번도 없소. 그래서 여기 이대로 있다가 자세히 구경하려고 하오. 위험할 것은 없지요. 나는 비전투원이니까요. 그리고 모든 것이 경험입니다. 스카알렛, 새로운 경험을 놓치면 안 되지요. 경험은 우리들의 정신을 풍부하게 해줍니다.」

「제 정신은 충분하게 풍부해요.」

「그건 아마 당신이 제일 잘 아시겠지요. 하지만 나로 하여금 말하게 된다면 아니, 이건 부인에 대한 예의가 아니겠군요. 어쨌든 나는 여기 남아 있다가 포위가 시작되면, 당신을 구출해 낼 생각이오. 불행하게도, 여태까지 위험에 빠진 부인을 구해 낸 적이 없으니까. 이건 정말, 처음 당하는 경험이지요.」

놀리고 있는 줄은 알고 있었지만, 그녀는 그의 말 뒤에 가볍게 보아 넘길 수 없는 진지한 것을 느꼈다. 그녀는 홱 머리를 젖혔다.

「구해 주시지 않아도 좋아요. 제 앞쯤은 나도 닦을 수 있으니까요.」

「그런 말 하는 게 아니오, 스카알렛. 그렇게 생각하고 싶다면 생각하는 것은 자유이지만 남자에겐 절대로 그런 말을 하면 안 되오. 양키 아가씨도 그게 골치란 말이오. 그녀들은 참으로 매력이 있어서 좋은데 아깝게도『늘 내 일쯤은 내가 할 수 있으니까 염려 말아요.』이러죠. 대체로 그 말은 사실이지만, 그러나 그렇게 되면 남자는 아무도 그렇게 말하는 여자들의 시중을 들어 주지 않게 되거든요.」

「잘도 떠들어 대시는군요.」하고 스카알렛은 쌀쌀하게 말했다. 그녀에게 있어서 양키 아가씨와 함께 취급되는 것처럼 커다란 모욕은 없는 것이다. 「하지만 포위당한다는 건 거짓말이겠죠? 북군이 애틀랜타에 쳐들어오지 않는다는 건 당신도 아시겠죠?」

「뭣하면 내기를 할까요? 놈들은 이 달 안에는 반드시 여기까지 와요. 내가 지면 봉봉을 한 상자.」하고 말하면서 그의 검은 눈은 그녀의 입술 언저리를 더듬고 있었다.「당신이 지면 키스.」

잠시 동안 북군의 침입에 대한 두려움 때문에 그녀는 애를 태우고 있었지만, 키스라는 말을 듣자 두려움 같은 것은 대번에 잊고 말았다. 그 방면의 일이라면 장기였고, 첫째 전쟁 따위보다는 훨씬 흥미가 있다. 그녀는 미소짓고 싶은 것을 간신히 누르고 있었다. 초록빛 모자를 그녀에게 선물한 날 이후, 레트는 애인답게 생각될 태도를 조금도 나타내지 않았다. 그뿐 아니라, 아무리 꾀어 보아도 단 둘만의 이야기를 하려고도 하지 않았다. 그런데 오늘은 그녀 쪽에서 꺼내지도 않았는데, 자진해서 키스에 대한 이야기를 꺼냈다.

「전, 남 앞에서 할 수 없는 그런 이야기는 싫어요.」하고 그녀는 쌀쌀한 것처럼 말하고, 눈살을 찌푸려 보였다. 「그리고 당신하고 키스할 바엔 돼지하고 하겠어요.」

「허허, 취미라면 더 말할 여지도 없군요. 그리고 곧잘 듣는 이야기지만, 아일랜드 사람들이란 돼지 미치광이라 침대 밑에 돼지를 기른다더군요. 하지만 스카알렛, 당신은 속으론 키스가 하고 싶어 못 견딜 지경일 거요. 그게 당신의 병이에요. 무슨 까닭인지 알 수 없지만, 당신을 둘러싼 남자들은 당신을 매우 존경하고 있거나 아니면 두려워하고 있어요. 그 결과 당신에게 그 정당한 행위를 안 하는 게 아닐까요? 그래서 당신은 질색할 만큼 점잔을 빼게 되지요. 키스를 해야 해요. 키스할 줄 아는 사람과 키스를 하십시오.」

이야기를 그녀가 바라고 있는 방향으로 나가지 않았다. 그와 함께 있으면 항상 이렇다. 마치 결투 같았다. 게다가 지는 것은 늘 그녀 쪽인 것이다.

「그래서, 당신은 자기야말로 거기에 알맞은 사나이라고 생각하고 계시는 거군요.」하고 그녀는 울화가 치밀어오르는 것을 간신히 누르면서, 잔뜩 비꼬아 말했다.

「말씀 그대로요. 굳이 내가 그런 행위를 한다면 말이죠.」하고 그는 싹싹하게 대답했다. 「내가 키스해 준 계집애들은 모두 잘한다고 칭찬을 해주더군요.」

「어머!」스카알렛은 자기의 매력이 짓밟혔기 때문에 성이 나서 마구 대들었다. 「하지만, 당신은……」그러나 그녀는 갑자기 당황하여 눈을 내리깔고 말았다. 레트는 가볍게 웃고 있었다. 그러나 그 검은 눈 속 깊이, 극히 짧은 한 순간이었지만 번쩍 하고 작은 불꽃 같은 광채가 번쩍였다.

「저 모자를 갖고 갔던 날, 꼭 한 번 그것도 아주 조금만 키스를 했을 뿐으로 차후 두 번 다시 계속하지 않는 까닭을 당신은 아마도 이상하게 생각하고 있을지도 모르지만…….」

「아아뇨, 난 조금도…….」

「그렇다면 스카알렛, 당신은 사랑스런 아가씨라고는 할 수 없겠는데요. 그렇게 들으니까 맥이 풀리는군요, 나는. 진실로 사랑스러운 아가씨라는 건 남자가 자기에게 키스해 주지 않는 걸 반드시 이상해 하는 법이에요. 키스를 요구해선 안 된다, 그리고 만약 키스를 당하면 모욕을 당한 것처럼 굴어야 한다는 것을 알고 있으면서도, 그 반면 반드시 남자가 키스해 줄 것을 바라고 있어요. 어쨌든 걱정하지 않아도 좋아요. 이제 꼭 나는 당신에게 키스할 테니까요. 그리고 당신도 해주기를 바라게 돼요. 다만, 미리 말해 두지만 지금은 아니오. 그러니까 너무 초조해 하지 않는 편이 좋아요.」

그가 여느 때와 마찬가지로 놀리고 있다는 것을 알고 있었다. 그러나 그것이, 그녀로서는 견딜 수 없었다. 그의 말 속에는 항상 참으로 많은 진실이 포함되어 있었다. 아뭏든 지금 이 자리에서는 이래도 좋다. 그러나 만약 아무 때고 나에게 버릇없는 짓이라도 할 때엔, 그때야말로 톡톡히 본때를 보여 주어야겠다.

「제발 마차를 되돌려 주세요, 네, 버틀러 선장님. 난 병원으로 돌아가고 싶어졌어요.」

「정말인가요? 아니, 이거 참 기특한 일이군요. 그럼 이나 고름이 나의 이야기보다는 그래도 낫다는 셈이군요. 하긴 〈우리의 빛나는 대의 명분〉을 위하여 기꺼이 일하려는 두 팔을 말릴 만한 힘은 나에게 없을 테니까요.」그는 말머리를 돌려 파이브 포인트 쪽으로 돌아가기 시작했다.

「내가 그뒤 당신에 대해서 한 걸음도 나아가지 않은 까닭은 말이죠.」하고 그는 그녀가 이 이야기를 잘라 버린 것 따위는 아무렇지도 않다는 듯이 유들유들하게 말을 이었다. 「나는 당신이 좀더 여자다와지기를 기다리고 있는 거요. 지금 형편으로 당신에게 키스한댔자, 내겐 도무지 재미도 아무것도 없어요. 나라는 사나이는 자신의 쾌락에 대해서는 아주 이기적인 인간이니까요. 나는 어린애와 키스하려고는 하지 않아요.」

잠자코는 있지만 그녀가 성이 나서 가슴을 들먹이고 있는 것을 눈꼬리로 슬쩍 보고 그는 슬며시 미소를 감추었다.

「그리고 또 한 가지.」하고 그는 조용하게 계속했다. 「나는 당신의 마음 속에서, 저 존경하는 애실리 월크스의 추억이 사라지기를 기다리고 있지요.」

애실리의 이름이 입 밖에 나온 순간, 문득 고통이 그녀의 온몸을 달렸다. 그리고 뜨거운 눈물이 눈꺼풀 속에 괴었다. 사라진다고? 아니, 아니, 애실리의 추억은 결코 사라지지 않아. 비록 그가 죽은 뒤 천 년이 지나더라도 사라지지는 않아. 애실리가 지금 상처를 입고, 덮을 담요도 없이 손을 잡아 줄 사람도 없이 머나 먼 북부의 수용소에서 죽어가고 있다고 생각하자, 그녀는 자기 옆에 앉아서 무심코 던지는 말 속에 자기를 우롱하고 있는, 이 피둥피둥 기름진 남자에 대해서 증오를 느끼는 것이었다.

그녀는 말도 할 수 없을 만큼 성이 나 있었다. 두 사람은 한동안 말없이 마차에 흔들리고 있었다.

「당신과 애실리 사이에 대해 나는 꽤 여러 가지 일을 알게 되었지요.」하고 레트는 계속했다. 「처음에는 트웰브 오우크스에서의 당신의 귀부인답지 않은 광경밖엔 몰랐지만, 그뒤 주의하고 있었기 때문에 제법 많은 수확이 있었지요. 어떤 거라고 생각하시오? 우선 당신은 지금도 그에 대한 여학생 같은 로맨틱한 열정을 버리지 않고 있어요. 그는 또한 그것을 마음이 허락하는 범위 안에서 받아들이고 있어요. 그리고 윌크스 부인은 아무것도 모르지요. 즉 당신들 두 사람이 적당히 얼버무리고 있는 거죠. 나는 사실, 무엇이든지 알고 있어요. 그러나 정직하게 말해서 단 한 가지 모르는 일이 있지요. 그리고 이것이 적지 않게 내 호기심을 자극한단 말이오. 그건, 과연 저 존경해야 할 애실리 선생이 그의 영원한 영혼이 파멸에 빠질 위험을 무릅쓰면서까지 당신에게 키스를 감히 했느냐 하는 일이오.」

대답 대신에 그녀는 돌처럼 침묵하고, 다만 얼굴을 외면했을 뿐이었다.

「호홍, 딴은 그럼 키스는 했단 말이군요. 아마 그가 휴가로 돌아왔을 때의 일이겠군요. 그래서 그가 죽었는지도 알 수 없는 현재, 당신은 그 키스의 추억을 가슴 속에서 살며시 키우고 있는 거군요. 하지만 틀림없이 언젠가는 그런 일 따위는 잊어버리고 말아요. 그리고 당신이 그의 키스를 생각하지 않게 된다면, 그때야말로 나는……」

그녀는 골이 잔뜩 난 벌건 얼굴로 돌아보았다.

「당신 같은 사람 어디로든지 가 버리기나 해요!」그녀는 앙칼지게 외쳤다. 그녀의 푸른 눈은 분노로 찢어질 것 같았다. 「마차에서 내려 주어요. 안 그러면 뛰어내리겠어요. 이젠 두 번 다시 당신 같은 사람하곤 말도 하지 않겠어요!」

그는 마차를 세웠다. 그러나 그가 내려서 부축해 줄 겨를도 없이, 그녀는 스스로 뛰어내리고 말았다. 넓은 스커트의 후프가 마차에 걸렸다. 순간 파이브 포인트의 군중은 그녀의 페티코트나 팬터렛이 팔랑거리는 광경을 볼 수가 있었다. 레트는 허리를 굽혀 재빨리 그것을 벗겨 주었다. 그녀는 한마디도 하지 않고 돌아다보지도 않고 달려가 버렸다. 레트는 가볍게 웃으면서 다시 마차를 몰았다.

18

전쟁이 시작된 이래 처음으로 애틀랜타는 전쟁의 소리를 들을 수가 있었다. 아침 일찍 시내가 깨어나는 소리도 들리기 전, 케네소우산의 포격 소리가 희미하게 여름의 먼 천둥소리인가 여겨질 만큼 나직하게 들려 왔다. 어쩌다가는 한 낮의 소음 속에서도 충분히 알아들을 수 있을 만큼 크게 울려오는 수도 있었다. 시내의 사람들은 될 수 있는 대로 그 소리를 듣지 않으려고, 이야기도 하고 웃기도 하고 일을 하기도 하여 북군이 이십 이 마일 전방까지 와 있다는 사실을 무시하려고 해 보았으나, 그런데도 늘 귀는 그 소리에 대해서 잔뜩 긴장하고 있었다. 온 시내가 들뜬 표정이었다. 일을 하면서도 모두 귀를 기울이고, 하루에 백 번이나 심장이 철렁 내려앉는 것을 막을 도리가 없었다. 대포 소리가 전보다도 가깝게 커진 것은 아닐까? 아니면 그저 크게 들리기만 하는 것일까? 그는 정말 해치워 줄 것인가? 한 꺼풀 벗으면, 그 밑에 공포가 있었다. 매일, 후퇴가 행하여질 적마다 온 시민의 신경은 점점 긴장되어 마침내 폭발점에까지 도달하기 시작했다. 누구나 공포를 입 밖에 내는 사람은 없었다. 그것은 건드려서는 안 되는 것이었다. 그대신 잔뜩 긴장한 신경은 그 배출구를, 장군을 비난하는 데에서 찾아냈다. 시민의 감정은 열병처럼 높아졌다. 적의 장군 샤만이 애틀랜타의 문 어귀까지 와 있는 것이다. 이번에 후퇴하면, 남군은 시내까지 후퇴하여 올 것이다.

우리들에게 후퇴하지 않는 장군을 보내라! 우리들에게 끝까지 싸워 주는 지휘관을 보내라!

아득히 먼 대포의 진동을 듣자, 국민군인 조 브라운의 사병과 향토 방위군은 존스톤군 배후의 챠타후지 강의 교량과 나루터를 방위하기 위하여 애틀랜타를 출발했다. 그 날은 잿빛 구름이 무겁게 드리워져 있었는데, 그들이 파이브 포인트를 지나고 마리에타 가도에 나섰을 무렵, 가는 비가 내리기 시작했다. 전송 나온 모든 시민들은 만세를 부르기 위해서, 피치트리가의 상점 추녀 밑에 빽빽이 들어차 있었다.

스카알렛과 메이벨 메리웨더 피칼은, 병원을 쉬고 전송해도 좋다는 허가를 받았다. 해밀턴 시숙부와 메리웨더의 할아버지가 향토 방위군에 들어 있었기 때문이다. 그녀들은 인파에 밀리면서 저마다 시숙부와 할아버지의 모습을 찾느라고 발돋움을 해가며, 미드 부인과 함께 서 있었다. 스카알렛은 모든 남부 사람과 마찬가지로 전쟁의 진행 상황에 관해서는 그저 밝고 가장 안심할 수 있는 면만을 믿으려고 했었던 것인데, 이제 가지 각색의 복장을 한 대열이 행진하는 것을 보고 있으려니까 무언가 썰렁한 것을 마음에 느꼈다. 정말이지 이런 노인이나 소년들까지 총알받이로 끌려나갈 지경이니 사태는 막다른 곳까지 몰리고 있는 것이 틀림없다. 대열 중에는 물론 훌륭한 국민군의 제복을 입고 모자 앞에 깃털을 휘날리며 새시가 나부끼는 건장한 체격의 청년도 있기는 있었다. 그러나 늙은이나 소년들이 훨씬 많은 것이다. 이것을 보고 있노라니까 그녀의 심장은 가련함과 두려움으로 졸아드는 것처럼 괴로와졌다. 그녀의 아버지보다도 나이 많은 노인도 바늘처럼 가는 빗속을 고적대의 가락에 맞추어 호기 있게 행진해 가고 있었다. 우비 대용으로 메리웨더 부인의 가장 좋은 격자 무늬의 숄을 두른 메리웨더 할아버지는 선두의 대열 속에 있다가, 그녀들의 모습을 발견하고 싱글벙글 웃으면서 인사를 했다. 모두들 손수건을 흔들면서 몸 성히 다녀오라고 부르짖었지만, 메이벨은 스카알렛의 팔을 붙잡고 소곤거렸다.

「어머나, 가엾은 할아버지. 정작 폭풍우라도 닥치면 돌아가실 거야. 허리의 신경통 때문에.」

헨리 해밀턴 시숙부는 메리웨더 할아버지의 다음 대열에 섞여서 행진해 왔다. 길고 검은 외투의 깃을 귀 밑까지 세우고 멕시코 전쟁 시대의 총을 두 자루를 벨트에 차고, 조그만 손가방을 들고 있었다. 그의 곁에, 주인과 거의 같은 나이 또래의 검둥이 하인이 우산을 펴서 받쳐 주면서 함께 행진해 왔다. 노인들과 어깨를 나란히 하고 소년들도 행진해 왔는데 모두 열 여섯 살 이상으로는 보이지 않았다. 그들의 대부분은 학교를 그만두고 군대에 들어왔던 것이다. 또 여기저기에는 비에 젖은 잿빛 모자에 검은 깃털을 달고 어깨에 비스듬히 흰 방수포로 만든 어깨띠를 걸친 사관학교의 견습 사관의 군복 차림을 한 일단이 섞여 있었다. 필 미드도 그 속에 있었다. 자랑스러운 듯이 죽은 형의 군도와 총을 허리에 차고 모자도 늠름하게 옆으로 비딱하게 쓰고 있었다. 미드 부인은 억지로 미소를 지으며 아들이 지나가 버릴 때까지 손수건을 흔들고 있었으나, 모습이 보이지 않게 되자 갑자기 힘이 빠져 버린 것처럼 잠시 스카알렛의 등에 얼굴을 묻었다.

전연 무장을 하지 않은 사람도 많았다. 남부 정부에는 이미 그들에게 지급할 총도 탄약도 없었던 것이다. 이런 사람들은 북군의 전사자나 포로에서 총이며 칼을 빼앗아 무장할 작정인 것이다. 수렵용 나이프를 장화에 꽂고 〈조 브라운의 창(槍)〉이라고 불려지고 있는 뾰족한 쇠가 끝에 달린 긴 막대기를 가진 사람도 많았다. 구식 화승총을 어깨에 메고 화약통을 허리에 차고 있는 이는, 아직도 그나마 운이 좋은 사람들이었다.

존스톤 장군은 후퇴에 의해 약 일만 명의 손실을 입었다. 그래서 그는 일만 명의 신예 부대가 필요했던 것이다. 이 행진이 바로 장군이 필요로 하는 그 신예 부대임을 생각하자, 스카알렛은 무서워졌다.

포병대가 요란한 울림 소리를 내면서 지나갔다. 구경하는 군중에게 흙탕물을 튀기면서 대포 옆에 붙어서, 노새를 타고 오는 한 검둥이의 모습이 눈에 띄었다. 젊고 말안장 가죽 같은 살갗을 하고 점잔을 빼는 표정을 띤 사나이였다.

그를 한 번 보자 스카알렛은 저도 모르게 외쳤다. 「모우즈구나 ! 애실리의 하인인 모우즈구나. 여기서 도대체 무엇을 하고 있는 것일까 ?」그녀는 사람 울타리를 헤치고 보도의 경계선까지 나가서 다시금 외쳤다. 「모우즈, 잠깐 기다려요 !」

그녀를 알아보자 그는 고삐를 당기고 기쁜 듯이 미소를 지으면서, 말에서 내리려고 했다. 그러자 그의 뒤에서 말을 타고 온, 비에 흠뻑 젖은 중사가 소리질렀다. 「말에서 내려선 안 돼 ! 내리면 용서 없다. 정해진 시각에 산에까지 가야 하는거야 !」

모우즈는 내릴까 말까 하고 잠시 중사와 스카알렛의 얼굴을 번갈아 보고 있었다. 그녀는 흙탕물을 튀기면서 포차로 달려가서 모우즈의 등자 끈을 잡았다. 「잠깐 동안이니까, 중사님. 내리지 않아도 좋아, 모우즈. 대체 어찌된 일이지 ?」

「또 전쟁을 하러 가는 겁니다요, 스카알렛 아씨. 하지만 이번에는 애실리 서방님이 아니라 존 나으리를 모시고 갑죠.」

「어머나 ! 월크스 아저씨가 !」스카알렛은 놀라서 외쳤다. 월크스 씨는 이미 칠십에 가까운 나이였다. 「그래, 아저씨는 어디 계시지 ?」

「제일 뒤의 포차입니다요, 스카알렛 아씨. 훨씬 뒤쪽입니다요.」

「부인, 안 됐읍니다만…… 자, 어서 가자.」

포차가 움직이기 시작했어도 스카알렛은 발목까지 진구렁에 빠진 채 멍청하게 서 있었다. 아, 이건 무엇인가 잘못된 것이다. 그런 일이 있을 리 없다. 그분은 그처럼 노인이 아닌가. 그리고 애실리보다도 더욱 전쟁을 싫어하신다. 스카알렛은 두어 걸음 물러나서 눈 앞을 지나가는 얼굴을 하나하나 살펴보았다. 이윽고 맨 마지막 포차가 진흙을 튀기면서 삐거덕삐거덕 나타났을 때, 그녀는 똑똑히 월크스 씨의 모습을 보았다. 깡마른 몸매에 촉촉히 젖은 긴 은빛 머리를 목에 드리운 채 조그만 딸기빛의 암말을 타고 굳건한 태도로 가뿐가뿐 다가왔다. 말은 공단 의상을 걸친 귀부인처럼 진흙길을 자못 얌전하게 걸어왔다. 아니 ! 저 말은 넬리다. 탈레턴 부인의 애마(愛馬) 넬리다. 베아트리스 탈레턴 부인이 끔찍이 소중히 하고 있었던 넬리가 아닌가.

그녀가 진구렁 속에 서 있는 것을 보자, 월크스 씨는 기쁜 듯이 미소하면서 고삐를 당기고 말에서 내려 그녀 쪽으로 다가왔다.

「만났으면 하고 생각했단다. 스카알렛. 너희 집 식구들에게서 많은 편지를 부탁받아 갖고 왔는데, 도저히 너에게 전해 줄 기회가 없었단다. 아침에 여기 닿자마자 벌써 이렇게 강행군을 해야 하니 말야.」

「오, 윌크스 아저씨.」하고 그녀는 노인의 손을 잡으면서 절망적으로 부르짖었다. 「가선 안 돼요, 어째서 가셔야만 하나요?」

「허, 내가 나이를 너무 먹었다고 생각하는 거구나.」하고 그는 미소를 띠우면서 말했다. 그것은 애실리의 미소를, 단지 노인의 얼굴에 옮겨 놓은 것이 다름 없었다. 「하긴, 나는 걸어서 행군하기엔 너무 늙었다. 하지만 승마와 사격 솜씨만은 늙지 않은 줄 알고 있다. 그리고 탈레턴 부인이 넬리를 빌려주셔서 마침 잘 되었단다. 나는 넬리에게 아무 일도 없기를 바라고 있어. 만약 무슨 일이라도 생기면 나는 돌아가서 탈레턴 부인을 볼 낯이 없을 테니까 말이다. 넬리가 부인의 마지막 말이란다.」그는 스카알렛의 공포를 덜어 주려고 웃으면서 말했다. 「네 어머님도 아버님도 동생들도 모두 잘 있다. 부디 안부 전하라고 말하더구나. 아버님도 하마터면 오늘 우리들과 함께 올 뻔했다.」

「안 돼요, 아버지는 안 돼요!」하고 스카알렛은 깜짝 놀라며 외쳤다. 「아버지께서 전쟁에 나오시게는 안 되겠지요, 네?」

「나오진 않아. 하지만 나오려고 했었다. 물론 다리가 불편하기 때문에 먼길을 걸을 수는 없지. 하지만 말을 타고 우리들과 함께 오겠다는 거야. 어머니도 승낙했다. 다만 농장의 울타리를 뛰어넘을 수가 있어야 한다는 조건을 붙여서 말이다. 어머니는 전쟁에 나가면 아무리 난폭한 말타기에도 견뎌내야 한다면서 말했지. 아버지는 그런 일이라면 어렵지 않다고 생각했다. 그러나 좀 믿기 어렵지만, 말이란 놈이 울타리 앞까지 가자 딱 서 버렸단 말야. 아버지는 말머리를 넘어 앞으로 굴러떨어지고 말았지. 목뼈가 안 부러진 게 이상할 정도야. 하지만 아버지는 스카알렛, 너도 알다시피 고집장이라서 말야, 일어나서는 또 했단다. 그리고 세 번 떨어지고 나서야 어머니와 포크가 부축해서 침상으로 운반되었지. 아버지는 아주 분해서 말이야, 어머니가 말에게 무언가 귀띔을 했을 게 틀림없다고 하더구나. 아버지에게는 역시 전쟁은 무리야. 그렇다고 스카알렛, 너는 뭐 그걸 부끄러워할 건 없어. 누구든지 남아서 군대를 위해 곡식을 만들어야 되니까 말야.」

스카알렛은 조금도 부끄럽다고는 생각하지 않았다. 그것보다도 오히려 한시름 놓은 편이었다.

「인디어와 하니는 메이콘의 바아네에 맡기고 트웰브 오우크스는 오하라 씨가 타라와 함께 돌봐 주기로 되어 있다. 자, 난 인제 가야 해. 네 귀여운 얼굴에 키스하게 해주렴.」

스카알렛은 입술을 내밀었다. 숨막히는 듯한 괴로움이 목까지 치밀어올라 왔다. 그녀는 윌크스 씨를 무척 좋아했다. 게다가 일찌기 그녀는 윌크스 댁 며느리가 되고 싶어한 적도 있지 않았던가.

「그리고 이 키스는 피티퍼트에게, 이번의 것은 멜라니에게 전해 다오.」그는 가볍게 두 번 더 키스하면서 말했다. 「그런데 멜라니는 어떻게 지내니?」

「별일 없어요.」

「아, 그래.」그는 빠히 그녀를 응시하고 있었다. 그러나 애실리처럼 그 잿빛 눈은 그녀를 통해서 그녀를 넘어 다른 세계를 응시하고 있는 것이었다. 「첫손자 얼굴을 볼 수 있었으면 했었다, 잘 있거라.」

그는 넬리에 올라타고, 모자를 손에 들고 은실 같은 백발에 비를 맞으면서 달려가 버렸다. 스카알렛은 메이벨이나 미드 부인에게로 돌아와서야 비로소 윌크스 씨의 마지막 말의 의미를 알았다. 그 찰나, 그녀는 미신적인 공포에 사로잡혀서 성호를 긋고 기도문을 외려고 했다. 애실리가 말한 것과 똑같이, 윌크스 씨도 죽음에 대한 이야기를 한 것이다. 그리고 애실리는 지금…… 아니 아니, 어느 누구도 죽음에 대한 말을 해서는 안 된다. 죽음에 대한 말을 입에 담는다는 것은 하늘의 뜻을 시험하는 것이다. 세 사람이 빗속을 묵묵히 병원으로 돌아오면서, 스카알렛은 기도하고 있었다. 『주여, 윌크스 씨를 데려가지 마옵소서. 그와 그리고 애실리를 부르시지 마옵소서!』

달턴에서 케네소우산으로의 후퇴는 오월 초부터 유월 중순에 걸쳐서 행해졌다. 비가 계속되는 무더운 유월이 다 가도 샤만 장군은 가파르고 미끄러운 비탈길 때문에 남군을 무찌를 수가 없었다. 사람들 가슴에는 다시 희망이 고개를 들기 시작했다. 모든 사람은 차츰 기운이 나서 존스톤 장군에 대하여서도 훨씬 호감을 갖고 이야기하게 되었다. 비오는 유월에서 다시 비가 몰아치는 칠월에 들어서도 남군은 산 위의 진지에 의지하여 필사적으로 샤만군을 막고 있었기 때문에 애틀랜타는 대단한 기쁨에 넘쳐 있었다. 희망이 샴페인처럼 사람들을 취하게 했다. 만세! 만세! 아군은 적을 막고 있다. 여기서도 저기서도 유행병처럼 파티며 무도회가 열렸다. 전선에서 군인들이 올 때마다 그들을 만찬에 초대하고 그것이 끝나면 춤이 시작되는 것이다. 그리고 일대 십의 비율로 여자가 많았기 때문에, 아가씨들은 그들을 알뜰하게 대접하고 다투어 그들과 춤을 추는 것이었다.

애틀랜타는 문병객이나 피난민이나 병원에 있는 부상자의 가족이나 산 속에서 싸우고 있는 병사의 아내나 어머니들로 가득 찼다. 그들이 만일 부상당했을 때, 되도록 가까이 있으려고 하는 것이다. 게다가 젊은 여자의 무리가 지방에서 이 시로 옮아 왔다. 지방에는, 남자라고는 열 여섯 살 이하나 예순 살 이상의 사람밖에 남아 있지 않았던 것이다. 피티 시고모님은 이 젊은 여자들을 몹시 싫어하였다. 그 여자들이 애틀랜타에 온 목적은 남편을 얻는 데 있다는 것이 뻔하였다. 그러나 그런 파렴치한 짓이 용납된다면 앞으로 세상은 어떻게 될지 모른다고 느끼고 있었던 것이다. 스카알렛도 이것을 좋게 생각하지 않았다. 그녀는 열 여섯이라는 나이를 믿고, 기를 쓰고 도전해 오는 처녀들 따위는 조금도 문제삼지를 않았다. 그녀들은 두 번이나 뒤집어 지은 옷도, 누덕누덕 기운 구두도, 조금도 문제가 되지 않을 만큼 싱싱한 볼이나 명랑한 미소를 짓고 있었다. 다행하게도 레트 버틀러가 최근에 배로 가져다 주었기 때문에 그녀 자신의 옷은 누구보다도 아름답고 새것이었다. 그러나 결국, 그녀는 벌써 열 아홉 살이고 혼자서 꾸려 나갈 만한 나이였고, 그리고 남자란 젊고 아무것도 모르는 아가씨를 뒤쫓아다니고 싶어하는 법이다.

이 아름다운 말괄량이 아가씨들에 비하면, 어린애까지 딸린 과부란 밑지는 처지라고 그녀는 생각했다. 그러나 요즈음처럼 소란스러운 세상에는, 과부라는 것도 어린애가 있다는 것도 그 전처럼 짐스럽지는 않았다. 낮 동안의 병원 일에서 곧 밤의 모임으로 뛰어 돌아다니느라고, 스카알렛은 거의 웨이드를 볼 틈이 없었다. 때로는 오랫동안 자기에게 어린애가 있는 것을 잊고 지내는 일조차 있었다.

비오고 무더운 여름 밤이 되면, 애틀랜타의 모든 가정은 시의 방위자인 군인들을 위하여 개방되었다. 워싱턴가에서 피치트리가 사이의 커다란 저택들은 참호에서 갓 나온 흙투성이 전사들을 대접하기 위하여, 밤마다 등불이 휘황하였다. 그리고 밴조나 바이올린의 소리, 춤추는 가벼운 발소리나 흥겹게 웅성거리는 소리가 밤공기를 흔들면서 밤 늦게까지 계속되고 사람들은 피아노를 쳐대면서 〈당신의 편지가 오긴 했어도, 지금은 조금 늦어 버렸네〉라는 처량한 가사를 힘껏 노래불렀다. 그러면 누더기 옷의 용사들은, 처녀들을 의미 있게 바라보았다. 그리고 칠면조의 깃으로 만든 부채로 가리고 웃고 있는 처녀들에게, 너무 늦으면 때를 놓쳐 버리게 된다면서 구슬리고 있었다. 그러나 사정이 허락하는 한 기다리고 있을 아가씨는 없었다. 시내에 감돌고 있는 미친 듯한 환희와 흥분의 파도를 타고 그들은 결혼을 향하여 앞뒤를 가리지 않고 돌진했다. 존스톤 장군이 적을 케네소우산에서 막고 있던 그 달만 해도 수많은 결혼식이 올려졌다. 많은 친구들한테서 급하게 빌어 모은 나들이옷을 입고 행복으로 얼굴이 상기되어 있는 신부와, 누덕누덕 기운 무릎에 칼을 절그럭거리는 신랑의 결혼식이었다. 흥분과 집회와 그리고 갖가지 감격들! 만세! 존스톤 장군은 이십 이 마일이나 먼 전방에서 북군을 막아내고 있는 것이다!

정말이지, 케네소우산을 둘러싼 진지는 금성 철벽이었다. 스무 닷새 동안의
전투를 겪은 뒤 그 동안에 바친 막대한 희생자를 생각할 때, 샤만 장군이라 할지
라도 그것을 인정하지 않을 수 없었다. 장군은 종래와 같은 직접 공격을 일단 중
지하고 다시 대우회 작전을 펴서 남군 진지와 애틀랜타의 중간을 끊으려고 시도
했다. 다시 전략의 싸움이 되었다. 후방을 확보하기 위하여 존스톤 장군은 그토
록 완강히 버티어낸 고지마저 포기하지 않으면 안 되었다. 그는 여태까지의 전
투에서 삼분의 일의 병력을 잃었으나, 나머지 부대는 비를 무릅쓰고 들판을 가
로질러서 챠타후치 강변으로 고달픈 이동을 강행했다. 남군은 이미 이 이상 원
군을 바랄 수가 없었다. 이에 반하여 테네시 이남과 전선까지의 철도를 확보하
고 있는 북군은, 그 철도에 의하여 매일 새로운 병력이며 군수품을 샤만 장군에
게 수송했다. 이리하여 남군은 애틀랜타를 향하여 진구렁인 들판을 후퇴하여
갔다.

절대로 빼앗기지 않을 것으로 생각하고 있었던 거점을 잃었기 때문에 시내에
는 또 새로운 공포의 물결이 엄습해 왔다. 미칠 듯이 행복하였던 스무 닷새 동안
사람들은 서로 이런 일이 생길 턱이 없다고 장담을 하고 있었다. 그것이 지금 눈
앞에 벌어진 것이다! 그러나 장군은 틀림없이 북군을 강 건너에서 막아낼 것이
다. 그렇기는 하더라도 강은 너무 가깝다. 겨우 칠 마일밖에는 떨어져 있지
않은 것이다.!

그러나 적장 샤만은 강의 상류를 건너서 다시 측면 공격을 시작했다. 그래서
기진맥진한 남군은 서둘러 누우렇게 흐린 강물을 건너서 침입군과 애틀랜타 사
이에 몸을 던져야 했다. 그들은 시의 북쪽, 피치트리 강의 계곡에 급히 얕은 참
호를 팠다. 애틀랜타는 고뇌와 동요 속에 휘말렸다.

싸우다가는 후퇴, 싸우다가는 또 후퇴! 그리고 후퇴할 적마다 북군은 한 발
한 발 시로 육박해 오는 것이었다. 피치트리 강은 겨우 오 마일 밖에 있다! 존
스톤 장군은 도대체 이것을 어떻게 생각하고 있는 것일까.

『우리에게 후퇴하지 않고 끝끝내 싸워 주는 장군을 보내라.』는 외침은, 마침
내 리치먼드까지 도달했다. 애틀랜타를 빼앗기면 전쟁도 끝장이 난다는 것을 리
치먼드에서도 알고 있었다. 이리하여 남군이 챠타후치 강을 건너는 것과 동시에
존스톤 장군은 사령관직에서 파면되었다. 그리고 그의 휘하 군단장이었던 훗 장
군이 새로 전군을 통솔하게 됐다. 이것으로 시민은 얼마간 마음이 놓였다. 훗
장군이라면 후퇴는 하지 않을 것이다. 수염을 휘날리며 쏘는 듯한 눈빛을 한 저
키 큰 켄터키 사람이라면 설마 후퇴는 하지 않을 것이다. 그에게는 불독이란 별
명까지 있었다. 그러면 북군을 피치트리 강에서, 아냐 챠타후치 강에서 달턴으

로 가는 길을 한 걸음 한 걸음씩 몰아내 줄 것이다. 그러나 군대에서는 『우리들의 존스톤 노장군을 군에 복귀시켜라.』하고 외치고 있었다. 그들은 달턴으로부터의 먼 길을 존스톤 장군과 고생을 함께 해 온 것이다. 그리고 시민들은 모르고 있지만, 그가 어려운 고비를 돌파해 나온 것을 병사들은 모두 인정하고 있었던 것이다.

적장 샤만은 훗 장군이 공격 준비를 갖출 때까지 기다리고 있지 않았다. 사령관이 바뀐 다음날, 북군은 애틀랜타에서 육 마일되는 티케이터라는 작은 마을을 단번에 급습하여 그곳을 점령하고 철도를 차단하고 말았다. 이 철도는 애틀랜타와 오가스타나 찰스턴이나 윌밍턴이나 버지니아 등을 연락하는 요지였다. 샤만 군은 남부 동맹의 전투력을 그야말로 반신 불수로 만들어 버렸던 것이다. 이미 망설일 때가 아니다. 애틀랜타의 사람들은 남군의 궐기를 요구하며 절규했다.

이윽고 축 늘어지도록 더운 칠월 어느 날 오후, 드디어 애틀랜타의 희망은 이루어졌다. 훗 장군은 갑자기 수세(守勢)를 버리고 공세를 시작한 것이다. 참호에 있었던 남군을, 우세를 자랑하는 샤만군의 진지에 투입하여 훗 장군은 북군을 피치트리 강으로 맹렬하게 공격했다.

겁에 질려서, 훗 장군이 적군을 물리칠 것을 기도하면서 시의 중심에서 오 마일이나 떨어져 있는데도 마치 옆 동네에서 나는 것처럼 크게 들려 오는 대포의 진동이며 콩볶듯 하는 소총 소리에 사람들은 누구나 귀를 기울이고 있었다. 그들에게는 포차의 굉음이 들리고 낮게 덮인 구름처럼 숲 위에 피어오르는 포연까지도 보였다. 그러나 몇 시간이나 전투의 상황을 알 수가 없었다.

오후도 퍽 늦어서야 첫번째 정보가 전해졌다. 그러나 그것은 전투가 시작될 무렵에 부상한 병사가 전해 온 것이었기 때문에 불확실하고 모순투성이어서 겁을 먹게 하는 것뿐이었다. 그러나 부상병이 혼자서, 혹은 떼를 지어, 경상자는 다리를 절거나 비틀거리는 중상자를 어깨에 메고 삼삼 오오 짝을 지어 시로 들어오기 시작했다. 그리고 순식간에 병원으로 병원으로 고통을 참으면서 걸어가는 이런 사람들의 행렬이 꼬리를 물었다. 그들의 얼굴은 초연이며 먼지며 땀으로 얼룩져서 흑인처럼 검었다. 그리고 상처에 붕대도 감지 않고, 피는 말라서 파리가 그 언저리에 들끓고 있었다.

부상병들은 시 북쪽에서 걸어오기 때문에, 우선 맨 먼저 당도하는 집 중의 하나는 피티 시고모의 저택이었다. 그들은 쉴새없이 문 안으로 비틀거리며 들어오고 푸른 잔디 위에 쓰러져서 목쉰 목소리로 외쳤다.

「물을 !」

타는 듯한 오후 내내, 피티 시고모와 가족들은 백인도 흑인도 모두 나서서 물을 담은 양동이와 붕대를 가지고 나무 그늘에 서 있었다. 그리고 국자로 물을 떠 주기도 하고 상처를 매주기도 하고 했는데, 이윽고 붕대가 떨어지고 시트나 타월까지도 다 써버리고 말았다. 피티 시고모는 여느 때라면 피 한 방울을 보고도 까무러쳤지만, 지금은 그것도 잊고 꼭 끼는 작은 구두 속에서 조그만 발이 부어서 서 있을 수가 없게 될 때까지 줄곧 일했다. 배가 부른 멜라니마저도 평소의 몸가짐을 잊고, 프리시나 쿠키나 스카알렛과 함께 어느 부상병 못지않게 긴장한 표정으로 부지런히 일했다. 나중에는 끝내 정신을 잃고 말았지만, 부엌 테이블 밖에는 그녀를 눕힐 장소가 없었다. 온 집안의 침대며 의자며 소파가, 모조리 부상자로 가득했기 때문이다.

이 법석통에 잊혀지고 있던 웨이드는 정면 포치의 난간 그늘에 웅크리고 앉아서 엄지손가락을 빨고 딸꾹질을 하면서, 우리 안에 갇힌 놀란 토끼처럼 무서움으로 눈이 동그래져 잔디 쪽을 바라보고 있었다. 스카알렛은 그런 웨이드의 모습을 보자 날카롭게 소리쳤다. 「웨이드, 뒤꼍에 가서 놀아요!」그러나 이 미친 것처럼 소란스러운 눈 앞의 광경이 무서우면서도 한편 퍽 재미있었기 때문에, 웨이드는 어머니의 말에 따르지 않았다.

잔디밭은, 걸을 수가 없을 만큼 지치고 부상 때문에 꼼짝도 할 수 없을 만큼 쇠약해져서 쓰러진 사람들로 메워져 있었다. 이 사람들을 피터 영감이 마차에 태워서 병원으로 옮기는데 늙은 말이 입에서 거품을 뿜을 만큼 여러 번 왔다 갔다했다. 미드 부인도 메리웨더 부인도 자가용 마차를 동원했지만, 이것 역시 부상자의 무게로 스프링이 휘어질 만큼 많이 실어서 운반했다.

얼마쯤 지나자 길고 무더운 여름의 황혼 속을, 전선으로부터 부상병 운반차며 흙투성이 방수포로 덮인 양말차(糧秣車) 등이 몇 대씩이나 도착했다. 거기에 이어서 농장에서 쓰는 짐수레며 소 달구지, 그리고 위생반에 징발된 자가용 마차까지가 도착했다. 부상자며 빈사 상태의 중상자를 가득 실은 그 마차들이 덜컹덜컹 흔들리면서, 붉은 모래 먼지 위에 피를 떨어뜨리면서 피티퍼트네 집 앞을 지나갔다. 양동이나 국자를 손에 든 여자들의 모습을 보자 수레는 멎고, 그들은 혹은 고함 소리로 혹은 가냘픈 목소리로 입을 모아 말하는 것이었다.

「물을!」

스카알렛은 목마른 사람들이 마시기 쉽도록 건들건들하는 머리를 받쳐 주기도 하고 잠시나마 시원하라고 먼지투성이의 뜨거운 몸이며 벌어진 상처에 물그릇의 물을 끼얹어 주기도 했다. 그리고 발돋움을 하여 마부에게 국자를 건네주면서, 한 사람 한 사람에게 가슴을 조이며 묻고 다녔다. 「상황은 어떤가요? 전쟁의 상황은?」

대답은 한결같았다. 「확실한 건 모르겠어요, 좀더 기다려보지 않으면.」

밤이 왔다. 무더운 밤이었다. 바람 한 점 없는 데다가 흑인들이 밝히고 있는 횃불 때문에, 더욱 무덥고 답답했다. 스카알렛의 콧구멍은 먼지로 막히고 입술은 보송보송 말라 버렸다. 그 날 아침 갈아입은, 갓 빨아서 풀을 빳빳하게 먹인 연보라색 캘리코 드레스는 피와 먼지와 땀으로 얼룩얼룩했다. 하긴 애실리가 전쟁은 영광스러운 것이 아니라 불결과 비참뿐이다, 라고 편지에 썼던 의미는 바로 이것이었던 것이다.

지친 눈에는 모든 광경이 거짓말처럼도, 악몽처럼도 보였다. 이것이 현실일 까닭이 없다. 만약 이것이 현실이라면, 세상은 미치광이가 된 것이다. 그렇지 않다면 어째서 그녀는 피티퍼트네 평화스러운 앞뜰에 서서, 눈부신 햇빛 속에서 죽어가는 애인들에게 물을 끼얹어 주어야 한단 말인가. 부상자 중에는 그녀의 애인이 많았다. 그들은 그녀의 모습을 보자, 애써 웃어 보이려고 하는 것이었다. 그녀가 잘 아는 많은 사람들이 이 어두운 길을 흔들리면서 실려 왔다. 많은 사람들이 그녀의 눈 앞에서 죽어갔다. 모기며 쇠파리가 그들의 피투성이 얼굴에 들끓고 있었다. 그들 모두가 예전에 함께 춤추고 함께 웃던 사람들이 아니었던가. 한때는 그 사람들을 위하여 피아노를 치고 노래를 부르고 놀려 대고 위로하고, 그리고 조금쯤은 사랑한 사람들이 아니었던가. 그녀는 캐리 애시번이 소 달구지 속에서 부상자들의 밑에 깔려서, 머리의 총상(銃傷) 때문에 빈사 상태로 누워 있는 것을 발견했다. 그러나 그를 구해 내기 위해서는 여섯 사람의 부상자를 치우지 않으면 안 됐기 때문에, 할 수 없이 그대로 병원으로 데려가게 했다. 나중에 들은 일이지만, 그는 의사의 치료도 받아보지 못하고 죽어 버려서 어딘가에 묻혔다는 것이었다. 그러나 아무도 똑똑히 알고 있는 사람은 없었다. 이 한 달 동안에 수많은 사람들이 오클랜드 묘지의, 급히 판 얕은 무덤속에 매장되었다. 앨라배마의 어머니에게 보내 주기 위하여, 캐리의 머리카락 한 줌도 얻지 못한 멜라니는 몹시 섭섭하게 생각하고 있었다.

후덥지근한 밤이 차츰 이슥해짐에 따라서 스카알렛과 피티퍼트는 피로 때문에 등이 쑤시고 무릎이 굳어져 버렸지만, 그래도 오는 사람을 하나하나 붙들고는 외치고 있었다. 「전황은 어때요? 전쟁의 상황은?」

마침내 그녀들은 이에 대한 대답을 얻을 수가 있었다. 그러나 그것을 듣자, 새파랗게 질려서 서로 얼굴을 마주 쳐다보았다.

「후퇴요.」「마침내 후퇴하게 되었어요.」「적은 우리들보다도 훨씬 우세해요.」「북군은 디케이터 근처에서, 휠러의 기병 부대의 연락을 끊어 버리고 말았어요. 우리들은 지원군을 보내야 해요.」「아군은 전부 멀지 않아 시내로 후퇴해

와요.」

스카알렛과 피티퍼트는 서로 팔을 잡고 쓰러지려는 몸을 지탱했다.

「그리고, 그리고 북군도 오나요?」

「그렇죠, 그들도 와 있어요. 하지만 설마, 그렇게 가까이는 오지 않겠지요.」
「걱정 마세요. 애틀랜타는 빼앗기지 않아요.」「염려 없어요. 이 시 둘레에는 백
만 마일이나 진지가 구축되어 있으니까요.」「나는 존스톤 장군이 이렇게 말한
것을 들었어요.『애틀랜타라면 언제까지라도 지켜내겠다.』고 말이죠.」「그러나
그 존스톤 장군은 인제 우리들의 지휘관이 아니야. 우리들이…….」

「잠자코 있어, 바보야. 너희들, 부인네들을 불안스럽게 만들어서 어쩔 셈이
냐.」「북군이라도 여기까지는 오지 않아요.」「그렇더라도 당신네들은 왜 메이
콘이나 그 밖의 좀더 안전한 데로 피난하지 않으시죠? 그쪽에는 친척이 없나
요?」「북군은 애틀랜타를 점령할 수 없어요.」「하지만 그들이 공격하고 있는
동안은 부인들에게 그다지 안전하지가 못 해요.」「대포알이 무지무지하게 날아
올 테니까요.」

그 다음날 후덥지근하게 내리는 부슬비 속을 뚫고, 애틀랜타시로 몇 천인지
알 수 없는 패잔군이 흘러들어왔다. 모두가 굶주림과 피로로 기진맥진했고, 병
력도 칠십 육 일 동안의 전투와 후퇴로 훨씬 줄어들어 있었다. 말은 허수아비처
럼 여위고, 포차나 탄약차는 새끼나 날가죽 토막 따위로 말에 비끄러매여 있
었다. 그러나 그들은 결코 무질서하게 대열을 흐트러뜨리면서 도망쳐 오지는 않
았다. 누더기 옷을 입었을망정 의기 양양하게, 찢어진 빨간 군기(軍旗)를 빗속
에 펄럭이면서 질서 있게 후퇴해 오는 것이다. 그들은 존스톤 장군 밑에서 후퇴
를 배웠다. 장군은 후퇴에서도 진격과 마찬가지로 위대한 전략적 효과를 거두게
하고 있었던 것이다. 수염투성이의 더러운 꼴을 한 그들은 피치트리가를《메릴
랜드! 우리의 메릴랜드!》의 노래에 맞추어서 행진해 왔다. 시민들은 모두 마
중을 나가서 그들에게 환호성을 보냈다. 이기건 지건 그들은 자기들의 군대인
것이다.

바로 얼마 전에, 새 군복으로 자랑스럽게 출동을 했을 뿐인 국민군도 이미 옷
이 더럽고 수염이 더부룩한 고참 용사들과 거의 구별할 수 없게 되었다. 그들의
눈에는 새로운 광채가 있었다. 삼 년 동안, 왜 일선에 나가지 않았는가에 대해
서 변명하거나 설명하던 일도, 지금은 과거가 되어 있었다. 그들은 후방의 안전
을 전선의 고난과 바꿨던 것이다. 그 대부분은 안이한 생활을 치열한 죽음과 바
꿨던 것이다. 지금은 그들도 역전의 용사였다. 단시간의 근무이긴 했지만, 역전
의 용사라는 데 있어서는 마찬가지였다. 뿐더러 그들은 용감하게 행동해 왔던

것이다. 그들은 군중 속에서 아는 얼굴을 찾아내면, 자랑스럽게 도전할 듯한 눈길을 보냈다. 그들은 지금이야말로 떳떳하게 얼굴을 들 수가 있는 것이다

향토 방위군의 노인과 소년들이 행진해 왔다. 노인들은 이젠 발을 옮겨 놓을 수 없을 만큼 지쳐 있었다. 소년들은 어른들의 문제에 너무나도 빨리 직면하게 되었기 때문에, 지친 표정을 짓고 있었다. 스카알렛은 필 미드의 모습을 발견했는데 초연과 때로 시커매지고 긴장과 피로에 시달렸기 때문에, 처음에는 그라고 알아볼 수 없을 정도였다. 헨리 시숙부는 빗속에 모자도 없이 입고 있는 낡은 유포(油布)의 구멍으로 얼굴을 내밀고, 다리를 절고 있었다. 메리웨더 댁의 할아버지는 맨발을 담요 조각으로 감고 포차를 타고 있었다. 그러나 아무리 찾아도 끝내 존 윌크스의 모습은 찾아낼 수가 없었다.

존스톤 휘하의 용사들은 삼 년 동안 줄곧 피로를 모르는 가뿐한 발걸음으로 행진해 왔다. 아직도 그들은 아름다운 아가씨들에게 웃음을 보내거나 손을 흔들거나 군복을 입지 않은 남자들에게 난폭하게 욕설을 퍼붓거나 할 만큼의 여유를 갖고 있었다. 그들은, 이제부터 또 시의 주위에 파놓은 참호로 가는 것이었다. 이 참호는 지금까지의 것과 같이 허둥지둥 만든 얕은 것이 아니라, 가슴 높이까지 되는, 모래 자루를 쌓아 올리고 그 위에 뾰족한 막대기를 늘어 세운 정식 참호였다. 시의 주위에는 수마일에 걸쳐서 이런 참호가 구축되어 있었는데, 그 붉은 흙을 쌓아 올린 옆에 깊이 파여 있는 붉은 흙의 호는 아군의 군대로 가득 채워지기를 기다리고 있었다.

사람들은 군대에 대하여, 이겼을 때와 마찬가지로 환호성을 보냈다. 사람들은 모두 마음에 두려움을 품고 있었으나 최악의 사태에 이른 지금, 전쟁이 그들의 눈 앞에서 벌어지고 있는 지금에 이르자, 시의 공기에도 변화가 일어났다. 이미 동요는 없거니와 광기 어린 행동도 없었다. 마음 속으로는 무슨 생각을 하고 있든지, 그것을 절대로 얼굴에는 나타내지 않았다. 비록 억지로 그렇게 꾸미고 있을지라도, 어쨌든 기운이 있어 보이는 얼굴을 하고 있었다. 그리고 누구나 군대에 대해서는 용감하고 신뢰하는 얼굴을 보이려고 애썼다. 모두들 존스톤 장군이 사령관직에서 파면되기 직전에 한말, 『나는 애틀랜타를 영원히 확보할 수 있다.』는 말을, 몇 번이고 되뇌었다.

훗 장군이 어쩔 수 없이 후퇴를 하게 된 이상, 존스톤 장군을 다시 군사령관으로 앉히고 싶어하는 생각은 군인을 포함해서 상당수의 사람들이 바라고 있었지만, 그들은 그것을 입 밖에 내기를 삼가고 다만 존스톤 장군의 말에서 용기를 얻고 있었던 것이다.

『나는 애틀랜타를 영원히 확보할 수가 있다!』

훗 장군의 전술은 존스톤 장군의 신중한 전술과는 달랐다. 훗은 동의 북군을 공격했는가 하면 곧 머리를 돌려 서의 북군을 공격했다. 샤만은 레슬링 선수가 적의 몸 어딘가에 새로이 붙잡을 틈은 없는가 하고 노리듯이 시의 주위를 호시탐탐 에워싸고 있었으나, 훗은 참호 뒤에 숨어서 북군의 공격을 기다리고 있지는 않았다. 그는 용감하게 쳐나가고 맹렬하게 적에게 덤벼들었다. 애틀랜타의 싸움 및 에즈라 처치의 싸움이라고 불리우는 전투는, 불과 며칠 동안의 전투였다. 그것은 피치트리 강의 전투 따위는 극히 소규모의 전투였다고 밖에 생각되지 않을 정도의 대격전이었다.

그러나 북군의 세력은 조금도 줄어들지 않았다. 막심한 손해를 입은 것은 사실이지만, 그들에게는 그것을 보충할 능력이 있었다. 그리고 그 동안, 그들은 애틀랜타에 포탄을 비처럼 퍼부어서 집 안에 있는 사람들을 죽이고 건물의 지붕을 날려 보내고 거리에 분화구 같은 커다란 구멍을 내었다. 시민들은 다투어서 지하실이나 땅에 판 구덩이나 철도 선로 때문에 내놓은 얕은 터널이니, 될 수 있는 대로 안전한 장소로 피난했다. 애틀랜타는 드디어 포위되었던 것이다.

훗 장군이 사령관이 되고 나서 열 하루 동안에, 남군은 존스톤 장군이 칠십 사일 동안의 전투나 후퇴로 잃었던 것과 거의 맞먹는 병력을 잃었다. 더구나 애틀랜타는 그 삼면이 포위되고 말았던 것이다.

애틀랜타에서 테네시로 통하는 철도는 그 전선이 지금은 적장 샤만의 손에 들어갔다. 그의 군대는 다시 동으로 나아가서, 남서쪽 앨라배마로 뻗는 철도를 차단하고 말았다. 남은 것은 단지 남쪽 메이콘 및 사배나로 통하는 철도뿐이었다. 시중에는 병사가 넘쳐나고 부상자가 들어차고 피난민으로 붐볐기 때문에, 이 한 가닥의 철도만으로 사람들의 요구를 채우기에는 도저히 어려운 일이었다. 그러나 이 철도를 확보하고 있는 동안은, 애틀랜타 또한 그럭저럭 버티어 낼 수가 있었다.

이 철도가 얼마나 중요한 것이 되었는지, 샤만이 이것을 탈취하려고 얼마나 맹렬하게 공격하고 있는지, 그리고 훗이 그것을 지키기 위하여 얼마나 필사적으로 싸우고 있는가를 알고서, 스카알렛은 새삼스럽게 치를 떨었다. 그것은 이것이야말로 그 군(郡)을 관통하고 존즈보로에서 불과 오 마일밖에 떨어져 있지 않는 것이다 !

타라는 이 지옥 같은 애틀랜타에 비하면 피난처라고도 생각되었지만, 어쨌든 타라는 존즈보로에서 겨우 오 마일밖에 떨어져 있지 않는 것이다.

애틀랜타에서 전쟁이 시작된 날, 스카알렛은 많은 부인들과 같이 상점 옥상에 올라가서 조그만 양산을 받쳐 들고, 그 싸움을 바라보고 있었다. 그러나 이윽고 탄환이 시에 떨어지기 시작하자, 그녀들은 부랴부랴 지하실로 쫓겨 들어갔다. 이 날 밤부터 부인이나 아이나 노인들의 피난이 시작되었다. 피난지는 메이콘이 었다. 그 날 밤 기차에 올라탄 사람들 중의 대부분은 존스톤군의 달턴 후퇴 이래 벌써 대여섯 번이나 쫓겨다니던 사람들이었다. 그들은 애틀랜타로 도망쳐 왔을 때에 비하면, 훨씬 몸이 가벼워져 있었다. 짐이라고는 단지 손가방과 커다란 꽃 무늬가 박힌 손수건에 싼 초라한 도시락뿐이었다. 여기저기에 겁에 질린 종복들 이, 최초로 피난을 시작했을 때부터 들고 다니는 은 꽃병이며 나이프며 포크, 혹은 한두 장의 가족 초상화 등을 그러안고 있었다.

메리웨더 부인과 엘싱 부인은 피난을 거절했다. 두 사람 다 병원에서 필요한 사람들이었고, 그리고 자기들은 무섭지도 않거니와 또 아무리 북군이라 할지라 도 자기들을 집에서 내쫓을 수는 없다고, 호기 있게 큰 소리쳤다. 그러나 메이 벨과 그녀의 아기와 패니 엘싱은 메이콘으로 가기로 되었다. 미드 부인은 결혼 이래 처음으로 남편의 명령을 어기고, 기차를 타고 안전한 곳으로 가라는 의사 의 명령을 무뚝뚝하게 거절했다. 자기가 없으면 의사가 곤란하다는 것이다. 그 뿐만 아니라 어느 참호엔가 있는 필에게 만약의 일이라도 생겼을 경우, 곁에 있 어 주고 싶었던 것이다.

그러나 와이팅 부인을 비롯하여 스카알렛이 아는 많은 부인들은 모두 피난 했다. 맨 먼저 존스톤 장군의 후퇴를 비난한 피티퍼트 시고모는, 또 맨 먼저 트 렁크 짐을 꾸리기 시작한 한 사람이기도 했다. 시고모의 말에 의하면, 자기의 신경은 몹시 약해서 조그만 소리에도 견디지 못하니 탄환이 한 방만 폭발해도 그대로 까무러쳐서 도저히 지하실까지 피할 수 없겠기 때문이지, 그저 무서워서 그러는 것만은 아니라는 것이었다. 그리고 그 갓난아이 같은 입을 굳게 다물고 자못 용감한 것처럼 보이려고 하는 것이었으나 이것만은 잘 되지 않았다. 시고 모님은 메이콘에 있는 사촌간인 바아 부인에게로 갈 작정이니, 스카알렛과 멜라 니도 같이 가자고 했다.

스카알렛은 메이콘 같은 데에는 가고 싶지 않았다. 포탄은 무서웠지만, 메이 콘으로 갈 바에는 차라리 애틀랜타에 머물러 있는 편이 낫다고 생각했다. 그녀 는 바아 부인을 아주 싫어했다. 수년 전 바아 노부인은 윌크스 댁의 파티에서, 스카알렛이 노부인의 아들 윌리와 키스하는 것을 보고 그녀를 바람둥이 계집애 라고 욕한 적이 있었기 때문이다.

「저는 타라로 가겠어요.」하고 그녀는 피티퍼트에게 말했다. 「메이콘에는 멜 라니와 함께 가시면 되지 않겠어요?」

이 말을 듣자 멜라니는 겁이 나서 막 울기 시작했다. 그리고 피티퍼트가 미드 의사를 부르러 간 동안에, 그녀는 스카알렛의 손을 잡고 호소하는 것이었다.

「네, 나를 남겨 두고 타라로 가지 말아요. 언니가 없으면 너무 쓸쓸해서, 아무 것도 못 해요. 스카알렛, 난 아기를 낳을 때 언니가 함께 있어 주지 않으면 아마 죽어 버릴 거예요. 그야, 피티 고모님이 계셔서 고모님이 살뜰하게 해줄 것은 알고 있지만, 하지만 고모님은 어린애를 낳아 본 적이 없잖아요. 난 때때로 고모님 때문에 답답해서 울고 싶을 때가 있어요. 나를 두고 가지 말아요, 네? 언니는 나에게 정말 친언니처럼 해주셨고, 그리고…….」하고 계속하다고 그녀는 핏기 없는 얼굴에 미소를 띄웠다. 「언니는 애실리에게, 나를 지켜 주신다고 약속했잖아요? 언니에게 부탁해 두겠다고, 그인 말하고 갔어요.」

스카알렛은 놀라서 멜라니를 보았다. 이 여자에 대한 자기의 증오가 이미 감출 수 없을 만큼 심해져 있는데, 멜라니는 어째서 자기를 사랑할 수가 있는 것일까. 자기가 애실리를 사랑하고 있다는 것을 아직도 눈치채지 못하다니, 멜라니는 그토록 우둔한 여자일까. 이 고뇌에 찬 몇 달 동안, 애실리로부터의 소식을 기다리면서 자기의 마음 속을 벌써 백 번이나 멜라니에게 보이고 말지 않았는가. 그런데도 멜라니는 아무것도 모르고 있다. 이 여자의 눈에는 사랑하는 사람의 좋은점밖에는 비치지 않는 것일까……하기는, 스카알렛은 애실리에게 멜라니를 지킬 것을 약속했다. 오, 애실리! 애실리! 당신은 돌아가셨나요? 벌써 몇 달 전에 돌아가셨을 거야. 그런데도 그이와의 약속만이 손을 뻗쳐서 나를 잡고 있는 것이다!

「그렇지.」하고 그녀는 간단히 말했다. 「그걸 난 그 사람에게 약속했어. 그리고 그 약속을 깨지는 않아. 하지만 메이콘으로 가서 저 늙다리 고양이 같은 바아 부인과 함께 살다니, 난 딱 질색이야. 난 오 분도 되기 전에 그 할멈의 눈알을 뽑아 버릴 거야. 난 타라의 집으로 돌아가겠어. 그러니까 당신도 함께 가요. 어머니도 무척 기뻐할 거야.」

「그렇게 해주신다면 기뻐요. 언니의 어머니는 그처럼 좋은 분인걸요 뭐. 하지만 고모님은 아기를 낳을 때에는 꼭 함께 있고 싶다고 하시고, 더구나 타라에는 안 가시리라 생각해요. 거기는 전선이 가깝잖아요. 고모님은 위험하지 않은 곳으로 가고 싶으신 거예요.」

미드 의사는 피티퍼트가 허둥거리며 부르러 왔기 때문에, 멜라니에게 적어도 조산의 징후쯤은 있는가 보다고 생각하고 숨을 헐떡이며 달려왔으나, 짐작과 달랐기 때문에 시무룩해서 말에도 그것을 노골적으로 드러냈다. 그리고 이 소동의 원인을 알자, 그 이상 의논할 여지를 주지 않는 말로 문제를 해결했다.

「메이콘으로 가다니, 당치도 않아요, 멜라니. 만약 당신이 조금이라도 움직이려 든다면, 난 이후로 일체 의논 상대가 되어 주지 않겠소. 기차는 혼잡한 데다 시간은 부정확하고 게다가 부상자, 군대, 식량 수송에 필요하게 되면 언제 든지 징발되어 승객들은 숲 속에라도 내동댕이쳐진단 말이오. 당신 같은 몸으로 …….」

「하지만 스카알렛과 함께 타라로 가면…….」

「움직여선 안 된다고 말하고 있어요. 타라로 가는 기차나, 메이콘으로 가는 기차나, 결국 다 마찬가지야. 그리고 지금 북군이 어디에 있는지, 아무도 알지 못해요. 아마 그들은 어디서든지 나타날 거요. 그러니까 기차는 언제 북군에게 붙잡힐지 몰라요. 그리고 비록 안전하게 존즈보로에 닿는다 하더라도 타라로 가 자면, 험한 길을 오 마일이나 마차에 흔들리면서 가야 해요. 임신중인 부인이 할 짓은 못 돼요. 뿐더러, 늙으신 폰텐 의사가 종군한 뒤로는, 그 군에는 의사가 한 사람은 없소.」

「하지만 산파가…….」

「내가 말하는 것은 의사란 말요.」그는 가로막듯이 말했으나, 그 눈은 무의식 중에 멜라니의 앙상한 골격에 집중되었다. 「움직이는 것은 좋지 않아요. 위험해 요. 당신도 기차나 마차 안에서 몸을 풀고 싶지는 않겠죠?」

이 노골적인 의학적 말에 부인들은 대답하기 어려워서, 얼굴이 빨개지면서 입 을 다물고 말았다.

「당신은 내 눈길이 닿는 이 시에서 가만히 누워 있어야 해요. 지하실을 오르 내려서도 안 돼요. 포탄이 이 창문으로 날아 들어오더라도, 절대로 움직여선 안 돼요. 결국, 여기 있더라도 그리 위험하지는 않을 거예요. 북군 따위는 곧 쫓겨 가고 말아요. 그럼 피터퍼트 씨, 당신만 메이콘으로 가고 젊은 부인들은 여기 남아야 해요.」

「돌봐 줄 사람도 없이?」피티퍼트는 놀라서 외쳤다.

「두 분 다, 이미 훌륭한 부인이란 말이오.」하고 의사는 화난 듯이 말했다. 「그리고 내 아내가 두 집 건너에 있지 않소. 멜라니가 이런 형편이니까, 남자 손 님도 없을 거고 말이죠. 피티퍼트 씨, 지금은 전시요. 예의 범절을 따지고 있을 경우가 아닌 거예요. 멜라니 생각을 해줘야 해요.」

그는 발소리를 내며 방을 나가서 스카알렛이 다가오기를 현관에서 기다리고 있었다.

「나는 솔직하게 당신과 얘기를 해야겠소, 스카알렛.」하고 그는 잿빛 수염을 잡아당기면서 말했다. 「당신은 젊지만 상식이 있는 부인이라고 생각하니까, 구 태여 부끄러워할 필요는 없소. 멜라니를 움직일 이야기는 절대로 안 돼요. 그런

360

여행에는 견디어내지 못할 거요. 주위의 사정이 완전하다고 해도 매우 어려운 상태가 되어 가고 있단 말이오. 아시다시피 그 사람의 골반은 몹시 좁아요. 아마 해산 때에는 겸자(鉗子)를 써야 할걸. 그러니까 나는 무지한 흑인의 산파 따위에게 맡기고 싶지 않은 거예요. 원래 멜라니 같은 부인은 어린애를 낳아선 안되는 거지만 어쨌든 당신은 저 피티퍼트 씨의 짐을 꾸려서 메이콘으로 출발시켜요. 그 사람은 아주 겁이 많기 때문에, 오히려 멜라니를 불안하게 만들 뿐이오. 그래서는 실제로 아무런 도움도 되지 않으니까. 그리고 스카알렛.」 하고 그는 지그시 그녀를 응시했다. 「당신도 집으로 돌아간다는 둥 그런 말은 하지 말았으면 해요. 아기가 태어날 때까지 멜라니와 같이 있어 주어요. 무섭지 않지요?」

「네, 그까짓 거.」 하고 스카알렛은 꿋꿋한 체했다.

「음, 장해요. 만약 당신이 도와 줄 아낙네가 필요할 때에는 아내가 도와 줄 것이고, 피티퍼트 씨가 하인들을 데리고 가게 된다면, 요리사로는 우리 벳시를 보내기로 하지요. 그리 오래 걸리지는 않을 거요. 아기는 앞으로 오 주일 안에 태어날 거요. 그러나 초산이고 총알이 이렇게 날아온다면 그것도 확실히 알 수는 없소. 난 언제든지 와 주겠소.」

이리하여 피티퍼트는 피터 영감과 쿠기를 데리고 눈물을 흘리면서 메이콘으로 가 버렸다. 열정적인 애국심에 쫓기어, 그녀는 무심코 마차와 말을 병원에 기부하고 말았는데, 곧 후회가 되어 그래서 더욱 눈물이 나와 견딜 수가 없었던 것이다. 포성은 여전히 들려 왔으나 집 안은 잠잠해지고 말았다. 스카알렛과 멜라니는 이 조용한 집 안에 웨이드와 프리시와 함께 남겨지고 말았다.

19

북군이 시의 방어 진지를 공격하다 못하여 여기저기서 격퇴되고 있었던 농성 초기에는 포탄이 작렬(炸裂)할 때마다 스카알렛은 당장이라고 저 세상으로 날아가는 것은 아닐까 하고 벌벌 떨면서 귀를 두 손으로 막고, 마음 둘 바를 모르고 움츠리고 있을 뿐이었다. 포탄이 날아오는 예고의 피리 소리 같은 윙 소리가 들리면, 그녀는 멜라니의 방으로 뛰어들어가서 침대에 몸을 던지고 둘이서 단단히 얼싸안고 머리를 베개에 파묻으면서, 「오! 오!」 하고 비명을 질렀다. 프리시와 웨이드는 급히 지하실로 뛰어들어가 거미줄투성이인 어둠 속에서, 프리시는 날카로운 비명 소리를 지르고 웨이드는 울기도 하고 딸꾹질을 하기도 하면서 죽은 듯 웅크리고 있었다.

죽음이 대지 위에서 절규하고 있는 동안 깃털 베개에 엎드리고 숨이 막혀 가면서, 스카알렛은 무언중에도 자기를 이곳에 붙들어 두고 아래층의 안전한 곳으로 보내지 않는 멜라니를 저주하고 있었다. 그러나 의사는 멜라니에게 걷는 것을 금하고 있었기 때문에 스카알렛은 언제나 멜라니와 함께 있어야 했다. 자기의 몸이 산산이 가루가 될지도 모른다는 공포에 덧붙여서, 그녀에게는 멜라니가 언제 아기를 낳을지 모른다는 똑같이 강한 공포가 있었다. 그것을 생각할 적마다 스카알렛은 끈끈하게 식은 땀마저 흘러나오는 것이었다. 해산이 시작되면 어떻게 하면 되는 것인가? 사월달의 비처럼 포탄이 쏟아지고 있는 거리로 나가서 의사를 찾아 돌아다니기 보다는 오히려 나는 멜라니가 죽는 것을 그대로 내버려둘 것이라고 자신도 그렇게 생각하고 있었다. 프리시는 맞아죽을지언정 결코 심부름을 가지 않으리라는 것도 알고 있었다. 어린애를 낳으면 도대체 어떻게 하면 좋단 말인가?

멜라니의 저녁식사 준비를 하면서, 그녀는 어느 날 저녁때 프리시에게 이 문제를 작은 목소리로 의논했다. 그랬더니 놀랍게도 프리시는 그녀의 공포를 위로하려 드는 것이었다.

「스카알렛 아씨, 멜라니 아씨의 해산 때 선생님을 못 찾더라도 걱정하실 것 없사와요. 제가 할 수 있읍니다요. 전, 해산하는 것은 무엇이든지 알고 있읍죠. 어머니가 산파 아니에요? 그러니까 어머니는 저도 산파로 만들려고 했읍죠. 모두 저에게 맡겨 두시면 됩니다요.」

스카알렛은 경험이 있는 사람이 가까이 있다고 생각하자 한결 마음이 놓였지만 그래도 그녀는 이 괴로움이 한시라도 빨리 끝나기를 진정으로 바라고 있었다. 작렬하는 포탄의 소리에서 멀어지려고 미칠 듯이 평화로운 타라의 내 집을 목마르게 그리워하면서 그녀는 밤이면 밤마다 어린 아이가 내일이라도 태어나서 약속으로부터 해방되어 애틀랜타를 떠날 수 있게 되기를 빌고 있었다. 타라는 안전하여 이 비참한 것에서 벗어날 수가 있으리라고 생각되었다.

스카알렛이 이때만큼 내 집이며 어머니를 그리워한 적은 여태까지 없었다. 만약 엘렌의 곁에 있을 수만 있다면, 어떤 일이 생긴다 할지라도 무서울 것이 없다고 생각했다. 하루 종일 쌔앵쌔앵 하고 고막을 찢는 듯한 포탄 소리를 들은 다음 밤이 되면, 무슨 일이 있어도 내일 아침에는 멜라니에게 이제 이 이상 애틀랜타에 있을 수는 없다. 자기는 타라로 돌아갈 테니 멜라니는 미드 부인에게로 가도록 하라고 말하리라 결심하고 침대에 들어가는 것이었다. 그러나 배개에 머리를

눕히면, 마지막으로 작별했을 때에 마음의 고통에 시달리면서, 그래도 입술에
는 희미한 미소를 띄우면서, 『멜라나의 뒤를 돌봐 주겠지요. 당신은 꿋꿋한 사
람이니까……약속해 주십시오.』하던 애실리의 얼굴이 머리에 떠올라오는 것이
었다. 그녀는 그것을 맹세했다. 지금 애실리는 죽어서 어딘가 매장되어 있다.
그러나 어디에 있든지 그는 스카알렛이 그와의 약속을 지키는 것을 지켜보고 있
는 것이다. 살아 있거나 죽었거나, 어떠한 희생을 치르더라도 자기는 그를 배신
할 수가 없는 것이다. 그녀는 하는 수 없이, 오늘이야말로 오늘이야말로 하고
생각하면서도 여전히 애틀랜타에 머물러 있었다.

  돌아오라는 엘렌으로부터의 편지에 대해서 스카알렛은 포위되어 있는 위험을
될 수 있는 대로 가볍게 쓰고, 그리고 멜라니의 상태를 설명하고 어린애를 낳으
면 곧 돌아가겠다고 답장을 써 보냈다. 혈연 관계거나 인척 관계거나 친척 교제
에 까다로운 엘렌은 스카알렛이 남는 데에 마지못해 동의했으나, 웨이드와 프리
시만은 곧 보내라고 했다. 이제 프리시는 갑자기 무슨 소리라도 나면 이를 딱딱
마주치면서 떨 만큼 등신이 되었기 때문에, 두 말없이 이에 동의했다. 프리시는
거의 지하실에 들어가서 오그라든 채 나오려고도 하지 않았기 때문에, 만약 미
드 부인이 보내 준 좀 멍청한 할멈 벳시가 없으면, 스카알렛이나 멜라니는 식사
조차도 제대로 못할 형편이었다.

  스카알렛은 웨이드를 애틀랜타로부터 떠나 보내는 것을 엘렌 못지않게 바라
고 있었다. 그것은 아이의 안전을 위해서 뿐만 아니라, 그가 언제나 겁에 질려
있는 것을 보면, 자기까지도 초조해지기 때문이다. 웨이드는 포탄의 울림을, 말
도 제대로 못할 만큼 무서워하고 있었다. 그리고 그것이 뜸해졌을 때마저도 울
지 못할 만큼 겁에 질려서 스카알렛의 스커트에 매달렸다. 그는 밤이 되어서 침
실로 가는 것조차 무서워했다. 어둠이 무섭고, 잠자는 동안에 북군이 와서 자기
를 잡아가지는 않을까 하는 불안에 떨고 있는 것이다. 밤중에 그의 가냘프고 신
경질적인 울음 소리가 들려 오면, 그녀의 신경은 견딜 수 없을 만큼 시달렸다.
마음 속으로는 그녀도 그에 못지않게 무서워하고는 있지만, 웨이드의 굳어진
찡그린 상을 보면, 그것을 똑똑히 보는 것 같아서 더 한층 화가 나는 것이었다.
그렇다, 웨이드는 타라로 보내는 것이 제일 좋다. 프리시에게 웨이드를 데리고
가게 하였다가 아이를 낳을 때 맞춰서 곧 돌아오게 하면 된다.

  그러나 스카알렛이 두 사람을 출발시키기 전에 북군이 남쪽으로 진출하여, 애
틀랜타와 존즈보로 사이의 철도 부근에서 소규모의 전투를 시작했다는 정보가
들어왔다. 북군이 웨이드와 프리시가 탄 기차를 붙잡는다고 하면……. 그렇게
생각하자 스카알렛도 멜라니도 새파래졌다. 북군이 가엾은 어린애에게 행한 폭

행은 여자들에게 대한 것보다도 무서운 것이라는 것을 누구든지 알고 있었기 때문이었다. 이렇다면 타라로 돌려보낼 수가 없다. 하는 수 없이 웨이드는 애틀랜타에 그대로 놔두기로 했다. 그는 겁먹은 유령처럼 되어서, 일분간이라도 어머니의 스커트에서 손을 떼기를 두려워하는 것처럼, 스카알렛의 꽁무니를 필사적으로 쫓아다니고 있었다.

포위는 더운 칠월달 내내 계속되었다. 천둥이 울리는 낮이 끝났다고 생각하면 다음에는 음산하고 기분 나쁜 적막한 밤이 찾아왔다. 그리고 이윽고 애틀랜타는 포위에 익숙해져 갔다. 최악의 것이 일어나려고 하고 있는데, 마치 아무것도 겁낼 것이 없는 것 같았다. 그들은 포위를 겁내고 있었지만, 막상 포위되고 보니 결국 그것도 그다지 비참한 것은 아니었다. 생활은 거의 여느 때와 다름없이 할 수 있었고, 또 사실 하고 있었다. 그들은 자기들이 화산 위에 서 있는 것을 알고 있었으나, 그 화산이 폭발할 때까지는 아무것도 할 수가 없는 것이었다. 그렇다면 지금 무엇을 괴로와할 것이 있겠는가. 그리고, 어쩌면 폭발하는 일은 없을지도 모른다. 훗 장군이 북군을, 시의 외곽에서 얼마나 완강하게 버티고 있는지 보란 말이다! 그리고 우리 기병대가 메이콘으로 통하는 철도를 얼마나 잘 확보하고 있는가를 보란 말이다! 샤만은 그것을 탈취할 수는 절대로 없을 것이다.

그러나 쏟아지는 포탄이며 식량의 부족에 직면하면서, 겉으로 태연을 가장하고 반 마일 앞까지 닥친 북군을 무시하고 참호에서 버티는 남군의 피폐(疲弊)한 군대에 한없는 신뢰를 기울이고 있는데도 불구하고, 애틀랜타의 피부를 한 꺼풀 벗기면 그 밑에는 내일은 어떻게 될 것인가 하는 극심한 불안이 늘 꿈틀거리고 있었다. 위구(危懼), 초조, 비애, 기아, 그리고 타다가는 꺼지고 꺼졌다가는 다시 타오르는 희망에 대하여 동요하는 감정은, 그 피부를 더 한층 엷게 하는 것이었다.

스카알렛은 낯익은 사람들의 씩씩해 보이는 얼굴을 보거나 그리고 또 막다른 골목에 이르렀을 때에는 그것을 참는 힘을 주는 고마운 자연의 조절 작용에 의하여, 차츰 용기를 되찾아갔다. 사실은, 그녀는 지금도 포탄이 폭발하는 소리를 들으면 펄쩍 뛰어오르지만, 그 전처럼 비명을 지르면서 뛰어들어가 멜라니와 베개 밑에 얼굴을 처박는 짓은 하지 않게 되었다. 그녀는, 지금은 침을 꿀꺽 삼키면서 「지금 것은 가깝지 않았지?」하고 힘없이 말할 수 있을 정도가 돼 있었던 것이다.

그녀가 그다지 무서워하지 않게 된 데에는, 매일의 생활이 마치 꿈처럼 생각된다는 이유도 있었다. 그것은 현실이라고 하기에는 너무나도 끔찍한 꿈이었다. 이 스카알렛 오하라가 한 시간마다, 일 분간마다 죽음의 위험 속에 놓여

져 있다는 것은 있을 수 없는 일이었다. 여태까지의 잔잔한 생활의 흐름이 이렇듯 얼마 되지 않는 동안에 무참히도 부서진다는 것은 있을 수 없는 일이었다.

부드럽고 푸른 빛으로 밝기 시작한 아침 하늘이 시내를 뇌운(雷雲)처럼 낮게 덮은 포연으로 더럽혀지다니, 그리고 겨우살이 덩굴이나 덩굴장미의 달콤한 향기로 가득 찬 더운 오후의 공기를 찢어 놓듯이 윙윙거리면서 거리에 날아와서 세계도 박살이 나라는 듯이 폭발하고 몇 백 야드씩이나 쇳조각을 날려보내어 인간도 짐승도 산산이 분쇄하는 것 같은 포탄 때문에 벌벌 떨고 있어야 하다니, 어찌 이것을 현실이라고 생각할 수가 있겠는가.

조용한 오후에 낮잠자는 습관은 완전히 없어졌다. 전쟁하는 소리는 때때로 잠잠해지는 일도 있었으나, 피치트리가는 쉴새없이 활기에 넘치고 소음으로 차 있었기 때문이다. 포차나 부상병 운반차가 지나가는가 하면 부상병이 참호에서 비틀거리며 걸어왔다. 시 한쪽에서 압박을 받고 있는 다른 방면을 구원하려고 달려가는 일 대(隊)의 병사가 구보(驅步)로 빠져 나갔다. 그리고 연락병은 남군의 운명이 그의 두 어깨에 걸려 있기라도 한 것처럼 이 거리를 빠져서 사령부로 무턱대고 뛰어갔다.

너무나 더운 밤에는 그런 소리도 얼마쯤 조용해지는 수가 있었다. 그리고 그것은 기분 나쁜 고요였다. 모든 소리가 딱 그친 밤에는 오히려 기분이 언짢았다. 청개구리도 귀뚜라미도 졸린 듯한 앵무새도 겁에 질려서, 여느 때와 같이 여름밤의 합창도 하지 못하는 것 같았다. 이따금 최후의 방어선에서 콩볶는 것 같은 소총 소리가 정적을 깨뜨리고 들려올 뿐이었다.

등불은 꺼지고 멜라니는 잠들고 죽음과 같은 적막이 시중을 덮는 깊은 밤 같은 때 스카알렛은 자주 혼자서 잠을 이루지 못하고 앞문의 빗장이 덜커덕거리다가 이윽고 현관문을 다급하게 두드리는 소리를 듣는 일이 있었다.

언제나 마찬가지로 어두운 포치에는 얼굴도 알아볼 수 없는 병사가 서 있고, 그 어둠 속에서 갖가지 목소리가 그녀를 부르는 것이었다. 어떤 때에는 교양 있는 목소리가 그림자 속에서 들려 왔다. 「부인, 소란을 피워서 죄송합니다만 저와 말에게 물을 마시게 해줄 수는 없겠읍니까?」 어떤 때에는 산악 지방의 거친 말소리가 들려 오는 일도 있었다. 혹은 훨씬 남쪽인, 바랭이가 우거진 고장의 낯설은 콧소리일 때도 있었다. 그리고 가끔은 해안 지방의 흐릿하고 나른한 목소리가 들려 와서, 그녀에게 어머니 엘렌의 목소리를 연상시키는 일도 있었다.

「아가씨, 전우를 병원으로 데리고 가려고 여기까지 끌고 왔는데, 이녀석, 인제는 움직일 것 같지도 않아요. 집 안에 좀 들어갈 수 없을까요?」

「부인, 물을 마시게 해주십시오. 그리고 옥수수 빵이라도 있으면 살겠는데,

하나 남은 것이라도 있으시면…….」

「부인, 느닷없는 방문을 용서해 주십시오. 오늘 밤, 포치에서 지내게 해주실 수는 없겠읍니까? 이 장미를 보고 겨우살이 덩굴의 향기를 맡으니까 너무나 고향 집 같기에, 그만 염치도 없이…….」

아, 밤마다의 이런 일들이 현실일 리가 없다. 악몽인 것이다. 그리고 얼굴도 몸도 없이, 단지 지친 목소리로 후덥지근한 어둠 속에서 그녀에게 말을 걸어오는 이런 사람들은, 그 악몽 속의 인물인 것이다. 물을 마시고 음식을 먹고 현관에서 잠자고 상처를 동여매고 죽어가는 전우의 더러워진 머리를 받쳐 주고 있는 이 사람들. 오, 이런 일이 그녀의 현실에 생겨날 리가 없다.

칠월도 마지막이 가까운 어느 날 밤, 시백부인 헨리 해밀턴이 문을 두드렸다. 시백부는 이제는 우산도 손가방도 그리고 예의 그 장구배도 없었다. 혈색이 좋은 투실투실한 얼굴가죽은 불독의 목살처럼 축 늘어지고, 더부룩하게 자란 흰 수염은 말할 수 없이 더러웠다. 그는 거의 맨발이나 다름없었고 이가 들끓었으며 게다가 굶주려 있었지만 사나운 성깔만은 조금도 꺾여 있지 않았다.

「나 같은 늙은이가 총을 들고 싸움터로 나가야 하다니, 그 따위 바보 같은 전쟁이 어디 있어.」하고 말했지만, 스카알렛이나 멜라니에게는, 시백부가 결코 그것을 불만으로 여기고 있는 것 같지 않았다. 그도 젊은 사람들과 마찬가지로 군대에서 필요했고, 또 사실 젊은 사람들이 하는 일을 하고 있는 것이다. 그뿐인가. 「난 젊은 것들에게 결코 뒤지지 않아. 메리웨더 노인은 도저히 나만큼은 못 해.」그는 유쾌한 듯 말했다. 사실 메리웨더 노인은 신경통으로 몹시 괴로와하고 있었다. 그래서 대장은 제대시키려고 했지만, 노인은 고집을 부리고 절대로 집으로 돌아가려 하지 않았다. 그리고 자기를 늘 늙은이 취급을 해, 씹는 담배를 끊어라, 수염을 매일 씻어라 하고 잔소리하는 며느리보다는 대장의 욕설이나 으름장이 훨씬 참기 쉽다고 말하며 듣지 않았다.

헨리 시백부는 조금밖에 틈이 없었다. 네 시간 휴가를 얻어 왔는데, 참호에서 오고가는 시간으로 반이나 빼앗겼기 때문이다.

「너희들하고도 얼마 동안 못 만날 것 같아서 말이다.」그는 멜라니의 침실에서, 스카알렛이 대야에 가져온 찬물에 물집투성이 발을 시원한 듯 절벅거리며 말했다. 「우리 부대는 내일 아침 출동한다.」

「어디로 가세요?」멜라니는 깜짝 놀라 그의 팔을 잡으며 물었다.

「나를 건드리지 마라.」그는 꾸짖듯 말했다. 「내 몸엔 지금 이가 득실거리고 있어. 전쟁도 이와 설사병만 없다면 피크닉 같을 텐데 말이야. 어디로 가느냐? 글쎄, 나도 아무 말도 못 들었지만 대강 짐작은 하고 있다. 내 상상이 크게 틀리지 않는다면 아마 내일 아침 남쪽 존즈보로를 향해 행군할 모양이다.」

「어머, 하지만 왜 하필이면 존즈보로 같은 곳으로?」

「거기서 멀지 않아 큰 싸움이 시작돼. 양키 놈들 그 철도를 빼앗으려고 노리고 있단 말이다. 그런데 만일 놈들에게 그것을 빼앗겨 봐라, 그야말로 애틀랜타여 안녕이 되지.」

「하지만 헨리 아저씨, 정말 그렇게 될까요?」

「무슨 소리냐? 이 내가 거기서 버티고 있는 이상, 어찌 놈들이 꿈쩍이나 하겠느냐?」헨리 시백부는 겁에 질린 그녀들의 얼굴을 향해 히죽 웃고 곧 다시 정색하는 모습이 되었다.「어지간히 힘든 싸움이 될 거다. 하지만 우린 어떻게든지 이기지 않으면 안 돼. 물론 너희들도 알고 있겠지만, 적군은 메이콘으로 통하는 길 하나를 제외하고는, 철도를 모두 빼앗고 말았다. 게다가 놈들이 빼앗은 것은 이것만이 아냐. 너희들 같은 색시는 모르겠지만, 놈들은 맥도나 도로 말고는 길이란 길은 마차가 다닐 수 있는 길까지도 모두 차지하고 말았어. 애틀랜타는 자루 속에 들어간 거나 마찬가지다. 그리고 그 자루의 끈과 같은 것이 존즈보로야. 하니까 만일 북군이 그 철도를 손에 넣게 되면 놈들은 그 끈을 죄어 우리를 자루 속에 든 쥐처럼 해치울 수가 있게 된다. 그러니까 놈들에게 철도를 빼앗겨선 안 돼……그 동안 잠시 작별이다. 그래서 나는 너희들에게 잠깐 작별 인사도 할 겸, 스카알렛이 아직 멜라니, 너하고 함께 있는지 없는지 그것도 확인할 겸 들렀던 거다.」

「물론 스카알렛은 함께 있죠.」멜라니는 다정하게 말했다.「저희들 일일랑 조금도 걱정하지 마시고 그보다도 아저씨 몸이나 돌보세요.」

헨리 시백부는 젖은 발을 해진 양탄자로 닦았다. 그리고 누더기 구두를 신으며 신음 소리를 냈다.

「자아, 슬슬 가 봐야겠다.」그는 말했다.「오 마일이나 걸어야 하니까 말이다. 스카알렛, 너 나에게 도시락 하나 싸주지 않겠니? 뭐든지 있는 걸로 좋으니까.」

멜라니에게 작별 키스를 하고 그는 부엌으로 갔다. 스카알렛은 부엌에서 옥수수 빵 하나와 사과 두어 개를 냅킨에 싸고 있었다.

「헨리 아저씨, 정말, 정말 그렇게 대단한 상태에 놓여 있나요?」

「대단한 상태? 그렇지. 멍청하게 있어선 안 된다. 막다른 데까지 와 있어.」

「북군은 타라까지 갈까요?」

「뭐라고?」헨리 시백부는 너도 나도 고통을 당하고 있는 이런 판국에 개인적인 일밖에 생각하지 않는 여자의 좁은 소견에 화가 났으나 문득 그녀의 겁에 질린 슬픈 얼굴을 보자 곧 말을 부드럽게 했다.

「물론 거기까진 안 간다. 타라는 철도에서 오 마일이나 떨어져 있고, 또 양키는 철도만 빼앗으면 그만이니까. 걱정할 것 없다.」 그리고 그는 갑자기 무뚝뚝하게 말했다. 「오늘 밤은 단지 너희들과 작별 인사나 하려고 이렇게 먼길을 일부러 온 게 아니다. 사실은 멜라니에게 나쁜 소식이 있어서 말하려 했지만 도저히 말할 수 없구나. 그러니까 네게 말을 해 둘 테니 나중에 멜라니에게 전해라.」

「애실리 때문에⋯⋯. 뭘 아셨어요? 그분, 죽었나요?」

「설마, 내 자신이 참호 속에서 바지 궁둥이까지 흙투성이가 돼 있는 처지에 애실리의 일 같은 것을 알 까닭이 있니?」 노인은 성급하게 되받았다. 「그게 아니야. 그 애 아버지 말이다 존 윌크스가 전사했다.」

스카알렛은 싸다 만 도시락을 손에 든 채 털썩 주저앉고 말았다.

「멜라니에게 말하려고 생각하고 왔는데, 하지만 난 말을 못하겠다. 네가 좀 말해 다오. 그리고 이걸 전해라.」

그는 호주머니에서 도장이 달린 무거운 금시계와 오래 전에 죽은 윌크스 부인의 조그만 초상(肖像)과 커다란 커프스 단추를 꺼냈다. 존 윌크스의 손 안에서 수천 번 보아 온 그 시계를 보자, 애실리의 아버지의 죽음이 강한 실감이 되어 스카알렛에게 엄습해 왔다. 그녀는 울 수도 소리칠 수도 없을 만큼 정신이 아득해져 버렸다. 헨리 시백부는 우물우물 헛기침을 하면서, 그녀를 똑바로 보지 않았다. 눈물을 보면 그대로 미칠 것 같았기 때문이다.

「용감한 사나이였어, 스카알렛. 멜라니에게 그렇게 말해라. 윌크스네 딸들에게도 군인으로선 아주 훌륭했다. 포탄에 맞았던 거야. 바로 위에서 떨어진 포탄 때문에 말도 큰 상처를 입었다. 다친 말은 내 이 손으로 쏘아죽였지만 불쌍한 놈이었다. 좋은 암말이었는데. 네 손으로 탈레턴 부인에게 그것을 써 보내는 게 좋겠다. 부인은 그 암말을 무척 귀여워하고 있었으니까. 자, 도시락을 싸 다오. 나는 가야 돼. 그렇게 슬퍼하지 마라. 노인이 젊은 사람들이 하는 일을 하다 죽으면, 그보다 더 좋은 죽음이 어디 있겠니?」

「하지만 그분은 돌아가시지 말았어야 했어요. 전쟁에 나가시지 말았어야 했어요. 살아 계셔서 손자가 크는 것을 보시고, 그리고 평화롭게 침대 위에서 눈을 감았어야 했어요. 아, 그분은 왜 전쟁에 나갔을까요? 남북 분리도 믿지 않고 전쟁을 미워했는데, 그리고⋯⋯.」

「우리 중에서도 그렇게 생각하는 사람이 많이 있다. 하지만 그게 무슨 소용이냐?」 헨리 시백부는 화가 난 듯 코를 킁킁 했다. 「내가 이 나이를 해 가지고 북군 저격병의 총알 과녁이 되는 것을 기뻐하기라도 하는 줄 아느냐? 하지만 지금 같은 때 남자로 달리 취할 길이 없지 않니? 자, 작별의 키스를 해 다오. 그리고 내 걱정일랑 하지 말아라. 이번 전쟁에선 무사히 넘길 것 같으니.」

스카알렛은 키스했다. 시백부는 어두운 계단을 내려갔다. 이윽고 바깥문의 고리가 울리는 소리가 들렸다. 그녀는 잠시 선 채 손 안의 유품을 들여다보았다. 그리고 멜라니에게 전해 주기 위해 계단을 올라갔다.

칠월도 다 갈 무렵, 헨리 시백부가 말한 대로 북군이 또다시 존즈보로를 향해 공격하기 시작했다는 좋지 못한 정보가 들어왔다. 북군은 일단 읍의 사 마일 전방에서 철도를 차단할 수 있었지만, 즉시 남군의 기병대에 의해 격퇴되었다. 공병부대는 곧 타는 듯한 햇볕 아래 땀투성이가 되어 철도의 복구 공사를 시작했다.

스카알렛은 걱정이 되어 미칠 것 같았다. 사흘을 기다렸다. 그녀의 마음에는 차츰 공포가 높아 갔다. 이윽고 제랄드에게서 약간 마음이 놓이는 편지가 왔다. 적은 타라까지는 가지 않았던 것이다. 전투의 소리는 들렸지만, 북군의 모습은 한 사람도 볼 수 없었다고 편지에는 씌어 있었다.

제랄드의 편지에는 북군이 철도 부근에서부터 격퇴된 광경이 무척 자랑스런 필치로 씌어 있어, 마치 그 자신이 혼자 적을 해치운 것 같았다. 그는 장장 석 장에 걸쳐서 아군의 용감성을 적어 나간 다음, 편지 맨 끄트머리에 간단히 캐린의 병에 대해 언급했다. 엘렌의 이야기로는 장티푸스라지만, 그리 중태는 아니니까 너무 염려하지 말라, 하지만 철도가 안전하게 되더라도, 지금은 절대로 돌아와선 안 된다. 엘렌은 지금 와서 생각해 보니 포위가 시작되었을 때 스카알렛과 웨이드가 돌아오지 않은 것은 참 잘했다고 무척 기뻐하고 있다. 엘렌은 캐린의 완쾌를 빌기 위해 스카알렛도 교회에 나가 달라고 말하고 있다. 이런 얘기들이 잇따라 씌어 있었다

스카알렛의 양심은 이 마지막 문장을 읽자 뜨끔하고 아팠다. 그녀는 벌써 몇 달이나 교회의 문턱을 넘은 일이 없었기 때문이다. 그녀는, 처음에는 이 태만을 무서운 죄악이라고 생각하고 있었지만, 지금은 웬지 이전만큼은 교회에서 떨어져 있어도 큰 죄로 생각되지 않았다. 그러나 그녀는 어머니의 말을 좇아 자기 방으로 돌아가 급히 기도를 드렸다. 기도를 끝내고 일어났지만, 이전과 같은 만족한 심정이 되지 않았다. 그건 매일 수백만의 기도가 울려지고 있는데도 불구하고 신은 그녀도 남군도 남부 여러 주도 지켜 주시지 않는다는 것을 어느 틈엔가 느끼고 있었기 때문이다.

그 날 밤 그녀는 제랄드의 편지를 품안에 간직하고 바깥 포치에 앉아있었다.

이따금 가슴에 넣은 편지에 손을 대고 타라와 엘렌을 봄 가까이 느끼고 싶었던
것이다. 객실의 창문으로 램프의 불빛이 포도 덩굴이 얽힌 어두운 포치에 기묘
한 황금색 그림자를 던지고 있었다. 그리고 노오란 덩굴 장미와 겨우살이 덩굴
에서 여러 가지가 뒤섞인 달콤한 향기가 그녀 있는 곳까지 풍기 왔다. 아무 소리
도 들리지 않는 조용한 밤이었다. 총소리조차 해가 저무는 것과 동시에 그처 세
계가 어딘지 먼 곳으로 가 버린 것만 같았다. 스카알렛은 흔들의자에 흔들거리
며 앉아 있었지만 타라에서 온 편지를 읽고 부터는 쓸쓸하고 비참한 심성이 돼
있었다. 누군가, 누구라도 좋다. 메리웨더 부인이라도 좋으니까 함께 있어 주었
으면 하고 생각했다. 그러나 메리웨더 부인은 병원에서 야근하고, 미드 부인은
전선에서 돌아온 필을 위해 축하 파티를 하기 때문에 집에 없다. 그리고 멜라니
는 잠이 들어 있는 것이다. 누군가 뜻하지 않은 사람이 찾아올 것 같지도 않
았다. 걸을 수 있는 남자는 모두 참호를 지키든가 존즈보로 부근의 북군을 물리
치기 위해 쓸어가 버렸기 때문에, 이 일 주일 동안 아무도 찾아온 사람이 없었던
것이다.

오늘 밤처럼 단 혼자 있는 것은 좀처럼 없는 일이었다. 그리고 그녀는 그것이
좋지 않았다. 혼자 있으면 곧잘 생각에 잠기게 되는데, 요즘 하는 생각이란 결
코 유쾌한 것이 못 되었다. 다른 사람과 마찬가지로 그녀 역시 지나간 과거의 일
이며 죽은 사람에 대해 생각하는 버릇이 봄에 배고 만 것이다.

시내가 이렇게 조용한 오늘 밤 같은 때는 그녀는 눈을 감으면 곧장 타라의 평
화로운 농장이며 항상 변함 없는 생활 등을 생생하게 떠올릴 수 있었다. 그러나
그녀도 시골의 생활이 또다시 옛날처럼 되리라곤 생각하지 않았다. 그녀는 붉은
머리의 쌍둥이, 그리고 톰과 보이드를 합한 탈레턴 댁의 사 형제를 생각하자,
뜨거운 눈물이 왈칵 치밀어올랐다. 어쩌면 스튜어트나 브렌트 중의 누구 하나가
그녀의 남편이 됐을지도 모르는데, 그러나 이제는 전쟁이 끝나고 타라에 돌아가
산대도 옛날처럼 삼나무 가로수길로 말을 달리며 기운차게 외치는 그들의 목소
리를 들을 수는 없다. 그리고 저 춤에 능숙했던 레이포드 캘버트도, 다시는 그
녀를 파트너로 뽑아 주진 않을 것이다. 그리고 먼로네 청년들이나 몸집이 작은
조폰텐이나. 그리고 「오, 애실리!」하고 그녀는 두 손에 얼굴을 파묻으며 흐느
껴 울었다. 「당신이 안 계시게 되다니, 전 도저히 믿어지지 않아요!」

바깥문에서 소리가 났다. 그녀는 고개를 번쩍 쳐들고 황급히 젖은 눈을 비
볐다. 일어나 보니까, 레트 버틀러가 테가 넓은 파나마 모자를 손에 들고 걸어
왔다. 파이브 포인트에서 화가 나 마차에서 내린 그 날 이후, 그를 만나는 것은
이것이 처음이다. 그때 그녀는 두 번 다시 그를 보고 싶지 않다고 말했다. 그러

나 그녀는 지금 무척 말동무가 필요했다. 그녀의 마음에서 애실리의 생각을 쫓아 버려 줄 사람이 필요했다. 그는 그때 일 같은 것은 잊어버리고 있는 건가, 아니면 잊어버린 척하는 건가, 그 날의 일은 입 밖에도 내지 않고, 시치미를 뗀 채 계단의 제일 위 그녀의 발 아래 앉았다.

「메이콘으로 피난하지 않으셨군요. 피티 씨가 갔다고 해서 나는 당신도 물론 같이 간 거로 알고 있었는데요. 그래서 여기 불이 켜 있는 것을 보고 누군가 하고 들러 봤읍니다. 왜 남으셨죠?」

「멜라니하고 같이 있으려고요. 아실 테죠? 그 사람 지금 피난할 수 없는 몸이에요.」

「이건 놀랐는데.」그는 말했다. 얼굴을 찌푸리고 있는 것이 램프 불빛 속에 보였다. 「설마 윌크스 부인이 아직 이런 곳에 있겠다고 하진 않았겠죠? 그런 바보 같은 소리는 들은 일도 없어요. 그런 상태로 여기 계시는 것은 정말 위험하니까요.」

스카알렛은 난처해서 대답을 못 했다. 멜라니의 몸은, 남자와 토론할 이야기 거리가 될 수 없었기 때문이다. 게다가 멜라니의 상태가 위험하다고 레트에게 알릴 수도 없어, 그것이 또 스카알렛을 난처하게 만들었다. 그런 일을 독신 남자에게 알리다니, 별로 칭찬할 일이 아니기 때문이다.

「저도 역시 위험한 처치에 있는데, 조금도 생각해 주시지 않다니, 너무 하시군요.」그녀는 날카롭게 말했다.

그의 눈에 놀리는 듯한 빛이 퍼뜩 지나갔다.

「당신 대 북군이라면 난 언제든지 당신 편에 내기를 걸겠소.」

「아첨이에요, 뭐예요?」그녀는 모호하게 물었다.

「아첨이 아니지요.」그는 대답했다. 「당신은 어느 때가 돼야 남자의 사소한 말 속에도 곧 칭찬을 찾아내려는 그 버릇을 고치겠소.」

「당장 죽게 되는 마당에는 고쳐지죠.」대답하고 그녀는 레트는 제쳐놓고 언제든지 그녀에게 칭찬을 보내는 남자가 있다는 생각을 하고 자기도 모르게 미소 지었다.

「허영, 허영」그는 말했다. 「하지만 최소한도 당신은 그 점만은 솔직해.」

레트는 담뱃갑을 열고 검은 잎담배를 꺼내 잠시 코끝으로 가져갔다. 그리고 성냥을 켜 불을 붙이고 무릎을 안으면서 기둥에 기대 잠시 묵묵히 담배를 피우고 있었다. 스카알렛은 다시 의자를 흔들기 시작했다. 더운 밤의 적막한 암흑이 둘의 주위를 에워싸고 있었다. 장미 덩굴이며 겨우살이 덩굴에 집을 짓는 앵무새가 별안간 잠을 깨어 조심스럽게 매끄러운 목소리로 한 번 울었다. 그리고 울

때가 아니라고 생각하기나 한 듯 다시 정적으로 돌아갔다.

포치의 그늘에서, 레트가 갑자기 나직하고 조용한 목소리로 웃었다.

「그래서 윌크스 부인하고 함께 남아 있는 거군요. 난 지금까지 이렇게 우스운 일은 본 일이 없습니다.」

「전 조금도 우습다고 생각하지 않아요.」그녀는 불쾌한 듯 조심스럽게 대답했다.

「그래요? 그렇다면 당신은 비개인적이고 객관적인 견해를 가지고 있지 않다는 게 됩니다. 지금까지 내가 받은 인상으로는 당신은 윌크스 부인하고는 아무래도 맞지 않아요. 그 사람을 어리석은 멍청이라고 생각하고 있고, 그 사람의 애국적인 사상에 애를 먹고 있을 겁니다. 당신은 지금까지 조그만 일에도, 그 사람을 헐뜯으려고 생각하지 않은 때가 없어요. 그렇다면, 어차피 당신이 이런 자기를 돌보지 않는 일을 선택하고 이 포탄이 날아오는 속에서 그녀와 함께 남아 있다는 것은 아무래도 이상하게 생각되지 않소? 그럼 묻겠는데 왜 그런 일을 하셨소?」

「왜냐하면 그 사람은 찰즈의 누이동생이에요. 그러니까 내 동생이나 마찬가지예요.」그녀는 될 수 있는 대로 위엄을 가지고 대답했지만, 낯이 화끈해짐을 느꼈다.

「당신의 말뜻은 그게 아니라 애실리 윌크스의 미망인이기 때문이겠죠.」

스카알렛은 노여움을 누르면서 벌떡 일어났다.

「나는 요전번 당신의 무례는 용서해 드릴 작정이었어요. 하지만 지금은 그것도 용서할 수 없어요. 난 아까 그렇게 쓸쓸하지 않았더라면 당신을 이 포치에도 못 오게 했을 거예요. 그리고…….」

「자, 앉아서 화를 푸세요.」그는 말했지만 그 목소리는 아까와는 어조가 달랐다. 그는 가까이 다가와서 손을 잡고, 그녀를 의자에 끌어 앉혔다.「그런데 왜 그렇게 쓸쓸했읍니까?」

「네, 오늘 타라에서 편지가 왔어요. 북군이 바로 근처까지 와 있고 게다가 막내동생이 장티푸스로 앓고 있대요. 그리고, 설사 내가 돌아올 수 있다 하더라도, 전염되면 안되니까 돌아오지 말라고 어머니가 말했어요. 아, 나는 가고 싶어서 죽겠어요.」

「과연, 하지만 그런 일로 울 것까진 없읍니다.」그는 말했으나, 그 목소리는 한층 부드러웠다.「북군이 밀려와도 이 애틀랜타가 타라보다는 훨씬 안전해요. 북군은 아무렇게도 안 하지만 장티푸스는 무서우니까요.」

「북군이 아무렇게도 안 한다고요! 어머, 그런 거짓말을 어떻게 하세요?」

「가엾은 아가씨여, 북군은 악마도 귀신도 아니오. 당신은 어떻게 생각하고 있을지 모르지만, 뿔도 발굽도 가지고 있지 않소. 남부 사람과 똑같아요. 물론 예의는 없고 말소리도 쌍스럽긴 하지만.」

「하지만 북군은 저…….」

「당신에게 폭행한다 이거죠? 그런 일은 없을 거라고 생각해요. 물론 당신에게 폭행하고 싶긴 하겠지만.」

「그런 망측한 이야기를 하면 전 집에 들어가겠어요.」하고 그녀는 어두운 그림자 때문에 얼굴이 빨개진 것이 보이지 않는 걸 안심하며 말했다.

「숨겨도 소용없어요. 그런 거 생각하고 있었지요?」

「어머나! 절대로 아니에요.」

「아뇨, 절대로 그렇소. 마음을 속속들이 들여다보았다고 나한테 화를 내봤자 소용없는 일이오. 이건, 말하자면 고상하게 자라난 순결한 마음씨의 남부 부인들 모두에게 공통되는 생각이니까. 그녀들은 줄곧 그것만 염두에 두고 있소. 내기를 해도 좋지만, 메리웨더 부인 같은 늙은 마나님도…….」

스카알렛은 아무 말없이 침을 삼켰다. 어려운 이때 기혼 부인들이 둘 셋만 모이면 으레, 이 근방에선 별로 그렇지 않지만 버지니아나 테네시나 루이지애나 같은 데선 항상 그런 사건이 일어나고 있다고 쑤군거렸던 것을 기억해 냈던 것이다. 북군은 부인에게 욕을 보이고 아이들의 배에 총검을 찔러 대고 노인을 안에 가두어 둔 채 집을 불질러 버린다는 것이다. 비록 길거리에 나서서 외치지는 않지만 누구든지 그것이 사실이라고 생각하고 있었다. 만일 레트가 세상 사람이 흔히 가지는 체면을 가지고 있다면, 그것을 진실이라고 인정해야만 할 것이다. 그리고 그런 얘기를 할 필요는 없는 것이다. 적어도 픽픽 웃으면서 그럴 일은 아닌 것이다.

그녀는 그가 입속으로 킥킥 웃는 것을 들었다. 때때로 레트라는 인간이 참으로 싫은 남자로 여겨지는 일이 있었다. 아니 사실이지, 대개의 경우 싫은 남자였다. 사실 여자가 무엇을 생각하고 무엇을 이야기하고 있는지 남자에게 알려지는 것은 무서운 일이다. 여자에게는 마치 발가숭이가 되는 것과 같은 것이다. 게다가, 남자가 양가집 부인한테서 그것을 얻어들었을 턱이 없다. 레트가 자기의 마음까지 꿰뚫어보았다고 생각하자 그녀는 무척 화가 치밀었다. 그녀는 남자들이 자기를 신비한 것으로 믿길 바란다. 그런데 이 레트란 사나이는 자기를 마치 유리처럼 투명한 걸로 생각하고 있는 것이다.

「이런 문제를 이야기하고 있으면.」그는 계속했다. 「걱정이 되는 것은 이 집에 보호자라든가 감독이 있는지 그게 문제요. 저 탄복할 만한 메리웨더 부인이나 미드 부인이 돌봐 주시는 겁니까? 그 사람들은 언제나, 너는 뭔가 엉큼한 목적으로 여기에 오는 거지, 다 알고 있어 하는 표정으로 날 보고 있어요.」

「미드 부인이 밤이 되면 언제나 와 주시긴 하지만.」 스카알렛은 화제가 바뀐 것을 기뻐했다. 「하지만 오늘 밤은 못 오실 거예요. 아드님 필이 돌아왔거든요.」

「그건 다행이군.」 그는 부드럽게 말했다. 「당신 혼자 있을 때 올 수 있어서.」

그 목소리에는 뭔가 숨어 있는 것처럼 생각되었다. 그래서 그 말을 듣자 그녀의 가슴은 기쁘게 울렁거리고 얼굴이 달아오르는 것을 느꼈다. 그녀는 지금까지 많은 남자의 목소리에서 그런 어조를 들은 일이 있었기 때문에, 그것이 사랑을 고백하는 전조라는 것을 곧 알았다. 오, 일은 얼마나 재미있게 돼 가는가. 만일 레트가 조금이라도 사랑을 속삭이기만 하면 애를 먹이고 속을 태우게 해서 이삼 년 동안 줄곧 자기에게 마구 함부로 해온 그 얄미운 말의 보복을 해주는 거다. 다가오는 이 사나이의 구애의 손길을 가볍게 뿌리쳐, 애실리와의 부끄러운 장면을 들킨 그 날의 치가 떨리는 굴욕의 보상을 해주는 거다. 그리고 마지막으로, 나는 당신의 누이동생으로 밖에 교제할 수가 없다고 다정하게 말하고, 승리의 영광에 넘치며 이 싸움의 창을 거두어들이는 것이다. 그녀는 이 즐거운 상상 때문에 신경질적으로 웃었다.

「웃으면 안 됩니다.」 말하면서 그는 그녀의 손을 잡고 뒤집어 손바닥에 입술을 댔다. 따뜻한 그의 입술이 스치자, 뭔가 활력에 넘친 전기 같은 것이 그에게서 전해와, 그녀의 온 몸을 오싹하도록 애무했다. 이윽고 그의 입술이 조용히 손목 있는 데까지 왔으나, 그녀는 높아진 심장의 고동을 손목의 맥박으로 알까봐 황급히 손을 빼려고 했다. 하지만 아, 그럴 속셈은 아니었는데 그만 그의 머리를 쓰다듬어 주고 싶고, 그의 입술이 자기의 입술을 더듬기를 기다리는, 자기를 배반한 이 감정의 파도는 대체 어떻게 된 것인가.

자기는 그를 사랑하고 있지 않다고 그녀는 혼란한 마음으로 자기에게 들려 주었다. 자기는 애실리를 사랑하고 있는 것이다. 하지만 손이 떨리고 명치 언저리가 싸늘해지는 이 감정은 대체 어떻게 설명하면 좋은가.

그는 조용히 웃었다.

「손을 뺄 필요는 없소. 당신을 어떻게 하진 않을 테니까.」

「나를 어떻게 한다고요? 난 당신을…… 레트 버틀러, 당신을…… 아뇨, 당신뿐만 아니라 어떤 누구라도 그것이 인간인 이상, 아무도 무섭지 않아요.」 그녀는 격하게 소리쳤다. 손만이 아니라 목소리까지 떨리는 것을 짜증스럽게 생각하면서.

「칭찬할 만한 감정이오. 하지만 좀더 목소리를 낮출 수 없을까요? 윌크스 부인에게 들립니다. 그리고 제발 좀더 침착했으면 좋겠어요.」 그의 말은, 자못 그녀의 혼란을 재미있어하고 있는 것처럼 들렸다. 「스카알렛, 당신은 나를 좋아하고 있죠, 어때요?」

이것은 그녀의 예상 밖이었다.

「글쎄요, 때로는.」 그녀는 조심스럽게 대답했다. 「당신이 부랑자 같은 짓을 하지 않을 때는.」

그는 다시 웃고 그녀의 손바닥을 자기의 팽팽한 볼로 가져갔다.

「나는 또 내가 부랑자이기 때문에 당신이 나를 좋아하는 걸로 알고 있었는데요. 당신은 지금까지 세상을 모르고 자랐기 때문에 극악 무도한 부랑자라는 것을 도무지 모르고 있소. 그러니까 나 같은 악당을 보면, 오히려 야릇한 매력을 느끼는 거요.」

이것은 그녀가 기대하고 있던 이야기와는 방향이 달랐다. 그녀는 다시 손을 빼려고 했지만, 그는 놓치질 않았다.

「그런 일 없어요! 나는 고상한 사람이 좋아요. 언제라도 신사로 믿을 수 있는 사람이.」

「언제든지 당신 쪽이 우월한 입장에 설 수 있는 남자란 의미죠. 하지만 그런 건 나와 당신의 정의가 다를 뿐, 아무래도 좋습니다.」

그는 그녀의 손바닥에 또다시 키스했다. 그녀는 흥분 때문에, 목덜미의 피부가 다시금 짜릿해지는 것을 느꼈다.

「어쨌든 당신은 내가 좋은 거요. 하지만 당신은 나를 사랑할 수 있을까, 스카알렛?」

『아, 드디어 그를 손에 넣을 수가 있게 되었다.』 그녀는 우쭐해서 생각했다. 그리고 일부러 쌀쌀한 말투로 대답했다.

「아마, 못할 거예요. 그건…… 당신이 태도를 어지간히 바꾸지 않는 한 어려울 거예요.」

「그런데 나는 조금도 태도를 바꿀 생각은 없소. 그렇다면 당신은 나를 사랑할 수가 없다는 뜻이 되겠군. 아니 뭐, 소원하는 바요. 왜냐하면 나도 당신이 아주 좋기는 하지만 사랑하고는 있지 않으니까. 보답받지 못할 사랑의 슬픔을 두 번씩이나 받는다는 것은, 당신에게는 그야말로 비극이오. 그렇지 않소, 친애하는 해밀턴 부인? 하지만 친애하는 해밀턴 부인이라고 불러도 괜찮을까요. 하긴 당신이 뭐라고 하시든, 내가 친애하는 이라고 부르는 데는 변함이 없는 것이니까, 새삼스레 물을 것도 없지만 예의는 예의니까 말입니다.」

「그럼 당신은 저를 사랑하고 계시지 않는군요.」

「유감스럽지만 옳은 말씀. 아니면 사랑하는 편이 좋았을까요?」

「실례되는 말은 삼가 주세요.」

「당신은 내가 사랑해 주기를 바라고 있었소! 그러나 슬프도다, 덧없는 그 희망이여! 당신은 아름답소. 게다가 쓸모도 없는 일에 많은 재능을 가지고 있소. 그러니까 나도 당신을 사랑해야 마땅한 것이오. 그런데 아름답고 재능이 있고, 그리고 쓸모가 없다는 것에서도 넉넉히 당신과 맞설 수 있는 여성이 얼마든지 있소. 그러니까 나는 당신을 사랑하고 있지 않소. 그러나 몹시 좋아하는 건 사실이오. 융통성이 있는 양심, 숨길 번거로움조차 내던진 이기주의, 별로 멀지 않은 아일랜드 농사꾼 조상에서 이어받은 재빠른 실제성 따위. 그게 좋소.」

농사꾼! 이 사람은 나를 모욕하고 있는 것이다. 그녀는 말도 안 되는 소리를 빠른 말로 퍼부어 대려고 했다.

「잠깐 가만히 있어요.」그는 그녀의 손을 꽉 쥐며 말했다. 「다시 말해서 내 내부에도 당신과 똑같은 성질이 있기 때문에, 그래서 당신이 좋은 거요. 동류(同類)는 동류끼리라지 않소. 당신이 아직, 저 신과 같고 어리석은, 그리고 아마도 무덤에 들어간 지 이미 여섯 달이나 되었을 윌크스 씨의 추억을 마음 속에 간직하고 있다는 것은 나도 알고 있소. 하지만 당신의 마음에는 아직 나를 받아들일 만한 구석은 남아 있을 것 같소. 스카알렛, 그렇게 몸을 버둥거릴 필요는 없어요. 나는 당신에게 고백하고 있는 거요. 나는, 당신이 저 가엾은 찰즈 해밀턴을 홀리고 있었던 트웰브 오우크스의 서재에서 한 번 봤을 때부터 당신을 원하고 있었던 거요. 어떤 여자를 원한 것보다도 강하게 당신을 원하고, 어떤 여자를 기다린 것보다도 참을성 있게 당신을 기다리고 있었소.」

그 마지막 말을 듣자, 그녀는 놀라움으로 숨이 막히는 것 같았다. 나를 이러니저러니 모독했지만, 역시 나를 그토록 사랑하고 있는 거다. 단지 여느 때와는 달리, 내가 웃지는 않을까 하고 그것을 겁내고 노골적으로 말하지 못할 뿐이다. 좋아, 그렇다면 맛을 보여 줘야지.

「그럼 저보고 결혼해 달라는 말씀인가요?」

그는 그녀의 손을 놓았다. 그리고 그녀가 놀라서 의자에 몸을 움츠릴 만큼 큰 소리로 웃기 시작했다.

「웃지 마십시오! 그런 일은 있을 수 없어요. 나는 결혼을 할 사나이가 아니라고 전에도 말했을 텐데요.」

「하지만, 하지만 그럼 어째서…….」

그는 일어나 가슴에 손을 대고 광대처럼 정중하게 절을 했다.

「사랑하는 그대여.」그는 낮은 목소리로 말했다. 「우선 당신을 손에 넣고 나서 말씀드리는 번거로운 짓을 피하고, 단도직입적으로 내 정부(情婦)가 돼 달라고 해도 화를 내시지 않겠읍니까?」

정부!

그녀는 마음 속으로 외쳤다. 더럽게 모욕당했다고 외쳤다. 그러나 그 처음 놀란 순간에는, 조금도 모욕을 받았다고 느끼지 않았다. 단지 그가 자기를 그런 못난 여자로 여기고 있다고 생각하자, 그것에 대해 노도와 같은 분노를 느꼈다. 그녀가 예상했던 대로 결혼 신청이 아니라, 이 따위 수작을 걸어 오다니, 이 사람은 틀림없이 자기를 바보라고 생각하고 있다. 노여움과 상처받은 허영심과, 그리고 실망으로 그녀의 마음은 부글부글 끓어올랐다. 그리고 그를 비난할 높은 도덕적인 근거를 미처 생각하기도 전에, 그녀는 벌써 입에 오른 첫 말을 외쳐 대고 있었다.

「정부라뇨! 정부라니, 사생아를 낳는 것 이외는 아무것도 못 하는 그 따위가 어쨌다는 거예요?」

그녀는 자기가 한 말을 깨닫자 오싹 소름이 끼쳐 입을 다물었다. 손수건을 입에 대고 벙어리처럼 묵묵히 앉아 있는 그녀의 모습을, 어둠 속에서 살피듯 들여다보며 그는 숨이 넘어갈 듯 웃었다.

「이래서 나는 당신이 좋은 거요. 당신은 내가 알고 있는 한 유일한 솔직한 부인이오. 죄악이니 도덕이니 입에 올려 문제를 얼버무리지 않고 사물의 실제적인 면만을 볼 수 있는 오직 한 사람의 부인이오. 이것이 만일 다른 부인들이었다면, 우선 먼저 기절해 놓고 나서 나에게 돌아가라고 도어를 가리켰을 거요.」

스카알렛은 자기도 모르게 벌떡 일어났다. 얼굴은 부끄러움으로 새빨개졌다. 어째서 그런 말을 하고 말았을까. 엘렌의 딸이고, 엘렌의 교육을 받은 그녀가 태연히 앉아서 그 따위 천박한 말에 귀를 기울이고, 게다가 그 따위 수치스런 대답을 하다니, 정말이지 무슨 창피람. 그녀는 그때 비명을 질렀어야 했다. 까무러쳤어야 했다. 말도 않고 쌀쌀한 태도로 포치에서 떠났어야만 했다. 하지만 지금은 이미 너무 늦었다.

「저도 돌아가라고 말하겠어요.」하고 그녀는 멜라니나 이웃 미드 댁에 들리는 것도 상관하지 않고 큰 소리로 외쳤다. 「나가 주세요! 감히 그런 말을 내게 하실 수 있어요! 당신에게 그런 생각을 품게 할 만한 짓을 내가 했다는 말인가요…… 나가 주세요. 그리고 두 번 다시 오지 마세요. 이번에야말로 똑똑히 말해 두겠어요. 내가 또 용서할지도 모른다는 생각을 하고 핀이나 리본 따위의 보따리를 갖고 오셔도, 이젠 소용 없어요. 난, 난 아버지에게 이르겠어요. 그러면 당신 같은 건 죽고 말아요!」

그는 모자를 집어 들고 머리를 숙였다. 그가 콧수염 밑으로 흰 이를 드러내고 웃는 것이 램프 불빛에 보였다. 그는 부끄러워하는 기색도 없었다. 그녀의 말을 재미있어하고 있는 것이다. 그리고 그녀를 몹시 흥미롭게 바라보고 있는 것이다.

오, 얼마나 가증스런 남자인가! 그녀는 휙 몸을 돌려 집안으로 들어갔다. 그리고 도어의 손잡이를 잡고 힘차게 닫으려 했지만 도어를 열어 두기 위해 달아 논 고리가 뻑뻑하여 좀처럼 닫히지 않았다. 그녀는 숨을 헐떡이며 그것을 벗기려고 짜증을 내며 애썼다.

「도와 드릴까요?」 그가 물었다.

이 이상 일 분간만 여기에 있으면 심장이 터질 것 같아 그녀는 급히 계단을 뛰어올라갔다. 그리고 이층까지 왔을 때, 그가 그녀를 대신하여 친절하게도 도어를 닫아 주는 소리를 들었다.

20

무덥고 시끄러운 하루하루가 지나고 긴 팔월도 그믐이 가까왔을 무렵, 돌연 포성이 딱 그쳤다. 시가를 둘러싼 정적은 무시무시하기조차 했다. 이웃 사람들은 거리에 모여, 대체 무슨 일이냐고 서로 불안스러운 눈을 마주보았다. 끊임없는 소음 뒤에 찾아온 이 정적은, 사람들의 긴장된 신경을 늦춰 주지 않고 오히려 그 긴장을 한층 강화시켰다고 해도 과언이 아니었다. 누구도 어째서 북군의 포병대가 소리를 그쳤는지 알고 있는 사람은 없었다. 남군의 동정에 대해서도, 약간 남아 있는 철도 선로를 지키기 위해 시의 주위 참호에서 철수한 아군의 대부대가 남쪽으로 갔다는 것이 알려져 있을 뿐이었다. 실제로 전쟁이 벌어지고 있다고 한다면 그것이 어디서 벌어지고 있는지, 그리고 그 전황은 어떻게 되어 있는지, 누구 한 사람 알고 있는 사람이 없었다.

요즈음엔 사람의 입에서 입으로 옮겨지는 정보 이외에는 아무것도 들을 수가 없었다. 종이의 부족, 잉크의 부족, 종업원의 부족으로 포위된 이후에는 신문의 발행이 정지되어 있기 때문에, 어디서인지 모르게 괴이한 소문이 나타나면 곧 그것이 온 시에 퍼지는 것이었다. 지금도 이 불안스런 정적이 찾아오자 사람들

은 정보를 알고 싶어서 혹은 훗 장군의 사령부로 몰려가고 혹은 전신국이나 정
거장으로 몰려갔다. 누구나가 전승의 정보를 듣고 싶어하고 있었다. 누구나가
적 샤군의 침묵은 북군의 전면적인 후퇴를 의미하고 남군이 적을 달턴 도로
쪽으로 추격하는 중이기를 희망하고 있었다. 그러나 아무런 정보도 들어오지 않
았다. 전선은 침묵을 하고 있었으며 단 하나 남은 남쪽에서 오는 기차도 오지 않
고 우편도 차단돼 있었다.

가을은 숨막힐 듯한 먼지 많은 더위를 몰고 갑자기 호젓해진 시가지를 질식시
킬 듯 살그머니 다가와, 지칠대로 지친 불안한 인심에 바싹 메마른 허덕이는 듯
한 중압감을 주었다.

타라로부터 오는 소식을 안타깝게 기다리면서도, 스카알렛은 여전히 용감한
듯한 얼굴을 하고 있어야만 했고 포위가 시작된 이래 영겁의 세월이 지나가 버
린 듯이 느껴져, 지금 이 기분 나쁜 정적에 쌓이자 마치 이제까지 늘 대포 소리
속에서 살아온 것만 같이 생각되었다. 그렇긴 하지만, 포위전이 시작된 이래 아
직 삼십 일밖에 지나지 않았다. 포위된 삼십 일! 온 도시는 붉은 황토의 참호로
둘러싸이고, 쉴새없는 단조로운 포성이 울리고, 먼지가 이는 도로에 핏방울을
흘리며 병원으로 달려가는 부상병 운반차나 소 달구지의 긴 행렬이 이어지고,
과로로 지친 매장반은 아직도 체온이 남아 있는 시체를 운반해 좁고 길다란 구
덩이 속에, 마치 한없이 늘어놓은 통나무 줄처럼 나란히 눕혀 묻었다. 그것이
불과 삼십 일 동안에 일어난 모든 것이다!

게다가 북군이 달턴으로 남하하기 시작한 것은, 이제 겨우 넉 달이었다. 겨우
넉 달! 지나간 세월을 돌이켜보면, 스카알렛은 그것이 마치 머나먼 과거처럼
생각되고 전혀 다른 세계의 일처럼 생각되었다. 아니야, 아니야, 겨우 넉 달일
리가 없어. 그것이 한평생처럼 긴 세월이었어.

넉 달 전! 아, 넉 달 전에는 달턴이니 레사카니 케네소우산은 그녀에게는 단
지 철도 연변의 고장 이름에 지나지 않았다. 그것이 지금은 존스톤 장군이 고생
하며 싸운 보람도 없이 애틀랜타로 후퇴해 온, 그 도중의 고난을 나타내는 싸움
터의 이름으로 바뀌었다. 그리고 피치트리 강이며 디케이터며 에즈라 처치며 유
토이 강 같은 것도, 이제는 즐거운 고장의 즐거운 이름이 아니었다. 그녀는
또다시 그런 곳들을, 그녀를 기꺼이 맞아주는 사람들이 사는 마을로 생각할 수
가 없게 되었다. 그리고 잘생긴 장교들과 유유히 흐르는 냇물가의 초록빛 풀밭
에서 피크닉을 한 장소로서 생각할 수도 없게 됐다. 그런 지명도 싸움터를 의미
하는 게 되었고, 일찌기 그녀가 앉았던 부드러운 초록빛 풀밭은 무거운 포차에
짓이겨지고 총칼과 총칼이 부딪치는 광란의 발길에 짓밟히고 단말마의 고통에

몸부림치는 병사의 육체에 깔려서 뭉개지고만 것이다……. 그리고 부드러운 냇물의 흐름은, 조지아의 붉은 흙으로 물들여진 것보다도 더욱 붉게 물들여지고 말았다. 피치트리 강의 물은 북군이 건넌 다음 새빨개졌다고 한다. 피치트리 강, 디케이터, 에즈라 처치, 유토이 강. 아, 이에 그것들은 옛날 그대로의 고장 이름이 아니다. 그건 아는 사람들이 파묻힌 묘지의 이름이고 매장도 안 된 시체가 썩어 없어지는 무성한 숲의 풀숲 그늘이고, 적장 샤만이 휘하의 군대를 돌격시키고 훗 장군의 군대가 완강하게 그들을 격퇴한 애틀랜타 주변의 싸움터의 이름인 것이다.

이윽고, 남쪽으로부터 잔뜩 긴장한 시내에 정보가 들어왔다. 그건 사람들에게, 특히 스카알렛에게는 그야말로 청천 벽력과 같은 정보였다. 적장 샤만은 시의 남은 마지막 네 번째 측면을 틀어막기 위해, 또다시 존즈보로에서 철도를 차단하려 하고 있다는 것이었다. 그 네 번째 측면에 집결한 북군은 대부대로, 작은 전투를 목적으로 한 소부대도 기병의 파견대도 아니고, 그야말로 적의 주력이었다. 이리하여 몇 천이라는 남군 부대는, 이 적과 맞서기 위해 시의 부근인 참호를 철수하여 이동해 갔다. 이것이 저 느닷없이 생긴 침묵의 이유인 것이다.

『어째서 적은 언제나 존즈보로만 공격하는 것일까?』하고 스카알렛은 타라에서 가깝다는 생각에 공포에 가슴을 떨며 생각했다. 『철도를 공격하더라도, 왜 다른 곳에서 하지 않을까?』

일 주일 동안 그녀는 타라의 소식을 듣지 못했다. 게다가 요전번 제랄드의 짧은 편지에 씌어 있던 것을 생각하자, 한층 공포가 치밀었다. 캐린의 병은 훨씬 악화됐다고 한다. 우편이 개통하는 것은 언제가 될는지 모른다. 캐린이 죽었는지 살았는지 알기도 전에, 며칠이 지나가고 말겠지. 아, 멜라니 같은 것, 팽개쳐 두고 포위전이 시작될 때 돌아갈 것을 잘못했다.

존즈보로에서 전투가 벌어지고 있다. 그 말은 애틀랜타에서도 알고 있었지만 전황이 어떻게 되어 있는지는 아무도 모른 채 유언비어가 마구 시중에 나돌았다. 간신히 존즈보로에서 연락병이 와 북군이 격퇴되었다는 정보를 전했다. 그러나 적은 존즈보로에 침입해서 후퇴할 때 정거장을 불지르고 전신줄을 끊고 삼 마일에 걸쳐 철도 선로를 파괴하고 갔다는 것이다. 공병대가 미친 듯이 수리를 시작했지만, 적은 침목(枕木)을 쌓아 그것을 불태우고, 비틀어 뽑은 레일을 그 불에 새빨개질 때까지 달구어 그것을 전주에 감아 커다란 병마개 뽑기처럼 꼬아 놓고 갔기 때문에 수리 공사는 좀처럼 진전이 되지 않고 있다고 했다. 요즈음은 새 철제품이 부족하기 때문에 쇠 레일로 바꾸기도 매우 곤란했다.

그러나 적은 타라까지는 가지 않았다. 훗 장군으로부터 급보를 가지고 온 그 연락병에게서 스카알렛은 그것을 확인했다. 전투가 끝난 다음 연락병이 때마침 애틀랜타로 출발하려고 했을 때 존즈보로에서 제랄드와 만나 그녀에게 보내는 편지를 부탁받고 왔던 것이다.

그러나 아버지는 존즈보로에서 대체 무엇을 하고 계신 것일까. 젊은 연락병은 그 말에 대답하려 할 때 약간 난처한 표정을 지었다. 제랄드는 타라에 함께 가 줄 군의를 찾으러 와 있었다고 한다.

햇빛이 쬐는 바깥 포치에 서서, 그 젊은 연락병에게 고맙다는 말을 하면서, 스카알렛은 무릎이 그대로 무너져 내리는 것 같았다. 엘렌의 치료만으로 감당할 수 없게 되어 제랄드가 의사를 찾고 있다면 캐린은 거의 죽어가고 있는 게 틀림 없다. 연락병이 조그만 붉은 먼지를 일으키면서 가 버리자, 스카알렛은 떨리는 손가락으로 제랄드의 편지를 뜯었다. 남부의 종이 사정은 이미 극도에 달해 있 었기 때문에 제랄드의 편지는 전번 그녀가 보낸 편지의 글줄 사이에 씌어 있어 읽기가 몹시 어려웠다.

〈사랑하는 딸아, 어머니도 두 동생도 장티푸스에 걸렸다. 세 사람 모두 병세 는 매우 나쁘지만, 우리는 완쾌할 희망을 버리지 않고 있다. 어머니는 마침내 몸져 누울 때, 어떤 일이 있더라도 스카알렛과 웨이드는 타라에 와서 이 병에 가 까이해서는 안 된다고 나보고 편지로 알려 주라고 말했다. 어머니는 너에게 **사** 랑을 보낸다고, 그리고 어머니를 위해 기도해 주기를 바란다고 당부했다.〉

「어머니를 위해서 기도해야지 !」 스카알렛은 계단을 뛰어올라가 자기 방으로 들어가서 침대 옆에 꿇어앉아 일찌기 그래 본 적이 없었던 진심으로 기도했다. 형식적인 묵주 기도가 아닌, 다만 **몇** 번이고 같은 말을 되풀이하여 열심히 빌 었다. 「성모님, 어머니를 돌아가시지 **않**게 해주세요. 어머니만 구해 주신다면, 저는 아주 좋은 딸이 되겠어요. 제발 어머니를 돌아가시지 않게 해주세요 !」

그 뒤 일 주일 동안 스카알렛은 상처입은 야수처럼 집 안을 돌아다니며 타라 에서 오는 소식을 기다리고 있었다. 말발굽소리가 날 때마다 깜짝 놀라 뛰어 일 어났다. 밤에 병사가 도어를 두들기면 어두운 계단을 뛰어내려갔다. 그러나 타 라에서는 아무 소식도 없었다. 그녀와 타라 사이에는 겨우 이십 오 마일의 먼지 투성이 길이 있을 뿐인데, 마치 커다란 대륙이라도 가로막힌 듯이 느껴졌다.

우편은 아직 복구되지 않았다. 남군이 어디에 있는지 북군이 어디로 향하고 있는지 전혀 알 수 없었다. 단지 알고 있는 것은, 남북 양군의 수천이라고 하는 대부대가 애틀랜타와 존즈보로 사이의 어딘가에 있다는 것뿐이었다. 그로부터 일 주일이나 지났는데 타라에서는 아무런 소식도 없었다.

스카알렛은 애틀랜타의 병원에서 장티푸스 환자를 많이 보아 왔기 때문에 이 무서운 병에 일 주일이라는 게 무엇을 의미하고 있는지 잘 알고 있었다. 엘렌까지도 장티푸스에 걸렸다. 그리고 어쩌면 죽어가고 있는지도 모른다. 그런데 스카알렛은 이 애틀랜타에서 임신한 여자를 돌보고 고향과의 사이를 남북 양군에 가로막혀 이러지도 저러지도 못 하고 있는 것이다. 엘렌은 병에 걸려 있다. 게다가 어쩌면 죽어가고 있는지도 모른다. 하지만 엘렌이 병에 걸릴 리가 없다. 지금까지도 병에 걸린 일이 한 번도 없었다. 엘렌이 죽어가고 있다는 것은 상상할 수도 없다. 만일 그게 사실이라면 그것이야말로 스카알렛의 생활의 유일한 뿌리가 무너지고 마는 것이다. 누구라도 병은 앓는다. 하지만 엘렌만은 절대로 안 걸린다. 엘렌은 병자를 간호하고 고쳐 주는 임무를 띠고 있다. 병에 걸릴 리가 없다. 스카알렛은 돌아가고 싶었다. 그녀는 공포에 질린 어린 아이가 미친 듯이 자기가 알고 있는 단 하나의 피난처로 도망치고 싶어하는 것 같은 절망적인 희망을 가지고 타라에 돌아가고 싶다고 생각했다.

우리 집! 불규칙하게 널려 있는 하얀 집, 창문에 나부끼는 흰 커튼, 꿀벌이 바쁘게 날아다니는 클로버가 많은 잔디밭, 화단에서 오리나 칠면조를 쫓기 위해 현관과 계단에 걸터앉아 망을 보고 있는 조그만 흑인 소년, 평화로운 황토밭, 그리고 태양빛에 새하얗게 빛나는 끝없는 목화밭! 오, 우리 집!

포위전이 시작되고 모두들 피난을 하던 무렵, 그녀도 타라로 돌아갔다면! 몇 주일씩이나 허송하고 있는 동안에, 멜라니를 데리고 안전하게 갈 수도 있지 않았을까. 『오, 저주스러운 멜라니!』하고 그녀는 수천 번 생각했다. 『멜라니는 왜 피티 시고모하고 같이 메이콘에 가지 않았을까. 나하고 같이 있는 것보다는, 친척도 있고 거기야말로 멜라니가 갈 곳이 아닌가. 나하고 그녀는 한 핏줄이 얽힌 것도 아니다. 어째서 나한테만 이렇게 매달리는 것일까? 멜라니가 메이콘에 갔다면 나도 고향의 어머니한테 돌아갈 수 있었으련만. 지금이라도 지금이라도 어린애만 낳지 않는다면 북군이 있어도 집에 돌아갈 기회는 없진 않다. 홋 장군에게 부탁하면 호위병을 딸려 줄 것이다. 홋 장군은 친절한 사람이니까, 부탁하면 틀림없이 휴전기(休戰旗)를 가진 호위병을 붙여서 전선을 통과시켜 줄 것이다. 하지만 나는 어린애가 태어나는 것을 기다리지 않으면 안 된다. 오, 어머니, 어머니! 돌아가시지 마세요! 그런데 어째서 어린애는 이렇게 태어나지 않는 걸까. 그렇다, 오늘 이제부터 미드 선생을 만나서, 내가 빨리 타라에 돌아갈 수 있도록, 어떻게 아이를 빨리 낳게 하는 방법이 있는지 물어봐야겠다. 미드 선생은 멜라니의 해산은 난산일 거라고 말했다. 오, 만일 멜라니가 죽는다면!

멜라니가 죽는다. 멜라니가 죽는다. 그리고 애실리가……. 아니야 아니야, 그런 생각을 해선 안 돼. 나쁜 생각이야. 하지만 애실리는…… 아니야 아니야, 그런 생각을 해서는 안 돼. 애실리는 벌써 죽었는지도 몰라. 하지만 그는 멜라니의 뒤를 돌봐 달라고 나에게 부탁했다. 하지만 만일 내가 멜라니의 뒤를 돌봐 주지 않고 멜라니가 죽어 버리고, 그리고 애실리가 아직도 살아 있다면…… 아냐, 그런 생각을 해선 안 돼. 그건 죄악이야. 나는 하느님에게 어머님을 죽지 않게 해주면 착한 딸이 되겠다고 약속하지 않았는가. 아, 빨리 어린애만 낳아 준다면. 빨리 이 고장에서 떠날 수만 있다면, 집에 돌아갈 수 있다면, 어디라도 좋으니까 이곳에서 떠날 수만 있다면…….』

스카알렛은, 전에는 그녀도 사랑했었던 이 애틀랜타의 불쾌한 정적을 보자 정말 진절머리가 났다. 애틀랜타는 이미 그녀가 사랑하고 있던 명랑한, 턱없이 명랑한 도시는 아니었다. 포위의 포격이 그친 이래 조용한, 무섭도록 조용한, 마치 전염병이 휩쓸고 간 도시처럼 무서운 고장으로 변하고 말았다. 포탄의 작렬이나 위험이 있는 동안에는 그래도 자극이 있었다. 이어 찾아온 이 정적 속에는 단지 공포가 있을 뿐이었다. 도시는 무엇에 홀린 것 같았다. 공포와 불안과 그리고 추억에 홀려 있었다. 사람들의 얼굴은 움츠러들었다. 스카알렛이 본 몇몇의 병사들은 이미 졌다고 정해진 마지막 코스를 억지로 달리는 경주말처럼 지쳐 빠진 표정을 짓고 있었다.

팔월 그믐이 되어, 애틀랜타 격전이 있는 이래 처음으로 대격전이 벌어지고 있다는 믿을 만한 정보가 전해졌다. 남쪽 어딘가에서 벌어지고 있다는 것이었다. 전황의 정보를 고대하고 있는 애틀랜타에선 이제 웃거나 농담을 하는 사람은 없었다. 군인이 이 주일 전에 깨달은 것을, 지금은 모든 사람이 알고 있었다. 그건 애틀랜타는 막다른 데까지 와 있다. 메이콘의 철도를 빼앗기면 애틀랜타 또한 함락될 수밖에 없다는 사실이었다.

9월 1일 아침, 스카알렛은 숨막힐 듯한 공포에 쫓기며 눈을 떴다. 그건 어젯밤 잠잘 때까지 쭉 생각해 온 공포였다. 잠이 덜 깨어 흐리멍덩한 머리로 그녀는 생각했다.『어젯밤 잘 때까지 걱정한 것이 무엇이었더라? 아 그렇다, 전쟁에 대해서다. 어제 어딘가에서 전쟁이 있었다. 어느 쪽이 이겼을까?』그녀는 벌떡 일어나 앉아 눈을 비볐다. 무거운 마음은 또 어제의 짐을 짊어졌다.

아침이 이른데도 공기는 무거워 한낮의 반짝이는 푸른 하늘과 사정없이 내리쬐는 붉은 태양을 예고하듯 몹시 더웠다. 바깥 길은 호젓하고 조용했다. 마차도 지나가지 않았다. 붉은 먼지를 일으키며 지나가는 군대의 그림자도 없었다. 이웃집 식사 준비를 하는 즐거운 그릇 소리도 들려 오지 않았다. 미드 부인과 메리웨더 부인을 **빼놓고** 이웃 사람들은 모두 메이콘으로 피난을 갔기 때문이다. 그녀는 그 두 집에서도 소리 하나 들을 수가 없었다. 한길의 훨씬 저쪽 상점가도 조용하고 상점이나 사무소의 태반은 주인들이 어딘가 시골 쪽에서 총을 들고 있었기 때문에, 문을 닫고 못질이 돼 있었다.

오늘 아침의 정적은 기묘하게도 조용했던 이 일 주일 동안의 어느 아침보다도 한결 기분이 나**빴다**. 그녀는 침대 위에서 언제나 하던 가벼운 체조도 생략하고 벌떡 일어나 이웃 사람의 얼굴이든 용기를 얻을 만한 것을 보려고 창가로 걸어갔다. 그러나 한길에는 사람 그림자 하나도 없었다. 나뭇잎은 아직 파란 빛을 띠고 있긴 했지만, 붉은 먼지를 뒤집어쓰고 바싹 메말라 있었고 손질도 않고 내버려둔 앞뜰의 꽃은 가엾게도 말라 비틀어져 있었다.

창가에서 밖을 내다보고 있으려니까, 폭풍의 전조인 먼 천둥 같은 무거운 울림이 아득하게 들려 왔다. 『비가 오려는 걸까.』하고 처음엔 생각했다. 그리고 시골 태생인 그녀는 『하긴 한 줄기 오긴 해야 할거야.』하고 생각했지만, 곧 생각을 고쳤다. 『정말 비일까, 아니야! 비가 아니야, 대포야!』

가슴을 두근거리며 그녀는 창문에 바싹 몸을 내밀었다. 그리고 아득한 그 소리를 향해 귀를 기울이고, 어느 방향에서 들려 오는지 알아보려고 했다. 하지만 그 희미한 울림은 몹시 멀어 잠시 동안은 알아들을 수가 없었다. 『하느님, 마리에타 쪽에서 들려 오는 소리이기를 빕니다.』그녀는 기도했다. 『그렇지 않으면 디케이터나 피치트리 강 쪽에서 이기를, 다만 남쪽에서만 아니기를!』그녀는 창틀을 꽉 잡고 더욱 열심히 귀를 기울였다. 아득한 포성이 조금 커진 것처럼 생각되었다. 게다가 그것은 확실히 남쪽에서 들려 오는 것이었다.

남쪽에서 울려 오는 포 소리! 남쪽에는 존즈보로가 있다. 타라가 있다. 그리고 엘렌이 있다.

북군은 어쩌면 지금 이 순간에 타라에 침입했는지도 모른다. 그녀는 다시 귀를 기울였지만, 귓속에서 피가 윙윙 울려 먼 포 소리를 지워 버렸다. 아니야, 적이 벌써 존즈보로까지 가 있을 리가 없어. 만일 그렇게 멀리까지 적이 가 있다면 포 소리는 좀더 흐릿하게, 좀더 어렴풋이 들릴 거야. 그러나 적어도 존즈보로에서 십 마일쯤 되는 곳, 어쩌면 라프 앤드 레디의 작은 개척지 근방일지도 몰라. 그러나 존즈보로는 라프 앤드 레디에서 십 마일밖에 떨어져 있지 않다.

남쪽의 포성, 그것은 애틀랜타 함락의 조종(弔鍾)인지도 몰랐다. 어머니의 안부만을 염려하고 있는 스카알렛은 남쪽의 전쟁은 다만 타라에서 가까운 전쟁이라는 것 이외에는 아무 의미가 없었다. 그녀는 손을 비틀며 방안을 서성거리고 있는 동안에 비로소 남군이 질지도 모른다는 것이 여러 가지 의미를 가지고 있다는 것을 알았다. 그건 수천이라는 샤만의 군대가 타라에 접근한다는 뜻이었다. 그렇게 생각하자 창유리를 흔드는 포위군의 포 소리에도, 식량이나 의복의 부족에도, 끝없이 이어지는 빈사의 부상병 행렬에도, 거의 느끼지 않았던 전쟁의 공포가 처음으로 깊이 실감되었다. 샤만의 군대가 타라에서 불과 수마일 떨어진 곳까지 밀려와 있다. 그리고 설사 북군이 패한다고 해도 그들은 타라 쪽으로 후퇴할지 모른다. 병자를 데리고 피난할 수도 없을 것이다.

아, 북군이 있든 말든 자기만 지금 타라에 있다면! 그녀는 맨발로 방안을 돌아다녔다. 잠옷 자락이 발에 걸렸다. 게다가 서성거리면 서성거릴수록, 불길한 예감은 더욱 높아졌다. 그녀는 집으로 돌아가고 싶었다. 어머니 엘렌 옆에 있고 싶었다.

아래층 부엌에서 프리시가 아침식사 준비를 하고 있는지 사기 그릇 소리가 들려 왔다. 그러나 미드 부인이 보내 준 벳시의 목소리는 들리지 않았다. 이윽고 프리서의 쩽쩽한 우는 듯한 목소리가 들려 왔다.〈쓰라린 무거운 짐을 나르는 것도 이제 며칠만 참으면 돼요.〉그 노래를 듣자 스카알렛은 이상하게 짜증이 났다. 그 구슬픈 노래의 뜻이 못 견디게 싫었던 것이다. 그녀는 가운을 걸치자, 홀에서 뒷계단으로 뛰어나가 소리쳤다.「프리시, 그 노래 부르지 마!」

무뚝뚝하게「네, 아씨.」하고 대답하는 목소리가 들려 왔다. 그러자 스카알렛은 별안간 자기가 한 일이 부끄러워져서 크게 숨을 들이마셨다.

「벳시는 어디에 있니?」

「모르겠읍니다요, 오지 않았읍니다요.」

스카알렛은 멜라니의 방 앞으로 가서 문을 빠끔히 열고 가득 햇살이 비치는 방안을 들여다보았다. 멜라니는 잠옷을 입은 채 침대에 누워 있었다. 감은 눈가에는 검은 기미가 끼어 있고, 하트형의 얼굴은 부석부석 부어 가냘픈 몸이 흉하게 뒤틀려 있었다. 스카알렛은 애실리에게 이 멜라니의 모습을 보여 줬으면 좋겠다고 심술궂게 생각했다. 임신중인 여자라도 이렇게 추한 꼴은 본 일이 없었다. 스카알렛이 들여다보자 멜라니는 눈을 뜨고 부드러운 미소를 띠웠다.

「들어오세요.」그녀는 겨우 몸을 돌려 누우며 말했다.「난 날이 새면서부터 쭉 깨어 있었어요. 그리고 말이죠, 생각했어요. 스카알렛, 나 언니에게 부탁할 일이 있어요.」

스카알렛은 방안으로 들어가 뜨거운 햇빛이 무자비하게 내리비치는 침대에 걸터앉았다.

멜라니는 손을 뻗어 스카알렛의 손을 다정하게, 미덥다는 듯 쥐었다.

「저, 난 말예요, 저 대포 소리로 걱정하고 있었어요. 존즈보로 쪽이 아니에요?」

스카알렛은「응.」하고 대답했다. 또다시 조금 전의 일이 생각나서 가슴이 두 근거리기 시작했던 것이다.

「얼마나 걱정이 되세요. 지난주 어머님의 소식을 들었을 때 나만 없었다면 언 니는 곧장 타라로 달려갔을 텐데, 그렇죠?」

「그래요.」스카알렛은 냉랭하게 대답했다.

「스카알렛, 언니는 정말 저에게 친절히 해주세요. 친언니라도 이렇게 다정하 게, 이렇게 용감하게는 할 수 없을 거예요. 그러니까 난 언니를 진실로 사랑하 고 있어요. 내가 방해물이 돼서 정말 미안하게 생각해요.」

스카알렛은 눈을 커다랗게 떴다. 나를 사랑하고 있다고? 바보!

「그래서 말이죠, 스카알렛 언니, 나 누워서 생각했는데 꼭 들어 주셔야 할 청 이 있어요.」말하고 그녀는 손을 더욱 꼭 쥐었다.「만일 내가 죽는다면, 제 아기 를 맡아 주시지 않겠어요?」

멜라니의 커다란 눈은 잔잔하면서도 깊은 생각에 사로잡힌 듯 번쩍번쩍 빛 났다.

「네, 맡아 주시겠어요?」

스카알렛은 공포에 사로잡혀, 멜라니의 손을 뿌리쳤다. 그녀의 목소리는 그 무서움 때문에 난폭하리 만큼 거칠었다.

「멜라니, 그런 바보 같은 소리 하지 말아요. 죽긴요. 처음으로 애를 낳을 때는 누구나 그런 생각을 하는 법이에요. 나도 그랬어요.」

「어머, 언니가 그랬을 리가 없어요. 언니는 무엇이고 무서워한 일이 없어요. 나에게 용기를 주려고 그런 말을 하는 거죠. 난 죽는 건 무섭지 않지만, 단지 남 겨 두고 가는 어린애가 걱정이 돼요. 애실리가 있으면…… 스카알렛, 제발 약속 해 줘요. 만일 내가 죽는다면, 아이를 맡겠다고요. 그러면 난 아무 걱정도 하지 않겠어요. 피티 고모님은 아기를 키우기에는 너무 나이를 잡수셨고, 하니나 인 디언는 친절하긴 해도…… 난 언니가 길러 줬으면 해요. 네, 스카알렛, 약속해 줘요. 그리고 어린애가 남자라면, 애실리 같은 사람으로 키워 줘요. 그리고 만 일 어린애가 여자라면 난 언니 같은 사람이 됐으면 좋겠다고 생각해요.」

「불길하게!」스카알렛은 침대에서 발딱 일어나며 외쳤다. 「요즘은 불길한 일 천진데 멜라니까지 죽느니 어쩌니 그런 말을 하면 어떡해요?」

「미안해요. 하지만 약속해 주세요. 나 오늘 애를 낳을 것 같아요. 틀림없이 오 늘이에요. 네, 제발 약속해 주세요.」

「그래, 좋아요. 약속하겠어요.」스카알렛은 당황하여 멜라니를 보며 말했다.

자기가 얼마나 애실리를 사랑하고 있는지, 정말 눈치채지 못할 만큼 멜라니는 바보일까? 아니면 모든 것을 알면서도 애실리를 사랑하고 있기 때문에 그의 자식까지도 안심하고 부탁하는 걸까. 스카알렛은 그걸 알아보고 싶은 충동을 강하게 느꼈지만 멜라니가 손을 잡아 그것을 볼에 갖다 대자, 그 충동도 사라져 다시 전과 같은 눈빛이 되었다.

「어떻게 오늘 낳을 거라고 생각해, 멜라니?」

「새벽부터 아파요, 그렇게 심하지는 않지만.」

「진통이 있었어? 어머, 어째서 날 부르지 않았죠? 곧 프리시를 시켜 미드 선생을 부르겠어요.」

「아뇨, 아직 부르지 마세요, 스카알렛. 선생님은 아주 바빠요. 모두들 너무 너무 바빠요. 다만 오늘중으로, 아무 때고 와 달라고 할지도 모른다는 말만 전해 주세요. 그리고 미드 부인에게 심부름을 보내, 내 옆에 있어 달라고 좀 부탁해 주세요. 부인은 언제 선생님을 불러야 할지 잘 아실 거예요.」

「어머, 그렇게 남의 걱정만 할 필요는 없어요. 멜라니도 병원에 입원하고 있는 사람 못지않게 의사가 필요하니까요. 곧 선생을 부르러 보냅시다.」

「괜찮아요, 제발 부탁이니 부르지 마세요. 애가 태어날 때까지는, 아무래도 하루는 걸릴 것 같아요. 그 가엾은 사람들이 그처럼 선생님을 찾고 있는데 제가 어떻게 선생님을 몇 시간이나 여기에 붙들어 두겠어요. 전 도저히 그럴 수 없어요. 미드 부인을 불러 주세요. 그 분은 잘 아실 거예요.」

「그럼, 그렇게 하지.」 스카알렛은 말했다.

21

멜라니의 방에 아침식사를 들여보내고 나서 스카알렛은 프리시를 미드 부인을 데리러 보내고 웨이드와 함께 테이블에 앉았다. 그러나 오늘 아침 따라 조금도 식욕이 없었다. 멜라니의 해산이 임박했다는 생각에 몹시 불안해졌고, 또 한편에 포격의 방향을 확인하려고 무의식중에 긴장되어 있었기 때문에 도무지 먹을 수가 없었다. 심장의 고동이 이상해져서 얼마 동안 규칙적으로 뛰는가 하면 갑자기 크고 빠르게 뛰어 위마저 이상해질 것 같았다. 된 옥수수 죽이 아교처럼 목구멍에 붙고, 볶은 옥수수와 고구마를 섞어 만든 대용 커피도 오늘 따라 유난히 역했다. 달게하기 위해 사탕수수를 쓰고 있었는데, 조금도 단맛이 안 났고 설탕도 크림도 섞지 않고 마시면, 담즙처럼 썼다. 한 모금 마시자 그녀는 컵을 밀어 놓았다. 달리 이유가 없다 해도, 단지 설탕이나 진한 크림을 친 진짜 커피를 자기에게서 빼앗았다는 생각만으로도 그녀는 북군이 미웠다.

웨이드는 어느 때보다도 얌전하였고, 극히 싫어하는 옥수수 죽인데도 다른 날 아침처럼 투정하지 않았다. 그는 스카알렛이 숟갈로 떠서 먹여 주면 말없이 받아 먹고 물로 넘겼다. 숨길 수 없는 어머니의 공포가 그에게도 전해졌는지 어린 애다운 난색을 띠고, 그 엷은 갈색 눈을 일 달러짜리 은화만큼 크고 동그랗게 뜨고는, 어머니의 일거 일동을 살피고 있었다. 식사를 마치자 웨이드를 뒷마당으로 놀러 내보냈다. 그리고 듬성듬성한 풀을 밟으면서, 그가 아장아장 자기의 놀이터로 가는 것을 보자 적이 마음이 놓였다.

이윽고 그녀는 일어나서 계단 아래까지 갔으나 거기서 발을 멈춘 채 잠시 망설이고 있었다. 올라가서 멜라니 곁에 앉아 닥쳐오는 시련으로부터 그녀의 마음을 멀리해 주어야 한다는 것을 알고 있었지만, 그럴 마음이 도무지 생기지 않았다. 하필이면 오늘 같은 날 죽는다는 말을 하다니!

그녀는 제일 아래 계단에 앉아서, 어제 전쟁은 어떻게 되었는가, 오늘 전쟁은 어떻게 되어 갈까 하고 또다시 생각하면서 마음을 가라앉히려고 했다. 고작 수 마일 밖에서 큰 전쟁이 벌어지고 있다는데, 그 형편을 조금도 모르다니 어쩐지 이상한 생각이 들었다. 피치트리 강의 격전에 비해서, 이 인기척 없는 도시 변두리의 적막은 참으로 이상한 느낌을 주었다. 피티 시고모의 집은 애틀랜타의 북쪽 끝에 있었기 때문에, 전투가 아득히 먼 남쪽 어딘가에서 벌어지고 있으면, 뛰어서 지나가는 구원군의 모습도, 부상병 운반자도, 비틀거리면서 전선에서 물러나오는 부상병의 대열도 볼 수 없었다. 시의 남쪽에서는 지금 그때와 같은 광경이 전개되고 있을지도 모른다고 생각을 하면 그녀는 자기가 거기에 있지 않은 것을 신에게 감사했다. 단지 현재와는 반대로 미드 댁과 메리웨더 댁만이 피난을 가고 이 시의 다른 사람들이 모두 남아 있는 것이라고 생각하면 그녀는 사람들에게 버림받은 것 같아서 쓸쓸하기 그지없었다. 하다못해 피터 영감이라도 있어서 사령부에 가서 무슨 소식이라도 알아다 준다면 얼마나 좋을까. 멜라니의 일만 아니라면, 스카알렛은 지금 당장이라도 나가서 몸소 듣고 오련만, 미드 부인이 와 줄 때까지는 곁을 떠날 수도 없다. 어째서 부인은 와 주지 않는 것일까. 대체 프리시는 어디로 갔을까.

그녀는 일어나서 현관으로 나와 초조해서 밖을 바라보았지만 미드 부인의 집은 거리 모퉁이에 가려져 있기 때문에, 사람의 그림자라곤 보이지 않았다. 시간이 꽤 지나서야 프리시의 모습이 나타났다. 혼자서, 스커트를 요란스레 좌우로 흔들고서 어깨 너머로 그 맵시를 살펴보면서, 해가 지기 전까지만 돌아가면 되려니 하는 것처럼 서두르지도 않고 느릿느릿 걸어왔다.

「어째서 그렇게 꾸물거리니!」하고 스카알렛은 프리시가 문을 열기가 무섭게 소리질렀다「미드 부인이 뭐라시던? 곧 와 주신다던?」

「안 계시와요.」하고 프리시는 대답하였다.

「어딜 가셨다던? 언제 돌아오신다던?」

「그것이.」하고 프리시는 자기 말에 무게를 붙이는 것이 기쁜 듯이 느릿느릿 말을 시작했다.「쿠키 말로는 미드 부인께선 오늘 아침 일찍 나가셨다는군요. 뭐 필 도련님이 부상당하셨다나요? 마차로 톨보트와 벳시를 데리고 필 도련님을 찾으러 가셨다는군입쇼. 쿠키가 그러던걸요. 필 도련님이 몹시 다쳤으니까, 아마 미드 부인은 이리로 올 생각을 안 하실거라곱쇼.」

스카알렛은 프리시를 빤히 지켜보다가 마구 쥐어박아 주고 싶은 충동이 치밀었다. 흑인이란 것들은 언제나 나쁜 소식을 전하고는 좋아하는 것이다.

「알았으니, 그렇게 등신처럼 서 있지만 말고 메리웨더 부인한테 와 주십사고 부탁드리고 오너라. 그리고 만일 마님이 안 계시거든, 할멈이라도 보내 주십사고. 자, 빨리 해야 한다.」

「그 댁에도 아무도 안 계시던 걸입쇼, 스카알렛 아씨. 전 돌아오는 길에 그 댁 할멈하고 좀 지껄이고 올까 해서 들렀는뎁쇼, 모두 나가고 집에는 쇠를 채웠던 걸입쇼. 병원에라도 가셨을 겁니다.」

「그래서 이렇게 늦었구나. 내가 심부름을 보냈을 때는 내가 이른 곳에만 가고 아무하고도 수다를 떨면 못 써. 그럼 얼른…….」

이렇게 말을 꺼내다가 그녀는 머리를 숙였다. 아는 사람들 중에서 의지할 만한 사람이 누가 남아 있을까. 그렇다, 엘싱 부인이었다. 물론 엘싱 부인은 요즘 스카알렛에 대해서 좋게 생각하고 있지 않은 눈치지만, 멜라니에 대해서는 언제나 호의를 갖고 있다.

「엘싱 부인 댁에 갔다오너라. 여기 사정을 잘 말씀드리고 와 주십사고 부탁드리는 거다. 알겠니, 프리시? 조심해야 한다. 멜라니 아씨는 언제 해산을 하실지 모르니까, 일 분이라도 더 네 손이 필요한 거야. 빨리 갔다가 곧장 돌아오너라.」

「네, 아씨.」하고 프리시는 말하고 달팽이 같은 걸음걸이로 저택 안의 길을 어슬렁어슬렁 걷기 시작했다.

「빨리 가! 굼벵이 같으니!」

「네, 아씨.」

프리시의 걸음이 좀 빨라진 것을 보자, 스카알렛은 집 안으로 되돌아왔다. 멜라니한테로 올라가려다가 또 망설였다. 미드 부인이 못 오게 된 이유를 이야기해야겠는데 필이 부상했다는 말을 들으면, 멜라니는 틀림없이 기절하고 말 것이다. 옳지, 거짓말로 얼버무리자.

멜라니의 방에 들어가 보니 프리시를 시켜서 올려 보낸 아침식사는 손도 대지 않고 있었다. 멜라니는 모로 누워 있었다. 얼굴빛은 몹시 창백했다.

「미드 부인은 병원에 가셨대.」하고 스카알렛은 말했다. 「하지만 엘싱 부인이 와 주시기로 했어. 기분은 어때? 나빠?」

「그렇지도 않아요.」하고 멜라니는 거짓말을 했다. 「저 스카알렛, 웨이드를 낳았을 때 얼마쯤 걸렸어요?」

「눈깜짝할 사이였어.」하고 스카알렛은 지금의 마음과는 딴판인 명랑한 목소리로 대답했다. 「난, 그때 마침 뜰에 나가 있었는데 거의 집 안으로 들어갈 틈도 없을 정도였어. 하지만 그런 말은 남에겐 못하는 거라고, 마미가 말하더군. 마치 흑인의 해산 같더라나.」

「나도 흑인처럼 해산하고 싶어요.」멜라니는 이렇게 말하고 애써 웃어 보였지만, 아픔으로 얼굴을 찡그렸기 때문에 미소는 금방 없어졌다.

스카알렛은 멜라니의 가는 허리께를 보고 도저히 순산은 어렵겠다는 걸 생각했지만, 그래도 안심시키려고 말했다. 「알고보면 해산이란 건 그다지 대단한 일은 아니야.」

「나도 그렇게 생각해요. 난, 조금 겁장이인가 봐요. 저, 엘싱 부인은 곧 와 주실까?」

「응, 곧 와.」하고 스카알렛은 말했다. 「내, 찬물을 떠다가 몸을 닦아 줄께. 오늘은 무척 더워.」

그녀는 물긷는 데에 될 수 있는 대로 늑장을 부리면서 프리시는 아직 안 돌아오나 하고 이 분 간격으로 현관으로 달려나가 보았다. 프리시는 좀처럼 돌아올 것 같지는 않았으므로 할 수 없이 이층으로 올라가서 물을 스폰지에 적셔 멜라니의 땀이 밴 몸을 닦아 주고 길고 검은 머리를 빗겨 주었다.

한 시간쯤 지났을 무렵, 질질 끄는 듯한 걸음으로 걸어오는 흑인 특유의 발소리가 거리 쪽에서 들려 왔다. 창문에서 내려다보니, 프리시가 아까처럼 느릿느릿 걸으면서, 아까와 마찬가지로 자기를 주시하는 많은 구경군 앞에 나서기라도 한 듯이 스커트를 흔들어 보이기도 하고 머리를 움직여 보이기도 하는 것이었다.

『저 검둥이 계집애, 아무 때고 꼭 가죽 채찍으로 때려 줘야지.』하고 스카알렛은 계단을 뛰어내려가면서 단단히 별렀다.

「엘싱 부인은 병원에 계시다는뎁쇼. 아침 일찍 부상한 군인들이 기차로 많이 왔다고 쿠키가 말하더군입쇼. 쿠키는 병원에 가져갈 수프를 만들고 있었읍죠. 그리고 말하기를…….」

「쿠키가 뭐랬거나 아무래도 좋아.」하고 그 말을 가로막았지만, 스카알렛은 맥이 탁 풀렸다. 「이번엔 병원까지 가야할 테니까, 깨끗한 에이프런으로 갈아입어라. 내가 미드 선생께 편지를 쓸 테니, 그걸 갖고 가서 만약 선생님이 안 계시거든 존즈 선생이나 어느 의사 선생님이라도 상관없으니, 내 드려라. 그리고 이번에야말로 빨리 돌아오지 않으면, 산 채로 껍질을 벗겨 줄 테다.」

「네, 아씨.」

「그리고 말이다, 누구든 남자를 만나거든 아무라도 좋으니 전쟁이 어떻게 되어 가는지 알아 오너라. 그 사람이 모르거든 정거장을 들러서 부상병을 실어온 기관수에게 물어보고 오너라. 정말로 존즈보로나 그 근처에서 전쟁을 하고 있는지 어떤지 확인하고 오란 말이다.」

「어머 어떡합죠, 스카알렛 아씨!」프리시의 검은 얼굴에 갑자기 놀라운 빛이 떠올랐다. 「북군이 타라까지 가 있사와요?」

「나도 모른다. 그러니까 물어보고 오라잖니?」

「어머, 어쩌면 좋죠, 스카알렛 아씨! 적은 우리 어머니를 얼마나 혼낼까요?」

프리시는 갑자기 커다란 목소리로 울어 대기 시작했다. 그 목소리에 스카알렛의 불안은 더욱 심해졌다.

「울지 마라! 멜라니 아씨가 듣겠다. 자아, 빨리 에이프런을 갈아입어라, 어서.」

재촉을 받고 프리시는 서둘러 안으로 들어갔다. 그 동안에 스카알렛은, 지난번에 온 제랄드의 편지 여백을 이용하여 급히 편지를 썼다. 온 집 안에 이것밖에는 종이가 없었던 것이다. 그리고 지금 쓴 곳이 제일 위로 나오게시리 그것을 접으려니까, 문득 거기에 씌어 있는 제랄드의 글씨가 눈에 띄었다.

〈어머니는…… 장티푸스…… 어떤 일이 있어도…… 돌아오면 안 된다.〉그녀는 이미 울고 있었다. 그리고 멜라니 걱정만 아니라면, 비록 걸어서라도 돌아가고 싶었다.

프리시는 편지를 들자 급히 나갔다. 스카알렛은 엘싱 부인이 못 온 이유에 대하여 무슨 그럴 듯한 거짓말은 없을까 하고 생각하면서 이층으로 되돌아갔다. 그러나 멜라니는 아무 말도 묻지 않았다. 반듯이 누워 있었는데, 그 얼굴은 조용하고 기분도 좋은 듯싶었다. 그것을 보고 스카알렛도 잠시 마음을 놓았다.

그녀는 자리에 앉자 무슨 시시한 세상 이야기라도 꺼낼까 생각했으나 타라의 일을 생각하고 남군의 패배에 대해서 생각하면 견딜 수 없이 괴로왔다. 죽음의 자리에 누워 있는 엘렌의 생각, 애틀랜타에 침입하여 모든 집을 불태우고 모든 사람을 죽이는 북군을 생각하면, 멀리서 희미하게 울려 오는 포성이 끈덕진 공포의 파도가 되어 그녀의 귀를 엄습하는 것이었다. 그녀는 이미 말을 할 수도 없었다. 그녀는 잠자코 그저 창밖으로 보이는 덥고 괴괴한 거리며 꼼짝도 않고 먼지를 뒤집어쓰고 있는 나무들의 잎 따위를 바라보고 있었다. 그러나 가끔 사이를 두고, 그녀의 조용한 얼굴은 고통으로 일그러졌다.

그녀는 고통이 뜸할 적마다 「사실은 그렇게 괴롭지는 않아요.」하고 말했지만 스카알렛은 그것이 거짓말임을 잘 알고 있었다. 멜라니가 말없이 지그시 고통을 견디는 것을 보기 보다는, 차라리 사납게 울부짖는 소리를 듣는 편이 스카알렛으로서는 오히려 참을 수가 있었을 것이다. 멜라니에게 동정해야 한다는 생각은 하면서도 무슨 까닭인지 동정할 마음이 나지 않았다. 그녀의 마음은 자신의 근심으로도 이미 꽉 차 있었기 때문이다. 한 번은 고통으로 일그러진 멜라니의 얼굴을 날카롭게 보고 있으려니까, 이 넓은 세상에서 이런 경우에 왜 자기만 멜라니에게 붙어 있지 않으면 안 되는지 이상하게 생각된 일조차 있었다. 원래 아무런 공통점도 없고, 그녀를 미워하고 그녀의 죽음마저 기꺼이 보고 있으리라고 생각하는 자기가 아닌가. 그렇다, 멜라니가 죽기를 바라는 나의 희망은 이루어질지도 모른다. 오늘 안으로 이루어질지 모른다. 그렇게 생각했을 때, 오싹한 미신적인 공포가 엄습해왔다. 남이 죽기를 바라면 자기에게도 불행이 닥친다, 남을 저주한 이상으로 불행하게 된다, 남을 물에 빠뜨리려면 자기가 먼저 빠진다고 마미는 늘 말했다. 그녀는 급히 멜라니가 죽지 않도록 기도하고는 갑자기 자기 역시 무슨 말인지 모를 부질없는 얘기를 헛소리처럼 지껄이기 시작했다. 마침내 멜라니는 뜨거운 손을 스카알렛의 손목에 대고 말했다.

「그렇게 일부러 마음을 써 가면서 얘기해 주시지 않아도 좋아요. 언니는 얼마나 걱정이 많은지, 난 알고 있는걸요 뭐. 걱정을 끼쳐서 정말 미안해요.」

스카알렛은 다시 말을 하지 않았다. 그러나 도저히 가만히 있을 수가 없었다. 의사도 프리시도 시간에 대어 오지 못하면 어떻게 하지. 그녀는 창가로 다가가서 거리를 내려다보았으나 곧 제자리로 돌아와 앉았다. 그런가 하면 또 일어나 이번에는 반대쪽 창문으로 밖을 내다보았다.

한 시간이 지나고 또 한 시간이 지났다. 오정이 되자 태양은 높이 솟아서 더웠고, 먼지 낀 나뭇잎을 흔들 만큼의 바람도 없었다. 멜라니의 진통은 차츰 심해

갔다. 긴 머리는 땀으로 축축히 젖고, 잠옷이 군데군데 땀에 젖은 살에 늘어붙었다. 스카알렛은 말없이 물로 축인 스폰지로 그녀의 얼굴을 닦아 주고 있었으나 불안은 시시각각으로 심해갔다. 만일 의사가 오기 전에 아이를 낳는다면 어떻게 하지. 내가 무슨 일을 할 수 있담. 그녀는 해산에 대해서는 아무것도 모르는 것이다. 최근 몇 주일 동안을 그녀가 염려한 것은 이런 경우가 생기지 않을까 하는 것이었다. 그리고 의사가 대어 오지 않을 때에는, 프리시는 산파 일이라면 모든 것을 무엇이고 다 아노라고 되풀이해 가며 말하였던 것이다. 그러나 프리시는 어디에 있을까. 왜 안 돌아오는 것일까. 왜 의사는 오지 않는 것일까. 그녀는 창가로 걸어가서 또 밖을 내다보았다. 가만히 귀를 기울였다. 그러자 별안간 멀리 들리던 포성이 전혀 들리지 않게 된 것처럼 생각되었다. 마음 탓은 아닐까 하고 의심해 보았다. 만약 멀어졌다면, 그건 전쟁이 존즈보로에 가까와졌다는 게 된다. 그렇다면…….

드디어 프리시가 거리를 달려오는 모습이 보였다. 스카알렛은 저도 모르게 창문에서 몸을 내밀었다. 프리시는 창문을 올려다보고, 무슨 말인가 하려고 입을 벌렸다. 스카알렛은 프리시의 작고 까만 얼굴에 나타나 있는 당황한 빛을 보자, 무슨 나쁜 소식을 큰 소리로 외치면 멜라니를 놀라게 할 뿐이라는 생각으로 얼른 자기 입술에 손가락을 대고 아무 말도 말라는 신호를 하고 나서, 창가에서 물러났다.

「찬물을 다시 떠올게.」하고 말하며, 그녀는 멜라니의 거무스름하게 그늘진 어두운 눈을 들여다보면서 웃어 보였다. 그리고 얼른 방을 나와 조심스럽게 도어를 닫았다.

프리시는 숨을 헐떡이면서 현관 계단 맨 아래에 앉아 있었다. 「존즈보로에서 지금 전쟁이 한창이라는뎁쇼, 스카알렛 아씨. 게다가 우리편 군대는 지고 있다나 본뎁쇼, 어떻게 합죠, 스카알렛 아씨? 어머니나 포크는 어떻게 되죠. 오, 하느님? 북군이 여기까지 오면 어떻게 합죠, 오, 하느님…….」

스카알렛은 울부짖는 프리시의 입을 손으로 막았다.

「제발, 조용히 좀 해라!」

그러나 정말이지 북군이 오면 어떻게 될까. 타라는 어떻게 될까. 그녀는 그런 생각을 머리 속에서 세게 털어 버리고, 좀더 절박한 당면 문제를 생각하려고 했다. 그런 일을 생각하다가는 그녀마저도 프리시처럼 울음을 터뜨리게 될 것이다.

「미드 선생님을 어떻게 됐지? 언제 오신다던?」

「만나뵙지 못했사와요, 스카알렛 아씨.」

「뭐라고！」

「병원에는 안 계시던걸입쇼. 메리웨더의 마님도 엘싱의 마님도 역시 안 계셨사와요. 선생님은 존즈보로에서 부상병이 왔기 때문에 마차로 정거장에 가셨다고 일러 주시던걸입쇼. 그렇지만 스카알렛 아씨, 전 무서워서 정거장에 못 가겠사와요. 죽어가는 사람이 많다던걸입쇼. 전 송장을 보면 너무나도 무서워서…….」

「그럼 다른 의사 선생은 어떻게 됐니？」

「스카알렛 아씨, 어쩌면 좋습니까요. 전 그 나리님들을 붙잡고 편지를 읽게 할 수가 없는걸입쇼. 그분들은 마치 미친 사람처럼 일하고 있었사와요. 『이 망할 것！ 여긴 이처럼 죽어가는 사람이 많은데, 너는 어린애 낳는 일 따위로 훼방을 놓으러 왔느냐. 아무 여자에게나 거들어 달라고 해.』라고 말입쇼. 그래서 전, 이번에는 아씨 말씀대로 전쟁의 소식을 물으러 갔었는뎁쇼. 모두들 『존즈보로는 지금 전쟁이 한창이다.』 하기에 전…….」

「미드 선생은 정거장에 계시다고 말했지？」

「네, 그 나리께선…….」

「그럼, 정신 차리고 잘 들어 다오. 난 이제부터 미드 선생님을 모시러 갈 테니까, 넌 멜라니 아씨 곁에 앉아서 무엇이든지 분부대로 해야 한다. 만약 어디서 전쟁이 벌어지고 있느니 어쩌니 하고 입을 놀렸다간, 너 같은 건 금방 남쪽에다 팔아 버릴 테다. 그리고 다른 선생님도 못 오실지 모른다느니 하면 안 된다. 알겠니！」

「네, 아씨.」

「눈물 닦고 새 물주전자를 갖고 올라가거라. 멜라니 아씨의 땀을 닦아 드리는 거다. 난 미드 선생님을 모시러 갔다고 해라.」

「금방 해산하게 되었읍니까요, 스카알렛 아씨？」

「난 모르겠다. 그런 게 아닌가 싶긴 하지만 역시 모르겠어. 너라면 알 수 있을지도 모르니 올라가거라.」

스카알렛은 테이블 위에서, 테가 넓은 모자를 집어 들자 찌부러뜨리듯이 눌러 썼다. 그리고 거울을 들여다보면서 기계적으로 흐트러진 머리카락을 긁어올렸지만, 거울 속을 보고 있지는 않았다. 차가운 잔물결 같은 공포가 명치 끝에 치밀었는가 싶자 곧 그것이 퍼져서, 몸에는 땀이 흐르는데도 볼에 닿은 손가락 끝은 써늘했다. 그녀는 급히 집에서 뙤약볕이 쬐는 밖으로 나섰다. 눈을 뜰 수 없을 만큼 이글이글 타는 더위였다. 피치트리가를 걸어가는 동안, 관자놀이가 지끈지끈 아파 왔다. 한길 훨씬 저편에서, 많은 사람들의 목소리가 높아졌다 낮아졌다 하면서 들려 왔다. 레이든 댁의 건물이 보이기 시작했을 무렵에는, 코르셋의 끈을 지나치게 졸라맸던 탓인지 숨이 가빠 왔다. 그러나 그녀는 발걸음을 늦추지 않았다. 소란스런 목소리는 차츰 높아 갔다.

레이든 댁에서 파이브 포인트까지의 거리는 물끓듯 소란했고, 마치 개미집을 걷어찬 것 같았다. 흑인들이 허둥거리며 뛰어다니고 있었다. 그리고 어느 집 포치에서나, 백인 아이들이 돌봐주는 사람 없이 울고 있었다. 부상자를 가득 실은 군용 마차며 부상용 운반차, 트렁크니 가구 따위를 산더미처럼 실은 마차 등으로 거리는 말할 수 없이 혼잡했다. 말을 탄 사람이 몇 사람이 몇 사람씩 보도의 혼잡을 헤치고, 훗 장군의 사령부 쪽으로 피치트리가를 빠져나가고 있다. 본넬 댁의 앞까지 오자 아모스 영감이 마차말의 머리를 잡은 채 눈이 휘둥그래져서, 스카알렛에게 인사를 했다.

「아직 피난하지 않으셨읍니까요, 스카알렛 아씨. 저흰 지금 피난가는 참인뎁죠. 노마님은 짐을 꾸리고 계십죠.」

「피난을 하다니, 어디로?」

「어딘지는 모릅죠만, 아씨, 어디라도 좋습니다요. 북군이 밀어닥쳐 오니깝죠.」

그녀는 작별 인사도 않고 걸음을 재촉하였다. 북군이 와 있다! 웨슬리 예배당까지 오자, 그녀는 걸음을 멈추고 숨을 돌렸다, 그리고 가슴의 고동이 가라앉기를 기다렸다. 여기서 쉬지 않았다면, 아마 실신했을 것이다. 가로등을 붙잡고 몸을 지탱하여 서 있으려니까, 파이브 포인트 쪽으로부터 말을 타고 달려오는 한 장교의 모습이 눈에 띄었다. 그녀는 퉁겨난 것처럼 거리 한복판으로 뛰어나가서, 그 장교에게 손을 흔들었다.

「세워 주세요! 제발 세워 주세요!」

그는 당황해서 고삐를 당겼다. 말은 뒷발로 곤두서서 앞발을 들고 허공에서 버둥거렸다. 그의 얼굴에는 피로와 초조의 빛이 짙게 나타나 있었지만, 그래도 찢어진 잿빛 모자를 벗고 인사했다.

「무슨 볼일입니까, 부인?」

「정말인가요, 북군이 밀려왔다는 건?」

「아마, 그런 것 같습니다.」

「사실이로군요, 그 말이!」

「그렇습니다, 부인. 삼십 분쯤 전에, 존즈보로의 전선으로부터 급한 소식이 사령부에 도착했읍니다.」

「존즈보로가 확실한가요?」

「틀림없습니다. 무엇 때문에 거짓말을 하겠읍니까, 부인. 그 통보는 하디 징 군으로부터 온 것입니다만, 거기에는 〈전투는 패배로 돌아가고, 전군 후퇴중〉 이라고 적혀 있었읍니다.」

「아, 하느님!」

너무나도 지쳐 버린 장교의 어두운 얼굴은 아무런 감정도 없이 그녀를 내려다 보고 있었다. 그는 고삐를 고쳐 잡자 모자를 썼다.

「잠깐 기다려 주세요! 우린 대체 어떻게 하면 좋지요?」

「부인, 그건 저도 모르겠읍니다. 어쨌든 군대는 곧 애틀랜타를 철수합니다.」

「우리들을 북군의 손에 두고 가 버리는 거예요?」

「할 수 없읍니다.」

박차가 걸린 말은 쏜살같이 달려갔다. 스카알렛은 그대로 거리 한복판에, 발 목까지 붉은 먼지에 묻혀서 서 있었다.

북군이 밀어닥친다. 아군은 철수한다. 북군이 밀어닥친다. 어쩌면 좋을까. 어디로 달아나야 하지? 아니야, 달아날래야 달아날 수가 없다. 집에는 진통을 겪고 있는 멜라니가 있다. 아, 여자는 왜 아이를 낳아야 하는 걸까. 멜라니 일만 아니라면 웨이드와 프리시를 데리고 북군이 찾아내지 못할 숲 속에라도 숨을 수 가 있을 텐데. 하지만 멜라니를 숲 속으로 데리고 갈 수는 없어. 이제는 도저히 그럴 수가 없다. 하다못해 멜라니를 좀더 일찍, 어제라도 아이를 낳았던들 운반 차라도 찾아서, 그걸로 아무 데고 데리고 가서 숨을 수도 있겠지만 그러나 이제 와서는…… 그렇다, 미드 선생님을 찾아서 집으로 모시고 돌아가야 한다. 선생 님께서 어쩌면 빨리 낳게 하도록 무슨 조치를 강구해 주실지도 모르는 일이다.

그녀는 퍼지기 쉬운 스커트를 손으로 누르고, 거리를 뛰기 시작했다. 달리니 까 그 발소리조차도 〈북군이 온다, 북군이 온다.〉 하고 장단을 맞추고 있었다. 파이브 포인트는 눈이 뒤집힌 군중들이 갈팡질팡하고, 부상병을 실은 포장 마차 며 부상병 운반차며 소달구지며 승용 마차로 악머구리 끓듯 하고 있었다. 느닷 없이 성난 파도가 무너지는 듯한 소리가 군중 속에서 일어났다.

그때 이 마당의 분위기와는 묘하게도 조화되지 않는 광경이 그녀의 눈에 들어 왔다. 한 떼의 여자들이 철도 선로 쪽으로부터 햄을 어깨에 둘러메고 왔던 것 이다. 그 옆에는 조그만 아이들이 당밀(糖蜜)이 철철 넘는 양동이를 갖고 비틀거 리며 허둥지둥 따라왔다. 큰 아이들은 옥수수나 감자 자루를 질질 끌고 있었다. 한 늙은이는 조그만 밀가루 통을 쩔쩔매면서 수레에 싣고 있었다. 남자고 여자 고 아이들이고 백인이고 흑인이고 긴장한 얼굴을 하고 종종걸음으로 식량 보따 리나 자루나 상자를 질질 끌고 있는 것이다. 그건 그녀가 최근 일 년 동안에 구경도 못 해 본 식량들이었다. 갑자기 한 대의 마차가 기울어지면서 달려왔기 때문에, 군중은 당황하여 조금 길을 터주었다. 그러자 그 길로 평소엔 가냘프고 얌전한 엘싱 부인이 한 손엔 고삐를 잡고 한 손엔 채찍을 잡은 채 마부석에 버티고 서서 달려왔다. 모자도 쓰지 않고 기다란 잿빛 머리를 뒤로 휘날리면서, 새파랗게 질린 얼굴로 신화 속의 복수의 여신처럼 말을 몰고 있었다. 마차의 좌석에는 흑인 할멈 멜리시가 한쪽 손에 베이컨의 비곗살을 움켜잡고, 다른 한쪽 손과 두 발로 주위에 잔뜩 쌓인 상자며 자루를 누르느라고 매달려 있었다, 마른 콩자루가 하나 터져서 콩이 길에 뿌려졌다. 스카알렛은 큰 목소리로 부인을 불렀으나, 그 목소리는 군중의 아우성 소리에 지워지고, 말은 미친 듯이 지나가고 말았다.

한 순간, 그녀는 이 소동의 의미를 깨달을 수가 없었다. 그러나 병참부의 식량 창고가 이 앞쪽의 선로 옆에 있었던 것을 가까스로 생각해 내고, 북군이 밀어닥치기 전에 군대가 그 창고를 시민 구제를 위해서 개방하였다는 것을 알았다.

그녀는 파이브 포인트의 광장에 큰 파도처럼 밀려든 미치광이 같은 군중을 헤치고 짧은 거리의 한 구역을, 정거장을 향하여 기를 쓰고 급히 걸었다. 혼잡을 이룬 부상병 운반차며 피어오르는 모래 먼지 속에서, 그녀는 간신히 웅크리거나 일어나거나 뛰거나 하는 의사며 들것꾼의 모습을 볼 수가 있었다. 이제 곧 미드 의사를 찾아낼 수가 있을 것이다. 애틀랜타 호텔의 모퉁이를 돌자, 정거장이며 선로의 전경이 눈앞에 펼쳐졌다. 그녀는 깜짝 놀라서 우뚝 서 버렸다.

사정 없이 내리쬐는 태양 아래 어깨와 어깨, 머리와 발을 맞대고 몇 백인지 알 수 없는 부상병의 무리가 차고에서 넘쳐나와 선로에도 그 옆의 길에도 긴 줄을 이루고 누워 있었다. 개중에는 꼼짝 않는 사람도 있지만, 대부분은 더운 햇빛 아래 신음하면서 몸을 뒤틀고 있었다. 가는 곳마다 파리 떼가 끓어 그런 사람들의 얼굴 위를 왱왱거리면서 기어다니고 있었다. 어디를 보나 선혈과 더러워진 붕대와 신음 소리였다. 그리고 들것꾼에게 들려질 때, 아픔을 못 이겨 욕설을 퍼붓는 목소리가 가득 차 있었다. 땀과 피와 더러운 냄새, 그리고 배설물의 악취가 진무른 듯한 열기 속에 되섞여서, 그 숨막히는 냄새를 맡자, 그녀는 당장에 토할 것만 같았다, 간호병은 딩굴고 있는 사람들 사이를 이리저리 바쁘게 뛰어다니고 있었다. 그러나 어느 줄이나 빽빽하게 들어 차 있기 때문에, 자칫하면 부상병을 짓밟고 만다. 그러나 밟힌 쪽에선 그저 멍청하게 쳐다보며 자기 차례가 오기를 기다리고 있을 뿐이다.

그녀는 금방 토할 것만 같아서 얼른 손으로 입을 막으면서 자기도 모르게 한 발 물러섰다. 이 이상은 도저히 나갈 수 없을 것 같았다. 그 전에도 피치트리 강

전투 뒤에, 병원이나 피티 시고모의 집 잔디밭에서 부상병을 본 적이 있었다. 그러나 이런 광경을 보기는 처음이었다. 이글거리는 햇빛에 그을려서 냄새가 코를 찌르는, 이런 피투성이의 부상자의 몸을 본 일은 전혀 없었다, 고통과 악취와 아우성의 지옥이었다. 북군이 밀어닥친다! 북군이 밀어닥친다!

그녀는 용기를 내서, 부상자들 사이를 조심조심 걸어갔다. 그리고 서 있는 사람들 속에, 미드 의사의 모습을 찾아내려고 눈을 뜨고 살폈다. 그러나 어지간히 조심해서 걷지 않으면, 가엾은 병사를 밟을 것 같아서 찾는 데만 골몰할 수도 없었다. 그녀는 스커트를 걷어쥐고, 건너편에서 들것꾼을 지휘하고 있는 사람들 쪽으로 길을 헤치면서 조금씩 나아갔다.

문득 한 부상병이 불덩이 같은 손으로 그녀의 스커트를 움켜잡았다. 그리고 목쉰 소리로 외쳤다. 「부인, 물! 제발, 물을! 살려 주시는 셈치고 물을!」

꽉 움켜쥔 손에서 간신히 스커트를 뿌리쳤을 때, 그녀의 얼굴에는 땀이 비오듯 하였다. 만약 그런 군인을 밟기라도 했다면, 그녀는 비명을 지르고 실신했을지도 모른다. 그녀는 죽은 사람을 타넘고, 흐리멍덩한 눈을 뜬 채 상처와 누더기 같은 옷에 아교처럼 피가 말라붙은 복부를 손으로 단단히 움켜잡고 있는 사람, 수염이 피에 엉기고 엉망으로 깨진 턱에서 「물! 물!」하기라도 하는 것 같은 소리를 내고 있는 사람 위를 타고 넘었다.

만약 그때 미드 의사의 모습을 찾아낼 수가 없었다면, 그녀는 틀림없이 히스테릭하게 비명을 질렀을 것이다. 차고(車庫) 속의 사람들을 보면서, 그녀는 될 수 있는 대로 큰 소리로 외쳤다. 「미드 선생님! 미드 선생님, 거기 안 계세요?」

사람들의 무리에서 혼자 떨어져서, 그녀 쪽을 돌아다본 사람이 있었다. 그녀가 찾고 있는 미드 의사였다. 그는 웃옷도 안 입고, 속옷 소매를 어깨까지 걷어붙이고 있었다. 와이셔츠도 바지도 백정처럼 선혈로 범벅이 되고, 철회색의 수염 끝까지 피가 엉겨붙어 있었다. 그 얼굴은 피로와 힘이 미치지 못하는 분함과 불타는 듯한 연민의 정으로, 술에 취한 것 같은 표정을 하고 있었다. 먼지 때문에 잿빛이 되다시피 더러워진 땀이 볼 위를 줄줄 흐르고 있었다. 그러나 그녀에게 말한 그 목소리는 침착하고 또렷했다.

「이거 고맙군. 잘 왔어요, 손이 열이라도 모자라는 판이었지.」

황급히 스커트를 내리면서, 순간 그녀는 쩔쩔매는 의사의 얼굴을 응시했다. 스커트가 한 부상병의 더럽혀진 얼굴 위에 늘어졌다. 그는 내리덮으려는 스커트 자락을 피하려는 듯이 힘없이 머리를 돌리려고 했다. 의사는 도대체 무슨 소리를 하는 거야? 부상병 운반차에서 일어나는 모래 먼지가 숨도 쉴 수 없을 만큼 그녀의 얼굴에 휘몰려왔다. 그리고 썩은 냄새가 구정물처럼 코를 찔렀다.

「자, 빨리 이쪽으로 와줘요.」

그녀는 스커트를 걷어잡고 줄지어 누운 사람들의 몸뚱이 사이를 누비면서, 급히 의사에게 다가갔다. 그리고 그의 팔에 손을 얹었다. 의사의 팔은 힘이 빠져서 떨고 있는 것 같았으나, 그 얼굴에는 탈진한 눈치는 조금도 보이지 않았다.

「아, 선생님!」하고 그녀는 외쳤다.「와 주세요, 멜라니가 아이를 낳게 됐어요!」

그녀의 말을 듣고서도 무슨 말인지 잘 모르는 것처럼, 의사는 그녀를 물끄러미 보고 있었다. 그녀의 발 밑에서 수통을 베개삼아 누워 있던 남자가 그 말을 듣더니, 사람이 좋아보이는 미소를 띠우고 올려다보면서「잘 해내겠지요.」하고 활기찬 목소리로 말했다.

그녀는 그쪽을 내려다보려고도 하지 않았다. 의사의 팔을 흔들었다.「멜라니 말이에요. 아기 말이에요. 선생님, 선생님, 곧 와 주세요. 멜라니가, 저.」점잖을 뺄 처지가 아니었지만, 그래도 모르는 남자가 이렇게 많이 듣고 있는 데서 이런 말을 하기는 거북했다,「진통이 점점 심해져요, 네 선생님.」

「아아! 그거 야단났군.」하고 의사는 소리지르듯이 말했지만, 그 얼굴은 갑자기 증오와 분노 때문에 일그러졌다. 그녀에 대한 분노도, 어느 누구를 향한 분노도 아니었다. 다만 이런 사태를 일으켜 놓은 세상이 미웠다.「당신은 정신이 있소 없소? 나는 이 사람들을 내버려둘 수가 없소. 이렇듯 많은 사람들이 죽어가고 있는 거요. 그 아이 하나 때문에 이 사람들을 내버려둘 수는 없단 말이오. 누구든 여자에게 도와 달라고 해요. 그렇군, 내 안사람을 데리고 가시오.」

그녀는 미드 부인이 오지 못하게 된 까닭을 말하려고 입을 열려다가 얼른 깨닫고 황급히 입을 다물었다. 의사는 자기의 아들이 부상당했다는 것을 아직 모르는 것이다. 그녀는, 만일 의사가 그 말을 듣고도 그대로 여기에 버티고 있을까 하고 생각해 보았다. 아마, 필이 죽어가고 있다 해도 틀림없이 이곳에 남아서 한 사람 대신에 많은 사람을 구하려고 할 것이다.

「아니에요, 꼭 와 주세요. 선생님은 멜라니는 난산일 거라고 말씀하셨잖아요!」이 지옥과 같은 무더위와 신음 소리 속에서, 소리를 빽빽 지르면서 이런 점잖지 못한 말투를 쓰고 있는 것이 정말로 내 자신일까, 하고 스카알렛은 생각했다.「와 주시지 않으면, 멜라니는 죽고 말아요!」

그는 그녀의 손을 거칠게 뿌리치더니, 그녀가 하는 말 따위는 전혀 듣고 있지 않았던 것이다.「죽는다! 음, 모두 죽는 거야. 이 사람들은 모두 죽는 거야. 붕대도 없고 클로로포름도 없다. 아, 모르핀이 있었으면! 중상자에게 조금이라도 좋으니까 모르핀을 주고 싶다. 클로로포름도 주고 싶다. 개 같은 북군놈들！개 같은 북군놈들！」

「놈들은 지옥으로나 가라, 그렇죠, 선생님！」하고 땅바닥에 누워 있던 한 사람이 수염 사이로 잇몸을 드러내고 말했다.

스카알렛은 떨기 시작했다. 그녀의 눈은 공포의 눈물 때문에 타는 것 같았다. 의사는 함께 가줄 것 같지 않았다. 멜라니는 죽을지도 모른다. 더구나 스카알렛은 그녀가 죽기를 바란 적조차 있지 않던가. 아, 의사는 가주지 않는다.

「부탁이에요, 선생님, 제발 어떻게 좀 해주세요！」

미드 박사는 입술을 깨물었다. 그리고 다시 냉정한 표정으로 되돌아가면서 턱을 굳혔다.

「어떻게 갈 수 있도록 생각은 해 보지요. 분명하게 약속은 할 수 없지만, 노력만은 해 봅시다. 이 사람들의 치다꺼리가 끝나면. 북군은 눈 앞에 와 있고 아군은 도시로부터 철수하기 시작했소. 이 부상자들을 어떻게 처리할 것인지. 기차는 이미 틀렸어. 메이콘 선을 빼앗긴 거요. 하지만 어쨌든 해 봅시다. 자, 어서 돌아가시오. 날 방해를 하지 말아 주시오. 아이를 받는다는 건 그리 어려운 일은 아니야. 이봐, 그 끈을 잡아매고…….」

그는 한 사람의 연락병이 옷소매를 잡아당겼기 때문에 뒤돌아보았으나, 다시 여기저기의 부상병을 가리키면서 분주하게 지휘를 시작했다. 발 밑에 누워 있던 남자는 스카알렛을 딱한 듯이 올려다봤다. 박사가 더 이상 거들떠보지도 않기 때문에 할 수 없이 그녀는 온 길을 다시 되돌아섰다.

그녀는 부상자들 사이를 누비면서 피치트리 거리 쪽으로 급히 걸었다. 의사는 와주지 않는다. 내 손으로 해야 한다. 다행하게도, 프리시가 산파가 하는 일이라면 뭐든지 안다고 했다. 더워서 머리가 지끈지끈 아프기 시작하고 상의가 땀으로 축축해져서, 살에 달라붙어 언짢다. 마음도 발도 마치 꿈 속에서처럼 무감각해져서, 움직이려 해도 마음먹은 대로 되어지지 않는다. 집까지의 갈 길을 생각하면, 그것이 끝없이 먼거리처럼 여겨진다.

그러나 〈북군이 와 있다〉는 말이, 다시금 마음 속에서 되풀이되었다. 그것을 생각하면 그녀의 심장은 힘차게 뛰기 시작하였고 팔다리에도 새로운 힘이 되살아났다. 그녀는 파이브 포인트의 군중 속에 섞여서 길을 서둘렀다. 군중은 아까보다도 많아지고 좁은 보도는 몸을 비벼넣을 틈도 없을 지경이었기 때문에, 할 수 없이 거리 한복판을 걸어갔다. 그때 먼지를 뒤집어쓰고 지쳐 빠진 한 무리의 병사들이 길게 열을 짓고 나타났다. 수염이 더부룩하고 더럽고 총을 아무렇게나 메고 잰걸음으로 행진해 가는 그 병사들의 수효는 정말 많아 보였다. 포차가 지나갔다. 마부가 기다란 채찍으로 노새를 후려갈기고 있었다. 너덜너덜한 방수포를 씌운 치중차가, 덜커덩거리면서 수레바퀴 자국 위로 지나갔다. 그녀는 지금껏 한번에 이렇게 많은 군대를 본 일이 없었다, 후퇴! 후퇴! 군대는 철수를 시작한 것이다.

그녀는 다시 혼잡한 보도로 밀려났다. 그러자 싸구려 옥수수 제품인 위스키 냄새가 확 코에 풍겼다. 디케이터 거리 근처의 군중 속에, 축제일에나 입을 야한 옷을 입고 이 장소의 분위기와는 전혀 어울리지 않는 짙은 화장을 한 여자들이 섞여 있었다. 그 여자들은 대개 취해 있었으나, 그녀들이 매달리고 있는 병사들은 더욱 취해 있었다. 스카알렛의 눈에 벨 와틀링의 붉은 곱슬머리가 퍼뜩 비쳤다. 그리고 당장 쓰러질 듯이, 이 역시 발이 휘청거리는 병사를 붙잡으면서 술취한 드높은 목소리로 웃는 게 들렸다.

그녀는 군중을 헤치고 간신히 파이브 포인트를 지났다. 거기까지 이르자 조금 사람들의 물결이 뜸해졌으므로, 스커트를 걷어올리고 다시 뛰기 시작했다. 웨슬리 예배당까지 오자 숨이 차서 현기증이 나면서 가슴이 메스꺼웠다. 코르셋이 꽉 죄여 갈비뼈가 부러질 것 같았다. 그래서 예배당의 층계에 쓰러지듯이 앉자 머리를 두 팔 속에 묻었다. 잠시 그렇게 하고 있으니까 얼마쯤 가슴이 후련해졌다. 아, 한 번이라도 좋으니까 가슴 그득히 숨을 들이쉴 수가 있다면, 이 심한 심장의 고동이 가라앉기만 한다면, 그리고 지금 누구라도 좋다, 이 미칠 것 같은 곳에서 나를 구해 줄 사람이 있다면……

그녀는 여태까지 무슨 일이고 간에 혼자서 한 적이 없었다. 응석받이로 자랐다고도 할 수 있다. 언제나 그녀를 위해서 누군가가 일했고 돌봐 주고 또한 응석을 받아 주었다. 자기가 이렇게 절박한 상태에 이르다니, 도저히 믿을 수 없는 일이었다. 도와 줄 친구도 이웃 사람도 없는 것이다. 그녀의 주위에는 언제나 친구도 있었고 이웃 사람도 있었다. 고분고분 말 잘 듣는 노예도 있었다. 그런데 이 가장 다급한 때에 아무도 없는 것이다. 이렇듯 다만 혼자서 공포에 떨면서 고향에서 멀리 떨어져 있어야 하다니, 도무지 믿어지지 않는 일이었다.

아, 고향! 북군 따위야 오든 말든 고향에 있을 수만 있다면. 비록 엘렌이 병들어 있더라도, 아 고향! 스카알렛은 엘렌의 다정한 얼굴이, 자기를 안아 주는 마미의 억센 팔이 절실하게 그리웠다.

그녀는 비틀비틀 일어나서 다시 걷기 시작했다. 집 조금 못 미처까지 이르자, 웨이드가 앞문에 매달려 놓고 있는 것이 보였다. 그녀의 모습을 보더니, 그는 얼굴을 잔뜩 찌푸리고 가시에 찔린 상처 자국이 있는 손가락을 내밀면서 울음을 터뜨렸다.

「다쳤어!」하면서 흐느꼈다. 「다쳤단 말이야!」

「그쳐, 그치라니까! 안 그치면 때릴 테다. 자, 뒷마당에 가서 흙만두라도 빚으면서 놀아라. 아무 데도 가면 안 된다.」

「웨이드는 배가 고프단 말야.」 그는 훌쩍거리면서 다친 손가락을 입에 물었다.

「아직 멀었어, 자아, 뒷마당으로 가거라.」

문득 위를 올려다보니, 프리시가 이층 창문에서 몸을 내밀고 있었다, 그 얼굴에는 두려움과 불안의 빛이 뚜렷하게 나타나 있었으나, 스카알렛의 모습을 보자 곧 마음을 놓는 듯한 표정이 되었다. 스카알렛은 프리시에게 아래로 내려오라는 손짓을 하고, 자기도 안으로 들어갔다. 홀은 선뜩할 만큼 시원했다. 그녀는 모자를 벗어 테이블 위에 내던지면서 팔뚝으로 이마의 땀을 닦았다. 이층에서 도어 열리는 소리가 들렸다. 그와 동시에 고통의 밑바닥에서 쥐어짜는 듯한 낮은 신음 소리가 들려 왔다. 프리시가 계단을 셋씩 뛰어서 내려왔다.

「선생님은 오십니까요?」

「아니, 못 오셔.」

「어머, 스카알렛 아씨. 멜라니 아씨는 여간 심하지 않으신뎁쇼.」

「선생님은 못 오신단다. 아무도 와 주지 않아. 네가 아이를 받아라, 내가 도와 줄 테니까.」

프리시는 입을 딱 벌린 채 말도 못 하고 혓바닥을 떨고 있을 뿐이었다. 그리고 스카알렛을 곁눈질로 보면서 슬금슬금 발을 움직여 비쩍 마른 몸을 꼬았다.

「그런 멍청이 같은 표정을 하는 게 아니야.」 하고 스카알렛은 프리시의 바보같은 표정에, 치밀어오르는 노여움을 터뜨렸다. 「왜 그러는 거지?」

프리시는 뒷걸음질로 슬금슬금 계단을 오르기 시작했다.

「잘못했사와요, 스카알렛 아씨.」 그녀의 눈에는 무서움과 부끄러움이 한데 섞여서 나타나 있었다.

「아니, 뭐라고?」

「잘못했사와요, 스카알렛 아씨. 의사 선생님이 안 계시면 전, 전, 스카알렛 아씨, 전 해산 같은 건 아무것도 모릅니다요. 어미는 해산 때, 절 얼씬도 못 하게 했었읍죠.」

스카알렛은 두려움 때문에 숨이 넘어갈 것만 같았다. 그러나 곧 격렬한 분노가 몸 속에서 미쳐 날뛰기 시작했다. 프리시는 홱 몸을 날려 달아나려고 했지만, 순간 스카알렛의 손에 단단히 붙잡히고 말았다.

「요 검둥이 거짓말장이. 뭐라고? 너는 해산에 대한 일이라면 뭐든지 알고 있다고, 그처럼 뽐내지 않았니? 그럼, 정말은 어떻다는 거니? 냉큼 대답해!」
그녀가 너무 사납게 흔들어 대는 통에, 프리시의 머리는 주정뱅이처럼 건들건들 흔들렸다.

「거짓말을 했사와요, 스카알렛 아씨. 하지만 어째서 그런 거짓말을 했는지 그건 저도 모르겠사와요. 전 꼭 한 번, 아기 낳는 것을 하마터면 볼 뻔했었는데, 어미가 막무가내로 보여 주지 않았사와요.」

스카알렛은 그녀를 뚫어지려고 응시했다. 프리시는 달아나려고 몸부림을 치면서 조금씩 조금씩 뒷걸음질쳤다. 한순간 스카알렛은 무엇이 어떻게 되었는지 알 수 없게 되고 말았다. 그러나 이윽고 프리시가 출산에 대해서 자기 이상으로는 아무것도 모르고 있다는 것을 깨닫자, 불길처럼 노여움이 치솟았다. 그녀는 여태까지 노예를 때린 일은 한 번도 없었다. 그러나 처음으로 그녀는 지친 팔에 힘을 주어, 프리시의 검은 뺨을 때렸다. 프리시는 아픈 것보다도 무서움 때문에 죽는 소리를 지르며, 스카알렛에게서 빠져나려고 버둥거리며 껑충껑충 뛰었다.

프리시가 비명을 지르자 이층의 신음 소리가 잠깐 멎더니 이윽고 멜라니의 가냘프고 떨리는 목소리가 들려 왔다. 「스카알렛 언니예요? 와 줘요! 제발 부탁이야!」

스카알렛이 프리시의 팔을 놓자, 프리시는 계단 위에 털썩 주저앉으며 울음을 터뜨렸다. 잠시 동안 스카알렛은 이층을 올려다보고 다시 시작된 나직한 신음 소리를 들으면서 우두커니 서 있었다. 그렇게 서 있으려니까, 멍에로 목이 졸리고 거기다가 무거운 짐을 매달아 놓은 것 같은 고통이 느껴졌다. 그 무거운 짐은 지금 여기서 한 걸음만 발을 내디디면 곧 그녀에게로 덮쳐올 것이다.

웨이드를 낳을 때 마미나 엘렌이 그녀를 위해서 해주던 일을 모조리 생각해 내려고 했지만, 그때는 해산의 고통 때문에 머리가 마비돼 버려서 모든 것이 안개 속의 일처럼 어렴풋했다. 그러나 그래도 웬만큼은 기억을 되살릴 수가 있었으므로 프리시에게 급히, 그리고 위엄 있는 목소리로 명령했다.

「난로에 불을 피우고 솥에 물을 끓여라. 그리고 집 안의 타월과 베실 뭉치를 죄다 가져오너라. 그리고 가위를 꺼내오너라. 한 가지라도 못 찾겠다는 소릴 했다간 그냥 안 둘 테다. 자, 빨리 해야 한다. 어서 빨리!」

그녀는 프리시를 일으켜 세우고 부엌으로 밀어냈다. 그리고 나서 두 어깨를 펴고 계단을 오르기 시작했다. 그러나 멜라니에게, 자기하고 프리시만으로 아기를 받는다는 이야기를 해야 할 생각을 하자 마음이 절로 무거웠다.

22

이 날 오후만큼 길고 그리고 더운 하루는 다시 없으리라고 생각되었다. 파리
는 또, 어쩌면 이렇게도 많을까 싶을이 만큼 많고, 그리고 귀찮았다. 스카알렛
이 쉴새없이 부채질을 해도, 파리는 곧 멜라니에게 달라붙었다. 커다란 종려잎
부채를 움직이느라고 그녀는 팔이 아팠다. 아무리 부채질을 해도 헛일이었다.
땀밴 얼굴에서 쫓아냈다 싶으면 어느 새 꼼짝 않고 있는 발에 덤벼들어서, 멜라
니는 발을 힘없이 움직이면서「미안하지만 발 쪽을!」하고 외치는 것이었다.

스카알렛이 더위와 햇빛을 막기 위해서 덧문을 내렸기 때문에 방은 어둠침침
했다. 바늘 구멍만한 광선이 덧문의 작은 구멍이나 틈으로 비쳐들고 있었다. 방
안은 마치 아궁이 속처럼 더워서, 스카알렛의 땀에 후줄근히 젖은 옷은 마르기
는커녕 시간이 흐름에 따라 더한층 흠뻑 젖어서 끈적거리기 시작했다. 프리시도
역시 땀을 흘리면서 구석에 웅크리고 있었는데, 냄새가 고약해서 스카알렛은 방
밖으로 내보내고 싶으나 놓아 주면 곧 달아나 버릴 것만 같아서 그럴 수도 없
었다. 멜라니는 침대에 누워 있었으나, 시트는 땀으로 거무죽죽해지고 스카알
렛이 물을 엎지른 자리는 지저분하게 얼룩이 져 있었다. 멜라니는 몸을 잠시도
가만히 두지를 못 하고 오른쪽으로 누웠다 왼쪽으로 돌아누웠다 반듯이 누웠다
하면서 몸을 틀고 있었다.

그리고 가끔 앉아 보려고 하다가는 다시 누워서 몸부림을 치기 시작했다. 처
음 한동안은 살가죽이 벗겨질 만큼 입술을 악물며 소리를 내지 않으려고 참고
있었으나, 스카알렛은 그러는 것을 보노라면 자기의 신경이 입술처럼 아파 오는
것 같아서 목쉰 소리로 말했다.「멜라니, 그렇게 억지로 참지 않아도 괜찮아. 소
리를 내고 싶으면 큰 소리를 내요. 우리밖에는 듣는 사람이 없으니.」

점심 시간이 지남에 따라서, 멜라니는 결국 참아내지 못하고 신음하기도 하고
비명을 지르기도 했다. 그 비명을 들을적마다 스카알렛은 두 손으로 머리를 싸
안고 귀를 막고 몸을 꼬면서, 차라리 자기가 죽는 게 낫겠다고까지 생각했다.
아무런 힘도 되어 주지 못하고 이런 고통을 보고 있을 바에는 어떤 일이라도 할
수 있겠다. 여기에 붙잡혀서 아기가 태어나기를 이렇게 오래 기다리고 있을 바
에는 어떤 일이든 이보다는 낫겠다. 더구나 북군이 당장에라도 파이브 포인트까
지 밀어닥친다는 사실을 알고 있으면서 기다리고 있는 것보다는.

부인네들이 해산에 대하여 소곤소곤 이야기하는 것을 좀더 귀담아서 들어 두
었더라면 좋았을걸, 하고 그녀는 **뼈**저리게 느꼈다. 들어 두기만 했다면, 그리고

이런 문제에 좀더 흥미를 갖고 있기만 하였던들, 멜라니는 오래 걸릴 것인지, 조금 걸릴 것인지 알 수가 있었을 것이다. 그녀는 피티 시고모의 친구가 이틀 동안이나 고생하다가 끝내는 아이도 낳지 못한 채 죽어 버렸다던 이야기가 어렴풋이 생각이 났다. 멜라니가 그 이야기처럼 이틀씩이나 시달리게 된다면 어떻게 될까. 멜라니는 몸이 몹시 약하기 때문에, 이 고통에 이틀씩이나 견디어 내지 못할 게 뻔하다. 빨리 아이가 나오지 않는다면, 멀지 않아 그녀는 만약 애실리가 아직 살아 있다면, 꼭 돌봐 주겠다고 그토록 맹세한 터에 무슨 낯으로 멜라니가 죽었다는 말을 할 수 있을까.

처음에 멜라니는 진통이 심해지면, 기를 쓰고 스카알렛의 손을 움켜잡았다. 너무나 힘을 주는 통에 뼈가 으스러질 것처럼 아프고, 한 시간쯤 지나자 스카알렛의 손은 잔뜩 부어올라서 구부릴 수조차 없게 되고 말았다. 그래서 긴 타월을 두 개 맞대어서, 한 끝을 침대 다리에 묶고 한 끝은 매듭을 만들어 그것을 멜라니에게 쥐어 주었다. 멜라니는 그걸 마치 구명 줄처럼 당겼다 늦췄다 하면서, 끊어져라 하고 매달려 있었다. 그 오후 내내 신음 소리는 함정에 빠진 신사의 야수처럼 언제까지나 계속되었다. 때때로 멜라니는 타월을 놓고 힘없이 자기 손을 쓰다듬으면서, 고통으로 꿩해진 눈으로 스카알렛을 올려다보았다.

「무언가 얘기 좀 해줘요. 네? 뭐든지 얘기 좀…….」하고 그녀는 속삭였지만, 스카알렛이 무슨 얘기를 시작하면 얼마 가지 않아 멜라니는 또 타월을 움켜잡고 몸부림을 시작하는 것이었다.

어둠침침한 방안은 더위와 고통과 성가신 파리로 가득 차 있었다. 그리고 시간이 끔찍이도 더디갔으므로, 스카알렛에게는 아침 나절에 있었던 일들은 벌써 생각이 나지 않을 정도였다. 이 무덥고 어두운, 그리고 땀내나는 방에 벌써 한평생 갇혀 있던 것 같은 생각마저 들었다. 멜라니가 소리를 지를 적마다 자기도 커다랗게 무언가 외쳐 대고 싶어져서 피가 날 만큼 입술을 깨물고 또 깨물면서 가까스로 마음을 억누르고 히스테리를 일으키지 않고 넘기는 것이었다.

한 번은 웨이드가 살며시 계단을 올라와서 도어 밖에서 울면서 말했다.

「웨이드, 배고파 잉!」스카알렛이 아이에게로 가려고 일어나려 하자, 멜라니는 황급히 속삭였다.「가지 말아 줘, 응? 언니가 있어 주지 않으면 참을 수가 없어요.」

그래서 할 수 없이 스카알렛은 프리시를 아래층으로 내려보내고, 아침에 먹던 옥수수 죽을 데워서 웨이드에게 먹이게 했다. 그녀 자신은, 이런 일을 겪고서는 도저히 아무것도 먹을 수 없을 거라고 생각했다.

벽난로 위의 시계가 멎어 버려서 시간은 알 수 없었으나, 방안의 더위도 얼마간 식고 바늘 끝 같은 광선도 흐려졌기 때문에 그녀는 덧문을 열었다. 열어 보니 놀랍게도 밖은 벌써 저녁녘이고 시뻘건 태양이 지기 시작하고 있었다. 그녀는 웬지 찌는 듯한 한낮이 영원히 계속될 줄로만 생각하고 있었던 것이다.

시내는 어떻게 되어 있을까, 궁금해서 견딜 수가 없었다. 이미 군대는 모두 철수하고 말았을까? 북군은 밀어닥쳤을까? 남군은 한 번도 싸워 보지 않고 후퇴했단 말인가! 이윽고 시내에는 이미 남군의 수효는 보기 드문데 샤만 휘하의 북군이 들끓고, 그리고 그들은 보급도 넉넉하리라는 것을 생각하면 갑자기 등골이 오싹했다. 샤만! 악마라는 이름이라도, 그녀에게 이만큼 공포를 주지는 않았다. 그러나 지금은 그런 일을 생각하고 있을 겨를이 없었다. 멜라니가 연방 물이며 머리를 식힐 찬 수건이며 부채며, 얼굴에서 파리를 쫓아 달라고 청하기 때문이었다.

황혼이 찾아오고 프리시가 검은 생령(生靈)처럼 졸랑졸랑 다니면서 램프를 켤 무렵이 되자, 멜라니는 더한층 맥을 잃어 갔다. 그 무섭고도 단조로운 목소리를 듣노라면, 스카알렛은 멜라니의 입에 베개를 틀어막아 질식시켜 버리고 싶은 모진 마음이 들었다. 멀지 않아서 의사가 오기는 올 것이다. 그저 한시라도 빨리 와 주었으면! 희망이 희미하게 솟아났다. 그래서 프리시 쪽을 보고, 빨리 미드 댁으로 가서 의사 선생님이나 마님이 계신지 어떤지 보고 오라고 일렀다. 「만약 선생님이 안 계시거든 마님께든 쿠키에게든 상관없으니, 어떻게 하면 되는지 알아 오너라. 그리고 속히 와 주십사고.」

프리시는 무언가 중얼중얼하면서 나갔다. 거리를 뛰어가는 그녀의 모습을 바라보며 스카알렛은 그 칠칠치 못한 프리시가 이렇게 빨리 달릴 수 있었던가 생각했다. 이윽고 한참 지나고 나서 그녀는 혼자 돌아왔다.

「선생님은 한 번도 돌아오시지 않았다는뎁쇼. 군인들과 함께 가셨을거라고 하던걸입쇼. 스카알렛 아씨, 필 도련님이 죽었사와요.」

「죽었다고?」

「네.」하고 프리시는 중대 사건을 전한다 싶어 뽐내는 얼굴로 말했다. 「마부 톨보트가 그러던걸입쇼. 필 도련님은 총알을 맞고서…….」

「그만 해, 알았다.」

「미드 선생님은 만나지 못했사와요. 마님은 북군이 오기 전에 해야 한다면서 필 도련님을 씻기기도 하고, 파묻을 준비를 하고 계신다고 쿠키가 말하더군요. 그리고 말입죠, 쿠키는 진통이 정 심하거든 예방으로 멜라니 아씨의 침대 밑에 나이프를 넣으면 좋다고 하더군요. 그렇게 하면 진통은 두 동강이를 낸다고요.」

스카알렛은 이 어처구니 없는 조언을 듣자, 다시 프리시를 후려갈기고 싶어졌다. 그러나 그때 멜라니가 멍한 눈을 크게 뜨고 가냘픈 목소리로 물었다. 「저, 북군이 와 있나요 ?」

「아냐.」 스카알렛은 딱 잘라 말했다. 「프리시가 거짓말을 하는 거야.」

「그렇습죠. 제가 거짓말을 했사와요.」 프리시도 얼른 말했다.

「와 있는 거군요 ?」 하고 멜라니는 사실을 눈치챈 듯 그렇게 말하고는, 베개에 얼굴을 파묻어 버렸다. 그리고 베개 밑으로 가냘픈 목소리가 새어나왔다.

「불쌍한 내 아기, 가엾은 내 아기.」 그리고 한참 있다가 「오, 스카알렛, 언니는 여기 있으면 안 돼요. 웨이드를 데리고 달아나야 해요.」

그 일이라면 이미 스카알렛도 속으로 생각하고 있던 것이다. 그러나 막상 말로 나타내서 그 말을 들으니 화가 불끈 치밀었다. 모처럼 숨기고 있던 자기의 겁먹은 마음을 속속들이 보인 것 같아서 부끄러웠던 것이다.

「쓸데없는 소리 말아요. 난 조금도 무섭지 않아요. 내가 어떻게 멜라니만 두고 갈 수가 있겠어 ?」

「가주시는 편이 좋아요. 어차피 나는 죽을걸요, 뭐.」 그렇게 말하고 그녀는 또 신음하기 시작했다.

스카알렛은 노파처럼 난간을 붙잡으면서, 어두운 계단을 굴러떨어지지 않도록 조심스럽게 살금살금 내려갔다. 다리는 납덩어리처럼 무겁고 피로와 긴장 때문에 떨리고 있었다. 그리고 온 몸에 끈적끈적 내뱉 땀이 식어서, 으시시 추위 견딜 수가 없었다. 힘없이 현관의 포치로 나가서 층계의 맨윗계단에 앉아 축 늘어져서 포치의 기둥에 기대자, 떨리는 손으로 상의의 단추를 벗기고 절반쯤 가슴을 벌렸다. 어둡고 고요한 밤이 주위를 감싸고 있었다. 그녀는 그 어둠 속을 소처럼 물끄러미 응시했다.

모든 일이 끝났다. 멜라니는 죽지 않았다. 그리고 조그만 사내아이가 새끼 고양이 같은 소리를 내면서, 지금 프리시의 손으로 씻겨지고 있다. 멜라니는 잠들어 있다. 저 모진 고통이나 도와 준다기 보다도 방해가 되었다고 하는 편이 나을만한 산파의 손을 거친 악몽 끝인데도, 어쩌면 저렇게 잘 수가 있을까 ? 왜 죽지 않았을까 ? 그렇게 다루어지면 나 같으면 죽었을 거라고 스카알렛은 생각했다. 그러나 해산이 끝나자 멜라니는 스카알렛이 몸을 구부려 귀를 갖다대지 않으면 알아들을 수 없을 만큼 나직한 목소리로 「고마와요.」 하는 말까지 했던 것이다. 그리고 그녀는 잠들고 말았다. 용케도 잠이 드는구나. 스카알렛은 자기 역시 웨이드를 낳은 뒤 푹 잔 일을 잊어버리고 있었다. 그녀는 모든 것을 잊어버렸던 것이다. 그녀의 마음은 공허했다. 이 세계도 공허했다. 이 끝없는 하루 이전에는 생활이라는 것은 없었던 것이다. 그리고 이 날 이후에도 아마 없을 것이다. 단지, 있는 것이라곤 이 찍어 누르듯 답답하고 더운 밤과 목이 쉬어 버린 그녀의 지친 숨결과, 겨드랑이 밑에서 허리로, 엉덩이에서 무릎으로 촉촉히 흐르는 식은땀뿐이었다.

그녀는 자기의 숨결이 크고 고르다는 것을 생각하자 발작적으로 흐느낌이 치미는 것을 느꼈으나, 눈은 눈물도 말라 버렸다고 생각될 만큼 보송보송하고 뜨거웠다. 조심조심, 몸을 간신히 추슬러 무거운 스커트를 허벅지께까지 걷어올렸다. 더위와 끈끈한 기분을 모두 한꺼번에 느끼고 있었기 때문에, 밤공기의 감촉이 팔다리에 시원했다. 문득 이렇게 밖의 포치에 누워서 스커트를 본다면, 피티 시고모님은 뭐라고 할까 하고 멍청히 생각했지만, 그러나 그다지 마음이 쓰이지 않았다. 그녀는 이미 아무것도 걱정하지 않았다. 시간이 딱 멈춘 것이다. 해가 지금 막 진 것 같기도 하고 밤중 같기도 했다. 그러나 그런 것은 아무래도 좋았다.

이층에서 발소리가 들렸으므로 그녀는 『빌어먹을 프리시 계집애가.』 하고 생각하면서, 어느 틈엔가 눈을 감고 깜빡 졸았다. 얼마나 지났는지 문득 깨닫고 보니 프리시가 옆에 와서 기쁜 듯이 지껄이고 있었다.

「일이 잘됐사와요, 스카알렛 아씨. 우리 어미라도 이렇게 잘하지는 못 하는걸입쇼.」

어둠 속에서 스카알렛은 그녀를 쏘아보고 있었지만 너무나 지쳐 있기 때문에 야단을 칠 수도, 지금껏 프리시가 저지른 갖가지 실수를 늘어놓을 수도 없을 지경이었다. 프리시는 산파 일을 알지도 못 하는 주제에 잘난 체하고 거짓말을 했을 뿐만 아니라, 겁만 잔뜩 집어먹고 손재주가 없어서 한창 바쁠 때에는 도무지 쓸모가 없었고, 가위를 잘못 놓기도 하고 침대에 물을 엎지르기도 하고 갓 낳은 아이를 떨어뜨리기도 하고, 실수만 했던 것이다. 그런데 이제 와선 또, 자기도 거뜬히 해냈다고 하면서 뽐내고 있는 것이다.

그런데도 양키는 검둥이를 해방하려 하고 있다 ! 하긴 양키를 검둥이들은 환영할 것이다.

그녀는 대꾸도 하지 않고 기둥에 기대앉아 있었다. 그녀의 기분이 언짢다는 것을 눈치채자, 프리시는 슬그머니 포치의 어둠 속으로 사라져 버렸다. 잠시 지나자 숨결도 차츰 잔잔해지고 기분도 가뿐해져 왔다. 그때 문득 스카알렛은 거리에서 나는 희미한 사람의 소리를 들었다. 북쪽으로부터 많은 사람의 발소리가 들려 온다. 군대다 ! 그녀는 조심조심 고쳐 앉더니, 이 어둠 속에선 보일 리가 없다고 생각했지만 얼른 스커트를 내렸다. 몇 사람이나 되는지 짐작은 가지 않지만, 병사들이 그림자처럼 집 앞을 지나치려고 했을 때, 그녀는 급히 불렀다.

「저, 잠깐만!」

대열 속에서 그림자 하나가 떨어져 나오더니 문 있는 데까지 다가왔다.

「모두 가 버리시나요? 저희들을 버리고 가 버리시는 건가요?」

그 그림자는 모자를 벗는 모양이었다. 곧 어둠 속에서 조용한 목소리가 들려왔다. 「그렇습니다, 부인. 말씀하신 대로입니다. 우리들은 여기서 일 마일쯤 되는 북쪽 참호에 마지막까지 남아 있었읍니다만.」

「여러분은…… 군대는 정말 후퇴하는 건가요?」

「그렇습니다, 부인. 북군이 쳐들어오고 있읍니다.」

북군이 오고 있다. 그녀는 그것을 잊고 있었던 것이다. 갑자기 목이 졸리는 것처럼 느껴져서 그 이상 말을 할 수가 없게 되었다. 그 그림자는 다시 다른 그림자와 합쳐지더니 발소리는 어둠 속으로 사라져 갔다. 〈북군이 온다! 북군이 온다!〉 그들의 발소리는 그렇게 말하는 것 같았다. 그리고 갑자기 드높게 뛰기 시작한 그녀의 심장도 이 말을 외치고 있는 것처럼 느껴졌다. 북군이 온다!

「북군이 오는군입쇼!」하고 프리시가 그녀 쪽으로 붙어서며 외쳤다. 「오, 스카알렛 아씨. 그놈들, 우리들을 모두 죽입니다요. 우리들의 가슴을 총검으로 찌른답니다요. 그리고…….」

「입 닥치지 못해!」새삼스럽게 프리시의 떨리는 말을 듣지 않더라도, 생각만 해도 자지러지기에는 넉넉했다. 공포가 또다시 엄습해 왔다. 어쩌면 좋을까? 아는 사람들은 모두 자기를 버리고 가 버리지 않았는가.

문득 그녀는 레트 버틀러를 생각해 냈다. 그러자 이상하게도 두려움이 가시고 마음이 가라앉았다. 오늘 아침, 머리를 잘린 병아리처럼 갈피를 못잡고 허둥거리고 있었을 때, 어째서 그 사람을 생각해 내지 못했을까? 그녀는 그를 미워하고 있었다. 그러나 그는 굳세고 남자답고 멋있고, 게다가 북군을 두려워하지 않는다. 지금도 아직 시내에 있을 것이 틀림없다. 물론 지난번에 만났을 때, 그는 용서할 수 없는 말을 해서 그녀를 성나게 했다. 그러나 그만한 일쯤은 이 경우 용서해 주어도 좋지 않겠는가. 뿐더러 그는 말과 마차를 갖고 있지 않는가. 아, 어째서 지금까지 그가 생각나지 않았더란 말인가! 그러면 우리들을 이 무서운 고장으로부터, 북군의 마수(魔手)로부터 어딘가로, 어디라도 상관없다, 데려다 줄 것이 틀림없다. 그녀는 프리시 쪽을 돌아보고, 열병에 걸린 것처럼 흥분해서 말했다. 「너, 버틀러 선장님이 계신 곳을 알지, 애틀랜타 호텔이던가?」

「네, 하지만…….」

「하지만이 아니야, 곧 가야 한다. 힘껏 뛰어가야 한다. 그리고 내가 와 주십사고 한다고 전해라. 마차나, 될 수 있으면 환자 운반차를 가지고 빨리 와 주십사고 말이야. 아이 이야기도 해야 한다. 그리고 어디로든 데리고 달아나 주십사고 말이야. 자, 가거라, 어서!」

그녀는 고쳐 앉더니 프리시를 빨리 가라고 밀었다.

「어쩌면 좋습니까요, 스카알렛 아씨. 전, 이렇게 캄캄한데 혼자 가기가 무서운걸입쇼. 만약에 북군에게 붙들리기라도 하면……」

「힘껏 뛰어가면 아까 그 군인들을 뒤따르게 될 거다. 그러면 북군에게 붙들릴 리가 없잖아. 자, 어서!」

「전, 무섭사와요! 버틀러 선장님께서 호텔에 안 계시면 어떡합죠?」

「그러면 어디 계시냐고 물어 봐. 네게는 그만한 꾀도 없니? 호텔에 안 계시거든 디케이터가의 술집에 가서 찾으란 말이다. 벨 와틀링의 집으로 가란 말이다. 찾아내야 해. 이 멍청아, 빨리 가서 그분을 찾아내지 못하면 정말로 북군이 우리들을 잡아간다는 것을 넌 모른단 말이냐?」

「스카알렛 아씨, 전 술집에 가든가 이상한 집에 가든가 하면 어미한테 목화대로 얻어맞사와요.」

스카알렛은 일어섰다.

「좋아, 안 가겠다면 내가 때려 줄 테다. 굳이 안까지 들어가지 않더라도 밖에서 부르면 되지 않니. 그렇지 않으면 그분이 안에 계신지 안 계신지 누구에게 물어보아도 되잖니. 자, 갔다와.」

프리시가 그래도 묘한 표정을 짓고 우물쭈물하고 있으므로, 스카알렛은 또 한 번 그녀를 난폭하게 떠다밀었다. 프리시는 하마터면 현관 층계에서 거꾸로 곤두박질을 칠 뻔했다.

「자, 빨리 안 가면 미시시피에다 팔아 버려서, 들일 하는 노예로 만들 테다. 그렇게 되면 인제 어머니도 누구도 만날 수 없게 된단 말이다. 자, 빨랑빨랑 가거라!」

「어머, 어쩌면 좋습니까요, 스카알렛 아씨.」

그러나 스카알렛이 여전히 세게 밀어 대기 때문에, 그녀는 할 수 없이 층계를 내려갔다. 이윽고 앞문이 열리는 소리가 났으므로, 스카알렛은 소리쳤다. 「뛰어갔다 와야 한다, 빨리!」

프리시가 뛰기 시작하는 발소리가 들렸다. 발소리는 부드러운 흙 위를 차츰 멀어져 갔다.

23

프리시가 가 버리자, 스카알렛은 울적하여 아래층 홀로 들어가서 램프를
켰다. 집 안은 마치 한낮의 더위를 그대로 벽속에 가두어 두었던 것처럼, 찌는
듯한 더위였다. 그러나 이윽고 나른한 피로가 가시자 갑자기 배가 고팠다. 간밤
부터 옥수수 죽을 한 숟갈 먹었을 뿐이었다는 것을 생각해 내고, 램프를 들고 부
엌으로 들어갔다. 아궁이의 불은 꺼져 버렸지만, 여긴 또 숨막히게 더웠다. 남
비 속에 딱딱한 옥수수 빵이 조금 남아 있는 것을 찾아내어, 그걸 물어뜯으면
서, 또 그 밖에 먹을 것이 없을까 하고 주위를 둘러보았다. 우묵한 남비에 옥수
수 죽이 약간 있었다. 그녀는 접시에 퍼담지도 않고 커다란 요리용 숟갈로 다짜
고짜 입에 떠넣었다. 소금을 치지 않으면 맛이 없어서 먹을 수 없는 것이었지만
너무도 시장했기 때문에 소금을 찾는 것도 귀찮아서 연거푸 네 숟갈을 퍼먹
었다. 그러나 부엌의 더위가 너무나 심하여 견딜 수가 없었다. 그녀는 한 손에
램프를, 한 손에 물어뜯던 옥수수 빵을 들고 그곳을 뛰쳐나와 홀로 되돌아왔다.

이층으로 가서 멜라니 곁에 있어 주어야 된다는 생각이 들었다. 만약 상태가
나빠지더라도 그녀는 쇠약할 대로 쇠약해져서 사람을 부를 수조차 없으리라. 그
러나 악몽에 시달린 것 같은 시간을 보낸 그 방으로 지금 돌아간다는 것은, 생각
만 해도 몸서리가 났다. 설사 멜라니가 죽어가고 있다 해도 그녀는 올라갈 마음
이 없었다. 두 번 다시 그 방을 보고 싶지 않았던 것이다. 램프를 창가의 촛대 위
에 놓고 앞 포치로 되돌아 나왔다. 밤공기는 후끈하게 새어나오는 램프의 불빛
속에서, 층계에 앉아 옥수수 빵을 계속 씹고 있었다.

빵을 다 먹고 나자 웬만큼 기운을 되찾았지만, 기력과 함께 다시 공포가 엄습
해 왔다. 거리의 먼 곳에서 소음이 울려 왔다. 그러나 그녀는 그것이 무슨 예고
인지 알 수 없었다. 다만 소음이 커졌다가는 희미해지고 희미해졌다가는 다시
커지는 것을 알 수 있을 뿐이었다. 그녀는 몸을 앞으로 내밀며 그 소리를 알아내
려고 귀를 기울였다. 그러나 긴장 때문에 온 몸의 마디마디가 아파 왔다. 이때
의 그녀는 세상의 무엇보다도 말발굽 소리를 듣고 싶었다. 그녀의 공포를 웃어
넘기는 레트의, 저 태연하고 자신에 넘친 눈길을 보고 싶었던 것이다. 레트는
우리들을 틀림없이 어디든 피난시켜 줄 것이다. 어디에? 그것은 그녀도 알 수
없었다. 어디로 가든 그런 것은 상관없다.

그녀가 거리 쪽으로 귀를 기울이고 앉아 있으려니까, 나무들 꼭대기가 어슴푸
레하게 훤해졌다. 무엇일까 하고 지켜보는 동안에 그것은 차츰 밝아지고, 어두

운 하늘이 처음에는 장미빛으로, 그리고 다음에는 어두운 분홍빛이 되는가 싶더니 갑자기 거대한 불길이 나무 위로 치솟아서 높이 하늘까지 타올랐다. 그녀는 엉겁결에 일어섰다. 심장이 다시 심하게 불규칙한 고동을 치기 시작했다.

양키가 침입해 온 것이다！ 그녀는 북군이 쳐들어와서 거리를 불지르고 있는 줄로 알았다. 불길은 거리의 중심 동쪽에서 일어나는 것 같았는데, 높이높이 타올랐다고 생각하자 금세 사방을 새빨갛게 물들이고, 그녀의 겁에 질린 눈 앞 가득 희미하게 불기운을 띤 미풍이 일더니 냇내가 그녀의 코를 찔렀다.

그녀는 이층 자기 방으로 뛰어올라가서 좀더 잘 보려고 창문을 열어젖혔다. 하늘 빛은 처참했다. 어마어마한 검은 연기가 무럭무럭 피어오르고, 불길 훨씬 위에는 거대한 파도 같은 구름이 떠돌고 있었다. 냇내가 더욱 강해졌다. 저 불길이 당장이라도 이 피치트리가로 퍼져서, 이 집에도 불길이 옮겨붙는 것은 아닐까. 양키가 오래지 않아 이곳에 나타나는 것은 아닐까. 어떡하면 좋담. 어디로 도망하면 된담！ 종잡을 수도 없이 이것저것, 여러 가지 일이 마음에 떠올랐다. 지옥의 악귀들이 모두 한꺼번에 나서서, 그녀의 귓속에서 함성을 올리고 있는 것 같았다. 머리 속은 혼란과 낭패로 소용돌이치고, 끝내 견딜 수가 없어서 그녀는 창틀을 움켜잡고 몸을 지탱했다. 『생각을 해야 한다.』하고 되풀이하여 그녀는 자신에게 들려 주었다. 『생각을 해야 한다.』

그러나 놀라서 허둥거리는 벌새처럼 생각은 종잡을 수 없이 마음을 드나들 뿐, 도무지 하나로 정리할 수가 없었다. 그녀는 창틀에 매달려 있는데, 여태까지 들어 온 어느 포 소리보다도 큰, 귀가 먹을 것 같은 폭음이 별안간 일어났다. 어마어마한 불길이 하늘을 찢었다. 이어서 또 폭음이 일어났다. 대지가 흔들리고 머리 위의 창유리가 깨져서 그녀의 주위에 떨어졌다.

귀청을 찢는 듯한 폭음이 차례차례로 일어날 때마다 온 세계는 굉음과 불길과 흔들리는 대지의 지옥으로 변했다. 하늘을 향해서 급류처럼 발사되는 핏빛 같은 빛을 띤 연기구름을 누비며, 천천히 떨어져 온다. 옆방에서 가냘픈 목소리가 부르는 것 같았으나, 그런 걸 돌볼 겨를이 없었다. 이젠 멜라니 생각을 할 겨를이 없었다. 지금 눈 앞에 보이는 불길과 같은 속도로 그녀의 혈관을 달리고 있는 공포 말고는 아무것도 생각할 틈이 없었던 것이다. 그녀는 공포에 미친 어린아이와 마찬가지여서, 다만 어머니 무릎에 얼굴을 묻고 이 광경으로부터 눈을 가리고 싶은 생각뿐이었다. 아, 집에 있는 것이라면！ 어머니와 함께 집에 있을 수만 있다면.

신경을 찢어 놓는 듯한 음향 속에서, 그녀는 그것과 다른 소리를 들었다. 공포에 쫓겨서 계단을 한번에 세 단씩이나 뛰어올라오는 발소리다. 길 잃은 사냥개와 같은 아우성 소리가 났다. 프리시가 뛰어올라왔다. 그리고 스카알렛에게 덤벼들어서 살이 찢어져나갈 만큼 그녀의 팔을 움켜잡았다.

「양키가…….」하고 스카알렛은 외쳤다.

「아뇨, 그렇지 않사와요. 저건 우리편 군대입니다요.」하고 프리시는 스카알렛의 팔에 더욱 손톱을 박으면서 헐떡거리면서 소리를 질렀다. 「우리편의 군대가 철공장이랑 군수품이랑 식량 창고들을 불태우고 있는 것입니다요. 대포알이랑 화약을 실을 화차를 일혼 개나 폭발시키고, 오 하느님, 스카알렛 아씨, 우리들도 모두 타죽게 됩니다요.」

프리시는 또 쳇소리로 악을 쓰기 시작했다. 그리고 너무나 아프게 스카알렛의 팔에 손톱을 박았기 때문에, 그녀는 소리를 지르고 프리시의 손을 뿌리쳤다.

양키는 아직 오지 않았다. 아직 달아날 시간은 있다! 그녀는 단숨에 겁먹은 마음을 다시 고쳐먹었다.

『여기서 정신을 바짝 차리지 않으면.』하고 그녀는 생각했다. 『나도 뜨거운 물을 뒤집어쓴 고양이처럼 비명을 지르고 말 것이다.』 프리시의 겁에 질린 초라한 모습이 도리어 그녀를 정신차리게 했다. 그녀는 프리시의 어깨에 손을 얹고 잡아 흔들었다.

「자, 방정 떨지 말고 차근차근 이야기해 봐라. 양키는 아직 안 오지 않았니, 등신아! 버틀러 선장님은 만났니? 그분은 뭐라고 하시든? 와 주신다든?」

프리시는 간신히 울부짖는 것을 그쳤으나, 아직도 이를 덜덜 마주치고 있었다.

「용케 찾았사와요. 아씨께서 말씀하신 것처럼 술집에서 그분은…….」

「어디서 찾아냈든, 그런 건 아무래도 좋아. 그분은 와주신다든? 말을 가지고 오라고 말했니?」

「아이고, 스카알렛 아씨. 그분은 말도 마차도 부상병을 나르기 위해서 우리편 군대에 빼앗기고 말았다고 하시던걸입쇼.」

「어머나, 저를 어째, 야단났구나.」

「하지만 선장님은 와 주신다곱쇼.」

「그분, 뭐라고 하든?」

프리시는 가쁜 숨이 가라앉아 웬만큼 침착해졌지만, 아직도 눈알을 뒤룩뒤룩 굴리고 있었다.

「그래서 말씀입죠. 아씨님이 말씀하신 대로 저는 선장님을 술집에서 찾아냈읍죠. 제가 밖에 서서 불렀더니, 나오셔서 저를 보셨읍죠. 그래서 제가 말씀드리려고 하는데, 그때 군인이 디케이터가의 창고에 불을 질러서 무섭게 타올랐읍죠. 그러자 선장님은 자아, 이리로 오너라, 하시곤 저를 파이브 포인트까지 끌고가면서, 『볼일은 뭐야, 빨리 말해!』 하고 물으시기에 아씨께서 일러 주신 대로 빨리 마차를 갖고 와 주시어요, 멜라니 아씨가 아기를 낳으셨는데 스카알렛 아씨께서 함께 시에서 데리고 나가 주십사고 말씀하셨다 했읍죠. 그랬더니 선장님은 물으시더군입쇼. 대관절 어디로 갈 작정이냐고 말입죠. 그래서 전, 그런 일 저는 모르겠사와요, 그저 나리님도 어차피 양키가 오기 전에 어디든지 달아나셔야 할 테니까 함께 데리고 가주십사 하고 말했읍죠. 그랬더니 선장님은 웃으면서 말씀하시더군입쇼. 말은 군대에 징발당했다고.」

마지막 희망이 끊어지고 말았기 때문에 스카알렛의 마음은 납덩어리처럼 무겁게 가라앉았다. 나는 얼마나 바보였는지 몰라. 후퇴하는 군대가 시에 남아 있는 마차나 말을 징발하리라는 것쯤, 왜 깨닫지 못했을까? 잠시 스카알렛은 프리시가 무슨 말을 하고 있는지 귀에 들리지 않을 만큼 넋을 잃고 있다가, 이윽고 마음을 다잡고 이야기를 끝까지 들었다.

「그리고 선장님은 말씀했읍죠. 스카알렛 아씨께 안심하시라고 전해라, 말은 군대의 마구간에 한 필이라도 남아 있기만 하면 기어코 훔쳐올 테다, 말을 훔쳐낸 일은 전에도 있다, 총에 맞아 죽을지도 모르지만, 그래도 스카알렛 아씨를 위해서라면 훔쳐오겠다, 스카알렛 아씨께 그렇게 전해라. 그리고 또 웃으면서 어서 돌아가라고 말씀하셨사와요. 그래서 돌아오려는데 무지무지하게 큰 소리가 났읍죠. 제가 땅바닥에 엎드리려고 하니까, 선장님은 이러시더군입쇼. 아무 것도 아니다, 저건 양키들에게 빼앗기지 않으려고 아군이 탄약을 폭발시키고 있는 거라곱쇼. 그리고 나서……」

「그럼 그분이 와 주신다는 말이지? 말을 가지러 가신다고?」

「그렇게 말씀하셨사와요.」

스카알렛은 후유 하고 안도의 숨을 쉬었다. 만약 말을 구할 방법만 있다면, 레트 버틀러는 반드시 구해 가지고 올 것이 틀림없다. 레트는 빈틈없는 남자다. 만약 그가 우리들을 이 어려운 처지에서 구해 준다면, 지금까지의 일은 모두 용서해 주어야겠다. 달아날 수 있는 거다. 레트와 함께라면 조금도 무서울 게 없다. 레트는 우리를 지켜 준다. 레트 고마워요! 이제는 마음이 놓인다고 생각하자 그녀의 마음은 곧 실제적인 일로 돌려졌다.

「웨이드를 깨워서 옷을 입혀라. 그리고 우리들의 옷을 조금만 챙겨서 트렁크에 담아라. 멜라니 아씨에게는 달아난다는 말을 해선 안 된다. 아직 일러. 아기를 두터운 타월 두 장으로 단단히 싸고, 그리고 아기 옷을 꾸려라.」

프리시는 아직도 스카알렛의 스커트에 매달려 있었고, 그 눈에는 흰자위밖에 볼 수 없었다. 스카알렛은 모질게 프리시를 밀어내면서 그 손을 뿌리쳤다.

「서둘러야 해!」하고 그녀가 말하자, 프리시는 토끼처럼 뛰어나갔다.

스카알렛은 이젠 멜라니에게로 가서 그녀의 공포를 가라앉혀 주어야겠다고 생각하고 있었다. 그녀는 쉴새없이 울리는 저 천둥 같은 굉음과 하늘을 그을리는 섬광에 까무러칠 만큼 겁에 질려 있을 것이다. 마치 이 세상의 종말과 같은 광경이요, 음향인 것이다.

그러나 지금 곧 그 방으로 되돌아갈 마음은 도무지 생겨나지 않았다. 그녀는 피티퍼트 시고모가 메이콘으로 피난갈 때 남기고 간 도기랑 작은 은기 등을 꾸려야겠다고 생각하고 계단을 뛰어내려갔다. 그러나 식당에 들어가기는 했지만 손이 몹시 떨려서 접시를 네 개씩이나 깨고 말았다. 그녀는 포치로 달려나가 바깥 동정을 살피고 다시 식당에 뛰어들어갔으나, 이번에는 은그릇을 떨어뜨리고 말았다. 손에 닿는 대로 모두 떨어뜨리고 마는 것이다. 너무나 허둥거려서 자기까지 양탄자에 걸려서 마룻바닥에 나가떨어졌으나, 곧 벌떡 일어났다. 아픔을 느낄 만한 틈도 없을 정도였다. 이층에서는 짐승처럼 뛰어다니는 프리시의 발소리가 들려 왔다. 그것이 또 그녀를 허둥거리게 했다. 그녀 역시 목적도 없이 뛰어다니고 있었기 때문이다.

이번으로 열 두 번째, 스카알렛은 포치로 뛰어갔다. 그러나 이번에는 쓸데없는 짐싸기를 하기 위해서 되돌아가는 걸 그만두고, 그 자리에 앉았다. 도저히 짐꾸리기 같은 것을 할 수 없었다. 아무것도 손에 잡히지가 않았고, 그저 심장만 두근거리면서 레트를 기다리는 수밖에 없었다. 그가 오기까지가 몹시 길게 생각되었다. 그러나 드디어 아득히 먼곳에서부터 기름이 말라서 삐걱거리는 수레바퀴 소리와 느리고 불안스런 말발굽 소리가 들려 왔다. 저 사람은 왜 서두르지 않는 걸까? 어째서 말을 급히 달리게 하지 않을까?

소리가 차츰 가까와지자 그녀는 벌떡 일어나서 레트의 이름을 불렀다. 이윽고 조그만 짐수레의 마부석에서 내리는 그의 모습이 어렴풋이 보이고 문고리를 벗기는 소리가 나더니, 레트가 그쪽으로 다가왔다. 그의 옷차림은 무도회에라도 가는 것이 아닐까 생각될 만큼 말쑥했다. 솜씨 좋게 지은 흰 린네르 상의에다 바지, 무늬진 비단에 수를 놓은 연회색 조끼, 와이셔츠의 가슴에는 살짝 접은 주름이 엿보였다. 테가 넓은 파나마 모자를 비스듬히 멋을 내서 쓰고, 바지 혁대에는 상아의 자루가 달린, 총신이 긴 결투용 피스톨을 두 자루 꽂고 있었다. 그리고 상의의 호주머니는 탄환으로 묵직하게 늘어져 있었다.

그는 야만인처럼 성큼성큼 힘차게, 그리고 맵시 있는 머리를 이교도의 왕처럼 의젓하게 젖히고 걸어왔다. 스카알렛을 정신 차릴 수 없이 허둥지둥하게 만든 이 밤의 위험도, 그에게는 흥분제 같은 작용밖에는 못 하는 것처럼 생각되었다. 그 거무튀튀한 얼굴에는, 만약 그녀가 눈치챘다면 틀림없이 섬뜩했을 듯한 조심스럽게 억누른 잔인성이 나타나 있었다.

그 검은 눈은 마치 모든 사건을 즐기고 있는 것처럼, 대지를 찢는 듯한 꽝음도 무서운 불길도 아이들 장난쯤으로 밖에는 생각하고 있지 않는 것처럼, 싱싱하게 빛나고 있었다. 그가 층계를 올라오자, 그녀는 파랗게 질린 얼굴에 푸른 눈을 빛내면서 그를 주시했다.

「안녕하십니까.」하고 느긋한 억양으로 그는 과장된 몸짓으로 모자를 벗었다.「날씨가 좋군요. 여행을 떠나신다고요?」

「농담을 하신다면, 당신과는 인제 말 않겠어요.」그녀의 목소리는 떨리고 있었다.

「설마 무서워하고 계신 건 아니겠지요?.」하고 그는 놀랍다는 듯이 웃었다. 그녀는 그 웃음을 보자, 이 남자를 층계에서 떠다밀어 버리고 싶어졌다.

「무서워요. 죽도록 무서워요. 당신이라도 하느님이 양에게 내리신 것만큼의 감각이라도 갖고 계신다면 틀림없이 무서워 할 거예요. 하지만 우리들은 이야기 따위를 하고 있을 틈이 없어요. 빨리 달아나야 해요.」

「무슨 분부든지 내리십시오. 하지만 어디로 가실 작정이신지? 나는 부인께서 어디로 가시겠다고 하실 것인지, 거기에 기대를 걸고 여기까지 와 본 것입니다만, 동쪽이건 서쪽이건 남쪽이건 북쪽이건, 아무 데고 갈 길은 없습니다. 양키들이 에워싸고 있으니까요. 그러나 꼭 한 가닥 빠져나갈 길이 있지요. 거기는 아직 양키들이 들어가지 않았어요. 남군은 그 길로 후퇴하고 있지요. 그러나 그곳도 멀지 않아 막히고 말 거요. 스티브 리 장군 휘하의 기병이 라프 앤드 레디에 버티면서 우리 군이 모두 후퇴할 때까지는 이 길을 막지 않으려고 지금 기를 쓰고 싸우고 있긴 합니다만. 그런데 만약 당신이 후퇴하는 아군의 뒤를 쫓아 맥도나 도로로 가다간 아무래도 군대에게 말을 빼앗기고 말 겁니다. 그다지 좋은 말은 못 되지만, 그래도 가까스로 훔쳐낸 겁니다. 자아, 그럼 어디로 가실까요?」

그녀는 그의 이야기에 귀를 기울이고 있었으나, 이야기의 내용 따위는 조금도 알 수가 없다고 그저 떨면서 서 있을 뿐이었다. 그러나 그의 질문을 받자 자기가 가려 하고 있는 것인지, 이 비참한 오늘 자기가 어디로 가려고 했었는지, 곧 정신이 들었다. 그것은 오직 한 곳뿐이었다.

「집으로 가겠어요.」하고 그녀는 말했다.

「집이라니, 타라 말씀입니까?」

「네, 그래요. 타라로 가는 거예요. 오 레트, 빨리 서둘러 주세요, 네?」

그는 정신이 돈 것은 아닌가 하는 것처럼 그녀를 쏘아봤다. 「타라? 농담하시지 마십시오, 스카알렛. 당신은 존즈보로에서 종일토록 전쟁이 있었던 것을 모르십니까? 라프 앤드 레디에서 존즈보로의 읍내까지의 십 마일에 걸친 가도에서, 격전이 벌어졌었단 말입니다. 북군은 벌써 타라를, 그 군 전체를 점령했을지도 모르지요. 북군의 위치는 아무도 정확하게 알지는 못 하지만, 그 부근에 있는 것만은 확실합니다. 그러니까 타라로 돌아간다는 것은 도저히 불가능하오. 북군을 뚫고가겠다니…….」

「하지만 저는 집으로 돌아가요!」그녀는 외쳤다. 「어떤 일이 있어도, 어떤 일이 있어도!」

「당신은 바보로군.」레트의 말은 거칠어졌다. 「타라엘 어떻게 가겠다는 거요. 가령 북군에게 잡히지 않는다 하더라도 숲 속에는 적과 아군의 낙오병이랑 탈주병이 득실거리고 있어요. 그리고 상당수의 아군 부대가 아직도 존즈보로에서 후퇴중이고, 그들 역시 북군과 마찬가지로 당신에게 당장 말을 빼앗을 것이 뻔하오. 오직 하나 가능한 방법은 그들 뒤에 바싹 붙어서 맥도나 도로를 가면서, 어둠의 힘을 빌어 그들에게 들키지 않도록 비는 것뿐이오. 타라로는 못 갑니다. 비록 타라로 간대도, 아마 그곳은 이미 불타 버렸을 겁니다. 나는 당신을 절대로 타라로 보내고 싶지 않아요. 그야말로 미친 짓이란 말입니다.」

「아뇨, 나는 집으로 가겠어요!」하고 그녀는 외쳤지만 목소리가 갈라져서 비명에 가까와졌다. 「난 집으로 가겠어요. 말려도 소용없어요. 난 집으로 돌아간단 말이에요. 어머니에게로 가고 싶은 거예요. 말리기만 하면 당신을 죽여 버릴 테예요. 난 집으로 돌아가는 거예요!」

갑자기 그는 그녀를 품안에 끌어안았다. 눈물에 젖은 그녀의 볼은 풀이 빳빳한 그의 와이셔츠 가슴에 눌려지고, 그의 가슴을 두드려 대던 주먹은 이미 움직이지 않았다. 그의 손길은 그녀의 흐트러진 머리칼을 다정하게, 조용히 쓰다듬고 있었다. 목소리 또한 부드러웠다. 조롱하는 투는 조금도 없고 너무나도 다정하고 잔잔했기 때문에, 그것은 레트의 목소리가 아니라 브랜디와 담배와 말 냄새가 나는 친절하고 씩씩한 누군지 낯선 사람의 목소리처럼 느껴지기 조차 했다. 이 체취는 그녀에게, 믿음직스러운 아버지 제랄드를 생각나게 했다.

「자아, 자아, 착하지.」하고 그는 다정하게 말했다. 「울지 말아요. 집에 데려다 드릴 테니까, 당신은 용해요. 집에 데려다 드리지요.그러니까, 이젠 울지 말아요.」

무언가 그녀의 머리카락에 닿는 것 같았다. 혼란중에도 그녀는 그것은 레트의 입술이 아닐까 하고 막연하게 생각했다. 그리고 다정하게 달래 주는 쾌감에, 그녀는 언제까지나 이 팔에 안겨 있었으면, 이런 억센 팔에 안겨 있으면 아무것도 위험한 일은 없을 거라고 생각했다.

그는 호주머니를 더듬어 손수건을 꺼내더니, 조용히 그녀의 눈물을 닦아 주었다.

「자아, 착한 아이지, 코를 풀어요.」하고 그는 말했다. 눈에 미소가 어렸다. 「그리고 어떻게 해 달라는 건지 말해 봐요. 서둘러야만 하니까.」

그녀는 아직도 떨고 있었으나, 고분고분하게 코를 풀었다. 그러나 그에게 뭣을 해 달라고 말해야 좋을지 생각이 나지 않았다. 입술은 떨리고, 힘없이 그를 올려다보고 있는 눈을 보자, 그는 자기 쪽에서 말을 꺼냈다.

「윌크스 부인은 아기를 낳으셨다고요. 그럼 움직이는 것은 위험해요. 저런 시원찮은 짐수레를 타고 이십 오 마일이나 달려야 할 테니까. 미드 부인 댁에 두고 가는 편이 좋겠군요.」

「미드 댁에는 이미 아무도 없어요. 난 멜라니를 버리고 갈 수는 없어요.」

「좋습니다. 그럼 짐수레에 타시도록 하지요. 그런데 좀 모자라는 검둥이 계집애는 어디 있지요?」

「이층에서 짐을 꾸리고 있어요.」

「짐을 꾸려요? 트렁크 따위는 저 마차에 싣지 못해요. 너무 작아서 우리가 모두 타는 것만도 고작일 테고, 수레바퀴만 해도 아무 일도 하기 전에 벌써 다 망그러져 가고 있으니까요. 그 계집애를 불러서, 이 집에서 제일 작은 깃털 이불을 마차에 실으라고 이르십시오.」

스카알렛은 아직도 움직일 수 없었다. 그러나 그에게 팔을 억세게 붙잡히자, 그를 활동시키고 있는 왕성한 생명력이 얼마간 그녀의 체내에도 흘러들어오는 것처럼 여겨졌다. 『레트처럼 냉정하고 태연한 심정이 될 수 있다면 얼마나 좋을까!』하고 그녀는 생각했다. 그는 그녀를 홀 안으로 밀었다. 그녀는 여전히 맥없이 그를 바라보고 서 있었다. 그의 입술이 놀리는 것처럼 움직였다.

「이게 일찌기 저에게 신도 인간도 무서워하지 않는다고 말한, 저 용감한 젊은 부인입니까?」

그리고 갑자기 커다란 목소리로 웃어 대면서 그녀의 팔을 놓았다. 그녀는 발끈해서 증오 어린 눈으로 그를 노려보았다.

「조금도 무서워하지 않아요.」하고 그녀는 말했다.

「아냐, 무서워하고 있소. 그리고 다음에는 기절을 하겠지만, 난 유감스럽게도 정신 드는 약은 갖고 있지 않군요.」

그녀는 어찌할 바를 몰라서, 그저 발만 동동 굴렀다. 그리고 한마디도 하지 않고 램프를 들고 이층으로 올라갔다. 그 바로 뒤를 따라온 그가 킬킬 웃는 것이 들렸다. 그 소릴 듣자, 그녀는 등뼈를 꼿꼿이 세웠다. 웨이드의 방에 들어갔더니 웨이드는 반쯤 옷을 갈아입는 채 딸꾹질을 하면서 프리시의 팔에 매달려 있었다. 프리시는 훌쩍거리고 있었다. 웨이드의 침대의 깃털 이불이 작았기 때문에, 그녀는 프리시에게 그것을 가져다가 짐마차에 실으라고 일렀다. 프리시는 아이를 떼놓고 시키는 대로 했다. 웨이드는 이제부터 어떻게 될 것인지, 그것에 흥미가 쏠려 딸국질도 멎고 프리시의 뒤를 따라 계단을 내려갔다.

「이리로!」하고 스카알렛은 말하면서 멜라니의 방 앞에 섰다. 레트는 모자를 들고 그 뒤를 따라갔다.

멜라니는 턱까지 이불을 덮어쓰고 조용히 누워 있었다. 그 얼굴은 죽은 사람처럼 창백했지만, 움푹 꺼지고 검은 테가 둘린 눈은 잔잔하고 침착했다. 레트가 침실에 들어온 것을 보고도 조금도 놀란 기색이 없었다. 오히려 당연한 일이라고 생각하고 있는 것 같았다. 그리고 힘없이 미소지으려고 했지만, 그 미소는 입언저리에서 사라지고 말았다.

「우리들은 집으로 가는 거예요, 타라로.」하고 스카알렛은 빠른 말로 설명했다.

「북군이 쳐들어와요. 레트가 데려다 주어요. 알겠지? 멜라니, 다른 방법이 없어요.」

멜라니는 희미하게 끄덕이고 갓난아이 쪽을 보려고 했다. 스카알렛은 갓난아이를 안아올리자 재빨리 두툼한 타월로 쌌다. 레트는 침대로 다가갔다.

「될 수 있는 대로 괴롭지 않도록 해드리지요.」하고 그는 시트로 멜라니를 싸면서 조용히 말했다. 「어떻습니까, 제 목에 팔을 걸 수 있겠습니까?」

멜라니는 레트의 목을 잡으려고 했으나, 팔에 힘이 없어서 축 늘어지고 말았다. 그는 허리를 굽혀서 한 손은 그녀의 어깨에, 한 손은 무릎 밑에 넣고 가만히 들어올렸다. 멜라니는 비록 비명은 지르지 않았지만, 입술을 악물고 얼굴빛이 창백해져 가는 것을 스카알렛은 알 수 있었다. 그녀가 램프를 높이 쳐들어 레트의 발 밑을 비쳐 주면서 도어 쪽으로 걷기 시작하자, 멜라니는 벽 쪽을 힘없이 바라보았다.

「뭡니까?」하고 레트는 부드럽게 물었다.

「부탁이에요.」하고 그녀는 무언가를 지시하는 것처럼 속삭였다. 「찰즈.」

레트는 헛소리라도 하는 것이 아닌가 생각하고 그녀를 보았으나 스카알렛에겐 곧 그 의미를 알 수 있었다. 알게 되는 동시에 화가 치밀었다. 멜라니는 벽의 피스톨과 군도 밑에 걸려 있는 찰즈의 은판(銀版) 사진을 말하고 있는 것이다.

「제발 부탁이니.」하고 그녀는 또 속삭였다. 「군도도.」

「응, 알았어.」하고 스카알렛은 대답해 놓고 조심스럽게 계단을 내려가는 레트의 발 밑을 비쳐 주면서 아래층까지 내려갔다가 다시 되돌아가 피스톨과 군도를 벗겼다. 『갓난아이와 램프와 피스톨과 군도, 참으로 묘하게 모여졌구나.』하고 스카알렛은 생각했다. 자기가 죽어가고 있다는 사실도, 양키가 지척에 와 있다는 것도 잊고 단지 찰즈의 유품만을 걱정하다니, 아무래도 멜라니답다고 생각했다.

사진을 벗기면서, 그녀는 찰즈의 얼굴을 힐끗 쳐다보았다. 그러자 그 커다란 다갈색 눈동자와 눈길이 마주쳤다. 그녀는 한순간 그대로 선 채, 사진을 찬찬히 쳐다보았다. 이 사나이가 내 남편이었던 것이다. 짧은 며칠 밤을 함께 지내고, 그를 꼭 닮은 연한 갈색 눈빛을 한 어린애를 나에게 남겨 주고 간 것이다. 그러나 그에 대한 일은 거의 생각나지 않았다.

팔에 안은 갓난아이가 조그만 주먹을 흔들면서 가냘프게 울음 소리를 냈다. 그녀는 갓난아이를 들여다보았다. 그리고 비로소 이 갓난아이가 애실리의 아이라는 것을 깨달았다. 그와 동시에, 몸 안에 남아 있는 모든 힘을 가지고 꼭 껴안고 이 아이가 자기와 애실리 사이에서 생긴 어린애라면 얼마나 좋을까 하고 생각했다.

프리시가 계단을 뛰어올라왔기 때문에 스카알렛은 갓난아이를 그녀에게 건네 주었다. 두 사람은 계단을 뛰어내려갔다. 램프의 그림자가 벽에 일렁일렁 흔들렸다. 홀에 들어서자 모자가 눈에 띄었으므로 스카알렛은 얼른 그것을 쓰고 끈을 매었다. 그건 멜라니의 상복용의 모자였기 때문에 그녀의 머리에는 맞지 않았지만, 자기 것은 어디에 두었는지 생각이 나지 않았다.

집 밖으로 나온 그녀는 램프를 손에 들고 군도가 발에 부딪치지 않도록 누르면서 현관 층계를 내려갔다. 멜라니는 짐마차 뒤쪽에 축 늘어져 누워 있고 웨이드와 타월에 싸인 갓난아이가 그 옆에 웅크리고 있었다. 프리시가 마차에 올라타고 갓난아이를 안았다.

마차는 매우 작고 주위를 둘러 막은 널빤지도 몹시 낮았다. 수레바퀴는 안쪽으로 휘어들고, 구르기 시작하면 당장 빠질 것 같았다. 말을 보자, 그녀는 맥이 탁 풀리는 것이었다. 여위어 빠진 머리를 앞다리 사이로 낮게 늘어뜨리고 있는 빈약한 조그만 말이었다. 등어리는 마구(馬具)에 스쳐서 벌겋게 살이 벗겨지고, 말이라고 생각할 수 없을 것 같은 이상한 숨소리를 내고 있었다.

「대단한 말이지요?」하고 레트는 싱글싱글 웃으면서 말했다. 「마차를 끌고 가다가 죽어 버릴지도 모르지요. 하지만 그래도 이게 그 중 제일 나은 말이었소. 이 말을 내가 어디서 어떻게 훔쳐왔느냐 하는 이야기나, 덕분에 하마터면 총에 맞아 죽을 뻔한 이야기는 나중에 재미있게 각색해서 얘기해 드리지요. 내 나이에 말도둑이라니, 그것도 이렇게 비루먹은 말을 도둑질하는 것도, 오로지 당신 때문입니다. 그건 그렇고 어디 좀 도와 드릴까요?」

그는 그녀에게서 램프를 받아 밑에 내려놓았다. 마부석은 옆으로 좁다란 널빤지를 하나 가로질러 놓았을 뿐이었다. 레트는 스카알렛을 덥석 안아서 그곳에 밀어올렸다. 그녀는 넓은 스커트를 사리면서, 자기가 만약 남자라면 그리고 레트처럼 억세다면 얼마나 좋을까 하고 생각했다. 레트가 옆에 있어 주기만 하면, 사나운 불길도 폭음도 북군도 아무것도 무섭지 않았다.

레트는 마부석에 그녀와 나란히 앉아서 고삐를 잡았다.

「아, 잠깐 기다려 줘요!」하고 그녀는 외쳤다. 「현관에 자물쇠를 채우는 걸 잊었어요.」

그러자 별안간 그는 커다란 소리로 웃으면서, 고삐로 말등을 때렸다.

「뭐가 우스워요?」

「당신이 우스워요. 그것으로 북군을 막아낼 수 있다고 생각하는 당신이.」하고 그는 대답했다. 말은 느릿느릿, 자못 마음이 내키지 않는다는 듯이 달리기 시작했다. 보도에 놓은 램프는 언제까지나 타고 있었으나, 그 조그만 노란 불빛은 그들이 멀어짐에 따라 점점 작아져 갔다.

레트가 걸음이 더딘 말을, 피치트리가로부터 서쪽으로 돌리고 수레바퀴 자국이 많은 샛길로 접어들자, 마차는 심하게 흔들리고 멜라니가 간간이 질식하는 듯한 신음 소리를 냈다. 시커먼 나뭇가지들이 머리 위에 얽혀 있었다. 검고 인기척 없는 집들이 양쪽에 어렴풋이 나타나고 흰 칠을 한 울타리의 목책(木册)이 묘석이 늘어선 것처럼 희미하게 비쳐 보였다. 비좁은 도로는 마치 어두컴컴한 터널 같았다. 그러나 내리덮여 있는 무성한 나뭇잎 사이를 통해서 무서운 불길의 붉은 빛이 새어들어서, 어두운 길에 빛과 그림자가 미친 망령처럼 앞서거니 뒤서거니 하면서 달리고 있었다. 냇내가 점점 짙어져 왔다. 그리고 열기를 머금은 미풍에 실려서, 시내의 중심부로부터 아우성 소리며 군용 마차의 둔한 바퀴 소리며 행진하는 군대의 힘찬 발소리 따위가 뒤섞여서 들려 왔다. 레트가 갑자기 말머리를 돌려 다른 길로 들어섰을 때, 고막을 찢는 듯한 폭음이 공기를 가르면서 무시무시한 검은 연기가 서쪽 하늘로 치솟았다.

「마지막 탄약 창고를 폭파시켰을 거요, 틀림없이.」하고 레트는 침착하게 말했다. 「어째서 오늘 아침에 실어내지 않았담. 어리석은 놈들. 시간은 넉넉하게 있었는데. 어쨌든 우리들에겐 형편이 불리해졌거든. 나는 시내 중앙을 삥 돌아서가면, 저 엄청난 불이며 디케이터의 주정뱅이들을 피해서 안전하게 시의 남쪽으로 갈 수 있을 것이라고 생각했었지요. 그런데, 그러자면 어디선가 마리에타가를 가로질러야 하는데, 지금 그 폭발은 어쩐지 마리에타가 근처인 것 같군요.」

「그럼, 그럼 불 속을 뚫고 가야만 하나요?」하고 스카알렛은 몸서리를 쳤다.

「빨리만 가면 그럴 필요는 없겠는데.」하고 말하면서, 레트는 마차에서 뛰어내리자 그곳 정원의 어둠 속으로 사라졌다. 얼마 안 있어 가느다란 나뭇가지를 손에 들고 돌아오더니, 그 가지로 가죽이 벗겨진 말의 등어리를 사정없이 후려갈겼다. 말은 허덕이면서 비틀거리며 달리기 시작했다. 마차는 앞쪽으로 심하게 흔들리고, 타고 있는 사람들은 남비 속의 옥수수 튀김처럼 튀어올랐다. 갓난아이는 불에 데인 것처럼 울어 댔고 프리시와 웨이드는 마차의 옆구리에 몸을 부딪쳐서 비명을 질렀다. 그러나 멜라니는 한마디도 소리를 내지 않았다.

마리에타가에 가까와지자 나무들이 듬성듬성해지고 무지무지하게 으르렁거리는 소리와 함께 불길은 건물보다도 높이 치솟아 길이나 집들을 대낮보다도 밝게 비추고, 그 그림자가 심한 파도에 시달리는 난파선의 찢겨진 돛처럼 무시무시하게 땅을 기고 있었다.

스카알렛은 이를 딱딱 마주치며 떨고 있었다. 그러나 너무나 무서워서 자기 자신은 그것을 모르고 있었다. 불길의 열기가 얼굴을 달구는데도, 그녀는 오한이 나서 몸을 떨고 있었다. 이것이야말로 바로 지옥이다. 뿐만 아니라 그녀는 지금 그 지옥 속에 있는 것이다. 만약 무릎이 떨리지 않게 할 수만 있다면, 그녀는 마차에서 뛰어내려 비명을 지르면서 지금 온 길을 되돌아가 피티퍼트의 집으로 뛰어들어갔을지도 모른다. 그녀는 레트 곁으로 바싹 다가앉아서 떨리는 손가락으로 그의 팔을 붙잡으며 위안의 말, 무엇이고 마음을 진정시켜 줄 만한 말을 기대하면서, 그의 얼굴을 올려다보았다. 사람들을 비치고 있는 불길한 시뻘건 불빛 속에 그의 검은 옆모습은 고대 동전에 새겨진 조각처럼 뚜렷이 부각돼 있었다. 아름답고 냉혹하고 퇴폐적인 표정이었다. 그녀가 팔을 움켜잡자, 그는 얼굴을 돌렸다. 그 눈은 불빛 못지않을 만큼 무서운 불빛으로 번쩍이고 있었다. 그가 몹시 들떠 있는 것처럼, 그리고 사태를 얕잡아보고 있는 것처럼 스카알렛에게는 생각되었다. 그는 이 광경에 벅찬 환희를 느끼는 것처럼, 그들이 지금 가까이 가려고 하는 지옥을 기꺼이 맞으려는 것처럼 생각되었다.

「이걸로.」하고 그는 혁대에 찌른 총신이 긴 피스톨에 한손을 대면서 말했다.

「당신 있는 쪽에서 마차에 접근하여 말에 손을 대려는 놈이 있으면, 흑인이건 백인이건 상관 말고 쏘시오. 시비는 그 다음에 가려요. 그러나 덤비다가 말을 쏘면 안 돼요.」

「저도, 저도 피스톨이라면 갖고 있어요.」하고 스카알렛은, 막상 죽음에 직면하면 도저히 방아쇠를 당길 자신은 없었지만, 무릎 위에서 피스톨을 움켜쥐고 속삭였다.

「갖고 있다고요? 어디서 난 겁니까?」

「찰즈 거예요.」

「찰즈?」

「그래요, 찰즈. 저의 남편인…….」

「허어, 그럼 당신은 정말로 남편을 가져 본 적이 있단 말입니까?」하고 그는 속삭이고 킥 하고 웃었다.

레트가 좀더 진지해 주기만 한다면! 레트가 좀더 서둘러 주기만 한다면!

「하지만, 그렇다면 어떻게 나에게 어린애가 생겼다고 생각하세요?」하고 그녀는 사납게 외쳤다.

「남편 없이도 어린애를 갖는 방법은 얼마든지 있지요.」

「수다 떨지 말고 빨리 갈 수 없어요!」

그러나 그는 마리에타가 가까이에 이르자, 느닷없이 고삐를 당기고 아직 불길이 닿지 않은 창고 그늘에 마차를 세웠다.

「빨리요!」그녀의 마음을 차지하고 있는 것은 오직 이 한마디뿐이었다.

「군인들입니다.」하고 그가 말했다.

병사의 한 대열이 마리에타가를 걸어왔다. 세차게 불타고 있는 건물 사이를 보통의 행군 속도로, 가까스로 총은 메고 있지만 고개를 축 늘어뜨리고 너무나 지쳐서 서두르지도 못 하고, 좌우로 떨어지는 불타는 목재며 주위에 밀어닥치는 연기에 주의할 기력도 없는 것 같았다. 옷은 너덜너덜하였고, 겨우 찢어진 모자의 테에 꿰매 붙인 C·S·A(동맹로병)의 표지만을 간혹 볼 수 있어서 그것으로 겨우 병사와 장교를 분간할 수 있었다. 대부분 맨발인 사람이 많고 머리나 팔에 더러운 붕대를 감고 있는 사람도 많이 섞여 있었다. 그들은 말도 없고, 좌우를 보는 일도 없이 묵묵히 지나갔다. 만약 발소리까지도 내지 않았다면, 영락없는 유령이다.

「잘 보아 두십시오.」하고 레트의 조롱적인 말투가 나왔다. 「영광스런 대의를 위해서 싸운 군대가 퇴각하는 마지막 부대를 보았다고, 손자들에게 들려 줄 때도 있을 테니까 말입니다.」

갑자기 스카알렛은 이 사나이가 미워졌다. 한때는 공포조차 잊고, 공포 따위는 보잘것없는 하찮은 것이라고 생각했을 만큼 그가 극도로 밉다고 생각했다. 그녀의 안전도, 뒤에 타고 있는 사람들의 안전도 오직 그에게 달려 있다는 것은 알고 있었지만, 이 비참한 아군 대열을 비웃는 그가 미워서 견딜 수 없었던 것이다. 그녀는 죽은 찰즈와, 죽었을지도 모를 애실리와, 엉성한 무덤 속에서 썩어 가고 있는 씩씩하고 용감한 모든 청년들을 생각했다. 그리고 지난날엔 그녀 자신도, 이들 병사들을 바보라고 생각하고 있었다는 것은 까맣게 잊어버리고 있었다. 그녀는 말을 할 수가 없었다. 그러나 찬찬히 그를 쏘아보고 있는 그녀의 눈에는 심한 증오와 혐오가 타고 있었다.

부대의 마지막 병사들이 지나가려고 했을 때, 총을 끌며 걷고 있던 마지막 줄의 조그만 그림자가 비틀거리다가 걷지 못하게 되고 후퇴해 가는 부대의 뒤를 물끄러미 바라본 채 거기에 멈춰서고 말았다. 얼굴은 먼지투성이가 되고 극도의 피로 때문에 표정을 잃어서 마치 몽유병자처럼 보였다. 키는 스카알렛 정도밖에 안 되고, 총의 길이와 별로 차이가 없을 만큼 작았다. 더럽혀진 얼굴에는 수염도 나 있지 않았다. 나이는 고작 열 다섯 살쯤이었다. 향토 방위군의 일원(一員)이거나 아니면 학교를 뛰어나와 군대에 들어간 학생이 틀림없을 것이라고 스카알렛은 애처롭게 생각했다.

계속 보고 있으려니까, 소년의 무릎은 차츰 꺾이더니 마침내 모래 먼지 속에 쓰러지고 말았다. 그리고 마지막 대열에서 두 병사가 아무 말없이 소년에게로 되돌아왔다. 그리고 허리의 혁대에 닿을 만큼 길고 검은 수염에, 키가 크고 깡마른 사나이에게 자기 총과 소년의 총을 둘 다 건네주었다. 그리고 몸을 굽혀 소년을 거뜬하게 어깨에 둘러메었다. 무게 때문에 어깨를 구부리면서 천천히 부대 뒤를 따라갔다. 소년은 몹시 지쳐 있었지만, 윗사람들에게 놀림을 받은 아이처럼 성을 내며 외치기 시작했다.「내려줘 ! 내려 달라니까 ! 난 걸을 수 있단 말이야 ! 」

텁석부리 사나이는 잠자코 길 모퉁이를 돌아서 가 버렸다.

레트는 고삐를 늦춘 채 꼼짝 않고 앉아서 그들의 모습을 배웅하고 있었다. 이때 그 거무튀튀한 얼굴에 이상하게 침통한 표정이 나타났다. 그러자 가까이에서 재목이 무너져내리는 소리가 들리고 자기들이 그 그늘에 숨어 있던 창고의 지붕 위를, 엷은 불길의 혓바닥이 핥기 시작하는 것을 스카알렛은 보았다. 그러자 순식간에 승리에 날뛰는 깃발 같은 불길이 머리 위에 높이 펄럭였다. 뜨거운 연기가 스카알렛의 콧구멍을 덮쳤다. 웨이드와 프리시는 캑캑거리고 갓난아이는 낮게 재채기 같은 소리를 내었다.

「어머, 어떻게 된 거예요, 레트! 당신, 정신이 돈 게 아니에요? 빨리! 서둘러요!」

레트는 거기에는 대답하지 않고 나뭇가지로 힘껏 말 등어리를 후려때렸다. 그 호된 채찍의 힘으로 말은 쏜살같이 달리기 시작했다. 온 힘을 쥐어짠 속력으로 말은 수레를 흔들면서 마리에타가를 가로질렀다. 앞쪽은, 그야말로 불길의 터널이었다. 철도 선로로 통하는 비좁고 짧은 길 양쪽에서 집이 한창 타고 있는 것이었다. 그들은 그 속을 뚫고 나갔다. 태양을 열 두 개를 합친 것보다도 더 강렬한 섬광이 눈을 어지럽게 하고 진무를 것 같은 열기가 피부를 덮치고 우르릉우르릉 하는 소리, 우지직우지직 하는 소리, 와그르르 하는 소리가 고통의 물결이 되어 귀를 덮쳤다. 이 화염 지옥 속에 있었던 시간은 영원만큼 길게 느껴졌으나 드디어 그들은 별안간 어스름 속으로 다시 들어갔다.

레트는 기계적으로 채찍질을 하면서 그 길을 곧장 달려나가서 건널목을 뛰어넘었다. 그의 얼굴은 자기가 어디에 있는지조차 잊은 것같이 마음이 엉뚱한 곳에 가 있는 것처럼 보였다. 넓은 어깨를 앞으로 구부리고 무슨 유쾌하지 못한 생각에 사로잡힌 것처럼 턱을 내밀고 있었다. 불길의 열기 때문에 이마와 볼에 땀이 비오듯 흐르고 있었지만, 그는 그것을 닦으려고도 하지 않았다.

마차는 샛길에서 샛길로, 비좁은 거리를 몇 번이나 꼬불꼬불 돌아갔기 때문에, 스카알렛은 방향조차 알 수 없게 되고 말았다. 불길의 으르렁거리는 소리는 이미 들려 오지 않았다. 레트는 여전히 말도 없이 그저 규칙적으로 채찍을 휘두르고 있을 뿐이었다. 하늘을 물들이고 있던 불도 차츰 없어져서 길은 어둡고 무서워졌다. 스카알렛은 갑자기 공포에 쫓기어 어떤 말이라도 좋다, 조롱이건 모욕이건 아무리 심한 말이라도 좋으니 레트가 말을 걸어 주기를 바랐다. 그러나 그는 입을 열려고 하지 않았다.

스카알렛으로서는 그가 말을 해주든 안 해주든 곁에 있어 주는 것만으로도 마음 든든하게 느껴졌고 고맙게 생각했다. 곁에 한 사나이가 있고 그에게 붙어 앉아 그의 팔의 울퉁불퉁한 근육을 느끼고, 그리고 그가 형용할 수 없는 공포와 그녀 사이에 떡 버티고 앉아 있다고 생각하면 아니, 단지 그가 거기에 있다는 것만으로도 아주 마음 든든했다.

「저, 레트.」하고 그녀는 그의 팔을 꼭 잡고 속삭였다. 「우린 당신이 없었다면 어떻게 되었을까요? 당신이 군대에 들어가지 않아서 참 다행이었어요.」

그는 얼굴을 돌려 그녀를 힐끗 보았다. 그것은 그녀를 소스라치게 하고 저도 모르게 팔을 잡았던 손을 떼게 하는 눈초리였다. 그의 눈에는 여느 때와 같은 조롱기가 없었다. 마음을 송두리째 드러내 놓은 눈초리 속에는, 분노와 무엇인지 알 수 없는 난처함 비슷한 것이 나타나 있었다. 그는 입술을 꽉 다물고, 곧 앞쪽으로 얼굴을 돌렸다. 오랫 동안 그들은 한마디도 말을 나누지 않고 마차에 흔들리면서 갔다. 다만 이따금 갓난아이의 울음 소리와 프리시의 훌쩍이는 소리가 들려 올 뿐이다. 그 훌쩍이는 소리를 견디다 못하여 돌아다보고 프리시를 꼬집자 프리시는 커다란 비명을 질렀으나, 이윽고 소리를 냈다가 꾸지람 듣는 것이 무서워서 다시 잠잠해지고 말았다.

마침내 레트가 말머리를 똑바로 돌리고 나서 얼마 안 있다가 넓고 평평한 길이 나왔다. 어둠 속에서 어렴풋이 보이는 집들의 그림자는 차츰 멀어지고 양쪽에는 숲이 벽처럼 한없이 잇닿아 있었다.

「겨우 애틀랜타를 벗어났군요.」하고 고삐를 당기면서 레트는 무뚝뚝하게 말했다. 「이것이 라프 앤드 레디로 통하는 원 길이지요!」

「서둘러 주세요. 세우지 마세요.」

「말을 한숨 돌리게 해야지요.」하고 그는 그녀 쪽을 돌아보며 느릿한 말투로 물었다. 「그런데 스카알렛, 당신은 아직도 이 따위 미친 짓을 계속할 작정입니까?」

「계속하다뇨?」

「당신은 아직도 타라까지 뚫고 나갈 작정이냐는 말입니다. 그건 마치 자살 행위예요. 스티브 리 장군의 남군 기병대와 북군이 여기하고 타라 사이를 막아서고 있으니까 말입니다.」

아! 끔찍했던 오늘 하루를 간신히 여기까지 빠져나왔는데 이제 와서 그는 타라에 가기를 마다하는 것일까?

「네, 가고 싶어요! 가고 싶어요! 제발 레트, 서둘러 주세요. 말은 아직도 지치지 않았어요.」

「잠깐 기다려 주십시오. 이 도로에서 존즈보로로 갈 수는 없습니다. 철길을 따라 갈 수도 없어요. 라프 앤드 레디 이남은 종일 전투가 있었으니까요. 당신은 라프 앤드 레디도 존즈보로도 지나지 않고 타라로 가는 길을 알고 있읍니까? 작은 짐마차만 지날 수 있으면, 어떤 길이라도 좋겠는데.」

「알고 있어요.」하고 스카알렛은 마음이 놓여서 외쳤다. 「라프 앤드 레디 근처까지 가면, 존즈보로로 가는 원 길에서 갈라져서 몇 마일인가 돌아서 가는 짐마차 길이 있어요. 아버지와 같이 곧잘 말을 타고 다녔던 길이에요. 그 길로 가면 매킨토시네 농장으로 나가게 돼요. 타라에서 겨우 일 마일쯤 되는 곳이에요.」

「좋소. 당신은 아마 라프 앤드 레디를 무사히 통과할 수가 있을 거요. 스티브 장군이 오늘 오후까지 거기서 남군의 후퇴를 엄호하고 있었으니까, 북군은 아직 와 있지 않다고 생각되오. 만약 스티브 리 장군의 부하에게 이 말을 빼앗기지만 않는다면, 당신은 무사히 통과할 수 있을 게 틀림없소.」

「내가, 내가 말인가요?」

「그렇소, 당신이 말입니다.」 그의 목소리는 거칠었다.

「하지만 레트, 당신은, 당신이 데려다 주시는 게 아닌가요?」

「아뇨, 난 여기서 작별해야겠읍니다.」

그녀는 미칠 것 같은 심정으로 주위를 둘러보았다. 등뒤의 남빛 하늘을, 감옥의 벽처럼 양쪽에 늘어서 있는 사람들의 모습을, 그리고 마지막으로 레트를 보았다. 아, 나는 미쳐 버린 것이 아닐까? 레트의 말을 잘못 들은 것은 아닐까?

그는 이미 웃고 있었다. 희미한 밝음 속에서 그의 흰 이를 볼 수가 있었다. 눈에는 예의 조롱기가 서려 있었다.

「작별? 그리고 어디로, 어디로 당신은 가시나요?」

「사랑하는 아가씨여, 나는 군대와 함께 가는 거요.」

그녀는 안심과 초조가 뒤섞인 한숨을 푹 쉬었다. 왜 그는 하필이면 이런 경우에 농담을 하는 것일까? 레트가 군대에 들어가면? 그는 북소리나 웅변가의 신나는 말에 속아넘어가서 목숨을 버리러 가는 바보, 약삭빠른 사람에게 벌이를 시켜 주기 위해서 목숨을 버리는 바보들을 그처럼 입이 닳도록 욕을 하지 않았던가.

「너무 놀라게 해주면, 당신을 목졸라 죽일 테예요. 자아, 어서 가주세요.」

「나는 농담을 하고 있는 게 아닙니다. 나의 용감한 희생적 정신을 당신이 보다 훌륭한 정신을 갖고 이해하여 주시지 않는다는 것은 섭섭한데요. 당신의 애국심, 우리들의 영광스런 대의에 대한 당신의 사랑은 어디 갔지요? 자, 지금 이야말로 당신은 방패를 들고 서라, 아니면 방패에 실려 돌아오라(스파르타의 어머니는 하들이 출정할 때 용감하게 싸워라, 아니면 방패에 실려오는 것(즉 죽음)을 명예로 알라고 격려했다 — 역자주)고 격려할 때입니다. 하지만 격려하시려면 빨리 격려해 주십시오. 나도 싸움터로 달려가기 전에, 용감한 연설 한마디쯤은 떠들고 싶으니까요.」

그의 유연한 목소리는 조롱하는 것처럼 그녀의 귀에 울렸다. 그는 그녀를 놀리고 있는 것이다. 뿐더러 그녀에게는 어쩐지 그가 그 자신까지도 조롱하고 있는 것처럼 생각되었다. 그는 대관절 무슨 소리를 하고 있는 것일까? 애국심이니 방패니 용감한 연설이니 하면서 말이다. 그가 하는 말 뜻을 알 수 없었다. 죽을지도 모를 여자와 갓 태어났을 뿐인 갓난아이와 바보 같은 검둥이 계집애와 겁에 질린 여자애를 어깨에 짊어지고 있는 그녀를, 이렇게 어두운 한길에 내버리고, 그뿐더러 앞으로 몇 마일이 될지 모르는 싸움터와 패잔병과 북군과 불길과 그 밖에 무엇이 튀어 나올지도 알 수 없는 속을, 그녀에게 돌파시키려는 마당에, 태평스럽게 그런 잔소리를 떠벌리고 있는 것이 아무래도 제정신이라고는 믿어지지 않았다.

옛날 그녀가 여섯 살 때 나무에서 떨어져 배를 다친 일이 있었다. 그때의 숨을 돌릴 때까지의 괴로움을 지금도 생각해 낼 수가 있었다. 그리고 지금 레트를 보고 있으려니까 그때와 똑같은 숨도 쉴 수 없는 고통, 기절할 것 같은, 구역질이 날 것 같은 불쾌감을 느끼는 것이었다.

「레트, 당신은 농담을 하고 계시는군요.」

그녀는 그의 팔을 잡았으나, 자기의 손목에 공포의 눈물이 뚝뚝 떨어지는 것을 느꼈다. 그는 그녀의 손을 잡고 기분 좋게 키스했다.

「어디까지나 이기주의적인 아가씨로군요. 당신은 단지 자기 목숨의 귀중한 것만 생각하고 우리 정의를 용감하게 받드는 남부 동맹에 대해서는 조금도 생각하지 않는군요. 내가 뒤늦게 나타남으로 해서 얼마나 아군의 사기를 북돋아 줄 것인지, 생각 좀 해 보십시오.」

그의 목소리에는 짓궂은 다정스러움이 깃들어 있었다.

「오, 레트.」그녀는 울음 소리를 냈다. 「어떻게 그런 짓을 할 수가 있어요? 어째서 우리들을 버리고 가시나요?」

「어째서?」그는 쾌활하게 웃었다. 「우리들 남부인 모두에게 숨어 있는 감상적 버릇이 본색을 드러냈는지도 모르오. 아냐, 그것보다도 아마, 아마, 내가 수치를 알게 되었기 때문인지도 모르오. 어느 쪽인지 잘 모르겠지만 말입니다.」

「수치를 알았다고요? 수치를 알았다면 죽는 게 옳아요. 우리들을 이런 곳에 버려 두고, 외톨박이인 연약한…….」

「스카알렛, 당신은 절대로 연약하지 않아요. 당신처럼 이기적이고 의지가 굳은 사람이 연약하다는 일은 절대로 없소. 당신을 붙잡는다면, 그 북군이야말로 좋은 낯짝일 겁니다.」

그는 갑자기 마차에서 뛰어내렸다. 그리고 어떻게 해야 할지 몰라 난처한 얼굴로 멍하니 바라보고 있는 그녀 쪽으로 돌아왔다.

「내리십시오!」그는 명령하듯이 말했다.

그녀는 그를 응시했다. 그는 우악스럽게 손을 뻗쳐서 그녀를 안아 자기 옆의 땅바닥에 내려놓았다. 그리고 그녀를 두말 없이 마차에서 몇 걸음 떨어진 곳까지 끌고갔다. 그녀는 신발 속에 모래와 잔돌이 들어가서 발이 아팠다. 고요하고 따뜻한 어둠이 그녀를 꿈처럼 감쌌다.

「나는 당신에게 알아 달라고 용서해 달라고도 부탁하지 않소. 당신이 이해해 주거나 용서해 주거나, 그런 건 나에게 있어서 조금도 고맙지 않아요. 우선 나 자신 왜 이런 바보같은 짓을 할 생각이 났는지 조금도 알 수 없고, 용서할 수도 없으니까요. 아직도 내 속에 돈키호테적인 것이 이처럼 많이 남아 있는 걸 발견하고 나는 내 자신에게 감당할 수가 없게 됐단 말입니다. 하지만 우리 아름다운 남부는, 지금 모든 남자를 필요로 하고 있소. 우리 용감하신 브라운 지사가 그렇게 말하지 않았던가요? 그런 건 아무래도 좋소. 어쨌든 나는 싸우러 가는 겁니다.」그는 별안간 웃었다. 어두운 숲에 메아리칠 만큼 잘 울리는, 거리낌 없는 웃음 소리였다.

「사랑스런 그대여, 이 몸이 이렇듯 명예를 깊이 사랑하지 않았던들, 그대를 또한 이렇듯 사랑하지 않았으리! 어때요? 이 자리에 어울리는 연극 대사가 아닙니까? 적어도 내가 현재 생각해 낼 수 있는 것보다는 훨씬 낫다는 것만은 확실합니다. 왜냐하면 스카알렛, 지난달의 그 날 밤, 당신네 포치에서 그런 소리를 지껄이긴 했지만, 나는 실인즉 당신을 사랑하고 있기 때문이오.」

그의 유연한 말투는 애무하듯이 울리고 그의 뜨겁고 힘찬 손은 그녀의 드러난 팔뚝을 가만히 쓸어올렸다. 「나는 당신을 사랑하고 있소. 둘 다 배신자이고 이기주의적인 부덕한(不德) 같은 면이, 그야말로 비슷해요. 그렇기 때문에 나는 당신을 사랑하는 거요. 우리들은 자기만이 안전하고 유쾌하면 세상이 어떻게 되든 아랑곳하지 않으니까요.」

그의 말소리는 어둠 속에서 계속되었다. 그러나 그녀는 그런 말을 들어도 아무런 느낌도 생기지 않았다. 그녀의 마음은 지쳐서, 단지 그가 자기들을 북군의 눈 앞에다 버리고 간다는 매정한 사실을 자기에게 이해시키려고 애쓰고 있을 뿐이었다. 그녀의 마음은 그저 『레트가 나를 버리고 간다, 레트가 나를 버리고 간다.』 하고 뇌까리고 있을 뿐이었다. 그러나 아무런 감정도 일어나지 않았다.

이윽고 그는 팔을 그녀의 허리와 어깨에 둘렀다. 그녀는 그의 굳은 허벅다리의 근육을 자기의 육체에 느끼고, 그의 의상의 단추가 가슴에 눌려지는 것을 느꼈다. 어리둥절한, 무서운 듯한, 따뜻한 감정의 조수가 온 몸에 흘러서 시간도 장소도 환경도 그녀의 마음에서 날려 보내고 말았다. 그녀는 자기를 헝겊으로 만든 인형처럼 맥없는 것으로 느끼고, 단지 따뜻하고 약하고 무력한 것으로 느꼈다. 그리고 자기를 받쳐주고 있는 그의 팔만이 기분 좋게 느껴졌다.

「내가 한 말을 다시 생각해 보실 마음은 없소? 위험과 죽음만큼 자극을 주는 것은 없어요. 애국심을 불러 일으켜 주시오, 스카알렛. 죽음을 각오한 전사를 어떻게 하면 아름다운 추억과 함께 싸움터로 보낼 수 있을지, 그걸 생각해 보아요.」

그는 벌써 키스하고 있었다. 그의 수염이 그녀의 입술에 부드럽게 스쳤다. 밤새도록이라도 계속하고 있을 듯이 침착하고 그리고 뜨거운 키스였다. 찰즈는 이런 식으로 키스한 일이 없었다. 이렇게 그녀를 흥분케 하고, 차갑게 만들고, 몸을 부르르 떨게 하는 키스는 탈레턴 댁이나 캘버트댁의 청년들도 한 적이 없었다. 그는 그녀의 몸을 젖히게 하고 입술을 목에서 웃도리에 단 보석 있는 데까지 더듬어 내려왔다.

「사랑스러워.」하고 그는 속삭였다.「정말 사랑스러워.」

그녀는 어둠 속의 마차 그림자를 물끄러미 바라보았다. 그리고 높고 가는 웨이드의 목소리를 들었다.

「엄마, 웨이드 무서워!」

정열에 이성을 잃은 그녀의 마음에 갑자기 싸늘한 의식이 되돌아왔다. 그러자 그때, 그녀가 그 동안 잊고 있었던 일, 자기 역시 무섭다는 것, 그리고 레트가 자기를 내버리고 가 버린다는 사실을 생각해 냈다. 그뿐 아니라, 그는 길가에 서서 뻔뻔스런 구애로써 그녀를 모욕하는 것 같은 파렴치한 짓을 감히 했던 것이다. 그걸 생각하자, 노여움과 증오가 몸 안에 확 퍼져 등뼈가 꼿꼿해져서, 사납게 몸을 뒤틀어 그의 팔에서 몸을 떼었다.

「비인간!」하고 외쳤으나, 그녀의 마음은 좀더 호된 욕설은 없을까 하고 부글부글 끓고 있었다. 아버지 제랄드가 링컨 씨나 매킨토시네나 고집 센 노새에게 곧잘 퍼붓듯 그런 욕설을 생각해 내려고 했지만, 도무지 나오지 않았다. 「이천하고 비겁하고 더러운 망나니 같으니!」그리고 이 이상 가슴이 후련해질 만한 욕설이 생각나지 않았기 때문에 그녀는 팔을 당기고 남아 있는 온 힘을 그 팔에 담아서, 그의 입언저리를 후려갈겼다. 그는 얼굴에 손을 대고 한 걸음 뒤로 물러났다.

「아아!」하고 그는 조용히 소리쳤다. 그리고 잠시 두 사람은 어둠 속에 마주보고 서 있었다. 스카알렛은 그의 무거운 숨소리를 들을 수가 있었다. 그녀의 숨결도 힘껏 달리고 난 뒤처럼 헐떡거리고 있었다.

「남들이 모두 하던 말이 옳았어요! 누구의 의견이나 다 옳아요! 당신은 신사가 아녜요!」

「사랑하는 아가씨여.」하고 그는 말했다.「그것만으로는 좀 부족하지 않습니까?」

그녀는 그가 웃고 있다는 것을 알았다. 그렇게 생각하자 더욱 화가 치밀었다.

「자아, 가 버려요! 지금 당장 가주세요, 빨리! 이젠 두 번 다시 당신 같은 사람 만나고 싶지 않아요. 당신 같은 사람은 대포 알이나 맞았으면 좋겠어. 그리고 산산 조각이 났으면 좋겠어요. 나는……」

「아니, 이제 그만하면 됐소. 당신의 전체적인 의견은 대략 그것으로 짐작이 가니까요. 내가 죽어서 국가의 제단에 모셔졌을 때, 당신이 양심의 가책을 느껴 주시도록 기대하겠습니다.」

그녀는 웃으면서 몸을 돌려 마차 쪽으로 가는 그의 모습을 보았고, 멜라니에게 이야기하고 있는 그의 목소리를 들었다. 그 목소리는 언제나 그가 멜라니에게 이야기할 때의 정중한 존경을 담은 말투로 바뀌어 있었다.

「어떻습니까, 윌크스 부인.」

마차 속에서 프리시의 겁먹은 목소리가 대답했다.

「큰일났사와요, 버틀러 선장님! 멜라니 아씨께서는 벌써부터 까무러쳐 누워 계시와요..」

「죽은 것은 아닐 테지. 숨은 쉬고 계시냐?」

「네, 숨은 쉬고 계시와요.」

「그럼 그냥 그렇게 놔두는 편이 좋다. 의식이 있다면, 이런 고통 속에서 도저히 살아 있을 수가 없을 거야. 잘 간호해 드려야 한다. 프리시. 자, 은화를 줄 테니까 받아 둬라. 너는 지금 그대로라도 무던한 바보니까, 그 이상 바보가 될 생각은 아예 말아라.」

「네, 고맙습니다요.」.

「잘 가요, 스카알렛.」

그가 자기를 돌아다보고 있다는 것은 알고 있었지만 그녀는 잠자코 있었다. 너무나 미워서 말이 나오지 않았던 것이다. 그의 발은 길에 깔린 자갈을 버적버적 밟고 있었다. 한동안 그의 넓은 어깨가 어둠 속에 어렴풋이 보였으나, 이윽고 보이지 않게 되었다. 그리고 잠시 그의 발소리만이 들려 왔으나, 얼마 뒤 그것도 사라졌다. 그녀는 천천히 마차 쪽으로 돌아갔다. 무릎이 떨리고 있었다.

그는 왜 가 버렸을까? 어둠 속으로, 전쟁 속으로, 상실된 대의 명분 속으로, 미친 것 같은 세계 속으로, 여자와 술의 환락을, 맛있는 식사나 푹신한 침대의 즐거움을, 고급 린네르나 가죽의 감촉을 그처럼 사랑하고, 그리고 남부의 모든 주(州)를 미워하고 남부를 위해서 싸우는 사람들을 그처럼 바보라고 비웃던 레트가 어째서 가 버린 것일까? 그는 바야흐로 굶주림이 쉴새없이 엄습해 오고, 부상과 피로와 상심이 울부짖는 이리처럼 판을 치고 있는 고난의 길로, 그 잘 닦여진 장화를 신고 들어선 것이다. 그 길이 끝나는 곳은 죽음이다. 굳이 갈 필요는 없잖은가. 그는 안전하고 유복하게, 그리고 유쾌한 생활을 할 수 있을 텐데.

그러나 그는 가 버렸다. 그녀와 타라 사이에는 아직도 북군이 있다는데, 나를 이 지척을 분간할 수 없는 어둠 속에 혼자 놓고 가 버린 것이다.

그때서야 그녀는 그에게 퍼붓고 싶은 욕설이 생각났다. 그러나 이미 때가 늦었다. 그녀는 머리를 늘어뜨리고 있는 말의 목에 기대어 울었다.

24

머리 위에 우거진 나무들의 우듬지 사이로 비쳐드는 밝은 햇살에 스카알렛은 눈을 떴다. 불편한 자세로 잠잤던 탓인지 몸이 뻐근하고, 잠시 동안은 자기가 어디에 있는 것인지도 생각나지 않았다. 태양은 눈부시고, 등을 받친 마차 바닥의 딱딱한 널빤지가 배기고 다리엔 무거운 것이 얹혀져 있었다. 일어나려다가 문득 깨닫고 보니, 다리 위의 무거운 것은 그녀의 무릎을 베개삼아 잠자고 있는 웨이드였다. 멜라니의 맨발이 바로 눈앞에 있었다. 프리시는 마부석 밑에서 검은 고양이처럼 둥글게 몸을 구부리고 자고 있었고, 그녀와 웨이드 사이에는 작은 갓난아이가 끼어 있었다.

이윽고 그녀는 모든 것을 생각해 낼 수가 있었다. 그래서 정신이 번쩍 나서 일어나 고쳐앉아, 얼른 주위를 둘러보았다. 다행스럽게도 북군 병사의 모습은 아무데도 보이지 않는다! 그녀들이 숨어 있는 이곳은 밤 사이에 끝내 발견되지 않았던 것이다. 모든 일이 머리 속에 되살아났다. 레트의 발소리가 사라져 버리고 난 뒤의 악몽과도 같은 여행길, 끝없는 밤, 덜컹거리며 쉬지 않고 달려온 수레바퀴 자국과 자갈투성이의 캄캄한 길, 이따금 바퀴가 미끄러져 빠진 길 양쪽의 깊은 도랑, 그때마다 그녀와 프리시는 무서움에 죽을 힘을 다하여 마차를 도랑에서 밀어올렸던 것이다. 그녀는 얼마나 여러 번 군대가 다가오는 소리를 듣고 적인지 아군인지도 모른 채 밭이나 숲 속으로, 마다하는 말을 억지로 몰아댔던가! 또 기침 하나, 웨이드의 딸꾹질 따위가 자기들의 소재를 군인들에게 알리지나 않을까 하고 얼마나 걱정했던가. 아아, 군인들이 말소리도 내지 않고 마치 유령처럼 지나간 저 어두운 거리. 들리는 것이라곤 단지 부드러운 흙을 밟는 조용한 발소리와 마구가 스치는 희미한 소리와 졸라맨 가죽 띠가 삐걱거리는 소리뿐이었다. 그리고 또한 말이 지쳐서 갑자기 움직이지 않게 되어, 그녀들이 숨을 죽이고 있는 곁을, 기병대와 포차가 달려 지나가던 그때의 무서움이란!

손을 뻗치면 닿을 만큼 너무나 가까운 옆이었기 때문에 군인들의 몸에서 풍기는 퀴퀴한 땀냄새까지 맡을 수 있었을 정도였다.

가까스로 라프 앤드 레디가 가까와지자, 야영하는 불빛이 둘셋 보였다. 스티브 리 장군의 후위 부대 중의 마지막 부대가 후퇴 명령을 기다리고 있는 것이었다. 그녀들은 그 야영의 불이 보이지 않게 될 때까지 일 마일 가량이나 경작지를 가로질러 우회했다. 그런데 그러는 사이 어둠 속에서 길을 잃고, 환히 알고 있을 줄만 알았던 좁은 짐마차 길을 찾아낼 수가 없어서, 그녀는 마침내 울어 버리고 말았다. 이윽고 가까스로 길을 찾게 되자, 이번에는 마차가 바퀴 자국에 빠져서 말이 움직이지 않게 되고 말았다. 그리고 그녀와 프리시가 아무리 말을 끌어도 일어나려 하지 않는 것이다.

할 수 없이 그녀는 마구를 끄르고 녹초가 되어 짐마차 뒤쪽에 기어들어가 아픈 다리를 뻗었다. 졸려서 막 잠이 들려고 할 때에 멜라니가 이렇게 말한 것을 어렴풋이 기억하고 있다. 그것은 빌 듯이 부탁하는 가냘픈 목소리였다. 「스카알렛, 물 좀 먹을 수 없어요? 소원이에요.」

「물이 어디 있어야지.」이렇게 그녀는 말했으나, 아직 말을 다 끝내기도 전에 벌써 잠들고 말았다.

그러나 벌써 아침이었다. 사방은 조용하고 화창하고 녹음이 짙고, 군데군데 금빛으로 햇살이 빛나고 있다. 군인들의 모습은 아무 데도 보이지 않는다. 배는 고프고 목은 탔다. 온 몸의 뼈 마디 마디가 아팠다. 여태까지 린네르 시트와 가장 보드라운 깃털 이불 속이 아니면 편한 잠을 잘 수 없었던 스카알렛 오하라가, 마치 들일하는 여자처럼 딱딱한 널빤지 위에서 잠을 잘 수 있었다는 것이 이상해서 견딜 수 없었다.

햇빛에 눈을 깜박거리면서 문득 멜라니의 모습을 바라보다가, 그녀는 갑자기 무서워져서 숨을 헐떡거렸다. 멜라니가 새파랗게 질린 얼굴로 너무나 조용히 자고 있으므로, 죽은 게 아닐까 하고 생각한 것이다. 정말로 멜라니는 죽은 것 같았다. 여윌 대로 여윈 얼굴에 흐트러진 검은 머리가 뒤엉켜서, 마치 죽은 노파처럼 보였다. 그러나 자세히 보니 가는 숨을 쉬고 있어서 가슴을 조금씩 들먹이고 있기 때문에 겨우 마음이 놓였다. 역시 멜라니도 지난밤을 살아냈던 것이다.

스카알렛은 이마에 손을 대고 또다시 주위를 둘러보았다. 그녀들은 분명히 어떤 집 앞뜰의 우거진 나무 밑에서 하룻밤을 지냈던 것이었다. 그것은, 모래와 자갈이 깔린 마차길이 눈 앞에서부터 쭈욱 뻗어서 삼목 가로수길 아래로 꾸불꾸불 사라지고 있기 때문이다. 『어머, 멜라니 농장 아니야!』하고 그녀는 생각했다. 아는 사람이 있다, 그 아는 사람에게 도움을 받을 수 있다고 생각하자 너무 기뻐서 가슴이 마구 뛰었다.

그러나 이 농장에도 역시 죽음 같은 고요가 내리덮여 있었다. 말발굽이며 수
레바퀴며 군화에 함부로 짓밟혀서 관목도 잔디밭의 풀도 엉망진창이 돼 있고,
흙까지 파헤쳐져 맨 땅이 드러나 있었다. 집 쪽을 바라보니, 눈에 비친 것은 그
녀가 잘 알고 있는 옛날 그대로의 흰 판자벽 집이 아니라, 시커멓게 그을은 장방
형의 화강암 주춧돌과 불에 그을은 나뭇잎 사이로 우뚝 서 있는 그을은 두 개의
높은 굴뚝이 있을 뿐이었다.

그녀는 오싹해서 깊은 한숨을 쉬었다. 타라도 또한 이런 식으로, 건물은 모두
불타 버리고 죽은 것처럼 잠잠하기만 할까! 『지금, 그런 일을 생각해선 안
된다.』하고 그녀는 자신에게 타일렀다. 『자신에게 그런 것을 생각해서는 안
된다. 생각하면 또 무서워질 뿐이다.』 그러나 저도 모르게, 그녀의 고동은 무
섭게 뛰고, 그 고동의 하나하나가 마치 이렇게 외쳐 대고 있는 것 같았다.

『우리 집으로! 서둘러라! 우리 집으로 서둘러라!』

또다시, 내 집을 바라고 출발하지 않으면 안 되었다. 그러나 그것보다도 우선
먹을 것과 물, 그 중에서도 물을 찾아내야 했다. 그녀는 프리시를 흔들어 깨
웠다. 프리시는 눈알을 뒤룩거리며 주위를 둘러보았다.

「아이고머니나, 스카알렛 아씨, 전 죽어서 천당에서 눈을 뜬 줄로만 알고 있
었사와요.」

「아직도 너는 천당에 가려면 멀었다.」하고 말하면서, 스카알렛은 헝클어진
머리카락을 쓸어올렸다. 얼굴은 개기름이 번지고 몸은 땀에 젖어 있었다. 온 몸
이 지저분하게 끈적거렸고 악취마저 풍길 것 같았다. 입은 채로 잤기 때문에,
옷은 수세미처럼 되어 있었다. 이렇듯 심하게 지쳐서 몸이 쿡쿡 쑤신 적은 난생
처음이었다. 간밤의 서투른 노동 때문에, 여태까지는 전혀 생각지도 못 했던 여
러 군데의 근육이 아프기 시작하여 몸을 조금만 움직이는 것도 고통스러웠다.

멜라니를 내려다보니, 그녀는 검은 눈을 뜨고 있었다. 그것은 열에 떠서 번들
거리는 병든 눈이었고, 눈 밑에 부석부석한 것 같은 검은 그늘이 생겨 있었다.
멜라니는 바싹 탄 입술 사이로 애원하듯이 속삭였다. 「물 줘요.」

「일어나라, 프리시.」하고 스카알렛은 명령했다. 「나하고 함께 우물로 가서
물을 길어와야 할 테니까.」

「하지만 스카알렛 아씨! 귀신이 나오면 어쩝니까요. 틀림없이 누군가 죽어
있을지도 모릅니다요.」

「만약 네가 마차에서 내리는 게 싫다고 한다면, 너를 귀신으로 만들어 버릴
테다.」하고 절룩절룩 마차에서 내려오면서 스카알렛은 말했다. 더 이상 프리시

를 상대로 쓸데없는 말다툼 따위는 하고 싶지 않았다.

그때 불현듯이 말 생각이 났다. 오, 하느님! 만약 말이 밤 사이에 죽어 버렸다면 어쩌지? 어젯밤 마구를 풀어 주었을 때도 당장이라도 죽을 것 같은 몰골이었다. 얼른 마차를 돌아서 뛰어가 보니, 말은 모로 쓰러져 있었다. 만약 말이 죽어 있다면, 그녀는 틀림없이 신을 저주하고 자기도 함께 죽어 버렸을 것이다. 성서 속에도 그런 이야기가 씌어 있었다. 신을 저주하고 죽은 사람의 이야기 말이다. 그 사람의 심정을 지금 그녀는 똑똑히 알 수가 있었다. 그러나 말은 있었다. 괴로운 듯이 숨을 쉬면서 힘없이 눈을 반쯤 감고 있었지만, 아직 살아 있었다. 그렇다, 물을 먹여 주면 좀 기운이 날지도 모른다.

프리시는 오만 가지 신음 소리를 다 내면서 마지못해 마차에서 내리자, 쭈뼛쭈뼛하면서 스카알렛을 따라 가로수길을 갔다. 폐허가 되어 버린 저택 뒤쪽의 흰 칠을 한 노예 숙사는 내리덮인 나무들 아래 괴괴하기만 했다. 우물은 그 숙사와 아직도 연기를 내고 있는 주춧돌 사이에 있었다. 우물의 지붕도 남아 있고, 양동이를 달은 두레박 줄이 깊이 늘어뜨려져 있었다. 줄을 당겨올려 차갑게 반짝이는 물을 담은 양동이가 어두운 우물 속으로부터 나타나자, 스카알렛은 그것을 입 쪽으로 기울여 온 몸이 물투성이가 될 만큼 질질 흘리면서 꿀꺽꿀꺽 소리내어 마셨다.

「아이고, 저도 목이 탑니다요, 스카알렛 아씨.」 참다못해 짜증이 난 프리시의 목소리를 듣고서야 비로소 스카알렛은 다른 사람도 역시 물을 먹고 싶어한다는 것을 깨달았다.

「양동이를 줄에서 끌러서 마차 있는 데까지 가져가거라. 그리고 모두에게 마시게 한 다음에 나머지를 말에게도 먹여야 한다. 멜라니는 아기에게 젖을 주지 않아도 괜찮을까? 갓난아이가 굶어죽겠구나.」

「그렇지만 스카알렛 아씨, 멜라니 아씨는 젖이 안 나올 겁니다요. 언제까지나 나오지 않을걸입쇼.」

「네가 어떻게 그런 걸 아니?」

「멜라니 아씨 같은 분을 전 많이 알고 있읍니다.」

「제발 좀 아는 체하지 마라. 아뭏든 좋으니 빨리 양동이나 가져가거라. 난 뭐든지 먹을 것을 찾아올 테니까.」

스카알렛은 여기저기 찾아다닌 끝에, 간신히 과수원에서 사과나무를 몇 그루 찾아냈다. 군대가 지나간 뒤라 나무에는 하나도 달려 있지 않았고 그녀가 땅바닥에서 주운 것은 거의 썩어 있었다. 그 중에서 좀 나은 것을 골라서 스커트에 싸 가지고 잔돌이 들어가서 걷기 힘든 구두에 신경을 쓰면서 부드러운 흙을 밟

고 마차 쪽으로 돌아왔다. 왜 지난밤 좀더 튼튼한 구두로 바꿔 신을 생각을 못
했을까? 왜 햇볕을 가리는 모자를 갖고 오지 않았을까? 왜 뭐든지 식량을 갖
고 오지 않았을까? 바보 같은 짓을 하고 말았구나. 하지만 물론 그녀는 그런 일
은 레트가 다 알아서 해주려니 생각하고 있었던 것이다.

레트! 이름만 생각해도 역겨워서 그녀는 땅바닥에 침을 뱉었다. 어쩜 그렇게
도 밉살맞은 녀석이람! 경멸할 녀석 같으니라고! 그런 그에게 자기는 길바닥
에서 키스를 허락했다. 그것도 그다지 싫은 것도 아닌 마음으로. 어젯밤엔 아마
미쳤었던가 보다. 얼마나 치사한 녀석인지 모르겠다!

돌아오자 그녀는 사과를 모두에게 나누어 주고 나머지를 마차 위에 던졌다.
말은 이제 일어나 있기는 했으나, 물을 먹여 주어도 그다지 기운이 나는 것 같지
않았다. 햇빛 아래서 보니 밤에 보았을 때보다 훨씬 초라한 말이었다. 허리뼈는
마치 늙어 빠진 소의 그것처럼 불거져 있고, 갈비뼈는 빨래판처럼 앙상하게 드
러나고 등은 상처투성이이다. 마구를 달아 주면서도, 그녀는 말에 손이 닿는 것
이 언짢았다. 재갈을 입에 물렸을 때, 말의 이가 모조리 빠져 있는 걸 알았다.
무척 나이를 먹은 말인 것이다. 이왕에 훔칠 바에는 레트는 왜 좀더 변변한 말을
훔쳐오지 못했을까?

그녀는 마부석에 올라앉아 호두나무 가지로 말을 채찍질했다. 말은 헐떡거리
면서 움직이기 시작했으나, 한길로 나와서도 그 걸음이 너무 느려서 그녀는 이
럴 바에는 차라리 내려서 제발로 걷은 편이 편하고 빠를 거라고 생각했다. 아, 정
말이지 성가신 멜라니나 웨이드나 갓난아이나 프리시만 없다면, 얼마든지 빨리
걸어서 집으로 돌아갈 수가 있을 텐데! 아니지, 아마 뛰어가겠지. 타라와 어머
니에게 가까와지는 이 길의 한 걸음 한 걸음을 아마 뛰었을 게 뻔하다.

이제 집까지는 십 오 마일이 더 되지는 않을 것이다. 그러나 이 늙은 말의 걸
음으로는 하루 꼬박 걸릴 것이 틀림없다. 몇 번씩이고 멈춰서서 말을 쉬게 해야
만 하기 때문이었다. 꼬박 하루! 그녀는 이글이글 타는 황토길을 바라보았다.
포차나 부상병 운반차 때문에, 거기에는 깊은 바퀴자국이 무수히 패여 있었다.
타라가 아직 그대로 남아 있는지 어떤지, 그리고 어머니 엘렌이 어떻게 됐는지,
그것을 확인하려면 아직도 몇 시간이나 걸리는 것이다. 아, 이 타는 듯한 구월
의 뙤약볕 아래의 여행은 몇 시간 뒤에라야 끝나는 것이다.

그녀는 햇볕 속에 눈을 감고서 축 늘어져 있는 멜라니를 돌아다보았다. 모자
끈을 와락 풀어서, 그것을 프리시에게로 던져 주었다.

「이 모자를 멜라니 아씨의 얼굴에 덮어 드려라. 눈부신 것은 막을 수 있을
게다.」 그리고 드러낸 머리에 뜨거운 햇볕을 받으면서, 그녀는 생각했다. 『해

가 저물 무렵에는 나는 마치 메추리 알처럼 주근깨투성이가 되고 말겠구나.』

여태까지 그녀는 모자나 베일을 쓰지 않고 볕에 나간 적은 한 번도 없었다. 또 포동포동한 하얀 손을 장갑으로 감싸지 않고 고삐를 잡은 적도 없었다. 그런데 지금은 반죽음이 된 말이 끄는 다 부서져 가는 마차 속에서 드러낸 채 뙤약볕을 쪼이고 있다. 그리고 먼지투성이가 되어 먹을 것도 의지할 것도 없이, 황폐한 땅을 달팽이처럼 느릿느릿하게 덜커덩거리며 꿈지럭거릴 수밖에 도리가 없는 것이다. 편안하게 아무런 걱정도 없이 살아 왔을 때가 불과 며칠 전이건만! 애틀랜타는 결코 함락되지 않는다, 조지아 주는 결코 적의 침입을 용납하지 않는다고, 그녀뿐만 아니라 누구나가 다 생각하고 있었던 것은 바로 엊그제의 일이 아니었던가. 그런데 넉 달 전, 북서의 하늘에 나타난 한 점의 어두운 구름은 순식간에 거대한 폭풍우가 되고 포효하는 회오리바람이 되어서 그녀의 세계를 날려 버리고 그녀를 안전한 생활로부터 휩쓸어 버려서, 이 적막하고 을씨년스런 황야의 한복판에 떨어뜨리고 만 것이다.

타라는 아직 무사할까? 아니면 타라도 역시 조지아 주를 휩쓸어 버린 바람과 함께 사라져 버렸을까?

그녀는 지친 말등에 채찍질을 했다. 말이 나갈 때마다 바퀴가 비틀거리는 대로 말은 마치 술에 취한 것처럼 이리 비틀 저리 비틀 흔들리면서 갔다.

사방에는 죽음이 감돌고 있었다. 추억 많은 푸른 밭이나 숲의 나무들이 늦은 오후의 햇빛을 받고 정적에 쌓였지만, 이 세상 같지 않은 그 적막함이 스카알렛에게 으시시한 공포를 느끼게 했다. 그 날, 지나오면서 본 인기척이 없는 총알 자국투성이의 집이며 시커멓게 그을은 불탄 자리를 내려다보고 서 있는 황량한 굴뚝 하나하나가 더욱 그녀를 불안하게 했다. 지난밤부터 살아 있는 것이라곤 사람이고 동물이고 한 번도 만나지 못했다. 파리가 잔뜩 꾀고 퉁퉁 부어서 길바닥에 딩굴고 있는 송장이나 죽은 말이며 노새 따위는 많이 보아 왔지만 산 것은 전혀 만나지 못했다. 멀리 떨어진 곳에서 들리는 가축의 울음 소리도 없었거니와 작은 새의 지저귐도 없고 나무를 흔드는 바람 소리도 없었다. 이 죽음과 같은 고요를 깨는 것은 오직 지쳐 빠진 말굽 소리와 갓난아이의 가냘픈 울음 소리뿐이었다.

이 근처 일대가 어떤 무서운 요마(妖魔)의 지배 아래 있는 것처럼 여겨졌다. 아니 그것보다도 더 나빴다. 그것은 죽음의 고통을 치른 뒤, 아름답고 평화롭게 개인, 정답고 그리운 어머니의 죽은 얼굴을 보는 것 같다고 생각하고, 스카알렛은 마음이 으시시해졌다. 옛부터 낯익던 숲에는 망령이 들끓고 있을 것같이 생각되었다. 존즈보로 근처의 전투에서는 몇 천 명이라는 사람이 죽었다. 설핏해진 저녁 햇빛이 잎사귀 하나 흔들리지 않는 가지 사이로 새어드는 이 을씨년스런 숲 속에는 지금 그런 사람들이 있다가, 적이고 아군이고 피와 빨간 흙먼지로 멀어 버린 눈, 마치 유리처럼 무서운 눈으로, 거의 부서진 짐마차로 비틀거리며 지나가는 그녀들을 노려보고 있는 것 같은 느낌이 들었다.

「어머니! 어머니!」하고 그녀는 중얼거렸다. 엘렌한테로 갈 수만 있다면! 신의 기적에 의하여 타라가 아직 무사히 있어 준다면. 그리고 긴 가로수길을 지나서 집 안으로 들어가 어머니의 다정하고 친절한 얼굴을 볼 수만 있다면. 마음 속의 공포를 쫓아 주는 어머니의 부드럽고 든든한 손에 닿고, 엘렌의 스커트에 매달려서 거기에다 얼굴을 파묻을 수가 있다면. 틀림없이 어머니는 어떻게 하면 좋은가를 알고 있을 것이다. 멜라니하고 갓난아이를 죽게 하지는 않을 것이다. 어머니는 침착한 목소리로「조용히 해라.」하고 나서, 모든 망령이나 공포를 모조리 쫓아내 줄 것이다. 그러나 어머니는 앓고 계신 것이다. 죽어가고 있는지도 모르는 것이다.

스카알렛은 지친 말 엉덩이에 채찍질을 했다. 더욱 서둘러야 된다. 지루하고 더운 하루, 끝없는 길을 간신히 여기까지 오기는 했지만 멀지 않아 밤이 될 것이다. 그러면 우리들은 다시 또 이 황폐 속에 남겨져 있어야만 한다. 그건 죽는 것과 다를 바 없다. 그녀는 물집투성이인 손에 고삐를 단단히 움켜잡고 말 등어리를 사정없이 채찍질했다. 그때마다 팔이 얼얼하게 아팠다.

타라 농장과 엘렌의 다정한 품안에 안겨서, 젊은 그녀의 어깨에는 너무나 무거운 여러 가지 짐——죽어가는 여자, 약하디약한 갓난아이, 허기져서 우는 그녀 자신의 조그만 자식, 겁에 질린 검둥이 계집애 등——을 내려놓을 수 있다면 얼마나 홀가분할까. 이들은 모두가 할 수 없이 꿋꿋하게 버티고 있는 그녀의 등을 보고, 거기에 힘을 찾고 의지하고 있는 것이다. 그녀에게는 이미 용기도 힘도 오래 전에 빠져 버렸는데도.

극도로 지친 말은 채찍이나 고삐에도 아무런 반응을 보이지 않았고, 조그만 돌멩이에도 걸려서 당장이라도 무릎을 꿇을 것처럼 무거운 다리를 끌며 비틀비틀 걸었다. 그러나 저녁 어스름이 닥칠 무렵, 긴 여행도 마침내 마지막 단계에 이르렀다. 짐마차가 다니는 오솔길을 꺾어들자 원 길로 나섰던 것이다. 이제 타라까지 고작 일 마일이다!

매킨토시 댁의 소유지의 경계를 이루고 고광나무 생울타리가 희미하게 검은 그림자를 보이고 있었다. 그곳에는 조금 더 앞으로 가서 도로에서 앵거스 매킨토시 노인 집으로 통하는 떡갈나무 가로수 앞에서 스카알렛은 고삐를 당겼다.

그리고 짙어져 가는 어스름 속을 두 줄로 늘어선 노목 사이로 내다보았다. 어디라 할 것 없이 모두 캄캄하다. 저택 안에도 노예 움막에도 전혀 불빛은 없었다. 그녀는 어둠 속에서 눈을 크게 뜨고 이 공포의 하루 동안에 눈에 익을 만큼 보아 온 삭막한 풍경을 거기에서도 또한 희미하게 보았다. 두 개의 높은 굴뚝이 마치 거대한 묘석처럼 폐허가 돼 버린 이층 위에 솟아 있고, 부서진 어두운 창문들이 움직이지 않는 장님의 눈처럼 벽에 구멍을 내고 있다.

「여어이!」하고 그녀는 목청껏 외쳤다. 「여어이!」

프리시는 너무 무서워서 정신없이 그녀에게 말했다. 돌아다보니, 프리시는 눈알을 희번덕거리고 있었다.

「큰 소리를 내어선 안 됩니다요, 스카알렛 아씨! 제발, 다시는 큰 소리를 내어선 안 됩니다요!」하고 프리시는 떨리는 목소리로 속삭였다. 「어떤 놈이 대답을 하며 달려 나올지 모르잖아요.」

『그렇구나!』 하고 스카알렛도 흠칫하면서 생각했다. 『그렇지! 이 계집애의 말이 옳아. 어떤 것이 튀어 나올지 알 수 없지!』

그녀는 고삐 소리를 내면서 말을 가게 했다. 매킨토시 농장의 황폐한 몰골은 그녀의 가슴 속에 지금껏 남아 있었던 마지막 희망까지 산산 조각을 내고 말았다. 그곳도 그 날 보아 온 모든 농장과 마찬가지로 불질러지고 폐허가 되어 황량하기만 했다. 타라는 적이 진격해 간 길목을 끼고, 겨우 반 마일밖에 떨어져 있지 않다. 틀림없이 타라도 똑같은 운명에 빠져 있는 것이다! 벽돌은 불타 그을고 지붕도 없는 벽 너머로 별이 반짝이고 엘렌도 제랄드도 동생들도 마미도 검둥이들도 모두 어디론가 가 버렸을 것이다. 아무도 알지 못하는 어딘가로. 그리고 여기와 똑같이 을씨년스런 침묵이 모든 것을 휩싸고 있을 것이다.

왜 나는 상식에서 벗어나서, 멜라니나 갓난아이까지 데리고 이런 헛고생을 한단 말인가? 온종일 타는 듯한 태양과 삐걱거리며 마차에 들볶인 끝에, 쥐죽은 듯이 조용하기만 한 타라의 폐허에서 죽을 바에야 차라리 애틀랜타에서 죽는 편이 훨씬 좋았을 게 아닌가.

그러나 애실리는 멜라니의 뒷바라지를 나에게 부탁하고 갔다. 『그 사람의 뒤를 돌봐 주십시오.』아, 영원한 이별을 앞두고 그가 나에게 키스하던, 그 아름다운 날이여! 『그 사람을 돌봐 주시겠지요? 약속해 주십시오!』 그리고 나는 약속을 했다. 애실리가 없는 현재로선 이중의 속박이 될 그런 약속을, 나는 어째서 가볍게 맹세하고 말았던가! 극도로 지쳐 있으면서도 그녀는 역시 멜라니를 미워하고, 더욱더 가냘프고 가늘어져 가면서도 정적을 깨는 멜라니의 아기 울음 소리를 미워하고 있었다. 그러나 일단 약속한 이상 웨이드나 프리시가 그녀에게 딸려 있는 것이다. 그러니까 힘과 숨이 계속되는 한 그녀는 그들을 위하여 싸워야 한다. 마음만 먹는다면 멜라니를 병원에 내던지고 두 사람을 애틀랜타에 남겨둔 채 도망쳐 나올 수도 있었을 것이다. 그러나 그런 짓을 하면, 그녀는 이승에서고 저승에서고 간에 정말이지 애실리를 볼 낯이 없게 된다. 그의 아내와 자식을 남들 속에 내버려서 죽어 버렸다는 말을 어떻게 그에게 할 수 있단 말인가!

오, 애실리! 그녀가 그의 아내와 자식을 데리고 이렇게 무서운 밤길에서 고생하고 있는 지금, 그는 어디에 있는 것일까? 아니면 벌써 몇 달 전에 천연두로 죽어서 수백 명의 남군 병사들과 함께 어딘가 긴 도랑에서 썩어 버리고 말았을까?

바로 그때 가까운 풀섶 속에서 무슨 소리가 나는 바람에 스카알렛의 긴장된 신경은 하마터면 툭 끊어질 뻔했다. 프리시는 요란한 비명을 지르면서 갓난아이 위에 덮치는 것처럼 마차 널빤지에 푹 엎드리고 말았다. 멜라니는 갓난아이를 찾는 듯한 손짓을 하면서 보일 듯 말 듯하게 몸을 꿈틀거렸고, 웨이드는 너무 무서워서 소리를 지를 힘도 없이 눈을 두 손으로 가리고 움츠러들고 말았다. 이윽고 바로 곁에서, 풀섶을 밟는 발굽 소리가 들리고 나직한 신음 소리가 모두의 귀에 들렸다.

「아니, 암소가 아니냐!」 하고 스카알렛은 말했으나, 목소리는 무서워서 메말라 있었다. 「정신 좀 차려라, 프리시. 갓난아이가 터지겠구나. 너 때문에 멜라니 아씨하고 웨이드가 얼마나 놀랐는지 모른다.」

「귀신입니다요.」 하고 얼굴을 널빤지에 틀어박으면서 프리시는 신음 소리를 냈다.

스카알렛은 침착하게 돌아보면서 채찍 대용으로 쓰는 나뭇가지를 프리시의 등에 내리쳤다. 무서운 나머지 자신을 억제할 수가 없고 힘이 약해지기도 했기 때문에 그녀는 남의 겁먹은 행동을 너그럽게 보아 줄 수가 없었던 것이다.

「똑바로 앉아, 멍청아.」 하고 그녀는 말했다. 「자꾸 그렇게 꾸물거리고 있으면 이 나뭇가지로 때릴 테다.」

프리시는 찔찔 울면서 얼굴을 들더니 겁먹은 모습으로 짐마차 밖을 내다보았다. 보니 그것은 틀림없이 붉고 흰 얼룩배기 암소였는데 공포에 찬 커다란 눈으로 호소하는 것처럼 이쪽을 바라보고 서 있었다. 소는 입을 벌리더니 아픔을 참지 못하는 것처럼 다시 한 번 울었다.

「다친 데라도 있는 게 아닐까? 울음 소리가 예사롭지 않은데.」

「아마 젖이 불어서, 괴로워하는가 봐요.」 하고 얼마간 기운을 차리고 프리시가 말했다. 「이건 틀림없이 매킨토시 나리님네 소일 겁니다요. 검둥이가 숲에다 몰아 넣었기 때문에, 북군의 손에 들어가지 않았을 것입니다요.」

「그럼 이 소를 데리고 가자.」 하고 스카알렛은 당장에 결정했다. 「그렇게 하면 갓난아이에게 먹일 우유를 짤 수가 있을 거야.」

「어떻게 소를 데리고갑죠, 스카알렛 아씨? 어떻게 데리고 갈 수가 있겠읍니까요. 젖을 갓 짜내고 나서도 애를 먹이는데, 지금은 저렇게 젖통이 커다랗게 불어 있는걸입쇼. 그래서, 저런 울음 소리를 내는 것입니다요.」

「그렇게 잘 알거든 네 페티코트를 벗어라. 그리고 그걸 찢어서 끈을 만들어서 소를 짐마차 뒤에 붙들어매라.」

「스카알렛 아씨, 저는 벌써 한 달이나 페티코트 같은 걸 입은 적이 없습니다요. 비록 입고 있다 하더라도 그걸로 소 같은 걸 붙들어맬 수는 없읍니다요. 전 지금까지 소 같은 걸 다룬 일이 없읍니다요. 무섭습니다요.」

스카알렛은 고삐를 놓고 스커트를 걷어올렸다. 그 밑에 입고 있는 레이스 장식이 달린 페티코트는, 그녀가 몸에 걸치고 있는 것 중에 단 하나의 아름다운 것이었으며, 오직 깁지 않은 유일한 것이었다. 그녀는 허리끈을 끄르고 페티코트를 다리에서 미끄러뜨려 내리자, 보드라운 린네르의 주름을 두 손으로 잡아훑었다. 이 린네르와 레이스는 레트가 마지막 밀수의 봉쇄를 돌파하면서 낫소에서 선물로 가져다 준 것으로, 그녀는 일 주일씩이나 걸려서 그것을 페티코트로 만들었던 것이다.

그녀는 미련 없이 그 아랫단을 집어 들더니 한 끝을 입에 물고 힘껏 잡아당겨서 쭉 찢었다. 그리고 입으로 물고 두 손으로 잡아 찢고 해서 가느다란 끈을 몇 가닥 만들었다. 그리고 끝과 끝을 이어서 한 가닥으로 만들었으나 물집이 터져서 피가 밴 손가락은 너무 피로해서 맥을 잃고 떨리고 있었다.

「이걸 쇠뿔에 걸어라.」 하고 그녀는 명령했으나 프리시는 꽁무니를 뺐다.

「저는 소가 무섭습니다요, 스카알렛 아씨. 지금까지 한 번도 소 같은 걸 다룬 일이 없읍니다요. 저는 들일 하는 검둥이가 아닙니다요. 집에서 일하는 검둥입니다요.」

「그것보다도 쓸모 없는 검둥이다. 우리 아버지께서 하신 가장 나쁜 일은, 너를 샀다는 거다.」 하고 스카알렛은 느릿느릿 말했다. 활발하게 성을 내기에는 너무나도 지쳐 있었던 것이다. 「팔이 낫기만 하면, 이 채찍이 부러지도록 실컷 때려 줄 테니까 잘 알아둬라.」

그때 문득 그녀는 지금 자기가 검둥이니 하는 말을 썼는데, 이런 말을 쓰면 어머니는 아마도 몹시 싫어하실 테지, 하고 생각했다.

프리시는 눈알을 굴리면서 처음에는 주인의 굳어진 얼굴 표정을 보고, 그러고 나서 슬픈 듯이 신음하고 있는 암소를 보았다. 그렇게 비교해 보니 아무래도 스카알렛 쪽이 위험성이 적다는 것을 알아차리고 짐마차 한쪽에 늘어붙어서 끝끝내 거기서 움직이려 들지 않았다.

스카알렛은 몸을 꼿꼿이하면서 마부석에서 내렸다. 움직일 적마다 욱신욱신 쑤셨다. 암소가 무서운 것은 프리시뿐만이 아니었다. 스카알렛 역시 무서운 것이다. 평소에도 아무리 온화한 암소라도 그녀는 웬지 싫었다. 그러나 이렇듯 엄청난 공포가 떼를 지어 한꺼번에 달려들면 조그만 무서움 따위는 돌볼 겨를이 없었다. 다행히도 이 암소는 몹시 유순했다. 암소는 괴로운 나머지 사람을 찾아 도움을 청하고 싶었던 모양으로 그녀가 페티코트로 만든 끈의 한 끝을 뿔에 걸어도 조금도 무서운 태도를 나타내지 않았다. 그녀는 끈의 한 끝을 마음대로 되지 않는 손가락으로 될 수 있는 대로 단단히 마차 뒤에 붙들어맸다. 그리고 마부석으로 되돌아가려하자 격심한 피로가 밀어닥쳐서 어찔어찔 현기증이 났다. 그녀는 쓰러지지 않으려고 마차의 가로대를 잡고 몸을 버티었다.

멜라니는 눈을 뜨고 곁에 서 있는 스카알렛을 보더니 속삭였다. 「언니, 인제 집에 닿았어요?」

집! 그 말을 듣자 뜨거운 눈물이 스카알렛의 눈에 왈칵 넘쳤다. 집! 집 같은 것은 이미 없어져 버리고 말았다는 것도, 그리고 자기들이 이 미칠 듯이 황폐한 세계에 남겨지고 말았다는 것도 멜라니는 아직도 모르는 것이다.

「아직 다 못 왔어.」 하고 콱 막힌 목구멍으로 될 수 있는 대로 다정하게 대답했다. 「하지만, 인제 금방이야. 그리고 지금 암소를 발견했으니까 곧 멜라니와 아기에게 밀크를 줄 수 있게 됐어.」

「가엾은 아가야.」 하고 멜라니는 속삭였다. 한 손이 갓난아이 쪽으로 힘없이 뻗다가 곧 털썩 하고 떨어졌다.

마부석에 기어오르는 데 온 몸의 힘을 모으지 않으면 안 되었다. 간신히 마부석에 올라가서 고삐를 집어 들자, 이번에는 말이 기진 맥진한 듯이 머리를 축 늘어뜨리고 서 있을 뿐 움직이려고 들지 않는다. 스카알렛은 사정없이 채찍을 휘둘렀다. 이렇게 지친 동물을 괴롭히다니, 하느님 부디 용서해 주십시오, 하고 빌면서. 만약 하느님이 용서하시지 않는다 하더라도 하는 수 없다. 어쨌든 타라는 바로 지척인 것이다. 이제 사분의 일 마일만 더 끌어다 주고 나선 그 다음은 끌채를 매단 채 뻗어 버린든지 네 좋을 대로 해도 좋다.

가까스로 말은 움직이기 시작했다. 한 걸음마다 마차는 삐걱거리고, 암소는 구슬픈 울음 소리를 내었다. 그 청승맞은 울음 소리에 짜증이 난 스카알렛은 마차를 세우고 암소를 놓아 줘 버릴까 하고도 생각했다. 만약 타라에 아무도 없다면 암소 따위가 무슨 소용이겠는가? 그녀는 젖을 짜는 일을 할 수도 없거니와 또 비록 할 수는 있다손 치더라도 암소는 틀림없이 아픈 젖통을 건드리는 사람을 걷어차 버리고 말 것이다. 그러나 일단 암소를 얻은 이상은 소중히 하지 않을 수 없었다. 그것 말고는 그녀의 소유물이라고는 아무것도 없으니까.

마침내 완만한 언덕 끝에 이르렀을 때, 스카알렛의 눈은 눈물이 그렁그렁해 있었다. 이 언덕을 넘으면, 드디어 타라다! 그러나 그녀의 마음은 어두웠다. 늙다리 말로는 도저히 말을 타고 넘을 수 없을 것이다. 그것은 언제나 완만한 경사지 정도로밖에 생각지 않았었는데 그때 보다 지금 보니 전혀 달라 보일 만큼 가파르고 험해져 있었다. 이렇게 무거운 짐을 끌고 올라간다는 것은 이 말로써는 도저히 어려울 것이다.

그녀는 맥이 탁 풀려서 마차를 내리고 말고삐를 잡았다.

「내려라, 프리시.」하고 그녀는 명령했다. 「웨이드도 내려라. 업든지 걸리든지 마음대로 해라. 아기는 멜라니 아씨에게 맡겨 두어라.」

웨이드는 별안간 훌쩍거리며 울기 시작했다. 울면서 「어두워, 어두워. 웨이드는 무서워!」하는 말만은 스카알렛은 알아들었다.

「스카알렛 아씨, 전 도무지 걸을 수 없읍니다요. 발이 부르터서 아파 견딜 수가 없읍니다요. 웨이드 도련님과 제가 탄대도 그리 무거울 것 같지 않은뎁쇼.」

「내려! 말 안 들으면 끌어내릴 테다! 그리고 너만 어둠 속에 내버리고 갈 테다. 자! 빨리!」

길 양편에서 내리덮여 있는 어두운 나무들, 만약 짐마차 속의 은신처에서 나오면 당장이라도 불쑥불쑥 손을 내밀어서 자기를 잡아당기는 것은 아닐까 하고 나뭇가지들을 홀낏홀낏 곁눈질하면서 프리시는 처량한 소리를 질렀다. 그러나 갓난아이를 멜라니 옆에 놓더니 가까스로 땅에 내려서서 손을 내밀어 웨이드를 안아 내렸다. 소년은 프리시에게 매달려서 울부짖었다.

「좀 울리지 마라, 견딜 수가 없구나.」하고 말하면서 말고삐를 잡고, 스카알렛은 강제로 말을 걸렸다. 「얌전히 굴어야 해, 웨이드. 이제 그만 울어. 만 안 들으면 그리로 가서 때려 줄 테다.」

어두운 길에 발이 걸려서 복사뼈를 호되게 부딪치고는 그녀는 사나운 마음으로 왜 하느님은 어린애 같은 것을 발명했을까 하고 생각했다. 어린애란 울어 대기만 하고 쓸모도 없는 골칫거리고 언제든지 남의 방해만 되는 물건이 아닌가. 너무나 지쳐 녹초가 된 그녀에게는 프리시의 겉을 그녀의 손에 매달려서 코를 홀쩍거리며 끌려가듯이 걸어가는 겁에 질린 어린애에 대한 동정의 여유란 전연 없었다. 어린애를 낳았다고 하는 일의 번거로움과 왜 찰즈 해밀턴 따위와 결혼했을까 하는 의아한 심정만이 밑바닥에 있었다.

「스카알렛 아씨.」하고 주인의 팔을 붙잡고 프리시가 소곤거렸다.「타라로 가는 일은 그만두시어요. 가 보았자 아무도 없을 게 뻔합니다요. 모두 어디론가가 버렸을걸입쇼. 죽어 버렸을지도 모르곱쇼. 우리 어미도 다른 사람도 모두.」

「그럼, 웨이드를 이리 다오. 그리고 너는 언제까지라도 여기 앉아 있거라.」

「싫습니다요! 싫습니다요!」

「그럼 입을 다물고 있어!」

어쩌면 이 말은 이다지도 느리단 말인가! 침을 흘리고 있는 말의 입에서 척척한 것이 그녀의 손에 흘러떨어졌다. 문득 전에 레트와 함께 불렀던 노래의 한 귀절이 가슴에 떠올라왔다. 뒷귀절은 생각나지 않았다.

쓰라린 무거운 짐을 나르는 것도
이젠 며칠의 고생이라오 ——

『이젠 몇 걸음의 고생이라오.』 하고 그녀는 머릿속으로 거듭 뇌까렸다. 『쓰라린 무거운 짐을 나르는 것도, 이젠 몇 걸음의 고생이라오.』

언덕 꼭대기까지 이르자 타라의 떡갈나무 숲이 저물어 가는 하늘에 거뭇하게 우뚝 솟아 있는 것이 보였다. 스카알렛은 어딘가 불빛이 보이지 않을까 하고 얼른 사방을 둘러보았다. 그러나 불빛은 아무 데도 보이지 않았다.

『모두 없어져 버렸구나!』 하고 그녀는 납덩어리처럼 차가움을 가슴에 써늘하게 느끼면서, 마음 속으로 중얼거렸다. 『없어지고 말았구나.』

그녀는 말머리를 마차길로 돌렸다. 머리 위에 얼기설기 얽힌 삼목 나뭇가지 때문에 그녀들은 한밤중 같은 어둠 속으로 들어섰다. 캄캄한 삼목의 긴 터널 너머로, 그녀는 눈을 크게 뜨고 앞쪽을 살폈다. 그랬더니, 그녀는 보았다. 과연 본 것이었을까? 혹은 피로한 눈의 착각은 아니었을까? 타라 저택의 흰 벽돌이 어둠 속에 어렴풋이 보이는 것이 아닌가. 우리 집이다! 우리 집이다! 그리운 흰 벽, 커튼이 펄럭거리는 창문, 널찍한 베란다. 아, 그것이 모두 옛날 그대로 어둠에 싸인 채 거기 있는 것일까? 아니면 어둠에도 인정은 있어서 매킨토시네의 저택과 같은 참담한 잔해를 내 눈에서 감춰 주고 있는 것일까?

가로수길은 마치 몇 마일이나 되는 것처럼 느껴졌다. 그녀의 손에 재갈을 잡히고 기특하게도 걸음을 옮겨 놓고 있는 말의 발길은 더욱더 느려졌다. 그녀의 눈은 열심히 어둠 속을 살폈다. 지붕은 전대로인 모양이다. 이런 일이 있을 수

444

있을까. 정말 있을 수 있을까. 아니 이런 일은 있을 수 없다. 그 어떤 것에도 사정을 두지 않는 전쟁은 오백 년이라도 견딜 만큼 튼튼하게 지어진 타라의 저택이라 할지라도 그대로 놓아 두지는 않았을 것이다. 타라만이 아무 탈 없이 남다니, 그런 일은 있을 수가 없다.

이윽고 흐릿한 윤곽이 차츰 형체를 갖추어 왔다. 그녀는 말의 걸음을 재촉했다. 어둠 저쪽에 흰 벽이 보이기 시작했다. 게다가 조금도 연기로 그을려 있지 않다. 타라는 전쟁의 재난을 모면했구나! 그리운 우리 집! 그녀는 고삐를 놓자 그 벽을 두 손으로 움켜잡고 싶은 충동에 사로잡혀 마지막 대여섯 걸음을 단숨에 달려갔다. 그때, 그녀는 문득 사람 그림자를 보았다. 현관 포치의 어둠 속에서 나타나 층계의 맨 위에 환영처럼 서 있는 것이다. 타라는 무인지경은 아니었다. 누군가가 집에 있다!

환희의 벅찬 부르짖음이 목구멍까지 치밀었다. 그러나 그대로 목구멍에서 사그라지고 말았다. 저택 안은 어둡고 조용했으며 사람 그림자는 꼼짝도 하지 않을 뿐더러 말도 걸어 오지 않기 때문이었다. 뭣이 어떻게 되었다는 것일까? 타라는 원래의 모습으로 서 있다. 그러나 파괴된 이 근처 일대를 둘러싸고 있는 것과 똑같은 무시무시한 정적에 싸여 있는 것이다. 이윽고 사람 그림자는 움직이기 시작했다. 어색하게 느릿느릿 층계를 내려온다.

「아버지세요?」 정말 아버지일까 의심하면서, 그녀는 쉰 목소리로 외쳤다. 「저예요, 스카알렛이에요. 돌아왔어요.」

제랄드는 불편한 다리를 절룩거리면서 몽유병자처럼 묵묵히 그녀 쪽으로 다가왔다. 그리고 곁에 가까이 오더니 그녀를 또한 꿈의 일부분이나 아닐까 하는 그런 망연한 태도로 물끄러미 바라보았다. 그리고 손을 뻗쳐 그녀의 어깨에 놓았다. 손이 떨리고 있는 것을 스카알렛은 느꼈다. 마치 악몽 속에서 채 깨어나지 않은 것처럼 떨고 있는 것이었다.

「애야.」 하고 그는 가까스로 말했다. 「애야!」

그리고 입을 다물고 말았다.

왜 이러실까, 형편없이 늙으셨구나 하고 스카알렛은 생각했다.

제랄드의 어깨는 축 늘어져 있었다. 희미하게 보이는 그 얼굴에는 평소의 씩씩했던 제랄드의 발랄한 기운이 도무지 없었다. 그리고 그녀를 바라보는 눈에는, 조그만 웨이드의 눈에 떠오르는 것과 아주 흡사한 공포(恐怖)에 질린 빛이 떠올라 있었다. 이제 그는, 한 사람의 짓눌려 버린 조그만 노인에 지나지 않았다.

알 수 없는 일에 대한 공포가 어둠 속에서 달려들어 그녀를 사로잡았다. 그녀는 그저 뻣뻣이 선 채 아버지를 지켜보고 있었다. 치밀어오르는 여러 가지 의문은 그녀의 입술에서 가로막히고 말았다.

가냘픈 울음 소리가 짐마차 쪽에서 또 들려 왔다. 그러자 제랄드는 기력을 불러 일으키어 정신을 차리려고 애쓰는 것처럼 보였다.

「멜라니하고 멜라니의 아기예요.」하고 스카알렛은 얼른 속삭였다. 「멜라니는 몸이 아주 나빠요. 제가 집에 데리고 왔어요.」

제랄드는 그녀의 팔에서 손을 떼고 어깨를 쭉 폈다. 그리고 천천히 마차 쪽으로 걸어가는 것을 보고 있으려니까, 일찌기 타라 농장의 주인으로서 손님을 맞던 모습이 역력히 엿보였다. 흐릿한 기억을 열심히 더듬고 있는 것처럼 그는 말했다

「멜라니로군!」

멜라니의 목소리는 중얼거리는 것 같아서, 알아들을 수가 없었다.

「멜라니야, 여기가 네 집이다. 트웰브 오우크스는 불타 버렸단다. 너는 이제부터 우리들과 함께 지내야 한다.」

멜라니의 오랫 동안의 고통을 생각하자, 스카알렛은 우물우물하고 있을 수가 없었다. 우선 당장 해야만 할 일이 다시 머리 속에 떠올랐다. 무엇보다도 먼저 멜라니와 갓난아이를 부드러운 침대에 눕히고 그 밖에 여러 가지 자질구레한 일도 해주어야 한다.

「멜라니를 안아다 주어야겠어요. 그 앤 걷지를 못 해요.」

쿵쾅거리는 발소리가 나고 검은 사람 그림자가 동굴 같은 홀에서 나타났다. 포크가 계단을 뛰어내려왔던 것이다.

「스카알렛 아씨!」하고 그는 외쳤다.

스카알렛은 포크의 팔을 붙잡았다. 포크, 타라의 중요한 부분인 포크, 벽돌이나 시원한 복도와 마찬가지로 그리운 포크!

「돌아오셔서 얼마나 기쁜지! 얼마나……」이렇게 외치면서 포크는 서투르게 그녀를 쓰다듬었다. 그녀는 포크의 눈에서 굴러떨어진 눈물을 팔에 느꼈다.

프리시는 와락 울음을 터뜨리면서, 띄엄띄엄 중얼거렸다. 「포크! 포크!」

어른들의 비탄에 용기를 얻은 웨이드도 칭얼거리기 시작했다. 「웨이드는 목이 마르단 말이야!」

스카알렛은 손을 들어 모두들을 제지했다.

「멜라니 아씨하고 아기가 마차 속에 있어요. 포크, 조심해서 멜라니 아씨를 이층 객실로 모셔다 드려. 프리시, 너는 아기하고 웨이드를 집 안으로 데리고 가서, 웨이드에게 물을 마시게 해라. 포크, 마미는 있어? 내가 볼일이 있다고 마미에게 전해 줘.」

그녀의 위엄 있는 목소리에 눌려서 포크는 짐마차로 다가가서 뒷좌석 쪽을 손으로 더듬었다. 오랜 시간 누워만 있었던 깃털 이불에서 반쯤 안아 일으켜지자, 멜라니는 괴로운 듯한 신음 소리를 내었다. 그리고 포크의 힘센 팔에 안겨 올려지자 그의 어깨에 어린 아이처럼 힘없이 머리를 기대었다. 프리시는 한 손에 아기를 안고 한 손으로 웨이드의 손목을 잡고 포크의 뒤를 따라 넓은 층계를 올라가 홀 속으로 사라졌다.

스카알렛은 피가 밴 손가락으로 한결같은 아버지의 손을 찾았다.

「모두들 회복되었나요, 아버지?」

「동생들은 거의 나았다.」

또 침묵에 빠졌다. 말로 나타내기에는 너무나도 두려운 한 가지 생각이 그 침묵 속에 떠올라왔다. 그녀로서는 도저히 그 말을 입 밖에 낼 수가 없었다. 그녀는 몇 번씩이나 마른 침을 삼켰지만, 목은 곧 메말라서 찰싹 달라붙어 버린 것처럼 벌릴 수가 없었다. 이것이 타라가 침묵에 싸인 무서운 수수께끼를 푸는 대답이란 말인가? 그녀 마음 속의 의문에 대답이라도 하는 것처럼 제랄드는 말했다.

「네 어머니는…….」 그러나 그렇게 말했을 뿐, 입을 다물고 말았다.

「어떻게 됐어요, 어머니는?」

「어머니는 어제 돌아가셨다.」

홀은 넓고 어두웠지만 내부의 상태는 마치 자기의 마음 속처럼 환하게 알고 있었기 때문에 아버지의 팔을 단단히 자기 팔을 엮고, 그녀는 거침없이 걸어 갔다. 등받이가 높은 의자며 아무것도 걸려 있지 않은 총가(銃架)며 짐승의 발톱처럼 다리가 삐죽 나와 있는 헌 식기 찬장 따위를 피하면서 그녀는 집 뒤쪽에 있는 조그만 사무실, 어머니 엘렌이 늘 앉아서 끝날 줄 모르는 계산 장부를 연방 처리하고 있던 사무실 쪽으로, 본능적으로 끌어당겨지는 것을 느꼈다. 만약 그녀가 그 방에 들어가면 아마도 어머니는 언제나처럼 책상 앞에 앉아서 거위 깃털 펜을 손에 든 채 조용히 얼굴을 들어 그녀를 바라보고는 스커트를 사각사각 소리내어 그윽한 향기를 풍기면서 일어나 지친 딸을 맞아 줄 것만 같은 생각이 들었다. 아버지는 그렇게 말씀하셨지만 마치 단 한마디밖에 모르는 앵무새처럼 『어머닌 어제 돌아가셨다, 어머닌 어제 돌아가셨다, 어머닌 어제 돌아가셨다.』 하고 되풀이 말씀하셨지만, 아무래도 스카알렛에게는 어머니가 죽었다고는 믿어지지 않았다.

이상하게도 지금 그녀에게는 아무런 느낌도 일어나지 않았다. 느껴지는 것이라고는 다만 사지에 무거운 쇠사슬이 감겨 있는 것 같은 피로감과 무릎이 덜덜 떨릴 만큼의 허기뿐이었다. 어머니에 대한 생각은 나중에 하자. 지금 어머니에 대해서 생각하는 것은 그만두자. 그렇지 않으면 그녀도 제랄드처럼 등신같이 실성을 하든가 웨이드처럼 덮어놓고 한결같이 울어 댈 것이 뻔하다.

포크가 서둘러 넓고 어두운 계단을 내려왔다. 그리고 추위에 떠는 짐승이 불을 그리워하며 다가서듯이 얼른, 스카알렛 곁으로 바싹 다가왔다.

「등불은?」하고 그녀는 물었다.「왜 집 안을 이렇게 어둡게 해두지, 포크? 촛불을 가져와요.」

「양초는 모두 빼앗기고 말았읍니다, 스카알렛 아씨. 꼭 한 자루, 어둠 속에서 물건을 찾을 때 쓰려고 남겨 둔 게 있기는 있읍죠. 인제 닳아서 거의 없어져 가는 게 말입니다요. 마미는 돼지 기름에 헝겊을 심지로 한 불을 켜고, 캐린 아가씨와 스월렌 아가씨의 병간호를 하고 있읍죠.」

「그 초 토막을 가져와.」하고 그녀는 명령했다.「어머니의 방인 사무실로.」

포크는 발소리를 내면서 식당으로 들어갔다. 스카알렛은 손으로 더듬더듬 캄캄한 작은 사무실로 들어가서 안락의자에 몸을 묻었다. 아버지의 팔은 여전히 그녀의 겨드랑이 아래 끼어 있었다. 아주 어린 아이거나 또는 아주 늙은 노인의 손만이 하는 것 같은, 자못 불안스럽고 호소하는 듯한 모든 것을 믿고 맡겨 버린 태도였다.

『아버지는 늙어 버리셨구나. 지쳐서 늙고 마셨어.』하고 그녀는 새삼스러이 느꼈다. 그리고 그것이 조금도 마음에 걸리지 않는 것이 자기 자신으로도 어쩐지 좀 이상한 느낌이 들었다.

포크가 반쯤 타다 남은 초를 접시에 세워서 높이 받들고 왔기 때문에 별안간 방안이 밝아졌다. 어두운 동굴이 되살아났다. 아버지와 함께 앉아 있는 스프링이 풀린 낡은 소파, 어머니가 항상 쓰시던 섬세한 조각 장식이 있는 의자, 앞의 천정까지 닿을 만큼 높은 사자대, 어머니의 예쁜 글씨가 씌어진 서류가 아직도 가득히 들어 있는 서류 정리장, 색이 바랜 양탄자, 이 모든 것이 전과 같았다. 단지 엘렌이 없을 뿐이었다. 레몬 바베나의 향기를 그윽히 풍기면서 눈꼬리가 긴 아름다운 눈을 가진 엘렌이 없을 뿐이었다. 심한 상처 때문에 감각이 마비되었던 신경이 다시 원상태로 돌아가려고 몸부림을 칠 때처럼 스카알렛의 가슴은 희미하게 아프기 시작했다. 그러나 지금 고통을 되살려서는 안 된다. 이제부터 죽을 때까지 신경은 얼마든지 아파질 수가 있는 것이다. 그러나 지금은 절대로 안 된다! 하느님, 제발 아프지 않도록 해주십시오!

그녀는 피티(Putty. 접착제의 하나—역자주)와 같은 빛을 띤 제랄드의 얼굴을 보기는 이번이 난생 처음이었다. 그전에는 그처럼 윤기가 돌던 아버지의 얼굴이 지금은 은빛의 뻣뻣한 수염으로 덮여 있다. 포크는 촛대에 초를 세우고는 그녀 곁으로 다가왔다. 만약 그가 개였다면, 틀림없이 그는 그녀의 무릎에 콧잔등을 들이대고 킹킹거리면서 머리를 쓰다듬어 달라고 졸랐으리라, 하고 그녀는 생각했다.

「포크, 지금 흑인은 몇 사람 있지?」

「스카알렛 아씨, 건달 검둥이놈들은 모두 달아나 버리고 북군을 따라간 녀석들도 있습니다요.」

「몇 명 남아 있지?」

「저하고 마미하곱죠. 마미는 아침부터 밤까지 아가씨들의 시중을 들고 있읍죠. 그리고 딜시가 있읍죠. 딜시도 지금 아가씨에게 붙어 있읍죠만, 모두 해서 세 사람뿐입니다요, 스카알렛 아씨.」

전에는 백 명이나 있었는데 모두 해서 세 사람밖에 없는 것이다. 스카알렛은 목덜미가 아픈 것을 참고 고개를 들었다. 여기서 심약한 소리를 해서는 안 된다고 생각했다. 그렇게 생각하자, 자기 자신도 놀랄 만큼 마치 전쟁 따위는 없었던 것처럼, 손을 움직이기만 해도 열 명의 하인을 부를 수 있었을 때와 마찬가지로 말이 침착하게 자연스러이 입에서 나왔다.

「포크, 난 몹시 배가 고픈데 뭐 먹을 게 없을까?」

「아무것도 없읍니다요. 모두 가져가고 말았읍니다요.」

「하지만 채소밭의 것은?」

「놈들의 말이 짓밟아서 못쓰게 되었읍니다요.」

「언덕 위의 고구마 밭도?」

기쁜 미소와 흡사한 것이 그의 두터운 입술에 떠올랐다.

「스카알렛 아씨, 고구마를 깜빡 잊고 있었군입쇼. 아마 틀림없이 밭에 그냥 남아 있을 겁니다요. 양키들은 고구마를 본 일이 없기 때문에 틀림없이 무슨 뿌리인 줄 알고서…….」

「이제 곧 날이 뜰 테니까 그걸 캐다가 구워 다오. 옥수수 가루는 없고? 말린 완두콩도 없어? 닭도?」

「아무것도 없읍니다요. 놈들은 여기서 실컷 먹고 그리고 남은 닭은 말안장에 매달고 갔읍니다요.」.

놈들, 놈들, 놈들, 〈놈들〉이 저지른 일에는 한정이 없는 걸까? 집을 태우고 죽이고 한 것만으로도 부족했더란 말인가. 놈들은 아녀자나 의지가지없는 검둥이들을 황폐하게 만든 곳에 남겨 놓고 굶어죽게 할 작정인가.

「스카알렛 아씨, 마미가 마루 밑에 파묻어 둔 능금이 있읍니다요. 저흰 오늘도 그걸 먹었읍죠.」

「그럼 고구마를 캐러 가기 전에 그걸 가져와요. 그리고 말이지, 포크. 난, 난, 정신이 깜빡할 지경이야. 지하실에 포도주가 없을까? 검정 딸기 술이라도 괜찮아.」

「헤에, 스카알렛 아씨, 놈들은 제일 먼저 지하실로 들어갔읍니다요.」

속이 뒤집힐 것 같은 역겨운 구토증이 허기와 수면 부족과 피로가 한데 섞여서 엄습해 왔으므로 그녀는 손에 닿는 의자에 조각된 장미를 단단히 움켜잡았다.

「포도주도 없단 말이지?」하고 지하실에 주욱 늘어서 있던 숱한 병들을 상기하면서 그녀는 나른하게 말했다. 그러자 한 가지 기억이 되살아났다.

「포크, 아버지가 포도 덩굴 시렁 밑에 통에 넣어서 묻으신 위스키는 어떻게 되었지?」

또다시 기쁨과 존경 어린 미소가 포크의 검은 얼굴에 빛났다.

「스카알렛 아씨, 아씬 어쩌면 그렇게도 잘 기억하고 계십니까요! 전, 그 술통을 까맣게 잊고 있었읍니다요. 하지만 스카알렛 아씨, 그 위스키는 좋지 않습니다요. 파묻고 나서 겨우 일 년밖에 되지 않았고, 게다가 위스키는 귀부인께서 드실 게 못 됩니다요.」

흑인이란 어쩌면 이렇게 멍청할까? 시키지 않으면 아무것도 생각하려 들지 않는 것이다. 그런데도 양키들은 그들을 해방하겠다는 것이다.

「하지만 이 귀부인과 아버님은 아주 잘 마실 거야. 자, 포크, 얼른 술통을 파와. 그리고 글라스 두 개하고 박하와 설탕도. 그걸로 줄렙(위스키에 설탕, 박하 따위를 넣은 것—역자 주)을 만들 테니까.」

그도 못마땅한 듯한 표정을 지었다.

「스카알렛 아씨, 아시다시피 타라에는 벌써 오래 전부터 설탕 같은 것은 있지도 않습니다요. 박하 풀은 말들이 모두 먹어 버렸고 글라스는 모조리 놈들이 깨어 버렸읍니다요.」

만약 그가 다시 한 번 〈놈들〉이라는 말을 한다면 나는 틀림없이 소리를 지르고 말 거야, 이제는 더 견딜 수가 없어, 하고 그녀는 생각했다. 그리고 목소리를 돋우어 말했다.

「그럼, 됐어. 빨리 위스키를 가져와! 빨리……할 수 없으니 그냥 마시겠어.」

그러고 나서 그가 나가는 등뒤에 대고 소리를 질렀다. 「기다려요, 포크! 얼른 생각나지 않지만 여러 가지 해야 할 일이 있어……. 참 그래, 내가 말하고 암소를 끌고왔는데, 암소는 젖이 불어서 아픈 모양이야. 그리고 말의 마구를 끄르고 물을 먹여 줘. 그리고 마미에게 암소 시중을 좀 하도록 일러줘. 아무것도 먹이지 않으면 멜라니의 아기는 죽고 말 거야. 그리고…….」

「멜라니 아씨는 그럼…….」하고 포크는 조심스럽게 말꼬리를 흐렸다.

「멜라니 아씨는 젖이 안 나와.」하고 말하고서, 스카알렛은 만약에 어머니가 이렇게 내놓고 여자의 육체에 대한 이야기를 하는 것을 들으시면 아마 기절하실 거라고 생각했다.

「그렇다면 스카알렛 아씨, 저의 딜시에게 멜라니 아씨의 아기를 시중들게 합죠. 딜시도 아기를 낳았으니까 두 아기에게 젖을 먹이는 것쯤은 아무것도 아닙니다요.」

「어머나, 자네에게도 어린애가 생겼어, 포크?」

아기, 아기, 아기, 왜 하느님은 그렇게도 아기만 많이 만드시는 걸까? 아냐 아냐, 그렇지 않아, 하느님이 만드시는 게 아니다. 어리석은 인간들이 만드는 거야.

「그렇습니다요. 크고 실한 검둥이 녀석입죠. 이녀석이…….」

「딜시한테 가서 동생들의 병간호는 내가 할 테니까 아기에게 젖을 먹이고, 그리고 될 수 있는 대로 멜라니 아씨 시중을 들으라고 해. 그리고 마미에게는 암소를 돌봐 주고 가엾은 말을 마구간에 넣으라고 일러요.」

「마구간 따위가 있을 리 있읍니까요, 스카알렛 아씨. 놈들이 헐어서 장작으로 써버리고 말았읍니다요.」

「포크, 이제 다시는 놈들이 어쩌고 했다는 말을 말아 줘. 딜시에게 지금 이른 말을 전하고, 그리고 포크, 잊지 말고 자네는 위스키를 파내고 고구마를 갖다 줘야 해.」

「하지만 스카알렛 아씨, 등불이 없이는 파낼 수가 없는뎁쇼.」

「횃불을 쓰면 되잖아? 쓸 수가 없나?」

「횃불 같은 게 어디 있어야죠. 놈들이…….」

「어떻게 해 봐……. 무슨 수를 쓰든지, 아뭏든 파내 와. 자, 어서!」

그녀의 목소리가 거칠어졌기 때문에, 포크는 얼른 방을 뛰어나갔다. 스카알렛은 제랄드와 단 둘이 남았다. 그녀는 아버지의 다리를 다정스럽게 쓰다듬었다. 전에는 승마로 단련되어 팽팽하던 넓적다리가 몹시 야위어 있었다. 아버지가 다시 기운을 차리시도록 하자면, 도대체 어떻게 하면 좋겠는가! 그러나 그녀에겐 어머니에 대한 일을 물을 용기가 없었다. 그것은 내일, 단단히 마음의 준비가 되고 나서 할 일이다.

「왜 놈들은 타라를 불태우지 않았을까요?」

제랄드는 아무 말도 듣지 못한 것처럼 잠시 그녀의 얼굴을 응시하고 있었다. 그래서 그녀는 또 한 번 같은 질문을 되풀이했다.

「왜냐하면.」하고 그는 잠깐 궁리했다.「그건 놈들이 이 집을 본부로 썼기 때문이야.」

「양키가 이 집을?」

무엇보다도 가장 사랑하는 집이 양키들 때문에 더럽혀졌다는 모욕감이 가슴에 활활 타올랐다. 엘렌이 살고 있었기에 신성한 이 집, 여기에 양키가 살았었단 말인가.

「그렇단다, 얘야. 놈들이 여기 오기 전에, 강 건너의 트웰브 오우크스 댁에 연기가 오르는 게 보이더구나. 하지만 하니하고 인디어가 검둥이들을 데리고 메이콘으로 피난했기 때문에, 우리들은 별로 걱정도 안 했단다. 그렇지만 우리들은 메이콘으로 갈 수가 없었단다. 네 동생들도 어머니도 모두 앓고 있기 때문에 갈 수가 없었던 거야. 집의 검둥이들은 달아나 버리고 말았다. 어디로 달아났는지 알 수 없지만 말이다. 갈 때 마차며 노새를 훔쳐 갖고 갔어. 하지만 마미하고 딜시하고 포크, 이것들만은 달아나지 않았다. 동생들과 어머니를 움직이게 할 수가 없었던 거야.」

「그랬겠군요, 그랬겠군요.」어머니에 대한 이야기를 시켜서는 안 된다. 무슨 다른 일이라야만 한다. 샤만 장군이 이 방을, 어머니의 사무실을 본부로 썼다고 하는 말을 하더라도 차라리 아직은 그런 편이 더 낫다. 어머니에 관한 이야기만 아니라면.

「양키는 철도를 차단하기 위해, 존즈보로를 향해서 진격했단다. 놈들은 개울 쪽으로부터 몇 천인지 알 수 없는 대포와 말이 얼마나 되는지 헤아릴 수 없이 달려왔어. 나는 현관에서 놈들과 만났다.」

『어머, 용감하신 아버지!』하고 스카알렛은 생각했다. 마치 눈 앞에 가득찬 적군 대신에, 아군의 대군을 배후에 거느리고나 있는 것처럼, 타라의 층계에서 오만하게 버티고 서서 적을 맞이한 제랄드를 상상하자, 그녀의 마음은 자랑스러움으로 뿌듯했다.

「놈들은 집을 태워 버릴 테니 나더러 비키라고 하더구나. 하지만 나는 집을 태우려거든 내 머리 위에서 불지르라고 해주었지. 우리들은 떠날 수가 없었던 거다. 네 동생들이, 그리고 네 어머니가…….」

「그래서 어떻게 됐어요?」어째서 아버지는 화제를 자꾸만 엘렌에게로 끌고 가려고 하시는 걸까?

「집에는 병자가 있다, 장티푸스다, 움직이면 죽고 만다고 난 말해 주었다. 그

리고 불을 지르려거든 내 머리 위에서 지붕을 태우라고 말이다. 난 어떤 일이 있
어도 여길 떠나기가 싫었다. 타라를 떠나기가.」

그는 벽 쪽을 멍하게 둘러보면서, 목소리가 끊기더니 이윽고 지워져 버렸다.
아버지의 심정을 스카알렛은 잘 알 수가 있었다. 제랄드의 어깨 뒤에는 무수한
아일랜드의 조상들이 떼지어 있어서 그것을 그에게 허락하지 않았던 것이다. 그
들은 자기들이 생활하고 경작하고 사랑하고 자식들을 낳은 저택을 버리기 보다
는 차라리 마지막까지 싸우다가, 얼마 되지도 않은 땅을 위해 죽어간 사람들인
것이다.

「나는 놈들에게 집을 태우려거든 죽어가고 있는 세 여자의 머리 위에서 태우
라고 해주었다. 그럴망정 우리들은 여기를 떠날 수 없다고 말이다. 그런데 젊은
적의 장교가, 그놈은 신사더구나.」

「양키가 신사라고요? 어이구, 아버지!」

「신사였다. 그 사나이는 말을 몰아가더니 얼마 안 되어서 대위하고 군의관을
데리고 왔더구나. 그 군의관이 네 동생들과 어머니를 진찰해 주었단다.」

「그럼 아버지는 그 가증스러운 양키를, 침실에 들였단 말이에요?」

「놈은 모르핀을 갖고 있더구나. 그것이 집에는 조금도 없었단다. 덕분에 동생
들의 목숨은 살아났다. 스월렌은 출혈을 하고 있었단다. 친절하게, 가능한 모든
치료를 해주더라. 그 군의관이 네 동생들과 어머니의 병에 대해서 보고했기 때
문에, 놈들은 집에다 불을 지르지 않았던 거야. 그대신 그 뭐라던가 하는 장군
과 그 참모들이 들이닥치더구나. 그리고 병실만 내놓고는 방이란 방을 모두 차
지하고 말았지. 게다가 병사들은…….」

그는 피로한지 또 말을 중단했다. 수염이 텁수룩한 턱이, 살이 늘어져서 주름
살이 잡혀 있는 가슴에 힘없이 떨구어졌다. 그러나 그는 애써 다시 계속했다.

「병사들은 집 주위에서 야영을 했다. 목화밭이구 보리밭이고 그 밖에 아무 데
고 도처에 말이다. 목장은 그들의 푸른 군복으로 메워지고 말았지. 그 날 밤은
화톳불이 몇 천인지 헤아릴 수도 없었지. 그들은 울타리를 헐어 취사용으로 써
버렸다. 헛간도 마구간도 훈제방도 모두 뜯어다 때버리고 말았다. 그리고 소도
돼지도 닭도, 내 칠면조까지도 모두 잡아먹어 버렸다.」제랄드가 그토록 애지중
지하던 칠면조까지도 양키들이 잡아먹었단 말인가. 「게다가 놈들은 여러 가지
물건들을 약탈해 갔어. 그림 같은 것까지도 말이야. 가구도 도자기도!」

「은그릇은요?」

「은그릇은 포크하고 마미가 어떻게 건사한 모양이야. 아마 우물에 처넣었는
지도 모르지. 하지만 난 지금 생각이 안 난다.」제랄드의 목소리는 가시가 돋친

것 같았다. 「그리고 놈들은 여기서, 이 타라에서 전쟁을 시작했단다. 굉장한 소동이었지. 말이랑 병사들이 달려가기도 하고, 몰려서서 발을 구르기도 하고 말이다. 그러더니 존즈보로에서 포 소리가 울리기 시작하더구나. 마치 천둥 소리처럼 울리더라. 앓아 누워 있는 애들 귀에도 들렸던지 『아빠, 저 소리를 멎게 해줘요.』 하는 소리를 몇 번이고 해서 나를 애태웠지.」

「그리고, 그리고 어머니는? 양키가 집 안에 들어온 것을 어머닌 아셨나요?」

「그 사람은 아무것도 몰랐지.」

「어머나, 다행이었네요.」하고 스카알렛은 말했다. 어머니는 속을 썩이시지 않고 넘길 수가 있었던 것이다. 어머니는 적이 아래층 방에 들어와 있는 소리를 듣지 않았다. 알지도 못 하였고 존즈보로의 포 소리도 못 들었고, 그녀 마음의 일부분이었기도 한 이 고장이 양키의 발 밑에 유린되었다는 사실도 몰랐던 것이다.

「나는 애들과 어머니와 함께 이층에 있었기 때문에, 좀처럼 그들과는 얼굴도 마주치지 않았다. 제일 자주 만난 것이 젊은 군의관이었다. 친절한, 아주 친절한 사나이였어, 스카알렛. 온종일 부상병의 치료를 해주고 나선, 찾아와서 식구들의 치료를 해주었어. 약도 얼마간 두고 갔단다. 떠나면서 내게 이런 말을 하더군. 따님들은 낫겠지만 어머니 쪽은 너무 쇠약하시다는 거야. 몹시 쇠약하니까, 도저히 버티어 내지 못할 거다, 체력을 무리하게 모두 써버렸다는 거야 …….」

또다시 빠진 침묵 속에서, 스카알렛은 마지막 며칠간을 그렇게 보냈을 것이 틀림없다고 생각되는 어머니의 모습을 마음 속에 그려 보았다. 어머니는 연약하면서도, 타라의 힘의 탑(塔)으로서 다른 사람들을 쉬게 하고 먹이기 위하여 침식을 잊고 간호하고 일하고 처리하셨던 것이다.」

「그리고 그들은 진격해 갔어. 진격해 갔어.」

그는 오랫동안 잠자코 있더니, 이윽고 그녀의 손을 더듬었다. 「네가 돌아와 주어서 기쁘다.」그는 단지 이렇게 말했을 뿐이었다.

뒤꼍 포치에서 무엇인지 비벼 대는 듯한 소리가 났다. 집에 들어가기 전에 반드시 신을 닦으라는 말을 사십 년 동안이나 들어 온 가엾은 포크는, 이런 경우에도 그 습관을 잊지 않았던 것이다. 그는 호리병박으로 만든 국자 두 개를 조심스럽게 들고 들어왔다. 그보다 먼저, 뚝뚝 떨어지는 독한 위스키 냄새가 확 풍겨 왔다.

「많이 엎지르고 말았읍니다요, 스카알렛 아씨. 술통 구멍에서 국자에 따르는 것이, 어찌나 어렵던지 말입니다요.」

「괜찮아, 포크, 고마와.」그녀는 젖은 국자를 받아들었으나, 위스키 냄새를 맡자 불쾌한 듯이 코를 찡그렸다.

「이걸 드시면 좋을 거예요, 아버지.」묘하게 생긴 그릇에 담은 위스키를 아버지의 손에 들려 주고, 물이 든 또 하나의 국자를 포크에게서 받았다. 제랄드는 아이처럼 고분고분하게 국자를 들어올려 꿀꺽꿀꺽 마셨다. 그러나 다음에 물을 건네주려니까 머리를 젓고 받지 않았다.

아버지로부터 위스키를 받아 입가로 가져갔을 때, 희미하게 나무라는 빛을 띠고 자기를 보고 있는 아버지의 눈을 그녀는 알아챘다.

「귀부인은 위스키 따위를 마셔선 안 된다는 건 저도 알고 있어요.」하고 그녀는 간단히 말했다. 「하지만 저는, 오늘은 귀부인이 아녜요, 아버지. 그리고 오늘 밤은 지금부터 해야 할 일이 많은걸요 뭐.」

그녀는 국자를 기울여 숨을 깊이 들이마시고는 꿀꺽 마셨다. 독한 액체가 타는 듯이 목구멍에서 뱃속으로 내려가자 숨이 막히고 눈에서 눈물이 나왔다. 그녀는 다시 숨을 쉬고는, 또다시 국자를 기울였다.

「스카알렛!」하고 이때 제랄드가 말했다. 그것은 여기 돌아온 뒤 처음으로 그에게서 듣는 위엄 있는 목소리였다.「그만하면 됐다. 독한 술을 마실 줄도 모르면서 그렇게 마시면 취한다.」

「취한다고요?」그녀는 보기 흉하게 웃었다. 「취한다고요? 전 취하고 싶어요. 취해서, 이런 일을 모조리 잊어버리고 싶어요!」

그녀는 또 마셨다. 열기가 차츰 혈관에 타오르고 온 몸에 배어들어 가더니, 이윽고 손가락 끝까지 쑤시고 후끈거렸다. 이 친절한 불길은 어쩌면 이렇게 고마울 수 있을까. 그것은 그녀의 얼어붙은 가슴 밑바닥까지 스며들어가서 다시 힘이 온 몸에 되살아 났다. 제랄드역 어처구니없는 찡그린 얼굴을 쳐다보면서, 그녀는 다시 아버지의 무릎을 가볍게 쓰다듬고 언제나 아버지가 좋아하시던 예의 조금 건방진 미소 비슷한 것을 지으려고 했다.

「이 따위로 제가 취한다고 생각하세요, 아버지? 전 아버지의 딸이에요. 클레이튼군에서도 제일 똑똑한 머리를, 전 아버지에게서 물려받지 않았어요?」

그는 딸의 지친 얼굴에, 미소지어 보이려고 했다. 위스키는 그의 기운도 북돋아 주었던 것이다. 그녀는 술이 담긴 국자를 아버지에게 돌려 주었다.

「자, 더 드세요. 그러면 제가 이층으로 모시고 가서 잠재워 드릴께요.」

그녀는 정신이 번쩍 들었다. 어머, 나는 마치 웨이드에게라도 하듯이 말하고 있네. 아버지에 대해서 이런 말버릇을 해도 괜찮은 것일까? 너무 실례가 아닌가. 그래도 아버지는 그녀가 하자는 대로 하는 것이다.

「그래요, 잠재워 드리겠어요.」하고 그녀는 대수롭지 않게 덧붙였다.「자, 좀 더 마시게 해드리겠어요. 이 국자의 술을 죄다 말이에요. 그러시면 푹 주무시게 될 거예요. 아버지는 푹 주무셔야 해요. 스카알렛이 여기 있는 이상, 이젠 아무 것도 걱정하시지 마세요. 자, 드세요.」

아버지는 고분고분하게 또 마셨다. 이윽고 그녀는 팔을 아버지의 겨드랑이 밑에 넣어 일으켜 세웠다.

「포크…….」

포크는 한 손에 국자를, 다른 한 손으론 제랄드의 팔을 움켜잡았다. 스카알렛은 일렁거리며 타는 촛불을 집어 들었다. 그리고 세 사람은 어두운 홀을 가만가만 가로질러, 제랄드의 방 쪽을 향하여 구불구불 도는 계단을 올라갔다.

스윌렌과 캐린이 한 침대에서 두런거리기도 하고 몸부림치기도 하는 방은, 등불 대용으로 돼지고기 기름을 담은 접시에다 헝겊 오라기를 심지삼아 태우고 있기 때문에, 고약한 냄새가 났다. 창문을 모조리 닫아 놓아 약 냄새며 기름 냄새며 병실 특유의 악취가 차 있어서, 처음에 도어를 열었을 때 스카알렛은 정신이 아찔해질 것 같았다. 아마도 의사가 병실에 바깥 공기를 들여보내면 큰일난다고 말했지만, 만약 자기가 여기에 앉아서 간호를 한다면, 스카알렛은 신선한 공기를 넣지 않으면 자기가 죽을 거라고 생각했다. 그래서 그녀는 세 개의 창문을 열고 떡갈나무 잎과 흙냄새를 넣었지만, 새로운 공기도 몇 주일 동안이나 닫아 두었던 방에 배어 있던 고약한 냄새를 좀처럼 몰아낼 수가 없었다.

창백하게 야윈 캐린과 스윌렌은, 즐겁고 행복했던 시절에 의좋게 속삭이던 네 귀퉁이에 기둥이 있고 춤이 높은 침대에서 가물가물 얕은 잠을 자기도 하고, 잠을 깨서 눈을 뗑하게 뜨고 중얼거리기도 하고 있었다. 방 한편 구석에는 빈 침대가 놓여 있었다. 그것을 앞부분과 뒷부분이 휘어 있는 프랑스 제정 시대풍의 좁은 침대인데, 엘렌은 이 침대에 누워 있었던 것이다.

스카알렛은 동생들 곁에 앉아서 멍청하게 두 동생을 지켜보고 있었다. 오랫동안 텅 비었던 뱃속에 들어간 위스키가 여러 가지로 그녀에게 장난질을 했다. 이따금 동생들의 모습이 아득히 멀리 조그맣게 보이기도 하고 두 사람의 띄엄띄엄 끊기는 목소리가 마치 벌레 소리처럼 들리기도 했다. 그런가 하면 이번에는 두 사람의 모습이 엄청나게 커다랗게 확대되어, 번개 같은 속도로 덤벼들기도 했다. 그녀는 피로했다. 뼛속까지 지쳐 있었다. 드러누워 며칠이고 오래오래 잠을 잤으면 하고 생각했다.

아, 드러누워 잘 수 있다면, 그리고 엘렌이 다정하게 어깨를 흔들며 『너무

늦었다, 스카알렛. 그렇게 게으름을 피우면 못 쓴다,』 하면서 깨워 준다면. 그
러나 이젠 두 번 다시 그런 행복을 맛볼 수는 없는 것이다. 엘렌만 있어 준다
면! 하다못해 누구든지 그녀보다도 분별 있고 현명하고 꿋꿋하고 의지할 만한
사람이 있었으면. 그 무릎에 내 얼굴을 파묻을 수 있는 사람이, 그 어깨에 내 무
거운 짐을 맡길 수 있는 사람이 있다면!

도어가 살며시 열리더니 딜시가 들어왔다. 멜라니의 아기를 가슴에 안고 한
손에 위스키가 담긴 호리병박 국자를 들고 있다. 침침한 불빛에 보니까 딜시는
마지막 만났을 때보다도 야위어 보였고, 인디언의 특징이 전보다도 한결 뚜렷하
게 얼굴에 나타나 있었다. 높은 광대뼈는 더욱더 튀어 나오고 매부리코는 좀더
날카로와지고, 구릿빛 피부는 한층 더 구릿빛으로 빛나고 있었다. 빛이 바랜 캘
리코 드레스가 허리까지 헤쳐져서 커다란 청동색 유방이 드러나 있었다. 단단히
안긴 멜라니의 갓난아이는, 윤기 없는 장미꽃 봉오리 같은 입술로 정신 없이 검
은 젖을 빨면서, 마치 어미 고양이의 따뜻한 배털에 몸을 파묻은 새끼 고양이처
럼 부드러운 가슴을 조그만 주먹으로 누르고 있었다.

스카알렛은 비틀비틀 일어나 딜시의 팔에 손을 얹었다.

「용케 남아 있어 주었어, 딜시.」

「어떻게 하찮은 검둥이 따위하고 함께 달아날 수 있겠사와요, 스카알렛 아씨.
아씨의 아버님께서 친절하시게도 저와 딸 프리시를 사주셨을 뿐더러, 아씨의 어
머님께서도 그토록 저희에게 친절하셨는뎁쇼.」

「앉아, 딜시. 그 정도면 아기의 젖 걱정은 없을 것 같구면. 멜라니 아씨는 어
떠시지?」

「이 도련님은 단지 배가 고프셨을 따름이와요. 시장하신 도련님에게 드릴 건,
제거면 충분합죠. 멜라니 아씨께서도 별일 없사와요. 돌아가실 염려는 없읍
니다요, 스카알렛 아씨. 걱정하시지 마시와요. 저는 멜라니 아씨같이 잃는 사람
을 백인이고 흑인이고 여태까지 많이 보아 왔는걸입쇼. 단지 몹시 지치시고 신
경질이 되셔서, 이 갓난 도련님의 걱정을 너무 많이 하고 계실 뿐이와요. 제가
잘 위로해 드리고 이 국자에 남았던 위스키를 드렸더니, 푹 주무시고 계시와
요.」

그렇다면 온 집안 식구가 이 옥수수 위스키 덕을 본 셈이다. 차라리 꼬마 웨이
드에게도 먹여 볼까, 그렇게 하면 딸꾹질이 멎을지도 모르지, 하고 스카알렛은
히스테리컬하게 생각했다. 멜라니는 죽지 않는다. 그렇다고 한다면 애실리가
돌아왔을 때에는…… 만약 돌아온다면…… 아니다, 이런 일은 나중에 생각하기
로 하자. 아, 나중에 생각해야 할 일이 어쩌면 이렇게도 많단 말인가! 풀어 버

려야 할 일, 결정해야 할 일이 어쩌면 이다지도 많다는 말인가. 총결산하는 시간을 영원히 미룰 수 있다면! 이때 밖의 조용한 공기를 깨뜨리고 삐걱삐걱하는 율동적인 소리가 들려 왔다. 그녀는 깜짝 놀랐다.

「저건 아가씨들을 씻겨 드릴 물을 마미가 긷고 있는 겁니다요. 물이 엄청나게 많이 들어섭죠.」하고 딜시가 설명했다. 그리고 테이블에 있는 약병과 글라스 사이에 국자를 놓았다.

스카알렛은 갑자기 웃음을 터뜨렸다. 철이 들기 시작할 무렵부터 귀에 익어 온 우물의 도드래 소리에 놀라다니, 내 신경은 어지간히 좋지 않은 상태가 보구나. 딜시는 위엄 있고 조용한 표정으로 그녀의 웃는 얼굴을 물끄러미 바라보고 있었다. 딜시는 내 심정을 알고 있는 것이다. 스카알렛은 그렇게 느꼈다. 그녀는 다시 의자에 몸을 묻었다. 꼭 죄인 코르셋이며 답답한 칼라며 발을 물집투성이로 만든 모래와 잔돌이 아직도 잔뜩 들어 있는 구두 따위를 벗어 던질 수가 있다면 얼마나 시원할까.

삐걱거리는 도드래의 소리는 점점 느려졌다. 삐걱거릴 적마다 줄이 올라오고, 그럴 적마다 두레박이 올라오는 것이다. 이제 곧 마미가—— 엘렌의 마미, 그리고 그녀의 마미가—— 올라오겠지. 그녀는 아무것도 생각하려 하지 않은 채 잠자코 앉아 있었다. 이젠 젖을 잔뜩 먹어서 싫증이 났을 텐데도, 갓난아이는 소중한 젖꼭지가 입에서 빠졌기 때문에 킹킹거리기 시작했다. 역시 잠자코 있던 딜시가 어린애의 젖꼭지를 물리면서 양손으로 어르고 있는 동안, 스카알렛은 뒷마당을 가로질러 오는 마미의 느릿하면서도 끄는 듯한 발소리에 귀를 기울이고 있었다. 어쩌면 밤이 이토록 조용할까! 아무리 작은 소리라도 그녀의 귀에는 크게 울리는 것이다.

마미의 육중한 몸이 도어에 가까와짐에 따라서 그 거대한 몸무게 때문에 이층의 복도가 진동하는 것 같았다. 이윽고 양손에 어깨가 처질 만큼 무거운 나무 양동이를 든 마미가 방에 들어섰다. 그 정다운 검은 얼굴에는, 원숭이 얼굴에서 보는 것 같은 야릇한 슬픔의 빛이 떠올라 있었다.

스카알렛을 보더니 그녀는 눈을 빛내고 흰 이를 드러내면서 양동이를 내려놓았다. 스카알렛은 얼른 달려가서, 그 살이 늘어진 커다란 가슴에 얼굴을 묻었다. 많은 백인과 흑인의 얼굴을 묻은 가슴이다. 거기에는 무엇인지 모르게 굳센 것, 그리고 조금도 변함 없는 옛날의 생활이 있는 것 같은 느낌이 들었다. 그러나 마미의 첫마디는 그러한 환상을 무참하게 쫓아 버렸다.

「마미의 아씨님이 돌아오셨구려! 아이고 스카알렛 아씨, 엘렌 마님이 돌아가셨으니 이제부터 저희들은 대관절 어떡하면 좋습니까요? 네에, 스카알렛 아씨 ! 저도 엘렌 마님과 함께 죽어 버린 거나 다름없으니, 엘렌 마님이 안 계시면 아무것도 할 수 없습니다요. 이제 그저 뼈아픈 고생이 있을 뿐입니다요, 아씨. 괴롭고 무거운 짐뿐입니다요.」

마미의 가슴에 얼굴을 비벼 대면서, 스카알렛은 〈괴롭고 무거운 짐〉이라는 말이 마음에 걸렸다. 그것은 그 날 오후 내내 머리 속에서 넌더리가 날 만큼 단조롭게 윙윙거렸던 말이 아닌가. 지금 그녀는, 그때 생각나지 않던 노래의 다음 귀절을 울적한 마음으로 생각했다.

쓰라린 무거운 짐을 나르는 것도 이젠 며칠뿐이라오.
가벼워지지 않을 짐이라면
무겁고 가벼운 게 무슨 소용이람.
비틀비틀 가는 길도 이제 며칠뿐이라오.

〈가벼워지지 않을 짐이라면〉 지친 마음에 이 귀절이 걸렸다. 그녀의 무거운 짐은 영원히 가벼워지지 않는 것일까? 타라로 돌아온 것은, 무거운 짐을 내려 놓고 쉬기 위해서가 아니라 더 많은 무거운 짐을 지기 위해서였던가? 그녀는 마미의 팔에서 빠져나오자, 손을 뻗어서 마미의 주름투성이인 검은 얼굴을 쓰다듬었다.

「어머, 아씨의 손이 ! 」 마미는 물집이 생기고 피가 말라붙은 그녀의 조그만 손을 잡고, 깜짝 놀라서 나무라듯이 지켜보고 있었다. 「스카알렛 아씨, 손을 보면 귀부인인지 아닌지를 알 수 있다고 그처럼 여러 번 말씀드리지 않았던갑쇼. 그리고 얼굴만 해도 이처럼 까맣게 타시고 말입니다요.」

불쌍한 마미, 전쟁과 죽음이 방금 머리 위를 지나간 참인데도, 아직도 그런 부질없는 일을 가지고 까다롭게 나무라시니 ! 다음에는 틀림없이 손에 못이 박이고 주근깨가 있는 아가씨는 대개의 경우 남편감을 못 얻는다고 말하겠지. 그래서 스카알렛은 앞질러 말했다.

「마미, 나에게 어머니 이야기 좀 해 줘. 난 도저히 아버지에게는 듣지 못하겠어.」

양동이를 들어올리고 몸을 구부린 마미의 눈에서 눈물이 떨어졌다. 잠자코 양동이를 침대 옆까지 가지고 가더니, 마미는 시트를 벗기고 스월렌과 캐린의 잠옷을 헤쳤다. 스카알렛은 침침하게 일렁이는 불빛에 동생들을 바라보고, 캐린은 깨끗하긴 했지만 누덕누덕 기운 잠옷을 입고 스월렌은 아일랜드 레이스의 묵직한 단이 달려 있는 갈색의 헌 린네르 잠옷을 입고 있다는 것을 알았다. 마미는 낡은 에이프런 조각으로 두 동생의 여윈 몸을 닦아 주면서 소리를 내지 않고 울었다.

「스카알렛 아씨, 엘렌 마님을 돌아가시게 한 것은 스레터리네의 놈들입니다요. 걸레 조각 같은 아무 쓸모도 없고 천한 가난뱅이 백인인, 스레터리네 놈들입니다요. 그 따위 하찮은 녀석들에게 아무리 친절하게 해주시더라도 아무런 쓸모도 없다고 저는 몇 번이고 말씀드렸었는데, 엘렌 마님은 마음이 고우셔서 무엇이고 부탁을 받으시면 결코 마다는 말씀을 못 하셨읍죠.」

「스레터리네?」하고 스카알렛은 미심쩍게 물었다. 「그 사람들이 어쨌다는 거지?」

「이런 병에 걸렸읍지요.」하고 축축하게 젖은 시트에 물방울을 떨어뜨리면서, 마미는 젖은 헝겊으로 벌거벗은 두 처녀들 쪽을 가리켰다. 「팔리지 않는 그 집 딸 에미가 이 병에 걸려서 말입니다요, 엘렌 마님애게 울며불며 달려왔읍죠. 걸핏하면 그것들은 쪼르르 달려옵니다요. 도대체, 제 딸의 병간호를 자기가 안 하는 법이 어디 있읍니까? 엘렌 마님은 남의 일을 돌볼 겨를이 없을 만큼 바쁘셨지만, 곧 가서 에미의 병간호를 하셨읍지요. 알고 보면 엘렌 마님 자신도 몸이 그리 튼튼하시지 못했읍지요, 스카알렛 아씨. 어머님은 훨씬 전부터 몸이 편찮으셨읍니다요. 밭의 곡식은 병참인지 뭔지가 모조리 빼앗아 갔기 때문에 양식도 딸려서 엘렌 마님은 작은 새만큼밖에는 안 잡수셨읍니다요. 저는 백인 찌꺼기 따위는 버려 두시라고 몇 번이고 말씀드렸지만, 듣지를 않으셨읍니다요. 그러다가 에미가 조금 차도가 있자 이번에는 캐린 아가씨가 그 병으로 쓰러지셨읍지요. 장티푸스 병은 길을 곧장 날아와서 캐린 아가씨를 덮치고, 다음에는 스월렌 아가씨에게 들러붙었읍니다요. 그래서 엘렌 마님께선 모두의 병간호를 하셔야 하게 됐읍지요. 큰길에선 전쟁이 벌어지고, 북군은 강 건너에서 밀어닥치고 들일 하는 검둥이는 밤마다 달아나 버리고, 도대체 어떻게 되려는가 싶어서 저 같은 건 미칠 것만 같았읍니다요. 하지만 엘렌 마님은 침착하셨읍지요. 그저 아가씨들께 드릴 약이 아무것도 없어서 그걸 걱정하시느라고 유령처럼 야위셨읍지요. 어느 날 밤 아가씨들의 몸을 둘이서 열 번이나 닦아 드리고 나서, 엘렌 마님은 이렇게 말씀하셨읍지요. 『마미야, 혼을 팔 수 있다면 팔고 싶구나. 난 그걸 팔아서라도 딸애들의 이마에 얹어 줄 얼음을 사고 싶다.』 굽쇼. 엘렌 마님은 제랄드 나리도 로자나 티나도, 일체 이 방에는 들이지 않았읍죠. 들어오는 것은 저뿐이었는데, 전 한 번 장티푸스를 앓았거든읍쇼. 그러다가 엘렌 마님에게도 병이 옮고 말았읍지요, 스카알렛 아씨. 그때 전, 이젠 틀렸구나 하고 생각했읍니다요.」

마미는 몸을 일으키더니 에이프런으로 뚝뚝 떨어지는 눈물을 닦았다.

「엘렌 마님은 날로 더해 갔읍니다요, 스카알렛 아씨. 그 친절한 양키 의사 선생도 이미 손을 쓸 수가 없었답니다요. 아무것도 모르시게 되고 제가 아무리 소리를 지르고 얘기를 해도, 이 마미마저 못 알아보시게 되고 말았읍니다요.」

「어머님은…… 내 이름을 부르셨어? 나를 찾으셨어?」

「아뇨, 아씨. 엘렌 마님은 완전히 사배나 시절의 작은 아가씨로 되돌아가셔서, 아무의 이름도 부르시지 않았읍니다요.」

딜시는 몸을 뒤틀어, 잠든 아기를 무릎 위에 놓으면서 말참견을 했다.

「아니와요, 누군가의 이름을 부르셨읍니다요.」

「무슨 쓸데없는 소릴 하는 거야, 이 인디언 토인과 검둥이 튀기년이!」 마미는 사나울이 만큼 격해 가지고 딜시 쪽을 보았다.

「잠자코 있어, 마미. 누구의 이름을 부르셨어, 딜시? 아버지?」

「아닙죠, 나리님은 아닙니다요. 마침 목화를 태운 날 밤이었는뎁쇼.」

「목화를 태워 버렸어? 빨리 말해 봐!」

「그렇습지요. 모두 태우고 말았죠. 병정들이 창고에서 뒷마당으로 들고 나와서 『조지아에서 제일가는 축화(祝花)다, 불을 질러라!』 어쩌고 고함을 지르면서 불을 질렀답니다요.」

삼 년 동안 모은 목화, 십 오만 달러어치의 목화가 한 줌의 재가 되어 버리고 말았던 것이다!

「그 불빛으로 사방은 마치 대낮처럼 밝아졌읍지요. 저흰 저택에 불이 옮겨 붙지나 않을까 하고 가슴이 조마조마했답니다요. 이 방에 있어도 어찌나 밝은지, 마룻바닥에 떨어진 바늘을 주울 수 있을 정도였읍지요. 너무나 창문이 밝아졌기 때문에, 엘렌 마님께서도 잠이 깨셨던지 침대에 일어나 앉으시더니, 커다란 목소리로 한두 번 『필립! 필립!』하고 부르셨사와요. 제가 한 번도 들은 적이 없는 이름이었읍지요만, 사람의 이름인 것만은 분명했는데, 엘렌 마님께선 그 사람을 부르셨사와요.」

마미는 석상처럼 몸이 굳어져서 딜시를 노려보고 있었지만, 스카알렛은 두 손에 얼굴을 파묻고 생각에 잠겨 있었다. 필립? 도대체 누구일까? 그 이름을 부르면서 죽은 어머니에게 있어서 그 사람은 대체 무엇이었을까?

애틀랜타에서 타라까지의 긴 길은 끝났다. 따뜻한 엘렌의 팔에서 끝났어야 할 그 여로는, 무정한 벽에 부딪침으로써 끝났다. 스카알렛은 이미 영원히 자기를 감싸 주는 깃털 이불 같은 어머니의 사랑을 받으며 아버지가 보호하는 지붕 밑에서, 어린애처럼 안심하고 잘 수는 없게 되고 말았다. 어느 쪽을 보더라도 그녀가 숨을 수 있는 안전한 장소나 항구는 없을 것이다. 어디를 향하든 어떻게 몸을 뒤틀든, 그녀에게 부닥친 이 막다른 골목을 피할 길은 없었다. 그녀를 대신해서 무거운 짐을 질 어깨는 한 사람도 없는 것이다. 아버지는 늙어 빠져서 천치처럼 되어 버렸고 동생들은 앓아 누웠고 멜라니는 지쳐 빠져서 쇠약하고 아이들은 아무런 도움도 되지 않고, 검둥이들은 엘렌의 딸도 역시 자기들의 의지가 되어 줄 걸로만 믿고 아이들 같은 신뢰를 가지고 그녀의 스커트에 잔뜩 매달렸다.

떠오르기 시작한 희미한 달빛으로 창문에서 바라보니, 검둥이는 달아나 버리고 토지는 황폐하고 헛간은 타버리고 만 타라가 마치 눈 앞에서 피를 뿜고 있는 육체처럼, 서서히 출혈하고 있는 그녀 자신의 육체처럼 눈 앞에 펼쳐져 있었다. 부들부들 떨고 있는 노인이며 병이며 굶주린 입이며 그녀의 스커트에 매달리는 무력한 손이며, 여로의 마지막은 이것이었다. 그 길이 끝나는 곳에는 그 밖에는 아무것도 없었다. 있는 것이라곤 단지 어린 자식을 거느린 열 아홉 살의 과부 스카알렛 오하라 해밀턴뿐인 것이다.

이런 모든 일을 어떻게 처리해야 할 것인가? 멜라니와 갓난아이는 피터 시고 모님과 메이콘의 바아 댁이 맡아 주겠지. 동생들의 병이 나으면 엘렌의 친척에게 억지로라도 둘 다 떼어 맡기자. 그리고 나와 아버지는 제임즈 백부나 앤드루 백부한테로 가면 된다.

그녀는 눈 앞에서 굼실거리고 있는 바짝 마른 동생들의 모습을 바라보았다. 두 사람을 싸주고 있는 시트는 떨어지는 물로 검게 젖어 있었다. 그녀는 스월렌이 싫었다. 그녀는, 지금 그것을 똑똑히 알았다. 사실 그녀는 스월렌을 좋다고 생각한 적은 없었다. 그렇다고 해서 특히 캐린을 좋아한 적도 없다. 그녀는 누구나 할 것 없이 약한 인간을 좋아할 수가 없었던 것이다. 그러나 두 사람 모두 그녀와는 핏줄이 닿았고 타라의 일부분이었다. 그 두 사람을 불쌍한 친척으로, 이모들 집에서 지내게 할 수는 없다. 적어도 오하라 집안 사람이 둘씩이나 불쌍한 친척으로서 동정하는 빵에 매달리고 인정에 매달려 살아가도 상관없다는 말인가? 아니, 아니, 절대로 그럴 수는 없다.

이 막다른 길에서 빠져 나갈 길은 없는 것일까? 그녀의 지친 머리는 지극히 느리게밖에는 움직이지 않았다. 마치 공기가 물이 되어 그 저항과 싸우는 것처럼, 그녀는 양손을 무거운 듯이 뻗고 푹 머리를 숙였다. 그리고 글라스와 약병 사이에 놓인 국자를 집어 들고 안을 들여다보았다. 어둠침침한 불빛으로 잘 알 수는 없었으나 밑바닥에 아직도 조금은 남아 있는 것 같다. 이상하게도 확 끼치는 술냄새를 맡아도 이젠 그리 싫지 않았다. 그녀는 천천히 마셨다. 이번에는 타는 듯한 느낌은 없고, 훈훈하게 몸이 더워질 뿐이었다.

그녀는 빈 국자를 내려놓고 주위를 둘러보았다. 모든 것이 꿈인 것이다. 어둠 침침한 방도, 앓아서 야윈 처녀들도, 침대 옆에 웅크리고 있는 마미의 거대한 그림자도, 검은 가슴에 조그만 연분홍빛 육체를 안고 청동상처럼 꼼짝도 하지 않는 딜시도, 이 모두 꿈이고 이제 꿈에서 깨어나면 부엌에서 굽는 베이컨 냄새를 맡고 검둥이들의 높은 웃음 소리를 듣고 부드럽게 흔들어 깨우는 엘렌의 손길은 느낄 수가 있는 것이 아닐까.

이윽고 그녀는 자기가 자기 방의 자기 침대에 있는 것을 깨달았다. 희미한 달빛이 어둠을 뚫고 마미와 딜시가 옷을 갈아입는 것을 거들고 있다. 이미 갑갑한 코르셋에 가슴을 죄는 일도 없고 폐 속, 뼛속까지 깊숙하고 조용하게 숨쉴 수가 있었다. 그녀는 양말이 부드럽게 벗겨지는 것을 느꼈고, 그 물집투성이의 발을 씻기면서 마미가 무엇인지 똑똑치는 않으나 중얼거리고 있는 목소리를 기분 좋게 들었다. 어쩌면 물이 이렇게도 차가울까? 어린애처럼 푹신한 이불 속에서 잔다는 것은, 얼마나 기분이 좋은 일인가. 그녀는 한숨을 짓고 긴장을 풀었다. 일 년 동안 생각되기도 하고 일 초 동안처럼 생각되기도 한 시간이 흐른 뒤, 그녀는 혼자 방에 남겨져 있었다. 침대 위에 달빛이 흘러들어 방은 아까보다도 밝았다.

그녀는 자기가 취한 것을, 피로와 위스키로 취해 버린 것을 몰랐다. 알고 있는 것은 단지 어느 덧 자기가 지쳐 빠진 육체를 빠져나와서, 어딘지 고통도 피로도 없는 공간에 떠서 두뇌가 초인적으로 총명하게 사물을 보고 있다는 것뿐이었다.

그녀는 전혀 새로운 눈으로 사물을 보고 있었다. 그것은 그녀가 타라로 오는 긴 여로의 어딘가에서, 자기 속에 있는 소녀 시절을 떨쳐 버리고 왔기 때문이다. 이미 그녀는 새로운 경험에 의하여 하나하나가 틀이 바뀌는 소상용(塑像用) 찰흙은 아니었다. 마치 천 년이나 계속된 것 같은 그 막막한 하루 동안에 어느 틈엔지 찰흙은 완전히 굳어져 버리고 말았던 것이다. 그녀가 어린 아이처럼 시중을 받는 것은, 오늘 밤이 마지막인 것이다. 청춘은 가 버렸다. 그녀는 이제 한 사람의 여자가 된 것이다.

제랄드 편 친척에도 엘렌 쪽 친척에도 의지할 수 없었고, 의지하려고도 생각하지 않는다. 오하라 집안은 남의 동정에 의지할 수는 없다. 오하라 집안은 오하라 집안 스스로 꾸려나가는 것이다. 그녀의 무거운 짐은 그녀 자신의 것이었고, 그리고 그 무거운 짐은 충분히 그것을 견딜 만한 굳센 어깨가 있었기에 그리로 보내진 것이다. 여태까지 덮쳤던 최악의 경우에도 견딜 수 있었던 만큼, 이

제 자신의 어깨가 어떠한 무거운 짐도 감당할 만큼 굳세다고, 높은 데서 내려다
보면서 그렇게 생각해도 그녀는 별로 놀라지 않았다. 타라에서 도망칠 수는
없다. 붉은 경작지가 그녀의 것이라는 것 이상으로, 그녀는 붉은 경작지 그 자
체였다. 그녀는 피처럼 붉은 흙에 깊이 뿌리를 내리고 거기서 목화처럼 생명을
빨아먹어 왔다. 그녀는 어떻게 하든지 아버지와 동생들, 멜라니와 애실리의 아
들, 검둥이들을 먹여 살리는 것이다. 내일, 오, 내일! 내일이야말로 그녀는 자
기 목에 멍에를 달고서라도 일하리라! 내일이야말로 할 일이 산더미처럼 많다.
우선 트웰브 오우크스 농장과 매킨토시 농장으로 가서 황폐해진 농원에 무언가
남아 있는가 보고 와야겠다. 그리고 개울가 늪지에 가서 집 잃은 돼지나 닭을 찾
아야겠다. 또 존즈보로와 러브조이로 엘렌의 보석붙이를 가지고 가자. 거기에
는 틀림없이 누군가 남아 있어서 무엇이건 먹을 것을 팔 것이다. 내일이야말
로 내일이야말로. 그녀의 두뇌 활동은 마치 태엽이 풀린 시계처럼 점점 둔해 갔
지만 환영만은 여전히 선명했다.

　어렸을 적부터 수없이 들어온 집안에 전해져 내려온 이야기를, 당시에는 거의
지리해서 억지로 참으면서 그래도 얼마간은 알아들을 대목도 있어서 귀를 기울
였지만, 그것이 이때 문득 수정(水晶)처럼 분명해졌다. 그것에 의하면, 제랄드
는 한푼 없이 타라 농장을 쌓아올렸다. 엘렌은 어떤 이해할 수 없는 슬픔을 정복
하고 일어섰다. 로비야르 집안의 조부님은 나폴레옹을 실각시킨 폭풍우 속에서
살아 남아 기름진 조지아의 해안에 생활의 뿌리를 내렸다. 또 증조부인 프르
돔은 한때 하이티의 울창한 정글 속에 소왕국을 건설하였다가 얼마 안 되어 끝
내 멸망하고 말았지만, 그러나 생전에 그 이름을 사배나에서 다시 우러러보는
것을 보았다. 그곳에는 또 아일랜드의 자유를 위하여 아일랜드 의용군에 몸을
던져 싸우다가 교수형에 처해진 선조들도 있었고, 자기의 땅을 지키기 위하여
마지막까지 싸우다가 포인 강변에서 전사한 오하라 가문의 선조들도 있었다.

　그러한 사람들은 모두 압도당할 것 같은 커다란 비운에 시달렸지만, 그 비운
에 짓눌리지는 않았다. 제정(帝政)의 몰락도 반역하는 노예의 만도(蠻刀)도 전쟁
도 반란도 추방도 재산 몰수도, 그들의 목을 꺾어 놓은 일도 있었지만, 그들의
의지까지 꺾을 수는 없었다. 그들은 절대로 비명을 올리지 않았다. 그들은 싸
웠다. 죽어도 그들은 굴복하여 죽은 것이 아니라 칼이 부러지고 화살이 떨어져
서 마침내 죽은 것이다. 그녀의 혈관에도 그와 같은 피가 흐르고 있다. 그러한
사람들의 환영이 달빛 비치는 방안을 조용히 움직이며 돌아다니고 있는 것 같은
생각이 들었다. 운명이 줄 수 있는 최악의 것을 받아 그것을 최선의 것으로 다시
만들어낸 그러한 혈족(血族)들을 보아도 스카알렛은 놀라지 않았다. 타라야말로

그녀의 운명이며 싸움터였다. 그녀는 그것을 정복하지 않으면 안 되는 것이다.

그녀는 졸린 듯이 돌아누웠다. 암흑이 슬금슬금 기어올라와서 그녀의 마음을 감쌌다. 그 전 사람들이 정말로 방안에 있어서, 그녀에게 무언의 격려를 속삭이고 있는 것일까? 그렇지 않으면 이것은 꿈의 일부분인 것인가?

「당신들이 정말로 계시든 안 계시든」 하고 그녀는 잠꼬대처럼 중얼거렸다. 「어쨌든 주무세요, 고마왔읍니다.」

25

이튿날 아침 스카알렛의 몸은 이제 몇 마일씩이나 걷기도 하고 마차에 흔들리기도 한 탓으로 결리고 조금만 움직여도 심한 아픔을 느꼈다. 얼굴은 햇볕에 타서 빠알개지고 물집이 생긴 손바닥은 가죽이 벗겨져 있었다. 혀에는 백태가 끼고 목구멍은 불에 덴 것처럼 말라서 아무리 물을 마셔도 갈증이 가시지 않았다. 머리는 띵하고 눈을 움직이기만 해도 아팠다. 위장은 갓 임신했을 무렵이 생각날 만큼 메스꺼워서, 아침식사에서 김이 오르는 고구마가 못 견디게 싫어서 냄새를 맡기도 역겨웠다. 그것은 처음으로 독한 술을 마신 탓이고 흔히 있는 숙취라는 것에 지나지 않는다고 제랄드라면 설명해 줄 수 있을 터인데도 그는 아무 눈치도 채지 못한 모양이었다. 테이블의 주인 자리에는 앉아 있지만, 이 잿빛 노인은 흐릿하고 얼빠진 눈을 도어 쪽으로 보낸 채 고개를 갸웃거리면서 엘렌의 페티코트 옷자락 스치는 소리를 듣고 레몬 바베나의 향내음이 풍겨 오기를 기다리고 있는 것 같았다.

스카알렛이 테이블에 앉자, 그는 중얼거렸다. 「어머니를 기다리자, 좀 늦었구나.」 그녀는 아픈 머리를 들어, 믿을 수 없다는 표정으로 아버지를 건너다보았다. 그러자 제랄드의 의자 뒤에 서 있는 마미의 무엇인가 호소하는 듯한 눈길과 마주쳤다. 그녀는 그 한 손을 목에 대고 비틀비틀 일어나서 아침 햇살 속으로 아버지를 내려다보았다. 그는 멍청한 눈으로 딸을 응시했다. 아버지의 손은 부들부들 떨리고 머리도 조금 떨고 있었다.

제랄드가 명령을 내려 주기를, 그리고 해야 할 일을 분부하기를 얼마나 자기가 기다리고 있었는지, 그것을 이때까지 그녀는 자각하지 못하고 있었다. 그런데 지금은——어젯밤의 아버지는 거의 보통과 다름없이 보였는데, 어떻게 된 것인가. 하긴 어젯밤에도 여느 때처럼 고함을 질러 대지도 않고 기운도 없었지만, 그러나 어쨌든 이치가 맞는 이야기만은 했다. 그런데 지금은, 지금은 엘렌이 죽은 사실조차 잊어버리고 있다. 북군의 내습과 부인의 죽음, 이 두 가지 충격으로 실성을 해버리고 만 것이다. 그녀가 입을 열려고 하자 마미는 세게 고개를 저어 말리고 에이프런을 끌어올려 붉어진 눈시울을 닦았다.

『어쩜, 아버지가 미쳐 버리다니, 그런 일이 있을 수 있을까?』 하고 스카알렛은 생각했다. 그 새로운 근심 때문에 그녀의 띵한 머리는 쪼개질 것처럼 아프기 시작했다. 『아냐, 아냐, 아버지는 단지 머리가 멍해지셨을 뿐이다. 병 같은 거겠지. 곧 나을 거야. 하지만 만약 낫지 않는다면, 나는 도대체 어떻게 하면 좋단 말인가? 그러나 지금은 그런 걸 생각하고 싶지도 않아. 아버지 일도 어머니 일도 그 밖에 그런 끔찍한 일은 아무것도. 지금은 생각하고 싶지 않다. 생각하는 일을 견딜만 할 때까지는, 아무것도 생각지 말아야 한다. 그건 그렇다치고 생각해야 할 일이 어쩌면 이토록 많을까? 도무지 손을 댈 수 없는 일은 제쳐놓는다 치면 어떻게 될 듯도 하고. 어쨌든 지금은 해야 할 일이 잔뜩 있다.』

그녀는 아무것도 먹지 않고 식당을 나왔다. 그리고 뒤꼍의 포치로 갔더니, 가장 좋은 제복인, 그러나 지금은 볼품도 없이 누덕누덕 기운 것을 입은 포크가 맨발로 층계에 앉아서 호콩 껍질을 까고 있었다. 머리가 망치로 얻어맞은 것처럼 쿡쿡 쑤시고 밝은 아침 햇살이 날카롭게 눈을 자극했다. 그냥 서 있기만 하는데도 상당한 노력이 필요했다. 그래서 그녀는 흑인에 대해서도 상냥하게 대해 주어야 한다고, 늘 어머니가 가르쳐 주신 형식 따위는 전혀 제쳐놓고 될 수 있는대로 간단하게 이야기를 진행시켰다.

그녀가 너무나도 무뚝뚝하게 질문을 시작하고 너무나도 단정적으로 명령을 내렸기 때문에, 포크는 어리둥절한 듯이 눈썹을 올렸다. 엘렌 마님은 누구에 대해서도, 설사 병아리나 수박을 훔친 사람을 붙잡았을 때라도, 결코 이렇듯 무뚝뚝하게 말을 한 일이 없었다. 스카알렛은 새삼스럽게 농장이며 채소밭이며 가축에 대해서 물었다. 그녀의 파란 눈에는 여태까지 포크가 한 번도 본 일이 없는 모질고 빈틈 없는 광채가 있었다.

「그 말은 죽었읍니다요. 제가 매어 두었읍죠, 양동이를 뒤집어엎고 그 속에 코를 처박고 죽었더군입쇼. 암소는 괜찮습니다요. 모르셨읍니까요? 고놈이 글쎄, 간밤에 새끼를 낳았더군입쇼. 그렇게 울어 댄 건 그 탓이었읍니다요.」

「너희 집 프리시는, 꽤나 훌륭한 산파가 될 거야.」하고 스카알렛은 비꼬는 투로 말했다.「그 애는 암소가 우는 건 젖이 불어서 그런다고 하던걸.」

「그렇지만 프리시는 뭐, 암소 산파를 만들 생각은 없사와요, 스카알렛 아씨.」

하고 포크는 재치 있게 말했다. 「새끼를 낳으면 암소도 어엿한 암소 구실을 할수 있으니까, 저 북군의 군의관도 아가씨들에게는 버터 밀크가 필요하다고 했읍죠만, 그 버터 밀크를 이젠 얼마든지 얻을 수 있읍니다요. 그러니까 너무 나무라지 말아 주시와요.」

「알았어. 그리고 가축은 남아 있지 않아?」

「아무것도 없읍니다요. 단지 늙어 빠진 암퇘지 한 마리하고 돼지 새끼가 있었읍죠. 북군이 밀어닥친 날, 제가 늪지대에 몰아넣었읍죠만, 그게 어디 있는지알 수가 없읍니다. 고약한 암퇘지입죠.」

「그래도 붙잡아야 해. 자네와 프리시하고 둘이서 이제부터 곧 잡으러 갔다와.」

포크는 놀라는 동시에 몹시 성을 냈다.

「스카알렛 아씨, 그건 들일 하는 노예가 하는 일입니다요. 저는 옛날부터 집안일 하는 검둥이였읍죠.」

스카알렛의 눈에서 번쩍 날카로운 불꽃이 튀었다.

「둘이서 돼지 새끼를 붙잡아 와. 그게 싫다면 들일 하는 검둥이처럼 나가 줘.」

포크는 분한 듯한 눈물이 맺혔다. 아, 엘렌 마님만 계셨더라면, 마님이라면그 구별을 알고 계신다. 그리고 들일과 집안일의 커다란 차이점을 알고 계신다.

「나가라고 하십니다만 스카알렛 아씨, 대체 어디로 나갑니까요?」

「어딜 가든, 내가 알 바 아니야. 하지만 타라에 있으면서 일하고 싶지 않은 사람은, 멋대로 양키 꽁무니라도 따라가는 게 좋을 거야. 다른 사람들에게도 그렇게 말해 줘.」

「알았읍니다요.」

「그리고 옥수수밭하고 목화밭은 어떻게 되어 있지, 포크?」

「옥수수 말씀입니까요, 스카알렛 아씨? 놈들은 말을 옥수수밭에 풀어 놓고, 나중에 말이 먹고 짓밟고 한 나머지까지 가져가 버렸읍니다요. 그리고 목화밭은밭 위로 포차며 마차를 끌고다녔기 때문에, 모두 엉망진창이 되고 말았읍니다요. 단지 강 건너의 작은 목화밭만은 놈들 눈에 띄지 않았지만, 그런 건 짓밟을거리도 못 됩죠. 고작해야 세 짝쯤이나 날까 말까하니깝쇼.」

세 짝. 보통 타라에서 산출되는 짝수를 생각하자, 스카알렛의 머리는 더욱 아팠다. 세 짝. 그렇다면 저 무능한 스레터리네가 생산해 내는 양과 별로 다를 바없잖은가. 게다가 난처한 것은 세금 문제였다. 남부 동맹 정부는 현금 대신 목화를 바치게 하고 있었는데, 세 짝으로는 세금내기에도 모자란다. 그러나 들일하는 검둥이는 모조리 달아나고 목화 따는 일꾼이 한 사람도 없게 된 지금에 이르러서는, 그것은 그녀에게 있어서나 남부 동맹 정부에 있어서나 그리 대수로운 문제는 못 되었다.

『좋아, 인제 그런 일은 생각하지 말아야지.』하고 그녀는 생각했다. 『따져 보면 세금 따위는 여자의 일이 아닌걸. 그런 일은 아버지가 어떻게 하시겠지. 하지만 아버지는…… 그러나 지금 아버지에 대해서 생각하는 것은 그만두자. 정부는 세금을 거두고 싶거든, 얼마든지 마음대로 거두어라지. 당장 우리들에게 필요한 것은 먹을 것이니까.』

「포크, 자네들 중에서 누가 트웰브 오우크스 농장이나 매킨토시 농장에 가서 채소밭에 무엇이 좀 남아 있는지 알아보고 온 사람이 있어?」

「아무도 없읍니다요! 모두 타라에서 한 발짝도 나가지 않았읍니다요. 양키에게라도 붙잡히면 큰일이니깝쇼.」

「딜시를 매킨토쉬 농장으로 보내야겠군. 무엇이고 찾아낼지도 몰라. 난 트웰브 오우크스에 갔다오겠어.」

「누구하고 가시려곱쇼, 아씨?」

「나 혼자서 가겠어. 마미는 동생들한테서 손을 뗄 수가 없고 아버지는 틀렸고 하니까…….」

포크는 질겁을 하여 소리를 지르며 말렸지만, 그것이 그녀를 짜증스럽게 했다. 트웰브 오우크스에는 틀림없이 양키나 나쁜 검둥이가 있을 것이다. 그런 데를 아씨께서 혼자 가시다니 어림도 없는 소리라는 것이다.

「인제 그만해 둬, 포크. 딜시에게 곧 떠나라고 일러 줘. 그리고, 자네와 프리시는 어미 돼지와 돼지 새끼를 붙들어 와야 해.」그녀는 발길을 돌리면서 또박또박 명령했다.

빛은 바랬지만 깨끗한 마미의 낡은 볕가리개 모자가 뒤쪽 포치의 못에 걸려 있었다. 스카알렛은 그것을 벗겨 쓰면서 레트가 파리에서 사다 준 녹색의 깃털 장식이 있는 곡선이 아름다운 모자를 마치 딴 세상의 것처럼 회상했다. 떡갈나무로 만든 커다란 광주리를 안고 뒷계단을 내려갔으나 한 발씩 옮길 때마다 머리가 어질어질했다. 마지막엔 등뼈가 정수리를 꿰뚫는 것이 아닌가 하고 생각했었다.

황폐한 목화밭 사이에 끼인 개울로 내려가는 황토길은 뻘겋고 타는 것처럼 더웠다. 그늘을 짓는 한 그루의 나무도 없었다. 태양은 마미의 볕가리개 모자를, 마치 그것이 두꺼운 겹으로 된 캘리코 제품이 아니라 환히 비치는 엷은 모슬린으로 만든 것이기나 한 것처럼 내리쬐고, 풀썩풀썩 피어오르는 먼지는 콧구멍이나 목구멍으로 들어와 만약 입을 열기라도 하면 바싹 말라붙은 점막이 갈라질

468

것만 같았다. 말이 육중한 대포차를 끌고간 자리에는 깊은 바퀴 자국이며 도랑
이 길에 패이고, 양쪽 도랑턱은 빠진 차바퀴로 깊은 자국이 나 있었다. 좁은 길
을 행군하는 포병들과 나란히 기병과 보병이 푸른 풀숲 사이를 지나갔기 때문에
목화밭은 엉망으로 짓밟히고, 풀숲은 진흙투성이가 되어 있었다. 휨쇠며 끊어
진 마구 조각, 편자와 탄약차에 눌려서 찌그러진 물통, 단추, 푸른 모자, 해진
양말, 피 묻은 헝겊 조각 등 행진하는 군대가 남기고 간 쓰레기가 길이며 밭 여
기저기에 흩어져 있었다.

이윽고 삼나무 숲과 낮은 벽돌담으로 둘러싸인 오하라 집안의 묘지를 지나게
되었는데, 어린 동생들을 묻은 나지막한 세 무덤 곁에 생긴 무덤에 대해서 그녀
는 억지로 생각을 않으려고 안간힘을 썼다. 오오, 어머니! 그녀는 먼지가 풀썩
이는 언덕을 느릿느릿 내려가서 스레터리네 집터였던 잿더미와 땅딸막한 굴뚝
옆을 지나갔다. 그리고 스레터리 집안 식구 따위는 모조리 그 재의 일부분이 되
었으면 좋겠다는 잔혹한 생각을 했다. 만약 스레터리 집안 사람들만 없었던들
그 전의 오하라네 농장 감독과 붙어서 사생아를 낳은 더러운 에미만 없었던들
엘렌은 죽지 않았을 것이 틀림없다.

뾰족한 돌멩이라 물집투성이가 된 발을 찔렀기 때문에 그녀는 저도 모르게 외
마디 소리를 질렀다. 너는 대체 여기서 무엇을 하고 있는 거냐? 온 고을에서 으
뜸가는 미인이고, 타라의 자랑거리로서 거센 바람을 쐬지 않았던 스카알렛 오하
라여, 넌 무엇 때문에 맨발이나 다름없는 꼴로 이런 험한 길을 타박타박 걷고 있
는 것이냐? 그녀의 조그만 발은 절룩거리기 위해서 만들어진 것이 아니라 춤추
기 위해서 만들어진 것이 아니었던가? 그리고 그 예쁜 실내화는 날카로운 돌
조각이나 먼지를 모으기 위해서 만들어진 것이 아니라 화려한 비단옷 밑으로 귀
엽게 살짝살짝 보이기 위하여 만들어진 것이 아니었던가? 그녀는 응석이나 부
리고 하인들의 시중을 받게시리 태어난 것이다, 그런데 지금 그녀는 실망하고
누더기를 걸치고 굶주림에 쫓기어 이웃집 채소밭으로 먹을 것을 찾아 나서는 것
이다.

길게 잇닿은 언덕 아래에 개울이 있었다. 개울 위를 덮고 있는 울창한 나무 그
늘은 어쩌면 이렇게 시원하고 조용할까! 개울가에 쓰러지듯이 주저앉은 그녀
는 허울만 남은 실내화와 양말을 벗어 버리자 타는 듯이 화끈거리는 발을 차가
운 물에 담갔다. 타라에 있는 사람들의 불안스런 눈에서 벗어나 온종일 이곳에
앉아서 조용히 스치는 나뭇잎 소리와 고요를 깨뜨리며 한가롭게 흐르는 물소리
를 들으면서 지낼 수 있다면 얼마나 좋을까. 그녀는 마지못해 일어나서 다시 양
말과 신을 신고 나무 그늘이 지고 이끼가 해면처럼 부드럽게 끼어 있는 둑을 느

릿느릿 걸어갔다. 다리는 북군 손에 타버렸지만, 백 야드쯤 하류로 가면 물목이 좁아진 곳에 통나무 다리가 있다는 것을 그녀는 알고 있었다. 그녀는 그 통나무 다리를 조심조심 건너서, 트웰브 오우크스까지 반 마일의 뜨거운 비탈길을 올라 갔다.

열 두 그루의 떡갈나무는 인디언 시대의 그대로의 모습으로 우뚝우뚝 솟아 있 었으나 잎은 불 때문에 갈색으로 마르고 가지는 새까맣게 그을려 있었다. 떡갈 나무에 둘러싸여, 존 윌크스 저택이 탄 자리가 있었다. 옛날에는 늘어선 흰 기 둥의 위엄을 뽐내며 언덕 꼭대기를 장식하고 있었던 당당한 저택도, 지금은 오 직 검게 탄 잔해를 드러내고 있을 뿐이었다. 지하실 자리였던 깊은 동굴, 그을 린 기초석, 두 개의 커다란 굴뚝 등이 각각 건물이 서 있었던 장소를 가리키고 있었다. 절반쯤 탄 긴 기둥 하나가 잔디밭에 쓰러져서 재스민 덤불을 짓누르고 있었다.

이 광경에 더 나아갈 기운마저 없어져서 스카알렛은 그 기둥 위에 털썩 앉 았다. 이런 황폐는 이때까지 한 번도 경험한 적이 없을 만큼 심해서 그녀의 가슴 에 커다란 충격을 주었다. 윌크스 집안의 자랑이 지금 그녀의 발 밑에서 먼지를 뒤집어쓰고 있는 것이다. 언제나 그녀를 반겨 주던 친절하고 정중한 집, 그 집 안주인이 되기를 헛되이 꿈꾸어 온 집의 마지막 모습이 거기에 있었다. 그녀가 춤을 추기도 하고 음식을 먹기도 하고 청년들과 장난을 치던 곳도 여기다. 어떻 게 멜라니가 애실리에게 미소를 지어 보이는가를, 질투로 가슴을 쥐어짜면서 지 켜보고 있던 곳도 여기다. 시원한 나무 그늘에서 그녀가 결혼 신청을 승낙했을 때, 찰즈 해밀턴이 정신 없이 그녀의 손을 움켜잡던 곳도 여기였다.

『오, 애실리!』하고 그녀는 마음 속으로 외쳤다. 『차라리 당신이 죽어 주었 으면 좋겠어요! 당신이 이 꼴을 볼 것을 생각하면 나는 도저히 견딜 수가 없어 요!』

애실리는 여기서 신부와 결혼했다. 그러나 그의 아들이나 손자는 다시는 이 집에서 신부를 맞을 수는 없을 것이다. 그녀가 그처럼 사랑하고, 그처럼 지배하 기를 바라던 이 지붕 밑에서는 인제 영원히 결혼식이나 출생 축하 잔치 같은 것 이 베풀어질 수가 없는 것이다. 이 저택은 멸망하고 말았다. 그리고 그와 함께 윌크스 집안 사람들도 모두 그 잿더미 속에서 죽어 버렸을 것같이 생각되었다.

「더는 아무것도 생각하지 말자. 이 이상은 도저히 견딜 수 없다. 생각하는 것 은 뒤로 미루자.」그녀는 눈길을 돌리면서 큰 소리로 중얼거렸다.

그녀는 채소밭을 찾아 다리를 절룩거리며 불탄 자리를 돌아다녔다. 윌크스 집 딸들이 그토록 공들여 가꾸던 장미 화단이 무참하게 짓밟힌 옆을 지나 뒷마당을 가로질러서 훈제상이며 광이며 닭장의 타고 남은 재를 밟으면서 지나갔다. 부엌 뜰에 둘러친 울타리는 부서지고, 정연하게 줄지어 있던 야채들은 타라의 채소밭 과 마찬가지로 피해를 입고 있었다. 부드러운 흙은 말 발자국과 육중한 차바퀴 로 구멍투성이가 되어 있고 야채류는 흙 속에 짓이겨져 있었다. 그녀가 찾는 것 은 하나도 눈에 띄지 않았다.

그녀는 뒷마당으로 되돌아와서, 노예들의 주택 구역인 쥐죽은 듯이 조용하고 하얗게 칠한 행랑채 쪽으로 좁은 길을 걸어갔다. 그리고 걸으면서「어어이!」 하고 불러 보았다. 그러나 대답은 없었다. 개짖는 소리마저 들리지 않았다. 분 명히 윌크스네 검둥이들은 도망을 했거나 아니면 북군을 따라 가 버렸거나 했을 것이다. 노예들은 제각기 작은 채소밭을 가지고 있다는 것을 알고 있었기 때문 에, 그녀는 그 주택 구역으로 갔을 때 제발 그 채소밭들이 무사하기를 빌었다.

찾아 헤맨 보람은 있었지만, 그때 그녀는 순무우나 양배추를 보고도 기뻐할 생각이 나지 않을 정도로 지쳐 있었다. 순무우와 양배추는 물을 주지 않았기 때 문에 시들기는 했지만 그래도 아직 있었고, 뒤얽힌 오색콩과 꼬투리 완두도 누 렇게 떡잎이 지기는 했지만 그런 대로 먹을 만했다. 그녀는 밭이랑에 앉자 떨리 는 손으로 땅을 파헤쳐서, 간신히 광주리를 채웠다. 야채와 함께 끓일 고기는 없지만 이만하면 오늘 저녁 타라에서는 맛있는 것을 먹을 수 있다. 조미료로는 딜시가 등잔불 대용으로 쓰고 있는 돼지 기름을 쓰면 된다. 등불에는 소나무 뿌 리를 쓰고 기름은 요리용으로 간직하도록 잊지 말고 딜시에게 일러 두어야겠다.

문득 한 행랑채 뒤쪽 쪽문 옆에 짧은 무우 이랑이 있는 것을 발견했다. 그러자 갑자기 시장기를 느꼈다. 혓바닥이 찌르르한 매운 무우야말로 바로 그녀의 뱃속 에서 요구하고 있는 것이었다. 스커트에 문질러 진흙을 닦아내기가 무섭게 그녀 는 절반쯤 베어물어 성급히 씹어 삼켰다. 묵어서 지금지금하고, 눈에서 눈물이 날 만큼 매웠다. 무우 조각이 뱃속으로 들어가기가 무섭게 여태까지 텅텅 비워 두어 화가 나 있던 뱃속은 당장 반란을 일으켰다. 그녀는 부드러운 흙 위에 쓰러 져 힘없이 토해 내기 시작했다.

행랑에서 희미하게 풍겨 나오는 흑인 특유의 냄새가 더욱 그녀의 구역질을 돋 우었으나, 그녀는 이미 그것을 누를 기운도 없어서 그저 애처롭게 토해 내기만 했다. 오두막집이며 나무들이 그녀의 주위를 빙글빙글 돌고 있었다.

오랫 동안을 그녀는 힘없이 얼굴을 땅에 박고 엎어져 있었다. 대지가 마치 깃 털 베개처럼 푹신하고 아늑했다. 그녀의 마음은 힘없이 이곳저곳을 헤매고 있 었다. 그녀, 스카알렛 오하라가 지금 운신도 못할 만큼 기진 맥진해서 폐허 속 의 흑인 오두막 뒤에 쓰러져 있는데도, 이 세상 어느 한 사람 이것을 알지도 못

하고 염려도 해주지 않는다. 설사 알았대도 아무도 걱정해 주지는 않을 것이다. 지금은 누구에게나 너무도 많은 고생이 지워져 있다. 그러므로 그녀를 돌볼 여유 따위는 아예 없는 것이다. 여태까지 단 한 번도, 마룻바닥에서 양말을 집을 때조차도 자신의 손을 움직인 적이 없었고, 실내화의 끈을 매어 본 적도 없었던 그녀 스카알렛 오하라에게 지금 이러한 일이 일어나고 있는 것이다. 머리가 조금 아프기만 해도, 화만 내도, 금이야 옥이야 떠받들려서 자라 온 스카알렛은 이제 이 지경에 떨어지고 만 것이다.

가지가지의 추억이며 고통을 떨어 버릴 기운마저 잃고 쓰러져 있으려니까, 그러한 추억이며 고통이 느닷없이 그녀를 향하여 밀어닥쳐서 죽기를 기다리며 주위를 빙빙 돌고 있는 독수리처럼 에워쌌다. 이미 그녀에게는 〈어머니나 아버지나 애실리나, 그 밖의 모든 파멸에 대해서는 나중에 생각하자. 그렇다, 생각한다는 일에 견딜 만큼 되고 나서.〉하고 말할 기운조차 없었다. 지금은 생각할 기운조차도 그녀에게는 없었다. 그러나 생각하려고 하든 안 하든 역시 그녀는 그런 것들을 생각하지 않을 수 없었다. 온갖 상념이 그녀 위에 원을 그리며 마구 쪼아 댔다. 얼마나 시간이 흘렀을까. 그렇게 얼굴을 흙에 묻고 뙤약볕을 받으면서 그녀는 쓰러져 있었다. 생각나는 것은 죽은 사람들에 대한 일과 영원히 가 버린 지난날의 생활 양식이었고, 그리고 바라보는 것은 캄캄한 장래에 대한 비참한 예상뿐이었다.

가까스로 몸을 일으켜 다시 트웰브 오우크스의 검은 잔해를 보았을 때, 그러나 그녀는 번쩍 머리를 높이 쳐들었다. 젊음, 아름다움, 마음 속의 상냥함과 같은 것들이, 그녀의 얼굴에서 영원히 사라져 버렸다. 과거는 과거다. 죽은 사람은 죽은 사람이다. 지난날의 사치스럽고 한가로운 생활 양식은 가 버리고 이제 다시는 돌아오지 않는 것이다. 무거운 광주리를 팔에 드는 동시에 스카알렛은 마음을 정하고 그녀 자신의 인생을 결정했다.

이제 뒤로 되돌아갈 길은 없다. 앞을 향해 나아갈 뿐이다. 이제부터 앞으로 오십 년 동안에는, 과거를 돌아보고 죽은 시대 죽은 사람들을 생각하며 부질없는 슬픈 추억을 가졌다는 쓰라린 자랑 때문에 눈에 슬픔을 띠고, 고생을 참고 살아가는 여자들이 남부 여러 주를 통해서 수없이, 존재하게 될 것이다. 그러나 스카알렛은 결코 과거를 되돌아보려고는 하지 않는다.

그녀는 검게 그을은 기초석을 물끄러미 바라보고 있었다. 그러자 부유와 긍지를 지니고 서 있었던 그 전대로의 트웰브 오우크스 저택이, 한 종족, 한 생활 양식의 상징처럼 그녀의 눈 앞에 나타났다. 그러나 그것이 마지막이었다. 그녀는 살에 파고들도록 무거운 광주리를 안고 타라로 가는 길을 내려갔다.

시장기가 또다시 그녀의 주린 창자를 쥐어뜯기 시작했다. 그녀는 소리를 내서 외쳤다. 「하느님이 증인이시다. 하느님을 증인으로 나는 맹세하겠다. 나는 양키 따위에 굴복하지 않는다. 끝끝내 살아 보이고 말 테다. 그리고 전쟁이 끝나면 다시는 배고픈 고생 따위는 절대로 하지 않는다. 그렇다, 집안 사람들에게도 절대로 그런 고생은 시키지 않을 테다. 비록 그 때문에 도둑질을 하고 사람을 죽이는 한이 있을지라도 하느님께 맹세코 두 번 다시 배고픈 생각을 하게 하지는 않으리라!」

그로부터 며칠 동안, 타라는 마치 로빈슨 크루소가 표류한 무인도 같았다. 그토록 조용하고 그토록 다른 세계와는 교섭을 하지 않았다. 다른 세계와는 겨우 오륙 마일밖에 떨어져 있지 않았지만 타라와 존즈보로, 흑인 페이에트빌이나 러브조이와의 사이는 물론이고 근처 농장과의 사이마저도 마치 천 마일이나 사나운 파도로 가로막힌 것 같았다. 그 늙은 말이 죽어 버렸기 때문에 유일한 교통수단이 없어졌고, 걷기 힘든 황토길을 몇 마일씩이나 걸어갈 시간도 기력도 없었다.

먹을 것을 얻기 위해 죽을 힘을 다하여 일하고, 세 사람의 환자에게 쉴 여가도 없이 마음을 쓰고, 그리고 등뼈가 부러지도록 일한 날에는, 가끔 스카알렛은 그리운 소리를 들으려고 귀를 기울이고 있는 자신을 발견하곤 했다. 검둥이들의 주택 구역 쪽에서 들려 오는 검둥이 아이들의 드높은 웃음 소리, 밭에서 돌아오는 짐마차의 삐걱거리는 소리, 목장을 넘어서 치달려 오는 제랄드가 탄 말의 발굽 소리, 차도의 자갈 위를 덜그덕거리면서 굴러오는 마차의 바퀴 소리, 오후의 잡담을 즐기기 위해서 마차에서 내려오는 이웃 사람들의 쾌활한 이야깃소리 등. 그러나 아무리 귀를 기울이고 있어도 헛일이었다. 큰길은 조용한 채 사람의 그림자도 볼 수 없고, 방문객이 가까이 다가오는 것을 알려 주는 붉은 먼지 구름 등도 찾아볼 수 없었다. 타라는 높고 낮은 푸른 언덕과 황토밭의 바다 가운데 외따로 떨어진 작은 섬이었다.

어딘가 다른 세계와는, 자기들의 지붕 밑에서 편안히 먹고 자고 하는 많은 가족들이 분명히 있을 것이다. 또 어디선가는 많은 처녀들이 세 번이나 뒤집어 만든 옷을 입고 즐겁게 남자들과 시시덕거리며 〈무정한 싸움이 끝나는 날에〉하고 노래를 부를 것이 틀림없다. 그것은 스카알렛도 불과 몇 주일 전까지 하던 것이다. 그리고 어디엔가는 전투가 벌어져서 대포가 울리고 많은 거리가 불타고 속이 메스꺼워지는 시큼한 악취가 풍기는 병원 안에서 죽어가는 사람들도 있다. 또 어디선가는 때묻은 수직(手織) 군복을 입은 맨발의 군대가 쳐들어오고, 굶주림에 시달리고, 희망이 사라졌을 때 엄습해 오는 피로에 고생하고 있다. 그리고 조지아 주의 그 어느 언덕인가는 옥수수를 먹고 살이 올라 털이 번지르르한 말에 올라앉은 피둥피둥한 북군의 푸른 군복으로 뒤덮여 있는 것이다.

타라의 저쪽에는 전쟁이 있고, 세계가 있다. 그러나 이 고장에는 전쟁도 세계도 오직 추억 속에 있을 뿐이었다. 그런 추억들은 지치거나 했을 때 가끔 떠오르지만, 그러나 싸워서 쫓아 버리지 않으면 안 되는 것이었다. 외부의 세계 따위는 아주 텅 비었거나, 또는 반쯤 비어 있는 위장의 요구 앞에서는 질겁하고 달아나 버렸다. 그리고 생활 그 자체가 두 개의 서로 관련된 생각…… 먹을 것과 그 먹을 것을 어떻게 얻느냐 하는 관념 속으로 환원되고 마는 것이었다.

먹을 것! 먹을 것! 어째서 뱃속은 두뇌보다도 기억력이 좋을까. 스카알렛도 상처입은 마음은 잊을 수가 있었지만 배고픔을 잊을 수는 없었다. 매일 아침, 꿈과 현실 사이를 헤매면서, 마음이 전쟁과 시장기를 미처 생각하기 전에 그녀는 기름에 튀긴 베이컨과 노릿노릿하게 구워진 롤빵의 맛있는 냄새를 기대하며, 선잠 속에 몸을 웅크리는 것이었다. 그리고 매일 아침, 그것으로 잠을 깼던 음식 냄새를 맡으려고 열심히 코를 벌름거리는 것이었다.

타라의 테이블에는 사과와 고구마와 땅콩과 우유가 있었다.

그러나 그러한 원시적인 음식까지도 언제나 모자라기가 일쑤였다. 하루에 세 차례씩 꼬박 이런 음식만을 대하고 보면 그녀의 기억은 당장 지난날의 요리, 촛불이 테이블을 밝히고 맛있는 음식은 좋은 냄새를 풍기던 지난날로 되돌아가는 것이었다.

그 무렵에는 정말 어쩌면 누구나가 먹는 것에 대해서 그처럼 무관심했던 것일까! 어쩌면 그렇게 사치스런 소비를 했던 것일까! 버터가 흐르는 롤빵, 옥수수 머핀 비스킷, 와플 따위가 한꺼번에 몽땅 나왔었다. 그리고 식탁 저쪽 끝에는 햄이 있었고, 이쪽 끝에는 기름에 튀긴 닭고기가 있었다. 기름이 둥둥 떠 있는 국그릇 속에는 콜라드가 담뿍 들어 있었고, 예쁜 꽃무늬가 있는 접시에는 꼬투리 완두가 수북이 담겨져 있었으며, 칼로 베어내야 할 만큼 진한 크림 소스 속에는 기름에 볶은 호박도 있었고 오크라로 만든 스튜도 있었으며 당근도 있었다. 후식은 세 가지가 있었기 때문에 모두들 초콜렛 케잌이건, 바닐라를 넣은 블라만즈건, 위에 거품 크림을 씌운 파운드 케잌이건 마음대로 고를 수가 있었다. 그러한 맛있는 음식에 대한 추억은 죽음도 전쟁도 그녀의 눈에서 솟아나게 하지 못했던 눈물을 솟게 할 힘도 있었고, 줄곧 굶주림에서 시달려 쪼르륵 소리를 내고 있는 빈 속을 가슴 답답하게 하는 힘이 있었다. 마미는 스카알렛의 식욕, 열 아홉 살 처녀의 왕성한 식욕을 늘 한탄했지만, 요즘은 여태까지 경험하지 못한 쉴사이없는 심한 노동 때문에 예전의 네 곱이나 먹게 되었다.

그러나 타라에서 식욕에 시달리는 것은 그녀만이 아니었다. 어디를 보아도 허기진 검은 얼굴과 흰 얼굴들이 눈에 띄었다. 이제 곧 캐린과 스월렌은 회복기에 들어선 장티푸스 환자의 끝없는 식욕으로 배고픔을 호소하게 될 것이다. 벌써 어린 웨이드는 「웨이드는 고구마가 싫어. 웨이드 배가 고파.」하고 똑같은 소리를 하며 투정했다.

다른 사람들도 불평이 이만저만이 아니었다.

「스카알렛 아씨, 저는 좀더 많이 먹지 않으면 두 아이의 젖이 나오지 않습니다요.」

「스카알렛 아씨, 좀더 뱃속에다 다져 넣지 않으면 도저히 장작을 팰 수 없읍니다요.」

「아씨, 진짜 요리를 먹지 않으면 전 죽사와요.」

「애야, 우리는 줄곧 감자만 먹어야 하는 거냐?」

멜라니만은 불평을 하지 않았다. 얼굴은 점점 여위어 가고 창백해져서, 자면서도 고통 때문에 얼굴의 근육이 실룩거리는 멜라니만은 불평을 하지 않았다.

「난 배고프지 않아, 스카알렛. 내 밀크를 딜시에게 줘요. 딜시는 두 아이에게 젖을 먹여야 하니까. 병자는 배가 안 고픈 법이라우.」

스카알렛을 더욱 짜증나게 하는 것은 다른 사람들의 귀찮은 엄살이 아니라, 멜라니의 그러한 정답고 굳센 점이었다. 다른 사람이라면 따끔하게 핀잔을 퍼부어서 입을 막을 수도 있었고, 사실 또 그렇게 막고 있지만 멜라니의 이 욕심 없는 데는 어쩔 도리가 없었다. 어쩔 수도 없고 원망스럽기 조차 했다. 제랄드도, 검둥이들도, 웨이드도, 지금은 멜라니에게 매달려 있었다. 병약한 몸이면서도 그녀는 친절하고 동정심이 많았기 때문이다. 그런데 요즘의 스카알렛은 그 어느 쪽도 아니었다.

특히 웨이드는 멜라니의 방에만 틀어박혀 있었다. 웨이드도 어딘가 몸이 아픈 것 같았지만, 어디가 아픈지 스카알렛은 주의해서 보아 줄 겨를도 없었다. 충이 생겼다는 마미의 말을 믿고, 엘렌이 늘 흑인 아이들의 구충제로 쓰던 약초와 나무 껍질 섞은 것을 달여서 웨이드에게 먹여 주었지만, 이 구충제의 효력은 아이의 얼굴빛을 더욱 나쁘게 했을 뿐이었다. 그 무렵 스카알렛은 웨이드를 하나의 인간으로 생각하고 있지 않았다. 그저 하나의 군더더기 고생거리, 먹여 기르지 않으면 안 되는 하나의 군식구에 지나지 않는다. 현재의 고비만 넘기면, 웨이드와 놀아 주고, ABC를 가르쳐 줄 수도 있겠지, 하는 생각은 있었지만 현재의 그녀에겐 그럴 겨를도 그럴 마음도 없었다. 게다가 몹시 피로하거나 걱정거리가

있을 때만 골라 가며 발에 걸리적거리는 것만 같아서 호되게 야단을 치는 경우
가 많았다.

　그녀가 사정 없이 야단을 치면 아이는 동그란 눈에 형용할 수 없는 공포의 빛
을 띠었다. 그것이 스카알렛을 괴롭혔다. 공포를 느꼈을 때의 웨이드는 백치처
럼 보였다. 어린 웨이드가, 어른들이 상상할 수 없는 커다란 공포와 함께 살아
가고 있는 것을 그녀는 몰랐다. 공포는 웨이드와 함께 살고 있었다. 마음 밑바
닥까지 뒤흔들어서 밤중에 울부짖으며 잠을 깨게 할 정도의 깊은 공포가. 뜻밖
의 무서운 소리나, 거친 말소리를 들을 때마다 그는 소스라쳐 놀랐다. 무슨 소
리나 거친 말은, 그의 마음 속에서는 양키라는 관념과 풀 길이 없을 만큼 단단히
맺어져 있었고, 그리고 프리시가 놀라게 해주는 유령보다 훨씬 더 양키를 무서
워하고 있었기 때문이다.

　포위전의 포성이 울릴 때까지는, 그는 행복하고 평화롭고 안정된 생활 외에는
아무것도 몰랐다. 어머니가 시중을 드는 일은 거의 없었다고는 하지만, 그 날
밤 갑자기 잠을 깨어 시뻘겋게 타는 하늘을 보고 고막을 찢는 폭음을 듣기까지
는 그는 다만 정다운 애무와 따뜻한 말만을 알고 있을 뿐이었다. 그러나 그 날
밤과 이튿날, 그는 난생 처음으로 어머니에게 매를 맞고, 높고 거친 말로 야단
을 맞았다. 피치트리 거리의 벽돌집 속에서의 즐거운 생활, 그가 알고 있는 유
일한 생활은 그 날 밤부터 사라지고 말았다. 그것은 그에게 있어서 메울 수 없는
손실이었다. 애틀랜타에서 달아나올 때도 그가 알고 있었던 것은 단지 양키가
뒤쫓아온다는 것뿐이었다. 그리고 지금도 여전히 양키에게 붙들려 난도질을 당
하지나 않을까 하는 공포 속에 살고 있었던 것이다. 그러므로 스카알렛의 야단
치는 소리가 높아질 때마다 처음 야단맞았을 때의 무서움이 어린 마음에 어렴풋
이 생각나서 겁에 질려 움츠러들고 마는 것이었다. 지금은 양키와 어머니의 야
단치는 소리가 마음 속에 단단히 맺혀 있었다. 그는 어머니가 무서웠다.

　아이가 자기 눈길을 피하게시리 된 것을, 스카알렛은 깨닫지 않을 수 없었다.
극히 드문 일이기는 하였지만, 끝도 없는 일에 몰리는 틈틈이 그것을 생각해 낼
여유가 생겼을 경우 같은 때, 역시 매우 마음에 걸렸다. 그것은 줄곧 스커트에
매달려 있는 것보다는 더 나빴다.

　멜라니의 침대가 웨이드의 피난처이고, 거기서 그가 멜라니한테서 배운 유희
를 하며 얌전히 놀거나 그녀가 들려 주는 여러 가지 이야기들을 듣거나 하는 것
이 스카알렛의 마음을 상하게 했다. 웨이드는 고모 아줌마가 좋았다. 고모 아줌
마는 목소리가 부드럽고, 늘 생글생글 웃고 있어서「조용히, 웨이드！ 골치가
아프구나.」라든가, 「제발 좀 웨이드야, 조르지 좀 말아라！」하는 소리는 절대

로 하지 않았다.

스카알렛은 웨이드를 귀여워해 줄 틈도 없었고, 사랑해 주고 싶은 생각도 없었지만, 멜라니가 귀여워하는 것을 보면 시기가 났다. 어느 날 웨이드가 멜라니의 침대에서 물구나무를 서다가 멜라니 위에 벌렁 나자빠지는 것을 보자, 그녀는 다짜고짜 웨이드를 마구 때렸다.

「고모 아줌마가 아프신데 그런 못된 장난을 하면 나쁘다는 것을 모르니? 어서 마당에 나가서 놀아라. 인제 다시는 여기에 들어오면 안 된다.」

그러자 멜라니는 여윈 팔을 뻗어 울고 있는 아이를 끌어당겼다.

「괜찮아. 이리 온, 웨이드야. 너는 고모 아줌마에게 못된 장난을 친 게 아니지? 나는 조금도 상관없어요, 스카알렛. 그러니까 내 곁에 놔두어요. 내가 동무가 되어 줄 테니까. 병이 나을 때까지 내가 할 수 있는 일이란 그런 정도예요. 언니는 너무 일이 많아서 좀처럼 웨이드를 돌볼 겨를이 없잖아.」

「쓸데없는 소리 말아요, 멜라니.」하고 스카알렛은 퉁명스럽게 말했다.「멜라니는 빨리 병이 나을 만도 한데, 그다지 좋아지지 않고 있잖아. 웨이드를 배위에서 곤두박질을 치게 해서 조금도 좋을 것은 없어요. 웨이드, 너 다시 또 고모 아줌마 침대에 올라간 것을 들키면 가만 안 둘 테다. 그만 좀 훌쩍거려라. 너는 줄곧 훌쩍거리고만 있구나. 사내답게 굴어라.」

웨이드는 지하실에 숨으려고 흐느껴 울면서 달려갔다. 멜라니는 입술을 깨물고 눈에 눈물을 글썽거리고 있었다. 복도에 서서 이 모양을 보고 있던 마미는 못마땅한 얼굴을 하고 코를 울렸다. 그러나 요즈음에 와서는 누구 한 사람 스카알렛에게 말대꾸를 하는 사람은 없었다. 모두가 그녀의 가시돋친 혀를 무서워했고 그녀의 몸 속에 들어선 새로운 인간을 무서워하고 있었다.

지금 스카알렛은 타라의 최고 지배자였다. 그리고 갑자기 권력의 자리에 오른 많은 사람들이 그러하듯이 그녀의 성격 속에 숨어 있던 우쭐거리고 싶어하는 온갖 본능이 표면에 나타났다. 그러나 그렇다고 해서 그녀가 근본적으로 불친절하다는 것은 아니다. 오히려 그녀는 다른 사람들이 그녀의 무능을 꿰뚫어보고 권위에 복종하지 않게 되지나 않을까 두려워하며, 자기 스스로 자신을 가질 수 없기 때문에 매정스러운 태도로 나오게 되는 것이다. 그리고 사람들에게 호통을 치고 사람들을 쩔쩔매는 꼴을 보는 것도 유쾌하지 않은 것은 아니었다. 그것이 지친 신경의 위안이 된다는 것을 스카알렛은 알고 있었다. 가끔, 그녀의 퉁명스러운 명령을 듣고 포크가 아래턱을 내밀거나, 마미가「요즘 몹시 뽐내는 사람이 있더군입쇼.」라는 둥 중얼거리는 것을 들으면, 전에 있었던 자기의 얌전한 구석은 대체 어디로 가 버린 것일까 하고 스스로도 이상한 생각이 들었다. 엘렌이 그녀에게 가르치려고 그토록 애를 썼던 예절과 상냥함이 마치 처음 불어오는 찬바람에 떨어져 버리는 가을 나뭇잎처럼, 순식간에 그녀에게 떨어져 나가 버렸던 것이다.

엘렌은 수도 없이 말했었다.

『손아랫사람, 특히 흑인에게 대해서는 마음을 단단히 가지되, 부드럽게 대해야 한다.』그러나 만약 그녀가 부드럽게 대하면 흑인들은 온종일 부엌에 눌러붙어서, 집안일 하는 검둥이는 결코 들일을 나갈 걱정이 없었던 행복한 옛날의 생활을 한도 없이 지껄여 댈 것이다.

『동생들을 사랑하고 아껴 주어라. 걱정이 있는 사람에게는 친절하게.』하고 엘렌은 말했었다. 『그리고 슬퍼하는 사람과 괴로와하는 사람에게는 상냥하게 대해 주어라.』

그러나 현재의 그녀에게는 동생들을 사랑할 수가 없었다. 동생들을 단순히 그녀의 어깨에 지워진 비생리적인 무거운 짐일 뿐이었다. 동생들의 시중을 드는 데 있어서는, 그녀도 둘의 몸을 씻겨 주기도 하고 머리를 빗겨 주기도 하고 그녀들에게 먹일 야채를 구하기 위해 날마다 몇 마일씩이나 돌아다니지 않는가. 또 암소의 젖을 짜는 일도 배우지 않았는가. 무시무시한 그 짐승의 뿔을 휘두르며 마구 들이닥칠 때에는, 언제나 심장이 목구멍으로 치밀어오르는가 싶을 만큼 무서웠지만. 친절하게 해준다는 것은 시간의 낭비에 불과했다. 그녀가 동생들의 응석을 받아 준다면, 그녀들은 아마 언제까지나 침대에서 떠나려고 하지 않을 것이다. 그러나 그녀는 자기를 도와 주는 네 개의 손이 더 필요했다. 그러니까 동생들이 될 수 있는 대로 빨리 일어나 주기를 바라고 있었다.

동생들의 회복은 시원치가 못 하여, 그녀들은 바싹 야위어서 침대에 누워 있었다. 그녀들이 의식을 잃고 있는 동안에 세상은 완전히 바뀌고 말았다. 북군이 밀어닥치고 검둥이들은 달아나고 어머니는 죽고 말았다. 여기서 세 가지 믿어지지 않는 일이 생겨났건만 그녀들의 마음은 그것을 인정할 수가 없었다. 가끔 그녀들은 그런 일은 결코 실제로 생겨났던 것이 아니라, 자기들이 아직도 열에 정신이 떠 있는 것이 틀림없다고 생각하곤 했다. 아닌 게 아니라 스카알렛은 사실이라고 믿어지지 않을 만큼 몹시 변해 있었다. 그녀가 침대 다리에 기대앉아서, 동생들이 회복되면 해주기를 바라는 일을 대충 말하고 있을 때는 그녀들은 마치 요괴라도 보는 것처럼 언니를 바라보았다. 그런 일을 하기 위해서 백 명이나 있는 노예들이 이미 하나도 안 남아 있다는 것은 도저히 두 사람에겐 사실이라고 믿어지지 않았다. 오하라 집안의 따님이 손일을 하지 않으면 안 되다니, 어떻게 사실이라고 생각할 수 있겠는가.

「하지만 언니.」하고 캐린은 말했지만, 그 순진한 어린애 같은 얼굴은 놀라서 멍해져 있었다. 「난 장작 같은 건 못 패! 손이 거칠어지잖아!」

「내 손을 봐라.」하고 못이 잔뜩 박힌 딱딱하고 두꺼운 손바닥을 내보이면서 무서운 미소와 함께 스카알렛은 말했다.

「캐린이나 나한테 그런 얘기를 하다니, 언니는 지독한 심술장이야!」하고 스월렌은 외쳤다. 「틀림없이 언니는 거짓말로 우리들을 놀래 주려고 그럴 거야. 만약에 엄마가 계신다면 언니에게 그런 말을 하게 내버려두지는 않을 거야! 장작을 패다니, 어쩌면!」

스월렌은 스카알렛이 그저 심술을 부리고 싶어서 그런 소리를 하는 것이라고 생각하고, 미워 죽겠다는 눈빛으로 언니를 바라보았다. 죽을 뻔한 병을 치른 데에다, 어머니를 여의었으므로, 스월렌은 쓸쓸하기도 하고 불안하기도 하여 귀여움을 받고 응석도 부리고 싶었던 것이다. 그런데 스카알렛은 날마다 침대 발치에 와서는, 새파란 눈을 징그러운 빛으로 반짝이면서 그녀들의 회복 상태를 알아보고 잠자리를 청소하는 일이며, 식사 준비를 하는 일이며, 물이 들어 있는 양동이를 나르는 일이며, 장작 패는 일 따위만을 이야기하는 것이다. 뿐더러 그러한 끔찍한 이야기를 하는 것이 스카알렛에게는 유쾌한 것이 아닌가 하는 생각이 들었다.

실상, 스카알렛에게는 그것이 유쾌했다. 흑인들을 불러 대거나 동생들을 들볶거나 하는 것은, 그녀가 그렇게 할 수밖에 없을 만큼 걱정하고, 긴장하고, 지쳐 있었던 때문만이 아니라, 인생에 대해서 어머니한테 배운 일들이 모조리 잘못이었다고 하는 그녀 자신의 고통을 잊는 데에 도움이 되었기 때문이기도 했다.

어머니에게서 배운 일들이 모조리 아무 쓸모가 없이 돼 버린 지금, 스카알렛의 마음은 아프고 갈피를 잡을 수가 없었다. 엘렌은 그 속에서 딸들을 길러낸 문명의 붕괴를 미리 알 수가 없었고, 또 거기에 알맞게 딸들을 가르친 사회적 지위가 전락하리라고는 예상할 수도 없었다. 그런 일을 스카알렛은 이해할 수 없었다. 정답게 굴어라, 얌전하게 굴어라, 정숙하고 친절하게 굴어라, 겸손해라, 성실해라, 하고 딸들에게 가르쳤을 때, 엘렌은 자기 자신의 무사 태평했던 생애와 꼭같은 평화로운 미래의 원경을 바라보고 있었던 것이다. 그렇기 때문에 그러한 미덕을 지키면, 인생은 여성에게 행복을 준다고 엘렌은 말했던 것이다. 그것을 스카알렛은 이해하지 못했던 것이다.

스카알렛은 될 대로 되라는 심정으로 생각했다. 『어머니에게 배운 일은 아무 짝에도 쓸모가 없다! 아무것도! 현재의 나에게 친절이 무슨 소용이 있는가?

상냥한 것이 얼마만한 가치가 있는가? 차라리 흑인처럼 밭 갈고 목화 따는 재주를 익히게 한 편이 나았을 것이다. 아, 어머니, 어머닌 잘못 생각하고 계셨어요!』

질서 있는 엘렌의 세계는 가 버리고, 그대신 야만적인 세계가, 모든 표준, 모든 가치가 변해 버린 세계가 나타났다는 것을 스카알렛은 생각해 보지 않았다. 그녀가 깨달은, 혹은 깨달았다고 생각한 것은 어머니의 생각이 잘못이었다는 것뿐이었다. 그리고 그녀는 그것에 대해서 자신이 아무런 준비도 하지 않고 있는 새로운 세계에 대응하기 위해서 급속히 변화해 갔던 것이다.

변화하지 않은 것은 타라에 대한 마음뿐이었다. 기진 맥진하여 밭을 넘어 집으로 오면서, 그 허술해 보이는 흰 집을 바라볼 때마다, 그녀의 가슴은 내 집에 돌아왔다는 기쁨과 애정에 뛰지 않는 적이 없었다. 푸른 목장이며, 황토밭이며, 높고 울창하게 우거진 습지의 숲들을 창에서 바라볼 때마다, 언제나 그녀는 진정으로 아름답게 느꼈다. 높고 낮은 눈부신 황토 언덕, 푸른 잎에 흰 목화밭을 별처럼 달고 있는 목화나무가 기적처럼, 주홍빛처럼 아름다운 붉은 대지, 그 대지에 대한 스카알렛의 애정은 다른 모든 것이 변해 가고 있는 그녀 속에서 이것만은 조금도 변하지 않는 그녀의 한 부분이었다. 세계 그 어디에도 이러한 고장이 있으리라고는 생각되지 않았다.

타라를 바라보면 왜 전쟁이 일어났는지 어렴풋이 알 것도 같았다. 레트는 인간이 싸우는 것은 돈·때문이라고 했지만 그것은 틀린 말이다. 사람들은 괭이로 부드럽게 갈아 놓은 높고 낮은 밭 때문에, 짧게 깎은 목장 때문에, 누런 물이 유유히 흐르는 강 때문에, 목련나무 숲에 있는 서늘한 흰 벽돌집 때문에 싸우는 것이다. 싸울 만한 가치가 있는 오직 한 가지, 그것은 그들의 것이며 그들의 자식들의 것이어야 하는 붉은 대지──그들의 자식들, 자식들의 자식들을 위해서 목화를 생산해야 할 붉은 대지였다.

어머니는 죽고, 애실리는 가 버리고, 제랄드는 심한 충격 때문에 늙어 빠지고, 재물과 노예와 안정과 사회적 지위가 하룻밤에 사라져 버린 지금, 적에게 짓밟혀 황폐한 타라의 경작지만이 그녀에게 남은 전부였다. 그녀는 일찍이 토지에 대하여 아버지로부터 들은 이야기를 마치 다른 세계의 것처럼 생각해 냈다. 토지만이 이 세상에서 싸울 만한 가치가 있는 유일한 것이라고 아버지가 말했을 때, 그 뜻이 이해되지 않을 만큼 어리고 철이 없었던 그 무렵의 자신이 그녀에게는 이상하게 느껴졌다.

『왜냐하면, 그것만이 이 세상에서 멸망하지 않는 단 하나의 것이기 때문이다 ……한 방울이라도 아일랜드 사람의 피를 갖고 있는 사람에게 있어서는, 자기들이 사는 토지는 어머니나 다름없다……. 그 때문에 일하고 그 때문에 싸우고 그 때문에 죽을가치가 있는 것은 오직 토지였다.』

그렇다, 타라야말로 그를 위해 싸울 만한 가치가 있는 것이다. 그러므로 그녀는 서슴지 않고 단순히 타라를 위하여 싸울 것을 시인했다. 누구에게도 타라를 빼앗겨서는 안 된다. 누구도 그녀의 가족을 내쫓아서 친척의 신세를 지게 할 수는 없다. 비록 그 때문에 온 집안 사람의 등뼈가 부러질 만큼 일을 시키지 않으면 안 된다 해도 나는 타라를 굳게 지키리라.

26

애틀랜타에서 돌아와서 이 주일쯤 지나자 스카알렛의 발에 생긴 제일 큰 물집이 곪기 시작하더니, 신을 신지 못할 만큼 부어올라서 절뚝거리며 발뒤꿈치로 걷지 않으면 안 되게 되었다. 염증을 일으켜서 곪은 발가락을 바라보면, 그녀는 절망으로 가슴이 찢기는 것 같았다. 근처에는 의사도 없고 만약 이것이 병사들의 부상처럼 피부 조직이 죽어 버리기라도 하여 그 때문에 죽어야 한다면 어떻게 할 것인가? 지금의 생활이 아무리 고달프더라도, 그녀는 그것을 버리고 싶지는 않았다. 뿐더러 그녀가 죽으면 대체 누가 타라를 돌본단 말인가?

처음 돌아왔을 당시에는 제랄드가 다시 옛날 기력을 회복하여 모든 것을 처리해 줄 것을 기대하고 있었지만 이 주일 동안에 그 기대는 헛되이 사라져 버리고 말았다. 그녀가 원하건 원하지 않건 타라와 거기서 살고 있는 모든 사람들이 이제는 그녀의 서투른 두 손에 쥐어져 있다는 것을 스카알렛은 알았다. 왜냐하면 제랄드는 여전히 꿈 속의 사람처럼 타라에 관한 일은 전혀 염두에도 두지 않고, 말없이 가만히 앉아 있기만 했기 때문이다. 그녀가 의논을 해 보아도 그는 다만 이렇게 대답할 뿐이었다.

「네가 제일 좋다고 생각한 대로 하려무나, 얘야.」 그러나 그보다도 더욱 딱한 것은 「어머니하고 상의해 보려무나.」 하고 대답하는 일이었다.

아버지는 그 이상 나아질 것 같지도 않았다. 스카알렛은 이제는 그런 사실을 인정하고, 제랄드는 죽을 때까지 엘렌을 기다리면서 그녀가 가까이 오는 인기척에 계속 귀를 기울일 것이라고 별로 마음의 동요도 없이 그 사실을 받아들이고 있었다. 그는 밝고 어두운 경계선에 있는 몽롱한 나라에서 살고 있는 것이다.

그곳에서는 시간의 흐름도 멎고, 그리고 엘렌의 죽음과 함께 뽑혀 버리고, 동시에 그 약동하던 자신도 방약 무인한 기력도, 발랄한 생활력도, 모두 다 가 버리고 만 것이다. 엘렌은 제랄드 오하라가 우쭐거리며 연출하여 온 연극의 관객이었다. 이제 막은 영원히 내려지고, 각광은 꺼지고 관객은 갑자기 모습을 감췄건만, 머리가 흐리멍덩해진 늙은 배우는 혼자 텅 빈 무대 위에 남아서, 마지막 지시를 기다리고 있는 것이다.

그 날 아침 집 안은 조용했다. 스카알렛과 웨이드와 세 사람 병자 외에는 모두 늪지로 돼지를 찾으러 나갔기 때문이다. 제랄드까지도 오늘 아침은 다소 기운을 차리고 한 팔을 포크의 부축을 받으면서 한 손에는 올가미를 지은 밧줄을 가지고 밭을 건너서 갔다. 스월렌과 캐린은 울다가 잠이 들어 버렸다. 그녀들은 엘렌을 생각하고 날마다 적어도 두 번은 반드시 울었다. 슬프고 처량해서 눈물이 그녀들의 바싹 여윈 뺨을 흘러내렸다. 멜라니는 그 날 처음으로 베개를 의지하여 몸을 일으키게시리 되어서, 누덕누덕 기운 시트를 걸치고 양쪽에 하나씩 두 갓난아이를 재우고 있었다. 아마(亞麻)빛 배내털이 보드라운 머리와 딜시의 갓난아이의 검은 곱슬머리가, 그녀의 두 팔을 베개삼아 자고 있었다. 웨이드는 침대 발치에 앉아서 멜라니가 들려 주는 옛날 이야기에 온 정신이 팔려 있었다.

스카알렛은 타라의 고요가 지겨웠다. 그것은 애틀랜타에서 돌아오던, 그 긴 하루 동안에 지나온 황폐한 땅의 죽음과도 같은 고요가 너무도 생생하게 머리에 되살아났기 때문이었다. 어미 소도 송아지도 오랫 동안 조금도 소리를 내지 않았다. 창밖에는 작은 새의 지저귀는 소리도 없고, 살랑살랑 흔들리는 목련 잎 속에, 몇 대째 둥지를 틀어 온 시끄러운 앵무새의 일가마저도 오늘은 울지 않았다. 그녀는 낮은 의자를, 열어 젖뜨린 침실 창문 가까이로 끌어당겨, 스커트를 무릎 위까지 걷어올린 다음, 창턱에 올려 놓은 팔에 턱을 묻으면서, 앞의 찻길이며 잔디밭이며 큰길 저쪽의 짐승 한 마리 없는 푸른 목장을 바라보고 있었다. 곁의 마룻바닥에는 물이 들어 있는 양동이가 놓여 있었다. 가끔 그 속에 물집투성이의 발을 담그고 찌르는 듯한 감각에 얼굴을 찡그렸다.

그녀는 짜증스러워서 턱을 한층 더 깊숙이 팔에 묻었다. 힘이 제일 필요할 때에 발가락이 곪기 시작했던 것이다. 그 우둔한 녀석들에게 암퇘지가 붙잡힐 리가 없다. 돼지 새끼를 한 마리씩 붙잡는 데도 일 주일이나 걸렸다. 벌써 이 주일이나 되었는데도 어미 돼지는 멋대로 돌아다니고 있는 것이다. 만약 자기가 그들과 함께 늪지로 갔다면 옷을 무릎까지 걷어올리고 밧줄을 잡고 눈깜짝할 사이에 어미 돼지를 올가미로 옭아 보일 터인데.

그러나 설령 어미 돼지를 붙잡았다 하더라도 막상 붙잡은 다음은 어떻게 될 것인가? 어미 돼지와 돼지 새끼를 먹어 버리면 다음은 어떻게 하지? 목숨이 계속되는 한 식욕도 계속되는 것이다. 이제 곧 겨울이 닥쳐올 텐데 식량이 없는 것이다. 조금밖에 남지 않은 근처 채소밭에서 모아온 야채도 벌써 떨어져 가고 있었다. 말린 완두콩이니, 사탕수수니, 탄밀이니, 쌀이니. 아아, 꼭 필요한 것들이 많았다. 명년 봄에 심을 옥수수며 목화씨도 필요했고, 새옷도 필요했다. 그런 것들을 대체 어디서 얻어오면 좋단 말인가? 첫째 그 대금을 어떻게 마련하면 좋을 것인가?

그녀는 몰래 제랄드의 호주머니와 금고를 뒤져 보았다. 그러나 그녀가 발견한 것은, 남부 동맹 정부가 발행한 공채 다발과 삼천 달러의 남부 동맹 지폐뿐이었다. 이것만 있으면 온 식구들의 한 끼 거리는 충분하다고 그녀는 익살스런 생각을 했다. 지금은 남부 동맹 지폐를 가지고 있다는 것은 전연 갖고 있지 않는 것보다도 더 나빴다. 그러나 설령 돈이 있고 먹을 것을 발견했다 하더라도, 그것을 타라로 가져올 무슨 방법이 있겠는가. 왜 하느님은 그 늙은 말을 죽게 해버렸을까? 레트가 훔쳐온 그 늙다리 말이나마 살아 있었으면, 모든 사정이 풀려날 수도 있었을 텐데. 아아, 큰길 너머 저쪽 목장에서 뒷발질을 하던, 그 털이 반지르르하던 노새, 큼직한 마차말, 그녀가 타던 귀여운 암말, 동생들의 망아지, 잔디밭을 짓밟으며 힘차게 뛰어다니던 제랄드가 사랑하던 큰 말……. 아아, 한 필이라도 그 말이 남아 있어 주었던들. 제일 고집이 세던 노새라도 남아 있어 주었던들.

그러나 걱정할 것 없다. 발만 나으면 존즈보로까지 걸어서 가 보자. 세상에 태어나서 지금까지 그렇게 먼 길을 걸은 적은 없지만, 그러나 나는 걷겠다! 설사 그곳이 북군에 의해서 완전히 타버렸더라도, 틀림없이 근처에서 누군가를 만나서 식량을 구할 수 있는 곳을 알아낼 수가 있을 것이다. 이때 문득 웨이드의 여윈 얼굴이 떠올랐다. 그는 노상 고구마가 싫다고 한다. 닭의 다릿살이나 쌀밥이나 고깃국을 먹고 싶은 것이다.

눈물 때문에 앞뜰에 비치고 있던 밝은 햇살이 갑자기 부옇게 되며 나무들의 모양이 희미해 왔다. 스카알렛은 팔에 얼굴을 묻고 울지 않으려고 애썼다. 새삼스럽게 울어 봐야 무슨 소용이 있겠는가. 눈물이 소용되는 것은 호의를 가져 주는 남자가 옆에 있을 때뿐이다. 울지 않으려고 눈을 꼭 감은 채 그대로 웅크리고 있는 동안, 그녀는 달려오는 말발굽 소리에 놀랐다. 그러나 그녀는 머리도 들지 않았다. 이 이 주일 동안 밤이고 낮이고, 그녀는 가끔 그런 소리를 들은 것 같았다. 마치, 엘렌의 사르락거리는 스커트 소리를 꿈결에 듣는 것처럼. 그런 소리를 들을 때마다 『부질없이!』하고 몹시 자기를 꾸짖을 때까지 그녀의 가슴은 으례 두근거렸다. 그러나 지금 들려 오는 말발굽 소리는 놀라울 만큼 자연스럽게 보통 속도의 율동적인 가락으로 변해서 데그럭데그럭 자갈을 밟으면서 오는 것이다. 틀림없이 말이다! 탈레턴 집 사람인지 모른다. 아니면 폰텐 집 사람일까? 그녀는 얼른 눈을 들었다. 그러나 그것은 북군의 기병이었다.

그녀는 무의식중에 커튼 뒤로 몸을 숨기고 어둠침침한 커튼 주름 사이로 마치 무엇에 홀린 것처럼 가만히 그 사나이를 지켜보았다. 너무나 놀랐기 때문에 허파에서 바람이 한꺼번에 쑥 빠져 버렸다.

몸을 웅크리고 안장에 걸터앉아 있는 것은 뚱뚱하고 험상궂은 사나이였는데 자랄 대로 자란 검은 수염이, 단추를 끄른 푸른 웃옷 위로 흐트러져 있었다. 두 눈 사이가 좁은 작은 눈을 부신 듯이 가늘게 뜨고, 조금 작아 보이는 푸른 모자 차양 밑으로 침착하게 집 안 동정을 살피더니, 이윽고 유유히 말에서 내려 고삐를 말뚝에 던져서 걸었다. 스카알렛은 배를 얻어맞았을 때처럼 갑자기 고통과 함께 숨이 되살아 왔다. 양키다. 허리에 긴 권총을 찬 양키다! 그러나 그녀는 세 사람의 병자와 갓난아이만이 있는 집에 오직 혼자인 것이다!

권총 가죽집에 손을 대고, 유리알 같은 작은 눈으로 좌우를 살피면서, 그 사나이가 천천히 보도를 걸어오는 것을 보고 있는 동안, 가지가지 광경들이 만화경처럼 그녀의 가슴 속에서 빙글빙글 돌았다. 그것은 피티퍼트 시고모가 목소리를 죽여 가며 이야기해 준 일, 방비 없는 여성을 덮치고, 목을 찌르고, 다 죽어가는 여자들을 집 안에 가둔 채 불을 지르고, 운다고 해서 아이들을 총검으로 산적 꿰듯 한다는, 무릇 〈양키〉라는 이름과 결부되어 있는 이루 말할 수 없는 모든 끔찍스러운 광경이었다.

가슴이 철렁 내려앉은 그녀의 최초의 충동이, 벽장에 숨을 것인가, 침대 밑으로 들어갈 것인가, 뒷계단으로 뛰어내려서 비명을 지르며 늪지 쪽으로 달아날 것인가 하는 것이었다. 어떻게든지 해서 그 사나이를 피하고 싶은 생각뿐이었다. 그러나 그러는 동안에 현관 계단을 밟는 조심스러운 발자국 소리가 들리고, 그녀는 이미 도망갈 길이 없음을 알았다. 공포로 몸이 꼼짝할 수 없이 얼어붙어서 그녀는 아래층에서 이 방 저 방으로 걸어다니는 양키의 발소리를 듣고 있었다. 아무도 없다는 것을 알았는지 사나이의 발소리는 먼저보다도 더 크고 대담해졌다. 지금 식당에 있다. 곧 부엌으로 들어가겠지.

부엌에 생각이 미치자 별안간 마치 칼로 쿡 찌르는 듯이 날카로운 분노가 그녀의 가슴을 꿰뚫었다, 압도적인 분노 앞에서는 공포도 사라져 버렸다. 부엌! 그곳에는 화덕 위에 남비가 두 개 걸려 있고, 그 하나에는 천신 만고 끝에 트웰브 오우크스와 매킨토시 집 채소밭에서 거둬온 야채의 잡탕이 들어 있다. 두 사람 몫도 채 못 되는 그 요리는, 주린 사람 아홉이 먹어야 하는 소중한 끼니였다. 더구나 스카알렛은 몇 시간이나 시장기를 견디면서 다른 식구들이 돌아오기를 기다리지 않았는가. 그런 만큼, 양키가 그 초라한 요리를 먹어치울 것을 생각하자 치가 떨릴 만큼 분노가 치밀어올랐다.

그들 모두에게 저주가 있으라! 그들은 메뚜기 떼처럼 달려들어 타라를 서서히 굶어죽게 하고서도 그 약간 남은 것마저도 훔쳐가려고 지금 또다시 침입해온 것이다. 텅 빈 위는 그녀의 몸 속에서 몸부림을 치고 있었다. 하느님의 이름을 걸고서라도 양키에게 더는 도둑맞을 수 없다!

그녀는 해진 신을 벗고 맨발이 되자 발가락이 곪은 것도 잊어버리고, 발소리를 죽여 급히 장롱 앞으로 뛰어갔다. 그리고 맨 위 서랍을 살그머니 열고 애틀랜타에서 갖고 온 육중한 권총을 꺼냈다. 그것은 찰즈가 싸움터에 가지고 갔다가 끝내 써 지도 못 했던 것이다. 그녀는 벽에 걸린 지휘도 밑에 매달려 있는 가죽 상자를 열고 뇌관(雷管)을 꺼냈다. 그리고 얼른 이층 복도를 나가자, 한 손으로 난간을 꽉 잡아 몸을 지탱하고, 권총을 허리 가까이 스커트 주름 속에 숨기고 계단을 내려갔다.

「누구냐?」하고 느닷없이 코메인 소리로 고함을 치는 바람에 그녀는 계단 중간쯤에 멈춰섰다. 피가 귓속에서 왕왕 소리를 내어 사나이의 소리도 잘 알아듣지 못했다. 「서라, 움직이면 쏜다!」

사내는 식당 문 어귀에 서서 빈틈 없이 경계하고 있었다. 한 손에 권총을 잡고, 한 손에는 금으로 만든 골무며 황금자루가 달린 가위며 꼭대기에 금 장식이 붙어 도토리 모양의 조그만 금강사 바늘닦개 등이 들어 있는 조그만 향나무 바느질 상자를 들고 있었다. 스카알렛의 다리는 무릎까지 싸늘하였으나 얼굴은 분노 때문에 화끈 달아 있었다. 사나이가 갖고 있는 것은 엘렌의 바느질 상자가 아닌가.『그걸 내려 놔! 이 더러운……』그렇게 호통을 치고 싶었으나 말이 나오지 않았다. 그녀는 말없이 난간 위에서 그를 노려보고 있었다. 사나이는 험악한 표정을 누그러뜨리며, 반은 사람을 무시하는 듯하고, 반은 아첨하는 듯한 미소를 띄웠다.

「아무도 없었던 건 아니로군.」하고 권총을 가죽집에 넣으면서 그는 말했다. 그리고 홀을 가로질러 그녀의 바로 밑에 섰다. 「당신은 혼자뿐인가, 아가씨?」

그녀는 번개처럼 권총을 난간 위에 들고 깜짝 놀라는 텁석부리 얼굴을 겨누었다. 그리고 그에게 가죽 띠에 손을 가져갈틈도 주지 않고 방아쇠를 당겼다. 권총의 강한 반동으로 그녀는 비틀거렸다. 총소리는 고막을 뚫고, 화약 연기는 코를 찔렀다. 사나이는 벌렁 몸을 젖히면서 가구들이 흔들릴 만큼 요란하게 식당에 나가떨어졌다. 바느질 상자가 소리를 내면서 손에서 떨어지고 속 것이 사나이의 주위에 흩어졌다. 스카알렛은 움직인다는 의식도 없이 움직여 계단을 뛰어내려가자, 그 곁에 서서 수염 속에서 나타난 얼굴을 내려다보았다. 코가 있었던 자리는 핏구멍이 되고 유리알 같은 눈은 화약에 타 있었다. 순식간에 한 줄기의 피가 얼굴과 뒤통수에서 나와 윤이 나는 마룻마닥으로 흘렀다.

그렇다. 사나이는 죽었다. 분명히 죽어 있다. 그녀는 사람을 죽인 것이다.

화약 연기는 천천히 천장으로 맴돌면서 오르고, 붉은 피는 발 밑으로 퍼져 갔다. 시간을 초월한 한순간, 그녀는 그 자리에 우뚝 서 있었다. 여름 아침의 잠잠하게 더운 고요 속에서 온갖 관계도 인연도 없는 소리며 냄새가 확대되어 갔다. 북처럼 울려 대던 가락의 고동도, 목련 잎이 스치는 아련한 소리도, 멀리 늪지에서 우는 작은 새의 소리도, 창밖에 핀 꽃의 달콤한 냄새도, 모두 여느 때보다 강하게 스쳤다.

사냥을 할 때도 짐승을 죽이는 데에는 끼지 않으려고 조심하던 그녀, 도살장의 돼지의 비명 소리나 덫에 걸린 토끼의 우는 소리마저도 차마 듣지 못하던 그녀가, 사람을 죽이고 말았다. 살인 ! 그녀는 넋을 잃고 서 있었다. 나는 살인을 한 것이다. 아니 내가 그런 짓을 할 리가 없어 ! 그러나 바느질 상자 바로 옆 마룻바닥에 내던져진 커다란 털 많은 손을 보자 그녀는 갑자기 생기가 나며, 차갑고 잔인한 환희에 가슴이 설레었다, 코가 있었던 자리에 커다랗게 입을 벌린 총알 자리를 발뒤꿈치로 짓뭉개도 맨발에 뜨뜻미지근한 피를 느낀다 해도, 거기에 짜릿한 기쁨을 느꼈을지도 모른다. 그렇다, 그녀는 타라를 위하여, 또 엘렌을 위하여 복수의 일격을 가한 것이다.

이때 이층 복도를 빠르게 걷는 어지러운 발소리가 들렸다. 발소리는 잠깐 쉬었다가 다시 움직이기 시작했다. 걸을 때마다 금속성의 울림이 섞여 있는, 힘없이 끄는 듯한 발소리다. 스카알렛이 시간과 현실의 감각을 되찾고 올려다보니 계단 위에 멜라니가 서 있었다. 잠옷 대용인 헌 누더기 시미즈만 걸치고 약하디약한 손에 찰즈의 군도를 끌고 있다. 멜라니의 눈은 아래층 광경 —— 붉은 피의 못 가운데 나자빠져 있는 푸른 옷의 시체, 그 옆에 떨어져 있는 바느질 상자, 새파랗게 질린 얼굴로 길죽한 권총을 움켜쥐고 서 있는 맨발의 스카알렛 등을 남김 없이 보았다.

잠자코 그녀는 스카알렛과 눈을 마주쳤다. 언제나 상냥한 멜라니의 얼굴에는 처절하고 격렬한 긍지가 빛나고 그 미소 속에는 스카알렛의 가슴 속 깊이 불타는 격정과 마찬가지의 찬양과 환희가 떠올라 있었다.

『어머나, 어쩌면, 저 애도 나와 같구나 ! 내가 생각하고 있는 것을 저 애도 아

는 거다!』하고 스카알렛은 그 순간 생각했다. 『저 애도 틀림없이 나와 꼭 같이
했을 거야.』

그때까지는 혐오와 경멸밖에 느끼지 않았던 약하디약한 멜라니의 모습을 그
녀는 일종의 감동을 가지고 쳐다보았다, 그리고 애실리의 아내로서의 그녀에 대
한 혐오와 싸우면서, 찬양의 마음과 동지적인 감정이 새로 솟아나는 것을 느
꼈다. 스카알렛은 저속한 감정에 흐려지지 않은 밝은 일별(一瞥)에 의하여, 멜
라니의 부드러운 목소리와, 비둘기 같은 눈 속에 꺾이지 않는 강철로 만들어진
날카롭게 번뜩이는 칼날이 숨겨져 있는 것을 보았고, 그 고요한 핏속에 늠름한
용기가 흐르고 있음을 느꼈다.

「스카알렛! 스카알렛!」하고 캐린의 겁에 질린 약하고 떨리는 목소리가 닫
혀 있는 도어 너머에서 들려 왔다. 웨이드는 「고모 아줌마! 고모 아줌마!」하
고 외치고 있었다. 멜라니는 얼른 입술에 손가락을 대고, 군도를 맨 윗계단에
놓더니 괴로운 듯이 이층 복도로 되돌아가서 병실 도어를 열었다.

「무서워할 건 없어, 겁장이구나!」그녀의 목소리는 놀려 대는 듯 쾌활했다.
「언니가 찰즈의 권총 소제를 하고 있었어. 그러다가 갑자기 총알이 나가 버렸
거든. 그래서 언니는 그만 기겁을 하고 놀랐어. 괜찮아, 웨이드 해밀턴. 지금 엄
마가 아빠의 권총을 쏜 거야! 네가 좀더 자라면 틀림없이 엄마는 네게도 쏘게
해주실 거야.」

『어머나, 어쩌면 저 애는 저렇게 천연덕스럽게 거짓말을 할까?』하고 스카알
렛은 감탄했다. 『나는 도저히 저렇게 능란하게 꾸며 댈 수가 없어. 하지만 왜 거
짓말을 할까? 내가 한 일을 사람들에게 알리는 편이 낫지 않을까?』

그녀는 또 시체를 내려다보았다. 분노와 공포가 사라지고 대신 전연 다른 감
정이 솟아나서, 그 반동으로 그녀의 무릎은 후들후들 떨리기 시작했다. 멜라니
는 자기 몸을 끌다시피하며, 다시 계단 위로 모습을 나타내더니 난간을 붙들고
내려오기 시작했다. 핏기 없는 아랫입술을 악물고 있었다.

「침대로 돌아가요, 바보로구나. 그런 무리한 짓을 하면 자기를 죽이는 거나
마찬가지야!」하고 스카알렛은 외쳤으나 멜라니는 반나체로 괴로운 듯이 아래
층 홀까지 내려왔다.

「스카알렛.」하고 그녀는 속삭였다. 「시체를 끌어내다가 묻어 버려야 해. 같
은 패거리가 있을지도 모르고, 만약 그들이 알게 된다면…….」그녀는 스카알렛
의 팔을 붙들고 몸을 가누었다.

「틀림없이 혼자뿐일 거야.」하고 스카알렛은 말했다. 「아까 이층 창문에서 보
았는데 아무도 없었어. 틀림없이 탈주병일 거야.」

「밖에 아무도 없었더라도, 누구에게도 이 사실을 알려서는 안 돼. 검둥이들의 얘기를 듣고 같은 패들이 언니를 잡아갈지도 몰라. 스카알렛, 모두들 늪에서 돌아오기 전에 빨리 시체를 어디다 숨겨 버려야 해요.」

멜라니의 끈덕진 권고에 자극되어서, 그녀의 마음도 움직이기 시작했다.

「마당 구석 포도 시렁 밑에 묻으면 어떨까? 거기는 포크가 위스키 통을 파낸 데니까, 아직 흙이 부드러울 거야. 하지만 어떻게 끌어내 가지?」

「둘이서 다리를 하나씩 잡고 끌고가요.」 하고 멜라니는 딱 잘라 말했다.

스카알렛의 그녀에 대한 감탄은 내심 꺼림직하면서도 한층 커졌다.

「멜라니는 고양이도 못 끌어낼 거야. 내가 끌고갈께.」 하고 그녀는 약간 퉁명스럽게 말했다. 「그러니까 멜라니는 빨리 침대로 가래도. 스스로 자기를 죽이는 거란 말야. 멜라니가 도와 주지 않아도 나 혼자 넉넉해. 그렇지 않으면 내가 멜라니를 이층으로 떼메고 갈 테야.」

멜라니의 창백한 얼굴에 상냥한 이해의 미소가 피어올랐다. 「언니는 정말 친절해, 스카알렛.」 그렇게 말하고 그녀는 입술을 살짝 스카알렛의 볼에 대었다. 그리고 깜짝 놀란 스카알렛의 경악이 채 가시기도 전에 다시 말을 계속했다. 「언니가 혼자 끌어내갈 수 있으면, 나는 사람들이 돌아오기 전에 이 더러워진 데를 닦아 놓겠어요. 그리고 말이에요, 스카알렛.」

「뭔데?」

「이 사나이의 배낭을 뒤져 보면 안 될까? 뭐 먹을 게 들어 있을지도 모르니까 말이우?」

「안 될 게 뭐가 있어?」 하고 스카알렛은 말했다. 그리고 왜 자기가 먼저 그 생각을 못 했을까 하고 화가 났다. 「멜라니는 배낭을 뒤져 봐. 나는 호주머니를 뒤져 볼 테니.」

마지못해서 시체 위로 몸을 구부리고 그녀는 웃옷 단추를 벗기고 차근차근 호주머니를 뒤졌다.

「어머나!」 헝겊 조각에 싼 두둑한 지갑을 꺼내면서 그녀는 소곤거렸다. 「멜라니! 멜라니! 돈이 잔뜩 들어 있는 것 같아!」

멜라니는 아무 말도 하지 않고 갑자기 마룻바닥에 쪼그리고 앉아서 벽에 등을 기댔다.

「언니가 꺼내 보아요.」 하고 그녀는 떨리는 목소리로 말했다. 「난 어쩐지 기분이 나빠졌어.」

스카알렛은 헝겊을 헤치고 떨리는 손으로 가죽 지갑을 열어 보았다.

「어머, 멜라니! 이거 봐요.」

그걸 보자 멜라니는 눈을 크게 떴다. 북부 연방 정부의 그린백(1862년 초에 발행한 뒤쪽이 초록색인 지폐 ─역 자주)과 남부 동맹 정부의 지폐가 한데 섞여서 꽉 차 있고, 그 속에 십 달러짜리 금화 한 닢과 오 달러짜리 금화 두 닢이 빛나고 있었다.

「지금 셀 건 없어.」스카알렛이 지폐를 세기 시작하는 것을 보고 멜라니가 말했다. 「시간이 없잖아요.」

「이 돈이 있다는 건 우리들이 먹을 수 있다는 게 되는 거야. 알겠지, 멜라니?」

「그래 그래, 알아요. 하만 우물쭈물할 때가 아냐. 빨리 다른 호주머니를 뒤져 봐요. 나는 배낭을 조사해 볼 테니.」

스카알렛은 지갑을 손에서 놓기가 싫었다. 밝은 앞길이 눈 앞에 훤히 틔어 왔다. 진짜 돈, 이 사나이가 타고 온 말, 양식, 역시 하느님은 계시는 거다. 그리고 얄궂은 방법으로 돕는다고 생각되기는 했지만, 하여간 도와 주신 것이다. 그녀는 털썩 앉은 채 미소를 띄우며 지갑을 들여다보고 있었다. 양식! 멜라니는 그것을 그녀의 손에서 낚아챘다.

「빨리 하래도요!」하고 그녀는 말했다.

바지 주머니에서 나온 것은, 타다 남은 양초 토막과 재크 나이프와 담배와 실 토막뿐이었다. 멜라니는 배낭에서 우선 조그만 커피 봉지를 꺼내자, 세상에서 가장 귀중한 향료이기라도 한 것처럼 냄새를 맡았다. 군용 비스킷이 나왔다. 그리고 그 다음에 나온 것을 보자, 그녀는 낯빛이 변했다. 그것은 작은 진주를 잔뜩 박고 황금 테로 둘러싼 소녀의 조그만 조상, 석류석 브로우치, 가는 황금 사슬이 달린 두 개의 폭넓은 황금 팔찌, 황금 골무, 갓난아기용 작은 은제 글라스, 황금 장식이 붙은 자수 가위, 다이아몬드가 박힌 반지 하나, 배[梨] 모양의 다이아를 늘어뜨린 한 쌍의 귀걸이 등이었다. 그것은 보통 사람의 눈으로 보아도 각각 한 캐럿 이상은 넉넉히 됨직하였다.

「도둑놈이구먼!」하고 움직이지 않는 시체에서 물러나면서 멜라니가 소곤거렸다. 「스카알렛, 이건 틀림없이 모두 훔쳐온 걸 거예요.」

「물론이지.」하고 스카알렛은 말했다. 「이 사나이는 우리에게서 좀 더 훔쳐가려고 찾아온 거야.」

「정말, 언니가 죽이기를 잘했어요.」하고 상냥한 빛을 띠며 멜라니는 말했다. 「자, 어서 끌어내 가요.」

스카알렛은 몸을 구부리자, 시체의 구두를 잡고 끌어당겼다. 어쩌면 이다지도 무거울까. 갑자기 그녀는 자신이 몹시 무력하게 여겨졌다. 만약 시체를 움직일 수가 없으면 어떻게 하지? 그래서 이번에는 시체 쪽으로 등을 돌리고 양쪽

겨드랑이에 무거운 장화를 끌어안고, 다시 힘을 모아 앞으로 끌었다. 시체는 움직였다. 다시 확 잡아끌었다. 흥분해서 그때까지 모르고 있었던 발의 통증이 갑자기 몹시 아팠으나 그녀는 이를 악물고 참았다. 그리고 발뒤꿈치에 몸무게를 싣고 이마엔 땀을 뻘뻘 흘리면서, 온 몸의 힘을 모아 시체를 끌고갔다. 붉은 핏자국이 복도에 줄을 그었다.

「마당에 피가 흐르면 도리어 감출 수가 없을 거야.」하고 그녀는 숨을 헐떡이며 말했다. 「그 시미즈를 빌어 주어. 멜라니. 그걸로 피가 나오지 못하게 머리를 동여맬 테니.」

멜라니의 창백한 얼굴이 새빨개졌다.

「젠장 뭐 어때, 괜찮아. 나 그쪽을 안 볼 테니까.」하고 스카알렛은 말했다. 「내가 페티코트나 팬터렛이라도 입고 있었으면 그걸 쓰겠지만.」

멜라니는 창가에 쪼그리고 앉아서, 너덜너덜한 린네르 시미즈를 머리 위로 벗더니, 두 팔로 될 수 있는 대로 알몸을 감추면서 잠자코 그것을 스카알렛 쪽으로 던졌다.

『다행히도 나는 저렇게까지는 부끄럼을 타지 않아.』하고 떨어진 시미즈로 죽은 사람의 상처난 머리를 동여매면서 스카알렛은 어쩔 줄 몰라하는 고통을 보지는 않았지만, 느끼면서 그렇게 말했다.

그녀는 절뚝거리며, 끌다가는 쉬고 끌다가는 쉬면서, 시체를 복도에서 뒤 포치 쪽으로 끌고나갔다. 손등으로 이마의 땀을 닦기 위하여 멈춰섰다. 멜라니 쪽을 돌아다보니, 멜라니는 벽 쪽을 향해서 여윈 무릎으로 벗은 가슴을 안고 있었다. 이런 경우에도 몸차림에 신경을 쓰다니, 참 못난 여자로군, 하고 스카알렛은 짜증스럽게 생각했다. 여태까지 늘 스카알렛에게 경멸하는 마음을 일으키게 했던 원인의 일부는 바로 멜라니의 그러한 고상한 태도였다. 그러나 곧 자책감이 일어났다. 어쨌든, 어쨌든 아기를 낳은 지 얼마 안 되는 멜라니가, 침대에서 일어나 스카알렛도 들지 못할 만큼 무거운 군도를 잡고, 도우려고 와 주지 않았는가. 그것은 용기가 필요한 일이었다. 그것은 바로 말해서 스카알렛에게는 없는 종류의 용기라는 것을 그녀는 알고 있었다. 저 무시무시한 애틀랜타가 함락되던 날 밤에도, 여기까지 찾아오는 긴 여정에서도 멜라니가 발휘한 것은 엷은 강철이나 명주실 같은 용기였다. 그것은 윌크스 집 사람들이 지니고 있는 남의 눈에 띄지 않은 소박한 용기로서 스카알렛에게는 잘 이해되지 않은 것이긴 하지만, 그러나 싫으면서도 감탄하지 않을 수 없는 특이한 것이었다.

「가서 누워요.」하고 그녀는 어깨 너머로 말했다. 「그러고 있으면 죽고 말아요. 거기는 내가 이걸 묻고 나서 닦아낼 테니까.」

「이 깔개 조각으로 닦을 테예요.」하고 기분 나쁜 듯이 피 웅덩이를 바라보면서 멜라니는 속삭였다.

「그럼 좋아, 죽어도 난 모르니까. 만약 내 일이 끝나기 전에 누가 돌아오거든 집에서 못 나가게 하고, 말은 어디서 길을 잘못 들어온 모양이라고 해줘.」

멜라니는 아침 햇살 속에서 바들바들 떨고 있었다. 그리고 포치 계단으로 끌려내려 가는 시체의 머리가 계단에 부딪쳐서 둔한 소리를 내자, 귀를 틀어막았다.

말이 어디서 왔는지 아무도 묻는 사람이 없었다. 누구에게나, 가까운 싸움터에서 길을 잃고 들어온 것으로밖에 생각되지 않았기 때문이다. 모두 말이 생긴 것을 기뻐했다. 북군 병사의 시체는 스카알렛이 포도나무 시렁 밑에 판 얕은 구덩이 속에 누워 있었다. 무성한 포도나무를 버티는 기둥은 썩어 있었다. 그 날 밤 스카알렛은 부엌칼을 가지고 나와서 그 기둥을 잘라 넘어뜨렸다. 무덤은 무성하게 뒤얽힌 포도 덩굴로 완전히 덮이고 말았다. 기둥을 고쳐 세우는 것은 쉬운 일이었지만 스카알렛은 고치려고는 하지 않았다. 흑인들도 그 까닭을 아는지 모르는지 잠자코 있었다.

잠이 들지 못할 만큼 지쳐서, 눈을 뜬 채 누워 있는 긴 밤에도, 얕은 구덩이에서 유령이 나와 스카알렛을 괴롭히는 일은 없었다. 그런 일이 생각나도 그녀는 별로 공포도 후회도 느끼지 않았다. 한 달 전의 그녀라면 도저히 그런 일을 못 했을 것이라는 생각이 들자 자기 자신도 그것이 이상했다. 얼굴에 볼우물을 짓고, 귀걸이를 댕그랑거리며 몸놀림이 연약하고 젊고 아름다운 해밀턴 부인이 사나이의 얼굴을 여지없이 으깨 놓고, 그리고 그 시체를 재빨리 자기가 판 구덩이에 묻어 버리다니! 자기를 잘 아는 사람들이 이 사실을 알게 되면 얼마나 놀랄 것인가 하고 스카알렛은 기분 나쁜 미소를 지었다.

『이제 이 일은 생각하지 말기로 하자.』하고 그녀는 다짐했다. 『지나가 버린 일이고 저질러 버린 일이다. 그 경우에 그 사나이를 죽이지 않았다면 내가 어떻게 되었을지 모른다. 그러나 저러나 분명히, 분명히, 타라로 돌아온 뒤로 나는 좀 변한 모양이다. 그렇지 않다면 내가 그런 일을 할 수는 없지.』

그런 일이 있은 뒤 특별히 의식적으로 생각한 것은 아니었지만, 무엇인가 언짢고 힘든 일에 부닥칠 때마다, 마음 깊숙이 숨어 있는 한 가지 생각이 그녀의 기운을 돋우어 주는 것이었다. 『나는 살인까지 했었다. 이런 것쯤이야 못할 게 없어!』

그녀는 그녀 자신이 생각하고 있는 이상으로 변해 갔다. 트웰브 오우크스 농장의 노예들의 오두막집 채소밭에 쓰러졌을 때 그녀의 심장을 싸기 시작한 굳은 껍질은 점점 두꺼워져 가고 있었다.

말이 생겼기 때문에 스카알렛은 근처가 어떻게 되어 있는지 직접 보러 갈 수가 있게 되었다. 집에 돌아온 이래 그녀는 이미 천 번이나 절망적으로 생각이 헷갈려서 갈피를 잡지 못했다. 『이 고을에 남아 있는 것은 우리들뿐일까? 온 고을이 모두 불타 버렸을까? 그렇지 않으면 모두 메이콘으로 피난가 버렸을까?』 트웰브 오우크스 농장이나 매킨토시 농장, 스레터리 오두막집 등의 폐허가 아직도 생생하게 마음에 남아 있었기 때문에, 그녀는 사실을 알게 되는 것이 어쩐지 무서운 생각이 들었다. 그러나 긴가민가하고 생각하는 것보다는 최악의 상태를 보아 버리는 편이 오히려 속이 편할지도 모른다. 그래서 그녀는 우선 폰텐네로 말을 몰기로 했다. 그것은 제일 가깝기 때문이 아니라, 어쩌면 폰텐 노선생님이 있을지도 모른다고 생각했기 때문이다. 멜라니에게는 의사가 필요했다. 그녀의 회복은 예상보다 더디었고, 창백하고 쇠약해 있는 모양이 스카알렛에게는 못 견디게 걱정되었다.

그래서 발이 낫고 덧신을 신게시리 되자, 그 날로 당장 그 북군 병사의 말에 올라탔다. 한쪽 발을 짧게 줄인 등자에 걸고, 한쪽 발을 부인용 안장에 탈 때처럼 안장 뒤로 얹고는 설사 모조리 타버렸더라도 놀라지 않으리라고 마음을 도사려 먹으면서, 미모자 저택을 향하여 들을 지나서 갔다.

그런데, 퇴색된 노란 회칠을 한 건물이 옛날과 다름없이 미모자 숲 속에 서 있는 것을 보자, 그녀는 한편 놀랍고 또 기뻤다. 그리고 폰텐네 세 여자들이 환성을 울리며 집 안에서 뛰쳐나와 키스를 퍼부으면서 반겨 주었을 때는 따뜻한 행복감, 눈물이 나올 만큼 벅찬 행복감이 가슴에 넘쳐흘렀다.

그러나 떠들썩하고 정다운 첫인사가 끝나고, 앉기 위하여 다 같이 식당으로 들어갔을 때, 스카알렛은 오싹해지는 듯한 느낌이 들었다. 큰길에서 멀리 떨어져 있었기 때문에 양키들도 이 미모자 저택까지는 들어오지 않았었다. 그래서 폰텐 집에는 아직 가축도 있었고 식량도 남아 있었으나, 그러나 이 저택도 타라를 뒤덮고, 이 지방 일대를 뒤덮고 있는 저 기묘한 정적에 덮여 있었다. 집안일을 하는 네 여자 노예 말고는 다른 노예는 모두 양키의 내습이 무서워서 도망쳐 버렸다. 샐리의 아들 조 외에는, 남자라고는 하나도 없고, 그리고 그 조는 겨우 기저귀를 면한 아이로서 남자 축에도 들지 못했다. 커다란 저택 안에 남아 있는 사람이라고는 칠십 고개를 넘은 조모 노 폰텐 부인과 그 조모가 있기 때문에 오십이나 되었는데도, 아직 아씨라고 불리우는 며느리와, 겨우 이십대에 갓 접어든 샐리뿐이었다. 근처 이웃과는 떨어져 있고 지켜줄 사람도 없었기 때문에 비록 공포는 품었을지라도, 세 사람은 조금도 그런 내색을 하지 않았다. 아마 샐리와 아씨는 육체는 비록 사기 그릇처럼 잘 깨지게 되어 있었지만 꿋꿋한 정신을 가진 조모님이 무서워서 엄살을 할 수가 없는 것이리라, 하고 스카알렛은 생각했다. 스카알렛 자신도 이 노부인에게는 두려운 생각을 갖고 있었다. 이 늙은 할머니는 날카로운 눈과 보다 날카로운 혀가 있어서 스카알렛도 과거 그 두 가지 맛을 톡톡히 맛본 적이 있었기 때문이다.

핏줄도 닿지 않은 데다가 나이도 많이 차이가 있었지만 이 세 여인은 비슷한 정신과 경험으로 서로 결합되어 있었다. 세 사람 다 손수 물들인 상복을 입고, 다 같이 지치고 슬퍼하고 고생하고 있었다. 세 사람 다 슬픈 듯한 얼굴도 보이지 않고 불평도 늘어놓지 않았지만 모두가 고통을 참고 있었고, 그 고통이 미소와 환영의 말 속에 깃들어 있었다. 노예들은 달아났고 갖고 있는 화폐는 가치를 잃고, 샐리의 남편은 게티즈버그에서 전사했으며, 아씨는 남편인 젊은 폰텐 선생이 빅스버그에서 이질로 죽었으므로 역시 과부가 되어 있었다. 알렉스와 토니는, 버지니아 전선 어딘가에 있을 터이지만 생사는 모르고 있었다. 폰텐 노선생도 휠러 장군의 기병대에 종군해서 어딘가로 가고 없었다.

「그 노인도 자기딴엔 젊은 것 같아서 그러고 있지만, 글쎄 아무튼 벌써 일흔 셋이거든. 게다가 돼지에게 벼룩 꾀듯 온 몸이 류머티즘투성인걸.」하고 할머니는 말했다. 눈은 그 신랄한 말과는 딴판으로 남편을 자랑하는 빛으로 빛나고 있었다.

「애틀랜타는 그 뒤 어떻게 되었을까요, 무슨 소식 들으셨나요?」모두 자리에 앉고 나서 스카알렛이 물었다. 「저희들은 아주 타라에 꼭 파묻혀 있었기 때문에……..」

「아니, 나 좀 봐.」하고 여느 때와 같이 이야기의 주도역을 맡아 노할머니가 입을 열었다. 「우리들도 너희들과 조금도 다름이 없는걸. 우리가 알고 있는 거라곤 단지 샤만이 그 예시를 점령했다는 것뿐이야.」

「역시 점령했군요. 샤만은 지금 무엇을 하고 있을까요? 전투는 지금 어디서 하고 있을까요?」

「몇 주일 동안을 편지도 신문도 전혀 본 적이 없는 시골 살림하는 세 여자가 전쟁 따위를 어떻게 알 수 있겠어.」하고 노부인은 대수롭지 않게 말했다. 「우리 집 흑인이, 존즈보로에 있던 흑인을 만났다는 흑인한테서 얻어들은 얘기라는데, 우리가 알고 있는 거라고는 그 정도야. 그 이야기로는 양키들은 애틀랜타에 주저앉아서, 병사랑 말을 쉬게 하고 있다지만 참말인지 아닌지, 우리도 너와 마찬가지로 판단할 수가 있어야지. 용감한 우리 군대와 싸운 뒤니까 그들도 휴식이 필요하기는 하겠지만.」

「당신이 주욱 타라에 있었다는데도 우리가 전혀 모르고 있었다니 ! 」하고 아씨가 말참견을 했다. 「타라의 형편을 보러갈 생각도 못 하고, 정말 미안해요. 하지만 노예들이 다 도망쳐 버렸기 때문에 일이 잔뜩 밀려서 도무지 손뗄 겨를이 없었어요. 그렇더라도 우리로서는, 어떻게든지 여가를 내어 찾아봤어야만 했어요. 이웃간에 인사가 안 됐어. 그래도 우리는 틀림없이 타라도 트웰브 오우크스나 매킨토시 농장처럼 불에 타버려서 사람들은 메이콘에라도 가 버렸을 걸로 생각하고 있었어. 당신이 집에 있으리라고는 꿈에도 생각 못 했었어요, 스카알렛.」

「그래 그래, 오하라 댁 흑인들이 아주 겁에 질려서 도망쳐 와서는, 지금 북군이 타라를 불사르고 있으니 어쩌니 하고 야단들을 하잖아. 그렇게 생각하는 것도 무리는 아니었어.」하고 할머니가 말을 가로챘다.

「그리고 우린 보았거든요.」하고 이번엔 샐리가 끼어들었다.

「내가 말하는 중이잖니 ! 」하고 노부인은 샐리를 나무랐다. 「흑인들의 말로는 북군이 타라 농장 일대에다 야영 캠프를 쳤기 때문에 너희 식구들은 메이콘으로 가기로 됐다고 하지 않았겠니. 게다가 그 날 밤 마침 타라 쪽에서 불길이 보였거든. 그게 몇 시간이나 계속됐기 때문에 우리 집 노예들까지 겁이 나서 도망치고 말았어. 대체 뭘 태웠지?」

「목화를 깡그리, 값으로 따지면 십 오만 달러예요.」하고 스카알렛은 비통하게 대답했다.

「하지만 집을 태우지 않은 것만도 고맙게 생각해야 해.」하고 할머니는 지팡이로 턱을 괴면서 말했다. 「목화는 얼마든지 밭에서 자라지만, 집은 밭에서 자라지 않거든. 그런데 벌써 목화을 따기 시작했나?」

「아뇨.」하고 스카알렛은 말했다. 「거의 못쓰게 되어 버렸어요. 멀리 떨어진 개울가 얕은 곳 목화밭이 좀 남아 있지만 고작해야 세 짝 정도니 무엇에 쓰겠어요? 게다가 들일 하는 노예가 다 없어졌기 때문에 딸 손이 없어요.」

「큰일이구나. 들일 하는 노예가 모두 달아나서 딸 손이 없으니 ! 」하고 할머니는 흉내를 내면서 스카알렛을 비꼬듯 흘끔 바라보았다. 「자네의 귀여운 손으로는 할 수 없을까, 아가씨? 그리고 동생들 손으로는?」

「제가요? 절 보고 목화를 따시는 말씀인가요?」하고, 마치 할머니로부터 무슨 찬한 죄악이라도 암시를 받은 것처럼 스카알렛은 깜짝 놀라 외쳤다. 「마치 들일 하는 계집 노예처럼 ? 마치 백인의 찌꺼기처럼 ? 스레터리 집 여자들처럼요?」

「백인의 찌꺼기? 한심하구나 ! 요즘 젊은이들이란, 나약하고, 공주님이라

도 되셨단 말인가! 자아 들어봐요, 아가씨. 내가 아직 처녀였을 때, 아버지가
재산을 몽땅 없애 버렸는데 말야. 그러나 그때, 나는 내 손으로 떳떳한 일을 하
는 걸 천하게 여기지는 않았어. 아버지가 다시 돈을 벌어서 더 많은 노예를 사들
이게 될 때까지 밭일을 했거든. 밭을 쾡이로 갈기도 했고, 목화 따는 일도 했지.
지금이라도 그래야 한다면 얼마든지 하겠다. 어쩐지 해야만 될 시기가 온 것 같
기도 하지만 말이야. 백인 찌꺼기라, 허 참 기가 차는군!」

「아이, 그렇지만 할머니.」하고 며느리인 아씨가 외쳤다. 그리고 노부인의 일
어선 털을 쓰다듬고, 비위를 거스르지 말아 달라는 듯이 스카알렛과 샐리에게
애원하는 눈길을 흘깃 보냈다.「그건 벌써 아주 옛날의 전연 다른 시대의 말씀
이죠. 지금은 그 시대가 바뀐걸요.」

「떳떳한 일을 해야만 될 경우는 어느 시대고 다를 게 없는 거야.」하고 며느리
의 말은 들은 체도 하지 않고, 날카로운 눈을 번뜩이며 노부인은 말했다.「스카
알렛, 네가 그런 식으로 떳떳한 일을 하는 것이, 훌륭한 사람을 망나니로 만들
기라도 하는 것처럼 말하는 걸 들으면, 나는 네 어머니를 대하기가 부끄러워
진다.〈아담이 밭갈이하고 이브가 길쌈을 할 때〉…….」

스카알렛은 화제를 바꿀 생각으로 얼른 물었다.「탈레턴 댁과 캘버트 씨 댁은
어떻게 되었을까요? 역시 타버렸을까요? 그리고 그분들은 메이콘에라도 피난
하셨을까요?」

「양키는 탈레턴 집에는 가지 않았어. 여기와 마찬가지로 큰 길에서 뚝 떨어져
있으니까. 하지만 캘버트 씨네는 당하셨어. 가축이며 가금(家禽) 따위는 모조리
빼앗기고 노예들은 모두 끌려가고 말았어.」하고 샐리가 말을 시작했다.

할머니가 그것을 가로챘다.

「흥! 양키가 말이야, 흑인 계집들에게 비단옷이며 황금 귀걸이를 준다고 약
속을 했다니, 정말로 그런 약속을 했다는 거야. 캐스린 캘버트의 얘기로는 바보
같은 흑인 계집을 안장 뒤에 태우고 간 양키 기병이 있었다지만, 기껏해야 누르
끄름한 아이나 낳는 게 고작이지. 양키의 피가 섞였다고 해서 흑인들의 혈통이
좋아질 것 같지는 않아.」

「할머니도 참!」

「그렇게 혼나간 것처럼 기겁을 할 건 없다. 제인, 여기 있는 사람은 모두 결혼
한 여자들뿐이잖니. 안 그래? 게다가 지금까지만 해도 흑백 혼혈의 갓난아이를
못 본 것도 아니겠고.」

「왜 캘버트 씨 집은 타지 않았을까요?」

「캘버트의 둘째 부인하고, 북부 태생의 농장 감독인 힐튼의 북쪽 사투리 덕분

에 살았지.」하고 노부인이 말했다. 캘버트의 전 부인은 이십 년이나 전에 죽었는데도 불구하고, 후처가 된 북부 태생의 가정 교사를 〈캘버트의 둘째 부인〉이라고 부르는 것이 노부인의 입버릇이었다.

「우리들은 북부 연방의 충실한 동조자랍니다.」하고, 살이 없는 가늘고 긴 코에 걸리는 듯한 발음으로 노부인은 북쪽 사투리를 흉내냈다. 「캐스린한테서 듣자니까 그 둘은 캘버트 집 남자란 남자는 위에서 아래까지, 전부 북쪽 사람이라고 맹세를 했다는 거야. 그렇지만, 캘버트 씨는 윌더네스에서 전사했거든! 레이포드는 게티즈버그에서 전사하고, 그리고 캐이드는 버지니아 전선에 있는 형편이란 말야! 캐스린은 몹시 분해 하면서 차라리 집이 타는 편이 낫다고 하더군. 캐이드가 돌아와서 그 소리를 들으면 얼마나 화를 낼지 모른다고 하더라. 그런 것도 다 북쪽 계집하고 결혼했기 때문이야. 자존심도 없고, 예절도 모르고, 제몸 생각밖에 하지 않는 양키 계집하고 말이야. 그런데, 어떻게 또 타라는 안 타고 배겼을까! 스카알렛?」

스카알렛은 대답하기 전에 잠시 입을 다물었다. 그 다음에는 틀림없이「다들 어떻게 지내시지? 어머니는?」하고 물을 것이 뻔하다. 엘렌이 죽었다는 말은 자기로서는 도저히 할 수 없을 것 같았다. 인정 많은 이들 앞에서 그런 말을 입밖에 내면, 아니 생각만 해도 틀림없이 그녀는 눈물이 비오듯해서 병이 날 만큼 울 것이 분명하다는 것을 스스로 잘 알고 있었다. 그러니까 울어서는 안 되는 것이다. 그녀는 타라로 돌아와서 정말로 운 적은 한 번도 없었다. 만약 한 번이라도 눈물보를 터뜨리는 날이면 소중히 간직하고 있는 용기가 달아나 버릴 것이 틀림없었다. 그러나 그녀는 또, 주위의 다정스러운 얼굴들을 바라보면서, 만약 자기가 엘렌의 죽음을 숨긴다면, 폰텐 집 사람들은 절대로 자기를 용서하지 않으리라고도 생각되어 망설이고 있었다. 그 중에서도 특히 할머니는 엘렌을 무척 좋아했다. 그리고 이 노부인이 그 뼈와 가죽만 남은 손가락을 올려 가며 환영하는 사람은 이 고을 안에서도 극히 소수밖엔 없었다.

「어서 말해 봐.」하고, 할머니는 날카롭게 그녀를 쏘아보며 말했다. 「어떻게 된 거지?」

「그런데요, 제가 돌아온 것은 전쟁 이튿날이었어요.」하고 그녀는 얼른 대답했다. 「그때는, 벌써 양키들은 모두 철수해 버린 뒤였어요. 아버지한테서, 아버지한테서 들었는데요. 아버지는 스월렌과 캐린이 장티푸스로 위독하기 때문에 절대로 움직일 수가 없다고 말해서, 집을 태우지 않았다고 하시더군요.」

「흠, 양키가 그런 기특한 일을 하다니, 난 처음 듣는걸.」하고 할머니는 말했다. 침입군이 선행을 했다는 말을 듣기가 역겨웠던 모양이다. 「그래, 동생들의 병세는 그 뒤 어떤가?」

「네, 좋아졌어요. 이젠 거의 다 나은 거나 다름없지만, 다만 아직도 무척 쇠약해서요.」하고 스카알렛은 대답했다. 그리고 그녀가 두려워하고 있는 질문이 노부인의 입술에 떠돌고 있는 눈치를 채자, 화제를 다른 곳으로 돌리려고 얼른 주위를 돌아보았다.

「저어, 무엇이든 양식을 빌어 주실 수 없을까요? 북쪽군이 마치 메뚜기 떼처럼, 집에 있는 것을 모조리 앗아가 버렸어요. 하지만 댁에서도 넉넉치 못한 형편이시면, 그저 그렇게 말씀만 전해 주십시오. 그러시다면…….」

「포크에게 짐마차를 끌려서 보내라구. 그러면 쌀이고, 탄밀이고, 햄이고, 닭이고 우리 집에 있는 건 무엇이고 반씩 나눠 줄 테니.」하고 말한 다음 문득 노부인은 스카알렛의 얼굴을 날카롭게 바라보았다.

「어머, 그건 너무 황송해서요! 참으로 저는…….」

「너는 아무 말도 말아라! 난 듣고 싶지 않다. 이웃 정으로서 당연한 일 아니겠어?」

「정말 뭐라고 고마운 말씀을 드려야 좋을지. 저, 그만 가 봐야 되겠어요. 집에서 모두들 걱정하고 있을 테니까요.」

할머니는 갑자기 일어나 스카알렛의 팔에 손을 얹었다.

「너희 둘은 여기 있어라.」하고 며느리들에게 명령하고 스카알렛을 뒤쪽 포치로 데리고 갔다. 「난 잠깐 이 애에게 조용히 할 이야기가 있어. 계단을 내려가는데 좀 도와 주렴, 스카알렛.」

아씨와 샐리는 작별 인사를 하며 멀잖아 꼭 찾아가겠다고 약속했다. 할머니가 스카알렛에게 무슨 말을 하려는 건지 두 사람은 몹시 궁금했지만, 할머니가 자진해서 이야기하려고 들지 않는 한, 알 수가 없는 일이었다. 노인이란 다루기 힘드는 것이라고, 다시 바느질을 시작하면서 아씨는 샐리에게 소곤거렸다.

스카알렛은 개운찮은 기분을 속으로 느끼면서 말고삐를 잡고 서 있었다.

「자아.」하고 할머니는 그녀의 얼굴을 들여다보며 말했다. 「도대체 타라에 무슨 궂은 일이 있었지? 무얼 너는 숨기고 있지?」

스카알렛은 노부인의 날카로운 늙은 눈을 쳐다보았다. 울지 않고도 사실 이야기를 할 수 있을 것 같았다. 특별히 울어도 좋다는 말이 나오기 전에 폰텐 할머니 앞에서 운다는 것은 아무에게도 허락되지 않는 일이었다.

「어머니가 돌아가셨어요.」하고 그녀는 무표정하게 말했다.

스카알렛의 팔에 손을 잡고 있던 손에, 아플 만큼 힘이 주어지며 노란 눈 위로 덮여 있는 주름살투성이의 눈꺼풀이 깜박깜박 움직였다.

「양키에게 죽었냐?」

「장티푸스로요. 제가 돌아오기 전날 돌아가셨어요.」

「다시는 생각하지 마라.」하고, 할머니는 엄숙한 목소리로 말했다. 스카알렛은 노부인이 꼴깍 침을 삼키는 것을 보았다.

「그리고 너의 아버지는?」

「아버지는, 아버지는 그전 아버지가 아니에요.」

「무슨 뜻이시? 말해 봐. 병환이신가?」

「너무나도 충격이 컸기 때문에. 아주 이상해요. 지금까지의 아버지는 아니고 …….」

「여느 때 아버지가 아니란 말이지. 정신이 돌기라도 했단 말이냐?」

사실을 노골적으로 말하는 바람에 그녀의 마음이 놓였다. 노부인이 섣부른 동정으로 자기를 울게 만들지 않는 것이 도리어 고마웠다.

「그래요.」하고 그녀는 차분한 목소리로 말했다. 「아버지는 정신이 돌아 버리셨어요. 아주 멍해져서 어머니가 돌아가신 것조차 생각 못하는 것 같아요. 참말이지 할머니, 아이들보다도 더 가만히 있지 못하시던 아버지가 몇 시간이고 가만히 앉아서 참을성 있게 어머니를 기다리시는 걸 보면, 전 정말 견딜 수가 없어요. 더욱 나쁜 것은 어머니가 안 계신 것이 생각났을 때예요. 어머니 인기척을 들으려고 귀를 기울이고 조용히 앉아 있다가는 느닷없이 벌떡 일어나서, 무거운 발길로 집을 나서서 묘지로 가는 일이 종종 있어요. 조금 있다가 얼굴을 온통 눈물로 적시고 돌아오시면, 이번엔 제가 비명을 지르고 싶을 때까지 어머니의 죽음을 알려 줄 작정이신지, 몇 번이고 되풀이 말씀하시는 거예요. 『스카알렛, 오하라 부인은 죽었다. 너의 어머니는 죽어 버렸어.』때로는 또, 밤늦게 어머니를 부를 때가 있기 때문에 제가 잠자리에서 일어나 아버지 옆으로 가서, 어머니는 흑인이 병이 나서 흑인 행랑으로 가 계신다고 하면, 늘 남의 병구완만 하고 있으면 자기가 지쳐 쓰러질 것 아니냐면서 화를 내시기 때문에 잘 달래어 주무시게 하려면 여간 애먹지 않아요. 아버지는 마치 어린애 같아요. 폰텐 선생님이 계셨더라면 싶어요. 선생님이시라면 아마 어떻게든지 손을 써주셨을 거예요. 그리고 멜라니도 의사 선생님이 필요해요. 산후 조리를 잘못해서 좀처럼 회복이 되지 않고 있어요.」

「멜라니? 갓난아기? 그 애가 너하고 같이 있니?」

「그래요.」

「도대체 멜라니가 어떻게 너와 같이 있게 되었지? 왜 메이콘에서, 고모나 친척들과 같이 안 지내지? 그 애는 찰즈의 여동생이지만 네가 그 애를 그렇게 좋아하는 줄은 난 몰랐구나. 자 무엇이고 남김 없이 얘기해 봐라.」

「다 얘기하려면 너무 장황해요. 할머니, 안으로 들어가서서 앉으시는 게 어떠
시겠어요.」

「난 서 있어도 아무렇지 않아.」하고 할머니는 딱 잘라 말했다.「다른 사람 앞
에서 네 이야기를 들려 주면, 모두 울고 불고 해서 너를 슬프게 할 게 뻔하다. 어
서 말해 봐.」

스카알렛은 떠듬떠듬 애틀랜타의 포위전이며 멜라니의 건강 등에 대해서 이
야기하기 시작했다. 눈도 깜짝하지 않고 지켜보고 있는 노부인의 날카로운 늙은
눈에 위축이 되어서 말을 해나가는 동안 그녀는 말이, 힘과 공포에 찬 말이 입에
서 나오게시리 되었다. 병이 날 만큼 더웠던 해산 날의 일, 극도의 공포, 탈출,
레트가 자기를 내버려두고 떠나 버리던 일들이 또렷또렷하게 생각났다. 그 날
밤의 냉혹한 어두움, 적의 것인지도 알 수 없는 야영의 화톳불, 아침 햇빛 속에
서 그녀의 눈을 사로잡던 처참한 굴뚝, 길가에 쓰러져 있는 사람이며 말의 시
체, 굶주림, 적막감, 타라도 불타 버리지 않았나, 하는 걱정들을 얘기했다.

「어머니가 계신 집으로 돌아가기만 하면 틀림없이 어머니가 모든 걸 맡아 주
셔서 저는 무거운 짐을 벗을 줄로만 알았어요. 오는 도중, 저는 이것이 최악의
일이고 이 이상 무서운 일은 다시는 제게 닥치지 않겠지 하고 생각했었는데, 어
머니가 돌아가신 것을 알았을 때 진정한 최악의 일은 이것이었구나 하는 것을
알았어요.」

그녀는 땅바닥에 눈길을 떨어뜨리고 할머니의 말을 기다렸다. 그러나 아무리
기다려도 아무런 말도 하지 않았기 때문에 그녀는 어쩌면 자기의 절망적인 곤경
을 할머니는 모르는 것이 아닌가 생각했다. 마침내 노부인은 입을 열었다. 상냥
한 말투였다. 할머니가 이토록 상냥한 말투로 남에게 말하는 것을 스카알렛은
여태껏 한 번도 들은 적이 없었다.

「알겠니, 스카알렛. 여자가 자기에게 밀어닥친 최악의 것을 경험한다는 것은
여자에게 있어서 매우 불행한 일이야. 왜냐하면 최악의 것을 경험하고 나면, 인
제는 정말 무서운 것이 없어져 버리기 때문이지. 그런데 아무것도 무서운 게 없
어졌다는 것만큼 여자에게 있어서 불행한 일은 없는 거야. 너는 네가 내게 한 이
야기, 네가 헤쳐 나온 일들을 내가 이해 못하는 줄 아는 모양인데, 나는 잘 알고
있어. 내가 너만한 나이였을 적이지만 미즈 요새 학살 사건 직후에, 크리트 토
인들의 폭동이 일어났는데 말이야. 그래 그래……」하고 그녀는 먼 옛날을 회
상하는 듯한 목소리로 말했다.「지금부터 오십 년쯤 전이니까, 꼭 너하고 같은
또래였구나. 나는 숲 속으로 도망쳐서, 그 속에 드러누워서 몸을 숨기고 집이

불타고, 인디언들이 우리 형제 자매들의 머리 가죽을 벗기는 것을 보고 있었
단다. 그래도 나는 그곳에 몸을 웅크리고 타는 불빛이 내가 숨은 곳을 비추지 않
기만을 빌었단다. 그러는 동안 인디언들은 어머니를 끌어내더니, 내 숨어 있는
데서 이십 피트 정도밖에 떨어지지 않은 곳에서 어머니를 죽여 버리고 말았어.
그리고 역시 어머니의 가죽도 벗겨 버렸단다. 한 인디언이 몇 번이고 몇 번이고
어머니한테로 가서 어머니 머리를 도끼로 내리찍는 것을 나는…… 어머니의 귀
염둥이였던 나는, 바로 옆에 숨어 있으면서 모조리 보고 있었단다. 그리고 날이
밝은 뒤에, 제일 가까운 부락을 바라고 뛰었지만, 제일 가깝다고 해야 삼십 마
일이나 떨어져 있었단다. 도중에 몇 곳인가에 늪지대와 인디언들이 있는 사이를
빠져서, 겨우 사흘 만에야 목적지에 도착했는데, 나중에 사람들은 모두 미친 줄
로 알았다더라……거기서 나는 폰텐 박사를 만났던 거야. 선생님은 나를 간호해
주셨지…… 그러나 그까짓 얘기는 아무래도 좋아. 아뭏든 오십 년이나 옛날 일
이니까. 그때부터 나는 이 세상에 아무것도 무서운 게 없게 되었단다. 최악의
것을 경험해 버렸기 때문이야. 무서운 걸 모르기 때문에 나는 그 뒤로 여러 가지
문제들을 일으켰고 많은 행복을 희생했단다. 하느님께선 여자를 겁많고 무서운
것을 아는 것으로 만드셨기 때문에, 무서운 것을 모르는 여자에게는 어딘가 부
자연스러운 데가 있단다……. 스카알렛은 항상 무엇인가 무서운 것을 간직해 두
도록 해요. 무엇인가 사랑하는 것을 지니고 있도록 하는 것과 마찬가지로 말
이다…….」

　노부인의 목소리는 점점 가늘어지다가는 끝내 사라졌다. 아직 무서운 것을 알
고 있었던 반 세기 전 옛날을 생각하는 눈으로 잠자코 서 있었다. 스카알렛은 마
음이 초조해져서 몸을 움직였다. 할머니라면 사정을 이해해 주고, 어쩌면 이 곤
경을 뚫고 나갈 방법을 무엇인가 가르쳐 줄 것이라고는 생각이 들었던 것이다.
그러나 세상의 모든 노인과 마찬가지로, 노부인도 역시 노인들이 그러하듯이 아
직도 아무도 태어나지 않았었던 옛날 일을, 아무도 흥미를 갖지 않을 일을 이야
기할 뿐이었다. 스카알렛은 모든 것을 털어놓고 이야기하지 말 걸 그랬다고 생
각했다.

　「자, 이젠 돌아가 보아라. 집에서 걱정들을 하면 안 될 테니까.」하고 노부인
은 갑자기 말했다. 「점심때 지나서, 포크에게 짐마차를 가지고 와서 가져가도록
해라. 그리고 언젠가는 무거운 짐을 벗게 되겠지 하고 생각해서는 안 된다. 너
로서는 그렇게 안 될 테니까 말이다. 나는 다 알고 있다.」

　그해는 동짓달이 되어도 봄날 같은 날씨가 계속되었다. 타라 사람들에게는 따

뜻한 하루하루는 밝은 나날이었다. 최악의 시기는 지났다. 지금은 말이 있기 때문에 걷는 대신, 말등을 빌 수가 있었다. 고구마와 땅콩과 말린 사과 등 판에 박은 음식의 단조로움을 깨뜨리기 위하여 아침에는 계란 프라이를 먹을 수 있었고, 저녁에는 햄 프라이, 한 번은 축제날이었으므로, 큰 마음먹고 구운 닭고기까지 먹었을 정도였다. 늙은 암퇘지도 그예 붙잡혀서, 많은 돼지 새끼들과 함께 마루 밑 우리 속에서 행복한 듯이 코로 땅을 파기도 하고 꿀꿀거리기도 했다. 가끔 이 돼지들은 집안 사람들이 이 이야기도 할 수 없을 만큼 크게 꽥꽥거릴 적도 있었지만, 그러나 그것은 흐뭇한 소리이기도 했다. 왜냐하면 그것은 곧 찬 겨울이 되어서 돼지를 잡을 시기가 되면, 백인에게는 신선한 돼지고기가, 흑인에게는 내장이 돌아간다는 것을 뜻하였고, 온 식구들을 위한 겨울 식량을 뜻하기 때문이었다.

스카알렛이 폰텐 댁을 방문한 것은, 그녀 자신이 느끼고 있는 이상으로 그녀의 기운을 돋우어 주었다. 이웃이 있다는 것, 옛날부터 한집 식구처럼 지내오던 친지며 오랜 집안들이 남아 있다는 것을 안 것만으로도, 타라에 돌아온 직후의 몇 주일 동안 그녀의 마음을 내리누르던 무서운 상실감과 고독감을 쫓아 버릴 수가 있었다. 군대의 진격로에서 떨어져 있었던 폰텐 집과 탈레턴 집 사람들은, 조금씩 가지고 있는 물건들을 인심 후하게 나눠 주었다. 이웃간에 서로 돕는 것은 이 지방의 전통이라면서 일 센트의 대금도 스카알렛에게서 받으려 하지 않았으며, 우리가 궁지에 빠지면 너도 역시 똑같은 일을 해주었을 것이라면서, 꼭 값을 치르고 싶거든 명년에 타라 농장이 다시 일어나서 수확을 할 수 있게 될 때, 물건으로 달라고 하는 것이었다.

이제 스카알렛에게는 식구들을 먹여 살릴 만한 양식이 있고, 말도 한 필 있고, 그 북군 탈주병에게서 빼앗은 돈이며 보석류도 있었다. 가장 아쉬운 것은 새 옷가지들이었다. 포크를 보내서 남쪽에서 사오게 할 수도 있었으나, 그러나 그것은 북군이나 남군 어느 쪽인가에게 말을 빼앗길 염려가 있어서 위험한 일이었다. 그러나 뭐니뭐니해도 그녀에게는 옷가지들을 살 만한 돈이 있고, 사러 갈 말도, 짐마차도 있는 것이다, 그리고 잘만 하면 포크가 아무에게도 잡히지 않고 사러 갔다 올지도 모르는 일이다. 그렇다, 모든 최악의 시기는 지나간 것이다.

매일 아침 일어날 때마다 스카알렛은 푸르게 개인 하늘과 따뜻한 태양의 은혜에 대하여 하느님께 감사했다. 좋은 날씨의 하루하루는 따뜻한 옷감이 필요해지는 피치 못할 시기를 그만큼 연기해 주기 때문이다. 그리고 따뜻한 날이면 날마다 목화가, 지금 농장에 남아 있는 유일한 창고인 노예의 행랑채에 점점 높이 쌓여 갔다. 밭에 있었던 목화는 그녀와 포크가 예상했던 이상으로 많았다. 아마

네 짝은 될 듯하고 노예들의 행랑채는 곧 꽉 차게 될 것이다.

폰텐 할머니에게 톡톡히 꾸중을 듣기는 했지만 스카알렛은 손수 목화를 딸 생각은 나지 않았다. 오하라 가문의 따님이며 이젠 타라의 여주인인 그녀가 밭일을 한다는 것은 도저히 생각할 수 없는 일이었다. 그것은 머리카락이 수세미가 된 스레터리 집 아낙네나 에미 따위와 같은 지경에까지 품위를 떨어뜨린다는 일인 것이다. 밭일은 흑인들에게나 시키고, 자기와 몸이 회복된 동생들은 집안일을 할 작정이었으나, 여기서 그녀는 그녀 자신의 차별 감정보다도 한층 더 강한 편견에 부닥쳤다. 포크와 마미와 프리시는 밭일을 한다는 데에 모두가 반대했다. 그리고 자기들은 집 안에서 일하는 흑인이지 결코 들일 하는 흑인은 아니라고 되풀이 주장했다. 그 중에서도 마미는 마당일조차 해 본 적이 없다고 강경하게 주장했다. 그녀는 다른 흑인처럼 흑인 행랑집에서 난 것이 아니라, 로비야르 집 큰 저택 안에서 태어났으며, 큰마님의 침실에서 자랐고, 그 침대 발치의 짚방석 위에서 자라났다는 것이다. 다만 딜시만은 아무 말도 하지 않고 중얼거리는 딸 프리시를 눈도 깜박이지 않고 흘겨보며 그녀를 꼼짝 못하게 만들었다.

스카알렛은 그러한 항의에 귀도 기울이지 않고, 모두들 목화밭으로 내몰았다. 그러나 마미와 포크는 일이 느린 데다가 노상 불평만 늘어놓기 때문에 하는 수 없이 스카알렛은, 마미를 부엌으로 불러들여 요리를 만들게 하고, 포크에게는 토끼나 주머니쥐 등을 잡는 덫이나 낚싯대를 들려서, 숲이나 개울로 내보내기로 했다. 포크로서는 목화를 따는 것은 체면에 관계되지만, 사냥이나 낚시질은 아무 상관이 없는 모양이었다.

그리고 스카알렛은 동생들과 멜라니까지 밭으로 내보내서 일을 시키려 했으나 이것 역시 성공하지 못했다. 멜라니는 자진해서 일을 했고, 제법 빨리 솜씨 있게 땄으나 이윽고 뜨거운 햇볕에 쬐어 한 시간쯤 일을 하더니, 축 늘어져서 기운을 못 차리고, 그대로 일 주일쯤 눕고 말았다. 화가 나서 울고만 있는 스월렌도, 가끔 까무러치는 시늉을 했으나 스카알렛이 국자로 물을 떠서 얼굴에다 끼얹자, 성난 고양이처럼 발딱 일어섰다. 그리고 마지막에는 맞대 놓고 일하기를 거절했다.

「나는 검둥이처럼 밭일 같은 건 하기 싫어! ·인제는 언니가 시키는 건 절대로 안 들을 테야. 만약 이런 말이 어떤 친구의 귀에라도 들어가면 어떻게 할 테야? 만약, 만약에 케네디 씨라도 알게 되면 어떻게 할 테야? 아마, 만약에 어머니가 이런 일을 아신다면…….」

「스월렌! 다시 한 번 어머니 말을 했단 봐라, 때려 줄 테다.」하고 스카알렛은 소리쳤다. 「어머니는 어떤 검둥이들보다도 더 부지런히 일하셨어. 그건 너도 알지? 이 잘난 체하는 아가씨야!」

「그런 적은 없었어! 적어도 밭일 같은 건 안 하셨어. 나를 부려먹으려고 해도 안 될걸. 난 아버지한테 이를 테야. 아버지는 내게 이런 일을 시키실 리가 없어!」

「우리들의 문제로 아버지께 걱정을 끼치게 하면 용서하지 않을 테다!」하고 스카알렛은 소리쳤다. 동생에 대한 노여움과 제랄드에 대한 두려움으로 마음의 갈피를 잡을 수가 없었다.

「나는 거들게, 언니.」하고, 캐린이 얌전하게 끼어들었다. 「내가 스월렌 몫까지 두 사람 몫을 할게요. 스월렌은 아직도 몸이 제대로 다 낫지 않았으니 볕에 나오면 안 될 거야.」

스카알렛은 기쁜 듯이 「고맙다, 귀여운 캐린.」하고 말했으나 캐린을 보자 걱정스런 듯이 얼굴빛을 흐렸다. 봄바람에 지는 분홍빛과 흰빛의 과수원의 꽃잎처럼 가냘프던 캐린이, 지금은 그 분홍빛만은 바래 버렸을망정 그 천진스럽고 다정스러운 얼굴에는 역시 꽃을 생각케 하는 품위가 있었다. 의식을 되찾자, 엘렌이 죽고 스카알렛이 마구 잔소리를 하게 되고, 세상이 바뀌어서 지금은 모두가 쉬지 않고 일을 하지 않으면 안 되게 된 것을 알자, 캐린은 얼마쯤 멍청해지고 말수도 적어졌다. 변화에 그녀 자신을 적응시키는 일은 날 때부터 섬세한 성격을 지닌 그녀에게는 불가능했다. 그리고 시키는 일은 무엇이고 꼭꼭 하면서, 몽유병자처럼 타라 안을 돌아다니고 있었다. 그녀는 보기에도 가냘프고 사실 연약했는데, 자진해서 일을 하려 들었고 유순하게 곧잘 일했다. 스카알렛이 시키는 일이 없을 때에는, 언제나 묵주를 만지작거리며, 어머니와 브렌트 탈레턴을 위하여 입을 달싹거리며 기도를 하고는 했다. 그러나 스카알렛에게는 브렌트의 죽음이 캐린에게 있어서 그처럼 엄숙한 것이고, 슬픔이 가시기 어려운 것이라고는 생각되지 않았다. 스카알렛의 눈으로 보면 캐린은 아직 한낱 어린 아이여서, 정말 참다운 연애를 경험하기에는 너무나 어렸다.

햇볕이 쬐는 목화밭에 있으면, 스카알렛은 줄곧 구부리고만 있기 때문에 허리가 끊어지는 것처럼 아프고, 마른 목화송이를 따기 때문에 손이 거칠었다. 그래서 스월렌의 정력과 힘, 거기에 캐린의 상냥한 마음씨를 아울러 가진 동생이 있었으면 했다. 왜냐하면 캐린이 힘을 내어 열심히 따기는 하는데, 한 시간쯤 되면, 아직 이런 일을 할 수 있을 만큼 건강이 회복되지 않은 것은 스월렌이 아니라 캐린이란 것을 확실히 알 수 있었기 때문이다. 그래서 스카알렛은 캐린도 집으로 돌려 보내고 말았다.

지금 긴 밭이랑 사이에 그녀와 함께 남아 있는 것은 딜시와 프리시뿐이었다.

프리시는 느릿느릿 띄엄띄엄 따면서 다리가 아프다느니, 허리가 아프다느니, 배가 아프다느니, 아주 지쳐 버렸다느니 하며 끊임없이 투정만 했기 때문에, 마침내 어머니인 딜시가 목화대를 움켜잡고 그녀가 비명을 지를 때까지 두들겨 주는 것이었다. 제아무리 프리시지만, 그 뒤로는 어머니의 손이 닿는 곳에 가까이 가지 않으려고 경계를 하면서 얼마간 힘을 내게시리 되었다.

딜시는 기계처럼 묵묵히 피로한 기색도 보이지 않고 일을 했다. 스카알렛은 아픈 허리와 무거운 목화 자루를 나르느라고 벗겨진 어깨의 아픔을 참으면서, 딜시야말로 바로 그 몸무게만한 황금과 맞먹을 만큼 가치가 있다고 생각했다.

「딜시.」하고 그녀는 말했다. 「다시 옛날 같은 좋은 때가 되더라도, 나는 네가 이렇게 일을 잘해 줬다는 걸 결코 잊지 않겠다. 너는 정말이지 일을 잘 해주거든.」

그러나 청동상처럼 우람한 이 여자는, 칭찬을 들어도 다른 흑인들처럼 기쁜 듯이 이를 드러내고 싱글벙글 웃거나 몸을 꼬거나 하지 않았다. 눈썹 하나 까딱하지 않는 얼굴로 스카알렛을 보고 위엄 있게 대답하는 것이었다. 「고맙습니다요. 하지만 제랄드 나리와 엘렌 마님께서는 제게 무척 잘해 주셨사와요. 제랄드 나리께서는 이 프리시까지 사주셨으니 그 은혜는 절대로 잊지 않겠사와요. 제게는 인디언의 피가 섞여 있읍죠만, 인디언은 친절하게 해주신 분을 결코 잊지 않사와요. 프리시 때문에 정말 죄송스럽게 생각하고 있사와요. 아무짝에도 쓸모가 없는 걸입쇼. 제 애비를 똑 닮아서, 순수한 흑인과 다른 데가 없는 것 같사와요. 제 애비도 역시 무척 달랑거렸으니까요.」

목화를 따는 일손을 어떻게든지 해결해야 했기 때문에 손수 일을 하니 피로하기는 했지만, 그래도 목화가 차츰 밭에서 행랑채로 옮겨지는 데 따라서 스카알렛은 기운이 났다. 목화에는, 무언가 모르게 마음을 놓게 해주는 것, 기운을 돋우어 주는 것이 있었다. 전체 남부 여러 주가 그랬듯이 타라 또한 목화에 의하여 일어났다. 그리고, 남부 사람인 스카알렛은 타라고 남부고, 다 같이 다시 황토밭에서 일어나리라는 것을 믿을 수가 있었다.

물론 그녀가 수확한 많지 않은 목화는 대단한 것은 아니었으나, 그래도 얼마쯤의 가치가 있었다. 얼마간의 남부 정부의 지폐와 바꿀 수가 있었고, 그리고 얼마간의 돈이 있으면, 북군 병사에게서 빼앗은 북부 정부의 지폐나 금화를 써야만 하게 될 때까지 견디어낼 수가 있을 것이다. 명년 봄에는 정부와 교섭해서, 정부에 징발된 빅 샘과 그 밖의 들일 하는 검둥이들을 찾아오도록 해야겠다. 만약 정부가 돌려 주지 않는다면 그때는 북부 정부의 돈으로, 근처에서 노예를 고용하기로 하자. 내년 봄이 되면 닥치는 대로 심어야지……. 그녀는 피로한 허리

를 펴고 누래지기 시작한 가을 밭을 바라보았다. 그리고 끝없이 아득하게, 싱싱
하고 푸르게 자랄 내년 농사를 그려 보았다.

내년 봄! 아마도 내년 봄에는 전쟁도 끝나고 다시 좋은 시대가 돌아오겠지.
남군이 이기건 지건간에 보다 좋은 시대가 틀림없이 올 것이다. 설령 어떻게 변
하던 남북 양쪽 군대로부터 습격을 받을 위험에 끊임없이 직면해 있는 현재의
상태보다는 나을 게 틀림없다. 전쟁만 끝나면 농장은 착실한 생활을 지탱하기에
넉넉한 것을 낳아 준다. 아! 전쟁만 끝나면! 그렇게 되면 사람들은 많든 적든
수확을 믿고 농사를 지을 수가 있는 것이다.

지금 그 점에는 희망이 있었다. 전쟁이 영구토록 계속되는 일은 있을 수
없다. 뿐더러 그녀에게는 얼마 안 되지만 목화가 있고, 양식이 있고, 말이 있고,
그리고 이것 역시 적으나마 소중하게 감추어 둔 금화와 지폐가 있다. 그렇다,
최악의 시기는 지난 것이다.

27

동짓달 중순께의 어느 날 점심때, 온 식구들은 테이블에 둘러앉아서 마지막
후식을 먹고 있었다. 그것은 마미가 옥수수 가루와 말린 월귤나무 열매를 섞고
사탕수수로 단맛을 낸 것이었다. 공기는 차가왔다. 금년 들어 처음 있는 추위
였다. 스카알렛의 의자 뒤에 서 있던 포크는 기쁜 듯이 손을 마주 비비면서 물
었다. 「이제 돼지를 잡아도 좋을 때가 아닐깝쇼, 스카알렛 아씨?」

「벌써 자네는 돼지 내장 맛이라도 본 걸로 알고 있는 게 아닌가?」하고 스카
알렛은 웃으며 말했다. 「하기는 내 혓바닥에는 싱싱한 포크(돼지고기) 맛이 도
는 것 같구나. 좋은 날씨가 사오 일 계속되면…….」

이때 갑자기 멜라니가 숟가락을 입술에 댄 채 이야기를 가로막았다.

「가만! 누가 온 모양이야!」

「누가 고함을 치고 있구면입쇼.」하고 포크도 불안한 듯이 말했다.

상쾌한 가을 공기를 흔들며, 마치 겁에 질린 심장처럼 다급하게 땅을 차는 말
발굽 소리, 뒤이어「스카알렛! 스카알렛!」하고 드높은 가락으로 부르짖는 여
자의 목소리가 들려 왔다.

의자를 밀어젖히고 벌떡 일어나기 전의 공포의 한순간, 모두들 서로의 눈을

마주보았다. 공포 때문에 이상한 쇳소리를 지르기는 하지만, 그것이 샐리 폰텐의 소리라는 것은 누구의 귀에나 분명했다. 더구나 그 샐리는 바로 한 시간쯤 전에 존즈보로로 가는 길이라면서 타라에 들러서, 잠시 이야기하고 간 것이다. 모두들 앞을 다투어 우르르 현관으로 뛰어나가 보니, 샐리는 말에 거품을 물리고 질풍처럼 마차길을 달려오는 길이었다. 머리카락을 뒤로 흩날리며, 모자가 벗겨져서 리본만으로 매달려 있었다. 고삐를 잡아당기지도 못 하고 마치 미친 것처럼 말을 몰면서, 그녀는 지금 온 방향으로 팔을 흔들면서 외쳤다.

「양키들이 와! 난 보았어요! 이 길로 와요, 양키가!」

말이 막 현관 계단으로 뛰어오르려는 순간, 그녀는 말 입이 찢어질 정도로 난폭하게 고삐를 당겨서 방향을 돌렸다. 무섭게 옆으로 비낀 말은 세 달음으로 옆 잔디밭을 달려나갔다. 그녀는 흡사 사냥터에라도 있는 듯이, 사 피트나 되는 담을 단숨에 뛰어넘게 했다. 이윽고 뒷마당을 지나 흑인 행랑채 사이의 좁은 길을 달려가는 요란한 소리가 들려 왔다. 분명히 그녀는 밭을 가로질러 미모자 저택으로 급히 가고 있는 것이다.

모두들 잠시 동안 멍청하게 서 있었다. 이윽고 스윌렌과 캐린이 서로 손가락을 마주 끼어 잡으면서 흐느껴 울기 시작했다. 어린 웨이드는 울 기력도 없어서 가만히 그 자리에 떨면서 서 있기만 했다. 애틀랜타를 도망쳐 나오던 날 밤부터 늘 걱정하던 일이 기어코 닥친 것이다. 양키가 나를 잡으러 온다.

「뭐, 양키라고?」하며 제랄드는 멍청한 소리로 말했다. 「양키라면야, 벌써 와 있지 않느냐.」

「큰일났다!」하고 스카알렛은 외쳤다. 멜라니의 겁에 질린 눈과 눈이 마주쳤다. 애틀랜타의 마지막 날 밤의 공포, 이 지방 여기저기에 흩어져 있는 파괴된 집들, 소문에 들은 폭행, 고문, 살인 등 모든 이야기가 그녀의 기억 속을 달려갔다. 엘렌의 바느질 상자를 한 손에 들고 홀에 서 있던 북군 병사의 모습이 눈 앞에 떠올라 왔다. 그녀는 생각했다. 『나는 죽는 거야. 여기서 죽고 마는 거야. 이런 일은 이제는 일어나지 않으리라고 생각했는데. 나는 피살될 거다. 인제 나는 어떻게 해 볼 힘도 없다.』

문득 그녀의 눈길은 안장을 얹고 거기 매여 있는 말에게로 떨어졌다. 포크가 그것을 타고 탈레턴 집으로 심부름을 가기로 했었던 것이다. 내 말! 내 단 하나의 말! 적은 이 말도, 암소도, 송아지도, 빼앗가 버릴 것이다. 그리고 암퇘지며 돼지 새끼들도. 아, 저 암퇘지와 재빠른 돼지 새끼를 붙잡기 위하여 얼마나 오래 고생했던가! 적은 또 폰텐네 집에서 얻어온 수탉이며 알을 품고 있는 암탉이며 오리들을 빼앗아가 버릴 것이다. 그리고 광의 큰 상자에 들은 사과며 고구마도, 밀가루도, 쌀도, 말린 완두콩도, 북군 병사의 지갑 속의 돈도, 그들은 깡그리 빼앗고 우리들을 굶겨죽일 것이다.

「놈들에게 빼앗길 수는 없어!」하고 그녀가 부지중 큰 소리를 치는 바람에 모두 깜짝 놀라 그녀의 얼굴을 쳐다보았다. 돌발 사건에 놀라서 정신이 돌아 버린 것은 아닌가 하고 걱정했던 것이다. 「나는 두 번 다시 배고픈 꼴을 당하고 싶지 않아! 놈들에게 빼앗기는 것만은 안 된다!」

「뭐 말이야, 스카알렛? 뭘 그래?」

「말이야! 암소야! 돼지야! 그놈들에게 빼앗길 수는 없어! 나는 절대로 놈들에게 내주지 않을 테야!」

그녀는 문 어귀에 몰려 있는 네 명의 흑인 쪽으로 몸을 홱 돌렸다. 모든 검은 얼굴은 빛을 잃어서 잿빛이 되어 있었다.

「늪지로!」하고 그녀는 재빨리 말했다.

「어느 늪지 말씀입지요?」

「냇가 늪지지 어디야, 멍텅구리! 돼지를 늪지로 데리고 가. 모두들 빨리. 포크, 자네하고 프리시는, 마루 밑으로 들어가 힘껏 광주리에 식량을 담아서 숲으로 달아나라. 마미, 너는 은그릇을 다시 우물 속에 처넣어라. 그리고 포크! 포크는 말이야, 그렇게 서 있지만 말고 내가 하는 말을 잘 들어 줘! 자네는 아버지를 모시고 가줘. 어디냐고 내게 물을 건 없어! 어디든지 좋아! 자아, 포크와 같이 가세요, 아버지. 아버진 정말 좋은 분이셔요.」

미친 듯이 서두르면서도, 그녀는 북군의 폭행이 제랄드의 착란한 마음에 어떤 영향을 미칠까 봐 염려하고 있었던 것이다. 그녀는 말을 끊고, 두 손을 쥐어 짰다. 멜라니의 스커트에 잔뜩 매달려 있는 어린 웨이드의 겁에 질린 울음 소리가 한층 그녀의 마음을 짜증스럽게 했다.

「나는 무얼 하면 되지, 스카알렛?」비탄과 눈물과 쿵쾅거리는 발소리 속에서, 멜라니의 가라앉은 목소리가 들렸다. 그녀의 얼굴빛은 백지장처럼 하얗고 온 몸을 떨고 있었으나, 착 가라앉은 목소리는 스카알렛까지 침착하게 했다. 그리고 그 소리는, 모든 사람이 자기의 명령을 기다리고 지휘를 기다리고 있다는 것을 스카알렛에게 깨닫게 해주었다.

「암소와 송아지를 부탁해.」하고 그녀는 재빨리 말했다. 「그 전 목장에 있어. 말을 타고 가서 늪지로 몰아넣어 줘. 그리고……」

그녀의 말이 채 끝나기도 전에, 멜라니는 매달려 있는 웨이드의 손을 뿌리치고 현관 계단을 내려가서 넓은 스커트를 걷어올리고 말 쪽으로 달려갔다. 바짝 여윈 두 다리와 펄럭거리는 스커트와 속옷이, 얼핏 스카알렛의 눈에 비치는 순간, 어느 새 멜라니는 안장 위에 걸터앉아 있었다. 두 발이 등자에 가 닿지 못하고 늘어져 있었다. 그녀는 고삐를 바싹 잡아당기고, 발뒤꿈치로 말의 배를 차고는 문득 공포로 얼굴에 경련을 일으키면서 갑자기 말을 세웠다.

「아기를!」하고 그녀는 외쳤다. 「오오, 내 아기를! 양키에게 죽고 말아요! 내게 보내 줘요.」

한 손을 안장 앞턱에 짚고, 그녀는 금방이라도 내릴 듯이 했으나, 그것을 보고 스카알렛이 이쪽에서 소리쳤다.

「그냥 가! 가래도! 소를 쫓아 줘! 아기는 내가 볼 테니! 빨리 가라고! 내가 애실리의 아기를 적의 손에 내줄 것 같아! 빨리 가라고!」

멜라니는 절망적으로 뒤를 돌아보았으나 그대로 말을 발로 찼다. 그리고 자갈을 튀기면서, 마차길을 거쳐 목장 쪽으로 달려갔다.

『남자처럼 말에 올라탄 멜라니 해밀턴을 보게 될 줄은 몰랐다.』라고 생각하며 스카알렛은 집 안으로 뛰어들어갔다. 웨이드가 울면서 어머니의 펄럭이는 스커트에 매달리려고 뒤를 쫓았다. 한 번에 세 단씩 계단을 달려올라가자, 스월렌과 캐린이 떡갈나무로 만든 광주리를 들고 광 쪽으로 달려가는 것이 보였다. 포크는 제랄드의 손을 마구 잡아끌면서 뒤의 현관 쪽으로 가고 있었다. 제랄드는 못마땅한 듯이 투덜거리면서 어린애처럼 끌려갔다.

뒷마당 쪽에서 마미의 악쓰는 소리가 들려 왔다. 「너 말이다, 프리시. 네가 마루 밑으로 기어들어가 돼지를 데리고 나와라! 나는 몸이 너무 커서 도저히 들어갈 수 없다는 것쯤 너도 알고 있지 않겠니. 딜시, 이리 와서 이 덜된 계집애를 ⋯⋯.」

『돼지를 도둑맞지 않으려면 마루 밑에 넣어 두는 것이 가장 좋은 생각인 줄 알고 있었는데.』하고 자기 방으로 뛰어가며 스카알렛은 생각했다. 『왜? 아아, 왜 나는 늪지에 돼지 우리를 만들 생각을 못 했더란 말인가?』

그녀는 낚아채듯이 장롱 윗서랍을 열고 옷가지들을 휘저어서 북군 병사에게서 빼앗은 지갑을 꺼냈다. 그러고는 바느질 상자에 숨겨 둔 보석 박힌 반지와 다이아 귀걸이를 얼른 집어들어 지갑 속에 쑤셔넣었다. 그러나 어디다 이것을 숨길 것인가? 이불 속에 감출까? 굴뚝에 감출까? 우물 속에 처넣을까? 아니면 품 속에다 넣어 둘까? 아니 그건 안 된다! 옷 위로 틀림없이 지갑 모양이 튀어나올 것이다. 만약 이것이 북군의 눈에 뜨이면, 놈들은 나를 발가벗기고 신체 검사를 할 것이다.

『그런 일을 당하면 나는 죽어 버릴 테야!』하고 그녀는 발끈 성을 내며 생각했다.

뛰어다니는 소리와 울음 소리로 아래층은 야단 법석이었다. 미칠 것 같으면서도 스카알렛은 멜라니가, 침착한 목소리의 멜라니가, 북군 병사를 쏘아 죽였을 때 그토록 용감했던 멜라니가, 곁에 있어 주었으면 좋겠다고 생각했다. 정말이지 멜라니는 다른 사람 세 몫의 가치는 있었다. 멜라니, 멜라니가 아까 무슨 소리를 했더라? 아, 그래 그래, 아기였었어.

지갑을 가슴에 꽉 움켜쥐고, 스카알렛은 복도를 지나 갓난아이가 나직한 요람에서 잠들어 있는 방으로 뛰어들어가서 두 손으로 덥석 안아올렸다. 어린 것은 눈을 뜨고 졸린 듯이 침을 흘리면서 꼭 쥔 조그마한 주먹을 휘둘렀다.

스월렌이 외치는 소리가 들렸다. 「이리 와, 캐린! 빨리 와! 이만하면 됐어. 어서 빨리!」뒷마당 쪽에서 꽥꽥거리는 소리와 성난 듯이 중얼거리는 소리가 들려 왔기 때문에 창문으로 달려가 보니 마미가 양쪽 팔에 한 마리씩, 버둥거리는 돼지 새끼를 안고 뒤뚱거리면서 목화밭을 가로질러가는 참이었다. 그 뒤로 포크가 역시 두 마리의 돼지 새끼를 안고 제랄드를 앞으로 밀면서 걸어가고 있었다. 제랄드는 지팡이를 흔들어 대면서 밭이랑을 넘어서 갔다.

스카알렛은 창으로 얼굴을 내밀고 외쳤다. 「어미 돼지를 붙잡아, 딜시! 프리시더러 쫓아내라고 해. 밭으로 몰고 가는 것은 자네라도 할 수 있잖아!」

딜시는 이쪽을 바라보았다. 그 청동색 얼굴에는 당황한 빛이 떠 있었다. 그녀의 앞치마에는 은식기들이 쌓여 있었다. 그녀는 마루 밑을 가리켰다.

「어미 돼지가 물어뜯으려고 하는 통에 프리시는 나올래도 나오지를 못 하고 있사와요.」

『그것 잘됐다.』고 스카알렛은 생각했다. 그리고 재빨리 방으로 되돌아오자 죽인 적병에게서 빼앗은 팔찌며 브로우치며 작은 조상이며 글라스 등을 허겁지겁 감춰 둔 곳에서 주워 모았다. 하지만 대체 어디다 숨겨야 좋단 말인가! 한 팔에 아기를 안고 한 손으로 지갑이며 패물들을 나른다는 것은 도저히 안 될 것 같았다. 그래서 아기를 침대 위에 내려놓으려 했다.

그녀의 팔을 떠나서 아기가 울기 시작했을 때 문득 희한한 생각이 떠올랐다. 그렇다! 갓난아이의 기저귀보다 더 숨기기 좋은 장소가 달리 또 있겠는가! 그녀는 얼른 아기를 반듯이 뉘고 옷을 걷어올려, 기저귀와 등 사이에 지갑을 쑤셔 넣었다. 그런 일을 당하자 어린것은 더욱 큰 소리로 울기 시작했으나, 그녀는 버둥거리는 갓난아이의 다리 사이로 재빨리 세모꼴형의 헝겊을 동여매었다.

『자아.』하고, 한숨을 내쉬면서 그녀는 생각했다. 『자아, 이제 늪지로 가야지!』

한 손에 울며 보채는 갓난아이를 안고, 한쪽 손에 보석류를 가지고 이층 복도로 달려나왔다. 문득 그녀는 공포로 무릎이 떨리며 힘이 쭉 빠져서 그 자리에 우두커니 서고 말았다. 집안이 어쩌면 이다지도 괴괴하단 말인가! 어쩌면 이렇게 을씨년스럽도록 조용하단 말인가! 모두 그녀를 남겨 놓고 가 버리고 만 것일까? 누구 한 사람 그녀를 기다려 주지 않았더란 말인가? 자기를 혼자만 놓아두고 가라고는 하지 않았을 텐데. 요즘은 여자가 혼자 있으면 어떤 일이 일어날지 모르는 것이다. 하물며 곧 북군이 들어온다는 이 마당에…….

희미한 소리가 났기 때문에, 그녀가 화들짝 놀라 얼른 돌아다보니, 여태까지 잊고 있었던 그녀 자신의 아들이 공포에 눈이 휘둥그래져서, 난간 옆에 웅크리고 있었다. 웨이드는 뭐라고 하고 싶은 모양이었지만, 그저 목이 소리 없이 움직였을 뿐이었다.

「일어서, 웨이드 해밀턴!」하고 그녀는 재빠른 소리로 명령했다. 「일어서서 걸어라. 엄마는 너를 안고 갈 수가 없으니까.」

그는 마치 겁에 질린 어린 짐승처럼 그녀의 곁으로 달려왔다. 그리고 그녀의 넓은 스커트에 매달려서 그 속에 얼굴을 파묻었다. 조그만 두 손이 주름을 헤치고 자기 다리를 잡으려고 더듬는 것을 그녀는 느꼈다. 계단을 내려가기 시작했으나 한 걸음마다 매달리는 웨이드의 손이 걸리적거려서 매정스럽게 야단을 쳤다. 「놔라, 웨이드, 손을 놓고 걸어가!」

그러나 아이는 점점 더 바싹 달라붙기만 했다.

계단 중턱의 층계참까지 오자, 아래층 전체가 그녀에게로 달려드는 것처럼 생각되었다. 눈에 익은 정다운 가구들이 모조리 「안녕히! 안녕히!」하며 속삭이고 있는 것 같았다. 흐느낌이 목구멍까지 치밀어올랐다. 엘렌이 그토록 부지런히 일하던 사무실 도어가 열려 있어서 헌 사무용 책상 모서리가 언뜻 눈에 비쳤다. 식당은 의자가 밀려나가고, 접시에는 아직 음식이 남아 있다. 마룻바닥에는 엘렌이 손수 물들이고 손수 짠 융단이 깔려 있다. 로비야르 할머니의 해묵은 초상화가 벽에 걸려 있다. 가슴을 반쯤 드러내고 머리를 높게 빗어올리고, 깊이 패인 콧구멍 그늘이, 그 얼굴에 고귀하고 영원한 냉소를 던지고 있다. 스카알렛의 가장 어렸을 시절의 기억의 한 부분이 되어 있는 가지가지의 물건, 그녀에게 깊이 뿌리박혀 있는 모든 것들이 「안녕, 안녕, 스카알렛 오하라.」하고 속삭이고 있는 것이다.

이것들이 모조리 북군의 손에 타버리고 마는 것이다. 모조리!

이것이 우리 집을 마지막 보는 것이다. 얼마 안 있으면 숲이나 늪지의 숨은 곳에서 연기에 휩싸이는 높은 굴뚝과 화재 속에 타서 내려앉는 지붕을 볼 수가 있겠지.

『나는 이 모든 것들을 놓아 두고 달아날 수는 없어.』하고 스카알렛은 생각했다. 공포로 이가 딱딱 맞부딪쳤다.

『나는 당신들을 두고 달아날 수는 없어. 아버지도 버리시지 않았다. 아버지는 그들에게 당신들을 불사르려거든, 아버지 자신의 머리 위에서 타게 하라고 하셨다. 그러니까 태우려면 내 머리 위에서 태워라. 나는 당신들을 두고 달아날 수는 없다. 내 손에 남은 거라고는 당신들뿐인 것이다.』

그렇게 결심하자 공포가 얼마쯤 덜어졌다. 그리고 모든 희망과 공포가 그곳에 얼어붙은 것처럼, 어떤 응결된 감정만이 가슴에 남았다. 그곳에 우뚝 서 있으려니까, 이윽고 가로수길 쪽에서 수많은 말발굽 소리와 재갈 부딪치는 소리, 칼집에 부딪쳐 철커덕거리는 군도 소리, 그리고「말에서 내렷!」하고 명령하는 거친 목소리가 들려 왔다. 그녀는 곁에 있는 아이에게로 얼른 몸을 구부리고는 절박한, 그러나 이상하게 상냥한 목소리로 말했다.

「손을 놓아, 웨이드야, 착하지? 얼른 계단을 내려가 뒷마당으로 해서 늪지로 가거라. 거기에는 마미와 고모 아줌마가 계시니까. 자, 어서 빨리 달려가거라, 착하지. 무서울 건 조금도 없단다.」

목소리가 달라졌기 때문에 아이는 어머니의 얼굴을 쳐다보았다. 스카알렛은 아이의 눈에 덫에 치인 토끼 새끼와 흡사한 데에 소스라쳐 놀랐다.

『오오, 성모 마리아님!』하고 그녀는 기도했다. 『이 아이가 경련을 일으키지 않도록 하여 주옵소서. 하다못해 양키 앞에서만이라도 우리들이 무서워하고 있다는 것을 그들이 알지 못하도록 하여 주옵소서.』아이가 더 단단히 스커트에 매달렸기 때문에 그녀는 무서운 소리로 말했다.

「사내답게 굴어, 웨이드야. 양키 따윈 조금도 무섭지 않은 거야!」

그리고 그녀는 양키를 만나기 위하여 계단으로 내려갔다.

적장 샤만은 조지아 주를 거쳐 애틀랜타에서 바다를 향해 진군하고 있었다. 그의 등뒤에는 아직 연기를 뿜고 있는 애틀랜타의 폐허가 있었다. 푸른 옷의 북군이 떠날 때에, 횃불로 불을 질렀던 것이다. 그의 앞에는 소수의 국민군과 향토 방위군의 노인이나 아이들 밖에는, 사실상 무방비나 다를 바 없는 삼백 마일의 지역이 가로놓여 있었다.

여자와 아이들과 아주 늙은 노인과 흑인들이 몸을 붙이고 있는 농장이 곳곳에 흩어져 있는 풍요하고 비옥한 지방이었다. 북군은 팔십 마일의 넓이에 걸쳐서 약탈하고 방화하면서 전진해 갔다. 몇 백 채나 되는 집이 불길에 싸이고, 몇 백 채라는 집이 그들의 흙발에 짓밟혔다. 그러나 현관 홀로 쏟아져 들어오는 푸른 옷의 적을 바라보고 있는 스카알렛에게는, 그것은 이 지방의 일반적인 사건은 아니었다. 그것은 전혀 개인적인 문제이고, 직접으로 그녀와 그녀의 가족과를 목표로 삼고 행하여지는 악의 있는 행위였다.

그녀는 갓난아이를 두 팔에 안고 계단 밑에 서 있었다. 웨이드는 그녀에게 바싹 달라붙어서, 스커트에 얼굴을 파묻고 있었다. 떼지어 들어온 북군은 난폭하게 그녀의 곁을 지나서 계단을 오르더니, 가구를 안쪽 포치로 끌어내고 무언가 값진 물건이 숨겨져 있지 않나 하고 총검과 칼로 의자를 찢어서 속을 조사하기도 했다. 이층에서는 요나 깃털 이불을 찢어내고 있는지 홀에 넘친 깃털이 조용히 그녀의 머리 위로 날아 내려왔다. 병정들이 약탈하고 파괴하는 것을, 손을 써 볼 도리도 없어서 그저 서서 보고 있는 동안에, 그녀의 가슴에는 구력한 분노가 치밀어올라서, 조금 남아 있던 공포를 몰아내고 말았다.

이 일단의 책임자인 상사는, 안짱다리에다 흰 머리카락이 듬성듬성 섞인 작달막한 사나이로서, 큰 씹는 담배 덩어리를 볼이 터지도록 가득 물고 씹고 있었다. 맨 먼저 스카알렛에게로 가까이 오더니, 마룻바닥이며 그녀의 스커트에다 함부로 담배 침을 뱉어 대면서 간단하게 말했다.

「부인, 당신 손에 들어 있는 것을 내주시지.」

감출 작정이었던 패물들을 그녀는 잊고 있었던 것이다. 그녀는 냉소를, 로비야르 할머니 얼굴에 그려져 있는 것과 같을 정도로 신랄한 것이기를 바라는 냉소를 띠우면서, 손에 가지고 있던 것을 마룻바닥에 내던졌다. 다음에 벌어진 광경 병정들이 앞을 다투어 빼앗는 광경은 한층 그녀를 재미있게 했다.

「수고스럽지만 그 반지와 귀걸이도 부탁하겠소.」

스카알렛은 아기를, 얼굴이 아래로 처지고 새빨갛게 되어 울어 댈 만큼 한 팔로 안고, 제랄드가 엘렌에게 결혼 선물로 준 석류석 귀걸이를 벗겼다. 그리고 찰즈에게 받은 큰 사파이어가 박힌 약혼반지를 뽑아 들었다.

「던지면 안 돼. 내게로 주시오.」 하고 상사는 두 손을 내밀었다. 「이놈들은 벌써 잔뜩 후려 가졌거든. 이 밖에 또 가진 것 없소?」 그의 눈은 날카롭게 그녀의 옷으로 쏠렸다.

한순간 거친 손이 가슴으로 쑥 들어오고, 양말 대님을 마구 더듬을 예감에 스카알렛은 정신이 가물가물했다.

「이게 전부예요. 하지만 피해자를 발가벗기는 게 당신들의 버릇이지요?」

「천만에, 나는 당신 말을 신용하지.」 하고 상사는 인심 좋은 듯이 말하고는 또 침을 뱉고 저쪽으로 가 버렸다. 스카알렛은 아기를 고쳐 안고 달래면서, 지갑을 감춰 둔 기저귀 근처를 위에서 손으로 더듬었다. 멜라니가 아기를 낳았다는 것,

그리고 아기가 기저귀를 찬 것에 감사했다.

이층에서 우당퉁탕 걸어다니는 무거운 장화 소리, 마룻바닥에 상처를 내며 끌려가고 있는 가구의 반항하는 것 같은 삐거덕거리는 소리, 사기 그릇과 거울이 깨지는 소리, 값진 것이 발견되지 않았을 때의 욕지거리 등이 들려 왔다. 마당쪽에서 크게 외치는 소리가 들렸다. 「목을 탁 쳐라! 놓치면 안 된다!」그와 동시에 닭의 비명, 오리와 거위의 꽥꽥거리는 비명이 들려 왔다. 한 방의 총소리와 함께 괴로운 듯한 비명이 뚝 그쳤을 때 극심한 아픔이 그녀의 온 몸을 지나갔다. 암퇘지가 잡힌 것이다. 프리시란 년, 저주를 받아야 해. 틀림없이 암퇘지를 버리고 달아나 버린 것이다. 그러나 돼지 새끼만이라도 무사하다면! 가족들이 무사히 늪지로 달아나기만 했다면! 그러나 그것을 알 도리가 없다.

병정들이 고함을 치기도 하고 욕지거리를 하기도 하면서 주위에서 소란을 떨고 있는 속에서 그녀는 여전히 말없이 홀에 버티고 서 있었다. 공포 때문에 웨이드의 손가락은 그녀의 스커트를 꽉 움켜잡고 있었다. 찰싹 달라붙는 웨이드의 몸이 부들부들 떨고 있는 것이 느껴졌다. 그러나 기운을 북돋울 말을 해줄 수도 없었다. 양키에게 애원이나 항의나 화난 소리를 던질 수도 없었다. 그녀는 다만, 아직 무릎에 몸을 지탱할 만한 힘이 남아 있는 것, 아직도 버젓이 머리를 쳐들고 있을 만큼 몸이 꼿꼿한 것을 하느님께 감사할 뿐이었다. 그러나 갖가지 잡다하게 훔친 물건들을 지고 쿵쾅거리며 계단을 내려온 텁석부리 일단 속에, 찰즈의 군도를 손에 들고 있는 병정을 보자 그녀는 소리를 질렀다.

그 군도는 웨이드의 것이었다. 그것은 웨이드의 아버지의 군도이며, 아버지의 아버지의 군도였는데, 그것을 스카알렛은 지난번 생일에 웨이드에게 주었던 것이다. 정식으로 수여식을 거행하고 멜라니는 자랑과 슬픈 기억으로 울면서, 웨이드에게 키스를 하고, 너도 커서 아버지와 할아버지처럼 용감한 군인이 되어야 한다고 말해 주었다. 웨이드도 신이 나서, 몇 번이고 테이블 위에 올라가서는 벽에 걸려 있는 군도를 어루만지고 있었다. 자기의 것이 미운 남의 손에 의해서 집 밖으로 나가게 되는 것이라면, 스카알렛도 참고 보고 있을 수 없었다. 그러나 이것만은 즉, 어린 자식의 긍지를 빼앗아가는 것은 참을 수 없었다. 그녀의 외치는 소리를 듣고, 스커트 그늘에 숨어서 바라보고 있던 웨이드는 말을 꺼낼 용기가 생겼다. 한쪽 손을 내밀고 그는 외쳤다.

「내거야!」

「그걸 가져가면 안 돼요!」하고 스카알렛도 한쪽 손을 그쪽으로 내밀면서 다급하게 말했다.

「뭐, 가져가면 안 돼?」군도를 가지고 있던 키 작은 사나이는 넉살 좋게 느물 느물 웃었다.「무슨 소리야, 난 가져갈 테다 ! 반란군의 군도가 아닌가 말이야 ! 」

「아녜요, 그건, 그건 그렇지가 않아요. 그건 멕시코 전쟁 때 군도예요. 가져가면 안 돼요. 그건 내 어린 아들 거예요. 이 아이의 할아버지 것이었어요 ! 오오, 대위님.」하고 그녀는 상사 쪽을 바라보고 소리쳤다.「제발 저것만은 제게로 돌려 주세요 ! 」

대위로 진급이 되어 자못 우쭐해진 상사는 앞으로 걸어나왔다.「그 군도를 내게 보여라, 바브.」하고 그는 말했다.

키 작은 기병은 마지못해 그것을 상사에게로 건네주면서,「자루는 순금인데요.」하고 말했다.

상사는 뒤집어 보고 있더니 이윽고 새겨진 글자를 읽기 위하여 자루를 높이 햇빛에 비추었다.

「〈윌리엄 R 해밀턴 대령님께〉」하고 그는 읽었다.「〈붸나 비스타의 무공을 기념하여 증정함. 막료 일동. 1847년.〉」

「허어, 부인.」하고 그는 말했다.「붸나 비스타 전투에는 나도 참가했었소.」

「아 그러세요 ? 」하고 스카알렛은 냉랭하게 말했다.

「그럼요, 정말 그건 격렬한 전투였었죠. 그런 격전은, 이번 전쟁에서는 볼 수 없었소. 그럼 이 군도는 이 꼬마의 할아버지 것이오 ? 」

「그래요.」

「좋아, 그러면 이것은 꼬마의 것이다.」하고 상사는 말했다. 그는 이미 손수건에 싼 보석이나 패물들로 충분히 만족하고 있었던 것이다.

「하지만 자루는 순금제란 말입니다.」하고 키 작은 기병은 아직도 단념하지 못하고 있었다.

「우리들을 회상할 만한 것을, 이 부인에게 남기고 가는 거다.」하고 상사는 유들유들하게 웃으면서 말했다.

스카알렛은「고마와요.」라고도 하지 않고, 군도를 받아들었다. 도둑놈들에게 내것을 되찾는데 인사를 할 필요가 어디 있겠는가 ? 키 작은 기병은 아직도 상사와 옥신각신 말다툼을 하고 있었다. 그녀는 군도를 꼭 끌어안았다.

끝내 상사가 울화통을 터뜨리며, 두 번 다시 말대꾸를 하면 가만두지 않겠다고 말하자, 키 작은 남자는 큰 소리로 대꾸했다.「오냐, 그렇다면 나는 반란군 놈들에게 나를 기억할 만한 것을 남기고 갈 테다 ! 」그리고 뒤쪽으로 달려가 버렸기 때문에 스카알렛은 속이 좀 편해졌다. 양키는 집을 태우는 데 대해서는 아무 말도 하지 않았다. 불을 지를 테니 밖으로 나가라고도 하지 않았다. 혹시나

혹시나 하는데 병사들이 문밖으로부터 홀로 모여들었다.

「뭔가 있던가?」하고 상사가 물었다.

「돼지가 한 마리, 닭과 오리가 대여섯 마리뿐입니다.」

「옥수수하고 고구마하고 완두콩이 조금 있었읍니다. 아까 본 그 말 탄 삵쾡이 같은 계집이 앞질러 와서 일러 준 게 틀림없읍니다.」

「흠, 여자 폴 레비아(미국의 애국자로서 독립 전쟁 때 보스턴에서 렉싱턴까지 말을 타고 달려가서 영국군의 내습을 알린 용사─역자주)로군.」

「상사님, 여기는 이제 별게 없읍니다. 상사님도 전리품을 얻으셨고 하니, 우리들의 진군 소식이 알려지기 전에 빨리 여기를 떠나서 다음으로 옮깁시다.」

「훈제장 바닥을 파보았나? 여러 가지 물건을 묻어 두는 장소로는 대개 그런 데로 정해져 있지 않나?」

「훈제장 같은 건 없는걸요.」

「검둥이 행랑채는 뒤져 보았나?」

「행랑채엔 목화뿐이었읍니다. 벌써 불을 질렀읍니다.」

잠깐 동안 스카알렛은 목화밭에서 보낸 길고 더운 나날들을 회상하고, 허리의 심한 통증이며 가죽이 벗겨진 어깨의 아픔을 다시 한 번 느꼈다. 모든 것이 헛일이 되었다. 목화는 없어졌다.

「정말로 당신네 집에는 이젠 별개 없는 모양이로군. 어떻소, 부인?」

「당신네들 패가 전에도 한 차례 다녀갔으니까요.」하고 그녀는 매정스럽게 대답했다.

「그건 사실이야. 틀림없이 우리들은 구월에도 이 근처에 왔었어.」하고 한 사나이가 무엇인지 손으로 만지작거리면서 말했다. 「난 까맣게 잊고 있었는걸.」

보니까, 그 사나이가 가지고 있는 것은 엘렌의 황금 골무였다. 엘렌이 옷의 장식 같은 것을 꿰멜 때, 이 골무가 어머니 손에서 반짝이는 것을, 그녀는 얼마나 자주 바라보았던 것인가. 그것을 보자, 그 골무를 끼고 있던 화사한 손에 대한 슬픈 추억이 한꺼번에 확 되살아났다. 지금 이 낯선 사나이의 무신경한 더운 손에 쥐어져 있지만, 그 골무는 멀잖아 북부의 훔친 물건을 몸에 지니고 우쭐거릴 양키 여편네의 손가락에 끼워지겠지. 아아, 엘렌의 골무!

스카알렛은 우는 얼굴을 적에게 보이지 않으려고 고개를 수그렸다. 눈물이 조용하게 갓난아이의 머리에 떨어졌다. 눈물로 흐려진 눈으로, 병사가 문 쪽으로 움직여 가는 것을 보았다. 상사가 우락부락한 큰 목소리로 호령하는 것이 들렸다. 그들은 돌아가려 하고 있다. 타라는 무사했다. 그러나 엘렌의 슬픈 추억 때문에 그녀는 그다지 기쁘다고도 생각하지 않았다. 철커덕거리는 군도 소리와 말발굽 소리를 들어도 그저 조금 마음이 놓일 뿐이었다. 그들이 훔친 물건, 옷이니, 모포니, 그림이니, 닭이니, 오리니, 암퇘지를 가지고 가로수길로 나가 버리자, 갑자기 긴장된 마음이 풀려서, 그 자리에 멍청히 서 있었다.

그때, 문득 무엇인지 눋는 것 같은 냄새가 나서 그녀는 뒤를 돌아보았다. 너무나 맥이 풀려서 목화를 돌보는 것조차도 귀찮았다. 활짝 열어 젖뜨린 식당의 창문으로, 노예 행랑채에 연기가 모락모락 오르는 것이 보였다. 목화가 타고 있는 것이다. 세금과, 그리고 닥쳐오는 엄동 설한에 온 식구들을 살아나게 해줄 돈의 일부가 타고 있는 것이다. 그렇다고는 해도 그녀는 우두커니 서서 지켜보는 도리밖에 별 수가 없었다. 전에도 목화에 불이 붙은 것을 본 적이 있었지만, 많은 남자들이 기를 쓰고 덤볐는데도 그것을 끄는 것이 얼마나 어려웠던가를 그녀는 알고 있었다. 다행하게도 노예의 행랑채는 본채에서 훨씬 떨어져 있다. 그리고 고맙게도, 오늘은 바람도 없기 때문에 불티가 타라의 지붕으로 떨어질 염려는 없다!

갑자기 휙 돌아서서 그녀는 마치 포인터 종류의 사냥개처럼 몸을 긴장시키며, 공포에 찬 눈으로 부엌으로 통하는 길 저쪽을 바라보았다. 부엌에서 연기가 나는 것이다.

홀과 부엌 어딘가에 갓난아이를 놓았다. 어딘가에서 웨이드의 손을 뿌리치고 벽 쪽으로 밀어젖혔다. 그리고 검은 연기가 자욱한 부엌으로 달려갔으나, 얼마 되지도 않아서 연기에 숨이 막히고 눈물을 흘리면서 비틀비틀 돌아나왔다. 그러나 스커트로 코를 싸쥐고 다시 뛰어들었다.

작은 창문이 단 하나 있을 뿐이었기 때문에 부엌은 어두웠다. 게다가 자욱한 연기 때문에 아무것도 보이지 않았으나, 타오르는 불길의 탁탁 튀는 소리는 들을 수가 있었다. 손을 눈 앞에서 저어 연기를 헤치면서 앞을 내다보니, 몇 가닥의 가느다란 불줄기가, 마루 위를 벽 쪽으로 기어가고 있었다. 누군가가 화덕 안에 타고 있던 통나무를 온 방안에다 뿌려 놓았기 때문에, 부싯돌처럼 바싹 마른 마루 송판이 금세 불길을 빨아들여, 마치 분수처럼 불길을 뿜어올리고 있는 것이다.

그녀는 다시 식당으로 달려와서 두 개의 의자를 내동댕이치면서 조그만 깔개를 마루에서 잡아 벗겼다.

『나로서는 도저히 끌 것 같지도 않다. 도저히, 도저히 안 된다! 아아, 하느님! 누군가 나를 도와 줄 사람이 있었으면! 타라는 타버린다! 타버린다! 오오, 하느님! 아까 그 땅딸보 병정 녀석이, 무언가 자기를 기억할 만한 것을 남기고 간다고 한 것은 바로 이것이었구나! 아, 군도 따윈 그놈에게 주어 버렸더라면 좋았을 것을.』

홀을 뛰어 빠져나가려다가, 그녀는 웨이드가 군도를 쥔 채 구석 쪽에 쓰러져 있는 것을 보았다. 눈을 감고, 그리고 그 얼굴에는 한가로운, 이 세상 것으로는 보이지 않고 평화로운 빛이 떠올라 있었다.

『아이고 어쩜담! 이 애는 죽었구나! 놈들에게 놀라서 죽은 거다.』하고, 그녀는 비통한 마음으로 생각했으나 그대로 두고 그 곁을 지나서, 늘 부엌 입구 통로에 놓아 두는 음료수 양동이 있는 데로 달려갔다.

그리고 깔개 끝을 양동이에 담그고 깊이 숨을 들이마신 다음, 연기가 꽉 차 있는 부엌으로 뛰어들어 등뒤의 도어를 닫았다. 영원인가 생각될 만큼 길게 느껴지는 시간을, 그녀는 비틀거리면서 연기에 숨이 막혀 가며, 눈 앞에 뿜어오르는 불줄기를 깔개로 두들겨 댔다. 긴 스커트에 두 번이나 불이 붙은 것을 두 손으로 두들겨 댔다. 핀이 빠져나와 어깨에 흐트러진 머리카락이 타서 고약한 냄새가 났다. 불길은 그녀가 끄기에 앞서서 통로의 벽 쪽으로 타들어갔다. 그것은 마치 몸부림치며 뛰어오르는 화룡(火龍)과도 같았다. 이젠 손쓸 도리도 없었다. 이젠 틀렸다고 생각했다.

그때 갑자기 도어가 열렸다. 새 공기를 마신 불길은 한결 높이 치솟았다. 도어는 다시 쾅 하고 닫혔다. 소용돌이치는 연기 때문에 눈이 거의 보이지 않는 스카알렛은, 그 연기 속에서 발로 불길을 밟으면서, 무엇인지 검고 무거운 것으로 두들겨 끄려고 하고 있는 멜라니의 모습을 어렴풋이 알아보았다. 그녀가 비틀거리는 것을 보고, 콜록거리는 소리를 들었다. 단호한 창백한 얼굴과, 연기를 막기 위하여 실처럼 가늘게 뜬 눈과 깔개를 들어올렸다 내리쳤다 할 때마다 조그마한 몸이 앞뒤로 꺾이는 것을, 번개처럼 한눈에 보았다. 또다시 영원처럼 느껴지는 시간들, 두 사람은 나란히 서서 죽을 힘을 다하여 싸웠다. 이윽고 스카알렛은 불줄기가 짧아진 것을 볼 수 있었다. 그러나 갑자기 멜라니가 그녀 쪽을 향해서 고함을 치며 온 힘을 모아 깔개를 그녀의 어깨 너머로 내리쳤다. 스카알렛은 연기의 소용돌이와 암흑 속에서 정신을 잃었다.

눈을 뜨자 그녀는 멜라니의 무릎을 베고 뒤쪽 포치에 편안히 누워 있었다. 오후의 태양이 그녀의 얼굴을 비추고 있다. 손도 얼굴도 어깨도 화상 때문에 견딜 수 없이 아팠다. 노예 행랑채 근처에는 아직도 연기가 감돌면서 검은 구름처럼 행랑채를 둘러싸고 있었고, 목화 타는 독한 냄새가 흘러왔다. 몇 가닥인가의 연기가 부엌에서 새어나오는 것을 보자 스카알렛은 다시 미친 듯이 일어나려 했다.

그러나 멜라니의 차분한 목소리가 그녀를 잡아 눌렀다.

「가만히 있어요. 불은 꺼졌어.」

잠시 그녀는 조용히 누워 있었다. 눈을 감고 안도의 한숨을 쉬었다. 옆에서 갓난아이의 울음 소리가 들렸다. 웨이드의 훌쩍거리는 소리도 들렸다. 다행이다, 웨이드는 죽지 않았구나! 그녀는 눈을 뜨고 멜라니의 얼굴을 올려다보았다. 멜라니의 머리카락은 타서 그을리고 얼굴은 검댕으로 꺼멓게 되어 있었으나, 눈은 흥분으로 반짝거리며 미소짓고 있었다.

「고모는 꼭 검둥이 같구먼.」부드러운 무릎에 머리를 나른하게 푹 묻으며 스카알렛은 속삭였다.

「언니도 얼굴을 꺼멓게 칠하고 손님을 부르면서 다니는 극단 패와 꼭 닮았어.」하고 멜라니도 지지 않고 대답했다.

「왜 아까 나를 쳤지?」

「글쎄, 언니 등에 불이 붙었지 뭐야. 하지만 언니가 기절할 줄은 생각 못했어요. 하기야 언니가 오늘 겪은 고생은 그야말로 죽을 정도였겠지만. 난 소를 무사히 숲 속에 감추고 곧장 되돌아왔어요. 집에 남아 있는 것은 언니하고 아기뿐이라고 생각하니까, 미칠 것 같았어요. 양키는, 언니를 혼냈어요?」

「내게 폭행했느냐는 뜻이라면, 그런 일은 없었어.」하고 스카알렛은 말했다. 그리고 일어나려다가 괴로운 신음 소리를 질렀다. 멜라니의 무릎은 부드러웠지만 누워 있는 포치는 그다지 쾌적하지 않았다. 「하지만 놈들은 깡그리 훔쳐가 버렸어. 우리들은 이젠 빈털터리야. 고모는 어떻게 그렇게 행복스러운 얼굴을 할 수 있을까.」

「그렇지만, 우리는 모두 무사했고, 아이들도 무사했고, 게다가 머리 위에는 지붕도 있잖아요.」하고 멜라니는 말했다. 기쁜 목소리였다. 「이 형편에, 이 정도 갖춰져 있으면 할 말은 없어. 어머나, 아기가 쉬를 했네요! 아마 병정들은 갈아 채울 기저귀까지 가져가 버렸겠지요. 아기는…… 아니 스카알렛, 아기 기저귀 속에 있는 게 대체 뭐예요?」

깜짝 놀란 멜라니는 얼른 아기의 등에 손을 밀어 넣어 지갑을 꺼냈다. 그리고 잠시 동안, 마치 그것을 한 번도 본 적이 없었던 것처럼 바라보고 있더니 이윽고 웃음을 터뜨렸다. 유쾌한 듯이 자지러지게 웃었다. 그 웃음에는 조금도 히스테리컬한 웃음은 없었다.

「이런 걸 생각해 낼 사람은 언니밖에 없어요.」하고 그녀는 말했다. 그리고 목을 두 팔로 안고 스카알렛에게 키스했다. 「언니는 나의 가장 훌륭한 동기간이야!」

스카알렛은 포옹하는 대로 가만히 있었다. 너무도 지쳐서 몸을 빼낼 수가 없었던 탓도 있지만, 칭찬하는 소리가 그녀의 마음을 흐뭇하게 해준 때문이기도

했다. 그리고 또, 그 검은 연기가 자욱한 어두운 부엌에서, 이 시누이에 대한 보다 큰 존경심, 보다 친밀한 우애의 정이 생겼기 때문이기도 했다.

『나도 이것만은 인정하지 않을 수 없다.』하고 그녀는 억지로라도 말하지 않을 수 없었다. 『이 여자는 꼭 필요한 때에는 언제나 곁에 있어 준단 말이야.』

28

살을 에이는 듯한 서리와 함께 갑자기 추위가 밀어닥쳤다. 찬바람이 도어 문지방 사이로 불어들고, 헐거워진 창유리를 단조롭게 덜컹덜컹 울려 대고 있었다. 벌거벗은 나무들은 마지막 마른 잎을 떨어뜨리고, 다만 소나무만은 옷을 입은 채 잿빛 하늘에 검게 추운 듯이 서 있었다. 바퀴 자국이 있는 황토길은 부싯돌처럼 얼어붙고, 굶주림이 찬바람을 타고 조지아 주를 휩쓸어쳤다.

스카알렛은 폰텐 집 할머니와의 대화를 서글픈 마음으로 회상했다. 지금은 몇해 전의 일처럼 생각되는 두 달 전의 그 오후, 그녀는 노부인을 향하여, 자기는 이미 자기 위에 일어날 수 있는 최악의 것을 경험해 버렸다고 말했다. 그것은 그녀의 마음 속에서 나온 말이었다. 그러나 지금 생각하니 그런 말은 여학생의 과장으로밖에는 느껴지지 않는다. 샤만 부대가 두 번째로 타라를 덮칠 때까지는, 그녀에게는 얼마 되지 않았지만 식량과 돈이 있었고, 그녀보다도 행복한 사람들이 근처에 살고 있었고, 봄까지 그녀들을 지탱하기에 족할 만한 목화도 있었다. 그러나 지금은 목화는 타버렸고, 식량은 빼앗기고, 돈은 있어도 소용이 없었다. 돈으로 살 만한 식량은 전혀 없었기 때문이다. 그리고 이웃 사람들은 그녀보다도 더 비참한 궁지에 몰리고 있었다. 그나마 그녀에게는 암소와 송아지와 몇 마리의 돼지 새끼와 말이 있었지만, 이웃집에는 숲에 감추거나 땅에 묻거나 했던 약간의 물자밖에 아무것도 남지 않은 것이다.

탈레턴 집의 페어힐 저택은 기초석까지 타버려서 탈레턴 부인과 네 딸들은 농장 감독 집에 살고 있었다. 러브조이 가까이에 있는 먼로 집도 역시 초토로 변해 있었다. 미모자 저택은 목조로 된 한쪽 날개는 타버렸지만 본채만은 방화력이 강한 두꺼운 회벽의 힘과, 폰텐 집의 여자들과 노예가 물에 적신 모포와 이불로 정신 없이 불을 끈 덕으로 타지 않고 남았다. 캘버트 집은 북부 태생의 농장 감독 힐튼의 주선으로 이번에도 무사했으나, 그대신 가축 한 마리, 닭 한 마리, 옥수수는 씨앗 한 톨도 없이 빼앗기고 말았다.

타라를 비롯해서, 군 전체를 통한 문제는 식량이었다. 어느 집이고 모두 파가고 남은 고구마와 땅콩과, 그리고 숲에서 사냥한 짐승 이외에는 전혀 아무것도 없었다. 그들은 예전에 유복했던 시절과 마찬가지로, 있는 것을 보다 불행한 이웃들과 나누어 가졌다. 그러나 아무것도 나눌 것이 없는 날이 곧 닥쳐왔다.

타라에서는 포크의 재수가 좋았을 때는 토끼나 주머니쥐나 메기 따위를 먹을 수가 있었다. 그러나 그렇지 못한 날에는 약간의 우유와 호두와 도토리 구운 것과 고구마 같은 것만 먹어야 했다. 누구나 항상 배를 곯고 있었다. 어느 쪽을 보아도 스카알렛은 먹을 것을 달라고 내미는 손과 더 주었으면 하는 눈길과 부딪쳤다. 그것을 보면, 그녀 자신도 그들과 마찬가지로 주려 있었기 때문에 미칠 것만 같았다.

귀한 우유를 너무 많이 먹는다고 그녀는 송아지를 잡게 했는데, 모두 신선한 고기를 너무 먹고 모조리 배탈이 난 것은 그 날 밤의 일이다. 돼지 새끼도 한 마리 잡아야 한다는 것은 알고 있었지만 좀더 자란 다음에 잡으리라 생각하고, 하루하루 미루고 있었다. 돼지 새끼는 아직 너무 어렸다. 지금 당장 잡아 봤자 고기 분량이 뻔하기 때문에, 하루라도 그만큼 더 먹을 수 있게 되기 때문이다.

매일 밤 멜라니와 의논하는 것은, 포크에게 돈을 주어서, 말을 타고 식량을 사러 보내면 어떻겠느냐 하는 문제였다. 그러나 말도 돈도 한꺼번에 빼앗길지 모른다는 걱정이 그 계획을 단념하게 했다. 적군이 어디 있는지 그녀들에게는 짐작이 가지 않았다. 천 마일 저쪽에 있는지도 알 수 없었고 바로 이 강쪽에 있는지도 알 수 없었다. 스카알렛은 될 대로 되어라 하는 마음으로, 말을 타고 먹을 것을 찾아나서려 했으나, 적군을 두려워해서 집안 사람들이 히스테릭하게 법석을 떠는 바람에 끝내 단념했다.

포크는 먼 곳까지 먹을 것을 구하러 갔다가, 밤새도록 돌아오지 않는 때도 종종 있었다. 그러나 스카알렛은, 어디에 갔었느냐고 묻지 않았다. 때로는 사냥한 짐승을 가지고 오는 일도 있었고, 약간의 옥수수와 마른 완두콩을 한 자루 가지고 올 때도 있었다. 한 번은 숲 속에서 잡았다면서 수탉을 한 마리 가지고 돌아온 적이 있었다. 모두 맛있게 먹었지만, 어쩐지 꺼림칙한 생각을 누를 수가 없었다. 완두콩이며 옥수수와 마찬가지로 포크가 훔쳐온 것이라는 것을 누구나 잘 알고 있었기 때문이다. 그 뒤 얼마 안 지난 어느 날 밤, 온 집안이 잠든 뒤, 포크는 스카알렛의 방문을 두들겼다. 그리고 겸연쩍은 듯이 산탄에 맞은 다리를 내보였다. 그녀가 상처를 싸매 주자, 그는 거북스러운 듯이 페이에트빌에서 어떤 닭장에 몰래 들어가려다가 들켰노라고 변명했다. 스카알렛은 누구네 닭장이냐고 묻지도 않고 눈에 눈물을 글썽거리며 상냥하게 포크의 어깨를 어루만져 주었다. 흑인이라는 것은, 멍청하고 게을러서 때로는 짜증스러울 만큼 화가 치밀 때도 있지만 그러나 거기에는 돈으로 살 수 없는 충성, 주인의 테이블에 올릴 좋은 것을 마련하기 위해서는 생명의 위험마저도 무릅쓸 만큼 삶과 죽음이 백인 주인과 한몸이라는 감정이 있었다.

이것이 그전 같았으면 포크의 도둑질은 아마 채찍으로 얻어맞을 만한 중대 사건이어야 한다. 적어도 그녀는 호되게 그를 꾸짖었을 것이 틀림없다.

『알겠니. 언제나 잊어서는 안 된다.』하고 엘렌은 말했었다. 『하느님으로부터 그 감독이 맡겨진 이상, 흑인에 대해서는 그 육체적 행복은 물론, 그 도덕적 방면에도 너에게 책임이 있는 것이다. 흑인은 아이들과 같다는 것을 알고, 아이들에 대한 것과 마찬가지로 보살펴 주지 않으면 안 되는 거다. 그러기 위해서는 네가 훌륭한 모범을 보여 주지 않으면 안 된다.』

그러나 스카알렛은 지금, 어머니의 그러한 훈계를 마음 한구석으로 밀어붙이고 말았다. 자기가 도둑질을, 그것도 틀림없이 자기보다도 더 곤란한 사람들로부터 훔쳐오는 것을 장려하고 있다는 것도, 벌써 그녀의 양심은 문제삼지 않았다. 사실 그와 같은 문제의 도덕성은 그다지 그녀를 괴롭히지는 않는 것이다. 그래서 그녀는 벌을 주거나 야단을 치는 대신에, 그저 그가 부상당한 것만을 안타까워했다.

「좀더 주의를 해야 해요, 포크. 우리들은 자네를 잃고 싶지 않으니까 말야. 만약 자네가 없어지면 우리들은 어떻게 할 수도 없게 되잖아. 자네는 정말 우리들에게 충성을 다해 왔으니까, 인제 다시 부자가 되면 나는 자네에게 커다란 금시계를 사줄게. 그리고 거기다 성서의 〈착하도다, 마음 곧고 충성된 종이여.〉라는 말씀을 새겨 줄게.」

포크는 칭찬을 받자 얼굴을 빛내면서 싸맨 다리를 가만히 어루만졌다.

「고마운 말씀을 해주셨읍니다요, 스카알렛 아씨. 그러나 그 돈은 언제 생깁니까요?」

「그건 모르겠어, 포크. 하지만 나는 어떻게 하든지 부자가 되어 보이겠어.」그녀는 여태까지 보지 못했던 눈빛으로 흘끗 그를 보았다. 그것은 포크가 불안을 느끼고 움찔했을 만큼 사나운 눈빛이었다.

「언젠가 이 전쟁이 끝나면, 나는 큰 부자가 될 테다. 그리고 다시는 배고픈 고생이나 추운 꼴을 당하지 않을 테다. 아니 집안 사람 누구에게도 배고픈 생각, 추운 생각은 갖지 않게 할 테다. 우리들은 모두 좋은 옷을 입고 닭고기 프라이를 매일 먹고, 그리고……」

그녀는 갑자기 입을 다물었다. 타라의 가장 엄격한 규칙의 하나, 그녀 스스로 만들어서, 엄격하게 지키게 하고 있는 규칙이 있었다. 그 중의 하나는, 예전에 먹은 일이 있는, 또 가령 지금 먹게 된다면 무엇이 제일 먹고 싶은가, 그러한 맛있는 음식 이야기를 누구나 절대로 입 밖에 내서는 안 되는 것이었다.

그녀가 시무룩해져 언제까지나 먼 곳을 바라보고 있었기 때문에 포크는 슬그머니 방에서 빠져나갔다. 이제는 죽어 버린, 그리고 지나가 버린 과거에는, 생활이 얼마나 복잡하고 뒤얽히고 귀찮은 문제로 가득 차 있었던가. 애실리의 사랑을 얻으려는 한편, 열 명도 넘는 구애자를 실망과 불행으로 괴롭혀 주면서, 그러면서도 오히려 그들의 애정을 붙잡아 매어 두려고 하는 문제도 있었다. 웃사람에게 숨겨야 할 예의상의 조그만 실수, 질투에 불타는 처녀들을 우롱하기도 하고 위로하기도 하는 일, 의상의 스타일과 재료의 선택, 머리의 손질을 이 모양 저 모양으로 시험해 보는 것, 그 밖에 해결되지 않으면 안 되는 문제가 많이, 정말 많이 있었다! 그러나 지금은 생활이 놀랄 만큼 단순했다. 굶주림을 면하기에 족할 정도의 식량, 어는 것을 막아낼 정도의 옷가지, 비와 이슬을 면하기에 족할 정도의 지붕, 이것이 문제의 전부였다.

스카알렛이 그 뒤 몇 해씩 그녀를 줄곧 괴롭히던 악몽을, 몇 번이고 계속해서 꾼 것도 이 무렵의 일이었다. 그것은 언제나 같은 꿈으로, 사소한 부분까지 조금도 변함이 없었는데 무서움은 그때마다 더욱 심해져서, 그 꿈을 또 꾸게 될 것을 생각하면, 그 공포로 해서 깨어 있을 때에도 마음이 편하지 못했다. 처음 그 꿈을 꾸던 날의 사건을 그녀는 똑똑히 기억하고 있다.

지루한 비가 며칠 두고 내려서 집 안은 문틈으로 새어드는 바람과 습기로 썰렁했다. 난로에 지핀 통나무는, 비에 젖어서 픽 소리를 내면서 그을리기만 하고, 조금도 더워지지가 않았다. 아침을 먹고 나서는, 우유 외에는 아무것도 먹은 것이 없었다. 고구마가 없어진 데다가, 포크의 덫에도 낚싯대에도 아무것도 걸리는 것이 없었기 때문이다. 무엇이든지 먹으려면 돼지 새끼를 한 마리 잡아야 했다. 굶주림에 긴장된 검은 얼굴과 흰 얼굴들이 입 밖에 내지만 않았을 뿐, 먹을 것을 바라면서 그녀를 지켜보고 있었다. 말을 잃을지도 모르는 위험을 무릅쓰고서라도 포크를 물건 사러 내보낼까 하고도 생각했다. 게다가 한층 더 난처한 것은, 웨이드가 후두염으로 높은 열이 있는데도 의사도 약도 없는 것이었다.

굶주림에 시달리고 어린것의 병구완에 지친 그녀는, 잠시 멜라니에게 뒷일을 부탁하고 잠깐 눈을 붙일 생각으로 침대에 누웠다. 발이 얼음처럼 차서 마주 비비기도 하고 몸을 뒤척거리기도 했으나 잠이 들지 않았다. 공포와 절망이 무겁

게 온 몸에 덮쳐 왔다. 몇 번이고 그녀는 속으로 중얼거렸다.『어떻게 하면 좋은
가? 어디로 가면 좋은가? 이 세상에는 누구 한 사람 나를 도와 줄 사람이 없단
말인가?』세상의 안전은 어디로 가 버린 것일까? 어째서 나에게서 무거운 짐
을 내려놓아 줄 누군가 강하고 현명한 사람이 없는 것일까? 나는 무거운 짐을
지도록 돼 있지는 않다. 어떻게 져야 할지도 나로서는 모르는 것이다. 그런 일
을 생각하다가 그녀는 스르르 불안한 잠에 빠져들어갔다.

그녀는 황량하고 기묘한 곳에 있었다. 손을 얼굴 앞에 내어밀어도 보이지 않
을 정도로 짙은 안개가 소용돌이치고 있었다. 발 밑의 대지가 흔들리고 있었다.
그것은 무서운 고요 속에 휩싸인 유령에게 잡혀 있는 나라였다. 그녀는 거기로
잘못 들어와서 어둠 속의 어린애처럼 떨고 있었다. 몹시 춥고 시장했다. 게다가
주위의 짙은 안개 속에 숨어 있는 것이 무서워서, 비명을 지르려 해도 소리가 나
오지 않았다. 안개 속에 무엇인가가 있어서 손가락을 내밀어 그녀의 스커트를
움켜잡고 그녀가 서 있는 흔들흔들 불안정한 땅 위에 넘어뜨리려고 했다. 소리
도 없고 냉혹한 요괴와 같은 것이었다. 이윽고 그녀는 그녀를 둘러싸고 있는 이
음울한 어둠침침한 어딘가에 숨을 집이, 구원의 손길이, 피난처가, 따뜻한 곳이
있다는 것을 알았다. 그러나 그것도 도대체 어디에 있는 것인가? 마귀의 손에
붙들려서 홍수의 모래 사태 속에 쓰러뜨려지기 전에 과연 그곳까지 갈 수 있을
까.

그녀는 갑자기 뛰기 시작했다. 울부짖으면서도 미친 것처럼 안개 속을 달
렸다. 무엇인가를 잡으려고 두 팔을 뻗었으나 그곳에는 아무런 반응도 없는 공
기와 젖은 안개가 있을 뿐이다. 피난처는 도대체 어디에 있는 것일까? 그녀를
피하고 있지만 그러나 어딘가에 있다. 어딘가에 숨어 있는 것이다. 그곳으로 갈
수만 있다면! 그곳까지 가기만 한다면 안전할 텐데! 그러나 이윽고, 공포로
발은 떨어지지 않고, 굶주림에 기력이 빠졌다. 그녀는 마침내 절망의 부르짖음
을 질렀다. 눈을 뜨니 멜라니의 걱정스러운 얼굴이 들여다보고 있었다. 멜라니
가 흔들어 깨워 준 것이다.

시장한 채 자려고 하면 언제나 꼭 이 꿈을 꾸었다. 그리고 시장한 채 잘 때가
참으로 많았다. 꿈 따위는 무서워할 것이 못 된다고 열심히 스스로 자신에게 타
일러 보지만, 끝내는 자는 일초차도 무서울 만큼 겁에 질렸다. 안개, 꿈 따위는
그다지 무서울 것은 없는 것이다. 절대로 없다. 그러나, 또 그 짙은 안개의 나라
로 빠져드는 것인가 하고 생각하면 너무도 무서워서, 나중엔 멜라니와 함께 자
게 되었다. 그 꿈에 붙잡혀서 신음하고 몸부림을 칠 때에는 멜라니에게 깨워 달
라고 하기 위해서였다.

그러한 고통 속에서 그녀는 창백하게 야위어 갔다. 그녀의 얼굴은 아름답고 풍만함이 사라지고, 광대뼈가 두드러져서 푸른 눈의 눈꼬리가 치올라간 특징이 한결 눈에 띄었다. 그것은 배가 고파서 쏘다니는 들고양이를 생각케 했다.

『그런 꿈을 꾸지 않아도 대낮은 악몽과 진배 없어.』하고 그녀는 절망적으로 생각했다. 그리고 그 뒤로는 자기 전에 먹으려고 매일 먹을 것을 조금 남기기로 했다.

크리스마스 무렵, 프랭크 케네디에게 인솔된 병참부의 작은 부대가 군대용 곡식과 가축을 찾으러 헛일이기는 했지만 타라까지 터덜터덜 찾아왔다. 초라한 옷을 입고 부랑자처럼 되어서 쇠약하여 절룩거리는 말을 타고 있었지만, 그 말은 분명히 좀더 활동적인 임무에는 도저히 쓸 수 없을 물건이었다. 병정들도 말과 마찬가지로 전선에서는 쓸 수 없는 상이병이었는데, 프랭크를 제외하면 나머지는 모두 한쪽 팔이나 한쪽 눈이 없는 사람이거나 관절을 못 쓰게 된 사람들뿐이었다. 거의 전부가 북군들에게 빼앗은 푸른 외투를 입고 있었다. 그래서 잠시 동안 타라 사람들은 샤만 장군의 부하들이 또 온 것이나 아닌가 하고 기겁을 했었다.

그들은 그 날 타라에서 묵었다. 객실 마루 위에서 잤는데 그곳에 깔려 있는 빌로도의 융단에 누울 수가 있다는 것만으로도 그들에게 있어서는 대단한 사치였다. 최근 몇 주일 동안 지붕 밑에서 자거나, 솔잎이나 무정한 땅바닥보다 부드럽고 푹신한 것 위에서 자 본 적이 전혀 없었기 때문이다. 지저분하게 수염이 자라고 누더기를 입고 있기는 했지만, 그들은 모두 지체 있는 사람들로서 제법 유쾌한 이야기를 풍부하게 갖고 있었고, 농담을 하고 너스레를 떨고, 그리고 먼 옛날에 흔히 그러했듯이 미녀들에게 둘러싸여 큰 저택에서 성탄 전야를 보내게 되는 것을 무척 기뻐하고 있었다. 누구나 정색을 하고 전쟁 이야기를 하기를 꺼려서 터무니없는 거짓말을 하여 여자들을 웃겼다. 그리고 약탈당하여 썰렁해진 집 안에 오랫동안 경험하지 못했던 축제 기분을 가져와서 명랑하게 만들어 주었다.

「집에서 파티를 열었던 옛날 같은 기분이 들지 않아?」하고 스윌렌이 즐거운 듯이 스카알렛에게 소곤거렸다. 자기 애인이 다시 내 집에 모습을 나타냈기 때문에 스윌렌은 기뻐서 어쩔 줄을 모르고 잠시도 프랭크 케네디로부터 눈을 떼어 놓지 못했다. 병이 난 뒤로, 살이 빠진 채 좀처럼 회복되지 않았는데도 스윌렌이 묘하게 아름다와 보여서 스카알렛은 놀랐다. 볼은 상기되고 눈이 부드럽게 빛나고 있었다.

『이 애는 정말로 저 사람을 좋아하는 거다.』하고 스카알렛은 마음 속으로 경멸하면서 생각했다. 『저 좀스러운 프랭크 같은 늙은이라도 자기 남편으로 가지게 되면, 이 애도 얼마쯤 사람답게 될지도 모르지.』

캐린도 얼마쯤 기운이 나서, 그 날 밤의 그녀의 눈에서는 그 몽유병자 같은 빛이 보이지 않았다. 그녀가 좋아하는 브렌트 탈레턴을 알고 있어서 브렌트가 전사했을 때 곁에 있었다는 병사를 이 일단 속에서 찾을 수가 있었기 때문에 저녁식사를 마치고 나서 그 병사와 조용히 이야기를 해야지, 하고 혼자 마음을 정하고 있었던 것이다.

저녁식사 때 멜라니는 애써 평소의 내성적인 성질을 버리고 거의 명랑하다고 할 만큼 행동해서 사람들을 놀라게 했다. 애꾸눈의 병사를 상대로 웃기도 하고 농담도 하고, 교태라고도 볼 수 있는 태도를 보이기도 했다. 애꾸눈의 병사도 연방 칭찬을 늘어놓으면서 기꺼이 그녀의 봉사에 보답하고 있었다. 그러나 스카알렛은 멜라니가 정신적으로나 육체적으로나 대단한 노력을 하고 있는 것을 잘 알았다. 남자들의 앞에 나가면 아주 수줍어하는 멜라니의 성질을 스카알렛은 잘 알고 있었기 때문이다. 게다가 멜라니의 몸은 아직 제대로 회복되지 못했다. 자신은 건강해졌다고 하면서, 딜시 못지않게 일을 하고 있었지만, 그러나 아직도 쇠약하다는 것을 스카알렛은 알고 있었다. 무엇을 들어올리기나 하면 얼굴이 금세 창백해졌고, 힘드는 일을 한 뒤에는 흡사 다리에 힘이 빠져 버린 것처럼 곧 주저앉고 마는 것이었다. 그러나 오늘 밤의 그녀는 스윌렌이나 캐린과 마찬가지로 할 수 있는 데까지 힘껏 병사들에게 즐거운 크리스마스 이브를 지내게 하려고 애쓰고 있었다. 이 손님들을 조금도 반가와하지 않는 것은 스카알렛뿐이었다.

마미가 마른 완두콩과 말린 사과 스튜와 땅콩을 테이블에 벌여 놓자 그들은 거기에다 휴대용 식량인 볶은 옥수수와 그 밖의 부식물을 꺼내서 벌여 놓았다. 그리고 최근 몇 달 동안은 이런 맛있는 요리는 먹은 적이 없다느니 하고 말했다. 스카알렛은 그들의 먹는 모양을 지켜보면서 마음이 편치 못했다. 그녀에게는 그들이 우물거리는 한 입 한 입이 아까왔을 뿐만 아니라 포크가 어제 잡은 돼지를 어쩌다가 그들이 냄새맡지 않을까 하고 그것이 걱정이었던 것이다. 돼지 새끼는 지금 광에 매달아 두었는데, 그녀는 집안 사람들을 향하여 누구든지 잡은 돼지 새끼나, 늪지의 나무 우리 속에 안전하게 숨겨 놓은 돼지 새끼 이야기를 손님 앞에서 입 밖에 내면 눈알을 뽑아 버리겠다고 엄중하게 일러 두었다. 배가 고파 있는 병사들은 돼지 새끼 한 마리쯤은 단숨에 다 먹을 것이 틀림없다. 또 만약 살아 있는 돼지가 있는 줄 알면 군대를 위하여 징발해 버릴 것이 틀림없었다. 그

녀는 또 암소와 말도 걱정이 되었다. 그리고 목장 아래의 숲 속에다가 매어 두기
보다는, 늪지에 숨겨 두었더라면 좋았을 것을, 하고 생각했다. 만약 이 병참부
에 가축을 징발당하고 말면, 타라는 이 겨울을 넘길 수가 없었을 것이다. 보충
할 방법이 없기 때문이다. 군대가 무엇을 먹고 지내든 그녀가 알 바는 아니다.
군대는 군대대로——만약 그럴 수만 있다면——마음대로 식량을 마련하는 것
이 좋다. 그녀로서는 식구들을 먹이는 것만으로도 여간 힘든 일이 아닌 것이다.

병사들은 후식이라면서, 배낭 속에서 〈램롯 롤〉이라고 하는 타래빵을 꺼
냈다. 이(虱)와 마찬가지로 농담거리가 되어 있는 유명한 남군의 식량이었는데,
실물을 보기는 스카알렛도 이것이 처음이었다. 흡사 배배 꼬인 나무를 그을린
것 같은 것이었다. 병사들은 그녀에게 한 입만이라도 먹어 보라면서 자꾸만 권
했다. 그래서 한 입 물어보니, 새까맣게 그을린 겉껍데기 밑은, 소금기 없는 옥
수수 빵이라는 것을 알 수 있었다. 병사들은 식량이라고 급여되는 옥수수 가루
를 물로 반죽을 해서, 소금이 생기면 그것으로 맛을 들이고 반죽한 가루를 총의
장전간(裝塡桿) 주위에 두껍게 감아붙인 다음 야영하는 불에 굽는 것이다. 마치
록 캔디(바위 과자)처럼 딱딱하고 톱밥처럼 맛도 없었다. 스카알렛은 한 입 물
자, 터져나오는 폭소 가운데 얼른 그것을 돌려 주었다. 그리고 멜라니와 눈길을
마주쳤다. 두 사람의 얼굴에는 분명 똑같은 느낌이 나타나 있었다.『이런 것밖에
먹을 것이 없다면, 어떻게 이 사람들이 전쟁을 해나갈 수가 있겠는가?』하는
의문이었다.

식사는 매우 떠들썩했다. 멍하게 테이블의 주인 자리에 앉아 있는 제랄드까지
도 몽롱한 마음 속에서 주인공다운 태도를 찾아내어 애매한 미소를 띄우고 있
었다. 병사들은 잘 지껄였다. 여자들은 미소를 짓기도 하고 비위를 맞춰 주기도
했다. 문득 스카알렛은 피티퍼트 시고모의 소식을 물으려고 프랭크 케네디 쪽을
바라보았다. 그러나 그의 표정을 보자, 하려던 말을 잊고 말았다.

그는 스월렌에게서 눈을 돌리고 방안을 둘러보고 있었다. 어린애처럼 멍청한
제랄드의 눈을 보고, 융단이 깔려 있지 않은 마루를 보고, 아무 장식이 없는 벽
난로 선반을 보고, 북군의 총검으로 찢긴 의자들의 용수철이 풀어져 있는 것을
보고, 그릇장 위의 깨진 거울을 보고, 약탈자들이 오기까지 액자가 걸려 있었던
것을 나타내는 그곳에만 뚜렷이 네모난 자리가 나 있는 벽을 보고, 빈약한 식기
들을 보고, 부인들의 단정히 깁기는 했으나 낡은 옷들을 보고, 가루 부대로 만
든 웨이드의 반바지를 보았다.

프랭크는 전쟁 전에 알고 있던 타라를 회상하고 있었던 것이다. 그리고 애처
로와하는 빛, 지쳐서 어찌 해 볼 수 없는 분노의 빛을 얼굴에 띠고 있었다. 그는

스윌렌을 사랑하고, 그녀의 자매들을 사랑하고, 제랄드를 존경하고, 타라를 진심으로 좋아했었다. 샤단이 조지아 주를 휩쓸은 뒤로 프랭크는 군용의 양식과 마초를 거두러 주 안을 돌아다니며, 온갖 참담한 광경을 보아 왔으나 현재의 타라만큼 그의 마음을 아프게 한 것은 없었다. 그는 오하라 집을 위하여 무엇인가 해주고 싶었다. 그러나 그가 할 수 있는 일은 아무것도 없었다. 오하라 집이 딱하게 느껴져서 무심중 혀를 차면서 구레나룻이 있는 얼굴을 흔들었을 때, 문득 스카알렛과 눈이 마주친 것이다. 그는 그녀의 눈에 분연히 자랑스러운 불꽃이 타고 있는 것을 보자, 그만 어쩔 줄을 몰라서 황망히 자기 접시로 눈을 떨구었다.

여자들은 세상 소식에 굶주려 있었다. 애틀랜타가 함락된 지 넉 달이 되는데, 완전히 우편이 끊어져 버렸기 때문에 적군이 어디에 있는지, 남군은 어떻게 하고 있는지, 애틀랜타와 낯익은 친한 사람들에게 어떤 일이 일어났는지 그녀들은 어느 것 하나도 알 수가 없었다. 직무상 지방을 골고루 돌아다니고 있었던 프랭크가 그야말로 신문이나 다름없었다. 아니, 신문 이상이었다. 왜냐하면 메이콘에서 북쪽으로 애틀랜타에 걸쳐서 거의 모든 주요한 사람들이 그의 친척이거나 아는 사람이었다. 따라서 신문에서는 빼버리고 말 것 같은 여러 가지 홍미 있는 개인적인 이야기까지 알고 있었기 때문이다. 그는 스카알렛에게 속을 들여다보인 어색함을 얼버무리기 위하여 얼른 여러 가지 소식을 늘어놓기 시작했다. 그의 말에 의하면 샤만군이 떠나간 뒤, 남군은 다시 애틀랜타를 탈환했지만, 이미 적의 손으로 모조리 타버리고 만 뒤였으므로 전혀 아무런 가치가 없어져 버렸다는 것이었다.

「하지만 나는, 애틀랜타는 우리들이 도망쳐 오던 날 밤에 탄 것으로만 알고 있었는데요.」하고 스카알렛은 미심쩍게 외쳤다. 「우리 편의 군대가 불을 질렀다고 하던데요.」

「그런 일은 없습니다, 스카알렛 씨!」하고 프랭크는 깜짝 놀라며 소리쳤다. 「우리들은 우리 편 사람들이 살고 있는 거리를 불지른 일은 없습니다! 당신들이 타고 있는 것을 본 것은 적의 손에 넘겨 주어서는 안 되는 창고라든가 양말창 (糧秣廠)이라든가 제철소라든가 탄약고 같은 그런 것들입니다. 샤만이 시가를 점령했을 때는 주택이며 점포는 고스란히 그대로였습니다. 그러니까 그는 그것을 군대의 숙박소로 삼았던 것입니다.」

「하지만 그렇다면, 시민들은 어떻게 되었나요? 그는, 샤만은, 시민들을 죽였나요?」

「다소는 죽였읍니다. 그러나 총알로 죽인 것은 아닙니다.」하고 애꾸눈 병사가 음침한 소리로 말했다. 「샤만은 애틀랜타에 들어서자, 곧 시장을 불러다가 시민들을 빠짐없이, 살아 있는 사람은 한 사람 남기지 말고 철거시키라고 명령했읍니다. 그러나 시중에는 도저히 철거할 수 없는 노인도 있었고 움직일 수 없는 병사도 있었고, 그리고 부인으로서, 부인으로서 움직여서는 안 될 사람이 무수히 있었던 겁니다. 그것을 그는, 심한 폭풍우 속을 몇 백 명이라는 시민을 시에서 끌어내다가 라프 앤드 레디 근처의 숲 속으로 몰아 넣었읍니다. 그리고 우리 군의 훗 장군에게 사람을 보내서 그런 시민들을 인수하러 오라고 전해 왔던 겁니다. 그 때문에 많은 사람들이 폐렴에 걸리기도 하고 그러한 고생을 견뎌내지 못해서 죽었던 겁니다.」

「어머나! 그렇지만, 왜 샤만은 그런 짓을 했을까요! 그 사람들이 그에게 해를 입힐 까닭은 없지 않아요?」하고 멜라니는 외쳤다.

「시내에서 부하와 말을 휴양시키기 위해서라는 것이 샤만의 핑계였읍니다.」하고 프랭크는 말했다. 「그리고 그는 십일월 중순까지 사람과 말을 휴양시키고 마침내 떠날 때가 되자, 온 시내에 불을 질러 모조리 다 태우고 말았읍니다.」

「어머나! 정말로 모조리 다요? 설마 그럴 리는 없겠지요!」하고 여자들은 깜짝 놀라 외쳤다.

그녀들이 알고 있는 그 번화한, 병사들로 들끓던 시가가 잿더미로 변하고 말았다는 것이 사실이라고 여겨지겠는가! 푸른 나무 그늘의 아름다운 주택, 커다란 점포, 호화스러운 호텔, 그러한 모든 것들이 없어지다니, 그런 일이 있을 수 있단 말인가! 그곳에서 태어나서 그곳에서밖에 생활을 해 보지 않은 멜라니는 곧 울음을 터뜨릴 것만 같았다. 스카알렛의 마음도 어둡게 가라앉았다. 지금은 그녀도 그 도시를 타라 다음으로 사랑하기 때문이다.

「아니 전부라지만 모조리 다란 것은 아닙니다.」하고, 여자들의 표정에 놀란 프랭크는 황급히 말을 고쳤다. 그는 애써 명랑하게 꾸며 보았다. 자기로서는 이성을 잃은 부인들을 보면 감당하지 못한다는 것을 알고 있기 때문이다. 그런 부인들을 보면, 그 자신도 역시 갈피를 못 잡아서 얼떨떨해지고 말기 때문이다. 그래서 그는 도저히 최악의 사실을 그녀들에게 이야기할 마음이 생기지 않았다. 그런 이야기는 누구든 다른 사람한테서 들어 주기를 바랐다.

남군이 다시 애틀랜타로 들어왔을 때에 본 광경은 도저히 말할 용기가 나지 않았다. 광막한 잿더미 위에, 검게 그을린 굴뚝이 수없이 서 있었다. 반쯤 타다 남은 잡동사니의 무더기, 거리를 막고 있는 부서진 벽돌 더미, 불 때문에 말라 죽어 가는 늙은 나무는 찬바람에 불려서 탄 가지를 땅바닥에 닿고 있었다. 그러한 광경이 얼마나 그에게 아픈 감정을 불러 일으켰던가. 폐허가 되어 버린 시가

를 바라보며, 남군 병사들이 얼마나 무섭게 신을 저주했던가를 그는 생각해
냈다. 그는 약탈당한 묘지의 참상 따위는 부인들에게는 절대로 들려 주지 않으
리라고 생각했다. 섣불리 들려 주었다가는, 그녀들은 한평생 그 충격을 잊을 수
없을 것이 뻔했다. 찰즈 해밀턴도, 멜라니의 부모도, 그곳에 묻혀 있는 것이다.
그 묘지의 광경은 지금도 악몽이 되어 프랭크를 괴롭히고 있었다. 북군 병사들
은 죽은 사람과 함께 묻혀 있는 보석류를 훔쳐 가지려고 납골당(納骨堂)을 부수
고, 묘지를 파헤쳤던 것이다. 그리고 시체에서 약탈하고, 관에 못박아 놓은 금
이나 은으로 만든 이름판을 벗겨내고 은 장식과 은 손잡이 등을 뜯어냈다. 해골
과 시체는 파괴된 관 사이에 던져져서, 처참하게 비바람을 맞고 있었다.

　개와 고양이에 대해서도 프랭크는 이야기할 수가 없었다. 부인들은 그러한 애
완 동물에 대해서는 극히 감정적이기 때문이다. 주인들이 강제로 쫓아났기 때문
에 갑자기 집을 잃게 된 수천이나 되는 동물들이 굶주려 헤매다니는 광경은 묘
지에 못지않게 그의 마음을 아프게 했다. 프랭크는 고양이나 개를 무척 좋아했
기 때문이다. 동물들은 겁에 질리고, 추위에 떨고, 배가 고파서 걸근거리며 숲
속의 야수처럼 흉포해져서, 센 놈은 약한 놈을 덮치고 약한 놈은 좀더 약한 놈이
죽으면 그 고기를 먹으려고 대기하고 있었다. 그리하여 폐허가 된 시의 하늘에
는 독수리 떼가, 아름답기는 하지만 섬뜩한 모습을 여기저기 겨울 하늘에 보여
주고 있었다.

　프랭크는 부인들의 마음을 흥겹게 할 만한, 마음을 가라앉힐 무슨 정보는 없
을까 하고 자신의 마음 속으로 더듬어 보았다.

　「그대로 있는 집도 개중에는 있습니다.」 하고 그는 말했다. 「다른 집에서 멀
리 떨어진 넓은 곳에 있어서, 연소를 면한 거지요. 교회와 프리메이슨 식당은
남아 있습니다. 상점도 약간은 남아 있는 것 같습니다. 그러나 상점가와 철도
연선과 파이브 포인트 등은 그렇지요, 시내에서도 그 일대는 전연 흔적도 없읍
니다.」

　「그렇다면.」 하고 스카알렛은 슬픈 듯이 외쳤다. 「찰즈가 제게 남겨 준, 그 선
로 옆에 있는 창고도 역시 글렀군요.」

　「선로 옆이라면, 아마 탔기 쉬울 겁니다. 그러나…….」 하고 갑자기 그는 미
소했다. 그렇다, 왜 진작 이 말을 하지 못했단 말인가? 「기뻐하십시오, 여러
분! 피티 아주머니의 집은 무사합니다. 상당히 상하기는 했지만 어쨌든 서 있
읍니다.」

　「어머, 어떻게 무사했을까요?」

　「벽돌집인데다가, 지붕에 애틀랜타에서 단 한 집뿐인 슬레트 지붕이었기 때

문에 불티가 옮겨붙지를 않았지요. 게다가 시내 맨 북쪽 끝이고, 그쪽으로는 불길도 그리 세지 않았거든요. 물론 묵고 있었던 적병들이 퍽 험하게 써서, 마루 판자며, 마호가니로 만든 계단 난간까지도 장작으로 때버리고 말았지만, 어쨌든 고스란히 본래의 모습대로입니다. 지난주에 메이콘에 피티 아주머니를 뵈었을 때…….」

「어머, 고모님을 만나셨어요? 어떻게 지내시던가요?」

「안녕하시더군요. 기력이 좋으시던데요. 집이 무사한 것을 알려 드렸더니, 당장 돌아가실 결심을 하시더군요. 그렇게 말씀은 하셔도 물론 그 검둥이 피터 할아범이 좋다고 했을 때 이야기겠지요. 애틀랜타 시민들은 벌써 많이 돌아와 있습니다. 메이콘은 위험해서 마음들이 안 놓이기 때문이겠지요. 샤만은 메이콘을 점령하지는 않았지만, 이번에는 윌슨의 기습대가 곧 밀려들 것이라고 해서 모두들 걱정하고 있읍니다. 게다가 윌슨은 샤만보다도 더욱 나쁘다고 하니까요.」

「하지만 집도 없는 곳으로 돌아간다는 것도 너무 어리석잖아요! 어디서 살려는 걸까요?」

「스카알렛 씨, 천막이며 판자집이며 통나무 오두막집에서 살고 있답니다. 타다 남은 얼마 안 되는 집에는, 여섯 집씩 일곱 집씩 공동 생활을 하고 있읍니다. 그리고 집을 다시 세울 준비를 하고 있어요. 아니, 스카알렛 씨, 그들을 어리석으니 어쩌니 말씀해서는 안 됩니다. 당신도 나만큼은 애틀랜타 사람이 어떤 사람이라는 것을 아실 겁니다. 그들은 찰스턴 사람들이 찰스턴에 애착을 갖고 있는 것과 마찬가지로, 애틀랜타에 강한 애착을 가지고 있는 겁니다. 북군이 왔다든가 시가지를 불태워 버렸다든가, 그런 정도쯤으로는 그 사람들의 애착을 끊어 버리지는 못 합니다. 애틀랜타의 사람은——멜라니 씨 앞에서 말씀하는 것은 실례지만——애틀랜타 일이라면 마치 노새처럼 고집이 세거든요. 왜 그런지 전 알 수 없읍니다. 제가 보기에는 언제나 그곳은, 몹시 주제넘고 건방진 도시였을 뿐이었으니까요. 그러나 그것은 저라는 인간이 시골뜨기로서 어떤 도시이고 좋아하지 않는 탓인지도 모르지요. 제가 보기에는 맨 처음에 돌아온 사람들은 빈틈 없는 패들입니다. 그러니까 나중에 돌아오는 사람들은, 자기 집 기둥도 돌도 벽돌도 아무 것도 발견할 수가 없을 겁니다. 모두들 집을 고쳐 지을 재료들을 찾아서 시내를 돌아다니고 있으니까요. 엊그제도 저는 메리웨더 부인이 메이벨 씨와 검둥이 할멈과 셋이서, 손수레에 벽돌을 주위 모으고 있는 것을 보았읍니다. 미드 부인도 선생님이 돌아오시면, 선생님의 힘을 빌어서 곧 통나무 오두막을 세울 예정이라는 둥 하시더군요. 그리고 또 마사즈빌이라고 부르던 시대의 애틀랜타로 처음 왔을 때에도 나는 통나무 오두막에서 산다고 해도 전혀 아무렇지도 않다고 하던걸요. 물론 그것은 농담이겠지만, 그러나 이것만 가지고도, 애틀랜타 사람들의 마음이란 것을 아실 수 있으리라고 생각합니다.」

「모두들 여간 용기 있는 게 아니에요.」하고 멜라니는 자랑스럽게 말했다. 「그렇게 생각하지 않아요, 스카알렛?」

스카알렛은 고개를 끄덕였다. 제2의 고향인 애틀랜타에 대한 은근한 기쁨과 자랑이 그녀의 마음에도 넘쳤다. 프랭크가 말한 대로, 그것은 주제넘고 건방진 도시였다. 그러나 그렇기 때문에 그녀는 좋아했던 것이다. 그것은 역사 있는 다른 옛 도시처럼 옹졸하고 옛 풍습을 답습하기만 하는 도시가 아니라 그녀에 못지않을 만큼 싱싱하고 기운이 넘치는 도시였다. 『나도 애틀랜타 같다.』하고 그녀는 생각했다. 『적군이 와서 불을 지르는 정도쯤으로는 나도 결코 항복하지 않는다.』

「피티 고모님이 애틀랜타로 돌아오신다면, 우리들도 돌아가서 고모님과 같이 지내는 편이 좋지 않겠어, 스카알렛?」하고 생각에 잠긴 그녀를 보며 멜라니가 말했다. 「혼자 계시게 두면, 고모님은 무서워서 돌아가실 거야.」

「어머! 그렇지만 어떻게 내가 이곳을 버릴 수가 있겠어, 멜라니?」하고 스카알렛은 매정스러운 소리로 대꾸했다. 「멜라니가 그렇게 돌아가고 싶거든 돌아가요. 난 말리지 않을 테니까.」

「어머나! 난 뭐 그런 뜻으로 말한 건 아니에요.」하고 멜라니는 난처해서 정색을 하고 외쳤다. 「난 정말 아둔해요! 물론 언니는 타라를 떠날 수는 없을 거예요. 그리고 피터 할아범과 식모 할멈이 고모님의 시중을 들어 드린다는 것을 알고 있으면서도…….」

「멜라니를 잡아 둘 이유는 아무것도 없어요.」하고 스카알렛은 사정을 두지 않고 말했다.

「저, 나는 언니하고 떨어질 수 없을 거예요.」하고 멜라니는 대답했다. 「그리고 난 언니가 곁에 있어 주지 않으면 도무지 무서워서 견뎌내지 못해요.」

「좋을 대로 해. 하지만 나를 애틀랜타로 돌아가게 할 수는 없어. 웬만큼 집이 섰을 때쯤 해서, 샤만이 돌아와서 또 불을 지를 것이 뻔하니까.」

「아니, 그가 되돌아올 염려는 없읍니다.」하고 프랭크는 말했다. 명랑하게 보이려고 했지만 얼굴빛은 침울했다. 「조지아 주를 지나 해안까지 갔읍니다. 사배나는 이번 주에 점령당했읍니다. 소문에 의하면 북군은 남 캐롤라이나를 향해 진격중이라고 합니다.」

「사배나가 점령당했다고요?」

「그렇습니다. 그러나 결국 사배나는 함락될 수밖에 없었읍니다. 방어할 만한 인원이 없었으니까요. 긁어모을 수 있을만한 남자는, 다리를 절룩거리면서도 걸을 수 있는 사람까지 한 사람도 빼지 않고 동원을 했지만 그래도 부족했읍니다. 아십니까? 북군이 밀리지빌에 침입했을 때에는 나이 같은 것은 문제도 삼지 않고 각 유년학교 학생을 남김 없이 다 소집하고, 주의 형무소 문까지 열어서 새 부대를 만들었어요. 종군을 지원하는 죄인은 모두 석방하고, 만약 최후까지 싸우면 죄를 용서해 주겠다고 약속하고 말입니다. 나이 어린 소년 학생들이 도둑놈이나 살인범들과 함께 대열에 있는 것을 보고는 저도 일종의 전율을 느꼈읍니다.」

「죄수를 석방하면, 우리들이 있는 곳에까지 올지도 모르겠네요.」

「뭐 스카알렛 씨, 걱정하실 건 없습니다. 그녀석들이 있는 곳은 여기서 아주 먼 데고, 그리고 그들도 지금은 훌륭한 병사가 되어 있으니까요. 도둑질하는 사람이라도, 충분히 훌륭한 군인이 되더군요. 그렇게 생각하지 않으십니까?」

「전 그건, 잘한 일이라고 생각해요.」하고 멜라니가 상냥하게 밀했다.

「하지만 나는 그렇게 생각하지 않아.」하고 스카알렛은 잘라 말했다. 「그렇지 않아도 시골에는 도둑이 우글거리고 있는걸요. 양키도 있고, 그리고…….」하며 말을 하다가 아슬아슬하게 입을 다물었는데, 병사들이 웃기 시작했다.

「양키도 있고, 그리고 우리 같은 병참부도 있고 말이지요?」하고 스카알렛의 뒷말을 병사들이 이었기 때문에 그녀는 새빨개졌다.

「하지만 홋 장군의 군대는 어디에 있나요?」하고 멜라니가 얼른 그 장면을 얼버무렸다. 「홋 장군이면 사배나를 지탱할 수가 있었을 텐데요.」

「아니죠, 멜라니 씨.」하고 프랭크는 깜짝 놀라면서 비난하듯 말했다. 「홋 장군은 전혀 그쪽에는 가지 않았읍니다. 장군은 적을 조지아 주에서 꾀어내기 위해서 테네시에서 싸우고 있읍니다.」

「그리고 그 계획이 성공하지 못했다는 거군요?」하고 스카알렛은 빈정거리면서 말했다. 「그리고 그 저주받을 적병들에게 학교 학생과 죄수와 향토 방위군 밖에는 아무도 지켜 줄 사람이 없는 우리들 속을 마음대로 돌아다니게 내버려두는군요.」

「애야.」하고 제랄드가 몸을 일으키면서 말했다. 「말을 좀 삼가라. 어머니가 걱정하시지 않니.」

「저주받을 적병들인걸요!」하고 스카알렛은 핏대를 세우면서 외쳤다. 「저는 그 밖의 이름으로는 절대로 부르지 않겠어요!」

엘렌의 이름을 듣자 사람들은 이상한 감회에 젖어 갑자기 이야기를 중단했다.

멜라니가 또 그 자리의 공기를 얼버무렸다.

「메이콘에 계셨을 때, 윌크스 집 인디어나 하니는 만나지 못하셨나요? 그 사람들은 무슨, 혹시 애실리의 소식이라도 듣지 못했던가요?」

「아니오, 멜라니 씨. 만약 제가 애실리의 소식을 들었다면 메이콘에서 곧장 말을 몰아 당장 당신에게로 알리러 왔지요.」 하고 프랭크는 나무라듯이 말했다. 「아무 소식도 없었읍니다. 그러나 애실리의 일은 걱정하실 것 없읍니다, 멜라니 씨. 오랫 동안 당신에게 소식이 없는 것을 나는 알고 있읍니다만 수용소에 있는 사람의 소식을 들으려는 것은 좀 무리한 이야기가 아닐까요. 그쪽 수용소의 대우는 우리 쪽 수용소보다는 좋은 것 같아요. 뭐니뭐니해도, 적은 식량도 약품도 모포도 풍부하니까요. 우리들과는 틀립니다. 우리들은 우리들 자신이 먹느냐 굶느냐 하는 형편이니까 도저히 포로들까지는 손이 미치지 않거든요.」

「그래요. 분명히 적은 풍부하게 가지고 있어요.」 하고 멜라니는 몹시 비통하게 외쳤다. 「하지만 포로에게는 그걸 주지 않습니다. 그것은 당신도 알고 계시겠지요, 케네디 씨? 당신은 나를 안심시키려고 그런 말씀을 하시는 거예요. 포로가 된 우리 군 병사들은 북군이 우리들을 몹시 미워하고 있다는 단 한 가지 때문에 의사도 약도 주지 않아서 얼어죽고 굶어죽고 있는 거예요. 아아, 북부의 인간들을 한 사람도 남기지 말고 이 땅 위에서 쓸어낼 수가 있다면! 나는 알고 있어요, 애실리는⋯⋯.」

「그 말은 하지 말아!」 하고 스카알렛은 외쳤다. 심장이 목구멍으로 치밀어올라오는 것 같아서 가슴이 막혔다. 아직 애실리가 죽었다고 단언하기 전에는 살아 있을지도 모른다는 희망을 지닐 수가 있는 것이다. 그러나 죽었다는 말을 들으면, 그 순간에 그는 죽을 것이라고 생각하고 있었던 것이다.

「그러나 윌크스 부인, 주인 때문에 걱정하실 건 없읍니다.」 하고 애꾸눈의 사나이가 위로하듯이 말했다. 「저도 첫마낫서스 싸움에서 포로가 되었다가 포로 교환으로 돌아왔읍니다만 제가 수용되어 있었던 때에는 그들은 아주 고급 음식을 먹여 주던걸요. 닭고기 프라이니 따뜻한 비스킷이니⋯⋯.」

「거짓말을 하시는 거겠지요!」 하고 멜라니는 살짝 웃어 보이면서 말했다. 그것은 스카알렛이 처음 본, 남자에 대한 그녀의 생기 찬 응수였다.

「그렇지요?」

「그렇습니다.」 하고 애꾸눈의 사나이는 말을 하고 웃으면서 철썩 하고 다리를 쳤다.

「여러분, 객실로 가시지 않으시겠어요? 제가 크리스마스 노래를 부르겠어요.」 화제를 바꾼 것이 기뻐서 멜라니가 말했다.

「단 한 가지 피아노만은 양키도 가져가지 못했어요. 스윌렌, 어때요? 음조가 몹시 틀려 있지 않은지 모르겠어.」

「아주 형편 없어요.」하고 스윌렌은 대답했다. 그리고 미소를 지으면서 행복스러운 듯이 프랭크에게 끄덕여 보였다. 그러나 모두가 방에서 나가도 프랭크는 주저주저하면서 그곳에 남아 있다가 스카알렛의 소매를 당겼다.

「당신에게만 말씀을 드리고 싶습니다만…….」

가축 이야기인 줄 알고 한순간 그녀는 가슴이 섬뜩했다. 그럴 듯하게 거짓말을 해주리라고 마음먹었다.

방에는 아무도 없고, 단 둘이서 불 옆에 서자, 프랭크의 얼굴에서는 지금까지 여러 사람 앞에서 보이고 있었던 유쾌한 듯한 빛이 사라지고 말았다. 마치 노인처럼 나이 들어 보였다. 타라의 잔디밭에 흩날리는 낙엽처럼, 갈색으로 메마른 표정이었다. 생강(生薑)빛 구레나룻은 엉성하고 흰 털이 희끗희끗했다. 그는 그 수염을 맥없이 쓰다듬으면서, 이야기를 꺼내기 전에 괴로운 듯이 헛기침을 했다.

「어머님께서 작고하셨다니 얼마나 상심되시겠읍니까, 스카알렛 씨.」

「제발, 그 얘기는 하지 말아 주세요.」

「그리고 아버님께서는, 아버님께서는 오래 전부터 저렇게 되셨읍니까?」

「그래요. 아버지는, 아버지는 보시다시피 본정신이 아니세요.」

「아마 어머님께서 돌아가셨기 때문이겠지요.」

「부탁이에요, 케네디 씨. 인제 그 이야기는 그만둬 주셨으면…….」

「죄송합니다, 스카알렛 씨.」그는 신경질적으로 발을 움직였다. 「실은 아버님과 상의를 드리려고 했었읍니다. 그러나 지금은 말씀드려도 소용 없다는 것을 알았읍니다.」

「저라도 의논 상대는 될 수 있을 거예요, 케네디 씨. 보시다시피 지금은 제가 이 집 주인이니까요.」

「네, 저는.」하고 프랭크는 말을 시작하면서도 또 신경질적으로 수염을 만졌다. 「실은, 실은 스카알렛 씨. 저는 아버님께 부탁드려서 스윌렌 씨를 저에게 주십사고 할 작정이었읍니다.」

「그럼, 당신은…….」하고 스카알렛은 유쾌한 놀라움을 느끼면서 소리쳤다. 「아직도 스윌렌에 대해서 아버님께 말씀드리지 않았다는 말씀이신가요? 벌써 오래 전부터 그 애의 사랑을 원하고 계셨었는데!」

그는 얼굴을 붉히면서 겸연쩍은 듯이 히죽히죽 웃기 시작했다. 그 모습은 마치 부끄럼 잘 타는 수줍은 소년과 같았다.

「그렇긴 합니다만, 저는 그녀가 받아들여 줄지 어떨지 알 수가 없었읍니다. 저는 훨씬 나이가 많은 데다가 타라의 주위에는 잘생긴 청년들이 많았으니까요.」

『흥!』하고 스카알렛은 속으로 생각했다. 『그들은 그 애가 아니라 나를 따라다녔었지요!』

「저는 아직 그녀가 저와 결혼해 줄지 어떨지 모릅니다. 그러나 저로서는 한 번도 고백한 일은 없지만, 제가 어떻게 생각하고 있는가는 그녀도 알고 있을 겁니다. 저는, 저는, 오하라 씨의 허락을 받고 그 얘기를 할 작정이었읍니다. 스카알렛 씨, 저는 지금 빈털터리입니다. 주제넘은 소리를 하는 것 같읍니다만, 예전에는 저도 상당한 돈을 가지고 있었읍니다. 그러나 현재는 타고 온 말과 입고 있는 옷밖에는 가진 것이 없읍니다. 알고 계실 줄 압니다만 저는 군대에 들어갈 때, 땅을 거의 다 팔아서 돈을 모두 남부 동맹 정부의 공채로 바꿔 버렸읍니다. 그 공채의 가치가 지금 어떻게 되어 있는가는 당신도 아시는 그대롭니다. 그저 인쇄가 되어 있을 뿐이지 그냥 종이보다도 더 가치가 없어지고 말았읍니다. 게다가 지금은 그것마저도 저에게 없읍니다. 적이 제 누이동생 집을 불태웠을 때, 함께 타버렸으니까요. 빈털터리가 된 몸으로 스월렌 씨를 주십사 한다는 것은 저 자신 뻔뻔스러운 일인 줄 압니다. 그러나 그것은 이런 생각에서입니다. 이 전쟁에 의해서 모든 것이 어떻게 될 것인지 누구도 예상할 수 없다고 저는 생각합니다. 저로서는 마치 이 세상의 종말로밖에는 생각되지 않읍니다. 확실하게 믿을 수 있는 것은 아무 것도 없읍니다. 그래서 전 만약 우리들이 약혼을 하면, 저에게 있어서 커다란 위안이 되고, 아마 그녀에게도 위안이 되지 않을까 생각합니다. 거기에는 다소나마 확실성이 있기 때문입니다. 저는 충분히 그녀를 거둘 수 있을 때까지는 결혼해 달라고 할 생각은 없고 그때가 언제 오리라는 것도 알지 못합니다. 그러나, 당신이 진실한 사랑이라는 것을 다소라도 소중스럽게 아시고 계신다면, 비록 그 밖에는 아무것도 가진 것이 없지만 스월렌 씨는 애정만은 풍부하게 소유할 수 있다는 것을 믿어 주실 줄 압니다.」

그는 마지막 말을 순수한 품위를 가지고 이야기했다. 그러므로 그때까지 장난삼아 듣고 있던 스카알렛도 감동되고 말았다. 스월렌이 누군가에게 사랑받게 된다는 것은, 그녀로서는 도저히 이해되지 않는 일이었다. 그녀가 본 스월렌은 이기심과 불평과 천벌을 받았다고는 것밖에는 할 수 없는 성질을 가진 괴물이었다.

「어머나, 케네디 씨.」하고 그녀는 상냥하게 말했다. 「참 좋으신 말씀이에요. 제가 아버지를 대신해서 말해 보겠어요. 아버지는 항상 당신을 좋아하셔서 스월렌은 당신과 결혼할 것으로 기대하고 계셨어요.」

「지금도 그러실까요?」하고 얼굴에 행복의 빛을 띠고 프랭크는 외쳤다.

「그렇고 말고요.」하고 웃음을 참으면서 스카알렛은 대답했다. 가끔 제랄드가 만찬 석상에서 스월렌에게 거리낌없이 이렇게 소리치던 것이 생각났기 때문이다. 『어떻게 된 거냐, 애야? 너의 지성스러운 구애자는 아직 아무 말도 꺼내지 않니? 내가 그쪽 의향을 물어 주랴?』

「저는 오늘 밤 그녀의 생각을 물어보기로 하겠읍니다.」하고 얼굴을 바짝 긴장하면서 그는 말했다. 그리고 그녀의 손을 잡고 힘을 주었다.「당신은 참으로 친절하신 분입니다, 스카알렛 씨.」

「그럼 스월렌을 당신에게로 보내겠어요.」하고 객실 쪽으로 발길을 옮기면서 미소를 짓고 말했다. 마침 멜라니의 노래가 시작되고 있었다. 피아노의 음조는 형편없이 틀렸지만 개중에는 맞는 소리를 내는 키도 있었다. 이윽고 멜라니는 합창을 인도하기 위해서 한층 더 소리를 높였다.「귀를 기울여라, 거룩한 천사의 노래에!」

스카알렛은 발을 멈추었다. 그 그립고 아름다운 크리스마스 찬가를 듣고 있노라니까, 전화(戰禍)가 두 번씩이나 자기들의 위를 지나가서, 자기들이 황폐된 땅에 살며, 굶어죽느냐 사느냐 하는 갈림길에 놓여 있다는 것이 도저히 있을 수 없는 일같이 생각되었다. 그녀는 문득 프랭크 쪽을 보았다.

「아까 당신은, 마치 이 세상의 종말과 같은 생각이 든다고 하셨지요. 그건 무슨 뜻인가요?」

「사실대로 말씀드리지요.」하고 그는 천천히 말했다.

「그러나 제가 말씀드리는 것을 다른 부인들께는 들려 드리지 말도록 부탁합니다. 전쟁도 인제 그다지 오래 가지는 못 합니다. 전선으로 보충해 줄 새로운 병력이 전혀 없는데도 탈주병의 수는 불어만 갈 뿐입니다. 군으로선 인정하고 싶지 않을 만큼 막대한 수에 달하고 있읍니다. 아시겠읍니까, 병사들에게는 가족들이 굶주리고 있다는 것을 알면서도 그것을 잠자코 보고 있을 수만은 없는 일이거든요. 그들은 가족들을 굶기지 않기 위해서 속속 고향으로 탈주해 가는 겁니다. 그런 사람들을 저로서는 나무랄 수 없읍니다만 군대의 힘은 그 때문에 약해져 가는 겁니다. 배가 고파 가지고는 싸움을 할 수 없는 것인데도 먹을 것이 전혀 없는 겁니다. 우리 군이 애틀랜타를 탈환하고 나서 저는 이 지방을 구석구석 돌아다녔지만, 언치새 한 마리를 기를 만한 양식도 없는 겁니다. 여기서 사배나까지 남쪽으로 삼백 마일 사이는 어디를 가나 마찬가지입니다. 주민들은 굶주려 있고, 철도는 파괴되어 있으며 새로운 총은 보충되지 않고, 탄약은 바닥이

나고 신을 만들 가죽도 전혀 없어요. 그러니까 아실 수 있겠지요? 전쟁이 끝나
는 것도 멀지 않았읍니다.」

그러나 남부 동맹의 희망이 엷어져 가고 있다는 사실보다도 먹을 것이 떨어져
있다는 말이 한층 스카알렛을 슬프게 했다. 요전부터 그녀는 말에다 짐마차를
달고 포크에게 북부 정부의 금화와 지폐를 들려 주어 이 지방 일대를 찾아다니
면서 먹을 것과 옷감을 사서 보내려고 생각하고 있었다. 그러나 만약 프랭크가
한 말이 사실이라고 한다면……

그러나 메이콘은 아직 함락되지 않았다. 메이콘에 가면, 먹을 것이 있을 게
틀림없다. 병참부 사람들이 이대로 아무 일 없이 떠나가면 당장 포크를 메이콘
으로 보내야지. 까딱하면 소중한 말을 군대에게 징발당할 염려가 있을지도 모르
지만 그 정도의 위험은 눈 딱 감고 해 보지 않으면 안 될 것이다.

「오늘 밤엔 언짢은 이야기는 더 이상 하지 않기로 해요, 케네디 씨.」하고 그
녀는 말했다. 「어머니의 조그만 사무실로 가서 기다리고 계세요. 나중에 스월렌
을 보내겠어요. 그렇게 하면 단 둘이서 이야기를 하실 수 있겠죠.」

프랭크는 얼굴을 붉히고 싱글싱글 웃으면서 방에서 나갔다. 그 뒷모습을 스카
알렛은 묵묵히 바라보고 있었다.

『지금 곧 결혼할 수가 없다니, 얼마나 한심스러운 이야기란 말인가.』하고 그
녀는 생각했다. 『스월렌이 결혼을 해버리면 먹여 살려야 할 입이 하나 주는 셈
이 될 텐데.』

29

이듬해 사월, 원래 그의 휘하에 속해 있던 패잔 부대의 지휘를 다시 맡게 된
존스톤 장군은 북 캐롤라이나에서 투항하고, 이리하여 전쟁은 끝났다. 그러나,
그 소식이 타라에 도착한 것은 그로부터 이 주일이 지난 뒤였다. 타라의 사람들
은 각자 할 일이 많았기 때문에 멀리까지 나가서 소문을 듣고 올 만한 겨를이 없
었고, 그리고 근처 사람들도 마찬가지로 바빴기 때문에 남을 찾아가는 일도 거
의 없었다. 그래서 소식이 전해지는 것도 더디었던 것이다.

마침 봄갈이가 한창 바쁜 때여서, 사람들은 포크가 메이콘에서 가지고 온 목
화나 야채 씨를 뿌리기에 정신이 없었다. 그러나 메이콘에서 옷감이나 종자며

가금류(家禽類)며 햄이며 소금에 절인 돼지고기며 가루 등을 짐마차에 싣고 탈 없이 돌아온 뒤로 포크는 그 자랑만을 늘어놓았을 뿐, 도무지 쓸모가 없어져 버렸다. 타라로 돌아올 때까지 여러 번 위험한 고비를 당해서 아슬아슬하게 모면했다는 이야기라든가 지나온 사잇길이나 시골길 얘기, 인적이 드문 길, 못 쓰게 된 길, 말이 간신히 빠져나갈 수 있는 작은 길 얘기 등을 그는 되풀이 되풀이 이야기했다. 오고가는 데에 오 주일이 걸렸다. 그것이 스카알렛에게 있어선 가슴 졸이는 불안한 오 주일이었다. 그러나 그가 돌아왔을 때, 그녀는 꾸짖지 않았다. 탈없이 목적을 달성하고 돌아와 준 것이 반가왔을 뿐만 아니라 들려 보냈던 돈을 그다지 쓰지 않은 것이 기뻤던 것이다. 그렇게 돈을 많이 남겨 온 것으로 보아 분명히 그는 닭이나 식료품의 대부분을 돈을 주고 사지 않았을 것이라고 스카알렛은 추측을 했다. 길가에 지키는 사람이 없는 닭장이 있거나, 안성마춤으로 훈제장이 있거나 했을 경우에 구태여 그녀의 돈을 쓰는 것을 포크는 면목이 없는 일이라고 생각했을 것이다.

이리하여 먹을 것도 조금 생겼기 때문에 타라의 사람들은 생활을 조금이라도 여느 상태로 되돌려 보려고 바쁘게 일하고 있었다. 누구에게나 힘에 겨울 만큼의 일이, 너무나 많은 일이, 끝도 없는 일들이 있었다. 새로 씨를 뿌리기 위해서는 지난해의 묵은 목화대를 파엎어야만 했다. 쟁기질에 서투른 말이 마지못해 밭으로 끌려다니고 있었다. 채마밭의 잡초를 뽑고 씨를 뿌리고 장작을 패고, 그리고 북군이 닥치는 대로 불사르고 간 가축장의 우리며 몇 마일이나 되는 밭 울타리의 수선도 시작해야만 했다. 포크가 만들어 놓은 토끼 덫을 하루 두 번은 가봐야 했고, 냇물에 드리워 놓은 낚시에는 미끼를 바꿔 끼우지 않으면 안 되었다. 침대도 정돈을 해야 했고, 마루도 청소를 해야 했다. 음식도 만들어야 했고, 접시도 씻지 않으면 안 되었다. 돼지나 닭에게 모이를 주어야 했고, 알도 모아야만 했다. 소젖도 짜야 했고, 그 소를 늪지 가까이 데리고 가서 풀도 뜯게 해야 했다. 게다가 북군이나 프랭크 케네디의 부하들에게 빼앗기지 않도록 온종일 누군가가 지키고 있어야만 했다. 어린 웨이드에게까지도 일이 맡겨져 있었다. 매일 아침 그는 광주리를 들고 제법 그럴 듯한 얼굴로 나갔다. 불쏘시개로 쓸 잔가지와 나뭇조각을 주워 오는 것이다.

이 군(郡)에서 나간 병사 중에서, 제일 먼저 돌아온 것은 폰텐 집 아들들이었는데, 항복한 소식을 전해 온 것은 그들이었다. 아직 신이 있는 알렉스는 걸어서 왔고 신이 없는 토니는 안장 없는 노새를 타고 왔다. 토니는 언제나 그렇듯이 제일 단물을 빨아먹고 있는 셈이다. 사 년 동안 태양과 비바람을 맞았기 때문에 두 사람 다 얼굴이 아주 새까맣게 되고, 전에 비하면 쇠꼬챙이처럼 여위어서,

전선의 선물인 검은 수염이 더부룩하게 자라나 있었기 때문에 마치 딴 사람처럼 보였다.

미모자 집으로 돌아가는 도중, 마음은 집으로 줄달음질치면서도 그들은 아주 잠깐 동안 타라에 들러서 여자들에게 키스를 하고, 그리고 항복한 소식을 전했다. 이젠 이것으로 끝장이다, 모든 것이 끝나 버렸다고 그들은 말하고, 그러나 그것을 그다지 걱정하는 빛도 없었고, 그런 이야기는 건드리고 싶지 않은 모양이었다. 그들이 알고 싶어하는 것은 미모자 저택이 탔는지 어떤지 하는 그 일뿐이었다. 애틀랜타에서 남쪽으로 내려오는 도중 그들은 많은 친지들의 저택 자리에 굴뚝만이 남아 있는 것을 보고 왔다. 그래서 자기들의 집만이 무사하기를 바라는 것은 너무 염치 없는 일 같았던 모양이다. 그런 만큼 기쁜 소식을 듣자 두 사람은 다 안도의 한숨을 내쉬었다. 적의 군대가 왔을 때, 샐리가 정신없이 말을 몰아서 알려 주러 왔다는 것, 그리고 그녀가 얼마나 교묘히 울타리를 뛰어넘었는가 하는 이야기들을 스카알렛으로부터 듣자, 그들은 넓적다리를 두들기며 웃었다.

「샐리는 용감해요.」하고 토니가 말했다. 「조가 전사해 버려서 정말 불쌍해. 그런데 씹는 담배는 없을까요, 스카알렛?」

「있는 거라고는 래비트 담배뿐이에요. 아버지는 옥수수대로 만든 담뱃대로 그것을 태우고 계신답니다.」

「나는 아직 그런 처량한 신세는 되지 않았어요.」하고 토니는 말했다. 「그러나 멀잖아서 그 꼴이 되겠지.」

「디미티 먼로는 무사합니까?」하고 열심히 그러나 겸연쩍은 듯이 알렉스가 물었다. 그가 샐리의 동생인 디미티에게 마음을 두고 있었던 것을 스카알렛은 어렴풋이 생각해 냈다.

「네, 무사해요. 지금은 큰어머님과 함께 페이에트빌에 있어요. 러브조이의 집이 불타 버린 것은 아시지요? 다른 사람들은 메이콘에 가 있어요.」

「이녀석이 궁금한 것은 디미티가 향토 방위군의 용감한 대령 따위와 결혼이라도 하지 않았나 하는 겁니다.」하고 토니가 놀려 댔다. 그러나 알렉스는 사나운 눈으로 그를 노려보았다.

「물론 결혼 같은 건 하지 않았어요.」하고 스카알렛은 재미있다는 듯이 그렇게 말했다.

「그러나 결혼했던 편이 그 사람을 위해서는 좋았을지도 몰라요.」하고 알렉스는 쓸쓸한 말투로 말했다.

「에이, 빌어먹을. 아, 미안합니다, 스카알렛 씨. 그러나 검둥이는 모두 해방되고, 가축은 없어졌겠다, 현재 호주머니에 돈 한푼 없는 녀석이 어떻게 결혼 신청 같은 걸 합니까?」

「그런 건 디미티는 전혀 아무렇지도 않게 생각할 거예요.」하고 스카알렛은 말했다. 알렉스 폰텐이 자기의 애인이었던 일은 한 번도 없었기 때문에 스카알렛은 디미티에 대해서는 얼마든지 관대할 수 있었고, 얼마든지 두둔해 줄 수가 있었다.

「지옥이여 불타라! 아, 이런, 또 실례를 했읍니다. 이젠 점잖지 못한 말은 그만둬야지. 그렇지 않았다간 할머니한테 틀림없이 가죽이 벗겨지고 말 거야. 그러나 나는 어떤 아가씨에 대해서도 거지와 결혼해 달라고 부탁할 수는 없어요. 저쪽에서는 아무렇지도 않게 생각할지도 모르지만 내가 참을 수 없거든요.」

스카알렛이 청년들과 앞쪽 포치에서 이야기하는 동안 멜라니와 스월렌과 캐린은 항복의 소식을 듣고 살그머니 집 안으로 들어가 버렸다. 청년들이 뒤쪽 밭을 지나 자기들 집으로 갔으므로 스카알렛도 안으로 들어갔다. 엘렌의 조그만 사무실의 긴의자 위에서 흐느껴 울고 있는 멜라니의 울음 소리가 들려 왔다. 그녀들이 그처럼 사랑하고 거기에 희망을 걸고 있었던 찬란하고 아름다운 꿈도, 그녀들이 친구나 애인이나 남편을 바치고 가정을 곤궁의 밑바닥에 떨어뜨린 〈대의〉도 다 사라져 버린 것이다. 절대로. 절망하지 않는다고 믿고 있었던 대의가 이제는 영원히 멸하고 만 것이다.

그러나 스카알렛은 한 방울의 눈물도 흘리지 않았다. 항복했다는 말을 듣는 순간 스카알렛은, 『아, 잘됐다!』하고 생각했다. 그렇다면 다시 또 암소를 도둑맞는 일도 없게 될 것이다. 말도 걱정 없다. 우물 속에서 은그릇을 꺼내다가 모두들 마음놓고 나이프와 포크를 쓸 수도 있다. 부근 일대로 먹을 것을 찾아 나가더라도 조금도 무서울 것이 없게 되는 것이다.

이 얼마나 마음 편한 일인가! 말발굽 소리를 들어도 두 번 다시 벌벌 떨지 않아도 된다. 어두운 밤중에 잠이 깨어, 말재갈 부딪는 소리나, 어지러운 말발굽 소리며, 양키의 우락부락한 구렁 소리 따위가 밑에서 들려 오는 것만 같아서 꿈인가 생시인가 하고, 숨을 죽이고 귀를 기울이는 일도 이제는 없게 되었다. 게다가 무엇보다 다행한 것은 타라가 무사했던 일이다. 이젠 저 최악의 악몽이 현실로 나타날 걱정은 없어졌다. 잔디밭에 서서, 정든 내 집에서 뭉게뭉게 오르는 검은 연기를 보는 일도 없겠거니와 지붕이 무너져내릴 때 불꽃이 무섭게 울부짖는 소리를 듣지 않아도 되었다.

그렇다, 대의는 죽었다. 그러나 늘 전쟁이 어이 없는 것으로밖에는 생각되지 않았던 그녀에게는 평화가 얼마나 좋은지 모른다. 남부 동맹 기가 깃대에 오르

는 것을 보고 눈을 빛낸 적도 없거니와 〈딕시〉의 노랫소리가 울리는 것을 들어
도 감격에 떤 적이 없었다. 궁핍과 지겨운 간호 일과 농성의 공포와 최근 수개월
을 굶주리는 동안에 그녀를 지탱하고 있었던 것은 다른 사람들에게 이 모든 고
생을 참게 한 대의가 승리할 것이라는 광신적인 감정은 결코 아니었다. 그러므
로 모든 것이 끝장이 나고, 모든 것이 끝났다고 해도, 그녀로서는 울 일이 아니
었던 것이다.

　모든 것이 끝났다! 무한정 계속될 것 같던 전쟁, 청하지도 원하지도 않았던
전쟁은, 그녀의 인생을 두 토막으로 딱 잘라 놓고 말았다. 마음 편하였던 다른
절반을 생각해 내기가 곤란할 만큼 뚜렷하게 잘라 놓고 말았다. 그녀는 푸른색
의 화사한 모로코 가죽으로 만든 덧신을 신고, 라벤더 향기가 풍기는 옷 장식을
단 스커트를 입은 아름다운 스카알렛의 모습을 무감동하게 생각해낼 수가 있
었다. 그리고 그것이 과연 자기였던가 하고 의심했다. 그것은 군내의 찬미자들
을 발 아래 무릎꿇게 하고, 백 명의 노예를 턱짓으로 부리고, 타라의 부(富)를
성벽처럼 등에 지고, 그녀가 원하는 어떤 소망이라도 들어 주는 양친의 애정으
로 지켜졌던 스카알렛 오하라였다. 애실리에 관한 일 이외에는 무엇 하나 생각
대로 되지 않은 것이 없었던 귀염받고 응석받이로 자란 스카알렛이었다.

　향주머니를 차고 무도화를 신은 그 소녀는, 이 사 년 동안의 굽이치고 먼 길
어디에선가 모습을 감추고, 뒤에 남은 것은 부지런히 잔돈을 세거나 여러 가지
천한 막일에 손이 거칠어진, 날카로운 푸른 눈의 한 여인, 그녀가 지금 서 있는
단단한 황토 이외에는 모두 파괴되어서 아무것도 남아 있지 않은 한 사람의 여
자였다.

　홀에 서서 여자들의 흐느껴 우는 소리를 들으면서, 그녀는 마음을 분주하게
움직이고 있었다.

　『좀더 목화를 심자. 더 많이! 내일 포크를 메이콘으로 보내어 종자를 사오게
하자. 이제는 적도 불을 지르지 않을 것이고, 우리 군대도 그것이 필요하지 않
을 것이다. 그렇다! 금년 가을에는 목화 값이 엄청나게 올라갈 것이다!』

　그녀는 조그만 사무실로 들어갔다. 그리고 긴의자에서 울고 있는 여자들을 아
랑곳하지 않고 사무실 책상 앞에 앉자, 거위깃 펜을 집어 들고 남아 있는 현금으
로 어느 만큼의 새 종자를 살 수 있을까를 계산하기 시작했다.

　『전쟁은 끝났다.』그렇게 계산하자 별안간에 벅찬 행복의 물결이 넘쳐서 펜을
떨어뜨렸다. 전쟁이 끝났으니까, 애실리도 만약 살아 있다면 돌아온다! 잃어
버린 〈대의〉를 위하여 울고 있는 멜라니는 그것을 생각하고 있을까, 하고 스카
알렛은 의심했다.

『이제 곧 편지가 오겠지. 아니, 편지 같은 것은 기대할 수가 없어. 하지만, 이제 곧 그는 어떻게 해서든지 소식을 알려 올 것이 틀림없다.』

그러나 날이 가고 몇 주일이 지났지만 애실리에게서는 아무런 소식도 없었다. 남부 여러 주의 우편은 늦어지기가 일쑤였고, 특히 시골에서는 완전히 두절되어 있었다. 가끔 애틀랜타로부터의 여행자가 피티 시고모로부터의 편지를 가지고 왔다. 거기에는 조카들에게 부디 돌아와 달라는 눈물겨운 사연이 적혀 있었다. 그러나 애실리로부터는 아무런 소식이 없었다.

전쟁이 끝나자, 스카알렛과 스월렌의 사이에는 줄곧 말 때문에 싸움이 끊일 새가 없었다. 양키의 위험이 없어졌기 때문에 스월렌은 노상 근처 사람들을 방문하고 싶어했다. 옛날같은 행복한 사교 생활이 없어져서 쓸쓸해 하고 있는 스월렌은 군내의 다른 집들도 타라만큼이나 처참하다는 것을 스스로 확인하고 마음을 놓고 싶다는 것 이외에는 아무 이유도 없었지만, 어쨌든 친구들을 찾아가고 싶어서 견딜 수가 없었던 것이다. 그러나 스카알렛은 완고했다. 말은 숲에서 재목을 나르기도 하고, 쟁기를 끌기도 하고, 포크를 태우고 먹을 것을 구하러 가기도 하고, 가지가지의 일이 있었다. 그러니까 일요일에는 목장에서 풀을 뜯으며 휴식할 권리가 있다. 만약 찾아보고 싶으면, 스월렌은 걸어서 가면 될 것이 아닌가.

작년까지 스월렌은 태어난 이래 백 야드도 걸은 적이 없었다. 그러므로 걸어야 한다고 생각하면 우울해지지 않을 수가 없었다. 그래서 그녀는 집에 틀어박혀서 불평을 하기도 하고 울기도 했다. 언젠가는 『아아, 어머니만 살아 계셔 주었더라면!』하고 넋두리를 했기 때문에 스카알렛은 전부터 말했던 대로 호되게 동생을 때렸다. 스월렌은 비명을 지르고 침대에 쓰러져서 온 집안을 떠들썩하게 했다. 그 뒤 스월렌은, 적어도 스카알렛이 있는 데서는 그다지 불평을 늘어놓지 않게 되었다.

스카알렛이 말을 휴식시켜야 한다고 말한 것은 진실이지만 그러나 그것은 반만이 진실이었다. 나머지 반은, 패전 뒤 맨 처음 달에 근처 친지들의 집을 한 바퀴 주욱 찾아다니며 옛친구들과 경작지의 참상을 보고, 스스로도 인정하고 싶지 않을 만큼 용기가 꺾이고 말았기 때문이었다.

샐리가 말을 몰아 북군의 내습을 알려 준 덕택으로 폰텐 집 사람들은 어느 곳보다도 나은 생활을 하고 있었으나, 그러나 그렇다고는 해도, 그것은 단순히 다른 이웃 사람들의 절망인 상태와 비교해서 얼마쯤 낫다는 데에 지나지 않았다. 폰텐 할머니는 누구보다도 먼저 앞장서서 불을 두드려 꺼서 집을 구해 냈지만,

542

그 날 일으킨 심장병의 발작이 완전히 회복되지 않았다. 폰텐 노선생의 절단된
팔도 회복이 신통치 못했다. 알렉스와 토니는 서투른 솜씨로 삽과 괭이 자루를
휘두르고 있었다. 스카알렛이 찾아가자 그들은 울타리 위로 손을 내밀어서 그녀
와 악수하고, 그녀가 타고 온 느린 마차를 보고 웃었으나, 그 검은 눈에는 서글
픈 빛이 있었다. 그들은 그녀를 보고 웃는 동시에 자기들 자신에 대해서도 웃고
있는 것이다. 그녀가 옥수수 종자를 사고 싶다고 하자, 그들은 즉석에서 승낙하
고 농장 문제에 대하여 이야기를 시작했다. 그들에게는 닭이 열 두 마리, 암소
가 두 마리, 돼지가 다섯 마리, 그리고 싸움터에서 타고 온 노새가 한 마리 있
었다. 마침 돼지가 한 마리 막 죽었기 때문에 그들은 다른 돼지도 죽지 않을까
하고 노상 걱정을 하고 있었다. 여태까지는 어떤 넥타이가 가장 유행형이나 하
는 정도밖에는 인생에 대해서 진지하게 생각한 일이 없는 두 멋장이 사나이들이
돼지에 대한 얘기를 심각하게 하는 것을 보자 스카알렛은 저도 모르게 웃음을
터뜨렸으나, 그 웃음도 이번에는 허전하고 쓸쓸한 것이었다.
　미모자 저택의 사람들은 모두 그녀를 환영했다. 그리고 옥수수 종자도 팔려고
하지 않고 그냥 드리는 것이라면서 고집을 부렸다. 그녀가 한 장의 그린백 지폐
를 테이블 위에 놓자 언제나 화를 곧잘 내는 폰텐 집 버릇으로 금세 화를 내면서
받기를 거절했다. 스카알렛은 옥수수를 나누어 받자, 일 달러짜리 지폐를 샐리
의 손에 살짝 쥐어주었다. 샐리는 팔 개월 전 스카알렛이 처음으로 타라에 들어
왔을 때, 반겨 맞아 주던 그 처녀다움을 잃고 마치 딴 사람처럼 웃었다. 그 무렵
에도 그녀는 창백한 얼굴을 하고 우울하기는 했지만, 그래도 어딘가 모르게 기
운이 있어 보였다. 그러나 지금 보니, 마치 패전이 그녀의 모든 희망을 남김 없
이 빼앗아간 것처럼 완전히 기운이 없었다.
　「스카알렛!」하고 지폐를 움켜쥐고 그녀는 속삭였다. 「도대체 무슨 신통한
일이 있었지? 왜 우리들은 전쟁을 했을까? 아아, 내 불쌍한 남편! 불쌍한 내
아기!」
　「왜 전쟁을 했는지 나는 알 수 없어. 그러나 그런 것은 내게는 아무래도 상관
없어.」하고 스카알렛은 말했다. 「나는 전쟁 같은 건 조금도 흥미가 없어. 여태
까지도 흥미를 가진 일은 없었어. 전쟁은 남자들의 일이지 여자의 일은 아니거
든. 지금 내가 흥미를 가지고 있는 것은 목화를 잔뜩 만들어내는 것뿐이야. 자
아, 이 돈을 받아 주어. 아기에게 옷이라도 사주어. 아기는 아무래도 비용이 들
거야. 난 알렉스와 토니의 친절은 고맙지만 당신들의 귀중한 옥수수를 마치 도
둑질해 가는 것처럼 그냥 얻어갈 수는 없어.」
　청년들은 그녀를 부축해서 짐마차에 태워 주고 배웅을 했다. 누더기를 입고는

있었지만 그들은 명랑한 폰텐 집 사람들답게 은근하고 쾌활했다. 그러나 그들의 궁색한 모양을 일일이 보고 온 만큼, 그녀는 마차를 달려서 미모자 집을 떠날 때 진저리가 쳐졌다. 궁색과 가난에는 그녀는 이미 넌더리가 나 있었던 것이다. 이 다음 끼니는 어디서 구해 올 것인가 하는 따위의 걱정이 없는 유복한 사람들을 만날 수 있으면 얼마나 마음 편할 것인가.

캐이드 캘버트는 파인 블룸 저택에 있었다. 보다 행복했던 옛날, 자주 춤을 추러 왔던 적이 있는 그 해묵은 저택의 계단을 올라갔을 때, 스카알렛은 그의 얼굴에 죽을 상이 나타나 있는 것을 보았다. 양지 쪽 안락의자에 누워서 무릎에 숄을 두르고 있던 그는, 수척하고 기침을 하고 있었는데, 그녀를 보자 얼굴을 빛냈다. 그러나 그녀에게 인사하기 위하여 일어나려고 하면서 감기가 좀 들었는데 그것이 가슴에 왔다고 했다. 종종 비를 맞으면서 자곤 했기 때문이지만 이제 곧 나을 테니까, 그때에는 여러 사람의 일을 도울 작정이라고 했다.

목소리를 알아듣고 안에서 나온 캐스린 캘버트는, 오빠의 머리 너머로 스카알렛과 눈이 마주쳤다. 스카알렛은 그 눈에서 모든 것을 알고 있는 사람의 참혹한 절망을 보았다. 캐이드는 모를지 모르지만 캐스린은 알고 있는 것이다. 파인 블룸 저택은 황량해 보였다. 잡초가 우거지고, 솔씨가 밭에 떨어져서 자라기 시작했고, 집도 보기 싫게 기울어 가고 있었다. 캐스린은 여위기는 했지만 기운을 차리고 있었다.

쥐죽은 듯이 조용하여 이상하게 소리가 울리는 집 속에 남아 있는 사람은, 그들 둘과 북부 태생인 계모와 배다른 네 누이동생과 그리고 북부 태생인 농장 감독 힐튼이었다. 스카알렛은 자기 집 농장 감독이었던 조나스 윌커슨을 좋아하지 않았던 것처럼 이 힐튼을 좋아하지 않았다. 지금 어슬렁거리며 다가와서 마치 동등한 인간인 것처럼 인사하는 것을 보자 여태까지 보다도 더 싫어졌다. 예전의 그는 윌커슨이 그랬던 것처럼 비굴함과 버릇없는 면을 함께 가지고 있었는데, 이제 캘버트 씨와 레이포드가 전사하고 캐이드가 병들게 되자, 그는 완전히 그 비굴성을 벗어던져 버리고 말았다. 후처로 들어온 캘버트 부인은, 어떻게 해야 흑인 노예들의 존경을 받을 수 있는가를 알지 못했다. 그러므로 백인의 존경을 받는다는 것은 바랄 수 없는 일인 것이다.

「힐튼 씨는, 무척 친절하게 이런 어려운 시기를 줄곧 우리들과 함께 있어 주셨지.」하고 잠자코 있는 전실 딸을 흘끗흘끗 바라보면서 캘버트 부인은 신경질적인 목소리로 말했다. 「정말 친절하셔어. 들었을 줄 알지만, 샤만의 군대가 밀려들었을 때, 힐튼 씨는 두 번이나 우리 집을 구해 주셨어. 만약 이분이 안 계셨더라면 정말로 우리들은 어쩔 도리가 없었을 거야. 돈은 없지, 캐이드는…….」

캐이드의 창백한 얼굴에 핏기가 올랐다. 캐스린은 입을 꼭 다물고, 긴 속눈썹으로 눈을 가리었다. 북부 태생의 농장 감독의 은혜를 입고 있다는 데에 대한 어쩔 수 없는 분노로 해서 두 사람의 혼이 고민하고 있는 것을 스카알렛은 알았다. 캘버트 부인은 금세 울음을 터뜨릴 것처럼 보였다. 또 무언가 실수를 한 모양이구나 하고 생각했던 것이다. 그녀는 언제나 실수만 하고 있었다. 이십 년이나 조지아에서 살면서도 그녀는 아직도 남부 사람들의 기질을 모르고 있었다. 어떤 것을 전실 자식들에게 말하면 안 되는 것인지, 그녀는 도무지 알 수가 없었다. 뿐만 아니라 전실 자식들은 그녀가 무슨 소리를 하거나 어떤 짓을 하거나 언제나 계모에 대하여 더할 나위 없이 깍듯했다. 그녀는 잠자코 마음 속으로 맹세했다. 자기는 역시, 이렇게 속을 헤아릴 수 없는 완고한 사람들과 헤어져서 자기 아이들을 데리고 자기들과 같은 사람이 있는 북부로 가야겠다고.

이 날 두 가정을 방문하고 나서, 스카알렛은 이미 탈레턴 집을 방문할 마음이 나지 않았다. 네 아들은 전사하고, 집은 타버리고, 가족은 농장 감독의 집에 웅크리고 있는 현재의 탈레턴 집, 그런 곳에 가고 싶은 생각은 없었다. 그러나 스월렌과 캐린이 줄곧 졸라 대고, 멜라니는 멜라니대로 전지에서 돌아온 탈레턴 씨에게 인사를 가지 않는 것은 이웃끼리의 정리가 아니라고 내세웠기 때문에, 어느 일요일에 모두 함께 나섰다.

이것이 가장 나빴었다.

그녀들이 탈레턴 집이 타버린 자리 옆을 마차로 달려가자, 다 해진 승마복을 입고 채찍을 겨드랑이에 낀 베아트리스 탈레턴 부인이, 마장(馬場) 주위로 둘러친 울타리의 가로대 꼭대기에 앉아서 넋을 잃고 엉뚱한 곳을 바라보고 있었다. 그 곁에는 그녀의 조마사(調馬師)인 앙가발이 키 작은 흑인이 앉아 있었는데, 그 역시 여주인과 마찬가지로 우울한 얼굴을 하고 있었다. 옛날에는 좋아라고 뛰어 돌아다니는 망아지와 듬직한 종자말이 그득하던 마장도 지금은 한 마리의 노새가 있을 뿐 조용하기만 했다. 그것은 패전 뒤 탈레턴 씨가 전지에서 타고 돌아온 노새였다.

「내 귀염둥이가 없어져 버려서 나는 이제 어떻게 하면 좋을지 내 자신이 저주스러워졌어.」하고 울타리에서 내려오면서 탈레턴 부인이 말했다. 모르는 사람이 들으면, 죽은 네 아들을 말하고 있는 것이라고 생각하겠지만, 타라에서 온 여자들에게는 부인이 말에 대하여 말하고 있다는 것을 잘 알고 있었다.

「내 예쁜 말은 모두 죽고 말았어. 아아, 불쌍한 넬리! 넬리만 있어 주었더라면! 그런데 이 마장에 있는 것은 단 한 마리의 저주스러운 노새뿐이란 말이야, 저주받은 노새가.」하고 화가 치미는 것처럼 뼈와 가죽뿐인 동물 쪽을 바라보면서 그녀는 되풀이했다. 「이 마장에 노새 따위를 들여놓은 것은, 내 귀여운 순종을 생각하는 마음에 대한 모욕이야. 도대체가, 노새라는 건 잘못 태어난 병신이니까, 그 번식을 법률로 금지해야 돼.」

더부룩한 수염 때문에 완전히 모습이 달라진 짐 탈레턴이 농장 감독의 집에서 나와서, 여자들에게 키스하며 반기었다. 그 뒤에 누덕누덕 기운 드레스를 입은 붉은 머리에 네 딸들이, 귀에 익지 않은 목소리를 듣고 문간에서 짖어 대는 십여 마리의 검은 놈과 황갈색의 사냥개를 헤치면서 우르르 몰려나왔다. 가족들 누구나가 애써 쾌활하게 행동하려고 결심하고 있는 것 같았으나, 그것을 보자 스카알렛은 미모자 저택의 고통이나 파인 블룸 저택의 죽음 같은 참상을 보았을 때보다도 훨씬 심한 오한을 느꼈다.

탈레턴 집 사람들은 최근엔 찾아오는 사람도 없고, 여러가지 세상 형편도 듣고 싶으니까, 부디 저녁식사를 함께 들자고 권했다. 스카알렛은 무엇인가 짓눌리는 것 같은 그러한 분위기 속에서 그다지 오래 지체하고 싶지는 않았다. 그러나 멜라니와 동생들이 돌아가려고 하지 않았기 때문에, 결국 네 사람은 저녁식사 때까지 앉았다가 식사에 내놓은 저장해 둔 고기와 말린 완두콩을 되도록 사양하면서 먹었다.

일부러 빈약한 요리를 웃어 가면서 탈레턴 집 딸들은 다시 없는 유쾌한 농담이라도 하는 것처럼 의복의 대용품 이야기를 하며 웃었다. 멜라니는 뜻밖에도 쾌활함을 보여 스카알렛을 놀라게 하면서, 중도에서 그 이야기에 끼어들어 타라의 시련을 이야기하고, 그와 같은 궁핍은 아무것도 아닌 것처럼 가볍게 넘겨 버렸다. 그러나 스카알렛은 아무 말도 할 수가 없었다. 어슬렁거리기도 하고, 담배를 피워 대기도 하고, 농지거리를 하기도 하는 몸집이 커다란 네 아들들이 없기 때문에 집 안이 몹시 허전하게 느껴졌다. 그녀에게까지 이렇게 허전하게 느껴지는데, 손님들에게 웃는 얼굴을 짓고 있는 탈레턴 집 사람들에게는 그것이 얼마나 쓸쓸하겠는가.

캐린은 식사하는 동안 거의 입을 열지 않다가 식사가 끝나자, 탈레턴 부인의 곁에 붙어앉아서 뭔가 작은 소리로 소곤소곤했다. 그러자 탈레턴 부인은 표정이 달라지며 캐린의 가느다란 허리로 팔을 돌렸는데, 쓸쓸한 미소는 어느덧 부인의 입술에서 사라졌다. 둘은 방을 나갔다. 더 이상 잠시도 집 안에 있을 수가 없어서 스카알렛도 그 뒤를 따라 방을 나왔다. 둘은 뜰을 지나갔다. 묘지로 가는구나 하고 스카알렛은 생각했다. 스카알렛은 새삼스럽게 방으로 돌아갈 수도 없어졌다. 그것은 실례가 된다. 그러나 탈레턴 부인이 애써 쾌활하게 꾸며 보이고 있을 때에, 어쩌자고 캐린은 또 부인을 전사한 사랑하는 아들들의 묘지로 끌어내는 것일까?

음산한 삼나무 아래 벽돌담으로 둘러싸인 묘지 안에 두 개의 대리석 묘표가
서 있었다. 아직 새것인 채 빗물이 튀어 나온 붉은 진흙 자국조차 없다.

「지난 주일에 세운 거야.」하고 탈레턴 부인은 자랑스럽게 말했다. 「주인이
메이콘까지 가서 마차에 싣고 운반해 온 거야.」

묘석! 퍽 값비싼 것임에 틀림없다. 스카알렛은 문득 맨 처음 느낀 것처럼 탈
레턴 집 사람들이 그다지 딱한 것은 아니라고 생각했다. 식량값이 너무 비싸서,
거의 손에 넣기가 어려운 때에, 소중한 돈을 묘석에 써버리는 그러한 사람은 동
정할 가치가 없다. 게다가 어느 묘석에나 몇 줄씩의 글자가 새겨져 있었다. 글
자가 많으면 많은 만큼 돈이 더 드는 것이다. 이 집 사람들은 모두 머리가 어떻
게 된 것이 틀림없다! 세 아들의 시체를 집까지 운반해 오는 데도 역시 상당한
돈이 들었을 것이다. 단지 보이드의 시체만은 찾을 수가 없었고 행방마저 묘연
했다.

브렌트와 스튜어트를 매장한 중간에 있는 묘석에는 이렇게 기록되어 있었다.
〈생전에 쾌활하고 명랑했던 두 사람은 죽어서도 떨어지지 않으리.〉

또 다른 묘석에는 보이드와 톰의 이름과 함께 〈Dulce et……〉로 시작되는 라틴
어의 글귀가 적혀 있었으나, 페이에트빌의 여학교 시절, 라틴어 시간을 어떻게
해서든지 빼먹기만 한 스카알렛에게는 뜻을 전혀 알 수 없었다.

이만한 돈이 묘석에 들어 있는 것이다! 어쩌면 이다지도 어리석은 사람들인
가! 마치 그녀 자신의 돈을 함부로 써버린 것처럼 분개했다.

캐린의 눈은 야릇하게 빛나고 있었다.

「참 아름답다고 생각해요.」하고 첫번째 묘석을 가리키며 그녀는 속삭였다.

캐린에게는 그것이 아름답게 생각되는 모양이다. 무엇이거나 감상적인 것에
그녀는 감격하는 것이다.

「그래.」하고 탈레턴 부인은 말했다. 상냥한 목소리였다. 「우리들도 그 귀절
은, 저 두 사람에게 알맞다고 생각하고 있어. 둘은 거의 동시에 죽었단다. 스튜
어트가 먼저고, 브렌트는 스튜어트가 떨어뜨린 기를 집어올리는 순간에 쓰러졌
단다.」

타라로 돌아오는 도중, 스카알렛은 잠시 말없이 지금까지 여러 곳의 가정에서
목격한 일들을 생각하고 있었다. 그러자 모든 커다란 저택에는 많은 손님들이
몰려들고, 돈은 얼마든지 있고, 검둥이들은 흑인 주택 구역에 떼를 지어 있고,
손질이 잘되어 있는 밭에는 목화꽃이 만발해 있었던 이 지방의 황금 시대의 광
경이 저도 모르게 그리워서 견딜 수가 없었다.

『앞으로 일 년만 지나면 이 근처의 밭은 온통 잔솔로 뒤덮이고 말 것이다.』하고 그녀는 생각하며 주위를 둘러싸고 있는 숲 속을 바라보며 몸서리를 쳤다.

『흑인들이 없으면, 몸과 마음을 지탱해 가는 것이 우리들로서는 고작이다. 흑인의 힘을 빌리 않고는 아무도 큰 농장을 경영할 수 없다. 많은 밭이 갈리지도 않은 채 그냥 내버려질 것이고, 그렇게 되면 숲이 또 밭을 정복해 올 것이 틀림 없다. 누구나 목화를 많이 재배할 수가 없게 될 것인데, 그렇게 되면 우리들은 도대체 어떻게 될 것인가? 도시 사람들이라면 어떻게든지 해나갈 수가 있겠지. 여태까지도 늘 그럭저럭 어떻게 해왔었다. 우리들 같은 농장 사람들은 백 년 전과 같은 개척자 생활로 돌아가서 작은 통나무 오두막집에 살면서 조금밖에 안 되는 밭을 뒤지며 겨우겨우 이슬 같은 목숨을 이어가지 않으면 안 된다는 말인가.』

『아니다, 아니…….』하고 그녀는 넉살 좋게 생각했다. 『타라는 절대로 그렇게는 만들지 않는다. 설사 내가 직접 밭을 가는 한이 있더라도, 만약 어떤 일이 있더라도 그래야만 한다면 이 고장도, 이 주 전체도 다시 옛날처럼 숲으로 돌아가는 것이 좋다. 하지만 타라만은 그렇게는 안 된다. 나는 묘석에 돈을 낭비하거나, 전쟁을 한탄하고 우는 것에 자기 시간을 낭비하거나 할 생각은 없다. 어떻게든지 해서 기어코 해나간다. 남자들이 한 사람도 남지 않고 죽어 버렸다면 몰라도, 그렇지 않은 한 반드시 어떻게든지 해나갈 수 있을 것이다. 가장 나쁜 것은 흑인이 없어졌다는 것이 아니다. 남자들이, 젊은 남자들이 없어졌다는 것이다.』네 사람의 탈레턴 형제와 조 폰텐, 레이포드 캘버트와 먼로 형제, 그 밖에 언젠가 전사자 명부에서 읽은 페이에트빌과 존즈보로 출신의 모든 청년들을 그녀는 생각해 냈다. 『필요한 만큼의 남자들이 남아 있기만 하면, 어떻게 해나갈 수 있다. 그러나….』

다른 생각이 문득 가슴에 떠올랐다. 자기가 다시 한 번 결혼할 생각을 먹는다면 어떨까. 물론 재혼하고 싶어서가 아니다. 결혼 같은 것은 확실히 한 번이면 족하다. 게다가 그녀가 앞으로나 지난날에나 결혼을 바라고 있었던 오직 한 남자는 애실리이었으나, 만약 아직 살아 있다고 하더라도 그는 이미 결혼해 있는 것이다. 그렇다면 지금 가령 다시 결혼하려고 하면 어떻게 될 것인가? 상대는 도대체 누가 있단 말인가? 그렇게 생각하자 그녀는 무서워졌다.

「멜라니!」하고 그녀는 말했다. 「남부의 여자들은 앞으로 어떻게 될까?」

「그건 어떤 뜻이에요?」

「내 말 그대로야. 앞으로 여자들은 어떻게 될까? 결혼할 상대가 없잖아. 글쎄 멜라니, 젊은 남자들이 모두 전사해 버렸다면 노처녀로 죽어야 할 여자가 남부 전체에서 수천 명이나 생길 것 아니겠어?」

「그리고 아이도 낳지 못하게 되겠군요.」하고 멜라니는 덧붙였다. 그녀에게 있어서는 이것이 가장 중대한 문제였다.

짐마차 안쪽에 앉아 있던 스월렌에게 있어서 이것이 새로운 생각이 아니라는 것은, 그녀가 갑자기 울기 시작한 것으로 보아도 분명했다. 크리스마스 이래 프랭크 케네디로부터는 아무 소식이 없었다. 그 원인이 우편 사무의 지체에 있었는지, 아니면 그가 단순히 그녀의 애정을 희롱하고 그것만으로 잊어버리고 만 때문인지, 그녀로서는 전혀 짐작이 가지 않았다. 그렇지도 않다면 경우에 따라서는 전쟁이 끝날 무렵에 전사했을지도 모르는 일이다. 그러나 잊혀지는 것에 비하면 전사해 버리는 편이 훨씬 더 나을 것 같았다. 왜냐하면 캐린이나 인디어 윌크스의 경우처럼, 죽은 애인에게 애정을 바치는 것이라면 적어도 어느만큼 떳떳하기라도 하지만, 약혼자에게 버림을 받았다고 한다면 도무지 체면이 말이 아니기 때문이다.

「아, 제발 좀 울지 말아 줘!」하고 스카알렛은 말했다.

「언니가 아무렇지도 않게 그런 소리를 하는 것은.」하고 스월렌이 흐느껴 울면서 말했다. 「언니는 이미 결혼해서 아이가 있고, 언니를 사랑했던 분이 있다는 것을 다들 알고 있기 때문이야. 그런데 나는 어떠냐 말야! 언니는 내가 노처녀가 된다고 해서, 나를 빗대 놓고 비꼬느라고 그런 소리를 하겠지만, 노처녀가 된대도 그것은 내 탓이 아니야. 난 정말 언니가 미워!」

「닥쳐! 내가 늘 찔찔 짜는 사람을 얼마나 싫어하는지 너도 잘 알 게다. 그 생강빛 구레나룻 영감은 죽지 않았고 이제 곧 돌아와서 너와 결혼할 것이라는 것은, 너 자신이 잘 알고 있지 않니. 그 사람은 그것밖에는 다른 재주는 없단 말이다. 하지만 나라면 그런 사람하고 결혼하느니 노처녀가 되는 편이 훨씬 낫겠다.」

마차 뒤쪽에서는 잠깐 동안 아무런 소리도 들리지 않았다. 캐린은 멍청히 스월렌의 어깨를 쓰다듬면서 위로하고 있었으나, 그녀의 마음은 거기에 있지 않았다. 삼 년 전, 브렌트 탈레턴과 말을 타고 나란히 지났던 길을 그녀의 마음은 다시 그려 보고 있었던 것이다. 그 눈에는 고조된 광채가 있었다.

「아!」하고 멜라니는 쓸쓸하게 말했다. 「홀륭한 젊은이들이 없어져 버렸으니 남부는 앞으로 어떻게 될 거지? 만약 그 사람들이 살아 있었다면 남부는 어떻게 되었을까? 우리들은 그 사람들의 용기와 정력과 두뇌를 얼마든지 활용할 수가 있었을 텐데. 스카알렛, 우리들처럼 아들이 있는 사람은 누구든지 죽은 사람들을 대신할 수 있도록 아이들을 그 사람들처럼 홀륭한 청년으로 길러내야 되겠지요?」

「그런 사람들은 두 번 다시 나오지 않을 거야.」하고 캐린이 차분한 목소리로
말했다.「그 사람들을 대신할 사람은 한 사람도 없어요.」

타라로 돌아가는 나머지 길을 그녀들은 잠자코 마차를 달렸다.

그 뒤 며칠 되지 않은 어느 날, 캐스린 캘버트가 해질 무렵에 타라로 찾아
왔다. 그녀의 부인용 안장은 스카알렛이 여태까지 본 적이 없을 만큼 한심한,
귀가 축 늘어지고 절룩거리는 노새 등에 매어져 있었다. 캐스린 역시 타고 있는
노새에 못지않을 만큼 처량한 모습이었다. 드레스는 옛날 같으면 하녀들밖에 입
지 않았을 것 같은 모양에다가 색이 바랜 깅감(^{같은 줄 무늬의}_{램포—역자주})이었고 볕가리개 모자
를 삼베 실로 턱에다 매고 있었다. 그녀는 앞쪽 포치까지 노새를 타고 왔는데 노
새에서 내리려고는 하지 않았다. 그때까지 석양을 바라보고 서 있던 스카알렛과
멜라니는 계단을 내려가서 그녀를 맞았다. 캐스린의 얼굴은 스카알렛이 찾아갔
던 날의 캐이드처럼 창백하고 굳어 있어서, 말을 하면 얼굴이 부서져 버리지 않
을까 하고 생각될 만큼 부실해 보였다. 그러나 그녀는 꼿꼿하게 등을 펴고, 고
개를 끄덕여 두 사람에게 인사를 하면서도 머리를 높이 들고 있었다.

윌크스 집의 바베큐에 모였던 날, 자기와 캐스린이 레트 버틀러의 이야기를
소곤거리며 주고받았던 일이 있었다는 것을 스카알렛은 문득 생각해 냈다. 푸른
색의 오건디의 얇은 옷을 입고, 향기 그윽한 장미꽃을 장식 띠에 꽂고, 예쁜 검
정 빌로도 덧신을 레이스로 가느다란 발목에 동여매었던 그 날의 캐스린의 맵시
는 무척 사랑스럽고 싱싱해 보였다. 그러나 지금 격식을 차리고 딱딱하게 노
새 등에 앉아 있는 그녀에게는 그러한 소녀적 옛 모습은 전혀 찾아볼 수 없
었다.

「모처럼이지만 이대로 실례해야 되겠어.」하고 그녀는 말했다.「나 결혼하게
되어서 그것을 알리려고 왔어.」

「어머나!」

「어느 분하고?」

「캐스린, 얼마나 기쁜 일이야?」

「언제지?」

「내일이야.」하고 캐스린은 조용히 대답했으나 그 목소리에는 무언가 두 사람
의 얼굴에서 미소를 거두게 하는 것이 있었다.「내일, 나는 존즈보로에서 결혼
하게 됐기 때문에 그것을 알리려고 왔어…… . 하지만 너희들을 초대하지는 않겠
어.」

두 사람은 어이가 없어서 그녀의 얼굴을 쳐다보면서, 잠자코 그 뜻을 생각하고 있었다. 이윽고 멜라니가 말했다.

「어느 분이지, 우리들이 아는 분이니?」

「응.」하고 캐스린은 간단하게 대답했다. 「힐튼 씨야.」

「힐튼 씨?」

「그래, 우리 집 농장 감독 힐튼 씨.」

스카알렛은「어머나!」하고 놀라는 소리조차 지를 수 없었다. 문득 멜라니를 내려다본 캐스린은 낮고 격한 소리로 말했다. 「멜라니, 네가 울면 나도 참을 수가 없잖아. 난 죽어 버릴 거야!」

멜라니는 아무 말도 하지 않고, 등자에서 드리워져 있는, 손으로 만든 볼품 없는 신을 신고 있는 발을 어루만지고 있었다. 그녀의 얼굴은 푹 수그러져 있었다.

「내게 손을 대도 싫어! 어느 쪽도 나는 참을 수가 없단 말야!」

멜라니는 손은 뗐으나, 여전히 얼굴을 들려고 하지는 않았다.

「자아, 나 돌아가야 되겠어. 잠깐 그것만 알리러 왔던 거야.」

여전히 창백하고, 부서지기 쉬운 가면 같은 표정을 짓고 그녀는 고삐를 잡았다.

「캐이드는 좀 어떠셔?」하고 스카알렛은 물었다. 그녀는 전혀 사태를 이해할 수 없었지만, 그러면서도 그 어색한 침묵을 깨뜨릴 말을 찾아내려 하고 있었던 것이다.

「거의 죽어가고 있어.」하고 캐스린은 퉁명스럽게 말했다. 그 목소리에는 아무런 감정도 들어 있지 않은 것 같았다.

「내가 결혼하면 캐이드도, 자기가 죽은 뒤에 누가 나를 보살펴 줄 것인가 하는 걱정을 않고, 마음놓고 조용히 죽을 수 있을 거야. 계모는 자기 아이들을 데리고 북쪽으로 가기로 했어, 내일. 그럼 나 돌아가야겠어.」

멜라니는 얼굴을 들고 캐스린의 심각한 눈을 마주보았다. 멜라니의 속눈썹에는 눈물이 반짝거렸고, 눈에는 이해의 빛이 감돌았다. 그것을 보자 캐스린의 입술은 울음을 참는 씩씩한 아이처럼 경련이 이는 미소로 일그러졌다. 스카알렛은 뭐가 뭔지 도무지 영문을 알 수가 없었다. 캐스린 캘버트가, 부유한 농장주의 따님인 캐스린이 이 군내에서는 스카알렛 다음으로 어느 처녀보다도 애인이 많았던 캐스린이 어째서 한낱 농장 감독 따위와 결혼하려고 하는 것인지, 스카알렛은 아직 그 의문을 풀기가 어려웠다.

캐스린은 몸을 구부리고 멜라니는 발돋움을 했다. 둘은 키스했다. 그리고 캐스린은 고삐로 철썩 채찍질을 했다. 늙은 노새는 천천히 움직이기 시작했다.

멜라니는 흐르는 눈물로 얼굴을 적시면서 그 뒷모습을 배웅하고 있었다. 스카알렛은 아직도 망연한 기분으로 그것을 바라보고 있었다.

「멜라니, 저 애 정신이 돈 게 아니야? 저 애가 그런 남자를 사랑하다니 멜라니도 생각할 수 없잖아?」

「사랑한다고? 원 스카알렛. 지나가는 말이라도 그런 가혹한 말을 해서는 안 돼요! 아, 불쌍한 캐스린! 불쌍한 캐이드!」

「까닭을 알 수가 없잖아!」하고 짜증스러워서 스카알렛은 외쳤다. 언제나 멜라니가 자기보다도 빨리 사정을 알아차리는 것이 못마땅했던 것이다. 캐스린의 입장은 그녀에게는 비극으로 느껴지기 보다는 놀라운 일로 느껴졌다. 물론 북부 태생의 백인 찌꺼기와 결혼하려는 것은 유쾌한 일일 수 없지만, 그러나 뭐니뭐니해도 농장에 젊은 여자가 혼자서 살 수는 없는 것이다. 힘이 되어 줄 남편을 갖지 않으면 안 되는 것이다.

「언젠가 내가 말한 대로야, 멜라니. 여자들은 적당한 결혼 상대가 없기 때문에 결국은 아무하고라도 결혼하지 않으면 안 되는 거야.」

「아니, 꼭 결혼할 필요는 없어요! 노처녀가 되었다고 조금도 부끄러워할 건 없다고 생각해요. 피터 고모님을 보아요. 아, 나는 차라리 캐스린이 죽는 걸 보는 편이 낫겠어! 캐이드만 해도 분명히 그렇게 생각하고 있을 거야. 캘버트 집도 이젠 마지막이야. 정말 그 사람들한테서 어떤 아이가 태어날 것인지 생각 좀 해 보란 말야. 아, 스카알렛, 빨리 포크에게 안장을 차리라고 해서 그 애 뒤를 쫓아가 주어요. 그리고 캐스린에게 우리들과 함께 살자고 권해 주어요!」

「어쩌면!」하고 스카알렛은 외쳤다. 멜라니가 대수롭지 않은 일처럼 캐스린에게 타라를 제공하라는 태도에 몹시 놀랐던 것이다. 분명히 그녀에게는 군식구를 한 사람 더 먹여 살릴 생각은 없었다. 그래서 말을 하려고 했지만 멜라니의 슬픔에 짓눌린 얼굴을 보자 차마 주저하지 않을 수 없었다.

「그 앤 오지 않아요, 멜라니.」하고 그녀는 하고 싶은 말과는 다른 말을 했다. 「멜라니도 오리라고는 생각하지 않지? 그처럼 콧대가 높은 애니까, 그걸 동정이라고 생각할 게 뻔해.」

「그건 그래, 그럴 거야!」하고 큰길 저편으로 사라져 가는 조그만 붉은 먼지 구름을 바라보면서 멜라니는 망연하게 대답했다.

『너는 벌써 몇 달씩이나 내 집에 있지만』 하고 시누이 쪽을 보면서 스카알렛은 짜증스럽게 마음 속으로 생각했다. 『자기가 남의 동정으로 살아가고 있다는 것은 한 번도 생각하지 못했지. 언제까지나 생각하지 못할 거야. 너는 전쟁도 그 인간성을 바꾸지 못한 사람 중의 하나야. 그리고 마치 아무 일도 일어나지 않았던 것처럼. 우리들이 크로이소스(릭담아최후의) 처럼 돈 많고, 주체 못할 만큼 먹을 것이 있고, 손님이 몇 사람씩 묵어도 상관 없는 것처럼 생각하면서 살아갈 수 있는 사람이야. 나는 한평생 너를 내 목에 매달고 다녀야만 된다고 생각하지만, 그러나 나는 캐스린까지 내 목에 **매달** 생각은 없단 말이야.』

30

평화가 찾아온 그해 한여름, 타라의 고립된 상태가 갑자기 일변했다. 그로부터 수개월 동안을 초라하게 수척하고 수염투성이의 얼굴에다 누더기 옷을 입고, 아픈 다리를 끌며, 게다가 언제나 굶주린 사람의 물결이 황토길 언덕을 타라까지 올라와서, 현관 계단에서 쉬면서 먹을 것을 구걸하고 하룻밤 잠자리를 청했다. 그들은 고향을 향하여 돌아가는 남군의 패잔병이었다. 철도는 존스톤군의 패잔 부대를, 북 캐롤라이나에서 애틀랜타까지 실어다가 거기서 내려놓았다. 그리하여 애틀랜타로부터 그들의 도보 행각이 시작되었다. 존스톤군의 병사들이 한 차례 지나고 나면, 버지니아 부대의 고참병들이 기진 맥진해서 찾아들었다. 그 다음에는 서부 전선의 장병들이었다. 그들은 이미 없어져 버렸는지도 모르는 집과 생사조차 확실치 않은 가족들에게로, 고향을 향하여 남으로 발을 옮겨 놓는 것이었다. 대부분은 도보로, 몇 사람 재수 좋은 사람들만이 말라 비틀어진 말이나 노새를 타고 있었다. 이들 동물은 항복 조건에 의해서 소유가 허락된 것들이지만, 그러나 이미 누가 보아도 플로리다나 남 조지아까지 무사히 갈 수 있으리라고 생각되지 않을 만큼 쇠약해 있었다.

내 집으로! 내 집으로! 이것이 병사들의 가슴에 있는 오직 한 가지 생각이었다. 어떤 사람은 서글픈 듯이 침묵을 지키고 어떤 사람은 고생을 비웃으며 명랑한 체 굴고 있었지만 똑같이 가슴 속에 있는 것은 모든 것이 끝났다는 생각이었고, 내 집으로 돌아간다는 그 한 가지가 그들을 지탱하고 있었다. 괴로운 얼굴을 하고 있는 사람은 적었다. 고생은 집을 지키는 여자나 노인에게 내맡겨 버렸던 것이다. 그들은 잘 싸웠다. 그리고 진 것이다. 앞으로는 그들이 그것을 위해서 싸웠던 깃발 밑에서 평화롭게 살고 싶다고 바랄 뿐이었다.

내 집으로! 내 고향으로! 그들은 이 말밖에는 입에 담지 않았다. 전투에 대해서도, 부상당한 이야기도, 포로가 되었던 것도, 장래의 계획도, 아무것도 말하지 않았다. 훗날에 전쟁의 추억을 되살려서 아들 손자들에게 진중에서 한 장난, 약탈, 돌격, 굶주림, 강행군, 부상 등에 대해서 이야기할 적도 있겠지만 그것은 지금이 아니다. 한 팔이 없는 사람, 한쪽 다리가 없는 사람, 한쪽 눈이 없는 사람도 있었고, 그리고 많은 사람들이 상처 자국을 가지고 있었으므로 만약 일흔 살까지 살게 된다면, 비 오는 날에는 옛 상처가 쑤시는 일도 있겠지만, 지금은 그런 것은 문제가 아니었다. 더 먼 훗날에는 달라지겠지만.

노인도, 젊은이도, 수다장이도, 입이 무거운 사람도, 농장 주인도, 혈색이 나쁜 빈농도, 모두 공통된 한 가지를 경험하고 있었다. 이(虱)와 이질(痢疾)이었다. 이 기생충에 대해서 남군 병사들은 모두 익숙해져서 마음도 쓰지 않고 숙녀들 앞에서도 거리낌없이 벅벅 긁고 있었다. 이질에 대해서는——귀부인들은 이것을 점잖게 〈혈사(血瀉)〉라고 부르고 있었다——병사에서 장군에 이르기까지 한 사람도 빼놓지 않은 것만 같았다. 반은 굶은 사 년 동안, 거칠고 푸르고 썩기 시작한 양식뿐이었던 사 년간이, 그들에게 이 병을 가져다 주었던 것이다. 타라에서 묵은 병사들은 겨우 회복되기 시작했거나, 혹은 현재 앓고 있는 사람들뿐이었다.

「남군에는 창자가 성한 사람은 한 사람도 없나 보군입쇼.」하고 마미는 침울하게 중얼거리면서, 엘렌이 이 병의 묘약이라고 말하던 검정 딸기 뿌리를 달인 쓴 약을 만들기 위해서 불 곁에서 땀을 뻘뻘 흘리고 있었다. 「남군의 신사분들이 지신 것은 북군 때문이 아니라, 아무래도 자기들의 뱃속 탓인 것 같군입쇼. 뱃속이 물이 되어서야 아무리 신사라도 견딜 새간이 없읍죠.」

마미는 한 사람도 빼지 않고 그 달인 약을 먹였다. 뱃속은 좀 어떠냐는 둥 그런 어리석은 질문은 숫제 하지 않았다. 한 사람도 빠짐없이 순순히 얼굴을 찡그리면서 마미의 약을 마셨다. 아마 그들은 어딘가 먼 곳에서, 위엄 있게 지켜보는 검은 얼굴과, 약 숟가락을 들고 인정사정 없이 먹으라고 권하던 검은 손이 생각났을 것이다.

전우(이)에 대해서도 마미는 역시 완고했다. 이가 끓는 병사는 절대로 타라에들여놓지 않았다. 우선 우거진 덤불 그늘로 데리고 가서, 군복을 벗기고 물을 가득 채운 대야에 센 빨랫비누를 내주어서 몸을 씻게 하고 알몸을 이불이나 모포로 가리게 해놓고 그 동안에 입고 있었던 것들을 큰 솥에다 삶았다. 여자들은, 그런 짓을 하고 있는 것은 병사들을 망신시키는 것이라고 완강히 말했지만 효과는 없었다. 아씨들에게 이가 옮기면 그것이야말로 부끄러운 일이 아니겠느냐고 마미는 대답했다.

병사들이 거의 매일처럼 찾아오게 되자, 마미는 그들에게 침실을 내주는 것을 반대했다. 그녀의 눈을 벗어난 이가 그곳에 떨어져 있지나 않을지 그것이 걱정되었던 것이다. 옥신각신하기가 귀찮아서 스카알렛은 마미에게 거역하지 않고 빌로도의 융단을 깐 객실을 그들의 침실로 하기로 했다. 마미는 엘렌 부인의 융단 위에 병사들을 재우는 것을 마치 신성(神聖)을 모독하기라도 하는 것처럼 소란을 부렸으나 스카알렛은 들어 주지 않았다. 어디에라도 재우지 않으면 안 되었던 것이다. 이리하여 항복한 지 수개월이 지나자, 융단의 두껍고 보드라운 털은 다 닳아서 아무렇게나 신발 뒤꿈치로 세게 밟은 곳이나 박차를 부딪친 곳에는 굵은 씨실과 날실이 드러나고 말았다.

병사들 한 사람 한 사람을 붙잡고, 그녀들은 열심히 애실리의 소식을 물었다. 스월렌은 살짝 케네디의 소식을 물었다. 그러나 아무도 두 사람의 소식을 알고 있는 사람은 없었고, 뿐만 아니라 그들은 행방불명이 된 사람들의 이야기를 꺼리었다. 그들은 자기들이 살아 있다는 것만으로도 충분했던 것이다. 이름도 새겨지지 않은 표표 밑에 누워서, 영원히 고향에 돌아갈 수 없는 수 천 명의 전우들을 생각할 여유가 없었던 것이다.

가족들은 그때마다 실망하는 멜라니의 기운을 돋우어 주려고 애썼다. 물론 애실리는 포로 수용소에서 죽지는 않았을 것이다. 만약 죽은 것이 사실이라면, 북부의 목사가 통지 정도는 해줄 것이다. 틀림없이 그는 지금 집으로 돌아오고 있다. 그러나 그 수용소는 너무나 멀다. 기차를 타도 여러 날 걸린다. 애실리도 이들과 마찬가지로 걸어서 돌아온다고 하면 어째서 편지도 주지 않느냐? 하지만 요즈음의 우편 상태는 멜라니도 잘 알고 있잖아. 배달이 복구된 곳조차도 그 모양으로 불확실하고 엉망인걸. 만약…… 만약 돌아오다가 죽으면 어떻게 하느냐는 거야? 어쩌면 멜라니도? 그렇게 되면 틀림없이 북쪽 여자들이 알려 줄 거야. 북쪽 부인이라고? 아니야? 멜라니, 북쪽에도 친절한 부인은 있어. 암, 있고 말고! 아무리 하느님이라도 상냥한 부인이 없는 국민을 만든다는 그런 일은 없어요! 스카알렛, 언니는 우리들이 사러토거에서, 그때 친절한 북부 부인들을 만났던 일을 기억하고 있겠죠? 스카알렛, 그 부인의 이야기를 멜라니에게 들려 주어요!

「친절한 여자라고? 무슨 소리야!」하고 스카알렛은 말했다. 「그 여자는 노예를 부리는 데 불러드하운드 종류의 사냥개를 몇 마리 기르고 있느냐고 물었지 않아! 나도 멜라니와 같은 의견이야. 남자고 여자고, 북쪽 태생인 사람치고 친절한 사람이란 보지를 못 했어. 하지만 울지 말아, 멜라니! 애실리는 틀림없이 돌아올 거야. 길이 먼 거야, 틀림없이. 그리고 그에게는 장화가 없는지도 몰라.」

애실리가 맨발일 것을 생각하자 스카알렛은 울고 싶어졌다. 다른 병사들이 모두 누더기를 입고, 융단 조각이나 부대 조각으로 발을 싸매고, 절룩거리더라도 상관 없지만, 애실리만은 그렇게 해두고 싶지 않았다. 그만은 힘센 말을 타고, 훌륭한 옷을 입고, 번쩍거리는 장화를 신고, 모자에 새 깃털을 꽂고 돌아와 주기를 바랐다. 애실리도 이들 병사들과 같은 상태로 격하하여 생각한다는 것은, 그녀로서는 그 이상 괴로운 상상은 없는 것이다.

유월의 어느 오후, 타라 사람들이 모두 뒤쪽 포치에 모여서 아직 설익은 첫물 수박을 포크가 자르는 것을 열심히 보고 있을 때, 현관의 마차가 들어오는 자갈 길에 말발굽 소리가 울리는 것을 들었다. 프리시가 느릿느릿 일어나 현관 쪽으로 가자, 뒤에 남은 사람들은, 현관의 방문객은 늘 있는 병사들이겠지만 수박을 감출 것인가, 아니면 저녁 상에 낼 것인가 하고 옥신각신하고 있었다.

멜라니와 캐린은, 병사들에게도 대접을 해야 한다고 속삭였으나 스카알렛은, 스월렌과 마미도 거들고 해서 포크에게 얼른 그것을 감춰 버리라고 재촉했다.

「모두들 그런 바보 같은 소리를 하는 게 아냐. 우리들도 모자라는 형편인데 배고픈 병사들이 두세 사람씩이나 오게 되면 우리들은 누구 한 사람 맛볼 수 없잖아.」하고 스카알렛은 말했다.

어느 쪽으로도 의견이 결정되지 않기 때문에, 포크가 조그만 수박을 손에 든 채 우두커니 서 있으려니까 프리시의 고함 소리가 들렸다.

「큰일났사와요! 스카알렛 아씨! 멜라니 아씨! 빨리 나오시와요!」

「누굴까?」하고 외치는 것과 동시에, 스카알렛은 계단을 뛰어올라와서 멜라니와 어깨를 나란히 하고 홀로 뛰어나갔다. 다른 사람들도 그 뒤를 따랐다.

애실리다! 스카알렛은 생각했다. 아, 그렇다면 좋으련만…….

「피터 할아범입니다요! 피티 고모님 댁의 피터 할아범이와요.」

모두들 현관으로 달려가 보니 피티 고모 댁의 늙은 전제자, 키가 크고 머리가 희끗희끗한 흑인이 안장 대신 작은 요를 등에 두른 쥐꼬리 같은 꼬리를 한 작은 말에서 내려오는 참이었다. 언제나 위엄 있는 표정에서 숙달되어 있는 검고 큰 얼굴은, 정다운 옛 친지를 만난 기쁨을 억지로 누르느라고 이마에 시무룩한 것 같은 주름을 짓고 있었으나 입은 이 빠진 늙은 사냥개가 반가와할 때처럼 아랫입술을 늘어뜨리고 있었다.

사람들은 계단을 뛰어내려가 그를 맞았다. 흰 손과 검은 손이 번갈아 그의 손을 잡고는 이야기를 걸었다. 그 중에서도 멜라니의 목소리가 한결 높게 울렸다.

「고모님이 병환이 나신 건 아니겠지?」

「네, 편찮으십니다요.」하고 피터는 엄숙하게 먼저 멜라니를 보고 이어서, 그 눈을 스카알렛에게 옮겼다. 두 사람은 어쩐지 뒤가 켕기는 것을 느꼈다. 「편찮으시기는 하지만 그보다도, 아씨들의 소행을 몹시 노여워하고 계십니다요. 바른 말씀이지, 저도 마찬가지입죠만.」

「어째서, 피터 할아범? 도대체 무슨 소리를……」

「변명은 필요 없읍니다요. 피티 마님께선 몇 번씩이나 돌아와 달라고 편지를 내셨을 터인뎁쇼. 저는 이 눈으로 마님께서 편지를 쓰고 계시는 걸 보았읍죠. 그리고, 아씨들께서 이 보잘것없는 밭갈이가 바빠서 돌아가지 못한다고 답장을 보내셨을 때 마님께서 울고 계시는 것도 보았읍죠.」

「하지만, 피터 할아범……」

「마님께서 그처럼 무서워하고 계시는데, 어쩌면 아씨들은 피티 마님을 혼자 계시게 내버려두십니까요. 아씨들도 마님께서 여태까지 혼자 지내신 일이 없다는 것을 잘 알고 계실 텐뎁쇼. 마님께서는 메이콘에서 돌아오신 뒤로는, 언제나 조마조마하고 떨고 계십니다요. 피티 마님께선 당신이 가장 아씨들이 필요할 때에 당신을 내버려두다니 도무지 아씨들 속을 알 수 없다고, 이 말을 잘 전하라고 제게 말씀하시더군입쇼.」

「그만 해!」타라에 대해서 보잘것없는 밭갈이라고 한 말을 듣고 기분이 상해서 마미가 말했다. 도시에서 자란 무식한 흑인 따위는 밭과 농장의 구별조차도 할 줄 모른다고 생각했기 때문이다.

「우리한테는 필요가 없다는 말이야? 우리들에게는 스카알렛 아씨나 멜라니 아씨가, 여기서 얼마나 필요한 분인지 모른단 말이야? 피티 마님은 그렇게도 사람이 아쉬우시다면, 왜 당신 오빠들에게 부탁하지 않는 거지?」

피터 할아범은 쏘는 듯한 눈으로 마미를 쳐다보았다.

「우리는 헨리 나리하고는 오랫동안 내왕이 없었어. 새삼스럽게 이 나이에 가까이 지낼 수도 없잖아.」그러고 나서 그는 웃음을 참고 있는 여자들 쪽을 보았다. 「아씨들은 불쌍한 피티 마님을 내버려두고도 부끄럽다고 생각하지 않으십니까요. 그분의 친지라고 하면, 절반은 전사하고, 절반은 메이콘으로 가 버렸읍니다요. 게다가 애틀랜타는 지금은 북군과 해방된 노예들로 우글거리고 있읍죠.」

두 여자는 할아범이 나무라는 말을 될 수 있는 대로 다소곳이 참고 있었다. 피티 고모가 피터를 보내서, 두 사람을 애틀랜타로 데려가려는 것을 알자 도저히 더는 참을 수가 없었다. 그래서 두 사람은 끝내 웃음을 터트리고 말았다. 그리고 서로 어깨에 기대고 너무나 우스워서 가눌 수가 없는 몸을 버티고 있었다. 포크와 딜시와 마미도 사랑하는 타라를 욕한 사나이를 무시하는 이 웃음 소리를 듣자, 역시 낄낄거리며 웃어 댔다. 스월렌과 캐린도 킥킥거리고 웃음을 참고, 제랄드의 얼굴까지 멍청한 웃음이 떠올랐다. 피터 이외에는 모두 웃었다. 피터는 치미는 분노 때문에, 중심을 잃기 시작한 커다란 앙가발이 발을 다른 쪽 발로 바꾸어 디디었다.

「어떻게 됐다는 거지, 검둥이 양반?」하고 마미는 싱글싱글 웃으면서 물었다.「늙어 빠져서 어른 시중을 들 수 없다는 건가?」

피터의 분노는 터졌다.

「늙어 빠져? 내가 늙어 빠졌다고? 어림도 없어! 나는 옛날이나 마찬가지로, 앞으로도 피티 마님의 시중을 들 수 있단 말이다. 피난을 할 때, 마님을 메이콘까지 모시고 간 건 내가 아니었던가 말이야. 메이콘까지 북군이 와서, 마님께서 너무 무서워 졸도하셨을 때에도 줄곧 시중을 든 건 나였단 말이야! 그리고 이 작은 말을 사서, 마님을 애틀랜타로 도로 모셔오고 마님과 마님의 아버님의 은그릇들을 탈없이 가져다 드린 것도 나 아니고 누구란 말이야?」피터는 될 수 있는 대로 몸을 젖히고 변명을 했다.「나는 조금도 시중드는 것을 가지고 이러쿵저러쿵하는 것은 아니야. 세상 사람들의 소문을 말하는 거야.」

「누구의 어떤 소문인데·?」

「피티 마님이 혼자 살고 계시니까 남들이 말을 할 것 아닌가? 독신 여자가 혼자서 살림을 한다는 것은, 어쨌든 이상한 소문이 나게 마련이니까.」하고 피터는 계속했다. 듣는 사람에게는 그가 분명히 마음 속으로, 마치 피티퍼트를 열여섯 살난 포동포동하고 아름다운 처녀이기 때문에 어떻게 해서든지 세상의 나쁜 소문에서 막아 주어야 한다고 생각하고 있는 것처럼 생각되었다.

「나는 마님에 대한 일을 세상 사람들에게 이러니저러니 지껄이게 하고 싶지는 않아. 마님이 동거인을 두는데 대해서 나는 반대야. 그래서 마님에게도 그렇게 말씀드렸지. 마님에게 친척이 있는 한 동거인은 안 된다고 말이야. 그런데도 마님의 친척들은 못 본 체하고 있어. 피티 마님은 정말 어린 아이라서……」

이 말에는 스카알렛도 멜라니도, 한층 웃음이 터져나와서 계단에 쪼그리고 앉아 버렸다. 이윽고 멜라니는 웃느라고 홀린 눈물을 닦고 말했다.

「피터 할아범! 내가 웃어서 미안해. 정말이야! 나를 용서해. 스카알렛 아씨나 나나, 지금은 돌아갈 수 없는거야. 구월달이나 되어서 목화 따는 일이 끝나면 돌아가게 될지도 모르지만. 고모님은 그 뼈와 가죽밖에 없는 말에다 우리들을 태워 가지고 돌아오라고, 먼 길을 할아범을 보내신 건가?」

이 질문을 받은 피터는 얼른 턱을 당겼다. 그 주름투성이의 검은 얼굴에 자책과 낭패의 빛이 스쳐갔다. 거북이가 껍질 속으로 목을 움츠리듯, 그는 재빨리 그 쑥 내민 아랫입술을 끌어당겼다.

「멜라니 아씨, 저도 인젠 그럭저럭 나이를 먹었군입쇼. 실은 여태까지 마님께서 저를 보내신 용건을 까맣게 잊고 있었군입쇼. 피티 마님은 제가 가지고 가지 않으면, 우편이든 인편이든 마음을 놓을 수 없다 하시면서 저에게 주어 보내셨는뎁쇼.」

「편지? 내게? 누구에게서?」

「그건 말입쇼. 피티 마님은 저보고 멜라니 아씨를 놀라게 하지 말라고 말씀하셨읍쇼. 그래서 저는…….」

멜라니는 벌떡 일어서면서 가슴에 손을 얹었다.

「애실리야! 틀림없이 애실리야! 그가 죽은 거야?」

「아닙니다요! 아닙니다요!」하고 피터는 외쳤다. 누덕누덕 기운 웃도리 안 주머니를 더듬으면서 외친 그의 목소리는 비명에 가까울 만큼 높아졌다. 「나리는 살아 계십니다요. 이게 나리께서 보내신 편지입죠. 나리는 돌아오십니다요. 나리는…… 아이고! 저런! 아씨를 붙잡아 드려, 마미! 내가…….」

「아씨에게 손 대지 말아, 이 멍청한 늙은이야!」마미는 호통을 치면서 땅바닥에 쓰러지려는 멜라니의 몸을 부축했다. 「이 시원찮은 검정 원숭이 같으니라고! 놀라게 하지 않으니 어쩌니 하더니! 자아, 포크, 발을 잡아요. 캐린 아가씨, 머리를 잡고 계십쇼. 객실 긴의자에 눕혀 드려야겠읍니다요.」

스카알렛을 제외하고, 사람들이 까무러친 멜라니 주위로 모여서 와글와글 떠들고 놀란 소리를 지르면서 물이야, 베개야 하고 집안은 우왕좌왕했다. 스카알렛과 피터만이 현관에 남게 되었다. 스카알렛은 할아범의 말에 놀라서 뛰어내린 그 자리에 그대로 뿌리가 내린 것처럼 움직이지 못하고 서서, 편지를 펄럭이면서 기운 없이 서 있는 할아범을 지켜보고 있었다. 피터는 검은 얼굴에 평소의 위엄은 흔적도 없고, 어머니에게 꾸중들은 아이처럼 풀이 죽어 있었다.

순간 스카알렛은 말을 할 수도, 몸을 움직일 수도 없었으나 그래도 마음 속으로는 외치고 있었다.

『그는 죽지 않았다! 그는 돌아온다.』그러나 기쁨도 흥분도 느낄 수 없었다. 그저 어리둥절할 뿐이었다. 달래는 듯하는 피터 할아범의 처량한 목소리가, 아득히 먼 데서 오는 것처럼 들렸다.

「친척 되시는 윌리버 나리께서 메이콘에서 갖고 오셔서 일부러 피티 마님께 전해 주셨읍죠. 윌리 나리는 애실리 나리와 같은 수용소에 계셨다는군입쇼. 윌리 나리는 말을 구할 수가 있어서 빨리 도착하셨는데, 애실리 나리는 걸어서 오시느라고……. 」

스카알렛은 그 편지를 그의 손에서 낚아챘다. 피티의 필적으로 멜라니에게 보낸 것이었으나, 그런 것에는 아랑곳하지 않고 겉봉을 뜯었다. 겉봉을 뜯자, 동봉한 피티의 편지가 날아 떨어졌다. 봉투 속에 접은 종이 쪽지가 들어 있었다. 더러운 호주머니에 들어 있었던 까닭인지, 종이 쪽지는 때가 묻고 꼬깃꼬깃 구겨져 끝 쪽은 닳아서 해져 있었다. 거기에 애실리의 필적으로 〈즈지아 주, 존즈보로 트웰브 오우크스, 혹은 애틀랜타 시, 사라 제인 해밀턴 씨 댁, 지지 애실리 윌크스 부인 귀하〉라고 적혀 있었다.

〈사랑하는 이여, 나는 당신에게로 돌아가오……. 〉

눈물이 볼로 흘러내려서 다음을 읽을 수가 없었다. 가슴은 기쁨에 파도치고, 이 기쁨을 이겨낼 수 있을까 하는 생각마저 들었다. 편지를 움켜쥔 채 그녀는 포치의 계단을 뛰어올라가서 홀을 지나 객실로 갔다. 거기에는 타라의 모든 사람들이 까무러친 멜라니를 간호하느라고 허둥지둥 서로 걸리적거리고 있었다. 그곳을 지나서 엘렌의 사무실로 뛰어들어갔다. 그리고 도어를 닫고 자물쇠를 잠그고, 낡아서 용수철의 힘이 풀린 긴의자에 몸을 던지고는 울기도 하고 웃기도 하고 편지에 키스하기도 했다.

「사랑하는 이여. 」하고 그녀는 속삭였다. 「나는 당신에게로 돌아가오. 」

애실리에게 날개라도 돋치지 않는 한, 일리노이에서 조지아까지 걸어오려면 몇 주일 또는 몇 개월은 걸릴 것이라는 것은 상식적인 이야기인데도, 그래도 타라로 통하는 가로수길에 병사의 모습이 보일 적마다 가슴이 세차게 두근거렸다. 수염을 기르고 허수아비처럼 된 모습을 보면 누구나 한 번은 애실리로 보였다. 만약 애실리가 아니더라도, 그의 소식을 아는 병사이거나, 혹은 그의 소식을 전하는 피티 고모의 편지를 가지고 온 사람인지도 모른다고 생각하기도 했다. 말소리를 들을 때마다, 백인이나 흑인이나 현관으로 뛰어나왔다. 군복만 보면 말뚝을 패어 장작을 만들던 사람이건 목장이나 목화밭에서 일하던 사람이건 모두 달려왔다. 편지가 오고 나서 한 달 동안은 거의 일이 손에 잡히지 않았다. 그가 돌아왔을 때, 집안일을 등한히 했던 것이 알려질까 봐 그것을 모두 두려워했던 것이다. 스카알렛은 특히 그러했다. 그녀는 자기가 일을 게을리하고 있는 만큼 다른 사람에게 일을 강요할 수도 없었다.

그러나 애실리는 돌아오지 않았고, 그의 소식도 없는 채로 몇 주일이 느릿느릿 지나갔다. 그리고 타라는 다시 본래의 상태로 돌아갔다. 아무리 애타게 기다리는 마음이라도, 기다리다 지치지 않을 수가 없었다. 도중에 그의 몸에 무슨 탈이 생긴 것은 아닐까 하는 불안이 스카알렛의 마음에 스며들었다. 록 아일랜

드는 워낙 먼데다가 석방되었을 때, 그는 몸이 아주 쇠약했거나 혹은 병에 걸렸
었는지도 모른다. 그리고 돈도 갖지 않고, 남군에게 적의를 품고 있는 지방을
걸어서 오는 것이다. 만약 그의 거처만 알 수 있다면, 돈을 보낼 수도 있으련만.
그가 기차를 타고 빨리 돌아오게 하기 위해서라면 비록 가족들을 굶기는 한이
있더라도, 그녀는 있는 돈을 긁어모아 그에게 보냈을 것이다.

〈사랑하는 이여, 나는 당신에게로 돌아가오.〉

맨 처음 치밀어올라온 기쁨 속에, 비로소 그녀의 눈이 이 귀절에 닿았을 때,
스카알렛은 이것을 자기에게로 돌아온다는 글로만 생각했다. 그러나 지금 냉정
하게 깊이 따져 생각해 보니, 그는 멜라니한테로 돌아오는 것이다. 요즈음 명랑
한 듯이 노래를 흥얼거리면서 집안을 왔다갔다하는 멜라니에게로 오는 것이다.
이따금 스카알렛은 멜라니가 애틀랜타에서 아기를 낳았을 때, 왜 죽지 않았을까
하고 매우 불쾌하게 생각할 때가 있었다. 그랬다면 모든 것이 순조롭게 됐을 것
을 적당한 기간이 지난 뒤에 애실리와 결혼할 수도 있을 것이고 보우를 위해서
상냥한 계모가 되어 주었을 텐데. 이런 생각이 가슴에 솟아올라도 요즈음 그녀
는 허겁지겁 하느님 앞에 그것을 사죄하지는 않았다. 그녀는 이미 하느님을 두
려워하지 않았던 것이다.

병사들은 여전히 혼자서 또는 둘이서, 또는 열 명 이상이 떼를 지어 찾아
왔다. 언제나 그들은 굶주려 있었다. 스카알렛은 아주 낙심해서 메뚜기 떼에게
해를 입는 편이 차라리 낫다고 생각하기도 했다. 그녀는 옛날 물자가 풍부했던
시절에 꽃피었던 환대의 관습을 원망했다. 그것은 나그네에게는 귀천을 가리지
않고 하룻밤을 묵어 가게 하고, 사람에게나 말에게나 먹을 것을 주고, 온 집안
이 다 나서서 대접하는 관습이었다. 그런 시절은 영원히 가 버렸다는 것을 그녀
는 알고 있었지만, 다른 가족들이나 병사들은 아직 그것을 깨닫지 못하고, 어느
병사이거나 오랫동안 못내 기다리고 있었던 손님이라도 맞는 것처럼 환대하는
것이었다.

그런 일이 한없이 계속됨에 따라서 그녀의 마음은 굳어져 갔다. 그들은 타라
의 사람들이 먹을 식량을 먹고, 그녀가 등뼈가 아프도록 긴 밭고랑을 갈아서 가
꾼 야채를 먹고, 몇 마일이나 마차로 몰고 가서 사온 식량을 먹어 버리는 것
이다. 식량을 구하기란 여간 힘들지 않았고, 적병에게서 빼앗은 지갑 속의 돈도
영원토록 있을 리는 없다. 이제는 지폐 몇 장하고 금화가 두 닢이 남아 있을 뿐
이다. 어째서 그녀는 이 굶은 사람들을 먹여 살리지 않으면 안 되는가? 전쟁은
이미 끝났다. 이제 그들이 자기들의 위험을 지켜 줄 리도 없는 것이다. 그래서
그녀는 병사들이 왔을 때에는, 식사를 될 수 있는 대로 아끼도록 포크에게 단단

히 말았다. 이 방법은 오래 실행되지는 못 했다. 왜냐하면 보우를 낳은 뒤로 도무지 회복되어 시원치 못한 멜라니가, 포크를 설득해서 자기 접시에는 먹을 것을 아주 조금만 담게 하고, 나머지를 전부 병사들에게 나눠 주고 있는 것을 알아챘기 때문이다.

「그런 짓은 말아야 해, 멜라니.」하고 그녀는 나무랐다. 「멜라니는 아직 병자야. 좀더 낫지 않으면, 또 앓아눕게 되어서 모두가 멜라니의 병구완을 하지 않으면 안 되게 될 거야. 그 사람들에게는 배고픈 걸 참아 달라고 하자고. 그럴 수 있는 사람들이니까. 사 년간이나 계속 참아 왔는데 조금쯤 더 참을 수도 있을 거야.」

멜라니는 그녀 쪽을 돌아보았다. 그 얼굴에는 스카알렛이 처음 보는 노골적인 감정이 맑은 눈동자에 나타나 있었다.

「제발, 스카알렛, 야단치지 말아 줘! 내가 하는 대로 그냥 내버려두어요. 내가 그 때문에 얼마나 위안을 받는지 언니는 모르는 거야. 제가 그 불쌍한 병사들에게 내 몫을 나누어 줄 때마다, 어딘가 북쪽 거리에서 알지 못하는 여인이 나의 애실리에게 먹을 것을 나눠 주고, 그리고 그가 나에게로 돌아오는 것을 도와 주는 것처럼 느껴지는 거예요.」

⟨나의 애실리⟩

⟨사랑하는 이여, 나는 당신에게로 돌아가오.⟩

스카알렛은 말없이 돌아서고 말았다. 그런 일이 있은 뒤로 손님에게 내는 테이블 위의 음식 양이 많아진 것을 멜라니는 알아챘다. 그 한 입 한 입이 스카알렛에게는 아까와서 견딜 수 없었지만, 그녀는 억지로 그것을 참았던 것이다.

병사들 중에는 병이 심하여 계속해서 걷지 못하는 사람도 있었다. 그런 사람이 퍽 많았지만, 스카알렛은 그 사람들을 마지못해서 침대에 재웠다. 병자가 한 사람 있다는 것은 먹어야 할 입이 하나 늘었다는 것을 뜻한다. 그뿐 아니라 누군가가 붙어서 간호를 해야만 했다. 그것은 울타리를 세우거나 풀을 베거나, 씨를 뿌리고 밭을 갈거나 하는 일 속에서 한 사람의 일손이 빠지게 되는 것이다. 겨우 얼굴에 금빛 솜털이 갓 나기 시작한 한 소년을 페이에트빌로 가는 기병이 타라의 현관에 내려놓고 간 일이 있었다. 기병은 의식을 잃고 길가에 쓰러져 있는 소년을 발견하자, 우선 자기 안장에 태워서 가장 가까운 타라의 저택으로 데려왔던 것이다. 여자들은 이 소년을 샤마군이 밀리지빌에 육박했을 때, 유년학교에서 소집된 소년병에 틀림없다고 생각하였다. 그것은 끝내 확인할 수가 없었다. 왜냐하면 소년은 의식을 회복하지 못한 채 죽어 버렸고, 그 호주머니를 뒤져 보았지만, 단서가 될 만한 것은 아무것도 없었기 때문이었다.

분명히 양가집 자제로 생각되는 아름다운 소년이었다. 아마 남쪽 어딘가에는 그 아이가 어디에 있을까, 언제 돌아올 것인가 하고, 마치 그녀와 멜라니가 벅찬 기대를 안고 보도를 걸어오는 수염난 병사 한 사람 한 사람을 바라보고 있듯이, 거리를 바라보면서 이 소년을 기다리고 있는 부인이 있을 것이 틀림없다. 그녀들은 이 소년의 유해를 가족 묘지의 오하라 집 세 아들들과 나란히 묻었다. 포크가 무덤을 흙으로 덮을 때, 멜라니는 다른 고장 사람들이 어디선가 애실리의 키 큰 시체에 똑같은 일을 하고 있는 것이 아닌가 생각하며 소리를 내어 울었다.

월 벤틴도 그런 한 사람으로, 이 무명 소년처럼 의식을 잃은 채 동료 병사의 안장에 실려서 타라로 온 병사였다. 월은 심한 폐렴을 일으켜서, 여자들이 침대에 눕혔을 때에는 곧 무덤 속의 소년의 친구가 되는 것이 아닌가 하고 모두 걱정했던 것이다.

그는 남 조아 주의 가난한 농민 특유의 말라리아를 앓은 적이 있는 누런 얼굴을 하고 있었다. 머리카락은 바랜 담홍색이고, 빛이 엷어진 푸른 눈은 의식이 없는 동안에도 참을성 있고 상냥했다. 한쪽 다리는 무릎에서부터 절단되고, 그 끊은 자리에는 거칠게 깎은 나무로 만든 의족이 달려 있었다. 바로 며칠 전에 묻은 소년이 농장 주인의 자제인 것을 대뜸 알 수 있었듯이, 이 남자가 가난한 농부라는 것도 대번에 알 수 있었다. 그러나 어떻게 그것을 알 수가 있느냐고 해도 여자들로서는 뭐라고 설명을 할 수가 없었을 것이다. 월은, 여태까지 타라에 온 지체 있는 많은 신사 병사들에 비해서 특히 더 더러운 것도 아니었고, 그다지 수염이 자란 것도 아니고, 이가 특히 더 많은 것도 아니었다. 그가 헛소리로 지껄인 말로 보더라도, 탈레턴네 쌍둥이에 비하면, 그다지 문법이 틀리지도 않았다. 그러나 그녀들은 순종 말과 잡종 말을 한눈에 가려내는 것처럼 본능적으로, 자기들과는 계급이 다르다는 것을 느낀 것이다. 그러나 그 때문에 그를 돌봐 주는 것이 소홀해지는 일은 없었다.

월은, 북군의 포로 수용소에서 일 년이나 지내서, 완전히 쇠약해지고 게다가 잘 맞지 않는 의족을 끌며 먼 길을 걸어서 왔기 때문에 폐렴과 싸울 기력도 없이 며칠 동안 침대에 누운 채 계속 신음하면서 싸움터의 일이라도 생각나는지 이따금 일어나려고 했다. 그러나 한 번도 어머니라든가 아내라든가 자매나 연인 비슷한 사람의 이름을 부르지는 않았다. 캐린은 그것이 마음에 걸렸다.

「누구나 사람에게는 무슨 일가붙이가 있게 마련이야.」하고 그녀는 말했다. 「그런데 이 사람은 이 세상에 단 한 사람도 그런 사람이 없는 것 같아.」

바싹 여위어 있기는 했으나 억센 구석이 있었던지, 친절하게 간호한 보람이 있어 그는 위험한 고비를 넘겼다. 이윽고 그의 엷은 푸른 눈이 주위를 확실히 알아보게 되고, 자기 곁에 앉아 있는 캐린에게로 머무는 날이 왔다. 아침 햇살에 아름다운 머리카락을 빛내면서 그녀는 묵주를 세어 넘기고 있었다.

「그럼 역시 당신은 꿈 속의 사람이 아니었군요.」 하고 그는 낮고 억양이 없는 목소리로 말했다. 「너무나 폐를 끼친 게 아닙니까, 아가씨?」

그의 회복기는 길었다. 그러나 그는 창밖의 목련을 바라보면서, 조용히 누워 누구에게나 별로 수고를 끼치지 않았다. 이렇게 조용하고 고통스럽지 않은 그의 침묵이 캐린은 마음에 들었다. 덥고 긴 오후를 그의 곁에 앉아서 말없이 바람을 보내 주기도 하곤 했다.

캐린은 요즘 아주 말이 없어졌다. 그녀는 힘이 닿는 한도껏의 일을 하면서 살아 있는 유령처럼 소리 없이 움직이고 있었다. 그리고 곧잘 기도를 했다. 스카알렛이 노크를 하지 않고 방에 들어가면 으레 침대 옆에 무릎을 꿇고 기도하고 있는 것을 발견하게 되는데, 그것을 볼 때마다 스카알렛은 짜증이 났다. 왜냐하면 스카알렛은 기도 같은 것을 하는 시대는 지났다고 느끼고 있었기 때문이다. 만약 하느님이 이렇게까지 자기들이 벌을 받아 마땅하다고 생각하는 것이라면 기도 따위는 드리지 않는데도 별로 상관이 없을 것이다. 스카알렛에게는 종교도 일종의 거래였다. 은총을 내릴 것을 교환 조건으로 삼아, 하느님께 선행할 것을 약속하는 것이다. 뿐더러 그녀의 사고 방식에 의하면, 하느님은 몇 번이나 그녀와의 거래 조건을 깨뜨리셨다. 지금은 이미 하느님에게 아무런 대차관계도 없다고 그녀는 느끼고 있는 것이다. 그러므로 캐린이 낮잠을 자거나 헌 옷이라도 기워야 할 시간에 무릎을 꿇고 있는 것을 보면, 무언가 그녀가, 그녀 자신이 져야 할 무거운 짐을 나누어지기를 피하고 있는 것처럼 스카알렛에게는 느껴지는 것이었다.

의자에 앉을 수 있을 만큼 된 윌 벤틴에게, 어느 날 오후 스카알렛이 이런 말을 하자, 그는 낮은 소리로 이런 대답을 해서 스카알렛을 놀라게 했다. 「내버려두시지요, 스카알렛 씨. 그것이 그녀의 위안이니까요.」

「그 애의 위안이라고요?」

「그렇습니다. 그녀는 어머님과 그 사람을 위해서 기도하고 있는 겁니다.」

「그 사람이라니, 누구 말인가요?」

엷은 푸른 눈이, 모래빛의 속눈썹 밑으로 당황하는 빛도 없이 그녀를 쳐다보았다. 어떤 일에도 허둥거리거나 흥분하거나 하는 일이 없는 얼굴빛이었다. 여태까지 너무나 뜻밖의 일만 수없이 경험해 왔기 때문에 놀랄 일이 없게 되었는지도 모른다. 스카알렛이 동생의 마음에 무엇이 숨겨져 있는가를 모르는 데 대해서도 그는 이상하다고 생각하지 않았다. 그것은 캐린이 생면부지인 그에게 털어놓고 말하고 스스로 위로하고 있는 것과 마찬가지로, 어느 쪽이나 사실이고, 그리고 그에게 있어서는 당연하게 생각되는 것이었다.

「그녀의 애인이고, 게티즈버그에서 전사한 브렌트라던가 하는 청년 말입니다.」

「그 애의 애인이라고요?」 스카알렛은 잘라서 말했다. 「그럴 리가 있나요! 그들 형제는 나의 애인이었는걸요.」

「네, 그녀도 그렇게 말하더군요. 이 고을 청년은 대개가 당신의 애인이었던 모양이더군요. 하지만 그렇더라도 당신에게 버림을 당하자, 그녀의 애인이 되었던 겁니다. 마지막 휴가로 귀향했을 때, 두 사람은 약혼했다고 하더군요. 그녀가 여태까지 생각한 청년은 그뿐이었기 때문에, 그를 위해서 기도를 하면 위로가 된다고 하더군요.」

「정말 어이가 없어서!」 하고 말은 했으나, 스카알렛의 가슴은 작고 가느다란 질투의 화살을 느꼈다.

담홍색 머리와 온화하고 절절 매지 않는 눈과 딱 벌어진 어깨를 한 이 여윈 사나이를, 그녀는 다시 바라보았다. 그렇다면 이 사나이는 자기가 여태까지 귀찮아서 마음에도 두지 않았던 자기집 가족에 대한 일들을 알고 있단 말인가? 그래서 캐린이 일년 내내 멍하니 기도만 하고 있는 까닭도 알았다. 좋아, 이제 그 애도 그런 것은 잊어버리게 되겠지. 많은 여자들이 죽은 애인을 잊어버리고 말았다. 죽은 남편을 잊어버리고 만 사람도 있다. 나도 찰즈를 잊어버렸다. 애틀랜타의 어느 여자는 전사 때문에 세 번이나 과부가 되었지만, 지금도 남자들의 주의를 끌고 있다. 그녀는 그 이야기를 윌에게 했다. 그러나 윌은 머리를 저었다.

「캐린 씨는 다릅니다.」 하고 윌은 분명하게 말했다.

그는 자기는 별로 말을 하지 않고, 그러면서도 상대편 이야기를 잘 듣고 이해해 주는 무던한 말상대였다. 그래서 그녀는 씨뿌리기, 김매기, 모심기, 돼지 기르는법, 암소의 새끼치기 등 무엇이고 그와 의논하였다. 그러면 그는 남 조지아 주에 조그만 밭을 가지고 있으며 노예를 두 사람 부리고 있었던 경험으로 유익한 의견을 그녀에게 제공해 주었다. 그의 노예도 지금은 해방되어, 밭에는 잡초와 잔솔이 무성할 것이다. 누이동생이 유일한 혈육이지만, 몇 해 전에 결혼해서 남편과 함께 텍사스로 이주해 버렸기 때문에, 그는 사고 무친한 신세였다. 그래도 그런 것은, 버지니아의 싸움터에 남기고 온 한쪽 다리와 마찬가지로, 그에게는 고통을 주지 않는 것 같았다.

흑인들은 투덜투덜 불평을 늘어놓고 스월렌은 떼를 쓰며 울고, 제랄드는 끈질기게 엘렌이 있는 곳을 묻는다. 이런 고달픈 날을 보내고 난 다음 윌과 이야기하는 것은 스카알렛에게도 위로가 되었다. 그에게라면 무엇이나 이야기할 수가 있었다. 적병을 죽인 일까지도 털어놓아 「잘하셨군요.」라고 간단한 칭찬을 받고는 자랑으로 얼굴이 상기되었다.

윌의 방은 마침내, 온 집안 식구가 제각기 저마다의 불평을 쏟아 놓는 데가 되고 말았다. 처음에는, 신사가 아니라느니 겨우 두 사람밖에 노예를 가지고 있지 않았다느니 하며 쌀쌀하게 굴던 마미까지도 역시 가게 되었다.

비틀거리면서도 집 안을 걸어다니게 되자, 그는 떡갈나무 가지를 째서 광주리를 엮기도 하고, 적병이 부수고 간 가구를 만들어 주기 때문에 웨이드는 숫제 옆에 붙어 떨어지지 않았다. 그것은 웨이드가 처음으로 가져 보는 장난감이었다. 윌이 집에 있으면, 웨이드나 두 어린 아이를 놓아 둔 채 모두 마음놓고 일하러 나갈 수가 있었다. 왜냐하면 그는 아이들 보는 데 있어서는 마미 못지않게 익숙했기 때문이다. 다만 울며 보채는 검은 아기나 흰 아기들을 달래는 데는 마미를 당해 낼 수 없었다.

「당신은 생면 부지인, 아무 관계도 인연도 없는 저에게 정말 친절히 해주셨읍니다, 스카알렛 씨.」하고 그는 말했다. 「당신에게 당치도 않은 고생과 걱정을 끼쳐서 미안하게 생각하고 있읍니다. 만약 당신만 좋으시다면, 이대로 여기 눌러 있으며 당신의 일을 도와 드리면서, 은혜를 다소나마 갚았으면 싶은데, 어떻겠읍니까? 무슨 짓을 해도 은혜를 다 갚을 수 없는 것입니다만 목숨을 건져 주신 데 대해서는 은혜를 갚을 도리가 없을 것입니다.」

이렇게 해서 그는 그대로 눌러 있게 되었다. 그리고 서서히, 눈에 띄지 않게 타라의 무거운 짐의 대부분은, 스카알렛의 어깨에서 윌 벤틴의 뼈가 불거진 어깨로 옮겨 갔던 것이다.

구월이었다. 목화를 따는 시기다. 윌 벤틴은 스카알렛의 발 아래 현관 계단에 앉아서, 기분 좋은 첫가을 오후의 햇볕을 쬐고 있었다. 그리고 예의 무표정한 목소리로, 페이에트빌 근처에 신설된 조면(繰綿) 공장이 조면 삯을 터무니 없이 요구한다는 것, 그런데 오늘 페이에트빌에 갔더니, 조면 공장 주인이 이 주일 동안만 말과 짐마차를 빌려 준다면 삯을 사분의 일로 깎을 수 있다는 말을 하더라는 이야기를 하고 있었다. 그는 스카알렛과 상의한 뒤에 결정하려고, 그 교섭을 일단 연기해 놓고 왔다는 것이었다.

그녀는 포치의 기둥에 기대서서, 짚을 씹고 있는 여윈 모습을 보았다. 마미가

가끔 말하듯이 정말 윌은 하느님께서 내려 주신 사람이다, 만약 그가 없었더라
면 과거 몇 달 동안의 타라의 생활을 과연 꾸려낼 수 있었을지 어떨지 의심스
럽다고 스카알렛은 이따금 생각했다. 그는 결코 필요 이상의 말을 하지 않았다.
정력적인 티를 나타내는 일도 없었다. 주위 일에 대해서 그다지 흥미를 갖고 있
는 것 같지도 않았다. 그러나 타라에서 살고 있는 모든 사람들에 대해서 무엇이
든지 잘 알고 있었다. 뿐만 아니라 부지런히 일했다. 말없이 참을성 있게 실수
없이 해냈다. 그는 외다리였지만 포크보다도 일은 빨랐다. 게다가 포크를 부리
는 솜씨에 이르러서는 스카알렛을 놀라게 했다. 암소가 배앓이를 하거나 원인
모를 병으로 쓰러지거나 해서 이젠 도저히 살릴 가망이 없다고 생각될 때에도,
윌은 며칠 밤이고 가축 옆에 붙어서 끝내 살려내곤 했다. 게다가 스카알렛이 존
경하는 점은 그가 물건 거래에 있어서 참으로 빈틈이 없다는 것이었다. 일 부셀
이나 이 부셀인가의 사과, 고구마, 야채 등을 싣고 아침에 나갔다가 이윽고 종
자, 피륙, 밀가루 그 밖의 필수품을 가지고 돌아오는 것이었는데 흥정 솜씨를
자랑하는 스카알렛으로서도 도저히 그만한 물건을 구해 올 수는 없을것 같았다.
  그는 차츰 가족의 한 사람으로 대우를 받게 되고, 제랄드의 방 옆의 작은 화장
실 침대에서 자게 되었다. 타라를 떠난다든가 하는데 대해서 그는 한마디도 하
지 않았고 스카알렛도 그 이야기는 꺼내지 않으려고 하고 있었다. 섣불리 물
었다가 정말로 가 버리면 큰일이라고 생각했기 때문이다. 때로는 그녀도 만약
그가 어엿한 인간이고, 다소라도 세상 물정에 밝다면 비록 집은 없어졌다 하더
라도 고향으로 돌아가는 것이 당연하다고 생각할 적도 있었지만, 그렇게 생각하
는 한편으로는 역시 언제까지나 있어 주었으면 하고 바라지 않을 수 없었다. 뭐
니뭐니해도 집 안에 남자가 있다는 것만큼 편리한 일은 없었다.
  그녀는 또, 캐린에게 하다못해 쥐꼬리만한 분별이라도 있다면, 윌이 그녀에
게 호의를 갖고 있는 것쯤은 알아챌 만도 한 일이라고 생각했다. 만약 윌이 스카
알렛에게 캐린과 결혼하고 싶다고 말해 온다면 그녀는 아마도 진심으로 윌에게
감사했을 것이었다. 물론 전쟁 전이었다면 윌은 문제도 되지 않는 청혼자다. 빈
농 백인은 아니라 하더라도 적어도 대농장주 계급의 인간은 아니다. 평범한 농
사꾼인 데다, 교육도 충분하지 않았고, 말솜씨만 해도 자칫하면 문법상의 잘못
을 일으키기 일쑤였고, 오하라 집 사람들이 신사는 이래야 한다고 생각하고 있
는 품위 있는 태도에도 모자라는 점이 있었다. 스카알렛도 그를 신사라고 생각
할 수 있을까 어떨까 하고 생각했으나 결국 신사라고 할 수는 없다고 결론지
었다. 멜라니는 기를 쓰고, 윌처럼 친절하고 남에게 동정심이 많은 사람은 반드
시 상당한 집안에서 태어났을 것이라고 그를 두둔했다. 엘렌이라면, 자기 딸 하

나가 그런 남자와 결혼한다는 것을 생각만 해도 졸도를 했을 것이라고 스카알렛
은 생각했다. 그러나 필요에 쫓기어 엘렌의 훈계에서 멀리 떨어져 나온 현재로
서는 그렇게 생각한다고 해도 별로 걸리지 않았다. 남자의 수는 줄어들었다. 뿐
더러 여자들은 누군가와 결혼해야 한다. 그리고 타라에는 남자의 손이 필요한
것이다. 그러나 더욱 기도서에 깊이 빠져들어서 날이 갈수록 현실 세계와의 접
촉을 잃어 가는 캐린은, 윌을 형제처럼 살뜰하게 대하기는 했지만, 포크를 아무
렇지도 않게 생각하듯이 윌도 아무렇지도 않게 생각하고 있었다.

『내가 여태까지 해준 것에 대해서, 만약 캐린에게 다소라도 감사하는 마음이
있다면, 윌과 결혼해서 그 사람을 타라에 주저앉히는 것이 당연하다.』고 스카
알렛은 괘씸하게 생각했다. 『그런데 그 애에게는 그럴 마음이 없다. 그리고 진
정으로 생각을 해주었는지 어쩐지도 알 수 없는, 하찮은 청년을 언제까지나 잊
지 못하고 시간을 낭비하는 거야.』

이리하여 윌은 스카알렛에게도 분명히는 알 수 없었으나, 어쨌든 타라에 머물
러 있었다. 그녀에 대한 그의 사무적인 분명한 태도가 그녀에게는 유쾌하기도
했고 믿음직하기도 했다. 그는 머리가 멍청해 있는 제랄드에 대해서도 깍듯이
존경하고 있었으나, 진정한 한 집의 주인으로서 상의를 하는 것은 스카알렛에게
서였다. 그녀는 조면 공장 주인에게 말을 빌려 주자는 윌의 제안에 동의했다.
잠시 동안이지만, 가족들은 교통 기관을 잃은 셈이었는데, 이것을 가장 비관한
것은 스월렌이었다. 그녀의 가장 큰 즐거움은, 윌이 마차를 몰고 존즈보로나 페
이에트빌로 볼일을 보러 갈 때 거기에 같이 타고 가는 것이었다. 온 집안의 가장
고운 것들을 그러모아서 차려 입고는 옛 친구들을 찾아가서, 고을 안의 소문을
듣고 그리고 옛날 타라의 오하라네 따님이 된 것 같은 기분에 젖는 것이다. 스월
렌은 그녀가 마당의 풀을 뽑거나 이부자리를 들어올렸다 내렸다 한다는 것을 모
르는 사람들에게로 가서 고상한 척 뽐낼 기회가 있으면, 절대로 그 기회를 놓치
지 않았다.

안 됐지만 그 뽐내기 좋아하는 아가씨에게도 이 주일쯤 돌아다니기를 참아 달
래야지 하고 스카알렛은 생각했다. 물론 그대신, 이쪽도 그 동생들의 불평이나
징징거리는 소리를 참아야겠지만.

아기를 안고 베란다로 온 멜라니는 그곳에 낡은 모포를 깔고, 그 위에 보우를
기어다니게 하고 있었다. 애실리에게서 편지가 온 뒤로, 멜라니의 시간은 행복
하게 노래를 흥얼거리는 시간과 심한 불안에 시달리는 시간으로 나뉘어져 있
었다. 그러나 행복해 보이거나, 울적해 하고 있거나간에 너무나 여위고 너무나
파리했다. 그녀에게 맡겨진 일은 군소리 없이 하고는 있었으나, 늘 어딘가 성치

않은 것 같았다. 폰텐 노선생은 부인병이라고 진단을 내리고, 보우를 낳지 말았어야 했다는 점에 대해서 미드 박사와 같은 의견이었다. 그리고 솔직하게 이제한 번 더 아기를 낳게 되면 이번에야말로 목숨을 잃는다고 말했다.

「저는 오늘 페이에트빌에서 말이죠, 아주 재미있는 것을 발견했어요.」하고 윌은 말했다. 「여러분들에게도 재미있으리라고 생각되어서 가지고 왔는데요.」 그는 바지 주머니를 뒤져서 지갑을 꺼냈다. 그것은 캐린이 그를 위하여 만든 것으로, 나무 껍질로 속을 넣어서 모양을 낸 캘리코 지갑이었다. 속에서 남부 정부 발행의 지폐를 한 장 꺼냈다.

「당신은 남부의 지폐가 재미있는 것으로 생각될지도 모르겠지만 윌, 내게는 재미있게 생각되지는 않아요.」하고 남부의 지폐를 보면 미칠 듯이 화가 치미는 스카알렛은 쌀쌀하게 말했다. 「지금도 아버지 트렁크 속에 삼천 달러는 있어요. 마미는 숫제 바람을 막기 위해서 다락방 벽 구멍에 바르게 해 달라고 나를 조르고 있는 형편이에요. 난 바르라고 할 작정이에요. 그러면 무엇에고 소용이 된 셈이니까요.」

「권세를 자랑하는 시저도 죽으면 한낱 흙이 되나니…….」하고 멜라니는 쓸쓸하게 웃었다. 「그런 짓은 하지 말아요, 스카알렛. 웨이드에게 뒀다 주면 좋을 거예요. 언젠가 그 애가 그것을 자랑으로 생각할 날이 올 테니까요.」

「아니, 저는 권세를 자랑한 시저에 대해서는 아무것도 모르지만.」하고 윌은 여전히 차분하게 말했다. 『그러나 제가 가지고 온 것에도 멜라니 씨, 지금 당신이 웨이드를 위해서라고 말씀하신 것과 비슷한 말이 적혀 있어요. 즉 지폐 뒤에 붙여져 있는 시인데 말입니다, 스카알렛 씨는 시에는 그다지 흥미를 갖지 않으시는 것 같지만, 이것은 틀림없이 재미있지 않을까 생각돼요.」

그렇게 말하고 지폐를 뒤집어 보였다. 뒤에는 초라한 갈색포장지 조각이 발려 있고 흐릿한 잉크로 무엇인가 적어 놓았다. 윌은 기침을 한 번 하고 나서 천천히 더듬거리면서 읽었다.

「제목은 《남부 정부 지폐의 뒤에 적은 시》라는 겁니다.」하고 그는 말했다.

> 거룩한 이 땅 위에 또는 물 위에
> 티끌만한 흔적도 남기지 않은
> 멸망한 백성의 맹세나마도
> 보여 준들 어떠리, 나의 벗이여.
> 그대들은 귀라도 기울이어서
> 소리 없는 종이에게 말하게 하라

진정으로 애국한 용사들이
꿈 속에 그려 본 이 자유를.

「어쩌면, 얼마나 아름다와요! 얼마나 감동적인 시람!」하고 멜라니는 외쳤다.「스카알렛, 지폐를 마미에게 주어서 다락 따위를 바르게 해서는 안 돼요. 그건 예사 종이가 아녜요! 이 시가 노래했듯이 〈멸망한 백성의 맹세〉인 거예요.」

「원 멜라니도, 감상에 빠지면 안 돼요! 종이는 종이고, 그리고 우리들은 좀 필요 이상으로 많이 갖고 있는데다, 마미가 다락방 벽 구멍 때문에 투덜거리는 것도 진저리가 나니까 말이야. 웨이드가 자라면 나는 남부 정부의 종이 부스러기 따위를 줄 게 아니라 중앙 정부의 그린백 지폐를 듬뿍 주고 싶어.」

이런 논쟁을 하는 동안, 그 지폐를 장난감삼아 모포 위를 기어다니는 보우를 어르고 있던 윌은, 문득 얼굴을 들더니 눈 위에 손을 얹고 마차길 쪽을 바라보았다.

「동지가 또 생겼군요.」하고 그는 말했다. 햇빛에 눈이 부신 모양이었다.「또 병사구면.」

스카알렛은 그의 시선을 따라 언제나 눈에 익은 광경을 보았다. 이 역시 수염을 기른 사나이였는데 삼목의 가로수길을 힘없이 걸어오고 있었다. 남군과 북군의 푸른 빛과 잿빛의 너덜너덜한 군복을 섞어 입고, 고개를 축 늘어뜨리고 느릿느릿 다리를 끌고 있었다.

「병사들은 이젠 그럭저럭 끝났는가 생각했는데.」하고 그녀는 말했다.「너무 시장해 있지 않으면 좋을 텐데.」

「몹시 허기가 졌겠지요.」하고 윌이 간단히 말했다.

멜라니는 일어섰다.

「나 딜시에게 식사를 한 사람 몫 늘리도록 일러야지.」하고 멜라니는 말했다. 「그리고 마미에게 너무 다짜고짜로 옷을 잡아 벗겨서 불쌍한 사람을 놀라게 하지 말라고 주의시켜 두겠어요. 그리고…….」

갑자기 그녀는 말을 끊었다. 깜짝 놀라서 스카알렛이 돌아다보니, 멜라니는 가느다란 손을 목에 대고 마치 고통으로 찢기기라도 하는 것처럼 그곳을 꽉 움켜잡고 있었다. 하얀 피부 밑으로 무섭게 뛰고 있는 혈관이 스카알렛의 눈에 비쳤다. 얼굴에서 핏기가 가시고, 갈색 눈이 무서울이 만큼 확대되어 있었다.

기절하는 거라고 생각한 스카알렛은 벌떡 일어나 그녀의 팔을 잡았다.

그러나 그 순간, 멜라니는 손을 뿌리치고 계단을 내려갔다. 그리고 나는 듯이 자갈길을 뛰어나갔다. 빛이 바랜 스커트를 펄럭이며, 두 손을 벌리고 작은 새처럼 가볍게 달려갔다. 그 순간 스카알렛은 호되게 얻어맞은 것처럼 진상을 깨달았다. 걸어온 사나이가 때묻은 갈색 수염에 덮인 얼굴을 들고 조용히 멈춰서서 이제는 지쳐서 한 걸음도 걸을 수 없다는 듯이 집 쪽을 바라보았을 때, 그녀는 저도 모르게 포치의 기둥을 잡고 비틀거렸다. 심장이 마구 뛰더니 고동이 멎었다. 그리고 다시 맹렬히 뛰기 시작했다. 이윽고 멜라니가 형용하기 어려운 고함 소리를 지르며, 그 더러운 병사의 품으로 몸을 던졌다. 그의 머리가 그녀의 머리 위로 수그러졌다. 스카알렛이 기쁨에 벅차서 뛰려고 했을 때, 윌의 손이 그녀의 스커트를 잡았다.

「방해를 해서는 안 됩니다.」하고 그는 조용히 말했다.

「놓아요, 바보! 놓으라니까! 애실리란 말야!」

그는 그의 손을 늦추지 않았다.

「어쨌든 저분의 남편이시죠, 아닙니까?」하고 침착한 목소리로 윌이 물었다. 환희와 어쩔 수 없는 분노로 혼란되어 그를 내려다보았을 때, 스카알렛은 그 조용한 눈 속에 이해와 연민의 빛을 보았다.

'제1권 끝'

바람과 함께 사라지다 I

■ 저 자 / M. 미 첼
■ 역 자 / 이 종 수
■ 발행자 / 남 용
■ 발행소 / 一信書籍出版社

주소 : ①②① - ①①⓪ 서울 마포구 신수동 177 - 3
등록 : 1969. 9. 12. NO. 10 - 70
전화 : 영업부 703 - 3001~6
　　　편집부 703 - 3007~8
　　　FAX 703 - 3009

© ILSIN PUBLISHING Co. 1990.

• 값 12,000원